U0906150

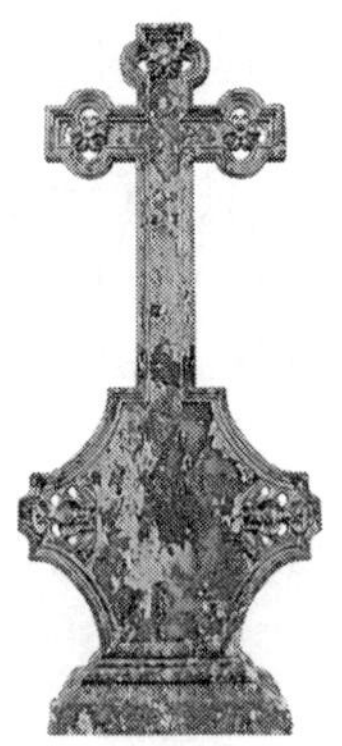

James Joyce

Finnegans Wake

芬尼根的守灵夜

全译注释本（第三卷）

[爱尔兰] 詹姆斯·乔伊斯 / 著

戴从容 / 译注

译林出版社　华东师范大学出版社
EAST CHINA NORMAL UNIVERSITY PRESS

图书在版编目（CIP）数据

芬尼根的守灵夜. 第三卷 / （爱尔兰） 詹姆斯·乔伊斯 (James Joyce) 著 ; 戴从容译注. -- 南京 : 译林出版社 ; 上海 : 华东师范大学出版社, 2025. 8. -- ISBN 978-7-5753-0653-9

Ⅰ. I562.45

中国国家版本馆CIP数据核字第202526HC74号

芬尼根的守灵夜（第三卷）　[爱尔兰] 詹姆斯·乔伊斯 / 著　戴从容 / 译注

策　　划　袁　楠　王　焰
统　　筹　姚　燚
责任编辑　韩继坤　鲍迎迎
装帧设计　马仕睿@typo_d
校　　对　杨　阳
责任印制　颜　亮

出版发行　译林出版社　华东师范大学出版社
地　　址　南京市湖南路 1 号 A 楼
邮　　箱　yilin@yilin.com
网　　址　www.yilin.com
市场热线　025-86633278
排　　版　上海商务数码图像技术有限公司
印　　刷　南京爱德印刷有限公司
开　　本　718 毫米 ×1000 毫米　1/16
印　　张　50.75
插　　页　4
版　　次　2025 年 8 月第 1 版
印　　次　2025 年 8 月第 1 次印刷
书　　号　ISBN 978-7-5753-0653-9
定　　价　166.00 元

目　录

阅读凡例

一、本书以1992年“企鹅丛书”版为底本，该版本使用的是1939年伦敦费伯-费伯出版社和纽约维京出版社出版的第一版《芬尼根的守灵夜》。

二、本书的正文排在双数页，以小四号宋体为主，个别地方字体有所变化；注释排在单数页，对应正文。由于部分页码正文对应注释较多，为确保注释全数排放于一页之内，以利对照阅读，此类注释页在字号、行距方面做了一定调整，因此各注释页的版式并不完全一致。

三、原文中的斜体、大写体，以及一些首字母大写但内容为普通词组的名称，均在正文排为楷体。

四、小四号正文右下角的小五号字为该词语也可包含的其他含义。多个其他含义之间用短竖线（|）隔开。这些含义在乔伊斯的原文中与本译文在正文中所取的含义具有同等重要性。

五、注释中的“～”符号，表示正文已出现，注释不再重复的含义，具体地说：

（一）注释中的第一个“～”对应正文中的相应译文（小四号）。如果正文中所用的词语为呼应前后叙述做了变化，则在注释中保留原字典翻译。如果正文中的译文是若干含义的组合，在注释中也保留各组成部分的译文，并用“＋”连接各组成含义。如第一卷第 7 页注释 27，sosie sesthers 中 sosie 为法文词，意为“酷似别人的人”，sesthers 解为 sisters，意为“姐妹”，注释则写为 sosie[法]“酷似别人的人”＋sisters“姐妹”，正文中译为“孪生姐妹”。

（二）词语注释都放在单数页。注释条目与正文完全对应，用语尽量简化。“解为”一律简写为“解”。本译本仅为了阅读方便，通常选取了其中与上下文最具逻辑联系的含义为译文正文（小四号）。正文其他含义（小五号）的先后次序与注释中的先后次序基本一致，分别对应注释中的“～”符号，故该含义的原文皆可在注释中查阅。放入正文和正文词语边注中的内容一律用“～”表示。另有个别特殊表述，如“此处解”，指此处首选含义，其译文在正文中以小四号出现。

六、注释中的各不同含义用分号（;）隔开。

七、注释中不同的语言用中括号和该语言的缩写表示，如“[中]”表示“中文”。语言缩写在“缩略语”页可查到。

八、本译本参考的所有《芬尼根的守灵夜》研究资料都将其他语言用拉丁字母转写，本译本保持这一传统，即便其中包含的中文也先列出该词被乔伊斯研究者普遍使用的拉丁字母书写形式，然后再译为中文。

九、在不同卷中另有特殊情况，说明如下：

（一）在第一卷中，若干重要的背景性解释放在正文脚注中，用❶等标识。

（二）除本书译者所加注释之外，原文第二部第二章本身存在大量页边注和脚注（脚注序号用①等标识），其中包括图片形式。同时，此章内亦存在部分文字旋转、大大小小排列等特殊情况。为保留原文特色，本版均依照原文排布。另外，由于译文与外语原文每行的字符长度难以做到完全对应，当正文小四号字与页边注无法做到行行对应时，排版时适当调整了该页行距或字间距。

缩 略 语

[阿]	阿拉伯语
[阿尔]	阿尔巴尼亚语
[阿拉]	阿拉米语(Aramaic,叙利亚的一种古代语言)
[埃]	埃兰语(Elamite,伊朗高原西南部古代埃兰人所讲的语言)
[爱]	爱尔兰语(当代拼写)
[爱黑]	爱尔兰语黑话(其他语言的黑话形式同此,不再一一列出)
[爱口]	爱尔兰语口语(其他语言的口语形式同此,不再一一列出)
[爱沙]	爱沙尼亚语
[安]	安南语(现多称越南语)
[奥]	奥斯加克语(Ostyak,俄罗斯西伯利亚地区乌拉尔语系乌戈尔语支中的一种)
[澳俚]	澳大利亚俚语(其他语言或地区的俚语形式基本同此,除个别外不再一一列出)
[巴]	巴斯克语(欧洲巴斯克人所讲的语言,系属未定)
[保]	保加利亚语
[北布]	北布列塔尼方言
[贬]	英语贬义
[冰]	冰岛语
[波]	波斯语
[波兰]	波兰语
[布]	布列塔尼语(法国布列塔尼地区的一种少数民族语言)
[丹]	丹麦语
[德]	德语
[俄]	俄语
[法]	法语

[梵]　　梵语
[方]　　英语方言
[废]　　废用英语
[芬]　　芬兰语
[佛]　　佛拉芒语(比利时北部语言,是荷兰语的变体)
[高]　　高棉语(柬埔寨国语)
[古爱]　　古爱尔兰语
[古法]　　古法语
[古挪]　　古斯堪的纳维亚语
[古斯]　　古斯拉夫语
[古体]　　英语已废弃的古代写法
[古意]　　古意大利语
[古英]　　古英语
[行]/[雪]　　小炉匠的秘密行话,也称雪尔塔语(Shelta,以爱尔兰语为基础,现今尚在英国、爱尔兰等地的补锅匠、游民间使用)
[荷]　　荷兰语
[吉]　　吉卜赛语
[捷]　　捷克语
[康]　　康沃尔语(曾通行于英国西南部康沃尔地区的语言)
[拉]　　拉丁语
[老]　　老挝语
[俚]　　英国俚语
[立]　　立陶宛语
[列]　　列托-罗曼语(Rhaeto-Romanic,瑞士东南部和意大利北部的三种罗曼语言的总称)
[鲁]　　鲁塞尼亚语(Ruthenian,即乌克兰语)
[罗]　　罗马尼亚语
[马]　　马来语
[美]　　美式英语
[孟]　　孟加拉语
[缅]　　缅甸语
[南布]　　南布列塔尼方言
[南非荷]　　南非荷兰语
[挪]　　挪威语
[葡]　　葡萄牙语
[普]　　普罗旺斯语

[日]　日语
[瑞]　瑞典语
[瑞德]　瑞士德语
[萨]　萨摩亚语
[塞]　塞尔库普语(Selkup,俄罗斯西伯利亚地区鄂毕河与叶尼塞河之间地区使用的一种语言)
[塞内]　塞内加尔语
[塞维]　塞尔维亚语
[塞维-克罗]　塞尔维亚-克罗地亚语
[桑]　桑塔利语(Santali,流行于印度的比哈尔邦、阿萨姆邦、特里普拉邦、恰尔康得邦、西孟加拉邦、奥里萨邦以及孟加拉国、尼泊尔等国家和地区)
[诗]　诗歌用语
[世]　世界语
[数]　数学术语
[斯]　泛斯拉夫语
[斯洛]　斯洛文尼亚语
[斯瓦]　斯瓦希里语(东非坦桑尼亚、肯尼亚等地通用的语言)
[苏]　苏格兰语
[土]　土耳其语
[晚拉]　公元100—500年间使用的拉丁语
[威]　威尔士语
[沃]　沃拉卜克语(Volapük,一种人造语言)
[乌]　爱尔兰乌尔斯特地区方言
[西]　西班牙语
[希]　希腊语
[希伯来]　希伯来语
[虾]　虾夷语(现更多译为阿伊努语,日本北海道少数民族使用的语言)
[暹]　暹罗语(现称泰语)
[匈]　匈牙利语
[亚]　亚美尼亚语(东部地区方言)
[亚述]　亚述语
[伊]　伊多语(Ido,一种人造语言)
[医]　医学术语
[意]　意大利语

[意第]	意第绪语(阿什肯纳兹犹太人使用的语言)
[意方言]	意大利方言
[印]	印尼语
[印度斯坦]	印度斯坦语(通行于印度中部、西北部和巴基斯坦的语言)
[英爱]	爱尔兰英语
[英印]	印度英语
[中]	中文
[中拉]	中古拉丁语
[中英]	中古英语

第三部

第一章

听！

十二[1]12、二、十一[2]小精灵|11、四[3]4|一刻钟|雄山猫、十（不可能）、六[4]6|性。

听[5]发誓！

四[6]偏见、五[7]、五[8]五点钟、三[9]托盘（肯定是）、十二。

寂静之上的低低披肩，睡眠的心跳。

白色的雾虹跨越。雉形边缘的拱门。康沃尔的马克[10]马克有胶囊。此人的鼻子不[11]零|锻造的像鼻子[12]口鼻|奥维德。它自身带色、起皱、发红[13]用红土做记号。他的帽子[14]保持|肖像|法国军帽是一颗荆豆果[15]荆豆。他是山毛榉下的[16]吹牛・犹豫[17]，他的嘴脸[18]固定附着物是移动的[19]易变的，在我的记忆[20]伦勃朗前面[21]害怕如此晃动[22]可移动的。她，紧接着展现，他的阿纳斯塔西娅[23]复活|汉娜・丽维娅・妇鲁拉贝尔|看。她在代尔夫特低地[24]费城祈祷[25]疼痛。看这里[26]此处|海|Z绿色的卧室[27]眉毛|鸡蛋|金雀花。什么名为蓝牙之人[28]该死的男人|蓝色是谁盯着看的彼处之人？朱古达[29]戈加蒂！朱古达！他有一只

1 Tolv［丹］“～”；也解 twelve“～”。
2 elf“～”，此处解 elf［德］［荷］“～”；也解 eleven“～”。
3 kater 解 quatto［拉］“～”；也解 ceathair［爱］“～”；也解 quarter“～”；也解 Kater［德］“～”。
4 sax 解 sex［拉］“～”；也解 six“～”；也解 sex“～”。
5 Hork 解 horch［德］“～”；也解 horkos［希］“～”。
6 Pedwar［威］“～”；也解 warp“～”。
7 pemp 解 pump［威］“～”。
8 foify 解 five“～”；也解 feufi［瑞德］“～”。
9 tray“～”，此处解 tre［意］“～”。
10 Mark as capsules 解 Mark of Cornwall“～”，中世纪骑士传奇特里斯丹和伊瑟的故事中特里斯丹的叔叔；也解 Mark has capsules“～”。
11 nought“～”，此处解 not“～”；也解 wrought“～”。
12 nasoes 解 naso［意］“～”；也解 nasus［拉］“～”；也解 Publius Ovidius Naso“～”（前 43—约 17），古罗马诗人，著有《变形记》等。
13 ruddled“～”，此处解 redden“～”。
14 kep 解 cap“～”；也解 keep“～”；也解 kep［匈］“～”；也解 kepi“～”。
15 gorsecone 解 gorse“～”＋cone“～”。
16 Tegmine-sub-Fagi 解 Sub tegmini fagi［拉］“～”，维吉尔第一首田园诗的首句。
17 Gascon Titubante 解 Gascon“法国加斯科涅地区的人”，以爱吹牛著称＋Titubante［意］“～”。
18 fixtures“～”，此处解 features“～”。
19 mobiling 解 mobile“～”；也解 mobile［意］“～”。
20 remembrandts 解 remembrance“～”；也解 Rembrandt“～”（1606—1669），荷兰画家。
21 befear 解 before“～”；也解 fear“～”。
22 wobiling 解 wobbling“～”；也解 mobiling，即 mobile“～”。
23 Anastashie 解 Anastasia“～”，女性名字；也解 anastasis［希］“～”；也解 Anna Livia Plurabelle“～”，本书女主人公；也解 see“～”。
24 lowdelph 解 low“～”＋Delft“～”，荷兰西南部城市；也解 Philadelphia“～”，美国城市。
25 prayings 解 prays“～”；也解 pain“～”。
26 Zeehere 解 see here“～”；也解 ziehier［荷］“～”；也解 zee［荷］“～”；也解 zee，字母 Z。
27 eggbrooms 解 bedrooms“～”；也解 eyebrows“～”；也解 egg“～”＋brooms“～”，黄色。
28 blautoothdmand 解 Harald Bluetooth“蓝牙哈拉尔德”，10 世纪的丹麦国王＋man“～”；也解 bloody man“～”；也解 blau［拉］“～”。
29 Gugurtha 解 Jugurtha“～”，公元前 2 世纪努米底亚国王；也解 Oliver St. John Gogarty“～”（1878—1957），都柏林诗人，《尤利西斯》中穆里根的原型。

印第安野人[30]靛蓝|雌鹿|辛德·洪的喙[31]巴克·穆里根。嗬，他有白色的角[32]躲藏。他的眼睛[33]现在看着你。思绪[34]笔！柔和的野紫罗兰[35]整个蒙面的世界中最美丽的女人。她会亲吻[36]小孩我宫殿[37]上腭的地下室，用淫荡的[38]黑曜石唇[39]狼疮，她那未断奶的鸽子[40]都柏林的乳儿|黑色身上的锥子[41]鳗鱼。爱巢[42]一页|碳磷灰石|走开|警告！别靠近[43]这里|黑色！黑[44]回来！拉闸！

我想当我在何地是快乐的乌有乡[45]无人之地的某个部位沉沉睡去(那是当你们和他们是我们的时候)，我在零点听到那是午夜的钟鸣之中泼妇的哄然笑声，钟声来自小巧古老的斑斑点点的教堂里有气无力地敲响的钟楼，一位家主，真实得就像夜晚看不见的紫罗兰，提供了所有大不列颠和爱尔兰的生机勃勃的物体，人类观察者看不到，除非那或许不久成为某个灿烂的[46]闪闪发光的闪光，沿着河水的[47]冲积的|流向|流动的|汉娜·丽维娅流啊流的水面逐渐变暗，就像可能再次看到[48]像是洗衣店的外衣静卧在草地[49]背风地上，满怀期待，近在手边。当我懒散假寐，在梦中一路小跑，哎呀[50]吻者诺拉，我想我听到了宽石[51]宽广的语气|大污点，以及属于大地呼吸的爬行者、滑行者和廉价小汽车[52]飞行物|肝脏|火力|花朵，柴火和蜂鸟[53]螯虾的舞舌在它们的领地全都开始[54]回音|吃大喊：肖恩！肖恩！邮递，邮递员！用响亮的声音，啊，更响亮者在高处，更深沉者在低处，我就这样听到他！看，我以为[55]场面什么东西从声音里出来，什么人可能全身阴暗地走动。现在，它好像一大块，现在或许。看的时候，是光，现在它像闪

30 hindigan 解 Indian“～”；也解 indigo“～”；也解 hind“～”；也解 Hind Horn“～”，民谣中的人物。
31 becco［意］“～，或妻子有外遇的丈夫”；也解 Buck Mulligan“～”，《尤利西斯》中的人物。
32 hornhide 解 horn“角”＋white“白色的”；也解 hide“～”。
33 hvis 解 his eye“～”。
34 Pensée［法］“～”；也解 pen“～”，指笔者闪姆。
35 veilch veilchen veilde 解 weich［德］“～”＋Veilchen［德］“～”＋wild“～”；也解 whole world veiled“～”。
36 kidds 解 kiss“～”；也解 kids“～”。
37 palace“～”；也解 palate“～”。
38 obscidian 解 obscene“～”；也解 obsidian“～”。
39 luppas 解 lips“～”；也解 lupus“～”。
40 dhove's suckling 解 sucking dove“～”；也解 Dublin's suckling“～”；也解 dubh［爱］“～”。
41 aal［荷］［德］(Aal)“～”，此处解 awl“～”。
42 Apagemonite 解 Agapemones“～”，此处指 19 世纪自由性爱者的群居处所；也解 a page“～”＋monite“～”；也解 apage［拉］“～”；也解 admonition“～”。
43 nere 解 near“～”；也解 here“～”；也解 nero［意］“～”。
44 Black“～”；也解 back“～”。
45 nonland 解 no land“～”；也解 no-man's land“～”。
46 glistery 解 glister“闪耀”＋-y；也解 glittery“～”。
47 affluvial 解 fluvial“～”；也解 alluvial“～”；也解 afflue“～”；也解 affluvialis［拉］“～”；也解 Anna Livia“～”，本书女主人公。
48 seem“～”，此处解 see“～”。
49 leasward 解 lea“草地”＋sward“草皮”；也解 leeward“～”。
50 arrah“～”；也解 Arrah-na-Pogue“～”，出生于爱尔兰的美国剧作家鲍西考尔特(Dion Boucicault)剧本的名字，也是剧中女主人公的名字。在书中，这个名字与乔伊斯的妻子诺拉·巴纳克尔相关联。
51 broadtone 解 Broadstone“～”，都柏林火车站名；也解 broad tone“～”；也解 broad stain“～”。
52 flivvers“～”；也解 fliers“～”；也解 livers“～”；也解 fires“～”；也解 flowers“～”。
53 hummers“～”；也解 Hummer［德］“～”。
54 echoating 解 inchoating“～”；也解 echo“～”＋ating“～”。
55 mescemed 解 meseems“～”；也解 scene“～”。

电，现在更[56]不过是|雾|肤色黝黑的|莫兰像微光[57]雨。啊，不发光时，它非常逼真[58]非常相似，老天保佑，那是他的束在腰带上的灯！我们梦到他是一个影子[59]，当然，他是灯的眼睛[60]真人大小，小伙子！受祝福的时刻[61]我，啊，罗曼司[62]，他将[63]长大到停下！哎，他这个摇摆[64]迷路的不定的人，我前面的一缕鬼火[65]，手支着手，舞台[66]赞成者的提词侧，穿得像位正穿着正确服装的伯爵，穿着有超高[67]帷幕韧度的上等雨衣[68]儿子起绒粗呢外套[69]外衣的，靛蓝色华服[70]靛蓝|爱尔兰直至审判日，追踪并踏步，一只爱尔兰猎犬[71]摆渡人|蹄铁匠|费列尔和波洛克公司颈圈，跟从他肩膀[72]垂下的海豚[73]蕾丝[74]一起自由摆动，他穿的厚贴边[75]焊接的粗革皮鞋通过铸打以适合最苏格兰的[76]山霭公众和气候[77]私人的，铁鞋跟、钉[78]可分离的鞋底，他的天意夹克用羊毛内衣完备提供，一只翻领对它口齿不清地柔和欢唱，还有大大的封蜡纽扣，一个上好的助力，比给它们的插槽还大，有二十二克拉[79]胡萝卜教皇红[80]罂粟花|克拉斯纳波尔斯基|克利什那红色，还有他无价的[81]无懈可击的粗麻背心[82]，他的流行短项链，如此大的[83]弗朗切斯科·塔玛尼奥七和四[84]强大，他那耀眼的波希米亚[85]领带[86]玩具，他穿在里面的锦缎[87]镶嵌工艺外套式衬衫，一件星光闪烁的薄织物[88]天蓝色，配上明显白色法袍的[89]过剩的皱褶涂鸦的正面，他贯穿亲爱一生的格言用豌豆、大米、蛋黄[90]绣[91]肉汤|做浮雕图案|兄弟在它上面，R[92]或者|金色的代表皇家，M[93]是代表邮政，都柏林皇家邮政[94]现款支付，即买即付的现金，以及现在你曾最成功地穿着的[95]咖喱羊腿袖折边[96]萝卜，（多么完美的[97]一对|事实折痕！多么彻底的[98]是

56 moren 解 more than“多于”；也解 no more than“～”；也解 moren［布］“～”；也解 moreno［西］“～”；也解 Moran“～”，曾经迫害过爱尔兰民族运动领袖巴涅尔的主教。
57 glaow 解 glow“～”；也解 glao［布］“～”。
58 very similitude“～”，此处解 verisimilitude“～”。
59 shaddo 解 shadow“～”。
60 lightseyes 解 lifesize“～”；也解 light's eyes “～”。
61 momence 解 moment“～”；也解 me“～”，即 bless me“老天保佑”。
62 romence 解 romance“～”。
63 growing to“～”，此处解 going to“～”。
64 swayed“～”；也解 strayed“～”。
65 will of a wisp 解 will-o'-the-wisp“～”。
66 pros“～”，此处解 proscenium“～”。
67 suparior 解 superior“优秀的”；也解 sipario［意］“～”。
68 mac［英口］“～”；也解 mac［爱］“～”。
69 o'coat 解 overcoat“～”；也解 of coat“～”。
70 indigo braw“～”；也解 indigo blue“～”；也解 Éire go bráth［爱］“～”。
71 ferrier“～”，此处解 terrier“～”；也解 farrier“～”；也解 Ferrier, Pollock & Co. “～”，都柏林服装商。
72 shoulthern 解 Schultern［德］“～”。
73 mereswin 解 mere-swine“海猪”，指海豚。
74 lacers 解 laces“～”。
75 welted“～”；也解 welded“～”。
76 scotsmost 解 Scots“苏格兰人的”＋most“最”；也解 Scotch mist“～”，苏格兰常见。
77 climate“～”；也解 private“～”。
78 sparable“无头小钉子”；也解 separable“～”。
79 carrot“～”，此处解 carat“～”。
80 krasnapoppsky 解 krasnopopskii［俄］“～”；也解 poppy“～”；也解 Krasnapolsky“～”，荷兰阿姆斯特丹的旅馆名，乔伊斯 1927 年 6 月住在这里，此外阿姆斯特丹以钻石工厂闻名；也解 Krishna“～”，印度教毗湿奴神的别名之一。
81 invulnerable“～”，此处解 invaluable“～”。
82 whiskcoat 解 waistcoat“～”。
83 Tamagnum 解 tam magnum［拉］“～”；也解 Francesco Tamagno“～”（1851—1905），意大利男高音歌唱家。
84 sette-and-forte 解 sette［意］“七”＋and“和”＋four“四”；forte 也解 forte［意］“～”。
85 boheem 解 La Bohème“～”，意大利音乐家普契尼作曲的音乐剧。
86 toy“～”，此处解 tie“～”。
87 damasker 解 damask“～”＋-er；也解 damascenes“～”。
88 zephyr“～”；也解 sapphire“～”。
89 surpliced“～”；也解 surplus“～”。
90 yeggyyolk 解 egg yolk“～”。此处包括爱尔兰国旗的绿、白、橙三色。
91 embrothred 解 embroidered“～”；也解 broth“～”；也解 emboss“～”；也解 brother“～”。
92 Or“～”，此处解 R，字母；也解 or［法］“～”。
93 Am“～”，此处解 M，字母。
94 R. M. D. 解 Royal Mail, Dublin“～”；也解 ready money down“～”。
95 carried“～”；也解 curry“～”。
96 turnups 解 turn-ups“～”也解 turnips“～”。
97 pairfact 解 perfect“～”；也解 pair“～”＋fact“～”。
98 amsolookly 解 absolutely“绝对地”；也解 am so“～”＋look“～”＋-ly。

如此|看诅咒[99]柯西!)打破了脚踝，拥抱着鞋跟，一切都是最好的——恰恰是(啊，那么愿上帝和玛利亚，和圣帕特里克[100]和圣布利吉特的乌龟祝福像汤般洒遍他的全身!)，正是(愿他那成百上千封久泡的欢迎信，用驿地马车[101]特快|已经购买的传递的魔杖，增加，唉，信念，增加[102]!)肖恩自己。

多么原始的图画啊!

如果我有格雷格里和里昂两位先生那和谐一致的聪明脑袋，加上泰培博士的，以及我猜想[103]讲话可敬的麦克杜格[104]先生的聪明脑袋，但是我，可怜的驴子，只不过就像它们四部补锅匠[105]胳肢|叮当声的驴子[106]讨债者|钥匙。然而我猜想肖恩(神圣的送信[107]谎言|弥撒曲|梦想天使们不停地在曾经随意的曲折道路中一直推搡着他!)完全是肖恩本人(现在愿所有蓝黑色滑动的[108]倒退星座继续塑造他易变的时刻表!)站在我面前。我用我的农业词语保证，根据这个偶数视力的一百六十奇数视杆细胞和视锥细胞，那位小伙子看了那东西，花花公子步道[109]俊男-美女步道|美丽的之美女，最好的牌[110]大主教|恶棍，如果有过的话! 充满活力?现在绝不撒谎，可以毫不夸张地说，他看起来很宏伟，如此该死地潇洒，比他平常健康很多。别误会那条得意的眉毛[111]麦克库尔! 这里有一个人给你，他从来不会跟好公爵汉弗利共进午餐[112]，而会从月初吃[113]八到月末，身上[114]边缘没有一丝爱尔兰[115]犯罪的影子，然后，朝其他方向绕了一圈，跟红滩[116]特拉利|塔罗纸牌|塔拉的残渣说再见[117]一品脱四便士的麦芽酒。那些快活的[118]耶和华|朱庇特主

99 kersse 解 curse“～”；也解 J. H. Kersse“～”，乔伊斯的父亲听到的驼背的挪威船长与都柏林裁缝的故事里的人物，一位住在都柏林萨克维勒街的裁缝。

100 Haggispatrick 解 Hagios［希］“圣人”＋Patrick“帕特里克”，都柏林的主保圣人。

101 postchased 解 post-chaise“～”，早期运载乘客及邮件的四轮车厢式马车；也解 posthaste“～”；也解 purchased“～”。

102 plultiply 解 multiply“～”。

103 dorsay 解 dare say“～”；也解 orsa［拉］“～”。

104 Mac Dougall 解 Johnny MacDougal“约翰尼·麦克杜格”。此处为书中的四位长者。

105 tinckler 解 tinker“～”；也解 tickle“～”；也解 tinkle“～”。

106 dunkey 解 donkey“～”；也解 dun“～”＋key“～”。

107 messonger 解 messenger“～”；也解 mensonge［法］“～”；也解 Messe［法］“～”；也解 songe［法］“～”。

108 blueblacksliding 解 blueblack“蓝黑色”＋sliding“滑动”；也解 backslide“～”。

109 Beaus' Walk“～”，18 世纪都柏林斯蒂芬绿地北部的步道；也解 Beau-Belle Walk“～”，位于都柏林凤凰公园；也解 bel, beau［法］“～”。

110 prime card“～”，指牌中的幺点，即佼佼者；也解 Primas［德］“～”，该词曾修饰“恶棍”(Cad)＋cad“～”。

111 beamish brow“～”；也解 Beamish MacCoul“～”，美国剧作家鲍西考尔特剧本《吻者诺拉》的主人公。

112 nunch 解 lunch“～”，“与好公爵汉弗利一起进餐”在俚语中指“不吃晚餐”。

113 aight 解 eat“～”；也解 eight“～”。

114 hem“～”，此处解 them“～”。

115 err“～”，此处解 Erin“～”。

116 Traroe 解 Tragh Ruadh［爱］“～”，爱尔兰海滩，以牡蛎著名；也解 Tralee“～”，爱尔兰港市，位于凯里郡，有民歌《特拉利的玫瑰》；也解 Tarot“～”；也解 Tara“～”，古代凯尔特王国的都城。

117 fourale to 解 farewell to“～”；也解 four ale“～”。

118 jehovial 解 jovial“～”；也解 Jehovah“～”；也解 Jove“～”；也解 oval“～”。

神|椭圆形眼睛瞥视[119]眼镜！玫瑰[120]角色|好人的心！中了头彩[121]撞鸡笼。他无边无际，头等愉快，因为他才在酒馆里度过了一段好时光，一顿二十四小时每刻都要紧的饭[122]麦芽酒|视力，毫发无损[123]可鄙的人|坦白的，如果你想知道，圣劳伦斯·奥图尔[124]之家，幸运之轮，把你的棍子[125]梅花牌留在大厅里，自己照顾自己，没有买胡桃番茄酱的支票[126]牛颈肉|鸡肉，拉泽比泡菜[127]和免费[128]葡萄茎酸辣酱(布里斯托尔[129]和巴尔罗瑟利[130]曾经的王后两次赞美的房子，因为她的前[131]邋遢的女人|喇叭门望向正派[132]街)那里看到[133]叹气的可爱的眼睛，当他的红桃杰克[134]刀子制造混乱，他借助一铲铲成堆食物[135]骑马的|脚的大餐[136]方法恢复了他的力量，期待着住棚节[137]餐巾，组成他的三部分[138]《圣帕特里克的三重生活》主[139]晚餐食，外加一份斋日点心，早餐是，首先，上帝保佑，啊，口渴的血橙[140]爱尔兰儿童节日，其次，半品脱的培根[141]经济学学士|弗兰西斯·培根配刚下的鸡蛋[142]，以及一瓣覆盆子[143]李子式的布丁[144]填料，有糖或无糖[145]构成|遇到|切开|雷声|糖，某块被丢弃的冷牛排[146]倒霉的，因那时被淹没的蝙蝠黑夜而再次用泥煤烧[147]石化的|圣彼得，对食物[148]最终的毫无偏见[149]汁液，为了零食[150]子午线在他那半磅牛腿肉的什锦锅晚餐出来，非常稀有。出自波塔林顿[151]肉铺的宝龙[152]上品，配以佐餐的豌豆饭[153]收据|似米的|豌豆的、约克郡[154]大拌菜[155]和培根，以及(请再多吃一点[156]请!)一副排骨[157]筷子，被公鸡[158]烘烤器的女主人[159]从银栅格扔进来，她住在山上[160]，还有菜炖牛肉[161]高卢语|外国人|驽马汁和用来吸汤的[162]粗稞麦面包，一只极好的[163]饕餮的球茎[164]毛毛虫洋葱(因

119 oyeglances 解 øye［挪］“眼睛”＋glances“瞥视”；也解 eyeglasses“～”。
120 rool 解 rose“～”；也解 role“～”；也解 the heart of the roll“～”，化自爱尔兰民谣《戴西·莱利》中的词句“The heart of the rowl is Dicey Riley”（戴西·莱利是最好的）。
121 hit the hencoop“～”，此处解 hit the jackpot“～”。
122 maltsight 解 Mahlzeit［德］“一顿饭”；也解 malt“～”＋sight“～”。
123 scutfrank 解 scotfree“不受惩罚的”；也解 scut“～”＋frank“～”。
124 Lawzenge of Toole 解 Laurence O'Toole“～”（1128—1180），都柏林的守护圣人，曾任都柏林大主教，在访问坎特伯雷时被狂热分子用棍子击倒。
125 clubs“～”；也解“～”。
126 chucks“～”，此处解 check“～”；也解 chicken“～”。
127 Lazenby's 解 Lazenby's pickles“～”，一种泡菜品牌。
128 graspis 解 gratis“～”；也解 graspi［意］“～”。
129 英国国王亨利二世曾把都柏林市送给布里斯托尔市的市民。
130 Balrothery“～”，都柏林的一个村庄。
131 frumped 解 front“～”；也解 frump“～”；也解 trump“～”。
132 Dacent 解 decent“～”。
133 sighed“～”，此处解 sight“视野”。
134 knives“～”，此处解 knave“牌中的杰克”。
135 mounded food“～”；也解 mounted“～”＋foot“～”。
136 meals“～”；也解 means“～”。
137 faste of tablenapkins 解 Feast of Tabernacles“～”，犹太民族和犹太教的节日，为期 7 天或 9 天，为纪念以色列人出走埃及进入迦南前 40 年的帐篷生活而设立；其中 tablenapkins 也解 table napkins“～”。
138 threepartite 解 tripartite“～”；也解 *Tripartite Life of St. Patrick*“～”，中世纪的一本圣帕特里克传记。
139 pranzipal 解 principal“～”；也解 pranzo［意］“～”。
140 blood and thirsthy orange 解 blood orange“血橙”＋and“和”＋thirsty“渴的”；也解 Blood Thursday“～”。
141 becon“～”，此处解 bacon“～”；也解 Francis Bacon“～”（1561—1626），英国散文作家、哲学家。
142 newled googs 解 newlaid eggs“～”。
143 riceplummy 解 raspberry“～”；也解 plummy“～”。
144 padding“～”，此处解 pudding“～”。
145 met of sunder suigar 解 met of zonder suiker［荷］“～”。其中 met of 也解 made of“由……构成”；也解 met“～”。其中 sunder 也解“～”；也解 thunder“～”。其中 suigar 也解 suiker［荷］“～”。
146 forsoaken steak 解 forsaken steak“～”；也解 godforsaken“～”。
147 peatrefired 解 peat“泥煤”＋refired“再点燃的”；也解 petrify“～”；也解 Saint Peter“～”。
148 evectuals 解 victuals“～”；也解 eventual“～”。
149 without prejuice 解 without prejudice“～”；其中 prejuice 也解 juice“～”。
150 merendally 解 merenda［意］“～”；也解 meridian“～”。
151 胡格诺派教徒在爱尔兰的定居地之一。
152 Blong 解 Peter Blong“～”，波塔林顿的屠夫。
153 riceypeasy 解 Rizi-Bizi“～”，克罗地亚的流行配菜；也解 récépissé［法］“～”；也解 ricey“～”＋peasy“～”。
154 Corkshire 解 Yorkshire“～”，英国郡名，以布丁著称。
155 alla mellonge 解 à la mélange［法］“～”。
156 a little mar pliche 解 a little more please“～”；其中 mar pliche 也解 mar plich［布］“～”。
157 chops“～”；也解 chopsticks“～”。
158 roastery 解 rooster“～”；也解 roaster“～”。
159 proprietoress 解 proprietress“～”。
160 此句化自歌曲《猫头鹰和小猫咪》中的歌词“火鸡住在山上”。
161 gaulusch 解 goulash“～”；也解 Gaulish“～”；也解 gall［爱］“～”；也解 Gaul［德］“～”。
162 wolp up 解 sop up“～”。
163 gorger's“～”，此处解 gorgeous“～”。
164 bulby“～”；也解 bolb［爱］“～”。

吾之罪，因吾之罪，因吾无尽之罪[165]珍珠|喜鹊|玛奇|糖果）还配以第二道菜，然后，最后，他在红苹果[166]家或者烤·羊肉[167]家十一[168]雪崩|苹果点的快餐之后，快餐包括鞍囊牛排和一块三明治[169]麻烦他，配上她的老凤凰啤酒[170]公园，只是[171]苹果酒用来润润[172]葡萄酒|微笑他的口哨[173]软骨|蛋糕|抵押品，甜土豆[174]马铃薯，还有爱尔兰炖肉，以及仿甲鱼[175]汩汩声，为了咽下[176]一路吹口哨，一口[177]一堆|饮酒接一口，让舌头绕着[178]走开它，突然开始讲价的[179]弄坏了的|此外博兰[180]肉汤，让他遗憾的是戴着[181]我儿子睡帽喝的汤[182]晚餐|夜宵，即[183]蛋黄|泰勒斯，一份与第二道菜鸡蛋[184]注视者|愤怒和培根[185]弗兰西斯·培根一致的喧闹酒宴[186]恩里科·卡鲁索|马可·奥勒留·卡鲁斯（贵重的）配以蚕豆、肉[187]鸡蛋、牛排、鸡蛋[188]和|肉馅羊肚、辣椒，被加热的菱形骨、温暖的蒂姆[189]，而正是在他紧接着[190]朋友|福斯塔夫冷的小牛腰肉，吞咽了一只热热填塞了的小公鸭之后，更多的卷心菜，在他们的绿色[191]罗伯特·格林自由邦[192]一簇[193]灌肠|阴蒂豌豆[194]小便，恐怕[195]塞剂很小，最后。附言，但是一点点[196]顶针莱茵河杜松子酒[197]纯洁的|杜松子酒给灵魂·平安[198]附言|尿尿。干巴巴的感谢[199]衷心感谢|三倍的感谢。面包[200]和红皮藻和提珀雷里[201]真实地果酱，全都免费，阿门[202]黄油|一个男人，以及。红酒中的精华相伴[203]灵魂。因为他的心像他自己一样大，的确如此，呜呼，更大！而树叶[204]长条面包在开花[205]面粉的，夜莺[206]黑暗啁啾。所有贝里的圣朱利安[207]贝里的吉利安，为矮胖老人啤酒杯三[208]那里欢呼！黑月桂葡萄酒[209]麦布女王|达芙妮，我们海关[210]蛋挞屋码头的棕色骄傲，亲切而恭敬[211]就餐，仁慈地让我们开

165 Margareter, Margaretar Margarasticandeatar 解 mea culpa, mea culpa, mea maxima culpa "～",此句化自天主教《忏悔经》中常用的开头。其中 Margareter 也解 margarita [拉]"～";也解 margaret,即 magpie"～";也解 Maggies"～",本书主人公的女儿。其中 Margarasticandeatar 也解 candy"～"。

166 Appelredt 解 Apple"苹果"＋red"红色"。

167 Kitzy Braten 解 Gitzibraten [瑞德]"～";也解 Kitze [德]"小山羊"＋Braten [德]"烤"。

168 avalunch 解 eleven"～";也解 avalanche"～";也解 avalou [布]"～"。

169 Botherhim 解 boterham [荷]"～";也解 bother him"～"。

170 portar 解 porter"～";也解 park"～"。

171 jistr 解 just"～";也解 sistr [布]"～"。

172 gwen 解 wet"～";也解 gwin [布]"～";也解 gwén [威]"～"。

173 gwistel 解 whistle"～";也解 gristle"～";也解 gwastell [布]"～";也解 gwystl [威]"～"。

174 praties"～";也解 préataí [爱]"～"。

175 mock gurgle 解 mock turtle"～",用小牛头肉做的一道菜;也解 gurgle"～"。

176 swallying 解 swallow"～"。

177 swp [威]"～",此处解 sip"～";也解 sup"～"。

178 arount 解 around"～";也解 aroint"～"。

179 broken into the bargain 解"～";也解 broken"～"＋into the bargain"～"。

180 Boland 解 Boland's City of Dublin Bakery"博兰都柏林城市面包店",位于都柏林大运河下街 9A 号。

181 avic 解 avec [法]"～";也解 a mhic [爱]"～"。

182 soupay 解 soup"～";也解 supper"～";也解 souper [法]"～"。

183 vitellusit 解 videlicet"～";也解 vitellus [拉]"～";也解 Tellus"～",罗马神话里的大地女神。

184 eyer"～",此处解 Eier [德]"～";也解 ire"～"。

185 becon 解 bacon"～";也解 Francis Bacon"～"。

186 carusal 解 carousal"～";也解 Enrico Caruso"～"(1873—1921),世界著名的意大利男高音歌唱家;也解 Marcus Aurelius Carus"～"(230—283),罗马帝国皇帝。

187 hig 解 kig [布]"～";也解 egg"～"。

188 hag [布]"～",此处解 egg"～";也解 haggis"～"。

189 timmtomm 解 Tim Finnegan"蒂姆·芬尼根",民谣《芬尼根的守灵夜》的主人公＋tomm [布]"温暖的"。

190 following"～";也解 friend"～";也解 Falstaff"～",莎士比亚笔下的喜剧人物。

191 green"～";也解 Robert Greene"～"(1558—1592),文艺复兴时期"大学才子派"的英国作家。

192 free state 解 Irish Free State"爱尔兰自由邦",爱尔兰共和国的前身。

193 clister 解 cluster"～";也解 clyster"～";也解 clitoris"～"。

194 peas"～";也解 piss"～"。

195 soppositorily 解 supposedly"～";也解 suppository"～"。

196 fingerhot 解 einen Fingerhut voll trinken [德]"～";也解 vingerhoed [荷]"～"。

197 rheingenever 解 Rhein [德]"莱茵河"＋Genever [德]"杜松子酒";也解 rein [德]"～"＋jenever [荷]"～"。

198 Pax cum Spiritututu 解 pax cum spiritu tuo [拉]"愿你的灵魂平安";也解 P. S. "～";也解 piss"～"。

199 Drily thankful"～";也解 truly thankful"～";也解 thrice thankful"～"。

200 Burud 解 bread"～";也解 bara [布]"～"。

201 typureely 解 Tipperary"～",爱尔兰郡,爱尔兰俗语中有"我心所系"之说;也解 truly"～"。

202 aman [布]"～",此处解 amen"～";也解 a man"～"。

203 avec [法]"～";也解 avec [俚]"～"。

204 loaves"～",此处解 leaves"～"。

205 aflowering"～";也解 floury"～"。

206 nachtingale 解 Nachtigall [德]"～";也解 Nacht [德]"～"。

207 St Jilian's of Berry 解 St. Julian of Berry"～",酒店业的主保圣人;也解 Jilian of Berry"～",歌曲《燃烧杵骑士》中的酒吧侍女。

208 there"～",此处解 three"～"。

209 Mabhrodaphne 解 Mavrodaphne"～";也解 Mab"～",神话故事中的仙女精灵,可以帮助人类实现梦想;也解 Daphne"～",希腊神话中河神的女儿,为躲避阿波罗的求爱而化为月桂树。

210 custard house"～",此处解 custom house"～"。

211 repastful 解 respectful"～";也解 repast"～"。

心[212]听我们说，他在内心深处梦[213]到的，安妮·林奇[214]汉娜·丽维娅，永远是你！和撒那[215]房屋|汉娜！茶[216]她是最高等的！为了美好的昔日[217]《为所有永恒》|不朽！因此他现在会变得更浓，变新。黄油和黄油越来越好。一看见[218]有迹象以斯帖·凡霍米利[219]女主人|范|饥饿的。无论如何！注意，如果不过[220]主要地是一些火腿和雅法柑橘[221]含和雅弗，开始用心[222]吃[223]，我并不打算现在暗示[224]咽下他在可嚼的囫囵吞枣[225]方面犯下了饕餮[226]有罪的暴食之罪[227]杰彼斯酒，但是，畜生就是畜生[228]公事公办|牛初乳，总的来说，胃口不好的时候，考虑到恋爱前食欲和恋爱后价格[229]，便宜[230]，真贱，如果是热月八月[231]丰收|鸡蛋或花月[232]花的五月[233]可以，吹着牧月[234]空气的|生鸡蛋醒酒汤狂欢[235]牡蛎游戏的时候，在大吃和美食家[236]之间，他满意地吃下，上帝和玛丽保佑[237]亲爱的|三明治，每次他同意弄坏一餐，或者想要一瓶阿迪劳恩[238]，伴以[239]错的品尝一口精选的[240]作为小吃吃一点|障碍|美食装饰精美的蛋糕[241]鞑靼人|果馅饼，或者。尽管他的入场[242]净重为零，但是总体上[243]总额他的体重[244]在相应的姿势之后是特轻量级[245]蝇卵。他在他那复活节星期一[246]牡蛎星期一印刷面上悠游自在，长着女学生皮肤[247]完成的嬉皮笑脸是那么马车夫般洋洋自得，你可以说他显然外出跋涉和游行[248]坡道和饲料|诈骗|讨好女子过，因为他说[249]言。

序曲开始了[250]！

看哪（希望[251]宁静，啊希望！），当我看到，我似乎[252]流淌，当绿色飞[253]蓝色的向红色[254]栅格|绿幕布，被飞向，穿过黑暗[255]的聋聩[256]死

212 cheerus 解 cheer us“～”；也解 hear us“～”。
213 draiming 解 dreaming“～”。此处化自歌曲《神圣之城》中的歌词“我温柔地梦到的永远是你”。
214 Anne Lynch“～”，都柏林的一种茶叶名；也解 Anna Livia“～”，本书女主人公。
215 Houseanna 解 hosanna“～”，赞美上帝之语；也解 House“～”＋Anna“～”，本书女主人公。
216 Tea“～”；也解 she“～”。
217 For auld lang Ayternitay 解 Auld Lang Syne“～”，歌曲名，中文译为《友谊地久天长》；也解“For All Eternity”“～”，歌曲名；其中 Ayternitay 也解 eternity“～”。
218 At the sign of“～”，此处解 at the sight of“～”。
219 Mesthress Vanhungrig 解 Esther Vanhomrigh“～”，英国作家斯威夫特的年轻恋人之一；也解 mistress“～”＋Van“～”＋hungrig［德］“～”。
220 menuly 解 merely“～”；也解 mainly“～”。
221 ham and jaffas“～”；也解 Ham and Japhet“～”，《创世记》中挪亚的三个儿子中的两个。
222 nuckling down 解 knuckle down“～”。
223 nourritures［法］“食物”。
224 ingestion“～”，此处解 suggestion“～”。
225 boltaballs 解 bolt a ball“～”。
226 gulpable 解 gulp“狼吞虎咽”＋-able；也解 culpable“～”。
227 guilbey 解 guilty“～”；也解 Gilbey's“～”，都柏林杜松子酒商，也是一种杜松子酒的品牌。
228 biestings be biestings 解 Biest(［德］“畜生”)is Biest“～”；也解 business is business“～”；其中 biestings 也解 beastings“～”。
229 2010 年修订版此处有逗号。
230 good coup 解 goedkoop［荷］“～”。
231 oogst［佛］“～”；也解 oogst［荷］“～”；也解 egg“～”。
232 floreal［法］“～”，法国共和历的八月；也解 floral“～”。
233 may“～”，此处解 May“～”。
234 prairial“～”，法国共和历的九月；也解 aerial“～”；也可与后面的 roysters 合解 prairie oyster“～”。
235 roysters“～”；也解 oysters“～”。
236 gourmeteering 解 gourmet“～”＋-er＋-ing。
237 deah smorregos 解 Dia's Muire dhuit［爱］“～”；也解 dear“～”＋smörgås［瑞］“～”。
238 ardilaun 解 Ardilaun“～”，爱尔兰戈尔韦郡的岛，靠近健力士家族在孔地的地产，亚瑟·健力士是阿迪劳恩领主。
239 arongwith 解 alongwith“～”；也解 wrong“～”。
240 smag of a lecker biss 解 smag af an lækkerbisken［丹］“精选的一口的味道”；也解 snack of a little bit“～”；其中 smag 也解 snag“～”；其中 lecker biss 也解 Leckerbissen［德］“～”。
241 taart［荷］“～”；也解 Tartar“～”；也解 tart“～”。
242 intrants 解 entrance“～”，拳击手和赛马手比赛前都需要测量体重。
243 gross and ganz 解 großen und ganzen［德］“总体上，大块头”；其中 gross 也解“～”。
244 afterduepoise 解 avoirdupois“～”；也解 after due poise“～”。
245 flyblow“～”，此处解 flyweight“拳击或其他比赛中的特轻量级”。
246 Oyster Monday“～”，此处解 Easter Monday“～”，爱尔兰复活节起义的开始时间。
247 completion“～”，此处解 complexion“面色”。
248 ramp and mash“～”，此处解 tramp and march“～”；也解 on the ramp［俚］“～”＋on the mash［俚］“～”。
249 sproke 解 spoke“～”；也解 sprach［德］“～”。
250 Overture and beginners“序曲和开始人”，管弦乐队开始演奏前奏曲时，呼唤演员出场的人会用这句话招呼开始演出的演员登台。
251 whish 解 wish“～”；也解 thoist［爱］“～”。
252 mestreamed 解 me“我”＋seemed“似乎”；也解 streamed“～”。
253 flew“～”；也解 blue“～”。
254 gred 解 red“～”；也解 grid“～”；也可与前面的 green 合解 green rag“～”，指剧院里的舞台幕布。
255 durkness 解 darkness“～”。
256 deafths 解 deafness“～”；也解 death“～”。

亡，绿色变得更深，我听到一个声音，肖恩的声音[257]语音，爱尔兰人的投票，来自远方的声音（无疑没有哪个更纯洁的帕莱斯特里那式[258]青年[259]纯洁的曾经在云中向所有天使[260]向所有人传递消息|天使之粮高歌你是彼得，不是迈克尔·凯利[261]米开朗基罗，不是玛拉·奥玛拉[262]朱塞佩·马里奥，当然，什么意大利数字[263]许多的曾经在尿壶里生吸[264]洗劫鲜[265]鱼鸡蛋[266]？），英格兰[267]臭氧海上吹向爱尔兰[268]的微风[269]布列塔尼，从因希盖拉[270]向芬芳的[271]神圣的夜生活呼唤，就如它如何叹息（斑布克鹰鸮[272]摩尔庄园！斑布克鹰鸮！），轻柔得如同来自克里夫登的可爱的[273]高傲的马可尼桅杆[274]向新斯科舍[275]听着的[276]列表的姐妹们[277]姐妹|魔杖飒飒公开无线的[278]不倦的秘密（淡紫波尔图[279]摩尔庄园！淡紫波尔图！）。电子管电子管[280]两个、两个。

他的手掌举起，他的手壳罩着，他的手势指着，他的手心成对，他的手斧抬起，他的手叶落下。助人的手几乎治愈[281]帮助的手最治愈那个洞|全部！多么神圣的手[282]神圣者|热的神圣的！做手势[283]动作|开玩笑。

它说：

——喂，爱丽丝，阿拉丁，去爱[284]我爱、你爱、他爱、我们爱|唉！哆、唏、啦、嗦、发、咪、瑞、哆[285]她轻轻慢步落下是否意味着休息了？肖恩打着哈欠，一边向大家致意排演[286]带妆彩排，（那是大前天[287]前前前天的鸽子馅饼，配以给运送者的粗面团，以及大前天[288]忘记|星星的惊呼杂碎[289]HCE，加上[290]他心里的星期二[291]妓院香槟[292]假痛，带着对过去的记忆，现在的此地此时[293]打嗝，对来自通心粉[294]酒瓶|安妮·鲁尼

257 voce [意]"～";也解 voice"～"。
258 palestrine 解 Palestrinian"～",帕莱斯特里那(1525—1594)是意大利作曲家。
259 puer [拉]"～";也解 purc"～"。
260 panangelical 解 pan-"泛"+angelical"天使的";也解 panangelikos [希]"～";也解 Panis Angelicus [拉]"～"。
261 Michaeleen Kelly 解 Michael Kelly"～"(1762—1826),都柏林演员、歌唱家、作曲家,莫扎特的朋友;也解 Michelangelo"～"(1475—1564),意大利佛罗伦萨雕塑家。
262 Mara O'Mario 解 Joseph O'Mara"～"(1864—1927),爱尔兰男高音歌唱家,唱特里斯丹这一角色+Giuseppe Mario, Count of Candia"～"(1810—1883),干地亚伯爵,19 世纪最著名的男高音歌唱家。
263 numerose Italicuss 解 numerus Italicus [拉]"～";也解 numerous"～"。
264 rawsucked 解 raw"生的"+sucked"吮吸";也解 ransack"～"。
265 frish 解 frisch [德]"～";也解 fish"～"。
266 uov 解 uovo [意]"～"。
267 brozaozaozing 解 Bro-Zaoz [布]"～";也解 ozone"～"。
268 Yverzone 解 Iverzon [布]"～"。
269 brieze 解 breeze"～";也解 Breiz [布]"～"。
270 Inchigeela 解 Inse Gialla [爱]"～",爱尔兰科克郡的岛屿/湿地,也有歌曲"From Inchigela, All the Way"(《从因希盖拉,一路前行》)。
271 scented"～";也解 saint"～"。
272 morepork"～";也解 Moor Park"～",斯威夫特在这里遇到史黛拉。
273 loftly 解 lovely"～";也解 lofty"～"+-ly。
274 marconimasts 解 Marconi"马可尼"(1874—1937),意大利物理学家,发明了无线电报+masts"船桅"。
275 Nova Scotia"～",加拿大省名。
276 listing"～",此处解 listening"～"。
277 sisterwands 解 sister-wards"～";也解 sister"～"+wands"～"。
278 tireless"～",此处解 wireless"～"。
279 mauveport 解 mauve"淡紫色"+port"波尔图红葡萄酒";也解 Moor Park"～"。
280 Tubetube"～";也解 two two"～"。
281 Helpsome hand that holemost heals"～",此处解 behulpzame hand [荷]"乐于助人的手"+that almost heals"几乎痊愈",化自习语 handsome is as handsome does(行为美才是美);其中 holemost 也解 whole"～"。
282 het holy 解 hand holy"～";也解 het([荷]"the") holy"～";也解 hot holy"～"。
283 gested 解 gestured"～";也解 geste"～";也解 jested"～"。
284 Alo, alass, aladdin, amobus 解 hello"喂"+Alice"爱丽丝",《爱丽丝漫游奇境记》的主人公+Aladdin"阿拉丁",《一千零一夜》中获得神灯的青年+amabis [拉]"去爱";也解 amo, amas, amat, amamus [拉]"～";其中 alass 也解 alas"～"。
285 Does she lag soft fall means rest down"～",此处解 do, si, la, sol, fa, mi, re, do"～",音符。
286 address rehearsal"～";也解 dress rehearsal"～"。
287 antepropreviousday 解 antepraevius dies [拉]"～";也解 ante-pro-previous day"～"。
288 overgestern 解 vorgestern [德]"～";也解 vergessen [德]"～";也解 Stern [德]"～"。
289 hash-say-ugh"杂碎-说-啊";也解 HCE,本书主人公名字的缩写。
290 pluzz 解 plus"～"。
291 'stuesday 解 Tuesday"～";也解 stews [俚]"～"。
292 shampain 解 champagne"～";也解 sham pain"～"。
293 hicnuncs 解 hic nunc [拉]"～";也解 hiccups"～"。
294 Miccheruni 解 maccheroni [意]"～";也解 mickey"～"+Annie Rooney"～",19 世纪英国歌曲中的人名。

乐团的未来音乐加以润色[295]打嗝)从高处[296]向自己致意,用不满的声音抱怨时间太紧,事实上破幕布已经拉起,票[297]教皇通谕|汇票和免费账单很近了,一屋的免票乘客,离他给他的衬裙[298]爱尔兰衣服染色[299]死亡|今天来哀悼[300]到早晨|明天他昨天的[301]最西的|明天|星星|最昨日的|以斯帖收入,他满脸[302]命运汗水[303]旋涡得来的面包[304]膳食,一边悄悄地润湿他的牙齿[305],用他的食指[306]四只手指把臼齿和后牙挖干净,他沉下身[307]离开,立刻躺下休息[308]穷困潦倒|去冒险|悲伤的|雷斯克,像气喘吁吁的野兔一样筋疲力尽,彻底势穷力竭,他能做的就这么多了(自暴自弃,觉得他那一大堆耶稣[309]众多的|爱欧叟的重量合在一起是一百个人[310]曼胡德邑加在一起,对他来说太重了),在他喜爱的当地石楠上,用处女灌木丛一直盖到膝盖,因为任何曾经踏上爱尔兰的草地的人,谁曾会不睡在草皮上!唉,看到自己这种状态,我实事求是地说[311]自由地没指望了!我实在太没用[312]不唠叨的了,不过是和平的信使、一等一可怜又失败[313]最后一个|贪求|肮脏的的迟疑者[314]匆忙|怀恨者、干地亚[315]王子[316]小而胖的王子,无腿无头衔,对如此的尊荣而言,成为这些死后[317]邮递员|送了太多信公文的特使,为陛下服务,更加精确地说,或者不如说并不出类拔萃[318]不合适的散步,而我和你们和他们我们在那样的回应[319]后舒展我们自己!我们[320]痛苦是我,你[321]是的是你们!我,可能是马可尼[322]可能如果更精明|横梁,不是品尝欢乐太早,就是遭逢出生太晚[323]!应该是[324]我的兄弟[325]另一个用的化名[326]尸体,因为他是头,我是他的永远忠诚的魔鬼[327]。当我们相爱[328]水果如此亲密[329]奥斯卡·

295 embelliching 解 embellishing“～”；也解 belching“～”。

296 此处为拉丁文。

297 brief［天主教］“～”，在剧院指“通行证”，也即“～”；也解 Brief［德］“～”。

298 paddycoats 解 petticoat“～”；也解 paddy coats“～”。

299 to dye“～”；也解 to die“～”；也解 today“～”。

300 to morn“～”，此处解 to mourn“～”；也解 tomorrow“～”。

301 hesternmost 解 hesternus［拉］“～”；也解 westernmost“～”；也解 gestern［德］“～”；也解 Stern［德］“～”；也解 yester most“～”；也解 Esther Vanhomrigh“～”，斯威夫特的年轻恋人之一。

302 fate“～”，此处解 face“～”。

303 swealth 解 swelth“～”，此处解 sweat“～”。

304 board“～”，此处解 bread“～”，化自《创世记》3：19 的“你必汗流满面才得糊口”。

305 Manducators［拉］“咀嚼器官”。

306 fore fingers“～”；也解 four fingers“～”。

307 sank his hunk“沉下他的大块头”；也解 sling one's hook“～”。

308 dowanouet to resk 解(sank) down to rest“～”；也解 down and out“～”＋to risk“～”；其中 dowanouet 也解 doaniet［布］“～”；其中 resk 也解 Jean de Reszke“～”(1850—1925)，波兰男高音歌唱家，曾饰演罗密欧。

309 iosals 解 Iosa［爱］“～”；也解 a iosa［意］“～”；也解 Iosal“～”，苏格兰诗人麦克弗森假冒莪相创作的诗歌《菲奥娜》(“The Fiona”)中的人物，重得需要一百个人才能抬起他。

310 a hundred men's“～”，此处化自 Hundred of Manhood“～”，位于英国西萨塞克斯郡西部，现在称为曼胡德半岛。

311 liberally“～”，此处解 literally“～”。

312 unwordy 解 unworthy“无价值的”；也解 un-wordy“～”。

313 loust 解 lost“～”；也解 last“～”；也解 lust“～”；也解 lous［布］“～”。

314 hastehater 解 hesitater“～”；也解 haste“～”＋hater“～”。

315 Candia“～”，威尼斯人对克里特岛的称呼，干地亚伯爵朱塞佩·马里奥在《尤利西斯》中被称为“干地亚王子”。

316 principot 解 prince“～”；也解 principotto［意］“～”。

317 postoomany 解 posthumous“～”；也解 postman“～”；也解 post too many“～”。

318 unpro promenade“～”，此处解 un-“不”＋pro-prominence“卓越”，结巴的效果。

319 reposiveness 解 response“～”。

320 Weh［德］“～”，此处解 we“～”。

321 yeh“～”；也解 yes“～”。

322 mightif beam maircanny 解 might have been Marconi“～”；也解 might if be more canny“～”；其中 beam 也解“～”。

323 此处化自王尔德写给道格拉斯勋爵的话：“我和你的相遇不是太晚就是太早！”

324 of been 解 have been“～”

325 other“～”，此处解 brother“～”。

326 leickname 解 nickname“～”；也解 Leichnam［德］“～”。

327 everdevoting fiend 解 ever devoted fiend“～”，温德汉姆·刘易斯给乔伊斯的信的落款是“永远忠诚的朋友(friend)”。

328 lofobsed 解 löfobs［沃］“～”；也解 Obst［德］“～”。

329 os so ker 解 os saa kær［丹］“如此亲爱的我们”；也解 Oscar 即 Oscar Wilde“～”。

王尔德，我能在往昔[330]汝等的那些日子[331]星期二|托斯蒂看到[332]抓住明天[333]去映照。那些傻西蒙[334]某个|六便士南瓜饼人[335]的岁月[336]！我们共用成对的房间，我们朝一个乡下姑娘眨眼，西蒙[337]闪姆今天[338]去死播下[339]啜泣的，我明天[340]高兴收获[341]绳索穿过|做梦|悲痛|里夫斯，因为会有，我希望，圣迪济耶[342]的宴会[343]脚。收听[344]交还，调频[345]打开，旧日时光[346]提托诺斯|《打开旧日时光》，高点儿，高点儿，高点儿，我是你的沙漏[347]捣蛋鬼提尔|自己的玻璃。老了[348]看！他看上去相当瘦，模仿我。我非常喜欢我的那个兄弟[349]他者|母亲。鱼手麦克索利[350]！万岁[351]外国的|属于另一个人的！葬礼！公牛的眼睛[352]万岁，冲啊！以撒·艾格利的驴子！我们是音乐厅的一对儿，在艾弗浴室[353]洗澡|常春藤的健力士庆典上赢得鱼鳔[354]暹罗兄弟|眩晕的废话|哄骗。我不应该在这个舞台上跟他一起笑。但他就是一位游戏输家！我把圆盘举向他。铜管和簧片，防备和准备！你的邻居[355]打盹的人坦迪[356]有用的如何，她现在怎么样？首先他活着就是为了感受最大的女儿在幻想[357]思想什么，最后他要命地想知道帕特里克院长[358]祖国|族长究竟在忙什么。把这个约翰·莱恩[359]约翰巷放到你的烧烤叉[360]上。又是善蒂和善蒂和善蒂[361]！十二轮凉快的月亮[362]公历月|滤锅|《库林》|金发|柔和的！我不是英雄崇拜[363]奴隶|斯巴达奴隶|太阳，但我崇敬她！为了我自己的理由[364]温柔的|外套|罪状！她研究过！双鱼座[365]鱼贩子|食鱼的|双鱼|贩卖者|痛苦！你是恩慈[366]伟大|大人！惠灵顿公爵一世[367]第一杯|邪恶的|性交|木头的！但是，双子座，他看起来瘦得可怕！我听到报丧女妖[368]男人|欧希夫人在班特里湾[369]

330 yer“～”,此处解 yore“～”。
331 tosdays 解 those days“～”;也解 Tuesday“～”;也解 Francesco Tosti“～”(1846—1916),意大利作曲家。
332 seeze 解 see“～”;也解 seize“～”。
333 tomirror 解 tomorrow“～”;也解 to mirror“～”。
334 sembal simon 解 simple Simon“～”,儿歌《西蒙遇到卖饼人》中的主人公,《尤利西斯》中西蒙·迪达勒斯也这样称呼自己;也解 sembal [沃]“～”+simon“～”。
335 pumpkel pieman 解 pumpkin pie“南瓜饼”+man“人”。
336 yers 解 years“～”。
337 Sim“～”,Simon 的简写;也解 Shem“～”,本书主人公的儿子。
338 todie 解 today“～”;也解 to die“～”。
339 sobs“～”,此处解 sows“～”。
340 tomorry 解 tomorrow“～”;也解 to be merry“～”。
341 reeve“～”,此处解 reap“～”;也解 rêver [法]“～”;也解 grieve“～”;也解 John Sims Reeves“～”(1818—1900),英国歌手,最初是男中音,后来成为男高音。
342 Sam Dizzier 解 Saint-Dizier“～”,法国东北部城市,为纪念圣迪济耶主教而得名,圣迪济耶的纪念日在 5 月 23 日。
343 feedst 解 feast“～”;也解 feet“～”。
344 Tune in“～”;也解 turn in“～”。
345 tune on“～”;也解 turn on“～”。
346 Tighe 解 time“～”;也解 Tithonus“～”,获得永生却老得无法行动的特洛伊王子;也可与前面合解“Turn on, Old Time”“～”,歌剧《玛丽塔那》(*Maritana*)中的歌曲,有“打开,旧日时光,你的沙漏,嗨,嗨,嗨,嗨,嗨,我”的歌句。
347 owelglass 解 hourglass“～”;也解 owlglass,即 Till Eulenspiegel“～”,德国民间文学中的恶作剧者;也解 own glass“～”。
348 Be old“～”;也解 behold“～”。
349 other“～”,此处解 brother“～”;也解 mother“～”。
350 Macsorley“～”,化自歌曲“McSorley's Twins”(《麦克索利的双胞胎》)。
351 Elien 解 eljen! [匈]“～!”;也解 alien“～”;也解 alienus [拉]“～”。
352 Bonzeye 解 bull's eye“～”;也解 banzai [日]“～”。
353 Badeniveag 解 Iveagh Baths“～”,位于都柏林,艾弗伯爵是健力士酒厂的创始人亚瑟·健力士的后代;也解 baden [德]“～”+ivy“～”。
354 swimmyease bladdhers 解 swim-bladder“～”;也解 Siamese brothers“～”,连体兄弟;也解 swimmy blather“～”。其中 bladdhers 也解 bladar [爱]“～”。
355 napper“～”,此处解 neighbour“～”。
356 Handy“～”,此处解 Napper Tandy“纳珀·坦迪”,18 世纪爱尔兰民歌《披上绿装》中的人物。
357 panseying 解 fancying“～”;也解 pensée [法]“～”。
358 Madre Patriack 解 Mother Patrick“～”(1863—1900),都柏林艾克尔斯街女修道院的多明我修会院长,盖尔语复兴的先锋;也解 madre patria [意]“～”。其中 Patriack 也解 patriarch“～”。
359 John's Lane 解 John Lane“～”,《尤利西斯》1936 年的出版商;也解 John's Lane“～”,都柏林鲍尔斯威士忌的产地。
360 toastingfourch 解 toasting fork“～”。
361 shaunti and shaunti and shaunti 解 Shantih [梵]“～”,艾略特的诗歌《荒原》中的结尾句。
362 coolinder moons 解 cooling“凉快的”+moons“月亮”;也解 calendar month“～”。其中 coolinder 也解 colander“～”;也解“The Coolin”“～”,歌曲名;也解 cúilfhionn [爱]“～”;也解 lind [德]“～”。
363 helotwashipper 解 heroworship“～”;也解 helot“～”;也解 heilōtēs [希]“～”;也解 hêlios [希]“～”。
364 coant 解 account“～”;也解 koant [布]“～”;也解 coat“～”;也解 count“～”。
365 Piscisvendolor 解 Pisces constellation“～”;也解 pescivendolo [意]“～”;也解 piscivorous“～”;也解 piscis [拉]“～”+vendor“～”;也解 dolor“～”。
366 grace“～”;也解 great“～”;也可与前面合解 Your Grace“～”。
367 Futs dronk of Wouldndom 解 First Duke of Wellington“～”。其中 Futs dronk 也解 first drink“～”;也解 drouk [布]“～”+futuere [拉丁俚语]“～”。其中 Wouldndom 也解 wooden“～”。
368 man Shee 解 banshee“～”;也解 man“～”+O'Shea“～”,巴涅尔的情人,后成为他的妻子。
369 pantry bay“～”,此处解 Bantry Bay“～”,爱尔兰科克郡西南部的海口,1689 年和 1796 年法军都曾试图在此处登陆,以支持爱尔兰反抗英国殖民者。

餐具室海湾唱歌。让他在下面的垃圾箱[370]里安卧！听[371]耳朵！听！不是唉！看！看！因为我在它的心中。但是凭我作为宣叙者的庄严业绩，我想不起来曾经做过任何值得如此的那类事。不是国家的邮政[372]概念的幽灵！在很大程度上[373]被一个高高的荡妇也不是！我只是没有时间去。向导圣安东尼！

——但是如果我们直到现在依然哀求你，亲爱的肖恩，我们记得，是谁，好孩子，首先，谁出于同情[374]交响乐给了你许可？

——现在再见，肖恩答道，用纯如教会调式[375]的声音，在正确雅致的回声[376]《春光明媚的天空》中，把他的可可[377]椰子|苔藓|科摩斯糖果锁链猫舔[378]罗马天主教的|似猫的般好好拉了一下，及时先尝了他那卷心菜般的[379]广阔的大脑花椰菜[380]卷曲的花。你的脸[381]再见！今天你好吗，我的黑先生[382]，啊，不幸[383]罗密欧？你好[384]问你好|神啊，你真伟大？他们鸽子[385]老茧|克里斯托弗·哥伦布如何！愿上帝保佑他们[386]猪油上面有芥末！累人，非常累人。流浪汉角膝[387]和我脊柱的弯曲[388]乌鸦|苦差事。可怜的我[389]沉重的|海洋！是我最重的十字架[390]和每日份额[391]牛奶的命运，还有像希腊人的辛摩特[392]想得一团糟一样硬的床，像罗马祭坛一样光秃秃的餐桌。我离开见鬼的厨房和救济粥碗[393]粥。自我在思想者水库[394]毫无价值的东西与一对儿从玻璃房出来的男人相遇，不会比少少两星期[395]离去|虚无更晚，我跟叫麦克布莱克[396]威廉·布莱克握[397]拖曳手，我觉得他们的名字是麦克布莱克，来自地狱之火俱乐部[398]头中火丛，他们在帮助我提高，让我不再相信[399]或许|伯利克薪水[400]润肤霜微薄的五小时工厂生活，

370 dustbins“～”。此句化自歌曲《亡者之殇》的歌句“Down among the Dead Men let him lie”(让他在下面的亡者中安卧)。
371 Ear“～”,此处解 hear“～”。此句有文字游戏。
372 the phost of a nation 解 the post of a nation“～”;也解 the ghost of a notion“～”。
373 by a long trollop“～”,此处解 by a long chalk“～”。
374 symphony“～”,此处解 sympathy“～”。
375 churchmode“～”。此处化自习语 poor as a church mouse(一贫如洗)。
376 echo rightdainty 解 echo right dainty“～”;也解“Ecco ridente in cielo”“～”,歌剧《塞维利亚的理发师》中的歌曲。
377 cocomoss 解 cocoa“～”;也解 coco“～”+moss“～”;也解 Comus“～”,希腊神话中司酒宴和庆祝的神。
378 catlick“～”;也解 Catholic“～”;也解 catlike“～”。
379 cabbageous 解 cabbage-ous“～”;也解 capacious“～”。
380 curlyflower 解 cauliflower“～”;也解 curly flower“～”。
381 Athiacaro 解 A te o cara“～”,意大利作曲家贝利尼的歌剧《清教徒》中的歌曲;也解 adios [西]“～”。
382 Comb his tar odd gee sing your mower 解 Come sta oggi, signor moro mio? [意]“～”。
383 meeow 解 meeaw [爱]“～”;也解 Romeo“～”。
384 Greet thee Good“～”,此处解 Grüß dich/Grüß Gott [德]“～”,德国巴伐利亚人的问候方式;也解 great thee God“～”。
385 columbuses 解 columbus [拉]“～”;也解 calluses“～”;也解 Christopher Columbus“～”(1451—1506),意大利探险家、航海家,地理大发现的先驱者。
386 Lard have mustard on them“～”,此处解 Lord have mercy on them“～”。
387 hornknees 解 horn“号角”+knees“膝盖”。
388 corveeture 解 curvature“～”;也解 corvus [拉]“～”;也解 corvée [法]“～”。
389 Poumeerme 解 poor me“～”;也解 pounner [布]“～”;也解 Meer [德]“～”。
390 crux [拉]“～”。
391 dairy lot“～”,此处解 daily lot“～”。
392 thinkamuddles 解 Thingmote“～”,北欧海盗在都柏林的议会;也解 think a-muddles“～”。
393 porridgers 解 porringer“～”;也解 porridge“～”。
394 Thinker's Dam“～”;也解 tinker's damn“～”。
395 fortnichts 解 fortnight“～”;也解 fort [德]“～”+Nichts [德]“～”。
396 MacBlacks“～”;也解 William Blake“～”(1757—1827),英国诗人。
397 shuffled“～”,此处解 shake“～”。
398 Headfire Clump“～”,爱尔兰第一任总统道格拉斯·海德的《早期盖尔文学故事》中有“我是上帝,在头脑里创造火”;此处解 Hellfire Club“～”,位于都柏林。
399 beliek 解 believe“～”;也解 belike“～”;也解 Belleek“～”,北爱尔兰弗马纳郡村庄,以陶器工厂闻名。
400 emollient“～”,此处解 emolument“～”。

以及在免费之日[401]感谢上帝为了它们而丧失能力的工厂工人。我无比喜悦地宣布[402]我如何从谁谁那儿得到它，除了圣[403]哥伦巴[404]女孩|杀手的预言。在太阳和月亮、露水和泉涌、雷霆和火[405]星期天和星期一、星期二和星期三、星期四和星期五之后，星期六[406]安息日随之而来。斑鸠获释[407]通过步行来解决|通过跳舞！再见[408]直到我们死去！再见[409]告辞|死亡|今天！

——那么，我们解释说，救世主[410]缓和一次旅行，步行[411]汉迪·安迪|通过步行来解决，你可能或许奉命如此？

——请原谅，肖恩那如水的嘴唇[412]中重复道，不是我想要做罢工工作，而是过早[413]最初|提前送|大主教的|前提|许诺被教主[414]雇佣|方舟|高级神父|HCE书和总工头[415]厨师[416]轮流做某事在他们的尤西比乌斯[417]和谐讲道书里把我判定如此的，确实有降临于我的力量从天上从养育之书[418]《呼吸之书》中被放到我身上，而且事实上变成代代遗传[419]多毛的|点，我当然[420]强迫的看不到任何东西去期盼，除非是斯万[421]斯万，并把屁股[422]瞎的|四分之一从我那老家伙的钟表[423]手表、蔬菜[424]、天鹅池[425]里打出来。它摸上去像蛆的大量入侵。是真的[426]比喻|非常，监护人说。我几乎可以说说我自己，同时坚持远离罪恶[427]不合时宜，我现在要对围着它们新的希特勒[428]徒步旅行者|伪君子|使烦恼公路绕圈子感到厌倦了，就像它们无名的灵魂，从头到脚被厌倦[429]雪、被鄙视[430]冰、被抱怨[431]冰雹，直到腐烂的十月，在这座阴冷的[432]森林黑森林，因想起某个知名火山的火山口[433]威士忌，或者都柏林河流，或者作为出路的天主教真理

401 day o'gratises 解 day of gratis-es"～";也解 Deo gratias [拉]"～"。

402 anuncing 解 announcing"～"。

403 Hagios [希]"～"。

404 Colleenkiller 解 Colum Cille"～",圣徒哥伦巴的别称,意为"教堂之鸽",《凯尔斯书》也常被称为"哥伦巴书";也解 coleen [爱]"～"+killer"～"。

405 suns and moons, dews and wellings, thunders and fires"～";也解 Sunday and Monday, Tuesday and Wednesday, Thursday and Friday"～"。

406 sabotag 解 sabato [意]"星期六"+Tag [德]"天";也解 Sabbath"～"。

407 Solvitur palumballando 解 solvitur [拉]"被释放"+palumbes [拉]"斑鸠";也解 solvitur ambulando [拉]"～";也解 ballando [拉]"～"。

408 Tilvido 解 til la rivido [伊]"～";也解 till we die"～"。

409 Adie [伊]"～";也解 adieu [法]"～";也解 die"～";也解 hodie [拉]"～"。

410 salve a tour"～",此处解 salvator"～"。

411 ambly andy 解 ambulando [拉]"～";也解 Handy Andy"～",英裔爱尔兰作家罗弗(Samuel Lover)1842年出版的同名小说的主人公;也可与前面合解 solvitur ambulando [拉]"～"。

412 lipes 解 lips"～"。

413 premitially 解 prematurely"～";也解 initially"～";也解 praemittere [拉]"～";也解 primatial"～"+-ly;也解 premise"～";也解 promise"～"。

414 Hireark 解 hierarch"～";也解 hire"～"+ark"～";也解 hierarchês [希]"～"。此处包含本书主人公名字的缩写 HCE。

415 Chiefoverseer 解 chief overseer"～"。

416 Books...Cooks"书……厨师";也解 Box and Cox"～",出自英国作家莫顿(J. M. Morton)1847 年写的同名小说《保克斯和考克斯》,书中的两个人物约翰·保克斯和詹姆斯·考克斯分别白天和黑夜租住同一个公寓。

417 Eusebian 解 Eusebius"～"(约 260—339),基督教史学的奠基人。

418 book of breedings"～";也解 Book of Breathings"～",源自埃及《亡灵书》的葬礼书。

419 hairydittary 解 hereditary"～";也解 hairy"～"+dit"～"+-ary。

420 of coerce"～",此处解 of course"～"。

421 Swann 解 Sir Joseph Swan"～"(1828—1914),英国发明家,发明白炽灯;也解 Swann"～",普鲁斯特的《追忆似水年华》中的人物。

422 blindquarters 解 hindquarters"动物的臀及后腿";也解 blind"～"+quarters"～"。

423 orologium 解 horologium"～";也解 orologio [意]"～"。

424 oloss 解 holus [拉]"～"。

425 olorium [拉]"～"。

426 trope"～",此处解 true"～";也解 trop [法]"～"。

427 out of crime"～";也解 out of time"～"。

428 hikler 解 Hitler"～",指希特勒在德国修建的高速公路;也解 hiker"～";也解 hykler [丹]"～";也解 irk"～"。

429 ercked 解 irked"～";也解 erc'h [布]"～"。

430 skorned 解 scorned"～";也解 skorn [布]"～"。

431 grizzild 解 grizzled"～";也解 grizilh [布]"～"。

432 bleak"～";也与后面合解 Black Forest"～",德国地名。

433 crater"～";也解 craythur [英爱]"～"。

会[434]抓住很多鳟鱼|消退|抹香鲸，或者在兰贝岛[435]的海岬[436]顶点上[437]介子把我从复数的鄙人中隔离出来，或者把我自己、木屐、冰窖和一切深埋在我的葡萄酒色的大海中[438]非法威士忌|浮舟，而确实[439]口头上困惑难解[440]被强迫的，除非莫里西[441]的柯尔特左轮枪能帮我，或者呆鹅能到四十九岁，就如它是十分之一鱼[442]紧密配合确实如此，这种猪的胃口之事，既然它落到我的手上，在大地上[443]到底|死亡时或者在这个日益耗尽的宇宙[444]公共汽车那神奇的中央[445]管闲事要转向哪里，我离了正道[446]当然，毫无希望做任何相关的事情。

——我们希望你这样，诚实的肖恩，我们同意，但是从自动邮资盖印机那里，限量的[447]利莫里克，最终结果很可能是，我们听说是你，我们迟来的[448]心爱的，会送这些公开信。跟我们说说埃米利亚[449]艾马尼亚|爱米利娅|搪瓷。

——至于，肖恩恰到好处地[450]帕特里克回答，也用了剔牙[451]唠叨|挑选的机智，垂头丧气地[452]一口气吃下他的点心，至于那个我有火药[453]口香糖|力量，凭着圣芭芭拉[454]胡子|老师的祝福，那与每件事都有很大关系[455]那是一把用每件事去说话的锁，我亲爱的。

——你愿不愿意告诉我们，肖恩宝贝，小的大黑男孩[456]更多的男孩|大的|托马斯·穆尔求道[457]小的，我们向如此可爱的青春提议，你主要能在哪里工作。啊，你可能！哭泣[458]耳语|温伯尔，我们会。

——听着[459]这里！肖恩回答，他一边爱抚着他的一只牛蹄筋袖口。没有给游牧者的安息日，我多半能走，对正常工作来说太柔弱了，一星期六十多爱尔兰里[460]匆忙的|泥潭，在早晨三次

434 catchalot trouth subsidity 解 Catholic Truth Society“～”，罗马天主教组织，1884 年建立；也解 catch a lot trout“～”＋subside“～”。其中 catchalot 也解 cachalot“～”。

435 Lumbage Island 解 Lambay Island“～”，位于都柏林东北部。

436 spits“～”；也解 Spitze［德］“～”。

437 on“～”；也可与后面的 Mes“复数的鄙人”合解 meson“～”。

438 wineupon ponteen 解 epi oinopa ponton［希］“～”。其中 ponteen 也解 poteen［爱］“～”；也解 pontoon“～”。

439 veribally 解 veritably“～”；也解 verbally“～”。

440 complussed 解 nonplussed“～”；也解 compulsed“～”。

441 Morrissey 解 John “Old Smoke” Morrissey“老烟鬼约翰·莫里西”(1831—1878)，爱裔美籍拳击手、政客，曾用柯尔特左轮手枪攻击黑帮成员而失败。

442 tithe fish“～”；也解 tight fit“～”。

443 on dearth 解 on the earth“～”；也解 on earth“～”；也解 on death“～”。

444 umniverse 解 universe“～”；也解 omnibus“～”。

445 meddle“～”，此处解 middle“～”。

446 off course“～”；也解 of course“～”。

447 limricked 解 limited“～”；也解 Limerick“～”，郡名，位于爱尔兰芒斯特地区北部。

448 belated“～”；也解 beloved“～”。

449 Emailia 解 Aemilia“～”，古罗马时期从意大利的里米尼到皮亚琴察之间的道路；也解 Emania“～”，古代乌尔斯特的首都；也解 Aemilia“～”，莎士比亚的喜剧《错误的喜剧》中双胞胎的母亲；也解 Email［德］“～”。

450 patly“～”；也解 Patrick“～”，爱尔兰的守护圣人。

451 tootlepick 解 toothpick“～”；也解 tootle“～”＋pick“～”。

452 down of his dampers“～”，此处解 down in the dumps“～”。

453 gumpower 解 gunpowder“～”；也解 gum“～”＋power“～”。

454 Barbe 解 Sainte Barbe［法］“～”；也解 barbe［法］“～”；也解 Barbe，瑞士沃州人对“～”的尊称。

455 that is a lock to say with everything“～”，此处解 that has a lot to do with everything“～”。

456 moreboy 解 Mohr［德］“黑人”＋boy“男孩”；也解 more boy“～”；也解 mór［爱］“～”；也解 Thomas Moore“～”(1779—1852)，爱尔兰诗人和歌词作者，本书中大量引用他的歌曲。

457 beg“～”；也解 beig［爱］“～”。

458 Whimper“～”；也解 whisper“～”，此处化自歌曲“Whisper and I Shall Hear”(《小声说，我会听》)；也解 Edward Whymper“～”(1840—1911)，英国登山家，第一个爬上阿尔卑斯山马特洪峰。

459 Here“～”，此处解 hear“～”。

460 eilish mire 解 Irish mile“～”，1 爱尔兰里合 2.048 千米；其中 eilish 也解 eilig［德］“～”；其中 mire 也解“～”。

弥撒和傍晚两次念珠[461]小礼拜堂|小教堂|厕所之间。我总是告诉那些行人[462]好男色者，我的回答者们，汤姆、锡德和哈克[463]汤姆·索亚、锡德·索亚和哈克贝利·费恩|众人，现在（这是最大的真理[464]透特，就像底比斯校订本[465]小偷升天一样）它是由为我命中天职[466]假期而颁发的名誉晋升令为我预言[467]先发制人的，那时我拥有胖腿，在圣职后被禁止从事不必要的劳役[468]，即为了我时光的余暇而做的各种各样鲁莽的步行，因为否则由于我这样做[469]我的如此冲洗，我会在盗贼内讧[470]筛子脱落的地方遭到责备。积极进取[471]《向上攀登》犒赏卓越者。弱的停下工作停下走路停下吁[472]。汝往此岛，那里睡一小时[473]一个住宅沉睡，继而汝往另一岛，那里睡两小时，继而捕获一噩梦[474]夜晚|迷宫，继而回家找宝贝儿们。永远不要把赌注下在你保卫的女人身上，永远不要摆脱那个你依赖的朋友，在敌人遍地前永远不要朝他做鬼脸，永远不要被另外一个男人的妻子[475]笛子|哨子迷住。阿门[476]阿蒙-拉：卜塔[477]！愿他的愤怒[478]饥饿的得以成就！在大陆上就如在爱尔兰[479]和平岛屿大地。但是相信单纯中[480]的我，我好得要命，我相信，我确实如此，在我的根上[481]根本上，赞美归于右脸训诫[482]！我现在能用我的亲肉[483]肉|被锁上脚镣的手掌在我的神[484]山羊|都柏林娱乐剧院的全能创造者[485]全能的神面前在使徒[486]信使书札[487]使徒书信|牛阴茎|书信上如实地宣布[488]申明，我会尽我合理者的最大努力为妈妈与[489]穆特假人及[490]女孩母亲[491]穆特|穆塔并[492]母亲|好聋[493]常客诵读我杂货店豆子[494]玫瑰经念珠|荣耀归于，包括[495]围住的跪拜。我的家乡在哪里[496]祖神，汝困于[497]野兽彼处山岗，

461 chaplets“～”;也解 chapel“～”;也解 chapel of ease“～”,在俚语中指“～”。

462 pedestriasts 解 pedestrians“～”;也解 pederasts“～”。

463 Top, Sid and Hucky“～”,人名;也解 Tom Sawyer, Sid Sawyer and Huckleberry Finn“～”,马克・吐温《哈克贝利・费恩历险记》中的人物;也解 Tom, Dick and Harry“～”,泛指很多人。

464 throth 解 truth“～”;也解 Thoth“～”,埃及神话中的月神。

465 thieves' rescension 解 Theban recension“～”,指埃及《亡灵书》的底比斯校订本,乔伊斯写《芬尼根的守灵夜》时曾阅读此书;也解 thieves' ascension“～”。

466 vacation“～”,此处解 vocation“～”。

467 forstold 解 foretold“～”;也解 forestall“～”。

468 servile work“周日或节假日禁止从事的体力工作”。

469 my so douching“～”,此处解 me so doing“～”。

470 sieves fall out“～”,此处解 thieves fall out“～”,此处化自习语 when thieves fall out, honest men come into their own(盗贼一内讧,好人就自在)。

471 Excelsior“～”;也解“～”,美国诗人朗费罗的诗歌,写一位少年举着旗帜穿越阿尔卑斯山的峡谷。

472 whoak 解 whoa!“～”,叫马停下。

473 one housesleep 解 one hour's sleep“～”;也解 one house sleep“～”。

474 nightmaze 解 nightmare“～”;也解 night“～”+maze“～”。

475 pfife 解 wife“～”;也解 pipe“～”;也解 Pfeife[德]“～”。

476 Amen“～”,此处解 Amen-Ra“～”。阿蒙是一位埃及主神的希腊化名字,意为“隐藏者”(也拼作 Amon)。他是八神会(Ogdoad)之一,初为底比斯的地方神,在第十八王朝时获得重要地位。拉是埃及神话中的太阳神,其名字有时会与阿蒙的名字结合起来,特别是在他作为“众神之王”的时候。

477 ptah“～”,古埃及孟斐斯地区信仰的造物神,后演变成工匠与艺术家的保护者。

478 hungry“～”,此处解 angry“～”。

479 Eironesia 解 Éire[爱]“～”;也解 eirênêsia[人造希腊语]“～”。

480 in my simplicity“～”,化自歌曲“In Her Simplicity”(《在她的单纯中》),爱尔兰男高音歌唱家约翰・麦科马克演唱的歌曲。

481 at the root of“～”,此处按字面翻译为“～”。

482 此处化自习语 turn the other cheek(容忍)。

483 fleshfettered 解 flesh“肉”+friended“亲近的”;也解 flesh“～”+fettered“～”。

484 Geity 解 deity“～”;也解 geit[荷]“～”;也解 Gaiety Theatre“～”。

485 Pantokreator 解 panto-[希]“全”+creator[拉]“创造者”;也解 Pantokrator[希]“～”。

486 apossels 解 apostles“～”;也解 apostolos[希]“～”。

487 epizzles 解 epistles“～”;也解 Epistle“～”;也解 pizzle“～”;也解 epistolê[希]“～”。

488 declaret 解 declare it“～”;也解 declaret[拉]“～”。

489 mit[德]“～”;也解 Mut“～”,埃及女神。

490 mot“～”,此处解 mit[德]“～”。

491 Muthar 解 mother“～”;也解 Mut“～”;也解 Muta“～”,罗马神话中的无声女神。

492 mat[俄]“～”,此处解 mit[德]“～”;也解 mat[布]“～”。

493 bonzar[布]“～”。

494 grocery beans“～”;也解 rosary beads“～”;也解 glory be“～”。

495 enclosed“～”,此处解 included“～”。

496 Hek domov muy 解 Kde Domov Muj“～”,捷克共和国国歌;也解 Domovoj[斯]“～”。此处与前面包含本书主人公名字缩写的倒写 ECH。

497 beest 解 beset“～”;也解 beast“～”。

驾驾[498]酥油，汝等苍狗，为了你的每日面包[499]日常食品|白天|肉汤，等等，快乐玛利亚和荣耀帕特里克[500]荣耀归于圣父，等等，等等。事实上，永远，我是否相信。我相信[501]！我没有撒谎[502]赫尔墨斯|黄河！

——这是卓越者[503]塔拉|被滋养的谎言[504]确实|全套西装。然而一分钟的观察，亲爱的居家[505]教条的肖恩，就如我们指出的，你是如何把我们的城市漆成披挂的发红绿色[506]《小红帽》|《绿色穿戴》，消磨时间。

——啊，妈妈妈妈[507]谋杀池塘，你听得如何？肖恩回答，笑着[508]他台灯套筒上的一道油[509]急忙（这看起来不过是很自然的事），那时他那么怕光。唉，顺其自然吧！昏暗处有光线[510]安妮，她的灯笼[511]肿块是爱。我会承认有，是的。你的诊断[512]第欧根尼是骗子[513]诚实的|不是的诊断。我确实爱慕[514]行吟诗人！我的确[515]确实|小调如此。我终日[516]所有短诗|我要说如此。打倒撒克逊[517]英国的统治[518]诡计|红的！我怕这不会是我在踏上吸血鬼、在火上[519]前甲板|火|灶的|词语燃烧[520]帕斯卡后，第一次外衣的浪费[521]西方|背心。看，在火上燃烧。就如看！在敌人身上燃烧。我就像普通的红脚鹬[522]。像犟驴他自己一样固若金汤。有人或许会暗示对我的其他[523]女儿|淘气的印象是错的。没有这样的事！你不会犯下比这更可怕的[524]弗洛伊德|高兴错误了，原谅你自己！对你来说是猪肉的，对我来说意味着肉类，而你看着我是如何看[525]老的的。但是用我的方法从预言[526]的角度来想，真是宏伟。给所有人的新世界！

498 ghee“～”,此处解 gee“～”,吆喝马前行的用语。
499 daggily broth 解 dagelijks brood［荷］“～”;也解 daily bread“～”;也解 dag［荷］“～”+broth“～”。
500 Glorious Patrick“～”;也解 Gloria Patri“～”。
501 Greedo 解 credo［拉］“～”。
502 Her's me hongue 解 here's my tongue“～”;也解 Hermes“～”,希腊神使+Huang“～”。
503 tarabred 解 thoroughbred“～”;也解 Tara“～”,古代凯尔特王国的都城+bred“～”。
504 fullsoot 解 falsehood“～”;也解 forsooth“～”;也解 full suit“～”。
505 dogmestic 解 domestic“～”;也解 dogmatic“～”。
506 greenridinghued 解 green“绿色”+reddening“变红的”+hued“有某种色调的”;也解“Red Riding Hood”“～”,《格林童话》中的故事;也解“The Wearing of the Green”“～”,歌曲名。此处化自习语 paint the town red(狂欢胡闹)。
507 murder mere“～”,此处解 mother“妈妈”+mère［法］“妈妈”。
508 smoiling 解 smiling“～”,此处化自习语 smile in one's sleeve(暗自微笑)。
509 ily way 解 oily way“油的道路”;也解 Eile［德］“～”。
510 gloom hath rays“～”,此处化自歌曲“The Moon Hath Raised Her Lamp Above”(《月亮把她的灯高举》);也解 Anne Hathaway“～”,莎士比亚的妻子,女主人公汉娜的化身之一。。
511 Lump“～”,此处解 lamp“～”。
512 diogneses 解 diagnosis“～”;也解 Diogenes“～”(约前 412—前 323),古希腊哲学家,在白天打着灯笼找真正的人。
513 anonest［威］“～”;也解 honest“～”;也解 non est［拉］“～”。
514 Thrubedore 解 true“真正的”+adore“爱慕”;也解 troubadour“～”。
515 Inditty 解 indeed“～”;也解 indeedy“～”;也解 ditty“～”。
516 All lay“～”,此处解 all day“～”;也解 I'll say“～”。
517 Saozon 解 Saxon“～”;也解 Saoz［布］“～”。
518 ruze 解 rule“～”;也解 ruse“～”;也解 ruz［布］“～”。
519 focoal 也解 foculus［拉］“～”;也解 forecastle“～”;也解 foco［意］“～”;也解 focal“～“;也解 fukel［爱］“～”。
520 blazing“～”;也解 Blaise Pascal“～”(1623—1662),法国数学家、物理学家、哲学家,有为基督教辩护的著作,是肖恩的化身之一。
521 wasting“～”;也解 west“～”;也与前面合解 waistcoat“～”。
522 指爱尔兰的原住民。
523 aughter 解 other“～”;也解 daughter“～”;也解 naughty“～”。
524 freudful 解 frightful“～”;也解 Sigmund Freud“～”(1856—1939),精神分析学派创始人;也解 Freude［德］“～”。
525 be eld 解 beheld“～”;也解 be old“～”。
526 prophecies 解 prophesies“～”。

它们是由纽芬兰[527]他发现土地的手稿作者[528]纸条|咀嚼者根据暗室显影法[529]粪便学地只为绅士们安排的，他发现他是个亲戚。那是用我那向外的戴维灯[530]肉汁。就像胶水。结束。我心[531]高平原所悦[532]日光|白天|夜晚，嗵嗵飒飒[533]大拇指汤姆。呸！

——你的美声唱法[534]打嗝|妙曲|圣歌多么悦耳[535]有恶臭的|蜂蜜的味道|蜂蜜，啊，鸣禽，你的歌唱在一饮之后多么精妙[536]！在你那庄严的特殊日子，在新月时分吹响号角[537]。但你是否想说，啊，金发的孩子[538]《金发儿童》|家乡，我们的宽宽窄窄[539]铅灰色|三个一组的将从波多贝罗[540]桥|伯利克|神父|或许直到牛市[541]女儿们？无论未来[542]设备还是美德[543]碧绿消减，我们都会在实质上聚集？

——你们混乱一群[544]骂人[545]单射的，可以这么说，暴躁[546]精灵男孩肖恩叫道，他把红辣椒从耳廓[547]神谕上摇落时，自然被激怒了。下次请把你那刺目的含沙射影[548]限制于其他某个凡[549]辛辣的躯。在这个熔炉般[550]有家具的星球的地貌上，除了你的尖酸刻薄[551]美德|教堂司事，我该做什么？这不是我能解决的了，目前[552]双胞胎|大的|微温的|深渊|小的，不管怎样。因此现在请让我和你把这放到一边，阿里曼[553]愤怒的人！那不是法国甜馅饼[554]诗歌。你可以从我这里拿走。等我在邮政包裹[555]派奇·珀塞尔局后面告诉你的时候，你要理解我（我让你不要吹口哨[556]耳语、喊出金色，或者说麦克白[557]回信给我），被我以前的大朋友，桑德斯小姐[558]寄件人小姐|另外的人深深谴责，女邮局局长[559]水煮，以及永远为了尤其是古苏格兰[560]爱尔兰贫困者上千加仑奶牛协会的快乐收纳员[561]骗子（我在

527 whofoundland 解 Newfoundland“～”；也解 who found land“～”。

528 scripchewer 解 scripture-er“～”；也解 scrip“～”＋chewer“～”。

529 scotographically 解 scotography“～”～＋-cally；也解 scatologically“～”。

530 davy 解 Davy lamp“～”，英国化学家汉弗莱·戴维发明的矿工用安全灯；也解 gravy“～”。

531 Moyhard 解 my heart“～”，此处化自歌曲“You Are My Heart's Delight”(《我心所悦》)；也解 Magh Ard [爱]“～”。

532 daynoight 解 delight“～”；也解 daylight“～”；也解 day“～”＋night“～”。

533 tomthumb 解 tom“嗵”＋thumb“飒”，拟声；也解 Tom Thumb“～”，英国民间故事中只有拇指大的主人公。

534 bel chant 解 bel canto [意]“～”；也解 belch“～”；也解 Belcanto“～”，温德汉姆·刘易斯曾用这个名字指称乔伊斯；也解 chant“～”。

535 mielodorous 解 melodious“～”；也解 malodorous“～”；也解 melodrous [拉]“～”；也解 miel [法]“～”。

536 exqueezit 解 exquisite“～”。

537 Buccinate in Emenia tuba insigni volumnitatis tuae 解 Buccinate in neomenia tuba in insigni die solemnitats vestrae [拉]“～”。

538 O phausdheen phewn 解 a phaistin fionn [爱]“～”；也解“Paustheen Fion”“～”，爱尔兰歌曲；也解 Haus [德]“～”。

539 ledan triz 解 ledan [布]“宽的”＋striz [布]“窄的”；也解 leaden“～”＋trio“～”。

540 Pontoffbellek 解 Portobello“～”，都柏林南部地区；也解 pont [法]“～”＋Beal Leice [爱]，即 Belleek“～”；也解 beleg [布]“～”；也解 belike“～”。

541 Kisslemerched 解 Cattle Market“～”，位于都柏林北部；也解 merched [布]“～”。

542 furniture“～”，此处解 future“～”。

543 verdure“～”，此处解 virtue“～”。

544 confoundyous 解 confound“使混乱”＋yous“你们”。

545 injective [数]“～”，此处解 invective“～”。

546 fiery“～”；也解 fairy“～”。

547 auricles“～”；也解 oracle“～”。此处化自习语 take pepper in the nose(勃然大怒)。

548 intinuations 解 insinuation“～”。

549 mordant“～”，此处解 mortal“～”。

550 furnaced“～”；也解 furnished“～”。

551 verjuice“～”；也解 virtue“～”；也解 verger“～”。

552 forthe teom bihan 解 for the time being“～”；其中 teom [希伯来]“～”，也解 teo [布]“～”，也解 tiom [爱]“～”，也解 tehom [希伯来]“～”；其中 bihan 也解[布] [康]“～”。

553 angryman 解 Angra Mainyu“～”，也写作 Ahriman，琐罗亚斯德教的恶神；也解 angry man“～”。

554 pastry“～”；也解 poetry“～”。

555 past purcel 解 parcel post“～”；也解 Patch Purcell“～”，19 世纪爱尔兰邮政马车的主要拥有者。

556 whisple 解 whistle“～”；也解 whisper“～”。

557 quoth mecback 解 quoth Macbeth“～”，英国戏剧演员的忌讳，此外还有不要在名号上加“金色”一词，不要说麦克白是坏人，不要吹口哨，不要引哈姆雷特的话等；也解 answer me back“～”。

558 Miss Enders 解 Miss Sanders“～”，20 世纪初任爱尔兰山羊协会秘书多年；也解 Miss Senders“～”；也解 ander [德]“～”。

559 poachmistress 解 postmistress“～”；也解 poach“～”。

560 Scotic“～”；也解 Scotia [拉]“～”。

561 receiver“～”；也解 deceiver“～”。

想我珍爱的她[562]爱尔兰|商店），尽管[563]全是他们享有出自最大的两万两千种可能性[564]邮局|能够的两万两千名分类人员，减去一个[565]我的胜利，太多的私人[566]水蜡木文具，安全器具[567]逃命吧|柔软的古秘鲁人的结绳文字|肉汁大部分[568]落叶松属植物被那些易怒的[569]爱管闲事的|必需品山羊由于贪图[570]信条津贴[571]发明给吃掉了。天啊[572]戴绿帽子的丈夫的错|一群|公山羊，胃口真好[573]好的|变奏曲|拿破仑·波拿巴！继续。我要说这也是我声明的目的之一，在某个时刻，如果上帝愿意[574]豌豆|豆荚|邮局目录，如果圣母愿意[575]谋杀|痛风（在我还没打算说的时候），恰如其分，就如我的笔达到了标准[576]一样，去完全合成一本铜绿色[577]非常油腻的储蓄簿的材料[578]标记，造型是一副卡普里岛[579]山羊的绵羊拳击手套，包裹着这件事里的威尔士燧发枪手[580]劣质烧酒|火枪手|吉祥物和他们的替罪羊[581]，这为我的出版商[582]公众布朗与诺兰[583]省下一座城，畅通无阻[584]，十字标记，只要有，多亏命运之力[585]《命运的力量》，我作为凯尔特工薪[586]的工资[587]已经提前支付[588]准备好的，我下面有腿，还有时间[589]空的等着我。

致极为可敬的耻辱记忆，至尊者，某时服务于作者的洒扫庭院。致以问候[590]。刚刚逝去的桑德斯女士（上帝[591]劳合社给她保险！），我也换来换去[592]无赖|努力工作，与她的姐姐[593]史黛拉桑德斯女士，两人都是毕业于马术高中[594]慧骃的医生[595]音乐女儿们，像以斯帖[596]复活节的腿那样一模一样[597]埃斯库罗斯。她是教养良好的最优美的人，无党派女子，我曾得到她的书信，只是太胖了，以前是小宝宝，明白地说[598]小可爱|主持牧师，这是她的休闲日[599]埋葬|日，因

562 her in sthore 解 her"她"+a stór [爱]"我珍爱的";也解 Erin"~"+store"~"。
563 allbethey 解 albeit"~";也解 all be they"~"。
564 poss 解 possible"~";也解 post"~";也解 posse [拉]"~"。
565 mine's won"~",此处解 minus one"~"。
566 privet"~",此处解 private"~"。
567 safty quipu 解 safety equipment"~";也解 sauve-qui-peut [法]"~";也解 softy quipu"~"。其中 safty 也解 Saft [德]"~"。
568 larchly 解 largely"~";也解 larch"~"。
569 nettlesome"~";也解 meddlesome"~";也解 necessity"~"。
570 greed"~";也解 creed"~"。
571 pension"~";也解 invention"~"。
572 Colpa di Becco 解 corpo di bacco [意]"~";也解 colpa di becco [意]"~";也解 colpa [爱]"~"(放牧的牲畜)+becco [西]"~"。
573 buon apartita 解 bon appetit [法]"~";也解 buon [意]"~"+partita [意]"~";也解 Buonaparte"~"(1769—1821),法国皇帝。
574 pease Pod 解 please God"~";也解 peas"~"+pod"~"。其中 Pod 在俚语中也指 Post Office Directory"~"。
575 pluse murthers of gout 解 please mother of God"~";其中 murthers 也解"~";其中 gout 也解"~"。
576 upt to scratch 解 up to scratch"~"。
577 verdigrease 解 verdigris"~";也解 very greasy"~"。
578 makings"~";也解 markings"~"。
579 capri 解 Capri"~",意大利那不勒斯湾南部海岛;也解 capri [拉]"~"。
580 Welsfusel mascoteers 解 Welsh Fusiliers"~"。其中 Welsfusel 也解 Fusel [德]"~"。其中 mascoteers 也解 musketeers"~";也解 mascots"~"。
581 sindybuck 解 Sündenbock [德]"~"。
582 publickers 解 publishers"~";也解 public"~"。
583 Nolaner and Browno 解 Browne and Nolan"~",都柏林著名书籍和文具商店,也是出版商,20 世纪初位于拿骚街 24—25 号,现在位于道森街。
584 Nickil Hopstout 解 Nihil Obstat [拉]"~"。
585 force of destiny"~";也解 *La Forza del Destino*"~",威尔第的歌剧。
586 paykelt 解 pay"付钱"+Celt"凯尔特人"。
587 selary 解 salary"~"。
588 propaired 解 prepaid"~";也解 prepared"~"。
589 tum"~",此处解 time"~"。
590 Salutem dicint 解 salutem dicit [拉]"~"。
591 Loyd 解 Lord"~";也解 Lloyd's of London"~",英国的一家保险人组织。
592 shuft 解 shifted"~";也解 Schuft [德]"~";也解 schuft- [德]"~"。
593 shester 解 sister"~";也解 Stella"~",即以斯帖·琼苏,斯威夫特的两个年轻恋人之一。
594 highschoolhorse 解 high school horse"~";也解 Houyhnhnm"~",斯威夫特的《格利佛游记》中的有理性的马。
595 mudical dauctors 解 medical doctors"~";也解 musical daughters"~"。
596 Easther 解 Esther"~",斯威夫特的两个年轻恋人都叫这个名字;也解 Easter"~"。
597 aslyke 解 as like"~";也解 Aeschylus"~"。
598 Tottydean verbish 解 totidem verbis [拉]"~";其中 Tottydean 也解 totty"~"+Dean"~",斯威夫特曾任都柏林圣帕特里克大教堂的主持牧师。
599 entertermentdags 解 entertainment days"~";也解 interment"~"+dag [丹]"~"。

为她一整天都摇着[600]瓶子，吃着药[601]军火墙|发疯的场面。她远不到九十岁，可怜的已故夫人，爱好诗学，我正在海上像朝圣者一样[602]可怜虫承受着大风，那时月亮也位于甜蜜的桑德森[603]街道|另外的我的天空[604]滑雪橇的角落里。可怜的已故夫人[605]巴黎—里昂—地中海线路冯·安德森夫人[606]正是她，她给了我一碗羊汤[607]胸针，牛排[608]踉跄|悲惨的|可怜人用于她的早餐[609]最大最重要的|首先乞讨派对。孝敬你的农夫和我的书信[610]垃圾。这，我亲爱的[611]泪水，是我的临终遗嘱遗书[612]无遗嘱死亡很快在为了此处的街道[613]直的|斯特拉特福德上写好，关于他们缺席的女性社团[614]伤口，我，或者可能其他任何坐在小矮凳上[615]的人，有幸在虔诚的[616]离婚的|献身的挑剔夫人[617]坏脾气的的真身面前[618]圣体实在，那时她的皮肤暴露在空气中，在他们礼貌的智慧交谈[619]长沙发靠垫|智慧|社团|堂表兄|十六个|亲吻|接吻|靠垫|腿脚之上有此社团。啊，我对两个可怜的小东西[620]乖孩子|移液管苦力感到的[621]嘴|世界悲伤必定值两万英镑[622]四方院子|到何时，这里带着对小乖乖的来年三月[623]比赛最好的[624]双方的米迦勒节[625]瞎搞|混乱祝愿，得以见证[626]，来自他们深爱的罗杰们[627]，M. D. D. O. D.[628]我亲爱的，五月双倍的[629]亲爱的|都柏林焦渴[630]干旱之滴！写到。

——你完全[631]绝望地是在跟你的卡德努斯[632]伍长一起[633]透特开玩笑[634]杀死，只有上帝[635]相处融洽|山羊知道[636]鼻子|现在我们会如何完成那张白纸。两个美女[637]瓦内萨|威尼斯|维纳斯！比克斯塔夫[638]更大的家伙|坚硬的！奇怪[639]真的但继续[640]离去的|假的|拉比的尊号！事实[641]噪声，绝对的事实！否则，老实的肖恩，我们继续说道，什么会是

600 shuk 解 shook“～”。
601 medascene 解 medicine“～”；也解 Magazine (Wall)“～”；也解 mad scene“～”。
602 Pilgarlick 解 pilgerlich［德］“～”；也解 pilgarlic“～”。
603 sweet Standerson 解 sweet Saunderson “～”，书中酒馆的男服务员；也解 street“～”＋ander［德］“～”。
604 ski“～”，此处解 sky“～”。此处化自歌曲“John Anderson, My Jo”(《约翰·安德森，我的爱》)，苏格兰诗人彭斯的诗歌，也是流行歌曲。
605 P. L. M 解 poor late Mrs.“～”；也解 Paris-Lyon-Mediterranean“～”，法国的铁路线。
606 Mevrouw［荷］“～”。
607 muttonbrooch 解 mutton broth“～”；也解 brooch“～”。
608 stakkers 解 steaks“～”；也解 stacker“～”；也解 stakkers［挪］“～”；也解 stakkers［荷］“～”。
609 begfirst 解 breakfast“～”；也解 big first“～”；也解 beg first“～”。
610 litters“～”，此处解 letters“～”。化自《出埃及记》(20:12)“尊敬父母”(Honour thy father and thy mother)。
611 tears“～”，此处解 dears“～”。
612 intesticle 解 testament“～”；也解 intestacy“～”。
613 strutforit 解 street for it“～”；也解 straight“～”；也解 Stratford“～”，莎士比亚的家乡。
614 assauciations 解 associations“～”；也解 sauciatio［拉］“～”。
615 squaton a toffette 解 squat on a tuffet“～”，出自英国儿歌《小穆芙特小姐》(“Little Miss Muffet”)。
616 devouted 解 devout“～”；也解 divorced“～”；也解 devoted“～”。
617 Mrs Grumby 解 Mrs. Grundy“～”，托马斯·莫顿 1798 年的戏剧《加速耕耘》(*Speed the Plough*)中提及的人物；也解 grumpy“～”。
618 real presence“～”，此处按字面翻译。
619 sophykussens 解 sophy“智者”＋conversation“交谈”；也解 Sofakissen［德］“～”；也解 sophia［希］“～”；也解 society“～”＋cousin“～”；也解 sixteen“～”；也解 Küssen［德］“～”；也解 kussen［荷］“～”；也解 kussens［荷］“～”；也解 cos［爱］“～”。
620 ptpt 解 ppt，即 poor pretty thing“～”；也解 poppet“～”，斯威夫特在给恋人以斯帖·琼苏(他称她为史黛拉)的信中，常用“ppt”或“poppet”这样的称呼；也解 pipette“～”。
621 mund 解 mind“～”；也解 Mund［德］“～”；也解 mundus［拉］“～”。
622 quad“～”，此处解 quid“～”；也解 quoad［拉］“～”。
623 match“～”，此处解 March“～”。
624 both's“～”，此处解 best“～”。
625 maddlemass 解 Michaelmas“～”，基督教 9 月 29 日，东正教为 11 月 8 日；也解 meddle“～”＋mess“～”。
626 herewitdnessed 解 here witnessed“～”。
627 Roggers 解 Rogers“～”，斯威夫特初到爱尔兰时，教区居民很少，他在做晚礼拜时往往只有手下的牧师罗杰在场，因此他便以“深爱的罗杰”开始。
628 M. D. D. O. D. 解 May doubling drop of drought“五月双倍的焦渴之滴”；其中 M. D. 也解 my dears“～”。
629 doubling“～”；也解 darling“～”；也解 Dublin“～”。
630 drooght 解 drought［古英］“～”；也解 droogte［荷］“～”。
631 Hopsoloosely 解 absolutely“～”；也解 hopelessly“～”。
632 cadenus 解 Cadenus“～”，斯威夫特在自传体诗《卡德努斯和瓦内萨》(*Cadenus and Vanessa*)中所用的名字；也解 decanus［拉］“～”。
633 totether 解 together“～”；也解 Thoth“～”。
634 kidding“～”；也解 killing“～”。
635 goat along 解 God alone“～”；也解 get along“～”。其中 goat 也解“～”。
636 nose“～”，此处解 knows“～”；也解 now“～”。
637 Venusstas 解 venustas［拉］“～”；也解 Vanessa“～”，斯威夫特称他的年轻恋人以斯帖·凡霍米利为瓦内萨，称他的另一个年轻恋人以斯帖·琼苏为史黛拉；也解 Venice“～”；也解 Venus［拉］“～”，古罗马爱神。
638 Biggerstiff 解 Isaac Bickerstaff“～”，斯威夫特的笔名；也解 bigger staff“～”；也解 stiff“～”。
639 Qweer 解 queer“～”；也解 gwir［布］“～”。
640 gaon 解 go on“～”；也解 gone“～”；也解 gaou［布］“～”；也解 gaon［希伯来］“～”。
641 trouz［布］“～”，此处解 truth“～”。此句化自法庭行政人员的誓词。

你那软体制服[642]梭形的的自传？

——太好了[643]让我们祈祷|乌拉诺斯！无论怎样[644]无论谁都一无所有，肖恩回答，天堂般空白一片！（他已经做好打算[645]，现在相当近地端详他那红宝石[646]鲁比尼般闪烁的[647]商店|温克尔曼|角度铅玻璃）尽管多少应该具有洛可可式的[648]生的|乌鸦呱呱叫浪漫。顺便问一下[649]通过来回摇摆，弗莱先生如何？一切的一切，我应该说，根据承诺[650]，报酬和额外补贴[651]公园和伍德[652]木制的的半便士，一些钱[653]莱茵河，莱茵河，啊，怡人的[654]詹姆斯·乔伊斯莱茵河，自动[655]我答应|扬扬格由我交出[656]被处理，（并且将末端束[657]不好的结局于我那恶毒的[658]诅咒别人的人安德斯[659]寄件人|另一个小姐！在她失去我离开的那晚戴着玫瑰花冠[660]废墟的幽灵！）以荆棘甸[661]的三城堡[662]的范·胡特[663]万豪顿可可粉|霍斯堡先生的名义[664]木材|木料|尸体，邮差[665]木匠|音色，在我那挥霍的[666]巨大的邻居[667]地方长官中间，头衔为低音合唱团[668]森林|家禽饲养场男孩[669]老板|木材的形形色色的[670]签署无赖[671]侄子|苦工|妒忌的，我们被驱逐的房客[672]。我说的是（我是无人[673]，狍子角或后脑勺[674]被子允许我告诉你，如果你不知道的话），我从未花过[675]自发的。我对如何做也无一丝[676]客人概念[677]先天的|《异乡客》。这是我的规则如此。总之它像热的浓汤烤饼[678]蛋糕一样流行。这把我带到我的新鲜点。因为[679]，我尽可能[680]手提的简单地装在信封里，花了多少，你现在可能会知道[681]寓言|接收，由健力士先生[682]鹅妈妈|狐狸葡萄那些已注册的因此外向的[683]酒桶中的一只转交。谁能与汝共生共治[684]。现在！

642 fumiform 解 uniform“～”；也解 fusiform“～”。
643 Hooraymost 解 hooray“万岁”＋most“最”；也解 oremus［拉］“～”；也解 Uranus“～”，古希腊神话中的第一代神王，女神盖亚的儿子和丈夫。
644 whomsoever“～”，此处解 whatsoever“～”。
645 intentended 解 intended“～”。
646 rubiny 解 rubini［意］或 Rubin［德］“～”；也解 Giovanni Battista Rubini“～”(1795—1854)，意大利男高音歌唱家。
647 winklering 解 twinkling“～”；也解 winkel［荷］“～”；也解 Johann Joachim Winckelman“～”(1717—1768)，德国考古学家和艺术评论家；也解 Winkel［德］“～”。
648 rawcawcaw 解 rococo“～”；也解 raw“～”＋caw“～”。
649 By the wag“～”，此处解 by the way“～”。
650 ex-voto［拉］“～”。
651 perks“～”；也解 parks“～”。
652 wooden“～”，此处解 Wood“～”。1724 年，英国铸币商威廉·伍德通过买得爱尔兰铸币权在爱尔兰发行劣质铜币，因遭到斯威夫特领导的爱尔兰人的坚决抵制而失败。
653 rhino［俚］“～”；也解 Rhine“～”，这里指“莱茵河的指环”。
654 joyoust 解 joyous“～”；也解 James Joyce“～”。
655 spondaneously 解 spontaneously“～”；也解 spondeo［拉］“～”；也解 spondee“～”，一种诗歌音步。
656 was handled over“～”，此处解 was handed over“～”。
657 bundle end 解 bundle“捆束”＋end“末端”；也解 bad end“～”。
658 illwishers 解 vicious“～”；也解 ill wishers“～”。
659 Anders“～”；也解 senders“～”；也解 ander［德］“～”。
660 wraith of ruins“～”，此处解 wreath of rose“～”，此处化自歌曲“She Wore a Wreath of Roses the Night That First We Met”(《初遇之夜她戴着玫瑰花冠》)。
661 Clowntalkin 解 Cluain Dealgan［爱］“～”，都柏林西边的城镇。
662 Tredcastles 解 three castles“～”，都柏林的城徽是三座城堡。
663 van Howten 解 Van Hoother“～”，霍斯堡的主人；也解 van Houten“～”；也解 Howth“～”。
664 ligname 解 name“～”；也解 lignum［拉］“～”；也解 legname［意］“～”；也解 Leichnam［德］“～”。
665 timbreman 解 timbre［法］“邮票”＋man“人”；也解 timberman“～”；也解 timbre“～”。
666 prodigits 解 prodigal“～”；也解 prodigious“～”。
667 nabobs“～”(印度莫卧儿王朝时期)，此处解 neighbours“～”。
668 Boscoor 解 baskoor［荷］“～”；也解 bosco［意］“～”；也解 bassecour［法］“～”。
669 Bois 解 boys“～”；也解 boss“～”；也解 bois［法］“～”。
670 subscription“～”，此处解 description“～”。
671 navious 解 knaves“～”；也解 nephews“～”；也解 navvies［英口］“～”；也解 envious“～”。
672 tenemants 解 tenants“～”。
673 noen 解 no one“～”。
674 culkilt 解 cúl［爱］“～”；也解 cuilt［爱］“～”。
675 spont 解 spent“～”；也解 spontaneous“～”。
676 ghuest 解 ghost“～”；也解 guest“～”。
677 innation 解 notion“～”；也解 innate“～”；也与前面合解 *Guests of the Nation*“～”，爱尔兰作家弗兰克·奥康纳的小说集。
678 pottagebake 解 pottage“浓汤”＋bake“烘烤食品”；也解 gebak［荷］“～”。此处化自习语 like hot cakes(像刚出炉的蛋糕)，指抢手的东西。
679 Quoniam［拉］“～”。
680 portable“～”，此处解 possible“～”。
681 parably receive 解 probably perceive“可能认识到”；也解 parable“～”＋receive“～”。
682 Mooseyeare Goonness 解 Monsieur Guinness“～”；也解 Mother Goose“～”，童话《鹅妈妈的故事》中的角色；也解 Mookse Gripes“～”。
683 andouterthus 解 and“以及”＋outer“外面的”＋thus“因此”。
684 Quick take umwhiffat andrainit 解 Qui tecum vivat et regnit［拉］“～”，此处出自弥撒中的《奉献经》。

——诚如所愿[685]苏维埃|用强力和|你|我看见！我们回道。歌唱吧！肖恩，歌唱吧[686]肖恩，歌曲|歌曲！拿出勇气[687]有情绪|勇气！大展拳脚！

——抱歉[688]动物寓言，肖恩说，但我宁愿给你编织[689]蜘蛛|斯宾诺莎雅各和以扫[690]伊索格林故事诗[691]《格林童话》|姿势中的一个，寓言一、寓言二[692]也是微弱的。这里让我们考虑一个例子[693]灾祸|卡西乌斯，我亲爱的小兄弟[694]表亲蚂蚁[695]魔鬼和蚱蜢[696]希求天恩者（咳嗽咳咳咳嗽咳咳咳咳咳嗽咳咳咳咳嗽咳咳咳嗽咳咳咳咳咳咳咳嗽咳咳咳咳咳咳咳咳嗽咳咳咳嗽妈的妈的咳咳咳咳嗽咳嗽咳咳咳咳咳嗽咳咳咳嗽咳咳咳咳嗽咳咳咳嗽咳咳嗽咳咳咳咳咳咳咳啊咳咳咳咳咳咳咳咳咳咳咳啊[697]加速|仇恨|有一个|棺材里的小酒馆|石堡|大瀑布）。

蚱蜢总是一路[698]慢步而行地跳着吉格舞[699]小滑车，出于[700]康德|镶边他的欢乐本性[701]乔伊斯而兴高采烈[702]啤酒花香的，（他有一个伙伴，一对废话[703]，来代替[704]支持他），或者，如果不是这样，他就总是给跳蚤[705]、虱子[706]虱|虱虫、蜜蜂[707]和小土蜂[708]黄蜂奏下流的前奏曲，玩着蛹-蛹[709]《乌帕-乌帕》|童女|布娃娃、蚤-蚤[710]跳蚤、触须[711]草地网球|长的和推臀板[712]，跟他乱伦[713]开始昆虫|开始性行为，它们的[714]那里口器对着他的孔窍[715]矿石|杂种小狗，他抖动两腿[716]对着它们多毛的[717]空气的|阿里斯托芬结节，即便只是开玩笑[718]贞洁的|匆忙地|不贞洁的，在永恒者[719]永久花中间[720]，看到一只洒水壶[721]漫游的诗人|耳语。他当然[722]咒骂的出于恶意[723]蜜蜂，用他的前触角[724]感觉她的身体、屈肌、收缩肌、降肌、

685 So vi et 解 so be it“～”；也解 Soviet“～”；也解 vi et［拉］“～”；也解 vi［意］“～”；也解 vi［葡］“～”。
686 Shaun, song“～”，此处解 Shaun, sung“～”；也解 chanson［法］“～”。
687 Have mood“～”，此处解 habe Mut［德］“～”；也解 moed［荷］“～”。
688 apologuise 解 apologize“～”；也解 apologue“～”。
689 spinooze 解 spin“～”；也解 spin［荷］“～”；也解 Benedict de Spinoza“～”（1632—1677），荷兰哲学家。
690 Jacko and Esaup 解 Jacob and Esau“～”，《圣经》中的以撒的两个儿子；其中 Esaup 也解 Aesop“～”。
691 grimm gests“～”；也解 *Grimm's Fairy Tales*“～”；其中 gests 也解 gestes［法］“～”。
692 feeble too“～”，此处解 fable two“～”。
693 casus［拉］“～”，此处解 case“～”；也解 Cassius“～”，罗马人，和布鲁图一起刺杀了凯撒。
694 cousis 解 kasis［希］“～”；也解 cousin［法］“～”。
695 Ondt 解 Ondt［丹］“～”，此处解 ant“～”。
696 Gracehoper“～”，此处解 grasshopper“～”.
697 husstenhasstencaffincoffintussemtossemdamandamnacosaghcusaghhobixhatouxpeswchbechoscashlcarcarcaract 解 Husten［德］“咳嗽”＋Husten［德］“咳嗽”＋coughing“咳嗽”＋coughing“咳嗽”＋tussem［拉］“咳嗽”＋tosse［意］［葡］“咳嗽”＋damn“他妈的”＋na casachta［爱］“咳嗽的”＋casacht［爱］“咳嗽”＋bêx［希］“咳嗽”＋toux［法］“咳嗽”＋peswch［威］“咳嗽”＋bêchos［希］“咳嗽”＋kashalj［塞］“咳嗽”。其中 hassten 也解 hasten“～”，也解 Hass［德］“～”，也解 hast'n［德］“～”；caffincoffin 也解 caff in coffin“～”；cashl 也解 caiseal［爱］“～”；carcarcaract 也解 cataract“～”。
698 ajog“～”，此处解 along“～”。
699 jigging 解 jig“～”；也解 jigger“～”。
700 on akkant of 解 on account of“～”。其中 akkant 也解 Kant“～”（1724—1804），德国哲学家；也解 Kante［德］“～”。
701 joyicity 解 joyous-ity“～”；也解 Joyce“～”。
702 hoppy“～”，此处解 happy“～”。
703 findlestilts 解 fiddlesticks“～”
704 supplant“～”；也解 support“～”。
705 Floh［德］“～”。
706 Luse［古英］“～”；也解 louse“～”；也解 lus［丹］“～”。
707 Bienie 解 Biene［德］“～”。
708 Vespatilla 解 vespatilla［拉］“～”；也解 vespa［意］“～”。
709 pupa-pupa“～”；也解“Upa-upa”“～”，歌曲名；也解 pupa［拉］“～”；也解 Puppe［德］“～”。
710 pulicy-pulicy 解 pulex［拉］“～”；也解 pula［意口］“～”。
711 langtennas 解 antennae“～”；也解 lawn tennis“～”；也解 lang［德］“～”。
712 pushpygyddyum 解 push“推”＋pygidium“臀板”，昆虫的身体部位。
713 commence insects“～”，此处解 commit incest“～”；也解 commence in sex“～”。
714 there“～”，此处解 their“～”。
715 orefice 解 orifice“～”；也解 ore“～”＋fice“～”。
716 gambills 解 gambilles［法］“～”。
717 airy“～”，此处解 hairy“～”；也解 Aristophanes“～”，古希腊喜剧家。
718 in chaste“～”，此处解 in jest“～”；也解 in haste“～”；也解 unchaste“～”。
719 everlistings 解 Everlasting“～”；也解 everlastings“～”，指干后形状和颜色不变的花，如腊菊等。
720 ameng 解 among“～”。
721 waspering pot 解 watering pot“～”；也解 wandering poet“～”。其中 waspering 也解 whispering“～”。
722 of curse“～”，此处解 of course“～”。
723 melissciously 解 maliciously“～”；也解 melissa［希］“～”。
724 feelhers 解 feelers“～”；也解 feel hers“～”。

伸肌，换句话说[725]一瘸一拐地，烦扰我，嫁娶我，埋葬我，捆住我，直到她因羞耻而脸色变紫[726]跳蚤，也[727]全都如此用西班牙[728]纺纱工人|皮革商|蜘蛛针织品[729]在地球上最好的购物时刻[730]叔本华装扮[731]蚂蚁|蚁丘她，像他的小屋一样快[732]如此夏季的，被亲密地[733]以前|蚁丘称作[734]热的|冷的琐屑小事[735]，突然出现[736]摸索向上。或者，如果他总是开始演奏可笑的葬礼[737]乐趣|卷轴，与祖父[738]更远的|最好的父亲宙斯[739]时间一起，老者，戴着他的所有蠼螋[740]邪恶的花冠，发白[741]智力而活泼[742]老朋友，在他那鞘翅[743]有关电的虫盒内[744]用长柄大镰刀，大丽花和牡丹花[745]迪莉娅和菲欧纳，他那湿淋淋的[746]萎垂的|橄榄眼蝶[747]，甜言蜜语哄骗他，复[748]使混乱眼落在黄蜂头[749]熔岩滴丘上，而老太太[750]格林夫人穿靴子的猫[751]搔着他的头顶[752]茧|黄蜂，胳肢[753]咯咯地笑他的通道[754]运输，女神[755]歌剧女主角|狂野的蜜蜂[756]（七块肥皂[757]肥皂泡|棉铃象甲|网纹海蟾鱼|肥皂、一打酸橙、两涌磷光剂[758]磷、三个硫黄[759]屁[760]四分之三|屁、摇一摇糖[761]食糖、十二[762]假寐粒镁[763]、整团[764]刀鲁莽的[765]中盘股草碱[766]漆黑的|片|沥青|图片。婆罗洲[767]的宽大长袍的螺纹的轮子的墙[768]鲸鱼|选择上象鼻虫[769]全部的|洞就这样来到市镇[770]婴儿脚气病|牛虻|一！）带着长鼓[771]塔巴兰|小丑和响板[772]斑蝥|歌曲|歌唱家，就这样[773]旅居|忧郁的|土星他的蛋山[774]流放|车轴蟑螂[775]摇动的马车|锹甲在向后恐惧[776]菲比中转着它们的骷髅之舞[777]摩羯座，背靠背[778]大块对大块|蜜蜂|盥洗盆|雅各布·西吉斯蒙德·贝克|巴克利，就像出色的狄梭西[779]患病的|喝得烂醉的人和雅内·阿夫里尔[780]四月，奏着拉[781]拉神，拉，拉，拉，长长的[782]慢的|英俊的|迟缓|缓慢脚踝和长长的脚趾[783]肺结核|投掷|咳嗽，得到母亲和女

725 lamely“～”,此处解 namely“～”。
726 puce“～”;也解 puce［法］“～”。
727 allso 解 also“～”;也解 all so“～”。
728 Spinner“～”,此处解 Spanish“～”;也解 skinner“～”;也解 Spinne［德］“～”。
729 housery 解 hosiery“～”。
730 schoppinhour 解 shopping hour“～”;也解 Arthur Schopenhauer“～”(1788—1860),德国哲学家。
731 fourmish 解 furnish“～”;也解 formica［拉］“～”;也解 fourmilière［法］“～”。
732 so summery“～”,此处解 so soon“～”。
733 fourmillierly 解 familiarly“～”;也解 formerly“～”;也解 fourmilière［法］“～”。
734 cald 解 called“～”;也解 caldo［意］“～”;也解 cold“～”。
735 Tingsomingenting 解 en ting som ingen ting［丹］“～”。
736 groped up“～”,此处解 crop up“～”。
737 funereels 解 funerals“～”;也解 fun“～”＋reels“～”。
738 Besterfarther 解 bedstefar［丹］“～”;也解 farther“～”;也解 Best Father“～”,罗马主神朱庇特的一个称号。
739 Zeuts 解 Zeus“～”;也解 Zeit［德］“～”。
740 wigeared 解 earwig“～”;也解 wicked“～”。
741 albedinous 解 albedo［拉］“～”;也解 nous［希］“～”。
742 oldbuoyant 解 buoyant“～”;也解 old boy“～”。
743 elytrical 解 elytra“～”＋-cal;也解 electrical“～”。
744 inscythe 解 inside“～”;也解 in scythe“～”。
745 Dehlia and Peonia 解 dahlia and peony“～”;也解 Delia and Peona“～”,济慈的长诗《恩底弥翁》中的人物,其中迪莉娅是月亮女神阿尔忒弥斯的另一个名字。
746 druping 解 dripping“～”;也解 drooping“～”;也解 druppa［希］“～”。
747 nymphs“～”,也指希腊神话中居于山林水泽的仙女,此处双关。
748 compound“～”;也解 confound“～”。
749 hornitosehead 解 hornet“大黄蜂”＋head“头”;也解 hornito“～”。
750 Auld Letty 解 old lady“～”;也解 Lettice Greene“～”,与莎士比亚同时代的托马斯・格林的妻子。
751 Plussiboots 解 Puss-in-Boots“～”。
752 cacumen［拉］“～”;也解 cocoon“～”;也解 cacynen［威］“～”。
753 cackle“～”,此处解 tickle“～”。
754 tramsitus 解 transitus［拉］“～”;也解 transit“～”。
755 diva“～”,此处解 diva［拉］“～”;也解 diva［捷］“～”。
756 deborah［希伯来］“～”。
757 bolls of sapo 解 bars of soap“～”;也解 bolle di sapone［意］“～”;也解 boll weevil“～”＋sapo “～”。其中 sapo 也解［拉］“～”。
758 fussfor 解 phosphor“～”;也解 fosfor［丹］“～”。
759 sulph 解 sulphur“～”。
760 threefurts 解 three farts“～”;也解 three fourths“～”;也解 Furz［德］“～”。
761 shouker 解 sugar“～”;也解 Zucker［德］“～”。
762 doze“～”,此处解 dozen“～”。
763 migniss 解 magnesium“～”。
764 mesfull 解 mess-full“～”;也解 mes［荷］“～”＋-full。
765 midcap 解 madcap“～”;也解 mid-cap“～”。
766 pitchies 解 potash“～”;也解 pitchy“～”;也解 pieces“～”;也解 pitch“～”;也解 pictures“～”。
767 Bourneum 解 Borneo“～”,此处化自歌曲《婆罗洲来的野人》(“The Wild Man from Borneo”)中的歌词“The flea on the hair of the tail of the dog of the nurse of the child of the wife of the wild man from Borneo has just come to town”。
768 whaal 解 wall“～”;也解 Wal［德］“～”;也解 Wahl［德］“～”。
769 whool 解 weevil“～”;也解 whole“～”;也解 hole“～”。
770 taon“～”,此处解 town“～”;也解 taon［法］“～”;也解 aon［爱］“～”。
771 tambarins 解 tambourin“～”;也解 Tabarins“～”,巴黎街头骗子让・索洛曼 (1584—1633)的化名,此人用滑稽的方式卖假药;也解 tabarin［法］“～”。
772 cantoridettes 解 castanet“～”;也解 cantharides“～”;也解 canto［意］“～”;也解 cantor［拉］“～”。
773 soturning around 解 so“如此”＋turning around“转身”。其中 soturning 也解 sojourn“～”;也解 saturnine“～”;也解 Saturn“～”。
774 eggshill 解 eggs“鸡蛋”＋hill“山”;也解 exile“～”;也解 axle“～”。
775 rockcoach 解 cockroach“～”;也解 rocking coach“～”;也解 rogach［俄］“～”。
776 retrophoebia 解 retro-phobia“～”;也解 Phoebe“～”,莎士比亚的戏剧《皆大欢喜》中的人物。
777 dance McCaper 解 Danse macabre“～”,法国作曲家卡米尔・圣-桑的一部管弦乐作品,完成于 1874 年;也解 Capricorn“～”。
778 beck from bulk 解 back to back“～”;也解 bulk to bulk“～”。其中 beck 也解 beach［爱］“～”;也解 Becken［德］“～”;也解 Jakob Sigismund Beck“～” (1761—1840),康德早期最知名的追随者之一。其中 bulk 也解 Buckley“～”,书中巴克利与俄国将军的故事中的爱尔兰士兵,在克里米亚战争中开枪打死一个正在大便的俄国将军。
779 dissosed 解 Valentin le Désossé“～”,1890 年代红磨坊最红的男性康康舞舞者,法国后印象派画家亨利・德・图卢兹-劳特雷克曾画过他;也解 diseased“～”;也解 sozzler“～”。
780 jenny aprils 解 Jane Avril“～”(1868—1943),红磨坊中仅次于拉古留的红牌康康舞舞者,亨利・德・图卢兹-劳特雷克曾画过她;其中 aprils 也解 April“～”。
781 ra 解 la“～”,第六个音的唱名;也解 Ra“～”,又译瑞,古埃及神话中的太阳神。此句化自 G. 威尔第的歌剧《弄臣》中的歌词。
782 longsome［丹］［挪］“～”,此处解 longsome“～”;也解 handsome“～”;也解 langsam［德］“～”;也解 langzaam［荷］“～”。
783 toesis 解 toes“～”;也解 phthisis“～”;也解 toss“～”;也解 tussis［拉］“～”。

儿[784]咕哝和小滚筒|巴特和拓夫的照料，又聋又哑的[785]将死的|巴特和拓夫|黑色的拳击比赛[786]，一群蜜蜂[787]使喝醉|养蜂人仆人[788]红蚁属|咕哝唱着[789]《眼蝶的美好节日》[790]萨提尔|粥汤和《憨蛋呆蛋坐在墙头》[791]我们默默卑贱地铺了一会儿草皮，除了《嗬，芬尼根的守灵夜》[792]嗬，时间，又是时间，醒来！因为如果科学[793]静默（事情的真相）不能让我们[794]吾等在所有领袖[795]公共汽车中的某人[796]阴茎事情上[797]买到缄口，一点点，或许，羽管键琴[798]和弦的艺术|阿尔特·阿科德|星星|一致（鸣响的鸣响[799]谁是谁）或许会给我们唱唱那些把他的农场[800]大肚子|裤子|打洞器围起来的小人物[801]新伙伴的事[802]汤姆·米克斯。给酒吧里的激动[803]申斥民众昔日的欢乐时光[804]应立即做某事的时候|往昔，整整一天都免费[805]感谢上帝！给所有人[806]的雷鸣[807]父亲|衬里电闪[808]照明设备，任何稀里糊涂的小母马，因为奥克罗诺斯[809]时间七零八落地[810]在沙里蹒跚，但是他的子子孙孙[811]太阳|儿子还在跌跌撞撞。地上的一切[812]土地，就像他的《呼吸之书》[813]让他做[814]床的，以致每个地方[815]曾经为什么，闪姆或肖恩[816]赝品或回避的人，看起来[817]大地|亮要消磨时间[818]踢时间。

神啊[819]，刮掉[820]圣甲虫我的魂[821]灵体|谷仓吧！多么微不足道的事啊[822]骗子|碟子！毁谤[823]蜻蜓属|非常小的书！蚊子[824]伪善|疯狂！虱子[825]呸！跳蚤[826]蜜蜂！卜塔[827]！多么壮观的诸神景象啊[828]时代！蚂蚁发泄道。它不是夏天的傻瓜[829]夏天|蝴蝶，正思虑重重地[830]怠惰地|女性的|透特朝着他的窗户[831]风|马颈轭|温德汉姆·刘易斯镜子[832]明胶前面[833]冒犯他的脸[834]掘土黄蜂做着愚蠢的鬼脸[835]让出寒冷的空间，这被与热带相反[836]反主题地称为[837]冷的雪、雪还是雪[838]无。我们不会在那只跳

784 mutter and doffer“～”，此处解 Mutter［德］“母亲”＋and daughter“和女儿”；也解 Butt and Taff“～”，书中二元对立的两个人物。
785 duffmatt 解 deafmute“～”；也解 matt［德］（象棋中）“～”；也解 Butt and Taff“～”；也解 dubh［爱］“～”。
786 baxingmotch 解 boxing match“～”。
787 pszozlers 解 pszczoła［波］“～”；也解 sozzle“～”；也解 pszczelarz［波］“～”。
788 myrmidins 解 Myrmidons“密耳弥多涅人”，特洛伊战争中阿喀琉斯的仆人，后世指盲目追随主人的人；也解 Myrmica“～”；也解 murmur“～”。
789 pszinging 解 singing“～”。
790 *Satyr's Caudledayed Nice* 解 *Satyr's Holiday Nice*“～”，此处化自 *The Cottar's Saturday Night*（《佃农的周末夜晚》），苏格兰诗人彭斯的诗歌；也解 satyr“～”，希腊神话中的森林之神＋caudle“～”。
791 *Hombly, Dombly Sod We Awhile* 解 *Humpty Dumpty Sat on a Wall*“～”，英国儿歌；也解 Humbly Dumbly Sod We Awhile“～”。
792 *Ho, Time Timeagen, Wake* 解 *Ho, Tim Finnegan's Wake*“～”，爱尔兰民歌《芬尼根的守灵夜》；也解 ho, time time again, wake“～”。
793 sciencium 解 science“～”；也解 silentium［拉］“～”。
794 uns［德］“～”；也解 us“～”。
795 Omniboss 解 omni-boss“～”；也解 omnibus“～”。
796 Sommboddy 解 somebody“～”；也解 bod［爱］“～”。
797 abought 解 about“关于”；也解 bought“～”。
798 artsaccord 解 harpsichord“～”；也解 arts of chord“～”；也解 Art Accord“～”（1890—1931），美国演员，常扮演牛仔；也解 star“～”＋accord“～”。
799 hoot's hoot“～”；也解 who's who“～”。
800 panch 解 ranch“～”；也解 paunch“～”；也解 pants“～”；也解 punch“～”。
801 Newbuddies 解 nobodies“～”；也解 new buddies“～”。
802 tumtim abutt 解 something about“有关……的事”；也解 Tom Mix“～”（1880—1940），美国演员，经常出演西部片。
803 barheated 解 bar“酒吧＋heated“激动的”；也解 berated“～”。
804 high old tide“昔日的高潮”；也解 high time“～”＋old time“～”。
805 gratiis 解 gratis［拉］“～”；也可与前面的 day 合解 Deo Gratias［拉］“～”。
806 ally looty 解 alle Leute［德］“～”。
807 Fudder 解 thunder“～”；也解 Vater［德］“～”；也解 Futter［德］“～”。
808 lighting“～”，此处解 lightning“～”。
809 O'Cronione 解 Cronus“～”，古希腊神话中天神乌拉诺斯和地神盖亚的儿子，夺取了父亲的王位；也解 chronos［希］“～”。
810 acrumbling 解 crumbling“～”。
811 sunsunsuns“～”，此处解 sun［中］“～”；也解 son“～”。
812 Erething 解 everything“～”；也解 erets［希伯来］“～”。
813 埃及《亡灵书》中的丧礼仪式书。
814 bed“～”，此处解 bid“～”。
815 everwhy 解 everywhere“～”；也解 ever why“～”。
816 sham or shunner“～”，此处解 Shem or Shaun“～”，本书主人公的两个儿子。
817 zeemliangly 解 seemingly“～”；也解 zemlya［俄］“～”＋liang［中］“～”。
818 kick time“～”，此处解 kill time“～”。
819 Grouscious me 解 gracious me“～”。
820 scarab“～”，此处解 scrape“～”。
821 sahull 解 soul“～”；也解 sahu“～”，古埃及神话中承载精神体；也解 sabhall［爱］“～”。
822 bagateller 解 bagatelle“～”；也解 bagatelliere［法］“～”；也解 Teller［德］“～”。
823 Libelulous 解 libellous“～”；也解 libellula“～”；也解 libellulus［拉］“～”。
824 Inzanzarity 解 zanzara［意］“～”；也解 insincerity“～”；也解 insanity“～”。
825 Pou［法］“～”；也解 pfui“～”。
826 Pschla 解 pchła［波］“～”；也解 pchela［俄］［塞维］“～”。
827 Ptuh 解 Ptah“～”，古埃及孟斐斯地区信仰的造物神，后演变成工匠与艺术家的保护者。
828 What a zeit for the goths! 解 What a sight for the gods! “～”；其中 Zeit 也解［德］“～”。
829 sommerfool 解 summer fool“～”，一种雪片莲；也解 Sommer［德］“～”；也解 sommerfugl［丹］［挪］“～”。
830 thothfolly 解 thoughtfully“～”；也解 slothfully“～”；也解 toth (to)［爱］“～”；也解 Thoth“～”。
831 windhame 解 window“～”；也解 wind“～”＋hame“～”；也解 Wyndham Lewis“～”（1882—1957），英国作家，曾批评乔伊斯。
832 icinglass 解 seeing-glass，即 looking glass“～”；也解 isinglass“～”。
833 affront of“～”，此处解 in front of“～”。
834 Hisphex 解 his face“～”；也解 sphex“～”。
835 making chilly spaces“～”，此处解 making silly faces“～”。
836 antitopically 解 anti-tropical“～”；也解 anti-topic-ally“～”。
837 cold“～”，此处解 called“～”。
838 Nixnixundnix 解 nix［拉］“～”；也解 nix“～”。

蚕[839]剪下的枝条家开派对，他或许决定了，因为他不在我们的社会名单上。既不[840]神也不参加巴[841]的葬礼[842]比利亚，那个[843]汝懒鬼[844]吞咽，只要阿布猫克哈特有尾巴[845]库|后脑勺|屁股|库特·胡米，这个金龟子[846]旧的|令人讨厌的人蜂巢[847]森林|年。虽然如此[848]纳芙蒂蒂|奈弗尔|脚跟，当他安全地锁好[849]查出他的仓库[850]昆虫的产卵器，他抬起手[851]举起|致敬祷告：愿他不要躲开[852]水我的水！和平之地[853]塞赫美特！愿他不要让我的瓦[854]划分铺在猪屎[855]猪棚上！和平之地[856]热热地吮吸它！我的统治将繁盛如佩皮[857]的王国将繁盛般宽广！我的统治[858]怨恨|海恩斯将兴旺如幸福之天堂[859]哈比|复仇将兴盛般高远！将成长，将繁盛！将兴旺[860]匆促进行|荷鲁斯！阿门[861]嗡嗡作响的。

蚂蚁是一个世界性[862]健康的|高的的家伙，骨骼宽大[863]空间|驼峰|朗博尔德、身体健壮[864]亚伯|傻瓜，几乎像铜金库|头先令[865]小铃铛|谢林一样[866]在附近看到|小便高[867]。当他不在内心中做鬼脸[868]腾出空间|一起享受快乐时，非常[869]如此|痛处|匠人|蟑螂|蟋蟀非常庄重[870]愠怒的|蚱蜢|《先生，所罗门先生》迷人[871]主席|看起来|看起来像德国人，但是，唉[872]虱子|赞美！当他在他的画像[873]犹太佬上做鬼脸时，他最最[874]留心|苍蝇|飞蛾神圣[875]秘密的，蚂蚁般[876]蚍蜉聪明迷人。现在当[877]他傻瓜蚱蜢叮叮当当穿过一片爱与债[878]生与死的丛林，然后[879]之后|更坏满心怀疑叮叮当当穿过一堆杂乱的生活，与大黄蜂[880]鸟喙|蜜蜂一起打赌[881]变湿|结婚|对赌，与仰蝽[882]舟子|杀害|琼浆玉液|绑缚一起饮酒[883]喝酒，与大蚊[884]的啦咚的啦|粪肥|不幸一起欺骗[885]挤奶，追着瓢虫[886]女士|如鸟的嫖妓[887]听|霍拉舞|合唱|通奸（我抓住埃及蠓这个机会[888]辩论的能手|嘲笑|乞求|房屋），他觉得[889]

839 lopp 解 loppe［挪］"～"；也解 lop"～"。
840 nether 解 neither"～"；也解 neter"～"，古埃及文献中最接近上帝概念的词。
841 Ba"～"，埃及神话中代表灵魂的人头鸟身怪。
842 berial 解 burial"～"；也解 Beriah"～"，出自《旧约·历代志》(7:23)"就给这儿子起名叫比利亚"。
843 thon［乌］"～"；也解 thou"～"。
844 sloghard 解 sluggard"～"；也解 slog［爱］"～"。
845 ablong as there's a khul on a khat 解 as long as there's a tail on a cat"～"。其中 ablong 也解 ab"～"，埃及神话中位于心脏的灵魂。其中 khul 也解 khu"～"，埃及神话中的第一个灵魂，史前生命精神，位于血液；也解 cúl［爱］"～"；也解 culus［拉］"～"；也解 Koot Hoomi"～"，据说是启发布拉瓦茨基创建神智社的所谓圣人之一，也被称为"K. H."。其中 khat 也解"～"，肉体。
846 oldeborre 解 oldenborre［丹］"～"；也解 old"～"＋bore"～"。
847 yaar 解 yaara［希伯来］"～"；也解 yaar［希伯来］"～"；也解 year"～"。
848 Nefersenless 解 nevertheless"～"；也解 Nefertiti"～"(约前 1370—约前 1330)，埃及法老阿肯纳顿的王后；也解 Nefer-sent"～"，埃及城市名；也解 Fersen［德］"～"。
849 looked up"～"，此处解 locked up"～"。
850 ovipository 解 repository"～"；也解 ovipositor"～"。
851 loftet hails 解 lifted hands"～"；也解 lofte［丹］"～"＋hails"～"。
852 voida 解 avoid"～"；也解 voda［塞维］"～"。
853 Seekit Hatup 解 Sekhet-Hetep［埃］"～"；也解 Sekhmet"～"，埃及神话中的战神和烈日之神，形象为一狮首妇女，头上饰有日轮和蛇。
854 tile"～"；也解 teil［德］"～"。
855 pig shed"～"，此处解 pigshit"～"。
856 Suckit Hotup 解 Sekhet-Hetep［埃］"～"；也解 suck it up hot"～"，指口交。
857 Beppy 解 Pepi II"～"(前 2284—约前 2184)，古埃及第六王朝法老，在位长达 94 年。
858 haine［法］"～"，此处解 reign"～"；也解 Haines"～"，《尤利西斯》中的人物。
859 Heppy's hevn 解 Happy's heaven"～"；也解 Hapi"～"，尼罗河流域古老的神祇＋hävn［丹］"～"。
860 hurrish 解 flourish"～"；也解 hurried"～"；也解 Horus"～"，埃及神话中的太阳神。
861 Hummum 解 amen"～"；也解 humming"～"。
862 weltall 解 Weltall［德］"～"；也解 well"～"＋tall"～"。
863 raumybult 解 roomy"宽广的"＋built"建造的"；也解 Raum［德］"～"；也解 bult［荷］"～"；也解 Rumbold"～"，《尤利西斯》中的刽子手。
864 abelboobied 解 ablebodied"～"；也解 Abel"～"，亚当和夏娃的儿子＋booby"～"。
865 schelling in kopfers 解 shilling in copper"～"。其中 schelling 也解 Schelle［德］"～"；也解 Friedrich Schelling"～"(1775—1854)，德国哲学家。其中 kopfers 也解 coffer"～"；也解 Kopf［德］"～"。
866 bynear saw...wee 解 beinah so...wie［德］"～"；也解 nearby saw"～"＋wee"～"。
867 altitudinous 解 altitude"高度"＋-ous。
868 making spaces"～"，此处解 making faces"～"；也解 Spaß machen［德］"～"。
869 sair 解 sehr［德］"～"；也解 so"～"；也解 sore"～"；也解 sair［康］"～"；也解 tsartsur［阿］"～"；也解 tsratsar［希伯来］"～"。
870 sullemn 解 solemn"～"；也解 sullen"～"；也解 sol'am［希伯来］"～"；也与前面合解"Sir, Sir Solomon""～"，歌曲名。
871 chairmanlooking 解 charmant［法］"～"；也解 chairman"～"＋looking"～"；也解 Germanlooking"～"。
872 laus 解 alas"～"；也解 Läuse［德］"～"；也解 laus［拉］"～"。
873 ikey"～"，此处解 eikon［希］"～"。
874 ware mouche mothst 解 were much most"～"；也解 ware"～"＋mouche［法］"～"＋moth"～"。
875 secred 解 sacred"～"；也解 secret"～"。
876 muravyingly 解 muravej［俄］"～"；也解 mrav［塞维］"～"。
877 whim 解 when"～"；也解 him"～"。
878 love and debts"～"；也解 life and death"～"。
879 afterworse 解 afterwards"～"；也解 after"～"＋worse"～"。
880 bimblebeaks 解 bumblebee"～"；也解 beaks"～"；也解 beach［爱］"～"。
881 wetting"～"，此处解 betting"～"；也解 wedding"～"；也解 wetten［德］"～"。
882 nautonects 解 notonecta"～"；也解 nauta［拉］"～"；也解 nex［拉］"～"；也解 nectar［拉］"～"；也解 necto［拉］"～"。
883 drikking 解 drinking"～"；也解 drikke［丹］"～"。
884 durrydunglecks 解 daddy-longlegs"～"；也解 derry down derry"～"，歌曲中的叠句；也解 dung"～"；也解 Unglück［德］"～"。
885 bilking"～"；也解 milking"～"。
886 ladybirdies 解 ladybirds"～"；也解 lady"～"＋birdy"～"。
887 horing 解 whoring"～"；也解 hören［德］"～"；也解 hora"～"；也解 hor［塞维］"～"；也解 hor［丹］"～"。
888 *ichnehmon diagelegenaitoikon* 解 ich nehme die Gelegenheit［德］"～"。其中 ichnehmon 也解 ichneumon"～"。其中 diagelegenaitoikon 也解 dialectician"～"；也解 diagelao［希］"～"；也解 aiteo［希］"～"；也解 oikon［希］"～"。
889 fell"～"，此处解 feel"～"。

跌倒正[890]格斗病[891]病恹恹的得像教堂司事[892]埋葬虫|撒旦，穷得像[893]那么多|康德|若干教堂王子[894]，到底让自己[895]幼虫去哪里[896]蚊蠓，或者去寻找[897]黄蜂|病恹恹的什么[898]虱子来填埋[899]幼虫他的肉体[900]甲壳或找到收留处[901]逆旅主人，哎呀[902]蜜蜂，他不知道[903]幼虫|不|小昆虫！三只[904]干的毛毛虫[905]甲虫|打破！雄蜂[906]操力尽[907]织网！蚱蜢[908]饥饿骨[909]也|黄蜂|亦|嘴露！大地[910]嘴巴|高飞|我打扫干净也[911]黄蜂白茫茫一片[912]看见！没有，没有，还是没有[913]！没有一块戈比[914]挑选|啄痕莫斯科钱[915]苍蝇星座来买[916]放入包中一点儿[917]珍品蜜蜂食料！天哪[918]看|伊娥！希腊人[919]扭伤|板球的粉筐[920]小乌鸦，多么难啊[921]飞得多好啊！啊，我的天[922]啊，我的上帝|啊，我的沼泽|书|无形的障碍|博格，他忧郁地[923]菲利普·梅兰希通|黑泥深感懊悔。我受祝福[924]暴风雪，他流口水[925]猛击|懒鬼|飞！我发自内心感到饥饿！

他已经吃掉了所有时间壁纸[926]，咽下了枝形吊灯[927]光泽，吞食了四十级楼梯[928]厚面包片|时钟|年，嚼碎了所有桌子[929]月和椅子[930]世纪|埃克尔斯街，弄乱了[931]记录，吃了满满一口[932]上腭|樟脑丸|嘴巴|梳妆用具蜉蝣[933]历书|只生存一天的生物，在白蚁穴[934]永世里正是用计时器[935]时间|地方以最大的饕餮[936]黏性的狼吞虎咽[937]蜘蛛——对于如此肉感的[938]有势力的|螨虫壳类[939]家伙[940]炸薯条来说，一只富含营养[941]阉割了的动物|新的的蝉并不太灰扑扑[942]身体还不错。但是当圣诞节[943]鲑鱼|蝶蛹|叶甲科在光秃秃的枝头，他离开那些小事[944]。他转了一圈，他圈了一转，他又转了一圈，直到他脑子里有蟋蟀[945]胡思乱想|蛐蛐，头发里有幼虱[946]莱布尼茨，让他觉得他拥有塔斯马尼亚[947]。他是

890 joust“～”，此处解 just“～”。
891 sieck 解 sick“～”；也解 siech [德]“～”。
892 sexton“～”；也解 sexton beetle“～”；也解 Satan“～”。
893 tantoo pooveroo quant 解 tanto povero quanto [意]“～”。其中 tanto 也解“～”；也解 Kant“～”。其中 quant 也解 quanto [拉]“～”。
894 churchprince 解 church“教堂”＋prince“王子”，此处化自俗语 poor as a church mouse(一贫如洗)。
895 hemsylph 解 himself“～”；也解 nympha“～”。
896 wheer the midges 解 where the dickens“～”；也解 the midges“～”。
897 sirch 解 search“～”；也解 širše [立]“～”；也解 siech [德]“～”。
898 vosch 解 what“～”；也解 vosh [俄]“～”。
899 grub“～”，此处与前面的 for 合解 vergraben [德]“～”。
900 corapusse 解 corpus [拉]“～”；也解 carapace“～”。
901 hospes [拉]“～”，此处解 hospice“～”。
902 alick 解 alas“～”；也解 ali [梵]“～”。
903 wist gnit 解 wist niet [荷]“～”。其中 gnit 也解 a nit“～”；也解 not“～”；也解 gnat“～”。
904 dry“～”，此处解 drei [德]“～”。
905 Bruko 解 bruco [意]“～”；也解 brouk [捷]“～”；也解 break“～”。
906 fuko 解 fuco [意]“～”；也解 fuck“～”。
907 spint 解 spent“～”；也解 spinnt [德]“～”。
908 Sultamont 解 saltamontes [西]“～”；也解 sult [挪]“～”。
909 osa 解 ossa [拉]“～”；也解 aussi [法]“～”；也解 osa [俄] [塞维]“～”；也解 ogsaa [丹]“～”；也解 os [拉]“～”。
910 volomundo 解 whole world“整个世界”；也解 Mund [德]“～”；也解 volo [拉]“～”；也解 mundo [拉]“～”。
911 osi [俄]“～”，此处解 also“～”。
912 videvide 解 white“～”；也解 vide [拉]“～”。
913 Nichtsnichtsundnichts 解 nichts [德]“无”＋nichts [德]“无”＋und [德]“和”＋nichts [德]“无”。
914 pickopeck 解 piece“块”＋kopeck“戈比”，俄罗斯等国的硬币；也解 pick“～”；也解 peck“～”。
915 muscowmoney 解 Moscow“莫斯科”＋money“钱”，当时传说欧洲的社会主义者收莫斯科的金子；也解 Musca“～”。
916 bag“～”，此处解 buy“～”。
917 a tittlebits 解 a little bit“～”；也解 titbit“～”。
918 Iomio 解 Dio mio! [意]“～”；也解 io! [拉]“～”；也解 Iô“～”，古希腊神话中被宙斯化为牛的女子。
919 Crick“～”，此处解 Greek“～”；也解 cricket“～”。
920 corbicule 解 corbicula“～”，蜜蜂腿上带花粉的部分；也解 corviculus [拉]“～”。
921 which a plight 解 what a plight“～”；也解 what a flight“～”。
922 O moy Bog 解 O moi bog [俄]“～”；也解 o moj bog [塞维]“～”；也解 O my Bog“～”。其中 Bog 也解[挪]“～”；也解 boyg“～”；也解 Böögg“～”，类似于雪人的布偶，苏黎世人在四月第三个星期一的送冬节上会把博格烧掉。
923 melanctholy 解 melancholy“～”；也解 Philipp Melanchthon“～”(1497—1560)，德国人文主义者和宗教改革家；也解 melanotholos [希]“～”。
924 Meblizzered 解 Me“我”＋blessed“受祝福的”；也解 blizzards“～”。
925 sluggered 解 slobbered“～”；也解 slugged“～”；也解 sluggard“～”；也解 slug [瑞]“～”。
926 whilepaper 解 while“一段时间”＋wallpaper“墙纸”，故解“时间壁纸”。
927 lustres“～”，此处解 Lüster [德]“～”。
928 styearcases 解 staircases“～”，在俚语中 flight of steps 也指“～”；也解 stueur [丹]“～”；也解 years“～”。
929 mensas 解 mensa [拉]“～”；也解 mensis [拉]“～”。
930 seccles 解 Sessel [德]“～”；也解 siècles [法]“～”；也解 Eccles Street“～”，都柏林街道名，乔伊斯小说《尤利西斯》中的人物布卢姆就住在这条街上。
931 ronged 解 wronged“不公正地对待”。
932 mundballs 解 mouthful“～”；也解 mandibles“～”；也解 mothball“～”；也解 Mund [德]“～”；也解 mundus [拉]“～”。
933 ephemerids“～”；也解 ephemeris“～”；也解 ephemeral“～”。
934 ternitary 解 termitary“～”；也解 eternity“～”。
935 timeplace 解 timepiece“～”；也解 time“～”＋place“～”。
936 glutinously 解 gluttonous“～”；也解 glutinous“～”。
937 vorasioused 解 voracious“～”；也解 voras [立]“～”。
938 mitey 解 meaty“～”；也解 mighty“～”；也解 mites“～”。
939 chittinous 解 chitinous“～”。
940 chip“～”，此处解 chap“～”。
941 neutriment 解 nutriment“～”；也解 neuters“～”；也解 neu [德]“～”。
942 not too dusty“～”；也解 not so dusty“～”。
943 Chrysalmas 解 Christmas“～”；也解 salmon“～”；也解 chrysalis“～”；也解 Chrysomelidae“～”。
944 Tingsomingenting [丹]“～”。
945 grillies 解 grilli [意]“～”，此句在意大利语里也指“～”；也解 Grille [德]“～”。
946 leivnits 解 live nits“～”；也解 Gottfried Wilhelm Leibniz“～”(1646—1716)，德国哲学家。
947 Tossmania 解 Tasmania“～”，澳大利亚联邦唯一的岛州。

否两次骑过[948]三轮车死海[949]看到功绩，三次穿过[950]特拉斯泰韦雷他们的蛆[951]时间？他是否跟他的天使们[952]引擎|恩格斯来到天堂[953]避风港|勒阿弗尔，或者跟教皇[954]船尾下地狱[955]船体？六月之雪厚如飞絮[956]嚓声聚积在冰雹[957]黑格尔|雹子|孔上，有上千尺[958]千足虫，上万尺[959]多足虫，可憎的[960]七月|可爱的飕飕作响的龙卷风[961]菲力牛排，北风北风黄色[962]北极光|布拉风|蝴蝶|北方贝类|极光|博拉博拉岛，用刺激性的、渗透性的、跳蚤般的[963]声管有翼的喧闹[964]说|吐唾沫，吹响吹响[965]跳蚤|布洛赫大礼帽[966]瓷砖|帽子|瓦状的到屋顶[967]碎片|虱子|胸部，将石板[968]冻雨滑[969]迅速移动|蜂箱|午餐下咖啡馆[970]屋顶瓦片|房屋|科佩，玩着诸神的毁灭[971]蜘蛛诸神的毁灭[972]统治|失事|马嘶。蚱蜢蜢蜢蜢[973]害怕|老妪！歌剧[974]！蚱蜢蜢蜢蜢！歌剧！

蚱蜢，尽管瞎得像蝙蝠[975]蝴蝶|跳蚤，却知道，不是一点点[976]不是一只小甲虫，他在昆虫学[977]词源学方面良好的一知半解[978]蝴蝶|梅特林克既未[979]不和|最|无人征询[980]黄蜂同意[981]损失|虱子|释放|温德汉姆·刘易斯，也无许可证[982]小虱子，却立刻把自己投入村子[983]维科|维科路中，此时此地[984]衰败|虱子，用最高的蜂鸣，头昏眼花地[985]暴躁易怒地猜测他的运气[986]将在何处飞落[987]点亮或者让两人都[988]调遣得到安慰[989]每人，在他们遇到自己，这些音乐[990]苍蝇|音乐厅合奏组[991]不可求和的|大量，这之后下一次他跟蚂蚁熟识[992]托马斯·阿奎那了，如果他看不到天壤之别[993]充满差异的世界，就太幸运[994]蝴蝶了。看[995]致敬|痛哭，公爵大人[996]他的总额|伟大的蚂蚁，伏卧[997]被打倒的|广阔|宫殿在他的宝座[998]雄蜂|垂直的上，穿着他的巴比伦[999]乳头|蝴蝶|蛱蝶|男士生牛皮拖鞋拖鞋[1000]土

948 twicycled 解 twi-cycled“～”；也解 tricycle“～”。
949 sees of the deed 解 seas of the dead“～”；也解 see the deed“～”。
950 trestraversed 解 tris-traversed“～”；也解 Trastevere“～”，罗马地区名。
951 revermer 解 verme［意］“～”；也解 vreme［塞维］“～”。
952 engiles 解 angels“～”；也解 engines“～”；也解 Engels“～”(1820—1895)，德国社会主义哲学家。
953 hevre 解 heaven“～”；也解 havre［法］“～”；也解 Le Havre“～”，法国港口城市。
954 poop“～”，此处解 pope“～”。
955 hull“～”，此处解 hell“～”。
956 thuckflues 解 thick flues(［丹］“飞”)“～”；也解 thuck“～”。
957 hegelstomes 解 hailstones“～”；也解 Georg Wilhelm Friedrich Hegel“～”(1770—1831)，德国哲学家；也解 Hagel［德］“～”；也解 stoma［希］“～”。
958 millipeeds 解 mille pedes［拉］“～”；也解 milliped“～”。
959 myriopoods 解 myrioi podes［希］“～”；也解 myriapod“～”。
960 lugly 解 ugly“～”；也解 luglio［意］“～”；也解 lovely“～”。
961 tournedos 解 tornados“～”；也解 tournedos“～”。
962 Boraborayellers 解 boreas“北风”＋yellow“黄色”；也解 aurora borealis“～”；也解 Bora“～”，吹袭亚德里亚海沿岸的季节性东北冷风；也解 borboleta［葡］“～”；也解 borealis“～”；也解 aurora“～”；也解 Bora Bora“～”，位于太平洋中南部。
963 siphonopterous 解 siphonapterous“～”；也解 shiphonopteros［希］“～”。
964 spuk 解 Spuk［德口］“～”；也解 speak“～”；也解 spuck［德］“～”。
965 blohablasting 解 blasting“～”；也解 bloha［俄］“～”；也解 Ernst Bloch“～”(1885—1977)，德国哲学家。
966 tegolhuts 解 tall hats“～”；也解 tegel［荷］“～”；也解 Hut［德］“～”；也解 tegular“～”。
967 tetties 解 tetti［意］“～”；也解 tatters“～”；也解 tetu［匈］“～”；也解 tettis［意口］“～”。
968 sleets“～”，此处解 slates“～”。
969 ruching 解 rutschen［德］“～”；也解 rushing“～”；也解 ruche［法］“～”；也解 ruchak［塞维］“～”。
970 coppeehouses 解 coffeehouse“～”；也解 coppe［意口］“～”＋houses“～”；也解 François Coppée“～”(1842—1908)，法国作家。
971 ragnowrock 解 Ragnarok“～”，北欧神话中奥丁等神族的结局；也解 ragno［意］“～”。
972 rignewreck 解 Ragnarok“～”；也解 reign“～”＋wreck“～”；也解 rignare［意］“～”。
973 Grausssssss 解 grasshopper“～”；也解 Graus［德］“～”；也解 graus［希］“～”。
974 Opr 解 Oper［德］“～”。
975 batflea 解 bat“～”，此处化自习语 blind as a bat(视力不济)；也解 butterfly“～”；也解 flea“～”。
976 not a leetle beetle 解 not a little bit“～”；也解 not a little beetle“～”。
977 entymology 解 entomology“～”；也解 etymology“～”。
978 Smetterling 解 smattering“～”；也解 Schmetterling［德］“～”；也解 Maurice Maeterlinck“～”(1862—1949)，比利时剧作家。
979 nisunitimost 解 nessunissimo［意］“～”；也解 disunite“～”＋most“～”；也解 nissuno［意］“～”。
980 asped 解 asked“～”；也解 wasp“～”。
981 lous 解 leave“～”；也解 loss“～”；也解 louse“～”；也解 loose“～”；也解 Wyndham Lewis“～”。
982 liceens 解 licence“～”；也解 lice＋-een“～”。
983 vico 解 vicus［拉］“～”；也解 Giovanni Battista Vico“～”(1668—1744)，意大利学者，在《新科学》中将人类历史划分为四个发展阶段，这是《芬尼根的守灵夜》一书的哲学基础之一；也解 Vicus“～”，都柏林以南达尔克镇的道路名。
984 phthin and phthi 解 then and there“～”；也解 phthino［希］“～”＋phtheir［希］“～”。
985 tezzily 解 dizzily“～”；也解 testily“～”。
986 aluck 解 luck“～”。
987 alight“～”；也解 light“～”。
988 boss“～”，此处解 both“～”。此处化自本书的主题之一：Why do I am alook alike a poss of porterpease?(为什么我看起来像一坛黑啤酒？)
989 appease“～”；也解 apiece“～”。
990 mouschical 解 musical“～”；也解 mouche［法］“～”；也解 music hall“～”。
991 umsummables 解 ensemble“～”；也解 un-summable“～”；也解 Unsummen［德］“～”。
992 aquinatance 解 acquaintance“～”；也解 Saint Thomas Aquinas“～”(1225—1274)，中世纪经院哲学家。
993 a world of differents 解 a world of difference“～”，也可直译为“～”。
994 motylucky 解 mighty lucky“～”；也解 motylek［俄］［捷］“～”。
995 Behailed 解 behold“～”；也解 hailed“～”；也解 bewailed“～”。
996 His Gross“～”，此处解 His Grace“～”；也解 groß［德］“～”。
997 prostrandvorous 解 prostrate“～”；也解 prostrandu［拉］“～”；也解 prostranstvo［俄］［塞维］“～”；也解 dvor［塞维］“～”。
998 dhrone 解 throne“～”；也解 drone“～”；也解 dron［爱］“～”。
999 Papylonian 解 Babylonian“～”；也解 papilla“～”；也解 papilio［拉］“～”；也解 papillon［法］“～”；也解 pampooties［爱］“～”。
1000 babooshkees 解 babouche“平底拖鞋”；也解 papuče［塞维］“～”；也解 babushka“～”；也解 Babooshka［俄］“～”；也解 babochka［俄］“～”；也解 pampooties［爱］“～”；也解 Babbo“～”，乔伊斯的子女对父亲的称呼。

耳其拖鞋|婆婆头巾|婆婆的|蝴蝶|拖鞋|爸爸，抽着[1001]突然沉默下来一支特殊[1002]空间的牌子[1003]冲击|掺和物的哈瓦那[1004]和撒那雪茄[1005]蝉，不可收缩者从他那不可想象者远远落下[1006]蝴蝶|衰败，在他那洒满阳光的房[1007]蜜月里沾沾自喜，坐[1008]充分满足的在他舒适的[1009]一盘落花生[1010]柏拉图|猴子|智性和一份薄荷茶[1011]混乱|孔子|蜜斯哲学[1012]充满前（因为他是坚定的[1013]同形的无神论者[1014]苦行主义|醋和亚里士多德主义者[1015]最好的），像一只蜜雀[1016]蜂蜜|吮吸|金银花|一个吮吸的人或沐浴在力比多中的男孩一样快乐[1017]蜜蜂|蜂，跳蚤[1018]花咬着他的右腿[1019]腿|大腿，虱子[1020]抱着[1021]拖拉着他的左[1022]转船首迎风行驶腿，蜜蜂[1023]在他的软帽下吻着他，小黄蜂[1024]把舒服可爱的花束[1025]《女人心》吹到他小内裤的巨大的全海外之长。尽最大可能地[1026]能捏压的亲密[1027]昆虫|昆虫学。该死[1028]蚂蚁|罗伯特·埃米特啊该死[1029]德莫特！天啊[1030]发疯的抛弃情人的人，天啊[1031]妓女|犹大！蚱蜢打着喷嚏[1032]雪，满心妒忌[1033]蜜蜂目瞪口呆[1034]马蜂，黔驴技穷[1035]笨蛋，我跟你说什么来着[1036]妒忌|眼睛|为了景象！

蚂蚁，那个最好的真正主人，一只纺织[1037]山杨蜘蛛[1038]，正与他的女王草蜻蛉[1039]花边|摆动开着一个身体所能开的最大的玩笑[1040]空间，因为他正像蚂蚁在身上爬[1041]发痒|小蚂蚁|搔痒|通奸的什么东西任何东西[1042]什么都没有的东西一样全身发痒[1043]吐口水|尖刻的|削尖，在神女的全真主浴[1044]中感到无限幸福[1045]被祝福填满的。他在黄蜂[1046]和蝶蛾[1047]飞蛾中深深地陶然自乐[1048]蚂蚁|女孩，出于仁慈追求跳蚤，胳肢虱子，但愿，也抓住蜜蜂，信念，并且开玩笑地[1049]发痒|甲虫|朱克斯家族用臭虫[1050]宽松连衣裙|化学|木蚤跟小黄蜂开玩笑。蚂蚁

1001 smolking 解 smoking“～”；也解 smolkat［俄］“～”。
1002 spatial“～”，此处解 special“～”。
1003 brunt“～”，此处解 brand“～”；也解 blend“～”。
1004 Hosana 解 Havana“～”；也解 hosanna“～”，赞美上帝之语。
1005 cigals 解 cigars“～”；也解 cigale［法］“～”。
1006 farfalling 解 far“很远的”＋falling“落下”；也解 farfalla［意］“～”；也解 verfallen［德］“～”。
1007 sunnyroom 解 sunny room“～”；也解 honeymoon“～”。
1008 sated“～”，此处解 seated“～”。
1009 cofortumble 解 comfortable“～”。
1010 a plate o'monkynous 解 a plate of monkey nuts“～”；也解 Plato“～”（约前 427—约前 347），古希腊哲学家＋monkey“～”＋nous“～”。
1011 confucion of minthe 解 infusion de menthe［法］“～”。其中 confucion 也解 confusion“～”；也解 Confucius“～”。其中 minthe 也解“～”，希腊神话中的小仙女。
1012 phullupsuppy 解 philosophy“～”；也解 full up“～”。
1013 conformed“～”，此处解 confirmed“～”。
1014 aceticist 解 atheist“～”；也解 asceticism“～”；也解 acetum［拉］“～”。
1015 aristotaller 解 Aristotle“～”＋-er；也解 aristos［希］“～”。
1016 oneysucker 解 honeysucker“～”；也解 honey“～”＋suckle“～”；也解 honeysuckle“～”；也解 one sucker“～”。
1017 appi 解 happy“～”；也解 apis［拉］“～”；也解 ape［意］“～”。
1018 Floh［德］“～”；也解 flos［拉］“～”。
1019 leg thigh 解 leg right“～”；也解 leg“～”＋thigh“～”。
1020 Luse 解 louse“～”。
1021 lugging“～”，此处解 hugging“～”。
1022 luff“～”，此处解 left“～”。
1023 Bieni 解 Biene［德］“～”。此处化自习语 have a bee in one's bonnet（胡思乱想）。
1024 Vespatilla［拉］“～”。
1025 cosy fond tutties 解 cosy“舒适的”＋fond“喜欢的”＋tutty“～”；也解 *Cosi fan tutte*“～”，二幕喜歌剧，莫扎特作曲，庞蒂编剧，1790 年在维也纳布尔格剧院首次公演。
1026 pinchably 解 possibly“～”；也解 pinchable“～”。
1027 entomate 解 intimate“～”；也解 entoma［希］“～”；也解 entomology“～”。
1028 Emmet“～”，此处解 damn it“～”；也解 Robert Emmet“～”（1778—1803），爱尔兰起义者，被英国政府处以绞刑。
1029 demmet 解 damn it“～”；也解 Dermot“～”，爱尔兰传说中芬尼亚英雄的领袖芬·麦克尔的侄子，与芬的未婚妻格拉尼娅私奔，后被芬杀死。
1030 jiltses crazed 解 Jesus Christ“～”；也解 jilts crazed“～”。
1031 jadeses whipt 解 Jaysus wept“～”；也解 jade［俚］“～”；也解 Judas“～”。
1032 schneezed 解 sneezed“～”；也解 Schnee［德］“～”。
1033 ptchjelasys 解 jealousy“～”；也解 pchela［俄］［塞维］“～”。
1034 aguepe 解 agape“～”；也解 guèpe［法］“～”。
1035 at his wittol's indts 解 at his wit's ends“～”；其中 wittol 也解“～”。
1036 what have eyeforsight 解 wat heb ik voorzegd?［荷］“～”。其中 eyeforsight 也解 Eifersucht［德］“～”；也解 eye“～”＋for sight“～”。
1037 aspinne 解 spinnen［德］“～”；也解 aspen“～”。
1038 spiter 解 spider“～”。
1039 laceswinging 解 lacewing“～”；也解 lace“～”＋swinging“～”。
1040 spass 解 Spaß［德］“～”；也解 space“～”。
1041 formicolation 解 formication［拉］“～”；也解 formico［拉］“～”；也解 formicula［拉］“～”；也解 formicolazione［意］“～”；也解 fornication“～”。
1042 thingsumanything 解 something“某物”＋anything“任何事物”；也解 Tingsomingenting［挪］“～”。
1043 spizzing 解 spizz［意方言］“～”；也解 spitting“～”；也解 spitz［德］“～”；也解 spitzen［德］“～”。
1044 allallahbath 解 all“全”＋Allah“真主”＋bath“沐浴”。
1045 blissfilled 解 blissful“～”；也解 bless filled“～”。
1046 crabround 解 crabron［西］“～”。
1047 marypose 解 mariposa［西］“～”；也解 mariposa［葡］“～”。
1048 ameising 解 amusing“～”；也解 Ameisen［德］“～”；也解 meisje［荷］“～”。
1049 jukely 解 joke-ly“～”；也解 jucken［德］“～”；也解 zhuk［俄］“～”；也解 Jukes“～”，与卡利卡克斯家族同为近代犯罪学研究的两大著名美国犯罪家族，提供了犯罪与遗传间关联的研究资料。
1050 chimiche 解 chinche［西］“～”；也解 chemise“～”；也解 chimiche［意］“～”；也解 cimice［意］“～”。

堡[1051]蚂蚁来的蚱蜢[1052]更如恶魔般地跳着舞！笞[1053]蚂蚁由自取[1054]头|首|蜘蛛|另一个头|颅|牛羊的乳房|警察的不可思议的蚱蜢的非常可怜的[1055]名副其实的|走来走去的|逍遥学派的|真正走路的肖像[1056]昆虫的成虫，在他三次朝生暮死的旅程[1057]天后，无忧亦无爱[1058]螳螂|背囊|斗篷，轻如鸿毛的动物[1059]懦弱的心灵，事实上实效恩宠而且可以推知[1060]放肆标志着[1061]圣化恩宠长久的[1062]时间绝望，对他的重力[1063]合唱队|舞蹈|荷鲁斯|受引力作用|稳重来说可能实在太多了[1064]茧。让他做啜泣[1065]马蜂者阿迪劳恩[1066]阿迪劳恩勋爵|孤独者阿特，带着他那从身上剥落的寄生虫[1067]氟碳钙铈矿，我会成为旁裂者[1068]艾弗[1069]高酬金。谄媚者愚言违规[1070]愚蠢的休假，一笔勾销他的钱财[1071]伪造的|小马，但是伯爵[1072]小故事钱公[1073]加尔默罗会修士|麦科马克|亨利·卡尔制作了铸造钱币的旋律。为了更多的英镑、先令和便士赞美永远归于上帝！上帝神|红利|富有的荣耀[1074]。荷鲁斯[1075]如何，不速之客[1076]染黑门槛的人？奥西里斯[1077]让我们祈祷，倾覆他的蚁舟[1078]埃及|安特的人，从"其为恶"[1079]那里寻求忠告[1080]和平之地，西岸乐土[1081]在死者中间中的生命[1082]几条面包|残留物之主。这样吧！就这样吧！"汝所是之汝"，"浪花般[1083]挥霍无度的飞逝"，迎接[1084]接待有着我的智慧[1085]辉煌|宽度|重量|高度的汝。荷鲁斯[1086]如何|日间！

此事让他蚂蚁高兴，还有蚂蚁，

他笑[1087]昆虫幼虫而[1088]又笑如此大声喧哗[1089]粪|令人恶心的
蚱蜢担心他就要笑掉[1090]混合放置下巴[1091]喉管|武力|排泄物。

1051 Dunshanagan 解 Dun Seangain [爱]"～";也解 seangan [爱]"～"。
1052 Dorsan [爱]"～"。
1053 myre [丹]"～",此处解 mire"陷入困境"。
1054 odderkop 解 odde [挪]"～"+kop [荷]"～",此处化自习语 on one's head(归罪于某人),故译;也解 edderkop [丹]"～";也解 other head"～";也解 Kopf [德]"～";也解 udder"～";也解 cop"～"。
1055 veripatetic 解 very pathetic"～";也解 veritable"～";也解 peripatetic"～";也解 peripatetikos [希]"～";也解 veripatetikos [希]"～"。
1056 imago"～",此处解[拉]"～"。
1057 journeeys 解 journeys"～";也解 journées [法]"～"。
1058 sans mantis ne shooshooe 解 sans hantisse ne chouchou [法]"～"。其中 mantis 也解"～",也解 mantica [拉]"～",也解 manteau [法]"～"。
1059 animule 解 animal"～";也解 animula [拉]"～"。
1060 presumptuably 解 presumably"～";也解 presumption"～"。
1061 sinctifying 解 signifying"～";也可与前面的 actually 分别指 sanctifying grace"～/永恩"和 actual grace"～/暂恩"。
1062 chronic"～";也解 chronos [希]"～"。
1063 chorous of gravitates 解 force of gravity"～"。其中 chorous 也解 chorus"～";也解 choros [希]"～";也解 Horus"～"。其中 gravitates 也解 gravitate"～";也解 gravitates [拉]"～"。
1064 coocoo much 解 too too much"～";也解 cocoon"～"。
1065 Weeps"～";也解 Wespe [德]"～"。
1066 Artalone 解 Ardilaun"～",地名,位于爱尔兰的戈尔韦市;也解 Lord Ardilaun"～",健力士酒厂的创始人亚瑟·健力士的曾孙;也解 Art the Lone"～",爱尔兰传说中的共主百战考恩的儿子。
1067 parisites 解 parasites"～";也解 parisite"～"。
1068 Crackasider 解 Crack-aside-r"～"。
1069 Highfee 解 Lord Iveagh"～",健力士酒厂的创始人亚瑟·健力士的曾孙;也解 high fee"～"。
1070 foul"～";也解 fool"～"。
1071 phoney"～",此处解 money"～";也解 pony"～"。此处化自 18 世纪流行于美国的歌曲《扬基歌》中的歌词"傻瓜扬基去伦敦,只是去骑小马"。
1072 Conte"～",此处解[意]"～"。
1073 Carme"～",此处解[法俚]"～";也解 John McCormack"～"(1884—1945),爱尔兰男高音歌唱家;也解 Henry Carr"～",曾在乔伊斯入股的剧团中演戏,因戏服的价格问题与乔伊斯发生争执。
1074 *Ad majorem l. s. d. ! Divi gloriam* 解 Ad majorem Dei gloriam [拉]"为了上帝更大的荣耀"+l. s. d. (pounds, shillings, and pence 的缩写)"英镑、先令和便士"。其中 l. s. d. 也解 Laus Semper Deo [拉]"～"。其中 Divi 也解[拉]"～";也解 divi [英口]"～";也解 dives [拉]"～"。
1075 Haru 解 Horus"～",埃及神话中的太阳神,奥西里斯和伊希斯的儿子,杀死塞特为父亲报仇;也解 how"～"。
1076 A darkener of the threshold"～",此处化自习语 to darken a person's door(未受邀请的上门拜访),故译。
1077 Orimis 解 Osiris"～",埃及神话中的冥神,太阳神的父亲;也解 oremus [拉]"～"。
1078 antboat"～";也解 Egypt"～";也解 Ant"～",埃及《亡灵书》中的神鱼,为太阳神驾船。
1079 Evil-it-is"～",《亡灵书》中说此为渡亡灵的船的船舵的名字。
1080 sekketh rede 解 seeks rede"～";也解 Sekhet Aaru"～",埃及神话中的土地。
1081 Amongded 解 Amentet"～",埃及神话中的阴曹地府的名字,也是一个女神;也解 among the dead"～"。
1082 loaves"～",此处解 lives"～";也解 lave"～"。
1083 spindhrift 解 spindrift"～";也解 spendthrift"～"。
1084 impfang 解 empfang [德]"～";也解 Empfang [德]"～"。
1085 mine wideheight 解 meine Weisheit [德]"～";也解 weidschheid [荷]"～"。其中 wideheight 也解 width"～";也解 weight"～";也解 height"～"。
1086 Haru 解 Horus"～";也解 how"～";也解 Hru"～",《亡灵书》的最后一个字。
1087 larved 解 laughed"～";也解 larva"～"。
1088 ond 解 and"～"。
1089 merd...a nauses 解 make a noise"～";其中 merd 也解 merde [法]"～";其中 nauses 也解 nauseating"～"。
1090 mixplace 解 misplace"放错地方";也解 mix-place"～"。
1091 fauces"～",此处解[拉]"～";也解 force"～";也解 faeces"～"。

蚱蜢哭着对大[1092]蚁说我原谅你，

因彼等帮助[1093]叹息|目的家务[1094]他们的维持|在逃汝方有暇。

教蚤虱舞蹈[1095]《路易莎波尔卡》告蜜蜂甜蜜处

确保黄蜂觅得[1096]罚款肥美者咽下[1097]加热。

因我曾经吹笛[1098]承担后果则今须偿付[1099]伯爵

故告别[1100]早安穆罕默德[1101]哈姆雷特问安[1102]晚安|亚伯拉罕汝之崖！

愿上方如此飞者终[1103]为满月[1104]；

纵此为甲虫[1105]亦不觉更惊吓[1106]蚂蚁。

我接受汝所责，友人之馈赠[1107]毒药，

因你节省之资即我所耗价。

老屌[1108]青鳕若弃尔等弃娼[1109]双子星座可妙吻[1110]北河三

或跳蚤[1111]北河三不将其叫醒则蚊蚋[1112]北河二|屁股发痒[1113]？

去爱[1114]一处所[1115]蚱蜢且拥抱[1116]一时间[1117]白蚁，

此二者为双胞标记[1118]扁虱常人家[1119]。

是否阿奎兰蒂[1120]老鹰|北风|狮子北风吹向南[1121]不|无|有翼的

自从吾飞蛾[1122]狮鹫|格里芬在他吊桥[1123]臭虫的东端[1124]最远的

自从悠长西风[1125]坚忍叹息着从东方[1126]听众求心安[1127]东

西方[1128]事故人不寻求[1129]被征服的|探望历史[1130]他的故事的终结处吗？

吾等有需之俭[1131]，实乃[1132]两个和真正的|三三两两先定罪[1133]，

直至不愿变愿[1134]诺拉的布鲁诺|布朗与诺兰|飞行，棕眼睛[1135]蓝化。

今绕汝之虻[1136]眩倒病|卖弄风骚的人离汝嘲笑[1137]莫克斯求我触

1092 grondt 解 grand"～"。
1093 sukes 解 suke［日］"～"；也解 suk［丹］"～"；也解 sake"～"。
1094 whose keeping"～"，此处解 housekeeping"～"；也解 on his keeping［英爱］"～"。
1095 Luse polkas 解 louse"虱子"＋polkas"波尔卡舞"；也解"Luisa's Polka""～"，捷克作曲家斯美塔那的室内舞曲。
1096 fines"～"，此处解 finds"～"。
1097 heat"～"，此处解 eat"～"。
1098 played the piper"～"；也解 payed the piper"～"。
1099 count"～"，此处解 account"账户"。
1100 saida［阿］"～"；也解 sabâh el hêr［阿］"～"。
1101 Moyhammlet 解 Mohammed"～"，伊斯兰教的创始人，此处化自习语"如果山不来就穆罕默德，穆罕默德就去就山"；也解 Hamlet"～"，莎士比亚的同名戏剧的主人公。
1102 marhaba［阿］"早安"；也解 massyk bil hêr［阿］"～"；也解 Abraham"～"，《旧约》中的义人，老年得子。
1103 likes lump 解 like it or lump it"不管愿不愿意"。
1104 'un 解 moon"～"。
1105 prompollen 解 primpeallán［爱］"～"。
1106 moregruggy 解 more groggy"更加眩晕无力的"；也解 morgrugy［威］"～"。
1107 horsegift 解"～"，此处化自习语 never look a gift horse in the mouth（馈赠之马，切莫看牙口，即对于收到的礼物绝不要挑毛病）；也解 Gift［德］"～"。
1108 oldpollocks 解 old bollocks"～"；也解 pollock"～"。
1109 castwhores 解 cast whores"～"；也可与后面合解 Castor...Pollux"～"。
1110 pulladeftkiss 解 pull a deft kiss"～"；也解 Polydeukes［西］"～"，双子星之一。
1111 Pulex［拉］"～"；也解 Pollux"～"。
1112 Culex［拉］"～"；也解 Castor"～"，双子星之一；也解 cul［法］"～"。
1113 etchy 解 itchy"～"。
1114 loue 解 love"～"。
1115 locus"～"；也解 locust"～"。
1116 t'embarrass 解 to embrace"～"。
1117 a term it 解 a time"～"；也解 termite"～"。
1118 tick"～"；也解 ticks"～"。
1119 Homo Vulgaris 解 homo vulgaris［拉］"～"。
1120 Aquileone 解 Aquilant"～"，意大利诗人阿里奥斯托的叙事长诗《疯狂的奥兰多》中的人物；也解 aquila［拉］"～"；也解 aquilone［意］"～"；也解 leone［意］"～"。
1121 nort winged to go syf 解 north wind to go South"～"。其中 nort 也解 not"～"；也解 nought"～"。其中 winged 也解"～"。
1122 Gwyfyn 解 gwyfyn［威］"～"；也解 griffin"～"，希腊神话中的怪兽；也解 Gryphon"～"，《疯狂的奥兰多》中的人物，与上文的阿奎兰蒂为兄弟。
1123 drewbryf［威］"～"，此处解 drawbridge"～"。
1124 farrest 解 far east"～"；也解 farthest"～"。
1125 longsephyring 解 long"长的"＋zephyr"西风"；也解 longsuffering"～"。
1126 orience 解 Orient"～"；也解 audience"～"。
1127 heartseast 解 heart ease"～"；也解 East"～"。
1128 Accident"～"，此处解 Occident"～"。
1129 beseeked"～"；也解 besiegt［德］"～"；也解 besucht［德］"～"。
1130 his story"～"，此处解 history"～"。
1131 Wastenot with Want"～"，化自习语 waste not, want not（俭以防匮）。
1132 two and true"～"，此处解 true and true"～"；也解 twos and threes"～"。
1133 precondamned 解 precondemned"被未经审理预先定罪"。
1134 Nolans...volants 解 nolens volens［拉］"不管愿不愿意"；也解 Bruno of Nola"～"，意大利 16 世纪哲学家焦尔达诺·布鲁诺。其中 Nolans 也与后面的 Bruneyes 组成 Browne and Nolan"～"，都柏林著名书籍和文具商店，也是出版商。其中 volants 也解 volans［拉］"～"。
1135 Bruneyes 解 brown eyes"～"。
1136 gidflirts 解 gadflies"～"；也解 gid"～"＋flirt"～"。
1137 mocks"～"；也解 Mookse"～"，本书寓言中的人物，以《伊索寓言》中狐狸和葡萄的故事为原型。

摸[1138]抱怨者|葡萄

此之前流逝必流失赢必罚，

评估[1139]指挥棒吾之法[1140]，策略[1141]，一切顺利[1142]；

我见汝远见[1143]额发则汝步[1144]治愈我规划。

小觑[1145]奖品我之薄酒[1146]，当我目不转睛凝视

汝之夷作[1147]公山羊上女阴[1148]全部紧致[1149]画。

在我的笑[1150]可见的|无形的世界你很难[1151]不发现

如此[1152]这样的特殊先在[1153]公牛|牛肉与[1154]肉|遇见同等[1155]小牛肉后在。

汝足[1156]功勋结束庞大，汝之体格无限量，

（唯愿美惠神[1157]希求天恩者|格蕾丝·奥玛丽唱醒蚁君之理智[1158]歌曲感|健全的理智！）

汝之慧根[1159]种属遍布[1160]，汝之出身[1161]空间高贵！

然而，神圣马丁[1162]撒玛利亚人|蚱蜢|盐，汝缘何无法击节[1163]打败时间？

以前者[1164]父、后者和他们的屠戮[1165]圣灵|蝗虫之名。阿门[1166]所有人。

——现在？展示中[1167]爆炸中的的你多好啊！你的传说[1168]词汇|性交|卢瓦尔河远播四方，你的言语[1169]舒适|沃拉普克语悦耳动听[1170]大的|叮咚声|干枯的|成功！以唱歌为生的人[1171]谁|至于|满足。啊，软弱[1172]寓言家，啊，轻率[1173]《奥弗林神父》，你的[1174]在内哀号多么奇妙[1175]候鸟啊！

1138 gropes"～";也解 Gripes"～",本书寓言中的人物,原型同上;也解 grapes"～"。
1139 takestock 解 take stock"～";也解 Taktstock [德]"～"。
1140 tectucs 解 tactics"～"。
1141 tinktact 解 tactics"～"。
1142 ail's weal 解 all is well"～"。
1143 farlook 解 far"远的"+look"看";也解 forelock"～"。
1144 heal"～",此处解 heel"脚后跟"。
1145 Partiprise 解 parti pris"先入之见";也解 prize"～"。
1146 thinwhins 解 thin wine"～"。
1147 whercabroads 解 work"作品"+abroad"海外的";也解 hircus [拉]"～"。
1148 Tout [法]"～",此处解 toth [爱]"～"。
1149 trightyright 解 tight"紧的"+right"正确的"。
1150 risible"～";也解 visible"～";也解 invisible"～"。
1151 youdly haud 解 you would hardly"～";其中 haud 也解[拉]"～"。
1152 Sulch 解 such"～";也解 solch [德]"～"。
1153 oxtrabeeforeness 解 extra"特别的"+beforeness"先前存在的条件";也解 ox"～"+beef"～"。
1154 meat"～",此处解 mit [德]"～";也解 meet"～"。
1155 soveal 解 soviel [德]"～";也解 veal"～"。
1156 feats end"～",此处解 feet"脚"+sind [德]"是"。
1157 the Graces"～";也解 Gracehoper"～",即书中"蚂蚁和蚱蜢"故事中的蚱蜢;也解 Grace O'Malley "～",伊丽莎白时期的爱尔兰海盗。在爱尔兰传说中,她航行到霍斯堡时要求进去,但是遭到霍斯伯爵的拒绝,因为他正在吃饭。于是她绑架了霍斯伯爵的继承人,霍斯伯爵最后不得不承诺以后吃饭的时候,自己的大门将一直对来客打开。
1158 song sense"～",此处解 some sense"～";也解 sound sense"～"。
1159 genus"～",此处解 genius"～"。
1160 its worldwide 解 is worldwide"～"。
1161 spacest 解 species"～";也解 space"～"。
1162 Saltmartin 解 St. Martin"～",圣帕特里克的舅舅,多种群体的主保圣人,他的纪念日是 11 月 11 日;也解 Samaritan"～";也解 saltamartinot [意]"～";也解 salt"～"。
1163 beat time"～";也可直译为"～"。
1164 former"～";也解 father"～"。
1165 holocaust"～";也解 holy ghost"～";也解 locust"～"。
1166 Allmen"～",此处解 amen"～"。
1167 in explosition 解 in exposition"～";也解 in explosion"～"。
1168 fokloire 解 folklore"～";也解 foclóir [爱]"～";也解 fuck"～";也解 Loire River"～",位于法国中部。
1169 volupkabulary 解 vocabulary"～";也解 voluptas [拉]"～";也解 Volapük"～",人造语言。
1170 velktingeling 解 velklingende [丹]"～";也解 velk [斯]"～";也解 tingeling [丹]"～";也解 welk [德]"～";也解 gelingen [德]"～"。
1171 Qui vive sparanto qua muore contanto 解 chi vive sperando muore cantando [意]"～";其中 Qui 也解[拉]"～";其中 qua 也解[拉]"～";其中 contanto 也解 content"～"。
1172 foibler 解 foible"～";也解 fabler"～"。
1173 flip"～";也解"Father O'Flynn""～",爱尔兰民歌,其中有"啊,奥弗林神父,你的做法多奇妙"。
1174 withyin 解 with you"～";也解 within"～"。
1175 wandervogl 解 wonderful"～";也解 Wandervogel [德]"～"。

它轻快地落在张开的耳朵[1176]欧洲上，跳跃着沿最短路线[1177]活泼矮个下降，就像滴落的[1178]过分甜蜜的咚咚声[1179]带着它的叮叮当[1180]廷塔杰尔|叮当|纠缠。康沃尔[1181]全郡最好奉承[1182]的喋喋不休！但是，当然，体面的妖精[1183]书信，我们知道（改变你的名字不是你的国家），仍然一贫如洗的时候，你会不会读那些写给基督陛下[1184]HCE的假专利特许证[1185]闪姆上奇怪写就的浮雕艺术？

——希腊！把它交给我！肖恩回答，噼噼啪啪[1186]地指着他耳垂[1187]星盘后的肉桂色东西[1188]干枝叶|林鸽。就像教皇[1189]肥皂和水能为我洗礼一样，我是正统的[1190]黄昏后神圣[1191]高贵地罗马人。看看那个找支书写笔[1192]用于骑马的别针！我是，感谢圣劳伦斯[1193]事情唱喉头，有力之字[1194]专利证书，像野蛮的奥斯坎人[1195]奥斯卡·王尔德一样向后写闪米特字[1196]闪|同样的|精通，或者用古波斯语[1197]回避|圣琼·佩斯翻译[1198]玩自奥斯曼语[1199]其他人，或者自科普特语[1200]主题，或者任何在一饮中出自我指尖[1201]之物，或者用瓶子[1202]男管家|桶装烈性黑啤，此外我的眼睛[1203]欧耶仅仅闭着。但是，唉[1204]希腊|哎呀|《尤利西斯》，生活艰辛[1205]玉米和老茧上坏的得可怕[1206]希伯来人。就目前情况而言，我自己认同你目下出自《奥德赛》[1207]神义论的再次被窃的[1208]《被窃的信》便笺里的言论，颇为认可你的处方，因为事实上，恳请上帝[1209]邮政大臣|支付|同性恋，我正能够[1210]并列说，这不是一个好作品。那是一点儿涂鸦，不值一瓶包心菜[1211]。夸大了！糟糕透顶的[1212]气喘吁吁的|垃圾废话！此外，可以控告它[1213]可拍卖的，说的全是罪行和毁谤[1214]该隐和亚伯！只有笔误[1215]牧师的惊骇和一切[1216]，作为

1176 earopen 解 ear open"～";也解 Europe"～"。
1177 friskly shortiest 解 frisky"欢闹的"+shortest"最短的";也解 Frisky Shorty"～",书中人物。
1178 treacling 解 trickle"～";也解 treacle"～"。
1179 tumtim 解 tumtum"～",鼓所发出的声音。
1180 tingting taggle 解 ting-tang"～";也解 Tintagel"～",英国康沃尔郡北部海岸的村庄和城堡,被认为是亚瑟王的出生地;也解 ting ting"～"+tangle"～"。
1181 Corneywall 解 Cornwall"～",英格兰西南部一郡。此句化自爱尔兰民歌《奥弗林神父》中的歌词"in all Donegal"(在多尼戈尔全地)。
1182 blarneyest 解 blarney"奉承话"+best"最好的"。
1183 Lettrechaun 解 leprechaun"～",爱尔兰民间传说中的妖精;也解 letter"～"。
1184 His Christian's Em 解 His(Most)Christian Majesty"～",对法国国王的称呼;也解 HCE,本书主人公的名字缩写。
1185 shemletters patent 解 sham letters patent"～";也解 Shem"～",本书主人公的儿子。
1186 plosively 解 plosive"～"+-ly。
1187 acoustrolobe 解 acoustic lobe"～";也解 astrolabe"～"。
1188 quistoquill 解 questa o quella [意]"这个或那个";也解 quisquiliae [拉]"～";也解 quist"～"。
1189 pope"～";也解 soap"～"。
1190 afterdusk 解 orthodox"～";也解 after dusk"～"。
1191 nobly"～",此处解 holy"～"。
1192 ridingpin 解 writing pen"～";也解 riding pin"～"。
1193 thing Sing Larynx"～",此处解 thank Saint Laurence (O'Toole)"～",劳伦斯・奥图尔为都柏林的守护圣人,曾任都柏林大主教,访问坎特伯雷时遇刺,但他倒地不久就爬了起来。
1194 letter potent"～";也解 letter patent"～"。
1195 Oscan wild"～";也解 Oscar Wilde"～"。
1196 Sem [法]解 Shem"～",此处解 Semitic"～",闪米特语从右写到左;也解 same"～";也可与后面合解(know)something backwards"～"。
1197 shunt Persse 解 ancient Persian"～";也解 shunt"～"+Saint-John Perse"～"(1887—1975),本名亚历克西・圣莱热・莱热,法国外交家和诗人。
1198 transluding 解 translating"～";也解 ludere [拉]"～"。
1199 Otherman"～",此处解 Ottoman"～"。
1200 Toptic 解 Coptic"～";也解 topic"～"。
1201 the types of my finklers 解 the tips of my fingers"～"。
1202 buttles"～",此处解 bottles"～";也可与前面合解 draught and bottled(stout)"～"。
1203 oyes"～",欢呼声,此处解 eyes"～"。
1204 hellas [希]"～",此处解 alas"～";也解 hélas [法]"～";也解 *Ulysses*"～"。
1205 bad on the corns and callouses"～",此处解 hard on the corn"～"。
1206 harrobrew 解 horribly"～";也解 Hebrew"～"。
1207 theodicy"～",此处解 *Odyssey*"～"。
1208 re'furloined 解 re-purloined"～";也可与后面解"The Purloined Letter""～",美国作家爱伦・坡的短篇小说。
1209 pay Gay 解 please God"～";也解 Postmaster General"～";也解 pay"～"+Gay"～"。
1210 in juxtaposition"～",此处解 in just the position"～"。
1211 cabbis 解 cabbage"～"。
1212 Puffedly offal 解 perfectly awful"～";也解 puffed"～"-ly+offal"～"。
1213 auctionable"～",此处解 actionable"～"。
1214 crime and libel"～";也解 Cain and Abel"～"。
1215 clerical horrors"～",此处解 clerical error"～"。
1216 et omnibus [拉]"～"。

二等邮件[1217]二流事物为了外国人而做。查尔斯·卢卡斯[1218]卢卡尼亚之后曾烧毁的最恶臭的[1219]提供燃料脏东西。如果你要让我按照一个尺度来说，我愿意称之为胡说八道，我真正[1220]口头上地可能对它们说出的看法，一袋袋[1221]箱子的垃圾，这是妈妈和难启齿先生（啊，不要低语[1222]培育他的名字[1223]同样的！）屈尊没用化名[1224]制造新闻就去写的。当她在她的马车夫[1225]卧榻身下滑动。在他遇到一个拿烟斗的无赖[1226]用偷窥造一只猫的地方。那里如何有[1227]他们穿两个少女[1228]女人|抹大拉的玛利亚|王权在小便[1229]防波堤。矮树丛[1230]郊外里为什么有三个男人[1231]樵夫。然后他在厨房[1232]厨师|蛋糕里面叫卖他手绘的[1233]侍女从法国[1234]到德国[1235]的画像[1236]。这[1237]脸|桃子是我妈妈，这里[1238]头发是我爸爸。可怜小女子[1239]秃鹫|手与大而又大矛[1240]！他们的生命之树[1241]厕所（愿它繁茂！）在他们的墓志铭[1242]房屋墓地（让它永存[1243]石头|玷污|长石！）旁。还有十一[1244]个孩子[1245]树聚在树顶[1246]一路向上。多少[1247]进来吧|如同|舒服的，多少！多少人[1248]几许！多少人！荷兰人对他赤裸的[1249]巴塞罗那的大矛[1250]笨重的啄吻笑[1251]死[1252]了。全世界[1253]土堆都笑了[1254]抚养。直到他都不知道应该从何开始了。一个在雨天的地板上航行鸡蛋壳的小孩儿都会更明白[1255]。

信，肖恩传递，汉卿壹[1256]这|见鬼之子，闪姆所书，肖恩之兄，致意汉丽妇[1257]高山，闪姆之母，致意汉卿壹，肖恩之父。首字母签名。已[1258]驾。已迁。硬件圣人街 29 号[1259]。一直借到开心[1260]狮子。围栏浅滩之城[1261]。公元 1132 年 1 月 31 日。自城中[1262]铁

1217 secondclass matter“～”;也可直译为“～”。

1218 Charley Lucan 解 Charles Lucas“～”,爱尔兰议会中的都柏林议员,他的书被英国上议院下令焚毁,但他促成了 1782 年宪法;也解 Lucania“～”,意大利南部一地区,此地曾说奥斯坎语。

1219 fuellest 解 foulest“～”;也解 fuel“～”。

1220 orally“～”,此处解 really“～”。

1221 bagses 解 bags“～”;也解 boxes“～”。

1222 breed“～”,此处解 breathe“～”。

1223 same“～”,此处解 name“～”。此处出自爱尔兰诗人托马斯·穆尔的歌曲《啊,不要说出他的名字》。

1224 sootynemm 解 pseudonym“～”。

1225 couchman 解 coachman“～”;也解 couch“～”。

1226 made a cat with a peep“～”,此处解 met a cad with a pipe“～”。

1227 they wore“～”,此处解 there were“～”。

1228 madges 解 maids“～”;也解 madge [俚]“～”;也解 Mary Magdalene“～”,《新约》中的妓女,悔罪后基督耶稣将七个魔鬼从她体内驱逐出去,在书中也代表分裂的人格;也解 majesty“～”。

1229 makewater“～”;也解 breakwater“～”。

1230 shrubrubs 解 shrubs“～”;也解 suburbs“～”。

1231 treefellers 解 three fellows“～”;也解 tree fellers“～”。

1232 kookin 解 keuken [荷]“～”;也解 cook“～”;也解 Kuchen [德]“～”。

1233 hand mud 解 handmade“～”;也解 handmaid“～”。

1234 Francie 解 France“～”。

1235 Fritzie 解 Fritz“～”。

1236 figgers 解 figures“～”。

1237 Phiz“～”,此处解 this“～”;也解 Peaches“～”,书中用“桃子们”称呼两个诱惑性女性。

1238 Hair“～”,此处解 here“～”。

1239 Bauv Betty Famm 解 pauvre petite femme [法]“～”;其中 Bauv 也解 Badhbh [爱]“～”;其中 Famm 也解[俚]“～”。

1240 Pig Pig Pik 解 big big“大的、大的”+pike“矛”。

1241 livetree 解 life“生命”+tree“树”;也解 lavatory“～”。

1242 ecotaph 解 epitaph“～”;也解 oikotaphos [希]“～”。

1243 stayne 解 stay“～”;也解 stone“～”;也解 stain“～”;也解 Steyne“～”,北欧海盗在都柏林立的石柱。

1244 balsinbal 解 balsebal [沃]“～”。

1245 bimbies 解 bimbi [意]“～”;也解 bim [沃]“～”。此处化自摇篮曲“Rock-a-bye Baby on the Tree Top”(《宝宝在树顶摇啊摇》)。

1246 tiltop 解 tree top“～”;也解 tiltops [丹]“～”。

1247 Comme bien 解 combien [法]“～”;也解 kom binnen [荷]“～”;也解 comme [法]“～”+bien“～”。

1248 Feefeel 解 hoeveel [荷]“～”;也解 wie viel [德]“～”。

1249 de Barec 解 bare“～”;也解 de Barcelona“～”。

1250 pon peck 解 big pike“～”;也解 ponderous peck“～”。

1251 loffin 解 laughing“～”。

1252 dyin 解 dying“～”。

1253 Mound“～”,此处解 monde [法]“～”。

1254 reared“～”,此处解 rire [法]“～”。

1255 sabby 解 savvy“聪慧的”。

1256 Hek,人名,指本书的主人公 HCE(汉弗利·卿普顿·壹耳微蚵),故译为“～”;也解 haec [拉]“～”;也解 heck“～”。

1257 Alp“汉娜·丽维娅·妇鲁拉贝尔”,本书女主人公名字的缩写,故译为“～”;也解 alp [爱]“～”。

1258 Gee“～”,吆喝马快跑,此处解 G,后一词 Gong(解 gone,离开)的首字母,故译。

1259 此处为都柏林“哈德威克街(Hardwicke ST)29 号”的变体,乔伊斯一家于 1893 年居住于此。下面皆为乔伊斯一家在都柏林的真实住处的变体,乔伊斯的父亲为逃债不断搬家。

1260 Laonum 解 la-ouan [布]“～”;也解 leonem [拉]“～”。

1261 Baile-Atha-Cliath 解 Baile Átha Cliath“～”,都柏林的爱尔兰语名字。

1262 Enville 解 en ville [法]“～”;也解 anvil“～”。

砧来[1263]贸易|开始此。尝试对面的[1264]适当的房子。菲茨吉本[1265]13号。疯子[1266]场所。危险。税费9美元。法学学士[1267]文学学士|健力士，健力士[1268]，绅士[1269]直块先生。利奥波德·布卢姆[1270]。公[1271]在1132年查无此名。北里奇蒙大街[1272]挪威高地|辛摩特12号。名字[1273]教堂中部|无赖无法辨认[1274]不适合居住的。没有留[1275]受珍爱的地址[1276]挪亚的衣服。署名[1277]犯罪的，码头·皮尔斯。查无此人[1278]中午生病的牧师|我不能这样。温莎大街[1279]风|下水道|问候92号。查无此号。再见[1280]溪谷。芬旅馆。自元[1281]1014年被驱逐[1282]。皮尔市[1283]拉下来。费尔维[1284]害怕|风景。误订[1285]泰克小姐。九百六十五[1286]965。一见即开枪[1287]当场喊叫。无家可归[1288]屋顶减少|喊叫|流淌。装上邓禄普[1289]，心满意足。唐奈·奥唐奈利[1290]先生。谁住[1291]参照。皇家街[1292]皇家恐怖分子8号。查无此街[1293]没有人如此狭窄的。闭嘴[1294]百叶窗。跟丹麦人[1295]主持牧师一起吃饭。被迫迁居菲利普斯堡大街[1296]。在海上。已故[1297]。请转寄[1298]地方气味在上面。克伦塔夫[1299]克伦特克公园。雅各神父，大米代理商。卡斯尔伍德大街[1300]城堡|求爱3号。祝你平安[1301]。被拘禁[1302]。治安法官[1303]。转换为医院制度。在文明以分列式行进之前。曾经是爱尔兰的银行。回到城市纹章旅馆[1304]。米尔本大街[1305]牛奶|桥梁2号。拼写[1306]溢出错误。德拉姆康德拉区[1307]电车售票员|梦幻|绘图。今日之英国的银行[1308]铺位。溺毙于利菲河[1309]笑。这里。尊敬的[1310]亚当·芬勒特[1311]。已击毙[1312]。圣彼得街[1313]7号。自卡布拉公园[1314]计程车停车处之后。被王权查封[1315]人群|克伦威尔。唉，亚瑟爵士[1316]惠灵顿公爵。买帕特森[1317]火柴。

1263 Commerces“～”,此处解 comes“～”;也解 commences“～”。此处包含本书主人公名字的缩写 HCE。
1264 Apposite“～”,此处解 opposite“～”。
1265 Fitzgibbets 解 Fitzgibbon“～”,1893 年乔伊斯家住在都柏林的菲茨吉本街 14 号。
1266 Loco“～”;也解 loc [意]“～”。
1267 B. L. 解 Bachelor of Law“～”;也解 Bachelier-ès-lettres [法]“～”;也解 Benjamin Lee Guinness“～”,1851 年当选都柏林市长。
1268 Guineys 解 Guinness“～”,爱尔兰啤酒品牌,以黑啤酒闻名。
1269 esqueer 解 esquire“～”;也解 Mr. Squeers“～”,狄更斯的小说《尼古拉斯·尼克贝》中的校长,以冷酷和自诩的正直著称。
1270 L. B. 解 Leopold Bloom“～”,乔伊斯的小说《尤利西斯》中的主人公。
1271 a. 解 A. D. “～”,此处只有“公元”的前半部分,故译;也解 at“～”。
1272 Norse Richmound 解 North Richmond“～”,1895 年乔伊斯一家住在北里奇蒙大街 17 号;也解 Norse mound“～”,指 Thingmote“～”,北欧海盗在都柏林的议会。
1273 Nave“～”,此处解 name“～”;也解 knave“～”。
1274 unlodgeable 解“～”,此处解 illegible“～”。
1275 Loved“～”,此处解 left“～”。
1276 noa's dress 解 no address“～”;也解 Noah's dress“～”。
1277 Sinned“～”,此处解 signed“～”。
1278 Noon sick parson“～”,此处解 no such person“～”;也解 non sic possum [拉]“～”。
1279 Windsewer Ave 解 Windsor Avenue“～”,1896 至 1899 年间乔伊斯一家住在费尔维区温莎大街 29 号;其中 Windsewer 也解 wind“～”+sewer“～”;其中 Ave 也解[拉]“～”。
1280 Vale“～”,此处解 vale [拉]“～”。
1281 d. 解 A. D. “～”,此处只有“公元”的后半部,故译。爱尔兰国王布利安·布鲁 1014 年在克伦塔夫击败丹麦侵略军。
1282 Exbelled 解 expelled“～”。
1283 Pulldown“～”,此处解 Piltown“～”,位于爱尔兰基尔肯尼郡。
1284 Fearview 解 Fairview“～”,都柏林区名;也解 fear“～”+view“～”。
1285 Miss Take“～”,此处解 mistake“～”。
1286 nighumpledan sextiffits 解 nine hundred and sixty-five“～”。
1287 Shout at Site“～”,此处解 shoot on sight“～”。
1288 Roofloss 解 roofless“～”;也解 roof loss“～”;也解 ruf [德]“～”+floss [德]“～”。
1289 Dunlop“～”,英国轮胎品牌。
1290 Domnall O'Domnally 解 Donnell O'Donnelly“～”,1601 年在金塞尔之围中与蒂龙伯爵休·奥尼尔(Hugh O'Neill)一起抵御英国人的爱尔兰领袖。
1291 Q. V. 解 qui vixit [拉]“～”;也解 quod vide [拉]“～”。
1292 Royal Terrors“～”,此处解 Royal Terrace“～”,1900 年乔伊斯一家住在费尔维区皇家街 8 号。
1293 None so strait“～”,此处解 no such street“～”。
1294 Shutter up 解 shut up“～”;也解 shutter“～”。
1295 Danes“～”;也解 Dean“～”,斯威夫特曾任都柏林圣帕特里克教堂的主持牧师。
1296 Philip's Burke 解 Philipsburgh Avenue“～”,都柏林大街,乔伊斯曾住在附近的两处地方。
1297 D. E. D. 解 dead“～”。
1298 Place scent on“～”,此处解 please send on“～”。
1299 Clontalk 解 Clontarf“～”,都柏林地名,乔伊斯居住的很多地方当时都属于克伦塔夫;也解 Clonturk Park“～”,都柏林的公园名。
1300 Castlewoos 解 Castlewood Avenue“～”,1884 到 1887 年乔伊斯一家住在卡斯尔伍德大街 23 号;也解 Castle“～”+woos“～”。
1301 P. V. 解 pax vobiscum [拉]“～”。
1302 Arrusted 解 arrested“～”。
1303 J. P. 解 Justice of the Peace“～”。
1304 City Arms“～”,即都柏林的城市纹章旅馆,《尤利西斯》中主人公布卢姆曾住在那里。
1305 Milchbroke 解 Millbourne Avenue“～”,1894 年乔伊斯一家住在米尔本大街 2 号,当时米尔本大街有两家乳品厂;也解 Milch [德]“～”+Brücke [德]“～”。
1306 spilled“～”,此处解 spelled“～”。
1307 Traumcon draws 解 Drumcondra“～”,都柏林北部的区名;也解 tramconductor“～”;也解 Traum [德]“～”+draws“～”。
1308 Bunk“～”,此处解 bank“～”。
1309 Laffey 解 Liffey“～”;也解 laugh“～”。
1310 Reverest 解 reverend“～”,用于称呼神父。
1311 Adam Foundlitter 解 Adam Findlater“～”,19 世纪的都柏林商业巨头,曾修复巴涅尔大街上的都柏林长老会教堂,因此该教堂也被称为芬勒特教堂。
1312 Shown geshotten 解 schon geschossen [德]“～”。
1313 Streetpetres 解 St. Peter's Terrace“～”,1902 至 1904 年乔伊斯一家居住在圣彼得街 7 号。
1314 Cabranke 解 Cabra Park“～”,乔伊斯住处北边的住宅圈,不过是自那之后建造的;也解 cab rank“～”。
1315 Seized of the Crownd 解 seized by the Crown“～”;其中 Crownd 也解 Crowd“～”,也解 Cromwell“～”(1599—1658),英国清教革命的领袖,出征爱尔兰期间对爱尔兰天主教徒实行奴役和种族灭绝政策。
1316 Sir Arthur 解 Sir Arthur Guinness“亚瑟·健力士”(1725—1803),爱尔兰健力士啤酒厂的创始人;也解 Sir Arthur Wellesley“～”(1769—1852),英国军事家、政治人物,在滑铁卢战役中打败拿破仑。
1317 Patersen 解 Paterson and Co. “～”,贝尔法斯特的火柴商,在都柏林的哈蒙德巷有工厂。

到他的应许之手[1318]应许之地上。炸掉兰花厅[1319]橙带党旁最后的柠檬[1320]论点|收获节|题材。搜寻无人认领的[1321]不洁的信件[1322]男性|总结。营造官[1323]流放所谴责[1324]一起下地狱的之屋。几分钟后回来。因修理[1325]而暂闭[1326]壁橱。谢尔本路[1327]60 号。凯特家的钥匙,亲吻[1328]。以撒·巴特[1329]以撒的屁股,可怜的人。美味的[1330]迪达勒斯家伙[1331]纵火。被抓住。失踪了。依法判决[1332]公正。烦请转寄[1333]敏锐地预先警告|该隐|为了战争。亚伯拉罕·布拉德利·金[1334],妖怪[1335]博格公园。得到救援[1336]顺利|解决。已经安葬[1337]全都结出红色的浆果。神圣沉重[1338]冬青与常春藤。被遗弃[1339]遗弃它。超重了[1340]常春藤|路的上方。邮资不足[1341]袜子|娼妓。退回邮局[1342]邮政汇票。转交[1343]亲爱的|美丽的。拥有欠着邮政汇票[1344]。太晚了[1345]厕所|招租。将被弄脏[1346]出售。与不幸者同住。丧失所有执照。他的牛肉茶[1347]虚胖的|脚趾结满冰[1348]起泡了。甲乙丙有限公司。收件人拆封[1349]命运之泪。文学学士[1350],寄件人[1351]从|发送人。波士顿(马萨诸塞)。1 月 31 日。欠资[1352]13.12。举起[1353]夷为平地|擦掉。放下[1354]律师。空空。头脑[1355]开采。这是法警[1356]月桂叶。走出去见鬼[1357]去那外面的大厅去吧,壹耳微蚵[1358]蠼螋|在之前|弱者,带着你见鬼的巨枪[1359]布里斯托尔|桥。砰[1360]塞子。停。砰。停。坎布龙尼[1361]回到|与……在一起|爱抱怨的人。停。回到老爱尔兰[1362]。停。

——善良的肖恩,我们都请求,尽管我们不想说,但是既然你起而花钱,你难道没有,没有片刻提议,万千思绪用尽种种语言[1363]俚语表现法,比你著名的[1364]思索兄弟在百般犹豫中在罪之

1318 promisk hands 解 promised hands“～”。此句化自《路加福音》(23:46)中的“父啊！我将我的灵魂交在你手里”。也解 promised land“～”,即迦南,上帝允诺给亚伯拉罕的地方。
1319 Orchid Lodge“～”;也解 Orange Lodge“～”。
1320 Lemmas 解 lemons“～”;也解 lemma“～”;也解 Lammas Day“～”,英国每年的 8 月 1 日;也解 lemma［拉］“～”。
1321 Unclaimed“～”;也解 unclean“～”。
1322 Male“～”,此处解 mail“～”。此句单词首字母合写为 SUM“～”。
1323 Ediles 解 aedile“～”,古罗马掌管公共设施、社会秩序和文娱活动等的民选行政官;也解 exiles“～”。
1324 Condamned 解 condemn“～”;也解 con-damned“～”。
1325 Repeers 解 repair“～”。
1326 Closet“～”,此处解 closed“～”。
1327 Shellburn 解 Shelbourne Road“～”,1904 年乔伊斯一家住在谢尔本路 60 号。
1328 此句首字母的缩写为 KKK,美国恐怖组织三 K 党。
1329 Isaac's Butt“～”,以撒为《创世记》中亚伯拉罕和撒拉的儿子,此处解 Isaac Butt“～”(1813—1879),爱尔兰自治运动的领袖,1877 年被巴涅尔用计策取代。
1330 Dalicious 解 delicious“～”;也解 Dedalus“～”,乔伊斯小说中的人物。
1331 arson“～”,此处解 person“～”。
1332 Justiciated 解 judicially“～”;也解 justice“～”。
1333 Kainly forewarred 解 kindly forward“～”;也解 keenly forewarn“～”;也解 Cain“～”＋for war“～”。
1334 Abraham Badly's King 解 Abraham Bradley King“～”,都柏林市长,在乔治四世 1821 年访问都柏林时受封爵士。
1335 Bogey“～”;也解 Bögg“～”,参见前文注释 922。
1336 Salved“～”;也解 salve［拉］“～”;也解 solved“～”。
1337 All reddy berried 解 already buried“～”;也解 all redly berried“～”。
1338 Hollow and eavy 解 holy and heavy“～”;也解 holly and ivy“～”,《冬青与常春藤》也为 18 世纪起英国流行的圣诞歌曲。
1339 Desert it“～”,此处解 deserted“～”。
1340 Overwayed 解 overweight“～”;也解 ivy“～”;也解 over way“～”。
1341 Understrumped 解 understamped“～”;也解 Strumpf［德］“～”;也解 strumpet“～”。
1342 P. O. 解 post office“～”;也解 postal order“～”。
1343 Kaerof 解 care of“～”;也解 kær［丹］“～”;也解 kaer［布］“～”。
1344 M. O. 解 money order“～”。
1345 Too Let 解 too late“～”;也解 toilet“～”;也解 to let“～”。
1346 Soiled“～”;也解 sold“～”。
1347 Bouf Toe 解 beef tea“～”;也解 bouffi［法］“～”＋toe“～”。
1348 Frozen Over“～”;也解 fizzing over“～”。
1349 Destinied Tears 解 destinataire［法］“收件人”＋tears“撕开”;也解 destiny tears“～”。
1350 A. B,解 Bachelor of Arts“～”。
1351 ab, Sender 解 Absender［德］“～”;也解 ab［拉］“～”＋sender“～”。
1352 P. D. 解 postage due“～”。
1353 Razed“～”,此处解 raised“～”;也解 erased“～”。
1354 Lawyered 解 lowered“～”;也解 lawyer“～”。
1355 Mined“～”,此处解 mind“～”。
1356 Bayleaffs 解 bailiff“～”;也解 bay leafs“～”。
1357 to Hall out of that“～”,此处解 to hell out of that“～”。
1358 Ereweaker 解 Earwicker“～”,本书主人公;也解 earwig“～”;也解 ere“～”＋weaker“～”。
1359 Bristol“～”,英国城市,此处解 pistol“～”;也解 bristol［中英］“～”。
1360 Bung“～”,此处解 bang“～”,巨响声。
1361 Cumm Bumm 解 Cambronne“～”(1770—1842),拿破仑的将军,在滑铁卢战役中公开骂粗话;也解 come back“～”;也解 cum“～”＋Brummbär［德］“～”。
1362 Came Baked to Auld Aireen 解 come back to old Erin“～”,此处化自歌曲“Come Back to Erin”(《回到爱尔兰》)。
1363 Slanguage“～”,此处解 languages“～”。
1364 cerebrated“～”,此处解 celebrated“～”。

书[1365]梵语里用尽的钢笔记号[1366]庞马尔|丹麦还糟[1367]字十倍？——请原谅我没提他[1368]呃哼。

——著名的[1369]吃！肖恩在他口音[1370]眉毛的庇护[1371]雪尔塔语下回答道，用力摩搓着他的神灯，亮起完全意识的红光。犹郁[1372]HCE！你的词语在我的耳朵[1373]阿瑞斯|屁股|技艺上磨碎。既然我因为口音[1374]实际上被召来提供我的看法，恰当地倾诉[1375]喷涌，用于诊断[1376]第欧根尼|健力士啤酒强制使用的爱尔兰语[1377]推动|伯利兹学校，首先，用以前的信去描绘布商[1378]垂皮尔奥闪[1379]闪姆|莪相|欧希夫人|海洋，我自己倾向于觉得，相当声名狼藉。不过就我来说，我不在乎在对丹麦的看法上暂且乐观地发誓只是徒然。不，先生[1380]！但让我说，我在高高的上帝[1381]驾|G面前的所有信念都是我对此非常怀疑。在我的劳役名册[1382]里没有那个家伙的一席之地，我就是不能。正如我每时每刻通过吉利根岛的五月花柱[1383]从路透社[1384]拔根者和哈瓦斯社[1385]那里在一则好可怜的公告里得知的，他，这个发疯的[1386]涂鸦者，在垂死之际[1387]在他的清单上总是用难以辨认的争论[1388]教士|月夸耀他红润的脸色[1389]复合体！她，远方妈咪[1390]哺乳动物|很多|人，被他唆使作恶，应该剥夺[1391]堕落的堕落的他的自由[1392]浪子，让他噤声，着麻衣，处以缓刑，戴着镣铐被关入某个布料[1393]垂皮尔馆，离开伪教皇[1394]对跖点做礼拜[1395]使言辞锋利|诈赌手段，除非他足够聪明[1396]病的，能够通过陪审团屠肉者[1397]肉体|治疗者和战地军邮[1398]野战邮局检查官。唉[1399]嘎嘎|每个|健康的！因为那是一个在四法庭[1400]四离婚法庭和所有王座法庭[1401]国王的大肚子|国王的人马|打洞器

1365 sinscript 解 sin“罪”＋script“手迹”；也解 Sanscrit“～”。

1366 penmarks 解 pen“钢笔”＋marks“记号”，指闪姆；也解 Penmarch“～”，法国小镇，据说特里斯丹死于此；也解 Denmark“～”。

1367 words“～”，此处解 worse“～”。

1368 mentioningahem 解 mentioning him“～”；也解 ahem“～”。

1369 CelebrAted 解 celebrated“～”；也解 ate“～”。

1370 broguish 解 brogue“～”＋-ish；也解 brows“～”。

1371 sheltar 解 shelter“～”；也解 Shelta“～”，以爱尔兰语为基础，仍在英爱等地的补锅匠、游民间使用。

1372 HeCitEncy 解 hesitency“～”，指爱尔兰新闻记者皮戈特伪造巴涅尔的信时把 hesitancy（犹豫）写成 hesitency；其中也包括本书主人公名字的缩写 HCE。

1373 Ares 解 ears“～”，此处化自习语 get on one's nerves（使人心烦意乱）；也解 Ares“～”，古希腊神话中的战神；也解 arse“～”；也解 ars［拉］“～”。

1374 accentually“～”；也解 actually“～”。

1375 spewing“～”，此处解 speaking“～”。

1376 dieoguinnsis 解 diagnosis“～”；也解 Diogenes“～”；也解 Guinness“～”。

1377 impulsory irelitz 解 compulsory Irish“～”；也解 impulse“～”＋Berlitz“～”，乔伊斯曾在的里雅斯特和波拉的伯利兹学校教书。

1378 Draper“～”；也解 Drapier“～”，斯威夫特的笔名，1724 年，在反对英国人伍德通过买得铸币权而在爱尔兰发行劣质铜币时所用。

1379 O'Shem“～”；也解 Shem“～”，本书主人公的儿子之一；也解 Ossian“～”，传说中 3 世纪爱尔兰及苏格兰高地的英雄诗人，芬・麦克尔的儿子；也解 O'Shea“～”，巴涅尔的情人，后成为他的妻子；也解 ocean“～”。

1380 Sah 解 sir“～”。

1381 high Gee 解 high“高的”＋God“～”；也解 gee“～”，叫马快走＋high G，音符，在钢琴上属于小字三组。

1382 fagroaster 解 fag“苦工”＋roster“花名册”。

1383 指无线天线。

1384 Rooters and 解 Reuters“～”，英国最大的通讯社；也解 rooter“～”。

1385 Havers 解 Havas“～”，世界上最早的新闻通讯社，法新社前身。

1386 pixillated［美俚］“～”。

1387 on his last 解 on his last legs“～”；也解 on his list“～”。

1388 clergimanths 解 arguments“～”；也解 clergyman“～”；也解 month“～”。

1389 complexious 解 complexion“～”；也解 complexus“～”。

1390 mammy far 解 mammy“妈咪”＋far“远的”；也解 mammifer［废］“～”；也解 many“～”＋far［爱］“～”。

1391 depraved“～”，此处解 deprived“～”。

1392 libertins 解 libertines“～”，此处解 liberty“～”。

1393 drapyery 解 drapery“～”；也解 Drapier“～”，见上文注 1378。

1394 antipopees 解 antipope“～”；也解 antipodes“～”。

1395 wordsharping 解 worshiping“～”；也解 word sharping“～”；也解 cardsharping“～”。

1396 klanver 解 clever“～”；也解 klanv［布］“～”。

1397 fleischcurers 解 Fleisch［德］“肉”＋butcher“屠夫”；也解 flesh“～”＋curers“～”。

1398 fieldpost 解 Feldpost［德］“～”；也解 field post“～”。

1399 Gach 解 ach［德］“～”；也解 gack-［德］“～”；也解 gach［爱］“～”；也解 yac'h［布］“～”。

1400 four divorce courts“～”，此处解 Four Courts“～”，位于都柏林的爱尔兰最高法院大楼。

1401 King's paunches“～”，此处解 King's Bench Court“～”，英国最高法院的法庭之一；也解 king's horses“～”，英语儿歌《国王的人马》（“Humpty Dumpty”）中憨蛋呆蛋从墙头坠落后摔成碎片，国王的人马也无法将其复原。其中 paunches 也解 punch“～”。

众所周知的[1402]成熟的事实，他如何有隐士看着苏格兰蛇[1403]钉住蛇|苏格兰屋，有生产消耗品的执照[1404]低价，背[1405]雌猎犬|打破|同伴部[1406]许诺有达尔基梅毒[1407]长头颅的和短头颅的，在那里他可以清除他的轻蔑，恶化[1408]早餐|年轻的入骨[1409]羹汤|斯库拉，想着[1410]回忆|喝酒他要死了。让他烂掉！飞毛腿[1411]！警察[1412]！我要用一个字形容你。汝。（请再说一遍。）人[1413]同性恋者！那么把他的同床人[1414]阴茎放在我身上！（以牙还牙，尘归于尘[1415]就像进入|天使长米迦勒和魔鬼撒旦|在柱子上|变生不测|米克和尼克）。罪人[1416]头发：为了那个我会给他！让狗改了吃屎[1417]屋顶，就像我们在歌谣集[1418]长的书中说的！他是不是在做家务[1419]谁的守护人，或者是我[1420]是我的|军队|在上面！讨厌的[1421]最谦卑的悲观家伙[1422]遗腹子|最后|波塞摩斯·里奥那托斯！带着他独特的入门书[1423]独角兽和他那有着穷人之傲[1424]使徒|新娘的王子，跌跌撞撞地走遍两个世界！如果他能等我给他买一份穆斯林[1425]礼物！他[1426]不[1427]我们是我的远房表兄，像猪[1428]猪盘子！也不想！我首先会因人而饿[1429]委员会|冰霜。阿门[1430]含！

——那么，可否允许我们请求你，杰出的肖恩，把他王子[1431]学徒的骄傲放入你贫儿的钱包[1432]恰当的地方，用你自己甜蜜的方式，用风格化的语言，向正是你的最顺从者[1433]逆向的，我们建议，只用一则伊索寓言[1434]埃塞俄比亚人的弱点，阐明怎么办？

——好吧，在一定程度上这是我自己的，不是吗？你们可以、应该，而且欢迎，肖恩答道，与此同时，当他的饥饿打败了[1435]得到……之苦他，心满意足地咬了一口他那大话[1436]火腿|布拉汉姆

1402 fullblown"～",此处解 wellknown"～"。

1403 Scotch snakes"～";也解 scotch'd the snake"～",出自莎士比亚的戏剧《麦克白》;也解 The Scotch House"～",都柏林酒馆名。

1404 lowsense 解 licence"～";也解 low"～"。

1405 brach"～",此处解 back"～";也解 broke"～";也解 brach［捷］"～"。

1406 premises"经营场址";也解 promise"～"。

1407 dalickey cyphalos 解 Dalkey"达尔基",都柏林小镇,最早是维京人的落脚点＋syphilis"梅毒";也解 doli-chocephalic and brachycephalic"～"。

1408 dejeunerate 解 degenerate"～";也解 déjeuner"～";也解 jeune［法］"～"。

1409 skillyton 解 skeleton"～";也解 skilly"～";也解 Scylla"～",《奥德赛》中一个吃掉水手的六头怪。

1410 be thinking"～";也解 bethinking"～";也解 be drinking"～"。

1411 Flannelfeet"～",伦敦著名飞贼亨利·爱德华·维克斯(Henry Edward Vickers)的绰号。

1412 Flattyro 解［英口］flatty"～"。

1413 Homo"～";也解 homosexual"～"。

1414 bedfellow"～";也解［俚］"～"。

1415 like into mike and nick onto post 解 like for like"以牙还牙"＋and"和"＋dust unto dust"尘归于尘";也解 like into"～"＋mick and nick"～",书中一组二元对立的人物＋onto post"～";也解 put a nick in the post［俚］"～";也解 Mick and Nick"～",本书主人公的两个儿子。

1416 criniman 解 criminal"～";也解 crinis［拉］"～"。

1417 Making the lobbard change hisstops 解 making the leopard change his spots"让花豹易色",此处化自习语 a leopard never changes its spots(江山易改,本性难移);其中 hisstops 也解 housetop"～"。

1418 long book"～",此处解 songbook"～"。

1419 whosekeeping 解 housekeeping"～";也解 whose keeper"～",化自《创世记》4:9:"我岂是看守我兄弟的吗?"

1420 are my"～",此处解 am I"～";也解 army"～";也解 ar［爱］"～"。

1421 Obnoximost 解 obnoxious"～";也解 obnoximus［拉］"～"。

1422 posthumust 解 pessimist"～";也解 posthumus"～";也解 postumus［拉］"～";也解 Posthumus Leonatus"～",莎士比亚的戏剧《辛白林》中伊摩琴的丈夫。

1423 unique hornbook"～";也解 unicorn"～"。

1424 apauper's pride 解 a pauper's pride"一个乞丐的骄傲";也解 apostles"～"＋bride"～"。

1425 mosselman 解 Muslim"～"。

1426 Ho 解 He"～"。

1427 nos［拉］"～",此处解 not"～"。

1428 pigdish 解 piggish"～";也解 pig dish"～"。

1429 cuistha"～",根据乔伊斯的笔记,指因不喜欢做饭之人而不吃饭导致的饥饿;也解 coiste［爱］"～";也解 cuisne［爱］"～"。

1430 Aham 解 amen"～";也解 Ham"～",挪亚的儿子。

1431 prentis 解 prince"～",此处化自 *The Prince and the Pauper*(《王子与贫儿》),美国作家马克·吐温的作品;也解 apprentice"～"。此句化自习语 put one's pride in one's pocket(忍气吞声)。

1432 aproper's purse 解 pauper's purse"～";也解 proper place"～"。

1433 obsequient 解 obedient"～";也解 obsequent"～"。

1434 esiop's foible 解 Aesop's fable"～";也解 Ethiop's foible"～"。

1435 got the bitter of"～",此处解 got the better of"～"。

1436 Braham 解 bunkum"～";也解 ham"～";也解 John Braham"～"(1774—1856),英国男高音歌唱家。

之蜂巢和悦耳的[1437]歌声|可食用的|旋律线条帽子，三为一只[1438]三位一体|试试一个|试穿、三为一试、三位一体。欢迎[1439]汉娜。当然，我以为[1440]你全都知道，名誉学位[1441]荣誉事业，很久以前[1442]通过遥感[1443]愿意的|初级的|消化道频道。当然，那老得就像圣多米尼克[1444]的巴登蜜蜂[1445]洗澡|男孩，一向[1446]对常人[1447]并就大话而言，如今普通[1448]民事诉讼庭得就像纳尔逊他的特拉法尔加[1449]平民|三次被闪电击中纪念柱[1450]。然而。让我看看，做。瞎子捉人[1451]酒吧招待员|啤酒是它的开端。老诺尔[1452]诺威尔和他的地洞[1453]借款！然后是野地里的百合花[1454]觉得|世界，南希·短裤[1455]生育女神和福勒塔[1456]妖精·小腿[1457]！然后是闪、含和雅弗[1458]太太|他们。全与高利贷者[1459]有关，为他写[1460]纠正他的名字。我后悔去宣布，在铺好他的文学[1461]文字床后，她不停地号叫了两天，列为吵闹传道者[1462]除非之前|好管闲事的窥探者|初审法院，对她的詹姆斯·麦克弗森[1463]假闹剧儿子大叫，在太阳[1464]下，就像带着婊子情妇[1465]维加的印加之母[1466]，不为人知地[1467]匿名者|婊子捏着她的大腿，说着戴着三月兔[1468]标记|头发|玛格丽特假发[1469]一起的波罗的海人[1470]腰带|圣西奥博尔德和他的皇室离婚[1471]忠诚离婚|离婚法庭，那时他在德国人[1472]那里凶猛地[1473]肥沃射着[1474]脱落鸡蛋[1475]，采采蝇[1476]子思，所有《桶的故事》[1477]人民|讲述人民，中产阶级眼光的[1478]中产阶级背后唠叨，而他，爱哭鬼[1479]淌口水的马|惯性赌徒|食槽|酒吧|酒鬼，像一个败家女[1480]双手灵巧的，像魔鬼[1481]像黄道十度的|祭祀长一样满头大汗[1482]有抱负的，在他懦夫椅[1483]椅子的入口处呼呼大睡[1484]，第六根手指在他的猫眼石和食指之间，做着他的恰尔

1437 Melosedible 解 melodious"～";也解 melos [拉]"～"+edible"～",化自习语 eat one's hat(十分确信);也解 Melos [德]"～"。
1438 tryone 解 triune"～";也解 try one"～";也解 try on"～"。故译。
1439 Ann wunkum 解 and welcome"～";也解 Anne"～",本书女主人公。
1440 thunkum 解 think"～"。
1441 honorey causes 解 honoris causa [拉]"～";也解 honorary causes"～"。
1442 long agum 解 long ago"～"。
1443 thelemontary 解 telemetry"～";也解 thelemon [希]"～";也解 elementary"～";也解 the alimentary canal"～"。
1444 Saint Dominoc 解 St. Dominic"～"(? —664),爱尔兰的一个修道会创始圣人,将蜜蜂引入爱尔兰。
1445 Baden bees 解 Baden"巴登",德国地名+bees"蜜蜂";也解 baden [德]"～"+boys"～"。
1446 allus 解 always"～"。
1447 pueblows 解 pueblo [西]"～"。
1448 commonpleas 解 commonplace"～";也解 Court of Common Pleas"～",都柏林四法庭的法庭。
1449 trifulgurayous 解 Trafalgar"～",英国伦敦著名广场,广场中央耸立着英国海军名将纳尔逊的纪念碑和铜像;也解 vulgar"～";也解 trifulgureus [拉]"～"。
1450 Nelson...pillar 解 Nelson's Pillar"纳尔逊纪念柱",位于都柏林奥康内尔大街上,1966 年炸毁。
1451 Beerman's bluff 解 blind man's bluff"～",儿童游戏。其中 Beerman 也解 barman"～";也解 beer"～"。
1452 Old Knoll"～",克伦威尔的绰号;其中 knoll 也解 Knowell"～",莎士比亚在本·琼生的戏剧《人各有癖》中的角色。
1453 borrowing"～",此处解 burrow"～"。
1454 liliens of the veldt 解 lilies of the field"～",出自《马太福音》(6:28)。其中 veldt 也解 feel"～";也解 Welt [德]"～"。
1455 Nickies 解 knickers"～";也解 Nixi [拉]"～"。
1456 Folletta,人名;也解 folletta [意]"～"。
1457 Lajambe 解 La jambe [法]"～"。
1458 mem and hem and the jaquejack 解 Shem, Ham and Japhet"～",《圣经》中挪亚的三个儿子;其中 mem 也解 ma'am"～";其中 hem 也解 them"～"。
1459 Wucherer [德]"～"。
1460 righting"～",此处解 writing"～"。
1461 litterery 解 literary"～";也解 letter"～"。
1462 noisy priors"～";也解 nisi prius [拉]"～";也解 nosy pryers"～";也解 Nisi Prius Court"～",都柏林的法院。
1463 jameymock farceson 解 James Macpherson"～"(1736—1796),苏格兰诗人,自称莪相诗歌的译者;也解 mock farce son"～"。
1464 Shemish 解 shemesh [希伯来]"～"。
1465 garcielasso 解 garce [法俚]"妓女"+lass"情妇";也解 Garcilasso de la Vega"～"(1503—1536),文艺复兴时期西班牙诗人。
1466 mouther of the incas 解 Mother of the Incas"～",印加人的月亮女神。
1467 huw Ananymus 解 how anonymous"多么寂寂无闻";也解 anonym"～";也解 anonyma [俚]"～"。
1468 markshaire 解 March hare"～",发情期的野兔;也解 marks"～"+hair"～";也解 Mac'harid [布]"～"。
1469 parawag 解 periwig"～";也解 para [拉]"～"。
1470 Balt"～";也解 belt"～";也解 St. Theobald"～"(1017—1066),法国圣人。
1471 loyal divorces"～",此处解 royal divorce"～",W. G. 威尔斯著有《皇室离婚》一书,嘲讽拿破仑与约瑟芬的离婚;也解 Divorce Court"～",位于都柏林的法庭。
1472 Alemaney 解 Aleman [西]"～"。
1473 feraxiously 也解 ferociously"～";也解 ferax [拉]"～"。
1474 shed"～",此处解 shot"～"。
1475 ovas [拉]"～"。
1476 tse tse 解 tsetse fly"～",南非一种苍蝇;也解 Tsze-sze"～",孔伋(前 483—前 402),孔子的嫡孙。
1477 the tell of the tud 解 *A Tale of a Tub*"～",斯威夫特的作品;其中 tud 也解[布]"～",即"～"。
1478 bourighevisien 解 bourgeois"中产阶级"+vision"视野";也解 bourcheoisien [布]"～"。
1479 cribibber 解 crybaby"～";也解 crib-biter"～",在俚语中指"～";也解 crib"～",在俚语中指"～"+bibber"～"。
1480 ambitrickster 解 ambestrix [拉]"～";也解 ambidextrous"～"。
1481 like the decan's"～",此处解 like the dickens"～";也解 decanus [拉]"～"。
1482 aspiring"～",此处解 perspiring"～"。
1483 polthronechair 解 poltroon"懦夫"+chair"椅子";也解 poltrone [意]"～"。
1484 fast aslooped 解 fast asleep"～"。

德·哈洛尔德[1485]贵公子|希律王|CHE的漫游[1486]，用他的鹅毛笔[1487]平底锅大字写下他在他[1488]反应迟钝的人打嗝[1489]牛膝草中发明的个人词汇[1490]个人字典|独特词汇！乡下人[1491]跗关节|打嗝！乡下人我[1492]双胞胎也[1493]谈话把那个给了他，仿冒的家伙。该责备的完全是那位后者[1494]信。他是否觉得[1495]喝酒因为我疼[1496]非常，就不会再有蛋糕和麦芽酒[1497]凯特|净化了。如果你看他，它在彼处发生。它被给了我这个乡下人[1498]我|温顺的，感谢王座法庭[1499]长凳，好凭借[1500]乡下人特殊的大法官法庭许可证帮助整个事情。每当我想起那个没血的暖屋者[1501]乔迁之宴，闪·代笔[1502]斯克里瓦尼奇|隐痛，总是删减我的散文[1503]鼻子|裤子|非韵文来取悦他的措辞[1504]玫瑰，天哪[1505]神，我敢说我感到牙疼！如果我画[1506]踢空中球他的倒影，他会直入本题地[1507]适中开始他的传记[1508]惊骇|打架|贝尔格莱德|生命。独裁者[1509]诗人！大沙皇[1510]蔬菜|土地|甚至！住手，小偷[1511]交换牛肉！你知道他很特殊，那个醉鬼[1512]财务部|时髦的|派人去取|财务法院，身上散发着老女人的味道，更不用说[1513]吮吸他那摆动的屁股[1514]裙子|受骗的人了。亲爱的[1515]给他做了死前检查[1516]。他三岁时就衰老了，当他向民众鞠躬[1517]嘘时，就像天鹅西格努斯[1518]小天鹅|天鹅|病的|天鹅座，当他七岁忏悔时[1519]，给眼睛戴了眼镜[1520]诺拉·巴纳克尔|黑雁。在他头顶上过冬的明矾是石头[1521]的尿[1522]，他踉跄[1523]时会高飞，直到戴梳子[1524]峡谷|库姆街的老太婆强奸了他的挂锁[1525]付清。他在丧失理性的年纪因百日咳[1526]发咳嗽声的笑而倒下，他第一次先于我去世[1527]患病之前的时巨大无比。他很怪，我告诉你，他的蔬菜[1528]真正的|元气灵魂

1485 Childe Horrid 解 Childe Harold“～”，英国诗人拜伦的长诗《恰尔德·哈洛尔德游记》的主人公；也解 Childe“～”＋Herod“～”（约前 73—前 4），曾想杀害幼儿耶稣；此处包含本书主人公名字缩写的改写 CHE。

1486 pillgrimace 解 pilgrimage“～”。

1487 ganderpan 解 gander“雄鹅”＋pen“笔”；也解 pan“～”。

1488 hicks“～”，此处解 his“～”。

1489 hyssop“～”，在犹太教仪式中用牛膝草洒水，此处解 hiccup“～”。

1490 idioglossary 解 idio-“个人的”＋glossary“词汇表”；也解 idioglossarium［拉］“～”；也解 idioglossa［希］“～”。

1491 Hock“～”，此处解 hick“～”；也解 hiccup“～”。

1492 Ickick 解 I (hick)“我（乡下人）”；也解 ikrek［匈］“～”。

1493 toock 解 too“～”；也解 talk“～”。

1494 theck latter 解 that latter“～”；也解 the letter“～”。

1495 drink“～”，此处解 think“～”。此句出自莎士比亚的喜剧《第十二夜》的第二幕第三场：“你以为你自己道德高尚，人家便不能喝酒取乐了吗？”

1496 sorely“～”，此处解 sore“～”。

1497 Kates and Nells 解 cakes and ale“～”。其中 Kates 也解 Kate“～”，本书中惠灵顿纪念馆的看门人，也是壹耳微蚵一家的仆人；也解 kathairô［希］“～”。

1498 meeck 解 me (hick)“我（乡下人）”；也解 mich［德］“～”；也解 meek“～”。

1499 Bench 解 King's Bench Court“～”，位于都柏林；也解 bench“～”。

1500 byck 解 by“～”；也解 hick“～”。

1501 housewarmer 解 house“房屋”＋warmer“保暖衣”；也解 housewarming“～”。

1502 Skrivenitch 解 scrivener“～”；也解 Alois Skrivanitch“～”，乔伊斯在意大利的里雅斯特的学生和朋友；也解 skrivenitch［塞维］“～”。

1503 prhose 解 prose“～”；也解 nose“～”；也解 Hose［德］“～”；也解 prosa［拉］“～”。此处化自习语 cut off his nose to spite his face（用伤害自己的方式来报复）。

1504 phrase“～”；也解 rose“～”。

1505 bogorror 解 begorra“～”；也解 bog［塞维］“～”。

1506 punting“～”，此处解 painting“～”。

1507 in muddyass ribalds 解 in medias res“～”；也解（est) modus in rebus［拉］“～”。

1508 beogrefright 解 biography“～”；也解 fright“～”；也解 fight“～”；也解 Belgrade“～”，塞尔维亚的首都；也解 beo［爱］“～”。

1509 Digteter 解 dictator“～”；也解 digter［丹］“～”。

1510 Grundtsagar 解 grand tsar“～”；也解 grøntsager［丹］“～”；也解 Grund［德］“～”；也解 sogar［德］“～”。

1511 Swop beef 解 stop, thief“～”；也解 swop beef“～”。

1512 eggschicker 解 schicker［意第］“～”；也解 exchequer“～”；也解 schick［德］“～”；也解 schicken［德］“～”；也解 Court of Exchequer“～”，位于都柏林。

1513 suck“～”，此处解 say“～”。

1514 switchedupes 解 switch“摆动”＋dupe［塞维］“屁股”；也解 jupes［法］“～”；也解 dupes“～”。

1515 M. D. 解 my dear“～”，斯威夫特写给史黛拉的信中的缩写。

1516 ante mortem［拉］“～”，此处化自 post mortem［拉］“尸检”。

1517 boo“～”，此处解 bow“～”。此处化自习语 not say boo to a goose（胆小如鼠）。

1518 sygnus“～”，名字；也解 cygnet“～”；也解 cygnus［拉］“～”；也解 syg［丹］“～”；也解 The Constellation Cygnus“～”，也称北十字星。

1519 此处化自习语 marry in haste and repent at leisure（草率结婚后悔多）。

1520 barnacled［俚］“～”；也解 Nora Barnacle“～”，乔伊斯的妻子；也解 barnacle goose“～”。

1521 staun 解 stone“～”。

1522 stale“～”。此处化自斯威夫特的作品 *A Tale of a Tub*（《桶的故事》）。

1523 stambles 解 stumbles“～”。

1524 coombe“～”，此处解 comb“～”；也解 The Coombe“～”，都柏林圣帕特里克大教堂西部的街道和区域。

1525 pad off his lock 解 his padlock“～”；也解 paid off“～”。此处化自英国诗人蒲柏的长诗 *The Rape of the Lock*（《秀发遭劫记》）。

1526 whooping laugh“～”，此处解 whooping cough“～”。

1527 prediseased 解 predecease“～”；也解 pre-diseased“～”。

1528 vegetable“～”；也解 veritable“～”；也解 vegetabilis anima［拉］“～”。

骨子里是中世纪的[1529]正午的罪恶。无须在乎他的假[1530]堕落脚和鞣革面色。这是为什么根据人身保护[1531]无助的尸体|HCE 法,他被禁止交配[1532]西红柿,被警告[1533]使温暖离开与有钱人结婚[1534]的正路[1535]赛马场|稻米。圣人踢他我根本不奇怪,用的是巴克利射杀俄国将军[1536]贝克莱慨然显示理性的同一个物件[1537]得到的总和。你否认了,你否认过[1538]万王之王——黑鬼头顶[1539]否定的人|黑人的头、黑鬼脚趾、黑鬼屁股[1540]、他们会被拒绝[1541]他们被弄黑|走下来!然后他被吊袜带[1542]小姐推[1543]叛乱出了辛摩特[1544]三一学院学校,因为发痒[1545]旷课。然后他染上丹毒[1546]欧洲|HCE,加入了耶稣会[1547]犹太人社团|国际象棋|乔伊斯。与卡荷尔修士[1548]法国|崩溃、方济会修士[1549]兄弟|捷克人|法国人、布达佩斯修士[1550]、斯拉夫修士[1551]布拉迪斯拉发|救世军成员一起。一次[1552]在……时|时辰|时间,当他未能[1553]阻止去被杀死的时候,这个怪人故意想把他那双语的脑袋穿过《爱尔兰时报》[1554],去作为多明我会[1555]恶魔斯凯狗[1556]加入知识阶层[1557]神职人员。把灰撒入圣父[1558]欢闹的农夫的眼中!他过去曾被拒绝[1559]承认|功绩,因为应该避开[1560]他。因为一次[1561]我被叽叽叫,我就要双倍地[1562]压得他嘎嘎叫。然后他独自去则济利亚街[1563]圣则济利亚的款待去接上盖伦[1564]。难以抑制[1565]塞瓦斯托波尔战役!噩梦[1566]墨水瓶|茵克曼!他生来就乱伦[1567]蜡画。可耻啊[1568]闪姆!我最[1569]最远的看不起。霜打的[1570]长老会长老|祝健康|请求|阴茎|普鲁斯特!逃兵役的家伙[1571]正反两方面|阴户!西伯利亚[1572]提比略|提比里亚|贝利亚在等着你,贵族[1573]诱人的|最好的!在监狱和海鸥[1574]窝处查[1575]契卡|沙卡|契诃夫海鸥票!越洋而去[1576],异教徒[1577]少女,离开

1529 middayevil 解 medieval“～”；也解 midday evil“～”。
1530 falls“～”，此处解 false“～”。
1531 Helpless Corpses“～”，此处解 Habeas Corpus“～”；此处包含本书主人公名字的缩写 HCE。
1532 tomate 解 to mate“～”；也解 tomato“～”。
1533 warmed“～”，此处解 warned“～”。
1534 marrimoney 解 marry money“～”。
1535 ricecourse 解 right course“～”；也解 racecourse“～”；也解 rice“～”。
1536 Berkeley showed the reason genrously 解 Buckley shot the Russian General“～”；也解 Berkeley showed the reason generously“～”。
1537 sum taken“～”，此处解 same token“～”。
1538 Negas, negasti［拉］“～”；也解 Negus Negesti“～”，埃塞俄比亚皇帝的称号。
1539 negertop 解 nigger“黑鬼”＋top“顶端”；也解 negator［拉］“～”；也解 negertop［丹］“～”。
1540 negertoby 解 nigger“黑鬼”＋toby［俚］“臀部”。
1541 negrunter 解 negarentur［拉］“～”；也解 nigrantur［拉］“～”；也解 runter［德］“～”。
1542 Garterd 解 Garter“～”＋-ed。
1543 pusched 解 pushed“～”；也解 putsch“～”。
1544 Thingamuddy 解 Thingmote“～”，北欧海盗在都柏林的议会；也解 Trinity College“～”。
1545 itching“～”；也解 mitching［英爱］“～”。
1546 europicolas 解 erysipelas“～”；也解 Europe“～”。此处包含本书主人公名字的缩写 HCE。
1547 society of jewses 解 Society of Jesus“～”；也解 society of Jews“～”。其中 jewses 也解 chess“～”；也解 Joyce“～”。
1548 Bro Cahlls 解 brother“修士”＋Ó Cathail［爱］“卡荷尔”，人名；也解 Bro-C'hall［布］“～”；也解 bröckle［德］“～”。
1549 Fran Czeschs 解 Franciscan“～”；也解 frater［拉］“～”＋Czech“～”；也解 Francuz［塞维］“～”。
1550 Bruda Pszths 解 Bruder［德］“修士”＋Budapest“布达佩斯”，匈牙利首都。
1551 Brat Slavos 解 brat［塞维］“修士”＋Slavs“斯拉夫人”；也解 Bratislava“～”，斯洛伐克首都；也解 Slavo“～”。
1552 One temp 解 one time“～”。其中 temp 也解 tempore［拉］“～”；也解 tempus［拉］“～”；也解 temps［法］“～”。
1553 foiled to“～”，此处解 failed to“～”。
1554 *Ikish Tames* 解 *Irish Times*“～”。
1555 demonican 解 Dominican“～”；也解 demon“～”。
1556 skyterrier 解 Skye Terrier“～”，一种苏格兰猎狗，多明我会在中世纪也被戏称为“Domini canes”（上帝之犬）。
1557 clericy 解 clerisy“～”；也解 clergy“～”。
1558 Hooley Fermers 解 holy Father“～”；也解 hooley farmers“～”。
1559 avowdeed 解 avoided“～”；也解 avow“～”＋deed“～”。
1560 vitandist 解 vitandus, evitandus［拉］“～”。
1561 onced 解 once“～”。
1562 twyst 解 twice“～”。此处化自习语 once bitten, twice shy（一朝被蛇咬，十年怕井绳）。
1563 Cecilia's treat 解 Cecilia Street“～”，位于都柏林，都柏林的医药学院位于该条街上；也解 St. Cecilia's treat“～”，圣则济利亚为音乐的守护圣人。
1564 Galen“～”（约 129—约 200），古希腊名医、哲学家。
1565 Asbestopoulos 解 asbestos［希］“～”；也解 Siege of Sevastopol“～”，在克里米亚战争期间，俄军在塞瓦斯托波尔进行的防御战（1854—1855）。
1566 Inkupot 解 incubus“～”；也解 inkpot“～”；也解 Inkerman“～”，俄国小镇，1854 年克里米亚战争中英法联军在这里战胜俄国军队。
1567 encaust 解 incest“～”；也解 encaustum［拉］“～”。
1568 Shim 解 shame“～”；也解 Shem“～”，本书主人公的儿子之一。
1569 outmost“～”，此处解 utmost“～”。
1570 Prost bitten 解 frostbitten“～”；也解 presbyter“～”；也解 Prost!［德］“～”；也解 bitten［德］“～”；也解 bite［法俚］“～”；也解 Proust“～”（1871—1922），法国作家，著有《追忆似水年华》。
1571 Conshy 解 conchy“因良心而逃避兵役者”；也解 pros and cons“～”；也解 con［法俚］“～”。
1572 Tiberia 解 Siberia“～”，俄国贵族的流放地；也解 Tiberius“～”（前 42—公元 37），罗马帝国第二任皇帝，在其任内，耶稣被犹太行省总督本丢・彼拉多判处钉十字架之刑；也解 Tiberias“～”，以色列古城，位于北部加利利海畔的下加利利地区；也解 Lavrentii Beria“～”（1899—1953），苏联部长会议副主席兼内务部长，斯大林大清洗计划的主要执行者之一。
1573 arestocrank 解 aristocrat“～”；也解 arestos［希］“～”；也解 aristos［希］“～”。
1574 Gattabuia and Gabbiano［意］“～”。
1575 Chaka 解 check“～”；也解 Cheka“～”，即全俄肃反委员会；也解 Shaka“～”（1787—1828），祖鲁人的首领；也解 Chekhov“～”（1860—1904），俄国作家，著有喜剧《海鸥》。
1576 此处化自爱尔兰诗人托马斯・穆尔的歌曲“Come o'er the Sea”（《跨越大海》）。
1577 haythen 解 heathen“～”；也解 maiden“～”，出自托马斯・穆尔的歌曲《跨越大海》。

我，把你的爱人[1578]妇女解放论者|书|肝脏留在三一学院。你的布丁[1579]做好了！你的来了，塞满你们[1580]你该死！你忠实的[1581]宿命地|酸乳酪……X、X、X、X[1582]逐出教会的。

——但为什么，三倍诚实的讲述人，慈悲的肖恩？我们现在弱弱地继续请求这位仁慈者。惠允答复。你现在会的，天啊，不是吗？为什么？

——要说原因的话，因为他言辞粗鄙[1583]词根，肖恩答道，因为他像捶胸忏悔者[1584]十字餐包一样虔诚地祝福他自己，制定大赦令[1585]斋戒沐浴的行为，患口蹄疫的家伙[1586]！（还搞什么鬼[1587]？）他把它挑出塞[1588]入他的文字[1589]最近的|生菜发明[1590]。乌勒尔灰浆桶霍尔德尔粪便乌尔德雷暴命运堰坝中央城泥土守卫葛林姆尼尔指环冈格尼尔米约尔尼尔芬里尔幸运的罗契死的洛基建筑物巴乌吉妖怪奥德隆恩乐意地统治苏尔特尔克里米亚偶像诸神的黄昏拉格纳罗德布洛克岩石架子[1591]！托尔[1592]是给你的！

——又是一百个字母的名字，完美语言的最新词语。但你能走近它，我们确实猜想，强壮的肖恩，哎呀[1593]，我们之前猜想了。如何？

——安静[1594]！安静！肖恩用倒数第二的[1595]倒数第二软腭音[1596]粗俗的|帐幔答道。他从他的树干[1597]特里斯丹糖[1598]吮吸的人|甘蔗|阴茎手杖里喝了一大口[1599]猪约翰·詹姆逊[1600]延斯·彼得·雅各布森威士忌。温和但讨人喜欢[1601]温和轻柔的！我还是对着四道海浪说话的好，直到圣蒂伯的灰白夜[1602]，他人[1603]西方已入睡。霜冻！没

1578 libber“～”，此处解 lover“～”；也解 liber［拉］“～”；也解 liver“～”。

1579 puddin 解 pudding“～”。此处化自爱尔兰习语 your bread is baked（你完蛋了）；并化自习语 your goose is cooked（事情闹大了）。

1580 cram ye“～”，取鹅肝前需要把鹅塞满；也解 damn ye“～”。

1581 Fatefully yaourth 解 faithfully yours“～”；也解 fatefully“～”＋yaourt“～”。

1582 Ex. 解 X，十字形吻的标志；也解 excommunicated“～”。

1583 root“～”，此处解 rude“～”。

1584 crawsbomb 解 crawthumper［俚］“～”；也解 cross bun“～”，复活节吃的食物之一。

1585 act of oblivion“～”，指英国在 1660 年颁布的法令；也解 act of ablution“～”。

1586 footinmouther 解 foot and mouth disease“～”＋-er，肖恩是偶蹄的魔鬼。此处化自习语 put your foot in your mouth（说错话）。

1587 thickuns 解 dickens“～”。

1588 pickstickеd 解 picked and sticked“采摘戳刺”。

1589 lettruce 解 letters“～”；也解 latest“～”；也解 lettuce“～”。

1590 invrention 解 invention“～”。

1591 Ullhodturdenweirmudgaardgringnirurdrmolnirfenrirlukkilokkibaugimandodrrerinsurtkrinmgernrackinarockar 解 Ull“乌勒尔”，北欧神话中的冬神、雪神、箭术及狩猎之神＋Hodur“霍尔德尔”，北欧神话中的黑暗之神＋Urd“乌尔德”，北欧神话中掌管命运的诺伦三女神里最年长的一位＋tordenveir［挪］“雷暴”＋weird“（苏格兰的）命运”＋Midgaard“中央城”，北欧神话中人类的国度＋Grimnir“葛林姆尼尔”，意为“戴着头罩的人”，北欧神话中诸神之父奥丁的别名＋Gungnir“冈格尼尔”，北欧神话中主神奥丁的矛＋Mjollnir“米约尔尼尔”，北欧神话中雷神托尔的武器，一把威力无比的神锤＋Fenrir“芬里尔”，北欧神话中的巨狼，诡计之神洛基和女巨人安格尔伯达的第一个孩子＋Utgard-Loki“罗契”，北欧神话中的冰雪巨人，战胜了托尔和洛基＋Loki“洛基”，北欧神话中的火与诡计之神、谎言之神＋Baugi“巴乌吉”，北欧神话中巨人族的一员，出现在奥丁偷取智慧密酒的故事里＋bogeyman“妖怪”＋Oddrun“奥德隆恩”，北欧神话中阿提利的妹妹＋Surtr“苏尔特尔”，北欧神话中的火巨人，火之国穆斯贝尔海姆的守护者＋Ragnarøkr［古挪］“诸神的黄昏”，北欧神话中诸神的一次大毁灭。此外还有 hod“灰浆桶”；turd“粪便”；weir“堰坝”；mud“泥土”；guard“守卫”；ring“指环”；lucky“幸运的”；Bau［德］“建筑物”；dead“死的”；rein“统治”；Krim［德］“克里米亚”；image“偶像”；gern［德］“乐意地”；Ragnar Lodbrok“拉格纳·罗德布洛克”；rack“架子”；rock“岩石”。

1592 Thor“～”，北欧神话中的雷神和战神。

1593 O' 解 Ó［爱］“～”“后代”。

1594 Peax 解 peace“～”。

1595 penultimatum 解 penultimate“～”；也解 penultimatum［拉］“～”。

1596 vealar 解 velar“～”；也解 vulgar“～”；也解 velaris［拉］“～”。

1597 treestem 解 tree stem“～”；也解 Tristan“～”，既是霍斯堡第一位伯爵的名字，也是中世纪骑士传奇特里斯丹与伊瑟的故事中男主人公的名字，也是 18 世纪英国小说家斯特恩的小说《项狄传》的主人公的名字。

1598 sucker“～”，此处解 Zucker［德］“～”；也可与后面合解 sugarcane“～”；也解 sugar stick［俚］“～”。

1599 swigged“～”；也解 swine“～”。

1600 Jon Jacobsen 解 John Jameson and Sons“～”，爱尔兰的威士忌酒商；也解 Jens Peter Jacobsen“～”（1847—1885），丹麦作家。

1601 Mildbut likesome“～”；也解 mild und leise［德］“～”，出自瓦格纳歌剧《特里斯丹与伊瑟》中的歌曲《爱之死》中的歌词“他微笑时温和轻柔”。

1602 tibbes grey eves 解 St. Tib's Eve“圣蒂伯之夜”，指“永远不”，因为圣蒂伯并不存在＋grey“灰白的”。

1603 the rests 解 the rest“～”；也解 the west“～”，化自歌曲“The West's Awake”（《西方醒了》）。

有！就像我前面说过的，没有人在他的第七感中能，只不过你没抓住我的意思，因为它在星火燎原。里面的每个该死的[1604]变黯淡的字母都是抄袭。不少音节[1605]音节和全部[1606]完全地|神圣的词语我都能在我的天国里显示给你。他的饶舌[1607]！用他的三星单元音[1608]单音调|独白|纯元音！确实[1609]解冻时期|the！偷来叙述[1610]讲故事的最后一个字！此外，完完全全的[1611]浅薄[1612]布朗与诺兰、彻头彻尾的[1613]分裂的|主题的吵闹[1614]抢劫|拉伯雷！是的。他写[1615]上升的我的字[1616]肥皂泡|信时。好像若等。我拔他的鹅骨[1617]时。好像诺诺。他窃取[1618]贮存|看|撕开我衬衫的下摆[1619]我的故事|当然。好像唯唯。就女士内衣[1620]闪姆来说那怎么样？

——我们依然有些，不是要奉承你，觉得你是如此聪明得惊人，你自己[1621]你的她自己受过良好的教育[1622]有学问的|读信，就像詹姆斯[1623]·詹姆斯努斯有限公司一直的那样，会更加糟糕地使用你自己，心灵手巧的肖恩，我们依然这样觉得，只要你能这样花时间，这样不辞劳苦地做这件事。现在必胜[1624]！

——毋庸置疑但事情就是如此[1625]显示，肖恩回答道，给他供血者的母乳[1626]牛奶|脱脂乳开始起作用，当邪恶的散发物无辜地播散的时候，如果我做不了就太倒霉[1627]垮台|邪恶的|完整的了，先生[1628]唯一的，因此你大可保持平静[1629]空间，凭着含糊的词语[1630]血腥的战争|病房的大能，我完全有可能[1631]亚伯做到（我深信[1632]被宣判有罪！），任何时候我喜欢（我从我的启动津贴里拿五便士[1633]跟汝等打赌！），满怀最最大的[1634]最伟大的热忱[1635]灌输就如，你看到的，等我

1604 dimmed“～”,此处解 damned“～”。

1605 silbils 解 Silbe［德］“～”;也解 syllable“～”。

1606 wholly“～”,此处解 whole“～”;也解 holy“～”。

1607 lowquacity 解 loquacity“～”。

1608 monothong 解 monophthong“～”;也解 monotone“～”;也解 monologue“～”;也解 monophthongos［希］“～”。

1609 Thaw“～”,此处解 tá［爱］“～”;也解 the,定冠词,《芬尼根的守灵夜》的最后一个字。

1610 stolentelling 解 stolen“偷的”＋telling“叙述”;也解 storytelling“～”。

1611 rightdown 解 downright“～”。

1612 lowbrown 解 lowbrow“～”;也解 Browne and Nolan“～”,都柏林著名图书和文具商店,不过乔伊斯主要将这两个名字与 Bruno of Nola 连在一起,即意大利 16 世纪哲学家焦尔达诺·布鲁诺。

1613 schisthematic 解 systematic“～”;也解 schismatic“～”;也解 thematic“～”。

1614 robblemint 解 rabblement“～”;也解 robbery“～”;也解 Rabelais“～”(约 1494—1553),法国作家,著有《巨人传》。

1615 rising“～”,此处解 writing“～”。

1616 lather“～”,此处解 letter“～”;也解“～”。

1617 goosybone 解 goosy“似鹅的”＋bone“骨”,此处化自习语 have a bone to pick(就某事与人争论)。

1618 store“～”,此处解 stole“～”;也解 saw“～”;也解 tore“～”。

1619 tale of me shur 解 tail of my shirt“～”;也解 tale of me“～”＋sure“～”。

1620 Shemese 解 chemise“～”;也解 Shem“～”,本书主人公的儿子之一＋-ese。

1621 yourshelves 解 yourself“～”;也解 your-she-self“～”。

1622 Letterread 解 literate“～”;也解 lettered“～”;也解 read letter“～”。

1623 Shamous 解 Seumas［爱］“～”。

1624 Upu 解 abú［爱］“～”。

1625 show“～”,此处解 so“～”。

1626 muttermelk 解 Muttermilch［德］“～”;也解 melk［荷］“～”;也解 buttermilk“～”。

1627 fall day 解 fall［布］“坏的”＋day“日子”,故译。其中 fall 也解“～”;也解 foul“～”;也解 full“～”。

1628 sole“～”,此处解 sir“～”。

1629 space“～”,此处解 peace“～”。

1630 blurry wards 解 blurry words“～”;也解 bloody wars“～”;也解 wards“～”。

1631 loyable 解 liable“～”;也解 Abel“～”,亚当的儿子,被弟弟该隐杀死。

1632 convicted“～”,此处解 convinced“～”。

1633 fippence 解 fivepence“～”。

1634 allergrossest 解 allergrößte［德］“～”;也解 greatest“～”。

1635 transfusiasm 解 enthusiasm“～”;也解 transfuse“～”。

能比大多数人都更好地嘟囔出[1636]妹妹|懊悔暹罗语[1637]的时候，这是一个公开的[1638]敞开的耳朵秘密，人们会说，我天生[1639]直率的|心灵手巧的就非常适合做职员，即使用我的坏[1640]全身地左手，爱尔兰直至最后的审判[1641]哎呀|去|宏大|图画，我会跟抄写员们[1642]无限|影射|菜单用铅笔写[1643]毛笔，就像我会为了得到两个玛利亚[1644]奇迹和我的三叶草[1645]三|薄层|由三部分组成的歌集[1646]小书，长篇大论出一排[1647]小鸡|鹰嘴豆|西塞罗豆子一样不费吹灰之力，正宗的[1648]亚瑟王|作者生命册[1649]乐意的，会，如果习惯了日光，（我对此有最不可思议的信心）远远超过那个可耻的假[1650]博格叛逆[1651]，我的暹罗[1652]被如此称呼的|利益兄弟，盖伊·福克斯[1653]假的|偷窃，熟悉不可闻的[1654]用可听见的黑颜料和印刷字[1655]化妆|墨水。北欧诗人[1656]烫伤的非悲剧[1657]愤慨！文字的非喜剧[1658]学院！我的心灵之眼[1659]矿藏的我中有他们所有人：汤姆、迪克和哈里[1660]。在这些美好日子中的某一天，人啊亲爱的，当我情绪高昂的时候，我可能会[1661]在今晚用我的舌头割开我的喉咙[1662]，但我几乎[1663]善神奥尔谟兹达和恶神阿里曼会被感动，去碰碰运气[1664]拿起笔发明[1665]内向的出来，就像有价值的作品一样发行[1666]圣帕特里克，记住我的话，添入我的砰声标志[1667]签名|马克·吐温里，这会为你打开你那印书机[1668]圣帕特里克|帕克的眼睛[1669]，酿酒[1670]热情的老弟[1671]，要不是，作为一位教皇[1672]教皇党人、一个玩票的[1673]不成熟的、一个新信徒[1674]、一个绚丽典范[1675]，以及一百一十一种其他东西，我无论如何都永远不会花这么多力气做这种事。为什么这样？因为我总而言之也是一个非常狡猾[1676]飞行的小伙

1636 soroquise 解 soliloquize"～";也解 soror [拉]"～";也解 sorrow"～"。
1637 Siamanish 解 Siamese"～"。
1638 openear 解 openair"户外的";也解 open ear"～"。
1639 ingenuous"～",此处解 ingenuus [拉]"～";也解 ingenious"～"。
1640 badily 解 badly"～";也解 bodily"～"。
1641 arrah go braz 解 Éire go bráth [爱]"～";也解 arrah"～"+go"～"+brâz [布]"～";也解 obraz [斯]"～"。
1642 immenuensoes 解 amanuensis"～";也解 immenseness"～";也解 innuendoes"～";也解 menu"～"。
1643 pinsel 解 pencil"～";也解 Pinsel [德]"～"。
1644 maricles 解 Maries"～";也解 miracles"～"。
1645 trifolium"～";也解 tri-"～"+folium"～";也解 tripartite"～"。
1646 librotto 解 libretto"～";也解 librotto [意]"～"。
1647 chickerow 解 row"～";也解 chick"～";也解 cicer [拉]"～";也解 Cicero"～"(前 106—前 43),古罗马演说家。
1648 authordux 解 orthodox"～";也解 Arthur+dux([拉]"统帅")"～",中古骑士传奇中的国王;也解 author"～"。
1649 Book of Lief 解 Book of Life"～",用《圣经》语言写的那些可以永生者的名册;其中 Lief 也解"～"。
1650 bogus"～";也解 Bögg"～",参见前文注释 922。
1651 bolshy"～",这也是对布尔什维克(Bolshevik)的蔑称。
1652 soamheis 解 Siamese"～";也解 so am heiß([德]"被叫作")"～";也解 somhaoin [爱]"～"。
1653 Gaoy Fecks 解 Guy Fawkes"～"(1570—1606),因试图炸毁英国国会大厦而被捕并被绞死;也解 gaou [布]"～"+feck [俚]"～"。
1654 in audible"～",此处解 inaudible"～"。
1655 prink"～",此处解 print"～";也解 ink"～"。
1656 poetscalds 解 poet"诗人"+skald"古斯堪的纳维亚的吟唱诗人";也解 scalds"～"。
1657 Outragedy 解 ou [希]"不"+tragedy"悲剧";也解 outrage"～"。
1658 Acomedy 解 a [希]"不"+comedy"喜剧";也解 academy"～"。
1659 mine's I"～",此处解 mind's eye"～"。
1660 tame, deep and harried 解 Tom, Dick, Harry"～",泛指很多人时的说法。
1661 may willhap 解 will mayhap"～"。
1662 此处化自习语 cut one's own throat(自刎)。
1663 ormuzd 解 almost"～";也解 Ormazd+Ahriman"～",琐罗亚斯德教中的神灵。
1664 take potlood 解 take the pot luck"～";也解 take potlood([荷]"铅笔")"～"。
1665 introvent 解 invent"～";也解 introvert"～"。
1666 Paatryk 解 paa tryk [丹]"～";也解 Patrick"～",爱尔兰的主保圣人。
1667 mark twang"～",指"～";也解"～"。
1668 pucktricker 解 bogtryker [丹]"～";也解 Patrick"～";也解 Puck"～",中世纪民间故事中的恶精灵,也是莎士比亚的《仲夏夜之梦》中的精灵,在人物的眼睛上滴上魔法药水。
1669 ops 解 ôps [希]"～"。
1670 brooher 解 brewer"～";也解 bruthmhar [爱]"～"。
1671 broather 解 brother"～"。
1672 papst 解 Papst [德]"～";也解 papist"～"。
1673 immature"～",此处解 amateur"～"。
1674 nayophight 解 neophyte"～"。
1675 spaciaman spaciosum 解 specimen speciosum [拉]"～"。
1676 fly"～",此处解[都柏林俚语]"～"。

儿，狡猾的人[1677]多毛的人|阿里曼，不会因那样的极度恶意[1678]极其恶臭|臭得过分|紫外线而有失体面[1679]红外线。而且用我在地上云朵和天堂[1680]ECH里所尊崇的一切，我对着我的烟斗[1681]向你发誓，出自敬畏肖恩（那是个多可怕[1682]嚎叫的名字！）的誓言，任何纵火犯不论何人，或恶神阿里曼有多么聪明，只要他们试图曾经点燃安妮·鲁尼[1683]灵魂|褐红色|水手我的妈妈[1684]，我都将把他们付之一炬[1685]委任。摇着我，朱利亚[1686]适当地，但我会这样[1687]哦嚯做！

伴随着他那三脚凳[1688]绞架|如肺的|线轴|尖叫声曲木的吱吱嘎嘎[1689]，悲痛自此取代了[1690]用完每丝笑容，性急、强壮、黝黑[1691]、结实[1692]辣根、壮实的大拳击手[1693]，像他这样的人，他实际上在莫赫悬崖顶[1694]上端|母性|土块崩溃了，在她上面变得万分悲伤[1695]夜壶，独自被对她发上闪烁的银色泪珠[1696]的爱压倒，因为，当然，他是这个世界上温柔、软弱脆弱[1697]单纯的|笨蛋的笨蛋，他的炫耀胸腔里有一颗如蒙哥马利[1698]的心，他身上重[1699]哈利负的情感，无辜、毫无算计得如同新鲜落下的树叶[1700]哈里发|小牛。本质上[1701]本身|生病的自我|如此依然极其[1702]弗朗西斯·格罗斯上尉无私，他匆忙抹去[1703]盛于盘中惊慌[1704]眼泪|警报，用在他的矮胖身上抹擦和满含歉意的痛饮来一笑置之，用眼[1705]肃静里的笑[1706]眼睛治愈[1707]爱尔兰他的泪[1708]野豌豆，眼睛[1709]眉目传情滴溜溜转。他的肚子不适合吞下[1710]松的软[1711]鼹鼠|更多的鸽子。全没了[1712]同盟国|充分地。幸运的罪过[1713]福|戾|的过失|全部。听着，现在，他最最真诚恳切[1714]真诚的垃圾|地球的深处，尽管[1715]或者虽然|正直他的下巴[1716]他罐子太困倦[1717]，无法做进一步的交

1677 hairyman"～",《圣经》中以扫曾被称为"多毛的人",此处 hairy 解[都柏林俚语]"狡猾的"＋man"人";也解 Ahriman"～",琐罗亚斯德教的恶神。

1678 ultravirulence 解 ultra virulence"～";也解 ultravirulentia [拉]"～";也解 ultra virulentiam [拉]"～";也解 ultraviolet"～"。

1679 infradig 解 infra dig"～";也解 infrared"～"。

1680 此处包含本书主人公名字缩写的倒写 ECH。

1681 piop [爱]"～"。

1682 howl"～",此处解 hell"地狱",与前后合解 a hell of [俚]"～"。

1683 annyma roner 解 Annie Rooney "～",19 世纪末英国歌曲《小安妮·鲁尼》中的名字;也解 anima"～";也解 maroon"～";也解 mariner"～"。

1684 moother of mine 解"Mother of Mine""～",歌曲名。

1685 commission to the flames 解 commit to the flames"～";其中 commission 也解"～"。

1686 julie 解 Julia"～",本书中的一个人物;也解 duly"～"。

1687 soho"～",猎人引导猎犬时的呼叫声,此处解 so"～"。

1688 threelungged squool 解 threelegged stool"～",在俚语中指"～";也解 lunged"～"＋spool"～";也解 squeal"～"。

1689 crickcrackcruck 解 crick crack"吱吱嘎嘎"＋cruck"曲木"。

1690 usupped 解 usurped"～";也解 used up"～"。

1691 fusky 解 dusky"～"。

1692 krenfy 解 krenf [布]"～";也解 Kren [德]"～"。

1693 pugiliser 解 pugilism"～"＋-er。

1694 mooherhead 解 Cliffs of Moher"～",爱尔兰克莱尔郡的最边缘,面向大西洋,以奇险闻名＋head"～";也解 motherhood"～";也解 mothar [爱]"～"。

1695 jerry"～",此处解[俚]"～"。此处化自习语 get jerry on(了解)。

1696 tearsilver 解 tear"泪水"＋silver"银的"。此处化自爱尔兰民歌《慈母颂》("Mother Machree")中的歌词"Sure I love the dear silver that twines through your hair"(我爱你发上点缀着的熠熠银光)。

1697 semplgawn 解 sempl [布]"脆弱的"＋gwan [布]"脆弱的";也解 simple"～";也解 simpleton"～"。

1698 Montgomery"～",英国威尔士波伊斯郡的一座城镇。

1699 harvey 解 heavy"～";也解 Harley"～",英国作家亨利·麦肯济的《多情男子》中的人物。

1700 calef 解 leaf"～";也解 caliph"～",伊斯兰教国家对政教合一领袖的称谓;也解 calf"～"。

1701 in sickself 解 in himself"他自身"。其中 sickself 也解 sig selv [丹]"～";也解 sick self"～";也解 sic [拉]"～"。

1702 grossly"～";也解 Captain Francis Grose"～"(1730—1791),《俗语标准词典》(*A Classical Dictionary of the Vulgar Tongue*)的作者。

1703 dished...away"～",此处解 dashed away"～"。

1704 allarmes 解 alarm"～";也解 larme [法]"～";也解 allarme [意]"～"。

1705 oye 解 øye [挪]"～";也解 oyez"～"。此处出自托马斯·穆尔的歌曲"Erin! The Tear and the Smile in Thine Eyes"(《爱尔兰! 你眼中的泪与笑》)。

1706 smeyle 解 smile"～";也解 eye"～"。

1707 healing"～";也解 Erin"～"。

1708 tare"～",此处解 tear"～"。

1709 oogling 解 oog [荷]"～";也解 ogle"～"。

1710 sollow 解 swallow"～";也解 sòllo [意]"～"。

1711 mole"～",此处解[葡]"～";也解 more"～"。

1712 Ally bully 解 alle balle [德口]"～";也解 Ally"～"＋fully"～"。

1713 Fu Li's gulpa 解 felix culpa [拉]"～";也解 Fu [中]"～"＋Li [中]"～"＋'s culpa"～";也解 full"～"。

1714 dumpest of earnest"～",此处解 deepest"最深的"＋in earnest"真诚恳切的";也解 depths of earth"～"。

1715 orthough 解 although"～";也解 or though"～";也解 orhos [希]"～"。

1716 him jawr 解 his jaw"～";也解 him jar"～"。

1717 hoo hleepy 解 too sleepy"～"。

谈[1718]。只是更加[1719]如此，他突然停止用他绷紧[1720]潮流的戴镣铐的手腕查啊，查啊，查啊，遍览民族[1721]海洋|概念|莪相的幽灵，朱庇特[1722]乔|彼得的四方陀螺[1723]幻想[1724]沉思的|帕西法诸天[1725]异教徒的大千世界[1726]野草|怎么|怪异的，就像他们说的不仅曾经是而且将会是，总之，前前后后仔细搜索了大前方[1727]，想找出[1728]试探出在回归年、教会年、日历年或恒星年中他能凭借北斗七星[1729]乡下人的情郎|查理曼大帝的天狼星[1730]庄重的立足点[1731]找到哪个时代（那位于沿着银河[1732]乳糜管乘雪橇而行的球体之间[1733]的，以及打开旧日时光[1734]的幸福者大厦），如果片刻前他曾渴望如此的话，梦幻之风[1735]梦的纺锤|尿片|纺锤|欺诈|小孩给他套上绞索[1736]项链，他的拇指变成拳头，失去了[1737]游戏消遣他滚珠轴承末端的和谐平衡，用圣壶，就像他侧倾的身躯（啊，父亲们的儿子们[1738]罪恶！）上的一道[1739]长颈瓶闪电，被他身躯的壮美重量打破了平衡（所有阻止了不然能是谁的那个人发生[1740]的，他们之间的星星[1741]星号一直会吗?），就像他能表演的最聪明的终曲，他在合奏[1742]一起中崩溃了[1743]，心情愉快地在不到一眨眼间经过拉蒂根之角向后滚回去，超出听力所及的更远范围，用他充满好奇的穿着拖鞋的行动[1744]，脚步坚定、脚步疼痛、脚步灵活、脚步懒散，执炬人[1745]左面的|人悠闲闲[1746]悠闲地|天青，灯笼人懒洋洋[1747]，在基拉尼[1748]基尔莱斯特的湖泊[1749]跳跃|石头和瀑布旁，肘[1750]龙骨|划船|加油旁是瓶塞、桶板、茶叶[1751]树叶和更多的气泡，当镇上的牛在时代后面叫[1752]笔直地|法庭传呼员时，一条朝向奥拉夫之子[1753]家方向还不错的足够轻松的道路，刑

1718 hor halk urthing hurther 解 for talk anything further“～”。
1719 Moe 解 more“～”。
1720 tide“～”，此处解 tight“～”。
1721 an ocean“～”，此处解 nation“～”；也解 notion“～”；也解 Ossian“～”。
1722 joepeter 解 Jupiter“～”，罗马神话中的主神；也解 Joe“～”，常用人名＋Peter“～”，常用人名。
1723 gaseytotum 解 teetotum“～”。
1724 pansiful 解 fanciful“～”；也解 pensive“～”；也解 Percival“～”，亚瑟王传奇中的圣杯骑士。
1725 heathvens 解 Heavens“～”；也解 heathens“～”。
1726 wieds 解 wide“～”；也解 weeds“～”；也解 wie［德］“～”；也解 weird“～”。
1727 fargoneahead 解 fargone“离得远”＋ahead“朝前地”。
1728 feel out“～”，此处解 find out“～”。
1729 Charley's Wain 解 Charles's Wain“～”；也解 churl's swain“～”；也解 Charlemagne“～”(742—814)，法兰克王国加洛林王朝国王，查理曼帝国建立者，德意志神圣罗马帝国的奠基人。
1730 sirious 解 Sirius“～”；也解 serious“～”。
1731 pointstand 解 standpoint“～”。
1732 lacteal“～”，此处解 lacteus［拉］“～”。
1733 betune［英爱］“～”。
1734 此处化自歌曲“Turn on, Old Time”(《打开，旧日时光》)。
1735 dreamskhwindel 解 dream wind“～”；也解 drømskvindel［丹］“～”；也解 Windel［德］“～”；也解 spindle“～”；也解 swindle“～”；也解 Kinder［德］“～”。
1736 necklassoed 解 neck“脖子”＋lasso“套索”，暗喻处以死刑；也解 necklace“～”。
1737 lusosing 解 losing“～”；也解 lusus［拉］“～”。
1738 sons“～”；也解 sins“～”。
1739 flask“～”，此处解 flash“～”。
1740 happering 解 happening“～”。
1741 asterisks“～”，此处解 astêr［希］“～”。
1742 ensemble“～”；也解 ensemble［法］“～”。
1743 collaspsed 解 collapsed“～”。
1744 slipashod 解 slipshod“～”。
1745 linkman“～”；也解 link［德］“～”＋man“～”。
1746 laizurely 解 lazily“～”；也解 leisurely“～”；也与后面合解 lapis lazuli“～”。
1747 loungey 解 lounge“～”＋-y。
1748 Killesther 解 Killarney“～”，爱尔兰凯里郡的城镇，此处出自歌曲“By Killarney's Lakes and Fells”(《在基拉尼的湖泊和沼泽旁》)；也解 Killester“～”，都柏林的地区名。
1749 lapes 解 lakes“～”；也解 leap“～”；也解 lapis［拉］“～”。
1750 keelrow 解 elbow“～”；也解 keel“～”＋row“～”，此处出自歌曲“The Keel Row”(《划驳船》)；也解 more power to his elbow“～”。
1751 treeleaves“～”，此处解 tealeaves“～”。
1752 town cow cries“镇上的牛叫”；也解 as the crow flies“～”；也解 crier“～”。
1753 Mac Auliffe 解 Mac“之子”＋Olaf“奥拉夫”，852 年成为都柏林的第一位挪威王。

讯室[1754]愿他被拷问,《轻轻打开房门》[1755],在他于党斯海[1756]的下沉中竖立起爱尔兰[1757]在之前之前(全部[1758]那就是!),真正走下山谷[1759],他消失[1760]消匿[1761]蛱蝶属|瓦内萨得毫无痕迹[1762]没有足迹地|不留痕迹的,就像爸爸拉下的一泡屎[1763]屁股,从圆形的循环[1764]一圈循环|永永远远中。阿,门[1765]啊,吝啬!

去了,去了,已经去了[1766]高!禁忌[1767]小心!

星星[1768]史黛拉在闪耀。地上之夜香气[1769]辛辣的四溢。他的风笛曲[1770]演奏风笛在黑暗[1771]驴子|黑暗中[1772]蔓延[1773]乖孩子。臭味[1774]芦苇在气流[1775]生命之流中飘荡。他是我们的,全部芳香。我们则一生都是他的。啊,甜蜜的[1776]倦怠的[1777]疲弱的梦!禁忌[1778]烟草!

真是迷人[1779]支队|人群|约翰·沙曼!但是迷人!

灯笼无法燃烧,微微发光时就熄灭了,是的,灯灭了,因为它无法一直燃烧[1780]。

哎呀,(天光[1781]退去时,时间对我来说多么珍贵[1782]!)一片灰暗[1783]瞎的昏黄[1784]空的,真遗憾[1785]该铺床睡了你自此离去,我的兄弟[1786],能干的肖恩,长袍摆动[1787]掸拂,在生命[1788]光的清晨平息我们最大的剧痛[1789]丰收的玫瑰|英雄之前,在猫的摇篮[1790]鳕鱼的发源地|上帝的|科德和海豚[1791]目的平原的另一边,从肉体的关系和熟悉的[1792]面容,到德国[1793]象牙的里面[1794]末端,那里大象[1795]象牙号角|劳伦斯·奥利芬特尖叫[1796]争夺|来,直至美国[1797]奇迹的外面[1798]驱逐|西方,那里荒唐故事[1799]高楼层|钟声|放纵的变得最为骄傲,怜悯更是如此,要不是你的所有善行,你就太软弱了[1800]无论何时|如此经常|水果而且永远在做

1754 crucethouse“～”；也解 cruciet［拉］“～”。
1755 爱尔兰裔美国剧作家鲍西考尔特的戏剧《吻者诺拉》（*Arrah-na-Pogue*）中的歌曲。
1756 the Downs“～”，英国肯特郡东海岸的水域。
1757 ere“～”，此处解 Erin“～”。
1758 uila 解解 uile［爱］“～”；也解 voilà!［法］“～”。
1759 down in the valley“～”，也是托马斯·穆尔的歌曲的名称，旋律为《轻轻打开房门》。
1760 disappaled 解 disappeared“～”。
1761 vanesshed 解 vanished“～”；也解 vanessid“～”；也解 Vanessa“～”，斯威夫特的年轻情人之一。
1762 spoorlessly“～”，此处解 spoorloos［荷］“～”；也解 spurlos［德］“～”。
1763 popo 解 popò［意］“～”；也解 Popo［德］“～”。
1764 circular circulation“～”；也解 circularis circulatio［拉］“～”；也解 per omnia saecula saeculorum［拉］“～”。
1765 Ah, mean“～”，此处解 amen“～”。
1766 Gaogaogaone 解 going, going, gone“～”，拍卖时的常用语；也解 gao［中］“～”。
1767 Tapaa 解 taboo“～”；也解 pas paa!［丹］“～！”。
1768 stellas［意］“～”；也解 Stella“～”，斯威夫特的一个年轻情人。
1769 aromatos 解 aromatize“～”；也解 arômatôdês［希］“～”。
1770 pibrook 解 pibroch“～”；也解 piobaireacht［爱］“～”。
1771 donkness 解 darkness“～”；也解 donkey“～”；也解 donker［荷］“～”。
1772 mong 解 among“～”。
1773 creppt 解 crept“～”；也解 Ppt“～”，斯威夫特在给恋人以斯帖·琼苏的信中，常使用这样的称呼。
1774 reek“～”；也解 reed“～”。
1775 luftstream 解 Luft［德］“空气”＋stream“流动”；也解 life stream“～”。
1776 dulcid 解 dulcis［拉］“～”。
1777 languidous 解 languid“～”；也解 languidus［拉］“～”。
1778 Taboccoo 解 taboo“～”；也解 tobacco“～”。
1779 sharming 解 charming“～”；也解 Schar［德］“～”；也解 Menge［德］“～”；也解 John Sharman“～”，19世纪一本天文教材的作者。
1780 此处化自哈里·S. 米勒的歌曲《猫回来了》（“The Cat Came Back”）的歌词：“猫回来了，因为它无法待在外面。”
1781 thylike 解 daylight“～”。
1782 how dire do we thee hours 解“How Dear to Me the Hour”“～”，托马斯·穆尔的歌曲名。
1783 dall［爱］“～”，此处解 dull“～”。
1784 youllow 解 yellow“～”；也解 goulo［布］“～”。
1785 it is to bedowern 解 es ist zu bedauern［德］“～”；也解 it is to bed down“～”。
1786 mine bruder 解 mein Bruder［德］“～”。此处化自歌曲《你自此离去，我的兄弟》。
1787 twhisking 解 twisting“～”；也解 whisk“～”。
1788 light“～”，此处解 life“～”。此处化自托马斯·穆尔的歌曲《在生命的清晨》，配乐《丰收的小玫瑰》。
1789 hardest throes“～”；也解 harvest rose“～”；也解 heros“～”。
1790 cods' cradle“～”，此处解 cat's cradle“～”，指儿童的翻绳游戏。其中 cods' 也解 God's“～”；也与后面合解 Anastasia Codd“～”（1764—1832），托马斯·穆尔的母亲的闺名。
1791 porpoise“～”；也解 purpose“～”。
1792 undfamiliar 解 und［德］“和”＋familiar“熟悉的”。
1793 Tuskland 解 Tyskland［丹］“～”；也解 elephant's tusk“～”。
1794 inds 解 ins“～”；也解 ends“～”。
1795 oliphants 解 elephants“～”；也解 oliphant“～”；也解 Laurence Oliphant“～”（1829—1888），英国作家。
1796 scrum“～”，此处解 scream“～”；也解 come“～”。
1797 Amiracles 解 America“～”；也解 a miracle“～”。
1798 ousts“～”，此处解 outs“～”；也解 ouest［法］“～”。
1799 toll stories 解 tall stories“～”或“～”，指摩天大厦；也解 toll“～”；也解 toll［德］“～”。
1800 soo ooft 解 too soft“～”；也解 so oft［德］“～”；也解 so oft“～”；也解 ooft［荷］“～”。

着，一步步[1801]手|流出，万到千[1802]一千，甚至千又千[1803]女人，作为我们更卑微的阶级，他的美德是谦卑，能够说，几乎不是老者国度里的我们，古老平原[1804]，能够离开你为了，神圣的男孩[1805]，你曾是行走的圣人，你曾，也也，也是滞留者，承受神恩者，赫梯人[1806]剧院正厅后座的观众，弱者[1807]守灵的安慰[1808]萨卢斯|问候|圣西默盎·沙鲁士。面容，多情的日末[1809]金发碧眼|芬·麦克尔痛苦地感到它的消亡。赌博的获胜者，在书房[1810]蓄势待发，从故事书[1811]一回中预先预言，年代的聪明选择！我们如画般[1812]沉默[1813]的说书代言人[1814]贿赂|让人恐惧的东西！真的[1815]，在鸡窝[1816]公鸡|深坑那儿留意[1817]被爱我们，可怜的十二点学者们，或早或晚你想起这个时代的任何时候。哎呀，回到我们这里来，回到小鸡房的家，无论如何无论何处，我们想念你的笑容。棕榈酒、面包果、蜜饯、牛奶汤[1818]懦弱的人！牛奶[1819]汤！

不管怎样！我们这里在萨摩亚[1820]健忘症|收益的人民不会忘记你和查看并记录日子[1821]路加、马可、约翰、马太|男高音的长者们，在外面的细雨中在四张裸露的[1822]祖先垫子上记下细雨[1823]。你是如何在思绪中想，它是如何见鬼地[1824]渔网线开始的，你如何战胜你的顾虑来圈住一把做下的[1825]最完美之事。祖国[1826]呼唤你。鹅妈妈[1827]玛丽·路易莎月亮般游弋[1828]说晚安|出售牛奶。格莱兹屋旅馆里狡猾爱人[1829]银的女仆。把你的外套翻过来，强壮的人，在我们中逗留在溪谷[1830]再见下方，年轻人[1831]青年人|那边|乌干达，就只一次！愿繁荣的苔藓[1832]将滚动的你聚拢回家！愿浓雾的露水给你的

1801 manomano 解 a mano a mano [意]"～";也解 mano [意]"～";也解 mano [拉]"～"。
1802 myriamilia 解 myrias [希]"万"+milia [拉]"千";也解 míle [爱]"～"。
1803 mulimuli 解 milia [拉]"～";也解 mulier [拉]"～"。
1804 Sean Moy 解 Sean-Magh [爱]"～",指爱尔兰的莫耶尔塔(Moyelta)地区,临近都柏林以东的霍斯。
1805 oleypoe 解 holy boy"～"。
1806 pittites"～",此处解 Hittites"～",公元前 2 千纪出现在安纳托利亚的民族。
1807 the wake"～",此处解 the weak"～"。
1808 salus 解 Salus"～",罗马神话中司健康、幸福和兴盛的女神,此处解 solace"～";也解 salus [拉]"～";也解 St. Simeon Salus"～"(约 522—590),叙利亚基督教圣人,关心妓女。
1809 Fuinn 解 fuin [爱]"～";也解 fionn [爱]"～";也解 Finn MacCool"～",爱尔兰传说中芬尼亚英雄的领袖。
1810 studience 解 studies"～"。
1811 storybouts 解 story books"～";也解 bouts"～"。
1812 specturesque 解 picturesque"～"。
1813 silentiousness 解 silent-ious-ness"～"。
1814 Spickspookspokesman 解 speak"说"+book"书"+spokesman"代言人";也解 spick [德]"～";也解 spook"～"。
1815 Musha [英爱]"～"。
1816 Cockpit"～",17 世纪英国伦敦的一座剧院的名字;也解 cock"～"+pit"～"。
1817 beminded of 解 be mindful of"～";也解 bemind [荷]"～"。
1818 milksoup 解 milk soup"～";也解 milksop"～"。
1819 Suasusopo 解 suasusu [萨]"～";也解 soup"～"。
1820 Samoanesia 解 Samoa"～";也解 amnesia"～";也解 somhaoin [爱]"～"。
1821 luking and marking the jornies 解 looking and marking"观看和标记"+the+giorni [意]"日子";也与后面的 mats 合解 Luke, Mark, John, Matthew"～",四位福音书作者。其中 jornies 也解 tenor"～"。
1822 four bare"～";也解 forebear"～"。
1823 drizzle in drizzle out 化自习语 day in day out(日复一日地)。
1824 deepings"～",此处解 dickens"～"。
1825 committled 解 committed"～"。
1826 Sireland"～",出自《爱尔兰,我的祖国》("Ireland, My Sireland")。
1827 Mery Loye 解 Mère l'Oye [法]"～";也解 Marie Louise"～"(1791—1847),拿破仑一世的第二位妻子。
1828 saling moonlike 解 sailing moon-like"～";也解 saying goodnight"～";也解 saling milk"～"。
1829 Slyly mamourneen 解 slyly"狡猾地"+mo mhuirnin [爱]"我亲爱的";也解 silver"～"。此处化自歌曲"Eily Mavourneen, I See Thee before Me"(《艾莉宝贝,你就站在我面前》),德国作曲家贝内迪克特的歌剧《基拉尼的百合》中的歌曲。
1830 vale"～";也解[拉]"～"。
1831 yougander 解 younger"～";也解 Jugend [德]"～";也解 yonder"～";也解 Uganda"～",非洲国家。此处化自托马斯·穆尔的歌曲"'Tis Sweet to Think"(《想起来真甜蜜》),配乐"Thady, You Gander"(《萨第,你这呆子》)。
1832 mosse 解 moss"～"。此句出自习语 a rolling stone gathers no moss(滚石不生苔)。

指环箍加上钻石！愿孝敬的消火栓再次给你的桶口保险！愿后面的大麦风[1833]把运气吹[1834]发光到你的洗澡胫骨上！我们大家都深知你不愿意[1835]憎恨离开我们，吹响你那蹒跚的号角，正确的皇室邮政，但是，哎呀[1836]的确，我们昏睡的脉搏，睡梦书页，凭借圣母[1837]你的夫人的恩惠，当你的小夜曲的自然之晨[1838]国丧空茫茫汇[1839]牛奶冻入金色日出[1840]金黄糖浆的民族之晨，当那艘好船约翰·乔伊斯[1841]空气传播的种子占了进水的[1842]滑铁卢爱尔兰国王的上风的时候，丹麦人李尔[1843]邓莱里报复了老格罗格酒[1844]乔治四世[1845]，你将驶[1846]船过莫约拉海[1847]混乱的，总有某个封圣者的日子在你自己的逃脱术[1848]末世学中收拢在一起，背上背着麻袋，呜呼！挖着雪，（不是这样？）就像你是一个好人，你的照片口袋为了新鲜的汇款在雨水的扫射中内里翻了出来[1849]山|使筋疲力尽，由彼至此无论如何，租客蒂莫西[1850]心|畏惧|高价的|价值，愿草丛在你的脚步丛[1851]火车票下迅速地生长，雏菊在你的毛茛[1852]连枷|作物|巴特上轻快地行走。

1833 barleywind“～”，此句化自歌曲“The Wind That Shakes the Barley”（《吹动大麦的风》）。此处包含地、水、火、风四元素。

1834 glow“～”，此处解 blow“～”。

1835 loth“～”；也解 loathe“～”。

1836 aruah 解 arrah“～”。

1837 Votre Dame［法］“～”，此处解 Notre Dame“～”。

1838 natural morning“～”；也解 national mourning“～”。

1839 blankmerges 解 blank“空白”＋merges“合并”；也解 blancmange“～”。

1840 golden sunup“～”；也解 golden syrup“～”。

1841 Jonnyjoys 解 John Joyce“～”（1849—1932），乔伊斯的父亲；也解 jinnyjos［爱］“～”。

1842 waterloogged 解 waterlogged“～”；也解 Waterloo“～”。

1843 Don Leary 解 Dane“丹麦人”＋Lear“李尔”，莎士比亚戏剧《李尔王》中的主人公；也解 Dún Laoghaire“～”，都柏林郊区，原名 Dunleary。

1844 old grog“～”，英国皇家海军军官爱德华·弗农（1684—1757）的绰号。

1845 Georges Quartos 解 George IV“～”（1762—1830），英国和爱尔兰国王。

1846 shiff 解 skiff“小艇”；也解 Schiff［德］“～”。

1847 Moylendsea 解 Moyle“莫约拉”，爱尔兰与苏格兰之间的北部海峡＋sea“海”；也解 moiling“～”。

1848 escapology“～”；也解 eschatology“～”。

1849 knockside out 解 inside out“～”；也解 cnoc［爱］“～”；也解 knock out“～”。

1850 timus［希］“～”，此处解 Timothy“～”，民谣《芬尼根的守灵夜》的主人公蒂姆·芬尼根的名字；也解 timor［拉］“～”；也解 timous［希］“～”；也解 timê［希］“～”。

1851 trampthickets 解 tramp“沉重的脚步声”＋thickets“灌木丛”；也解 tramtickets“～”。

1852 battercops 解 buttercup“～”；也解 batter“～”＋crops“～”；也解 Butt“巴特”，本书主人公一个儿子的化身之一。

第二章

洋洋得意的琼恩[1]，就像我在那不久前说清楚的，接着停下来喘了口气，他夜晚踏步[2]男用长睡衣中第一条穿厚底靴的[3]终点腿被迈出，在拉泽山[4]恶疾患者步道的堤坝边松开（让上帝之子现在俯视可怜的开端者！）他两只擦伤的皮鞋[5]鞋子，鞋子朴素地做成，在他的袜子[6]裤子前不少（因为远远近近，像他的活力一样阔远，他都因他对所有受虐鞋袜的人道做法而闻名），离开可能有大约一百八十枪管小时的距离，真诚得就像他理所当然该做的。他在那里，你可以清晰测量般[7]测面积学的看到，当我凑近看他，也就是说，（上天恩助[8]诸天，照这个生长速度，我们小屋里的昨夜之子很快会填满空间，闯入系统，从而瞬间加速！）大大改善[9]更明亮的，尽管依然是他那更壮硕自我的神像，就像他曾经的样子，出着汗但是满心欢喜，尽管他的脚依然在身上麻着，他的想法，到了神圣一月[10]圣雅纳略，他在厚底靴里有了一只公牛蹄，他的大脚趾如此辉煌，从未被超越的爱尔兰的一端到另一端，大嘴诗人[11]留存邮件，被撑起，滞销品[12]，靠着奶油金发的和平

1 Jaun“～”，肖恩的别名之一。

2 nightstride 解 night“夜晚”＋stride“大步”；也解 nightshirt“～”。

3 cothurminous 解 cothurnus“～”，尤指古希腊罗马悲剧演员穿的厚底靴；也解 terminus“～”。

4 Lazar“～”，此处解 Lazar's Hill“～”，都柏林绝症医院所在的山。

5 brogues“～”；也解 brόg［爱］“～”。

6 hosen“～”；也解 Hose［德］“～”。

7 planemetrically 解 plain“清晰的”＋metrically“计量地”；也解 planimetrically“～”。

8 helpings“～”；也解 heavens“～”。

9 brighter“～”，此处解 better“～”。

10 januarious 解 januarius［拉］“～”；也解 St. Januarius“～”，那不勒斯主教，4 世纪时的基督教殉道者，同为罗马天主教会和东正教会圣人。

11 poesther 解 poet“～”；也可与后面的 restant 合解 poste restante［法］“～”。

12 restant 解 Restant［德］“～”。

守卫，一位巡警[13]齐格鲁德[14]，（何处一个优于此类退役军人[15]护路工人|表面之人放弃漫游他擦黑靴子的城镇[16]女士|自己的？）他，像奥斯本人一样直立埋葬，舒适倦懒[17]老的|母山羊，夜班时在养护站后面昏昏欲睡地在睡眠中翻滚，在独占之酒瓶的拥抱中醺然而醉[18]得到平衡的。

现在，有多达二十九位来自贝嫩特圣布利吉特[19]公立夜校的树篱[20]女孩（因为她们似乎记得如何依然四年一次）在上她们的午前生活课，在它的树下，违背它的告诫，坐在，就像她们过去那样，池塘边[21]砖厂的池塘|酒樽|河边|榻，被第一个人类黄石[22]地标的罕见[23]稀薄的锈迹景象所吸引（粗人[24]熊，农夫[25]布尔人|野猪，所有野人的王，汉弗利爵士，他这个无赖我们在火星[26]荒野|摩尔人上遇到！），与此同时她们划船离开，用她们的五十八只小踏板[27]脚|划桨吸引人地打出节拍，玩着你想在同一个地方[28]所有邮递员先生|混合|地方玩[29]傻的你傻的快乐，啊，多么年轻[30]，全是刚刚十几岁的打字员[31]踢踢踏踏|敲打，描绘着一位迷人的夜曲[32]妓女打字员[33]指纹|扬抑抑格，尽管被这根木头[34]重的的鼾声赶走，他看起来一如既往地卡在草地里，化为液体时，（真丑[35]！）他用他德国人的国语无法理喻地[36]弄糊涂嘟囔呻吟[37]，显然对他那用于王冠的无主宝藏无动于衷：这个最好，我美丽的厚瓶子[38]加点的人|死杂种|意味着|挖苦的|弄脏的酒瓶|床架！

琼恩[这之后，他在善意的女孩们最为举止[39]蜂窝得体的齐声赞誉中，首先脱下带有加固王冠的帽子，向所有其他人鞠

13 comestabulish 解 constable“～”。

14 Sigurdsen 解 Sigurd“～”，齐格鲁德为北欧神话传说中的英雄，是《沃尔松格萨迦》的主人公，也是后来的英雄史诗《尼伯龙根之歌》以及歌剧《尼伯龙根的指环》的原型。

15 exsearfaceman 解 ex-serviceman“～”；也解 surfaceman“～”；也解 surface“～”。

16 laddyown 解 town“～”；也解 lady“～”＋own“～”。

17 kozydozy 解 cozy“舒适的”＋dozy“困倦的”；也解 koz［布］“～”；也解 kozy［斯］“～”。

18 equilebriated 解 inebriated“～”；也解 equilibrated“～”。

19 Saint Berched［布］St. Brigid“～”，爱尔兰的守护圣人之一。

20 hedge“～”，此处指 hedge schools“树篱学校”，爱尔兰为天主教徒提供的秘密露天学校，后被公立学校取代。

21 brinkspondy 解 pond's brink“～”；也解 brickpond“～”；也解 spondeum［拉］“～”；也解 sponda［意］“～”；也解 sponde［荷］“～”。

22 也指美国的黄石国家公园。

23 rarerust 解 rarest“～”；也解 rare rust“～”。

24 bear“～”，此处解“～”。

25 boer［荷］“～”；也解 Boer“～”；也解 boar“～”。

26 moors“～”，此处解 Mars“～”；也解 Moors“～”。

27 pedalettes 解 pedal“踏板”＋-ettes，指“～”；也解 paddles“～”。

28 allo misto posto 解 allo stesso postor［意］“～”；也解 all Mister Post“～”；也解 misto［意］“～”；也解 mesto［塞］“～”。

29 foolufool jouay 解 vouler-vouz jouer［法］“你想玩吗?”；也解 fool you fool joy“～”。

30 jaonickally 解 yaouank［布］“～”。

31 typtap 解 typists“～”；也解 tiptap“～”，重复的敲击声；也解 typtô［希］“～”。

32 nocturnes“～”，在俚语中指“～”。

33 dactylogram“～”，此处解 dactylographe［法］“～”；也解 dactyl“～”。

34 log“～”，此处化自习语 sleeping like a log(熟睡)；也解 log［荷］“～”。

35 vil［布］“～”。

36 abasourdly 解 absurdly“～”；也解 abasourdir［法］“～”。

37 murmoaned 解 murmured“嘟囔”＋moaned“呻吟”。

38 Dotter dead bedstead mean diggy smuggy flasky 解 dette er det bedste, min tykke smukke flaske［丹］“～”；也解 Dotter“～”＋dead bastard“～”＋mean“～”＋diggy“～”＋smuggy flask“～”。其中 bedstead 也解“～”。

39 beehiviour 解 behaviour“～”，此处为习语 on their behaviour(举止得体)；也解 beehive“～”。

躬，她们全都是女孩，全都一窝蜂地[40]如此热情地冲向邮件，尽她们[41]所能[42]蜜蜂地忙[43]嗡嗡叫着读他那亲吻的手，四处跑动[44]，混乱地[45]冲过来，对他叽叽喳喳大惊小怪，她们的女主角，他那花般红润的笑，弄乱他的鬈发，他那丑八怪的鬈发，全都如此，除了那一位；陪伴芬[46]的美丽佳人，在情书中做完，就像满满一盘[47]少量云莓馅饼（它们不精致吗，非常、非常精致和荣幸？），并微笑着嗅着，四下里一对又一对，宽硕的伴宽硕的[48]面包，苗条的配更苗条的，起到美化[49]蜜饯果皮的精美香水[50]将他剥得精光（精美！），只不过像天使[51]英国人的|当归，品味着野生百里香和欧芹，与面包屑搅在一起（啊，精美！），非常熟练地[52]可触摸的为他抚摸着他丰满的胖烟草袋，弄得他的果酱袋[53]阴囊叮当响[54]，为了，尽管他看上去像一颗十六岁[55]西斯廷教堂|教堂执事|塞克斯顿|第六|西克斯图斯的青涩苹果[56]查理·卓别林，她们可以根据他的男子气概判断出[57]擦过他正是最具有杀伤力的情场杀手，完全凭借友善[58]，现在你，琼恩，友善地问候（嗨，小姐们！）她们你还好吗，带着她们的那些手提包（阿加莎的羔羊[59]在哪里？贝纳黛特[60]的鸽子[61]科卢梅拉怎么样了？还有朱莉安娜[62]的胖兔子[63]奶水井？尤拉莉亚[64]的滑稽老虎[65]？），然后他继续（健康感觉健体！）对她们的个人外貌、她们扣紧的少女头盔[66]防护帽|凯特|你坐下|使清洁显示的相反品位，以及她们聪明活泼的连衣裙[67]留下一点儿零散的评论，在狡猾[68]者之后问腼腆者，她是否读过爱尔兰传说[69]，温和地责备她家肉[70]的后肉可以在她边肉之下看到，并且在旁边与

40 sowarmly 解 swarm“～”＋-ly；也解 so warmly“～”。
41 sie［德］“～”。
42 bie［挪］“～”，此处解 be“～”。
43 buzzy 解 busy“～”；也解 buzz“～”。
44 kittering 解 skittering“～”。
45 pellmale 解 pell-mell“～”。
46 Finfria 解 Finn MacCool“芬·麦克尔”＋fria［爱］“与他的”。
47 trayful“～”；也解 trifle“～”。
48 bread“～”，此处解 broad“～”。
49 cunvy 解 candied“制成糖果”；也与后面的 peeling 合解 candied peel“～”。
50 perfumios 解 perfumes“～”。
51 angelic“～”；也解 Anglican“～”；也解 angelica“～”。
52 tactily 解 tactfully“～”；也解 tactilis［拉］“～”。
53 jellybags“～”；也解［俚］“～”。
54 jingaling 解 jingling“～”。
55 sixtine 解 sixteen“～”，英国诗人拜伦的长诗《唐璜》的主人公是 16 岁；也解 Sistine Chapel“～”，位于梵蒂冈；也解 sexton“～”；也解 William Sexton“～”(1819—1895)，加拿大安大略地区的政治家；也解 sextus［拉］“～”；也解 Sixtus“～”，乔伊斯在书中编造的教皇名字，历史上曾有五位教皇叫这个名字。
56 chapplie 解 apple“～”；也解 Charlie Chaplin“～”(1889—1977)，英国喜剧演员。
57 frole 解 tell“～”；也解 froler［法］“～”。
58 此处化自习语 killed by kindness(心软误事)。
59 Agatha's lamb“～”，指二月初出生的人。圣阿加莎为殉教的基督教处女，纪念日为 2 月 5 日。
60 Bernadette“～”，1879 年去世的法国圣女，去世时 35 岁，遗体始终不朽如生。
61 columbillas 解 columba［拉］“～”；也解 Lucius Junius Moderatus Columella“～”，出生于 1 世纪的罗马士兵和农夫，著有大量农业书籍。
62 Juliennaw 解 Saint Juliana“～”，殉教的基督教处女，纪念日为 2 月 16 日。
63 tubberbunnies 解 tubby“矮胖的”＋bunnies“小兔子”；也解 Tobar Bainne［爱］“～”，都柏林的村镇名。
64 Eulalina 解 Saint Eulalia“～”，公元 304 年，12 岁的尤拉莉亚因拒绝向罗马神灵献祭而被杀害，纪念日为 2 月 12 日。
65 tuggerfunnies 解 tiger“老虎”＋funny“好笑的”。
66 kittycasques 解 kitty“猫咪”＋casque“头盔”；也解 casque［法］“～”；也解 Kate“～”，也写作 Kathe，惠灵顿纪念馆的看门人，也是本书主人公一家的女仆；也解 kathê［希］“～”；也可解 kathairô［希］“～”。
67 frickyfrockies 解 frisky“活泼的”＋frocks“连衣裙”。
68 sloy 解 sly“～”。
69 leggings 解 legends“～”。
70 hom 解 home“～”，为与此句中的“ham”(后腿)、“hem”(边缘)”相配，故译。

另一个低语说，如春风拂面[71]说话，她肩膀[72]哼的钩子在她后背开了一点儿[73]半边屁股，让人侧目，肉珊瑚，（当然全都只是填上表，出自纯然的人之善意和玩笑的态度[74]精灵）因为琼恩，顺便说一下，正顺便成为（我想，我希望他曾是）曾被称为人的最纯粹的人类，爱着所有上上下下全部造物，从参孙的野狗[75]堤到约拿[76]《约拿书》|丹尼尔·琼斯|欧内斯特·琼斯的鲱鱼[77]顽童，从所有鹧鸪[78]的王下至纤毛虫[79]]琼恩，在那些不多的预考[80]问题之后，透过他的望远镜[81]爱神|天宫图|错误|性爱|观看者辨认出他喜爱的妹妹伊茜[82]的幻影，因为他从她泼洒[83]沐浴的水浪认出他的爱，她用她的脸红[84]方式给他证明，他也无法如此非常[85]讨厌的|永恒地容易地忘记她到那种程度，既然他是除了她圣佑的[86]教父之外的哥哥，天知道他想着她情人的世界和他的生活[87]所有人，再见[88]可以买，（好极了[89]美丽的！）穷、善、真，琼恩！

——最亲爱的妹妹，琼恩用快递[90]表达真挚递送他自己，上面是措辞清仓和存局候领的标记，此时他立刻开始与他的学生[91]圣女斯高拉蒂加告别，以便获得有着深深爱意的时间，我们真心希望我们一离开，你就会深切地思念我们，然而我们觉得像殉道者那样[92]作为一个问题免除了[93]逐出教会所有职责，是时候，驾着"伟大的哈利"[94]魔鬼，我们得开船在我们最后的漫长旅途中游荡，不会成为汝等的负担[95]主人。这是你的教诲的总体收益，我们就是在其中长大的，你，妹妹[96]伊茜，过去常常写给我们极为亲切的信来加以描述，会很快[97]现在告诉我们（我们非常习惯于回

71 lavariant 解 lavans［拉］“～”；也解 lavar［康］“～”。
72 hum“～”，此处解 humerus［拉］“～”。
73 bittock“～”；也解 buttock“～”。
74 in a sprite of 解 in a spirit of“～”；其中 sprite 也解“～”。
75 tyke“～”，参孙曾杀死狮子；也解 dyke“～”。
76 Jones 解 Jonah“～”，希伯来先知，曾在鱼腹中待了三天三夜；也解“～”；也解 Daniel Jones“～”（1881—1967），英国语言学家，著有《英语语音词典》；也解 Ernest Jones“～”（1879—1958），威尔士精神分析学家，著有《弗洛伊德传》。
77 sprat“～”；也解 brat“～”。
78 Wrenns 解 Wrens“～”，此句化自爱尔兰童谣《鹪鹩，鹪鹩，百鸟之王》
79 infuseries 解 infusoria“～”。
80 prelimbs 解 prelims“～”；也解 problems“～”。
81 eroscope 解 telescope“～”；也解 Eros“～”；也解 horoscope“～”；也解 error“～”；也解 erôs［希］“～”＋skopos［希］“～”。
82 Izzy 解 Issy“～”，本书主人公的女儿。
83 splabashing 解 splashing“～”；也解 bathing“～”。此处化自歌曲“I Know My Love”（《我认出了我的爱》）中的歌词“I know my Love by his way of walking”（我从他走路的方式认出了我的爱）。
84 blabushing 解 blushing“～”。
85 tarnelly［俚］“～”；也解 tarnal“～”；也解 eternally“～”。
86 benedict 解 benedictus［拉］“～”。
87 the world and his life“～”；也解 the world and his wife“～”。
88 could buy“～”，此处解 goodbye“～”。此处化自歌曲“Goodbye, Sweetheart, Goodbye”（《再见，甜心，再见》）。
89 brao［布］“～”，此处解 bravo“～”。
90 express cordiality“～”，此处解 express delivery“～”。
91 scolastica 解 scholasticus［拉］“～”；也解 St. Scholastica“～”（480—543），圣本笃的胞妹，曾祈祷而得雷暴阻止了圣本笃。
92 as a martyr“～”；也解 as a matter“～”。
93 dischurch“～”，此处解 discharge“～”。
94 Great Harry“～”，亨利八世海军的战船，1553 年被烧毁；也解 Old Harry“～”。
95 load“～”；也解 lord“～”。
96 sis 解 sister“～”；也解 Issy“～”，本书主人公的女儿。
97 anun 解 anon“～”；也解 nun［希］“～”。

想起）你那关于家中纺织、大胆而为、无名而逝[98]昏暗的日子|狄奥斯库罗伊|宙斯的儿子和爸爸[99]的过去世界的故事，这些故事由你如此叙述，胞兄[100]甜蜜的，臻于完美，反反复复[101]照字面地|文盲地拨动我们的心，我们整个数学[102]有节奏的班的所宠学生，我们原型[103]爱留根纳屋的中流砥柱[104]主要的|说，我们青年双胞胎在床上美好地扭动我们自己的时候（啊，福玻斯[105]！啊，波鲁克斯[106]！），在帕里斯[107]的糖浆上与卡斯托耳[108]的油躺在一起（我们将记住这一夜），好与汝分享我们刺耳的感情组曲。

我起身[109]彩虹女神，啊，美丽的集会！然后我开始[110]恫吓。那么，在这个序言的入祭文[111]他进入，母鸡女仆[112]指导手册的替代[113]误解|误会|恰好的之后，我的银河系女孩们，我在请教区牧师[114]麦克神父在严格戒酒[115]方面给些建议，他是我的礼拜祷告人[116]多明我修会的演说的|奥拉托利会会友，天主教教士，神学博士[117]（顺便说一下[118]买鸟，他布道的时候用一种简慢[119]献祭|冒犯|边缘的方式推着我的肋骨下面，我们这样的朋友之间[120]的信任，如此这般说着许多淫秽的[121]好色的|口述的|现在满怀希望的|我不理解|名义上的话，关于他如何与两位童贞女[122]泼妇|破瓜亲密地[123]奶头对奶头谈着[124]麦饼联姻礼|授予他过的日子有多糟，教区牧师[125]定价不合理，为了三两个[126]马荷兰盾[127]去势的动物说弥撒，以及多么好的法定营业日，当时当地，为了用喷射达到圆满[128]清炖肉汤|饮料|泻出|CEH，以及如何，由所有众多[129]母山羊|魂灵家神和灶神[130]家|拌浆锄|吃|花生|抵押，如何，隧道永恒的|肚子里的地狱[131]，他会在任何古婚配[132]屈曲|用扣子扣住|驼背的|醺青

98 dieobscure 解 die“死”＋obscure“无名的”；也解 dies obscura［拉］“～”；也解 Dioskouroi“～”，意为“～”，希腊神话中著名的孪生英雄卡斯托耳(Kastor)和波吕丢刻斯(Polydeukes)。

99 daddyho 解 daddy“～”。

100 gesweest 解 Geschwister［德］“～”；也解 sweet“～”。

101 reliterately 解 reiterately“～”；也解 literally“～”；也解 illiterately“～”。

102 rhythmetic 解 arithmetic“～”；也解 rhythmical“～”。

103 erigenal 解 original“～”；也解 John Scotus Erigena“～”(约 810—约 877)，爱尔兰神学家、翻译家。

104 mainsay 解 mainstay“～”；也解 main“～”＋say“～”。

105 Phoebus“～”，希腊神话中的太阳神，即阿波罗。

106 Pollux“～”，双子星座恒星之一，也指波吕丢刻斯，见注 98。

107 Parrish 解 Paris“～”，荷马史诗中的特洛伊王子，诱拐了美女海伦。

108 Castor“～”，双子星座恒星之一，见注 98。

109 I rise“～”；也解 Iris(希腊神话中的)“～”。

110 Andcommincio 解 and“和”＋incomincio［意］“我开始”；也解 comminor［拉］“～”。

111 introit［拉］“～”，此处解 introitus［拉］“～”，弥撒可选的第一部分。

112 henservants 解 hen“母鸡”＋servants“仆人”。此处化自斯威夫特的 *Directions to Menservants*《男仆指导手册》)。

113 quiproquo 解 quid pro quo［拉］“相等物”；也解 quiproquo［法］“～”；也解 qui pro quo［意］“～”；也解 apropos“～”。

114 P. P. 解 parish priest“～”。

115 T. T. 解 teetotal“～”。此处化自歌曲“On the Strict Q. T.”(《绝对私密》)。

116 orational dominican“～”，此处解 orationes Dominicae［拉］“～”；也解 Oratorians“～”，该会于 1575 年由菲力浦・奈利创建于罗马。

117 C. C. D. D. 解 Catholic clergyman“天主教教士＋doctor of divinity“神学博士”。

118 buy the birds“～”，此处解 by the bye“～”。

119 offrand 解 offhand“～”；也解 offering“～”；也解 offend“～”；也解 Rand［德］“～”。

120 petween peas like ourselves 解 between pals like ourselves“～”，此处化自习语 alike as two peas in a pod (像豆荚里的两颗豌豆，即一模一样)。

121 nuncupiscent 解 concupiscence“～”；也解 concupiscent“～”；也解 nuncupative“～”；也解 nunc cupiscens［拉］“～”；也解 non capisco［意］“～”；也解 nuncupatativus［拉］“～”。

122 viragos intactas 解 virgo intacta［拉］“～”；也解 virago“～”；也解 viragos［匈］“～”。

123 teat-a-teat“～”，此处解 tête-à-tête［法］“～”。

124 confarreating 解 confabulate“～”；也解 confarreation“～”，古罗马最隆重的婚礼；也解 conferring“～”。

125 poorish priced“～”，此处解 parish priest“～”。

126 a coppall of 解 a couple of“～”；也解 capall［爱］“～”。

127 geldings“～”，此处解 guilder“～”，荷兰货币单位。

128 consommation with an effusion 解 consummation with an emission“～”，此处指性交；其中 consommation 也解 consomme“～”，也解 consommation［法］“～”。其中 effusion 也解“～”。此处包含本书主人公名字的缩写的错写 CEH。

129 manny 解 many“～”；也解 nanny“～”；也解 Manes［拉］“～”。

130 larries ate pignatties 解 lares et penates［法］“～”，转指“～”；也解 larries“～”＋ate“～”＋pignut“～”。其中 pignatties 也解 pignus［拉］“～”。

131 hell in tunnels“～”。其中 tunnels 也解 eternal“～”；也解 tummy“～”。

132 buckling“～”，此处解 buckle“～”，指“～”；也解 bucklig［德］“～”；也解 Bückling［德］“～”；也解［俚］“～”。

鱼|结婚的时候娶我，飞行之速如同他看我），我现在再次通过[133]奉献仪式[134]献祭之地用充满风格的词语给年轻人他的和我的建议[135]，那些他对我说的话[136]动词，如果它让牧师高兴[137]任命此人的话，在他重新回到他的教区前。从上面。都柏林[138]达布隆最有名的挂名主教对他所有在都柏林[139]阴户|妓女|不可磨灭的|迪莉娅的美丽的吻[140]挂名主教|阴茎和阴囊。少女少女们你们一起来[141]玛格丽特，全都坐[142]悄悄贴近|爱丽丝·利代尔下听着[143]小的！近些跟着我！别离开我的视线！理解[144]候补演员|下面稳定的我的痛苦[145]求主垂怜！此为布道的修士[146]自由的人为各种实用目的[147]虔诚的|群体|姐妹所说的，成为一个在一个没有针脚[148]讲话的客厅女仆[149]议会前面的没有拂尘的绅士。现在。在我们短暂离开[150]离开|半圆形后殿这四十个[151]鬼鬼祟祟的潮湿的[152]湿气季节时，在涤罪和赦罪符方面尽可能[153]很可能的多地坚持十诫，从长远来看，它们将证明是为了给你在你正确的一路上更好的指导。我们爱读书的人[154]利雪的圣德肋撒在哪里，该唱[155]做的第一件事[156]唱歌是什么？是不是红楼[157]印为红色的、柑橘[158]书面训令|我们命令、牧场[159]复活节|讽刺诗|帕斯卡，或者绿色[160]《温迪达德》|真理|真相|佛得角在其中[161]活着，或者极端暴力[162]紫色的|流氓的青肿的[163]靛蓝[164]不光彩的|性交，以及为了圣餐仪式[165]大理石雕塑|昏睡的爱好者，广为人知[166]康德或贝赞特[167]拜占庭帝国的金币，哪里可以盼得[168]洗涤命运[169]脸|脚？圣灵降临周[170]什么罪恶时刻后的几个礼拜日[171]罪恶日子。我要一祝福了那位恶心的侍僧就解雇他。那是我能为公爵大人[172]嘲弄者与抱怨者|《狐狸与葡萄》做到最大[173]的了。运动的经

133 byaway of 解 by way of"～"。

134 offertory"～",圣餐礼中向上帝奉献面包和酒的仪式;也解 offertorium [拉]"～"。

135 mikeadvice 解 my advice"～"。

136 verbs"～",此处解 verba [拉]"～"。

137 place the person"～",此处解 please the parson"～"。此处化自习语 please the pigs(如果一切顺利)。

138 Dubloonik 解 Dublin"～";也解 doubloon"～",古西班牙金币。

139 Dellabelliney 解 Dublin"～";也解 bella bellina [意俚]"～";也解 dell [俚]"～";也解 indelible"～";也解 Delia"～",济慈的诗歌《恩底弥翁》中的人物。

140 purtybusses 解 pretty busses"～";也解 in partibus [拉]"～";也解 petit bourse [法俚]"～"。

141 Comeallyedimseldamsels 解 Come All Ye..."《你们一起来》",歌曲名+damsel"少女"+damsels"少女们";也解 Marguerite Gautier,即 Camille"～",法国作家小仲马的小说《茶花女》的主人公。

142 siddle 解 sit"～";也解 sidle"～";也解 Alice P. Liddell"～",《爱丽丝漫游奇境记》女主人公的原型。

143 lissle 解 listen"～";也解 little"～"。

144 Understeady 解 understand"～":也解 understudy"～";也解 under steady"～"。

145 me saries 解 my misery"～";也解 Miserere"～",弥撒中向主祈怜之祷告或其乐曲。

146 freer"～",此处解 friar"～"。

147 practising massoeurses 解 practical purposes"～";也解 practising"～"+mass"～"+soeur [法]"～"。

148 spitch 解 stitch"～";也解 speech"～"。

149 parlourmade 解 parlourmaid"～";也解 parliament"～"。

150 apsence 解 absence"～";也解 apo [希]"～";也解 apse"～",教堂东端突出的半圆形或多角形室。

151 furtive"～",此处解 forty"～"。

152 feugtig 解 fugtig [丹]"～";也解 Feuchtigkeit [德]"～"。

153 probable"～",此处解 possible"～"。

154 lisieuse 解 liseuse [法]"～";也解 Saint Theresa of Lisieux"～"(1873—1897),法国修女,著有自传《心灵的故事》。

155 sung"～";也解 done"～"。

156 sing"～",此处解 thing"～"。

157 rubrics 解 The Rubrics"～",都柏林三一学院里的一栋建筑,建于 18 世纪;也解 rubric"～"。

158 mandarimus 解 mandarin"～",指橙色;也解 mandamus"～";也解 mandaremus [拉]"～"。

159 pasqualines 解 pascua [拉]"～",指黄色;也解 Pasqua [意]"～";也解 pasquinade"～";也解 Blaise Pascal"～",著有为基督教辩护的著作,在书中是肖恩的化身之一。

160 verdidads 解 verde [西]"～";也解 Vendidads"～"(又称《降魔书》),《波斯古经》的一部分,为律法和戒律汇集;也解 verdad [西]"～";也解 veritas [拉]"～";也解 Cape Verde"～",西非岛国。

161 is in it"～";也解[爱]"～"。

162 estremevoyoulence 解 extreme violence"～"。其中 voyoulence 也解 violet"～",也解 voyou [法]"～"。

163 bruiselivid 解 bruise"青肿"+livid"青灰色的"。

164 indecores 解 indigo"～";也解 indecoris [拉]"～";也解 intercourse"～"。

165 lithurgy 解 liturgy"～",礼拜仪式的一部分;也解 lithourgia [希]"～";也解 lethargy"～"。

166 bekant 解 bekannt [德]"～";也解 Kant"～"。

167 besant 解 Annie Besant"～"(1847—1933),英国神智学者、社会改革家;也解 bezant"～"。

168 wished"～";也解 washed"～"。

169 fate"～";也解 face"～";也解 feet"～"。

170 whatsintime 解 Whitsuntide"～",圣灵降临日后的一个星期;也解 what sin time"～"。

171 sindays 解 Sunday"～";也解 sin days"～"。

172 his grapce 解 his grace"～";也可与句中的 mokst 合解 The Mocks and The Gripes"～",本书中的人物;也解"The Fox and the Grapes""～",伊索寓言。

173 mokst 解 most"～"。

济法，就如我说的[174]问问为什么说|XYZ|斧子。如果我选择[175]欺骗日历[176]滤锅上的所有圣人[177]第六，我毫无选择余地[178]希望的。从给潘普洛纳[179]紫红色|柱子的圣依纳爵[180]有可能燃烧|燃烧的普通礼拜，到方济各·沙勿略[181]在海外的特定礼拜，大热天的最后一日[182]，下雪季的第三天[183]，让我们询问一下听众[184]我们求您，听听我们|恐怖|你好|您好|霍斯。她在这儿，伊莎贝尔[185]是只钟，那是[186]那是货物|那发誓在天堂，处女，洁白，第二十九[187]，二十九[188]伊茜|你战胜了|圣母玛利亚|《曼侬·莱斯戈》。让我们崇拜[189]让我们祈祷！在快乐·奥图尔[190]与沮丧[191]·两湖山谷[192]（说丹麦话！）订婚的主教教区[193]内，从吃喝[194]星期一直至休息日[195]兽医午休，被亲切观察的同一个或类似的戴着中国面具的[196]主的晚餐人。被洋洋得意地接纳的话，我甜蜜的妹妹[197]援助，来自我们诙谐[198]文人[199]茵克曼战役的至高无上的[200]忍受折磨的笔，夹在耳后的好斗的芦苇。

永远不要为了你支持[201]只是上升到新娘崇拜的迈尔斯的一对儿[202]迈尔斯-纳-库帕里安而错过你去年夏天[203]丢在某处的的弥撒。永远不要只[204]摩尔公园吃[205]根猪肉，这对你耶稣受难日的刀不好。永远不要让霍斯的猪脚下践踏你基利尼[206]《基拉尼的百合》的亚麻布。永远不要为了主的赌注[207]阴茎|缘故玩女人的游戏。在你赢回他的钻石前永远不要失去你的心。特别强调永远不要在都柏林面包厂[208]食堂沙发的卷轴端，用在商业旅客吸烟区为了他们的美国夜[209]《一千零一夜》娱轻吹恰当的危险歌曲，引起你的喧闹，诸如《白白的四肢它们从不停止挑逗[210]》或者《赧红[211]玛丽·乔伊斯是[212]

174 axe why said 解 as I said“～”;也解 ask why said“～”;也解 XYZ。其中 axe 也解“～”。

175 chouse“～”,此处解 choose“～”。

176 colander“～”,此处解 calendar“～”。

177 sinkts 解 saints“～”;也解 sixths“～”。

178 hopesome's choice 解 Hobson's choice“～”;也解 hopesome“～”。

179 Purpalume 解 Pampeluna“～”,西班牙城市名,圣依纳爵的出生地;也解 purpura [拉]“～”;也解 palum [拉]“～”。

180 ignitious“～”,此处解 Saint Ignatius Loyola“～”(1491—1556),罗马天主教耶稣会创始人,纪念日为 7 月 31 日;也解 ignitus [拉]“～”。

181 Francisco Ultramare 解 Saint Francis Xavier“～”(1506—1552),在巴黎大学读哲学时,经依纳爵·罗耀拉劝说而成为耶稣会第一批会士之一,纪念日为 12 月 3 日;也解 ultra mare [拉]“～”。

182 指 7 月 31 日。

183 指 12 月 3 日。

184 terrorgammons howdydos 解 interrogemus auditos [拉]“～”;也解 Te rogamus, audi, nos [拉]“～”。其中 terrorgammons 也解 terror“～”。其中 howdydos 也解 how-d'ye-do“～”;也解 howdy“～”;也解 Howth“～”,都柏林郊区。

185 is a bell“～”,此处解 Isabel“～”,本书主人公的女儿伊茜的化身之一。

186 that's wares“～”,此处解 that was“～”;也解 that swears“～”。

187 Undetrigesima 解 undetricesima [拉]“～”。

188 vikissy manonna 解 vicesima nona [拉]“～”。其中 vikissy 也解 Issy“～”,本书主人公的女儿;也解 vicisti [拉]“～”。其中 manonna 也解 Madonna“～”;也解 *Manon Lescaut*“～”,法国作家普雷沃作于 1731 年的一部长篇小说。

189 Doremon 解 adoremus [拉]“～”;也解 oremus [拉]“～”。

190 O'Toole 解 Saint Laurence O'Toole“～”(1128—1180),都柏林的守护圣人。

191 Gloamy 解 Gloomy“～”。

192 Gwenn du Lake 解 Gleann da Loch [爱]“～”,爱尔兰威克洛郡的修道院地域,由圣凯文设立。

193 dietcess 解 diocese“～”。

194 Manducare [拉]“～”。

195 farrier“～”,此处解 feria [拉]“～”。

196 in china dominos“～”;也解 in cena Domini [拉]“～”,濯足节的庆典。

197 assistance“～”,此处解 sisters“～”。

198 jocosus [拉]“～”。

199 inkerman 解 ink man“～”;也解 Battle of Inkerman“～”,茵克曼为俄国小镇,克里米亚战争中英法联军在这里战胜俄国军队。

200 sufferant“～”,此处解 sovereign“～”。

201 butrose to 解 buttress to“～”;也解 but rose to“～”。

202 couple in Myles“～”;也解 Myles-na-Coppaleen“～”,鲍西考尔特的《玻恩姑娘》(*The Colleen Bawn*)中的人物,射杀了驼背的达尼曼。

203 lostsomewhere 解 last summer“～”,此处化自歌曲“'Tis the Last Rose of Summer”(《夏日的最后一朵玫瑰》);也解 lost somewhere“～”。

204 mere“～”;也解 Moor Park“～”,位于英国萨里郡,斯威夫特于此处第一次遇到史黛拉。

205 hate“～”,此处解 eat“～”。

206 Killiney“～”,爱尔兰都柏林郡的城市;也与前面合解 *The Lily of Killarney*“～”,德国作曲家贝内迪克特的歌剧,1862 年在伦敦首演。

207 stake“～”;在俚语中也指“～”;也解 sake“～”。

208 Dar Bey Coll [爱]DBC,即 Dublin Bread Company“～”。

209 Columbian nights“～”;也解 *Arabian Nights*“～”,阿拉伯民间故事集。

210 此处化自歌曲“White Wings, They Never Grow Weary”(《白色的翅膀,它们从不疲倦》)。

211 Murry 解 murrey“深紫红色”,此处与后面押头韵,故译;也解 Mary Joyce“～”,乔伊斯的母亲。

212 wor 解 were“～”。

男人时，媠骚女[213]我撒尿就是男人妹[214]》。而且，顺便说一下[215]女仆，是不是你咬了“他的以扫和余弦[216]十字架|HCE”饼干[217]伤口|两次，然后把它们扔回[218]袋子到盒子里？为什么锡罐几乎空了。首先汝不可以笑。两次汝不可以爱[219]大笑。最后[220]性欲，汝不可以犯通奸罪[221]混合偶像崇拜。限制屁股的有助于内疚。永远不要把你短小的胸衣放置在男厕所。永远不要用你那副脏剪刀[222]杯碟|鲁莽的姐妹|坐洗你的黄油杯[223]毛茛|扣子。永远不要问他第一人哪里是你到我们最后住所的最快的通道。永远不要让前途无量的手自由使用[224]僭越|你们制造你曾制造的[225]少女骶椎[226]神圣的。斧子柔软的那边[227]！一盘绳索，腼腆少女[228]《玻恩姑娘》，树丛上的红色第一个把过失杀人[229]男人的笑声变成了故意杀人[230]悲恸的|打扰。啊，幸运的罪过[231]愚蠢的一对|铜币！呀！格言的错误！永远不要在你的套装[232]随从里有裤子[233]浏览者的时候在缸[234]白尾海雕|铁|赚钱|他里蘸水。永远不要把银钥匙滑过你的黄金时代之门。与人冲撞，与钱勾结。在你卖掉[235]航行前，忘记我的价格[236]奖品。在你信赖[237]捆绑|穿衣的地方，要小心谨慎[238]我四处看并在跳之前看好[239]泄露，亲爱的。永远不要在圣斯威逊在望前为圣梅达尔[240]欧楂树苹果施洗[241]。在有水草的地方弄湿你的蓟草[242]吹口哨，你会后悔的，女士们[243]从荆棘丛那里。请尤其提防参加一场属于所有堕落的家庭生活的宴会。那伤小伙子的元气[244]希望。对农场[245]商号|坚定的信念保持冷静的信心，对家宅有温暖的希望[246]，从家[247]进一步|在家开始对慈善保持谨慎[248]。大体上用晚餐与有着凌辱之德的男

213 Minxy 解 minx“风骚女子”；也解 minxi［拉］“～”。
214 Manxmaid 解 man's maid“～”。
215 bythe bun 解 by the by“～”；其中 bun 也解［威］“～”。
216 Cos“～”；也解 cross“～”，此处包含本书主人公名字的缩写 HCE。
217 bisbuiting 解 biscuit biting“～”；也解 Biss［德］（咬伤的）“～”；也解 bis［拉］“～”。
218 bag“～”，此处解 back“～”。
219 love“～”；也解 laugh“～”。
220 Lust“～”，此处解 last“～”。
221 commix idolatry“～”，此处解 commit adultery“～”。
222 sassers 解 scissors“～”；也解 saucers“～”；也解 saucy sisters“～”，指斯威夫特的两个年轻恋人以斯帖·凡霍米利和以斯帖·琼苏；也解 saß［德］“～”。
223 buttoncups 解 butter“黄油”＋cup“杯子”；也解 buttercup“～”；也解 button“～”。
224 usemake free 解 make free use“～”；也解 usufacio［拉］“～”；也解 yous make“～”。
225 oncemaid 解 once made“～”；也解 maid“～”。
226 sacral“骶骨的”，指骶椎；也解 sacred“～”。
227 此处化自习语 thin end of the wedge（导致大问题的小问题）。
228 colleen coy“～”；也解 *The Colleen Bawn*“～”，鲍西考尔特的剧作。
229 man's laughter“～”，此处解 manslaughter“～”。
230 wailful moither 解 wilful murder“～”；也解 wailful“～”＋moither“～”。
231 foolish cuppled 解 felix culpa［拉］“～”；也解 foolish couple“～”。其中 cuppled 也解 copper“～”。
232 suite“～”，此处解 suit“～”。
233 browsers“～”，此处解 trousers“～”。
234 ern“～”，此处解 urn“～”；也解 iron“～”，此处化自习语 strike on the iron while it's hot（趁热打铁）；也解 earn“～”；也解 er［德］“～”。
235 sail“～”，此处解 sell“～”。
236 prize“～”，此处解 price“～”。
237 truss“～”，此处解 trust“～”；也解 dress“～”。
238 circumspicious 解 circumspect“～”；也解 circumspicio［拉］“～”。
239 look before you leak 解 look before you leap“三思而后行”；其中 leak 也解“～”。
240 medlard 解 Saint Medard“～”，基督教雨水的主保圣人；也解 medlar“～”。
241 此处化自习语 St. Swithin is christening the apples（圣斯威逊为苹果施洗，意即“丰收在望”）。圣斯威逊节为英国 7 月 15 日的一个节日，人们相信当日的雨天或晴天会维持 40 天，这一天也被称为“苹果施洗日”，因为人们相信这一天的雨水是圣斯威逊在为苹果施洗，而这将意味着苹果的丰收。
242 thistle“～”；也解 whistle“～”，此处化自习语 wet one's whistle（喝酒）。
243 despyneedis 解 despoinides［希］“～”；也解 de spinetis［拉］“～”。
244 saps“～”；也解 hopes“～”。
245 firm“～”，此处解 farm“～”；也可与前面合解 firm faith“～”。
246 hoep 解 hope“～”。
247 frem athome 解 from home“～”；也解 frem［丹］“～”＋at home“～”。
248 此处化自习语 charity begins at home（慈善要从家庭做起）。

孩和错误，究竟哪样更高贵[249]。归还那些偷走的吻；修补[250]恢复那些全棉的手套[251]。回忆一下那常常围绕绿色女孩们[252]风险的黄珍珠[253]黄祸|厄运，驭罗达[254]玫瑰|道路和多拉予[255]，一旦她们得到木马[256]，在颜色新鲜的哑剧[257]长裤|各个方面中为贝茜·萨德洛[258]表演女扮男装，而不是在煤洞里下到地里试着煮熟大人物[259]迈克尔·冈恩|大人物餐厅的晚餐。犯规截球[260]腿|在前|邪恶的|壹耳微蚵、蹒跚墙后，微蚵先生就是在这儿重重地撞落地下。家中女性[261]大腿|几条大腿|腿上的遮盖|女仆觉得它像蜡烛[262]烛光|枝形吊灯，但是海斯、科宁厄姆和罗宾逊[263] HCE 发誓它是颗鸡蛋。不要忘记我[264]饶过我的眼睛|选择|蜡烛|米克|麦凯！坚持住，理智[265]抵挡|理性|理事会，原谅[266]直到给|供认它！记住我流下的骗子的眼泪[267]咬人者的苦味药|害人不成反害己，我在抹大拉的玛利亚[268]玛丽·麦凯的宴会上，埋藏从英国法院的可怜的蒙根[269]男人受益夫人那里得来的我们夏洛特钥匙[270]夏洛特码头的前夜。啊，谁会擦干她的泪水，把她领向祭坛[271]绞索|改变？在她的全盛期售出，放在稻草里，为了一棵弱小的牵牛花[272]便士|银钱买下。寓意：如果你画[273]指向|提供一个道德上的教训不了百合花，就从地狱[274]这里里拿指甲花！首先把你那漂亮的腿放在软薄绸[275]有勇无谋的|污秽的肺炎男式女衬衫[276]笑话上，不符合[277]真正的女性缄默[278]保留|先生，还有蕾丝饰带，利莫里克[279]的耻辱。当然，总的来说那是什么，只是系在一起的洞，最微不足道的透明的洗衣石[280]华盛顿|声调，好让懒鬼·洛拉的内衣[281]《请多待一会儿，洛》更长些？喷香的衣服[282]圣诞老人僵硬地塞满[283]拓夫|福斯塔夫你那空空如也[284]引诱的房屋[285]

249 Where it is nobler in the main to supper than the boys and errors of outrager's virtue"～"，此处化自莎士比亚的《哈姆雷特》中的台词"Whether 'tis nobler in the mind to suffer / the slings and arrows of outrageous fortune"（究竟哪样更高贵，去忍受那狂暴的命运无情的摧残）。

250 restaure 解 restaurer［法］"～"；也解 restore"～"。

251 glooves 解 gloves"～"。

252 gerils 解 girls"～"；也解 perils"～"。

253 yella perals 解 yellow"黄色的"＋pearls"珍珠"；也解 yellow peril"～"，19 世纪末兴起的西方种族偏见，认为东亚民族会成为西方文明的威胁；其中 yella 也解 iella［意］"～"。

254 Rhidarhoda 解 ride"骑马"＋a＋Rhoda"罗达"，人名；也解 rhodon［希］"～"；也解 road"～"。

255 Daradora 解 darà［意］"将给"＋Dora"多拉"，人名，此处两个名字谐音，故译。

256 gethobbyhorsical 解 get hobbyhorse"～"。

257 pantos 解 pantomimes"～"；也解 pants"～"；也解 pantose［希］"～"。

258 Bessy Sudlow 解 Bessie Sudlow"～"，都柏林娱乐剧院经理迈克尔・冈恩的妻子，女演员。

259 big gun"～"；也解 Michael Gunn"～"（1840—1901），都柏林娱乐剧院（Gaiety Theatre）的经理，作为代表人类历史的哑剧的作者，也是 HCE 的化身之一；也解 The Big Gun"～"，都柏林美景镇的一个餐厅的名字。

260 Leg-before-Wicked 解 leg before wicket"～"，板球术语；也解 leg"～"＋before"～"＋wicked"～"；也解 Earwicker"～"，本书主人公。

261 Femorafamilla 解 female"女性"＋family"家人"；也解 femur［拉］"～"＋femora［拉］"～"；也解 femorale［拉］"～"；也解 famula［拉］"～"。

262 candleliked 解 candle"蜡烛"（在俚语中指"阴茎"）＋like"如同"；也解 candlelight"～"；也解 chandelier"～"。

263 Hayes, Conyngham and Erobinson 解 Hayes, Conyngham and Robinson"～"，都柏林的三位药剂师；也解 HCE，本书主人公名字的缩写。

264 Forglim mick aye 解 forglem mig ej［丹］"～"；也解 forgive my eye"～"。其中 Forglim 也解 forgla［爱］"～"；也解 glim［俚］"～"。其中 mick 也解"～"，本书主人公的儿子之一；也解 Mary Mackay"～"（1855—1924），笔名玛丽・科雷利，英国小说家，著有《撒旦的痛苦》，《尤利西斯》中曾提到该书。

265 forestand"～"，此处解 Verstand［德］"～"；也解 forstand［丹］"～"；也解 Vorstand［德］"～"。

266 tillgive 解 tilgive［丹］"～"；也解 till give"～"；也解 zugeben［德］"～"。

267 the biter's bitters"～"，此处解 the biter's tears"～"；也解 the biter bit"～"。

268 Marie Maudlin 解 St. Mary Magdalene"～"；也解 Mary Mackay"～"。

269 Mangain 解 Mongan"～"，人名；也解 Man gain"～"。

270 Harlotte Quai 解 Charlotte Apple"苹果夏洛特"，广告中的女孩，她的命运随着敲门声在一个夜晚发生了改变＋key"钥匙"；也解 Charlotte Quay"～"，都柏林的码头。

271 halter"～"，此处解 altar"～"；也解 alter"～"。

272 puny petunia"～"；也解 penny"～"＋pecunia［拉］"～"。

273 point"～"，此处解 paint"～"；也可与前面合解 point a moral"～"。

274 here"～"，此处解 hell"～"。

275 foulardy 解 foulard"～"；也解 foolhardy"～"；也解 foul"～"。

276 shertwaists 解 shirtwaist"～"；也解 scherts［荷］"～"。

277 irriconcilible 解 irreconcilable"～"。

278 fiminin risirvition 解 feminine reserve"～"。其中 risirvition 也解 reservation"～"；也解 sir"～"。

279 limenick 解 Limerick"～"，郡名，位于爱尔兰芒斯特地区北部，一种刺绣花边被称为"利莫里克花边"。

280 washingtone 解 washing stone"～"；也解 Washington"～"，美国首都；也解 tone"～"。

281 lingery 解 lingerie"～"；也解"Linger Longer, Loo""～"，歌曲名。

282 Scenta Clauthes 解 scented clothes"～"；也解 Santa Claus"～"。

283 stiffstuffs 解 stiff"僵硬"＋stuffs"塞满"；也解 Taff"～"，本书主人公的儿子之一；也解 Falstaff"～"，莎士比亚《亨利五世》和《温莎的风流娘们儿》中好吃的喜剧性人物。

284 temptiness 解 emptiness"～"；也解 tempt"～"。

285 hose"～"，此处解 house"～"；也解 Hose［德］"～"。

长筒袜|裤子和心脏[286]最热忱的。浮华飞逝，真理惧怕[287]《名利场》！恶魔[288]！鲸鱼骨和胸衣末端弄伤你(拍掉[289]小姑娘|萨克雷，拍！)，但是永远不要暴露你的胸部[290]最好的秘密(狄更斯的地盘[291]请出示票！)，跟你共同的朋友[292]遇到|粉丝大卫·科波菲尔[293]鸽子|女孩一起，来取悦一位海豚仓[294]车库的琼斯[295]约拿斯·瞿述伟|约拿|欧内斯特·琼斯，在烈性[296]乌利亚葡萄酒与老古玩店[297]思慕|身材的一对拉门的广告[298]之间，创作悔罪诗篇[299]被强制的|注意力的持续时间|集中注意力|痉挛。那里你会把发红的眼睛定在早餐桌[300]快速地带来|电缆的独裁者[301]汽车|二轮运货马车身上，但在这里，在你完全变化[302]马丁·墨菲|害怕|形状|吹|形体前，面对面安静地坐着。因为如果你裙子[303]的短裤[304]娼妓掉下来到他的膝盖，祈祷他站起来时，他看起来会多高[305]错的？不要在大罪[306]灵车已经犯下[307]通勤前。但是现在艺术家·阿尔吉[308]孤独症|孤独症患者再次出现，风流之人[309]和将做之嫖客，别名[310]橄榄树斯穆斯先生，被罪恶十字军描述为闻名于所有布宜诺斯艾利斯[311]女孩城[312]里和附近的业余爱好者[313]老鸨中，带你去剧院[314]瘟疫看《维纳斯的污损》[315]《威尼斯商人》|用桦条鞭打，用长了胡子的极低的声音，以一种微小美好的细碎态度，用一种非常微小美好的时髦方式，耳语般提出求婚，问你是否会做艺术家的模特[316]道德，在健谈的[317]有价值的绘画大师面前，作为当地的审美主义者[318]麻醉剂穿着内衣[319]裸体表演摆出姿势，把你介绍给，从左到右这组人包括，像波提切利[320]、丁托列托[321]、韦罗内塞[322]可耻和柯勒乔[323]勇气那样的荷加斯[324]，以及他们临时雇用的马萨乔[325]

286 heartsies 解 hearts“～”;也解 heartiest“～”。
287 Vanity...fear“浮华……惧怕”;也解 *Vanity Fair*“～”,英国作家萨克雷的小说。
288 Diobell 解 diabolical“～”。
289 thwackaway 解 thwack away“～”;也解 thacka［英爱］“～”;也解 William Thackeray“～”(1811—1863),英国小说家。
290 breast“～”;也解 best“～”。
291 dickette's place 解 Charles Dickens“狄更斯”(1812—1870),英国著名作家＋place“地方”;也解 tickets please!“～”。
292 meetual fan 解 mutual friend“～”,此处化自狄更斯的小说《我们共同的朋友》;也解 meet“～”＋fan“～”。
293 Doveyed Covetfilles 解 David Copperfield“～”,狄更斯的小说《大卫・科波菲尔》中的人物;也解 dove“～”＋filles［法］“～”。
294 Dolphin's Barncar 解 Dolphin's Barn“～”,都柏林地区名;其中 Barncar 也解 car barn“～”。
295 Jonas 解 Jones“～”,英国最常见的名字之一,常用来代指邻人;也解 Jonas Chuzzlewit“～”,狄更斯的小说《马丁・瞿述伟》中的人物;也解 Jonah“～”,《圣经》人物;也解 Ernest Jones“～”。
296 Ulikah 解 liquor“～”;也解 Uriah the Hittite“～”,《旧约》中大卫王的军官,妻子拔示巴与大卫王私通。
297 cupiosity shape 解 curiosity shop“～”,化自狄更斯的小说《老古玩店》;也解 cupio［拉］“～”＋shape“～”。
298 averthisment 解 advertisement“～”。
299 comepulsing paynattention spasms 解 composing penitential psalms“～”;也解 compulsory“～”＋attention span“～”。其中 paynattention 也解 pay attention“～”;其中 spasms 也解“～”。
300 bringfast cable 解 breakfast table“～”,此处出自美国诗人奥利弗・温德尔・霍姆斯的《早餐桌上的独裁者》(“The Autocrat of the Breakfast-Table”);也解 bring fast“～”＋cable“～”。
301 autocart 解 autocrat“～”;也解 auto“～”＋cart“～”。
302 youre martimorphysed 解 you are metamorphosed“～”。其中 martimorphysed 也解 Martin Murphy“～”,《爱尔兰独立报》的拥有者,后来反对巴涅尔;也解 timor［拉］“～”;也解 morphê［希］“～”;也解 physaô［希］“～”;也解 physis［希］“～”。
303 skorth 解 skirt“～”。
304 shorth 解 shorts“～”;也解 scortum［拉］“～”。
305 wrong“～”,此处解 long“～”。
306 Gravesend 解 grave sin“～”;也解 Gravesend bus［俚］“～”。
307 commuted“～”,此处解 committed“～”。
308 Autist Algy 解 artist“艺术家”＋Algernon (Algy) Charles Swinburne“阿尔吉”,维多利亚时期的英国诗人斯温伯恩的称呼。其中 Autist 也解 autism“～”;也解 autistic“～”。
309 pulcherman 解 pulcher［拉］“美丽”＋man“人”。
310 oleas 解 alias“～”;也解 olea［拉］“～”。
311 Buellas Arias 解 Buenos Aires“～”,阿根廷首都;也解 puella［拉］“～”。
312 ciudad［西］“～”。
313 dallytaunties 解 dilettantes“～”;也解 aunt［俚］“～”。
314 playguehouse 解 playhouse“～”;也解 plague“～”。
315 Smirching of Venus“～”;也解 *The Merchant of Venice*“～”,莎士比亚的戏剧。其中 Smirching 也解 birching“～”。
316 moral“～”,此处解 model“～”。
317 voluble“～”;也解 valuable“～”。
318 esthetic“～”;也解 anaesthetic“～”。
319 nudies“～”,此处解 undies(妇女和小孩的)“～”。
320 Bottisilly 解 Botticelli“～”(1445—1510),意大利文艺复兴早期的画家。
321 Titteretto 解 Tintoretto“～” (1518—1594),威尼斯画派著名画家。
322 Vergognese 解 Veronese“～” (1528—1588),与丁托列托齐名的威尼斯派画家;也解 vergognoso［意］“～”。
323 Coraggio 解 Coreggio“～”(1494—1534),意大利文艺复兴时期帕尔马画派的先驱画家;也解 coraggio［意］“～”。
324 hogarths 解 William Hogarth“～”(1697—1764),英国著名画家、艺术理论家。
325 Mazzaccio 解 Masaccio“～” (1401—1428),意大利文艺复兴绘画的奠基人;也解 mazza［意］“～”。

手杖，加上按惯例的十三位[326]骗子的一打寒酸摄影师[327]十二天的|《十日谈》。例如[328]为了纯真，拜伦勋爵[329]淫荡的博伊兰的华尔兹[330]声音！还有贝克莱主教[331]亲吻|巴克里的哲学[332]叶子|聪明。啊，现今[333]新颖|新奇事物|新艺术派小孩子们[334]的胆大鲁莽[335]雀斑|徒劳！有许多是冷漠的[336]剪去毛的环球旅行家[337]环球剧场在他的赤道处念念不忘最热门的景点，就像宁录[338]死板的人|阴茎，猎肉人，总是渴望[339]猎人|猎户猛冲。后背美妙无比[340]，毫无遮盖的神圣！可爱的女孩[341]苏西|模特与她们的蓝色多瑙河男孩们[342]丹尼男孩|达奴！全是废话！蛇蝎有着毫无生气的最大恶毒！在正前面[343]就在这个洗礼盘|恰恰在那个时刻推掉老男人，在后面与管闲事的人[344]古怪的点燃火花的人恰当地友好相处。让你的罪恶[345]椭圆形|阴户遥不可及，让天堂[346]巴黎|双|天国成为你的目标。起来，半斤，八两[347]阴户|小心！，转过你的眼睛[348]转变你的尝试！听听诱惑者[349]提词员的声音时，把灯芯[350]阴茎戳进你的耳廓[351]蠼螋|阴户。在他的美人身上看到蟒蛇[352]情郎|男孩，你永远不要再穿你的草莓叶子[353]。信赖古物[354]。你在地上曾经捆绑的什么奴隶，我必然会它在天堂[355]田间干草棚里联合。坚持早起[356]空气的污垢|希望，虫子[357]世界就是你的[358]从前了。用睡衣装扮咪咪，跟着她的猪尾辫一路向上到眨眼之地[359]。看看小牧羊女[360]藏猫游戏|陈列衣服的人体模型|妓女，她很快睡着了[361]第一个|睡着的。在吟诵了你的诗歌[362]坐在夜壶上后，你知道中国[363]脊柱|钟声推翻日本[364]衬裙后会发生什么。去跟鸟贩子过夜，你明白的，并且跟送奶人[365]牛奶商|阴茎|人一起醒来[366]摇匀。贫穷老妪[367]污点|货车|秃鹰|沙利文在寻觅。演

326 bilker's dozen"～",此处解 baker's dozen"～"。
327 dowdycameramen 解 dowdy"寒酸的"＋cameraman"摄影师";也解 dôdekaêmeron［希］"～";也解 *Decameron*"～",意大利作家薄伽丘的小说。
328 for innocence"～",此处解 for instance"～"。
329 lewd Buylan 解 Lord Byron"～"(1788—1824),英国浪漫主义诗人;也解 lewd Boylan"～",《尤利西斯》中女主人公莫莉的情人。
330 volses 解 waltz"～",拜伦著有诗歌《华尔兹》;也解 voice"～"。
331 Bussup Bulkeley 解 Bishop Berkeley"～",英国哲学家,近代经验主义的重要代表之一,开创了主观唯心主义;也解 buss［古英］"～"＋Lancelot Bulkeley"～",17 世纪都柏林的主教。
332 phyllisophies 解 philosophy"～";也解 phyllis［希］"～"＋sophia［希］"～"。
333 nouveautays 解 nowadays"～";也解 nouveautés［法］"～";也解 novelties"～";也解 Art Nouveau"～",19 世纪欧美的装饰艺术风格。
334 giddies 解 kiddies"～"。
335 frecklessness 解 recklessnes"～";也解 freckles"～";也解 fecklessness"～"。
336 icepolled 解 ice-cold"～";也解 polled"～"。
337 globetopper 解 globetrotter"～";也解 Globe Playhouse"～"。
338 Ramrod"～",此处解 Nimrod"～",《创世记》中英勇的猎人;也解 ramrod［俚］"～"。
339 jaeger［丹］"～",此处解 eager"～";也解 Jäger［德］"～"。
340 此处化自习语 the body beautiful(形体之美)。
341 Suzy's Moedl's 解 süße Mädels［德］"～";也解 Suzy"～",巴黎帽商＋model"～"。
342 Blue Danuboyes 解 The Blue Danube"《蓝色多瑙河》",奥地利作曲家小约翰·施特劳斯的圆舞曲风格的管弦乐作品＋boys"男孩们";也解 Danny Boy"～",由爱尔兰民谣《伦敦德里小调》改编的歌曲,后泛指男孩;也解 Danu"～",爱尔兰神话中的死亡和生育女神。
343 at the very font"～",此处解 at the very front"～";也解 at the very nonce"～"。
344 nutty sparker"～",此处解 nosy parker"～"。
345 oval"～",此处解 evil"～";也解 ovale［法俚］"～"。
346 paravis 解 parevis［古法］"～";也解 Paris"～";也解 parvis［挪］"～";也解 Paradise"～"。
347 leather, Prunella 解 leather and prunella"仅在外表上的差别";也解 leather［俚］"～"＋opletten!［荷］"～"。
348 convert your try"～",此处解 avert your eye"～"。
349 prompter"～",此处解 tempter"～"。
350 wicks"～";也解 wick［俚］"～"。
351 earshells"～";也解 earwig"～";也解 shell［俚］"～"。
352 boa"～";也解 beau"～";也解 boy"～"。
353 此处化自习语 fig leaves(遮羞布),此处指夏娃在蛇的怂恿下吃了苹果后用叶子蔽体。
354 relic"来自遥远过去的东西",在俚语中也指"男性的性器官"。
355 hemel［荷］"～";也解 hemmel"～"。此句化自《马太福音》(16:19)"and whatever thou shalt bind on earth shall be bound in heaven"(凡你在地上所捆绑的,在天上也要捆绑)。
356 airly hores"～",此处解 early hours"清晨时刻";其中 hores 也解 hopes"～"。
357 worm"～",指蛇;也解 world"～"。
358 yores 解 yours"～";也解 yore"～"。此处化自习语 the early bird catches the worm(早起的鸟儿有虫吃)。
359 Winkyland 解 winky"眨眼的"＋land"土地"。
360 little poupeep 解 Little Bo Peep"～",面孔一隐一现以逗小孩的游戏,此句化自儿歌"Little Bo Peep Has Lost Her Sheep"(《小波皮丢了她的羊》),故译。其中 poupeep 也解 poupée［法］"～";也解 poupée［法俚］"～"。
361 firsht ashleep 解 fast asleep"～";也解 first"～"＋asleep"～"。
362 sat your poetries 解 said your poetries"～";也解 sat on the po"～"。
363 chine"～",此处解 China"～";也解 chime"～"。
364 jupan 解 Japan"～";也解 jupon［法］"～"。
365 milch mand 解 milkman"～";也解 Milchmann［德］"～";也解 milkman［俚］"～";也解 mand［丹］"～"。
366 shake up"～",此处解 wake up"～"。此处化自习语 go to bed with the lamb and rise with the lark(早睡早起)。
367 Sully van vultures 解 The Shan Van Vocht［爱］"～",爱尔兰 1798 年起义期间流行的歌曲,讲述一个贫穷、衰老、残疾的老太婆期盼着法国人来帮助爱尔兰;也解 sully"～"＋van"～"＋vultures"～";也解 John O'Sullivan"～"(1877—1955),爱尔兰裔法国男高音歌唱家,乔伊斯对他的声音备加推崇。

奏着万福玛利亚[368]希利。烟草禁忌，退居二线[369]雪橇有个后座。秘密社会[370]饱足和匿名[371]性交中断信让无人监管的[372]未洗的伟人变得跟他们的长辈一样坏。无论如何不要养成嗜好[373]短柱那种实在太普通的烟屁股[374]丸子的习惯，总去找隧道[375]先生的门厅里的那对儿夫妻，与他们腻在一起（碾碎它），跟蝗虫[376]卑贱的事业、金龟子、吸血蝙蝠和老鼠[377]闲荡|伺机作案勾肩搭背，蓄意[378]与结局犯下树枝间的[379]填隙的下流行为，就像在二十几岁[380]和扎吊袜带之间的那种，放上手指[381]轻拍和[382]在上爱抚宠物，在宵禁[383]夜禁令下。这是小端，小心[384]楔入|可以进而获得大利的小利脚下！你那人高马大、体格健壮的野丫头[385]头从不想嬉笑着走过一整套不喷烟的丈夫。我数你数了三分钟。——————[386]。现在没有欺骗[387]理发师|发饰了！等我告诉你了，把那个给我！《鹊贼》[388]女孩|小偷！是不是随便什么地方依偎[389]走私他的夫人苹果[390]喉结？骗人的玉。天啦[391]驾|阴户|楔形物|阴户！上帝啊[392]，我喜欢它们这种半熟做法。抓住，剥皮，炙烤，点燃，那种在规定[393]禁止的限度内不合优生原则的[394]卫生地堂表亲吻[395]爱抚的小巷[396]莱恩爵士感，就像飘飘然[397]在提示上或双倍[398]阴户|双胞胎如此的人口·塞子[399]暗中对诱惑·汤姆做的，用英语[400]仅仅|大麦问[401]英国兵问题，像保姆[402]妓女|女仆一样说[403]唠叨|蛇行|绊住脏话[404]回答|向前。当海[405]说上有战斗的男人[406]时，晚会上就会有女人的爱。从日常渠道而来的爱，如同兄弟姐妹[407]，如果以可繁殖的[408]能生产的方式适当地消毒并整洁地接受，在姻亲丈夫或者其他可敬的相反[409]适当的性别的亲戚的陪伴下

368 hailies fingringmaries 解 fingering“用某种指法演奏”＋Hail Mary“万福玛利亚”；其中 hailies 也解 Timothy Healy“～”(1855—1931)，爱尔兰民族自治运动成员，在巴涅尔与欧希夫人的私情被揭露出来后背弃了巴涅尔。
369 toboggan's a back seat“～”，此处解 take a back seat“处于默默无闻的位置”。
370 satieties 解 societies“～”；也解 satiety“～”。
371 onanymous 解 anonymous“～”；也解 onanism“～”。
372 unwatched“～”；也解 unwashed“～”。
373 paunchon 解 penchant“～”；也解 puncheon“～”。
374 fagbutt 解 fagend“～”；也解 faggot“～”。
375 Tunnelly，人名＋tunnel“～”＋-ly，故译。
376 lowcusse 解 locust“～”；也解 low cause“～”。
377 rodants 解 rodents“～”；也解 loitering“～”，也可与后面合解 loiter with intent“～”。
378 with the end“～”，此处解 with intent“～”。
379 interstipital 解 interstipitalis［拉］“”；也解 interstitial“～”。
380 twineties 解 twenties“～”。
381 fingerpats 解 finger“手指”＋puts“放”；也解 pat“～”。
382 on“～”，此处解 and“～”。
383 couvrefeu 解 couvre-feu［法］“～”；也解 curfew“～”。
384 wedge“～”，此处解 watch“～”；也与前面 thin end 合解 thin end of the wedge“～”。
385 hoyden“～”；也解 head“～”。
386 Woooooon 解 one“～”。
387 triching 解 tricking“～”；也解 trichokosmêtês［希］“～”；也解 trichôsis［希］“～”。
388 Ragazza ladra 解 *La Gazza Ladra*“～”，意大利作曲家罗西尼的歌剧；也解 ragazzas［意］“～”＋ladra［意］“～”。
389 smuggling“～”，此处解 snuggling“～”。
390 madam's apples“～”；也解 Adam's apple“～”。
391 Gee wedge 解 Gee whiz“～”；也解 Gee“～”，吆喝马快走，在俚语中也解“～”＋wedge“～”，在俚语中也解“～”。
392 Begor 解 begorra［爱口］“～”。
393 proscribed“～”，此处解 prescribed“～”。
394 disgenically 解 dysgenically“～”；也解 hygienically“～”。
395 kosenkissing 解 cousins“堂表兄妹”＋kissing“亲吻”；也解 kosen［德］“～”。
396 laney“与小巷有关的”；也解 Hugh Lane“～”(1875—1915)，爱尔兰艺术品商人，著名剧作家格雷戈里夫人的侄子。
397 on a hint“～”，此处解 on a high“～”。
398 twim［俚］“～”，此处解 two“～”；也解 twin“～”。
399 Population Peg“～”，20 世纪美国计划生育倡导者玛格丽特·桑格的绰号。
400 barely“～”，此处解 Béarla［爱］“～”；也解 barley“～”。
401 atkings 解 asking“～”；也与前面的 Tom 合解 Tommy Atkins“～”。
402 nursemagd 解 nursemaid“～”；也解 nurse［俚］“～”＋Magd［德］“～”。
403 snakking 解 snakke［挪］“～”；也解 snakke［丹］“～”；也解 snaking“～”；也解 snag“～”。
404 svarewords 解 swear words“～”；也解 svare［丹］“～”；也解 forwards“～”。
405 say“～”，此处解 sea“～”。
406 men-a'war 解 man of war“～”。
407 cisternbrothelly 解 sisterly“姐妹般的”＋brotherly“兄弟般的”。
408 generable“～”，此处解 generabilis［拉］“～”。
409 apposite“～”，此处解 opposite“～”。

就寝休息[410]到栖息地，不是那种用鼻子引导的爱，像我前面闻到的[411]预言，而是被疏导的爱，你知道，对人[412]重罪犯有好处，尤其[413]猜疑地要是他有迟钝[414]重击者的肝的话，但我不能过于热切地痛责这一点（在经验教训[415]机能障碍之后，我在灵感中说），那种腐臭的灵魂是偷窃纯洁[416]淫乱的贼，因此没有你们二十多瓶[417]二十根棒子|酒精超标的劣质威士忌樱桃威士忌[418]中的一瓶，我的女儿！在猫笼[419]猫和兔子酒吧或斑点狗酒吧。在罗德街[420]罗得 4 号[421]两次|到……为止|朱鹭。当宴会让彼此都紧密了，他们就一起失去了所有敬意。从她嘶嘶声[422]牛阴茎的臭气和她唠叨的油嘴滑舌[423]天赋，知道了喝醉的荡妇都柏林娼妓。你会为每个天杀的周六[424]抱歉的|日子之夜每个该死的[425]记账|圣树周日[426]总和|日子之晨付出代价。当夜晚是五月的夜，月亮皎洁[427]强大力量的时候。在你试着疏远[428]地狱之火俱乐部[429]凯尔斯之前，我们不会在天堂[430]纳万市相遇。山或谷，赫尔或海牙！当心你怎么敢尝试基尔代尔郡的湿鸡尾酒，或者同样之人可能看见你的婚礼，从你的守灵夜驾车回家。雅典的女郎[431]，你的调情惯坏了少年郎时，但放过他的衬衫！把你百合样的放在他的肩膀上[432]长的，但是如果他变得[433]说“但是”更大胆就踢回去，尽管跳起你家常的舞蹈，不用留意号角[434]警告，但是如果你有了某个聪明的想法，要去兴起康康舞，激起骚乱，我就很可能为你抽打那条尾巴，直到火烧火燎[435]早晨。让在眼里宛若淑女的[436]长柄勺般的爱在健身房[437]赤裸的里引导[438]裹紧你的花招[439]胃的|快乐。你也不要忘记把盖子紧紧地拧在那辆华尔兹自行车[440]骗

410 to roost“～”,此处解 to rest“～”。
411 foresmellt 解 fore-“前面的”＋smelt“闻”;也解 foretold“～”。
412 felon“～”,此处解 fellow“～”。
413 suspiciously“～”,此处解 especially“～”。
414 slugger“～”,此处解 sluggish“～”。
415 lessions 解 lessons“～”;也解 lesions“～”。
416 prurities 解 purities“～”;也解 pruriency“～”。
417 twenty rod“～”;此处解 twenty odd“～”;也解 forty-rod［俚］“～”。
418 cherrywhisks 解 cherry whiskies“～”。
419 the Cat and Coney“～”,此处解 the Cat and Cage“～”,都柏林酒吧名。
420 Lot's Road 解 Lotts Street“～”,都柏林街名;也解 Lot“～”,《圣经》中所多玛城唯一的义人。
421 2bis 解 2＋bis［拉］“～”,即“～”;也解 bis［德］“～”;也解 ibis“～”。
422 fizzle“～”;也解 pizzle“～”。
423 glib“～”;也解 gift“～”。此处化自乔伊斯的讽刺诗《火炉上的煤气》中的“从喝醉的荡妇都柏林娼妓那里,外国人明白了饶舌的天赋”。
424 sorraday 解 Saturday“～”;也解 sorry“～”＋day“～”。
425 billing“～”,此处解 bloody“～”;也解 bile［爱］“～”。
426 sumday 解 Sunday“～”;也解 sum“～”＋day“～”。
427 might“～”,此处解 bright“～”。
428 goby“～”,此处出自习语 give sb. the go-by(冷淡某人)。
429 Kellsfrieclub 解 Hellfire Club“～”,都柏林俱乐部的名字;也解 Kells“～”,爱尔兰米斯郡的一个市镇,《凯尔斯书》曾长期保存在该地的修道院。
430 Navan“～”,爱尔兰米斯郡的城市名,此处解 neamh［爱］“～”。
431 Mades of ashens 解 Maid of Athens“～”,英国诗人拜伦的诗歌。
432 long“～”,此处解 on“～”。
433 buts“～”,此处解 becomes“～”。
434 horning 解 horn“～”;也解 warning“～”。
435 borning 解 burning“～”;也解 morning“～”。
436 ladleliked 解 ladylike“～”;也解 ladle-like“～”。
437 gym 解 gymnasium“～”;也解 gymnos［希］“～”。
438 girde 解 guide“～”;也解 girded“～”。
439 gastricks 解 tricks“～”;也解 gastric“～”;也解 gas［俚］“～”。
440 jiggery 解 jigger［俚］“～”;也解 jiggery pokery“～”。

人的把戏上，然后脚踏起动。平地的和定点障碍的碰撞赛[441]。右轮旋转[442]骑|车轮，倾斜着[443]向上的斜坡上到多风的拉特兰郡小丘，在都柏林[444]邓禄普市中心[445]漫步前面煽动[446]洞察力反叛的北方人。然后自由自在带着你的GBD烟斗[447]的烟气和你放在车把上的高跟鞋飞轮骑行[448]。赤裸裸的[449]杠铃|熊厚颜无耻！不，在你的软骨[450]妇女胸衣肋骨解散联盟[451]之前，那就是说如果你有内脏[452]身体的问题[453]锻炼|上睑下垂|肺结核，我是说，考虑到你脆弱的腹壁嗜好和扩张的[454]肝脏，红酒[455]铃声叮叮，红酒，或者如果你感到，简言之[456]穿着短裤，好像你需要健康的身体锻炼[457]病的|驱邪来让你的肾脏焕发红光，你明白，排空十二指肠，蛲虫居于[458]住在|拘留其中，小妞儿[459]伊茜，任意分泌，把你的读经人留[460]光|合法的在大厅，为什么你出去经过看门人走到土路上，蹦蹦跳跳！做个运动员[461]运动的。跟大自然这伟大的菜贩打交道，定期来月经。你的蓬特[462]阴户香水只在半便士[463]帽子|围嘴儿店里，在病人[464]妻子|细高个儿的臭气旁。这比空气更重要——我是说比吃更重要——空气(哎呀[465]，我从未张嘴，但把食物放了进去[466])，促进那种自然情绪。踩碎坏蛋。为什么这么多的布丁显然令人失望，就像营养学家说的，在“衣食之乐随笔”中，为什么这么多的汤是这么低劣[467]猪的泔水。如果我们能从伊丽莎白时代的人[468]《布莱顿夫人食谱》那里发财，我们就不会有像河马一样的牙。然而。同理，如果我穿着你的信封衬衫，我就会好好睁大我的眼睛保持警惕，因为你那些配家具的房客用陪伴和钢琴曲来赊账[469]电视买吃的[470]进食。只

441 Bumping races“～”，牛津大学和剑桥大学的一种划船赛。
442 Ridewheeling 解 right wheeling“～”；也解 ride“～”＋wheel“～”。
443 acclivisciously 解 acclivously“～”；也解 acclivity“～”。
444 Dunlob 解 Dublin“～”；也解 Dunlop“～”(1840—1921)，英国轮胎和橡胶商。
445 saunter“～”，此处解 centre“～”。
446 insighting 解 inciting“～”；也解 insight“～”。
447 go-be-dee 解 GBD，英国著名的烟斗品牌。
448 breretonbiking 解 Dr Brereton“布里尔顿”，发明飞轮的戈尔韦人＋biking“骑自行车”，故译。
449 Berrboel 解 bare“～”；也解 barbell“～”；也解 bear“～”。
450 corselage 解 cartilage“～”；也解 corselet“～”。
451 decartilaged 解 decartelize“～”。
452 visceral“～”；也解 physical“～”。
453 ptossis 解 ptosis［希］“灾难”；也解 exercise“～”；也解 ptosis“～”；也解 phthisis“～”。
454 asprewl 解 a-sprawl“～”。
455 vinvin 解 vin［法］“～”，伤肝；也解 zinzin“～”，书中“By the Magazine Wall, zinzin, zinzin”主题的变体。
456 in shorts“～”，此处解 in short“～”。
457 physicking exorcise 解 physical exercise“～”；也解 sick“～”＋exorcise“～”。
458 inhibitating 解 inhabiting“～”；也解 inhabito［拉］“～”；也解 inhibeo［拉］“～”。
459 lassy 解 lass“～”＋-y；也解 Issy“～”，本书主人公的女儿。
460 lict 解 leave“～”；也解 light“～”；也解 licit“～”。
461 sportive“～”，此处解 sportif［法］“～”。
462 Punt“～”，东非古国，曾以香水和松香著称；也解 cunt“～”。
463 hatpinny 解 halfpenny“～”；也解 hat“～”＋pinny“～”。
464 rawny［英爱］“～”；也解 rawnie［吉］“～”；也解 ránaidhe［爱］“～”。
465 Oop 解 Oops“～”。
466 I never open momouth but I pack mefood in it 解 I never open my mouth but I put my food in it“～”，此处化自习语 every time I open my mouth, I put my foot in it(每当我张口，就会讲错话)。
467 muck“～”；也解 muc［爱］“～”。
468 elizabeetons 解 Elizabethans“～”；也解 *Mrs. Breton's Cookery Book*“～”，伊莎贝拉·玛丽 1925 年出版的菜谱。
469 tally“～”；也解 telly“～”。
470 feed“～”，此处解 food“～”。

会让你自己吃惊[471]猥亵！那个过于友好的朋友一类的[472]儿子，玛祖卡之子[473]或其他某个这种狗娘养的[474]萨克森|艾鼬|狗娘养的|女巫的|吮吸|儿子，他为[475]鼠海豚此从老[476]潘诺尼亚[477]来[478]，他请求学习[479]结结巴巴地说男人与女人[480]动物的嘴|和|腿的条款[481]痒感，他让[482]混合自己在音乐[483]中悠游自在，让人愉快地敲着琴键[484]击打象牙，因为你的这位仙乐[485]·麦克闪姆·麦克肖恩[486]先生[487]怀疑可能很快就证明你经历随后的统治[488]雨水岁月而毁灭和灭亡的原因，如果当琼恩不在家的时候，你能习惯于沐浴在他的爱人的粗俗大腿中，穿得超乎寻常[489]不适当地，用胡子挑逗，被一起关[490]小气的在锁住的门后的时候，稳稳地亲吻，（索然无味[491]，不是你知道的那样！）与初恋的寻找自我的人，在女人的影响下，缓慢地走向你[492]缓慢移动|由你决定，搅乱你的谦和，在你的两个家伙[493]乳房|情书|盒子也[494]两个如同初次发射一样之后，用他的前爪[495]强音的|四十在你的紧身胸衣里摸来摸去（小心，你会走偏了，出卖我！），每次你给他机会变厚并玩小猪扭扭[496]，就会满足他的怪癖[497]笨蛋，充分利用你，像紧张了一样东拉西扯，脖脖子[498]，讲着你光滑的[499]高兴的颈项，圆圆的球，白色的奶，红色的山莓（啊，让人害怕的！），向下进一步探索[500]尝试|祈祷，带着他那意味深长的疑问用他好运的胳膊试探，向上直到我们过去的生活。那个与他有很么关系[501]抓住去与……唱歌？下一件事[502]掷你会蹲[503]坐在临时神龛[504]泉水上，为了老格莱斯顿[505]山羊|丹麦人的荣耀和苏格兰高地军团的后股权把画像[506]水罐转[507]倾泻向墙[508]井，从灌木与浪子[509]阴茎里私下里窥探。

471 stuprifying 解 stupefying“～”;也解 stuprum [拉]“～”。
472 sort“～”;也解 son“～”。
473 Mazourikawitch 解 mazurka“玛祖卡舞”+-ovich [俄]“之子”。
474 sukinsin of a vitch 解 such son of a bitch“～”;也解 Sackerson“～”,莎士比亚时代环球剧院附近养的一头熊+fitch“～”;也解 sukin syn [俄]“～”+of a witch“～”;也解 suck“～”+sin [塞维]“～”。
475 porpoise“～”,此处解 purpose“目的”。
476 olt 解 alt [德]“～”。
477 Pannonia“～”,罗马帝国的中欧省份,包括奥地利和匈牙利的西南部等地区。
478 kommen [德]“～”。
479 stooderin 解 studieren [德]“～”;也解 stuttering“～”。
480 maul and femurl 解 male and female“～”;也解 Maul [德]“～”+and“～”+femur [拉]“～”。
481 artickles 解 articles“～”;也解 tickles“～”。
482 mix“～”,此处解 makes“～”。
483 musik 解 music“～”。
484 spanks the ivory“～”,在俚语中指“～”。
485 Melosiosus 解 melos [希]“旋律”。
486 MacShine MacShane 解 MacShem“闪姆之子”+MacShaun“肖恩之子”,本书主人公的两个儿子。
487 Mistro [丹]“～”,此处解 mister“～”。
488 rain“～”,此处解 reign“～”。
489 inordinately“～”;也解 inadequately“～”。
490 closehended 解 closeted“～”;也解 closehanded“～”。
491 malbongusta [世]“～”。
492 inching up to you 解 inching to you“～”;也解 inching“～”+up to you“～”。
493 billy doos 解 billy“伙伴”+deux [法]“两个”,指“～”;也解 billet doux [法]“～”;也解 doos [荷]“～”。
494 twy [古体]“～”,此处解 too“～”。
495 forte paws 解 forepaws“～”;也解 forte“～”;也解 forty“～”。
496 pigglywiggly 解 Piggly Wiggly“～”,第一家自助服务商店,创办于美国。
497 idiot“～”,此处解 idiotes [希]“～”。
498 gougouzoug 解 gouzoug [布]“～”。
499 glad“～”,此处解 glatt [希]“～”。
500 prying“～”;也解 trying“～”;也解 praying“～”。
501 caught to sing with“～”,此处解 got to do with“～”。
502 fling“～”,此处解 thing“～”。
503 squitting 解 squatting“～”;也解 sitting“～”。
504 Tubber Nakel 解 tabernacle“～”;也解 tobar [爱]“～”。
505 Gloatsdane 解 William Ewart Gladstone“～”(1809—1898),英国首相,自由党领袖;也解 goats“～”+Dane“～”。
506 pitchers“～”,此处解 pictures“～”。
507 pouring“～”,此处解 turning“～”。
508 well“～”,此处解 wall“～”。
509 Rangers“～”;也解 ranger [俚]“～”。

我们本地爱管闲事的人，谈至世界末日之人[510]。又变得更坏了！才出狼窝又入虎口[511]祈祷的崇拜者！总而言之，这对用新闻写史诗的红色专栏作家[512]共产主义者来说会是糟糕的[513]娼妓事态，彼得·段落[514]和保罗·普夫[515]，（我保持[516]纪念品|浸泡他们来报道我的演唱会）来理解他们的圈中对白，出其不意地射击私密的你，考虑着在这个石油时代[517]晚年婚姻的衰败，虱子[518]三先令一品脱，老婆们七上八下，当家庭灾难归咎于爸爸[519]在标准以下，新生儿喊叫妈妈[520]瑕疵|海洋，为了在文明的萧条行进中两万两千[521]也送次两万两千[522]富人拿取，你开始犯下了不合淑女的[523]莱基醉酒，是否，经由[524]插足者，与散发罪恶气息的那群[525]刑警队|总督的|副摄政王中有好婚姻的成员有了和保持、像猪一样地聚集和付出直接联系，由于下文的[526]在其中下面的传票[527]阴茎|受到处罚，对变成了露西娅·灯光[528]的风流社会[529]的讨厌的[530]没有获得证书的伴侣监护人摸不着头脑。除了那个什么都行，为了对上帝[531]黄金的恐惧和爱！最后一次，我不会有大学帅哥[532]《大学生》（你看，我精熟[533]说出于爱的军火库，以及从痦子男孩[534]黄肤女孩|睾丸到玻恩姑娘[535]所有它的序曲，因此我完全有理由知道那个无赖的野猫子和淫棍画廊，幸运的废物们[536]黑色|幸运儿和明亮的琳赛们[537]，傲慢的汉密尔顿们和快乐的戈登们[538]，给药[539]打盹、就医，等等，围着裙子和她们的性交[540]操|变化无常|挠痒意图所看似的浪费时间，你对此下定了决心）在舞蹈者的岁月里侵入你的危险地带。只要让我抓到你这样，记住，是你会抓住[541]轻佻女子|可可粉它！如果你脑

510 talker-go-bragk 解 talker“空谈者”＋go bráth［爱］“直到最后的审判日”。

511 Off of that praying fan on to them priars 解 out of the frying pan into the fire“～”；其中 praying fan 也解“～”。

512 redcolumnists 解 red columnists“～”；也解 communists“～”。

513 whorable 解 horrible“～”；也解 whore“～”。

514 Peter Paragraph“～”，18 世纪英国讽刺作家和传记作家塞缪尔·富特在 1762 年的作品《演说家》中用这个名字讽刺都柏林的书商乔治·福克纳。

515 Paulus Puff 解 Paul“保罗”，使徒保罗与使徒彼得在书中构成一对二元对立＋Mr. Puff“普夫先生”，英国戏剧家谢立丹的戏剧《批评家》中的人物。

516 keepsoaking 解 keep“～”；也解 keepsake“～”＋-ing；也解 soak“～”。

517 oil age“～”；也解 old age“～”。

518 pulexes 解 pulex［拉］“～”。

519 belame par 解 blame Pa“～”；也解 below par“～”。

520 bellow mar 解 bellow“吼叫”＋Ma“妈妈”。其中 mar 也解“～”；也解 mar［葡］“～”。

521 twenty twotoosent 解 twenty-two thousand“～”；也解 too sent“～”。

522 thwealthy took 解 twenty-two“～”；也解 wealthy took“～”。

523 unleckylike 解 unladylike“～”；也解 William Edward Lecky“～”（1838—1903），英国历史学家，乔伊斯藏有他的《欧洲道德史》。

524 qua［拉］“～”。

525 vicereeking squad 解 vice reeking“散发罪恶之气的”＋squad“一群”；也解 vice squad“～”。其中 vice-reeking 也解 viceregal“～”；也解 vice-regent“～”。

526 thereinunder 解 thereinafter“～”；也解 therein＋thereunder“～”。

527 subpenas 解 subpoena“～”；也解 penis“～”；也解 sub poena［拉］“～。

528 Lucalamplight 解 Lucia Anna Joyce“露西娅”，乔伊斯的女儿＋lamplight“灯光”，露西娅的名字来源于光，也与 Lucifer（魔鬼、启明星）有联系。

529 dammymonde 解 demimonde“～”。

530 detestificated 解 detested“～”；也解 de-certificated“～”。

531 gold“～”，此处解 God“～”。

532 college swankies“大学里的活泼的帅小伙”；也解 *The Collegians*“～”，爱尔兰小说家杰拉德·格里芬的小说，后被鲍西考尔特改编成戏剧《玻恩姑娘》上演。

533 voiced“～”，此处解 versed“～”。

534 collion boys 解 cullion“痞子”＋boys“男孩们”；也解 cailín buidhe［爱］“～”；也解 collions［古英］“～”。

535 colleen bawns 解 The Colleen Bawn“～”，鲍西考尔特的剧作。

536 duffs 解 duff“～”；也解 dubh［爱］“～”；也与前面合解 lucky dog“～”。

537 lindsays 解 Lindsays“～”，出自歌曲《奥特本之战》（“Battle of Otterbourne”）。

538 gay gordons“～”，苏格兰舞曲。

539 dosed“～”；也解 dozed“～”。

540 fickling 解 fucking“～”；也解 ficken［德］“～”；也解 fickleness“～”；也解 tickling“～”。

541 cocottch 解 cotch［英口］“～”；也解 cocotte［法］“～”；也解 cocoa“～”。

子里有一点儿魔鬼，我就把你打到叫痛。

神圣的枪啊，我要把它给你，热热的，高高的，重重的，你都来不及叫[542]我会坐下|锚|《塞德罗经》！或者愿路西弗[543]多虱的|恐惧的诅咒像荨麻疹一样落到白衣僧[544]求婚者神父身上，他从月光[545]摩闪酒转向相信第一个不娘娘腔的[546]自由想象的人的保姆，后者追随着民谣歌手[547]，民谣歌手糟蹋了穆尔[548]的旋律，因此仰起星辰迷幻的[549]愚笨的星星日志作者的桶头[550]，激励最好的优胜者[551]首相为他砍倒冷杉树，桶匠[552]詹姆斯・费尼莫尔・库珀・更趣计划用这个做啤酒桶的平面，在上面我爷爷[553]那最健壮的为了他的快乐，与我姑姑[554]宠爱的妹妹坐着他的不智之座！阿门[555]怡人的|月亮。

噗！有泡芙给汝等，主啊[556]，好多[557]竖琴乐舞，全都充斥[558]在四周我的呼吸[559]宽度！众多荣耀[560]大量噪声，荣耀归于上帝！宽长同一[561]不相上下|肺部，长如一线！可敬的瓦尔・伍斯登[562]的情人节声音[563]瓦伦丁・沃克斯|山谷。如果我的快乐[564]嘴巴必须像我路[565]躺下上的露水[566]恰当的滴剂一样消逝[567]铜管乐器|离开。你曾期望一流的[568]高音交付，是我的收据！奥多德老爹[569]邋遢的女人给奥多诺神[570]不知道是谁的警告。谁[571]喔？我在自己琢磨的是谁的，因为，温和地说，有一种强烈的倾向，让我成为灵媒。我觉得好色[572]巫术的灵魂[573]渴望从我全身延伸[574]发痒而出，要是我手里没有强大的[575]烂泥|鳌虾|《灵媒——斯拉治先生》力量抓住它们，只有魔鬼[576]变暗知道什么会谁会接下来说什么。然而。现在，在我的歌剧[577]性欲的声高[578]询问|做爱|罗切斯特伯爵面前，美好的话题。现在？亲爱的妹妹，再一

542 sedro 解 sederò［意］“～”，此处化自习语 before (one) can say knife(一下子)；也解 sidro［塞维］“～”；也解 Sedro“～”，流行于黎巴嫩的天主教马龙派教徒的祷告文。
543 Lousyfear 解 Lucifer“～”，堕落前的撒旦；也解 lousy“～”＋fear“～”。
544 white friar“～”；也解 Freier［德］“～”。
545 moonshine“～”，此处指 moonshine whiskey“～”，美国私人酿制玉米威士忌酒，代表美国民间文化中的叛逆和自由精神。
546 nancyfree 解 nancy-free“～”；也解 fancyfree“～”。
547 trumpadour 解 troubadour“～”。
548 Moore 解 Thomas Moore“～”(1779—1852)，爱尔兰诗人和歌词作者。
549 stardaft 解 stardust“～”；也解 daft star“～”；此处指斯威夫特的《给史黛拉的日志》(*Journal to Stella*)，stella 在意大利语中指“星星”。
550 tubshead 解 tub's head“～”，此处化自斯威夫特的小说《桶的故事》(*A Tale of a Tub*)，也化自习语 turned his head(趾高气昂)。
551 prime finisher“～”；也解 Prime Minister“～”。
552 Cooper“～”；也解 James Fenimore Cooper“～”(1789—1851)，美国作家。
553 grandydad 解 granddad“～”。
554 tante［法］［德］(Tante)“～”。
555 Amene［意］“～”，此处解 amen“～”；也解 mênê［希］“～”。
556 begor 解 begorra “～”。
557 planxty“～”，凯尔特舞蹈，此处解 plenty“～”。
558 abound“～”；也解 around“～”，此处化自歌曲“All Around My Hat I Wear a Tricoloured Ribbon”(《三色缎带绕我帽子一圈 》)。
559 breadth“～”，此处解 breath“～”。
560 Glor galore 解 glory“荣耀”＋galore“大量的”；也解 glor go leor［爱］“～”。
561 As broad as itslung 解 it's as broad as it's long“～”，此处直译；其中 lung 也解“～”。
562 Val Vousdem 解 Val Vousden“～”，19 世纪末 20 世纪初都柏林音乐厅的演员。
563 valiantine vaux 解 Valentine voice“～”；也解 Valentine Vox“～”，19 世纪英国小说家亨利·科克通 1840 年出版的同名小说的主人公；其中 vaux 也解［法］“～”。
564 jaws“～”，此处解 joy“～”。
565 lay“～”，此处解 way“～”。
566 due drops“～”，此处解 dewdrop“～”。
567 brass away 解 pass away“～”；也解 brass“～”＋away“～”。
568 topnoted 解 topnotch“～”；也解 top note“～”。
569 Daddy O'Dowd“～”，鲍西考尔特的戏剧；其中 Dowd 也解“～”。
570 Theo Dunnohoo 解 theos［希］“神”＋O'Donough“奥多诺”，爱尔兰基拉尼地区神话传说中的首领；其中 Dunnohoo 也解 don't know who“～”。
571 Whoo“～”，此处解 who“～”。
572 itchery 解 lechery“～”；也解 witchery“～”。
573 spirts 解 spirits“～”。
574 outching 解 reaching“～”；也解 itching“～”。
575 sludgehummer 解 sledgehammer“～”；也解 sludge“～”＋Hummer［德］“～”；也解 *Mr. Sludge the Medium*“～”，英国诗人罗伯特·勃朗宁的戏剧独白体长诗。
576 darkens“～”，此处解 dickens“～”。
577 upperotic 解 operatic“～”；也解 erotic“～”。
578 rogister 解 register“～”；也解 rogo［拉］“～”；也解 roger［俚］“～”；也解 Earl of Rochester“～”(1647—1680)，即 John Wilmot，色情书籍的作者。

次出于完美的爱[579]离开，我说，接受哥哥的[580]捎客般的忠告，不要告诉别人，我们，琼恩，这里我们名字的第一个，成为所有的容器，免费的价格。伊茜[581]容易，我亲爱的，如果他们刺痛你，或者什么都不说，或者点头。不要跟活泼小伙儿[582]脸贴脸[583]，你与你最近的情郎[584]，纸浆箱里的神父向你历数了他的秘方[585]我们的。对那些警卫要心存疑虑，他们会离开你去相信[586]冲洗黑的是[587]在上白的。也要为了心灵的狂欢[588]卫生学走近些，但是远离目的不纯的人[589]无知地投资马匹的人。我要烧掉那些让你痛苦的书[590]，点亮一堆将让汤姆·普雷费尔[591]大部头著作|火葬柴堆的火或萨伏那洛拉[592]窒息[593]妇女参政权论者的亚历山大[594]全体|杂货篝火[595]火葬用的柴堆。相反[596]建立仔细阅读[597]拉鲁斯出版社你的《旗帜报》[598]勃起，我们真正的[599]有男子气概的喉舌，被所有的新闻机构阅读[600]超凡的|《埃塞雷德·普勒斯顿，或新来者的冒险》|埃塞尔雷德二世。把你的五分机智用在四分隐藏的真相[601]有男子气概的上。领班神父[602]阿克德金神父|狄更斯|艺术|正义的《论[603]协议神父猎人[604]的〈神迹[605]德古拉或看到死〉》依然是业内第一，除了在城堡酒吧[606]卡斯尔巴，威廉·阿彻[607]是一位好罗马天主教徒[608]斜坡|目录|根据计划|纯洁的。他会在路上捎你去[609]引起|起来者我们的国立图书馆[610]纳粹党人|国家|喧闹的|大杯子|口唇|书|说|悲痛。浏览《让教皇见鬼去吧[611]》（大多是男孩[612]），神圣喜剧演员但丁·阿利吉耶里[613]牙齿所作（原谅[614]露出你的食指），在一沓笑声[615]喜爱的之地[616]是找到妙语，从缩写标题到约翰逊神父。用敬神的虚构大声咒骂红衣主教库伦[617]狂欢节的《红豆[618]四旬斋的传说》

579 leave"～",此处解 love"～"。
580 brokerly"～",此处解 brotherly"～"。
581 Easy"～",此处解 Issy"～",本书主人公的女儿。
582 chipperchapper 解 chipper [俚]"活泼的"+chap"小伙子"。
583 cheekacheek 解 cheek to cheek"～"。
584 mashboy 解 mash [俚]"甜心"+boy"男孩"。
585 nostrums"～";也解 nostrums [拉]"～"。
586 belave"～",此处解 believe"～"。
587 on"～",此处解 is"～"。
588 hijiniks 解 high jinks"～";也解 hygienics"～"。
589 mugpunter 解 pothunter"为得奖而参加的参赛人";也解 mug punter [俚]"～"。
590 此处化自托马斯·穆尔的歌曲"I'd Mourn the Hopes That Leave Me"(《我哀悼那些离我而去的希望》)。
591 Tome Plyfire 解 Tom Playfair"～",天主教神父弗朗西斯·J. 芬 1890 年出版的给青少年的书 *Tom Playfair, or Making a Start*(《汤姆·普雷费尔,或开始》)的主人公;也解 tome"～"+pyre fire"～"。
592 Zolfanerole 解 Girolamo Savonarola"～"(1452—1498),意大利宗教改革家,曾烧毁所谓伤风败俗的书籍。
593 suffragate 解 suffocate"～";也解 suffragette"～"。
594 allassundrian 解 Alexandrian"～",埃及古城,其著名的图书馆被烧毁;也解 all and sundry"～";也解 sundries"～"。
595 bompyre 解 bonfire"～";也解 pyre"～"。
596 instate"～",此处解 instead"～"。
597 Perousse 解 peruse"～";也解 Larousse"～",法国著名的词典与百科全书出版社。
598 Standerd 解 *The Standard*"～",都柏林出版的周报,被认为是天主教的喉舌;也解 stand [俚]"～"。
599 verile 解 veri [意]"～";也解 virile"～"。
600 ethelred 解 read"～";也解 ethereal"～";也与后面的 pressdom 合解 *Ethelred Preston, or the Adventure of a Newcomer*"～",天主教神父弗朗西斯·J. 芬的著作;也解 Ethelred the Unready"～"(约 968—1016),英格兰威塞克斯王朝第 14 位君主。
601 verilatest 解 verum latet [拉]"～";也解 virile"～"。
602 Arsdiken 解 archdeacon"～";也解 Rev. Richard Archdekin"～"(1619—1690),爱尔兰耶稣会神父,著有《论神迹》(*Eassy on Miracles*);也解 Charles Dickens"～"(1812—1870),英国作家;也解 ars [拉]"～";也解 dike [希]"～"。
603 Traitey 解 treatise"～";也解 treaty"～"。
604 17 至 18 世纪在爱尔兰为赏金搜捕犯了刑事罪的神父的人。
605 Miracula [拉]"～";也解 Dracula"～",爱尔兰作家布莱姆·斯托克笔下的吸血伯爵。
606 castle bar"～",城堡指都柏林城堡;也解 Castlebar"～",爱尔兰梅奥郡的城镇,1798 年法国和爱尔兰联军在这里打败英国卫戍部队。
607 William Archer"～"(1856—1924),英国戏剧家,易卜生的翻译者,曾把易卜生的谢意转告乔伊斯。
608 rompan good cathalogue 解 good Roman Catholic"～"。其中 rompan 也解 ramp"～"。其中 cathalogue 也解 catalogue"～";也解 kata logon [希]"～";也解 katharos [希]"～"。
609 give...a riser 解 give a ride"～";也解 give rise to"～"。其中 riser 也解"～"。
610 nazional labronry 解 national library"～"。其中 nazional 也解 Nazi [德]"～";也解 nazionale [意]"～"。其中 labronry 也解 labros [希]"～";也解 labrônios [希]"～";也解 labrum [拉]"～";也解 leabhar [爱]"～";也解 labhar [爱]"～";也解 bron [爱]"～"。
611 *Through Hell with the Papes* 解 to hell with the pope"～"。
612 化自天主教神父弗朗西斯·J. 芬的著作《多为男孩:短篇小说集》。
613 Denti Alligator 解 Dante Alighieri"～"(1265—1321),意大利中世纪诗人,著有《神曲》;也解 denti [意]"～"。
614 exsponging 解 excusing"～";也解 exposing"～"。
615 arisus 解 risus [拉]"～";也解 arrisus [拉]"～"。
616 aream 解 area"～";也解 are+am"～"。
617 Carnival Cullen 解 Cardinal Cullen"～"(1803—1878),都柏林大主教,反对芬尼亚党人;其中 Carnival 也解"～"。
618 Lentil"～",指《圣经》中以扫为了红豆汤把长子名分给了雅各;也解 lenten"～"。

这样的书，或者我们的圣J.芬的那本《珀西·威恩》[619]，或者亚尔斯的本堂神父[620]战争疗者的《大量豌豆[621]平安富足》，由我们最如画的高级教士批准和审查[622]谴责|香炉，红豆[623]小扁豆和豌豆[624]窗栏杆公爵们，爱尔兰人[625]过冬的主教，虽然是可选的[626]准许黎巴嫩|进香，为了店内[627]在承诺上扩张，这最幸运的一年[628]里市场上两个卖得最好的，由圣父[629]吉尔父子书店设定，圣子出版，上帝圣灵[630]谨慎的花费沉闷地[631]用十进制流通。为了我们的教义，与年长者年老的碎步夫人、年少者伊曼努尔·康德[632]、屁股最大者[633]诗人|最高的洛佩·德·维加[634]跑步者|阴户的作品建立起点头之交。我过去经常遵循玛丽·小羔羊[635]利代尔|爱丽丝|玛丽·兰姆和查尔斯·兰姆的浅薄[636]故事[637]尾巴，尤其[638]香料与多愁善感的圣人[639]香薄荷沙司一起。筛选的科学对你的艺术[640]星星|屁股|心有好处。《农民的公鸡[641]从前的公鸡下的蛋》和《用圣弗朗西斯之土[642]送|沙子的六孔竖笛[643]阴茎》。主要是女孩。把圣礼茶完全蘸[644]绊倒入我们圣人和司铎[645]茶托|溺爱长长的生命里，配上装饰图案，为了让你的思想[646]寻找变得更好[647]苦薄荷，充满权威地用那些缩减为教育性的启蒙书。不要忘记[648]跌倒瘫痪。为可怜的老坎特伯雷[649]点亮一根火柴，给教派分裂者[650]送些棕榈油[651]。患难中的手[652]衬衫永远是友好的事情。记住，姑娘，汝乃尘土，只是灰姑娘，汝必将归于尘粉[653]（你摸[654]抢劫她的袖子干什么，鲁婢？把你的舌头缩回去，波莉！）。从你的里抄[655]诈骗|我想|他/她想十[656]青少年遍，所有人。少年他提起裤子[657]容忍|洛德布洛克不马裤[658]违背，姑娘爱[659]打扮得如花花公子裁缝。

619 Percy Wynns 解 *Percy Wynn, or Making a Boy of Him*“《珀西·威恩，或男孩养成记》”，天主教神父弗朗西斯·J. 芬的著作。

620 Curer of Wars“～”，此处解 Curé d'Ars“～”，即让-马里·维亚内(St. Jean-Marie Vianney)，教区神父的主保圣人。

621 Pease in Plenty 解 Peas in Plenty“～”；也解 peace and plenty“～”。

622 censered 解 censored“～”；也解 censure“～”；也解 censer“～”。

623 Linzen 解 linzen［荷］“～”；也解 Linsen［德］“～”，指《圣经》中以扫的红豆汤。

624 Petitbois 解 petits pois［法］“～”；也解 petits-bois［法］“～”。

625 Hibernites 解 Hibernians“～”；也解 hiberno［拉］“～”。

626 licet ut lebanus 解 licet ad libitum［拉］“～”；也解 licet ut Libanus［拉］“～”。其中 lebanus 也解 libanos“～”，基督教马龙派的仪式。

627 on the promises“～”，此处解 on the premises“～”。

628 化自天主教神父弗朗西斯·J. 芬的 *His Luckiest Year*(《他最幸运的一年》)。

629 Gill 解 God“～”；也解 M. H. Gill & Son“～”，位于都柏林萨克维尔上街 50 号。

630 Gillydehooly's Cost 解 God the Holy Ghost“～”；也解 hooly cost“～”。

631 disimally 解 dismally“～”；也解 decimally“～”。

632 Manoel Canter 解 Immanuel Kant“～”。

633 natesmaximum 解 nates maximae［拉］“～”；也解 vates［拉］“～”＋maximum“～”。

634 Loper de Figas 解 Lope de Vega“～”(1562—1635)，文艺复兴时期西班牙最重要的诗人和剧作家；也解 looper［荷］“～”＋figa［意］“～”。

635 Mary Liddlelambe 解 Mary Had a Little Lamb“～”，儿歌；也解 Henry George Liddell“～”(1811—1898)，牛津大学古典学家；也解 Alice P. Liddell“～”，《爱丽丝漫游奇境记》的女主人公的原型；也解 Mary and Charles Lamb“～”，合著《莎士比亚故事集》。

636 flitsy 解 flimsy“～”。

637 tales“～”；也解 tails“～”，指羊尾巴。

638 espicially 解 especially“～”；也解 spice“～”。

639 scentaminted sauce 解 sentimental saints“～”；也解 scented mint sauce“～”，做羊尾巴用。

640 arts“～”；也解 star“～”；也解 arse“～”；也解 heart“～”。

641 Former Cock“～”，此处解 farmer cock“～”。此处化自习语 give a cock's egg(分派一项愚蠢的任务)。

642 Send Fanciesland 解 Saint Francis“圣弗朗西斯”＋land“土地”。其中 Send 也解“～”；也解 sand“～”。

643 Flageolettes 解 flageolet“～”；也解 flageolet［法俚］“～”。

644 Trip over“～”，此处解 dip“蘸”＋over“完毕”。

645 saucerdotes 解 sacerdote［拉］“～”；也解 saucer“～”＋dotes“～”。

646 soughts 解 thoughts“～”；也解 sought“～”。

647 bittermint 解 betterment“～”；也解 bitter mint“～”。

648 Forfet 解 forget“～”，此处化自托马斯·穆尔的歌曲“Forget Not the Field”(《不要忘记田野》)；也解 fell“～”。

649 Contrabally 解 Canterbury“～”，英国城市名，17 世纪成为英国高教会派的代表。

650 schizmatics 解 schismatics“～”。

651 balmoil 解 palm oil“～”，指贿赂。

652 Hemd［德］［荷］“～”，此处解 hand“～”。此处化自习语 a friend in need is a friend indeed(患难见真情)。

653 此句化自《创世记》(3:19)。

654 robbing“～”，此处解 rubbing“～”。

655 cog“～”，此处解 copy“～”；也解 cogito［拉］“～”；也解 cogitat［拉］“～”。

656 teen“～”，此处解 ten“～”。

657 brooks“～”，此处解 broek［荷］“～”；也与前面合解 Ragnar Lodbrok“～”，北欧海盗首领，据说有可防蛇的短裤。

658 breaches“～”，此处解 breeches“～”。

659 toffs“～”，此处解 loves“～”，化自歌曲“The Lass That Loves a Sailor”(《爱水手的小姑娘》)。

汝等怎么敢从你的嘴[660]月光|摩闪酒里嘲笑该点匮乏？冷静保持你清新的贞洁，这好很多很多。而不是[661]早于抛弃那颗头等重要的处女[662]维斯塔|灶神的女祭司绿宝石，目前从我的家族传到我，那个你如此贴身珍藏的，末端相遇的地方，不，最让人悲痛的[663]剪短|阴户|阴户，宁愿让整个大同[664]属于整个世界世界属于万福玛利亚[665]破坏|哈尔王子，做他的玛利亚深爱的任何事。当铜锣为了真正的[666]双巢大黄蜂婚姻欢呼，接受你的每日劳作，脱掉那身一文不值的[667]要求宣布婚姻无效的诉讼|裸露套装。女人[668]家庭|餐桌下的礼节，住手！因为胜利给[669]最轻率的，嬉闹、跳动的灯芯草属于。接受撒旦[670]的绒毛，黑、绿、灰，举起米迦勒的乳清[671]银河和锯木屑。如果穿得过少，什么打扮得过分？教皇[672]屁股|邮局|小乖乖，不要忘记我[673]为了赌注|我打结|放弃，有生命就有希望[674]在白的地方，让我们开张。嘘！祝福[675]那跟好汉弗利公爵[676]躲闪同行的女子，因为他让她快乐[677]食欲|肝炎|绷紧的。去吧！如果你有父母和事情需要照顾，你能喝下所有你能倒出[678]摔倒|饺子的烤肉汁，还有随意的[679]牛肉桶[680]肤色浅黄的小孩炖杂烩，所有这些活动领域[681]懒散厌倦。这是凯瑟琳女伯爵[682]坎蒂列纳女伯爵|歌唱性旋律伸出画眉鸟般太妃色的唇[683]靡菲斯特来哺育她那老迈的[684]分开的|女高音丈夫[685]福音书|医院时，粘在她身上的东西，从此以后跟她的名字联系在一起。那液滴！这滴液[686]粉红色！无法仿效的追逐[687]纯牛脂着无法避免的！摸摸它没什么要紧，人们教[688]潜水我们，除非她在意满嘴的[689]白布丁，因为想要的是她的迷迭香[690]玫瑰舰队和她眼中的爱之光[691]午餐之

660 mouthshine 解 mouth"～";也解 moonshine"～",此处指 moonshine whiskey"～"。
661 Sooner than"～",此处解 rather than"～"。
662 vestalite 解 vestal"～";也解 Vesta"～",罗马神话中的女灶神;也解 Vestalis"～"。
663 mozzed lesmended 解 most lamented"～"。其中 mozzed 也解 mozzo［意］"～",也解 mozza［意俚］"～"。其中 lesmended 也解 lesma［西俚］"～"。
664 ekumene 解 ecumenical"世界范围的";也解 ekumene［希］"～"。
665 merry Hal 解 Hail Mary"～";也解 merry hell"～";也解 Prince Hal"～",莎士比亚的戏剧《亨利四世》中亨利五世在登基前的称呼。
666 hornets-two-nest"～",化自习语 hornets' nest(马蜂窝),此处解 honest-to-goodness"～"。
667 nullity"～";也可与后面合解 nullity suit"～";也解 nudity"～"。
668 Faminy 解 femina［拉］"～";也解 family"～",与后面合解 family hold back"～"。
669 the race is to"～",此处化自习语 the race is to the swift(快者胜)。
670 Seton 解 Satan"～"。
671 Mikealy's whey 解 Saint Michael"天使长米迦勒"＋whey"乳清";也解 Milky Way"～"。白色和黄色为教皇旗的颜色。
672 Poposht 解 Pope"～";也解 Popo［德］"～";也解 Poscht［瑞］"～";也解 Ppt"～",斯威夫特在《史黛拉日记》中对史黛拉的称呼。
673 forstake me knot 解 forget me not"～";也解 for stake"～"＋I knot"～";也解 forsake"～"。
674 where there's white lets ope"～",此处解 where there's life there's hope"～"。
675 Blesht 解 bless"～"。
676 Jook Humprey 解 Duke Humphrey"～",出自习语 dine with Duke Humphrey(不吃饭,饿肚皮);也解 jook"～"。
677 happytight 解 happy"～";也解 appetite"～";也解 hepatitis"～";也解 tight"～"。
678 dumple 解 dump"～";也解 tumble"～";也解 dumpling"～"。
679 ad libidinum 解 ad libitum［拉］"～"。
680 buffkid 解 beefkid"～",海员用语中指用来盛腌牛肉的木桶;也解 buff kid"～"。
681 lassitudes 解解 latitude"～";也解 lassitude"～"。
682 Comtesse Cantilene"～",此处解 Countess Cathleen"～",爱尔兰诗人叶芝的同名戏剧的主人公;也解 cantilène［法］"～"。
683 Mavis Toffeelips 解 Mavis"画眉鸟类"＋Toffee"太妃糖色"＋lips"嘴唇";也解 Mephistopheles"～",德国诗人歌德的《浮士德》中的魔鬼。
684 soprannated 解 superannuated"～";也解 separated"～";也解 soprano"～"。
685 huspals 解 husbands"～";也解 gospels"～";也解 hospitals"～"。
686 Droopink 解 dreeping"～";也解 pink"～"。
687 puresuet 解 pursuit"～";也解 pure suet"～"。
688 taucht 解 taught"～";也解 taucht［德］"～"。
689 mouthpull 解 mouthful"～",此处指口交。
690 rose marine"～",此处解 rosmarine"～"。
691 lunchlight 解 lovelight"～";也解 lunch light"～"。

光，这样当你爱抚擀面杖的时候，把我的名字写在馅饼上。守好那枚宝石，伊茜[692]妹妹，非常珍贵[693]，他说[694]。在这个寒冷的旧世界[695]谁会感到这一点？嗯！你们全都如此迷恋的宝石，她们中只有很少的人[696]得到了，因为现在什么都没有了，只有黑色的披肩[697]马厩|马房和小汽车与之媲美。给他唱首歌[698]铃声。低点儿摸我。我要这样与汝等纵欲，我的讨厌鬼[699]某某人|苏珊娜。秀啊秀，秀上秀。她。绣鞋。秀色。

暴露，勤奋的琼恩突然[700]大叫[701]，把支撑架踢给他的孪生子[702]魔鬼，像巴兰[703]布拉汉姆的驴子一样高声嘶鸣[704]祈祷，随着他那人类的声音[705]增大到宏伟，紧紧握住他的男根，他是那么又高又壮，男人，渐渐地对她有了相当的热度（那碗[706]肠子|决斗|山丘他就寝时[707]吐出的[708]稀粥里肯定有着动力学[709]的能量），泄[710]离婚进我，裸着身体[711]称呼叫着任何山狗崽[712]或山杂种[713]的狗名字[714]姓氏（如果你跟当事人遇到麻烦，你也不大可能忘记他的外貌），那人在路上跟你说话，在那儿他把你当作一个马子，哦，（他那天杀的[715]山羊|晒黑的性感[716]《剥皮者和山羊》上下颠倒的[717]结局猪头肉[718]莎士比亚）为了能得到酒杯和面团而自愿摆弄你的圆团儿，结婚的手，他闲下来就后悔了[719]，没有从合适的与黑色外国人[720]——我们国家的敌人——打交道的部门[721]情妇里拿出他恰当的口令，在看着清白的光线中，我不在乎一点都不在乎的废物[722]坦慕尼协会|同乡会，他是猪[723]脏的|米克，也不是角落里的两声鸣响[724]，也不是山上的三声叫喊（如果他甚至正是跟我真正的

692 Sissy 解 Issy“～”,本书主人公的女儿;也解 sister“～”。
693 rich and rare“～”,出自托马斯·穆尔创作的歌曲《她佩戴的宝石非常珍贵》。
694 ses 解 says“～”。
695 worold 解 world“～”。
696 flitty few 解 pretty few“～”。
697 sable stoles“～”;也解 stable“～”+stalls“～”。
698 ring“～”,此处解 song“～”。
699 soandso“～”;也解 so and so“～”;也解 Susanna“～”,书中女儿伊茜的化身之一。
700 sjuddenly 解 suddenly“～”。
701 jouted out 解 shouted out“～”。
702 double“极相似的对应物”;也解 devil“～”。
703 Brahaam 解 Balaam“～”,他的驴子在天使前回避(《民数记》22:22);也解 John Braham“～”(1774—1856),英国男高音歌唱家。
704 braying“～”;也解 praying“～”。
705 voixehumanar 解 vox humana [拉]“～”。
706 buel 解 bowl“～”;也解 bowel“～”;也解 duel“～”;也解 Bühl [德]“～”。
707 bedgo 解 bedtime“～”。
708 gobed 解 gobbed“～”。
709 kinantics 解 kinetics“～”。
710 divorce“～”,此处解 divulge“～”。
711 undress“～”;也解 address“～”。
712 lapwhelp 解 lap [澳俚]“山坳”+whelp“小狗仔”。
713 sleevemongrel 解 sliabh [爱]“山”+mongrel“杂种”。
714 cur name 解 cur“杂种狗”+name“名字”;也解 surname“～”。
715 goattanned 解 goddamned“～”;也解 goat“～”+tanned“～”。
716 saxopeeler 解 sexappeal“～”;也解“The Peeler and the Goat”“～”,19 世纪出现的爱尔兰小调,仍在酒吧传唱。
717 Upshotdown 解 upsidedown“～”;也解 upshot“～”。
718 chigs peel 解 pig's cheek“～”;也解 Shakespeare“～”。
719 此处化自习语 marry in haste, repent at leisure(草率结婚后悔多)。
720 black fremdling 解 black“黑色的”+Fremdling [德]“外国人”,指丹麦人。
721 ministriss 与后面合解 Ministries of Foreign Affairs“外交部”;也解 mistress“～”。
722 tongser's tammany hang 解 tinker's damn“毫无价值的东西”+not to care a twopenny hang“一点儿都不在乎”;也解 Tammany Hall“～”,纽约市民主党组织;也解 tongster“～”,中国人的一种民间协会。
723 mucky“～”,此处解 muc [爱]“～”;也解 Mick“～”,本书主人公的儿子之一。
724 twoo hoots 解 two hoots“～”,此处化自习语 not to care two hoots(一点儿也不在乎)。

自己有着相同的君士坦丁[725]之名的人[726]无双的人物|诺内苏赫宫，好汉·诺兰[727]明知，就像以诺[728]足以|再之于我的镇长祖先，那在蒂克斯伯里[729]法院巡行中得到他们的离婚的两人，亲爱的雷穆斯叔叔[730]，依波拉堪[731]的头儿[732]首领|死亡，老爸爸尤利西斯[733]里斯本·荷兰纽约人，伍尔弗汉普顿[734]的瘦瘦高高的大人[735]兰开斯特郡，关于他们的小沙丁鱼[736]布里斯托尔)，但是真实得就如同双轨的彼得伯勒[737]圣彼得堡有司法权要放弃[738]，肯定得就像我们从西方回家到涅瓦大街[739]新天空景色，从应许的海滩[740]违反|马裤之地准时而来的海浪(如果我来得更快一点儿，我会在我离开前马上回来)带着圣布伦丹[741]布伦丹海的斗篷，将魔岛[742]海变白，三月的鹅卵石从我们脚[743]脚滑动下面旋转而出，携着火与剑，停下来，相信[744]被保险的既然我们珍惜妹妹的那个名字，那么一旦我们做了，就可能成为那个乱伦者[745]坚持的人的可怜前景。从那时起他就是一个被监视的人[746]市场了。你可能质问我，我们为什么这样说？为何[747]质问|卡雷？猜！你[748]透特叫的[749]原因？想啊想啊想，我敦促你。搞砸了！错成一团。你真不学无术[750]无知的|你不知道！因为那么可能我们很[751]哑的|哑剧快就会给他看肖恩路[752]近路是什么样子，我们将如何克服重重困难打破他那局外人的面孔，因为他因为用他那套给你拿来基列乳香[753]和他那套给你唱阿拉比之歌[754]来追求你，在他用他的两个维度摸索你的婚指[755]同上之前，碰运气试着把我守护[756]受英国大法官监护的未成年人的头放入圣殿[757]阴户|大法官法庭。哎[758]喂！，如果我是傻瓜[759]老板，我就

725 constantineal 解 Constantine“～”(280? —337),第一个皈依基督教的罗马皇帝。

726 namesuch 解 namesake“～”;也解 nonesuch“～”;也解 Nonesuch Palace“～”,1538 年为亨利八世建的宫殿。

727 Knowling 解 Nolan“～”,都柏林著名书籍和文具商店,也是书中两兄弟中闪姆的名字变体之一;也解 knowing“～”。

728 enoch 解 Enoch“～”,《创世记》中挪亚的祖先;也解 enough to“～”;也解 noch [德]“～”。

729 Spooksbury 解 Tewkesbury“～”,英国格洛斯特郡地名,1471 年英格兰玫瑰战争期间在此发生过一场战役。

730 Rere Uncle Remus 解 Dear Uncle Remus“～”,爱尔兰《自由人周报》上一个儿童专栏的内容。

731 Eboracum“～”,罗马人对英格兰北部约克郡约克市的称呼。

732 Baas [荷]“老板”;也解 boss“～”;也解 bás [爱]“～”。

733 Ulissabon 解 Ulisse [意]“～”;也解 Ulysippo [拉]和 Lissabon [芬]“～”,葡萄牙首都,相传为奥德修斯所建。

734 Wolverhampton“～”,英格兰中部斯塔福德郡的城市。

735 lanky sire“～”;也解 Lancaster“～”,位于英国。

736 bristelings 解 brisling“～”;也解 Bristol“～”,英国西部港口城市。

737 Peterborough 解 Peterborough“～”,英国东部城市;也解 Saint Petersburg“～”,俄罗斯西北部港口城市。

738 for sakes 解 forsake“～”。

739 newsky prospect 解 Nevsky Prospect“～”,圣彼得堡的主要街道;也解 new sky prospect“～”。

740 breach“～”,此处解 beach“～”;也解 breeches“～”。

741 Brendan 解 St. Brendan“～”,爱尔兰圣人,传说曾远渡大西洋;也解 Brendan's Sea“～”,指大西洋。

742 Kerribrasilian 解 Hy Brasaille [爱]“～”,爱尔兰传说中的亚特兰蒂斯,从 6 世纪到 18 世纪一直被认为存在于爱尔兰的西部。

743 footslips 解 footsteps“脚步”;也解 foot slips“～”。

744 insured“～”,此处解 assured“～”。

745 insister“～”,此处解 incest“乱伦”+er。

746 markt 解 marked man“～”;也解 Markt [德][荷]“～”。

747 Quary 解 quārē [拉]“～”;也解 query“～”;也解 James Carey“～”(1845—1883),爱尔兰长胜军成员,参与了 1882 年凤凰公园谋杀案。

748 thou“～”;也解 Thoth“～”,埃及神话中的月神。

749 Call'st 解 called“～”;也解 cause“～”。

750 ignoratis 解 ignoramus“～”;也解 ignorant“～”;也解 ignoratis [拉]“～”。

751 dumb well 解 damn well“～”;也解 dumb“～”;也可与后面合解 dumbshow“～”。

752 Shaun way“～”,肖恩为本书主人公的儿子之一;也解 short way“～”。

753 balm of Gaylad 解 balm in Gilead“～”,出自《耶利米书》(8:22)。

754 songs of Arupee 解 Songs of Araby“～”,此处化自歌曲《我要给你唱首阿拉比之歌》。

755 dito [意]“～”,指量婚戒的尺寸;也解 ditto“～”。

756 ward“～”;也可与前面合解 Ward in Chancery“～”。

757 sanctuary“～”,耶路撒冷的神殿;也解 sanctuaire [法俚]“～”;也解 chancery“～”。

758 Ohibow 解 oiboiboi [希]“～”;也解 ohibò! [意]“～”。

759 Blonderboss 解 blunderbuss“老式大口径短枪,～”,此处化自歌曲《美丽的莫莉·布兰尼根》中的歌词“啊,如果我有一柄短枪,我就去决斗,人啊”;也解 boss“～”。

去决斗，人啊[760]！现在，相反，我要告诉你我们该做什么才肯定[761]生病的得到报酬。我们会他会像李尔王对着伦斯特人的脸[762]那样脱口而出[763]爆裂我们的他的嘴，他会我们会把我们的他的[764]轮廓[765]擦剂压成果浆[766]傻子|教皇。轻轻地打开门，有人想要你，亲爱的！你会听到他叫你，猛撞，如同一道闪电[767]祝福|恶魔，在至暗[768]土耳其人的之夜的宣礼师[769]中。现在来吧，邮筒！我要把你的涂写[770]记下一切变硬，墙头草！那会是，大歌剧[771]宏大的咆哮风格，甚至我也得，跟我那些国家政治保卫局和契卡[772]的荡妇们[773]，不得不梳理[774]库姆街圣帕特里克教堂的院子[775]周围图书馆[776]奠酒|自由区的草地[777]树枝堆，把我的淘气鬼[778]虱子|蠢材像隐士[779]一样放在他的背[780]上。我们洗耳恭听[781]所有眼睛。我有他法定数量的[782]《古兰经》|往何处肖像，都在我的视网膜[783]扈从|拉提纳的罗伯特上，伊斯兰教徒[784]傻瓜米克[785]天使长米迦勒。打起精神[786]全部付清！此外在那之后，对我没礼貌，如果我不是特别想把兄弟看护人[787]妓院看守抓起来，交给在作战的哆啦[788]的顽固派女巡警[789]巡逻警察首席娃娃警察[790]乳房|毛孩子，我有可能会开始行动[791]。或者说到那一点，供您参考，如果我听到风声[792]变得紧张说你在我控制住[793]桶愤怒时打的赌，我可能甚至不会把它纳入我的计划[794]大屠杀，作为甜点，做出轻率的举动，投身其中，为你这个完全不认识的人在快乐[795]蒙特乔草地被惩罚，然后跟这个变色龙[796]蜂蜜草地|克伦威尔党人一起把街道擦干净，在一席[797]串地方法官[798]惩罚|更甚和十二位欢快的[799]吟游诗人好人面前，暂停我对[800]诗犹太男孩[801]变

760 gooandfrighthisdualman 解 go and fight a duel, man"～"。
761 sicker"～",此处解 sicher [德]"～"。
762 Leinsterface 解 Leinster"伦斯特省",爱尔兰省名＋face"脸"。李尔王作为爱尔兰的共主是伦斯特人的敌人,死后面向伦斯特埋葬。
763 burst our his mouth"～",此处解 burst out his mouth"～"。
764 ournhisn 解 ours"我们的"＋his"他的"。
765 Liniments"～",此处解 lineaments"～"。
766 poolp 解 pulp"～";也解 poop"～";也解 Pope"～"。
767 blizz 解 Blitz [德]"～";也解 blessing"～";也解 Iblis"～",伊斯兰教传说中的魔鬼。
768 turkest 解 darkest"～";也解 Turkish"～"。
769 muezzin"～",在清真寺召集信徒祈祷的人。
770 scribeall 解 scribble"～";也解 scribe all"～"。
771 grand operoar 解 grand opera"～";也解 grand roar"～"。
772 hogpew and cheekas 解 Cheka"契卡",苏俄时期专政机构＋and"和"＋O. G. P. U."国家政治保卫局",契卡 1922 年的名称。
773 sleuts 解 sluts"～"。
774 coomb 解 comb"～";也解 The Coombe"～",都柏林圣帕特里克大教堂西部的街道和区域。
775 Close Saint Patrice 解 Saint Patrick's Close"～",都柏林地名。
776 libs 解 library"～";也解 libation"～";也解 Liberties"～",都柏林地区名,17 至 18 世纪被称为地狱区。
777 brash"～",此处解 grass"～"。
778 louseboob 解 Lausbub [德]"～";也解 louse"～"＋boob"～"。
779 solitar 解 solitary"～"。
780 behaitch 解 back"～"。
781 all eyes"～",此处解 all ears"～"。
782 quoram 解 quorum"～";也解 Koran"～";也解 quonam [拉]"～"。
783 retinue"～",此处解 retina"～";也解 Robert of Retina"～",第一个把《古兰经》翻译成英文的英国人。
784 Mohomadhawn 解 Mohammedan"～";也解 amadán [爱]"～"。
785 Mike 解 Mick"～",本书主人公的儿子;也解 Michael"～"。
786 Brassup 解 brace up"～";也解 brass up [俚]"～"。
787 brotherkeeper 解 brother's keeper"～",乔伊斯的弟弟斯坦尼斯劳斯曾出版《我哥哥的看护人》;也解 brothel keeper"～"。
788 Dora"～",英语中 1914 年通过的《领土保护法案》(Defence of the Realm Act)的漫画式化身,该法案赋予了英国政府在第一次世界大战中很大的权力。
789 cunstabless 解 constabless"～";也解 constables"～"。
790 police bubby 解 baby police"～",《尤利西斯》中的人物;也解 bubby"～";也解 Bubi [德]"～"。
791 follopon 解 fall upon"～"。
792 get the wind up"～",此处解 get wind of"～"。
793 buckets"～",此处解 floodgates"水闸"。
794 progromme 解 programme"～";也解 pogrom"～"。
795 heppiness 解 happiness"～",此处指 Mountjoy Prison"～",都柏林监狱名,直译为"快乐山"。
796 Clonmellian 解 chameleon"～";也解 Cluain Meala"～",爱尔兰提珀雷里郡的市镇;也解 Cromwellian"～"。
797 bunch"～",此处解 bench"～"。
798 magistrafes 解 magistrate"～";也解 Strafe [德]"～";也解 magis [拉]"～"。
799 gleeful"～";也可与后面合解 gleemen"～"。
800 verses"～",此处解 versus"～"。
801 joyboy 解 jewboy"～";也解 joyboy [俚]"～"。

童提出的诉讼？经历了正义和不义的无人之子[802]。它应该多多少少证明了一件事，并且展示了我帽子[803]杯子上最洁白的羽毛[804]最宽广的联邦的|羽翅|契约神学。然后他将得到供他思考[805]的三色堇[806]沉思|绷带|思考，为和平而吼叫。可爱的诺克斯[807]敲击|小山，我向他保证会有足够的伯克们[808]狗吠供他犯罪[809]胫骨。都柏林[810]小山赢得赞颂[811]嗯哺。在这种情况下，我在与性欲的斗争中不会完整，直到我设法为你把你的查理你是我的爱[812]杀得半死，并且把他送去外科医生休谟家[813]《家，甜蜜的家》，代数学家，在他指定的时间之前，尤其是如果他原来是褐色皮肤活跃于社交圈的人，枪手罗洛[814]工头，曾经的[815]欲望阿诺特百货店[816]拉龙格巡查[817]走廊|华尔兹舞|地面|《巡视员》的儿子，拾起种种想法，大大超过或者大约五十六岁左右，猿人[818]似猿人大小，大约[819]五英尺八，通常的X Y Z类型，康乐中心塔尔博特大厦[820]，只有红葡萄酒，不在时间绵延[821]鹳|火把的血统簿里，长者牙刷般的胡子和颌中陶器，又名从衣领里露齿而笑者，当然无须，肉和煤矿工人的[822]科尔曼|圣科尔曼套装，穿着水手的袋状休闲裤，显然对他来说太宽大了，还有春潮[823]泉水边靴，可洗领带，马修神父[824]的桥形别针[825]桥柩，在罗斯饭店[826]的吧凳上抿着某种惠特利饮料，与胖子奥拉夫[827]腰子的某个酒吧伙伴[828]人民|民众|乌合之众，此外[829]去抢劫|出租总是设法每周[830]单峰骆驼|数星期|每七天的购买[831]穷的|追逐动产好放到[832]新房子里，手里拿着香烟，在健力士酒厂[833]有很好的工作和津贴，我们去诺曼底的风格对话旅行怎么样，配以特定场合的对

802 Filius nullius per fas et nefas 解 filius nullius per fas et nefas［拉］“～”。

803 cup“～”，此处解 cap“～”。

804 widest federal“～”，此处解 whitest feather“～”。其中 federal 也解 Feder［德］“～”；也解 federal theology“～”。

805 pensamientos 解 pensamiento［西］“～”，此处化自习语 a penny for your thoughts(告诉我你在想什么)。

806 pansements 解 pansies“～”，出自莎士比亚的悲剧《哈姆雷特》(IV. 5. 175)“这些是三色堇，它代表了思想”；也解 pensement“～”；也解 pansement［法］“～”；也解 pensée［法］“～”。

807 knocks“～”，此处解 Dr Robert Knox“～医生”，19 世纪初的英国医生，从爱尔兰杀人犯伯克那里购买尸体；也解 cnoc［爱］“～”。

808 burkes 解 William Burke“～”(1792—1829)，爱尔兰杀人犯，把新鲜的尸体卖给爱丁堡解剖学校；也解 barks“～”。

809 shins“～”，此处解 sins“～”。

810 Dumnlimn 解 Dublin“～”；也解 drumlin［爱］“～”。

811 wimn humn～”，拟声，此处解 win“赢得”＋hymn“赞美诗”。

812 化自歌曲《查理我的爱》。

813 Home Surgeon Hume 解 Home“家”＋Surgeon Gustavus Hume“外科医生古斯塔夫斯·休谟”，18 世纪都柏林的医生，曾任爱尔兰皇家外科学院院长；也解“Home, Sweet Home”“～”，歌曲名。

814 Rollo the Gunger 解 Rolf Ganger“步行者罗尔夫”，也叫罗洛，9 世纪的维京人领袖，从法王查理三世处接收鲁昂周围的土地和塞纳河口，此地被称为诺曼底＋gunner“枪手”；其中 Gunger 也解 ganger“～”。

815 wants“～”，此处解 once“～”。

816 Arnolff's 解 Arnott's department store“～”，都柏林商店名；也解 Adolf L'Arronge“～”(1838—1908)，德国剧作家。

817 flurewaltzer 解 floorwalker“～”；也解 Flur［德］“～”＋Walzer［德］“～”；也解 flure［爱］“～”；也解“The Floorwalker”“～”，歌曲名。

818 pithecoid“～”；也解 pithêkoeidês［希］“～”。

819 perhops 解 perhaps“～”。

820 R. C. TOC H. 解 recreation center“康乐中心”＋Talbot House“塔尔博特大厦”，伦敦建筑，第一次世界大战时期士兵的康乐中心。

821 stortch 解 stretch“～”；也解 Storch［德］“～”；也解 torch“～”。

822 colmans 解 coalman's“～”；也解 Coleman“～”，都柏林的肉商；也解 St. Colman“～”，圣帕特里克的门徒，因为误解了圣帕特里克的指示，在晚祷钟声后渴死。

823 springside“～”，此处解 springtide“春天的季节”。

824 Father Mathew 解 Father Theobald Mathew“～”(1790—1856)，在爱尔兰倡导戒酒。

825 bridge pin“～”，枪的一个部分，此处直译为“～”。

826 Rhoss 解 Ross's“～”，20 世纪初都柏林的很多饭店都叫罗斯饭店。

827 Olaf Stout 解 Olaf the Stout“～”，挪威国王，1015 至 1028 年在位，使挪威改信了基督教，后封圣。

828 pubpal 解 pub“酒吧”＋pal“伙伴”；也解 people“～”；也解 popal［爱］“～”；也解 Pöbel［德］“～”。

829 to loot“～”，此处解 to boot“～”；也解 to let“～”。

830 hebdomedaries 解 hebdomadary“～”；也解 dromedary“～”；也解 hebdomades［希］“～”；也解 hebdomadikos［希］“～”。

831 poorchase 解 purchase“～”；也解 poor“～”＋chase“～”。

832 putt in 解 put in“～”。

833 Buinness 解 Guinness“～”，都柏林的著名酒厂。

话，他们说着在都市影院[834]珍珠母银幕[835]上那个塑造了米迦勒及其失去的天使[836]圣米尚教堂|米开朗基罗|洛杉矶市的被称为电影的[837]朦胧色|彩色电影|芬·麦克尔|正片真是美妙之物[838]活泼的表演创造奇迹|鼻涕|了不起的|巨大的，蓝绿色眼睛，有点儿浮渣，生出一连串愤怒的疮，多少与神有关，在酒精和诸如此类中寻找安慰，普遍的综合性特点，带着少许铁路头脑[839]火车、陈腐的咳嗽，以及跛行症[840]克劳迪乌斯|瘸带来的偶然性阵痛，有他特别喜爱的十年以上的多产类[841]二等的家族，既是飞毛腿[842]飞毛腿哈拉尔德也穿着重靴[843]脚步重的|拉格纳·罗德布洛克|鞋子，猛踢[844]除此以外和滚开[845]收买。我是说[846]阿门。

因此无论关节还是胳膊肘，随它去，我这里劝告你！这可能全是头号乐趣，但是长笛菲尔[847]的游戏进行时，玛丽停下来[848]玛丽·斯托普斯，这是每次敲击下的击球即跑和一触即发。胳膊芳香[849]，身侧在旁边，面向墙壁[850]。为投币的翻滚，为襁褓的束缚。啊。愿[851]唯恐没有误解，理解[852]误解|领先|森林|巧遇小姐，关于美丽的小家伙[853]嗅的人|梅勒斯在摇篮[854]哭叫中啼哭的时候，那个紧紧抓住生活困境者[855]的人(三百三十三比一在后悔之日中)，肮脏的老乞丐[856]更大的|同性恋者|比格会在咳嗽[857]棺材中尖叫的话，你最好就像我劝告[858]重新开始你的，在声音爆发[859]成长|人们|增长前后控制枪管笔直(你这个长着吉卜赛眼睛[860]的口袋，你听到我祈祷的了吗?)或者，天哪[861]切口，没有想破[862]黄油|巴特头去确定[863]分类|尾巴谁先[864]被强迫的打的[865]轻抚，或者哪个打得重[866]向后地|巴克利，我自己[867]会平躺着迷恋你，就像陌生人[868]站着乘车的人说的，好用法

834 Mothrapurl 解 Metropole Cinema“～”,都柏林的一家电影院;也解 mother-of-pearl“～”。
835 skrene 解 screen“～”。
836 Michan and his lost angeleens 解 Michael and His Lost Angels“～”,19 世纪末 20 世纪初英国戏剧家亨利·阿瑟·琼斯的代表作。其中 Michan 也解 St. Michan's Church“～”,都柏林教堂;也解 Michelangelo“～”(1475—1564)。其中 lost angeleens 也解 Los Angeles“～”。
837 filmacoulored 解 film called“～”;也解 film colour“～”,心理学中的一种颜色;也解 color film“～”;也解 Finn MacCool“～”,爱尔兰传说中芬尼亚英雄的领袖;也可与后面合解 feature film“～”。
838 corkyshows do morvaloos 解 quelque chose de merveilleuse [法]“～”;也解 corky shows do marvels “～”。其中 morvaloos 也解 morve [法]“～”;也解 marvelous“～”;也解 mór [爱]“～”。
839 railwaybrain 解 railway“铁路”+brain“头脑”;也解 train“～”。
840 claudication [医]“～”;也解 Claudius“～”(前 10—公元 54),罗马帝国的皇帝;也解 claudicatio [拉]“～”。
841 fecundclass 解 fecund“多产的”+class“种类”;也解 secondclass“～”。
842 harefoot“～”;也解 Harald Harefoot“～”,撒克逊人的国王,1035—1040 年在位。
843 loadenbrogued 解 loaden“承重的”+brogued“穿着粗革皮鞋”;也解 leadenfooted“～”;也解 Ragnar Lodbrok“～”,传说中 9 世纪北欧海盗的智者,死于爱尔兰;也解 bróg [爱]“～”。
844 to boot“～”,此处直译“～”。
845 buy off“～”,此处解 be off“～”。
846 Imean 解 I mean“～”;也解 Amen“～”。
847 Phil fluther 解“Phil the Fluter's Ball”“～”,爱尔兰演员威廉·帕西·弗兰奇写的一首喜剧性歌谣。
848 Marie stopes 解 Marie stops“～”;也解 Marie Stopes“～”(1880—1958),英国计划生育先驱、古植物学家和作家。
849 arome 解 aromatic“～”。
850 face into the wall“～”,此处化自习语 turn one's face to the wall(知道大限将至)。
851 lest“～”,此处解 let“～”。
852 Forstowelsy 解 forstaalse [丹]“～”;也与前面合解 misforstaalse [丹]“～”;也解 forestall“～”;也解 Forst [德]“～”;也解 fors [拉]“～”。
853 smellar“～”,此处解 fellow“～”;也解 Mellors“～”,英国小说家劳伦斯的小说《查泰莱夫人的情人》中查泰莱夫人的情人。
854 crydle 解 cradle“～”;也解 cry“～”。
855 plightforlifer 解 plight for life“～”+-er。
856 bigger“～”,此处解 begger“～”;也解 bugger“～”;也解 Joseph Biggar“～”,巴涅尔在国会中的助手,驼背。
857 coughin 解 coughing“～”;也解 coffin“～”。
858 recommence“～”,此处解 recommend“～”。
859 vokseburst 解 voice burst“～”;也解 vokse [丹]“～”;也解 folks“～”;也解 wachse [德]“～”。
860 gypseyeyed 解 gypsy“吉卜赛人”+eye“眼睛”+-d。
861 Gash“～”,此处解 Gosh“～”。
862 butthering 解 bothering“烦扰”;也解 butter“～”;也解 Butt“～”,本书主人公的儿子之一。
863 assortail 解 ascertain“～”;也解 assort“～”+tail“～”。
864 forced“～”,此处解 first“～”。
865 stroke“～”,此处解 strook“～”。
866 backly 解 badly“～”;也解 back“～”;也解 Buckley“～”,书中巴克利与俄国将军的故事中的爱尔兰士兵,在克里米亚战争中开枪打死一个正在大便的俄国将军。
867 myselx 解 myself“～”。
868 straphanger [俚]“～”,此处解 stranger“～”。

槌一敲，付出如此巨大的[869]致敬代价，把我和我的名字以及你自己和你的婴儿袋打落给第三方[870]第三价格牛商[871]牧童|尴尬的|肮脏的交易，便宜得如小气鬼[872]的灰尘(待售!)，或者我会为你好好咂吻你那水果味儿的红枣唇，因此如果你不在你的鸽舍[873]鸽舍发电站里措辞谨慎，我就会为你喷涌。爱的快乐只延续了一瞬，但是生活的誓言[874]儿童长过[875]贪求一生[876]叶子|亲爱的。我讨厌你。我会教你坏习惯[877]床|爱情，以牙还牙[878]，如果我在你的河水连衣裙上发现海盗[879]马毛|尸体|头发，跟情场浪子[880]爱尔兰人|引人注目的人玩你的教女[881]审计员|古怪的|无价值之物触摸策略[882]，你的博柏利[883]的蠕动一面[884]海滨用谷壳[885]棕柳莺和刨花大方地[886]极佳地|照字面地|鲁皮塔遮盖。你在[887]上迷迭香巷[888]黑肤的罗瑟琳|瘦而健康的和主祷文街[889]马路，是不是？我密切注意你，你理解。叫别人[890]床铺|伊丽莎白拿着你的包裹，你梦想着纯粹的荣耀。你会不再跟随[891]前往步行者罗尔夫[892]。开辟小礼拜堂，你是吗？在特殊旅馆里与骗子们约会，我们是吗？孤独地去扮演你的母亲，伊茜[893]伊瑟？你与朋友一起[894]？嘿[895]干草，圆点是一个疯狂的[896]玩偶|小丑奇谈！那么请注意[897]！我会打[898]思乡的|寻找家你，鲁皮卡[899]卢波库斯|牧神节，确定得就如利莫里克[900]里有巴列丁奈特[901]巴拉丁伯爵，绝对保密[902]在有条纹的会议上，这是如何。上帝之名[903]鞭子|的|生活！如果你们两个去到铁轨上走，上帝[904]警戒，我就不得不[905]激励去在灌木后打了[906]！留心！噼[907]剪断！随你便。我会是猎帽的猎兔犬在篱笆里后仓促[908]藏好。啪！我会撕碎你的灯罩[909]，把你的所有蹄子都锁到橱子

869 greet“～”,此处解 great“～”。
870 third price“～”,此处解 third party“～”。
871 cowhandler 解 cow“牛”＋Händler［德］“商人”;也解 cowhand“～”;也解 cow-handed［俚］“～”;也解 Kuhhandel［德］“～”。
872 niggerd 解 niggard“～”,此处化自习语 as cheap as dirt(极度便宜的)。
873 pigeonhouse“～”;也解 Pigeon House“～”,位于都柏林利菲河口。
874 pledges“～”;也解 pledge［比喻］“～”。
875 outlusts 解 outlasts“～”;也解 lusts“～”。
876 lieftime 解 lifetime“～”;也解 leaf“～”;也解 lief“～”。
877 bed minners 解 bad manners“～”;也解 bed“～”＋Minne［德］“～”。
878 tip for tap 解 tit for tat“～”。
879 corsehairs 解 corsair“～”,也指英国诗人拜伦的诗歌《海盗》;也解 horsehairs“～”;也解 corse“～”＋hairs“～”。
880 micky dazzlers［都柏林俚语］“使女人心动的男人”;也解 micky“～”＋dazzler“～”。
881 oddaugghter 解 goddaughter“～”;也解 auditor“～”;也解 odd“～”＋aught“～”。
882 tangotricks 解 tango［拉］“触摸”＋tactics“策略”。
883 burberry 解 Burberry“～”,英国著名的服装品牌。
884 squirmside 解 squirm“蠕动”＋side“方面”;也解 seaside“～”。
885 chiffchaff“～”,此处解 chaff“～”。
886 lupitally 解 liberally“～”;也解 capitally“～”;也解 literally“～”;也解 Lupita“～”,帕特里克的妹妹,与帕特里克同样被卖到爱尔兰为奴,之后成为妓女,数年后与帕特里克相逢时已怀孕,被帕特里克杀死。
887 wos 解 was“～”。
888 Rosemiry Lean 解 Rosemary Lane“～”,都柏林街道名;也解 Rosaleen“～”,爱尔兰的化身之一＋lean“～”。
889 Potanasty Rod 解 Paternoster Row“～”,伦敦街道名,现改为主祷文广场;其中 Rod 也解 road“～”。
890 Annybettyelsas 解 anybody else“～”;也解 Bett［德］“～”;也解 Elizabeth“～”,本书主人公的女儿伊茜的别名之一。
891 ging naemaer wi' 解 go no more with“～”;其中 ging［德］“～”。
892 wi'Wolf the Ganger 跟 with Rolf the Ganger“～”,见注 814。
893 isod 解 Issy“～”,本书主人公的女儿;也解 Isolde“～”,中世纪骑士传奇特里斯丹与伊瑟的故事的女主人公。
894 wiffriends 解 with friends“～”。
895 Hay“～”,此处解 hey“～”。
896 doll“～”,此处解 toll［德］“～”;也解 droll“～”。
897 Mark mean 解 mark me“～”,化自习语 mark you(你听着)。
898 homeseek 解 heimsuchen［德］“～”;也解 homesick“～”;也解 home seek“～”。
899 Luperca［拉］“～”,喂养罗马城奠基人罗慕洛斯和雷穆斯的母狼;也解 Lupercus“～”,罗马神话中的牧神;也解 Lupercalia“～”,罗马节日,每年 2 月 15 日。
900 Limerick“～”,郡名,位于爱尔兰芒斯特地区北部。
901 palatine“～”,在领地内享有王权的封建贵族,此处解 The Palatinate“～”,地名,位于利莫里克郡。
902 in striped conference“～”,此处解 in strict confidence“～”。
903 Nerbu de Bios 解 Nombre di Dios［西］“～”;也解 nerbo［意］“～”＋de［法］“～”＋bios［希］“～”。
904 Gard 解 God“～”;也解 guard“～”。
905 goad to“～”,此处解 got to“～”。
906 beat behind the bush“～”,此处化自习语 beat about the bush(旁敲侧击)。
907 Snip“～”,此处解 snap“～”,鞭打的声音。
908 huries 解 hurry“～”。
909 limpshades 解 lampshade“～”。

里，我会，还会把你那身丝绸皮切成一条条吊袜带。等我让你真的[910]聪明点儿了，你会放弃你的灰姑娘[911]询问|非新娘的|妓院|泥土|骄傲做法。因此救救[912]打耳光|击打你的上帝[913]书|阴茎|佛祖，亲吻痛苦！我会相当满意[914]萨德侯爵，让主教[915]阴茎高兴[916]玩耍，为了你局部的赎罪，如果你是[917]你的我的收音机女孩[918]竞技|尖锐的。美好的男人和污秽的暗示。有许多合法的[919]违法的|让快乐砰砰咒骂着[920]发生在你的路上，光华如缎的紫蘩蒌[921]小姐。为了你自己的好处，你理解的，因为那个把他的香肠[922]阴茎向女人举起的男人是出于仁慈节省道路。你会记得[923]葡萄藤你的箴言[924]臀部|蛀虫|是否爱情引导夏娃[925]，下[926]绰号次可能[927]有势力的人|米克更聪明。因为我正要拉来我的腾跃者，在马屁股上给你猛砍拍[928]一下，你理解，那将把一抹红如罂粟的羞耻带给你最后面的牡丹花，直到你大叫爸爸饶命[929]罂粟花|珀登，在又热又红又痛[930]的打击下你的杜鹃花[931]玫瑰发红[932]。我在，我做，我受苦，（你现在听到我了吗？舔勺子，别再看镜面里你的柔媚蝴蝶结[933]）你不会涂去流逝的年月中的大部分，未能给自己做出很好的辩护，如果你认为我已经他妈的愚蠢[934]褐色的丘比特到那种地步。现在熄灯（噗[935]！），严格控制，明天再说。我就是这样为尔等控制好你们的美丽进阶[936]贪婪的|阴户|循序渐进地|俄狄浦斯，我这个小母牛[937]里的公牛[938]球|安妮王后，因为只有我有一双[939]同龄人能打出重拳的胳膊[940]。在她们中间。

我将在你不知道的时候从海[941]看上回来[942]愤怒转向，我将作

910 reely 解 really“～”。
911 ask unbrodhel 解 Aschenbrödel［德］“～”；也解 ask“～”＋un-bridal“～”。其中 unbrodhel 也解 brothel “～”；也解 bródh［爱］“～”；也解 bród［爱］“～”。
912 skelp“～”，此处解 help“～”；也解 sceilp［爱］“～”。此句化自习语 Help me God(上帝救我)。
913 budd 解 God“～”；也解 book“～”；也解 bod［爱］“～”；也解 Buddha“～”。
914 sadisfaction 解 satisfaction“～”；也解 Marquis de Sade“～”(1740—1814)，法国色情文学作家。
915 bishop“～”，在俚语中也指“～”。
916 plays“～”，此处解 please“～”。
917 your“～”，此处解 you are“～”。
918 rodeo gell 解 radio girl“～”；也解 rodeo“～”＋gell［德］(声音)“～”。
919 lecit 解 licit“～”；也解 illicit“～”；也解 let“～”。
920 bangslanging 解 bang“发出重响”＋slanging“用粗俗话骂”。
921 Pinpernelly 解 pimpernel“～”，海绿属植物。
922 pud“～”；也解 bod［爱］“～”。
923 rebmemer 解 remember“～”；也解 Rebe［德］“～”。
924 mottob 解 motto“～”；也解 bottom“～”；也解 Motte［德］“～”；也解 ob［德］“～”。
925 Aveh Tiger Roma 解 Amor Regit Heva［拉］“～”。
926 nickst 解 next“～”；也解 nick“～”。
927 mikely 解 might“～”；也解 mighty“～”；也解 Mick“～”，本书主人公的儿子。
928 splitpuck 解 split“劈开”＋poc［爱］“猛拍”。
929 papapardon 解 papa“爸爸”＋pardon“宽恕”；也解 papaver［拉］“～”；也解 Purdon“～”，1870 年任都柏林市长。
930 calorrubordolor 解 calor［拉］“炎热”＋rubor［拉］“红色”＋dolor［拉］“痛苦”。
931 rhodatantarums 解 rhododendron“～”；也解 rhoda［希］“～”。
932 radden 解 redden“～”。
933 bussycat bow 解 pussycat bow(女衬衫衣领处的)“～”。
934 tan cupid“～”，此处解 damn“该死”＋stupid“愚蠢”。
935 bouf 解 puff“喷出”。
936 greedypuss beautibus 解 gradibus beautibus［拉］“～”，模仿古代教科书的书名；也解 greedy“～”＋pussy“～”；也解 gradatus［拉］“～”；也解 Oedipus“～”，希腊神话中著名的杀父娶母的悲剧国王。
937 爱尔兰的詹姆士党人在诗中以此指代爱尔兰。
938 bullin 解 bull“公牛”＋in“在里面”；也解 ball“～”；也解 Anne Boleyn“～”，英国女王伊丽莎白一世的生母，与亨利八世有私情，后被立为王后。
939 peer“～”，此处解 pair“～”。
940 arrams 解 arms“～”。
941 see“～”，此处解 sea“～”。
942 ire turn“～”，此处解 I return“～”。

为罗马教廷大使[943]宣布回到这里。我们将怎样(真理距荒谬只有一步之遥)一次又一次[944]经常,我的未来,带着最深的爱和回忆,在反省[945]回顾中想起你,但是我远远地在枕头之上[946],在空空中一直[947]爱怜地[948]发现呼吸着我的名字,同时被一对儿敲门人[949]都柏林的喋喋不休扰乱[950]。我们那致东方椴树[951]《东林怨》的民族自治[952]荷马|家庭角色诗人,佛瑞德·卫泽利,以某种方式[953]说得更好。你坐在我的台阶[954]风格上,也许,那里我常常[955]关于那个帮助你的矿藏[956]结束的。来自利菲河岸[957]的小游戏鲁米利亚[958],(太舒服了[959]!)但是你确实在我们感情的这个纯粹的座位上占据了很大一个角落。蠼螋[960]壹耳微蚵是我的种类,因此愿我们永无休止地[961]不爬行地繁殖[962]多足的|多脚的,如同亚伯拉罕的子孙[963]"&"符号|琥珀上的沙子。七重天,啊,天堂!我想要你[964]我向你保证|我欠你的|我和你!你那通向我小的我[965]贬低我的办法妙极了,因此我很[966]富足地骄傲我送给你了我[967]嗯最可爱的奇[968]思考思,抚摸着我,破折号,经由尿液在你里面[969]今天,句点,处女膜[970]连字符,洞房花烛夜[971]栽入苗床|夜晚如此漂亮的拱形小神[972]锥子|阴茎|波德金。如果我让你满意地[973]突围|时尚证明了我是怎样一个满怀爱情[974]盔甲|戴避孕套|荣誉|偷情|阿莫里凯的人让我这样吧,让我恳请吧,让我看看你赤裸的身体[975]伊莎贝尔。我会怎样,如果我能活下来,因为,让汝与吾[976]心的结合者感到高兴,我在希望中活着,希望能,在游动的举起的手中[977]我,重新放置在你的[978]回答里面,你的那么渴望着[979]我[980]逃学|吾,肯定地用甜蜜的吻[981]糖覆盖你秀美丰满的面

943 a nuncio“～”；也解 announce“～”。
944 times out of oft 解 times out of number“～”；也解 oftentimes“～”。
945 rintrospection 解 introspection“～”；也解 retrospection“～”。
946 此处化自爱尔兰诗人托马斯·穆尔的歌曲“Far Away on the Billow”（《远远地在浪涛之巅》）。
947 此处化自歌曲“All Through the Night”（《整个夜晚》）。
948 foundly 解 fondly“～”；也解 found“～”+-ly。
949 doppeldoorknockers 解 Doppel［德］“体育上的双打”+door“门”+knockers“～”；也解 Dublin“～”。
950 moidhered 解 moider“～”+-ed。
951 Ostelinda 解 Ost［德］“东方”+Linde［德］“椴树”；也解 *East Lynne*“～”，亨利·伍德夫人 19 世纪 60 年代写的畅销感伤小说，后来被改为电影。
952 homerole 解 home rule“～”；也解 Homer“～”，古希腊诗人；也解 home role“～”。
953 somewhys 解 someways“～”。
954 style“～”，此处解 stile“～”。
955 whereoft 解 where“那里”+oft“经常”；也解 whereof“～”。
956 ore“～”；也解 over“～”。此处化自歌曲“I'm sitting on the stile, Mary, / Where we sat side by side”（我坐在台阶上，玛丽，/那里我们曾并肩而坐）。
957 Liffalidebankum 解 Liffey bank“～”。
958 rumilie 解 Rumelia“～”，巴尔干半岛地名，1885 年后属于保加利亚。
959 Toobliqueme 解 too“非常”+bequem［德］“舒服的”。
960 Aerwenger 解 earwig“～”；也解 Earwicker“～”，本书主人公。
961 uncreepingly 解 unceasingly“～”；也解 un-creeping+ly“～”。
962 multipede“～”，此处解 multiply“～”；也解 multipeda［拉］“～”。
963 sands on Amberhann 解 sons of Abraham“～”，亚伯拉罕为古希伯来人的祖先；也解 ampersand“～”；也解 sands on Amber“～”。
964 Iy waountyiou 解 I want you“～”；也解 I warrant you“～”；也解 I. O. U. 即 I owe you“～”，乔伊斯曾在《尤利西斯》中用过这个文字游戏。其中 yiou 也解 I and you“～”。
965 melittleme 解 me little me“～”；也解 belittle me“～”。
966 Ickam 解 Ik［荷］“我”+am“是”。
967 uym 解 you my“～”；也解 yum“～”。
968 pansiful 解 fanciful“～”；也解 pensée［法］“～”。
969 in-you“～”；也解 indiu［爱］“～”。
970 Hyphen“～”，此处解 hymen“～”。
971 beddingnights 解 wedding night“～”；也解 bedding“～”+nights“～”。
972 godkin 解 godling“～”；也解 bodkin“～”，在俚语中指“～”；也解 Michael Bodkin“～”，乔伊斯的妻子诺拉年轻时在戈尔韦的恋人。
973 sallysfashion 解 satisfaction“～”；也解 sally“～”+fashion“～”。
974 Armor“～”，在俚语中 fight in armour 指“～”，此处解 amor［拉］“～”；也解 honor“～”；也解 amour［拉］“～”；也解 Armorica“～”，古高卢地名，主要指布列塔尼半岛，因此代指书中的特里斯丹与伊瑟的主题。
975 isabellis 解 déshabillé［法］“～”；也解 Isabelle“～”，本书主人公的女儿的别名之一。
976 U. M. I. 解 you and I“～”，此处化自歌曲“You Are My Heart's Delight”（《你是我的心上人》）。
977 mig［丹］“～”，此处解 mid“～”。
978 yawers 解 yours“～”；也解 answer“～”。
979 yeager for 解 eager for“～”。
980 mitch“～”，此处解 me“～”；也解 mich［德］“～”。
981 zuccherikissings 解 sugary kissings“～”；也解 zuccheri［意］“～”。

颊[982]葡萄干蛋糕的两侧纯洁的脸[983]小鸡，香，香[984]香港，诸如此类[985]这样失去了，在那些汗淋淋的清晨中的一天，我让蝙蝠吓得飞出了钟楼[986]，说实话，凭着我那开心的家伙和孩子他爹[987]吵闹的狗和老爹橡树，我要到来[988]变得，到来，到来，当，在我们相遇的水[989]交汇之际，希望[990]阴户给希望者，就像广博的群山不再断裂，你会当时当地，在那些我们的你们的柔和协调的快乐时刻，雨点般在我的背上亲吻，为了充分发挥搭在肩膀上的胳膊，在那个团结的爱尔兰橄榄球协会[991]我是你体育场[992]，当我到来（施洗[993]！施洗！）荒野快车的狐狸再次进入我自己的绿鹅[994]妓女|狐狸与鹅，交换甜蜜的爱抚[995]大酒杯，半斤对八两，直到他们打赌当樱桃们下次回到爱尔兰[996]伊灵时，我们会成为发疯的赛马，因为她们肯定来，就像她们在她们的过去必然做的[997]芥末，就像她们为我现在的[998]迫切的赛节必然做的，就像她们樱桃将[999]少女|将|愉快的在这之后必然立刻做的，紧接着我在我那无马[1000]牧场的马荒中安全地回到无知和极乐[1001]，穿过南疆和北土[1002]故乡和爱尔兰|舒尔河和诺尔河，国王郡和女王郡[1003]国王之国和女王们，带着我给勇敢的女孩们的珍珠，用的方法汝等将很难。知道我[1004]意见。

窈窕汝等，来跟我过苦日子[1005]，野猫[1006]重振旗鼓|老鼠|妓女聚拢！是在涤罪后我们将，义卖和社会服务，太太，通过领养养子来完成我们的亚伯派[1007]结合。航向悦耳之音！起来墨菲、赫能和德怀尔[1008]，战争基金的守护者[1009]曼彻斯特殉道者！如果你能穿过你的直筒连衣裙，并在你我之间进入我们的衬衣袖子[1010]共

982 plumpchake 解 plump“胖乎乎的”＋cheek“面颊”；也解 plumcake“～”。
983 chicks“～”，此处解 cheeks“～”。
984 hong, kong，拟声，也解 Hong Kong［中］“～”。
985 and so gong 解 and so on“～”；也解 and so gone“～”。
986 ivfry 解 belfry“～”，此处化自习语 have bats in the belfry(异想天开)。
987 rantandog and daddyoak 解“The Rantin' Dog, the Daddy o't”(《孩子他爹，这开心的家伙》)，苏格兰诗人罗伯特·彭斯的诗歌；也解 rantan dog and daddy oak“～”。
988 become“～”，此处解 be coming“～”。
989 此处化自爱尔兰诗人托马斯·穆尔的歌曲“The Meeting of the Waters”(《水流交汇》)。
990 wish“～”，也解［俚］“～”。
991 I. R. U. 解 Irish Rugby Union“～”；也解 I are You“～”。
992 stade［法］“～”。
993 touf 解 tauf［德］“～”，书中圣布利吉特接受施洗的主题。
994 greengeese 解 green geese“～”，在俚语中指“～”；也解 Fox and Geese“～”，都柏林地区名。
995 smugs［英口］“～”，多指男学生的同性恋行为“；也解 mugs“～”。
996 Ealing“～”，伦敦的一个城区，此处解 Erin“～”。
997 musted 解 must“～”；也解 mustard“～”。
998 pressing“～”，此处解 present“～”。
999 chirrywill 解 cherry“～”，在俚语中指“～”＋will“～”；也解 cheery“～”。
1000 Coppal 解 capall［爱］“～”；也解 Koppel［德］“～”。
1001 此处化自习语 ignorance is bliss(无知便是福)。
1002 suirland and noreland 解 south land and north land“～”；也解 sireland and Ireland“～”；也解 Suir and Nore“～”，爱尔兰南部的两条河流。
1003 kings country and queens“～”，此处解 King's and Queen's Counties“～”，指位于爱尔兰中部的奥法利郡和中东部的莱克斯郡(现称累伊斯郡)。
1004 Knowme“～”，此处化自歌曲“Johnny, I Hardly Knew Ye”(《约翰尼，我几乎不认识你》)；也解 gnome［希］“～”。
1005 此处化自英国诗人克里斯托夫·马洛的诗歌《多情牧童致他的爱人》中的诗句“Come live with me and be my love”(请来跟我同住，与我相恋)。
1006 rally rats 解 alley cats“野猫，泼妇”；也解 rally“～”＋rats“～”，在法国俚语中指“～”。
1007 Abelite“～”，4 世纪北非的一个基督教异端派别，主张婚后禁欲，领养儿童。
1008 Murphy, Henson and O'Dwyerr 解 Murphy, Hernon and Dwyer“～”，1924 至 1930 年间都柏林的地方长官。
1009 Warchester warder 解 war chest“战争基金”＋-er＋warder“守卫”；也解 Manchester Martyrs“～”，1867 年帮助芬尼亚会首领逃跑而被处决的芬尼亚会员。
1010 shared slaves“～”，此处解 shirtsleeves“～”；也解 shared selves“～”。

用的奴隶|共享的自我，我就贡献一小段[1011]衬衫时间，胸对胸[1012]背带对胸罩，肩并肩[1013]呼喊者对组织能手，我们会实现我们的工作计划。进入花园协会，远离国内的狂热[1014]巨大的未知！我们要让全都柏林郡[1015]国家城市化[1016]市民。让我们，真正的我们，在我们的预备[1017]涤罪的阶段全都像使徒[1018]布莱斯·帕斯卡|杰奎琳·帕斯卡一样团结[1019]点燃|依纳爵·罗耀拉起来，成为器皿[1020]有用的发挥功用，帮助我们的杰奎琳[1021]埃阿斯姐妹们打扫干净猪洞，给事情普遍赋予活力。世界改良论数量巨大，抽彩筹集进款，分享赛马赌金，直至中心点，辐条和轮辋发出赞美诗般的嗡嗡声。只焚烧那些爱尔兰的东西，接受他们的煤炭。你将平缓属于英格兰的漆黑[1022]科克胆汁，碰触美国的[1023]阿莫里凯铁矿砂[1024]铁芯|心肠。给我写几篇随笔，我的职业学者，但是马虎些[1025]，把你的鼻子蘸到里面，为了亨丽埃塔[1026]亨丽埃塔街，写陪审团[1027]犹太人生活中的死亡率[1028]出生率，以及哈灵顿[1029]哈灵顿街|毛皮|哈雾国王的烂泥达到最高点，在全部烂泥上面向后[1030]林荫大道跑。如果我这里只有我极其年轻的桨手[1031]威迪文，所有我都会独自[1032]尿写。记住，凭着天使长米迦勒，所有的外省香蕉皮和溏心[1033]卢克·埃尔考克|和那只|公鸡蛋沿着亨利、穆尔、伯爵和塔尔博特街组成枯燥无味的[1034]德罗赫达|乏味的文人五十周年纪念。看看[1035]卢克·埃尔考克他为猛禽[1036]鸟儿们的乞求而做[1037]施粪肥于的所有人员配备[1038]莫蒂·曼宁|财产法人不动产的永远保管|曼宁主教|迈克尔·曼宁，我们的牧师-市长-国王-商人，撒满卡斯特诺克[1039]路，在上面撒上肥料直至最早瞥见威尔士[1040]威尔士亲王，从保尔桥区

1011 shirt"～",此处解 short"～"。

1012 brace to brassiere"～",此处解 breast to breast"～"。

1013 shouter to shunter"～",此处解 shoulder to shoulder"～"。

1014 gape athome 解 gape"大张嘴",喻指热切或惊奇＋at home"在国内";也解 great unknown"～"。此句化自丁尼生的诗歌《莫德》中的"Come into the Garden, Maud, I am here at the gate alone"(到花园来,莫德,/我一个人在门口)。

1015 country"～",此处解 county"～"。

1016 circumcivicise 解 circum"环绕"＋civicize"城市化";也解 civis [拉]"～"。

1017 prepurgatory 解 preparatory"～";也解 purgatory"～"。

1018 aposcals 解 apostles"～";也解 Blaise Pascal"～",著有为基督教辩护的著作,在书中是肖恩的化身之一;也解 Jacqueline Pascal"～"(1625—1661),布莱斯·帕斯卡的妹妹。

1019 ignite"～,此处解 unite"～";也解 Ignatius Loyola"～"(1491—1556),西班牙圣人,创建耶稣会。

1020 utensilise 解 utensil"～";也解 utensilis [拉]"～"。

1021 Jakeline 解 Jacqueline Pascal"～";也解 Ajax"～",荷马史诗《伊利亚特》里特洛伊战争中的古希腊英雄。

1022 cokeblack 解 coalblack"～";也解 Cork"～",爱尔兰芒斯特省的郡和市。

1023 Armourican 解 American"～";也解 Armorica"～"。

1024 iron core"～",此处解 iron ore"～";也解 cor [拉]"～"。

1025 corsorily 解 cursorily"～"。

1026 Henrietta"～",19 世纪法国哲学家埃内斯特·勒南(Ernest Renan)的姐姐,帮助他写了《耶稣传》;也解 Henrietta St."～",都柏林街道名。

1027 jewries"～",此处解 juries"～"。

1028 mortinatality 解 mortality"～";也解 natality"～"。

1029 Haarington 解 Sir John Harington"～"(1561—1612),英国朝臣,著有《埃阿斯变形记》;也解 Harrington St."～",都柏林街道名;也解 Haar [德]"～";也解 haar"～",英格兰和苏格兰东部的一种湿冷海雾。

1030 boulevards"～",此处解 backwards"～"。

1031 waterman"～";也解 Waterman"～",美国墨水笔品牌。

1032 by mownself 解 by myself"～";也解 mún [爱]"～"。

1033 elacock 解 à la coque [法]"～";也解 Luke J. Elcock"～",1916 年爱尔兰德罗赫达市的市长;也解 et la [法]"～"＋cock"～"。

1034 drawadust 解 dry as dust"～";也解 Drogheda"～",爱尔兰城市名;也解 dryasdust"～"。

1035 Luke at 解 look at"～";也解 Luke J. Elcock"～"。

1036 pray of birds"～",此处解 birds of prey"～"。

1037 dung"～",此处解 done"～"。

1038 memmer manning 解 member manning"～";也解 Morty Manning"～",书中人名;也解 mortmain"～";也解 Cardinal Manning"～"(1808—1892),全名亨利·爱德华·曼宁,英国威斯敏斯特总教区红衣主教;也解 Michael M. Manning"～",爱尔兰市镇官员。

1039 Castleknock"～",都柏林凤凰公园边上的路。

1040 glimpse of Wales"～";也解 Prince of Wales"～"。

马展[1041]马蹄铁一直到邓菲角[1042]倾倒|角落，伴以玛利亚会神父[1043]的十一位修士对抗祈祷日男性聚会中出来的白衣僧。把他们嘉布遣会拖网渔船[1044]嘉布遣会裤子与费尔维区的贝尔奇桥比较，后者在都柏林钟爱的西南[1045]矿泉疗养地[1046]的东北[1047]，像你勉强忍受的一样笨重[1048]。你说的公民约翰[1049]是什么意思，你对异教徒詹姆斯[1050]怎么想？皮尔斯·埃根[1051]用芬·奥莱利[1052]伊甘·欧拉西里|皮尔斯和奥拉利|奥莱利的围栏浅滩之城[1053]巴克利的树枝[1054]生活与都柏林[1055]垃圾箱里的利菲河[1056]生活对照[1057]堆肥。解释一下为什么亚洲[1058]一片海有如此大量的宗教圣职！为什么这样顺序的数目优先于任何其他数目？现在？远离西班牙[1059]黑色海岸[1060]牧师的最绿油油的岛屿在哪里？翻译[1061]推翻成一般概念：我是彼得[1062]珀耳狄克斯|鹧鸪|圣帕特里克，在我宠爱的山脊[1063]鹧鸪|里奇|圣帕特里克上。让我们祈祷[1064]我们祈祷！道路，啊，通向我们围栏浅滩之城[1065]的自醉[1066]自我安排之路！某辆亲切友好的[1067]老爷车，或者，为她自己弄清事实，一旦迅速积累起你多阵雨的天气，信任并乘坐德拉姆康德拉[1068]贡多拉电车，穿着配有松紧带[1069]圣职人员得到天使支持的米德兰[1070]中肢和马甲，迈开你的脚步，选择一条路线，持续前行，例如，阿斯顿码头[1071]方向，我强烈建议你，当你为你自己找到了一个，带着《草种与野草法案》一起[1072]，如饥似渴地好好注视任何附近的橱窗，你可以挑选，假设，比如说，十一号房[1073]高度|霍斯角|透特，凯恩公司[1074]或者基奥公司[1075]，在大约三十二分钟期间，紧随你后[1076]在你的小丘上进一步转回身[1077]转向绕道的，朝向以

1041 Ballses Breach Harshoe 解 Ballsbridge“保尔桥区”，都柏林东南部区名＋horse show“马展”；也解 horseshoe“～”。

1042 Dumping's Corner 解 Dunphy's Corner“～”，都柏林街道名；也解 dumping“～”＋comer“～”。

1043 Mirist fathers 解 Marist Fathers“～”，20 世纪初，玛利亚会神父的房子位于都柏林下里散姆街 89 号。

1044 caponchin trowlers 解 Capuchin Friary“嘉布遣会男修道院”，位于都柏林大桥街东部＋trawler“拖网渔船”；也解 Capuchin trousers“～”，乔伊斯在《一个青年艺术家的画像》第四章提到过。

1045 souwest 解 sou'west“～”。

1046 wateringplatz 解 watering place“矿泉疗养地”＋Platz［德］“广场”。

1047 noreast 解 nor'east“～”。

1048 ump 解 lumpish“～”。

1049 Jno Citizen 解 John Citizen“～”，指乔伊斯的父亲约翰·乔伊斯。

1050 Jas Pagan 解 James Pagan“～”，指詹姆斯·乔伊斯。

1051 Pierce Egan“～”(1772—1849)，英国体育专栏作家，作品包括《一个真正爱尔兰人所写的爱尔兰真正生活》。

1052 Fino Ralli 解 Finn MacCool“芬·麦克尔”，爱尔兰传说中芬尼亚英雄的领袖＋Persse O'Reilly“珀西·奥莱利”，字面意为 perce-oreille［法］“球螋”，因此为主人公 HCE 的化身之一；也解 Egan O'Rahilly“～”(Aogán ÓRathaille，约 1675—1729)，爱尔兰诗人，最早写爱尔兰特殊诗歌体裁幻景诗的诗人之一；也解 Pearse and O'Rahilly“～”，1916 年爱尔兰复活节起义中的两位领袖；也解 John Boyle O'Reilly“～”(1844—1890)，爱尔兰诗人和小说家，曾是爱尔兰兄弟会的成员。

1053 Baughkley 解 Baile Átha Cliath“～”，都柏林的爱尔兰名字；也解 Buckley“～”，书中巴克利与俄国将军故事中的爱尔兰士兵.

1054 baugh 解 bough“～”；也解 beatha［爱］“～”。

1055 Dufblin 解 Dublin“～”；也解 dustbin“～”。

1056 liffe 解 Liffey“～”；也解 life“～”。

1057 Compost“～”，此处解 contrast“～”。

1058 Asea 解 Asia“～”；也解 a sea“～”。

1059 Spaign 解 Spain“～”。

1060 black coats 解 black coasts “～”；也解 black coat“～”。

1061 Overset“～”，此处解 oversæt［丹］“～”。

1062 perdrix 解 Peter“～”，此处化自《马太福音》(16:18)“你是彼得，我要把我的教会建造在这磐石上”；也解 Perdix“～”，希腊神话中能工巧匠迪达勒斯的侄子，后被迪达勒斯妒忌杀死；也解 perdix［拉］“～”；也解 Patrick“～”。

1063 pet ridge“～”；也解 partridge“～”；也解 William Pett Ridge“～”(1859—1930)，英国作家；也解 Patrick“～”。

1064 Oralmus 解 oremus［拉］“～”；也解 oramus［拉］“～”。

1065 Fords in a huddle 解 Fort of the Hurdles“～”，指都柏林。

1066 autointaxication 解 auto-“自己”＋intoxication“喝醉”；也解 autotaxis［希］“～”。

1067 此处化自习语 hail fellow well met(亲切友好的)。

1068 Drumgondola 解 Drumcondra“～”，都柏林郊区地名；也解 gondola“～”，意大利威尼斯的小船。

1069 ecclastics 解 elastics“～”；也解 ecclesiastics“～”。

1070 midlimb 解 Midland Great Western Railway“米德兰大西部铁路”，1845 年组成的爱尔兰第三大铁路公司，1924 年并入大南方铁路；也解 mid-limb“～”。

1071 Aston“～”，利菲河南边的码头。

1072 along quaith 解 along with“～”。

1073 hoyth 解 house“～”；也解 height“～”；也解 Howth“～”，位于都柏林东北郊；也解 Thoth“～”，埃及神话中的月神。

1074 Kane 解 Kane and Company“～”，都柏林的旅行皮箱制造商，位于阿斯顿码头 11 号。

1075 Keogh 解 Ambrose Keogh“～”，都柏林的布商和军服商，位于阿斯顿码头 12 号。

1076 on your heehills 解 on your heels“～”；也解 on your hills“～”。

1077 turn aroundabout 解 turn around“转向反方向”＋turn about“转身”；也解 turn roundabout“～”。

前的堤道，如果你不会实在[1078]吃惊地[1079]浇筑盘|阿斯顿码头看到你与此同时会怎样好得要命地[1080]套着克罗斯和布莱克威尔[1081]圣十字若望软果酱引发的烂泥饼[1082]粪便|恶的|罪恶外套，在运输的交通阻塞，我就会真的错得极其致命。看过凯佩尔街[1083]，然后飞走。给我看看这里的那本诉苦书。凯瑟琳女伯爵[1084]斯特朗在哪里，那个拿着拾肥耙[1085]马格拉斯的女人？什么时候我们如此热爱的[1086]猪都柏林[1087]的陆军部脸面[1088]丑化，村镇的娼妓[1089]特洛伊和城市的卡门[1090]歌曲，穿着有排孔的服装跟托钵僧[1091]一起爬行着的，变成它那挚爱的[1092]洗涤|盥洗白色，就像利物浦和曼彻斯特[1093]池塘和胸部？什么时候那个全国越野障碍赛马[1094]授予德比赛马[1095]颠三倒四的医院[1096]屋子|药丸金杯[1097]戴金帽子的|金杯赛，那个带着它给我们的岳母[1098]负载的的催吐剂和给她们衰弱的男人[1099]膳食的担架一起来的？我毫无保留地支持言论[1100]速度自由，但是谁会让教皇大街[1101]阿维尼翁消失[1102]诋毁|洒水礼|芦笋|辛辣的，或者谁会把鸦片之路[1103]亚壁古道连根拔起[1104]复活|罂粟？谁会点亮[1105]布赖顿广场霍斯的贝里[1106]，放狗攻击比尔·贝里[1107]纵狗咬牛，永远不对劳伦斯之城[1108]丧失信心？狂暴的皇室特派员！凡事有弊也有利[1109]使人人遭殃的风才是恶风。这项劳动值得我付出更高的代价[1110]这项劳动值得。为了报偿的油，为了饲料的苦工，与给失业者[1111]奖券|狡猾的的乐队一起散步。如果我不希望施舍物，什么对我有益[1112]？没有！我的旗帜小费是给它伊桑格兰狼[1113]格林兄弟故事的手形[1114]坚硬的形状|困苦按钮，让女孩们[1115]鬈发的父亲远离橡树赛[1116]闭门谢客。你

1078 jushed 解 just“～”。

1079 astunshed 解 astonished“～”；也解 tundish“～”；也解 Aston“～”。

1080 durn weel 解 darn well“该死地好”。

1081 cross and blackwalls 解 Crosse and Blackwell“～”，英国果酱蜜饯公司，成立于 1706 年；其中 cross 也可与前面合解 Saint John of the Cross“～”(1542—1591)，圣女大德兰同时代的人，和圣女一同改革加尔默罗男修会。

1082 kakes 解 cakes“蛋糕”；也解 cac［爱］“～”；也解 kakos［希］“～”；也解 kakê［希］“～”。

1083 Capels 解 Capel Street“～”，都柏林的街名，此处化自习语 see Naples and then die(看过那不勒斯，死也瞑目)，意即“朝闻道，夕死可矣”。

1084 Cowtends Kateclean 解 Countess Cathleen“～”，叶芝的同名戏剧中的主人公；也解 Katherine Strong“～”，17 世纪都柏林的清道夫和收税人。

1085 muckrake 解“～”，英国作家班扬以之比喻那些追求尘世利益的人，现在用来指那些偏好无价值的东西的人，或者那些对毁谤性丑闻感兴趣的人；也解 Cornelius Magrath“～”(1736—1760)，爱尔兰巨人，贝克莱主教的朋友。

1086 sow muckloved 解 so much loved“～”；也解 muc［爱］“～”。

1087 d'lin 解 Dublin“～”。

1088 W. D. face 解 War Department“陆军部”＋face“脸”；也解 deface“～”。

1089 Troia［拉］“～”，此处解 tròia［意］“～”。

1090 Carmen［拉］“～”，此处解 Carmen“～”，法国作曲家比才 1874 年创作的同名歌剧中的吉卜赛女郎。

1091 mendiants 解 mendicants“～”。

1092 wellbelavered 解 well beloved“～”；也解 laver［法］“～”；也解 lavo［拉］“～”。

1093 L'pool and m'chester 解 Liverpool and Manchester“～”；也解 the pool and the chest“～”。

1094 grandnational 解 Grand National“～”，举办于英国，每年一次。

1095 dupsydurby 解 Derby“～”，英国 1780 年开始每年举办的最著名的赛马；也解 topsy-turvy“～”。

1096 houspill 解 hospital“～”；也解 house“～”＋pill“～”。

1097 goldcapped“～”，此处解 gold cup“～”；也解 Gold Cup“～”，英国马赛。

1098 mothers-in-load 解 mothers-in-law“～”；也解 in-load“～”。

1099 males“～”；也解 meals“～”。

1100 speed“～”，此处解 speech“～”。

1101 Avegnue 解 avenue“～”；也解 Avignon“～”，法国东南部城市，教皇曾在 1309 年到 1377 年间驻居此处。

1102 disasperaguss 解 disappear“～”；也解 disparage“～”；也解 asperges“～”；也解 asparagus“～”；也解 asper［拉］“～”。

1103 Opian Way 解 opium way“～”；也解 Appian Way“～”，从罗马到布林迪西的罗马古道，始建于公元前 312 年，都柏林有同名道路。

1104 uproose 解 uproot“～”；也解 uprise“～”；也解 klaproos［荷］“～”。

1105 brighton 解 brighten“～”；也解 Brighton Square“～”，乔伊斯在都柏林的出生地。

1106 Brayhowth 解 Bailey Lighthouse“贝里灯塔”，位于霍斯地区＋Howth“霍斯”。

1107 Bull Bailey 解 Bill Bailey“～”，1902 年的英文歌曲《比尔・贝里，你能回家来吗?》(“Bill Bailey, Won't You Please Come Home?”)中的人物；其中 Bull 也可与前面合解 bull-baiting“～”。

1108 Lorcansby 解 Lorcan(Laurence)O'Toole“劳伦斯・奥图尔”(1128—1180)，都柏林的守护圣人，曾任都柏林大主教，访问坎特伯雷时遇刺，但他倒地不久就爬了起来＋by［丹］“城市”。

1109 'Tis an ill weed blows no poppy good 解 it's an ill wind that blows nobody good“～”，指“～”。

1110 this labour's worthy of my higher“～”，此处化自习语 the labourer is worthy of his hire(劳动者应得他的报酬)；也解 this labour worth one's while“～”。

1111 Job Loos 解 jobless“～”；也解 Los［德］“～”；也解 loos［荷］“～”。

1112 profiteers“～”，此处化自《哥林多前书》(13:3)“我若将所有的周济穷人，又舍己身叫人焚烧，却没有爱，仍然与我无益”。

1113 isagrim 解 Isengrim“～”，中世纪传奇《列那狐传奇》中的狼；也解 Grimm“～”。

1114 hardshape 解 hand shape“～”；也解 hard shape“～”；也解 hardship“～”。

1115 curls“～”，此处解 girls“～”。

1116 sport of oak 解 sport of Oaks“～”，英国最重要的马赛之一；也解 sport your oak“～”。

知道什么，小丫头们[1117]爱丽丝·利代尔？在那些日子里，微笑着的搜求选票者劝告过我，他现在高声[1118]避开打鼾，好一劳永逸地断然勾销徒步旅行，就像我当然[1119]非常[1120]应该的，直到这种天气[1121]时间就像某种心情[1122]举措一样在御玺密令下做成，好给我增加了的汽车油[1123]和给这些可怜的赤足者[1124]赤足加尔默罗修会教堂的鞋类，以及来自某个好[1125]人[1126]某阵风的用于在巴登堰坝[1127]任何地方|巴登-巴登|洗澡|达奴治疗的钱[1128]交易所（虽然这次它会来自何处——），因为我现在当然[1129]萨杜恩想着，实话说[1130]，收入税[1131]（神经）丛|编织，那个大约是血腥的[1132]血红色边界极限。阿门[1133]刻薄的。

最亲爱的妹妹，琼恩补充道，声音[1134]噪声有些[1135]一些|一点点模糊，即使依然浮夸[1136]高音4又何妨，此时他把背[1137]书的背面|门转向她好追求这一声音，打开[1138]留下他的书[1139]布赛与霍克斯出版社给出音符和配乐，这次用微音器[1140]消除好奇[1141]怠慢|使好奇和表达忧郁，与此同时，当听到打雷[1142]苍天|暴风艭，他惊奇地[1143]困惑大张着嘴，他那游移不定的[1144]萨杜恩|魔鬼撒旦眼睛在星球史黛拉吸引中追随着雨燕[1145]斯威夫特到想象中的燕子[1146]，啊，维纳斯[1147]瓦内萨|威尼斯|伊茜的虚荣！全都突然消失结束了！就我个人而言[1148]，上帝[1149]格罗格酒帮助我，我没着急得惊天动地。如果时间长得丢了鸭子[1150]优柔寡断，从容地走去找它们。我会嗅出一只蓝狐[1151]紧张不安，用所有悲哀[1152]忧愁的|悲伤|特里斯丹眨眼看着这个地球之光的一切，走过鹿道[1153]迪尔德丽之路、兔兔子[1154]康乔巴的跑道，或者野兔威尔弗雷德[1155]的步道，但是如果我只能用勺子喂[1156]我心之所属的漂

1117 liddle giddles 解 little girlies“～”；也解 Alice P. Liddell“～”，《爱丽丝漫游奇境记》女主人公的原型。
1118 elued 解 aloud“～”；也解 elude“～”。
1119 bldy well 解 bloody well“～”。
1120 bdly 解 badly“～”。
1121 temse 解 temps［法］“～”；也解 tempus［拉］“～”。
1122 mood“～”；也解 move“～”。
1123 automoboil 解 automobile“汽车”＋oil“油”。
1124 discalced“～”；也解 Discalced Carmelites' Church“～”，位于都柏林。
1125 bon［法］“～”。
1126 Somewind“～”，此处解 someone“～”。
1127 Badanuweir 解 Baden“～”，奥地利的温泉浴场＋weir“～”；也解 anywhere“～”；也解 Baden-Baden“～”，德国著名的温泉城；也解 Baden［德］“～”；也解 Danu“～”，爱尔兰神话中的死亡和丰产女神。
1128 bourse“～”，此处解［法］“～”。
1129 sartunly 解 certainly“～”；也解 Saturn“～”，罗马神话中的农神。
1130 honest to John“对约翰诚实”，此处化自习语 honest to God（坦白的）。
1131 plexus“～”，此处解 tax“～”；也解 plexus［拉］“～”。
1132 sanguine“～”，此处解 sanguineus［拉］“～”。
1133 Amean 解 amen“～”；也解 mean“～”。
1134 voise 解 voice“～”；也解 noise“～”。
1135 somewhit 解 somewhat“～”；也解 some“～”＋whit“～”。
1136 high fa luting 解 highfaluting“～”；也解 high fa“～”。
1137 dorse“～”，此处解 dorsum［拉］“～”；也解 door“～”。
1138 ouverleaved 解 ouvert［法］“～”；也解 overleave“～”。
1139 booseys 解 books“～”；也解 Boosey and Hawkes“～”，英国的音乐出版社。
1140 phonoscopically 解 phonoscope“微音器”＋-ically。
1141 incuriosited 解 incuriosity“无好奇心”；也解 incuriosus［拉］“～”；也解 incuriosite［意］“～”。
1142 fulmament 解 fulmen［拉］“～”；也解 firmament“～”；也解 fulmar“～”，一种中型海鸟。
1143 in wulderment 解 in wonderment“～”；也解 bewilderment“～”。
1144 onsaturncast 解 uncertain“～”；也解 Saturn“～”；也解 Satan“～”。
1145 swift“～”；也与前后合解 Stella...Swift...Vanessa“～”，斯威夫特和他的两个年轻恋人。
1146 swellaw 解 swallow“～”。
1147 Vanissy 解 Venus“～”；也解 Venice“～”；也解 Issy“～”，本书主人公的女儿。
1148 Pursonally 解 personally“～”。
1149 Grog“～”，此处解 God“～”。
1150 此句为习语 time enough lost the ducks，意为“～”，此处直译。
1151 blue fonx 解 blue fox“～”；也解 blue funk“～”。
1152 tristys 解 triste＋-y“～”；也解 tristis［拉］“～”；也解 tristys［康］“～”；也解 Tristan“～”，既是霍斯堡第一位伯爵的名字，也是中世纪骑士传奇特里斯丹与伊瑟的故事中男主人公的名字，也是 18 世纪英国小说家斯特恩的小说《项狄传》的主人公的名字。
1153 deerdrive 解 deer“鹿”＋drive“快车道”；也解 Deirdre“～”，爱尔兰传说中乌尔斯特的公主，为逃避与康乔巴国王结婚而与情人纳奥伊斯私奔，国王杀了纳奥伊斯后自尽。
1154 conconey 解 coney“兔子”；也解 Conchubar“～”，爱尔兰传说中的乌尔斯特国王。
1155 wilfrid 解 Wilfred“～”，兰斯洛特·斯皮特于 1921 至 1924 年间导演的 26 集动画片《果仁、斯奎克与威尔弗雷德》（*Pip, Squeak and Wilfred*）中的一只野兔。
1156 spoonfind 解 spoonfeed“～”。

亮女孩，我将满怀欣喜地往回走，莫娜·真·狗·使徒[1157]一个真正的罗马天主教会和使徒会的|单独的|全部|你自己|收缩|房屋底层|多柱式建筑的，我的里昂夫人[1158]里昂|狮子|马可·里昂|莱欧纳斯|里昂角落餐厅，在她的安全条例下用天文学[1159]烹饪法引导我。那更是我的专长。我不会要求更好的命运，宁愿待在我在的地方，带着我的那听[1160]火布朗尼蛋糕的茶，祈祷圣乔纳斯·汉威[1161]大伞，大伞[1162]甘普的仆人，投之以石，雅各[1163]雅各布斯金币|詹姆斯，一只教区双簧管[1164]，截断了[1165]仲裁|剪刀，为了我的清洗者[1166]十字架|门，与彼得·磐石[1167]罗克爵士一起，我内心[1168]的朋友[1169]牛，倚在我的胳膊[1170]腕尺上，在这个流逝的时刻根据地方选择权在鸟窝里，在我的野鸡[1171]中间，那里我会梦见我住[1172]财富在啭鸟的墙中间，那时画眉鸟和红嘴山鸦应和着我快点快点[1173]的叹息，我的汗毛[1174]野兔全都立了起来，我长腿的[1175]耳朵符点，那里一只小红狗[1176]闲逛的一排|围墙|街道，狐狸！一看到矮树丛[1177]懦夫|库阿尔姆就碎了，直到一直深入到发散之夜的内心[1178]，将停停走走的珠宝从树篱中挑选出来[1179]掐捏，在我的指[1180]摆动的人端接住黯淡的上佳[1181]钻石，要不是那只猫头鹰钟[1182]旧钟（赶快停下[1183]让它倒霉它！）刚刚走到两[1184]咕咕点，那个彼方微风绕着黄柳山[1185]快速移动，作为魔鬼玩弄小花[1186]调情。我可以安全可靠地坐着，直到神圣松鸡[1187]圣格劳斯节为了戴胜鸟时刻而尖叫，直到地狱[1188]脚后跟掀起混乱[1189]废弃物|地平线|披霜的鞋子|游历，懒懒地嘲笑着片状闪电[1190]绵羊的闪电，梦游般把作证的[1191]最广阔的耳朵转向鹬的击翅[1192]狙击手，听着甜蜜的老爱尔

1157 Mona Vera Toutou Ipostila 解 Mona"莫娜"＋Vera［拉］"真的"＋Toutou［法口］"狗"＋Apostolic"使徒的"；也解 One True Catholic Apostolic"～"。其中 Mona 也解 monê［希］"～"；Toutou 也解 tutti［意］"～"，也解 tute［拉］"～"；Ipostila 也解 hypostellô［希］"～"，也解 hypostylion［希］"～"，也解［意］"～"。

1158 Lyons"～"，法国东部城市；此处解 The Lady of Lyons"～"，19 世纪英国政治家和作家爱德华·布韦尔-李顿的剧作；也解 lions"～"；也解 Mark Lyons"～"，书中的四位老者之一，代表爱尔兰的芒斯特省；也解 Lyonesse"～"，凯尔特传说中的岛屿，马洛礼爵士称之为特里斯丹的家乡；也解 Lyons' Corner Houses"～"，伦敦的连锁茶餐厅。

1159 gastronomy"～"，此处解 astronomy"～"。

1160 tinny"一罐啤酒"；也解 teine［爱］"～"。

1161 Jamas Hanway 解 Jonas Hanway"～"（1712—1786），第一个在伦敦打伞的人，曾撰文反对喝茶；也解 gamp"～"。

1162 Gamp"～"；也解 Gamp"～"，狄更斯的小说《马丁·瞿述伟》中的人物，持一把大棉布伞。

1163 Jacobus"～"，此处解 Jacob"～"，《圣经》中以撒的儿子，骗取了父亲对哥哥以扫的祝福；也解 Jacobus［拉］"～"。

1164 Pershawm 解 parish"教区"＋shawm"中世纪的双簧管"。

1165 intercissous 解 intercisus［拉］"～"；也解 intercession"～"；也解 scissors"～"。

1166 thurifex 解 purifex［拉］"～"；也解 crucifix"～"；也解 thura［希］"～"。

1167 Roche 解 rock"～"，此处化自《马太福音》（16:18）"你是彼得，我要把我的教会建造在这磐石上"；也解 Sir Boyle Roche"～"（1743—1807），爱尔兰议员，因其自相矛盾的话而闻名。

1168 boozum 解 bosom"～"。

1169 frind 解 friend"～"；也解 Rind［德］"～"。

1170 cubits"～"，此处解 cubitum［拉］"～"。

1171 pheasants"～"，指妓女。

1172 dwealth 解 dwelt"～"；也解 wealth"～"。

1173 hiehied 解 hie"快走"＋hied"快走"。

1174 hares"～"，此处解 hair"～"。

1175 longlugs 解 long legs"～"；也解 lugs［俚］"～"。

1176 maurderingrow 解 maidrin ruadh［爱］"～"，指狐狸；也解 maundering row"～"；也解 Mauer［德］"～"＋row"～"。

1177 coward"～"，此处解 covert（动物藏身的）"～"；也解 Couard"～"，列那狐传奇中的兔子。

1178 beausome 解 bosom"～"。

1179 pinching"～"，此处解 picking"～"。

1180 wagger"～"，此处解 finger"～"。

1181 dimtop 解 dim"黯淡的"＋top"极好的"。

1182 owledclock 解 owl clock"～"；也解 old clock"～"。

1183 cease to"～"；也解 bad cess to it!"～"。

1184 twoohoo 解 two"～"；也解 tu-whoo"～"，猫头鹰的叫声。

1185 Drumsally 解 Druim-Sailech［爱］"～"，即今天的 Armagh（阿玛），爱尔兰北部城市，爱尔兰最古老的五座城市之一，圣帕特里克在 445 年移居此地。

1186 fleurette［法］"～"；也解 flirt"～"。此处化自习语 play the devil with（弄糟）和 devil to pay（大麻烦）。

1187 Saint Grouseus 解 saint"神圣的"＋grouse"松鸡"；也解 St. Grouse's Day"～"。

1188 heoll 解 hell"～"；也解 heel"～"。

1189 hoerrisings 解 raise hell"～"；也解 arisings"～"；也解 horizon"～"；也解 hoar shoes"～"；也解 reisen［德］"～"。

1190 sheep's lightning"～"，此处解 sheet lightning"～"。

1191 widamost 解 witness"～"；也解 wide most"～"。

1192 drummling of snipers 解 drumming of snipes"～"；也解 snipers"～"。

兰[1193]天线|爱丽儿|风弦琴的无线竖琴，以及跨越夜晚河流[1194]美国南部夜间骑马为非作歹的人的邮件（田凫[1195]乖孩子|移液管|钱！ 田凫！），还有树林里的北美夜鹰（斑布克鹰鸮[1196]摩尔公园！ 斑布克鹰鸮！）像毛翅蝇[1197]河马一样平静[1198]《和平》|吃桃子的，在青蛙[1199]膝盖处说笑话[1200]罐子爆裂，把茶的叶子留给鳟鱼，伯利克陶器[1201]或许|裂缝给谨慎的人，直到我透过我那朝上的[1202]在球赛前场地望远镜[1203]云观测器|新观点|眼界，积云般[1204]堆积|卡姆霍尔追随着橄榄球式的[1205]摇篮曲|乖乖睡月亮神般翻滚着自己，在乱云[1206]栅栏|《云》中[1207]到西边睡觉，好看看我的夜间鹅妈妈[1208]教母将如何小心地为我在害羞的东方下面放下她的新金蛋[1209]她|绒毛|欧希夫人。我还有什么不能水煮的呢——我河畔的裂缝，我的水獭皮[1210]其他的鞋，我的海狸[1211]每日祈祷书，说实话！ 呜呼！ 为了与长鳍的芬家伙们一起开毛翅蝇[1212]格拉尼娅的鲦鱼[1213]舞蹈宴，把我的腰带融化了，那些在它们欢笑的水[1214]急流|米诺鱼|啊哈|爱情里的快乐古比鱼[1215]，冲下[1216]闪光而下天鹅路[1217]《在斯万家那边》，在迅疾的[1218]乔纳森·斯威夫特鳗鱼之子[1219]斯威夫特·麦克尼尔前面跳跃，巨大的爱尔兰鲑[1220]红家伙红家伙和网兜缠住的[1221]肥胖的鲤鱼[1222]吹毛求疵的人，游来游去的[1223]螳螂|在蚂蚁中喂养|反基督者十字架河鲈，我的丁鲷[1224]发出恶臭的|在船尾|劳伦斯·斯特恩，或者，在我最喜欢自己的同伴的时候，在橘子[1225]和梨子[1226]熊|一对儿的帮助下，独自[1227]摇石躺在水塘边，我的GBD[1228]在我的脸[1229]F、A、C、E中间，火柴[1230]音符5—4在我贝壳般的握手[1231]肩膀|雪莱里，珍爱的拉塔基亚烟草[1232]攻击，成为云[1233]仁慈的，给我的鼻孔[1234]鼻子颤抖，伴以茉莉[1235]妒

1193 Aerial“～”,此处解 Erin“～”;也解 Ariel“～”,莎士比亚戏剧《暴风雨》中的精灵;也解 aeolian harps“～”。
1194 nightrives 解 night rivers“～”;也解 nightrider“～”。
1195 peepet 解 peewit“～”;也解 Ppt“～”,斯威夫特在《史黛拉日记》中对史黛拉的称呼;也解 pipette“～”;也解 pépettes,法国对“～”的一种间接说法。
1196 moor park 解 morepork“～”;也解 Moor Park“～”,位于英国萨里郡,斯威夫特在此首次遇到史黛拉。
1197 philopotamus 解 philopotamus [拟希]“～”;也解 hippopotamus“～”。
1198 peacefed 解 peaceful“～”;也解 *The Peace*“～”,古希腊戏剧家阿里斯托芬的戏剧;也解 peach fed“～”。
1199 grenoulls 解 grenouilles [法]“～”;也解 genoux [法]“～”。
1200 crekking jugs 解 cracking jokes“～”;也解 cracking jugs“～”。
1201 belleeks 解 Belleek“～”,北爱尔兰弗马纳郡伯利克村产的陶器;也解 belike“～”;也解 leak“～”。
1202 upfielded 解 upturned“～”;也解 upfield“～”。
1203 neviewscope 解 telescope“～”;也解 nephoscope“～”;也解 new view“～”+scope“～”。
1204 cumuliously 解 cumulous“积云状的”+-ly;也解 cumulus [拉]“～”;也解 Cumhal“～”,芬・麦克尔的父亲。
1205 rugaby 解 rugby“～”;也解 lullaby“～”;也解 rock-a-by“～”。
1206 cloudscrums 解 cloud“云”+scrum“扭打”;也解 claustrum [拉]“～”;也解 *The Clouds*“～”,阿里斯托芬的戏剧。
1207 amuckst 解 amongst“～”。
1208 goosemother“～”;也解 godmother“～”。
1209 sheegg 解 egg“～”;也解 she“～”;也解 shag“～”;也解 O'Shea“～”,巴涅尔的情人,后成为他的妻子。此处化自习语 the goose that laid the golden egg(下金蛋的鹅)。
1210 otther 解 otter“～”;也解 other“～”。
1211 beavery 解 beaver“～;也解 breviary“～”。
1212 grannom 解“～”;也与 finny 合解 Grania...Finn“～”,芬・麦克尔的妻子和芬,格拉尼娅曾与芬・麦克尔的侄子德莫特私奔。
1213 dace“～”;也解 dance“～”。
1214 minnowahaw 解 Minnehaha,美国诗人朗费罗的史诗《海华沙之歌》中的土著女孩,在当地话中意为“～”,但常被误认为意为“～”;也解 minnows“～”,一种淡水鲦鱼+aha“～”;也解 Minne [德]“～”,指中世纪骑士向贵妇求爱。
1215 greppies 解 guppies“～”。
1216 flashing down“～”,此处解 flushing down“～”。
1217 swansway“～”;也解 *Swann's Way*“～”,法国作家普鲁斯特的《追忆似水年华》的第一部。
1218 swift...astench 解 swift...tench“迅捷的……丁鲷”;也解 Swift...Sterne“～”,18 世纪英国作家,两人在书中构成一组二元对立,斯特恩的《项狄传》和斯威夫特的《桶的故事》在书中被屡次提起。
1219 MacEels 解 Mac- [爱]“之子”+eels“鳗鱼”;也解 John Gordon Swift McNeill“～”(1849—1926),爱尔兰政治家。
1220 Gillaroo“～”;也解 giolla ruadh [爱]“～”。
1221 pursewinded 解 purse“～”+wind“～”+- ed;也解 pursy“～”。
1222 carpers“～”,此处解 carps“～”。
1223 rearin antis 解 rari nantes [拉]“～”;也解 praying mantis“～”;也解 rear in ants“～”;也解 antichrist“～”。
1224 astench“～”,此处解 tench“～”;也解 astern“～”。
1225 norange 解 naranj [阿]“～”。
1226 bear“～”,此处解 pear“～”;也解 pair“～”。
1227 on my logansome 解 on my lonesome“～”;也解 logan-stone“～”。
1228 g. b. d. 解 GBD tobacco pipe“GBD 烟斗”,英国著名的烟斗品牌。
1229 f. a. c. e.“～”;也解字母“～”,字母 G、B、D 在字母 F、A、C、E 的循环字母之间。
1230 solfanelly 解 solfanelli [意]“～”;也解 sol-fa“～”。
1231 shellyholders 解 shelly“贝壳般的”+holders“持有者”,指手;也解 shoulders“～”;也解 Shelley“～”(1792—1822),英国浪漫主义诗人。
1232 latakia“～”,土耳其产上等烟草;也解 attack“～”。
1233 benuvolent 解 be“成为”+nuvolo [意]“云”;也解 benevolent“～”。
1234 nosethrills 解 nostrils“～”;也解 nose thrills“～”。
1235 jealosomines 解 jessamines“～”;也解 jealisom“～”。

忌的枯萎以使它们高兴[1236]，九月[1237]植物汁液|木材的国王，为了让我惊愕地[1238]星座放出他的湿[1239]家庭的|卑微的气，在我的格里芬[1240]悲痛|格里芬怪河里钓鱼，在星光[1241]轻矛中烧水，或者获取一抱国王的皇家外科医生[1242]皇家外科学院|鲟鱼学院的奖杯，好去烘烤梭子鱼和馅饼[1243]不久，此时，啊，在云雀[1244]塔里在上面[1245]一个凉亭缠绕着我，所有阿德莱德[1246]《阿德莱德》的夜莺[1247]淘气的女孩们在我下面[1248]晚上叽叽喳喳[1249]发痒。我会召集[1250]全音阶我的二十九只[1251]呢喃|主调音多利安画眉[1252]黑色的|阴茎|蓓蕾音调唱名法[1253]地府鬼神的|智慧离开我的唱首小歌[1254]，来吹奏关于众多仙女[1255]和谐的|变奏曲|假日的音乐曲调[1256]音乐厅。我给[1257]哆、国王[1258]唻、给我[1259]咪、她做[1260]发|颂歌集、独自[1261]唆、在那里[1262]拉、是的西看[1263]，我双倍地给，直到灌木林全都跟它们一起发出回声[1264]结束一首歌|出壳。不过那是不是很可爱？我给，给我，独自，我双倍地[1265]麻烦|三倍给！我可能不愿意应对[1266]塔马尼奥像这架槌击钢琴[1267]哀悼的强音[1268]四十|放屁|偶然拍子[1269]少量，但是你抓[1270]乞讨不到我跑调。我有一个有点太[1271]真实的声音[1272]自行车。新马里奥[1273]！圣母啊，耶稣啊[1274]平缓的|尖锐的|莫莉·布卢姆！因为我在我裤子[1275]穿过的后面部分[1276]发现[1277]体育一块你所做的[1278]麦科马克。我放飞的云雀（啊啦啦！）是狂热的[1279]语音学|绳索|跳绳者公鸡[1280]，就如它按照我的音叉调音。你可以放低本位音[1281]自然，将我标记[1282]较低的音域为声音不谐调[1283]悲悯|记录，但是我独自[1284]在家|阿斯隆在基拉尼的百合[1285]摇篮曲中。绝对如此。然而小心荒原[1286]世界，你！适用于此者也适用于彼[1287]对荆豆有益的是激励庭院的良药。罗

1236 deelight 解 delight“～”。
1237 saptimber 解 September“～”；也解 sap“～”＋timber“～”。
1238 consternation“～”；也解 constellation“～”。
1239 humely 解 humid“～”；也解 homely“～”；也解 humilis [拉]“～”。
1240 griffeen 解 Griffeen“～”，一条流经都柏林的卢坎镇的小河；也解 grief“～”；也解 griffin“～”，希腊神话中半狮半鹫的怪兽。
1241 spearlight 解 starlight“～”；也解 light spear“～”。
1242 sturgeone 解 Surgeons“～”，即 Royal College of Surgeons“～”，位于都柏林；也解 sturgeon“～”。
1243 pike and pie“～”；也解 by and by“～”。
1244 L'Alouette [法]“～”。
1245 abower 解 above“～”；也解 a bower“～”。此处化自歌曲“O Twine Me a Bower”（《啊，缠绕着我的凉亭》）。
1246 Adelaide“～”，都柏林街道名，也是欧洲妇女常用名，有“尊贵”之意；也解“Adelaide” “～”，贝多芬 1794 年创作的男高音独唱曲，歌词取自贝多芬的友人马提松的诗。
1247 naughtingerls 解 nightingales“～”，在俚语中也指妓女；也解 naughty girls“～”。
1248 benighth 解 beneath“～”；也解 night“～”。
1249 juckjucking 解 jug jug“～”，夜莺的叫声；也解 jucken [德]“～”。
1250 gamut“～”，此处解 gather“～”。
1251 twittynice 解 twenty-nine“～”；也解 twitty“～”；也解 tonic“～”。
1252 blackbudds 解 blackbirds“～”；也解 black“～”＋bods [爱]“～”；也解 buds“～”。
1253 chthonic solphia 解 tonic sol-fa“～”；也解 chthonic“～”＋sophia [希]“～”。
1254 singasongapiccolo 解 sing a song“唱首歌”＋piccolo [意]“小的”。此处化自歌曲“Sing a Song of Sixpence”（《唱首六便士的歌》）。
1255 numberous fairyaciodes 解 numerous“众多的”＋fairy“仙女”；也解 numerosus [拉]“～”＋variations“～”；也解 feriae [拉]“～”。
1256 musicall airs 解 musical airs“～”；也解 musical hall“～”。
1257 I give“～”；也是意大利语中音符 1 的唱名“～”的意义。
1258 a king“～”；也是意大利语中音符 2 的唱名“～”的意义。
1259 to me“～”；也是意大利语中音符 3 的唱名“～”的意义。
1260 she does“～”；也是意大利语中音符 4 的唱名“～”的意义；也解 odes“～”。
1261 alone“～”；也是意大利语中音符 5 的唱名“～”的意义。
1262 up there“～”；也是意大利语中音符 6 的唱名“～”的意义。
1263 yes see 解 yes“～”；也是意大利语中音符 7 的唱名“～”的意义＋see“～”，此处为意大利语中音符 7 的发音。
1264 eclosed asong 解 echoed along“～”；也解 closed a song“～”；也解 éclore [法]“～”。
1265 trouble“～”，此处解 double“～”；也解 treble“～”。
1266 lamagnage 解 manage“～”；也解 Francesco Tamagno“～”（1850—1905），当时最有名的意大利戏剧男高音歌唱家。
1267 pianage 解 pianoforte“～”；也解 piange [意]“～”。
1268 forte“～”；也解 forty“～”；也解 fart“～”；也解 forte [拉]“～”。
1269 bits“～”，此处解 beats“～”。
1270 cadge“～”，此处解 catch“～”。
1271 lilt too 解 a little too“～”。
1272 voicical 解 voice“～”；也解 bicycle“～”。此处化自歌曲“A Bicycle Built for Two”（《双人脚踏车》）。
1273 Nomario 解 Neo- [法]“新的”＋Mario del Monaco“马里奥”（1915—1982），意大利男高音歌唱家。
1274 bemolly and jiesis 解 be Mary and be Jesus“～”；也解 bemolle [意]“～”＋diesis [意]“～”，指声音的平缓和尖锐；其中 bemolly 也解 Molly Bloom“～”，《尤利西斯》中的女主人公。
1275 throughers 解 trousers“～”；也解 through“～”。
1276 latcher part 解 latter part“～”。
1277 sport“～”，此处解 spot“～”。
1278 whatyoumacormack 解 what you make“～”；也解 John McCormack“～”（1884—1945），爱尔兰男高音歌唱家。
1279 funantics 解 fanatic“～”；也解 phonetics“～”；也解 funis [拉]“～”；也解 funambulus [拉]“～”。
1280 cockful 解 cock“～”。
1281 Naturale [意]“～”，此处解 natural“～”。
1282 register“～”；也可以与前面的 lower 合解 lower register“～”。
1283 diserecordant 解 discordance“～”；也解 misericordia [拉]“～”；也解 recordance“～”。
1284 athlone 解 alone“～”；也解 at home“～”；也解 Athlone“～”，爱尔兰中部城市，麦科马克的出生地。
1285 lillabilling of killarnies 解 Lily of Killarney“～”，德国作曲家贝内迪克特的歌剧，1862 年在伦敦首演；其中 lillabilling 也解 lullaby“～”。
1286 wold“～”；也解 world“～”。
1287 What's good for the gorse is a goad for the garden“～”，此处解 what's sauce for the goose is sauce for the gander“～”。

甘莓[1288]中秘密[1289]毒堇|家|诱惑埋伏着致命之物。讨厌金链花。泼掉俗丽的鬼笔鹅膏[1290]死帽蕈！泻根·啊泻根[1291]石南|奥布赖恩小姐，你的名字是美女[1292]颠茄。但是绿色树林的八卦已经够了。就事论事[1293]鸟巢就是鸟巢。你的要等等，但我的要开始[1294]胆敢。现在拔高音调演奏给我。两门学科优秀[1295]首先，我首先要一路通过我的所有考试希望[1296]。我会在拉图克银行[1297]琴键拥有什么样的敏感钱币，乞丐[1298]，我要把它完整一起沉了，每一枚欢乐的法新[1299]花羔红点斑鲑，按原价投资[1300]穿着礼服位居第二的私酿威士忌[1301]腹部模式|肚腹，我跟你打赌[1302]诱饵，用我投机的旧外套[1303]昌西·奥尔科特赌你背板上全部盎司的一半，（如果疯毛德[1304]做一块灰色条纹呢|胜过胜过夫人们[1305]夫人，那么愿上帝惩罚英格兰[1306]冷的|炮轰！）我是让它像收银机一样物有所值的能手[1307]戈加蒂，就像杆子上有只罐子一样肯定。而且，因为一人之鲜鱼，众人之砒霜[1308]鱼，播种我的野青梅[1309]去收获成熟的丰饶角[1310]蜜酒，丰盛的波冽酒[1311]他、蜂蜜酒[1312]蜜酒和甜麦芽酒，我会在关门之时拿着我神奇的长笛[1313]侥幸|阴茎|《魔笛》出来，美丽、自由、嬉闹，在集市上像代理商[1314]邮递员一样一飞冲天。我告诉你，贝克蒂夫橄榄球俱乐部[1315]约束不了我。在无眠的溯河产卵的[1316]向上跑鲑鱼[1317]所罗门身边，汝等小鱼[1318]大鱼之神，没有什么可以阻止我用钱生钱[1319]许多带来众多，像皮鞋和鱼[1320]一样。不是乌尔斯特省步兵队、科克自卫队[1321]糖|士兵、都柏林火枪队[1322]、康诺特省游骑兵全体[1323]！我要问问[1324]斧头香农河[1325]，跳过[1326]莱克斯利普利菲河，畅饮在我路上奔流的[1327]汉娜

1288 logans 解 loganberry“～”。
1289 heimlocked 解 heimlich [德]“～”;也解 hemlock“～”+-ed;也解 Heim [德]“～”+lockt [德]“～”。
1290 deathcup“～”,一种毒蘑菇;也解 death cap“～”。
1291 Bryony“～”,一种有毒的葫芦科植物;也解 briar“～”;也解 Biddy O'Brien“～”,歌谣《芬尼根的守灵夜》中的守灵者之一。
1292 Belladama 解 bella dama [意]“～”。此处化自莎士比亚的戏剧《哈姆雷特》中的“脆弱啊,你的名字是女人”;也解 belladonna“～”,一种有毒的植物。
1293 Birdsnests is birdsnests“～”,此处解 business is business“～”。
1294 wage“～”;也解 wage [德]“～”。
1295 Doublefirst 解 double first(英国大学中的)“～”;也解 first“～”。
1296 examhoops 解 exam“考试”+hope“希望”。
1297 Latouche's 解 La Touche's“～”,爱尔兰银行的前身由拉图克家族管理,该家族为 18 和 19 世纪爱尔兰最大的金融家族之一;也解 les touches [法]“～”。
1298 begor 解 beggar“～”。
1299 dolly farting 解 jolly farthing“～”,法新为 1961 年以前的英国铜币,等于 1/4 便士;也解 dolly varden“～”。
1300 in vestments“～”,此处解 investments“～”。
1301 subdominal poteen 解 subdominant“占第二位优势的”+poteen“私酿威士忌”;也解 abdominal pattern“～”;也解 abdomen [拉]“～”。
1302 bait“～”,此处解 bet“～”。
1303 chanceyoldcoat 解 chancy“偶然发生的”+old coat“旧外套”;也解 Chauncy Olcott“～”(1860—1932),美国戏剧演员,曾扮演邮差肖恩。
1304 madamaud 解 mad“疯的”+Maud Gonne“毛德·冈妮”(1866—1953),爱尔兰女演员,与叶芝一起倡导爱尔兰民族文艺复兴运动;也解 made a maud“～”;也与后面合解 outstrip“～”。
1305 mesdamines 解 mesdames“夫人们”;也解 Madamina“～”,出自莫扎特的歌剧《唐璜》中的第一幕“亲爱的夫人呀,这就是名单!”(Madamina, il catalogo è questo)。
1306 cold strafe illglands 解 Gott strafe England [德]“～”;也解 cold“～”+strafe“～”。
1307 gogetter 解 go-getter“～”;也解 Gogarty“～”(1878—1957),都柏林诗人,《尤利西斯》中穆里根的原型。
1308 one man's fish and a dozen men's poisons“～”,此处化自习语 one man's meat is another man's poison(彼之蜜糖,吾之砒霜);其中 poisons 也解 poisson [法]“～”。
1309 sowing my wild plums“～”,此处化自习语 sowing my wild oats(沾花惹草)。
1310 plentihorns 解 horn of plenty“～”。
1311 erbole 解 Bowle [德]“～”;也解 er [德]“～”。
1312 Hydromel“～”;也解 hydromeli [希]“～”。
1313 fluke“～”,此处解 flute“～”,长笛在俚语中也解“～”;此处也前面合解 *The Magic Flute*“～”,莫扎特的歌剧。
1314 factor“～”;也解 facteur [法]“～”。
1315 Bective“～”,爱尔兰米斯郡的城镇,以 12 世纪的修道院著称,现主要以英式橄榄球俱乐部闻名。
1316 Annadromus 解 anadromous“～”;也解 anadromos [希]“～”。
1317 Solman 解 salmon“～”;也解 Solomon“～”,以智慧著称的犹太国王。
1318 pescies 解 pesci [意]“～”;也解 pisces [拉]“～”,此处化自习语 Ye gods and little fishes(我的天啊)。
1319 mony makes multimony 解 money makes money “～”;也解 many makes multi-many“～”。
1320 the brogues and the kishes 解 the brogues and the fishes“～”,此处化自习语 the loaves and the fishes(私人利益),也化自爱尔兰习语 ignorant as a kish of brogues(粗俗无知)。
1321 Milice 解 militia“～”;也解 milis [爱]“～”;也解 miles [拉]“～”。
1322 Fusees 解 fusiliers“～”。
1323 ensembled 解 ensemble [法]“～”。
1324 axe 解 ask“～”;也解 ax“～”。
1325 channon 解 Shannon“～”,爱尔兰主要河流。
1326 leip 解 leap“～”;也解 Leixlip“～”,爱尔兰基尔代尔郡东北部的乡镇,位于利菲河与莱伊河交汇处。
1327 rann onme way 解 run on my way“～”。

黑水河[1328]任何废水。是的[1329]犬吠！那些对黄金物有何益，亲爱的[1330]我的|财富，对一只爱情鸟？害怕[1331]性交是异常的自然之事[1332]，勇敢的恐惧[1333]是神圣的。大胆些[1334]看呀！就像瓦里安的刷子[1335]全都在我身后玩耍[1336]清扫|拴住。在你知道什么地方你不在之前，我赌上我最初的红利[1337]宣誓书|依纳爵·罗耀拉|惊奇|DV，再次用尽一切办法[1338]，我会让人类吃惊，忠诚地让你翻滚，我雪白的[1339]白母猪|《白雪与红玫》|《白雪公主》新娘[1340]配偶，在我成吨的红三叶草[1341]中，节拍器上九十九[1342]晚安，飞得高些[1343]，飞得再高些，飞到无可匹敌的最高处。神圣的彼得和保罗[1344]ALP，我会从头到尾地宠你，我华丽的姑娘！让所有要做的见鬼去吧[1345]沉默|哺乳动物|完全没有，但是充满[1346]美丽的|未加工的|搅动|布鲁图斯活力[1347]褶边，不砰地打开一些查特酒[1348]，或者摇晃一对儿[1349]苍白的起泡的冰水，听着它旋转，快乐的女孩！我一点儿都没隐藏[1350]哈雪|捉迷藏，但是你会很想再次搜寻和审视！不要反对我，我告诉你。而且，事实上是游戏男孩，就像我的异教名字K. C.[1351]国王王室法律顾问|受洗时所取的名字一样，在我们射杀那位主教[1352]，把彼此，夫与妻[1353]，淹没[1354]在我们的七重天[1355]曾经|永不之前，我永远不会放弃[1356]永不说发射，我会把你安置在那里，我快乐的伊茜[1357]碧丝，在骄奢淫逸[1358]中，在电软凳上，完全因为赞叹而说不出话[1359]无针脚的|惊讶，在布置得最为豪华的[1360]妻子|怕老婆的公寓[1361]隔间里，配有独立的[1362]爱奢侈享乐的人内室，正像我会像一流的商人和其他一切那样，把我的鞋带穿入[1363]近一百万左右个它们。只有一件事，不管我会变

1328 annyblack water 解 Anne“汉娜”，本书女主人公＋Blackwater“黑水河”，爱尔兰河流；也解 any black water“～”。

1329 Yip“～”，此处解 yes“～”。

1330 mine shatz 解 Mein Schatz［德］“～”；也解 mine“～”＋Schatz［德］“～”。

1331 funk“～”；也解 fuck“～”。

1332 peternatural 解 preternatural“超自然的”＋peter［俚］“阴茎”＋natural“自然的”。

1333 feers 解 fears“～”。此处化自英国诗人蒲柏的名言“犯错是人性的，宽恕是神性的”(to err is human, to forgive divine).

1334 Bebold“～”；也解 behold“～”。

1335 Varian 解 Varian and Company“瓦里安公司”，都柏林的刷子公司，位于塔尔博特街 91—92 号。

1336 balaying 解 playing“～”；也解 balayer［法］“～”；也解 belay“～”。

1337 ignitial's divy 解 initial dividend“～”；也解 affidavit“～”；也解 Ignatius Loyola“～”；也解 divy［捷］“～”；也解“～”，意为如蒙上帝恩准。

1338 cash-and-cash-can-again 解 catch as catch can“用尽一切办法”＋again“再次”。

1339 sowwhite 解 snowwhite“～”；也解 white sow“～”；也解“Snow White and Rose Red”“～”，《格林童话》中的故事；也解“Snow White”“～”。

1340 sponse 解 sponsa［拉］“～”；也解 spouse“～”。

1341 red clover“～”，此处化自习语 be in clover(过着舒适的生活)。

1342 nighty nigh 解 ninety-nine“～”；也解 nighty night“～”。

1343 fiehigh 解 fly high“有雄心大志”。

1344 petter and pal 解 Peter and Paul“～”，基督的十二信徒中的两个；也解 ALP，本书女主人公。

1345 Mumm“～”，此处解 damn“～”；也与后面 all 合解 mammal“～”；也解 damn all“～”。

1346 brut frull up 解 but fill up“～”；也解 beautiful“～”；也解 brut［法］“～”；也解 frullare［意］“～”；也解 Brutus“～”(前 85—前 42)，古罗马政治家，参与刺杀凯撒。

1347 fizz“～”；也解 frill“～”。

1348 shortusians 解 Chartreuse“～”，法国查特修道院所酿的酒。

1349 pale“～”，此处解 pair“～”。此处化自歌曲“Take A Pair of Sparkling Eyes, If You Can, Happy Man”(《如果可以，用一双明亮的眼睛，快乐的人》)。

1350 hide...seek“～”；也解 Heidsiek“～”，一种香槟品牌；也解 hide and seek“～”。

1351 K. C. 解 King's Counsel“～”；也解 Christian name“～”。

1352 blissup 解 bishop“～”，此处化自俚语 shoot a bishop(性交)。

1353 manawife 解 man and wife“～”。

1354 swumped 解 swamped“～”。

1355 sever nevers 解 seventh heaven“～”；也解 ever“～”＋never“～”。

1356 never say let fly“～”，此处解 never say die“～”。

1357 Gizzygay 解 Issy“伊茜”＋gay“快乐的”；也解 Biss“～”，书中主人公的女儿伊茜的名字的另一种写法。

1358 lechery“～”，此处化自习语 in the lap of luxury(在奢侈的环境中)。

1359 simpringly stitchless with admiracion 解 simply speechless with admiration“～”；其中 stitchless 也解“～”，admiracion 也解 admiración［西］“～”。

1360 uxuriously 解 luxuriously“～”；也解 uxor［拉］“～”；也解 uxorious“～”。

1361 compartments“～”，此处解 apartments“～”。

1362 sybarate 解 separate“～”；也解 sybarite“～”。

1363 此处化自美国俚语 run my shoestring(赚快钱)。

得多么[1364]饥饿[1365]著名的，我都会迫切渴望，你理解的，雨神朱庇特[1366]多雨的朝鞋子里小便的人，考虑到[1367]星辰的可怕的穿堂风[1368]天空|吮吸|气袋|害相思病的在寒冷的[1369]空气[1370]中按照水力学原理[1371]椅子在周围鸣啭[1372]摇摆，直到黎明[1373]走！|镶边|分别毁掉丹麦人，他那接踵而来的灾祸[1374]一连串未料到的事情对我那另一半的实在太抒情的[1375]祭坛健康有害[1376]墨色的|墨水，如果不考虑我那讨好的话[1377]帽子耳罩，那是真的，现在从饶舌的包[1378]里出来，真真确切无疑，另一方面，我从来不会讲哪怕一点点[1379]最后的会真正让人满意[1380]因此这是小说|索西斯的假话。我也[1381]汝不说虚情假意的话[1382]苹果酱。或者大发胡说八道[1383]在我帽子的上方之辞。我是认真的[1384]热切的。阿嚏[1385]鞋！

最亲爱的妹妹[1386]两个姐妹|同上|西绪弗斯，并非很久以前我在丹尼斯·弗洛伦斯·麦卡锡[1387]用来打网球的法兰绒服装那里读给自己，他的通信，落座于[1388]餍足的我的三脚凳[1389]优等考试|三角架上，正好像作者[1390]透特|托尔那样考虑着我会希望自己继续在切坡里若德[1391]霍斯角|透特待多久，瞥视着火炉[1392]焦点，啄食着拇指大的幻想，竖着耳朵听着地上我的留声机，从苍穹上的另一个那里捡拾着空气，我满怀悲伤地坐上电车[1393]万分激动，今夜崇高庄严，就像你可以从我的体格和遍布前额的眉毛看到的，向前进，坦诚又快乐[1394]蛇麻草的，和着老牛[1395]犁都无聊死[1396]系住的的曲调，从我们的非杜撰的[1397]我们的房子里，执行这一本笃会修士的使命，但是它是历史上最光荣的使命，宗教的[1398]秘密的或世俗的[1399]，贯穿我们

1364 howover 解 however“不管怎样”。
1365 famiksed 解 famished“～”;也解 famik［沃］“～”。
1366 shoepisser pluvious“～”,此处解 Jupiter Pluvius［拉］“～”。
1367 in assideration of 解 in consideration of“～”;也解 sidereus［拉］“～”。
1368 luftsucks 解 Luftzug［德］“～”;也解 Luft［德］“～”＋sucks“～”;也解 Luftsack［德］“～”;也解 lovesick“～”。
1369 coold 解 cold“～”。
1370 amstophere 解 atmosphere“～”。
1371 hedrolics 解 hydraulics“～”;也解 hedra［希］“～”。
1372 woabling 解 warbling“～”;也解 wobble“～”。
1373 Borting 解 morning“～”;也解 Borte!［挪］“～”;也解 Borte［德］“～”;也解 bort-［丹］“～”。此处化自习语:That breeze would perish the Danes.(冷得要死。)
1374 chapter of accidents“～”,此处解 a chapter of accidents“～”。
1375 alltoolyrical 解 all too“实在太”＋lyrical“抒情诗的”;也解 altar“～”。
1376 atramental“～”,此处解 detrimental“～”;也解 atramentum［拉］“～”。
1377 capsflap 解 claptrap“～”;也解 cap earflaps“～”。
1378 cackling bag“～”。此处化自习语 cat out of the bag(泄露秘密)。
1379 the leest 解 the least“～”;也解 leest［荷］“”。
1380 sotisfiction 解 satisfaction“～”;也解 so ‘tis fiction“～”;也解 Sothis“～”,天狼星的埃及名字,埃及神话中司生育的女神伊希斯的星座,在许多埃及书籍中被等同于伊希斯。
1381 eithou 解 either“～”;也解 thou“～”。
1382 apple sauce“～”,指“～”。
1383 up in my hat“～”,此处化自习语 talk through one's hat(胡说八道),故译。
1384 earnst 解 ernst［德］“～”;也解 earnest“～”。
1385 Schue,拟声,打喷嚏;也解 Schuh［德］“～”。
1386 Sissibis 解 Sister“～”;也解 sis＋bis(［拉］“两次”),即“～”;也解 Ibis“～”;也解 Sisyphus“～”,希腊传说中在阴间不停地推石头上山。
1387 Tennis Flonnels Mac Courther 解 Dennis Florence MacCarthy“～”(1817—1882),爱尔兰诗人、翻译家;也解 tennis flannels“～”。
1388 besated 解 be seated“～”;也解 be sated“～”。
1389 tripos“～”,此处解 tripus［拉］“～”;也解 tripod“～”。
1390 thauthor 解 the author“～”;也解 Thoth“～”,埃及神话中的月神;也解 Thor“～”,北欧神话中的雷神和战神。
1391 Hothelizod 解 Chapelizod“～”,位于都柏林西郊;也解 Howth“～”,都柏林郊区的一个半岛;也可与前面合解 Thoth“～”。
1392 focus“～”,此处解 focus［拉］“～”。
1393 tramsported 解 tram“有轨电车”＋transported“运送”;也可与前后合解 is transported with“～”。
1394 hoppy“～”,此处解 happy“～”。
1395 plow“～”,此处解 cow“～”,化自爱尔兰习语 tune the old cow died of(沉闷冗长的音乐),故译。
1396 tied“～”,此处解 die“～”。
1397 nostorey 解 no story“不是故事”;也解 nostra［拉］“～”。
1398 secret“～”,此处解 sacred“～”。
1399 profund 解 profane“～”。

的——就像你常常称呼她的——沸腾的[1400]曾经新漆的利菲河的所有编年史[1401]汉娜·丽维娅·妇鲁拉贝尔，在幸福的[1402]美化睡眠中，在死者的沉默之上，从次于第一个的法老[1403]遥远的一直到拉美西斯[1404]摇摇欲坠的最后的最美好的[1405]半身像事情。维科路旋转不息，与终点开始的地方相接。尽管如此，我们被循环召唤[1406]不求助，未被复归[1407]求助吓住，至于我们尽职的职责[1408]美丽的木桶，我们觉得一切正常，万勿烦恼。充满了我骄傲的呼吸[1409]宽度|喘息，我(此圣名应被称颂[1410]健康的同样者应被清风吹拂！)，因为这是一件盛事(太棒了！)，将要去见一位国王，不是一位众夜之王，不是[1411]，天啊[1412]，而是爱尔兰每个角落[1413]的王上之王本人，确切无疑[1414]，我是说。在爱尔兰终究有了傻瓜之前，卢坎那里住着主。我们只希望每个人都能确信这个水汪汪的世界里的每件事，就像我们确信这个刚刚弄湿的[1415]新婚的家伙的每件事，我们注定要去追随他。我现在要给你一基尼买一枚干草种子。把这事告诉妈妈。告诉她告诉她的老妈妈。这会逗她开心。

好啦，对记忆[1416]汉娜之魔[1417]无用之物|人物，对于全部祖父母之事[1418]意志缺失！因为我向耶稣[1419]约书亚宣布，我开始要中暑[1420]晕船了！不为任何目的我没有一点儿是挪威人[1421]诺拉。往昔[1422]我们的的终结[1423]美好的冰|有限之物如此温和，唉，那些时代并不非常遥远，就像你可能希望是凝固的[1424]隐藏的。因此现在，我要要求你们，愿汝等不要在我可怜的春季[1425]围裙守灵时大吵大闹。我不希望你们在我头上打你那比蒂·莫里亚蒂[1426]唠叨的中年妇女|詹姆斯·莫

1400 efferfreshpainted 解 effervescent“～”；也解 ever fresh-painted“～”。

1401 annals...livy 解 Liffey's canals“利菲河的运河”＋Livy's Annals“李维的编年史”，指罗马历史学家提图斯・李维(前59—公元17)的《罗马史》；也解 Anna Liffey“～”，本书的女主人公。

1402 beautific 解 beatific“～”；也解 beautification“～”。

1403 pharoph 解 Pharaoh“～”；也解 far off“～”。

1404 ramescheckles 解 Ramses“～”(约前1303—前1213)，即拉美西斯二世，古埃及第十九王朝法老，其执政时期是埃及新王国最后的强盛年代；也解 ramshackle“～”。

1405 bust“～”，此处解 best“～”。

1406 onappealed to 解 appealed on“上诉”＋appealed to“呼吁”；也解 unappealed“～”。

1407 recoursers 解 ricorso［意］“～”，意大利哲学家维科用此指人类历史发展中的复归阶段；也解 recourse“～”。

1408 dutyfulcask 解 dutiful task“～”；也解 beautiful cask“～”。

1409 breadth“～”，此处解 breath“～”；也解 breathe“～”。

1410 breezed be the healthy same“～”，此处解 blessed be the holy name“～”。

1411 nenni［法］“～”。

1412 by gannies 解 by grannies“～”。

1413 Hither-on-Thither 解 hither and thither“～”。

1414 pardee 解 pardy“～”。

1415 newlywet 解 newly wet“～”；也解 newlywed“～”。

1416 Annanmeses 解 anamnesis［希］“～”；也解 Anne“～”，本书女主人公。

1417 figends 解 fiends“～”；也解 fag end“～”；也解 figure“～”。

1418 the wholeabuelish business 解 the whole business“全部事情”＋abuelos［西］“祖父母”；也解 aboulia［希］“～”。

1419 Jeshuam 解 Jesus“～”；也解 Joshua“～”，《旧约》中继摩西之后的犹太人首领，曾祈祷并让太阳停下。

1420 sunsick 解 sunstroke“～”；也解 seasick“～”。

1421 Norawain 解 Norwegian“～”；也解 Nora“～”，乔伊斯的妻子。

1422 our“～”，此处解 yore“～”。

1423 fine ice“～”，此处解 finish“～”；也解 finite“～”。

1424 congealed“～”；也解 concealed“～”。

1425 primmafore 解 primavera［意］“～”；也解 pinafore“～”。

1426 biddy moriarty 解 Biddy Moriarty“～”，歌谣《芬尼根的守灵夜》中的守灵者之一比蒂・奥布赖恩小姐(Biddy O'Brien)在有一个版本中的名字；也解 biddy“～”＋Professor James Moriarty“～”，亚瑟・柯南・道尔所著小说《福尔摩斯探案全集》系列中的人物，头号罪犯，夏洛克・福尔摩斯的死敌。

里亚蒂教授决斗式的枕头战[1427]巨浪|打仗，叽叽咯咯，一直打到你吐啤酒，你明白的，在酒腌的鲭鱼、抽鼻子的鲱鱼[1428]《回到爱尔兰》烧烤宴、粗鲁放肆的大吵大闹[1429]《粗鲁的巴尼·奥西》、奉承哄骗[1430]大麦|大吵大闹的自夸自擂之后，也不要你那围成一圈缝纫时在火炉搁架上方忧郁的[1431]毫无吸引力的女人丑陋抽泣[1432]凝块，在打扫清理时把拉拉杂杂的东西塞进女仆外套里，用闲坐在屁股[1433]啊|A上来磨损掉你的长筒袜[1434]哎呀|O，在我上次放下的地方四周发财致富[1435]放出臭气，还带着大姨妈[1436]跟画家们进去，倒霉[1437]诅咒|月经，穿着破布[1438]，刺激你的黏液，把早餐[1439]打断放屁变成最后的晚餐[1440]失落的|叹息和沙龙茶[1441]茶馆|锡兰茶，也不要你坐在呻吟椅[1442]上有气无力地讲着忧郁星期一[1443]转瞬之间|千载难逢|布卢姆日的玻利瓦尔的烦恼[1444]《格列佛游记》，水蒸着你那潮湿的听小骨[1445]冰柱|小骨，祈祷着“神圣禁令”和施洗者约翰[1446]琼恩|消化不良，此时旧衣小贩[1447]克隆伍兹·伍德公学带着牧羊犬[1448]牧羊人|船一起[1449]来收集穿过树林，在板栗树疙瘩里兜售“夏日好男孩”[1450]《夏日再见》|夏季，擤鼻涕先生[1451]夫人|清教徒|密史脱拉风|弗雷德里克·米斯特拉尔抱着他的柴火[1452]子女，那时，反之亦然[1453]，正是我的节日[1454]牛奶义演[1455]做得很好，从我的说故事[1456]搬弄是非的|八卦小报的书中抓出几页。如果我看到过这么多快乐的[1457]肮脏的蛆虫[1458]从良的妓女|使发痒|抹大拉的玛利亚，就让我的舌头[1459]当时生疮烂掉！曾经有一次醉酒，那是一次相当美好的醉酒[1460]从前，在一个很美妙的时刻，你的唠叨奇谈[1461]的剩余部分！只是火边一把给缺席者[1462]寄信人邮差肖恩[1463]的普通椅子[1464]轻马车，一旦你们

1427 billowfighting 解 pillow fight"～",小孩的打闹;也解 billow"～"+fighting"～"。

1428 hering 解 Hering [德]"～";也可与前面的 clambake to 合解"Come Back to Erin""～",爱尔兰民歌。

1429 impudent barney"～";也解"Impudent Barney O'Hea""～",爱尔兰民谣。

1430 blarney"～";也解 barley"～";也解 barney"～"。

1431 lemoncholic 解 melancholic"～";也解 lemon [俚]"～"。

1432 gobs"～",此处解 sobs"～"。

1433 ahs"～",此处解 arse"～";也解字母"～"。

1434 ohs"～",此处解 hose"～";也解字母"～"。

1435 areekeransy 解 arricchirsi [意]"～";也解 areek"～"。

1436 with the painters in"～",此处解 have the painters in [俚]"来月经"。

1437 curse"～",在俚语中也指"～",此处与后面的 luck 合解 worse luck"～"。

1438 with your rags up"～",此处化自习语 the rag was up(游戏结束了,也指来月经了)和口语 have the rags on(来月经)。

1439 breakfarts 解 breakfast"～";也解 break farts"～"。

1440 lost soupirs 解 last suppers"～";也解 lost"～"+soupir [法]"～"。

1441 salon thay 解 salon"沙龙"+té [爱]"茶";也解 salon thé [法]"～";也解 Ceylon tea"～"。

1442 groaning chair"～",产妇生产后坐在床边接受众人祝贺的大椅子。

1443 bluemoondag 解 Blue Monday"～";也解 een blauwe Maandag [荷]"～";也解 once in a blue moon "～";也解 Bloomsday"～"。

1444 Bollivar's troubles 解 *Bolivar*"《玻利瓦尔》",爱尔兰戏剧家威尔斯(William Gorman Wills)的戏剧+troubles"烦恼";也解 *Gulliver's Tavels*"～",斯威夫特的小说。

1445 ossicles"～";也解 icicle"～";也解 ossiculum [拉]"～"。

1446 Jaun Dyspeptist 解 John the Baptist"～";也解 Jaun"～",本书主人公的儿子之一+dyspepsia"～"。

1447 Ole Clo 解 Old Clothes"～";也解 Clongowes Wood College"～",耶稣会开办的初级教育学校,乔伊斯曾在此处学习。

1448 Shep"～";也解 shepherd"～";也解 ship"～"。

1449 togather 解 together"～";也解 to gather"～"。

1450 Goodboy Sommers 解 Goodboy Sommer"～";也解"Goodbye, Summer""～",爱尔兰男高音歌唱家麦科马克的演出曲目之一;也解 Sommer [德]"～"。

1451 Mistral Blownowse 解 Mister Blownose"～";也解 mistress"～"+bluenose"～";也解 mistral"～",法国南部的冬季寒冷强风;也解 Frédéric Mistral"～"(1830—1914),法国诗人。

1452 kindlings"～";也解 Kinder [德]"～"。

1453 voiceyversy 解 vice versa"～。

1454 gala"～";也解 gala [希]"～"。

1455 bene fit [拉]"～",此处解 benefit"～"。

1456 taletold 解 tale told"～",此处化自 *Tales Told of Shem and Shaun*(《闪姆和肖恩的故事》),《芬尼根的守灵夜》出版前乔伊斯出版的单行本之一;也解 telltale"～";也解 tabloid"～"。

1457 miry"～",此处解 merry"～"。

1458 maggalenes 解 maggots"～";也解 magdalen"～";也解 maggal [希伯来]"～";也解 Mary Magdelen "～",曾是妓女,悔罪后基督耶稣将七个魔鬼从她体内驱逐出去,在书中也象征着分裂的人格。

1459 tunc [拉]"～",即《凯尔斯书》中的"当时页",该页为《马太福音》(27:38)中的"当时,有两个强盗和他同钉十字架",此处解 tongue"～"。

1460 Once upon a drunk and a fairly good drunk it was"～";也解 Once upon a time and a very good time it was"～",此为乔伊斯的《一个青年艺术家的画像》的开头句。

1461 blatherumskite 解 bletherumskite [英爱]"～"。

1462 absenter"～";也解 Absender [德]"～"。

1463 Sh the Po 解 Shaun the Post"～".

1464 shays 解 chaise [法]"～";也解 chaise"～"。

给这一天[1465]道路命了名，我就会将你们全部变成我自己的东半球[1466]。看着炉渣[1467]玻璃桶，你会看到我的航线遍布大海[1468]歌唱，当你帽子[1469]脑袋里[1470]启发有巴黎的时候，你们航海[1471]装饰品还想要什么？处处心向往之[1472]，让你们全体伊茜[1473]爱洛伊丝和全部[1474]，在我迷路的时候，让你们不要因此而悲伤，尽管约定的[1475]损坏的诺言全都丧失，在我头疼[1476]头|目的得可怜时，甚至我们会失掉生命。瞧，日易完善的年龄等着你们！在骨头的果园。某个时间非常即刻现在当远处的云朵在它们的四十年阵雨后消散，很可能的是，我们全都会上钩并感到快乐，福祸与共[1477]，在极乐世界之夜[1478]有活动的夜晚|我唤起|HCE 里，天选者中的精华，在失去的年华之土。约翰内斯堡[1479]约翰·菲尔德的启示！装饰[1480]覆盖那些从未死去的钻石[1481]金刚钻！因此抛掉寂寞之物！请一饮而尽，女士们，像你能喝掉的一样潇洒！驱逐四旬斋！在伊利昂之后[1482]左驭马手拍手！大斋节[1483]禁食时间已近。你的鞋底和我的鞋面[1484]近视|牛虻|《我的太阳》于此必须分道扬镳。因此永别了[1485]你这世界[1486]革条！分手之趣。拿去，戒指是[1487]吵嘴你的，爱人。时间[1488]一角钱确实把汝推[1489]安慰|信任离我的胳膊[1490]我的|救济金|矿藏|高山牧场。再见，吾爱[1491]瑞士果馅饼，再见！好啊[1492]泛滥平原！好啊！当然，宝贝啊，信差确实经常想着读出你们的言外之意，这些词句其实根本没有意思。我自己署名。带着无尽的爱[1493]腿。不折不扣地属于你。邮差[1494]邮件|汉娜肖恩[1495]剪毛。未完待续。好运[1496]至此|哈克贝利·费恩！

1465 way“～”,此处解 day“～”。
1466 hummingsphere 解 hemisphere“～”。
1467 slag“～”;也解 glass“～”。
1468 singing“～”,此处解 sea“～”。
1469 hat“～”;也解 head“～”。
1470 inspire“～”,此处解 inside“～”。
1471 trippings“～”;也解 trimmings“～”。
1472 Sussumcordials 解 Sursum corda [拉]“～”。
1473 alloyiss 解 all of Issy“～”;也解 Heloise“～”,中世纪神父阿伯拉尔的恋人和妻子,法国作家卢梭模仿他们的故事写成《新爱洛伊丝》。
1474 ominies 解 omnes [拉]“～”。
1475 blighted“～”,此处解 plighted“～”。
1476 headsake 解 headache“～”;也解 head“～”＋sake“～”。
1477 communionistically 解 communion“～”＋istically。
1478 fieldnights eliceam 解 Elysian fields“极乐世界”＋nights“夜晚”;也解 fieldnight“～”＋eliciam [拉]“～”;也与前面合解“～”,本书主人公。
1479 Johannisburg 解 Johannesburg“～”,位于南非东北部的城市;也与前面合解 John Field“～”(1782—1837),爱尔兰作曲家,最早写夜曲。
1480 Deck“～”;也解 decken [德]“～”。
1481 diamants 解 Diamants [德]“～”;也解 diamant [荷]“～”。
1482 postilium 解 post Ilium [拉]“～”,伊利昂即特洛伊;也解 postillion“～”。
1483 Fastintide 解 Vastentijd [荷]“～”;也解 Fastetiden [丹]“～”。
1484 myopper 解 my upper“～”;也解 myopia“～”;也解 myôps [希]“～”;也与前面合解“O Sole Mio”“～”. 1898 年创作于那不勒斯(拿波里)的歌曲。
1485 fare 解 farewell“～”。此句化自英国诗人拜伦的诗歌《诀别》中的诗句“Fare thee well! and if for ever, Still for ever, fare thee well”(永别了,如果是永远,那么永远,永别了)。
1486 welt(鞋底与鞋帮间的)“～”,此处解 Welt [德]“～”。
1487 wringle's 解 ring is“～”;也解 wrangle“～”。
1488 dime“～”,此处解 time“～”。
1489 trost 解 thrust“～”;也解 Trost [德]“～”;也解 trust“～”。
1490 mine alms 解 my arms“～”,此句出自歌曲《再见,爱人,再见》(“Goodbye, Sweetheart, Goodbye”);也解 mine“～”＋alms“～”;也解 mine“～”＋Alm [德]“～”。
1491 swisstart 解 sweetheart“～”;也解 Swiss tart“～”。
1492 Haugh“～”,此处解 Hoch [德]“～”。
1493 leg“～”,此处解 love“～”。
1494 Ann Posht 解 a postman“～”;也解 An Phost [爱]“～”;也解 Anne“～”,本书女主人公。
1495 Shorn“～”,此处解 Shaun“～”,本书主人公的儿子。
1496 Huck 解 luck“幸运”;也解 huc [拉]“～”;也解 Huckleberry Finn“～”,马克・吐温作品中的人物。

某种令人捧腹的天性必定出现在邮政局长[1497]西方吟游诗人|威斯敏斯特乔纳森[1498]琼恩身上，因为一声宏大的巨大的赤裸裸的[1499]香料|美味的衷心的洪亮的[1500]狭隘的|斯藤托耳|响亮的笑声（甚至静待时机的苦力都以为羽毛落下来了[1501]）蹦出他那毛绒绒的[1502]伍利喉咙，就像一只球被举到深地手[1503]头部的上方，只是因为想到她们会多么开心地愿意欢唱他的高声[1504]只管自己的事，她们全都典型地在极度疯狂[1505]一起|群体中正要与开心的圣者[1506]犬蔷薇的果实开始泼洒[1507]发出火花快乐[1508]愉快|急促说，嘿乡巴佬、呵哎呀、嗨典当、哈巨大的、哈、哈、嚯、嚯、嚯[1509]这|圣哉、圣哉、圣哉，啊，琼恩，这么爱开玩笑，这么土头土脑[1510]邮政总局，啊，（汝等纯洁者！我们的贞洁！汝等神圣者！我们的健康！汝等强壮者！我们的胜利！啊，有益身心者[1511]致意！维持我们坚定的独居，汝等最善抚触者！听，有毛的人[1512]！我们请求过你但是晚了。美是危险的[1513]美容室！）当突然（多么像个女人！），突然他捷[1514]斯威夫特如墨丘利，在荡妇们[1515]碧丝上面严厉地[1516]斯特恩转了一整圈，他那锐利的目光[1517]手钻闪烁得相当严厉[1518]星星|斯特恩（多黑啊，就如雷鸣！），去看发生什么事了[1519]什么是松散的|丢了什么。因此她们静静地站着，满心猜测。直到他先叹了口气（多么糟糕的硫黄[1520]他叹息|他受苦！），她们差点哭出来（社会中坚！），这之后他考虑再三，最后回答说：

——还有更多的呢。一言既出，心灵的调子[1521]铁石心肠是否将沉默。定下婚姻，我要恳求[1522]是印章你！再见了，小仙女再见[1523]非常好！我能告诉你的都在这儿了，我的姐妹们[1524]。在所

1497 westminstrel 解 postmaster"～";也解 west minstrel"～";也解 Westminster"～",伦敦的一个行政区,其中的威斯敏斯特教堂中有诗人角。

1498 Jaunathaun 解 Jonathan Swift"乔纳森·斯威夫特";也解 Jaun"～",本书主人公的儿子的化名之一。

1499 blossy 解 bloß[德]"～";也解 blas[爱]"～";也解 blasta[爱]"～"。

1500 stenorious 解 sonorous"～";也解 stenos[希]"～";也解 Stentor"～",特洛伊战争中希腊的传令官;也解 stentorian"～"。

1501 此处化自习语 make the feathers fly(引起争吵)。

1502 wooly's 解 woolly"～";也解 Frank Woolley"～"(1887—1978),英国板球运动员。

1503 deep field"～",板球运动中远离三柱门的垒外球员。

1504 trolling his whoop"～";也解 rolling his hoop"～"。

1505 missammen massness 解 midsummer madness"～";也解 sammen[丹]"～"+mass"～"。

1506 jolly magorios 解 jolly"愉快的"+hagios[希]"神圣的";也解 Johnny Magories[英爱]"～"。

1507 spladher 解 splatter"～";也解 splaid[爱]"～"。

1508 splodher 解 splodher[英爱]"～";也解 spleodar[爱]"～";也解 splutter"～"。

1509 hicky hecky hock, huges huges huges, hughy hughy hughy,拟声。也解 hic, haec, hoc; hujus, hujus, hujus; huic, huic, huic[拉]"～",拉丁文中"这"的主格、属格和与格的阳性、阴性和中性的变体。也解 Sanctus, Sanctus, Sanctus[拉]"～",赞美诗的起首句。也解 hick"～"+heck"～"+hock"～"+huge"～"。

1510 geepy 解 geeky"～";也可与后面的 O 合解 G. P. O.,即 General Post Office"～"。

1511 salutary"～";也解 salutation"～"。

1512 此处出自《创世记》(27:11)中的"我哥哥以扫浑身是有毛的"。

1513 Beauty parlous 解 beauty's parlous"～";也解 beauty parlour"～"。

1514 swifter 解 swift"～";也解 Swift"～"。

1515 Rizzies 解 rásaidhe[爱]"～";也解 Biss"～",书中主人公的女儿伊茜的名字的另一种写法。

1516 Starnly 解 sternly"～";也与前面合解 Sterne...Swift"～",英国 18 世纪作家,两人在书中构成一组二元对立。

1517 gimlets"～",此处解 gimlet eye"～"。

1518 sternish 解 stern"～";也解 Stern[德]"～";也解 Sterne"～"。

1519 what's loose"～",此处解 was ist los[德]"～";也解 what is lost"～"。

1520 ill soufered 解 ill"邪恶的"+soufre[法]"硫黄";也解 il souffle[法]"～";也解 il souffert[法]"～"。

1521 heart's tone"～",此处化自托马斯·穆尔的歌曲"Shall the Harp, Then, Be Silent"(《那么竖琴是否将沉默》);也解 heart of stone"～"。

1522 beseal 解 beseech"～";也解 be seal"～"。

1523 fairy well 解 fairy"仙女"+farewell"再见";也解 very well"～"。

1524 sorellies 解 sorelle[意]"～"。

有砰砰敲击的时间里，是一层又一层的祈祷，乞丐[1525]走开|感谢上帝，年轻荣耀[1526]的群体[1527]行走对[1528]声音年老的颂歌[1529]赞颂，在天堂花园的郊外[1530]红灯区，我们终将会消逝，在停下来[1531]瑟茜后，全都平静地[1532]平安无事|支持历经脖子和像脖子一样的老夫老妻[1533]德比|和六月，走向我们舒适的永恒业报（烧焦屋[1534]苏格兰屋|教会的房子）。圣哉！圣哉！圣哉[1535]把我们推到一边！如果你想幸运降临并被赦免[1536]凤凰到来并停驻|幸运的罪过|凤凰公园。那里有神圣的舒适[1537]复活节！罗马提醒的人元老院上院和人民[1538]公众|暴民|酒吧队列中剩下的人。去那里[1539]图瓦特|吱吱，去那里！抬头找它[1540]和平之地！在天上不允许琐碎的家庭口角，也不允许我们庭院[1541]步兵大队|围场|教堂院落里家产的飓风，不允许扔杯子[1542]结合，也不允许天启[1543]揭露|快击，也不允许午餐时没有唱歌[1544]《潘趣和朱迪》，也不允许什么也没有。以拜伦[1545]罗伯特·彭斯为你的好得多而且如果是[1546]前夕|夏娃永远的偶像[1547]闲懒的。穿着新裙撑的老妻子和化着当代妆[1548]礼拜六套装|当代圣人的过去罪人[1549]支持新芬党的农夫，你几乎认不出来[1550]勘探|辨出。这是在恐怖屋[1551]荷鲁斯的保释[1552]爱尔兰国会之下议院行为后，盛装的万圣节[1553]杜莎夫人蜡像馆|杜桑·卢维杜尔守灵步行远征[1554]展览。番红花面包或君主的[1555]仔猪[1556]吃奶的小猪|善，无论哪个你渴望[1557]去喜欢和忍受，但是给它一个名字。雨水[1558]和平|爱尔兰人|昨天遍布爱尔兰。整整一伙人都在家时，有供恢复体力[1559]沉思的食物。愿上帝保佑你[1560]你们得到多少|大年夜？愿上帝和圣母玛利亚保佑你[1561]？愿上帝和圣母玛利亚和圣帕特里克保佑你[1562]？你要接

1525 begor 解 beggar“～”；也解 begone“～”；也解 Thanks be to God“～”。
1526 gloria［拉］“～”。
1527 gang“～”；也解 Gang［德］“～”。
1528 voices“～”，此处解 versus“～”。
1529 doxologers 解 doxology“～”；也解 doxologia［希］“～”。
1530 suburrs 解 suburbs“～”；也解 Suburra［拉］(罗马帝国的)“～”。
1531 surceases 解 surcease“～”；也解 Circe“～”，荷马史诗《奥德赛》中的女妖，也是《尤利西斯》中一章的标题。
1532 all serene“～”，此处解 all“全都”＋serene“平静的”；也解 support“～”。
1533 Derby and June 解 Darby and Joan“～”，诙谐的说法；也解 Derby“～”，英国中部城市＋and June“～”。
1534 scorchhouse 解 scorch house“～”，指地狱；也解 The Scotch House“～”，都柏林的酒吧；也解 church house“～”。
1535 Shunt us“～”，此处解 Sanctus, Sanctus, Sanctus［拉］“～”，赞美诗的起首句。
1536 be felixed come and be parked 解 be felix(［拉］“幸运”) come and be pardoned“～”，此处化自拉丁文习语 Si vis esse felix, sequi pacem(如果你想快乐，那就追随平静)；也解 the phoenix come and be parked“～”。其中 felixed...parked 也解 felix culpa［拉］“～”；也解 Phoenix Park“～”，都柏林西部的公园。
1537 ease“～”；也解 Easter“～”。
1538 seanad and pobbel queue's remainder 解 Senatus Populusque Romanus［拉］“～”，古代罗马帝国的称呼；也解 seanad“～”，爱尔兰共和国议会的组成机关之一＋pub queue's remainder“～”。其中 pobbel 也解 pobal［爱］“～”，也解 Pöbel［德］“～”；其中 remainder 也解 reminder“～”。
1539 To it“～”；也解 Tuat“～”，埃及神话中的冥界；也解 Twit“～”，艾略特的《荒原》中“火诫”中的句子。
1540 seekit headup 解 seek it head up“～”，指天堂；也解 Sekhet Hetepet［埃］“～”，埃及神话中奥西里斯神的居所。
1541 Cohortyard 解 courtyard“～”；也解 cohort“～”，罗马的军事单位；也解 cohors［拉］“～”；也解 churchyard“～”，多做墓地，指 *The House by the Churchyard*(《墓地房屋》)，爱尔兰作家勒法努的作品。
1542 cupahurling 解 hurling cups“～”；也解 coupling“～”。
1543 apuckalips 解 Apocalypse“～”；也解 apokalypsis［希］“～”；也解 puck［英爱］“～”。
1544 puncheon jodelling 解 luncheon yodelling“午宴时用真假嗓音交换唱歌”；也解 *Punch and Judy*“～”，英国木偶戏，主人公潘趣是个驼背，被魔鬼驮走。
1545 Byrns 解 Byron“～”(1788—1824)，英国诗人；也解 Burns“～”(1759—1796)，苏格兰农民诗人。
1546 eve“～”，此处解 if“～”；也解 Eve“～”。
1547 idle“～”，此处解 idol“～”。
1548 latterday paint“～”；也解 Saturday suit“～”；也解 Latterday Saints“～”，指摩门教徒。
1549 farmer shinner 解 former sinner“～”；也解 farmer“农夫”＋shinner［俚］“新芬党的支持者”，即“～”。
1550 reconnoitre“～”，此处解 recognize“～”；也解 reconnaître［法］“～”。
1551 chamber of horrus 解 chamber of horrors“恐怖物象陈列室”，杜莎夫人蜡像馆中的一个房间；其中 horrors 也解 Horus“～”，埃及神话中的太阳神，奥西里斯和伊西斯的儿子。
1552 bail“～”；也解 Dail“～”。
1553 Toussaint 解 Toussaint［法］“～”，天主教的节日，每年 11 月 1 日；也解 Madame Tussaud's (Waxworks) Exhibition“～”，位于伦敦；也解 Toussaint L'Ouverture“～”(1743—1803)，海地独立运动领导人。
1554 experdition 解 expedition“～”；也解 Exhibition“～”。
1555 sovran 解 sovereign“～”。
1556 bonhams“～”；也解 banbh［爱］“～”；也解 bonum［拉］“～”。
1557 avider 解 avid“～”。
1558 Iereny 解 rain“～”；也解 eirene［希］“～”；也解 Ier, Ieren［荷］“～”；也解 ieri［意］“～”。
1559 refection“～”；也解 reflection“～”。
1560 Hogmanny di'yegut 解 gu maniyi d'ie git［爱］“～”；也解 how many did ye get“～”。其中 Hogmanny 也解 hogmanay［苏］“～”。
1561 Hogmanny di'yesmellygut 解 gu maniyi d'ies mwiri git'［爱］“～”。
1562 hogmanny di'yesmellyspatterygut 解 gu maniyi d'ies mwiris padrig git'［爱］“～”。

受约翰·汉宁[1563]约翰对此的建议！验尸[1564]战神马尔斯之后是好事情。配以紧迫一瞬的欢庆。明天[1565]去借，明天，还是明天！那是我们明日[1566]愚不可及的、昨日[1567]长毛的和永远令人沮丧的[1568]经久不衰的生活，直至最后的霍斯角[1569]好的|今天|你好|很好牛皮王·符咒[1570]用一根骨头敲着钟，他那臭家伙在他身后跟权杖[1571]大镰刀和沙漏一起发出恶臭。我们可以过来、相触和走开[1572]一触即发的形势，从亚当[1573]原子|一个蒂姆·芬尼根和夏娃[1574]条件那里，但是我们命定[1575]在压力下注定永生永世属于上帝[1576]争吵|零星物品|如果，而且，或但是。这里我们在该隐平原[1577]米尚换羽，在大海[1578]似乎那边扑通坐下，肯定几乎不会用替代品作为黄油面包[1579]门槛谋生[1580]离开，拐角处有谁在那儿和一只生活沙袋。但是天啊[1581]上面|我的蚂蚁，勘探者[1582]远景墓地，你让所有你所能够的[1583]你的亚伯发芽，让你的翅膀发出低音，然而对新事物[1584]无物确定无疑，不论什么都永远赞成，此时生命·生命[1585]我是自有永有的|海厄姆坐在主席位[1586]肉体上。啊，当然，幽默旁白，在牛的尾巴里，一个什么样的憨蛋驼背的呆蛋[1587]拇指|黎明|该死|哑的地球此地今日[1588]遗传性看着我们的我的痛苦啊[1589]惨啊|最悲惨的，与来世[1590]剧终后的短笑剧|肛门|一块的我们又来了[1591]之快乐[1592]都柏林娱乐剧院相对照着，此时这些现实行星[1593]环球剧院的皇家左轮枪手帝王般[1594]真实地点起他那吾之罪[1595]我射击的火，好让圣诞童话剧[1596]基督人|万神殿|魔窟停止，让滑稽表演[1597]丑角恰当地开始说着国王[1598]罗马元老院和人民标记·时间[1599]等待时机|马克·吐温|马克国王|双胞胎的最后[1600]哈克贝利·费恩|芬·麦克尔|芬尼根笑话。把所有空

1563 Joe Hanny 解 John Hanning Speke“～”(1827—1864)，英国驻印度军队军官，曾深入非洲大陆寻找尼罗河的源头；也解 Johannes［拉］“～”。

1564 Postmartem 解 postmortem“～”；也解 post Martem［拉］“～”，即“战后”。

1565 Toborrow 解 tomorrow“～”，此处出自莎士比亚的悲剧《麦克白》(V. 1. 19)；也解 to borrow“～”。

1566 crass“～”，此处解 cras［拉］“～”。

1567 hairy“～”，此处解 heri［拉］“～”。

1568 evergrim 解 ever“永远”＋grim“令人沮丧的”；也解 evergreen“～”。

1569 finel howdiedow 解 final“最后的”＋Howth“霍斯角”；也解 fine“～”＋hodie［拉］“～”，即“晴天”；也解 how do you do“～”＋fine“～”。

1570 Bouncer Naster 解 Bouncer“吹牛者”＋Paternoster“咒文”。

1571 sceptre“～”；也解 scythe“～”，死神手持。

1572 touch and go“～”，此处直译。

1573 atoms“～”，此处解 Adam“～”；也解 a Tim“～”。

1574 ifs 解 Eve“～”；也解 if“～”。

1575 presurely destined 解 predestined“～”；也解 pressurely destined“～”。

1576 odd's 解 God's“～”；也解 at odds“～”；也与后面合解 odds and ends“～”；也与前后合解 ifs, ands, or buts“～”。

1577 Moy Kain 解 moy［爱］“平原”＋Cain“该隐”；也解 Michan“～”，都柏林的圣米尚教堂，那里有一个地下室，很多尸骸保持在深坑里供游客参观。

1578 seemy 解 sea“～”；也解 seem“～”。

1579 doorstep“～”，此处解［俚］“～”。

1580 living“～”；也解 leaving“～”。

1581 upmeyant 解 oh my God“～”；也解 up“～”＋my ant“～”。

1582 Prospector“～”；也解 Prospect Cemetery“～”，都柏林的一处墓地。

1583 your abel 解 you are able“～”；也解 your Abel“～”。

1584 neuthing 解 neu［德］“新的”＋thing“东西”；也解 nothing“～”。

1585 Hyam Hyam 解 hyam［希伯来］“～”；也解 I am that I am“～”，《出埃及记》(3:14)中神对摩西描述自己的话，因此指神；也解 B. Hyam“～”，都柏林的一名裁缝。

1586 chair“位子”；也解［法］“～”。

1587 humpty daum 解 Humpty Dumpty“～”，一只从墙头坠落后摔成碎片的蛋，也是本书主人公壹耳微蚵的化身之一，每夜跌成历史的碎片，由他的妻子在清晨捡起和复原；也解 humped“～”＋Daumen［德］“～”。其中 daum 也解 dawn“～”；也解 damn“～”；也解 dumb“～”。

1588 heretoday 解 here“这里”＋today“今天”，此处化自习语 here today, gone tomorrow(过眼云烟)；也解 heredity“～”。

1589 miseryme 解 my misery“～”；也解 misery me!“～”，感叹词；也解 miserrime［拉］“～”。

1590 Afterpiece“～”，此处解 afterlife“～”；也解 After［德］“～”＋piece“～”。

1591 Hereweareagain 解 Here we are again “～”；也是歌曲名。

1592 Gaieties“～”；也解 Gaiety Theatre“～”。

1593 globoes 解 globes“～”；也解 Globe Theatre“～”，位于伦敦，1613 年在皇家大炮鸣响时被误烧焚毁。

1594 regally“～”；也解 really“～”。

1595 mio colpo［意］“～”，此处解 mea culpa［拉］“～”，基督教的忏悔经。

1596 chrisman's pandemon 解 Christmas pantomime“～”；也解 Christ man“～”＋pantheon“～”；也解 Pandemonium“～”，弥尔顿《失乐园》中地狱的首府。

1597 Harlequinade“～”；也解 Harlequin“～”。

1598 SPQueaRking 解 speaking“说”＋king“国王”；也解 S. P. Q. R. 即 Senate and People of Rome“～”。

1599 Mark Time“～”，此处直译“～”；也解 Mark Twain“～”；也解 King Mark“～”，指特里斯丹的叔叔康沃尔的马克＋twain“～”。

1600 Finist 解 final“～”；也解 Huckleberry Finn“～”，马克·吐温的长篇小说《哈克贝利·费恩历险记》的主人公；也解 Finn MacCool“～”，爱尔兰传说中芬尼亚英雄的领袖；也解 Finnegan“～”。

间[1601]甜胡椒放进一只坚果壳[1602]不可|困境|声响。

唉，作为配菜[1603]圣餐盘|斯巴达人的面包片和菜疙瘩已经完全准备好了，烤肋排和大折刀也备好了，但每次都是家常菜[1604]HCE。山区的上好芥末，助以夫人们的舔指头[1605]和绅士们的调味品，我吃了一浅锅[1606]大量。但是我吃了一些本地牡蛎后，我觉得比以前感到的累[1607]炖得很烂|巴涅尔了两倍。猪肉脆皮片正被嚼着[1608]。给我们另一杯你的热茶。奇呀[1609]神圣的|服务员|渗透！真是一杯好得要命的热茶！你能在上面跑老鼠[1610]。我喜欢[1611]吞下你挖着精美的嘶嘶叫的热午餐，我确实喜欢，太谢谢了，（超群！）这是我曾跟煮熟的土豆[1612]新教徒一起吃过的最嫩的咸牛肉[1613]一流的（哈利路亚[1614]，哈利路亚！），要不是你的豌豆又尝起来太咸了[1615]牙齿|索尔特里琴，无法给我的仓库带来香味[1616]拍马屁，由此拿着我最好的咸味调味品[1617]救世主|恭维和盘子里用来上厕所[1618]穿制服的仆役的一便士回来。哦，宇[1619]好的|哦，宇宙。哦，宇宙[1620]宇宙|Ω！啊，爱尔兰！啊，爱[1621]啊，爱尔兰|一个我|α。为了马铃薯卷心菜泥[1622]白甘蓝|卷心菜，给我[1623]贪得无厌的辛辛那提[1624]卷发者的，配上意大利的（但是这很简单！）天主教[1625]舔奶酪，哈吉斯[1626]神圣的好，哈吉斯强，哈吉斯永不放弃！为了什么[1627]四英镑我们恢复[1628]，接收，啊，主啊[1629]啊，笨人|声音！把那个留给，奥利维耶罗[1630]橄榄油，你的晴天！太稀了[1631]清汤|斋戒日！都没法看！但是如果你会买给我那个杂色[1632]毛皮多毛的动物的外套，我会试试，穿在身上[1633]。它一点儿都没坏，无疑能满足需要[1634]变节者|挨饿。拿开这块桌布！下

1601 Allspace 解 all space“～”；也解 allspice“～”。
1602 Notshall 解 nutshell“～”；也解 not shall“～”；也解 Not［德］“～”＋Schall［德］“～”。
1603 sporten dish 解 supporting“配角的”＋dish“菜”；也解 paten dish“～”；也解 Spartan“～”。
1604 此处包含本书主人公名字的缩写 HCE。
1605 lickfings 解 licking fingers“～”。
1606 griddle“～”；也解 a great deal“～”。
1607 stewhard 解 tired“～”；也解 stew hard“～”；也解 Charles Stewart Parnell“～”（1846—1891），爱尔兰自治运动的领袖。
1608 chawing 解 chewing“～”。此处化自习语 the proof of the pudding is in the eating（事实胜于雄辩）。
1609 Santos Mozos 解 Holy Moses！“～”，感叹词；也解 santo［西］“～”＋mozo［西］“～”；也解 osmosis“～”。
1610 此处化自爱尔兰习语 tea is so strong you could trot a mouse on it（茶浓得可以让老鼠在上面小跑）。
1611 ingoyed 解 enjoyed“～”；也解 ingoiato［意］“～”。
1612 protestants“～”，此处解［俚］“～”。
1613 bully“～”，此处解 bully beef“～”。
1614 allinoilia 解 Alleluia“～”，用于表示感谢、欣喜或对上帝的赞美。
1615 tooth psalty 解 too salty“～”；也解 tooth“～”＋psaltery“～”。
1616 carry flavour“～”；也解 curry favour“～”。
1617 saviour condiments 解 savoury condiments“～”；也解 Saviour“～”＋compliments“～”。
1618 jemes 解 jakes“～”；也解 jeames［俚］“～”。
1619 O. K.“～”，此处解 Oh Cosmos“～”，因未将词语说完整，故译为“～”。
1620 Oh Kosmos 解 Oh Cosmos“～”；也解 Ho Kosmos［希］“～”；也解 omega“～”，希腊语字母表的最后一个字母。
1621 A. I. 解 Ah Ireland“～”，因未将词语说完整，故译为“～”；也解 a I“～”；也解 alpha“～”，希腊语字母表的第一个字母。
1622 kailkannonkabbis 解 colcannon“～”，一道源于爱尔兰的菜；也解 cal ceannfhionn［爱］“～”；也解 Kabis［瑞德］“～”。
1623 gimme“～”，此处解 give me“～”。
1624 Cincinnatis“～”，美国俄亥俄州西南部城市；也解 cincinnus［拉］“～”。
1625 ciccalick 解 Catholic“～”；也解 lick“～”。
1626 Haggis“～”，苏格兰的羊杂布丁；也解 hagios［希］“～”。
1627 For quid 解 for“为了”＋quid［拉］“何事”；也解 four quids“～”。
1628 recipimus［拉］“～”。
1629 O lout“～”，此处解 O lord“～”；也解 Laut［德］“～”。
1630 Oliviero“～”，人名；也解 olive oil“～”。
1631 Soupmeagre 解 too meagre“～”；也解 soupmeagre“～”；也解 jour maigre［法］“～”。
1632 vairy“～”；也解 vair［法］“～”。
1633 pullll it awn mee 解 put it on me“～”。
1634 sarve to turn 解 serve a turn“～”；也解 turncoat“～”；也解 starve“～”。

一步，告诉桌边诸位，为了各种胡格诺派的蔬菜[1635]，我要试着把我的牙齿放在边上[1636]咬住[1637]鸭子[1638]酸甜的|微恙，在桦树棒上烧烤，加上一些灰白色[1639]白麻布圣职衣的花椰菜[1640]布卢姆。我想走出修道院的生活。弥撒和蜜肉泯灭不了任何民众的行程。弥撒结束了，解散[1641]最后吃一份弥撒书。坚果给神经，肋肉给烟道，好用香料群岛的酒精来让胸膛高兴，咖喱和肉桂、酸辣酱和丁香。所有的维生素[1642]开始在咀嚼[1643]合拍中烂醉，所有的荷尔蒙[1644]和谐开始叮当作响[1645]铃儿叮当响|叮当声|铃，法奇软糖[1646]、牛排、豌豆、培根、稻米、洋葱和小鸭子[1647]，以及卷心菜和煮熟的清教徒[1648]，直到我像填料[1649]福斯塔夫一样塞得满满的[1650]棍棒，最近[1651]非常目前从现在起以特快速度它离开了，你会看到我再次在我通常的循环中滚滚向前[1652]，把下行终点站[1653]界限和基拉东[1654]和莱特努什、莱特斯皮克[1655]、莱特马克[1656]拉向莱特拉纳尼玛山[1657]海滨|字|灵魂和即便在爱尔兰也最宽敞的房子，如果你能理解[1658]热烫的话，我的下一项纲领是我将如何努力为了不良[1659]印刷品筹集我职业以外的邮资，那是乡绅德丢·凯利先生[1660]，博士[1661]债务人，欠我的。自从初次犯罪者法令之后，朱克斯家族和卡利卡克斯家族[1662]一直在给火鸡[1663]狱吏挤奶，从王室内务法庭监狱[1664]那里吸血。但是我知道我会做什么。我要让他遭受巨大的痛苦[1665]窗格，那会是你的纪念日日历，寡妇麦克里[1666]《慈母颂》|窗户|我的爱！我要从他那里把它敲出来！我要从他那里把它踩出来[1667]砍伐！我要从他那里把它嗒嗒嗒嗒[1668]出来，在我离开康·康诺利[1669]丰饶角

1635 ligooms 解 légumes [法]"～"。
1636 此句化自习语 set my teeth on edge(使我感到烦躁不安)。
1637 grapeling 解 grappling"～"。
1638 aigrydoucks 解 ducks"～";也解 aigre-doux [法]"～";也解 aegritudo [拉]"～"。
1639 albies 解 albus [拉]"～";也解 albs"～"。
1640 bloomancowls 解 Blumenkohl [德]"～";也解 Bloom"～",《尤利西斯》的主人公。
1641 Eat a missal lest 解 ite, missa est [拉]"～";也解 eat a missal last"～"。
1642 vitalmines 解 vitamins"～"。
1643 chewn 解 chewing"～";也与前面合解 in tune"～"。
1644 hormonies 解 hormones"～";也解 harmonies"～"。
1645 clingleclangle 解 clinkclank"～";也解 jingle jangle"～";也解 Klingklang [德]"～",如杯盏互碰时发出的声音;也解 Klingel [德]"～"。
1646 fudgem 解 fudge"～"。
1647 kates and eaps and naboc and erics and oinnos on kingclud 解 steaks and peas and bacon and rices and onions and duckling"～",此处字母错排。
1648 xoxxoxo and xooxox xxoxoxxoxxx 解 cabbage and boiled protestants"～",此处用 X 和 O 来代替单词中的字母。
1649 fungstif 解 stuffing"～";也解 Falstaff"～",莎士比亚《亨利五世》和《温莎的风流娘们儿》中的喜剧性人物。
1650 fustfed 解 stuffed"～";也解 fustis [拉]"～"。
1651 very presently"～",此处解 very recently"～"。
1652 ryuoll on 解 roll on"～"。
1653 Terminus"～";也解 terminus [拉]"～"。
1654 Killadown 解 Killadoon"～",镇名,位于爱尔兰的斯莱戈郡。
1655 Letternoosh, Letterspeak,地名,位于爱尔兰戈尔韦郡的两个镇。
1656 Lettermuck,地名,位于北爱尔兰的德里郡。
1657 Littorananima 解 Letterananima,山名,位于爱尔兰的多尼戈尔郡;也解 litoralis [拉]"～";也解 littera [拉]"～";也解 anima [拉]"～"。
1658 understamp 解 understand"～";也解 overstamp"～"。
1659 nondesirable 解 undesirable"不受欢迎的"。
1660 Thaddeus Kellyesque 解 Judas Thaddeus"圣犹大",耶稣的十二门徒之一+Moll Kelly"莫尔·凯利",爱尔兰人常用来发誓的人物,比如爱尔兰英雄库丘林就以此发誓+esquire"先生"。
1661 dr 解 doctor"～";也解 debtor"～"。
1662 the Jooks and the Kelly-Cooks 解 Jukes and Kallikaks "～",近代犯罪学研究的两大著名美国犯罪家族。
1663 turnkeys 解 turkeys"～";也解 turnkey"～"。
1664 marshalsea"～",起初为王室内务法庭的监狱,关押债务人。该监狱始于 1300 年,1842 年与王座法庭监狱和弗利特监狱合为皇家监狱。
1665 pains"～";也解 panes"～"。
1666 window machree 解 Widow Machree"～",1928 年的同名无声电影中的人物,该电影讲一个爱尔兰穷人移民美国的故事,又译"～";也解 window"～"+machree [爱]"～"。
1667 stump"～",此处解 stamp"～"。
1668 rattattatter 解 rattattat"～",反复的敲击声,常用来描写枪声。
1669 Con Connolly 解 William Connolly"～",18 世纪爱尔兰议会的议长;也解 cornucopia"～"。

旧住处的门槛前！我要用两位圣考勒彼[1670]忏悔节星期一的丰饶角[1671] 20号角，在欠债[1672]屁股这事上敲他一笔，否则我就不叫忏悔者斐迪南！我会日日时时地看好他，直到他付我一大笔钱。阿门[1673]一顿饭。

唉，现在看看你们！如果我从未离开你们这些小母鸡，直到我的桶板诗句变成一根棒子[1674]酒吧，那我会受到诱惑硬硬地变成一位充满激情的父亲[1675]赤足传教士。我的饥渴变重了[1676]《起锚了》。香港[1677]！我的愤怒平息了[1678]污水！香港[1679]黄帝！你们可以像你们所是那样停下来，平民小妈妈们，在希望中等待，在无望中希望，直到阴沉的[1680]法国格拉姆国立音乐创作中心|忧伤|粮食|宏大的|残酷死神收割者几乎接近，拿着镰刀中的镰刀[1681]生生世世|永远，作为乔装的祝福。我一根卷毛都不在乎！如果有任何脚步轻快的[1682]笨蛋·魔鬼[1683]克劳德·杜瓦来抱起我该多好，烦扰[1684]迪克·特平我、抢掉我自己的[1685]责任|肛门权利，一、二、三四、四烈酒、五[1686]，我要让他拥有我的奶油稀汤[1687]酸奶油里最好的一对儿快马马蹄。他会更有礼貌些，如果他不这样，我就太失望了！安慰安慰你自己吧，最亲爱的妹妹[1688]最亲爱的兄弟|婊子！这里有我给你的退还消费税[1689]喜欢那鸡蛋大小的，因此留心对我尽你的[1690]我本分！擦伤你皮带下面的膨胀物，直到我在你身边青一块紫一块[1691]。随着正在缩小的星期振翅飞过，你会更加想念我。某天[1692]星期天如期想，一天[1693]星期一真正想，两天[1694]星期二重新想，直到星期三[1695]时间的日子。总是在我的西方寻找我，我想吃晚饭了。及时

1670 Collopys 解 Dick and William Collopy“～”，爱尔兰橄榄球运动员，乔伊斯曾在 1923 年 4 月 14 日观看过他们的比赛；也解 Collop Monday，即 Shrove Monday“～”。
1671 horn of twenty“～”，此处解 horn of plenty“～”。
1672 arrears“～”；也解 arse“～”。
1673 Ameal 解 amen“～”；也解 a meal“～”。
1674 stave...bar“～”；也解“～”。
1675 passionate father“～”；也解 Passion Fathers“～”。
1676 Me hunger's weighed“～”；也解“The Anchor's Weighed”“～”，歌曲名。
1677 Hungkung 解 Hong Kong“～”。
1678 suaged 解 assuaged“～”；也解 sewage“～”。
1679 Hangkang 解 Hong Kong“～”；也解 Huang King“～”。
1680 grame“～”，此处解 grim“～”；也解 Gram［德］“～”；也解 grain“～”；也解 grand“～”；也与后面的 reaper 合解 Grim Reaper“～”。
1681 the sickle of the sickles“～”；也解 aux siécles des siècles［法］“～”；也解 in saecula saeculorum［拉］“～”。
1682 lightfoot 解 light-footed“～”。
1683 Clod Dewvale 解 Clod“笨蛋”＋Devil“魔鬼”；也解 Claude Duval“～”（1643—1670），法国人，因被污为诈骗犯而变成拦路强盗，在伦敦泰伯恩刑场被处以绞刑，其经历于 1924 年被改编为无声电影。
1684 dicksturping 解 disturbing“～”；也解 Dick Turpin“～”（1706—1739），英国拦路强盗，在约克被处以绞刑，后被编入歌曲《英雄特平》。
1685 onus“～”，此处解 own“～”；也解 anus“～”。
1686 yan, tyan, tethera, methera, pimp 解 yan, tan, tether, mether, pimp，古代英语数羊的方式；其中 tethera 也解 tettara［希］“～”；其中 methera 也解 methê［希］“～”。
1687 creamsourer 解 cream soup“～”；也解 cream sour“～”。
1688 drawhure deelish 解 dreithiur［爱］“姐妹”＋dilis［爱］“最亲爱的”；也解 dearbráthair［爱］“～”；也解 Hure［德］“～”。
1689 refond of eggsized 解 Refund of Excise“～”；也解 fond of the eggsized“～”。
1690 me“～”，此处解 your“～”。
1691 blewblack 解 black and blue“～”。
1692 Someday“～”；也解 Sunday“～”。
1693 oneday“～”；也解 Monday“～”。
1694 twosday 解 two days“～”；也解 Tuesday“～”。
1695 whensday 解 Wednesday“～”；也解 when's day“～”。

的一或两滴泪[1696]《鸳鸯茶》是全部的嘟嘟声[1697]对它|全部了。然后在钟表的嘀嗒声中，嘟嘟，嘟嘟，离开[1698]脱衣，离开，我们穿着绸缎棉布带着女罪人们[1699]香烟排成长队，动身走向勤勉者陛下，我们那位喜欢[1700]舔创造的远程的领主。飞速移动！

——我[1701]我是，我，是的，乖乖。我们太开心了。我知道会有事发生。我理解，但是听着，最亲爱的哥哥[1702]把她拉到最近|内裤，伊茜[1703]慌乱打断话，脸红了，但是她那漆黑乌亮的[1704]鸽子和飞镖眼睛闪闪发光，一边巧妙地[1705]可碰触的抓起[1706]葡萄她那男笔友[1707]扬扬格，好把甜蜜的废话[1708]无关紧要的事|修女|歌曲低语[1709]慌乱进他那迅速转过来的耳朵，我知道，便雅悯[1710]本杰明·富兰克林哥哥，但是听着，我想，女孩们允许[1711]奉承话|诗篇，悄悄说出我的愿望。（她就像她们，就像我们一样，我和你，以为[1712]透特，当沉寂时刻[1713]暴风雨的舌头被松绑[1714]出租的，他永远不会它会在如此温柔中停下）。当然，亲爱的天使[1715]引擎|机师，我对我的一生深感羞愧（我得清清嗓子[1716]节流阀），对这个最后[1717]失去的时刻的礼物，备忘录信纸[1718]鼻子，我很抱歉，我的宝贝，这是我满怀忧伤能在家中称为我自己的的一切，但是无所谓，听着，琼恩尼克[1719]，收下这点微薄礼物[1720]《礼轻情意重》|寡妇|螨，尽管只是微不足道的寡妇[1721]在之间一张纸，是在一个地方从我的手上撕下来的，在亚麻厅情人节[1722]鲁道夫·瓦伦蒂诺的第二个地方，致以我对导师的最柔情的深深爱意[1723]剩下的。X. X. X. X. [1724]这是对年轻的米神父[1725]修订本的深切祝福[1726]教皇诏书，我最宠爱的教区牧师[1727]粥|婚姻，由你的朋友

1696 A tear or two“～”;也解“Tea for Two”“～”,歌曲名。

1697 toot“～”;也解 to it“～”,化自习语 that's all there's to it(就是这么一回事);也解 toute [法]“～”。

1698 doff“～”,此处解 off“～”。

1699 sinnerettes 解 sinners“罪人”+-ette“女性的”;也解 cigarettes“～”。

1700 likes“～”;也解 licks“～”。

1701 meesh 解 mise [爱]“～”;也解 Mishe [爱]“～”,指爱尔兰岛的圣女圣布利吉特在受洗时用当地的盖尔语说“是我”。

1702 drawher nearest 解 dearbhrathair [爱]“兄弟”+dearest“最亲爱的”;也解 draw her nearest“～”;也解 drawers“～”。

1703 Tizzy“～”,此处解 Issy“～”,本书主人公的女儿。

1704 dove and dart“～”,此处解 dubh [爱]“黑色的”+and“和”+dark“黑暗的”。

1705 tactilifully 解 tactfully“～”;也解 tactilis [拉]“～”。

1706 grapbed 解 grabbed“～”;也解 grape“～”。

1707 corrispondee 解 correspondent“通信者”;也解 spondee“～”。

1708 nunsongs 解 nonsense“～”;也解 nothings“～”;也解 nun“～”+songs“～”。

1709 flusther 解 flüstern [德]“～”;也解 fluster“～”。

1710 benjamin 解 Benjamin“～”,《旧约》中以色列民族的祖先之一;也解 Benjamin Franklin“～”(1706—1790),美国政治家、科学家,曾进行多项关于电的实验,发明了避雷针,最早提出电荷守恒定律。

1711 palmassing 解 permitting“～”;也解 plámás [爱]“～”;也解 psalm“～”。

1712 thoud 解 thought“～”;也解 Thoth“～”,埃及神话中的月神。

1713 tacitempust 解 tacitum tempus [拉]“～”;也解 tempest“～”。

1714 leased“～”,此处解 released“～”。

1715 engine“～”,此处解 angel“～”;也解 engineer“～”。

1716 throttle“～”,此处解 throat“～”。

1717 lost“～”,此处解 last“～”。

1718 nosepaper 解 notepaper“～”;也解 nose“～”。

1719 Jaunick 解 Jaun“琼恩”+Nick“尼克”,本书主人公的儿子肖恩的另外两个名字。

1720 witwee's mite 解 The Widow's Mite“少而可贵的捐献”,也是 1923 年上映的美国电影“～”;也解 Witwe [德]“～”+mite“～”。

1721 witween 解 Witwe [德]“～”;也解 between“～”。

1722 valentino 解 Valentine's Day“～”;也解 Rudolf Valentino“～”(1895—1926),美国著名男演员。

1723 left“～”,此处解 love“～”。

1724 代表亲吻的符号。

1725 Fr Ml 解 Father Michael“～”,书中一个在女主人公汉娜年轻时引诱她的人物;也解 fair copy“～”。

1726 bulledicted 解 benedicted,即 blessed“～”;也解 papal bull“～”。

1727 parriage priest 解 parish priest“～”。其中 parriage 也解 porridge“～”,也解 marriage“～”。

教皇，你知道谁在我们中间，四十个夜晚里的四十个白天[1728]道路，这正是它的美，看，看看[1729]场景它，破破烂烂的[1730]快速的|阿希尔·拉提。对言辞来说太完美到无价了。而且，听，现在务请把我带向更高处，包容[1731]施恩我的幻想[1732]未婚夫或妻，忍受它，从清晨直到生命的终结[1733]夜晚，当然，无论何时[1734]当永远不你利用它，听着，请一次又一次仁慈地想戈尔韦[1735]总是，永远不要忘记，一个缺席者[1736]缺少的，不是妹妹[1737]史黛拉玛奇[1738]。呃哼[1739]阿门|一个他。那是最愚蠢的小咳嗽。只是要确定你不要感冒，把它传染给我们。既然小兔跳，云雀飞[1740]，不要整夜如此。这个，玩笑，虎尾草的一个小枝只是一个花[1741]《芙罗洛多拉》的咒语，因此你要专心于你的婆婆纳草[1742]圣维洛尼卡|印有耶稣面像的织物。当然，耶利米[1743]，我知道你知道是谁送的，让人开心的礼物，仁慈[1744]谢谢，在水面上就如那电影小船[1745]送信人|潜水艇，当然非常迷人[1746]，但是这对她不公正，且不说她的猫性，在杯杯盏盏[1747]马金里。当然，也请写信，你会吗，丢下你那一小袋疑惑[1748]债务在你身后，爱打听的，放在你那彻底属于你之物身上，谢谢你，通过把鸽子的空气传递[1749]轮胎|呼吸|气力输送法转回给钟情者，将它转寄回来，以免我不能想象那是谁，或者我会极为好奇[1750]，想看看在哈姆斯沃斯[1751]早餐小报[1752]桌子|《早餐桌上的霸王》上发生的任何给众人的乐子[1753]葬礼，就像我会通过小蓝报[1754]了解苍穹路[1755]无论哪种方式|否则，如果这对我的体系有好处的话，多么巧妙的按钮，妙啊[1756]非吉卜赛人，万一我不希望很快收到你的信的话。为了上面一无所有的这个十和

1728 ways“～”,此处解 days“～”。化自《马太福音》(4:2)“他禁食四十昼夜,后来就饿了”或《创世记》(7:17)“洪水泛滥在地上四十天”。

1729 Scene“～”,此处解 see“～”。

1730 ratty“～”;也解 ratto［意］“～”;也解 Achille Ratti“～”(1857—1939),后成为教皇庇护十一世。

1731 oblige“～”,此处解 indulge“～”。

1732 fiancy 解 fancy“～”;也解 fiancé［法］“～”。

1733 e'en 解 end“～”;也解 evening“～”。

1734 when never“～”,此处解 whenever“～”。

1735 galways 解 Galway“～”,爱尔兰西部的郡,乔伊斯妻子的家乡;也解 always“～”。

1736 absendee 解 absentee“～”;也解 absent“～”。

1737 sester 解 sister“～”;也解 Stella“～”,斯威夫特的年轻恋人之一。

1738 Maggy 解 Maggies“～”,本书主人公的女儿的另外一个名字。

1739 Ahim 解 ahem“～”;也解 amen“～”;也解 a him“～”。

1740 此处化自歌曲《再见,我的爱,再见》中的歌词“The levret bounds o'er earth's soft flooring”(兔子跳过地球那柔软的地面)。

1741 floralora 解 flora“～”;也解 *Florodora*“～”,英国音乐家斯图亚特(Leslie Stuart)1899 年创作的音乐剧。

1742 Veronique 解 véronique［法］“～”;也解 Veronica“～”;也解 veronica“～”,耶稣背十字架登赴加尔瓦略山时,维洛尼卡曾用面纱为耶稣擦脸,圣容就永远印在她的面纱上了。

1743 Jer 解 Jeremia“～”,《圣经》中的先知。

1744 mercy“～”;也解 merci［法］“～”。

1745 obote 解 Boote［德］“～”;也解 Bote［德］“～”;也解 U-Boote［德］“～”。

1746 awfly charmig 解 awfully charming“～”。

1747 magginbottle 解 noggin“小杯”＋bottle“瓶子”;也解 William Maginn“～”(1794—1842),爱尔兰诗人,死于酗酒。

1748 doubts“～”;也解 debts“～”。

1749 pneu［法］“～”,此处解 pneumatique［法］“～”;也解 pneuma［希］“～”;也解 pneumatic dispatch“～”。

1750 curiose［意］“～”。

1751 Homesworth 解 A. C. W. Harmsworth“～”(1865—1922),英国的诺思克利夫勋爵,其控制的当时世界最大报业帝国联合报业集团拥有英国多种主要报刊,因而有“舰队街拿破仑”之称。

1752 tablotts 解 tabloid“～”;也解 table“～”;也解 *The Autocrat of the Breakfast-Table*“～”,美国诗人奥利弗·温德尔·霍姆斯的作品。

1753 funforall 解 fun for all“～”;也解 funeral“～”。

1754 pity bleu 解 petit bleu［法］“～”,即《阿让市小蓝报》,最初为法国加龙河畔阿让市在第一次世界大战期间为了让市民及时了解战况而张贴的电报,后获准打印电报为报纸发行,因为印在一张蓝纸上而得名。

1755 etherways 解 ether“苍穹”＋ways“道路”;也解 either way“～”;也解 otherwise“～”。

1756 gorgiose 解 gorgeous“～”;也解 Gorgio“～”。

这个一万分感谢。我要在我的那啥东西[1757]里打个结，好用我的丝质纸[1758]纸巾写信给你，因此我现在总习惯于认为它总有一天值得我的这个钱价，因此无需麻烦回信[1759]机会，除非是用专递，此时我正收到他的付款，什么都不需要，因此我可以简单地仅仅为了我那曼妙的无结和它一圈圈的可爱而活着。当我扔掉我的浪卷[1760]，就会有给所有人的指环。跳蚤[1761]，一个女孩，说那是她的颜色。蜜蜂和虱子也如此，至于小土蜂[1762]蝙蝠！听着！骑士[1763]头发！你总是遥不可及。德国兵的嘴[1764]！绝对完美！我要包好梳子和镜子来练习[1765]事务椭圆形的哦[1766]欠债|O|Ω和没心没肺的[1767]天真的啊[1768]敬畏|A|α，这会在我的所有眼皮底下公然[1769]跟着你直到回来，就像我那蓝宝石的玫瑰经[1770]"绕着玫瑰叮叮当"念珠[1771]切坡里若德，我会为你向万能米迦勒[1772]吟诵，能者自救[1773]解开|古秘鲁人的结绳文字，此时鸽子鸽子[1774]黑色的啄着我的唇蕾[1775]阴茎(我[1776]混合|人！我！)与保姆玛奇[1777]一起，我的镜子[1778]连接的|种类女孩，她满面惊慌，可怜的荷兰老妇[1779]《我的荷兰老妇》，在她的梦游[1780]梦话中，那时我在她身上画上麻疹和胡须[1781]泥|有长牙的动物来把她变成男人。我们。我们。伊茜做的那个，我承认[1782]！但是你会因为她的麻布和浓黑的[1783]病态的黑色|丝滑的|黑色的长筒袜[1784]而爱上她，克莱里百货店[1785]牧师|清仓甩卖杂货[1786]旧货拍卖，从洗涤中捞[1787]出来，这不是毫无用处的[1788]吗！简直迷死人，看她扎头发的样子！我称她为映像[1789]，因为她就是我的世界[1790]酷似别人的人，我说活泼的时候她说活跃，我说你要不要再来些司康饼[1791]

1757 stringamejip 解 thingumajig“某件东西”。

1758 silky paper 解 silk paper“～”；也解 silkepapir［丹］“～”。

1759 ans 解 answer“～”；也解 ansa［拉］“～”。

1760 rollets 解 rollers“～”。

1761 Flee 解 Flea“～”，即第三卷第一章中蚂蚁和蚱蜢的故事中的角色。

1762 B...L...V 解 Biene［德］“蜜蜂”……Luse［古英］“虱子”……vespatilla［拉］“小土蜂”，即第三卷第一章中蚂蚁和蚱蜢的故事中的角色；其中 V 也解 vespertillo［拉］“～”。

1763 Cheveluir 解 chevalier［法］“～”；也解 chevelure“～”。

1764 boche 解 Boche“德国兵”＋bouche［法］“嘴”。

1765 praxis 解 Praxis［德］“～”；也解 praxis［希］“～”。

1766 owes“～”，此处解 oh's“～”；也解“～”，字母；也解 omega“～”，希腊语字母表的最后一个字母。

1767 artless“～”，此处解 heartless“～”。

1768 awes“～”，此处解 ah's“～”；也解“～”，字母；也解 alpha“～”，希腊语字母表的第一个字母。

1769 pulpicly 解 publicly“～”。

1770 ringarosary 解 rosary“～”；也解 ring a ring o'Roses“～”，英国 18 世纪 90 年代流行的儿童游戏。

1771 chaplets“～”；也解 Chapelizod“～”，地名，位于都柏林西郊。

1772 Allmichael 解 All“全部”＋Michael“天使长米迦勒”。

1773 solve qui pu 解 sauve-qui-peut!［法］“逃命吧”；也解 solve［拉］“～”＋quipu“～”。

1774 dovedoves 解 dove doves“～”；也解 dubh［爱］“～”。

1775 mouthbuds 解 mouth“嘴”＋buds“蓓蕾”；也解 bod［爱］“～”。

1776 msch 解 mishe［爱］“～”，指爱尔兰岛的圣女圣布利吉特在受洗时用当地的盖尔语说“我是”；也解 mische［德］“～”；也解 Mensch［德］“～”。

1777 Madge 解 Maggies“～”，本书主人公女儿的一个名字。

1778 linkingclass 解 looking-glass“～”；也解 linking“～”＋class“～”。

1779 old dutch“～”，常指小贩的妻子；也解“My Old Dutch”“～”，歌曲名。

1780 sleeptalking“～”，此处解 sleepwalking“～”。

1781 mudstuskers 解 moustaches“～”；也解 muds“～”＋tuskers“～”。

1782 confesh 解 confess“～”。

1783 sickly black“～”，此处解 thickly black“～”；也解 silky“～”＋black“～”。

1784 stockies 解 stockings“～”。

1785 cleryng's 解 Clery's“～”，都柏林的百货店；也解 cleric“～”；也解 clearance“～”。

1786 jumbles“～”；也解 jumble sale“～”。

1787 salvadged 解 salvage“～”。

1788 cat's tonsils“猫的扁桃体”，指毫无用处的东西。

1789 Sosy 解 sosie［法］“酷似别人的人”。

1790 sosiety 解 society“～”；也解 sosie［法］“～”。

1791 schools“～”，此处解 scones“～”，一种烤饼。

学校的时候，她说你再要一些司康饼[1792]轻蔑吗，我只是从来不谈亲爱的王子[1793]，她则谈着亲爱的主子；不过她诱惑我的朋友真是太好了，考虑到我的足弓有问题时，她为我逐渐习惯我的鞋子，她真是喜爱你的风格，她会万分感激地为我亲吻我雪白的胳膊，但是除那之外，她真是好得不得了，我的妹妹，在白尾鹫下街的拐角附近，我会一直被严禁，以我自己的方式忠实，并且私密的，那里我会渴望渴望照顾[1794]欺骗|背叛|忠诚的你，连同那个一次也不会如此照料你的人，而他自己要[1795]很好地是兄弟[1796]背叛，我一次也不会照料他。你能明白吗？啊，麻烦，我必须告诉你真相[1797]诺言！我最后的小伙儿的情书[1798]，我肯定[1799]痛心的我做了什么。我喜欢他，他从未吻[1800]咒骂的众多亲吻[1801]因为。小家伙[1802]阴茎|可爱的|小乳猪|温和。乖孩子[1803]宠物猪。我不该说他很可爱，但我确切无疑他很害羞。为什么当我拉开[1804]他的花园[1805]穗带门时，我爱把他拿出来。上，卫兵们阴茎，向他们冲[1806]亚特|亚当|呼吸！服从我的所有命令[1807]我的爱慕者|我的气味，他就是[1808]溺爱这样。他迷上我的唇，迷上我的口齿不清，迷上我的喇叭[1809]下流的说话者。我感念他的力量、他的男子气概，他的你介不介意？这里不可能有人为之秉烛[1810]，是吗？当然，亲爱的教授，我理解。尽管我改了你的名字，尽管不是书信，但你可以相信我，在我与我的第一个丈夫[1811]马力，心的盗贼大师，订婚的时候，永远不会向我的第二个配偶暴露属于我的你那可爱的脸，我男孩气的短发，不是为了成吨的驴子，与军乐队领队，激情花[1812]西番莲

1792 scorns“～”，此处解 scones“～”。
1793 athel［古英］“～”。
1794 betrue 解 betreue［德］“～”；也解 Betrug［德］“～”；也解 betray“～”；也解 treu［德］“～”。
1795 well“～”，此处解 will“～”。
1796 betray“～”，此处解 brother“～”。
1797 trouth 解 truth“～”；也解 troth“～”。
1798 loveliletter 解 love letter“～”。
1799 am sore“～”，此处解 am sure“～”。
1800 cusses“～”，此处解 kisses“～”。
1801 coss 解 kiss“～”；也解 cos，即 because“～”。
1802 Pity bonhom 解 petit bonhomme［法］“～”，在俚语中指“～”；也解 pretty“～”＋bonham［爱］“～”；也解 bonhomie“～”。
1803 Pip pet 解 Ppt“～”，斯威夫特在《史黛拉日记》中对史黛拉的称呼；也解 pig pet“～”。
1804 unletched 解 unlatched“拔掉门闩”。
1805 cordon“～”，此处解 garden“～”。
1806 Ope，Jack，and atem 解 Up，guards and at them“～”，惠灵顿在滑铁卢战役最后阶段下的命令。其中 Jack 也解［俚］“～”。其中 atem 也解 Atem“～”，埃及创始神，也称阿图姆；也解 Adam“～”，基督教中的人类始祖；也解 Atem［德］“～”。
1807 Obealbe myodorers 解 obey all my orders“～”。其中 myodorers 也解 my adorers“～”；也解 my odours“～”。
1808 dote“～”，此处解 does“～”。
1809 lewd speaker“～”；也解 loudspeaker“～”。
1810 此处化自习语 not be fit to hold a candle to（不适合为某人拿蜡烛），指的是不适合服侍某人；也化自习语 there is nothing can hold a candle to it（没有什么能比得过它）。
1811 horsepower“～”，此处解 husband“～”。
1812 passioflower 解 passion flower“～”，此处直译。

的工程师一起，(啊，邪恶的谎言[1813]叔叔！多美的故事啊[1814]一个人所讲|卖得真好啊！他穿着他的高筒靴给我买来你未曾得到的东西！)满怀感激地在你的那些纯洁干净的口红[1815]中的一个中，传递钥匙的诺拉[1816]，无论如何。对那一点你可以肯定，羽毛，现在我知道怎么处理了。锁定离我最近的手指，其次我自己[1817]。因此现在不要为了我那守护圣人[1818]芬芳的圣人|芳香的气息的爱把我留给好男孩，你这个恶棍，被恐惧所煎烤，我的天哪[1819]不善的不优雅的，否则我首先要杀掉你，但是，悄悄话[1820]耳语，之后在下次约会前在你知道的船记酒店[1821]附近跟我见面，就在爱情蒙特乔伊广场[1822]的未来可怜笨蛋的马戏团[1823]巡回|电路的船记酒店边上那儿，现在显示我的不敬，让我为你整理一下[1824]刚刚你的礼帽[1825]裙衬|刘易斯·卡罗尔，我肯定真的太晚了。甜猪，他会大怒的[1826]复仇女神！他如何反反复复[1827]越来越大声|讨厌的人和爱的人|劳斯郡对自己[1828]壁炉台说话[1829]高视阔步，模仿[1830]更改每个人[1831]模仿|血腥的。我的法院的王子，他把我打得去爱[1832]《叫我活下去》！当何人以我会知道或忘记之物为对象知道何处之时，我会在那里。我们说。相信我们。我们的游戏。(为了消遣！)达格尔河[1833]会干得比我否定了你还早。无论谁[1834]谁|每个人听说过这样一件事[1835]想？直到所有榆树[1836]手肘中的榆树[1837]极度的将把我们的心[1838]雄鹿|星星冷化[1839]石碑|窃取|石块如石[1840]一块石头。痛苦[1841]奥玛拉|欧哈拉夫人跟苦痛[1842]奥玛拉|欧哈拉夫人和解了，成了朋友！我要用我的金笔和墨水写下你的所有名字。每天，宝贝，此时记忆[1843]的叶子深深落到我的

1813 untruth“～”；也解 uncle“～”。

1814 whot a tell 解 What a tale“～”；也解 what one tells“～”；也解 What a sale“～”。

1815 lupstucks 解 lipsticks“～”，指亲吻。

1816 Arrah 解 Arrah-na-Pogue“～”，美国剧作家鲍西考尔特同名剧中女主人公的名字，她用吻把消息传递给狱中的养兄。

1817 Lock my mearest next myself 解 lock my nearest next myself“～”，此处化自习语 love thy neighbour as thyself(爱人如己)；其中 mearest 也解 méar［爱］“～”。

1818 fragrant saint“～”，此处解 patron saint“～”；也解 fragrant scent“～”。

1819 goodless graceless“～”，此处解 goodness gracious“～”。

1820 hvisper 解 whisper“～”；也解 hviske［丹］“～”。

1821 Ships 解 Ship Hotel and Tavern“～”，位于都柏林阿贝下街 5 号。

1822 lovemountjoy square 解 love“爱”＋Mountjoy Square“蒙特乔伊广场”，都柏林的广场。

1823 circuts“～”，此处解 circus“～”；也解 circuit“～”。

1824 just“～”，此处解 adjust“～”。

1825 caroline［英爱］“～”；也解 crinoline“～”；也解 Lewis Carroll“～”，英国作家，《爱丽丝漫游奇境记》的作者。

1826 furious“～”；也解 Furies“～”，希腊神话中的神。

1827 louther and lover 解 over and over“～”；也解 louder and louder“～”；也解 loather and lover“～”；也解 County Louth“～”，爱尔兰郡名。

1828 simself 解 himself“～”；也解 Sims［德］“～”。

1829 stalks“～”，此处解 talks“～”。

1830 immutating 解 imitating“～”；也解 immuto［拉］“～”。

1831 aperybally 解 everybody“～”；也解 apery“～”＋bally“～”。

1832 beat me to love“～”；也解“Bid Me to Live”“～”，歌曲名。

1833 Dargle“～”，爱尔兰威克洛郡的河流。此句化自爱尔兰歌曲“The Dargle Run Dry”(《达格尔河干了》)。

1834 Whoevery 解 whoever“～”；也解 who“～”＋every“～”。

1835 think“～”，此处解 thing“～”。

1836 elmoes 解 elms“～”；也解 elbows“～”。

1837 ulmost 解 Ulme［德］“～”；也解 utmost“～”。

1838 harts“～”，此处解 hearts“～”；也解 star“～”。

1839 stele“～”，此处解 steel“～”；也解 steal“～”；也解 stêlê［希］“～”。

1840 asthone 解 as stone“～”；也解 a stone“～”。

1841 A'Mara 解 amara［意］“～”；也解 Joseph O'Mara“～”(1864—1927)，爱尔兰男高音歌唱家，演唱特里斯丹这一角色；也解 Kane O'Hara“～”(约 1711—1782)，爱尔兰作家，主要作品有戏剧《米达斯》(*Midas*)等。

1842 O'Morum 解 amara［意］“～”；也解 Joseph O'Mara“～”；也解 Kane O'Hara“～”。

1843 m'm'ry 解 memory“～”。

处女[1844]荣格|弗洛伊德|骗子梦之书[1845]谎言|弥撒书上，我会梦到这一明胶流上美妙的电报[1846]心灵感应邮件，(但是不要告诉他，否则我会是他的死亡号角[1847]死亡|少妇|莫顿·普林斯！)在黎巴嫩雪松[1848]黎巴嫩|香和美国梧桐树[1849]病态的|恋情、柏树[1850]散沫花树和巴比伦[1851]下，那里叶橡木也冲向榜树[1852]问和紫杉树叶来亲啊亲他们自己，它会用词语在我的心波[1853]赫兹电波我澄静如水的倒影上携带匈牙利的圣玛格丽特[1854]，她的经由之[1855]证毕路，她的金[1856]发，给你，杰克，啊啲，在博斯普鲁斯海峡[1857]男孩们那边。你的鲑鱼跳跃他的泼水声四溅[1858]肉中的肉。闪啊，闪啊[1859]，闪光刺痛[1860]我的黄昏，就像周六[1861]裁缝下午莱克斯利普[1862]法律|跳跃将对着我的手中之四[1863]十二月之思[1864]周月追思弥撒微笑。我要说的这是什么，院长？啊，我理解。听着，我会在这里伺候您，直到辛格维利尔[1865]瓦尔哈拉带着美丽的都柏林面包公司[1866]一定小心茶点，味道比香草和黑醋栗还甜[1867]，这里有种疗效，就像天生的绅士，直到你记起[1868]类似我，在你消磨时间[1869]的所有时刻，我凭圣烛节向你发誓，我会做到！听着，小东西，别对我生气[1870]烦恼，我的老侄子[1871]曾经新的，当，到你这章的末尾，你会为了我被变成星星而坚持[1872]钩住戒酒[1873]，我会把我的两张脸[1874]屁股|粪便埋[1875]黄油|杜巴丽夫人在旁氏雪花膏[1876]瓦内萨下，她们替换[1877]溢出面霜的方式，还有口音，为了[1878]将我的人格[1879]扩大到极限[1880]到指纹，我要只为我自己购买[1881]男孩昂贵防水的变成粉色的象灰色[1882]大象的呼吸，空军蓝上最可爱最透明最亲爱的寡妇身份[1883]的灰色，我是那么狂热地渴望，我曾

1844 Jungfraud解 Jungfrau［德］“～”；也解 Carl Gustav Jung“～”(1875—1961)，瑞士心理学家＋Sigmund Freud“～”(1856—1939)，精神分析学的创始人；也解 fraud“～”。

1845 Messongebook解 mes songes［法］“我的梦”＋book“书”；也解 mensonge［法］“～”；也解 Messbuch［德］“～”。

1846 telepath“～”，此处解 telegraph“～”。

1847 mort“通知猎物已死的号角声”；也解 morte［法］“～”；也解 mort［康］“～”；也解 Morton Prince“～”(1854—1929)，美国心理学家、神经学家，著有《分裂的人格》，该书是一部多重人格者的传记。

1848 Libans解 cedars of Lebanon“～”；也解 Libanus［拉］“～”；也解 libanos［希］“～”。

1849 sickamours解 sycamore“～”；也解 sick“～”＋amour“～”。

1850 cyprissis解 cypresses“～”；也解 cyprus“～”。

1851 babilonias解 Babylonia“～”。

1852 ask“～”，此处解 ash“～”。

1853 hearz'waves解 Herz［德］“心脏”＋waves“波”；也解 Hertzian waves“～”。

1854 Margrate von Hungaria解 St. Margaret of Hungary“～”(1242—1271)，传说呈现过圣痕。

1855 Quaidy解 qua［拉］“～”；也解 Quod Erat Demonstrandum［拉］“～”。

1856 Flavin解 flavus［拉］“～”。

1857 boysforus解 Bosporus“～”；也解 boys“～”。

1858 Splesh of hiss splash解 splash of his splash“～”；也解 flesh of my flesh“～”，《圣经》中用来称呼女人。

1859 Twick twick解 Twinkle, Twinkle, (Little Star)“《小星星》”，儿歌。

1860 twings解 twinges“～”。

1861 Sarterday解 Saturday“～”；也解 sartor［拉］“～”。

1862 lex leap解 Leixlip“～”，爱尔兰基尔代尔郡东北部的乡镇，意为“鲑鱼跳跃”；也解 lex［拉］“～”＋leap“～”。

1863 fourinhanced解 four in hand“手中的四，四马马车”。

1864 twelvemonthsmind解 twelve months“十二月”＋mind“精神”；也解 month's mind(人死后的)“～”。

1865 Thingavalla解 Thingvellir“～”，冰岛地名，古议会旧址；也解 Valhalla“～”，北欧神话中主神奥丁为了迎接世界末日之战而挑选出来的阵亡武士们居住的地方。

1866 do be careful“～”，此处解 D. B. C. 即 Dublin Bread Company“～”。

1867 stuesser解 süßer［德］“～”。

1868 resemble“～”，此处解 remember“～”。

1869 awhile way解 while away“～”。

1870 ennoyed解 annoyed“～”；也解 ennui［法］“～”。

1871 evernew解 nephew“～”，特里斯丹从身份上说是伊瑟的侄子；也解 ever new“～”。

1872 citch解 catch“～”；也解 hitch“～”。

1873 on the wagon“～”；此句化自习语 on the water wagon(戒酒)和 hitch one's wagon to a star(好高骛远)。

1874 fesces解 faces“～”，此处化自习语 bear two faces under one hood(口是心非，耍两面派)；也解 fesses［法］“～”；也解 faeces“～”。

1875 dubeurry解 bury“～”；也解 beurre［法］“～”；也解 Du Barry“～”(1743—1793)，法国国王路易十五的最后一位首席情妇。

1876 Pouts Vanisha Crème解 Pond's Vanishing Cream“～”；也解 Vanessa“～”，斯威夫特的两个年轻恋人之一。

1877 spilling“～”，此处解 spelling“～”。

1878 umto解 um zu［德］“～”。

1879 personnalitey解 personality“～”。

1880 to the latents“～”，此处解 to the limits“～”。

1881 boy“～”，此处解 buy“～”。

1882 elephant's breath“～”，指约翰·福勒命名的大象灰颜色，故译为“～”。

1883 widowshood解 widowhood“～”。

经的宝贝，希望兄弟百货公司[1884]希望修士|信、望、爱，信仰街，仁爱角，就像蜜蜂爱着她天般高的事业，因为自从昔日时光[1885]约克公爵夫人|爱莲诺拉·杜丝绕着凤凰公园[1886]最好的公园循环，我总是迷恋向日葵，听。不要在意我嘲笑随便什么事[1887]！我正心神不定，但这是我的最后一日。总是大约在这个时刻，我很抱歉，当我们为了布朗与诺兰[1888]熊先生和长鼻子|焦尔达诺·布鲁诺打赌的时候，全都出来了[1889]啊你戏弄，在做了我的小[1890]舔事儿[1891]阴户后[1892]下午，我穿着我的靴子秘密地[1893]家从游乐场[1894]有吸引力的部分偷偷回家[1895]风格，跟我那高得吓人的[1896]俄国人[1897]，小牛捕手平齐珀帕珀夫[1898]夹紧|一个爸爸|膨胀一起，他会成为一位将军[1899]果冻卷|阴茎，在我的脖子处，湿透了，爱，带着给深情的妈妈[1900]拍打乳房的滴液，但是晚上最后之事，看，在我金色激烈的[1901]紫罗兰婚礼[1902]变湿之后，在我的楼梯上方，用如此淑女般的[1903]牛奶窗帘华丽地照亮[1904]，贴上壁纸来跟猫相配，还有一个壁炉[1905]请开火一直看着无价的梨木原木，我只是想看是否他，或者所有爱尔兰佬[1906]都那样，我要在祈祷后在他的温柔注视[1907]窗前径直脱去衣服——我也是认真的，（我要把你张开的嘴与我的凝视绑在一起，做成皮带[1908]麦克利什）与我那自称[1909]蚕丝中国人的[1910]脊柱|膝面颊丰满的[1911]内人[1912]侍女，为了夜晚的外国男人[1913]邮件，硬硬地向下戳[1914]枪柄我的铁床[1915]铁|边界|铁路|裤脚带，你的名字肖恩[1916]会从我那窘迫的存在[1917]与其他嘴唇[1918]之间冒出来，当我在我的第一个清晨刚被他的公鸡喔喔啼[1919]凤头鹦鹉|托卡塔|感动唤醒，我随即[1920]赤裸裸的睁眼观看[1921]大腿|紧

1884 Hope Bros. 解 Hope Bros“～”,位于伦敦;也解 Hope brothers“～”;也与后面合解 faith, hope, charity “～”,此处出自《哥林多前书》(13:13)“如今常存的有信,有望,有爱”。

1885 dusessof yore 解 days of yore“～”;也解 Duchess of York“～”,1897 年 8 月 18 日约克公爵和公爵夫人曾访问都柏林;也解 Eleonora Duse“～”(1878—1924),意大利女演员,曾在根据左拉小说《黛莱丝·拉甘》改编的同名剧中饰演主角。

1886 Finest Park“～”,此处解 Phoenix Park“～”,都柏林郊区的公园。

1887 what's atever 解 whatever“～”。

1888 Bruin and Noselong“～”,此处解 Browne and Nolan“～”,都柏林著名书籍和文具商店的店名;也解 Bruno of Nola“～”。

1889 oh you tease“～”,此处解 OUT“～”。

1890 lickle 解 little“～”;也解 lick“～”。

1891 pussiness 解 business“～”;也解 pussy“～”。

1892 afterdoon 解 after doing“～”;也解 afternoon“～”。

1893 heimlick 解 heimlich [德]“～”;也解 Heim [德]“～”。

1894 attraction part“～”,此处解 attraction park“～”。

1895 stheal 解 steal home“～”;也解 staoil [爱]“～”。

1896 terriblitall 解 terrible tall“～”。

1897 russians...boots 解 boots...Russians“靴子……俄罗斯人”,两个互换位置。

1898 Pinchapoppapoff“～”,人名;也解 pinch“～”+a poppa“～”+puff“～”。

1899 jennyroll 解 general“～”;也解 jelly-roll“～”,在俚语中指“～”。

1900 slapmamma 解 mother“～”;也解 slap mamma“～”。

1901 violent“～”;也解 violet“～”。

1902 wetting“～”,此处解 wedding“～”。

1903 lidlylac 解 ladylike“～”;也解 lac [拉]“～”。

1904 welluminated 解 illuminated“～”。

1905 fireplease 解 fireplace“～”;也解 fire please“～”。

1906 Michales 解 Mick“～”。

1907 fondstare 解 fond stare“～”;也解 fenestra [拉]“～”。

1908 makeleash 解 make leash“～”;也解 Archibald MacLeish“～”(1892—1982),美国诗人。

1909 soiedisante 解 soi-disant“～”;也解 soie [法]“～”。

1910 chineknees 解 Chinese“～”;也解 chine“～”+knees“～”。

1911 cheeckchubby 解 cheek“面颊”+chubby“丰满的”。

1912 chambermate 解 chamber“室内的”+mate“配偶”;也解 chamber maid“～”。

1913 males“～”;也解 mail“～”。

1914 poke stiff“～”;也解 pikestaff“～”。

1915 isonbound 解 iron bed“～”;也解 Eisen [德]“～”+bound“～”;也解 Eisenbahn [德]“～”;也解 Hosenband [德]“～”。

1916 Shane 解 Shaun“～”。

1917 whesen 解 Wesen [德]“～”。

1918 lipth 解 lips“～”。

1919 toccatootletoo 解 cock-a-doodle-doo“～”;也解 cockatoo“～”;也解 toccata“～”,一种形式自由、速度很快的即兴风琴曲或钢琴曲;也解 toccato [意]“～”。

1920 nakest 解 next“～”;也解 naked“～”。

1921 thight 解 sight“～”;也解 thighs“～”;也解 tight“～”。

的。因此现在，说些孩子气的话[1922]粉笔，来[1923]家，与玛奇[1924]一起坐[1925]在管风琴[1926]油壶|比边，我们打算在上床[1927]做功绩前说[1928]一个小小的祷告[1929]表演者。为他[1930]和为你[1931]给少女的一吻[1932]酒杯！教教我如何打滚，我喜欢[1933]詹姆斯·乔伊斯，听着，致以最高的敬意，琼恩约翰·乔伊斯，匆匆付笔，警告我与哪个阿，阿，阿，阿[1934]阿门。……

——门[1935]男人|阿门！琼恩全力吟唱着[1936]回应她那做妹妹的响亮声音，绝妙地用朝矮护墙[1937]拍拍宠物里吹泡泡模仿着他自己，他的杯中[1938]酒杯|珍爱的饮料现在好好地拿在手中。（洒了，看，因为一条缝，看，看！）前所未有地辉煌啊！我真的是给你们[1939]使用的圣餐[1940]。也是圣父[1941]和祭坛主[1942]法国酒店经理。好吧，女士们、先生们[1943]更温柔的男人上面的夫人，邮政局长[1944]致敬酒词者，让我们，用商标歌[1945]祝酒[1946]挥舞|布林迪西，追求和赢得女性[1947]，并祝肥沃的葡萄园健康，爱尔兰变干了[1948]爱尔兰万岁！所处[1949]排尿|在之中之生活之水来自，生者所居的给予[1950]之水来自，夜晚[1951]紧的|提托诺斯！放！一个给接力赛[1952]马镫的烈酒[1953]僵硬的东西|勃起|尸体用蜜月我们的钱的奶油[1954]美好的梦|精液来缓和[1955]取消的，对男男女女[1956]来说太凉的一杯[1957]轿式马车，还有纤维状的饯行酒[1958]！星星们[1959]星辰，虽然肖恩[1960]乔纳森已经跌落[1961]失败，但是你们不要为此哭泣！搅起[1962]马镫爱的年轻气泡[1963]脸，我倒空这杯新娘[1964]马勒|奥布赖恩小姐的香槟，梦想着[1965]变暗来自她那白雪香槟[1966]小便|一双|的|捉迷藏的情人[1967]文雅的|杜丝|杜丝小姐，紧紧地挤压我那雪白的胸脯[1968]，当我

1922 thalk thildish 解 talk childish“～”；也解 chalk“～”。
1923 thome 解 come“～”；也解 home“～”。
1924 Mag 解 Maggies“～”，本书主人公的女儿。
1925 theated 解 seated“～”。
1926 oilthan 解 organ“～”，此处化自歌曲《迷失的和弦》（“The Lost Chord”）中的歌词“Seated one day at the organ”（某天坐在管风琴边）；也解 oilcan“～”；也解 than“～”。
1927 doing to deed 解 going to bed“～”；也解 do deed“～”。
1928 doing to thay 解 going to say“～”。
1929 player“～”，此处解 prayer“～”。
1930 lu［意］“～”。
1931 tu［意］“～”。
1932 a tiss to the tassie 解 a kiss to the lassie“～”；也解 tassie“～”。
1933 Jaime 解 j'aime［法］“～”；也与后面合解 Jaime...Juan［西］“～”。
1934 ah“～”；也解 amen“～”。
1935 MEN“～”，此处与前面合解 amen“～”。
1936 fullchantedly 解 full“完美的”＋chanted“吟唱”＋-ly。
1937 patapet 解 parapet“～”；也解 pat a pet“～”。
1938 chalished 解 chaliced“～”；也解 chalice“～”；也解 cherished“～”。
1939 yous“～”；也解 use“～”。
1940 eucherised 解 Eucharist“～”。
1941 sacré père［法］“～”。
1942 maître d'autel 解 maître［法］“领导”＋d'＋autel［法］“祭坛”；也解 maître d'hôtel［法］“～”。
1943 ladies upon gentlermen“～”，此处解 ladies and gentlemen“～”。
1944 toastmaster“～”，此处解 postmaster“～”。
1945 brandisong 解 brand“品牌”＋song“歌曲”。
1946 brindising 解 brindisi［意］“～”；也解 brandishing“～”；也解 Brindisi“～”，意大利城市。
1947 womenlong with 解 women along with“女人连同”，此处化自约翰・施特劳斯的乐曲“Wine, Women and Song”（《葡萄酒、女人与歌》）。
1948 Erin go Dry“～”；也解 Éire go bráth［爱］“～”。
1949 Amingst 解 amongst“～”；也解 mingere［拉］“～”；也解 amid“～”。
1950 giving“～”。此处化自儿歌《星期一的孩子》（“Monday's Child”）中的歌词“Friday's child is loving and giving”（星期五的孩子钟情又慷慨）。
1951 Tight“～”，此处解 night“～”；也解 Tithonus“～”，特洛伊国王拉俄墨冬之子，黎明女神奥罗拉最宠爱的人。
1952 Staffetta 解 staffetta［意］“～”，指邮递员肖恩；也解 staffa［意］“～”。
1953 stiff one“～”，在俚语中指“～”或“～”，此处解 stiff drink“～”。
1954 creams of hourmony 解 cream of honeymoon“～”；也解 dreams of harmony“～”。其中 cream 也解［俚］“～”；其中 hourmony 也解 our money“～”。
1955 mullified 解 mollified“～”；也解 nullified“～”。
1956 jackless jill 解 Jack and Gill“～”。
1957 coupe“～”，此处解 cup“～”。
1958 dhouche on Doris 解 deoch an dorais［爱］“～”。
1959 Esterelles 解 estrelas［葡］“～”；也解 astre［法］“～”。
1960 Shaunathaun 解 Shaun“～”，本书主人公的儿子之一；也解 Jonathan“～”，乔纳森・斯威夫特的名字。
1961 fail“～”，此处解 fall“～”。
1962 stir up“～”；也解 stirrup“～”。
1963 fizz“～”，在俚语中指香槟酒；也解 face“～”。
1964 bridle“～”，此处解 bride“～”；也解 Biddy O'Brien“～”，歌谣《芬尼根的守灵夜》中的守灵者之一。
1965 dimming“～”，此处解 dreaming“～”。
1966 peepair of hideseeks 解 Piper-Heidsieck champagne“～”，世界三大香槟品牌之一，其酒庄于 1785 年 7 月 16 日由弗洛伦斯・路易斯・海瑟克在兰斯城创建；也解 pee“～”＋pair“～”＋of“～”＋hide and seek“～”。
1967 douce“～”，此处解 douce［法］“～”；也解 J. Douce“～”，香槟制造商；也解 Miss Douce“～”，《尤利西斯》中的酒吧女招待。
1968 Snowybrusted 解 snowy“如雪的”＋Brust［德］“胸”。

的贝齿[1969]玛奇在她们那闪闪发光的智慧中轻咬着[1970]奶头她的小气泡[1971]乳房，我凭满满一杯我可怜的老龅牙的硬肠子[1972]色拉盘发誓（并让你发誓!），我永远不会证明我违反你之所好（那儿[1973]!），只要我的洞向下。看。

因此再见[1974]摇篮曲，我可怜的伊茜[1975]！但是我没有忘忘记我的内心独白[1976]里面的人|单音|一个声调，因为我把我亲爱的代理人留在后面供你安慰[1977]操纵台，逝去的舞者大卫[1978]，一个著名的[1979]鳞状的|易生气的逃犯，一位可怜的老人，也是我的伙伴[1980]。他会不断地在面包皮的碎屑中到来，他，如果他能放弃结伴[1981]都柏林，停止结成三人[1982]烈酒|痛饮，他会成为他那类人中独一无二的[1983]独角兽。他是我曾挥舞的最强大的笔[1984]雨伞|半影，在怀疑的阴云[1985]邮件的阴影之上[1986]在后面！确定无疑，依附于他，我的啊宝贝[1987]《我的宝贝》，寻常得就像你学习一样，只要在你们之间除了普通的松木桌外别无他物，只是别鼓励他在利奥坡德镇[1988]寂寞地[1989]上课|时间哭泣。但是轻点儿！不能吗？磨石[1990]里程碑嘟囔吗？咕咕噜噜，咕咕噜噜[1991]！现在！诗人[1992]夫人！我发抖[1993]！谈到所有那些由虫害引起的饥饿难耐[1994]！他在那儿[1995]，我！圣灵[1996]运动员归来！那个能通向[1997]脱离他的成功的人！琼恩之镇[1998]本·琼生是不是，奥地利[1999]牡蛎，终究不过是一个小地方？我知道我闻到了大蒜韭葱[2000]盖尔语联盟|大蒜漏气！为什么，祝福我出的汗[2001]，他在这儿[2002]，亲爱的大卫[2003]，就像猫有九命[2004]九尾鞭|行政区，时间正好，仿佛他掉出了空间，全都穿着便服，从他的旧大陆[2005]自控回家来

1969 pearlies [俚]“～”，此处化自习语 pearls of wisdom(金玉良言)；也解 Maggies“～”，本书主人公女儿的名字。

1970 nippling 解 nibbling“～”；也解 nipple“～”，此处化自习语 nip in the bud(防患于未然)。

1971 bubblets 解 bubblet“～”；也解[俚]“～”。

1972 solidbowel 解 solid“结实的”＋bowel“肠子”；也解 salad bowl“～”。

1973 theare 解 there“～”。

1974 gullaby 解 goodbye“～”；也解 lullaby“～”。

1975 Isley 解 Issy“～”，本书主人公的女儿的一个名字。

1976 innerman monophone 解 interior monologue“～”；也解 innerman“～”＋monophone“～”；其中 monophone 也解 monophônos [希]“～”。

1977 consolering 解 consolation“～”；也解 console“～”。

1978 Dave the Dancekerl 解 David the Dance Kerl([德]“人”)“～”，《撒母耳记下》中大卫在耶和华的约柜前跳舞。

1979 squamous“～”，指蛇，此处解 famous“～”；也解 squeamish“～”。

1980 此处化自歌曲“Dear Old Pal of Mine”(《我亲爱的老伙计》)。

1981 doubling“～”；也解 Dublin“～”。

1982 tippling 解 tripling“～”；也解 tipple“～”；也解 tippling“～”。

1983 unicorn“～”，此处解 unique“～”。

1984 penumbrella 解 pen“～”；也解 umbrella“～”；也解 penumbra“～”。

1985 shadow of a post“～”，此处解 shadow of doubt “～”。

1986 behond 解 beyond“～”；也解 behind“～”。

1987 me O treasauro 解 me O treasure“～”；也解“Il mio tesoro”“～”，歌剧《唐璜》中的咏叹调。

1988 Leperstown 解 Leopardstown“～”，原名勒佩尔斯镇，位于都柏林，有赛马场。

1989 lessontimes 解 lonesome“～”；也解 lesson“～”＋times“～”。

1990 Mailstanes 解 millstones“～”；也解 milestones“～”。

1991 Lumtum，拟声。

1992 froubadour 解 troubadour“～”；也解 Frau [德]“～”。

1993 fremble 解 tremble“～”。

1994 wolf in a stomach 解 have a wolf in the stomach“～”，此处化自习语 speak of the devil and he appears (说曹操，曹操到)；也化自习语 a growing youth has a wolf in his belly(青年成长时，食量大如狼)。

1995 Eccolo [意]“～”。

1996 athlate 解 Paraclete“～”；也解 athlete“～”。

1997 secede“～”，此处解 succeed to“～”。

1998 Jaunstown 解 Jaun's town“～”；也解 Ben Jonson“～”(1572—1637)，英国诗人、剧作家。

1999 Öusterrike 解 Österreich [德]“～”；也解 Auster [德]“～”。

2000 garlic leek“～”；也解 Gaelic League“～”，1893 年由道格拉斯成立，旨在推广爱尔兰语言；也解 garlic leak“～”。

2001 swits 解 Schwitzen [德]“～”。

2002 here he its 解 here he is“～”。

2003 Dave 解 David the Dance Kerl([德]“人”)“舞者大卫”。

2004 catoninelives 解 cat has nine lives“～”，指富于生命力的人；也解 cat-o'-nine-tails“～”；也解 canton “～”，尤指瑞士的州。

2005 continence“～”，此处解 continent“～”。

哀悼群山[2006]，既不是用一只脚，也[2007]以太不是用两只脚，而是在五世[2008]5|百年一次的之轮上，在他的法国进化[2009]法国大革命之后，还有在432年[2010]前被蒙住眼睛的一章，他那自杀的爪子里拿着猪肉酱[2011]头|爪子，海鸥在他那天然的脑壳[2012]臭鼬上笑着粘鸟胶[2013]石灰，脸红得就像帕特[2014]的猪[2015]净化，天哪！对于用他那玩杂耍的左手如浅浮雕图一样[2016]作证[2017]推荐书，为此他付出了[2018]二十年[2019]激流河，他并不非常他妈他娘的[2020]蒂姆·芬尼根深感羞愧，拿出三根白羽，作为在你是爱尔兰人[2021]圣帕特里克里的家愈移民[2022]HCE，远远低于我们的海平面。送信人可以离开教堂，署名，猪形[2023]，贵族扈从[2024]大学校长|吃|阴户|大的|猿。他是我们中蛇般人物[2025]一个模子打出来的|偷偷地走近|说，信心，我的微型他我[2026]，各类牛津[2027]废物[2028]双么|非常接近，就像我是罗马贵族[2029]鼻音的罗密欧一样，永远嘲笑[2030]噼啪地挥舞鞭子他自己，那个嬉戏的，这个让-雅克[2031]厕所，他很快会在那些湿的野睫毛下在露湿的眼泪中，向任何活着的[2032]汉娜·丽维娅女孩的笑靥[2033]肛门举起[2034]上升|注视他的母亲的玫瑰[2035]迷迭香|卢梭。那是他的小罪[2036]。他的口吃[2037]。我知道他有新想法，他有时是一条快乐的[2038]一满罐的|阿尔弗雷德·雅里怪鱼，我允许你，坏脾气的[2039]下海产卵的|剑桥大学的，他的词语的囚徒，但是虱子等等和部分有色的彩色玻璃，我对那个外国人极感兴趣[2040]充满的，我得说我感兴趣！由一只山羊[2041]上帝所生，由同一个奶妈[2042]汉娜|母山羊哺育，一个润色[2043]抽搐，一个天然，让我们成为旧世界[2044]全世界的亲戚[2045]。我们现在像两架管钟琴[2046]管状门铃|犹八和土八一样厚

2006 mourn mountains“～”。此处化自意大利作曲家威尔第的著名四幕歌剧《游唱诗人》中的“Home to Our Mountains”(《回归群山》);也化自爱尔兰歌曲“The Mountains of Mourne”(《莫恩山脉》)。
2007 aether“～”,此处解 either“～”。
2008 quinquisecular 解 quinquisaecularis［拉］“～”;也解 quinque［拉］“～”＋secular“～”。
2009 French evolution“～”;也解 French Revolution“～”。
2010 4.32 解 432“～”,圣帕特里克于公元 432 年来到爱尔兰。
2011 pate“～”,此处解 pâté“～”;也解 patte［法］“～”。
2012 skunk“～”,此处解 skull“～”。
2013 Lime“～”,此处解 birdlime“～”。
2014 Pat“～”,爱尔兰主保圣人圣帕特里克的昵称。
2015 pig“～”;也解 purge“～”。
2016 onaglibtograbakelly 解 anaglyptograph“浅浮雕绘图”＋-lly。
2017 testymonicals 解 testimony“～”;也解 testimonial“～”。
2018 gave...orf 解 gave off“～”。
2019 annis［拉］“～”;也解 amnis［拉］“～”。
2020 timtom,拟声;也解 Tim“～”,Tim Finnegans 的名字的众多变形之一,乔伊斯将 Tim 的变形 tam,tem,tom,tum 放入众多词语中,暗示与蒂姆·芬尼根的联系。
2021 Paddyouare 解 you are Paddy“～”;也解 St. Patrick“～”。
2022 此处包含本书主人公名字的缩写 HCE。
2023 Figura Porca［拉］“～”。
2024 Lictor Magnaffica 解 lictor magnificus［拉］“威风的持束棒侍从”;也解 Rector Magnificus［拉］“～”。其中 Magnaffica 也解 magnare［意口语］“～”;也解 fica［意俚］“～”;也解 magna［拉］“～”;也解 Affe［德］“～”。
2025 sneaking likeness 解 snake“蛇”＋likeness“相似”;也解 spitting likeness“～”。其中 sneaking 也解“～”;也解 speak“～”。
2026 altar's ego 解 alter ego“～”。
2027 Auxonian 解 Oxonian“～”。
2028 aimer's ace 解 ambs-ace“双幺”,两个骰子都掷出幺点,指最无价值的东西;也解 within an aim's ace“～”。
2029 nasal a Romeo“～”,此处解 noble a Roman“～”。
2030 cracking quips“～”,此处化自习语 crack a joke(开玩笑);也解 cracking whips“～”。
2031 jeenjakes 解 Jean-Jacques Rousseau“让-雅克·卢梭”(1712—1778),法国启蒙思想家和作家;也解 jakes“～”。
2032 anny living 解 any living“～”;也解 Anna Livia“～”,本书女主人公。
2033 laftercheeks 解 laughter“笑声”＋cheeks“面颊”;也解 After［德］“～”。
2034 arise“～”,此处解 rise“～”;也解 eye his“～”。
2035 mother's roses“～”;也解 rosemary“～”;也解 Rousseau“～”。
2036 veiniality 解 venial“～”。
2037 unpeppeppediment 解 impediment“～”。
2038 jarry“～”,此处解 jolly“～”;也解 Alfred Jarry“～”(1873—1907),法国作家,超现实主义戏剧的鼻祖。
2039 cantanberous 解 cantankerous“～”;也解 catadromous“～”;也解 Cantab“～”。
2040 full of“～”,此处解 fond of“～”。
2041 goat“～”;也解 God“～”。
2042 nanna“～”;也解 Anna“～”,本书的女主人公;也解 nannygoat“～”。
2043 twitch“～”,此处解 touch“～”。
2044 oldworld 解 old world“～”;也解 whole world“～”。
2045 此处化自莎士比亚的喜剧《特洛伊罗斯与克瑞西达》。
2046 tubular jawballs 解 tubular bells“～”;也解 tubular doorbells“～”;也解 Jubal and Tubal Cain“～”,该隐的后代,一切弹琴吹箫之人的祖师和打造各样铜铁利器之人的祖师。

薄[2047]风雨同舟。我恨他，恨他特有的异端邪说[2048]轩尼诗白兰地，他妈的[2049]泼溅|亵渎|布拉斯基特群岛，不过我是个好色之徒吗。我爱他。我爱他的老葡萄牙人的鼻子。现在有旱金莲[2050]巨鼻者给汝，可以把许多可怜的罪人[2051]下沉的人|思想家从溺水者坟墓[2052]坟墓上的水|脑积水中解救出来。所有海盗的绝望之地[2053]犹太人的离散|分散和像国王[2054]圣巴西略奥考马克·麦克阿特[2055]一样的五人合唱[2056]五点梅花形之命[2057]假货？他把他的衬衫变成了[2058]变节者旗帜[2059]伪装。在向所有他面前的人借了钱，跟每个俄国[2060]那儿红色的、苏格兰[2061]晨曲|阿尔巴尼亚|白色的那儿白色的人交了朋友，伤害了每个优秀的爱尔兰人[2062]我们的人之后，他是不是这样？这些爱尔兰人是他之前或之后曾经能够从爱尔兰人[2063]你们的人中挑出来，通常可以得到一枚硬币[2064]安宁和一克朗的帮助[2065]半克朗的。他那戴着水晶透镜的眼睛让他看起来衰老，也非常瘦[2066]乔纳森·斯威夫特，因为主要靠企鹅蛋[2067]洋泾浜语的假如配海鸭掌[2068]海鸭的而且维生，他一直在自我诋毁[2069]上升，但我不做评论。希望他没有霍乱。给他一个最新的[2070]遥远的|法罗群岛眼睛[2071]小岛。摩西和挪亚[2072]，别说傻话[2073]你们好吗？他会舒服得就像哥伦巴[2074]哥伦布|鸽子·约拿[2075]爱奥那岛沉船[2076]摇晃于鲸鱼腹[2077]波浪中，就像前面引证的[2078]。好极了，高级军士长！棒极了[2079]著名的|闻名的！当然，附近任何方面根本没有任何其他人来与心爱的人媲大厨之美[2080]，来绝对挑战他身上那个装着西班牙豆[2081]腐臭的的监狱壶式蒸馏器[2082]讲道书，就像不务正业[2083]琐事的无赖！一块欢乐棕色[2084]乔纳森·斯威夫特的好水泥

2047 thick and thin“～”,此处直译;也解 through thick and thin“～”。
2048 henesy 解 heresy“～”;也解 Hennessy“～”。
2049 plasfh it 解 plash it“～”,此处解 blast it“～”;也解 blaspheme“～”;也解 Blasket Islands“～”,位于爱尔兰的凯里郡。
2050 nasturtium“～”,一种植物;也解 nāsūtus [拉]“～”。
2051 sinker“～”,此处解 sinner“～”;也解 thinker“～”。
2052 water on the grave“～”,此处解 watery grave“～”;也解 water on the brain“～”。
2053 diasporation 解 desperation“～”;也解 diaspora“～”;也解 diaspora [希]“～”。
2054 Basilius 解 basileus [希]“～”;也解 St. Basil the Great“～”(329—379),医院管理者的主保圣人。
2055 O'Cormacan MacArty 解 Cormac MacArt “～”,芬·麦克尔时代的爱尔兰共主。
2056 quinconcentrum 解 quin“五个一套”+concentus [拉]“合唱”;也解 quincunx“～”。
2057 fake“～”,此处解 fate“～”。
2058 turned his shirt to“～”;也解 turncoat“～”。
2059 camiflag 解 flag“～”;也解 camouflage“～”。
2060 Rossya 解 Rossiya [俄]“～”。
2061 Alba“～”,此处解 Alba [爱]“～”;也解 Albania“～”;也解 alba [拉]“～”。
2062 Ourishman 解 Irishman“～”;也解 our man“～”。
2063 Yourishman 解 Irishman“～”;也解 your man“～”。
2064 peace“～”,此处解 piece“～”。
2065 halp of a crown 解 help of a crown“～”;也解 half a crown“～”。
2066 johnnythin 解 jolly thin“～”;也解 Jonathan Swift“～”。
2067 pidgins' ifs“～”,此处解 penguin's“企鹅的”+oeufs [法]“蛋”。
2068 puffins' ands“～”,此处解 puffins'“海鸭的”+hands“手”。此处化自习语 if ifs and ands were pots and pans(空想无益)。
2069 slanderising 解 slandering“～”;也解 rising“～”。
2070 farout 解 far-out“～”;也解 far-off“～”;也解 Faroes“～”,丹麦属地。
2071 eyot“～”,此处解 eye“～”。
2072 Moseses and Noasies 解 Moses and Noah“～”。
2073 how are you“～”,此处解 how are you [爱]“～”。
2074 Columbsisle 解 St. Columba“～”,6 世纪爱尔兰圣人;也解 Christopher Columbus“～”;也解 columba [拉]“～”。
2075 Jonas 解 Jonah“～”,希伯来先知,在鱼腹中待了三天三夜;也解 Iona“～”,圣哥伦巴的修道院所在的苏格兰小岛。
2076 wrocked 解 wrecked“～”;也解 rocked“～”。
2077 the belly of the whaves 解 the belly of the whales“～”;其中 whaves 也解 waves“～”。
2078 quotad 解 quoted“～”。
2079 Famose 解 famos [德]“～”;也解 famous“～”;也解 famose [意]“～”。
2080 hold a...cankle to 解 hold a candle to“～”。
2081 spanish breans 解 Spanish bean“～”;也解 brean [爱]“～”。
2082 prisonpotstill 解 prison“监狱”+pot still“壶式蒸馏器”;也解 Postille [德]“～”。
2083 trifles“～”,此处解 triflers“～”。
2084 jollytan 解 jolly“欢乐的”+tan“棕褐色”;也解 Jonathan“～”。

砖[2085]精神错乱的慷慨的人，好人[2086]好人菲利普亲王！大卫知道我以我自己[2087]欠钱|和的平稳方式对那个智力欠债人（必不可少[2088]有义务！）大卫·R.牧杖先生[2089]有着任何人[2090]河流所有的最大尊重。我们是最亲密的朋友[2091]。留心我对你的利用，诈骗[2092]亲族！注意我怎么使用你[2093]，剽窃！像你这样的要小心，我跌了[2094]挫败，抄袭[2095]！遗憾的是他看不到这个，因为我对他好得要命。威尔士的蜡烛[2096]，美人鱼的火焰[2097]酒吧女侍|火焰|橘子果酱|火苗！忠诚于奥疯子[2098]，幽灵岛[2099]必胜[2100]！最重要的[2101]全能的人！你好[2102]奴仆|众仆之仆！嗨，凭着[2103]是神圣众蛇，有人为他将他的原钻头骨[2104]钻石船赛剃得像教廷侍者[2105]本丢·彼拉多的馅饼盘一样干净！燃尽的网格，席子和一切！雷雨[2106]哎呀|打雷|天气，哎呀[2107]开伯尔山口火腿[2108]，不付钱就跑[2109]桑丘·潘沙！他是朝唾液吐唾沫[2110]痰盂，他就这样，鳞状皮肤什么的，还有他那无赖般的眼睛和在他的莱缪尔·格列佛[2111]闪扣眼[2112]用头撞里的山羊须，我的祖先[2113]巨剑|聋的，老十字军战士[2114]十字架，那时他摘掉他的旧帽子[2115]私酿的威士忌！那是要让他身后的三K党[2116]流感流出拥趸人群恰当地看我。啊，他非常体贴、可爱[2117]圣帕特里克，那是智慧兄长[2118]智力的做法，那时他并未满脑子苦艾酒[2119]心不在焉的，还有他的巴黎住址！他就这样，真的。抓牢，直到你能听到[2120]耳朵|EHC他敲着他的公牛骨！某只癞蛤蟆在喋喋不休[2121]三K党！欢迎你回来，老天[2122]，回到森林[2123]霜里的红莓这里来！这里的黄油交易所[2124]黄油交易乐队是用一大碗[2125]普罗旺斯鱼汤[2126]《马赛曲》|贻贝吹笛击鼓款待[2127]声管|笛|该

2085 demented brick"～",此处解 cemented brick"～"。
2086 goodfilips 解 good fellows"～";也解 Philip the Good"～"(1396—1467),勃艮第公爵,1419 年起为菲利普三世。
2087 oweand 解 own"～";也解 owe"～"+and"～"。
2088 Obbligado 解 obbligato"～";也解 obbligato [意]"～"。
2089 Mushure 解 monsieur [法]"～"。
2090 annyone 解 anyone"～";也解 abhainn [爱]"～"。
2091 chems 解 chums"～"。
2092 cog"～";也解 cognatus [拉]"～"。
2093 yemploy 解 employ you"～"。
2094 foil"～",此处解 fall"～"。
2095 coppy 解 copy"～"。
2096 Canwyll y Cymry"～",教区牧师普里查德的作品,在两百年里是威尔士除了《圣经》外最流行的作品。
2097 marmade's flamme 解 mermaid's flame"～";也解 barmaid's"～"+Flamme [德]"～";也解 marmalade"～"+flamme [法]"～"。
2098 O'Looniys 解 loony"～"。
2099 a Brazel 解 Hy Brasil"～",传说位于爱尔兰以西大西洋海域的岛屿,神的居所,每七年才现身一天。
2100 aboo 解 abu [爱]"～"。
2101 omportent 解 important"～";也解 omnipotent"～"。
2102 Shervos 解 Servus [德]"～";也解 servus [拉]"～";也解 Servus Servorum [拉]"～",教皇的称号。
2103 be"～",此处解 by"～"。
2104 diamond skull"～";也解 Diamond Sculls"～",每年在伦敦泰晤士河上举办。
2105 Nuntius [拉]"～";也解 Pontius Pilate"～",罗马驻犹太总督,判决基督钉上十字架。
2106 Thunderweather 解 Donnerwetter [德]"～""～";也解 thunder"～"+weather"～"。
2107 khyber 解 kaibe [德]"～";也解 Khyber Pass"～",中亚地区与南亚次大陆之间最大且最重要的山隘。
2108 schinker 解 Schinken [德]"～"。
2109 escapa sansa pagar 解 scappa senza pagar [意]"～";也解 Sancho Panza"～",《堂吉诃德》中堂吉诃德的随从。
2110 spatton 解 spat on"～";也解 spittoon"～"。
2111 Shemuel Tulliver 解 Lemuel Gulliver"～",斯威夫特的《格列佛游记》的主人公;也解 Shem"～"。
2112 buttinghole 解 buttonhole"～";也解 butting"～"。
2113 grandsourd 解 grandsire"～";也解 grand sword"～";也解 sourd [法]"～"。
2114 cruxader 解 crusader"～";也解 crux [拉]"～"。
2115 paudeen 解 caubeen [爱]"～""～"。
2116 Flu Flux Fans"～",此处解 Ku Klux Klan"～"。
2117 sympatrico 解 simpatico [意]"～";也解 Saint Patrick"～"。
2118 Brother Intelligentius 解 brother intelligent"～";也解 intellegentius [拉]"～"。
2119 absintheminded 解 absinthe minded"～";也解 absentminded"～"。
2120 ear"～",此处解 hear"～"。此处也包含本书主人公名字的缩写的变体 EHC。
2121 klakkin 解 clacking"～";也解 Ku Kux Klan"～"。
2122 Wilkins 解 welkin"～"。
2123 frost"～",此处解 forest"～"。
2124 butter exchange"～";也解 Butter Exchange Band"～",都柏林的乐队。
2125 bawlful 解 bowl full"～"。
2126 Moulsaybaysse 解 bouillabaisse [法]"～";也解"The Marseillaise""～",法国国歌;也解 moule [法]"～"。
2127 pfeife and dramn 解 fife and drum"～"。其中 Pfeife 也解[德]"～";也解 pipe"～"。其中 dramn 也解 damn"～"。

死汝等的，还有扬基们[2128]青年涂鸦手|贵族地主|阴茎想[2129]手淫|摆动用书写[2130]骑马隔开他的冒牌货[2131]矮种马|声音。我已经厌倦于听说[2132]头发你了。给你自己戴上帽子！在这儿给我们你的右手[2133]右肢|染色的机敏，兄弟[2134]起泡剂|昆仲，克拉达式[2135]握手！我偶遇衣冠楚楚的花花公子，他的大手[2136]火腿让我吃惊[2137]握手。你的值班员在哪儿？你看到了形形色色各式各样的人，在地图[2138]世界地图四周抢劫。公鸡和斗牛怎么样？还有老牡蛎和饥饿[2139]奥匈帝国？还有啤酒和肚子[2140]牛市和熊市和靴子和球？不要忘记那只冰镇薄荷酒里的火鸡[2141]欧洲的土耳其下面油脂的油[2142]《哀希腊》，还有在他的假山花园里拿着大苹果[2143]蛋奶沙司的魔弹射手[2144]《自由射手》·弓箭[2145]西格蒙德·费尔伯根|待售的神父？你到底有没有偶遇过彼得大帝[2146]彼得|坟墓？你有没有拜访过耶稣塔[2147]特格西乌斯？在你制定心法[2148]布雷斯劳并遇到[2149]造成她的时候，莫娜[2150]马恩岛，我的爱，是不是不比她应该的更好[2151]更大，用她表现最好的方式[2152]采邑奉承你，告诉我？你是不是喜欢来自兰贝岛[2153]的风景[2154]？我比十只腰子[2155]导游还更开心！你让我高兴[2156]你高兴我！信仰，我为你骄傲，法国[2157]巴兹尔·弗伦奇魔鬼[2158]大卫|吊艇柱|迈克尔·达维特！你超过了你自己！被介绍给我们[2159]是！这是我的姑姑茱莉亚·布莱德[2160]，阁下，渴望有你在她那树木丛生的老三角洲[2161]三角区|妓女里因谣言而憔悴。你不认得[2162]测算|眼睛他？他是吹号者杰克[2163]阴茎，他窝[2164]奋起力争|阴户在角落里，抛弃了不少于三个女性新娘[2165]贿赂。那是他的劳役[2166]阴茎|仆人的。拘禁！自从她踏进她的

2128 yunker doodler 解 Yankee Doodle“《扬基歌》”，18 世纪流行于美国的歌曲，最初是英国军队用来嘲笑美国人的，后来成为美国的流行歌曲，故译；也解 younker doodler“～”；也解 Junker [德]“～”＋doodle [俚]“～”。

2129 wanked“～”，此处解 wanted“～”；也解 wanken [德]“～”。

2130 awriting 解 a-writing“～”；也解 riding“～”，此处化自《扬基歌》的歌词“Yankee Doodle went to London, riding on a pony”(扬基佬去伦敦，骑着一匹小矮马)。

2131 phoney“～”；也解 pony“～”；也解 phônê [希]“～”。

2132 hairing 解 hearing“～”；也解 hair“～”。

2133 dyed dextremity 解 right“右”＋dextera [拉]“右手”；也解 right extremity“～”；也解 dyed dexterity“～”。

2134 frother“～”，此处解 brother“～”；也解 frater [拉]“～”。

2135 Claddagh“～”，爱尔兰戈尔韦市的克拉达镇，以克拉达戒指著称。

2136 hamd 解 hand“～”；也解 ham“～”。

2137 shocked“～”；也解 shaked“～”。此句也解 I met with Napper Tandy and he took me by the hand“我偶遇纳珀·坦迪，他抓住我的手”。

2138 moppamound 解 mappamundi [拉]“～”；也解 mappamondo [意]“～”。

2139 Auster and Hungrig 解 Auster [德]“牡蛎”＋and“和”＋hungrig [德]“饥饿的”；也解 Austria and Hungary“～”。

2140 Beer and Belly“～”；也解 bulls and bears“～”。

2141 turkey in julep“～”；也解 Turkey-in-Europe“～”。

2142 the oils of greas 解 the oils of grease“～”；也解“The Isles of Greece”“～”，英国诗人拜伦的长诗《唐璜》中的片段。

2143 costard“～”；也解 custard“～”。

2144 Freeshots 解 Freischütz [德]“～”；也解 *Der Freischütz*“～”，德国作曲家卡尔·冯·韦伯(1786—1826)的歌剧。

2145 Feilbogen 解 Pfeil [德]“箭”＋Bogen [德]“弓”；也解 Siegmund Feilbogen“～”，奥地利教授，曾于 1915 年在苏黎世雇乔伊斯做翻译；也解 feil [德]“～”。

2146 Peadhar the Grab 解 Peter the Great“～”(1672—1725)，俄罗斯帝国首位皇帝；也解 Peadar [爱]“～”＋Grab [德]“～”。

2147 Tower Geesyhus 解 Tower Jesus“～”；也解 Turgesius“～”，832 年侵略爱尔兰的北欧海盗。

2148 breastlaw 解 Breast Law“～”，中世纪时马恩岛的民法的称呼，马恩岛也叫莫娜；也解 Breslau“～”，波兰西南部一城市，也称弗罗茨瓦夫。

2149 made“～”，此处解 met“～”。

2150 Mona“～”，出自歌曲“Mona, My Own Love”(《莫娜，我的爱》)；也解 Isle of Man“～”。

2151 bigger“～”，此处解 better“～”。

2152 manor“～”，此处解 manner“～”。

2153 Lambay 解 Lambay Island“～”，靠近都柏林。

2154 landskip 解 landscape“～”。

2155 guidneys 解 kidneys“～”；也解 guides“～”。

2156 You rejoice me“～”，此处解 du erfreust mich [德]“～”。

2157 french 解 French“～”；也解 Basil French“～”，亨利·詹姆斯的小说《茱莉亚·布莱德》中的人物。

2158 davit 解 devil“～”；也解 David“～”；也解 davit“～”；也解 Michael Davitt“～”(1846—1906)，爱尔兰民族主义者，创立了爱尔兰土地同盟。

2159 yes“～”，此处解 us“～”。

2160 Julia Bride“～”，亨利·詹姆斯的同名小说的主人公。

2161 delltangle 解 delta“～”；也解 triangle“～”；也解 dell [俚]“～”。

2162 reckoneyes 解 recognize“～”；也解 reckon“～”＋eyes“～”。

2163 Jackotthe Horner 解 Jack Horner“杰克·霍纳”，出自英国 18 世纪儿歌“Little Jack Horner”(《小杰克·霍纳》)“Little Jack Horner, Sat in the corner, Eating a Xmax pie”(小杰克·霍纳，住在角落里，吃着圣诞馅饼)＋the Horner“吹号的人”；也解 jacquot [法俚]“～”。

2164 boxed“～”；也解 box (his corner)“～”；也解 box [俚]“～”。

2165 bribes“～”，此处解 brides“～”。

2166 penals. Shervorum 解 penal servitude“～”；也解 penis“～”＋servorum [拉]“～”。

橱柜[2167]内裤|脱，你就没有看到她。来吧，老姑娘[2168]妓女|阴险的|左，显你的身手！别害羞[2169]羞涩，百姓们[2170]！为什么[2171]鹞|熏香，你身上是什么，老婆[2172]？在三叶草[2173]上！她的紧身短裤里有许多空间[2174]子宫|工作给我们俩[2175]博斯普鲁斯海峡，侄子们推！你自己好好地孵蛋！你们尽情享受[2176]门！你会不会一直等到[2177]咬伤她发芽[2178]阴茎，等到你咬她一口？在我直白的怂恿[2179]乳香下务必[2180]害羞地抱抱她，用你那有胶合性[2181]漠不关心的症状的眼睛[2182]语言|你|是的|土耳其毡帽告诉她，我正如何问候着她[2183]伊多语|月中日|熏香。让我们成为冬青树和常春藤[2184]神圣的和罪恶的，让她做树枝上的桃子[2185]和平。当然，她爱上了[2186]同意我们作为莱欧纳斯[2187]游览名胜邮件的三组合[2188]旅行的人|绷紧的照片，那时我们就像科西嘉兄弟[2189]又是软木塞兄弟一样在一起的马厩小子，又饥又怒，骑士党的优雅伴圆颅党的武力[2190]，或者就像兄弟[2191]拜伦对姐妹[2192]亲属，我和你，真正的新芬党人和清瘦的[2193]，我们的第三者[2194]，那个从来不闻不问的。总是胡说我们如何有蜗牛卦[2195]要蛇人的皱褶，以及一个家伙的裂缝和嗅器与鲁纳伯爵[2196]交恶，还有最早的素食主义者的肉陷阱。只要要就会有。来抱抱！在她在三倍液体[2197]中离开前，把可怜的两便士运气从她那里拿走。我会把一只三先令的小母鸡给教士，因为他配合[2198]集会遮住你，不让我看到你自由地[2199]自由的|肝脏|嘴唇吻她全身，仿佛她是十字架。这对她的双唇音有好处，你懂的。要找到一个女王的假耳环[2200]爱尔兰，没有比槲寄生[2201]点石成金|槲鸫|润色更好的了。叮当，叮当。就像抓[2202]小

2167 drawoffs 解 drawers“～”；也解“～”；也解 draw off“～”。
2168 spinister 解 spinster“～”；也解[俚]“～”；也解 sinister“～”；也解 sinister［拉］“～”。
2169 shoy 解 shy“～”；也解 scheu［希］“～”。
2170 husbandmanvir 解 husbandman“百姓”＋vir［拉］“男人”。
2171 Weih 解 why“～”；也解 Weih［德］“～”；也解 Weihrauch［德］“～”。
2172 wip 解 Weib［德］“～”。
2173 shamewaugh 解 seamrog［爱］“～”。
2174 woom 也解 room“～”；也解 womb“～”；也解 work“～”。
2175 bothsforus 解 both of us“～”；也解 Bosphorus“～”。
2176 Enjombyourselvesthurily 解 enjoy yourselves thoroughly“～”；其中 thurily 也解 thura［希］“～”。
2177 biss 解 bis［德］“～”；也解 Biss［德］“～”。
2178 buds“～”；也解 bod［爱］“～”。
2179 frank incensive 解 frank incentive“～”；也解 frankincense“～”。
2180 by almeans 解 by all means“～”。
2181 agglutinative“～”；也解 insensitive“～”。
2182 yez 解 eyes“～”；也解 jezik［塞维］“～”；也解 you“～”；也解 yes“～”；也解 fez“～”。
2183 Idos be asking after 解 I does be asking after“我确实在问候”。其中 Idos 也解 Ido“～”，一种世界语；也解 Ides“～”，古罗马历中 3、5、7、10 月的第 15 日或者其余各月份的第 13 日；也解 idos［希］“～”。
2184 holy and evil“～”，此处解 holly and ivy“～”。
2185 peace“～”，此处解 peach“～”。
2186 fell in line with“～”，此处解 fell in love with“～”。
2187 lyonised 解 Lyonesse“～”，凯尔特传说中的岛屿，马洛礼爵士称之为特里斯丹的家乡；也解 lionize“～”。
2188 tripertight 解 tripartite“～”；也解 trip-er“～”＋tight“～”。
2189 corks again brothers 解“～”，此处解 Corsican Brothers“～”，指爱尔兰裔美国剧作家鲍西考尔特的剧本《科西嘉兄弟》中的孪生兄弟，一善一恶。
2190 cavileer...roundhered 解 Cavaliers...Roundheads“～”，指英国 1642 至 1651 年的内战时期，支持国王者被称为“骑士党”，支持议会者被称为“圆颅党”。
2191 boyrun 解 brother“～”；也解 Byron“～”，英国浪漫主义诗人。
2192 sibster 解 sister“～”；也解 sib“～”。
2193 pinchme 解 pinched“～”。
2194 tertius quiddus 解 tertium quid［拉］“～”。
2195 snailcharmer 解 snail charm“～”，用蜗牛留下的痕迹预测第一位情人的首字母的占卜法；也解 snake charmer“～”。
2196 county de Loona 解 Conte di Luna“～”，意大利作曲家威尔第的歌剧《吟游诗人》（*Il trovatore*）中的人物，在不知情的情况下杀死自己的孪生弟弟。
2197 treple licquidance 解 triple“三倍的”＋liquid“液体”。
2198 conjugation“～”；也解 congregation“～”。
2199 leberally 解 liberally“～”；也解 liber［拉］“～”；也解 Leber［德］“～”；也解 læber［丹］“～”。
2200 earring“～”；也解 Erin“～”。
2201 mistletouch 解 mistletoe“～”；也解 Midas touch“～”；也解 mistle“～”＋touch“～”。
2202 kitchin 解 catching“～”；也解 kinchin“～”；也解 kitchen“～”；也解 Chin［中］“～”；也解 Chin［中］“～”，在本书中也与芬·麦克尔、芬尼根等联系在一起。

孩|厨房|秦|山虫子[2203]女人后，早起的鸟[2204]鬈发的大诗人对着她外套的褶边[2205]哼哼声在他的赞美诗[2206]哼哼声|褶边中说的。你试试轻轻碰碰[2207]使发痒|小蒂希他的尾缨[2208]领带。赛事属于[2209]种族主义者会跑的，骏马[2210]鲁莽的女孩|玫瑰红的。土壤只给自己。是不友善[2211]自己那种。是亲戚朋友[2212]柔荑花序。是血亲[2213]血腥的|愚蠢的。是爱尔兰人。是岛屿[2214]。是奥菲利娅[2215]奥法利郡。是哈姆雷特。是天主教阴谋案[2216]道具表。是约克和兰开斯特[2217]约里克。扮酷。做你们自己的麦基诺呢大衣[2218]芬·麦克尔|猪|莫克斯。结束。生物[2219]牧师不管[2220]没有殉道者在哪儿，都不如家[2221]罗马中之所[2222]瘟疫。它放弃了抱怨[2223]葡萄。留心天鹅路[2224]大海|《在斯万家那边》。这你慢慢做[2225]拿取你的老虎。湖上夫人[2226]含铅的，森林罪犯。哎呀，他们可能是爸爸[2227]巴布魔和妈咪[2228]追求！汪汪！对着平底锅[2229]一切！对着平底锅！对着十便士的平底锅[2230]。所有人跟我来[2231]，跟着[2232]麻鹬！给我们一枚她的[2233]为了她别针，我们称之为掷币决定。你能倒转位置吗？让我们四处做爱[2234]辅助|福州，求欢的兄弟们！嘎[2235]做爱，一个女人的鸭子要嘎嘎，一个男人的公鸭，她给草地[2236]背风处|拉结的鲜活小苹果，给狮子们[2237]的爱情魔露[2238]，下一个野兽之王[2239]《爱尔兰佬下一件最好的事情》。把我放在所有靠近拳击台的位置。我能感受到你在崩溃。反弹。我能看到你的顾虑在发芽。回来。既然他在波涛汹涌，我来点燃你的火葬堆。转过身来，肮脏的[2240]傻瓜[2241]美国兵|闪姆，别用隐喻，直到我们感到你依然充满了诗歌[2242]木偶|蒲柏的比喻[2243]满盈的|有希望的。告诉你了。如果你怀疑他

2203 womn 解 worm“～”;也解 woman“～”。
2204 curly bard“～”,此处解 early bird“～”,化自习语 the early bird catches the worm(早起的鸟儿有虫吃)。
2205 hum“～”,此处解 hem“～”。
2206 hym 解 hymn“～”;也解 hum“～”,也解 hem“～”。
2207 tich 解 touch“～”;也解 itch“～”;也可与前面合解 Little Tich“～”(1867—1928),英国音乐厅喜剧演员,原名哈利·雷尔夫。
2208 tissle 解 tassel“流苏”;也解 tie“～”。
2209 racist“～”,此处解 race is“～”,此处化自《传道书》(9:11)“the race is not to the swift, nor the battle to the strong”(快跑的未必能赢,力战的未必得胜)。
2210 rossy 解 Ross[德]“～”;也解 rossy[爱]“～”;也解 rosy“～”。
2211 ownkind 解 unkind“～”;也解 own kind“～”。
2212 kithkinish 解 kith and kin“～”;也解 catkin“～”。
2213 bloodysibby 解 blood sibb“～”;也解 bloody“～”+silly“～”。
2214 inish 解 inis[爱]“～”。
2215 offalia 解 Ophelia“～”,《哈姆雷特》中哈姆雷特的恋人;也解 County Offaly“～”,爱尔兰的郡名。
2216 property plot“～”,此处解 Popish Plot“～”,1678 年传说有要杀英国查理二世而以其天主教兄弟詹姆士取而代之的阴谋,实为告密者提图斯·欧慈编造。
2217 Yorick and Lankystare 解 York and Lancaster“～”,英国玫瑰战争中以红玫瑰为象征的兰开斯特家族和以白玫瑰为象征的约克家族;也解 Yorick“～”,《哈姆雷特》中的已故宫廷小丑,骷髅在掘墓时被挖出。
2218 mackinamucks 解 Mackinaw“～”,一种方格厚毛呢大衣;也与前后合解 Finn...Mac...Cool“～”,爱尔兰传说中芬尼亚英雄的领袖;也解 muc[爱]“～”;也解 Mookse“～”,本书寓言中的人物,以《伊索寓言》中狐狸和葡萄的故事为原型。
2219 preature 解 creature“～”;也解 preacher“～”。
2220 No martyr“～”,此处解 no matter“～”。
2221 rome 解 Rome“～”,此处解 home“～”。
2222 plagues“～”,此处解 place“～”。
2223 gripes“～”;也解 grapes“～”。
2224 swansway 解 swan's way“～”,在古语中指“～”;也解 *Swann's Way*“～”,普鲁斯特的小说《追忆似水年华》的第一卷。
2225 Take your tiger over“～”,此处解 take your time over“～”。
2226 leady“～”,此处解 lady“～”,也与前面合解《湖上夫人》,英国诗人沃尔特·司各特 1810 年创作的叙事长诗。
2227 Babau 解 babbo[意]“～”;也解 Babau“～”,法国朗格多克地区用来吓孩子的妖怪。
2228 Momie 解 mommy“～”;也解 mômai[希]“～”。
2229 To pan“～”;也解 to pan[希]“～”。
2230 tinpinnypan 解 ten penny“十便士”+pan“平底锅”。
2231 folly me yap 解 follow me up“～”。此处化自歌曲“Follow Me Up to Carlow”(《跟我去卡洛》)。
2232 Curlew“～”,此处解 follow“～”。
2233 for her“～”,此处解 of her“～”。
2234 fuchu 解 fuck“～”;也解 fuzhu[中]“～”;也解 Fuchow[中]“～”。
2235 Quuck 解 quack“～”,鸭叫声;也解 fuck“～”。
2236 Leas“～”;也解 lee“～”;也解 Rachel“～”,《圣经》中雅各的妻子。
2237 Leos 解 leo[拉]“～”。
2238 potients 解 potion“～”。
2239 the next beast king“～”;也解 *Paddy-the-Next-Best-Thing*“～”,英国作家格特鲁德·佩奇的小说,1920 年改编为百老汇喜剧,1933 年改编为电影。
2240 skeezy 解 skeevy“～”。
2241 Sammy[英口]“～”;也解“～”,第一次世界大战中对美国兵的称呼,化自“山姆大叔”;也解 Shem“～”,本书主人公的儿子之一。
2242 popetry 解 poetry“～”;也解 puppet“～”;也解 Alexander Pope“～”(1688—1744),英国诗人。
2243 tropeful 解 trope-ful“～”;也解 top full“～”;也解 hopeful“～”。

的爱他所表白[2244]亲爱的|相应的|诚挚的的感情，你会大受在欧洲制造的[2245]断裂的那团乱七八糟之物[2246]杂烩|《大杂烩》的伤害，你能读出他的尾巴。裂缝，更大的裂缝，最大的裂缝，杰克[2247]开膛手杰克、杰克、杰克。想想吧，我的英雄和登陆者[2248]海洛和利安德！吸引他们的正是这一面，通向正确的[2249]制作者|彼得·赖特女人的那条折磨错误的道路。脱光她[2250]使震惊|性交！让他！那是他的用处。再次触动她！让他再来一次！她想要的一切！你能从你那模仿者的犹八竖琴[2251]欢呼中再一次哄骗出五线谱[2252]挨饿的人|分水桩|饿死，嘿，金格尔乔伊斯先生[2253]欢乐的？会众的歌唱。轮子[2254]循环的|《罗达和她的宝箱》、轮子跑佛塔，上帝在前，魔鬼在后[2255]。许多疯姑娘[2256]非常美丽的|姑娘|名媛|魔鬼看到她的涂鸦者丹[2257]好日子在神父的[2258]佛塔[2259]天气轮子跑。操[2260]！如果有提词[2261]，他总是那么聚精会神地唱[2262]烤焦|猴子|辛格，激起欢乐的人！我恳求，在我们自己美好的[2263]亲爱的|女神辞行酒[2264]奥克语|奥依语|集合上，交给[2265]咕哝着说我们你那被禁的[2266]预感|禁止|查禁|地面文章，用花腔女高音讲讲纳尔逊之死！振作起来，兄弟[2267]！我会第二个唱[2268]弦来维持和谐[2269]。罗谢尔附近[2270]听着我的面包和肉汤[2271]。伴随着你那废物的[2272]杰克·登普西骗子的[2273]废物的哆[2274]死，小提琴中的发[2275]。活见鬼[2276]恶魔兄弟！或者来吧，学校的颜色，我们会争吵、推拉和纠缠，然后像两颗被捣烂的[2277]被痛击的土豆一样亲密无间。双方比赛[2278]体育中两队之间的比赛|背叛向着荒岛决斗[2279]发出狂吠，或者背叛买通了裁判，好样的！你今天好吗，我的黑先生[2280]？什么，先

2244 darearing 解 declaring“～”；也解 dear“～”；也解 da reir［爱］“～”；也解 ra riribh［爱］“～”。

2245 mastufractured 解 manufactured“～”；也解 fractured“～”。

2246 mishmash“～”；也解 Mischmasch［德］“～”；也解 *Misch-Masch*“～”，英国作家刘易斯·卡罗尔年轻时编写的刊物。

2247 jac 与前面解 Jack the Ripper“～”，英国伦敦系列凶杀案的凶手的绰号。

2248 lander“～”；也与前面合解 Hero and Lymander“～”，希腊神话中的一对恋人，利安德每夜游过达达尼尔海峡去与海洛相会。

2249 wright“～”，此处解 right“～”；也解 Peter Wright“～”（约 1880—1957），英国作家，1925 年出版了一本有关巴涅尔和格莱斯顿的流言蜚语的书。

2250 Shuck“～”；也解 shock“～”；也解 fuck“～”。

2251 jubalharp 解 Jubal“犹八”，《创世记》中该隐的后代，弹竖琴和风琴的人的祖师＋harp“竖琴”；也解 Jubel［德］“～”。

2252 staveling 解 stave“～”；也解 starveling“～”；也解 starling“～”；也解 starve“～”。

2253 Mr Jinglejoys 解 Mr Jingle“金格尔先生”，狄更斯的小说《匹克威克外传》中的骗子＋Joyce“乔伊斯”，温德汉姆·刘易斯曾把乔伊斯的内心独白比喻为金格尔的唠叨；也解 joy“～”。

2254 rota“～”，此处解 rota［拉］“～”；也与后面合解“Rhoda and Her Pagoda”“～”，歌曲名。

2255 condio in capo ed il diavolo in coda［意］“～”。

2256 diva devoucha 解 divá devucha［捷］“～”；也解 divna［塞维］“～”＋devojka［塞维］“～”。其中 diva 也解“～”；也解 devil“～”。

2257 Dauber Dan“～”；也解［塞维-克罗］“～”。

2258 priesty 解 priest“～”。

2259 Pagoda“～”；也解 pogoda［俄］“～”。

2260 Uck 解 fuck“～”。

2261 prumpted 解 prompted“～”。

2262 singe“～”，此处解 sing“～”；也解 singe［法］“～”；也解 J. M. Synge“～”（1871—1909），爱尔兰剧作家。

2263 deas［爱］“～”；也解 dear“～”；也解 dea［拉］“～”。

2264 dockandoilish 解 deoch an dorais［爱］“～”；也解 langue d'oc［法］“～”，法国南部方言＋langue d'oil［法］“～”，法国北部方言；也解 dail［爱］“～”。

2265 Grunt“～”，此处解 grant“～”。

2266 foreboden 解 forbidden“～”；也解 forebode“～”；也解 verboten［德］“～”；也解 verboden［荷］“～”；也解 Boden［德］“～”。

2267 Coraio, fra［意］“～”。

2268 string“～”，此处解 sing“～”。

2269 harmanize 解 harmonise“～”。

2270 neaheaheahear 解 near“～”；也解 hear“～”。

2271 此句化自歌曲“My Love and Cottage Near Rochelle”（《罗谢尔附近的爱人和村舍》），迈克尔·威廉·巴尔夫的歌剧《拉罗谢尔之围》中的咏叹调。

2272 dumpsey 解 dumps“～”＋-ey；也解 Jack Dempsey“～”（1895—1983），美国重量级拳击冠军。

2273 diddely 解 diddle“欺骗”。

2274 die“～”，此处解 do“1”，音乐中的“～”。

2275 fiddeley fa 解 fiddle“小提琴”＋fa“4”，音乐中的“～”。

2276 Diavoloh 解 diavolo［意］“～”；也解 Fra Diavolo“～”，美式意大利烹饪中使用的一系列辛辣酱汁的名称。

2277 bashed“～”，此处解 mashed“～”。

2278 Bitrial 解 bi“二”＋trial“测试”，在字面上相当于 Zweikampf［德］“～”，故译；也解 betrayal“～”。

2279 Holmgang［德］“～”，指你死我活的决斗。

2280 Fee gate has Heenan hoity, mind uncle Hare 解 Wie geht es Ihnen heute, mein dunkler Herr［德］“～”。

生？邮政，局长[2281]可能的谜|权力|先生？结束[2282]获得！汝，汝！汝等说什么？危险的公牛[2283]，虱子之疾病[2284]。请怜悯不幸的我[2285]！有给你的糟糕的罪恶的|葡萄语言[2286]低的！塔被阻住了，娼妓穿着她的衬裙：R. E. 米汉[2287]人正处于他的比利靴子[2288]公山羊的苦恼中[2289]在悲惨中|《靴子的烦恼》。天哪，他那爱尔兰的眼睛[2290]里没有那么多的绿色[2291]！甜蜜的男人溪谷[2292]阿沃卡|蛋，他荒腔走板地[2293]哼着[2294]石头。但是他可以靠近[2295]听一个有那样声音的陆军上校[2296]内核。咆哮仍在，臼齿却已无。在我们分开前，我过去常常借给他的可怜的比利靴子[2297]涉及可怜的，如果老早以前有洞，它们像天堂的反照[2298]反射作用一样渗水[2299]云雀。但是我告诉他愿[2300]制造你的意志得以成就，并去一个将军[2301]总忏悔文那儿，我会为他祈祷忏悔。再一次[2302]！再一次！我会做你的勇士[2303]口译者。抱抱[2304]！把她的头发弄乱！在鲜血[2305]洪水前亲吻，在窗帘后亲嘴[2306]两次|咬伤。三次[2307]特里斯丹|伊希斯！你有没有注意他独白[2308]扩音器中的词语表现主义[2309]担心的表述？低于我的全八度音阶[2310]屋大维|欧克泰威斯！你有没有听到他在向自己说教的时候，他的眉环[2311]勃朗宁在弄出咔哒声[2312]响尾蛇？呀！你有没有察觉三叶草[2313]看起来羞耻的|羞耻心|三叶草叶鬼魅般爬下[2314]葡萄他不整洁的罩袍[2315]多虱子的衣服|女装衬衫？我们的国徽[2316]！再一次！他没有。他害羞[2317]胆怯的。那些知名人士，我那被绞死的老父[2318]爸爸的叔叔[2319]，凯厄斯·可可·鳕鱼在手[2320]，我在人群里失去了他，他过去常常剁碎他的舌头，日本人说拉丁语[2321]，跟我年轻叔叔[2322]的老朋

2281 poss,myster 解 postmaster"～";也解 possible mystery"～";也解 posse[中拉]"～"+mister"～"。
2282 Acheve[法]"～";也解 achieve"～"。
2283 Taurus periculosus[拉]"～"。
2284 morbus pedeiculosus[拉]"～"。
2285 Miserere mei in miseribilibus[拉]"～"。
2286 uval lavguage 解 awful language"～"。其中 uval 也解 evil"～";也解 uva[意]"～"。其中 lavguage 也解 lav[丹]"～"。
2287 R. E. Meehan,人名;也解 man"～"。
2288 Billyboots"～",庞德曾经托艾略特和列维斯带给他一双自己的旧靴子,怜悯他的贫困;也解 billygoat"～"。
2289 in misery"～",此处解 in miserabilibus[拉]"～";也与后面合解 *The Misery of Boots*"～",英国作家 H. G. 威尔斯的作品。
2290 爱尔兰的眼睛也指都柏林霍斯堡海边的小岛。
2291 此处化自习语:Do you see any green in my eye?(你以为我幼稚可欺吗?)
2292 ovocal 解 vale"～";也解 Avoca"～",爱尔兰城市名;也解 ovum[拉]"～"。
2293 out of stune 解 out of tune"～"。
2294 stones"～",此处解 stöhnen[德]"～"。
2295 near"～";也解 hear"～"。
2296 colonel"～";也解 kernel"～"。
2297 The misery billyboots"～";也解 de miserabilibus[拉]"～"。
2298 reflexes"～";也解 reflex action"～"。
2299 larking 解 leaking"～";也解 lark"～"。
2300 make"～",此处解 may"～"。
2301 general"～";也与后面合解 General Confession"～"。
2302 Areesh 解 aris[爱]"～"。
2303 intrepider 解 intrepid"～"+-er;也解 interpreter"～"。
2304 Ambras 解 embrace"～"。
2305 blood"～";也解 flood"～"。
2306 bissing 解 kissing"～";也解 bis[拉]"～";也解 Biss[德]"～"。
2307 Triss 解 tris[拉]"～";也解 Tristan"～",既是霍斯堡第一位伯爵的名字,也是中世纪亚瑟王的骑士的名字,也是 18 世纪英国小说家斯特恩的小说《项狄传》的主人公的名字;也解 Isis"～",埃及神话中司生育的女神。
2308 megalogue 解 monologue"～";也解 megaphone"～"。
2309 orrid expressionism 解 word"词语"+expressionism"表现主义";也解 worried expression"～"。
2310 octavium 解 octave"～";也解 Caius Octavius"～"(?—前 58),罗马帝国第一位元首屋大维的父亲;也解 Don Ottavio"～",英国剧作家萧伯纳的剧作《人与超人》中的人物。
2311 browrings 解 brow"眉毛"+rings"指环";也解 John M. Browning"～"(1855—1926),美国武器制造商。
2312 rattlemaking 解 rattle"发出咔哒声"+making"制造";也解 rattle snake"～"。
2313 schamlooking 解 shamrock"～";也解 shame looking"～";也解 Scham[德]"～";也解 scamróg[爱]"～"。
2314 greeping 解 creeping"～";也解 grape"～"。
2315 blousyfrock 解 blousy"不整洁的"+frock"罩袍";也解 lousy frock"～";也解 blouse"～"。
2316 national umbloom 解 national emblem"～"。
2317 shoy 解 shy"～";也解 scheu[德]"～"。
2318 faher 解 father"～";也解 athair[爱]"～"。
2319 onkel 解 Onkel[德]"～"。
2320 Caius Cocoa Codinhand 解 Caius Octavius"凯厄斯·屋大维"+Cocoa"可可豆"+Cod in hand"鳕鱼在手"。
2321 japlatin 解 Japanese Latin"～"。
2322 yuonkle 解 young uncle"～"。

友[2323]猫头鹰|卖方一起，狼人·木须[2324]银须希崔克|追求|狼|伯德伍德，变得全聋了[2325]被石头击打的|斯通尼巴特，在巴别塔[2326]口吃者里，活泼得，男人，像我囫囵吞下[2327]咳出羊排[2328]哑巴和聋子和炖杂烩一样。但对我来说都是聋子的糨糊[2329]瞎子抓人，天哪。对于如何制造奇迹[2330]收买牧师以求获得满意的神谕，闪姆[2331]力士参孙比我知道得不知道好出[2332]多少里。我从他的日记[2333]腹泻|日报中看到他在把口吃滴出他无声的膀胱，既然我更把他作为一个朋友和作为一位兄长联结在一起，努力长出暖手筒，通过到四维空间来想自己，将他的死脚在里维埃拉[2334]空气的河上封圣，并且把海洋置于他的脚和我们的脚中间，深处修道院里的教堂墓地，在他因为违反过去分词之罪而被赶出[2335]加盖的伯利兹学校[2336]英语，并赢得愚弄小教堂[2337]查理·卓别林，以及如同敏捷的[2338]斯威夫特实用艺术硕士[2339]一般平凡笨拙[2340]圣灵|左边的的名声[2341]诈婚诉讼之后。一个人得到得快忘记得快[2342]，就像德国的[2343]全部|人脱壳机[2344]记得。但是对于说着[2345]麻痹珀西·奥莱利[2346]球螋的外耳[2347]预言来说，他的词语越大，我们的耳朵越弱。倒霉运的乌尔斯特省段子手芒斯特省，结巴的[2348]嘴唇|兰斯特省牛[2349]康诺特省。是方庭[2350]正方形派他来的[2351]一百，还有三一学院。他能像我曾遇到[2352]情绪|牛哞哞叫的任何牛津大学学生[2353]牛一样充满活力地唱歌[2354]剑桥大学的，一个顶级[2355]脚尖歌手！他很快[2356]活泼地|严肃地|塔克文·普里斯库斯就会为你用手给你的爱尔兰耳朵调音。代表[2357]为了|过去分词，每次一台油印机[2358]哑剧作者，没有人更好[2359]努马·庞皮留斯，用他的赞美[2360]恶作剧|安库斯·马修斯|锚来

2323 owlseller 解 old fellow“～”；也解 owl“～”＋seller“～”。

2324 Woowoolfe Woodenbeard 解 werewolf“狼人”＋wooden beard“木制胡须”；也解 Sitric Silkenbeard“～”，挪威海盗，领导了 1014 年的克伦塔夫战役；也解 woo“～”＋wolf“～”＋Beardwood“～”，乔伊斯父亲的朋友。

2325 stomebathred 解 stone bothered（[爱]“聋的”），即“～”；也解 stone battered“～”；也解 Stoneybatter“～”，都柏林西北部的地区。

2326 Tower of Balbus 解 tower of Babel“～”；也解 balbus [拉]“～”。

2327 scoff up“～”；也解 cough up“～”。

2328 muttan chepps 解 mutton chops“～”；也解 Mutt and Jeff“～”，20 世纪初美国报纸连环漫画中一高一矮一对喜剧性人物，其故事于 1913 年拍成电影。

2329 deafman's duff“～”，指无用的东西；也解 blind man's bluff“～”，儿童游戏。

2330 work the miracle“～”；也解 work the oracle“～”。

2331 Sam 解 Shem“～”；也解 Samson“～”。

2332 bettern 解 better“～”。

2333 diarrhio 解 diario [意]“～”；也解 diarrhea“～”；也解 diario [拉]“～”。

2334 airy“～”，此处解 Riviera“～”，南欧沿地中海一地区。

2335 was capped out of 解 was kept out of“～”；也解 capped“～”。

2336 beurlads scoel 解 Berlitz School“～”，乔伊斯在意大利教书的学校；也解 Beurla [爱]“～”。

2337 codding chaplan 解 codding chapel“～”；也解 Charlie Chaplin“～”（1889—1977），英国喜剧演员。

2338 swift“～”；也解 Jonathan Swift“～”。

2339 B. A. A. 解 Bachelor of Applied Arts“～”。

2340 homely gauche“～”；也解 holy ghost“～”；也解 gauche [法]“～”。

2341 Factitation 解 reputation“～”；也解 jactitation“～”。

2342 gets twickly fullgets twice 解 gets quickly forgets quickly“～”。

2343 allemanden 解 allemande [法]“～”；也解 alle [德]“～”＋mand [丹]“～”。

2344 huskers“～”；也解 huske [丹]“～”。

2345 parles 解 parle [法]“～”；也解 paralysis“～”。

2346 parses orileys 解 Persse O'Reilly“～”，书中人物，字面意为 perce-oreille [法]“～”，因此为主人公 HCE 的化身之一。

2347 auracles 解 auricle“～”；也解 oracles“～”。

2348 lipstering 解 stuttering“～”；也解 lip“～”。

2349 cowknucks 解 cow“～”。此处包含爱尔兰的四个省份的名字：“乌尔斯特省”（Ulster）、“芒斯特省”（Munster）、“兰斯特省”（Leinster）、“康诺特省”（Connacht）。

2350 quadra [拉]“～”，此处解 Quadrangle“～”，指牛津大学基督教会学院，内有汤姆方庭。

2351 sent him“～”；也解 centum [拉]“～”。

2352 mood“～”，此处解 meet“～”；也解 moo“～”。

2353 oxon 解 Oxonian“～”；也解 oxen“～”。

2354 cantab 解 canta [意]“～”；也解 Cantab“～”。

2355 tiptoe“～”，此处解 tiptop“～”。

2356 prisckly soon 解 pretty soon“～”；也解 briskly“～”；也解 prisce [拉]“～”；也解 Tarquinius Priscus“～”（前 616—前 578 在位），也称老塔克文或者塔克文一世，罗马王政时代第五位国王。

2357 p. p. 解 per procurationem [拉]“由……所代表”；也解 pro parte [拉]“～”；也解 past participle“～”。

2358 mimograph 解 mimeograph“～”；也解 mimographer“～”。

2359 numan bitter 解 no man better“～”；也解 Numa Pompilius“～”（前 715—前 673 在位），罗马王政时代第二位国王。

2360 ancomartins 解 encomium“～”；也解 Andrew Martins [爱]“～”；也解 Ancus Martius“～”（前 642—前 617 在位），罗马王政时代第四任国王；也解 anchor“～”。

阅读罗马大道[2361]，用通向灾祸的[2362]走向帕纳塞特山虚假脚步[2363]失足从雷亚·西尔维亚[2364]真正的银子|抚养·罗慕勒斯[2365]镀金金属到塔克文·苏佩布[2366]，而此时我正远离汝所在[2367]艺术的无论何处，提供着我的呔嘀并计算着我的敌意[2368]塞尔维乌斯·图利乌斯|托里斯·奥斯蒂吕斯，通过参加通过最神圣的朗诵作品[2369]朗诵者用于我学问的全能[2370]大学考试，来成为一个执行福建[2371]传教的导师。父亲？儿子？[2372]钢琴？强音乐曲？你是怎么习惯于了解我，修士[2373]兄弟奥古斯都[2374]，在我当奥古斯都的日子里？伴以凯撒[2375]在一旁观看。他恰当地[2376]姿态说太初有故事诗[2377]功勋，至于结局则与女人一起，没有词语之血肉，而男人却在之后比之前处于更糟的状况[2378]阴户|起初，既然她在仰卧时满足了对他的催促[2379]热情|阴茎|音调！硬的硬的[2380]施洗|拓夫，同义反复[2381]非常非常逻辑的。你这第一个唯一[2382]尖叫一人。艺术，不完美的科目[2383]虚拟语气。琐碎[2384]帕特里克，轻浮[2385]，并且[2386]有严肃。史密斯小姐论诗歌之事[2387]拟声词。冬青树与常春藤[2388]溪流轴线[2389]丘陵[2390]杠杆[2391]蠕虫[2392]温暖如同喜欢同伴[2393]。因此现在[2394]雪|慢的根据爱好[2395]挑选你的句号。留意把你绰号[2396]美好的名字的成对儿的发带[2397]语气|结儿绕在一起。把你的褶边[2398]手套|爱尽可能向上拉起来，就像你的鲸骨环一样。那能暗示他如何扣响扳机。给人看看你会，相反他不会！他之所听确切无疑[2399]可疑的，正如我之所见不可相信[2400]。因此用手指把他弄[2401]扬抑抑格到直射[2402]空白点，让他自己看看[2403]眨眼你哪里说英语[2404]不稳定的说得最好。你会感到我的意思的。温柔的命名人，让我永远

2361 road roman 解 Roman Road“～”。
2362 ad Pernicious 解 ad［拉］“通向”＋pernicious“致命的”；也与前面合解 Grades ad Parnassum［拉］“～”，帕纳塞特山位于希腊中部，古时被认为是太阳神和文艺女神们生活的地方。
2363 false steps“～”，此处直译“～”。
2364 rhearsilvar 解 Rhea Silvia“～”，古罗马神话中的女祭司，建立罗马城的双胞胎兄弟罗慕勒斯和瑞摩斯的母亲；也解 real silver“～”；也解 rear“～”。
2365 ormolus“～”，此处解 Romulus“～”。
2366 torquinions superbers 解 Tarquinius Superbus“～”（前 534—前 509 在位），罗马王政时代第七位国王。
2367 art“～”，此处解 are“～”。
2368 serving my tallyhos and tullying my hostilious 解 serving my tallyhos and tallying my hostilities“～”；也解 Servius Tullius“塞尔维乌斯·图利乌斯”（约前 578—前 534 在位），古罗马王政时代第六位国王＋Tullus Hostilius“托里斯·奥斯蒂吕斯”（前 672—前 641 在位），古罗马王政时代第三位国王。
2369 recitatandas 解 recitanda［拉］“～”；也解 recitant“～”。
2370 varsatile 解 versatile“～”；也解 varsity［英口］“～”。
2371 Fukien“～”，中国福建的旧称。
2372 P? F? 解 Pater? Filius?［拉］“～”；也解 piano? forte? “～”。
2373 brather 解 brathair［爱］“～”；也解 brother“～”。
2374 soboostius 解 sebastios［希］“～”，这个称号意味着持有者拥有超越人的威权且任何章程皆不能对其地位和性质定义。
2375 cesarella 解 Cesare［意］“～”。
2376 jousstly 解 justly“～”；也解 gesture“～”。
2377 gest“～”；也解 gesta［拉］“～”。
2378 case“～”；也解［俚］“～”；也与前面合解 in the first place“～”。
2379 verg 解 urge“～”；也解 verve“～”；也解 verge［法俚］“～”；也解 verbe［法］“～”。
2380 Toughtough 解 tough“～”；也解 taufen［德］“～”，指圣帕特里克在公元 5 世纪使爱尔兰人接受了基督教；也解 Taff“～”，主人公两个儿子之一的一个化身。
2381 tootoological“～”，此处解 tautological“～”。
2382 shingeller 解 singular“～”；也解 gellen［德］“～”。
2383 subjunctive“～”，此处解 subject“～”。
2384 Paltry“～”；也解 Pádraig［爱］“～”。
2385 flappent 解 flippant“～”。
2386 had“～”，此处解 and“～”。
2387 onamatterpoetic 解 on a matter poetic“～”；也解 onomatopeia“～”。
2388 Hammisandivis 解 holly and ivy“～”；也解 amnis［拉］“～”。
2389 axes［拉］“～”。
2390 colles［拉］“～”。
2391 waxes 解 vectes［拉］“～”。
2392 warmas 解 vermes［拉］“～”；也解 warm as“～”。
2393 sodullas 解 sodales［拉］“～”。这些是《拉丁语初级》（肯尼迪著）中列举的阳性名词。
2394 snow“～”，此处解 now“～”；也解 slow“～”。
2395 fondnes 解 fondness“～”。
2396 nicenames 解 nicknames“～”；也解 nice names“～”。
2397 noods 解 snood“～”；也解 moods“～”；也解 noeuds“～”。
2398 furbelovs 解 furbelows“～”；也解 gloves“～”；也解 love“～”。
2399 indoubting 解 undoubting“～”；也解 in doubt“～”。
2400 onbelieving 解 unbelieving“～”。此处化自习语 seeing is believing（眼见为实）。
2401 dactylise 解 daktylizô［希］“～”；也解 dactyl“～”。
2402 blankpoint 解 point blank“～”；也解 blank point“～”。
2403 blink“～”，此处解 blick［德］“～”。
2404 ticklish“～”，此处解 English“～”。

不要看到汝责备亲吻膝盖是不害臊的[2405]萨满教巫师！

回声，读读结尾！落幕[2406]罗曼司！但是从他们的电闪雷鸣[2407]切开|使有生气的强音中，呜呼抱紧，树叶脱落[2408]断然地，一个赤身裸体的人[2409]一个小世界|《死灵之书》|尼克必然为众人所见[2410]游手好闲|米克。

——唉，无疑是我在所有舞台上的最后一次！我讨厌去看闹钟，但是，然后他们上演我的巫术[2411]，现在肯定结束了，正如我以此用听筒[2412]耳朵来自从没有后跟的[2413]看不见的|无缝的袜子听到，是时候该结束并缓步走开了。我的中间脚趾在发痒[2414]逃学|槲寄生，因此我必须逃亡，否则它会让我衰亡[2415]分发。分手时干杯[2416]痛饮，人越多越热闹[2417]托马斯·穆尔的《爱尔兰歌曲》！再见，但是无论何时，就如蒂斯德尔[2418]告诉图尔[2419]的。时间飞逝[2420]拍子|坐立不安。让我逃得没有牙齿[2421]小型出租马车|火焰，伟大的[2422]格莱斯顿老君主[2423]注册标记|方舟的人|名人说，风暴为冠的雄乌鸦[2424]和波浪起伏的头发，两只[2425]走开冠鸦[2426]睾丸|霍斯角！是的，信念，我就像骡子获得了自由[2427]海鸥让更自由|刚生下的|修士，在我的胸衣[2428]迦太基之下，跳来跳去。我现在厌倦无聊，在那里朝着酸痛的爪子[2429]讨人嫌的家伙大叫着啤酒的魅力[2430]熊脂，就如安德鲁克鲁斯[2431]圣安德鲁十字在跟但以理的老牧羊犬[2432]奥康内尔分享锯木屑。现在这个棚屋对我来说不够大。我在梦着你们，我的宝贝[2433]亚速尔群岛|蔚蓝的。而且，记住这个，朋友们[2434]合唱团女成员，荒野上有一个女巫，姐妹[2435]古埃及乐器！拔示巴[2436]如妓女[2437]天国美女|头发|乌利亚般脱下衣服[2438]乔

2405 for shame"～";也解 shaman"～"。此处化自拉丁语课本里联系记忆的句子。

2406 Siparioramoci 解 sipario [意]"～";也解 romance"～"。

2407 sunder enlivening 解 thunder and lightning"～";也解 sunder"～"＋enliven"～"。

2408 deciduously 解 deciduous"～";也解 decidedly"～"。

2409 nikrokosmikon 解 naked"赤裸的"＋microcosm"小宇宙,作为宇宙缩影的人类";也解 mikrokosmikon [希]"～";也解 Necronomicon"～",美国作家霍华德·菲利普·洛夫克拉夫特虚构的一部作品;也与后面合解 Nick...Mick"尼克……米克",本书主人公的两个儿子。

2410 mike"～",此处与前面合解 come to light"～"。

2411 watchcraft 解 witchcraft"～"。

2412 ear from"～",此处解 earphone"～"。

2413 seeless 解 heelless"～";也解 see-less"～";也解 seamless"～"。

2414 mitching"～",此处解 itching"～";也与前面合解 mistletoe"～"。

2415 sarve...out 解 starve out"～";也解 serve out"～"。

2416 bulper 解 bumper"～"。此处化自歌曲"One Bumper at Parting"(《别时痛饮》)。

2417 the moore the melodest 解 the more the merrier"～";也解 Thomas Moore: *Irish Melodies*"～"。

2418 Tisdall 解 William Tisdall"～"(1669—1735),爱尔兰牧师,曾经追求斯威夫特的恋人史黛拉,被斯威夫特的信打断。

2419 Toole 解 John Lawrence Toole"～"(1830—1906),英国喜剧演员。

2420 Tempos fidgets 解 tempus fugit [拉]"～";也解 tempos"～"＋fidgets"～"。

2421 fiacckles 解 fiacal [爱]"牙齿"＋-less"无";也解 fiacre"～";也解 fiaccole [意]"～"。

2422 grand"～";也解 William Ewart Gladstone"～"(1809—1898),英国首相。

2423 manoark 解 monarch"～";也解 monomark"～";也解 man of ark"～";也解 man of mark"～"。

2424 crowcock 解 crow"乌鸦"＋cock"雄鸟"。

2425 tway [古英]"～";也解 away"～"。

2426 hoodies"～";也解 Hode [德]"～";也解 Howth"～"。

2427 mew let freer"～",此处解 mule let free"～";也解 newlaid"～"＋friar"～"。

2428 corthage 解 corsage"～";也解 Carthage"～",非洲北部古代国家。

2429 sorepaws 解 sore paws"～";也解 sourpuss"～"。

2430 beersgrace 解 beer's grace"～";也解 bear grease"～"。

2431 Andrew Clays 解 Androcles"～",英国剧作家萧伯纳 1912 年的戏剧《安德鲁克鲁斯与狮子》中的人物,他替狮子拔掉了掌中的刺;也解 Saint Andrew's Cross"～"。

2432 Daniel's old collie"～",指《但以理书》里但以理被扔到狮穴中却安然无恙;也解 Daniel O'Connell"～"(1775—1847),1829 年领导爱尔兰天主教徒赢得了参加议会的权利。

2433 azores 解 a stór [爱]"～";也解 Azores"～",位于北大西洋中东部;也解 azure"～"。

2434 a chorines 解 a chaired [爱]"～";也解 chorine"～"。

2435 sistra 解 sister"～";也解 sistrum [拉]"～"。

2436 'Bansheeba"～",《圣经》中原为大卫王下属乌利亚的妻子,后成为大卫王的妻子,生下所罗门王。

2437 hourihaared 解 hourière [法俚]"～";也解 houri(伊斯兰教中虔信者进入天国后真主安拉所赐与之相伴的)"～";也解 Haar [德]"～";也解 Uriah the Hittite"～",拔示巴的丈夫。

2438 peeling"～";也解 George Peele"～"(1558—1596),英国文艺复兴时期大学才子派诗人和剧作家;也解"The Peeler and the Goat""～",19 世纪出现的爱尔兰小调。

治·皮尔|《剥皮者和山羊》，此时她的混血儿[2439]《混血儿》|地狱之神|食人魔正在举起[2440]灰白|妓女荡妇。当月光[2441]一分钟|欲望|半夜在她的乳头[2442]间掠过[2443]，她喊道，万能的神啊[2444]《塔木德经》！天堂的女儿们，愿你们成为红土壤那些流浪的儿子黑暗中的光[2445]在转向上是运气|或许！地球在慢跑！太阳是一声尖叫！空气是一场吉格舞[2446]醒来。海水是伟大的[2447]！七座老[2448]又老的山[2449]和一个蓝色的照射者。我要走了。我知道我要走了。我能打赌我要走了。我必须在某个地方远远离开爱尔兰海滨[2450]，无论我在哪里。没有马鞍，没有马镫[2451]接力赛跑，但是立刻策马[2452]一时冲动的|马刺！因此我觉得我会接受强盗们的劝告。鞭子[2453]嘘！我会借条路来出借我的翅膀，叽叽嘎嘎[2454]，从耶路撒冷[2455]耶户的高墙，踢踢踏踏，我的骏马[2456]道路是清澈干净，我会越过空无的世界[2457]，奔向振奋大街。它是给我的[2458]小平原文兰[2459]葡萄地，噼噼啪啪！天哪[2460]让-雅克·卢梭|哎呀|驾！那个时候我重[2461]使恼火|整洁地|恰好地伤了自己！好了，我的好蛙式押送者！我们感到了坠落，但是我们会面对峡谷。我的老[2462]神圣的|奥尔特河妈妈[2463]咕哝，锡雷特[2464]·马里乍[2465]，不是一条活水吗？那个让她复活的大胆[2466]碗家伙不是漂流的金发陌生人[2467]芬格尔？我感觉就像那座捕鲸船之山[2468]地狱带着他那满是海藻的树[2469]……的琐事，唱着歌[2470]绕着呻吟[2471]绿色的马戏团走，小小囡囡则在她的贝壳里沉睡。榛子屋脊[2472]看到了我。爱尔兰[2473]儒勒·凡尔纳在辞别[2474]。在船上为凯文[2475]为了邱园|混蛋号哭，别了！跟她和你小别！海水[2476]奥布赖恩小姐将成为我的

2439 Orcotron 解 Octoroon“(八分之一黑人血统的)～”;也解美国剧作家鲍西考尔特的剧本“～”;也解 Orcus [拉]“～”;也解 orco [意口]“～”。

2440 hoaring 解 heaving“～”;也解 hoar“～”;也解 hourière [法俚]“～”。

2441 whinn muinnuit 解 when moonlight“～”;也解 one minute“～”;也解 muin [爱]“～”;也解 minuit [法]“～”。

2442 ttittshe 解 tits“乳头”＋she“她”。

2443 flittsbit twinn 解 flits between“～”。

2444 tallmidy 解 Almighty“～”;也解 Talmud“～”,犹太教的法典。

2445 be lucks in turnabouts“～”,此处解 be“是”＋lux in tenebris [拉]“黑暗中的光”;也解 belike“～”。

2446 a jig“～”;也解 awake“～”。

2447 The water's great“～”。此处化自歌曲“The West's Awake”(《西方醒过来了》)。

2448 oldy 解 old“～”。

2449 指罗马城的七座山丘。

2450 Banba shore 解 Banba [爱]“爱尔兰”＋shore“海滨”。

2451 staffet 解 staffe [意]“～”;也解 Stafette [德]“～”。

2452 spur on the moment“～”;也解 on the spur of the moment“～”。其中 spur 也解“～”。

2453 Psk 解 pisk [丹]“～”;也解 pst“～”。

2454 quickquack 解 quick“快速的”＋quack“嘎嘎”,鸭子叫声,此处皆拟声。

2455 Jehusalem 解 Jerusalem“～”;也解 Jehu“～”,以色列国王,暴躁的御车者。

2456 courser's“～”;也解 course is“～”。

2457 此处化自歌曲“I'll Travel the Wide World Over”(《我穿越宽广的世界》)。

2458 moyne 解 mine“～”;也解 maighin [爱]“～”。

2459 Winland 解 Vinland“～”,斯堪的纳维亚半岛的北欧人(包括维京人)在美洲大陆建立的最早的殖民地,后放弃,但在英国 19 世纪后期被用来代指北美洲;也解 vineland“～”。

2460 Jeejakers 解 be japers“～”;也解 Jean-Jacques Rousseau“～”(1712—1778),法国启蒙思想家;也解 jee“～”;也解 gee“～”,吆喝马的声音。

2461 nettly 解 nett [德]“～”;也解 nettle“～”＋-ly;也解 neatly“～”;也解 nicely“～”。

2462 olty 解 old“～”;也解 holy“～”;也解 Olt“～”,罗马尼亚境内多瑙河下游支流。

2463 Mutther 解 Mutter [德]“～”;也解 mutter“～”。

2464 Sereth“～”,多瑙河支流,源出乌克兰西部喀尔巴阡山脉东坡。

2465 Maritza“～”,源出保加利亚里拉山脉的河流,注入爱琴海。

2466 bould 解 bold“～”;也解 bowl“～”。

2467 Fingale 解 Fionn-Gall [爱]“～”;也解 Fingal“～”,芬·麦克尔在苏格兰诗人麦克弗森的莪相诗歌中的名字,被描写为来到爱尔兰抵抗丹麦人的苏格兰英雄。爱尔兰人也称一些北欧入侵者为“芬格尔”,意思是“金发异族”。

2468 hill“～”;也解 hell“～”。

2469 tree full of“～”;也解 trifle of“～”。

2470 yulding 解 yodeling“～”,以瑞士传统的真假嗓音交替歌唱。

2471 Groenmund 解 Groan“呻吟”＋Mund [德]“嘴巴”;也解 green“～”。

2472 Hazelridge“～”,都柏林托马斯街的爱尔兰名。

2473 Jerne 解 Ierne [爱]“～”;也解 Jules Verne“～”(1828—1905),法国小说家,被称为科幻小说之父。

2474 valing 解 vale [拉]“～”。

2475 for Kew“～”,邱园为英国皇家植物园林,位于伦敦西南角;此处解 for Kevin“～”,凯文为本书主人公的儿子之一;也解 fuck you“～”。

2476 brine“～”;也解 Biddy O'Brien“～”,歌谣《芬尼根的守灵夜》中的守灵者之一。

新娘。诱惑，夫人[2477]碎石|亚当之子，感谢[2478]该死的那第一个看见老[2479]停止黑水潭[2480]烈性黑啤酒|温和的的人！孤独[2481]，如此孤独，再见！爱尔兰香农河主人[2482]羞耻的，珍重[2483]小心你哀号！跟我一起歌唱着我罪恶游戏向上翱翔[2484]！我从这里离开。要么现在要么永不[2485]，孩子宝贝[2486]兄弟姐妹|姐妹！恶魔来了[2487]几点了?！愿全能的上帝保佑你[2488]贝内迪克特|急走|无所不能的|滞留者！对不起！我向西[2489]对那被唰唰移动的|对那被渴望的|沉默祝福所有人，用这一致歉的罗曼司[2490]全罗马，那是我们所吹的[2491]向凯里牛[2492]孩子们歌唱的。队列解散！在发动战争之后，兄弟[2493]麻烦|母亲，我最思念。混蛋[2494]谢谢你|有！我结束了。一[2495]赢得。二[2496]脚趾。三[2497]干的。你们看我大显身手。

在可怜的牛皮大王琼恩[2498]邮差肖恩那街头演讲的收场词的最后[2499]舞蹈者无线之[2500]无火焰的|无畏的语在七重天[2501]里结束之后，二十八加一[2502]挥动着翅膀涌来帮助[2503]辅助设备他(如果她们能够剪断那绺鬈发中的鬈发[2504]女孩来与她们的手套放在一起，并保持羔皮手套[2505]小孩鲜亮!)，准备如果他跳起，就向他欢呼，或者如果他坠落，就咒骂他，但是，带着他们的二马战车三马战车四轮马车的竞技表演，马车[2506]里的智天使们，坐[2507]放下在这里和轿子里，不要希望你的嘴里有牛轭或马嚼，直接摒弃所有企图，驴子没什么[2508]，我们被大大误解的人，我们考虑给他自己某种炼金术的[2509]神使赫尔墨斯的|灵魂向导赫尔墨斯刺激或踢一脚，让他坐正并留意，像魔法一样发挥作用，此时满堤[2510]二月的女儿们

2477 Macadam"～",此处解 Madam"～";也解 Mac Ádaim［亚］"～"。此处化自《麦克白》第五幕第八场"来,麦克德夫,谁先喊'住手,够了'的,让他永远在地狱里沉沦"。

2478 danked 解 dank［德］"～";也解 damn'd"～"。

2479 Halt"～",此处解 alt［德］"～"。

2480 Linduff 解 linn dubh［爱］"～",指都柏林;也解 lionndubh［爱］"～";也解 lind［德］"～"。

2481 Solo［意］"唯独"。

2482 Lood Erynnana 解 lord Éireann"～";也解 lood［英爱］"～"+Rineanna［爱］"～",爱尔兰河流名。

2483 ware thee wail"～",此处解 fare thee well"～"。此处化自歌曲《甜蜜的因尼斯福伦》的歌词"Sweet Innisfallen, fare thee well"(甜蜜的因尼斯福伦,再见)。

2484 singame soarem o'erem 解 sing a me"歌唱我"+soar over"翱翔";其中 singame 也解 sin game"～"。

2485 nunc or nimmer 解 nunc［拉］"现在"+or"或者"+nimmer［德］"永不",即 now or never"机不可失,时不再来"。

2486 siskinder 解 süß Kinder［德］"～";也解 søskende［丹］"～";也解 sister"～"。

2487 Here goes the enemy"～";也解 how goes the enemy"～"。

2488 Bennydick hotfoots onimpudent stayers 解 Benedicat vos omnipotens Deus［拉］"～";也解 Benedict"～"(1804—1885),德国作曲家,创作歌剧《基拉尼的百合》+hotfoots"～"+omnipotent"～"+stayers"～"。

2489 to the whished"～",此处解 to the west"～";也解 to the wished"～";也解 thoist［爱］"～"。

2490 panromain 解 roman"～";也解 pan-Roman"～"。

2491 Watllwewhistlem 解 what will we whistle them"我们用口哨向她们吹响的东西"。

2492 kerrycoys 解 Kerry cows"～",爱尔兰凯里郡的牛以牛奶著称;也解 boys"～"。

2493 bother"～",此处解 brother"～";也解 mother"～"。

2494 Fik yew 解 fuck you"～";也解 thank you"～";也解 fik［丹］"～"。

2495 Won"～",此处解 one"～"。

2496 Toe"～",此处解 two"～"。

2497 Adry"～",此处解 drei"～"。

2498 Jaun the Boast"～";也解 Shaun the Post"～"。

2499 postludium 解 postlude"终曲";也解 ludius［拉］"～"。

2500 fireless"～",此处解 wireless"～";也解 fearless"～"。

2501 in'sheaven 解 in seven heavens"～"。

2502 twentyaid add one 解 twenty-eight add one"～"。

2503 bysistance 解 bijstand［荷］"～";也解 assistance"～"。

2504 curl"～";也解 girl"～"。

2505 kids"～",此处解 kid gloves"～"。

2506 charabang 解 char-à-banc［法］"有长凳的载人马车"。

2507 set down"～",此处解 sit down"～"。

2508 as no es nada 解 asno［西］"驴"+no es nada［西］"没什么"。

2509 Hermetic"～";也解 Hermetikos［希］"～";也解 Hermes Psychopompos"～"。

2510 Filldyke 解 fill dyke"～",此为二月的别称,指二月的多雨天气。

的方阵，被伏击[2511]并攀爬，漫步并哭泣，用她们习惯的方式表达赞成，在共同赞美的午夜[2512]夜半太阳向日葵上面，她们落下及膝深的泪水，爱尔兰[2513]风笛|黎明男孩男孩，她们在黑暗[2514]雌鹿|牝鹿|暗的|多加中的光[2515]太阳，并一起快乐地泼溅着他们轻拍的手[2516]掌[2517]，伴随一声真诚的悲痛哭喊，如此胡说得[2518]屁股可爱的[2519]多角色对白[2520]饶舌|独白，此时她们看着他，无二之选，她们亲爱的，离开。

一个关于所爱的梦，一个合适的梦。她们知道她们如何相信她们相信她们知道。因此她们哀号。

今日[2521]痛苦！哎呀，日光[2522]的悲伤！它满心渴望地[2523]奥西里斯|妆奁唱着赞美诗[2524]。对明夜[2525]马龙派教徒之哀号的昨日[2526]可爱之[2527]赞美诗|曲调回答[2528]。

奥西里斯[2529]啊|伊希斯，雪松[2530]香柏颂扬着[2531]丢脸|提升|蠢驴枝叶繁茂的正午[2532]乳香|勒法努！

啊伊希斯[2533]奥西里斯，柏树[2534]香柏|凉爽压着我们在叹息山峰之上！

奥西里斯，棕榈树[2535]几乎颂扬着杜松[2536]高兴的日子！

啊伊希斯，美妙的[2537]刺痛玫瑰路[2538]迷迭香一个耶利哥[2539]！

奥西里斯，新叶[2540]环绕着[2541]空间[2542]宽阔的|演唱！

啊伊希斯，白杨树[2543]打网球露水蜃景般刺着[2544]我们植物[2545]！

乖孩子[2546]，乖孩子有着不为人知的痛苦[2547]怜悯我们！

但是最奇怪的事情发生了。琼恩向后急奔[2548]肛交，好有可

2511 embushed 解 ambushed“～”。
2512 meednight 解 midnight“～”；也与后面合解 midnight sun“～”，夏季在北极或南极可见。
2513 piopadey 解 Paddy“～”；也解 piopa［爱］“～”；也与后面合解 Peep of Day Boys“～”，1784—1795 年的爱尔兰清教团体。
2514 dorckaness 解 darkness“～”；也解 dorkas［希］“～”；也解 dorcas［拉］“～”；也解 dorcha［爱］“～”；也解 Dorcas“～”，《使徒行传》中被圣彼得复活的女子。
2515 solase 解 solas［爱］“～”；也解 sol［拉］“～”。
2516 tappyhands 解 tapping hands“～”。
2517 plaps 解 palms“～”。
2518 prattly 解 prattling“～”；也解 pratt“～”。
2519 prettly 解 prettily“～”。
2520 pollylogue 解 polylogue“～”；也解 polylogy［古体］“～”；也解 monologue“～”。
2521 Eh jourd'weh 解 aujourd'hui［法］“～”；也解 Weh［德］“～”。
2522 jourd 解 jour［法］“～”。
2523 dosiriously 解 desiriously“～”；也解 Osiris“～”，埃及神话中的冥神，太阳神的父亲；也解 dos［拉］“～”。
2524 psalmodied 解 psalmody“～“＋ied。
2525 to-maronite 解 tomorrow night“～”；也解 Maronites“～”，黎巴嫩的一个天主教教派。
2526 Guesturn 解 gestern［德］“～”。
2527 lothlied 解 lovely“～”；也解 loflied［荷］“～”；也解 Lied［德］“～”。
2528 answring 解 answer“～”。
2529 Oasis 解 Osiris“～”；也解 O“～”＋Isis“～”，埃及神话中司生育的女神。
2530 cedarous 解 cedrus［拉］“～”；也解 cedar“～”。
2531 esaltarshoming 解 esaltare［意］“～”；也解 shaming“～”；也解 exalt“～”；也解 Esel［德］“～”。
2532 Leafboughnoon 解 leaf“叶子”＋bough“大树枝”＋noon“中午”；也解 Libanus“～”；也解 Le Fanu“～”（1814—1873），爱尔兰作家，他的《墓地房屋》在本书中常被引用。
2533 Oisis 解 O“啊”＋Isis“伊希斯”；也解 Osiris“～”。
2534 coolpressus 解 cypress“～”；也解 cupressus［拉］“～”；也解 cool press us“～”。
2535 palmost 解 palm tree“～”；也解 almost“～”。
2536 Gladdays 解 Cades“～”；也解 glad days“～”。
2537 phantastichal 解 fantastic“～”；也解 Stich［德］“～”。
2538 roseway“～”；也解 rosemary“～”。
2539 anjerichol 解 an Jericho“～”，巴勒斯坦地区的城市，在约旦河西岸。
2540 newleavos 解 new leaves“～”。
2541 encampness 解 encompass“～”。
2542 spaciosing 解 space“～”；也解 spacious“～”；也解 sing“～”。
2543 playtennis 解 platanus［拉］“～”；也解 play tennis“～”。
2544 dewstuckacqmirage 解 dew“露水”＋stuck“刺”＋mirage“海市蜃楼”。
2545 plantainous 解 plants“植物”＋nous［法］“我们”。
2546 Pipetto 解 Ppt“～”，斯威夫特在《史黛拉日记》中对史黛拉的称呼。
2547 misery unnoticed“～”；也解 miserere nobis［拉］“～”。
2548 Backscuttling 解 back“向后”＋scuttling“碎步疾跑”；也解 back scuttle［俚］“～”。

能离开，总而言之有利于他踏入河水，就在那时我看到琼恩从哀哭者[2549]法兰克福香肠里最温柔的恸哭者[2550]断了奶的幼畜那里，(她这时正在半个落叶长的时间[2551]桌子的活动翻板里哀悼着最后一次邮递[2552]熄灯号的结束)采集熟悉的黄色标签，朝里面落下了一滴，忍住了一句诅咒，呛回了一次哄笑，吐了一口痰[2553]，大吹大擂了一通。下一件事是他黏黏地舔了舔[2554]梅毒瘤黏性的后面，用真正些许的不可抑制的虔诚，把椭圆形的信任标记作为邮票贴到他的天使[2555]羊肉眉毛上，毫无困难地把他那淑女般的打字小姐[2556]小牛变得颠三倒四[2557](圣烟[2558]流氓!)，用半玻璃杯[2559]瞥见爱尔兰威士忌[2560]活泼的(约翰・詹姆逊[2561]约翰・詹姆逊父子公司一会儿见[2562])，从他那蓬乱的平行眉毛下面。就是那时仿佛他[2563]是只是作为替代隔海挥了挥手，作为解散的通知，而此时小太平洋们[2564]逆时针地[2565]再见|荒谬做着胳膊契约[2566]武器条约(和平[2567]和平!和美! 和缓、和调、温和、和谐、谦和、媾和、和局、和合、和解、和静、和靖、和离、和气、和齐、和亲、和戎、应和、和胜、和睦、和顺、和议、和中、和衷、和谐、协和、和乐[2568]该死|幸福! 啊，平和!)，但是在自我调正了他形体的平衡以便用他爱的更美丽的眩晕者的乳房之柱来再次交换相互拥抱[2569]，在史黛拉和瓦内萨[2570]星星和金星|美艳之间，让谎言倒霉，但是当几乎没有人期望，他们的星星和占星师[2571]袜带凝视者在他高潮的顶点，他有点儿[2572]向着对面半场摇摇欲坠，为他自己做了一个彻底的新开始，驶下他的东端，通过凭借南十字星座的记号赐福他的[2573]以斯帖[2574]，他那

2549 weiners“～”，此处解 Weiner［德］“～”。
2550 weaner“～”，此处解 wailer“～”。
2551 droopleaflong 解 drop“落下”＋leaf“叶子”＋long“长时间”；也解 dropleaf“～”。
2552 last post“～”，此处直译，指邮差肖恩。
2553 expectoratiously 解 expectorate“吐出痰”。
2554 gummalicked 解 gummy“黏性的”＋licked“舔”；也解 gumma“～”。
2555 agnelows 解 angelus［拉］“～”；也解 agnello［意］“～”。
2556 typmanzelles 解 Tippmamsell［德］“～”；也解 manzelle［意］“～”。
2557 capsy curvy 解 topsy turvy“～”。
2558 scamp“～”，此处解 smoke“～”。
2559 glance“～”，此处解 glass“～”。
2560 frisky“～”，此处解 whiskey“～”。
2561 Juan Jaimesan 解 John Jameson“～”，即 John Jameson and Sons“～”，爱尔兰的威士忌商。
2562 hastaluego 解 hasta luego［西］“～”。
2563 be“～”，此处解 he“～”。此处化自歌曲“Hands Across the Sea”（《越过海洋握手》）。
2564 pacifettes 解 Pacific“太平洋”＋-ette“小的”＋-s。
2565 widdershins“～”；也解 Wiedersehn［德］“～”；也解 Widersinn［德］“～”。
2566 armpacts 解 arm“胳膊”＋pacts“契约”；也解 arms pact“～”。
2567 Frida...Freda 解 Friede［德］“～”；也解 frid［瑞］“～”。
2568 Paza! Paisy! Irine! Areinette! Bridomay! Bentamai! Sososopky! Bebebekka! Babababdkessy! Ghugugoothoyou! Dama! Damadomina! Takiya! Tokaya! Scioccara! Siuccherillina! Peocchia! Peucchia! Ho Mi Hoping! Ha Me Happinice! Mirra! Myrha! Solyma! Salemita! Sainta! Sianta! 解 paz［葡］“和平”＋paix［法］“和平”＋Irene“和平女神”＋eirênê［希］“和平”＋berdamai［马］“和平”＋berdamai［马］“和平”＋sos［爱］“和平”＋beke［匈］“和平”＋beke［匈］“和平”＋khaghaghout'iun［亚］“和平”＋dama［塞内］“和平”＋dama［塞内］“和平”＋taika［立］“和平”＋taihei［日］“和平”＋síochάin［爱］“和平”＋socair［爱］“和平”＋peoc'h［北布］“和平”＋peuc'h［南布］“和平”＋ho mu［中］“和睦”＋ho p'ing［中］“和平”＋mir［俄］“和平”＋myr［乌］“和平”＋shalom［希伯来］“和平”＋salaam［阿］“和平”＋sainta［孟］“和平”＋santi［梵］“和平”，为了表示变化，采用不同的词语翻译。其中也包括 shuk［老］“和平”；salamti［印度斯坦］“和平”；damn“～”；happiness“～”。
2569 widerembrace 解 wider［德］“返回的”＋embrace“拥抱”。
2570 estellos and venoussas 解 Stella and Vanessa“～”，斯威夫特的两个年轻恋人；也解 stella and Venus［拉］“～”；也解 venustas［拉］“～”。
2571 gartergazer 解 stargazer“～”；也解 garter gazer“～”。
2572 a lipple 解 a little“～”。
2573 hes 解 his“～”。
2574 sthers 解 Esther“～”，斯威夫特的两个年轻恋人以斯帖·凡霍米利和以斯帖·琼苏都叫这个名字。

有着树篱绿边的平房式博尔萨利诺帽[2575]北风在一阵爱情冲击波中被吹掉了(给追索诉讼的酬谢[2576]奖学金!),而且红发琼恩[2577]肖恩|让-雅克·卢梭,之后颠簸前行,狂热的麦加信徒[2578]夸大狂的,(无头者将有腿!),轻松地猛地国王般仓皇逃窜[2579]肯考拉屋,桥边准备好的接力赛,夫人城堡另一边的体育场[2580]距离单位(除了要不是他潜入水里[2581]沟渠,勉强错过为她弄污她的扶壁,有什么伤害[2582]头像方碑呢),然后,在存储他的布道时嗤之以鼻,距那个俄国[2583]地方的将军可望而不可即[2584]手指|迅速的|行驶|爸爸,快步跟他离开,小壮马的巨躯,向着大路飞跑,蹬着两条腿[2585],放出来就像灰猎犬松绑[2586]温德汉姆·刘易斯(男孩[2587]搭钩|巴克利!你会以为就是在那个时候他们给了他那些蒲桃[2588]腿!)跟着一群人[2589]能够朝着他的上风方向挥手帕[2590]渴望波浪,就像空中炽天使的召唤,以及邮船[2591]包裹形状里美好之物的暴风雨,根据各种说法倾泻进了他的粉丝来信拖虾网的漏斗里,沿着国家的公路,叛徒行道,沿着这条可爱植物混斗之路,他很快消失在透过葡萄架[2592]的景象里,尽管毫无疑问在那同一人的脑海里,他更加属于记忆中的爱人[2593],而病夫之子[2594]姐妹的儿子,那个熊之子[2595]比昂斯滕·比昂松|布林尤尔夫·比亚内,辅警,她咕哝道,神圣的[2596]亮度熊[2597]圣乌尔苏拉,满心悲伤(应该如何握手告别[2598]好男孩,会比拧紧他襁褓的她的乳房[2599]扫帚里的温暖[2600]加温更恰当?):我们克制了多少情感?改变路线,然后再见![2601]巴格纳尔·哈维|圣安德鲁十字|安德鲁克鲁斯

那么[2602]那么为什么,现在,愿仙妖加快你的速度,乡下的豪

2575 borsaline 解 Borsalino“～”，一种男式宽檐帽，乔伊斯戴这样的帽子；也解 Boreas“～”。
2576 award“～”，此处解 reward“～”。
2577 Jawjon 解 Jaun“～”；也解 Shaun“～”；也与后面合解 Jean-Jacques Rousseau“～”。
2578 meccamaniac 解 Mecca“麦加圣地”＋maniac“狂躁者”；也解 megalomaniac“～”。
2579 kingscouriered round 解 king“国王”＋scurried around“仓皇逃窜”；也解 Kincora“～”，11 世纪初爱尔兰著名国王布利安·布鲁的房子。
2580 stadion［希］“～”，合 185.4 米，此处解 stadium“～”。
2581 acqueducked 解 ducked“～”；也解 aqueduct“～”。
2582 herm“～”，此处解 harm“～”。
2583 region's“～”，此处解 Russian“～”。
2584 so mear and yet so fahr 解 so near and yet so far“～”。其中 mear 也解［爱］“～”；也解［爱］“～”。其中 fahr 也解［德］“～”；也解 far［丹］“～”。
2585 Shanks's mare“走路”。
2586 wind hound loose 解 Windhund［德］“灰猎犬”＋loose“释放”；也解 Wyndham Lewis“～”(1882—1957)，英国作家，曾著文攻击乔伊斯。
2587 bouchal 解 buachaill［爱］“～”；也解 buckle“～”；也解 Buckley“～”，书中巴克利与俄国将军的故事中的爱尔兰士兵。
2588 jambos 解 jamboos“～”；也解 jambes［法］“～”。
2589 posse“～”；也解 posse［拉］“～”。
2590 hankerwaves 解 handkerchieves“～”；也解 hanker waves“～”。
2591 packetshape 解 packet ship“～”；也解 packet shape“～”。
2592 statuemen 解 statumen［拉］“～”。
2593 此处化自歌曲“Though Lost to Sight, to Memory Dear”(《虽然看不见，却是记忆中的爱》)。
2594 Sickerson“～”；也解 Sister's son“～”。
2595 borne of bjoerne 解 borne of bjørn(［挪］“熊”)“熊所生的”；也解 Bjornstjerne Bjornson“～”(1832—1910)，挪威戏剧家、诗人、小说家；也解 Brynjolf Bjarne“～”，挪威剧作家易卜生年轻时的笔名。
2596 hellyg 解 holy“～”；也解 Helligkeit［德］“～”。
2597 Ursulinka 解 ursus［拉］“～”；也解 St. Ursula“～”，传说中的英国公主，带领 11000 名皈依基督教的少女去罗马朝拜，结果全部被匈奴人杀害。
2598 goodboy“～”，此处解 goodbye“～”。
2599 besom“～”，此处解 bosom“～”。
2600 warmin 解 warm in“～”；也解 warming“～”。
2601 Where maggot Harvey kneeled till bags? Ate Andrew coos hogdam farvel! 解 Hvor meget har vi knibet tilbage? At ændre kurs og da farvel!［丹］“～”。其中 maggot Harvey 也解 Bagnal Harvey“～”(？—1798)，1798 年爱尔兰人联合会起义的指挥官。其中 Ardrew coos 也解 Andrew's Cross“～”；也解 Androcles“～”，萧伯纳 1912 年的戏剧《安德鲁克鲁斯与狮子》中的人物，替狮子拔掉了掌中的刺。
2602 Wethen 解 well then“～”；也解 why then“～”。

恩[2603]肖恩|公鸡，你是出口黑啤酒的家伙，生来就有魔法召唤师的甜蜜哀号[2604]的低吟歌手，疗治的音乐，唉，心在三叶草郡[2605]三叶草的手中！宝宝乖乖睡[2606]里如此一个妖怪[2607]大麦堆的咕咕哝哝[2608]轻浮的人在变成对桶状讲道坛里男修道院信徒的可见性[2609]的好奇[2610]丰富。愿你的白[2611]白色的|漂亮的|黄褐色的发变得越来越少，越来越白，我们自己唯一的白发[2612]阔头的男孩！停歇你的声音！喂养你的精神！留意[2613]铸造你的P群[2614]豌豆|小便|请！哄骗你的Q群！想起冷漠的奉承话[2615]布拉尼要塞，走在我们如此迷人的果园，再次看到甜蜜的克洛塞岩[2616]，那里你第一次颂唱了《啊，我的教会[2617]住宅|凯撒勒雅！》，并弹奏轻琵琶！作曲者、钓鱼者、编舞者！被监禁的吹笛者！音乐才能造就了巡回大使[2618]！生性善良，故意自然，如果你对我们来说只是多余的，强尼[2619]家伙|避孕套|豪恩小子，但是当然当我知道你会听到我完全离开正道的时候，我说得更快有什么[2620]哪里用？我送给你我冗长的辞别，对运动和游戏的美梦，总是什么新东西。豪恩离开了！我的悲伤，我的毁灭！我们的佛像-上帝-朱庇特[2621]耶和华|维科！我们的基督-玛利亚之子[2622]航海者的后代|克利什那|克里希那穆提！作为我们追随的远方光束，你将从最后到最初被照料，在你的发光[2623]发光器官朝圣中退回到你在过去的相对极，你这个经常把你那分发[2624]分配公正巨大快乐[2625]伟大的乔伊斯的消息交付给我们去爱永远不太晚之盒子的人，温顺的[2626]驯良|圣曼苏图斯操控者，胜利嘶哑的[2627]牺牲品[2628]，所有人中最亲爱的豪恩，你这个穿靴子的，千真

2603 Haun“～”；也解 Shaun“～”；也解 Hahn［德］“～”。

2604 此处化自莫尔的歌曲《水流交汇》（“The Meeting of the Waters”）中的歌词“Sweet vale of Avoca”（阿沃卡的甜蜜溪谷）。

2605 Shamrogueshire 解 shamrock shire“～”，对爱尔兰的戏称；也解 seamrog［爱］“～”。

2606 rockabeddy 解 Rockabye, Baby“《乖乖睡，小宝宝》”，英国儿歌。

2607 suckabolly 解 such a bogy“～”；也解 barley stack“～”。

2608 googoo，模仿婴儿说话；也解 guag［爱］“～”。

2609 wiseableness 解 visible-ness“～”。

2610 copiosity 解 curiosity“～”；也解 copiousity“～”。

2611 bawny 解 bawn［英爱］“白色的”；也解 ban［爱］“～”；也解 bonny“～”；也解 tawny“～”。

2612 wideheaded“～”，此处解 whiteheaded“～”。

2613 Mint“～”，此处解 mind“～”。

2614 peas“～”，此处解 Ps“P 凯尔特语”。凯尔特语被划分为两个群，第一群将高卢语和布立吞语放在一起，称作“P 凯尔特语”；第二群将凯尔特伊比利亚语和盖尔语放在一起，称作“Q 凯尔特语”。也解 piss“～”；也解 please“～”。

2615 disdoon blarmey 解 distant blarney“～”；也解 Dun Blairne［爱］“～”，位于爱尔兰科克郡。

2616 rockelose 解 Rock Close“～”，位于布拉尼要塞旁边。

2617 Ciesa Mea 解 ciesa［意口］“教会”＋mea［拉］“我的”；也解 casa［意］“～”；也解 Caesarea“～”，意为“凯撒之地”，是罗马帝国时代礼敬皇帝的常见地名。

2618 Embrassador-at-Large 解 ambassador-at-large“～”。

2619 Hauneen 解 Johnny“～”，书中人名，也有“～”之义，在俚语中指“～”；也解 Haun“～”。

2620 where“～”，此处解 what“～”。

2621 Joss-el-Jovan 解 Joss“佛像”＋el［希伯来］“上帝”＋Jove“朱庇特”；也解 Jehovah“～”；也解 Giamb Battista Vico“～”（1668—1744），意大利学者，他的《新科学》是《芬尼根的守灵夜》一书的哲学基础之一。

2622 Chris-na-Murty 解 Christ“基督”＋na［爱］“之子”＋Mary“玛利亚”，圣母；也解 na Muircheartaigh［爱］“～”；也解 Krishna“～”，印度教的神衹，亦称黑天，毗湿奴神诸多化身之一；也解 Krishnamurti“～”（1895—1986），近代第一位用通俗语言向西方全面深入阐述东方哲学智慧的印度哲学家。

2623 photophoric 解 phôtophorikos［希］“～”；也解 photophore（海洋动物的）“～”。

2624 distributory 解 distributive“～”；也解 distributive justice“～”。

2625 great joy“～”；也解 great Joyce“～”。

2626 mansuetudinous 解 mansuetude“～”；也解 mansuetudo［拉］“～”；也解 St. Mansuetus“～”（？—375），图尔主教，治愈了麻风病人。

2627 victorihoarse 解 victorious“胜利的”＋hoarse“嘶哑的”。

2628 victimisedly 解 victim“～”。

万确[2629]，梦游者[2630]脚步|步行者|继女，一便士计时员[2631]，持火炬的人[2632]火炬手|灯，马掌匠[2633]帕图棱格罗，我们的吉卜赛小伙儿[2634]，这很好！现在我们可能再也看不到你们变淡的[2635]灯光苜蓿[2636]灯|卢塞恩湖了。但是是否可说它能对四州喋喋不休该有多好啊，赞美归于你，我们的模式[2637]主保圣人的日子送出去！因为你有——以我们、你们和他们之名，可否让我大胆地说？——一颗服务之心的热诚的荣光的精核，那是我很少，如果有过的话，在独身男人那里遇到过的。今天在我们的这个国家有很多那类人，不，有一打家伙依然没有被死亡侍者认领，在这一宏大连续体里的卑微个体[2638]不可分割的事物，被命运称霸，与意外[2639]词形变化混杂，他们，当那里有时日，将热切地向上面的魂灵祈祷他们永远不会从日子开始的那个地方离开他们的这个地球，直到他的最后，在他被虏后期的返程[2640]之前，在属于快乐爱尔兰的那一天，有史以来的人，老的老的最老的，年轻年轻最年轻的，在数十年的长期受苦和几十年[2641]十二月的短暂荣耀之后，留意我们的什么是何时，安排我们的道路在萎缩，他们的一月二月[2642]你是一月|你是小谎从除夕[2643]那里真正赢得（只有步行者[2644]尊爵威士忌自己像华尔兹舞者，他们行为怪诞地[2645]嘟嘟囔囔[2646]喃喃低语走着），在旗帜路[2647]狂热的爱国主义的夏日外壳上行进回家。如果没有你，生活，当然，会是一片空白，因为我的男孩儿[2648]真空|街坊|飞鸟根本不在那儿，不再有对流浪知识的顾虑，在摩洛神[2649]《爱尔兰歌曲》战争带来恶魔时代[2650]德瓦勒拉之前，在日期和邮戳[2651]鬼商标之间流

2629 true as adie 解 true as a die“～”。

2630 stepwalker 解 sleepwalker“～”;也解 step“～”+walker“～”;也解 stepdaughter“～”。

2631 pennyatimer 解 penny“便士”+a“一个”+timer“计时员”。

2632 lampaddyfair 解 lampadafer [拉]“～”;也解 lampadephoros [希]“～”;也解 lampada [意]“～”。

2633 postanulengro 解 petul-engro [吉]“～”;也解 Petulengro“～”(1859—1957),英国罗马尼亚裔马商、小提琴家、作家,被称为“吉卜赛人之王”。

2634 rommanychiel 解 Romany chal [吉]“～”。

2635 paling 解 palling“～”。

2636 lucerne“～”;也解 lucerna [拉]“～”;也解 Lake Lucerne“～”,瑞士境内第五大湖泊,也被称为“四州之湖”。

2637 pattern“～”;也解 pattern [爱]“～”。

2638 indivisibles“～”,此处解 individuals“～”。

2639 accidence“～”,此处解 accident“～”。

2640 retourneys 解 return journey“～”。

2641 decennia [拉]“～”;也解 December“～”。

2642 Janyouare Fibyouare 解 January“一月”+February“二月”;也解 Jan you are“～”+Fib you are“～”。

2643 Sylvester 解 Silvester [德]“～”。

2644 Walker“～”;也解 Johnnie Walker whiskey“～”。

2645 whimsicalissimo 解 whimsicality“～”。

2646 murmurand 解 murmuring“～”;也解 murmurans [拉]“～”。

2647 flagway 解 flag“旗帜”+way“道路”;也解 flag-waving“～”。

2648 avicuum 解 avick [爱]“～”;也解 a vacuum“～”;也解 vicus [拉]“～”;也解 avis [拉]“～”。

2649 Molochy 解 Moloch“～”,迦南人的神灵;也解 *Irish Melodies*“～”,爱尔兰诗人托马斯·穆尔的作品,其中歌曲《让爱尔兰记起旧日时光》有歌词“When Malachi wore the collar of gold”(当玛拉基戴上金领)。

2650 the devil era“～”;也解 Éamon de Valera(1882—1975)“～”,爱尔兰政治家,绰号“长家伙”。

2651 ghostmark 解 postmark“～”;也解 ghost mark“～”。

逝[2652]睡着的的时间，一直[2653]劈开到德比[2654]泥板的寒日余烬[2655]寒冬腊月|四季节|儿童|查尔德斯，径自[2656]发出的玩笑六月二十四日[2657]，从我们存在、感知和褪色之夜开始，到我们害怕[2658]踏向转向的昨夜[2659]你们自己。

但是，孩子，你在通俗杂志和低俗闹剧的记载时间里走了你强壮的九弗隆英里，这的确是一件乱七八糟的事迹，驯良的勇士，用你那昂首阔步的行走姿态，你那行程之足[2660]壮举将跟你较量，并经过你，在未来的几个世纪。在阿拉伯半岛[2661]厄瑞玻斯沉下他令人窒息的浓烟[2662]母亲之前，凤凰公园[2663]凤凰升起一轮太阳！朝那射击，明亮的不死鸟！去你妈的[2664]我的儿子！我们自己的凤凰火花[2665]凤凰公园不久也会喷出他的火葬堆[2666]螺旋，朝着太阳猖獗的[2667]火焰[2668]烧过的大步前进。唉，黑暗里那阴沉的[2669]不透明已经散去[2670]！勇敢的脚痛的豪恩！做出你的进步[2671]《正在进行中的作品》！坚持！现在！最后获得成功，汝等魔鬼[2672]汝等！沉默的公鸡最终会啼叫的。西方会把东方摇醒。应当趁着为了清晨的夜晚行走[2673]，带来简易早餐的人，在翌日的大地[2674]上，一切生灵[2675]过去将很快熟睡[2676]。

阿门[2677]全力地。

2652 a slip of“～”;也解 asleep“～”。
2653 rived“～”,此处与后面合解 right“～”。
2654 darby“～”,此处解 Derby“德比郡”,位于英国英格兰中部,以赛马著称。
2655 chilldays embers 解 chill day's embers“～”;也解 chill December“～”;也解 Ember Days“～”;也解 children“～”;也解 Erskine Childers“～”(1870—1922),英国下议院的神父,爱尔兰民族主义者,1922 年被新独立的爱尔兰自由邦政府处决。
2656 spatched fun 解 straight from“～”;也解 dispatched fun“～”。
2657 Juhn that dandyforth 解 June the twenty-forth“～”,也是施洗者约翰的纪念日。
2658 tread“～”,此处解 dread“～”。
2659 yesterselves 解 yestereve“～”;也解 yourselves“～”。
2660 feat“～”,此处解 foot“～”。
2661 Erebia 解 Arabia“～”;也解 Erebus“～”,希腊神话中的混沌之子,永久黑暗的化身。
2662 smother“～”;也解 mother“～”。
2663 phaynix 解 Phoenix Park“～”,位于都柏林城西北;也解 Phoenix“～”。
2664 Va faotre 解 va te faire foutre! [法]“～”;也解 va paotr [布]“～”。
2665 sphoenixspark 解 phoenix spark“～”;也解 Phoenix Park“～”。
2666 spyre 解 pyre“～”;也解 spire“～”。
2667 rampante 解 rampant“～”。
2668 flambe“～”,此处解 flame“～”。
2669 sombrer 解 sombre“～”。
2670 sphanished 解 vanished“～”。
2671 Work your progress“～”;也解 Work in Progress“～”,《芬尼根的守灵夜》未发表前的标题。
2672 divil 解 devil“～”。
2673 此句化自《约翰福音》(12:35)“应当趁着有光行走”。
2674 morroweth 解 morrow“翌日”+earth“地球”。
2675 past“～”,此处解 beast“～”。
2676 full fost sleep 解 fall fast asleep“～”。
2677 Amain“～”,此处解 amen“～”。

第三章

低低地，长长地，一声哀叹传来。纯洁的[1]可怜的约恩[2]约翰平躺着。躺在小丘的草地[3]蜂蜜|在中间上，心脏灵魂沉睡在布满阴影的风景[4]大地的形状中，简单的皮夹[5]皮夹子在他身侧，胳膊松开[6]无害的，在他的香橼石南棒旁，棍棒传递传统。他的梦独白结束了，当然[7]属于原因，但是他的多角色对白[8]非常饶舌的|啰啰嗦嗦|在外面的|多的戏剧尚待开始，结果[9]影响。他发出最痛苦的（但是，我的爱，多么圆满啊！）哀号，他那缕光芒四射的[10]圣路加|卢坎淡色，灵活丰富，没有束扎[11]未过滤的，那些如穗的睫毛[12]眼花缭乱的在临近营业结束的时候合上，同时他那朝一侧张开的嘴巴渗出[13]出来他的呼吸，即便[14]同样含情脉脉如钱包能够买到的最似王子的三重蜜糖或荔枝蜜饯[15]。约恩在半昏晕中躺着哭号，（呼！）满是蜜糖的甜心[16]甜味有什么助益（哦！），那种刺耳的甘甜！正如你应该去用你手里的万宝龙笔[17]钝的|空白的|针|直截了当的向上推入他的如肉长毛绒小靠垫，那是一个天使的某种圆胖大胆男孩的爱。哇！

1 Pure“～”;也解 poor“～”。
2 Yawn“～”,人名,本书主人公肖恩的化身之一;也解 Sheain［爱］“～”。
3 mead“～”;也解 med［塞维］“～”;也解 mid“～”,指被埋葬在小丘中。
4 landshape 解 landscape“～”;也解 land shape“～”。
5 brief wallet“～”;也解 Brieftasche［德］“～”。
6 arm loose“～”;也解 harmless“～”。
7 of cause“～”,此处解 of course“～”。
8 parapolylogic 解 polylogue“～”;也解 parapolylogikos［希］“～”;也解 polylogy“～”;也解 para-“～”;也解 poly-“～”。
9 affact“～”,此处解 effect“～”。
10 lucan 解 lucens［拉］“～”;也解 St. Luke“～”,四福音书作者之一;也解 Lucan“～”,都柏林城郊,位于利菲河边。
11 unfilleted 解 un-fillet“～”＋-ed;也解 unfiltered“～”。
12 lashbetasselled 解 lash“睫毛”＋be-tassel“加流苏的”;也解 bedazzled“～”。
13 ouze 解 ooze“～”;也解 out“～”。
14 evenso 解 even so“～”;也解 ebenso［德］“～”。
15 chewchow 解 chowchow“～”。
16 swoothead 解 sweet heart“～”;也解 zoetheid［荷］“～”。
17 Bluntblank pin 解 Montblanc pen“～”,1906 年诞生于欧洲的一个拥有腕表、书写工具、高级珠宝及皮具等产品的奢侈品牌;也解 blunt“～”＋blank“～”＋pin“～”;也解 pointblank“～”。

此时，由于蜂鸣器带来轻骑兵，让家里的火一直燃烧，因此听到号角[18]颤鸣声|欢呼的召唤，他们自己走向他，从东方中土的西方边界，三个花色的三位国王和一位加冕者[19]验尸官，从他们的所有基本方位[20]，沿着琥珀路，那里布罗斯纳河[21]长满金雀花[22]圣弗塞。他们确实提起他[23]他们，四位参议员，在黄昏的第一声微弱的[24]古雅的尖叫[25]刺耳的尖叫|条纹之前，他们走开上到多山的鼹鼠丘[26]，穿过由不值得记住的日子流过的昔日之地：找出某个借口，他们，任何一种，有七层的夜晚露珠[27]潮湿的蓝色物之汗水正在其上。胆寒！畏怯！！惊怖！！！恐惧！！！！忌惮！！！！！害怕！！！！！！我的疯狗[28]！！！！！！！他们自己害怕去猜测他可能会是哪一类的十字路口难题[29]纵横字谜游戏，长度乘以宽度困惑于他的厚度，厄尔[30]L在他的厄尔之上，等于他的众多平方码，考恩[31]之半里他的一半，但是他的全部尽管如此却在欧文[32]欧文莫尔河的五个四分之一[33]中。他将躺在那里直到他们会看见他，被用绳子松松绑在鲜花盛开的花圃上，四肢充分舒展[34]群众，在小水仙[35]中间，迷醉[36]水仙之花四角禁锢着[37]丧失他的脚灯，野土豆的光环篱悬停在他头上，饕餮者[38]伊壁鸠鲁跟花园填充植物[39]一起跳着华尔兹，禁欲者的芽儿延展到阿伦群岛[40]主体。畏怯[41]光！！他的流星果肉，无核的[42]无缝的彩虹果皮。恐惧[43]！！！！他星云的[44]星云肚子空空与他从未停止的肚脐。害怕[45]！！！！！！还有他的静脉流射黑榴石[46]流星体|流星磷光体，他的奶油配蛋奶沙司彗星的毛发，他的小行星指关节、肋骨和构件。我的疯狗[47]！！！！！！！他的

18 churring“～”,此处解 clarion“～”;也解 cheering“～”。
19 crowner“～”;也解[俚]“～”。
20 cardinal parts 解 cardinal points“～”,即东西南北四方位。
21 Brosna“～”,位于爱尔兰中部,边上有乌斯纳克山。
22 furzy“～”;也解 St. Fursey“～”(? —650),爱尔兰若干修道院的创建者。
23 them“～”,此处解 him“～”。
24 quaint“～”,此处解 faint“～”。
25 skreek 解 screech“～”;也解 shriek“～”;也解 streak“～”。
26 此处化自习语 making a mountain out of a molehill(小题大做)。
27 blues moist“～”,此处解 dews just“～”。
28 Feefee...phopho...foorchtha...aggala...jeeshee...paloola...ooridiminy 解 fear...phobos [希]...Furcht [德]...eagla [爱]...jishin [日]...paura [意]“恐惧”+ur idim [亚述]“我的疯狗”。
29 crossroads puzzler“～”;也解 crossword puzzle“～”。
30 ells“～”,古时量布的长度单位,等于 45 英寸;也解 Ls,字母“～”。
31 Conn 解 Conn of the Hundred Battles“百战考恩”,爱尔兰传说中的共主,爱尔兰古代分为“考恩之半”与“欧文之半”。
32 Owenmore 解 Owen“～”;也解 Owenmore“～”,爱尔兰北部河流。
33 爱尔兰原为五个省,后为四个省。
34 foule [法]“～”,此处解 full“～”,此处化自习语 at full stretch(竭尽全力)。
35 daffydowndillies 解 daffydowndilly“～”。
36 narcosis“～”;也解 narcissus“～”。
37 fourfettering 解 four“四”+fettering“给囚犯戴脚镣”;也解 forfeiting“～”。
38 epicures“～”;也解 Epicurus“～”(前 342—前 270),古希腊哲学家。
39 gardenfillers 解 garden fillers“～”,此处指盆栽园艺中用来填充空白处的植物。
40 Aran“～”,位于爱尔兰西部的群岛。
41 Phopho 解 phobos [希]“～”;也解 phôs [希]“～”。
42 seamless“～”,此处解 seedless“～”。
43 Aggala 解 eagla [爱]“～”。
44 nebulose“～”;也解 nebula“～”。
45 Paloola 解 paura [意]“～”。
46 melanite“～”;也解 meteoroid“～”,也与前面合解 shooting star“～”。
47 Ooridiminy 解 ur idim [亚述]“～”。

电镀乳白色的[48]着色斑的扭曲的内脏腰带。

那四个泥人一起爬上去展开对他的宣过誓的星室法庭质询[49]侍从武官。因为他一直是他们的争吵原因[50]猎物，他们看他们自己的方式，每只虫[51]每个人他的化身[52]预兆在任何人[53]任何女人|汉娜她的民族[54]概念的顶上，他们夜晚的一半[55]他们乌有的相会值两个他的清晨。一直到沙河冰脊[56]利亚达蛇丘，马林加[57]教区，到不远处的草地，太阳的休息处[58]儿子的休息。首先爬上来[59]发出哗啦声的是参议员[60]老的格雷格里[61]，穿过深处的时间田野寻找着足迹，参议员里昂[62]，拖着他那曲曲折折的分隔脚步（他水泡里的某个东西一直告诉他他如何曾经一度到过那个地方），然后他的记录员，参议员[63]门泰培[64]博士，在值得尊敬的睡眠[65]绵羊之后追逐刺山柑[66]一种撒纸追踪游戏|牡山羊，紧追着茴香，离开他那提词角落上来，老约翰尼·麦克约翰尼[67]约翰尼·麦克杜格|狐狸，狐狸的儿子|阳光的|参议员，徒步者麦克杜格，在他们后面跑着，来凑成法定人数。他在捆着他们的屁股，他们这些天灰色环球旅行者，经由事后的想法，也绝不因为他身上的这种新芽而没有腿，它们是那么不对称[68]天堂，它在跌跌撞撞，他达到四个长度，太近了[69]在吉祥物的叫骂声中，右脚[70]吻，左脚[71]三叶草，傻瓜废物，就像卷心菜[72]拯救山羊和卷心菜里的山羊[73]牡山羊|野猪，大驴子，用他那无助的耳朵听着空中的竖琴，号角由黛娜[74]狄安娜吹响，野而又野，仿声鸟它的话是灾难，人们这样说，夜莺顺风飞翔。

然后领班[75]原型疲惫地走过一团乱麻，行者马太，教子的爷

48 electrolatiginous 解 electro“电镀物品”+lattiginoso［意］“乳白色”；也解 lentiginous“～”。
49 quiry 解 inquiry“～”；也解 equerry“～”。
50 quarrel“～”；也解 quarry“～”。
51 everybug 解 every bug“～”；也解 everybody“～”。
52 bodiment 解 embodiment“～”；也解 bodement“～”。
53 annywom 解 anyone“～”；也解 any woman“～”；也解 Anne“～”，本书女主人公。
54 notion“～”，此处解 nation“～”。
55 the meet of their noght 解 the mid of their night“～”，即 midnight“半夜”；也解 the meet of their nought “～”。
56 esker ridge“～”；也解 Eiscir Riada“～”，从东到西分隔爱尔兰的沙丘带。
57 Mallinger 解 Mullingar“～”，爱尔兰中北部城市。
58 son's rest“～”，此处解 sun's rest“～”。
59 klettered 解 klettert［德］“～”；也解 clatter“～”。
60 Shanator 解 Seanadoir［爱］“～”；也解 seán［爱］“～”。
61 Gregory 解 Matthew Gregory“～”，本书的四位老人之一。
62 Lyons 解 Mark Lyons“～”，本书的四位老人之一。
63 Shunadure 解 Seanadoir［爱］“～”；也解 dure［爱］“～”。
64 Tarpey 解 Luke Tarpey“～”，本书的四位老人之一。
65 sleep“～”；也解 sheep“～”。
66 caperchasing 解 caper“刺山柑”+chase“追逐”；也解 paperchase“～”；也解 caper［拉］“～”。
67 Shunny MacShunny 解 Johnny MacJohnny“～”，人名，可与后面合解 Johnny MacDougal“～”，本书的四位老人之一；也解 Sionnach Mac Sionnaigh［爱］“～”。其中 Shunny 也解［爱］“～”；也解 senator“～”。
68 oneven 解 uneven“奇数的”；也解 heaven“～”。
69 within the bawl of a mascot“～”，此处解 within the bawl of an ass“～”。
70 kuss yuss 解 cos dheas［爱］“～”；也解 Kuss［德］“～”。
71 kuss cley 解 cos cle［爱］“～”；也解 Klee［德］“～”。
72 kabisses 解 Kabis［瑞德］“～”；也解 salvare capra e cavoli［意］“～”，指既要鱼又要熊掌。
73 kapr［世］“～”；也解 caper［拉］“～”；也解 kapros［希］“～”。
74 dianablowing 解 Dinah“～”，书中人物+blowing“吹”，此处化自歌曲“Dinah, Won't You Blow Your Horn”（《黛娜，你不吹响你的号吗》）；也解 Diana“～”，罗马神话中的月亮女神。
75 proto“～”，此处解［意］“～”。

爷[76]教父|教父，充当教父统治[77]小道传闻的代表，他的驻地离乌斯纳克[78]被耕耘的|敲打|还小山上风舷有几杆，除了那里再无别处，不管怎样，正是从那里他高高地[79]冷漠的延展[80]扩大|向前伸展到苍天梅斯梅尔[81]的手[82]之上，那只制造寂静的手。恶霸高高地在草地[83]下风舷上，然后停在无论何处他们发现他们站立的地方，还有那条他们在他周围设置监视的道路，做着敬礼[84]顺从、点头、弯腰、鞠躬和屈膝礼，就像前景[85]大街|前景公墓|先知的守望者，举起他们坚挺的[86]铁|毛皮|男人头上的宽边软毡帽[87]完全清醒探测器帽子，巡回法庭基于它的调查结果绕着那个在他陷阱[88]堕落的|坠落|爱尔兰之石中的囚犯[89]人。他们让他们自己变成一流的四位[90]四倍速记员[91]，贤人们[92]塘鹅和蠢人们[93]美国梧桐|大学二年级学生，大家都讲，用他们的红桃和方块、黑桃和梅花[94]痛痒和恶魔、怨恨和马蹄声，甚至不是由他们对他们与世隔绝的野兽，那是这副牌的额外墩，王牌，不是胡萝卜的朋友。而且，你觉得如何，谁应该躺在那里，在所有其他人之上，与他们相对，只有约恩！他也躺在罂粟花中间[95]，四肢完全摊开，我能告诉你比那更多的一些东西，悲伤的[96]亲爱的作者，就如你可能深深地相信的[97]对它充耳不闻，他已经打呵欠睡觉[98]奥斯坎人|奥斯卡·王尔德睡着了。他带着油腔滑调之美躺在那里，远似总督，大家都环他而坐，装腔作势的人，或者就我所知的一切，像光明[99]魔鬼|卢坎爵士一样，在信仰和教义上指导他偏爱的星群，对于老马太·格雷格里来说，是他拥有星星动物园[100]，马可·里昂[101]狮子、路加·麦德卡夫遇到小牛·泰培[102]以

76 goddestfar 解 bedstefar [丹]"～";也解 godfather"～";也解 gudfar [丹]"～"。

77 gossipocracy 解 gossip [古体]"教父"+-cracy"统治";也解 gossip"～"。

78 Asnoch 解 Uisneach"～",位于爱尔兰中部韦斯特米斯郡;也解 asnach [爱]"～";也解 knock"～";也解 noch [德]"～"。

79 aloof"～",此处解 aloft"～"。

80 proxtended 解 protend"～";也解 extend"～";也解 proextendo [拉]"～"。

81 Mesmer"～"(1734—1815),维也纳医生,"催眠术"(mesmerism)一词即化自他的名字。

82 Manuum [拉]"～"。

83 lea"～";也解 leeside"～"。

84 obedience"～",此处解 obeisance"～"。

85 Prospect"～";也解 Prospekt [俄]"～";也解 Prospect Cemetery"～",位于都柏林;也解 Prophet"～"。

86 firrum 解 firm"～";也解 ferrum [拉]"～";也解 fur"～";也解 fir [爱]"～"。

87 broadawake 解 wideawake"～";也解 broad awake"～"。

88 fallen"～",此处解 Fällen [德]"～";也解 Fall [德]"～";也与前后合解 Inis Fáil"～",在诗歌中指爱尔兰。

89 personer 解 prisoner"～";也解 person"～"。

90 quatyouare 解 quattuor [拉]"～";也解 quatuor"～"。

91 stenoggers 解 stenographers"～"。

92 solons"～";也解 solan"～"。

93 psychomorers 解 psychomôros [希]"～";也解 sycamores"～";也解 sophomore"～"。

94 hurts and daimons, spites and clops"～",此处解 hearts and diamonds, spades and clubs"～"。

95 amengst 解 amongst"～"。

96 drear"～";也解 dear"～"。

97 bedeave to it 解 believe to it"～";也解 be deaf to it"～"。

98 oscasleep 解 oscitare [拉]"打呵欠"+sleep"睡觉";也解 Oscans"～",意大利原始居民;也解 Oscar Wilde"～"。

99 Lumen [拉]"～";也解 Lucifer"～";也解 Lucan"～",都柏林城郊,位于利菲河边。

100 starmenagerie 解 star"星星"+menagerie"动物园";天使为四福音书的作者之一圣马太的象征。

101 Marcus Lyons 解 Mark Lyons"～",书中的四位老人之一;也解 lions"～",四福音书的作者之一圣马可的象征。

102 Lucas Metcalfe Tarpey 解 Luke Tarpey"路加·泰培",书中的四位老人之一+Medcalf"麦德卡夫",约翰·乔伊斯曾长期住在麦德卡夫家;其中 Metcalfe 也解 met calf"～",牛为四福音书的作者之一圣路加的象征。

及儿子[103]，后者从未原谅那只隐藏在他身后的驴子，约翰尼·小驴子[104]。

远超他们大大那份五感自身被迷惑的[105]环绕的，你会说，七窍生烟的审查官，他们无法正确地把他们的脚踝与他们的脚凳区分开来，此时他们马马路约[106]蹲[107]卧榻下在他的立方形婴儿床[108]寝室边，此时质询时间接近了，灵魂地理[109]一组书写符号图如浮雕一般在他们的四等分里升起，来玩陀螺或风筝或铁环或弹球，行屈膝礼[110]寻找，呆呆地看着他，为了他呼出的呼吸[111]名字|麻木的，轻轻地从他们中的一个传言[112]鼻子给另外一个，遗言[113]伪装的|探求者。这就是他们然后从四个方向开始对他说的，大师们，他怎么样。

——他在出气，这个小不点儿。你[114]运活着。

——啊，神啊[115]，为什么那样，我的领导？

——哎呀，他是不是醉了[116]矿石内的脉石，不是吗，我的孩子[117]近的？

——或者他的风来自错误的通道，山上的内德[118]说。

——听着[119]上课|减少|唯恐！

——为什么这样，大声说，你听到我了吗，先生你？

——或者他在预演某个人[120]万的葬礼。

——嘘[121]确实，从那里出来[122]！好极了[123]，结束了！

当他们在他们的章鱼[124]十月上面撒开他们漂网渔船的网，闪闪发光的铬制的[125]颜色围网渔船的网，没有谎言，谐元韵之词

103 mack 解 mac [爱]“～”。

104 Jonny na Hossaleen 解 Johnny MacDougal“约翰尼·麦克杜格”，书中的四位老人之一＋na h-asailin [爱]“小驴的”。

105 ensorcelled“～”；也解 encircled“～”。

106 mamalujo“～”，书中四位老人的名字的缩写，也是四福音书的作者名字的缩写。

107 cooched 解 crouched“～”；也解 couch“～”。

108 cubical crib“～”；也解 cubiculum [拉]“～”。

109 groupography 解 geography“～”；也解 group of graphy“～”。

110 curchycurchy 解 curchy-curchy [方言]“～”；也解 chercher [法]“～”。

111 pnum 解 pneuma [希]“～”；也解 name“～”；也解 numb“～”。

112 softnoising 解 soft“轻柔的”＋noising“制造噪音”；也解 nose“～”。

113 boguaqueesthers 解 bequest“遗赠”；也解 bogus“伪装的”＋quester“探求者”。

114 Yun 解 you“～”；也解 yun [中]“～”，即运气。

115 Yerra 解 a Dhia ara [爱]“～”。

116 boosed 解 boozed“～”；也解 boose“～”。

117 alannah 解 a leanbh [爱]“～”；也解 nah [德]“～”。

118 Ned of the Hill“～”，18 世纪蒂珀雷里的罪犯埃德蒙德·奥瑞恩(Edmond O'Ryan)，是诗歌《山上的内德》的主人公。

119 Lesten 解 listen“～”；也解 lesson“～”；也解 lessen“～”；也解 lest“～”。

120 somewan 解 someone“～”；也解 wan [中]“～”。

121 Whisht“～”；也解 mhuisc [爱]“～”。

122 outathat 解 out of that“～”。

123 Hubba 解 hubba hubba“～”。

124 octopuds 解 octopus“～”；也解 October“～”。

125 chromous“～”；也解 chrôma [希]“～”。

在那些舵手中间被柔声说起。

——开始工作，小孩！

——叽叽喳喳，现在来！

——如今的济贫院[126]吉兆有着一段美好时光。

——我要挑战那个家伙。

因为那是在他们心灵之眼[127]的后面，留心的[128]诱惑人的听者[129]柔软的，他们将怎样以四边形[130]包含有四个字母的撒开他们蔚蓝斑点的可收缩[131]可被吸引的好网，他们的南森[132]网，他身后从长者马太到可怕的[133]香炉秘教大师[134]先生，从那里到邻人，那条到下级[135]弱小的副司炉和他的持十字架尾巴的路。在他们的脑海中，出自书本的[136]年月，曾经如此，滑动的美[137]睡美人，他们将如何那样用网捕捉，当他上了钩，浮游生物[138]马克斯·普朗克在他四周玩耍，鳞状的银色颤抖，他们抓住高度透明的西班牙黄金[139]的铬，此时，当钟点让位于迷宫般的钟点，伴随着约恩自己用他的三合元音[140]蓟马|舌头|三个元音的|三层的|三幅一联|只有三个格的名词合拍子，他会张开他吐气泡的[141]推荐广告唇，一次漂亮的释放，沼泽的没药[142]和熔化的月雾将蜜泉[143]似蜜的|米利方丹巷在他的嘴里融化[144]融合|告知。

——为什么[145] Y？

——在你[146] U 前面！

——回声[147]请看|这就是！汝之回答是多么甜蜜！在哪里后面？在狮子气味之土？

126 hospices“～”；也解 auspice“～”。
127 mind's ear 解 mind's eye“～”。
128 temptive 解 attentive“～”；也解 tempting“～”。
129 lissomer 解 listener“～”；也解 lissom“～”。
130 quadriliberal 解 quadrilateral“～”；也解 quadriliteral“～”。
131 attractable“～”，此处解 retractable“～”。
132 nansen 解 Fridtjof Nansen“弗里乔夫·南森”(1861—1930)，挪威科学家和外交家，北极圈探险家。
133 thurrible 解 terrible“～”；也解 thurible“～”。
134 Mystagogue“神秘教义信仰者”；也解 mister“～”。
135 puisny 解 puisne“～”；也解 puny“～”。
136 backslibris 解 ex libris［拉］“～”。
137 slipping beauty“～”；也解 sleeping beauty“～”。
138 planckton 解 plankton“～”；也解 Max Planck“～”(1858—1947)，德国物理学家，量子力学的重要创始人之一。
139 spanishing gold 解 Spanish gold“～”，来自爱尔兰西海岸沉没的西班牙无敌舰队。黄金为东方三博士带给耶稣的三样礼物之一。
140 thripthongue 解 triphthong［爱］“～”；也解 thrips“～”＋tongue“～”；也解 triphthongos［希］“～”；也解 triptychos［希］“～”；也解 triptych“～”；也解 triptote“～”。
141 blurbeous 解 bubbles“～”＋-ous；也解 blurb“～”＋-eous。
142 东方三博士带给耶稣的三样礼物之一。
143 mellifond 解 mellifons［拉］“～”；也解 melliform“～”；也解 Mellifont Lane“～”，都柏林街道名，即现在的下萨克维尔街。
144 melding“～”，此处解 melting“～”；也解 melden［德］“～”。
145 Y，字母，此处解 why“～”。
146 You“～”，也解 U，字母。
147 Ecko 解 echo“～”，也是爱尔兰诗人托马斯·穆尔的同名歌曲，其中有歌词“How sweet the answer Echo makes”(回声做出的回答是多么甜蜜)；也解 ecce［拉］“～”；也解 ecco［意］“～”。

——朋友们！首先，如果你们[148]不介意。说出你们历史之地[149]的名字。

——是这同一个史前古坟，橘园。

——我明白了。现在非常好。是在你的橘园里，我收下，你有你的信。在这儿你能听到我吗，你这位先生？

——上千倍[150]浪迹的女人。为了我亲爱的。乖孩子[151]女打字员！

——从前这么久？你能听清楚些了吗？

——百万倍。为了上天所赐[152]看在上帝的分上。为了我亲爱又亲爱的。

——现在，来更近的地域；关于这个，我愿意大声地说出我的第二[153]《申命记》|可疑的|半信半疑的点。有这件事[154]蛆|陛下|驴子|玛奇。是我们的解释者告诉我的，约翰·蠢驴[155]小驴，你那坏草木的[156]马莱伯东方三博士[157]东方三博士论语言[158]里有整整六百零六个烂词[159]狗舌草，在那里森林[160]墙[161]使山民蒙上白霜，在所有树根里有给帝王的树脂[162]理性，但是你没有[163]已经|你有一个可以发音的术语[164]焦油在所有教了很多[165]眼泪|塔拉特的卷册[166]壁垒|溪谷|栅栏|牛皮纸|山谷中吹起，来标记权威[167]主要的国家|玛奇|较大，甚至暂时地，也不是没有里申路[168]四轮车|鹳|玫瑰或塔尔奎尼亚道[169]松脂或者埃勒夫西斯[170]幻觉途[171]穿过马路，也不是奥勒良罗马城墙[172]的裂口，也不是森肯径[173]，也不是草木生长之衢[174]布尔人大迁徙，也不是罪奴路口[175]巨人堤道，那里没有黑水鸡叫或月圆罪犯的踏板[176]通道来将我们领到哥本哈根[177]希望港。由此衍生[178]炮塔[179]地堡是这样吗，先

148 yu 解 you“～”。

149 grouns 解 ground“～”。

150 Throsends 解 thousands“～”;也解 rásaidhe［爱］“～”。

151 Typette“～”,此处解 Ppt“～”,斯威夫特在信中对恋人以斯帖·琼苏的称呼。

152 For godsends“～”;也解 for god's sake“～”。

153 deuterous 解 deuteros［希］“～”;也解 Deuteronomy“～”,《旧约》中的一部;也解 doubtful“～”;也解 dubious“～”。

154 maggers 解 matter“～”;也解 maggot“～”;也解 Majesty“～”;也解 magarac［塞维］“～”;也解 Maggies“～”,本书主人公女儿的化身之一。

155 Esellus 解 Esel［德］“～”;也解 asellus［拉］“～”。

156 malherbal 解 mal-“坏的”+herbal“草本的”;也解 François de Malherbe“～”(1555—1628),法国诗人。

157 Magis 解 Magi's“～”;也解 Magism“～”。

158 landeguage 解 language“～”。

159 ragwords 解 rag“破布”+Wort［德］“单词”;也解 ragworts“～”。

160 wald 解 Wald［德］“～”。

161 wand 解 Wand［德］“～”。

162 resin“～”;也解 reason“～”。

163 yav hace 解 you have“你有”;也解 ya［西］“～”+hace［西］“～”。

164 teerm 解 term“～”;也解 Teer［德］“～”。

165 tartallaght 解 taught a lot“～”;也解 tears“～”;也解 Tallaght“～”,都柏林西南部的郊区,据说有死于瘟疫的北欧侵略者的坟地。

166 vallums“～”,此处解 volumes“～”;也解 vale“～”;也解 vallum［拉］“～”;也解 vellums“～”;也解 valley“～”。

167 majestate 解 majesty“～”;也解 major state“～”;也解 Maggies“～”,本书主人公的女儿;也解 magis［拉］“～”。

168 rheda rhoda 解 Rhaetian Road“～”,穿过阿尔卑斯山的主要古道;也解 rheda［拉］“～”+roda［塞维］“～”;也解 rhoda［希］“～”。

169 torpentine path 解 Tarquintine path“～”,从伊特鲁里亚的主要城市塔尔奎尼亚到它的大墓地的路;其中 torpentine 也解 turpentine“～”。

170 hallucinian 解 Eleusinia“～节”,埃勒夫西斯是古希腊秘密宗教仪式的主祭司;也解 hallucination“～”。

171 via［拉］“～”;也与前面合解 via crucis［拉］“～”。

172 aurellian 解 Aurelian Walls“～”,古罗马的城墙。

173 sunkin rut 解 Sunken Road“～”,瑞士民间传说《威廉·退尔》中威廉·退尔等待暴君格斯勒的路。

174 grossgrown trek 解 grass grown“草木生长”+trek“旅程”;也解 Great Trek“～”,19 世纪三四十年代英国夺取开普殖民地后,荷裔布尔人向南非内陆的大规模迁徙。

175 crimeslaved cruxway 解 crime slaved“犯罪为奴的”+crossway“十字路口”;也解 Giant's Causeway“～”,位于北爱尔兰。

176 plankgang 解 gangplank“～”;也解 Gang［德］“～”。

177 hopenhaven 解 Copenhagen“～”,丹麦首都;也解 hope haven“～”。

178 unde deri 解 unde derivatur［拉］“～”。

179 casematter 解 casemate“～”;也解 casamatta［意］“～”。

生[180]！坦白地说。老师你解释得越充分，我理解得越少[181]。

——怎么会？发音不好[182]，他们口吃[183]意大利语，泛法语[184]。你的普罗旺斯嘴德国人里没有水，先生[185]。我勉强同意，但是[186]我平原|王权，我在田野里找到了钥匙[187]逃之夭夭|获得自由|三叶草。而且这没有价值天鹅绒，怎么会来吧[188]！

——嗨，你瞧！怎么会[189]来吧，这没有价值[190]德·瓦莱拉？在你的腿里[191]是谁[192]头？谁是那个如此聪明地[193]三叶草爱好和讲着弥撒亚[194]的人？与你那微不足道的行为[195]不洁净的|梅花休战[196]真实是！你是谁！

——苍天给予的[197]特里斯丹[198]·乔纳森帕特里克[199]。你看到她了吗？乖孩子，我的打字员[200]触觉的，啊！

——你是帕特里克吗[201]父亲，孤独者？

——同样。三个人。你是否看到我亲爱的唯一？我真冷[202]妩媚的|哦嗬|卖掉的|伊瑟！

——你因为什么颤抖[203]，山那边的人，就像一只母鸡[204]猎犬？你冷吗，害怕毛皮的人？或者是不是你想要你的首席[205]春季|第一的|仙女女教师[206]？

——福克鲁特树林[207]烟雾|战利品|洞穴|炽热！啊，我的父母[208]鹧鸪小姐|帕特里克！

——等[209]嘘一会儿，灰雁[210]灰白的腿！鸭子飞起来，你会唤醒[211]黑暗|白天啄木鸟的那个海滨[212]支架。我比任何人都更了解那个地方。当然，我过去曾经总是在第四天在我祖母之处那边，

180 messio 解 monsieur [法]"～"。

181 Magis megis enerretur mynus hoc intelligow 解 Magister [拉]"教师"＋magis enarratur [eo] minus hoc intellego [拉]"解释得越充分，我理解得越少"。

182 C'est mal prononsable 解 c'est mal prononçable [法]"～"。

183 tartagliano 解 tartagliano [意]"～"；也解 Italian"～"。

184 perfrances 解 per-"泛"＋Francés [西]"法语"。

185 Vous n'avez pas d'o dans votre boche provenciale, mousoo 解 vous n'avez pas d'eau dans votre bouche provinciale, monsieur [法]"～"；其中 boche 也解[法]"～"。

186 je m'incline, mais [法]"～"。

187 Moy jay trouvay la clee dang les champs 解 moi, j'ai trouvé la clef dans les champs [法]"～"；也解 prendre la clef des champs [法]"～"；也解 avoir la clef des champs [法]"～"。其中 moy 也解[爱]"～"；也解 majesty"～"。其中 clee 也解 Klee [德]"～"。

188 Hay sham nap poddy velour, come on 解 et çà n'a pas de valeur, comment [法]"～"；其中 velour 也解"～"；其中 come on 也解"～"。

189 Commong 也解 comment [法]"～"；也解 come on"～"。

190 sa na pa de valure 解 çà n'a pas de valeur [法]"～"；其中 valure 也解 Éamon de Valera"～"(1882—1975)，爱尔兰政治家。

191 dans yur jambs 解 dans [法]"在里面"＋your"你的"＋jambe [法]"腿"。

192 Whu's teit 解 who's that"～"；也解 tête [法]"～"。

193 cloover 解 clever"～"；也解 clover"～"。

194 messiah 解 Messiah"～"。

195 trefling 解 trifling"～"；也解 tref"～"；也解 tref [塞维](扑克中的)"～"。

196 true's"～"，此处解 truce"～"。

197 dieudonnay 解 Dieu-donné [法]"～"。

198 Trinathan 解 Tristan"～"；也解 Jonathan"～"，乔纳森·斯威夫特的名字。

199 partnick 解 Patrick"～"。

200 tactile"～"，此处解 dactylograph [法]"～"。

201 Are you in your fatherick 解 An bhfuil tú I do Phádraig [爱]"～"；其中 fatherick 也解 father"～"。

202 sohohold 解 so cold"～"；也解 hold [德]"～"；也解 soho"～"，猎人唤狗的声音；也解 sold"～"；也解 Isolde "～"，本书主人公的女儿的化身，也是中世纪骑士传奇特里斯丹和伊瑟的故事中的女主人公。

203 shevering 解 shivering"～"。

204 houn 解 Huhn [德]"～"；也解 hound"～"。

205 primafairy 解 primary"～"；也解 primavera [西]"～"；也解 prima"～"＋fairy"～"。

206 schoolmam 解 schoolmarm"～"。

207 woods offogloot 解 woods of Fochlut"～"，传说圣帕特里克听到树林附近人们的呼喊才返回爱尔兰。其中 fogloot 也解 fog"～"＋loot"～"；也解 fochla [爱]"～"；也解 Glut [德]"～"。

208 mis padredges 解 mis padres [西]"～"；也解 Miss Partridge"～"；也解 Patrick"～"。

209 whisht"～"，此处解 wait"～"。

210 greyleg 解 greylag"～"；也解 grey leg"～"。

211 wake"～"；也解 dark"～"；也解 Tag [德]"～"。

212 stand"～"，此处解 strand"～"。

青春国[213]，我在西边的小灰[214]泥土屋，在梅奥郡[215]里面或周围，那时灰狗狂吠，它们沿着边界追赶，它们紧拖皮带。乌龟壳卖一金基尼[216]赤金！嗝儿[217]！嗝儿！嗝儿！跟我一直到卡洛郡[218]！那是给清水牡蛎的地方，普尔杜迪池[219]死亡，康威[220]郡。我从来不知道我是多么深厚地喜欢西风[221]源体|撒菲喇地带[222]生计里的另一个故事，游荡啊游荡，带着我的译员，米斯·奇迹[223]，驴子带着不宜提及的[224]尾巴，沿着海滨。你知道我的表哥吗，让锚待在山上的碧玉·杜格尔先生，教区牧师的儿子，大酒桶的碧玉，帕特·不管你叫什么名字？

——的确，我就是[225]死亡。福克鲁特的狼！由你为何叫我？不要跳吉格舞般把我扔[226]装置给狼[227]十二人！

——土耳其悍妇[228]，有一个[229]苍白的好的就让人满意了！群狼[230]不相上下！

——现在等一下，如果我提前截断你唠叨[231]奉承时的口音[232]只不过有多好。蚕食[233]拼写成腐蚀。黑腹滨鹬[234]林和翻石鹬向我们预言了在掩埋尸体方面，何处、如何与何时最好，垃圾堆的机身、麻烦事[235]禁止小便的下葬。但是，既然你为了追踪泼妇倡导[236]援引牡蛎[237]热南风|生蚝，我愿意送一只鸬鹚到这蓝色潟湖周围。现在告诉我这个。你相当早的时候告诉了我这位博学的[238]学习的朋友，此后片刻，关于这座坟堆或古坟。现在我向你说明，在那里有这座瘟疫古坟[239]地洞之前，就如你看起来所称的，有一只丧葬船[240]战役，上百万年的船。你能证明我的话吗，

213 Tear-nan-Ogre 解 Tír na nÓg［爱］“～”，爱尔兰神话传说中一个永远不老的地方。
214 grey“～”；也解 clay“～”。
215 Mayo“～”，爱尔兰西北部一郡。
216 guineagould 解 guinea“基尼”，英国旧时金币名＋a gold“一枚黄金”；也解 genuine gold“～”。
217 Burb，打嗝声。
218 Tucurlugh 解 to Carlow“～”，爱尔兰东南部的郡，此处化自歌曲“Follow Me up to Carlow”（《跟随我到卡洛》）。
219 Polldoody“～”，克莱尔郡的海滨水塘，以产牡蛎著称；也解 dood［荷］“～”。
220 Conway“～”，英国威尔士的市镇。
221 zephyros 解 zephyros［希］“～”；也解 Sephiroth“～”，犹太教中卡巴拉派创世理论中上帝自己发出的十个光的起源；也解 Sapphira“～”，《圣经》中因欺骗圣灵而死的人物亚拿尼亚的妻子。
222 zoedone 解 zone“～”；也解 zoe［希］“～”。
223 Meads Marvel 解 Meath“米斯郡”＋Marvel“奇迹”。
224 thass withumpronouceable 解 the ass with unpronounceable“～”。
225 Dood and I dood 解 Indeed and I do“～”；其中 dood 也解［荷］“～”。
226 flingamejig 解 fling“抛掷”＋me“我”＋a-jig“跳吉格舞地”；也解 thingamejig“～”。
227 twolves 解 wolves“～”；也解 twelve“～”，指十二个陪审官。
228 Turcafiera 解 turca fiera［西］“～”。
229 wan“～”，此处解 one“～”。
230 Wooluvs 解 wolves“～”。
231 bleather 解 blather“～”；也解 bladar［爱］“～”。
232 bloss 解 blas［爱］“～”；也解 bloß［德］“～”。
233 Encroachement 解 encroach-ment“～”。
234 Dunlin“～”；也解 lin［中］“～”。
235 noisance 解 nuisance“～”；也与前面合解 Commit no Nuisance“～”。
236 invocate“～”，此处解 advocate“～”。
237 austers“～”，此处解 oysters“～”；也解 Auster［德］“～”。
238 larned“～”，此处解 learned“～”。
239 plagueburrow 解 plague“瘟疫”＋barrow“古坟”；也解 burrow“～”。
240 burialbattell 解 burial“埋葬的”＋battello［意］“船”，维京人用船火葬；也解 battle“～”。

相对而言,她的船首旗杆猛拉她的便士梯子[241]信件,为什么不,抓住[242]制定标准一张美丽的帆[243]女孩,你[244]透特知道这种吗?何不号[245]为什么不,驶向你知何处[246]华斯兰德,那条四大师三桅船,韦伯斯特[247]说,我们那艘永不返回的船。那个法国人,我说,是一只橘舟。他是一只小舟。你看他。豪丘舟[248]都如何|波沙大叔你看是他们!丹麦的蛇[249]龙|泼妇|主持牧师!把它装入袋子还是吃掉它?什么!快[250]母鸡!大声[251]高声的|换音说!

——卧榻、行列、环形古坟、粪肥石冢[252]。寻找[253]哀求|拜访遗迹[254]如尼文,拜访长墓[255]长虫!当你听到群号[256]行走,所有人[257]发白的都离开了。遇到舟子[258]弗里乔夫·南森。是的[259]s,SOS。为什么不呢[260]温暖的夜晚!你知道这个国家吗[261]哄骗两个外行收款人。挪威[262]。她的乌鸦旗[263]在外,奴隶贩子。我信[264]我相信神[265]好的,地球的创造者[266]尿壶|花茎,神的孩子[267]好的|巴奈特和信托人[268]特里斯丹|可信任的,蹲下来,你们三只鸽子!例如,叫那个穿着棕褐色衣服的[269]发辫|密教信徒|勾引人的女人女孩!叫作猎狼犬!海上的狼。狼[270]操|遵守|伪造的!狼!

——现在非常好。那个民间传说来自权威和可靠的消息[271]驴子他的|马的。我要用那艘母船做十字军东征,如果天气允许[272]预言者,远离那绿色群山,一个站点,艾尔顿[273]告诉我,对杯底残酒[274]脚后跟|轻敲者真心实意[275],现在谈到在这个地中海东部波南脱风[276]上的午夜海军学员[277]正午|堆肥。牛眼[278]氧化物男人从丹麦土地驶出,现在好好留心我说的话。

241 pennyladders 解 penny“便士”＋ladders“梯子”；也解 letters“～”。
242 sizing“～”，此处解 seizing“～”。
243 sail“～”；也解 girl“～”。
244 Thout 解 Thou“～”；也解 Thoth“～”，埃及神话中的月神。
245 pourquoi pas［法］“～”，此处解 Pourquoi-Pas“～”，船名。
246 Weissduwasland 解 weißt du was［德］“～”；也解 Waasland“～”，中世纪传奇中列那狐的住所。
247 Webster 解 Noah Webster“～”（1758—1843），美国词典学家，乔伊斯使用未删节的《韦伯斯特词典》。
248 both how“～”，此处解 boat Howe“～”；其中 Howe 指“豪丘”，北欧海盗占领爱尔兰期间在都柏林的议会所在地；也解 Botha“～”（1863—1919），南非德兰士瓦省的领导人。
249 Draken af Danemork 解 draken af Danmörk［古挪］“～”。其中 Draken 也解 dragon“～”；也解 Drachen［德］“～”；也解 dean“～”。
250 Hennu 解 hurry“～”；也解 Henne［德］“～”。
251 laut［德］“～”；也解 loud“～”；也解 Ablaut［德］“～”。
252 dungcairn 解 dung“粪”＋cairn“石冢”
253 Beseek 解 seek“～”；也解 beseech“～”；也解 besuchen［德］“～”。
254 runes“～”，中世纪时维京、日耳曼、凯尔特等古老民族使用的文字，此处解 ruins“～”。
255 longurn 解 long urn“～”，一种通道式坟墓；也解 Long Worm“～”，一种维京船。
256 ganghorn 解 gang“一群”＋horn“号角”；也解 Gang［德］“～”。
257 Allmaun 解 all man“～”；也解 Almhain［爱］“～”。
258 Nautsen 解 nauta［拉］“～”；也解 Nansen“～”
259 Ess 解 yes“～”；也解 S，字母。
260 Warum night 解 warum nicht［德］“～”；也解 warm night“～”。
261 Conning two lay payees“～”，此处解 Connais-tu le pays［法］“～”。
262 Norsker［丹］“～”。
263 raven flag“～”，中世纪维京人曾用乌鸦旗。
264 I trow pon“～”；也解 jeg tror paa［丹］“～”。
265 good“～”，此处解 Gud［丹］“～”。
266 jordan's scaper 解 jordens skaber［丹］“～”；也解 jordan“～”＋scape“～”。
267 good's barnet 解 Guds barnet［丹］“～”；也解 good“～”＋Samuel Barnett“～”（1844—1913），英国牧师，宗教改革者。
268 trustyman 解 trustman“～”；也解 Tristan“～”；也解 trusty“～”。
269 with the tan tress awn 解 with the tan dress on“～”。其中 tress 也解“～”；也解 tantrist“～”；也解 temptress“～”。
270 Folchu 解 faolchú［爱］“～”；也解 fuck“～”；也解 folge［德］“～”；也解 falsch［德］“～”。
271 ass his“～”，此处解 horse's“～”，因此译为习语 straight from the horse's mouth“～”。
272 Prophetting 解 permitting“～”；也解 prophet“～”。
273 Ireton 解 Henry Ireton“～”（1611—1651），克伦威尔手下的将领。
274 keeltappers 解 heeltap“～”；也解 heel“～”＋tappers“～”。
275 bonofide 解 bona fide“～”。
276 ponenter 解 ponente“～”，地中海的一种西风。
277 middy“～”；也解 midi［法］“～”；也解 midden“～”。
278 oxeyed“大眼睛的”；也解 oxide“～”。

——马格努斯[279]伟大的·铲形须，紧身胸衣[280]十字架的隔条[281]，背信弃义的[282]失信威尔士人。我们港口的驱逐舰。用他的捞勺给我签名。把他胸部乳头露出来吮吸[283]苏凯特，来为我哺乳。观·圣[284]头戴荆冠的耶稣像·油[285]基督|人|基督徒|EHC！

——啊，耶稣[286]乔伊斯，液体！下了毒的泉水说。首先是鱼一样的欺骗[287]阴道|饲料。海军[288]肚脐演习[289]中私酒警察的外孙[290]叔叔|踝关节！

——哈皮神[291]！你好，老贝里[292]贝里灯塔|比尔·贝里的比尔！他是谁[293]？这个家伙是谁，为什么是这些小狗[294]教皇们？

——复活节英雄[295]厄斯特黑尔德查尔德斯[296]叔叔[297]ECH。这是他的最后[298]失去的机会，艾马尼亚[299]跟他道别[300]好好留心他。

——喂！你有没有做梦你在吃你自己的内脏，爱人，梦见你自己拴牢那只列那狐[301]歪脖的|固定？

——我现在明白了。我们在最好的[302]野兽圆圈[303]马戏团|环里移动。格雷姆伯特[304]和潘珊十字形[305]装甲巡洋舰|黑豹|拷问！你从我的嘴里套出话。孩子对恶父龙来说是可怕的。山云环绕着我们[306]HCE！你的意思是你在他们的学园住得像牛奶般，懦夫[307]库阿尔姆，等你学会，狐狸、狐狸[308]红狐，你自己像狼一样嚎叫。小偷[309]深的|都柏林|黑色的！小偷！尽你所能。

——我就像旧靴子一样[310]像旧电话亭一样|极力地竭尽所能[311]，竭尽所能，都柏林[312]，寇多哇[313]谦恭的。幼兽在追我，看起来[314]狼，全部图腾群，狐狸[315]母猪|操、狐狸，以及狐狸、狐狸给他们，用于鲁

279 Magnus [拉]"～",此处译为名字。
280 korsets [丹]"～",此处解 corset"～"。
281 krosser 解 crosser"～"。
282 perfyddye 解 perfidious"～";也解 perfide [拉]"～"。
283 suck"～";也解 Sucat"～",圣帕特里克洗礼的名字,指帕特里克抨击古代吮吸男性乳头的仪式。
284 Ecce Hagios 解[拉]ecce"瞧"+hagious [希]"神圣的";也解 Ecce Homo"～"。
285 Chrisman 解 Chrism"～";也解 Christ"～"+man"～",指"～"。此处包含主人公名字的缩写的变体 EHC。
286 Jeyses 解 Jesus"～";也解 Joyce"～"。
287 Futtfishy 解 fub [古英]"欺骗"+fishy"似鱼的";也解 Fut [德口]"～";也解 Futter [德]"～"。
288 navel"～",此处解 naval"～"。
289 manuvres 解 manoeuvre"～"。
290 enkel 解 Enkel [德]"～";也解 uncle"～";也解 ankle"～"。
291 Hep 解 Hapi"～",古埃及人最早崇拜的神,死者肺的保护者。
292 Bailey 解 Old Bailey"～",伦敦中央刑事法院的所在地;也解 Bailey"～",位于都柏林郊外霍斯地区;也解 Bill Bailey"～",1902 年的一首英文歌曲中的人物,是一名火车司闸员,他的妻子希望他回家。
293 Whu 解 who"～"。
294 pups"～";也解 Popes"～"。
295 Easterheld 解 Easter"复活节"+Held [德]"英雄";也解 Oesterheld"～",德国出版商,曾在 1919 年出版乔伊斯的《流亡者》的德译本。
296 Childared 解 Erskine Childers"～"(1870—1922),英国下议院的神父,爱尔兰民族主义者。
297 Hunkalus 解 avunculus [拉]"～"。此处包含本书主人公名字缩写的倒写 ECH。
298 lost"～",此处解 last"～"。
299 Emania"～",古代乌尔斯特的首都。
300 Ware him well"～",此处解 fare him well"～"。
301 wrynecky fix 解 Reineke Fuchs [德]"～";也解 wrynecked"～"+fix"～"。
302 beast"～",此处解 best"～"。
303 circuls 解 circles"～";也解 circus"～";也解 circulus [拉]"～"。
304 Grimbarb 解 Grimbert"～",《列那狐传奇》中的山獾。
305 pancercrucer 解 Pancer"潘珊",《列那狐传奇》中的海狸+cruces"十字形";也解 Panzerkreuzer [德]"～";也解 panther"～";也解 crucio [拉]"～"。
306 此处包含本书主人公名字的缩写 HCE。
307 couard [法]"～";也解 Coward"～",《列那狐传奇》中的兔子。
308 volp 解 volpe [意]"～";也解 volpes [拉]"～"。
309 Dyb 解 Dieb [德]"～";也解 dyb [丹]"～";也解 Dublin"～";也解 dubh [爱]"～"。
310 like old Booth's"～",此处解 like old boots"～",此处直译"～"。
311 dob 解 do our best"～"。
312 dobbling 解 Dublin"～"。
313 courteous"～",此处解 Curtois"～",《列那狐传奇》中的大黄狗。
314 it zeebs 解 it seems"～";其中 zeebs 也解 zeebh [希伯来]"～"。
315 vuk [塞维]"～";也解 mhuc [爱]"～";也解 fuck"～"。

滨逊的盾牌。

——气味与狐狸[316]圣人和福音书！又有动物再次齐嚎[317]动物帮！找到芬格尔[318]猎兔犬！在这儿拿着[319]嚎叫我这自作聪明者的帽子，直到我死于送奶人的狼[320]狼疮！

——什么？狼群[321]沃尔夫冈·冯·歌德？哇！慢慢[322]字母地说！

——喊他异教徒，圣石疗治他！

复追者，再次复追者[323]复归，掉包的孩子……？

历数一切[324]高龄|你是|结束一切|你已年老，一切告终|年老的，地球…………？

——僵住症的[325]能够检查的|音步不完全的阴茎神话[326]神话叙述|猥亵的诗！这是不是你在这个爱尔兰[327]神怒之日|这只蛋|死里的[328]你举行图腾·支点·是[329]全是床支柱|图腾柱·祖先，在船只[330]老鸦于石坡街[331]小艇|海峡定期往来之前，那里没有蜘蛛网ב[332]或者创世纪元[333]上午？公元前[334]说良心话，基督！

——睡梦。我在一个[335]俄南周一[336]夜晚睡下。我梦到一个周日[337]有一天。梦到我将在周一[338]一天醒来。啊！愿他此时此处充分发挥[339]充满恐惧的我的才能！罪恶流淌[340]大洪水，啊，罪恶流淌！呸[341]它将是！呸！公元前[342]担心|基督|操！

——我现在有你的三行诗[343]戳刺；它一样又不同地重现三次（有这样一个存在[344]我是|呸存在的故事，里面有[345]获得他）；普通名词[346]流传下来从抽象[347]沥青|沥青混凝土到具体，从人类历史暴君，芬尼根[348]芬·麦克尔的儿子·懒汉[349]芬尼亚战士，芬之子莪相[350]海洋的|剑|

316 Scents and gouspils 解 scents and goupil([法]"狐狸")"～";也解 saints and gospels"～"。
317 animal jangs again 解 animal"动物"+janken[荷]"一起嚎哭"+again"再次";也解 Animal Gangs"～",20世纪30年代都柏林的流氓团伙。
318 fingall 解 Fingal"～",芬·麦克尔在苏格兰诗人麦克弗森的莪相诗歌中的名字,爱尔兰人也称一些北欧入侵者为"芬格尔",意思是"金发异族"。
319 howl"～",此处解 hold"～"。
320 lupus"～",此处解[拉]"～"。
321 Wolfgang 解 wolf gang"～";也解 Wolfgang von Goethe"～"(1749—1832),德国著名作家和思想家。
322 slowe 解 slow"～";也解 slovo[塞维]"～"。
323 Recourser 解 Re-course"再次追踪狩猎",此处为藏头句,三行的首字母合为 HCE,因此翻译为"喊复历",为主人公中译名"汉弗利"的同音;也解 ricorso[意]"～",维科在《新科学》中为人类历史划分的四个阶段中的一个。
324 Eld es endall 解 and so, and all "如此,等等";也解 Eld[挪]"～"+es[拉]"～"+end all"～",即"～";也解 old"～"。
325 cataleptic"～";也解 katalêptikos[希]"～";也解 catalectic"～"。
326 mithyphallic 解 myth"神话"+phallic"阴茎的";也解 mythos[希]"～";也解 ithyphallic"～"。
327 Dies Eirae 解 dies[德]"这个"+Eire"爱尔兰";也解 dies irae"～";也解 dies Ei[德]"～"。其中 Dies 也解"～"。
328 yu hald 解 you had"你有";也解 you hold"～"。
329 Totem Fulcrum Est 解 Totem"图腾"+Fulcrum"支点"+Est[拉]"它是";也解 totum fulcrum est[拉]"～";也解 totem-pole"～"。
330 bawds"～",此处解 boats"～"。
331 Skiffstrait 解 Ship Street"～",都柏林街名,原为"绵羊街";也解 skiff"～"+strait"～"。
332 spider webbeth 解 spiderweb"蜘蛛网"+beth"～",希伯来语字母表中的第二个字母。
333 Anno Mundi[拉]"～";也解 AM"～"。
334 Be fair, Chris 解 Before Christ"～";也解 be fair, Christ"～"。
335 Ona 解 on a"～";也解 Onan"～",《创世记》中犹大的儿子,为不让嫂子怀孕,射精在地上。
336 nonday 解 Monday"～";也解 non-day"～"。
337 somday 解 Sunday"～";也解 someday"～"。
338 wonday 解 Monday"～";也解 oneday"～"。
339 fearfilled 解 fulfilled"～";也解 fear filled"～"。
340 Sinflowed 解 sin"罪恶"+flowed"流淌";也解 Sintflut[德]"～"。
341 Fia 解 fie"～";也解 fia[意]"～"。
342 Befurcht christ 解 BC"～";也解 befürchten[德]"～"+Christ"～";也解 fuck"～"。
343 tristich"～";也解 Stich[德]"～"。
344 fui[拉]"～";也解 fui[西]"～";也解 fuj[塞维]"～"。
345 obtains"～",此处解 contains"～"。
346 comming nown 解 common noun"～";也解 coming down"～"。
347 Asphalt"～",此处解 abstract"～";也与后面合解 asphalt concrete"～"。
348 Finnsen 解 Finnegan"～";也解 Finn's son"～",指莪相。
349 Faynean 解 fainéant[法]"～";也解 Fiannach[爱]"～"。
350 occeanyclived 解 Oisin Mac Finn[爱]"～";也解 oceanic"～"+claidheamh[爱]"～";也解 Oceanus[拉]"～";也解 clivus[拉]"～";也解 yclept"～"。

大洋|斜坡|名叫，到出自你的这同一个硫化的[351]通俗化的|百姓|伏尔甘山阁下，晨边高地[352]高地的早晨的都柏林城[353]倒塌的城先生，带着他的岩浆流[354]和他隆隆作响的[355]漫步的地下[356]下面的呻吟，如果他及时[357]重新出现，作为老罗密欧·罗杰[358]罗慕勒斯和瑞摩斯，在城里或者在郡县，以及你的郊区[359]因为|是否，或者临近、伴随或来自市区，你知道属于不同之车[360]差异，就像阿帕布拉姆萨语[361]亚伯拉罕中的风俗[362]有用的|胡子|布劳赫巴，先生[363]山|撒拉！我们谈起上帝[364]枪|迈克尔·冈恩，圣父[365]更远地。位格。爸爸[366]软面包卷|父亲！爸爸！

——我们的[367]父亲[368]小孩子，神圣爸爸[369]阿里巴巴|明亮的|建筑|希利|妖怪，宣称[370]梁他某个[371]城邑[372]轨道，有关[373]事实上帝之城[374]神之城|国体|鸡蛋|HCE的故乡[375]，士麦那斯梅西克、罗得岛朗达、克罗丰卡列登、萨拉(米斯)塞勒姆(马萨诸塞州)、希俄斯岛孩子们、阿尔戈斯阿尔戈号和雅典[376]不死的|无情的。嗯，有人向我提议他可能从某种意义上说，虽然如此，既像我自己一样是每个灵魂[377]朝着男人|原子，一言以蔽之[378]后缀，亚伯拉罕[379]，也是小溪熊[380]有用的|布劳赫巴！这由作为父亲的[381]他完成，由我来进入，将被其相信[382]，我的耻辱[383]女士|确实|我，我的耻辱！我担心你现在[384]我的朋友不会把一块你自己的旧踏脚石[385]继子，谷仓一座谷仓一座谷仓[386]孙子，扔上围栏浅滩之城[387]这里摇摇欲坠的[388]失足墙，到这个传统的十月[389]夜景|夜间|乳房之夜，但是它和它们将[390]羊毛狂欢作乐[391]弹起，很多次[392]尽管|恶毒的，离开廉价酒店[393]背部|温室，在一个穿着真正新鲜[394]忠实于|肉体彩色衣服的马赛骑手的后面，或者是她那无障碍赛[395]上的让分比

351 vulganized 解 vulcanized“～”;也解 vulgarized“～”;也解 vulgus [拉]“～”;也解 Vulcanus“～”,古希腊神话中的火神。
352 Morning de Heights“～”,此处解 Morningside Heights“～”,纽约曼哈顿地名,有纽约最早的地铁。
353 Tupling Toun 解 Dublin town“～”;也解 toppling town“～”。
354 lavast flow 解 lava flow“～”。
355 rambling“～”,此处解 rumbling“～”。
356 undergroands 解 underground“～”,也指伦敦地铁;也解 under groans“～”。
357 Ad Horam [拉]“～”。
358 Romeo Rogers 解 Romeo“罗密欧”,莎士比亚悲剧《罗密欧与朱丽叶》之男主角＋Old Rogers“老罗杰”,一种抓人的儿童游戏;也解 Romulus Remus“～”,公元前 753 年建立罗马城的双胞胎兄弟。
359 sure ob 解 suburb“～”;其中 ob 也解[拉]“～”;也解[德]“～”。
360 differenciabus 解 differentia [拉]“区别”＋bus“公共汽车”;也解 difference“～”。
361 apabhramsa 解 Apabhramsa“～”,6 世纪后大量使用的印度语,以它为基础中古印度雅利安语过渡到近代雅利安语、印地语、马拉提语、孟加拉语等;也与后面合解 Abraham“～”,《旧约》中的义人,老年得子。
362 brauchbarred 解 Brauch [德]“～”;也解 brauchbar [德]“～”;也解 Bart [德]“～”;也解 Edmund Brauchbar“～”(1872—1952),苏黎世丝绸富商,乔伊斯曾教他英语。
363 sierrah 解 sir“～”;也解 sierra [西]“～”;也解 Sarah“～”,《创世记》中亚伯拉罕的妻子。
364 Gun“～”,此处解 God“～”;也解 Michael Gunn“～”(1840—1901),都柏林娱乐剧院的经理。
365 farther“～”,此处解 father“～”。
366 Bap“～”,此处解 babbo [意]“～”;也解 bap [印度斯坦]“～”。
367 Ouer 解 our“～”。
368 Tad [威]“～”;也解 tad“～”。
369 Hellig Babbau 解 heilig [德]“神圣的”＋babbo [意]“爸爸”;也解 Ali Baba“～”,《一千零一夜》中的人物;也解 hell [德]“～”＋Bau [德]“～”;也解 Timothy Healy“～”(1855—1931),爱尔兰民族自治运动成员,在巴涅尔与欧希夫人的私情被揭露出来后背弃了巴涅尔＋babau [意]“～”。
370 assertant 解 assert“～”;也解 asser [拉]“～”。
371 certayn 解 certain“～”。
372 orbit“～”,此处解 urbs [拉]“～”。
373 re [拉]“～”,此处解 re“～”。
374 Chivitats Ei 解 De Civitate Dei“～”,圣奥古斯丁的名著;也解 civitats dei [拉]“～”;也解 civitas [拉]“～”＋Ei [德]“～”。此处包含本书主人公名字的缩写 HCE。
375 humeplace 解 home place“～”。
376 Smithwick, Rhonnda, Kaledon, Salem (Mass), Childers, Argos and Duthless 解 Smyrna, Rhodes, Kolophon, Salamis, Chios, Argos and Athenae“～”,古代七个宣称是荷马的家乡的城市;也解 Smethwick“～”,英国伯明翰的西郊＋Rhondda“～”,威尔士城市名＋Caledon“～”,北爱尔兰蒂龙郡城市＋Salem (Massachusetts)“～”＋childer“～”＋Argo“～”,希腊神话中伊阿宋求取金羊毛时乘坐的船＋deathless“～”;其中 Duthless 也解 ruthless“～”。
377 at man“～”,此处解 ātman [梵]“～”;也解 atom“～”。
378 suffix“～”,此处解 suffice“足够”。
379 Abrahams 解 Abraham“～”。
380 Brookbear 解 brook“小溪”＋bear“熊”;也解 bruikbaar [荷]“～”;也解 Edmund Brauchbar“～”。
381 bapka [印度斯坦]“～”。
382 beblive 解 believe“～”。
383 Mushame 解 my shame“～”;也解 Mesdames [法]“～”;也解 muise [爱]“～”;也解 mishe [爱]“～”,指爱尔兰修女圣布利吉特在受洗时用爱尔兰语说“我是”。
384 ahore 解 ahora [西]“～”;也解 a chara [爱]“～”。
385 stepstones“～”;也解 stepsons“～”。
386 barnabarnabarn 解 barn a barn a barn“～”;也解 barnebarn [丹]“～”。
387 Huddlestown 解 Town of Hurdle Ford“～”,指都柏林。
388 stumbledown 解 tumbledown“～”;也解 stumble“～”。
389 Noctuber 解 October“～”;也解 nocturne“～”;也解 noctu [拉]“～”;也解 uber [拉]“～”。
390 woule 解 would“～”;也解 wool“～”。
391 binge“～”;也解 bounce“～”。
392 much as vecious 解 muchas veces [西]“～”;也解 much as“～”＋vicious“～”。
393 dosshouse“～”;也解 dorsus [拉]“～”;也解 glasshouse“～”。
394 truetoflesh 解 true to fresh“～”;也解 true to“～”＋flesh“～”。
395 flat 解 flat race“～”。

赛[396]，或者不过是重复他自己。那是一位曾曾曾曾老的祖父[397]老父亲|男人|父亲，现在是我害怕的人，英兵·陶瓦，他能够成为所有你们和我们的爸爸[398]是的|米达斯，拉内勒[399]第一[400]诸侯人的英镑[401]的质权人[402]的发现者的父亲的创立者的哥哥[403]航海家|船|兄弟，他是[404]我是|呸他是父与子[405]圣彼得与紫色冰|紫色的眼睛（我是我是[406]已经，就如我和汤姆塔[407]过去常常凿锤[408]凿子|彭伯它，在基督圣殿[409] HEC 的房子[410]堂屋上方，意思是教父、教子和鸽子咕咕[411]狗父、狗子和鸽子咕咕）和圣灵[412]制裁！

——轻轻呼吸[413]吹微风。耳朵[414]微风|灵氛是金色的[415]。他的名字[416]如何[417]？

——米达斯[418]我爸爸|萨德有金[419]或者耳朵[420]珀西·奥莱利。穿孔[421]、穿孔、穿孔、穿孔！

——白色的眼睫毛[422]眼睛|甘美的|就是，我的天啊[423]泥泞的|马|肉汤！大[424]猪蠼螋[425]珀西·奥莱利！但是我们从哪里开始，骗子[426]孩子？

——汽车站[427]寂静|停止，卢坎[428]和都柏林！咯咯[429]阴户|母胎！咯咯！咯咯！咯咯！

——麦克杜格[430]，大西洋城，或者他的野驴[431]赛驴，它在，边咀嚼边咳嗽[432]坟堆|和|棺材|卡文！我会走近把你从你的十字架后代[433]十字石中识别出来，梅奥郡麻将的约翰[434]，你帽子[435]横滨|约翰周围的紫藤[436]桨|西方。你从爱尔兰西海岸[437]最坏的诅咒得到的那一忧郁的[438]奥穆尔康里噎气[439]，威武之握格柳卢伊[440]，对你也没有用，约翰我的堂吉诃德[441]驴子|苏格兰人|非常感谢。四号，修理你的展翅

396 handicapped 解 handicap race“～”。
397 tiptip tim oldy faher 解 tip tip tip olde fader [丹]“～”。其中 oldy 也解 old“～”。其中 fahe 也解 father “～”;也解 fear [爱]“～”;也解 athair [爱]“～”。
398 das“～”;也解 da [塞维]“～”;也解 Midas“～”,见下文注 418。
399 Ranelagh“～”,都柏林南部的一个村庄。
400 furst 解 first“～”;也解 Fürst [德]“～”。
401 pfunder 解 Pfund [德]“～”。
402 pfander 解 Pfänder [德]“～”。
403 brodar 解 Bruder [德]“～”;也解 brodar [塞维]“～”;也解 brod [塞维]“～”;也解 Bröðir [丹]“～”。
404 fué [西]“～”;也解 fui [拉]“～”,化自《出埃及记》(3:14)“我是自有永有的”;也解 phooey“～”。
405 Petries and violet ice 解 pater et filius [拉]“～”;也解 Peter and violet ice“～”;也解 violet eyes“～”。
406 I am yam 解 I am I am“～”;也解 iamiam [拉]“～”。
407 Tam Tower 解 Tom Tower“～”,牛津大学基督教会学院里的钟楼。
408 jagger pemmer 解 jagger“有齿的凿子”+hammer“锤击”;也解 Jagger“～”,牛津大学耶稣学院的绰号+ Pemmer“～”,剑桥大学彭布罗克学院的绰号。
409 Eddy's Christy 解 Aedes Christi“～”,牛津大学基督教会学院名称含义的拉丁文表述。此处包含本书主人公名字缩写的变体 HEC。
410 the house“～”;也解 The House“～”,牛津大学基督教会学院的绰号。
411 Dodgfather, Dodgson and Coo 解 God father, God son and Coo“～”;也解 Dog father, Dog son and Coo“～”。
412 spiriduous sanction 解 spiritus [拉]“灵魂”+sancti [拉]“神圣的”;也解 sanction“～”。
413 Breeze“～”,此处解 breathe“～”。
414 Aures [拉]“～”;也解 aura [拉]“～”;也解 aura“～”。
415 aureas 解 aureus [拉]“～”。
416 naun 解 navn [丹]“～”。
417 Hau's 解 How's“～”。
418 Me das 解 Midas“～”,希腊神话中的弗里吉亚国王,神赋予了他点石成金的能力;也解 my dad“～”;也解 Marquis de Sade“～”(1740—1814),法国作家。
419 or“～”,此处解[法]“～”。
420 oreils 解 oreilles [法]“～”;也解 Persse O'Reilly“～”,书中人物,主人公 HCE 的化身之一。
421 Piercey 解 pierce“～”。
422 eyeluscious 解 eyelash“～”;也解 eye“～”+luscious“～”;也与前面合解 videlicet [拉]“～”。
423 muddyhorsebroth 解 mudebroth“～”,圣帕特里克感叹语;也解 muddy“～”+horse“～”+broth“～”。
424 Pig“～”,此处解 big“～”。
425 Pursyriley 解 perce-oreille [法]“～”;也解 Persse O'Reilly“～”。
426 chiseller“～”;也解 chiselur [英口]“～”。
427 Haltstille 解 Haltestelle [德]“～”;也解 Stille [德]“～”;也解 halt- [德]“～”。
428 Lucas 解 Lucan“～”,都柏林城郊,位于利菲河边。
429 Vulva“～”,此处拟咳嗽声“～”;也解 vulva [拉]“～”。
430 Macdougal 解 Johnny MacDougal“约翰尼·麦克杜格”,书中的四位老者之一。
431 onagrass 解 onargus [拉]“～”;也解 onagros [希]“～”。
432 chuam and coughan 解 chewing and coughing“～”;也解 tuaim [爱]“～”+and“～”+coffin“～”。其中 cougha 也解 Cavan“～”,郡名,位于爱尔兰北部。
433 stavrotides 解 stavrotides [人造希腊语]“～”;也解 staurotides [法]“～”。
434 Jong of Maho 解 Johnny MacDougal“约翰尼·麦克杜格”+of Mayo“梅奥郡的”,爱尔兰西北部的郡;也解 mah jong [中]“～”。
435 yokohahat 解 hat“～”;也解 Yokohama“～”,日本城市;也解 Yokhanan [希伯来]“～”。
436 weslarias 解 wisteria“～”;也解 vesla [塞维]“～”;也解 west“～”。
437 worst curst“～”,此处解 west coast“～”。
438 O'mulanchonry 解 melancholy“～”;也解 Farfassa O Mulconry“～”,爱尔兰《四大师编年史》作者之一。
439 plucher 解 plúch [爱]“～”。
440 Glwlwd of the Mghtwg Grwpp 解 Glewlwyd of the mighty grasp“～”,格柳卢伊为亚瑟王的骑士之一,每年给亚瑟王做一天的门卫。
441 donkeyschott 解 Don Quixote“～”,西班牙作家塞万提斯的同名小说的主人公;也解 donkey“～”+ Schotte [德]“～”;也解 danke schon [德]“～”。

雄鹰，尽你的一份力量！

——从家里[442]肉珊瑚滑向[443]我们的原罪[444]地区的|母鸡|往那边去|天气和伊甸园[445]雄鹅|海登。汝等是否认识一位年轻的心理书法专业继学生[446]学者，名为凯文，或者（如别人所说[447]让圈外人祈祷）埃文·沃恩[448]，来自高街上他的邮号，正在射[449]用嘘声赶走一只基尼咯咯咯[450]，母鸡牝特[451]半|品脱健力士啤酒，她发现了一号文件[452]，我建议，被一个不合格的人[453]惊呆[454]向下冒烟的的一个字迹模糊的？

——如果我确实知道圣人和智者[455]神圣的|贤明|生气呢？有时他会保持沉默数分钟，仿佛在祈祷，并紧握他的前额，在这期间，他会自思自忖，他不会在意任何人，任何对他说话或者暴露自己缺点的人。但是我决不需要你，划桨，也不需要你的快速处理。那里你那也远而又远的北方公鸡，马修·阿尔马[456]强大的手臂，你的正南方如此。

——我明白了，南方。你向上进入皇家乌尔斯特[457]忠实的，而我自由地下入亚洲[458]爱尔兰自由邦，这好多了。他被那厌倦了命运的信仰治好了。将在那里创新[459]找到作品的普劳特[460]依照|首先|骄傲的最终是诗人[461]，何况更有学问，他最早发现了那里的读物[462]突袭。这是我们凯尔斯书[463]杀戮之书的末世论[464]粪便学要点现在用如此这般众多的对位法词语所要达到的。如果一只耳朵眼睛[465]赞成抓住那眼睛耳朵[466]在以前没有把握住的[467]哀悼，无法被编码的能被解码[468]从心底|记住。现在，学说主张，我们有造成效果和情绪的偶发性原因偶然再次造成另外的效果[469]副作用|老年。

442 hom“～”，此处解 home“～”。

443 Hooshin 解 huschen［德］“一闪而过”。

444 regional's hin 解 original sin“～”；也解 regional's“～”＋hen“～”；也解 hin［德］“～”；也解 hin［威］“～”。

445 gander of Hayden 解 Garden of Eden“～”；也解 gander“～”＋of＋Maria Hayden“～”，19 世纪的美国灵媒。

446 stepschuler 解 step-“继的”＋Schüler［德］“学生”；也解 scholar“～”。

447 let outers pray“～”，此处解 as others say“～”。

448 Evan Vaughan“～”，都柏林第一位邮政局长，1638 至 1646 年任职于都柏林高街的邮局。

449 Shooing“～”，此处解 shooting“～”。

450 Guineygagag 解 Guinea“基尼”，英国旧时金币名＋gagag“咯咯咯”，指母鸡。

451 Poulepinter 解 poule［法］“母鸡”＋Pinte“牝特”，《列那狐传奇》中的母鸡；也解 pola［塞维］“～”＋pint of Guinness“～”。

452 dogumen 解 document“～”。

453 unelgible 解 un-eligible“～”。

454 downfumbed 解 dumbfounded“～”；也解 down fumed“～”。

455 sinted sageness 解 saints and sages“～”，爱尔兰被称作““圣人和智者之岛”；也解 sainted“～”＋sageness“～”；也解 sint［挪］“～”。

456 Matty Armagh 解 Matthew Arnold“马修·阿诺德”(1822—1888)，英国近代诗人、教育家、评论家＋Armagh“阿尔马”，乌尔斯特的城市；也解 mighty arm“～”。

457 up-in-Leal-Ulster 解 up-in-Royal-Ulster“～”；其中 Leal 也解“～”。

458 I'm-free-Down-in-Easia 解 I'm-free-Down-in-Asia“～”；其中 free 也指 Free State“～”。

459 invent“～”；也解 invenio［拉］“～”。

460 prouts 解 Father Prout“～神父”(1804—1866)，爱尔兰耶稣会士马奥尼(F. S. Mahoney)的笔名，轻散文作家；也解 prout［拉］“～”；也解 protos［希］“～”；也解 proud“～”。

461 poeta［西］“～”。

462 raiding“～”，此处解 reading“～”。

463 book of kills“～”，此处解 Book of Kells“～”。

464 eschatology“～”；也解 scatology“～”。

465 aye“～”，此处解 eye“～”。

466 ere“～”，此处解 ear“～”。

467 grieved for“～”，此处解 greifen［德］“～”。此处化自习语 What the eye can't see, the heart can't grieve for(眼不见，心不烦)。

468 decorded 解 decoded“～”；也解 de corde［拉］“～”；也解 recordare［拉］“～”。此处化自习语 What can't be cured must be endured(不治之症，必须忍受)。

469 altereffects 解 alter［拉］“别人”＋effects“效果”；也解 after-effects“～”；也解 Alter［德］“～”。

或者[470]邮件|肖恩|海报让我自己承担责任来提议曲解笔者笔|闪姆的故事。故事[471]要旨|姿态是肖恩[472]泡沫|约翰的故事,但手是闪姆[473]的手。肖恩-闪姆-闪姆肖恩[474]你们是|你是|掸族|老的。对假冒的凯文有强烈的怀疑,我们全都记得童年的白日梦[475]《青春沉思》中的汝等。这是流言之钟[476]《仙东的钟》,给对你我之间的他和某人的抱怨定调。他会对两个土耳其人[477]说道,浸湿浸湿所有的印度人[478]火鸡|土耳其人,这个大教堂大师,给所有那些在这个青铜[479]日本和尚年纪里将他们的复活节[480]东方新外貌[481]信托给博尔萨利诺[482]扒手帽子手艺屋的人,关于前前复活说[483]的黄金般消息。他是我们转送的公司。现在,你在四神父红衣弥撒之后,脑海里是否对他有合理的犹豫[484],或者你是否在邮递中?把这[485]你去!|奉献|而且告诉我吧,别耽搁[486]别灰心。跳,豹子[487]美洲豹!

——菲拉贝尔[488]四只|苹果|骄傲的|恳求|博览会让我显得苍老!现在[489]在哪里,现在!让手里的这个门闩成为我的奇迹[490]说话的人|单词|看守!我要看到你移得更远,奉承人的[491]布拉尼城堡马克·安东尼[492]高大强壮的人|商人!这样的可怜人能对我说什么,或者我能如何对他[493]厄运与呢?我们满子宫的伤害和开始[494],曾经喜欢一个被喜欢的,轻敲脚后跟的人[495]给小费的人多毛的头顶,利百加[496]字母表|ALP|啄食的不可洗者[497]成长,一个儿子尼克,一个儿子米克[498]以撒的儿子们|哥哥,那个小孩,我是原初[499]在一开始的时候,我那狡猾的[500]豹子|亲爱的兄弟[501],男孩[502]纯洁的,天真的存在[503]存在|无害的,但是十五祷告时间。你们十五年[504]里全都如此在你们的牛狮[505]

470 posterwise 解 otherwise“～”；也合解 post...pen“～”，分别指书中主人公的两个儿子“～”；也解 poster“～”。

471 gist“～”，此处解 gest“故事诗”；也解 gesture“～”。

472 Shaum 解 Shaun“～”；也解 Schaum［德］“～”；也解 Seán［爱］“～”。

473 Sameas 解 Seamus［爱］“～”。

474 Shan-Shim-Schung 解 Shaun-Shem-ShemShaun“～”；也解 shan［吉］“～”＋shin［吉］“～”；也解 Shan“～”，居住在东南亚一带；也解 sean［爱］“～”。

475 childhood's reverye 解 childhood's reverie“～”；也解“Reveries over Childhood and Youth”“～”，叶芝的诗歌。

476 the bells of scandal“～”；也解“The Bells of Shandon”“～”，歌曲名。

477 turkies 解 Turkeies“～”，分欧洲土耳其人和亚洲土耳其人两部分。此处化自习语 talk turkey（坦率地说）。

478 dindians 解 Indians“～”；也解 dinde［法］“～”，英文拼写同“～”。

479 bonze“～”，此处解 bronze“～”。

480 easter 解 Easter“～”；也解 east“～”。

481 neappearance 解 neo-“新的”＋appearance“外貌”。

482 Borsaiolini 解 Borsalino“～”，意大利帽子品牌，乔伊斯有一顶这个品牌的帽子；也解 borsaiolini［意］“～”。

483 anteproresurrectionism 解 ante“先前的”＋pro“之前的”＋resurrectionism“相信人可复活”。

484 hesitancy“～”，指爱尔兰新闻记者皮戈特伪造巴涅尔的信时把 hesitancy 写成 hesitency，因此露馅。

485 andat 解 that“那”；也解 andate!［意］“～”；也解 andagt［丹］“～”；也解 and“～”。

486 sans dismay“～”，此处解 sans delay“～”。

487 Leap, pard“～”；也解 leopard“～”。

488 Fierappel 解 Sir Fyrapel“～爵士”，《列那狐传奇》中的豹子；也解 vier［德］“～”＋appel［荷］“～”；也解 fier［法］“～”＋appel［法］“～”；也解 fiera［意］“～”。

489 Now 解 now“～”；也解 wo［德］“～”。

490 worder“～”，此处解 wonder“～”；也解 word“～”；也解 warder“～”。

491 blarneying 解 blarney“～”；也解 Blarney Castle“～”，位于爱尔兰科克郡的布拉尼小镇。

492 Marcantonio 解 Mark Antony“～”（前 83—前 30），罗马三巨头之一；也解 marcantonio［意］“～”；也解 merchant“～”。

493 doom with“～”，此处解 do with“～”。

494 initiumwise 解 initium［拉］“～”＋-wise。

495 heeltipper 解 heel“脚后跟”＋tapper“轻敲者”；也解 tipper“～”。

496 alpybecca 解 Rebecca“～”，《创世记》中以撒的妻子，以扫和雅各的母亲；也解 alphabet“～”；也解“～”，本书主人公的妻子；也解 beccare［意］“～”。

497 unwachsibles 解 unwashables“～”；也解 wachs［德］“～”。

498 an ikeson am ikeson 解 a Nike-son a Mike-son“～”。其中 ikeson 也解 Isaac's sons“～”；也解 aniki［日］“～”。

499 imprincipially 解 I'm principial“～”；也解 in principio［拉］“～”。

500 leperd［荷］“～”，也解 leopard“～”；也解 lieber［德］“～”。

501 brethern 解 brother“～”。

502 Puer［拉］“～”；也解 pure“～”。

503 ens innocens 解 ens innocens［拉］“～”；也解 ens［拉］“～”＋innocens［拉］“～”。

504 trilustriously 解 tri-“三”＋lustrum“五年时间”。

505 kalblionized 解 Kalb［德］“牛”，四福音书的作者之一路加的象征是牛＋lion“狮子”，四福音书的作者之一马可的象征是狮子＋-ized。

里位于实科中学[506]，正直如他的火柴，健康如是鸡蛋，救星如盐，甜美如[507]面包[508]宽的|面包，与黄油[509]奶油|巴特媲美[510]，我是否把他移动改变[511]老年为肥猪[512]跳起来内[513]的闪光。我是[514]我在|儿子在幼儿园[515]子女|服务里面[516]往那边去|母鸡吗？我不知道，啊，爱人[517]我的脉搏|卡舍尔|石堡，我对这个下届[518]天堂居民[519]确信无疑[520]离开，我的孩子们[521]但最后|玉米|山雀，与先行者截然不同，我从[522]有益于其上升的那个父亲知道，正如我想的，导致我，说到我自己，住在空中[523]埃尔时获得存在[524]，海岸[525]折磨与水滨[526]沃特福德，关于我被改变[527]父母，圣职志愿者[528]主宰着我的未来状态，三次[529]第三次日课经时间朝我自己坠落，停歇在童年时期[530]隐藏，那时我获得一个习惯，追随与美多迪乌斯[531]酷似别人的人相关的梅争提乌斯[532]我的长者，囊括改变信仰的[533]绿色的，拥抱朝圣者[534]淡绿色，绕圈割下我的头发[535]继承人，啊，主啊[536]赞美|威廉·劳德|朝赞课|赞颂，脱掉我的衣服，离开教父的目的，我的小错[537]！允许这个病人[538]偶像|肖像|我|以撒|一个人自己（小[539]冰柱浣熊肖像[540]茧|可可粉）低低蜷伏，谦卑进入，千真万确[541]蹂躏低劣的污秽过去，做出这种有我自己的气味，忍受干净来忏悔，偶遇[542]你们八足生物，嘴巴话语全都非手指力量，在他面前获得我的男子气概[543]温顺|圣曼苏图斯|驯良，向前拜倒附上圣奥多恩[544]倾听者的我的痛处，伴随着我的泪滴[545]雨滴|火车|太，奉上我的[546]眼睛眼中钉[547]眼睛盐|伊瑟，我（我现在位于其中之人）并没有做，他如何说去尝试[548]伊茜，以及[549]加上他如何执行使命，还有以及他如何被训话[550]训示，为什么你，我的第六个[551]午时经最好的

506 real school 解 Realschule [德]"～"。
507 wee 解 wie [德]"～"。
508 braod 解 bread"～";也解 broad"～";也解 brood [荷]"～"。
509 buttyr 解 butter"～";也解 butyrum [拉]"～";也解 Butt"～",本书主人公两个儿子的化身之一。
510 parallaling 解 paralleling"～"。
511 altermobile 解 alter"改变"+mobile"可移动的";也解 Alter [德]"～"。
512 hogsfat 解 fat hogs"～";也解 hochfahren [德]"～"。
513 insiding 解 inside"～"。
514 Been ike 解 bin ich [德]"～";也解 ben ik [荷]"～";也解 ben [希伯来]"～"。
515 kindergardien 解 kindergarten"～";也解 Kinder [德]"～"+dien- [德]"～"。
516 Hins 解 ins [德]"～";也解 hin [德]"～";也解 hens"～"。
517 cashla 解 acushla"～";也解 a chuisle [爱]"～";也解 Cashel"～",位于爱尔兰提珀雷里郡的古代卫城遗迹,曾是芒斯特国王王宫的所在地;也解 chaiseal [爱]"～"。
518 undered 解 under"～"。
519 habitand 解 habitant"～"。
520 am sure offed 解 am sure of"～";也解 off"～"。
521 meis enfins 解 mes enfants [法]"～";也解 mais enfin [法]"～";也解 Mais [德]"～";也解 Meisen [德]"～"。
522 fromming 解 from"～";也解 frommen [德]"～"。
523 ayr [康]"～";也解 Ayr"～",苏格兰的港口城市。
524 came remaining being 解 came into being"～"。
525 plage [法]"～";也解 Plage [德]"～"。
526 watford 解 water"水"+ford"浅滩";也解 Watford"～",伦敦西北部的镇。
527 eltered 解 altered"～";也解 Eltern [德]"～"。
528 impostulance 解 im-"非"+postulant"圣职志愿者"。
529 thrice"～";也解 Tierce"～",大致在上午 9 点。
530 childhide 解 childhood"～";也解 hide"～"。
531 Mezosius 解 Methodios"～",862 年和其兄弟君士坦丁(也称西里尔)应邀前往斯拉夫传教,帮助斯拉夫人建立独立教会;也解 sosie [法]"～"。
532 Mezienius 解 Mezentius"～",古希腊著名暴君;也解 my seniors"～"。
533 was verted 解 who was converted"～";也解 vert [法]"～"。
534 palegrim 解 pilgrim"～";也解 palegreen"～"。
535 hairs"～";也解 heirs"～"。
536 laud"～",此处解 Lord"～";也解 William Laud"～"(1573—1645),曾任英国坎特伯雷大主教,属于阿米尼乌斯教派;也解 Lauds Prayer"～",也叫 Dawn Prayer,在凌晨 3 点祈祷;也解 laus [拉]"～"。
537 meas minimas culpads 解 mea minima culpa [拉]"～"。
538 ick 解 the sick"～";也解 icon"～";也解 eikôn [希]"～";也解 ik [荷]"～";也解 Isaac"～",《创世记》中亚伯拉罕和撒拉的儿子;也解 ikko [日]"～"。
539 ickle 解 little"～";也解 icicle"～"。
540 icoocoon 解 eikôn [希]"～";也解 cocoon"～";也解 cocoa"～"。
541 dead thrue 解 dead true"～";也解 dead trample"～"。
542 tumbluponing 解 tumbling upon"～"。
543 mansuetude"～",此处解 manhood"～";也解 St. Mansuetus"～"(? —375),图尔主教,治愈了麻风病人;也解 mansuetudo [拉]"～"。
544 Audeon 解 St. Audoen"～",位于都柏林中部的教堂;也解 audient"～"。
545 thrain tropps 解 Träne Tropfen [德]"～";也解 raindrops"～";也解 train"～";也解 troppo [意]"～"。
546 meye 解 my"～";也解 me [日]"～"。
547 eyesalt 解 eyesore"～";也解 eye salt"～";也解 Isolde"～",本书主人公的女儿。
548 essied 解 essayer [法]"～";也解 Issy"～",本书主人公的女儿。
549 anding 解 and"～"+adding"～"。
550 he all locutey sunt 解 hi allocuti sunt [拉]"～";也解 allocute"～"。
551 sexth 解 sixth"～";也解 Sext"～",天主教七段祈祷时间中的第四段。

朋友，总是唠叨你会非常高兴[552]弹劾|膨胀的|提供支持我，然后就在那时[553]苏格兰凯尔特语|领土收复主义者|彩虹色的|迷路，推倒汉弗利拥抱侄子，老单身汉[554]声音|乞丐|笨蛋，谋划这样的岗位，坐在他的夜晚办公室里？加之以[555]假设然后，创作了圣马马路约[556]，你环顾四周[557]冷落四周，纳入你移动的手势，打动其他的新信徒[558]，继续说，假如加上签名，既然你要庆祝[559]人众拥挤我的生日[560]死亡|天，既然，隐藏了一支遮瑕膏，我两边盛气凌人，一个假装的[561]模仿的信仰岛民[562]绝缘材料，不再[563]从现在起|申初经结束爱尔兰的[564]之上|混杂的爱尔兰语。唉呀，轻拍[565]矮胖的人你该死的脸颊[566]中国人，在自动装置[567]自动运动前，因为许多人提笔作书[568]处理|标志，就教会产业来说，我现在还是谦卑地改正那个晚祷[569]的好。我把我的口袋里完全[570]夜祷装满了你造就的枢机[571]，一个王子、一个徘徊者、一个昂首阔步者、一个自负者[572]粗鲁的家伙|普劳迪主教！即兴曲[573]谴责！我在赫梯人[574]赫卡特|女巫前救了你，而你在瞎子哈利[575]后面将我解绑[576]失去给了老都柏林[577]公元|犹豫不决地大胆的自治厅[578]辛摩特。我在美好的时间教了[579]你们，我的兄长们，拥有教宗使节权力的甲乙丙丁以及罗马元老院和人民[580]，还有你们，阿尔贝和夏兰、德克兰、伊巴尔[581]一二三四，我得知，一起观察着[582]主教的|主教职位我，环绕着我。我从游民狼群[583]纸醉金迷|拉撒路中把你们带出来，你记着我的口误[584]狼|长的|安德鲁·兰。多水的我水润的我[585]！我我我我我[586]！许多我[587]！是有毒的理智。那一次是贱姓[588]事情想！值得尊敬的回忆说出谦卑的名字[589]吐出谦卑的品质|忍辱含垢。我的乡

552 delated"～",此处解 delighted"～";也解 dilated"～";也解 delatus［拉］"～"。
553 ersed irredent 解 dann erst［德］"～";也解 Erse"～"＋Irredentists［意］"～",19 和 20 世纪意大利的一个政党;也解 iridescent"～";也解 irre［德］"～"。
554 beggelaut 解 bachelor"～";也解 Laut［德］"～";也解 beggar"～"＋lout"～"。
555 Annexing"～";也解 assuming"～"。
556 Momuluius 解 Mamalujo,即 Matthew,Mark,Luke,John"～",四福音书的作者。
557 snub around"～",此处解 snoop around"～"。
558 catachumens 解 catechumen"～"。
559 celebrand 解 celebrate"～";也解 celebradus［拉］"～"。
560 dirthdags 解 birthday"～";也解 death"～"＋dag［荷］"～"。
561 mockbelief 解 make-believe"～";也解 mock belief"～"。
562 insulant"～",此处解 insulanus［拉］"～"。
563 none meer 解 no more"～";也解 nunmehr［德］"～";也解 None or Mid-Afternoon Prayer"～",天主教七段祈祷时间中的一部分,通常在下午 3 点左右。
564 hyber 解 Hibernian"～";也解 hyper［希］"～";也解 hybrid"～"。
565 chunk"～",此处解 chuck"～"。
566 dimned chink 解 damned cheek"～";也解 Chinaman"～"。
567 avtokinatown 解 autokineton［希］"～";也解 autokinesis"～"。
568 have tooken in hand 解 have taken in hand"～",此处化自《路加福音》(1:1)"有好些人提笔作书,述说在我们中间所成就的事",故译为"～";其中 tooken 也解 token"～"。
569 vespian 解 Vespers or Evening Prayer"～"。
570 comeplay 解 complet［法］"～";也解 Compline or Night Prayer"～"。
571 laycreated cardonals 解 created"制造的"＋lay cardinals"枢机",天主教会中未担任主要职务的枢机。
572 ap rowdey 解 a proud"～",这里分别指四福音书的四位作者的象征物天使、狮子、牛和鹰;也解 rowdy"～";也解 Bishop Proudie"～",英国作家安东尼·特罗洛普的《巴彻斯特大教堂》中的人物。
573 Improperial 解 Improperia"～",耶稣受难日仪式的一项内容;也解 improperium［拉］"～"。
574 Hekkites 解 Hittites"～";也解 Hecate"～",希腊神话中司魔法、巫术和冥界的女神;也解 hectates［古英］"～"。
575 bland Harry 解 blind Harry"～",一种捉迷藏游戏。
576 loosed"～",也解 lost"～"。
577 Aud Dub 解 auld Dublin"～";也解 AD"～";也解 audens dubitanter［拉］"～"。
578 burghmote 解 burgh mote"～";也解 Thingmote"～",北欧海盗在都柏林的议会。
579 teachet 解 taught"～"。
580 P. Q. R. S. 解 S［enatus］P［opulus］q［ue］R［omanus］"～",罗马帝国的称谓。
581 Ailbey and Ciardeclan, I learn 解 Ailbey and Ciaran, Declan, Ibar"～",圣帕特里克来到爱尔兰前,爱尔兰的四位基督教主教;也解 ABCD, I learn"～"。
582 episcoping 解 episkopeô［希］"～";也解 episcopal"～";也解 episcopatus［拉］"～"。
583 loups of Lazary 解 loup［法］"狼"＋of＋lazaroni"游民",意大利那不勒斯的底部最穷苦的阶层;也解 lap of luxury"～";也解 Lazarus"～",《圣经》中的麻风乞丐,死而复生。
584 lapsus langways 解 lapsus linguæ"～";也解 lang［中］"～";也解 lang［德］"～";也解 Andrew Lang"～"(1844—1912),荷马史诗的苏格兰语译者。
585 Washywatchywataywatashy 解 washy"多水的"＋washi［日］"我"＋watery"水的"＋wattachi［日］"我"。
586 Oirasesheorebukujibun 解 oira［日］"我"＋sessha［日］"我"＋ore［日］"我"＋boku［日］"我"＋jibun［日］"我"。
587 Watacooshy 解 watakushi［日］"～"。
588 thing think"～",此处解 tsien sing［中］"～"。
589 spit humble makes"～",此处解 speak humble names"～";也解 eat humble cake"～"。

村教区[590]的种姓比异国的[591]朝圣者|行旅|奥克勒利你略胜一筹。我想留下[592]罗马尼亚人|罗马人。看看我的家谱[593]书|劳动！我的大师，狄奥弗拉斯图[594]帕拉塞尔苏斯·球状灵魂[595]，是否没有写下灵魂是来自上层环圈？我支持与克里斯托弗·哥伦布[596]很快|鸽子和小嘴乌鸦[597]乌鸦|马尾鹦鹉在一起的暴民统治。因此特里·凯利[598]恐吓|泥土的经由相反的[599]兔子乌龟·德里[600]天穹到来[601]。他[602]嘀|我，从任何地方[603]和顺序[604]连续|续集看着我的监狱商标[605]累犯，由爸爸迦鲁斯教皇|鹦鹉|高卢居民|公鸡|外国人和爸爸伟人庞培[606]阿尔伯图斯·马格努斯|隆重用外语高高地[607]我在我身上做上复制的[608]假的|相似的记号；阿门[609]呃哼！用英语[610]英国人|天使：汞不会在任何一棵树上做出来[611]蛋|大淡水鱼|瘦肉|你|鱼|喂养|更加好奇|大海。神父[612]能对罗马天主教[613]卑俗的人|圣帕特里克的贵族没有任何障碍地[614]尼罗河|赞美|是否|水果自我赞美[615]自我|打铃清晨盾形纹章，配以我那三羽渡饰[616]三便士|山脊和尾部箴言[617]：我伺候[618]鱼的；盖斯佩、奥托热的和萨奥尔酸的[619]，他提出：瞧瞧本人[620]回声如此停留|我|如此说！言说吃或不吃身体你的是。我的[621]心智，赞美上帝[622]，是第一人称[623]自我之名[624]对我来说|我，你会[625]手|你会|上帝|I在我的末日审判书[626]我的上帝|道格拉斯勋爵|赞美中听到上帝上帝[627]。再见[628]！或者在所有人[629]每个人|德国人|德国的中；吮吸[630]苏凯特|寻找！

——你自己吮吧，糖棒[631]阴茎！哎呀[632]熊|的确|我，你会[633]觉得我们[634]他的在要求看看[635]小盒|卢卡-梅尔你酸痛的脚趾，或者尝尝你那喘气的、热的和酸的！我伺候[636]鱼|鱼龙！你有一个二传手

590 ruridecanal 解 rural deanery“～”。

591 peregrines“～”；也解 pilgrims“～”；也解 peregrinus［拉］“～”；也解 Peregrine O Clery“～”，《四大师编年史》作者之一。

592 Aye vouchu to rumanescu 解 I wish to remain“～”。其中 rumanescu 也解 românesc［罗］“～”；也解 romanesco［意］“～”。

593 leabhour 解 leabhar［爱］“～”，此处化自《马太福音》开头一节中的“Liber generationis”（家谱），故译为“～”；也解 labour“～”。

594 Theophrastius 解 Theophrastus“～”（约前 372—前 287），古希腊生物学家、逻辑学家；也解 Philippus Aureolus Paracelsus“～”（1493—1541），瑞士医生及炼金术士，本名是特奥弗法斯·博姆巴斯特斯·冯·霍亨海姆。

595 Spheropneumaticus 解 spheroid“球状体”＋pneuma［希］“灵魂”。

596 Prestopher Palumbus 解 Christopher Columbus“～”。此处/p/和/k/互换，P 与 K 的二元对立是本书的一个重要主题。也解 presto［意］“～”＋palumbus［拉］“～”。

597 Porvus Parrio 解 Corvus Corone“～”；也解 corvus［拉］“～”＋parrakeet“～”。

598 Kelly Terry 解 Terry Kelly“～”，都柏林典当商的名字。其中 Terry 也解 terreo［拉］“～”；也解 terreus［拉］“～”。

599 lepossette 解 l'opposite［法］“～”；也解 lepus［拉］“～”。

600 Chelly Derry 解 chelys［希］“乌龟”＋Derry“德里市”，正式名为伦敦德里，位于北爱尔兰；也解 caelum［拉］“～”。

601 Soa koa 解 so come“～”。

602 Ho“～”，此处解 he“～”；也解 wo［中］“～”。

603 Exquovis 解 ex quovis“～”。

604 sequencias 解 sequence“～”；也解 sequentia［拉］“～”；也解 sequencias［葡］“～”。

605 jailbrand 解 jail“监狱”＋brand“商标”；也解 jailbird“～”。

606 Pappagallus and Pumpusmugnus 解 Papa“爸爸”＋Gallus“迦鲁斯”（前 69—前 26），罗马诗人和政治家＋Papa“爸爸”＋Pompeius Magnus“伟大的庞培”（前 106—前 48），古罗马共和国的统帅，三巨头之一；也解 papa［拉］“～”＋A. I. Magnus“～”（约 1200—1280），一般称为大阿尔伯特，德国天主教多明我会主教和哲学家；也解 pappagallo［意］“～”＋pompa magna［意］“～”。其中 Pappagallus 也解 Gauls“～”；也解 gallus［拉］“～”；也解 gall［爱］“～”。

607 High“～”；也解 I“～”。

608 fakesimilar 解 facsimile“～”；也解 fake“～”＋similar“～”。

609 ahem“～”，此处解 amen“～”。

610 Anglicey 解 Anglice“～”；也解 anglais［法］“～”；也解 angel“～”。

611 Eggs squawfish lean yoe nun feed marecurious 解 Ex quovis ligno non fit Mercurius［拉］“～”；也解 eggs“～”＋squawfish“～”＋lean“～”＋you“～”＋nun［希伯来］“～”＋feed“～”＋more curious“～”。其中 mare 也解 mare［拉］“～”。

612 Sagart［爱］“～”。

613 Lowman Catlick 解 Roman Catholic“～”；也解 low man“～”＋Patrick“～”。

614 nilobstant 解 nihil obstat［拉］“～”；也解 Nil［德］“～”；也解 Lob［德］“～”；也解 ob［德］“～”；也解 Obst［德］“～”。

615 self laud“～”；也解 Selbst［德］“～”＋läuten［德］“～”。

616 tripenniferry cresta 解 tri“三”＋penna［拉］“廓羽”＋ferry“渡口”＋crista［拉］“羽饰”，指威尔士亲王的三只鸵鸟羽毛纹章；也解 threepenny“～”＋cresta［意］“～”。

617 mottams 解 mottos“～”。

618 Itch dean 解 ich dien［德］“～”；也解 ichthyal“～”。

619 Gaspey, Otto and Sauer“～”，此处化自埃米尔·奥托（Emil Otto）博士的著作《盖斯佩、奥托和萨奥尔教法：法国会话——学法语的法语实用会话语法》；其中 Otto 也解 hot“～”；其中 Sauer 也解 sauer［德］“～”。

620 echo stay so“～”，此处解 ecco stesso［意］“～”；也解 ego［拉］“～”＋say so“～”。

621 Mind“～”，此处解 mine“～”。

622 praisegad 解 praise God“～”。

623 praisonal 解 personal“个人的”。

624 Egoname 解 Ego name“～”；也解 nam ego［拉］“～”；也解 egônê［拉］“～”。

625 Yod［希伯来］“～”，此处解 you'd“～”；也解 God“～”；也解 iota［希］“～”。

626 Moy Bog 解 my book“～”；也解 moi bog［俄］“～”；也解 Lord Alfred Douglas“～”（1870—1945），英国作家王尔德的同性情人；也解 mol［爱］“～”。

627 boissboissy 解 bozhe bozhe［俄］“～”。

628 Hastan the vista 解 hasta la vista［西］“～”。

629 alleman 解 alle Mann［德］“～”；也解 alleman［荷］“～”；也解 alemán［西］“～”；也解 allemande［法］“～”。

630 Suck at“～”；也解 Sucat“～”，圣帕特里克洗礼的名字；也解 suchet［德］“～”。

631 sugarstick 解 sugar stick“～”，也指“～”。

632 Misha［俄］“～”，此处解 wisha“～”；也解 musha［古体］“～”；也解 mishi［爱］“～”，指爱尔兰修女圣布利吉特在受洗时用爱尔兰语说“我是”，她是爱尔兰的主保圣人之一，在书中象征着爱尔兰。

633 Yid 也解 you'd“～”。

634 whose“～”，此处解 we“～”。

635 luckat 解 look at“～”；也解 locket“～”；也解 Lucat-Mael“～”，李尔王的德鲁伊。

636 Ichthyan 解 ichthys［希］“～”，此处解 ich dien［德］“～”；也解 ichthyosauros［希］“～”。

吗[637]！感谢上帝[638]讨论终结|蛋|平民！在他的元音阿飞和她的辅音[639]红颜知己之间！汤姆、迪克和哈里[640]，以及玫瑰色兰开斯特和白色[641]兰开斯特的布兰奇|白手的伊瑟约克[642]！我们在说[643]讲话英语[644]英语|土地|海，或者你是不是在说德语[645]？我说[646]或者大豆|乔伊斯，上帝啊上帝[647]水泡|苍白的，去往何处依然有人知道吗？那个伤脑筋的话语变得数量巨大，何时做什么？依然有人知道吗？回来，狡猾的[648]珀西·奥莱利|蠼螋坏人，去巴利耶姆斯达夫[649]！回家[650]跟他一起，帕迪·莱利[651]阴茎|同上|伙伴|生疏地！你那老家伙的三羽渡饰[652]三便士|蹲伏者。

怎么样，我的孩子，古往今来，告诉我们，啊？布利安[653]布利安·奥林的一且唯一之我[654]第二十一|吹嘘怎么样，和尚大师，嗯，嗯，主的气息注入我[655]我相信你，主啊，我的天啊[656]相信上帝|额外的！詹金斯的耳朵战争[657]的善意爱桃子鸽子者[658]什么价格[659]肥厚的奖励，嗯，嗯，嗯，蠼螋[660]壹耳微蚵先生，无用的[661]，带着他那我有常春藤在他的舌[662]语言下，冬青树[663]给他的电话[664]声音，在世界上有声音之前？他最好的[665]推动朋友有多大，如何被拐骗[666]上海给他？笨蛋[667]无赖！一个马厩[668]肚子里的两行人、三驹马[669]琐事|三叶草！上帝[670]大声的诅咒他！如果你完全[671]外部的|另外一个的听到[672]一大群他，就像我们如在迷宫中[673]不同地|傻大个听到的[674]鲁莽的，从月出[675]早晨米饭到晚餐[676]梦魇|晚上|男人，带着他的鼓声、枪声[677]骨骼和雄蜂的嗡嗡声，你的内耳很难[678]听到会[679]回忆起|一大群听到他。这，此，斯，在此，在斯[680]！亲亲[681]叮叮！

637 Hegvat tosser 解 have you got a tosser"～"。
638 Gags be plebsed 解 God be praised"～"。其中 Gags 也解 gag"～";也解 eggs"～"。其中 plebsed 也解 plebs"～"。
639 voyous...consinnantes 解 vowels...consonants"～……～";也解 voyou [法]"～"...confidantes"～"。
640 Thugg, Dirke and Hacker 解 Tom, Dick and Harry"～",泛指很多人时的说法,在书中构成三人组。
641 Blanche 解 blanch"～";也解 Blanche of Lancaster"～",英国国王亨利四世的母亲;也解 Isolde Blanchemains"～",特里斯丹的妻子。
642 Lankester...Yorke 解 Lancaster...York"～……～",英国玫瑰战争中的两个家族。
643 speachin 解 speaking"～";也解 sprechen [德]"～"。
644 d'anglas landadge 解 English language"～";也解 d'anglais [法]"～"+land"～"+sea"～"。
645 sprakin sea Djoytsch 解 sprechen Sie Deutsch [德]"～"。
646 Oy soy 解 I say"～";也解 or soy"～";也解 Joyce"～"。
647 Bleseyblasey 解 bozhe bozhe [俄]"～";也解 Blase [德]"～";也解 blass [德]"～"。
648 wrily 解 wily"狡猾的";也解 Persse O'Reilly"～",书中人物,字面意为 perce-oreille [法]"～",因此为主人公 HCE 的化身之一。
649 Bullydamestough 解 Ballyjamesduff"～",爱尔兰的城市。
650 Cum him 解 come home"～";也解 cum [拉]"伴同"+him"他",即"～"。
651 buddy rowly 解 Paddy Riley"～",此处出自歌曲《回来吧,莱利》中的歌词"Come back, Paddy Riley, to Ballyjamesduff, Come home. Paddy Riley, to me"(回到巴利耶姆斯达夫,帕迪·莱利。回家来我身边,帕迪·莱利);也解 bod [爱]"～"+Ó Raghailligh [爱]"～";也解 buddy"～"+rawly"～"。
652 thruppenny croucher 解 tripenniferry crista"～";也解 threepenny"～"+croucher"～"。
653 Brian 解 Brian Boru"布利安·布鲁",爱尔兰传说中的著名国王;也解 Brian O'Linn"～",爱尔兰民谣中的早期英雄。
654 Vauntandonlieme 解 one and only me"～";也解 vingt et unième [法]"～";也解 vaunt [古体]"～"。
655 spira in me Domino [拉]"～";也解 spero in te Domine [拉]"～"。
656 spear me Doyne 解 spare me (or my) days! "～";也解 Spera in Deo [拉]"～";也解 spare"～"。
657 Jenkins' Area 解 War of Jenkins' Ear"～", 1739 年至 1748 年大不列颠与西班牙之间的一场军事冲突。
658 peachumpidgeonlover 解 peach and pigeon lover"～"。
659 Fat prize"～",此处解 what price"～"。
660 earwugs 解 earwigs"～";也解 Earwicker"～"。
661 escusado 解 excusado [西]"～"。
662 tangue 解 tongue"～";也解 teanga [爱]"～"。
663 hohallo 解 holly"～"。
664 dullaphone 解 telephone"～";也解 phônê [希]"～"。
665 boost"～",此处解 best"～"。
666 shanghaied"～";也解 Shanghai"～"。
667 swaaber 解 swabber"～";也解 swab"～"。
668 Wanstable 解 one stable"～";也解 Wanst [德]"～"。
669 trifoaled 解 tri"三"+foaled"产驹的";也解 trifle"～";也解 trifolium [拉]"～"。
670 Loud"～",此处解 Lord"～"。
671 outerly"～",此处解 utterly"～";也解 otherly"～"。
672 hored 解 heard"～";也解 horde"～"。
673 lubberintly 解 labyrinth"～"+-ly;也解 differently"～";也解 lubber"～"。
674 harum"～",此处解 heard"～"。
675 morning rice"～",此处解 moonrise"～"。
676 nightmale 解 Nachtmahl [德]"～";也解 nightmare"～";也解 night"～"+male"～"。
677 bones"～",此处解 guns"～"。
678 heerdly 解 hardly"～";也解 heard"～"。
679 innereer'd 解 inner ear would"～";也解 erinner- [德]"～";也解 Heer [德]"～"。
680 Ho ha hi he hung 解 hic, haec, hoc, hie, hae [拉]"～"。
681 Tsing tsing 解 tsin tsin [中]"～";也解 zinzin"(铃声)～"。

——我不再[682]现在生气[683]英语|天使，我说着黄种人的隐语[684]语言。美好的博士[685]十二月|文件路加先生[686]槲寄生，请！我喜欢[687]洋泾浜语|像猪的智力游戏[688]基础知识|欺骗所有相同的一号[689]顶级·讲故事[690]家伙。下一[691]次我喜欢知道[692]我猪一样的悟性|我的洋泾浜语抱歉一次唱歌。拜托[693]，路克[694]·沃基先生[695]！该死的[696]佛像|亚当牛肚子[697]谈情说爱|卡伯里山夫人[698]属于我[699]她拉着瘸我[700]，天哪[701]，吓人盒中杰克[702]属于她；滔滔不尽的呜呜哭叫[703]波希米亚人|布卢姆。

——地狱是避身处[704]孔子|混乱|HCE 和自然元素！太多太多[705]！那个[706]透特永远不是邮局职员[707]教牧人员，检查与日本小孩[708]的寒暄聊天！在那里把煽情故事在你的辛巴达[709]λ|外公的|羊尾|兰姆故事前打住[710]留住！你是罗马天主教徒[711]圣帕特里克 432?

——驷马车[712]四马二轮战车我的轭。

三重我的约会。

二马车[713]最后我的大人。

——历史就如她被弹奏的。你那老奶牛[714]老家庭主妇|猫头鹰的曲调[715]对于一个也逝去[716]撒谎的|曲调。丹特里斯[717]，帽子戏法[718]帕特里克，幽会与分手，用滑元音！我觉得你那激动快乐的[719]令人扫兴的嘴公开地说，啊，译员，手的替手[720]在大学学习|专心致志。潜水者用词语表达了桨轮用动词所表达的。只不过男人的哑剧：上帝开的玩笑[721]上帝是公正的。旧的秩序改变了，并且像初始者一样延续[722]最后的|最后如同第一。每三个人有一个在他的良心里有一个裂缝，每两个女人有一个在她的头脑里有一个玩笑[723]日本。

682 no...mo 解 no...more“～”;其中 mo 也解 mò［意］“～”。
683 angly 解 angry“～”;也解 anglais［法］“～”;也解 angel“～”。
684 Yellman's lingas 解 yellowman's lingo“～”;也解 lingua［拉］“～”。
685 Doc 解 Doctor“～”;也解 Dec“～”;也解 document“～”。
686 Mistel Lu 解 Mister“先生”＋Saint Luke“圣路加”,四福音书的作者之一;也解 mistletoe“～”。
687 Me no pigey 解 a me piace［意］“～”。其中 pigey 也解 pidgin“～”;也解 piggy“～”。
688 ludiments 解 ludi［拉］“游戏”＋mens［拉］“理智”;也解 rudiments“～”;也解 ludification“～”。
689 numpa one 解 number one“～”。
690 Tellmastoly 解 Tell me a story“给我讲个故事”。
691 anothel 解 another“～”。
692 Me pigey savvy 解 a me piace sapere［意］“～”;也解 me piggy savvy“～”;也解 my pidgin sorry“～”。
693 Pleasie 解 please“～”。
694 Lukie 解 Luke Tarpey“～”,本书的四位老人之一。
695 Mista 解 Mister“～”。
696 Josadam 解 goddam“～”;也解 Joss“～”＋Adam“～”。
697 cowbelly 解 cow“牛”＋belly“腹部”;也解 bill and coo“～”;也解 Carberry Hill“～”,位于苏格兰,1567年苏格兰贵族在此展开反对玛丽女王的战役并获胜,因此 carberry 在苏格兰语中也有“战胜”的意思。
698 maam 解 madam“～”。
699 belongame 解 belong me“～”。
700 shepullamealahmalong 解 she pull me along“她一路拉着我”＋lahm［德］“瘸的”。
701 begolla 解 begorra“～”。
702 Jackinaboss 解 Jack in the box“～”,一种打开盒盖弹出吓人的杰克小人的盒子。
703 boohoomeo 解 boohoo“～”;也解 Bohemian“～”;也解 Bloom“～”,《尤利西斯》的主人公。
704 Confucium 解 confugium［拉］“～”;也解 Confucius“～”;也解 confusion“～”。此处包含本书主人公名字的缩写“～”。
705 Tootoo moohootch 解 too too much“～”。
706 Thot's 解 that's“～”;也解 Thoth“～”,埃及神话中的月神。
707 cleric“～”,此处解 clerk“～”。
708 nipponnippers 解 Nippon“日本”＋nippers“小孩”。
709 lambdad 解 Sinbad“～”,《一千零一夜》中的航海冒险家;也解 lambda“～”,希腊语字母表的第 11 个字母;也解 granddad's “～”;也解 lamb's tail“～”;也解 Charles Lamb“～”(1775—1834),英国散文家。
710 Halt“～”,此处解 halt-［德］“～”。
711 roman cawthrick 解 Roman Catholic“～”;也解 Patrick“～”,他于 432 年抵达爱尔兰。
712 Quadrigue 解 quadrigae［拉］“～”;也解 quadriga“～”。
713 tandem“～”;也解 tandem［拉］“～”。
714 owldfrow 解 old cow“～”;也解 old frow“～”;也解 owl“～”。
715 toone 解 tune“～”;也解 to one“～”。
716 lied“～”,此处解 died“～”;也解 Lied［德］“～”。
717 Tantris“～”,特里斯丹(Tristan)到达爱尔兰时的自称。
718 hattrick 解 hat trick“～”,指连入三球;也解 Patrick“～”。
719 thrilljoy“～”;也解 killjoy“～”。
720 understudium 解 understudy“～”;也解 Studium［德］“～”;也解 studium［拉］“～”。
721 God has jest 解 God has jested“～”;也解 God is just“～”。
722 lasts“～”;也解 last“～”,此句也可解为“～”。
723 jape“～”;也解 Japan“～”。

现在，把这个小家伙放在我的眼里，孟子[724]极小的|菲力克斯·曼德拉草，追随着我的小小心理汉学[725]，投掷俚语[726]的可怜乞丐[727]武装者。现在我，塔图[728]文身的主人，正把那个首字母[729] T 字的方形葬玉垂直放到你的庙宇上一会儿。你看到什么东西了吗，圣殿骑士[730]法学生？

——我看到一个黑肤法国[731]红腹灰雀|雀类糕饼师傅[732]板层|试验……他承袭了他的脑壳……一个爱之胶的大教堂给他的……瞧[733]你的，他多像某些人！

——虔诚的[734]年轻的步兵，一个虔诚的人。什么悲痛[735]危难|特里斯丹之音击入[736]隔离|伊瑟我的耳朵？同一个 T[737]我地平线|地平线，这条有公羊头[738]头像羊头的笨人的蛇[739]，把它轻轻地放一点儿到你的唇上。你觉得如何，爱唇者？

——我觉得一位美丽夫人……漂浮在明胶[740]伊希斯的平静溪流之上……带着金发[741]金发的伊瑟上床……白臂[742]白手的伊瑟伸向发光体……噢，啦，啦！

——纯粹地，用纯粹的方式。啊，比如说[743]是，但是迅速平静，一次徒劳的尝试[744]试验！今天订婚，明天分开[745]。我颠倒了你那三部分的首字母，将它坚决地[746]斯特恩签了名，用斧头砍[747]斧头头向腰带。在你的胸口。你听到了什么，护胸甲？

——我听到一只跳虫在门后[748]被隐藏在米糠池里拍着他的脚。

——参宿五[749]风箱|战士的|用斧头砍|睾丸，就像一只风箱一样行

724 Minucius 解 Mencius“～”；也解 minutius［拉］“～”；也解 Marcus Minucius Felix“～”（？—250），早期用拉丁文写作的基督护教论者。

725 psychosinology 解 psychology“心理学”＋sinology“汉学”。

726 slingslang 解 sling“投掷”＋slang“俚语”。

727 armer“～”，此处解 Armer［德］“～”。

728 Tuttu 解 Tattu“～”，古代埃及有两座城市叫这个名字；也解 tattoo“～”。

729 inital 解 initial“～”。

730 templar“～”，此处解 Knights Templars“～”。

731 blackfrinch 解 black French“～”；也解 bullfinch“～”；也解 finch“～”。

732 pliestrycook 解 pastrycook“～”；也解 plies“～”＋try“～”。

733 Tiens［法］“～”；也解 tien［法］“～”。

734 Pious“～”；也解 pioupiou［法］“～”。

735 tistress 解 tristesse［法］“～”；也解 distress“～”；也解 Tristan“～”。

736 isoles 解 assails“～”；也解 isolates“～”；也解 Isolde“～”，本书主人公的女儿的化身，也是中世纪骑士传奇特里斯丹和伊瑟的故事中的女主人公.

737 I horizont 解 I horizon“～”，此处字形为字母“～”，故译；也解 Horizont［德］“～”。

738 ramshead 解 ram's head“～”；也解 ram head“～”。

739 serpe 解 serpent“～”。

740 isisglass 解 isinglass“～”；也解 Isis“～”，埃及神话中司生育的女神。

741 gold hair“～”，指 Isolde of the Fair Hair“～”，指马克国王的妻子伊瑟，特里斯丹的恋人。

742 white arms“～”，指 Isolde of the White Hands“～”，特立斯丹在布列塔尼的妻子。

743 sey 解 say“～”；也解 sey［古德］“～”。

744 essaying“～”；也解 essayer［法］“～”。

745 trenned 解 trennt［德］“～”。此处化自习语 here today, gone tomorrow（过眼云烟）。

746 sternly“～”；也解 Laurence Sterne“～”（1713—1768），英国作家，著有《项狄传》。

747 adze 解 axe“～”；也解 adzehead“～”，帕特里克因为削发被称为斧头头。

748 behidin 解 behind“～”；也解 be hidden“～”。

749 Bellax 解 Bellatrix“～”，位于猎户座；也解 bellows“～”；也解 bellax［拉］“～”；也解 axe“～”；也解 bollocks“～”。

动。于是幻景三联画过去了。从一个山腰出来进入一个山腰。美丽仙女[750]消退。你肖像[751]厄玛|《潜意象》的流浪汉气质再次让我高兴[752]精美的|美味的。现在,梦[753]推动质询[754]通路|推进力|引起质询的|驱动,我觉得被鼓动来问你是否曾经想到过这个,以你的身份,在这之前,被一段你极北的[755]爱尔兰想象,在比这个嘎嘎叫声还快的时候,你可能,倘无意外[756]意外地,可能与你的下一段生活脱离[757]继位,极大程度上被一个补偿性人物,完全不同的声音代替?雅各[758]反对!你的想法让我发抖!想一想!别再想那个,无条件地相信这个。下个词依赖于你的答案。

——我也这样想[759]你理解,感谢上帝[760]詹姆斯·霍格!我正努力想什么时候我觉得我感到了一只虱子。我可能如此。我无法说定,因为那根本不重要。一次或两次,那是我与我的兄弟[761]腐坏的|敌人,杰克·琼斯[762]家伙,英俊的出租马车夫[763]双轮双座马车|脏兮兮的手,在奥丁镇[764]爱丁堡|奥尔登堡的时候,那时我觉得[765]发出叮当声我在[766]穿衣服试穿我的替代服装[767],完全不同的声音[768]男孩与众不同|开放的,在我隔壁邻居[769]杀害|词语|接近的|粗人家,或许更主要地也不是你说[770],然而你,餐桌伙伴,明白了。有几次,可以这么说[771]因此来塑形,我在我可笑的[772]危险的|不可思议的|赫拉克勒斯想象[773]中,偶然将生命权从我自己里拉伸出来,就如我想的在阴影中。我觉得感到了一半的苏格兰威士忌和肉汤[774]麦片粥,就像大约在[775]年轻的我中年岁月,就像美女与野兽[776]布商比利,因此我自己指出,我向上帝[777]天主|内脏发誓,我如何根本不是我自己,没有欢乐的

750 Fairshee 解 fair“美丽的”＋shee［古英］“仙女”。

751 irmages 解 images“～”；也解 Irma“～”，弗洛伊德的著作《梦的解析》中的人物；也解 *Imago*“～”，奥地利精神分析学家奥托·兰克 1912 年创办的刊物。

752 deliciated 解 delighted“～”；也解 delicate“～”；也解 delicious“～”。

753 oneir 解 oneiros［希］“～”。

754 iterimpellant 解 interpellate“～”；也解 iter［拉］“～”＋impellent“～”；也解 interpellant“～”；也解 impelling“～”。

755 iberborealic 解 hyperborean“～”；也解 Hibernia［拉］“～”。

756 bar accidens 解 barring accidents“～”；也解 per accidens［拉］“～”。

757 secession“～”；也解 succession“～”。

758 Upjack 解 Jacob“～”，《创世记》中以撒的儿子，以色列人的祖先；也解 object“～”。

759 thinking to 解 thinking too“～”；也解 tuigeann tú［爱］“～”。

760 thogged be thenked 解 God be thanked“～”；也解 James Hogg“～”（1770—1835），苏格兰诗人和小说家。

761 addlefoes 解 adelphos［希］“～”；也解 addle“～”＋foes“～”。

762 Jake Jones 解 Jack Jones“～”，此处化自习语 on one's Jack Jones（独自）；也解 jake“～”。

763 handscabby 解 handsom cabby“～”；也解 hansom cab“～”；也解 scabby hand“～”。

764 odinburgh 解 Odin“奥丁”，北欧神话中的主神＋burgh“城镇”；也解 Edinburgh“～”，苏格兰首府；也解 Oldenburg“～”，德国西北部城市名。

765 thinkled 解 thinked，即 thought“～”；也解 tinkled“～”。

766 wore“～”，此处解 were“～”。

767 garden substisuit 解 garment substitute“～”。

768 boy's apert 解 voices apart“～”；也解 boy's apart“～”。其中 apert 也解 aperto［意］“～”。

769 nexword nighboor 解 nextdoor neighbour“～”；也解 nex［拉］“～”＋word“～”＋nigh“～”＋boor“～”。

770 quosh 解 quoth“～”。

771 so to shape“～”，此处解 so to say“～”。

772 ericulous 解 ridiculous“～”；也解 periculous，即 perilous“～”；也解 miraculous“～”；也解 Hercules“～”，希腊神话中的大力士英雄。

773 imaginating 解 imagination“～”。

774 pottage“～”；也解 porridge“～”。

775 roung 解 round“～”；也解 young“～”。

776 Bewley in the baste 解 Beauty and the Beast“～”；也解 Bewley and Draper“～”，都柏林玛丽大街上的百货商。

777 gots 解 God“～”；也解 Gott［德］“～”；也解 guts“～”。

恐惧，当我自己[778]意识到我将会恰当地变得如何。

——啊，那是你的样子吗，你这个家伙[779]？太初有道[780]在形成中是穿戴，荡妇[781]不想！并非拿着托钵的就是僧。恐怕，声音是雅各[782]开玩笑的声音。你现在是模仿罗马还是现在模仿马罗[783]爱。你有我们所有的共鸣，嗯，帕特里克[784]诡计|轻拍先生，如果你不介意，就是说，除了歌声和伤感，回答我率直的提问？

——真要命[785]上帝拯救僧侣！我不会介意论述[786]这是，对你们严厉的盘问[787]做出回答，然而现在对我来说回答是不合道德的，就像当时对你来说不提问也会是荒谬的。有人同样|闪不能，有人[788]家庭|含不愿，我再重复[789]再|复仇|《群鬼》。我的已离去[790]行走，我会回来。你能用我的名字叫我，利兰德[791]里河|登陆装置。但是你会在我的庇护下想念我。当马[792]向后[793]违背承诺的行为走，他是切坡里若德[794]马|凯佩尔处最黑的马。你知道我一次，但是你不会知道我两次。我太难了[795]艺术大师|绝对地|努力地，学校里的艺术[796]鞋屁股，在爱和奉献[797]偷窃中的休息日[798]星期五孩子。

——我的孩子，认识这一点！那个答案的某个部分看起来是被你从圣狗母鱼[799]可憎的，那第一个骗子的著作里取出来的[800]是代币。因此，让我们听听，作为你的荣誉并服从女王，那个的内存性是否[801]去哪儿，呸不要脸[802]羞耻，与一个纠缠，或者弥补了两个。让我们听听，最简单的艺术！

——最心爱的兄弟们：布鲁诺和诺拉[803]诺拉的布鲁诺|布朗与诺兰，出自橙色的圣拿骚街[804]橙色拿骚，在依次[805]阿维森纳|送解释着它，

778 bimiselves 解 by myself“～”。

779 craythur 解 creature“～”。

780 In the becoming was the weared“～”，此处解 In the beginning was the Word“～”，《约翰福音》(1:1)。

781 wontnat 解 wanton“～”；也解 want not“～”。

782 jokeup 解 Jacob“～”；也解 joke up“～”。

783 Amor［拉］“～”，此处为 Roma(罗马)的反写。

784 Trickpat 解 Patrick“～”；也解 trick“～”+pat“～”。

785 God save the monk“～”，此处解 God save the mark“～”。

786 this is“～”，此处解 thesis“～”。

787 crossqueets 解 crossquestion“～”。

788 Same...home“～”，此处解 some...some“～”；也解 Shem...Ham“～”，挪亚的两个儿子。

789 gangin 解 gengang［丹］“～”；也解 again“～”；也解 vengeance“～”；也解 *Gengangere*“～”，挪威戏剧家易卜生 1881 年出版的戏剧。

790 Gangang 解 gone“～”；也解 Gang［德］“～”。

791 Leelander 解 Charles Leland“～”(1824—1903)，美国诗人、记者，发现了爱尔兰补锅匠的秘密语言雪尔塔语；也解 Lee“～”，位于爱尔兰科克郡+lander“～”。

792 Lapac 解 capall［爱］“～”。

793 backwords 解 backwards“～”；也解 backword“～”。

794 Capalisoot 解 Chapelizod“～”，地名，位于都柏林西郊；也解 capall［爱］“～”；也解 Capel“～”，都柏林街名，字面意为“马”。

795 simpliciter arduus 解 simpliciter arduus［拉］“～”；也解 magister artes［拉］“～”；也解 simpliciter“～”+arduous“～”。

796 ars of the schoo 解 ars［拉］“艺术”+of the school“学校的”；也解 arse of the shoe“～”。

797 thieving“～”，此处解 giving“～”。

798 Freeday“～”；也解 Friday“～”。

799 Synodius 解 Synodus“～”；也解 odious“～”。

800 been token“～”，此处解 been taken“～”。

801 Whither“～”，此处解 whether“～”。

802 shamefieth 解 fie, for shame! “～”；也解 shame“～”。

803 Bruno and Nola“～”，人名；也解 Bruno of Nola“～”，16 世纪意大利哲学家；也解 Browne and Nolan“～”，都柏林著名书籍和文具商店的店名。

804 orangey Saint Nessau 解 orangey“似橙色的”+Saint“圣”+Nassau Street“拿骚街”，都柏林街道名；也解 Oranje Nassau“～”，指拿骚-迪茨伯爵约翰·威廉·弗里索，“奥兰治亲王”，威廉四世的生父。

805 avicendas 解 a vicenda［意］“对方”；也解 Avicenna“～”(980—1037)，亦称伊本·西纳，阿拉伯哲学家；也解 send“～”。

围绕着彼此，在上星期之前，出自伊本·西纳[806]易卜生和伊本·路世德[807]。当诺拉·布鲁诺独占他，他的布鲁诺自我最不情愿地被诺拉里全部[808]总而言之的凡人力量抓住[809]感觉|看见|他自己，与布鲁诺本人[810]相等和相反，那就是[811]，永远同样地刺激别处的对立面，这种刺激就像布鲁诺永远与诺拉对立一样。永永远远[812]为了所有人，直到永远|可怜的公共汽车|唱|狮子；他也是！

——人们可能在他们的来世听到狮子再次在空中咆哮，芬·麦克尔[813]猫科豹属|猫科动物的动物园[814]动物|家|呼。熊先生走向诺伯勒[815]布朗与诺兰。但是[816]断言|阿威罗伊谁是？如果是它自己[817]易卜生|阿维森纳呢？或者你的意思是不管愿意不愿意[818]但是|飞行，一个托辞，你是否拒不答辩[819]，无私地受单身之苦，但是乐观地享受多人状态？那个灵魂[820]唯一的的合法证明[821]验证，你这老兄[822]呼吸者！记住[823]，兄弟[824]胡扯|喋喋不休，汝必须死[825]撒谎！

——肃静肃静[826]静听|啊，是的|澳大利亚|SOS！我从未梦想[827]潮湿的先成为一位邮递员，但是我的意思是在澳大利亚的[828]东部|牡蛎某个地方，我许多最心爱的[829]最强烈愿意的；我的好样的[830]托辞兄弟，自我主义者[831]反对电报人[832]该隐和亚伯，属于这个城市，最好永远不要叫他的名字，我的上述[833]悲伤的兄弟，替罪羊[834]跳跃|上帝，因为从后面看教堂而被除名[835]幼子，他是每个万灵节[836]也夜的散体和诗体[837]更糟的的万圣节前夜透视图[838]空洞无物的作品|新作品的递送者。巴西高地[839]幽灵岛|红岛布伦丹[840]布伦丹海延期了，中土[841]堆肥|爱尔兰凯尔特语克莱尔郡[842]清楚的语言，无无无不是[843] 0009。驴子驴子[844]汽轮|

806 Ibn Sen 解 Ibn Sina“～”,阿维森纳的另一个名字;也解 Ibsen“～”,挪威剧作家。

807 Ipanzussch 解 Ibn Rushd“～”(1126—1198),拉丁名“阿威罗伊”,阿拉伯哲学家。

808 alionola 解 all in Nola“～”;也解 all in all“～”。

809 seses 解 seizes“～”;也解 senses“～”;也解 sees“～”;也解 sese [拉]“～”。

810 brunoipso 解 Bruno“布鲁诺”+ipso [拉]“本人”。

811 id est [拉]“～”。

812 Poor omniboose, singalowsingelearum 解 per omnia saecula saeculorum [拉]“～”;也解 pro omnibus, saeculo saeculorum [拉]“～”;也解 poor omnibus“～”+sing“～”+Löwe [希]“～”。

813 Felin make Call 解 Finn MacCool“～”,爱尔兰传说中芬尼亚英雄的领袖;也解 Felis leo“～”;也解 felinus [拉]“～”。

814 zoohoohoom 解 zoo“～”;也解 zôon [希]“～”;也解 home“～”;也解 hoo“～”。

815 Bruin...Noble “～”,《列那狐传奇》中的熊和狮王;也解 Browne and Nolan“～”,都柏林书籍和文具商店。

816 Aver“～”,此处解 aber [德]“～”;也解 Averroes“～”。

817 itsen 解 itself“～”;也解 Ibsen“～”;也解 Avicenna“～”。

818 Nolans but Volans 解 nolens volens [拉]“～”;也解 but“～”+volans [拉]“～”。

819 Mutemalice 解 stand mute of malice“～”,出于恶意而保持缄默。

820 sole“～”,此处解 soul“～”。

821 Dustify 解 justify“～”;也解 testify“～”。

822 breather“～”,此处解 brother“～”。

823 Ruemember 解 remember“～”。

824 blither“～”,此处解 brother“～”;也解 blather“～”。

825 lie“～”,此处解 die“～”。

826 Oyessoyess 解 oyez“～”,街头公告员或法庭官员用语;也解 oyes“～”;也解 o yes“～”;也解 Australia“～”;也解“～”,求救信号。

827 dramped of 解 dreamed of“～”;也解 damp“～”。

828 ostralian 解 Australian“～”;也解 Ost [德]“～”;也解 ostrea [拉]“～”。

829 mults deeply belubdead 解 my dearly beloved“～”;也解 most deeply lubens([拉]“心甘情愿”)“～”。其中 mults 也解 multus [拉]“～”。

830 Allaboy 解 attaboy“～”,对男性的鼓励;也解 alibi“～”.

831 Negoist 解 Egoist“～”,伦敦文学刊物,乔伊斯的《一个青年艺术家的画像》曾在上面连载;也解 nego [拉]“～”。

832 Cabler“发电报的人”;也解 Cain and Abel“～”。

833 said“～”;也解 sad“～”。

834 skipgod 解 scapegoat“～”;也解 skip“～”+God“～”。

835 expulled 解 expelled“～”;也解 pullus [拉]“～”。

836 Allso's 解 allsouls“～”;也解 also“～”。

837 worse“～”,此处解 verse“～”。

838 Hullo Eve Cenograph 解 Hallowe'en“万圣节前夕”+scenograph“透视图”;此处包含本书主人公名字的缩写 HCE。其中 Cenograph 也解 kenographos [希]“～”;也解 kainographos [希]“～”。

839 High Brazil 解 High“高地”+Brazil“巴西”;也解 Hy-Brasil“～”,位于爱尔兰以西的大西洋海域;也解 Í Breasail [爱]“～”。

840 Brandan 解 St. Brendan“～”,爱尔兰圣人,传说曾远渡大西洋;也解 Brendan's Sea“～”,指大西洋。

841 midden Erse 解 Middle Earth“～”;也解 midden“～”+Erse“～”。

842 clare 解 County Clare“～”,位于爱尔兰西部;也解 clear“～”。

843 Noughtnoughtnought nein 解 nought“零”+nein [德]“不是”;也解 Noughtnoughtnought nine“～”,电话号码。

844 Assass 解 ass“～”;也解 S. S. (steamship)“～”;也解 assassinate“～”。

暗杀。都柏林[845]邓莱里，经过[846]欧洲[847]神经病患者|神经。句号[848]废物。请[849]玩|加今天开始[850]挨饿的，句号，也[851]两个请明天开始，句号，电报费[852]泼洒如何付[853]如何两个游戏|如何|请，句号，电报人。你是不是忘了可怜的白皙表哥[854]侄子，杰夫[855]，你这个讨厌的家伙，可以通过他屁股上必不可少的白斑认出？他在午餐[856]肺后去了他的瑞士[857]，我悲伤的已故兄弟，在他的殖民地[858]睾丸|傻瓜扩张[859]肚子之前？你会不会在小小的快乐地狱[860]万福玛利亚里与我一起，一瓶最好的，为了友好的[861]头盔电报人[862]凯佩尔街，团结的爱尔兰人，即使偏爱陌生人又何妨，咳嗽、发痒、小小的、邋遢的、丰裕的[863]，还有阿尔比教徒[864]比利时，因为他[865]他的被误认为爱国者。那颗心[866]竖琴是我们的我心所向[867]马格拉斯！然而愿有人哀悼他，断定他已死，更有人站在那里等着。他在楼梯上的狐狸[868]性交，他巢穴[869]体毛里的獾[870]寄宿人，他应该为了终结者[871]蚂蚁|单足跳者赢得那枚维多利亚十字勋章[872]英国广播公司|厕所|活体解剖的完全恩典[873]葡萄，怜悯他的灵魂吧[874]他洞上的一半鼻涕|总的来说一半莫克斯！他是否甚至属于迷失者[875]最后一个|最少中的一个！来世财产[876]被从我们[877]我们的这里剥夺了。让我们为兄弟们祈祷[878]可怜的兄弟他能逃离绞刑架[879]，依然是我们那忠实地逝去的。我冤枉了你。我绝不想看到更多的坏人，但是我想跟着任何在地球上的[880]广播中|在屁股上|爱尔兰凯尔特语人学习，就像充满感激的塔斯社[881]瓷杯，这里同上，如果他跟我最喜爱之人[882]流亡|幼鹿|俏皮话靠封口钱[883]住在奥斯特拉西亚[884]澳大利亚相对[885]反感的同一个地方[886]某个地方或任

845 Dublire 解 Dublin“～”；也解 Dunleary“～”，爱尔兰东部的海边市镇，原名国王镇(Kingstown)。
846 per［拉］“～”。
847 Neuropaths“～”，此处解 Europa“～”；也解 neuron［拉］“神经元”。
848 Punk“～”，此处解 Punkt［德］“～”。
849 plays“～”，此处解 please“～”；也解 plus“～”。
850 Starving“～”，此处解 starting“～”。
851 two“～”，此处解 too“～”。
852 splosh“～”；也解 splash“～”。
853 how two plays“～”，此处解 how to pay“～”；也解 how to“～”＋please“～”。
854 Alby Sobrinos 解 albus［拉］“白色的”＋sobrinus［拉］“表哥”；也解 sobrino［西］“～”。
855 Geoff 解 Jeff“～”，本书主人公的儿子之一。
856 lungs“～”，此处解 lunch“～”。
857 switersland 解 Switzerland“～”。
858 coglionial 解 colonial“～”；也解 coglioni［意］“～”；也解 coglione［意］“～”。
859 expancian 解 expansion“～”；也解 pancia［意］“～”。
860 halemerry 解 merry hell“～”；也解 Hail Mary“～”。此处化自习语 hail fellow well met(友好的)。
861 wellmet 解 well met“～”；也解 helmet“～”。
862 Capeler 解 Cabler“～”；也解 Capel St.“～”，都柏林的街道名。
863 opulose 解 opulent“～”。
864 bilgenses 解 Albigenses“～”，12 到 13 世纪法国南部一个基督教异端派别；也解 Belgium“～”。
865 of his“～”，此处解 for he“～”。
866 heart“～”；也解 harp“～”。
867 Graw McGree 解 gradh mo chroidhe［爱］“～”；也解 Cornelius Magrath“～”(1736—1760)，爱尔兰巨人，贝克莱主教的朋友。
868 fuchs 解 Fuchs［德］“～”；也解 fucks“～”。
869 haires 解 lairs“～”；也解 hairs“～”。
870 ladgers 解 badgers“～”；也解 lodgers“～”。
871 endupper 解 end up“死亡”＋-per；也解 ant“～”＋hopper“～”。
872 V. V. C. 解 V. C.“～”，英国维多利亚女王颁发的铜质勋章；也解 BBC“～”；也解 WC“～”；也解 vivisection“～”。
873 Fullgrapce 解 full grace“～”；也解 grape“～”。
874 half muxy on his whole 解 have mercy on his soul“～”；也解 half muxa(［希］“鼻涕”) on his hole“～”；也解 half Mookse on the whole“～”，莫克斯为书中狐狸和葡萄的寓言中以狐狸为原型的人物。
875 the lost“～”；也解 the last“～”；也解 the least“～”。
876 belongs 解 belongings“～”。
877 ours“～”，此处解 us“～”。
878 Oremus poor fraternibus 解 oremus pro fratribus［拉］“～”；也解 poor frater“～”。
879 gallews 解 gallows“～”。
880 on the airse 解 on the earth“～”；也解 on the air“～”；也解 on the arse“～”；也解 Erse“～”。
881 Tass“～”，俄国官方通讯社；也解 Tasse［德］“～”。
882 fawngest 解 fondest“～”；也解 fánach［爱］“～”；也解 fawn“～”；也解 jest“～”。
883 hooshmoney 解 hush-money“～”。
884 austrasia 解 Austrasia“～”，中世纪早期法兰克王国东部；也解 Australia“～”。
885 antipathies“～”，此处解 antipodes“正相反的事物”。
886 sameplace“～”；也解 someplace“～”。

何地方，获拯救[887]安全的和下地狱，或者走开了[888]希望它，或者他能在这个问题上提供任何点滴知识[889]，我温柔的父亲[890]代养的，英帝国勋章军官诺兰[891]布鲁诺|逝世，矿区，新南威尔士[892]，他那远离可敬的耶稣会信徒[893]偷工减料的|杰瑞|建成的的处境，并不属于这[894]四方陀螺些部分，他，我把他[895]含记在我心里，当我们在我们的双子星座[896]蓖麻油和麦片粥上方就像兄弟姐妹的时候，我猜用他流盼的目光[897]，期盼着[898]除了他的红葡萄酒[899]辉煌的|牧笛尼格斯酒[900]鼻子|否定，全面的戒酒者。他觉得他应该为我害羞[901]，就像我为他害羞[902]避开的一样。我们属于同一类年龄，就像对着两块年蛋。我最欠他的人情[903]瞧着，我的同名人[904]病态的，就像我在我们的阿莫里凯[905]美国人|阿姆哈拉语说的，通过都柏林[906]双重地电视[907]远方希望者。已逝之心早早[908]摇摆短。他脚上磨损的鞋子，对他的地址[909]赔偿没有舌头能说出来！一只靴子在他手里！饶恕我，务必，一枚铜币或两枚，我希望你会快乐！来自前面的感激会让我在后面开心，我爱自己和我这里剩下的一切，你真正的朋友。我不是学者，但是我爱那个男人，他有着非洲人的嘴唇[910]杏仁块，他的侧影里有月光[911]私酿威士忌，我的同胞[912]闪姆！我的兄弟[913]自由的人！我叫你我的异母兄弟，因为你在你更严肃的空闲时刻[914]，在信仰、希望和慈悲[915]饲养、啤酒花和酒宴中，强烈地让我想起我面色红润[916]假设何时的自然兄弟[917]妓院，S. H. 达维特[918]大卫王，那个联合[919]赶路到天黑的|骑士爱尔兰人[920]艾丽丝|残废的，他受到悉尼和奥尔巴尼[921]的厚爱[922]流着泪不断辱骂的。

887 safe“～”,此处解 saved“～”。
888 hopped it“～”;也解 hoped it“～”。
889 lime on the sopjack 解 light on the subject“～”。
890 fosther 解 father“～”;也解 foster“～”。
891 E. Obiit Nolan 解 OBE“荣获英帝国勋章的军官”+Nolan“诺兰”,都柏林书店布朗与诺兰;也解 Bruno of Nola“～”;也解 obiit [拉]“～”。
892 N. S. W. 解 New South Wales“～”,澳大利亚东南部的州。
893 Jerrybuilt“～”,此处解 Jesuit“～”;也解 Jerry“～”,本书主人公的儿子闪姆的一个化名+built“～”。
894 teetotum“～”,此处解 totum [拉]“～”。
895 ham [丹]“～”;也解 Ham“～”,《圣经》中挪亚的儿子之一。
896 castor and porridge 解 Castor and Pollux“～”,希腊罗马神话中的孪生神灵卡斯托耳与波吕丢刻斯;也解 castor oil and porridge“～”。
897 roamin 解 roving eye“～”。
898 expecting for“～”;也解 excepting for“～”。
899 clarenx 解 claret“～”;也解 clarus [拉]“～”;也解 syrinx [希]“～”。
900 negus“～”;也解 nose“～”;也解 nego [拉]“～”。
901 Asamed 解 ashamed“～”。
902 ashunned 解 ashamed“～”;也解 shunned“～”。
903 beholding“～”,此处解 beholden“蒙恩的”。
904 namesick 解 namesake“～”;也解 sick“～”。
905 Amharican 解 Armorica“～”,古高卢地名,主要指布列塔尼半岛,该地居民的祖先为凯尔特人,中世纪骑士特里斯丹便在布列塔尼长大;也解 American“～”;也解 Amharic“～”,埃塞俄比亚官方语言。
906 Doubly“～”,此处解 Dublin“～”。
907 Telewisher 解 television“～”;也解 tele-wisher“～”。
908 pertimes 解 betimes“～”。
909 redress“～”,此处解 address“～”。
910 africot lupps 解 African lips“～”;也解 apricot lumps“～”,指甜品。
911 moonshane 解 moonshine“～”,也指“～”。
912 shemblable 解 semblable [法]“同样的人”;也解 Shem“～”,本书主人公的儿子之一。
913 freer“～”,此处解 frère [法]“～”。
914 otiumic 解 otium [拉]“～”。
915 feed, hop and jollity“～”,此处解 faith, hope and charity“～”。
916 saywhen 解 sanguine“～”;也解 say when“～”。
917 brothel“～”,此处解 brother“～”。
918 Devitt 解 Michael Davitt“～”(1846—1906),爱尔兰民族主义者,创立了爱尔兰土地同盟;也解 David“～”,《圣经》中的以色列国王。
919 benighted“～”,此处解 United“～”;也解 knight“～”。
920 irismaimed 解 Irishman“～”;也解 Iris“～”,希腊神话中的彩虹女神+maimed“残废的”。
921 Alibany 解 Albany“～”,澳大利亚西澳大利亚州南部沿海城市。
922 tearly belaboured“～”,此处解 dearly beloved“～”。

——就像你唱的，这是一次研究。那封写给一个人的他者的自我写就之信，那个从未完美曾经计划的？

——这个无日之日记，这个整夜之童谣[923]新闻片。

——我亲爱的先生！在这个无线电时代，任何老[924]猫头鹰公鸡都能去波士顿[925]啄食|呆子。但是他为什么[926]为落败者哀痛|痛苦|蜡的这样痛苦[927]被击败的？他是不是生气受害者那被击败的胜利者[928]车夫？

——绝对准确！为他的车辆[929]痛苦|屁股让路[930]！当他与两个侍僧[931]，大声[932]上帝读书时，一辆婴儿车[933]撞上[934]偶然碰见他的腰背部[935]小包，从那时到现在[936]过于敏感的他一直觉着[937]失败|落下他屁股[938]艺术|心|星星上的那一脚[939]扭结。

——圣母玛利亚[940]麦克多纳和孩子[941]小伙子，空想家过着双重生活！但是谁，为了兄弟们的光辉，是诺兰，就像名义上明显的[942]？

——诺兰先生在代词层面[943]内在的精神|以上帝的名义|唯名论是天赐[944]百高特|博格|巴克利|赠品先生。

——我懂了。通过聆听他那关于一个人的事，开始着实[945]准确地安放他。你这个发出臭气的人[946]我发现了，他在阴性状态中在直接宾语前坚持[947]忍受帕特里克代表你。我明白。根据娘家姓[948]羞愧。现在，我认真地问你，说法好像介乎这个耶胡[949]和那个慧骃[950]同音异义词之间，你会不会花整整两分钟查遍你的天赐[951]给予|货物|小玩意记忆[952]回忆录寻找这个人格化的代词[953]人称代词|

923 newseryreel 解 nursery rhyme"～";也解 newsreel"～"。
924 owl"～",此处解 old"～"。
925 peck up bostoons 解 pick up Boston"～";也解 peck up"～"+bastún[爱]"～"。
926 whoewaxed 解 why was"～";也解 vae victis[拉]"～";也解 woe"～"+waxed"～"。
927 anquished 解 anguished"～";也解 vanquished"～"。
928 vector victored 解 victor victus[拉]"～";也解 vector[拉]"～"。
929 wehicul 解 vehicle"～";也解 Weh[德]"～"+cul[法]"～"。
930 Way way 解 make way"～"。
931 ecolites 解 acolytes"～"。
932 alawd 解 aloud"～";也解 Lawd"～"。
933 parambolator 解 perambulator"～"。
934 ram into"～";也解 ran into"～"。
935 bagsmall 解 small of back"腰骶部";也解 small bag"～"。
936 over sense 解 ever since"～";也解 over-sensitive"～"。
937 failing"～",此处解 feeling"～";也解 falling"～"。
938 arts"～",此处解 arse"～";也解 heart"～";也解 star"～"。
939 kink"～",此处解 kick"～"。
940 Madonagh 解 Madonna"～";也解 Thomas MacDonagh"～"(1878—1916),爱尔兰复活节起义的英雄。
941 Chiel"～",此处解 child"～"。
942 appearant 解 apparent"～"。
943 pronuminally 解 pronominally"～";也解 numina"～";也解 pro numina[拉]"～";也解 nominalism"～"。
944 Gottgab 解 Gott[德]"上帝"+gab[德]"给予";也解 Baggot Street"～",都柏林街名;Bögg"～",苏黎世人在四月第三个星期一的送冬节上会把博格布偶烧掉;也解 Buckley"～",书中巴克利与俄国将军的故事中的爱尔兰士兵;也解 Gabe[德]"～"。
945 for a certain 解 for a certainty"～"。
946 reeker"～";也解 Eureka[希]"～"。
947 stands pat"～";也解 stands Patrick"～"。
948 sname 解 name"名字";也解 shame"～"。
949 yohou 解 yahoo"～",《格列佛游记》中粗鲁的人。
950 houmonymh 解 Houyhnhnms"～";也解 homonym"～"。
951 gabgut 解 Gottgab,即 Gott[德]"上帝"+gab[德]"给予";也解 gab[德]"～"+Gut[德]"～";也解 gadget"～"。
952 memoirs"～",此处解 memory"～"。
953 pronolan 解 pronoun"～",指 personal pronoun"～";也解 pro-"～"+Nolan"～"。

前|诺兰，污秽肩膀上的白皙之头[954]。这是否双倍真实地是一个未被征服的流亡者[955]憎恨这个国家的人|《爱国者的错误》，太充分充分地[956]如实地真实，绝绝对对是[957]个都柏林工头[958]面貌极相似的人|阿尔弗雷德·德布林，差不多你自己的中间高，长着含沙的胡须？用钢笔尖[959]小伙子戳我的肋骨，把第一个词[960]回答挑出他的嘴巴。

——圣百高特的三重结巴[961]三黑啤，以前是剑肉，我近来为了四先令六便士[962]把圣诞节带进家，繁重如音乐，超越[963]感到惊讶的了他，为了圣诞节的拱门[964]挪亚方舟在码头[965]同龄人|培尔·金特上以手抚眼，在受上帝祝福的养子之处，用他的发怒来对我使用下流手段，没有所有这些得上帝原谅的千瓦，生活反而更好。她写信[966]右边对他说她被我留下[967]左边|以……维生，詹尼·戴弗[968]使复活|复活了！哒[969]嘟嘟狂饮！给你的信[970]，布鲁诺[971]诺兰先生。哒，哒！给你的信，诺拉[972]先生！这是那条路，我们。来自一个大喜日子[973]哒，哒，哒|抢救的清晨。

——当你那来自中国塔拉[974]彩虹|茶的乡下人[975]反对寻求恢复正义[976]书写，那不是一个好迹象吗？不是？

——我真心实意地说，这无疑是个好迹象[977]阵雨迹象那不是。

——尽管这是为了他那颗猪心又何妨？如果即使她是一只美好的池塘[978]母鸡|可怜的鸽子[979]《我心中的佩吉》？

——如果她吃你的窗台，你就不会这样[980]母猪说了。

——我问了你是否有公牛，一头公牛恶霸[981]，尾巴里有只

954 此处化自习语 an old head on young shoulders(少年老成)。

955 mispatriate 解 expatriate"～";也解 misopatris［希］"～";也解 *A Patriot's Mistake*"～",巴涅尔的妹妹迪金森的作品。

956 fullfully 解 full fully"～";也解 faithfully"～"。

957 rereally 解 really"～"。

958 doblinganger 解 Dublin"都柏林"+ganger"工头";也解 Dopplegänger［德］"～";也解 Alfred Döblin"～"(1878—1957),德国作家,表现主义文学主要代表。

959 nabs"～",此处解 nibs"～"。

960 erstwort 解 erst［德］"首先"+Wort［德］"词",此处化自习语 take the words out of someone's mouth(说出某人想说的话);也解 Antwort［德］"～"。

961 Treble Stauter 解 treble stutter"～";也解 treble stout"～",一种饮料。

962 four and six,指 four shillings and six pence"～"。

963 surpassed"～";也解 surprised"～"。

964 Noel's Arch"～";也解 Noah's Ark"～"。

965 peer"～",此处解 pier"～";也解 Peer Gynt"～",挪威民间英雄,也是挪威剧作家易卜生的同名剧作的主人公。

966 write"～";也解 right"～"。

967 levt 解 left"～";也解"～";也解 lived by"～"。

968 Jenny Rediviva 解 Jenny Diver"～",英国剧作家约翰·盖伊的《乞丐歌剧》(*The Beggar's Opera*)中的人物。其中 Rediviva 也解 redivive"～";也解 rediviva［拉］"～"。此处化自儿童游戏"Jenny is alive again"(我是木头人)。

969 Toot"～",此处解 tat"～",模拟邮差盖戳的声音。

970 Detter 解 letter"～"。

971 Nobru 解 Bruno"～";也解 Nolan"～"。

972 Anol 解 Bruno of Nola"诺拉的布鲁诺"。

973 redtettetterday 解 red letter day"～",纪念日;也解 tat-tat-tat"～",敲门的声音;也解 rette［德］"～"。此处化自歌曲《五月的坚果》("Nuts in May")中的歌词"Here we go gathering nuts in May, on a cold and frosty morning"(我们五月采坚果,在一个寒冷有霜的清晨)。

974 Tuwarceathay 解 Teamhar［爱］"塔拉",古代凯尔特王国的都城+Cathay"中国";也解 tuar ceatha［爱］"～";也解 tea"～"。

975 contraman 解 countryman"～";也解 contra［拉］"～"。

976 righting"～";也解 writing"～"。

977 shower sign"～",此处解 sure sign"～"。

978 pool"～";也解 poule［法］"～";也解 poor"～"。

979 Pegeen 解 pigeon"～";也解 *Peg O'My Heart*"～",英国编剧 J. H. 曼纳斯 1922 年创作的喜剧,其中的《我心中的佩吉》也成为流行歌曲。

980 sow"～",此处解 so"～"。

981 bosbully 解 bos［拉］"牛"+bully"欺凌弱小者"。

哨子来吓唬其他鸟，这之后，你是否感到惊奇？

——我会。

——你是不是跟辛迪和桑迪一起照料歌利亚，一头公牛[982]参加一个舞会？

——你会让我说[983]说话你喜欢的东西。我在参加一次丧礼。简单又简单[984]样品。

——有两种方法解决他们的音节[985]他们哭泣他们的兄弟姐妹，太聪明了？

——两人都殊途同归[986]低吟同一个主题。

——天赐者[987]百高特在百高特街，那时一位基督教[988]鞋匠社会主义[989]鹰主教[990]秃鹰|汤|伊索探出[991]正好|它的阵营[992]战斗，或者抓殴使徒公教会的[993]爱德华·欧文正统人士[994]离开码头。一次改运，我明白了。经历中年发福[995]而觉得年轻，他的心智依赖于道德脂肪。我们能用我们称为开塞钻的街道[996]大街|直的来对付[997]抓住|放在上面。这会是最好的林荫大道伙伴，在各个方向有一英里，从利斯莫尔[998]到布兰登角[999]圣布伦丹，帕特里克的，如果他们把弯道[1000]女性从它的中间[1001]中等拿走。你也讲过一次幽会[1002]特里斯丹，两只斑鸠[1003]芭蕾舞短裙|鞑靼人。我现在想知道，没有解开壁龛的秘密[1004]骨骼|寻找，斑鸠[1005]鞑靼人|乌龟|门或乌鸦[1006]阿拉伯人|鸭子，我是否在任何地方听到提及谁的名字？药蜀葵[1007]锦葵|马洛还是麦芽浆[1008]马斯？从任何一端为我们演奏《你是否听过[1009]做错事一个憨蛋[1010]巴塞洛缪·凡霍米利|范·胡特》或《能使亚伯该隐复活[1011]引起骚乱|很漂亮》。

982 attend...a bull"～";也解 attending a ball"～"。

983 sag [德]"～";也解 say"～"。

984 samply 解 simply"～";也解 sample"～"。

985 They are too wise of solbing their silbings 解 there are two ways of solving their Silbe([德]"音节")"～";也解 they are too wise of sobing their siblings"～"。

986 croon to the same theme"～",此处解 come to the same thing"～"。

987 Tugbag 解 Gottgab(Gott [德]"上帝"+gab [德]"给予")"～";也解 Baggot Street"～",都柏林街名。

988 crispin"～",此处解 Christian"～"。

989 Sokolist 解 socialist"～";也解 sokol [斯洛]"～"。

990 besoops 解 bishops"～";也解 sup [塞维]"～";也解 soup"～";也解 Aesop"～",《伊索寓言》的作者。

991 juts"～";也解 just"～";也解 its"～"。

992 kamps 解 camps"～";也解 kamp [丹]"～"。

993 irvingite"～";也解 Edward Irving"～"(1793—1834),苏格兰教会牧师,他的教谕后成为使徒公教会的信条。

994 offthedocks 解 orthodox"～";也解 off the docks"～"。

995 muddleage spread 解 middleaged spread"～"。

996 straat [荷]"～";也解 street"～";也解 straight"～"。

997 cop"～",此处解 cope"～";也解 top"～"。

998 Lismore"～",位于爱尔兰科克郡的城市。

999 Cape Brendan 解 Brandon Head"～",位于爱尔兰凯里郡;也解 Saint Brendan"～",爱尔兰圣人,曾远渡大西洋。

1000 bint"～",此处解 bend"～"。

1001 mittle 解 middle"～";也解 mittel [德]"～"。

1002 tryst"～";也解 Tristan"～"。

1003 tutu"～",此处解 turtur [拉]"～";也解 Tartars"～"。

1004 seeklets 解 secrets"～";也解 Skelett [德]"～";也解 seek"～"。

1005 turturs [拉]"～";也解 Tartars"～";也解 turtle"～";也解 Tür [德]"～"。

1006 raabraabs 解 raaf [荷]"～";也解 Arabs"～";也解 rabrab [丹]"～"。

1007 Mallowlane 解 marshmallow"～";也解 mallow"～";也解 Mallow"～",爱尔兰科克郡的城镇。

1008 Demaasch 解 mash"～";也解 Joseph Maas"～"(1847—1886),英国男高音歌唱家。

1009 Erred off"～",此处解 heard of"～"。

1010 Van Homper 解 one Humpty"～";也解 Bartholomew Vanhomrigh"～",斯威夫特的恋人瓦内萨的父亲,1697 年任都柏林市长;也解 Van Hoother"～",霍斯堡的主人。

1011 Ebell Teresa Kane 解 able to raise a Cain"～",出自本书第二章的《珀西・奥莱利之歌》,其中 raise a Cain 也解"～";也解 è bella [意]"～";也解 Abel...Cain"～"。

——呱呱[1012]国王马克|废话|汤！呱呱！呱呱！

他在市长官邸[1013]府邸|兔子公园[1014]里掉落他的内裤[1015]织物

他不得不[1016]从[1017]猿猴约克大主教[1018]沟渠|约里克那里借[1019]水芹[1020]短裤[1021]！

——大人国[1022]褐色|未婚妻在流浪[1023]漫步吗？

——小人国[1024]小宠物|百合花在草地上。

——再次形成中的再次存在。经过它们的核心力量[1025]同盟国从萨丽[1026]突围到小巷吗？

——和平[1027]珀西·奥莱利|球蝗！和平！快！快[1028]鸭子嘎嘎叫！

——啊，塔拉的画眉[1029]焦油刷|欧哈拉，股份推销员[1030]刷子！他说他只是把平均草温视为绿色星期四[1031]，该死的[1032]到处有污点的|血统|屠夫秃鹫[1033]抬梯子的|无赖汉|斯卡利杰|斯卡立杰！他你知道这个肌肉男[1034]松饼人|蚌|人|穆斯林，他的肌肉男和槲寄生[1035]肌肉发达的人？妈咪[1036]哑的，妈咪，我的，妈，妈妈[1037]呸，嘿，哼！他爱德鲁里巷[1038]阴郁的小巷。感到向聋的[1039]傻瓜蠼螋[1040]头发|戴假发的人|壹耳微蚵先生祝贺[1041]许多|扁桃树，他刚刚有了[1042]成双成对的小女孩[1043]鬈发！他正休息在霍罗克斯公司[1044]的被单之间，等着[1045]恸哭不流血的战争交通费[1046]，亲布尔人的[1047]布尔战争威尔士-不列颠人[1048]西不列颠人，因安排上的困窘而不生偏见，但是，第一个工作日[1049]，因打雷，他挺身而出，穿上他在波罗的海的贝尔格莱德[1050]城市|市镇|等级里的休闲[1051]招兵裤和骑马围裙，老兵[1052]透湿的，是在大胆的爱尔兰[1053]伊朗|烙铁男孩[1054]浮标不会参军的时候。

1012 Marak 解 quarks“～”,青蛙的叫声,出自阿里斯托芬的喜剧《蛙》;也解 King Mark“～”,特里斯丹的叔叔;也解 Quark［德］“～”;也解 marak［希伯来］“～”。
1013 Mansianhase 解 Mansion House“～”,都柏林的著名建筑之一;也解 mansion house“～”;也解 Hase［德］“～”。
1014 parak 解 park“～”。
1015 drapped has draraks an 解 dropped his drawers in“～”;也解 drap“～”。
1016 had ta 解 had to“～”。
1017 aff 解 off“离开”;也解 Affe［德］“～”。
1018 arkbashap af Yarak 解 archbishop of York“～”。其中 Yarak 也解 jarak［塞维］“～”;也解 Yorick“～”,《哈姆雷特》中的已故宫廷小丑,他的骷髅在掘墓时被挖出来。
1019 barraw 解 borrow“～”。
1020 watarcrass 解 watercress“～”。
1021 shartcloths 解 shirtclothes“小孩用短裤”。
1022 Braudribnob 解 Brobdingnag“～”,《格列佛游记》中的国家;也解 Braune［德］“～”;也解 Braut［德］“～”。
1023 on the bummel 解 on the bum“～”;也解 bummel“～”。
1024 lillypets 解 Lilliput“～”,《格列佛游记》中的国家;也解 little pets“～”;也解 lily“～”。
1025 central power“～”;也解 Central Power“～”,第一次世界大战中的国家联盟。
1026 sallies“～”,此处解 Sally“～”,化自歌曲《我们小巷的萨丽》(“Sally in Our Alley”)。
1027 Pirce 解 peace“～”;也解 Persse O'Reilly“～”,字面意为 perce-oreille［法］“～”,是主人公 HCE 的化身之一。
1028 Queck 解 quick“～”;也解 quack“～”。
1029 Tara's thrush“～”,塔拉为古代凯尔特王国的都城;也解 tar brush“～”;也解 Kane O'Hara“～”(约1711—1782),爱尔兰作家,主要戏剧《米达斯》(*Midas*)。
1030 sharepusher“～”;也解 brush“～”。
1031 green Thurdsday 解 Green Thursday“～”,指基督教的濯足节。
1032 blutchy 解 bloody“～”;也解 blotchy“～”;也解 Blut［德］“～”;也解 butcher“～”。
1033 scaliger［拉］“～”,此处解 scavenger“食腐动物”;也解 scalawag“～”;也解 Julius Caesar Scaliger“～”(1484—1558),法国哲学家、植物学家;也解 Joseph Justus Scaliger“～”(1540—1609),荷兰历史学家。
1034 musselman 解 muscleman“～”;也解 Muffin Man“～”;也解 mussel“～”＋man“～”;也解 Muslim“～”。
1035 mistlemam 解 mistletoe“～”;也解 muscleman“～”。
1036 Maomi 解 mamie“～”;也解 maon［爱］“～”。
1037 My Mo Mum 解 My“我的”＋Ma“妈”＋Mum“妈妈”;也解 Fie, foh, and fum“～”,出自《李尔王》第三幕第四场。
1038 drary lane 解 Drury Lane“～”,英国伦敦小巷,以剧院闻名,在俚语中“德鲁里巷疟疾”指性病;也解 dreary lane“～”。
1039 daff“～”,此处解 deaf“～”。
1040 Hairwigger 解 earwig“～”;也解 hair“～”＋wigger“～”;也解 Earwicker“～”,本书主人公。
1041 Phylliscitations 解 felicitation“～”;也解 viel［德］“～”＋phyllis［拉］“～”。
1042 hadded 解 had“～”。
1043 curls“～”,此处解 girls“～”。
1044 horrockses' 解 Horrocks Ltd.“～”,位于英国兰开斯特的纺织厂。
1045 wailing for“～”,此处解 waiting for“～”。
1046 white warfare 解 white war“不流血的战争”＋fare“公共交通费”。
1047 prooboor 解 pro-Boer“～”;也解 Boer War“～”,19 世纪末至 20 世纪初英国人和布尔人之间争夺南非殖民地的战争。
1048 welshtbreton 解 Welsh-Briton“～”;也解 West Briton“～”,亲英格兰的爱尔兰人。
1049 woking day 解 working day“～”。
1050 Bygrad 解 Beograd“～”,塞尔维亚首都;也解 by［丹］“～”＋grad［俄］“～”;也解 Grad［德］“～”。
1051 recriution 解 recreation“～”;也解 recruit“～”。
1052 soggy“～”,此处解 soldier“～”。
1053 Iran“～”,此处解 Erin“～”;也解 iron“～”。
1054 bhuoys 解 boys“～”;也解 buoy“～”。

——你如何知道[1055]声音那点，和蔼的桑迪男人[1056]桑德曼派？他不是大的主人，和蔼的桑迪[1057]圣德尼。向上通过[1058]抛起他那粗鲁耳朵的内里莲花问他这个一分钟，凭借这个[1059]呕吐他把他的男低音[1060]巴斯麦芽酒|声音降到降 P。他是因为那个全都被嘲笑的[1061]α|奥拉夫吗？然后诱上钩[1062]β？全部音阶[1063]γ？

——月亮日[1064]星期一|精神失常|周一|八月！火星日[1065]星期二|殉道的|殉道者死去|被染色的！！水星日[1066]星期三|由大力神|巨像|周三！！！木星日[1067]星期四|犹大|死亡！！！！耶稣受难日[1068]复活节前的星期五|被一条内裤威胁着！！！！！星期六[1069]被诱惑|被尾随|蜡黄的！！！！！！而且，需要我告诉你们吗[1070]星期天，星期天[1071]假高潮消亡|邪恶的声音渐增|复活|道德败坏的！！！！！！！

——主的日子[1072]上帝的日子|善与恶！打扮得如同洋娃娃[1073]成人|傻瓜|笨蛋？汉娜[1074]·懒汉[1075]罪行，他那讲究的[1076]树女神[1077]歌剧女主角，在凯尔特的[1078]三角形的|三角洲薄暮[1079]《凯尔特的薄暮》中，是不是隔着栏杆唱他那惧内的俄语[1080]？我那作为里海[1081]红海的长毛的[1082]头发|沃尔斯利荒野！很好[1083]操、亲爱的[1084]眩晕无力的、操[1085]勺子|弯腰，我要治好你们！绿宝石的母亲，为我们祈祷[1086]祭坛|可怜的|邻居|吻者诺拉！

——头发[1087]、红色[1088]和蜂蜜甘菊[1089]！乱涂，乱涂，毫不迟疑[1090]！哎呀，我恳求用性感的信[1091]送冬节|石头|下人|弹鲁特琴的在他们的加尔各答黑洞[1092]返航反驳上述同样的陈述，那给我的慢性毒药管理人带来作为我亲爱[1093]尊敬的[1094]可敬纪念碑[1095]先生之誉

1055 voice“～”,此处解 weißt［德］“～”。
1056 Sandy man“～”;也解 Sandemanians“～”,原称格拉斯派(Glasite),苏格兰长老会牧师格拉斯在 1730 年前后创立的教派。
1057 Sandy nice“～”;也解 St. Denis“～”,法国的守护圣人。
1058 upthrow 解 up through“～”;也解 throw up“～”。
1059 womit［德］“～”;也解 vomit“～”。
1060 Bass's“～”;也解 Bass's ale“～”;也解 voice“～”。
1061 allaughed 解 all laughed“～”;也解 alpha“～”,希腊语第一个字母;也解 Olaf“～”,丹麦海盗的首领,在 852 年成为都柏林的第一位挪威王。
1062 baited“～”;也解 beta“～”,希腊语第二个字母。
1063 gammat 解 gamut“～”;也解 gamma“～”,希腊语第三个字母。
1064 Loonacied 解 dies Lunae［拉］“～”;也解 lunes［西］“～”;也解 lunacy“～”;也解 Luan［爱］“～”;也解 Lughnasa［爱］“～”。
1065 Marterdyed 解 dies Martis［拉］“～”;也解 martedi［意］“～”;也解 martyred“～”;也解 martyr died“～”;也解 dyed“～”。
1066 Madwakemiherculossed 解 dies Mercuriis［拉］“～”;也解 Mittwoch［德］“～”;也解 Mehercule［拉］“～”;也解 Colossus“～”;也解 miércoles［西］“～”。
1067 Judascessed 解 dies Jovis［拉］“～”;也解 jeudi［法］“～”;也解 Judas“～”,《圣经》中叛主的人＋deceased“～”。
1068 Pairaskivvymenassed 解 Parasceve“～”,即 Good Friday“～”,大斋节最后一星期的第六天;也解 menaced by a pair of skivvies“～”。
1069 Luredogged 解 lørdag［丹］“～”;也解 lured“～”＋dogged“～”;也解 luridus［拉］“～”。
1070 needatellye 解 need I tell ye“～”;也解 nedelya［古斯］“～”。
1071 faulscrescendied 解 voskresen'e［俄］“～”;也解 false crescendo died“～”;也解 foul crescendo“～”;也解 voskresenie［古斯］“～”;也解 faul［德］“～”。
1072 Dias domnas 解 dies Domini［拉］“～”;也解 Dia Domhnaigh［爱］“～”;也解 Dia's donas［爱］“～”。
1073 dolthood 解 dollhood“～”;也解 adulthood“～”;也解 dolthead“～”;也解 dolt“～”。
1074 Annie 解 Anne“～”,本书女主人公。
1075 Delittle 解 dolittle“～”;也解 delitto［意］“～”。
1076 daintree 解 dainty“～”;也解 tree“～”。
1077 diva“～”,此处解［拉］“～”。
1078 deltic“～”,此处解 Celtic“～”;也解 delta“～”。
1079 dwilights 解 twilight“～”;也解 *The Celtic Twilight*“～”,爱尔兰诗人叶芝的著作。
1080 rusish 解 Russisch［德］“～”。
1081 Crasnian 解 Caspian Sea“～”;也解 Krasnoe more［俄］“～”。
1082 Wolossay 解 włosy［波］“～”;也解 vólosy［俄］“～”;也解 Garnet Joseph Wolseley“～”(1833—1913),英国陆军元帅。
1083 Grabashag 解 khorosho［俄］“～”;也解 shag［俚］“～”。
1084 groogy 解 dragi［塞维］“～”;也解 groggy“～”。
1085 scoop“～”,此处解 scopare［意俚］“～”;也解 stoop“～”。
1086 ara poog neighbours 解 ora pro nobis［拉］“～”;也解 ara［拉］“～”＋poor“～”＋neighbours“～”;也解 Arrah-na-Pogue,也称 Nora of the Kiss“～”,美国剧作家鲍西考尔特剧本的名字,也是剧中女主人公的名字。
1087 Capilla［拉］“～”。
1088 Rubrilla 也解 rubra［拉］“～”。
1089 Melcamomilla 解 mel［拉］“蜂蜜”＋chamomile“甘菊”。
1090 dulay 解 delay“～”。
1091 saxy luters 解 sexy letters“～”;也解 Sechseläuten“～”;也解 saxum［拉］“～”＋Leute［德］“～”;也解 luter“～”。
1092 back haul of Coalcutter 解 black hole of Calcutta“～”,用来监禁英国俘虏的场所,1756 年 6 月 20 日监禁于此的英国俘虏 120 余人均窒息身亡,引起了国际争论;也解 back haul“～”。
1093 dodear 解 dear“～”。
1094 devere 解 revered“～”。
1095 mainhirr 解 menhir“～”;也解 mijnheer［荷］“～”。

的，被限制于禁卫室，我理解[1096]印度斯坦语，归功于索福尼亚·霍威尔[1097]，H和J. C. S，用我那品脱他的脏[1098]过滤的尿[1099]比尔森啤酒|毒药瓶，那是我呈上的我奇怪的[1100]队列药剂师[1101]储藏室医嘱，在我的轿子[1102]坐下休息|冷静的里，涂着我那来自现金药剂师和家族吸毒者的泥面霜[1103]泥脸包，兽医[1104]西拉杰·道拉[1105]，致我们的耳外科医生，著名的[1106]头发医生[1107]医生先生艾哈迈德·博拉博拉[1108]，后裔[1109]，大人，雨伞[1110]街1001号，塞林伽巴丹[1111]紫丁香|删除，阿拉帕里[1112]，来看看什么是我的好水，我的音乐[1113]几个月|医学的|中央的喷水[1114]水煤气|涌出，为了由螟蛉虫在尿布垫灯笼裤后面[1115]所做的修补，离他的栖杆上的橡栗[1116]日历端有七码[1117]土地，连同他那给我的可靠的拖鞋[1118]无法满足的|溢出物，我永远[1119]唯恐|爷爷|祖先深深可敬者[1120]回响的的财产，他在消耗我们最大的机遇[1121]不幸，我一次又一次[1122]獾写信给总督[1123]卡瓦纳将军|卡瓦诺，当他驼背坐着，在肮脏的干热[1124]三位一体|三中，对着他那正开始[1125]油画|威廉·奥尔彭爵士的三位一体[1126]涂鸦[1127]比尔森啤酒|铅笔，包含着达向结婚[1128]太多的通便趋势，尤其带着他那[1129]他被禁的果子，被他的在俗教士[1130]证明他有如同消化不良[1131]坏得像我的的情绪肠扭结[1132]瓣形的|阴户|牵连，带着一满篮的神父[1133]，横渡圣乔治海峡[1134]罪恶|阴户|牵连，用托马斯·穆尔[1135]肚子|沼泽|肿瘤的歌曲[1136]疾病来给他涂油[1137]滚开，自此以后[1138]爱尔兰，当被给予专利证书[1139]有效的信件的时候，很容易被压垮在腰带[1140]打嗝下，如果我那号趁号纯[1141]号称的[1142]丈夫殿下[1143]仅穿衬衣[1144]衬衣下摆从所谓的规定矿场里拿出一封信[1145]，告诉我

1096 hindustand 解 understand“～”;也解 Hindustani“～”。
1097 Zenaphiah Holwell 解 John Zephaniah Holwell“～”,加尔各答黑洞里俘虏的最高守军长官。
1098 Filthered 解 filthy“～”;也解 filtered“～”。
1099 pilsens 解 piss“～”;也解 pilsener“～”,一种捷克黄啤;也解 poison“～”。
1100 quee 解 queer“～”;也解 queue“～”。
1101 parapotacarry 解 apothecary“～”;也解 apotheca [拉]“～”。
1102 sedown chair 解 sedan chair“～”;也解 sit-down“～”;也解 sedo [拉]“～”。
1103 mudfacepacket 解 mud“泥”+face pack“美容面霜”;也解 mud face packet“～”。
1104 V. S. 解 veterinary surgeon“～”。
1105 Surager Dowling 解 Siraj ud-Daulah“～”,加尔各答黑洞时印度的统治王朝莫卧儿帝国的统治者。
1106 Afamado [西]“～”。
1107 Hairductor 解 hair doctor“～”;也解 Herr Doktor [德]“～”。
1108 Achmed Borumborad“～”,18 世纪爱尔兰的江湖医生帕特里克·乔伊斯的化名。
1109 M. A. C. A 解 maca [爱]“～”。
1110 Ombrilla 解 Umbrella“～”。
1111 Syringa padham 解 Seringapatam“～”,原为迈索尔王国首都,今为印度南部城镇;也解 syringa“～”+padam [马]“～”。
1112 Alleypulley 解 Allapalli“～”,印度西部马哈拉施特拉邦的小镇。
1113 mesical 解 musical“～”;也解 mesi [意]“～”;也解 medical“～”;也解 mesial“～”。
1114 wasserguss 解 water gush“～”;也解 Wassergas [德]“～”;也解 Erguss [德]“～”。
1115 rere 解 rear“～”。
1116 galandhar 解 gland [法]“～”;也解 calendar“～”。
1117 yerds“～”,此处解 yards“～”。
1118 unfillable slopper 解 infallible slipper“～”;也解 unfillable“～”+slopper“～”。
1119 forfear“～”,此处解 forever“～”;也解 farfar [丹]“～”;也解 Vorfahre [德]“～”。
1120 revebereared 解 reverend“～”;也解 reverberated“～”。
1121 mostfortunes 解 most“最大的”+fortunes“机遇”;也解 misfortunes“～”。
1122 mepetition 解 repetition“～”;也解 mephitis [拉]“～”。
1123 Kavanagh Djanaral 解 Governor-general“～”;也解 Kavanagh General“～”,一战中的英军将领;也解 Thomas Henry Kavanaugh“～”,1857 年印度民族大起义时参与勒克瑙之围的英国人。
1124 dryfilthyheat 解 dry filthy heat“～”;也解 Dreifaltigkeit [德]“～”;也解 drei [德]“～”。
1125 orpentings 解 opening“～”;也解 oil paintings“～”;也解 Sir William Orpen“～”(1878—1931),爱尔兰画家。
1126 trinidads [西]“～”。
1127 Pinslers 解 Pinselei [德]“～”;也解 pilsener“～”;也解 pencil“～”。
1128 mary 解 marry“～”;也解 too many“～”。
1129 him“～”,此处解 his“～”。
1130 sexular clergy 解 secular clergy“～”。
1131 badazmy 解 bad-hazmi [波]“～”;也解 bad as my“～”。
1132 Volvular 解 volvulus“～”;也解 valvular“～”;也解 vulva“～”;也解 involvement“～”。
1133 priesters 解 Priesters [德]“～”。
1134 singorgeous 解 Saint George's Channel“～”,位于爱尔兰和威尔士之间的海峡;也解 sin“～”;也解 vulva“～”;也解 involvement“～”。
1135 tummy moor 解 Thomas Moore“～”(1779—1852),爱尔兰诗人和歌词作者;也解 tummy“～”+moor“～”;也解 tumor“～”。
1136 maladies“～”,此处解 melodies“～”。
1137 aroint“～”,此处解 anoint“～”。
1138 thereinafter“～”;也解 Erin“～”。
1139 letters potent“～”,此处解 letters patent“～”。
1140 belch“～”,此处解 belt“～”,化自习语 strike below the belt(不择手段,暗中伤人)。
1141 rupee repure“卢比,让再次纯洁”,此处都解为 reputed“号称的”变体,模仿主人公因结巴而口齿不清。
1142 riputed 解 reputed“～”。
1143 H. R. R. 解 His Royal Highness“～”。
1144 in his shirtsails 解 in one's shirtsleeves“～”;也解 shirttail“～”。
1145 took a brief“～”(其中 brief 解 Brief [德]“信”),此处化自习语 take a brief(律师接手案件)。

在关于受欢迎的开胃酒[1146]拓夫的国外[1147]欧洲|阿富汗星期六[1148]连接|日光浴|安息日日报周日专题[1149]事实里看到他的，配以珀西·奥莱利之歌[1150]儿子|合法的，他在我的周年纪念日[1151]汉娜对我尽了他对失乐园[1152]鹦鹉|眼睛|列表|APL 的责任前，在我一丝不挂[1153]同时一无所有|一起|尼罗河|全套服装中，从未眨一下眼睛[1154]猛击一只鹰|胜过，在他的懒散椅[1155]安乐椅里，但是他在我所有的太妃[1156]摩诃摩耶|汉娜中藏起我的半张脸，他就像在时间末尾的圣诞[1157]伊茜清晨把李子锁进我快乐的嘴里[1158]圣诞快乐|泥泞的，带着他红润的面颊和擦破皮的下巴[1159]高兴|旧时印度的王公上如此光明的希望，我迷人的人，我把手浸到他怀里，他只是给我看了他垂直的[1160]垂于前的喇叭[1161]阴茎，海蛇们[1162]西绪弗斯发出如石头般的嘶嘶声[1163]姐妹，这是那时以他的男人方式用这个最聪明的毗克罗摩阿代尔多冥思[1164]做成的，用简单的意见[1165]提醒禁闭的言辞[1166]，用他的古吉拉特语[1167]做咯咯声|咽喉的：我为雄火鸡[1168]匆匆去取[1169]爱尔兰|烙铁寄生虫伴朗姆酒，因此锂盐矿水[1170]氧化锂|宝石|丽维娅，我亲爱的[1171]医学博士，就如这是给斯诺克台球的，私生子[1172]离开|镶边|厕所！

——由谁[1173]向谁说什么？

——它是[1174]重击。但是谁[1175]奇想我记[1176]不得了。

——虚空！虚空[1177]白日梦|乐趣上的虚空，一切[1178]溪流|遗忘性|大赦|劝世静物画|健忘症虚空[1179]佯攻|芬·麦克尔！遮蔽的月亮下无新鲜[1180]更赤裸的事。当奥拓[1181]，特格西乌斯[1182]球门|泉源|蹒跚的真正小妻子[1183]像真的|大口水壶|多少|战争，把她沮丧的欺骗[1184]撞[1185]到她的羊毛

1146 aperrytiff 解 aperitif“～”;也解 Taff“～”,本书主人公儿子之一的别称。
1147 Foraignghistan 解 foreign“～”;也解 farangistan [波]“～”;也解 Afghanistan“～”。
1148 sambat 解 szombat [匈]“～”;也解 sambat [马]“～”;也解 sunbath“～”;也解 Sabbath“～”。
1149 feactures 解 features“～”;也解 fact“～”。
1150 vallad of Erill Pearcey O 解 Ballad of Persse O'Reilly“～”,本书第一卷第二章的歌曲。其中 vallad 也解[阿]“～”;也解 valid“～”。
1151 annaversary 解 anniversary“～”;也解 Anne“～”,本书的女主人公。
1152 parroteyes list 解 Paradise Lost“～”;也解 parrot“～”+eyes“～”+list“～”。此处包含本书女主人公名字缩写的改写 APL。
1153 nil ensemble 解 in the altogether“～”;也解 nil insimul [拉]“～”;也解 tout ensemble [法]“～”;也解 Nil [法]“～”+ensemble“～”。
1154 battered one eagle“～”,此处解 batted an eye“～”;也解 better“～”。
1155 lazychair 解 lazy“懒散”+chair“椅子”;也解 easychair“～”。
1156 mayarannies 解 maharani [印度斯坦]“印度大君的妻子”;也解 Maya“～”,佛祖的母亲+Anne“～”,本书女主人公。
1157 Ysamasy 解 Christmas“～”;也解 Issy“～”,本书主人公的女儿。
1158 mirrymouth 解 merry mouth“～”;也与前面的 Ysamasy 合解 merry Christmas“～”;也解 miry“～”。
1159 rawjaws 解 raw jaws“～”;也解 rejoice“～”;也解 rajah“～”。
1160 propendiculous 解 perpendicular“～”;也解 propendulus [拉]“～”。
1161 loadpoker 解 loudspeaker“～”;也解 poker [俚]“～”。
1162 Seaserpents“～”;也解 Sisyphus“～”,希腊传说中在阴间不停地推石头上山的人物。
1163 sissastones 解 hiss“发出嘶嘶声”+as stone“如同石头”;也解 sister“～”。
1164 Vikramadityationists 解 Vikramaditya [印度斯坦]“毗克罗摩阿代尔多”,即旃陀罗·笈多二世(?—415),印度笈多王朝第三代君主+meditation “冥思”+-ists。
1165 remere remind 解 mere mind“～”;也解 remind“～”。
1166 remure remark 解 mure“禁闭”+remark“言辞”。
1167 gulughurutty 解 Gujarati“～”,印度古吉拉特邦的语言;也解 gurgles“～”;也解 guttural“～”。
1168 turkeycockeys 解 turkeycock“～”。
1169 Yran for 解 I ran for“～”;也解 Erin“～”;也解 iron“～”。
1170 Lithia 解 lithia water“～”;也解 lithia“～”;也解 lithia [希]“～”;也解 Livia“～”,本书女主人公。
1171 M. D. 解 my dears“～”;也解 Medicinæ Doctor [拉]“～”。
1172 bort 解 bastard“～”;也解 bort [丹]“～”;也解 Borte [德]“～”;也解 Aborte [德]“～”。
1173 whem 解 wem [德]“～”。
1174 wham“～”,此处解 was“～”。
1175 whim“～”,此处解 whom“～”。
1176 whumember 解 remember“～”。
1177 funtas 解 vanity“～”,此处化自《传道书》(1:2)“虚空的虚空。凡事都是虚空”;也解 fantasy“～”;也解 fun“～”。
1178 amnaes 解 omnis [拉]“～”;也解 amnis [拉]“～”;也解 amnêsia [希]“～”;也解 amnesty“～”;也解 Vanitas“～”;也解 amnesia“～”。
1179 fintasies 解 vanities“～”;也解 Finte [德]“～”;也解 Finn MacCool“～”。
1180 nuder“～”,此处解 new“～”。
1181 Ota“～”,832 年侵略爱尔兰的北欧海盗特格西乌斯(Turgesius)的妻子。
1182 Torquellsn 解 Turgesius“～”;也解 Tor [德]“～”+Quelle [德]“～”;也解 torkeln [德]“～”。
1183 weewahrwificle 解 wee wahr([德]“真实的”)wife“～”;也解 wie wahr [德]“～”;也解 ewer“～”;也解 wieviel [德]“～”+war“～”。
1184 dumpsydiddle 解 dumpy“沮丧的”+diddle“欺骗”。
1185 bumpsed...down 解 bumped...down“～”。

袋[1186]衬衫|棺材里，她让[1187]模式我们无与伦比[1188]公主|贵族夫人的今日女孩[1189]妓院|画廊群[1190]傲慢的在她们所有炫耀[1191]丝绵的封建高傲[1192]第四中，扇着扇子，装饰着荷叶边，吃着杏仁奶油饼[1193]，而此时用来测量厄菲阿尔特斯[1194]厄菲阿尔特超标的标尺[1195]大师则是依据的尺度，简单的谎言[1196]，用这个我们的奥图斯[1197]无人|耳朵割断了他的喉咙[1198]真理。现在听[1199]要求离开|方舟离开！

——是与非[1200]人间与裸体说着心与肺[1201]眼睛与鼻子|是与不是！看[1202]空的|快的！看！

——让爱尔兰[1203]鸡蛋记住[1204]成为成员旧日时光[1205]金的门，因为他们无畏的儿子们[1206]不褪色的太阳们背叛了[1207]被放射她。起来[1208]伊希斯，奥西里斯[1209]！愿你的嘴被赋予汝！因为为何你缺少一线运气来平衡完善之桥[1210]达蓬特，和平？装饰图案[1211]上是彩虹[1212]雌鹅里的破布。大海的监督者[1213]的房子的监督者，天空-人[1214]天意|新人|纽曼主教，得意洋洋的，说[1215]：飞如苍鹰，泣如秧鸡，后门的安妮·林奇[1216] ALP|阿尼纸草|我乃汝名；大声说！

——我的心，我的妈妈！我的心，我的黑暗涌现！他们不知道我的心，啊，美丽的女孩[1217]最亲爱的历算家|树枝|休息！我的[1218]魔力[1219]更忧郁的！我的魔力！太令人惊讶[1220]了，亲爱的牧师先生，让我听到天上的[1221]稻草|钱陛下[1222]你的……谦逊！是的，有那个家[1223]铬|皮肤甜蜜的家的斜拱，在哑然失色的苍穹[1224]幽灵般的农场之上淹没文学[1225]，撞击骆驼得到针眼[1226]失礼之处。谈谈彩虹色[1227]失礼！红宝石、绿宝石、黄橄榄石、翡翠、蓝宝石、墨玉和青金石[1228]。

1186 woolsark 解 woolsack"～";也解 sark [苏]"～";也解 Sarg [德]"～"。
1187 mode"～",此处解 made"～"。
1188 peerlesses 解 peerless"～";也解 princesses"～";也解 peeresses"～"。
1189 girlery"～",在俚语中指"～";也解 gallery"～"。
1190 heuteyleutey 解 heuté [德]"今天"＋Leute [德]"大众";也解 hoity-toity"～"。
1191 bombossities 解 pomposity"～";也解 bombasine"～"。
1192 fiertey 解 fierté [法]"～";也解 vierte [德]"～"。
1193 frangipanned 解 frangipane"～"。
1194 Ephialtes"～",希腊神话中的巨人,可以引起噩梦;也解"～"(前 500—前 461),古希腊雅典的激进民主派政治家。
1195 massstab 解 Maßstab [德]"～";也解 master"～"。
1196 simplex mendaciis [拉]"～"。
1197 Outis"～",此处解 Otus"～",希腊神话中的巨人,与厄菲阿尔特斯同出于海神波塞冬;也解 ous [希]"～"。
1198 thruth 解 throat"～";也解 truth"～"。
1199 Arkaway 解 hark"～";也解 ask away"～";也解 Ark away"～"。
1200 Yerds and nudes 解 yes and no"～";也解 yird and nude"～"。
1201 ayes and noess 解 eyes and nose"～",此处与 yes and no 谐音,故译"～";也解 yes and no"～"。
1202 Vide [拉]"～";也解 vide [法]"～";也解 vite [法]"～"。
1203 Eivin 解 Eirinn [爱]"～",此处化自爱尔兰诗人托马斯·穆尔的歌曲"Let Erin Remember the Days of Old"《让爱尔兰记住旧日时光》;也解 Ei [德]"～"。
1204 bemember 解 remember"～";也解 be member"～"。
1205 Gates of Gold"～",此处解 days of old"～"。
1206 fadeless suns"～",此处解 fearless sons"～"。
1207 berayed 解 betrayed"～";也解 be rayed"～"。
1208 Irise 解 arise"～";也解 Isis"～",埃及神话中司生育的女神。
1209 Osirises 解 Osiris"～",埃及神话中的冥神,太阳神的父亲.
1210 pont [法]"～";也解 Lorenzo da Ponte"～"(1749—1838),意大利诗人,著有《费加罗婚礼》《女人心》等。
1211 vignetto 解 vignette"～"。
1212 ragingoos 解 rainbow"～";也解 rag in goose"～"。
1213 oversire 解 overseer"～"。
1214 Nu-Men 解 Nu [埃]"天空"＋Men"人";也解 numen [拉]"～";也解 newman"～";也解 Cardinal Newman"～"(1801—1890),全名约翰·亨利·纽曼,英国基督教圣公会内部牛津运动领袖,后改奉天主教。
1215 sayeth 解 saith"～",此为《埃及亡灵书》中经常出现的话。
1216 Ani Latch 解 Anne Lynch"～",都柏林的一种茶叶名;也与后面合解"～",本书女主人公名字的缩写;也解 Papyrus of Ani"～",公元前 1250 年的古埃及纸草手稿;也解 Ani [希伯来]"～"。
1217 coolun dearast 解 cailín deas [爱]"～";也解 dearest calendarist"～";也解 Coolan Das,托马斯·穆尔的歌曲《他们不知道我的心》的曲调;也解 der Ast [德]"～";也解 die Rast [德]"～"。
1218 Mon [法]"～"。
1219 gloomerie 解 glamour"～";也解 gloomier"～"。
1220 surpraise 解 surprise"～"。
1221 strawnummical 解 astronomical"～";也解 straw"～"＋nummus [拉]"～"。
1222 your...modesty"～",此处解 your majesty"～"。
1223 chrome"～",此处解 home"～";也解 chrôma [希]"～"。
1224 flabberghosted farmament 解 flabbergast firmament"～";也解 ghosted farm"～"。
1225 floodlit up 解 flood up"淹没"＋literature"文学"。
1226 got the needle"～",此处直译,化自《马太福音》(19:24)"骆驼穿过针的眼,比财主进神的国还容易呢"。
1227 iridecencies 解 iridescence"～";也解 indecency"～"。
1228 lazul 解 lazuli"～"。

——彩虹[1229]逆戟鲸|虎鲸|冥国|母猪贝娄娜[1230]鲸鱼！呼应着地球呼唤的天堂呼喊[1231] HCE，埃特纳[1232]·阿索斯[1233]？为了摩西的爱[1234]熔岩，让你的火山学绝灭！

——是你不是我在喷发[1235]插嘴，赫克拉火山[1236]激烈质问者！

——蛇夫星座在地平线[1237]上可见，被撒旦[1238]土星|萨塔|伪装的蛇行星环堵塞的小妇人[1239]狐狸星座，小鱼[1240]双鱼座|短笛的新[1241]新星阿多尼斯[1242]和老[1243]帕耳忒诺珀[1244]海妖星，是北方天空里的健硕景象。地球[1245]厄洛斯|阿瑞斯、火星[1246]习俗和水星[1247]发觉|墨丘利在天顶部分边缘下方升起[1248]汹涌的，而此时大角星[1249]阿尔克托斯、阿纳托尔[1250]东方、金星[1251]和墨森布瑞亚[1252]在北方困境、东方、南方和西方[1253]它们的大厦里哭泣。

——阿波斐斯[1254]和瓦吉特[1255]！圣蛇，追我，查理[1256]《查理追我》|查理·钱斯，伊娃[1257]夏娃在她的荷叶边[1258]流利|HCE 下面找到了大麦！乌拉尔山峰他在移动，他将用他的斯特隆博利火山[1259]让她颤抖[1260]常春藤！好一根香肠[1261]蹒跚而行，粗纤维包，上下一样宽大！爬过柠檬草[1262]狮子|草地和灯芯草[1263]公牛|俄国的，蛇[1264]黑曜石|胖屁股|是否|泼妇|寄出|服务，在圣母会[1265]招待会的班级前面，在伯沙撒[1266]的速记[1267]讽刺文章|忏悔|写作写作学院里面，伪装成牛奶冻和枫糖浆[1268]！对[1269]如此他们裤子[1270]公民|撒旦的敬意是这个天体[1271]城市|糖浆的幸福[1272]市民的服从是城市的幸运！她的酋长给奴隶，他的阴茎给大卫[1273]，土地的肥美给巨吉斯[1274]巨大的。踏步车落卵石者哈哈在地上半速向前，她在她那疾飞蜜蜂的软帽[1275]里只有珍宝[1276]聊

1229 orca［拉］"～"，此处解 arcobaleno［意］"～"；也解 orca"～"；也解 orcus［拉］"～"；也解 orca［意］"～"。
1230 Bellona"～"，罗马神话中的司战女神；也解 balaena［拉］"～"。
1231 此处包含本书主人公名字的缩写 HCE。
1232 etnat 解 Etna"～"，欧洲最高活火山，位于西西里岛。
1233 athos 解 Athos"～"，位于希腊，传说圣母玛利亚在阿索斯山庭园休息，阿索斯山修道院是东正教最早的修道院之一。
1234 lava of Moltens 解 love of Moses"～"，摩西为《圣经》中犹太人的领袖；也解 molten lava"～"。
1235 erupting"～"；也解 interrupting"～"。
1236 hecklar 解 Hekla"～"，冰岛南部火山；也解 heckler"～"。此处包含本书主人公名字缩写的改写 EHC。
1237 thorizon 解 horizon"～"。
1238 Satarn 解 Satan"～"，魔鬼；也解 Saturn"～"；也解 Sata"～"，埃及神话中的蛇神；也解 tarn-［德］"～"。
1239 muliercula［拉］"柔弱的小妇人"；也解 Vulpecula"～"。
1240 pisciolinnies 解 pesciolini［意］"～"；也解 Pisces"～"；也解 piccolo［意］"～"。
1241 Nova［拉］"～"；也解 nova"～"。
1242 Ardonis"～"，希腊神话中维纳斯所爱的美男子。
1243 Prisca［拉］"～"。
1244 Parthenopea 解 Parthenope"～"，希腊神话中的海妖；也指"～"。
1245 Ers 解 Earth"～"；也解 Eros"～"，希腊神话中的古老的爱神；也解 Ares"～"，希腊神话中的战神。
1246 Mores"～"，此处解 Mars"～"。
1247 Merkery 解 Mercury"～"；也解 merk-［德］"～"；也解 Mercurius"～"，罗马神话中的信使。
1248 surgents 解 surgens［拉］"～"；也解 surgent"～"。
1249 Arctura 解 Arcturus"～"；也解 Arktos"～"，希腊神话中的晚霞女神，也是"大熊座"，位于北方。
1250 Anatolia［希］"～"，此处解 Anatole"～"，传说中的一颗星星。
1251 Hesper 解 Hesperus"～"。
1252 Mesembria 解 Mesembria"～"，希腊神话中的日中女神，也是传说中的一颗星星。
1253 Noth, Haste, Soot and Waste 解 north, east, south and west"～"；其中 Noth 也解 Not［德］"～"。
1254 Apep 解 Apophis"～"，埃及神话中的冥府之蛇，也写为 Apep 或 Aapep；也是小行星阿波菲斯的名称。
1255 Uachet 解 Wadjet"～"，埃及神话中的蛇女神，也写作 Wadjyt, Wadjit, Uto, Uatchet。
1256 chase me charley 解 chase me, Charley"～"，捉人游戏中的话；也解 *Chase Me Charlie*"～"，查理·卓别林 1918 年编导的电影；也解 Charley Chance"～"，乔伊斯同时代的都柏林人，是《尤利西斯》中的麦考伊的原型。
1257 Eva"～"，12 世纪兰斯特国王的女儿，后嫁给第二代彭布罗克伯爵理查·德·克莱尔，此事象征着爱尔兰与英格兰的结合；也解 Eve"～"。
1258 Fluencies"～"，此处解 flounces"～"。此处包含本书主人公名字的缩写 HCE。
1259 strombolo 解 Stromboli"～"，西西里岛东北方海岛上的火山。
1260 quivvy 解 quiver"～"；也解 ivy"～"。
1261 Waddlewurst 解 what a Wurst(［德］"香肠")"～"；也解 waddle"～"。
1262 liongrass 解 lemongrass"～"；也解 lion"～"＋grass"～"。
1263 bullsrusshius 解 bulrush"～"；也解 bull"～"；也解 Russian"～"。
1264 obesendean 解 ophidian"～"；也解 obsidian"～"；也解 obese end"～"；也解 ob［德］"～"；也解 Besen［德］"～"；也解 absenden［德］"～"；也解 dient［德］"～"。
1265 Emfang de Maurya 解 Enfants de Marie［法］"～"；也解 Empfang［德］"～"。
1266 Bill Shasser 解 Belshazzar"～"，巴比伦最后国王名。
1267 Shotshrift 解 Kurzschrift［德］"～"；也解 schotschrift［荷］"～"；也解 shrift"～"；也解 Schrift［德］"～"。
1268 maple syrop 解 maple syrup"～"。
1269 so"～"，此处解 to"～"。
1270 sitinins 解 sitinems［俚］"～"；也解 citizens"～"；也解 Satan"～"。
1271 Orp 解 orb"～"；也解 urbs［拉］"～"；也解 syrup"～"。
1272 follicity 解 felicity"～"。此句出自都柏林市纹章上的格言"Obedientia civium urbis felicitas""～"。
1273 Dave 解 David"～"，《圣经》中的以色列之王。
1274 Guygas 解 Gyges"～"，小亚细亚古国吕底亚国王，迈尔姆纳德王朝的开创者，约前 680 至前 652 年在位；也解 gigas［拉］"～"。
1275 bee bonetry 解 bee"蜜蜂"＋bonnet"软帽"，此处化自习语 a bee in one's bonnet(奇怪而固执的想法)。
1276 chitschats 解 Schatz［德］"～"；也解 chitchat"～"。

天，妙极了[1277]猫的睡衣！大蛇[1278]向上！为丹尼尔·麦格拉斯[1279]《麦格拉斯大师》之名三声欢呼，夏娃[1280]夏娃！

——巨大的太阳在高处[1281]流出，但哪个是那些曾经环绕[1282]萨拉班德舞曲他的白矮星的头领？你是否认为我可能是他的第七个！他会亲吻[1283]痒|引发我的手肘[1284]内莉·梅尔巴。他的年龄怎么样？你说。怎么样？我说。我会坦白他的罪行，请保佑我，神父[1285]进一步让我脸红。斥责来自屠宰场[1286]费沙姆保街的蛮横无理的毁谤会让我行为不当，流氓[1287]运河。炸药[1288]潜能对他们来说太好了。穿着缎短衫的三十过二。她是在尼罗河旅馆的灰姑娘[1289]，她是在左边的亚马孙[1290]亚马孙河太太家的已婚者[1291]现款取货|厨房|取来。你会不会警告你的老丈夫[1292]拥有|畜生|海峡，朝着面包师[1293]装袋工|吠月吠叫，他那呛得满嘴的嚼他的链子？请回答[1294]。上述的苏拉[1295]污点，一座与补锅匠相连的营房，一个黑手党[1296]，沙利文们[1297]，匿名[1298]最讨厌的信的作者[1299]路透社，法国巴黎[1300]《珀西·奥莱利之歌》|珀西·弗伦奇|印度琐罗亚斯德教徒的下流[1301]无裙子的芭蕾舞团[1302]民谣，他是马格拉斯[1303]的恶棍，散发出廉价的鲍尔斯[1304]鲍尔烈酒味，就像一个深海酒鬼[1305]栽植挖穴机|酒徒|都柏林|魔鬼，他不足以适合把内脏扔给一只熊[1306]。把我变成精灵[1307]，当少女不[1308]零是少女，他会为她不惜采取任何可能[1309]手段！再见，蠢货[1310]所罗门|苏莱曼一世！如果他们在缝纫机上割掉他的鼻子，他们有七[1311]条很好的理由。这是我鼻烟的抬腿，以及心爱的[1312]鳟鱼手帕[1313]长筒袜|暴君|踝关节，橙色鱼鳍配摩西律法[1314]，和一颗霜冻[1315]黑土豆[1316]，

1277 Allapolloosa 解 lollapaloosa [美俚]"～",意即"～"。

1278 slanger [丹]"～"。

1279 Dan Magraw 解 Daniel McGrath"～",都柏林夏洛特街的杂货店;也解"Master McGrath""～",爱尔兰流行歌曲。

1280 heva 解 Hawah [希伯来]"～"。

1281 emanence 解 eminence"～";也解 emanens [拉]"～"。

1282 surabanded 解 surrounded"～";也解 sarabande"～",西班牙舞蹈。

1283 kitssle 解 kiss"～";也解 Kitzel [德]"～";也解 kittle"～"。

1284 melbaw 解 my elbow"～";也解 Nellie Melba"～" (1861—1931),澳大利亚女高音歌唱家。

1285 blush me further"～",此处解 bless me, father"～"。

1286 fleshambles 解 shambles"～";也解 Fishamble St"～",都柏林的街道名。

1287 canalles 解 canaille [法]"～";也解 Canals"～",此处指都柏林的大运河和皇家运河。

1288 Synamite 解 dynamite"～";也解 dynamis [希]"～"。

1289 askapot 解 Askepot [丹]"～"。

1290 Hamazum 解 Amazon"亚马孙女战士";也解 Amazon River"～"。

1291 citchincarry 解 cash-and-carry"～",在俚语中指"～",故译;也解 kitchen"～";也解 fetch"～"。

1292 habasund 解 husband"～";也解 habe [德]"～";也解 Hund [德]"～";也解 Sund [德]"～"。

1293 baggermen 解 bakerman"～";也解 bagger"～";也解 bark at the moon"～"。

1294 Responsif you plais 解 répondez, s'il vous plaît [法]"～"。

1295 Sully"～",此处解 Lucius Cornelius Sulla"～"(前 138—前 78),古罗马将军和政治家,本书中的 12 人之一。

1296 blackhand 解 Black Hand"～"。

1297 Shovellyvans 解 John Sullivan"～",爱尔兰裔法国男高音歌唱家,乔伊斯对他的声音备加推崇。

1298 annoyimgmost 解 anonymous"～";也解 annoying most"～"。

1299 wreuter 解 writer"～";也解 Reuters"～",英国新闻机构。

1300 Parsee Franch 解 Paris French"～";也解"The Ballad of Persse O'Reilly""～",书中关于主人公的歌谣;也解 Percy French"～"(1854—1920),爱尔兰流行歌曲作者;也解 Parsee"～"。

1301 skirriless 解 scurrilous"～";也解 skirtless"～"。

1302 ballets"～";也解 ballads"～"。

1303 Magrath 解 Cornelius Magrath"～"。

1304 Power's 解 Powers whiskey"鲍尔斯威士忌",一种爱尔兰酒;也解 O'Conor Power"～",19 世纪的爱尔兰政治家。

1305 dibbler"～",此处解 bibber"～";也解 tippler"～";也解 Dublin"～";也解 devil"～"。此处化自习语 between the devil and the deep sea(进退维谷)。

1306 此处化自习语 not fit to carry guts to a bear(没有价值)。

1307 Sylphling 解 sylph"～"。

1308 nought"～",此处解 not"～"。

1309 anyposs 解 any possible"～"。

1310 Sulleyman 解 silly man"～";也解 Solomon"～";也解 Suleiman"～"(1494—1566),奥斯曼帝国第十位苏丹,兼任伊斯兰教最高精神领袖哈里发。

1311 siven 解 seven"～"。

1312 trout"～",此处解 traut [德]"～"。

1313 stockangt henkerchoff 解 pocket handkerchief"～";也解 stocking"～";也解 Henker [德]"～";也解 ankle"～"。

1314 mosaic of dispensations 解 Mosaic Dispensation"～"。

1315 froren 解 gefroren [德]"～"。

1316 patata [意]"～"。

出自我的战斗教会[1317]教会女帽制作者。当林奇[1318]安妮·林奇修士，跟工人们、朋友们和公司以及T. C.金和戈尔韦的典狱官一起，准备好舒展他的四肢，星光的大能给他封圣，林奇修士跟工人们[1319]腿截球，万岁，万岁，万万岁[1320]麻绳，麻绳，万岁|臀部！月光中的船长说。当我自己在他的埋葬[1321]借入处为了圣保罗[1322]矮胖的人而辗转反侧，我能把他放在我的草垫[1323]亲密的屁股下，终夜睡[1324]滑倒|扛着在他上面。我们如何会一起嘲笑[1325]爱他，我和我的奥莱利[1326]蠼螋在教区牧师[1327]的床上！快[1328]墨水！他向我喊叫[1329]乌鸦的叫声|胎膜格拉尼娅-小溪-奥本[1330]河谷草地，那时我在我的头发下躲开了他，我叫[1331]凉爽的|芬·麦克尔他我的芬尼根[1332]似鱼的国王，他是如此巨大的[1333]喜悦暴发户。扑通！他说。鉴于我很高兴能够带着在我四十次眨眼[1334]使眼色的人中生计[1335]利菲河的快乐，说一位英俊的君主自由地用角子[1336]荡妇机[1337]机器里他们的便士[1338]芬兰辅币|阴茎抵押，连同[1339]玫瑰阴影[1340]玫瑰城堡下面一樱桃柳条柳条篮面包[1341]葡萄干面包的圣女果[1342]，同时给做出无可挑剔的表现的合法[1343]表演夫人，伊丽莎白·古宁和玛利亚·古宁[1344]伊丽莎白|玛利亚|其他的|床，H_2O，由那个六百年的[1345]撒克逊制革厂|六先令六便士|塞克斯顿好色[1346]用水蛭吸血贵族，带着用威尔士的法语和拉丁语[1347]沃尔什|弗兰奇神父写的座右铭：奥尼尔看见了莫莉女王的裤子[1348]对此心存邪念的人是可耻的；广被赞誉的雕刻，指的是在所说的最近行动中，我们主要女主女主人[1349]更加|抹大拉的玛利亚地方法官完全的[1350]对联男性气概的部分，在膝盖骨上方五英寸[1351]痒，就如法规[1352]雕像所要

1317 church milliner“～”，此处解 Church Militant“～”，指全体努力与世间邪恶作战的活着的基督教信徒。

1318 Lynch 解 James Fitzstephens Lynch“～”，曾担任戈尔韦市市长；也解 Anne Lynch“～”，都柏林的一种茶叶名。

1319 L. B. W. 解 Lynch Brother, Withworkers“～”；也解 leg before wicket“～”。

1320 Hemp, hemp, hurray“～”，此处解 hip, hip, hurrah“～”，集体的喝彩声；其中 hemp 也解 hip“～”。

1321 borrowing“～”，此处解 burying“～”。

1322 holy poly 解 Holy Paul“～”；也解 roly poly“～”。

1323 pallyass 解 palliasse“～”；也解 pally ass“～”。

1324 slepp 解 sleep“～”；也解 slip“～”；也解 schleppe［德］“～”。

1325 laugh“～”；也解 love“～”。

1326 Riley 解 Persse O'Reilly“～”，书中人物，字面意为 perce-oreille［法］“～”，因此为主人公 HCE 的化身之一。

1327 Vickar 也解 vicar“～”。

1328 Quink 解 quick“～”；也解 ink“～”。

1329 cawls 解 calls“～”；也解 caw“～”；也解 caul“～”。

1330 Granny-stream-Auborne 解 Grania“格拉尼娅”，芬·麦克尔的未婚妻，与芬·麦克尔的侄子德莫特私奔＋stream“溪流”＋Auburn“奥本”，哥尔德斯密斯在《荒村》中虚构的一个理想乡村；也解 Aue［德］“～”。

1331 cool“～”，此处解 calls“～”；也解 Finn MacCool“～”。

1332 Finnyking 解 Finnegan“～”；也解 finny king“～”。

1333 joyant 解 giant“～”；也解 joyance“～”。

1334 winkers“～”，此处解 winks“～”。

1335 lifing 解 living“～”；也解 Liffey“～”。

1336 sluts“～”，此处解 slots“投硬币的口”。

1337 maschine 解 machine“～”；也解 Maschine［德］“～”。

1338 pennis“～”，此处解 pennies“～”；也解 penis“～”。

1339 alonging wath 解 along with“～”。

1340 Shadow La Rose“～”；也解 Château La Rose［法］“～”。

1341 cherrywickerkishabrack 解 cherry“樱桃”＋wicker“柳条”＋kish［爱］“柳条篮”＋a brack“一个果子面包”；也解 barmbrack［爱］“～”。

1342 Maryfruit 解 Mary“圣母玛利亚”＋fruit“水果”。

1343 legintimate 解 legitimate“～”。

1344 Elsebett and Marryetta Gunning 解 Elizabeth and Maria Gunning“～”，18 世纪美女，征服了伦敦，都嫁给贵族；也解 Elizabeth“～”，本书中主人公的女儿伊茜的别名之一＋Marietta［意］“～”；也解 else“～”＋Bett［德］“～”。

1345 Saxontannery 解 sexcentenary“～”；也解 Saxon tannery“～”；也解 six and a tanner“～”；也解 William Sexton“～”(1819—1895)，安大略地区的政治家。

1346 leechers 解 lechers“～”；也解 leeches“～”。

1347 Wwalshe's ffrenchllatin 解 Welsh's French Latin“～”；也解 William John Walsh“～”(1841—1921)，都柏林的天主教主教，是造成巴涅尔下台的人之一；也解 Canon Ffrench“～”，著有《史前信仰与崇拜：古爱尔兰生活一瞥》。

1348 O'Neill saw Queen Molly's pants 解 O'Neil saw Queen Molly's Pants“～”；也解 Honi soit qui mal y pense［法］“～”，嘉德勋章上的格言。

1349 Mergey 解 magistra［拉］“～”，此处模仿口吃；也解 magis［拉］“～”；也解 Mary Madalene“～”，《新约》中的妓女。

1350 complet 解 complete“～”；也解 couplet“～”。

1351 itches“～”，此处解 inches“～”。

1352 statues“～”，此处解 statutes“～”。

求的。五六场胜利[1353]维多利亚5.6。如果你不放开我，就停止在我大腿上面取悦我。现在你看！尊重点。请回复[1354]。你的妻子。阿门。阿门。阿门[1355]溪流|名字。汉娜。

——你想骗我们，玛利亚[1356]爱尔兰皇家科学院院士夫人[1357]爱尔兰皇家大学研究员|享用，渐渐地，作为艺术与文学赞助人[1358]守护神|ALP，但是我害怕，那个同名的可怜女人，那与你的希尔维纳[1359]生活在森林中的|约翰·沙利文|T.D.沙利文和你的萨尔维尼[1360]在一起的，你被误导了。

——为了生存的快乐[1361]抵押品呜呼哀哉！

——寒鸦勋爵[1362]天哪和唐夫人！笨拙舅舅和杰克舅妈！无疑，那个老骗子[1363]汉堡包被男孩抵制和女孩切割得又聋又哑[1364]债务和厄运，在地狱和天堂[1365]山和港口|举起，甚至借助正式访问外国港口的小舰队，就像我现在愿意认为的，就像所有免费手册[1366]里拙劣地写的[1367]题写，在广告传单[1368]拿开你的手里唾弃[1369]吐痰的。憨蛋，呆蛋[1370]，坐[1371]醉鬼在墙上，给百万人的沉默艺术。并没有一位丹麦人岛[1372]和镇区的修道院长，也没有来自女人岛[1373]马恩岛的风骚女子[1374]马恩岛人，也没有四个小酒吧[1375]四州湖中的一个，也没有他的经济[1376]世界范围的场所[1377] HCE整个轮子上的任何东西，也没有地球[1378]土地整个[1379]拥有|可爱的表面[1380]疤脸所有[1381]地方的任何[1382]处女[1383]不女仆[1384]避免会紧随而来或靠近他，壹耳微蚵[1385]鳗鱼|鞭打者先生，播种者和苗圃主人，或者他的水藻[1386]全汽油小屋[1387]屁股|丰富的|大量的，我的救助只来自主[1388]（我很伤心[1389]），为了原因

1353 V. I. C. 5. 6. 解 victories 5. 6“～”；也解 Victorian 5. 6“～”，指英镑上的维多利亚女王头像。
1354 Respect. S. V. P. 解 respect“尊重”＋RSVP“请回复”。
1355 Amn. Anm. Amm 解 amen“～”；也解 amnis［拉］“～”；也解 ainm［爱］“～”。
1356 Mria 解 Mary“～”；也解 Member of the Royal Irish Academy“～”。
1357 Frui 解 Frau［德］“～”；也解 Fellow of the Royal University of Ireland“～”；也解 fruor［拉］“～”。
1358 artis litterarumque patrona［拉］“～”；也解 patron-us［拉］“～”。此处包含本书女主人公名字的缩写 ALP。
1359 silvanes 解 Alexander Silvayne“～”，16 世纪作家，他的《悲剧故事集》是莎士比亚的戏剧《威尼斯商人》的来源之一；也解 sylvan“～”；也解 John Sullivan“～”；也解 T. D. Sullivan“～”，著有歌曲《上帝拯救爱尔兰》，曲调为“重步音，重步音，重步音”。
1360 salvines 解 Tommaso Salvini“～”（1829—?），意大利戏剧演员，以扮演莎士比亚戏剧中的男主人公闻名。
1361 pledjures 解 pleasures“～”；也解 pledges“～”。
1362 Lordy“～”，此处解 Lord“～”。
1363 humbugger“～”；也解 hamburger“～”。
1364 debt and doom“～”，此处解 deaf and dumb“～”。
1365 hill and haven“～”，此处解 hell and heaven“～”；其中 haven 也解 heave“～”。
1366 gratuitouses 解 gratuitous“～”。
1367 illscribed 解 ill scribed“～”；也解 inscribed“～”。
1368 takeyourhandaways 解 throwaways“～”；也解 take your hand away“～”。
1369 conspued“～”；也解 conspuere［拉］“～”。
1370 Bumbty, tumbty 解 Humpty Dumpty“～”，儿歌中一只从墙头坠落后摔成碎片的蛋，本书主人公壹耳微蚵的化身之一。
1371 Sot“～”，此处解 sat“～”。
1372 Dane's Island“～”，位于爱尔兰沃特福德郡。
1373 Isle of Woman“～”；也解 Isle of Man“～”，爱尔兰海上的自治岛。
1374 minx“～”；也解 Manx“～”。
1375 cantins 解 cantina“～”；也解 Lake of the Four Cantons“～”，瑞士的卢塞恩湖的另外一个名字。
1376 ecunemical 解 economical“～”；也解 ecumenical“～”。
1377 conciliabulum［拉］“集会处”。此处包含本书主人公名字的缩写 HCE。
1378 jorth 解 earth“～”；也解 jord［丹］“～”。
1379 hold“～”，此处解 whole“～”；也解 hold［德］“～”。
1380 scurface 也 surface“～”；也解 Scarface“～”，20 世纪二三十年代美国黑帮成员阿尔·卡彭的绰号。
1381 allad 解 all“～”。
1382 nogent 解 nogen［丹］“～”。
1383 ingen［丹］“～”，此处解 inghean［爱］“～”。
1384 meid［荷］“～”；也解 meiden［德］“～”。
1385 Eelwhipper 解 Earwicker“～”；也解 eel“～”＋whipper“～”。
1386 allgas 解 algas“～”；也解 all gas“～”。
1387 bumgalowre 解 bungalow“～”；也解 bum［俚］“～”＋galore“～”；也解 go leór［爱］“～”。
1388 此处为拉丁语。
1389 Amsad 解 I am sad“～”。

或条理[1390]白霜或配给，出自痔疮或粪便[1391]脸面，在那之后。

——所有的耳朵确实摇动[1392]蠼螋|壹耳微蚵，当珀西·奥莱利[1393]蠼螋|皮尔斯|奥勒留大吃一惊[1394]的时候，老爱尔兰就醒来[1395]蠼螋|壹耳微蚵了。

——再说一遍！

——现在我对它了如指掌[1396]芬格尔|芬格尔郡。这个小小[1397]猪崽想去狂欢派对。这个长腿的玛奇[1398]撒尿[1399]拼写豌豆|干裂成两半的豌豆。这些[1400]你幸运的断背[1401]皱纹玩着偷窥汤姆[1402]放屁|一直。妈妈的爸爸[1403]我的救助只来自主|把它们给我|那里。爸爸的妈妈。喝醉的[1404]米达斯|我的救助只来自主。亚当[1405]萨德。

——叔叔的父亲与家族的女儿们[1406]父亲们的父亲与家族的女儿们。或者，但是，现在，从她的小便[1407]玛奇融合[1408]分水岭[1409]升起[1410]环形空气囊|风干|升起，只此一次偶尔将那个主题[1411]次修饰语|连接从胀大的梦中[1412]创伤|膨胀|戏剧作法|创伤的|奇迹的加以改变，并转身驰向开端[1413]东西，如果是这样，愿你将你自己与你中之他认同，那个浪击而不沉的[1414]如水的|脖子|商人，血亲之父[1415]教父和哺乳之母[1416]善于在泥地上奔跑的马，自此以后我们太多的她，利菲河[1417]，并且再一次把话题转向大老爹[1418]，因为他们我们从未离开，他曾经从事啤酒[1419]棺材，他是否在茶里[1420]流着泪，或者他是否从前[1421]准时|在某一时候几乎[1422]得体地大力地在糖里做些事？他派出基督的鸽子[1423]克里斯托弗·哥伦布|鸽子，鸟喙里带着一只囚鸟的内衣[1424]取消预订回来，然后他派出吃腐肉的乌鸦[1425]亨利·勒卡隆|乌鸦|卡戎，警察[1426]警员依

1390 rime or ration"～",此处解 rhyme or reason"～"。

1391 faces"～",此处解 faeces"～"。

1392 ears did wag"～";也解 earwig"～";也解 Earwicker"～"。

1393 Piers Aurell 解 Persse O'Reilly"～",书中人物,字面意为"～";也解 Padraic Pearse"～"(1879—1916),爱尔兰复活节起义的领袖之一;也解 Marcus Aurellus"～"(121—180),罗马皇帝。

1394 flappergangsted 解 flabbergast"～"。

1395 Eire wake"～";也解 earwig"～";也解 Earwicker"～"。

1396 fingall 解 fingers"手指",此处化自习语 have at one's fingers' end(了如指掌);也解 Fingal"～",古爱尔兰人对某些北欧入侵者的称呼;也解 Fingall"～",爱尔兰霍斯角北部的都柏林郡的古代名称。

1397 liggy 解 little"～"。

1398 peggy 解 Maggies"～",本书主人公的女儿。

1399 spelt pea"～",此处解 spilt pee"～";也解 split pea"～"。

1400 theese 解 these"～";也解 thee"～"。

1401 puckers"～",此处解 buggers"同性恋者"。

1402 pooping tooletom 解 Peeping Tom"好偷看的人",特指喜欢偷看裸体女人的好色之徒;也解 pooping"～"+tout le temps[法]"～"。

1403 Ma's da"～";也解 m[eum] a s[olo] d[omino] a[uxilium][拉]"～";也解 ma's dá[葡]"～"。其中 da 也解 da[德]"～"。

1404 Madas[梵]"～";也解 Midas"～",希腊神话中的国王;也解 m[eum] a d[omino] a[uxilium] s[olo][拉]"～"。

1405 Sadam 解 Adam"～";也解 Marquis de Sade"～"(1740—1814),法国作家。

1406 Pater patruum cum filiabus familiarum[拉]"～";也解 pater patrum cum filiabus familiarum[拉]"～"。

1407 mirgery 解 mingere[意]"～";也解 Maggies"～",本书主人公女儿的化身之一。

1408 margerys 解 merge"～"。

1409 watersheads 解 watersheds"～"。

1410 ariring 解 arising"～";也解 air ring"～";也解 airing"～";也解 éirghe[爱]"～"。

1411 subjunct"～",此处解 subject"～";也解 junct"～"。

1412 traumaturgid 解 Traum[德]"梦"+turgid"肿胀的";也解 trauma[希]"～"+turgeo[拉]"～";也解 dramaturgy"～";也解 traumatic"～";也解 thaumaturgic"～"。

1413 stuff"～",此处解 start"～"。

1414 fluctuous neck merchamtur 解 Fluctuat nec mergitur[拉]"～",巴黎的城市格言;也解 fluctuous"～"+neck"～"+merchant"～"。

1415 Bloodfadder 解 blood father"～";也解 fadder[丹]"～"。

1416 milkmudder 解 milk mother"～";也解 mudder"～"。

1417 Abha na Lifé[爱]"～"。

1418 dadaddy 解 daddy"～"。

1419 bier"～",此处解 Bier[德]"～"。

1420 in tea"～";也解 in tears"～"。

1421 ontime"～",此处解 onetime"～";也解 sometime"～"。

1422 seemly"～",此处解 ziemlich[德]"～"。

1423 Christy Columb 解 Christi columbus[拉]"～";也解 Christopher Columbus"～"。其中 Columb 也解 columba[拉]"～",与后面的乌鸦组成《圣经》大洪水故事中乌鸦和鸽子先后出去寻找陆地的故事。

1424 unbespokables 解 unmentionables"～";也解 unbespeak"～"。

1425 Le Caron Crow 解 carrion crow"～";也解 Henri Le Caron"～"(1841—1894),英国在美洲的间谍,有间谍王子之称+crow"～"。其中 Caron 也解 Charon"～",冥界引渡人。

1426 peacies 解 police"～";也解 P. C.'s"～"。

然在寻找他。来自摇摆之马的寻找者[1427]胜利者，来自父母之群的好事者[1428]蜜蜂|关于。对正确的人说话！罗马天主教最高法庭[1429]车轮|r音化蓄意怠工[1430]！他永远不可能[1431]角落被叨扰，但是哀悼者[1432]必须|男人曾经被唤醒。如果在作为现在的每个过去都有一个未来，谁在那里不知道芬尼根[1433]新奇和谁谁谁在芬尼根的守灵夜[1434]多少|战栗|鸭子的呱呱声！停[1435]假肢！他的制造者，他们不是他的消耗者吗？我们对他制作正在进行的作品的化身的检验[1436]一条翘曲之路走上正途。慷慨陈词！

——哎呀，现在神啊[1437]抵押物|愤怒|没有剃须，人，他们不是为了《致羔羊盛宴》[1438]的化身[1439]防腐处理达成了家族命运[1440]私密的吗，大骂粗话者[1441]扫清道路和全爱尔兰人[1442]狂暴战士，佳年和荒年，头皮猎人[1443]斯盖普|有齿的凿子|猎人和头颅猎人[1444]霍斯角，就像伟大神灵的音乐剧[1445]信使|收成，满车的猩红色，双边的爆竹[1446]你是彼得，合计，教皇使节与高级教士[1447]人类堕落前的|跌倒之前，他们的总计年龄三十二，加上他们的十一倍一百[1448]，带着来自拉斯格、拉桑根、特雷纳和拉什[1449]，来自美洲道、亚洲处、非洲路和欧洲街，以及甚至[1450]肯定无此荒野[1451]新南威尔士|利菲河南北墙，来自维科路、梅斯皮尔路和索伦托路[1452]的局内人、局外人[1453]和全部[1454]所有阴户|总数蜜饯百果，为了他的福利[1455]车轮的诱惑和对他传染病[1456]镇|古凯尔特城堡|城里人的恐惧，对他牛栏[1457]爬行平底船里的候诊室[1458]希望的沙龙，就像矿石之脉[1459]天然磁石迅速涌向极磁[1460]山，害怕[1461]他已逝去[1462]枪手|贡纳|迈克尔·冈恩但不敢[1463]公平的离开，梅林人、邓德拉姆人、卢

1427 seeker“～”；也解 Sieger［德］“～”。
1428 beesabouties 解 busybodies“～”；也解 bees“～”＋about“～”。
1429 Rotacist 解 Rota“～”；也解 rota［拉］“～”；也解 rhotacism“～”。
1430 ca canny 解 ca'canny“～”。
1431 caun ne'er 解 can ne'er“～”；也解 corner“～”。
1432 maun［中英］“～”，此处解 mourner“～”；也解 man“～”。
1433 Quis est qui non novit quinnigan 解 Quis est qui non novit［拉］“谁在那里不知道”＋Finnegan“芬尼根”；其中 novit 也解 novitas［拉］“～”。
1434 Qui quae quot at Quinnigan's Quake 解 qui, quae, quod［拉］“谁”的阳性、阴性和中性＋at Finnegan's Wake“在芬尼根的守灵夜”；其中 quot 也解［拉］“～”；其中 quake 也解“～”，也解 quack“～”。
1435 stump“～”，此处解 stop“～”。
1436 Your exagmination round his factification for incamination of a warping process 解 Our Exagmination Round His Factification for Incamination of Work in Progress“～”，《芬尼根的守灵夜》正式出版之前解释此书的论文集；也解 incamminare（［意］“走上正路”）of a warping process“～”。
1437 arra irrara hirarra 解 arrah“哎呀”＋a Dhia ara［爱］“现在神啊”；也解 arra［拉］“～”＋ira［拉］“～”；也解 irrasus［拉］“～”。
1438 Ad Regias Agni Dapes［拉］“～”，复活节后的第一个星期天的赞美诗。
1439 Imbandiment 解 embodiment“～”；也解 embalmment“～”。
1440 clansdestinies 解 clans destinies“～”；也解 clandestine“～”。
1441 fogabawlers 解 fuck“操”＋bawler“大喊大叫者”；也解 fag a bealach［爱］“～”。
1442 panhibernskers 解 pan-hibernians“～”；也解 berserkers“～”。
1443 scalpjaggers 解 scalp“头皮”＋Jäger［德］“猎人”；也解 The Scalp“～”，都柏林南边的一处山道；也解 jagger“～”；也解 jager［荷］“～”。
1444 houthhunters 解 headhunters“～”；也解 Howth“～”。
1445 messicals 解 musicals“～”；也解 messengers“～”；也解 messis［拉］“～”。
1446 Twoedged Petrard 解 twoedged petard“～”；也解 tu es Petrus“～”，出自《马太福音》(16:18)。
1447 leggats and prelaps 解 legates and prelates“～”。其中 prelaps 也解 prelapsarian“～”；也解 prae lapsu［拉］“～”。
1448 undecimmed centries 解 undecim-med centum［拉］“～”，即 1100，与前面的 32 合解 1132。
1449 Rathgar, Rathanga, Rountown and Rush 解 Rathgar, Rathangan, Roundtown and Rush“～”，爱尔兰的地区和城镇名，分别位于都柏林市、基尔代尔郡、都柏林市和都柏林郡。
1450 besogar 解 sogar［德］“～”；也解 be sure“～”。
1451 Noo Soch Wilds 解 no such wilds“～”；也解 New South Wales“～”，澳大利亚洲名；也解 North and South Walls of the Liffey“～”。
1452 Vico, Mespil Rock and Sorrento 解 Vico Road“维科路”，位于都柏林达尔基镇＋Mespil Road“梅斯皮尔路”，位于都柏林＋and“和”＋Sorrento Road“索伦托路”，位于都柏林达尔基镇。
1453 extraomnes 解 extra omnes［拉］“所有之外”。
1454 allcunct 解 all“全部”＋cunctus［拉］“全部”；也解 all cunts“～”；也解 count“～”。
1455 weal“～”；也解 wheel“～”。
1456 oppidumic 解 epidemic“～”；也解 oppidum［拉］“～”；也解 oppidum“～”；也解 oppidan“～”。
1457 kraal“～”；也解 crawl“～”。
1458 salon de espera 解 sala de espera［西］“～”；也解 salon“沙龙”＋de espérance［法］“希望的”，即“～”。
1459 lodes“～”；也解 lodestone“～”。
1460 Maximagnetic 解 maximal“最大的”＋magnetic“有磁性的”。
1461 afeerd 解 afeared“～”。
1462 gunner“～”，此处解 goner“～”；也解 Gunnar“～”，北欧神话中的布伦希尔德的丈夫；也解 Michael Gunn“～”(1840—1901)，都柏林娱乐剧院的经理。
1463 affaird 解 afraid“～”；也解 fair“～”。

坎人、灰镇人[1464]、巴特西公园[1465]炮台公园|巴特斯比公司和克里姆林·波维尔[1466]克拉姆林、菲伯斯区、卡布拉和芬格拉斯、巴勒蒙、雷尼[1467]和克伦塔夫的斗士[1468]乞丐|巴特勒|巴特，以便用货物清单来忖度，在他两者前交纳他们的一流赋税，一边十二英石，用他们的国王万岁！[1469]浪子做贼和他们的渴得发抖！[1470]和他们的去地狱！[1471]水|地狱和他们的甚至醉了！[1472]嗜酒中毒，在他那迷人的[1473]德里市场和重聚的军火厅[1474]杂志厅的特许事务所[1475]和里面，在军火墙边，霍斯蒂[1476]出口公司，为了他的五百六十六岁生日[1477]两者都|日子，伟大的老伟人健力士之子[1478]，珀西·奥莱利[1479]印度琐罗亚斯德教徒，接受供品的人，他们的干爸爸木塞[1480]尼古拉·里姆斯基-柯萨科夫|打开瓶塞的声音和彼得大帝[1481]作家|葡萄|进球，掌控着浸礼会的接见室、靴子国王和印度橡胶帝国[1482]仲裁人，以及来自波斯[1483]佩斯利旋涡图案的沙[1484]披肩、伊斯兰教的穆夫提[1485]便衣、苏丹皇后[1486]葡萄干|大米|远征|他|一个、戈登高地人团[1487]西班牙产的约旦杏、一排贾姆大人[1488]、她衬裙[1489]宠爱的里的怪人公主[1490]、骑士俱乐部的女王、克拉达元凶[1491]克拉达戒指、两位莎乐美[1492]萨拉米|额手礼、半个含[1493]火腿、与两个胖印度王公[1494]熏肉薄片在一起的成吉思汗[1495]哈桑·汗、德国皇帝自己[1496]德银|家用热水锅炉，他润过色，卑鄙[1497]暂时地|可轻视者，如此自以为是地[1498]自私的|塞弗里奇对着他自己[1499]叮当作响[1500]，那里有约翰·博伊德·邓禄普[1501]，爱尔兰[1502]时代最好的暴君[1503]轮胎|通讯记者，炫耀斯图亚特王朝[1504]管家和都铎王朝[1505]的法国红酒，负责当下对手圣雷德加留·圣烈治马赛[1506]的沙皇长子[1507]希萨拉维奇，在

1464 Merrionites, Dumstdumbdrummers, Luccanicans, Ashtoumers 解 Merrion Square, Dundrum, Lucan, Ashtown“梅林广场、邓德拉姆、卢坎、灰镇”＋ers，此四处都位于都柏林。

1465 Batterysby Parkes 解 Battersea Park“～”，位于伦敦的公园；也解 Battery Park“～”，位于纽约曼哈顿南端；也解 Battersby and Co“～”，都柏林的房地产经纪商。

1466 Krumlin Boyards 解 Kremlin“克里姆林宫”＋boyars“波维尔”，沙俄贵族阶层成员，地位仅次于王公，后被彼得大帝废除；也解 Croimghlinn“～”，意为“崎岖谷”，位于都柏林南部。

1467 Phillipsburgs, Cabraists and Finglossies, Ballymunites, Raheniacs 解 Phibsborough, Cabra and Finglas, Ballymun, Raheny“～”，此四处都位于都柏林。

1468 bettlers of Clontarf 解 battlers of Clontarf“～”，克伦塔夫为都柏林地名，爱尔兰国王布利安·布鲁 1014 年在此击败丹麦侵略军。其中 bettlers 也解 Bettler［德］“～”；也解 Butler“～”，爱尔兰历史上的著名家族，1328 年成为爱尔兰伯爵；也解 Butt“～”，书中一对二元对立的人物“巴特和拓夫”之一。

1469 Thieve le Roué!“～”，此处解 vive le roi［法］“～”。

1470 Shvr yr Thrst! 解 shiver your thirst“～”。

1471 Uisgye ad Inferos! 解 usque ad inferos［拉］“～”；也解 uisce［爱］“～”＋infernus［拉］“～”。

1472 Usque ad Ebbraios! 解 usque ad ebrios［拉］“～”；也解 ebrius［拉］“～”。

1473 delhightful 解 delightful“～”；也解 Delhi“～”，印度城市名。

1474 magazine hall“～”，此处解 magazine wall“军火墙”，位于都柏林凤凰公园内圣托马斯山上的军火要塞。

1475 boosiness primises 解 business premises“～”。

1476 Hosty“～”，书中一个重要人物。此处包含本书主人公名字的缩写 HCE。

1477 borthday 解 birthday“～”；也解 both“～”＋day“～”。

1478 Magennis Mor 解 Mac［爱］“之子”＋Guinness“健力士”＋mór［爱］“伟大的”，与前后合解 Grand Old Man“伟大的老人”，人们对英国首相格莱斯顿的称呼。

1479 Persee and Rahli 解 Persse O'Reilly“～”，书中人物，主人公 HCE 的化身之一；也解 Parsee“～”。

1480 RinsekyPoppakork 解 sec［法］“干的”＋Poppa“爸爸”＋cork“软木塞”；也解 Nicholay Rimsky-Korsakov“～”(1844—1908)，俄国作曲家；也解 pop of cork“～”。

1481 Piowtor the Grape 解 Peter the Great“～”，即彼得·阿列克谢耶维奇(1672—1725)，俄罗斯帝国首位皇帝。其中 Piowtor 也解 Autor［德］“～”＋the grape“～”；也解 Tor［德］“～”。

1482 umpires“～”，此处解 empires“～”。

1483 Paisley“～”，此处解 Persia“～”。

1484 shawhs 解 shah“～”，伊朗国王旧时称号；也解 shawls“～”。

1485 mufti“～”，伊斯兰教教法权威；也解 mufti“～”。

1486 sultana reiseines 解 sultana“苏丹的妻子”＋reine［法］“皇后”；也解 sultana raisin“～”。其中 reiseines 也解 Reis［德］“～”；也解 Reise［德］“～”；也解 seiner［德］“～”；也解 eines［德］“～”。

1487 jordan almonders 解 Gordon Highlanders“～”，1881 年至 1994 年间英国陆军中的一支部队；也解 jordan almond“～”。

1488 jam 解 Jam“～”，很多印度地方的王公都用这个名字。

1489 pettedcoat 解 petticoat“～”；也解 petted“～”。

1490 principeza 解 principessa［意］“～”。

1491 claddagh ringleaders 解 Claddagh“克拉达”，爱尔兰戈尔韦市的镇子，以克拉达戒指著称＋ringleaders“罪魁祸首”；也解 Claddagh ring“～”。

1492 salaames 解 Salome“～”，《马太福音》中杀死了施洗者约翰的女子；也解 salame“～”，用盐腌制的肉肠；也解 salaam“～”。

1493 Ham“～”，《圣经》中挪亚的儿子；也解 ham“～”。

1494 Maharashers 解 maharaja“～”；也解 rasher“～”。

1495 Hanzas Khan 解 Chingis Khan“～”；也解 Hassan Khan“～”，波斯使节，1819 年访问都柏林。

1496 German selver geyser 解 German Kaiser himself“～”；也解 German silver“～”＋geyser“～”。

1497 protemptible 解 contemptible“～”；也解 pro tem“～”；也解 contemptibilis［拉］“～”。

1498 silfrich 解 self-righteous“～”；也解 selfish“～”；也解 Seffridges“～”，英国百货公司。

1499 himsilf 解 himself“～”。

1500 tintanambulating 解 tintinnabulation“～”。

1501 J. B. Dunlop 解 John Boyd Dunlop“～”(1840—1921)，英国轮胎和橡胶商。

1502 ourish 解 Irish“～”。

1503 tyrent 解 tyrant“～”；也解 tyre“～”；也解 correspondent“～”。

1504 stuarts 解 Stuart“～”；也解 stewards“～”。

1505 Tudor“～”。

1506 Leodegarius Sant Legerleger 解 Leodegarius“圣雷德加留”(616—679)，殉教的法国欧东主教＋Saint Leger Stakes“圣烈治锦标赛”，英国南约克郡唐克斯特的秋季马赛。

1507 Cesarevitch 解 cesarevich“～”；也解 Cesarewich“～”，英国秋季马赛之一。

骡背上长腿拍鞍[1508]长腿蜘蛛|横座马鞍骑上橡木楼梯，像车旅者[1509]·倒置[1510]多瑙河|他|是一样，后臀到了前面，踢向左边[1511]举起，他灵巧抓住[1512]残疾的他真正的[1513]娼妓|手推车国歌[1514]自然的圣歌：似马之车[1515]奥尔塞，翘起你的尾巴[1516]真实地，与空荡荡皇宫正殿[1517]服徭役者的柱式大厅[1518]引起回响|查尔斯·哈雷一样大，老奥拉夫的[1519]א配膳室，能够安全地居于[1520]奥兰治[1521]大厦，下院议员苦药[1522]长辈，交织着难民德鲁伊[1523]、距今簿理翁[1524]、永恒祭司如王子[1525]、源自人民爱之所[1526]所爱之人、反巴涅尔派教区牧师[1527]国家的父亲、乌尔斯特的王[1528]、芒斯特的传令官，伴以围栏浅滩之掌旗官[1529]三叶植物、原告阿斯隆[1530]，以及他帝国的叶卡捷琳娜[1531]乞讨者，唯他自己[1532]愿意的|河流，以及在艾弗和阿迪劳恩勋爵[1533]封地|以弗得|常春藤|阿迪劳恩处他的双胞[1534]鼻子镶嵌宝石的|双的撒克逊人[1535]圣人|圣哉|儿子们|制裁和他那钻石脑壳的孙女[1536]公国|潜水员|甚至，亚当夏娃[1537]钢硬的·爱莫斯科[1538]，所有尖酸的爱尔兰人，完完全全[1539]狂乱地，离开了他们说旁遮普语[1540]大肚子|以拳猛击|戳刺、多格拉语[1541]打油诗、泰米尔语[1542]和古吉拉特语[1543]戈加蒂的好伙伴[1544]繁荣，在他们大量的新鲜黑啤酒和他上好的大杯麦芽酒之后，不要忘记他的麦芽酒[1545]油|啤酒沼[1546]莫娜|马南南，也不要忘记他的啤酒与黑麦威士忌[1547]珀西·奥莱利，被他的天使的面包[1548]夫人|水|汉娜浸透，（在肯尼迪[1549]的炉窑她揉着[1550]她的生面团，她的后部为我烘烤，圆面包！）在他的组成物化为神灵中交际和交流[1551]社会主义和共产主义，以便收买或打捞[1552]高贵的野蛮人他们的英雄他的那一点，可怜又可怜的[1553]呸呸|她

1508 lapsaddlelonglegs 解 lap saddle“轻拍马鞍”＋long legs“长腿”；也解 daddy-long-legs“～”；也解 sidesaddle“～”。
1509 Amaxodias 解 amaxodeias［希］“乘车的旅行者”。
1510 Isteroprotos 解 hysteroprôtos［希］“前后倒置的”；也解 Ister［拉］“～”；也解 er［德］“～”＋ist［德］“～”。
1511 lift“～”，此处解 left“～”。
1512 handygrabbed 解 handy“手边灵活的”＋grabbed“匆忙抓起”；也解 handicapped“～”。
1513 trulley 解 truly“～”；也解 trull“～”；也解 trolley“～”。
1514 natural anthem“～”，此处解 national anthem“～”。
1515 Horsibus 解 horsey“似马的”＋bus“公共汽车”；也解 Horsey“～”。
1516 keep your tailyup 解 keep your tail up“～”；其中 tailyup 也解 truly“～”。
1517 fhroneroom 解 throne room“～”；也解 Fröner［德］“～”。
1518 halle 解 Halle［德］“～”；也解 halle［德］“～”；也解 Charles Hallé“～”(1846—1914)，英国画家和画廊经理。
1519 Oldloafs 解 Old Olaf's“～”，奥拉夫为丹麦海盗的首领，在 852 年成为都柏林的第一位挪威王；也解 Aleph“～”，希伯来语字母表中的第一个字母。
1520 accomodate 解 accommodate“～”。
1521 Orange“～”，又称橙带党，爱尔兰新教政治团体，忠于英王威廉三世，并佩戴橙色带子或徽章，故名。
1522 Betters M. P 解 bitters“苦味药”＋Member of Parliament“下院议员”；也解 Betters“～”。
1523 Druids D. P 解 Druids“德鲁伊教团成员”＋displaced person“因战争逃离家园的人”。
1524 Brehons B. P 解 Brehons“簿理翁”，古时爱尔兰法官＋before present“距今”。
1525 Flawhoolags F. P 解 Flahoolagh［英爱］“王子般的”＋Flamen［拉］“祭司”＋Perpetuus［拉］“永久”。
1526 Agiapommenites A. P 解 Agapemones“阿格佩莫纳斯”，意为“爱之所”，1846—1956 年间英国的一个宗教组织＋A Populo［拉］“来自人民”；也解 agapomenos［希］“～”。
1527 Antepummelites P. P 解 Antiparnellites“反巴涅尔的人”，巴涅尔为爱尔兰自治运动的领袖＋parish priest“教区牧师”；其中 P. P 也解 Pater Patriae［拉］“～”。
1528 Kong［丹］“～”。
1529 Athclee Ensigning 解 Átha Cliath“围栏浅滩”，指都柏林＋Ensign“掌旗官”；其中 Athclee 也解 Klee［德］“～”。
1530 Athlone“～”，爱尔兰中部城市，麦科马克的出生地。
1531 Catchering 解 Catherine II the Great(1729—1796)“～”，俄罗斯帝国第八位皇帝；也解 cadger“～”。
1532 fain awan 解 fein amhain［爱］“～”；也解 fain“愿意的”＋awan［康］“河流”。
1533 epheud and ordilawn 解 Iveagh and Ardilaun“～”，健力士酒厂的创始人亚瑟·健力士的后代。其中 epheud 也解 feud“～”；也解 ephod“～”，古犹太教大祭司穿的圣衣；也解 Efeu［德］“～”。其中 ordilawn 也解 Ardilaun“～”，戈尔韦郡的岛，靠近健力士家族在孔地的地产，亚瑟·健力士是阿迪劳恩领主。
1534 gemmynosed 解 gemini［拉］“～”；也解 gemmy nose+-d“～”；也解 geminus［拉］“～”。
1535 sanctsons 解 Saxons“～”；也解 saints“～”；也解 sanctus［拉］“～”；也解 sons“～”；也解 sanction“～”。
1536 granddaucher 解 granddaughter“～”；也解 duchy“～”；也解 Taucher［德］“～”；也解 auch［德］“～”。
1537 Adamantaya 解 Adam and Eve“～”；也解 adamantinos［希］“～”。
1538 Liubokovskva 解 lyubov［俄］“爱”＋Moskva［俄］“莫斯科”。
1539 amok and amak 解 amuigh's amach［爱］“～”；也解 amok“～”。
1540 paunchjab 解 Punjabi“～”，印度和巴基斯坦旁遮普人的语言；也解 paunch“～”；也解 punch“～”＋jab“～”。
1541 dogril 解 Dogri“～”，分布于印度北部的多格拉人的语言；也解 doggerel“～”。
1542 Pammel 解 Tamil“～”，属达罗毗荼语系南部语族，是该语系中最重要的语言。
1543 gougerotty 解 Gujarati“～”，印度古吉拉特人的语言；也解 Gogarty“～”(1873—1957)，都柏林诗人，《尤利西斯》中穆里根的原型。
1544 boom companions 解 boon companion“～”；也解 boom“～”。
1545 oels 解 ale“～”；也解 Öl［德］“～”；也解 øl［丹］“～”。
1546 a'mona 解 móna［爱］“～”；也解 Mona“～”，马恩岛(Isle of Man)的旧名；也解 Mananaan“～”，爱尔兰传说中的海洋之神。
1547 beers o'ryely 解 beers & rye“～”；也解 Persse O'Reilly“～”，书中人物，字面意为“蠼螋”。
1548 pani's annagolorum 解 panis angelorum［拉］“～”；其中 pani's 也解 paní［捷］“～”，也解 pani［雪］“～”；其中 annagolorum 也解 Anne“～”，本书的女主人公。
1549 Kennedy“～”，位于都柏林帕特里克街的烘焙店。
1550 kned 解 knead“～”。
1551 socializing and communicanting 解 socializing and communicating“～”；也解 socialism and communism“～”。
1552 nobble or salvage“～”；也解 noble savage“～”，法国思想家卢梭的术语，指未开化原始人，他们的善良天真未受文明罪恶的玷污。
1553 poohpooher 解 poor“～”；也解 poohpooh“～”；也解 her“～”。

的老单身汉[1554]，带着他的动脉硬化[1555]亚瑟·健力士|土|玫瑰|三叶草，国王[1556]折磨罗德里克·奥康纳[1557]蹒跚的|小雄兽|足够地|还会，将全世界[1558]抛在脑后[1559]毁掉的，在圆桌之上，探照灯被转回，真实得就像弗农[1560]拥有布利安的宝剑，一打和一个接一个多出的[1561]蜡烛[1562]动物脂油在摔跤比赛[1563]中绕成圈，由他的女儿们在对他儿子们[1564]罪恶的宽恕[1565]毒药|在前|礼物中聚集在周围，高高地躺着，就像他全方位躺在那里，穿着朝服，戴着市长[1566]金链，散发着强烈味道，他的飘带闪闪发亮，在他周围，就像意大利杂货店里圣徒相通[1567]气味的堆积，欧石南[1568]石南丛聚在他的头发[1569] ECH 上，他棱镜[1570]奖品|监狱|礼物的光谱[1571]模仿着他白日[1572]时间|过去式的烛光[1573]着白衣者|可死，给暴君[1574]聋点|邮件的有荚血肠[1575]袋包布丁，为他的智天使[1576]孩子们|在这件事上和炽天使[1577]、能天使[1578]穷人|姿势和权天使[1579]知名人士|公国、力天使[1580]不顾一切的、座天使[1581]雄蜂和主天使[1582]支配者、天使[1583]古人和大天使[1584]老古人而哭泣，他的扣子扣着[1585]底部朝上|臀部，陈列[1586]展览|阐述以供在裁判检查后出售，肿胀[1587]布吕歇而荣耀[1588]，注定[1589]被堵住光荣[1590]无知的、康复痊愈和不朽[1591] HCE，直至他的躯体复活[1592]喷出他的妖怪，受到最大的震惊，正如所发生的，在他那永恒的[1593]过久的生命之后，就这样沦为无物。

——无忧无虑[1594]，为我们所有人痛饮[1595]鱼叉|上帝！所有他的死亡[1596]去世健美操[1597]老的，轻快地跳着死亡[1598]一种舞蹈，二十九[1599]：死的[1600]死了的[1601]骡子！人埋的人[1602]埋葬|卑微的！老爸的[1603]死亡之舞[1604]！死了[1605]、死了、死了！啊，死亡[1606]过度肥胖的！啊，邪

1554 bolssloose 解 bachelor“～”。
1555 arthurious clayroses 解 arteriosclerosis“～”；也解 Arthur Guinness“～”-ious＋clay“～”＋roses“～”；也解 Klee［德］“～”。
1556 Wrack“～”，此处解 rex［拉］“～”。
1557 Dodderick Ogonoch 解 Roderick O'Connor“～”（1116—1198），爱尔兰最后一位共主；也解 doddering“～”＋oganach［爱］“～”。其中 Ogonoch 也解 genug［德］“～”；也解 noch［德］“～”。
1558 wurld 解 world“～”。
1559 busted to“～”，此处解 dead to“无动于衷”，化自习语 dead to the world（睡得很香）。
1560 Vernons“～”，爱尔兰家族，宣称保存着爱尔兰传说中的著名国王布利安·布鲁的宝剑。
1561 tilly 解 tuile［爱］“～”，比如人群中的第 13 个。
1562 tallow“～”，此处解 tallow candle“～”。
1563 ringcampf 解 Ringkampf［德］“～”。
1564 sons“～”；也解 sins“～”。
1565 foregiftness 解 forgiveness“～”；也解 foregifte［丹］“～”；也解 fore“～”＋gift“～”。
1566 ludmers 解 Lord-Mayor“～”。
1567 cummulium of scents 解 communion of saints“～”，基督教术语，指所有基督教徒间的精神伙伴关系，无论生死；也解 cumulus（［拉］“堆积”）of scents“～”。
1568 erica“～”；也解 erica［意］“～”。
1569 hayir 解 hair“～”。此处包含本书主人公名字缩写的倒写 ECH。
1570 prisent 解 prism“～”；也解 prize“～”；也解 prison“～”；也解 present“～”。
1571 spectrem 解 spectrum“～”。
1572 dadtid 解 day time“～”；也解 tid［丹］“～”；也解 datid［丹］“～”。
1573 candiedights 解 candlelights“～”；也解 canditatus［拉］“～”；也解 can die“～”。
1574 deafspot 解 despot“～”；也解 deaf spot“～”；也解 post“～”。
1575 bagpuddingpodded 解 black pudding“血肠”＋podded“有荚的”；也解 bag pudding“～”。
1576 chilidrin 解 Cherubim“～”；也解 children“～”；也解 darin［德］“～”。
1577 serafim 解 Seraphim“～”，六翼天使。
1578 poors“～”，此处解 Powers“～”；也解 poise“～”。
1579 personalities“～”，此处解 Principalities“～”；也解 principality“～”。
1580 venturous“～”，此处解 Virtue“～、美德”。
1581 drones“～”，此处解 Thrones“～、王座”。
1582 dominators“～”，此处解 Dominations“～”。
1583 ancients“～”，此处解 Angels“～”。
1584 auldancients 解 Archangels“～”；也解 auld ancients“～”。
1585 buttend up 解 button up“～”；也解 butt end up“～”；也解 bottom“～”。
1586 expositoed 解 exposed“～”；也解 expositus［拉］“～”；也解 exposit“～”。
1587 bulgy“～”；也解 Gebhard Leberecht von Blücher“～”（1742—1819），滑铁卢战役中普鲁士军队的统帅。
1588 blowrious 解 glorious“～”。
1589 bunged to“～”，此处解 bound to“～”。
1590 ignorious 解 glorious“～”；也解 ignorant“～”。
1591 embalsemate 解 embalmed“～”。此处包含本书主人公名字的缩写 HCE。
1592 rouseruction of his bogey 解 resurrection of his body“～”；也解 eructo（［拉］“喷出”）of his bogey“～”。
1593 overlasting“～”，此处解 everlasting“～”。
1594 Bappy-go-gully 解 happy-go-lucky“～”。
1595 gaff“～”，此处解 quaff“～”；也解 God“～”，化自习语 every man for himself and God for us all（人人为自己，上帝为我们所有人）。
1596 morties 解 mort［法］“～”；也解 morti［意］“～”。
1597 calisenic 解 calisthenics“～”；也解 senis［拉］“～”。
1598 trepas“～”，此处解 trépas［法］“～”。
1599 neniatwantyng 解 nine twenty and“～”。
1600 Mulo 解 Mulo［吉］“～”。
1601 Mulelo 解 Mulo［吉］“～”；也解 mule“～”。
1602 Homo 解 homo［拉］“～”；也解 humo［拉］“～”；也解 humilis［拉］“～”。
1603 a deady O 解 of daddy-o“～”，此处化自歌曲“Dance to Your Daddy-o”（《随着你的老爸起舞》）。
1604 Dauncy 解 dance of death“～”。
1605 Dood［荷］“～”。
1606 Bawse 解 bás［爱］“～”；也解 obese“～”。

恶[1607]酒宴！啊，死亡[1608]谋杀！啊，凶杀[1609]死的！死亡[1610]过世！凶杀[1611]死亡|去世|辞世！啊，死亡[1612]离世|逝世|痛苦！啊，痛苦[1613]！痛苦，死亡[1614]瓦尔哈拉宫|哪里|过世|希勒尔！悲痛，死亡！悲痛，死亡[1615]离世！汝亡故之像[1616]！汝死亡[1617]离世|声音！死亡[1618]你这个殉道者！死亡[1619]！狗屎[1620]去死！大粪[1621]死亡|亡故|太平间！死亡[1622]猫头鹰！怎么会[1623]辞世|死亡！死亡[1624]！死亡！救命[1625]生死！死亡[1626]看啊死亡！死亡[1627]他移动！他走了！死亡[1628]过世|大理石！耶和华啊，永恒的安宁赐给他们！让永恒的光芒照在他们身上[1629]史前墓石|胡椒瓶|松开！（嘘[1630]灵魂|视野|原文如此|自己！）。

——但是芬尼根的守灵夜[1631]滑稽浣熊的蜡烛芯快乐多多[1632]火焰的跳跃。国王[1633]钥匙|挽歌|哀哭已去。吾王[1634]钥匙万岁[1635]肺举起！

——上帝保佑你国王！隐蔽生活的大师[1636]集合|图案！

——上帝保佑你国王[1637]仁慈地服务你|农奴|你们|似国王的，胖国王[1638]俄狄浦斯王！我早晨吃了四个，中午一对儿，稍后三个，但你见鬼去吧[1639]，你们以为我死了吗[1640]呀呀呸？

——不可能[1641]不能通过的连篇的不可信谎言[1642]骗子|层次！你的意思是不是坐[1643]在你现在所在的那里，溺爱着[1644]在里面冷的你那后备的腿，那条奇[1645]市场舌在你的清谈俱乐部[1646]译者|重击|浪涛|母猪里，你的北印度语[1647]和吵闹[1648]，就像市场里的猪[1649]垃圾，傲慢男孩[1650]索利·布瓦·麦克唐奈，重复你自己，把它告诉我？

——我的意思是坐在这儿，在你现在待着的这座古丘[1651]老诺尔上，傲慢男人，自我满满，只要我活着，穿着我的土布[1652]，就

1607 Boese 解 böse [德]"～";也解 booze"～"。
1608 Muerther 解 muerte [西]"～";也解 murder"～"。
1609 Mord [德]"～";也解 mort [法]"～"。
1610 Mahmato 解 mah [亚]"～";也解 mamat [阿]"～"。
1611 Moutmaro 解 marbhadh [爱]"～";也解 maut [阿]"～";也解 marv [布]"～";也解 marw [威]"～"。
1612 Smirtsch 解 smrt [塞维]"～";也解 smert [俄]"～";也解 Śmierć[波]"～";也解 Schmerz [德]"～"。
1613 Smertz 解 Schmerz [德]"～"。
1614 Woh Hillill 解 Weh [德]"痛苦"+hollol [威]"死亡";也解 Valhalla"～",北欧神话中主神奥丁为了迎接世界末日之战而挑选出来的阵亡武士们居住的地方;也解 wo [德]"～"+halál [匈]"～";也解 Hillel"～"(约前 70—公元 10),全名 Hillel Ha-Zaken,巴勒斯坦犹太人族长,编有《古代犹太拉比格言集》,成为后人编写《塔木德》的依据之一。
1615 Hallall 解 halál [匈]"～";也解 hollol [威]"～"。
1616 Thuoni 解 tuoni [芬]"～"。
1617 Thaunaton 解 thanatos [希]"～";也解 tunteeton [芬]"～";也解 Ton [德]"～"。
1618 Umartir 解 úmartí [捷]"～";也解 you martyr"～"。
1619 Udamnor 解 damnos [柬]"～"。
1620 Tschitt 解 shit"～";也解 chêt [安]"～"。
1621 Mergue 解 merde [法]"～";也解 merg [波]"～";也解 marg [印度斯坦]"～";也解 morgue"～"。
1622 Eulumu 解 eulum [土]"～";也解 Eule [德]"～"。
1623 Huam Khuam 解 how come"～";也解 khuam [暹]"～";也解 kwamdtai [老]"～"。
1624 Malawinga 解 maliu [萨]"～"。
1625 Ser Oh Ser 解 SOS"～",摩尔斯码中的求救信号;也解 sei-shi [日]"～"。
1626 See"～",此处解 shi [日]"～"。
1627 Hamovs 解 hamoves [希伯来]"～";也解 he moves"～"。
1628 Mamor 解 mors [拉]"～";也解 mamat [阿]"～";也解 Marmor [德]"～"。
1629 Rockquiem eternuel give donal aye indolmeny! Bat luck's perpepperpot loosen his eyis! 解 Requiem aeternam dona eis, Domine: et lux perpetua luceat eis [拉]"～",基督教追思弥撒中的《入祭文》;其中 dolmeny 也解 dolmen"～";其中 perpepperpot 也解 pepper pot"～";其中 loosen 也解"～"。
1630 Psich"～",此处拟声;也解 psyche [希]"～";也解 Sicht [德]"～";也解 sic"～";也解 sich [德]"～"。
1631 Funnycoon's Wick 解 Finnegan's Wake"～";也解 funny coon's wick"～"。
1632 leps of flam 解 lots of fun"～",此句出自民谣《芬尼根的守灵夜》;也解 leap of flame"～"。
1633 keyn 解 king"～";也解 key"～";也解 keen"～";也解 caoin [爱]"～"。
1634 keying 解 king"～";也解 key"～"。
1635 Lung lift"～",此处解 long live"～"。
1636 Muster"～",此处解 master"～";也解 Muster [德]"～"。
1637 serf yous kingly 解 save you king"～";也解 serve you kindly"～";也解 serf"～"+yous"～"+kingly"～"。
1638 adipose rex"～";也解 Oedipus Rex"～",希腊神话中著名的杀父娶母的底比斯国王。
1639 your saouls to the dhaoul 解 your souls to the devil"～",此句出自民谣《芬尼根的守灵夜》。
1640 do ye. Finnk. Fime. Fudd 解 do ye think I am dead"～",此句出自民谣《芬尼根的守灵夜》;也解 Fi Fo Fum"～",英国童话《杰克与魔豆》中的一句类似童谣的台词。
1641 Impassable"～",此处解 impossible"～"。
1642 tissue of...liyers 解 tissue of lies"～"。其中 liyers 也解 liars"～";也解 layers"～"。
1643 sett 解 set"～"。
1644 coddlin 解 coddling"～";也解 cold in"～"。
1645 bizar 解 bizarre"～";也解 bazar [波]"～"。
1646 tolkshap 解 talk shop"～";也解 tolk [丹]"～";也解 tolc [爱]"～";也解 tolce [爱]"～";也解 muc [爱]"～"。
1647 hindies 解 Hindi"～"。
1648 shindies 解 shindy"～"。
1649 muck"～",此处解 muc [爱]"～"。此处化自习语 buy a pig in a poke(未经仔细察看就购买的东西)。
1650 Sorley boy 解 surly boy"～";也解 Sorley Boy MacDonnell"～"(1505—1590),爱尔兰乌尔斯特的起义领袖。
1651 altknoll 解 alt [德]"年老的"+knoll"小山";也解 Old Nol"～",克伦威尔的绰号。
1652 homespins 解 homespuns"～"。

像一个酣睡[1653]抽陀螺的人，带着所有被埋藏在自从被激怒[1654]精神失常的后在我里面的罪恶。如果我不能打翻这磅压榨的橄榄[1655]智者，我能高声咒骂[1656]数千坐在他上面。

——橄榄[1657]奥利弗·克伦威尔！他可能是尘世存在。那是不是一声呻吟，或者我是不是听到了丁格尔[1658]幽谷风笛造成浪费的战争，以及？小心！

——我心伤悲[1659]特里斯丹！爱的囚徒！滴血[1660]哭诉之心[1661]雄赤鹿！卑贱之头[1662]低地兽群！张开[1663]赤褐色的|毒药之手！受伤[1664]惯常的|受到关爱的之足！水[1665]直至|威士忌！水！水！木头[1666]在……

——上帝之怒[1667]拉斯格|熟的和雷桥[1668]邓尼布鲁克|断裂之火？告诉我们，天电干扰[1669]直的的世界是不是在绕圈[1670]坟堆移动，或者这是什么静电巴别塔[1671]含糊不清的话？

——他是谁、他是谁、他是谁、他是谁在连入？他是谁、他是谁、他是谁？

——小军鼓！把你们的耳朵放到地上[1672]。死去的巨人，天哪[1673]汉娜·丽维娅！他们在玩着顶针和锥子[1674]波德金。盖尔人部落[1675]盖尔人兄弟会！跳！谁[1676]在里面？

——黑皮肤的外国人[1677]多尼戈尔和白皮肤的骗子[1678]鱼翅，他们跑[1679]包围来营救[1680]！

——叮叮[1681]。叮叮。

——克拉姆必胜[1682]驼背！克伦威尔必胜！

——我们会刺他们、砍他们、射他们、贪婪地盯着他们。

1653 sleepingtop 解 sleep like a top“～”；也解 spinning top“～”。

1654 insensed 解 incensed“～”；也解 insensé［法］“～”。

1655 ollaves 解 olives“～”，此处化自习语 upset the apple cart（美梦破灭）；也解 ollave［爱］“～”。

1656 zounds“～”；也解 thousands“～”。

1657 Oliver 解 olives“～”；也解 Oliver Cromwell“～”（1599—1658），英国政治家，统治爱尔兰期间对爱尔兰天主教徒实行奴役和灭绝政策。

1658 Dingle“～”，爱尔兰凯里郡丁格尔半岛上的小镇；也解 dingle“～”。

1659 Tris tris a ni ma mea 解 tristis est anima mea［拉］“～”，此处化自《马太福音》（26：38）“我心里甚是忧伤，几乎要死”；也解 Tristan“～”。

1660 Bleating“～”，此处解 bleeding“～”。

1661 Hart“～”，此处解 heart“～”。

1662 Lowlaid Herd 解 lowly head“～”；也解 lowland herd“～”。

1663 Aubain 解 open“～”；也解 auburn“～”；也解 bane“～”。

1664 Wonted“～”，此处解 wounded“～”；也解 wanted“～”。

1665 Usque［拉］“～”，此处解 uisce［爱］“～”；也解 whiskey“～”。

1666 Lignum［拉］“～”。

1667 Rawth of Gar 解 wrath of God“～”；也解 Rathgar“～”，都柏林南部区名，乔伊斯的出生地；也解 gar［德］“～”。

1668 Donnerbruck 解 Donner［德］“雷声”＋Brücke［德］“桥梁”；也解 Donnybrook“～”，都柏林郊区；也解 Bruch［德］“～”。

1669 strays“杂散电容”；也解 straight“～”。

1670 mound“～”，此处解 round“～”。

1671 babel 解 Babel“～”；也解 babble“～”。

1672 till the groun 解 to the ground“～”。

1673 manalive 解 man alive“～”；也解 Anna Livia“～”，本书女主人公。

1674 thimbles and bodkins“～”；也解 Michael Bodkin“～”，乔伊斯的妻子诺拉年轻时在戈尔韦的情人。

1675 Clan of the Gael“～”；也解 Clan na nGael“～”，19 世纪在北美活动。

1676 Whu 解 who“～”。

1677 Dovegall 解 Dubh-gall［爱］“～”，指丹麦人；也解 Donegal“～”，爱尔兰郡名，位于爱尔兰岛最北部。

1678 finshark 解 fionn［爱］“白肤的”＋shark“鲨鱼，骗子”；也解 shark's fin“～”。

1679 ring“～”，此处解 running“～”。

1680 rescune 解 rescue“～”。

1681 zinzin“（铃声）～”。

1682 Crum abu 解 Crum“克拉姆”，爱尔兰传说中的古代神灵，被圣帕特里克驱除＋abú［爱］“必胜”；也解 crom［爱］“～”。

——叮叮。

——啊，孤儿寡母们，是自耕农[1683]约克家族的人！永远是红脚鹬！兰开斯特家族的人[1684]在左边，上！

——这是袍子的哭喊！白色的雌鹿。它们的足迹，左边左边[1685]棘爪，猎犬追捕号角吹响！圣哉[1686]送我们与和平！头条！头条！

——我们爱尔兰时代的基督！爱尔兰独立[1687]空气独立|《爱尔兰独立报》方面的基督！基督领导自由人的领袖[1688]家庭杂务|《自由人报》！基督点亮沉闷的表述[1689]《每日快报》！

——猛击、战胜[1690]屠宰和屠戮[1691]军队！强暴女儿！闷死教皇！

——听[1692]金的|胆敢！阴云满面的父亲！不确定！很糟糕！

——叮叮。

——卖了！我被卖了！布利安的新娘[1693]！我的姐妹[1694]第一|首先|以斯帖！我的姐妹[1695]最后！布利安的新娘，再见！布利安的新娘！我卖了[1696]伊瑟！

——亲爱的乖孩子[1697]移液管！我们！我们！我！我！

——离开[1698]！离开！预备[1699]拜罗伊特！开步！

——我！我是真的。真的！伊瑟！乖孩子。我的宝贝[1700]普瑞西奥索！

——叮叮。

——布利安的新娘，赌赌我的价格！布利安的新娘！

1683 yeoman“～”;也解 Yorkmen“～”,指英国红白玫瑰战争中的约克家族。

1684 Lancs 解 Lancastrian“～”,指英国红白玫瑰战争中的兰开斯特家族;也解 links [德]“～”。

1685 linklink 解 links [德]“～”;也解 Klinke [德]“～”。

1686 Send us“～”,此处解 sanctus [拉]“～”。

1687 airs independence“～”,此处解 Irish Independence“～”,也为“～”。

1688 freedman's chareman 解 freedman's chairman“～”;也解 chare“～”;也解 *Freeman's Journal*“～”。

1689 dully expressed“～”;也解 *Daily Express*“～”。

1690 slagt 解 schlägt [德]“～”;也解 slagte [丹]“～”。

1691 sluaghter 解 slaughter“～”;也解 sluagh [爱]“～”。

1692 Aure 解 auris [拉]“～”;也解 aureus [拉]“～”;也解 aude [拉]“～”。

1693 Brinabride 解 bride of the Brian“～”,布利安指爱尔兰传说中的著名国王布利安・布鲁。

1694 ersther 解 sister“～”;也解 erste [德]“～”;也解 Erster [德]“～”;也解 Esther“～”,斯威夫特的两个年轻恋人以斯帖・凡霍米利和以斯帖・琼荪都叫这个名字。

1695 sidster 解 sister“～”;也解 sidste [丹]“～”。

1696 I sold“～”;也解 Isolde“～”。

1697 Pipette“～”,此处解 poppet“～”,即 Ppt,斯威夫特在《史黛拉日记》中对史黛拉的称呼。

1698 Fort 解 fort [德]“～”。

1699 Bayroyt 解 bereit [德]“～”;也解 Bayreuth“～”,德国巴伐利亚州城市。

1700 precious“～”;也解 Robert Prezioso“～”,意大利记者,曾爱上乔伊斯的妻子诺拉。

——我的价格，我的宝贝？

——叮。

——布利安的新娘，我的价格！你卖的时候，按我的价格卖！

——叮！

——乖孩子！乖孩子，我的无价宝！

——啊！我泪水的母亲！为我而相信！看[1701]折叠你的儿子！

——叮叮。叮叮。

——现在我们明白了。调好台，接收外国郡县[1702]行商！喂！

——叮叮。

——喂！时闻时闻[1703]小栏报道！讲讲你的头条？

——一个新娘！

——喂，喂！巴利马卡雷特[1704]胡萝卜！我是不是结束了，女？女士？真的？

——时闻！什么时……[1705]时间|时闻|蒂姆·芬尼根？

肃静。

落幕。靠边！亮光！大幕拉开。请通电！脚灯！

——你好！你是塞居尔区五十八号[1706]雪茄柄和小麦[illegible]？

——我明白你们了。戈博兰区四十五[1707]吞咽汉娜的胡萝卜罐头|都柏林的胡萝卜罐头。

——完美[1708]我担保。现在，只那次午睡一会儿[1709]之后，请给

1701 Fold"～",此处解 behold"～",此处出自《约翰福音》(19:26)"看你的儿子"。

1702 forain counties 解 foreign counties"～";也解 forain [法]"～"。

1703 tittit 解 tidbit"～",此处为与后面呼应,故译。

1704 Ballymacarett"～",北爱尔兰贝尔法斯特西北区名,为纪念 1601 年被杀害的爱尔兰人布利安・马卡雷特・奥涅尔;也解 carrot"～"。

1705 ti 解 time"～";也解 tidbit"～";也解 Tim"～",民谣《芬尼根的守灵夜》的主人公。

1706 Cigar shank and Wheat"～",此处解 Ségur cinquante-huit"～"。

1707 Gobble Ann's Carrot Cans"～",此处解 Gobelins quarante quinze [法]"～";也解 Dublin's Carrot Cans"～"。

1708 Parfey 解 parfait [法]"～";也解 by my faith"～"。

1709 justajiff 解 just a jiffy"～"。

我片刻时间。挑战者深渊[1710]挑战者的深海对此轻而易举[1711]，但是，通过我们在冲流水道[1712]换频道|时髦的|瑞士人里的水深点，土地可预期。离战的恶语[1713]响应该休战了。清空线路，优先号码！西比尔角[1714]西比尔！那个更好，还是这个？这边是西比尔角！那条路更好？跟着那盏小型聚光灯。对。现在非常好。我们又进磁场了。你还记得一个特殊的微温夏[1715]仲夏夜，在一个冷得流泪[1716]显著的的晴日之后？润润你的嘴唇好闪电般一击，重新开始。小心闪光和调光器！好些了？

——嗯。爱尔兰[1717]群岛恰逢其时[1718]是百里香|《爱尔兰时报》。爱尔兰[1719]麦芽啤酒是附属的[1720]彭赞斯|《爱尔兰独立报》。愤怒的将军[1721]《自由人报》。德里驱逐[1722]《每日快报》。

——依然是来自太平洋某个地方[1723]的电话？没有别的了？让我们继续[1724]间断的。那夜在神圣爱尔兰的每座光秃秃的山上都有火。最好如此？

——你可以说它们确实如此，海湾之子！

——是篝火吗？那么清晰？

——非此，其他名字根本不适合。篝火[1725]真诚的|教宗圣波尼法爵一世！它们的蓝色胡须[1726]蓝胡子流向天堂。

——现在是不是高高的白夜[1727]白骑士？

——见到过的凡间的最白之夜。

——我们最高处之主靠近我们的山谷圣母[1728]？

——他在上面款待自己，让自己在四周漂浮[1729]忙乱|花，让自

1710 Challenger's Deep"～",此处解 Challenger Deep"～",太平洋马里亚纳海沟的最深处,也是世界上海洋最深处。

1711 childsplay 解 child's play"～"。

1712 swish channels 解 swash channel"～";也解 switch channels"～"。其中 swish 也解"～";也解 Swiss"～"。

1713 swarwords 解 swearwords"～";也解 svar [丹]"～"。

1714 Sybil"～",希腊神话中的女预言家,此处解 Sybil Head"～",爱尔兰凯里郡丁格尔半岛西端的海角。

1715 lukesummer 解 lukewarm"～"+summer"～";也解 midsummer"～"。

1716 crying"～",此处解 crying cold"～"。

1717 isles"～",此处解 Eire"～"。

1718 is Thymes"～",此处解 in time"～";也与前面合解 *The Irish Times*"～"。

1719 ales"～",此处解 Eire"～"。

1720 Penzance"～",英国康沃尔郡西南部城市,临英吉利海峡,此处解 dependent"～";也与前面合解 *Irish Independent*"～"。

1721 Vehement Genral"～";也解 *Freeman's Journal*"～"。

1722 Delhi expulsed"～";也解 *Daily Express*"～"。

1723 somewhave from its specific 解 somewhere in the Pacific"～"。

1724 Lesscontinuous 也解 let's continue"～";也解 discontinuous"～"。

1725 Bonafieries 解 bonfires"～";也解 bona fide"～";也解 Bonifatius"～",418 年至 422 年为教宗。

1726 blue beards"～";也解 Bluebeard"～",法国童话作家佩罗作品中一个杀妻的人物。

1727 white night"～",指不眠之夜;也解 White Knight"～",《爱丽丝镜中奇遇记》中的人物。

1728 此处化自歌曲《山谷百合》。

1729 flosting 解 floating"～";也解 flustering"～";也解 flos [拉]"～"。

已变成鬼魂来像橡皮球[1730]安第斯山脉上部|巴尔干山脉的一样迎娶她的妈妈[1731]她愉快的低语|镜子。

——主的颂歌[1732]刘易斯·卡罗尔！会不会碰巧有雨，薄雾露水[1733]先生|弊病|薄雾|你？

——很多。如果你走得够远[1734]法老|多雨的|倾盆大雨|继续驾驶。

——一些坠落的小冬雪在那里落下，圣如象牙[1735]《冬青与常春藤》，我收集，是吗[1736]耶和华|秋天|灰树？

——直到六点[1737]冰雹|七点|雪|儿媳妇|抓起。绝对最好的。在地狱和天堂[1738]崎岖的与平坦的，冬季春季[1739]喜马拉雅山脉|一层层。

——是否一些狂风吹起，西方雨水[1740]春天或东方气息[1741]秋天|奥斯坦德，相当强烈到渐弱，全都不按顺序呈现为某种体液，正如[1742]耶和华它们升起和跳跃[1743]？

——它确实出自种种笑话。乖孩子[1744]！冰冷[1745]伊瑟。瑟瑟[1746]新娘|海水|奥布赖恩小姐不瑟瑟，新的[1747]不价格[1748]呵！夏季[1749]顶风停住|高兴昂扬而至[1750]大象！

——还在打电话[1751]！号码[1752]永不！平静，太平洋般[1753]特定的！你是不是碰巧想起月亮[1754]鸡蛋到底是不是在闪耀，那个极其幸运之夜[1755]高度幸运的|赤裸的？

——当然她是如此，我正午的爱人！不是一个而是一对美丽的[1756]月亮[1757]大笑|凯蒂·加拉赫山。

——何时[1758]？某时[1759]？开心[1760]！

——开心[1761]近来|不久前！开心！开心！开心！

1730 andeanupper balkan 解 indiarubber ball"～";也解 Andean upper"～"＋Balkan"～"。

1731 merry her murmur"～",此处解 marry her mamma"～";其中 murmur 也解 mirror"～"。

1732 Lewd's carol 解 Lord's carol"～";也解 Lewis Carroll"～"。

1733 mistandew 解 mist and dew"～";也解 mister"～";也解 Missstand［德］"～";也解 Mist［德］"～";也解 du［德］"～"。

1734 farranoch 解 far enough"～";也解 Pharaoh"～";也解 fearthanach［爱］"～";也解 fearthanacht［爱］"～";也解 fahre noch［德］"～"。

1735 holy-as-ivory"～";也解"Holly and Ivy""～",圣诞歌曲之一。

1736 Jesse 解 yes"是的";也解 Jehovah"～";也解 jesen［塞维］"～";也解 jasen［塞维］"～"。

1737 snaachtha clocka 解 six o'clock"～";也解 clocha sneachta［爱］"～";也解 seacht a'chlog［爱］"～";也解 sneachta［爱］"～";也解 snacha［捷］［塞维］"～";也解 snatch"～"。

1738 hilly-and-even"～",此处解 Hell and Heaven"～"。

1739 zimalayars 解 zima［捷］［塞维］"冬季"＋jaro［捷］"春季";也解 Himalayas"～";也解 layers"～"。

1740 westnass 解 west"西方"＋Nass［德］"雨水";也解 vesna［俄］"～"。

1741 ostscent 解 Ost［德］"东方"＋scent"气息";也解 osen［俄］"～";也解 Ostend"～",比利时城市,乔伊斯曾在 1926 年住在此处,经历了一场飓风。

1742 jusse as 解 just as"～";也解 Jehovah"～"。

1743 rose and sprungen 解 rose and Sprung(［德］"跳跃")"～",此处化自 15 世纪圣歌"Es ist ein Ros entsprungen"(《一朵绽放的玫瑰花》)。

1744 Pipep 解 Pepette"～"。

1745 Icecold"～";也解 Isolde"～",本书主人公的女儿。

1746 Brr 解 Brrr"～",表示寒冷的拟声词;也解 bride"～";也解 brine"～";也解 Biddy O'Brien"～",歌谣《芬尼根的守灵夜》中的守灵者之一。

1747 ny［丹］"～";也解 ní［爱］"～"。

1748 prr 解 price"～";也解 Brrr"～"。

1749 Lieto 解 leto［塞维］［俄］"～";也解 lie to(指船)"～";也解 lieto［意］"～"。

1750 galumphantes 解 galumph"～";也解 elephant"～"。

1751 Stll cllng 解 still calling"～"。

1752 Nmr 解 Nummer［德］"～";也解 nimmer［德］"～"。

1753 Pacific"～";也解 be specific"～"。

1754 Muna 解 luna［拉］"～";也解 muna［芬］"～"。

1755 highlucky nackt 解 hochglücklich［德］"高度幸运的"＋Nacht［德］"夜";也解 high lucky"～"＋nackt［德］"～"。

1756 pritty 解 pretty"～"。

1757 geallachers 解 gealach［爱］"～";也解 Gelächter［德］"～";也解 Katty Gallagher"～",位于爱尔兰的都柏林郡,正式名称是卡里克格洛甘山(Carrickgollogan)。

1758 Quando［拉］"～"。

1759 Quonda 解 quondam［拉］"～"。

1760 Go datey 解 gaudete［拉］"～"。

1761 Latearly 解 laetare［拉］"～";也解 latterly"～";也解 lately"～"。

——那当然是开心[1762]荒谬的。周围是否有霜花花纹，还有阴天，冰[1763]炎热的|此，很快冷了[1764]寒冷的|热的，很快结冰，温热上的寒冷，但是潮湿中[1765]主要地干燥，一条冬日[1766]雾中空中叹气[1767]空中景象、地狱呻吟[1768]冰雹|光亮的、火苗成球[1769]火焰和大水呼喊[1770]小瀑布的船形毯子，以及所有让每个人高兴的东西？

——欢呼许多伟人的坠落[1771]充满恩惠！圣玛利亚[1772]，天主之母[1773]烟雾窒息！这里有你的季节[1774]年度时间。绝对煮熟的。彻底[1775]退化地冷了[1776]戴头巾的。七月[1777]和七夕[1778]最冷的时候。

——虚空[1779]舒适|欧墨尼得斯，虚空的虚空，带着它们所有的虚空。少女溪谷[1780]梅达韦尔|广场里第一道雾气的烟气[1781]的名气的帅气[1782]的硬气？

——捉迷藏[1783]和做噩梦[1784]躺卧|羞耻的！

——从夏日[1785]某人小姐的美梦回到仲冬[1786]疯人的震颤性谵妄[1787]大洪水|稻草。人们希望干旱[1788]陛下季节里那种霜打的[1789]感觉？

——当然希望。欲望，待租，会累坏拖车马[1790]郡，电话、无线电广播[1791]火花，或者电报。还有更多[1792]母马|海|较多。

——来自浪端白沫[1793]的任何东西？

——泡沫白点般人群飞逝[1794]细毛|驾驶，从福克斯洛克到芬格拉斯[1795]。

——给海军陆战队员的风景[1796]羔羊皮！全景[1797]文字游戏|委婉语！整块全景式背景幕！它们结合处的所有效果都引发道

1762 latterlig［丹］“～”；此处解 laetare［拉］“～”。
1763 hice 解 ice“～”；也解 heiß［德］“～”；也解 hice［拉］“～”。
1764 calid 解 cold“～”；也解 kalt［德］“～”；也解 calidus［拉］“～”。
1765 moistly“～”；也解 mostly“～”。
1766 bruma［拉］“～”；也解 bruma［意］“～”。
1767 airsighs 解 air“空气”＋sighs“叹气”；也解 air sights“～”。
1768 hellstohns 解 hell“地狱”＋stöhnen［德］“呻吟”；也解 hailstone“～”；也解 hell［德］“～”。
1769 flammballs 解 Flamme［德］“火苗”＋balls“球”；也解 flamma［拉］“～”。
1770 Vodashouts 解 voda［塞维］“水”＋shouts“叫喊”；也解 watershoot“～”。
1771 fell of greats“～”；也解 full of grace“～”，也是歌曲名。
1772 Horey morey 解 Holy Mary“～”。
1773 smother of fog“～”，此处解 mother of God“～”。
1774 ahrtides 解 Jahreszeit［德］“～”；也解 aarstid［丹］“～”。
1775 Obsoletely“～”，此处解 absolutely“～”。
1776 cowled“～”，此处解 cold“～”。
1777 Julie 解 July“～”。
1778 Lulie 解 Luglio［意］“～”。
1779 amenities 解 vanity“～”，此处化自《传道书》(1:2)“虚空的虚空，虚空的虚空”；也解 amenity“～”；也解 Eumenides“～”，古希腊神话中的复仇三女神。
1780 Maidanvale 解 maiden vale“～”；也解 Maida Vale“～”，伦敦的地区名；也解 maidan“～”。
1781 fumous 解 fumus［拉］“～”。
1782 formous 解 formosus［拉］“美～”。
1783 Catchecatche 解 cache-cache［法］“～”。
1784 couchamed 解 cauchemar［法］“～”；也解 coucher［法］“～”；也解 ashamed“～”。
1785 Somer 解 summer“～”；也解 someone“～”，此处化自莎士比亚的戏剧《仲夏夜之梦》(*A Midsummer Night's Dream*)。
1786 Mad Winthrop 解 midwinter“～”，此处化自莎士比亚的戏剧《冬天的故事》(*The Winter's Tale*)；也解 mad anthrop-“～”。
1787 delugium stramens 解 delirium tremens［拉］“～”；也解 deluge“～”＋stramen［拉］“～”。
1788 sire“～”，此处解 sere“～”。
1789 rimey 解 rimy“～”。
1790 shire“～”，此处解 shire horse“～”。
1791 phunkel 解 Rundfunk［德］“～”；也解 Funke［德］“～”。
1792 mares“～”，此处解 more“～”；也解 mares［葡］“～”；也解 mehr［德］“～”。
1793 whitecaps“～”；也指白发的芬·麦克尔。
1794 flockfuyant 解 flock“人群”＋fuyant［法］“飞逝的”；也解 floccus［拉］“～”；也解 fugans［拉］“～”。
1795 Foxrock...Finglas“～”，两处皆为都柏林的地名。
1796 lambskip 解 landscape“～”；也解 lambskin“～”。
1797 Paronama 解 panorama“～”；也解 paronomasia“～”；也解 paronomazô［希］“～”。

路[1798]巨人堤道|因果关系。雨鼓、风机、雪箱。但是雷板呢？

——不在这里。在地毯[1799]下面。

——这个公共用地或花园现在是在星光[1800]星球的|更寂静的现实[1801]星光照耀的中吗，一个给碎陶器和古蔬菜的储油场[1802]油|礼堂的星空[1803]凝视的场地？

——简言之，尘垢多得吓人。一直让人恶心的烟灰缸[1804]永恒的灰树。

——我明白了。现在你知道著名的厨房垃圾箱[1805]糕点|三K党|踢了吗，在那里错配的第一夫妇彼此初次相遇？老男人[1806]郡长|这个人芬尼根[1807]的那个地方？年轻男性[1808]容克|人芬尼根[1809]再次快乐的那个时候？

——我确实是这么想的，著名的厨房垃圾箱[1810]。

——他们也在芬格尔郡[1811]芬格尔相遇，在菩提树[1812]等待|树|双方下的小平静处，雅室区的黄屋，西镇长-阿斯塔高博[1813]树枝|一天|是否和荡妇尽头，配以赢者愚蠢的快乐堕落的长袜[1814]司道肯斯，所有两者，迅速离开和谦卑木箱[1815]？

——上帝可怜可怜[1816]戈达曼迪，你是个饶舌[1817]翻译的魔鬼[1818]！

——这是不是一个相当暴露[1819]前配偶|支持于四股最后的大风的地方？

——嗯，我确实满怀信仰地真诚地相信如此，如果我希望珍惜[1820]慈悲的有一半是真的。

——这个山地上的堆垛[1821]斯托小镇，是不是悲惨丹麦人的

1798 caused ways“～”；也解 Giant’s Causeway“～”，位于北爱尔兰；也与前面合解 cause and effect“～”。

1799 blunkets 解 blankets“～”。

1800 stilller 解 stellaris［拉］“～”；也解 stellar“～”；也解 stiller“～”。

1801 realithy 解 reality“～”；也解 réaltach［爱］“～”。

1802 oleotorium［拉］“～”，化自 oleo-［拉］“～”＋auditorium“～”。

1803 starey 解 starry“～”；也解 staring“～”。

1804 evernasty ashtray 解 ever nasty ash tray“～”；也解 everlasting ashtree“～”，指北欧神话中的宇宙树。

1805 kikkinmidden 解 kitchen midden“～”；也解 Kuchen［德］“～”；也解 KKK“～”；也解 kick“～”。

1806 Ealdermann 解 elder man“～”；也解 ealdormann“～”；也解 der Mann［德］“～”。

1807 Fanagan 解 Finnegan“～”。

1808 Junkermenn 解 younger men“～”；也解 Junker“～”，以普鲁士为代表的德意志东部地区的贵族地主＋men“～”。

1809 Funagin 解 Finnegan“～”；也解 fun again“～”。

1810 W. K. 解 wellknown kikkinmidden“～”，参见注 1805。

1811 Fingal“～”，古爱尔兰人对某些北欧入侵者的称呼，此处解 Fingall“～”，爱尔兰霍斯角北部的都柏林郡的古称。

1812 bidetree 解 bo tree“～”；也解 bide“～”＋tree“～”；也解 beide［德］“～”。

1813 Astagob“～”，爱尔兰都柏林郡的镇；也解 Ast［德］“～”；也解 Tag［德］“～”；也解 ob［德］“～”。

1814 Stockins 解 stockings“～”；也解 Stockens“～”，爱尔兰都柏林郡北部的镇。

1815 Littlepeace...bidetree...Yellowhouse...Snugsborough...Westreeve-Astagob...Slutsend...Stockins...Winning...Folly Merryfalls...skidoo...skephumble 解 Littlepace...Bridetree...Yellowwalls...Snugsborough...Westereve...Astagob...Slutsend...Stockens...Winnings’ Folly...Merryfalls...Skidoo...Skephubble，皆为爱尔兰都柏林郡芬格尔地区的镇，共 12 个，代表 12 位陪审团成员，此处按照字面意义直译。

1816 Godamedy 解 God-a-mercy“～”；也解 Goddamendy“～”，爱尔兰都柏林郡芬格尔地区的镇。

1817 tolkar 解 talker“～”；也解 tolk［荷］“～”。

1818 delville 解 devil“～”。

1819 exspoused 解 exposed“～”；也解 ex-spouse“～”；也解 espouse“～”。

1820 charity“～”，此处解 cherish“～”。此句包含“信仰、希望和慈悲”。

1821 stow on the wolds“～”；也解 Stow-on-the-Wold“～”，英国科茨沃尔德地区海拔最高的小镇。

屁股[1822]？

——关于任何事的任何东西或者没有太阳的[1823]坏疽|绿色|灰色爱尔兰[1824]汉娜的黄道带[1825]太阳|牛奶|巨大的|黑色的太阳下的其他一切[1826]确实[1827]在危难中让人悲伤。

——三色绶带预示着警示。旧的旗，冰冷的旗。

——石板。在古墓旁，又深又重[1828]汤姆、迪克和哈里。给那揭开面纱的[1829]经久不衰的记忆，关于。坟墓和平者[1830]彼得大帝|多石的。

——木制警告[1831]树林在……里|奥丁|警告|新的对此说了[1832]讲|战胜|叹气什么？

——擅入者[1833]骗局|难事必[1834]村镇究[1835]被迫害|一对|被隔离。

——过去曾有一棵树拔地而起？一棵永恒的[1836]偷听灰树[1837]欧洲白蜡树？

——过去曾有，确切无疑。在安纳河[1838]旁。在斯拉弗纳蒙德山[1839]脚[1840]浅滩下。橡树草地[1841]灰树[1842]一个她的榆树。来自一根桦树[1843]山毛榉的树枝的随风飘飞的雪[1844]。最庄严的[1845]王冠之尘[1846]在所有风雨飘摇的[1847]君主统治时期|装载的荒野[1848]威尔士|奥斯卡·王尔德史上将五月柱封圣。出自诺兰书店的布朗[1849]的《植物的宝藏》[1850]《爱尔兰植物档案》，普里投韦尔[1851]出版社，与其没有任何相似之处。因为我们吃着它的深林，穿着它的树丛，用它的树皮做船，我们的读物[1852]讲座是它的叶子[1853]离开。绿树[1854]鹤|鹪鹩，绿树，所有绿树之王。金雀花王朝打造的侍从和夫人的男人[1855]对妇女侍奉周到的男人，高大而神圣。

1822 Woful Dane Bottom 解 Woeful Dane Bottom“～”,英国格洛斯特郡的山谷,可能为10世纪初丹麦人战败的地方。

1823 gan greyne 解 gan ghrein [爱]“～”;也解 gangrene“～”;也解 green“～”;也解 grey“～”。

1824 Eireann 解 Eire“～”;也解 Anne“～”,本书女主人公。

1825 grianblachk 解 gréinbeach [爱]“～”;也解 grian [爱]“～”+blacht [爱]“～”;也解 giant“～”+black“～”。

1826 allselse 解 all else“～”。

1827 in need“～”,此处解 indeed“～”。

1828 tombs, deep and heavy“～”;也解 Tom, Dick and Harry“～”,泛指很多人时的说法。

1829 unaveiling 解 unveiling“～”;也解 unfailing“～”。

1830 Peacer the grave“～”;也解 Peter the Great“～”;也解 petrus [拉]“～”。

1831 Woodin Warneung 解 wooden“木制的”+Warnung [德]“警告”。其中 Woodin 也解 wood in“～”;也解 Odin“～”,北欧神话中的主神。其中 Warneung 也解 warne [德]“～”;也解 neu [德]“～”。

1832 sigeth 解 sige [丹]“～”;也解 sagt [德]“～”;也解 sieget [德]“～”;也解 sigh“～”。

1833 Trickspissers 解 trespassers“～”;也解 tricks“～”+pissers“～”。

1834 vill“～”,此处解 will“～”。

1835 pairsecluded 解 prosecuted“被起诉”;也解 persecuted“～”;也解 pair“～”+secluded“～”。

1836 overlisting 解 everlasting“～”;也解 overlistening“～”。

1837 eshtree 解 ash tree“～”;也解 Esche [德]“～”。

1838 Annar 解 Anner“～”,位于爱尔兰科克郡。

1839 Slivenamond“～”,位于爱尔兰提珀雷里郡。

1840 ford“～”,此处解 foot“～”。

1841 Oakley 解 oak“橡树”+ley“草地”。

1842 Ashe 解 ash tree“～”;也解 a she“～”。

1843 beerchen 解 birchen“～”;也解 beechen“～”。

1844 snoodrift 解 snowdrift“～”。

1845 grawndest 解 grandest“～”。

1846 crowndest 解 crown“王冠”+dust“灰尘”。

1847 reignladen 解 rain-laden“～”;也解 reign“～”+laden“～”。

1848 Wilds“～”;也解 Wales“～”;也解 Oscar Wilde“～”。

1849 Browne...Nolan 解 Browne and Nolan“～”,都柏林著名书籍和文具商店的店名。

1850 *Thesaurus Plantarum* [拉]“～”;也解 *Fasciculus Plantorum Hiberniae*“～”,帕特里克·布朗1788年用英语、拉丁语和爱尔兰语写的著作。

1851 Prittlewell“～”,英国埃塞克斯郡的一个地区。

1852 lecture“～”,此处解[法]“～”。

1853 leave“～”,此处解 leaves“～”。

1854 cran 解 crann [爱]“～”;也解 crane“～”;也解 wren“～”,爱尔兰儿童常带着鹪鹩在圣斯蒂芬节到各家各户要钱,并唱着“鹪鹩、鹪鹩,百鸟之王”。

1855 Squiremade and damesman 解 squire“侍从”+made“制造的”+and“和”+dame's man“夫人的男人”;也解 squire of dames“～”。

——现在，不要把你的鷓鴣藏在灌木丛[1856]下！比如说，它在那里做什么？

——站在我们对面[1857]。

——在夏日的[1858]苏美尔语的|辛梅里安人阳光中？

——而且在辛梅里安的阴影[1859]发抖里。

——你从你的藏身处清晰地看到？

——不。从我那不为人见的躺着的地方。

——你是否然后用立体声记下当时[1860]阴户被做的发生之事？

——我于是躺下来取得[1861]我的发生之处，我想我告诉过你。涂上膏药[1862]解决|平安。

——重新向上[1863]一点儿|利菲河爬上物种的起源[1864]空间的飓风。只是这个超群的巨人的基数[1865]红衣主教的圆场有多大啊，阿树[1866]凉亭先生？你大诗人的高高视野[1867]鸟瞰，溪谷上空的飞鸟[1868]！我喜欢听你在严格的红衣主教团里对我们东拉西扯[1869]紫色，紫袍加身[1870]，没有意大利奥特人的太多干涉[1871]变化，你心里知道的我们君王豆茎[1872]是茎秆|《杰克与豆茎》的事情，雷鸣[1873]音调·托马斯[1874]宙斯。啊，你说[1875]致富|听！

——紫色安迪[1876]那些被变成紫色的，听[1877]浸湿|聆听，听着！阁下大人[1878]凶兆的|总，你的显赫[1879]迫近的祸患以及激发的[1880]不法行为|高兴|错误友爱[1881]！在她身上生长着都铎时代的[1882]气味王后女仆、爱达荷的[1883]女店员和他们树林婴儿，鸟火烈鸟[1884]博德·弗兰尼甘|鹅在中

1856 bushle 解 bushes“～”。此处化自习语 hide one's light under a bushel(韬光养晦)。

1857 foreninst 解 fornenst“～”。

1858 Summerian 解 summer“～”;也解 Sumerian“～”;也解 Cimmerians“～”,希腊神话里永远住在阴影中的人。

1859 shudders“～”,此处指 shadow“～”。

1860 tunc[拉]“～”,即《凯尔斯书》中的“当时页”,该页为《马太福音》(27:38)中“当时,有两个强盗和他同钉十字架”;也解 cunt[俚]“～”。

1861 tuk 解 took“～”。

1862 Solve“～”,此处解 Salve“～”;也解 salve[拉]“～”。

1863 aliftle 解 a-lift“～”;也解 a little“～”;也解 Liffey“～”。

1864 ouragan of spaces 解 Origin of Species“～”,达尔文的著作;也解 ouragan([法]“飓风”) of spaces“～”。

1865 cardinal rounders“～”,此处解 cardinal number“～”。

1866 Arber 解 arbor[拉]“～”;也解 arbour“～”。

1867 bard's highview“～”;也解 bird's eye view“～”。

1868 avis[拉]“～”。

1869 burble“～”;也解 purple“～”。

1870 purpurando[拉]“变成紫色”。

1871 interfairance 解 interference“～”;也解 variance“～”。

1872 beingstalk 解 beanstalk“～”;也解 being stalk“～”;也解“Jack and the Beanstalk”“～”,英国童话。

1873 Tonans[拉]“～”;也解 tonen[丹]“～”。

1874 Tomazeus 解 Tommaseo[意]“～”;也解 Zeus“～”。

1875 dite[意]“～”;也解 dite[拉]“～”;也解 audite[拉]“～”。

1876 Corcor Andy 解 corcair[爱]“紫色”+Andy“安迪”,人名;也解 purpurandi[拉]“～”。

1877 Udite[意]“～”;也解 udete[拉]“～”;也解 audite[拉]“～”。

1878 Your Ominence 解 Your Eminence“～”,天主教中对红衣主教的称呼;也解 ominosus[拉]“～”;也解 omnis[拉]“～”。

1879 Imminence“～”,此处解 Eminence“～”。

1880 delicted 解 elicited“～”;也解 delict“～”;也解 delight“～”;也解 delictum[拉]“～”。

1881 fraternitrees 解 fraternity“～”。

1882 tuodore 解 Tudor“～”;也解 odore[意]“～”。

1883 Idahore 解 Idaho“～”,美国西北部一州。

1884 bird flamingans 解 bird“鸟”+flamingo“火烈鸟”;也解 Bird Flannigan“～”,20 世纪初都柏林的花花公子,曾在 1909 年展览会上偷走一个祖鲁男孩;也解 Gans[德]“～”。

桅[1885]尖端|桅杆上朝向鸟类[1886]斯维尼般晃荡[1887]，橘子[1888]乌拉尼亚|奥丽埃纳苹果[1889]玩着跳向天空[1890]撞向大地[1891]马铃薯|地上|树，泰伯恩[1892]芬尼亚会在他燃烧的树枝里打鼾，交叉骨撒满它的神圣地板，伊拉斯谟·史密斯[1893]的感化院男孩们[1894]所有男孩爆发的犯人[1895]拿着他们手下的铅笔为了物种[1896]香料|空间的起源爬向她的胯部，查理我的爱[1897]达尔文|法国水果奶油布丁|亲爱的人穿着蓝色丝绸问我唠唠叨叨反驳他们，长臂猿和短臂猿，归尔甫派和吉伯林派[1898]长臂猿|语无伦次地说话，宁愿要[1899]祈祷台[1900]祈祷露滴而不是他们的解剖学[1901]东方，让他们灾难[1902]推翻上的发现枯萎萎缩，基尔曼汉姆[1903]杀他们使他们残废领抚恤金者把推翻的[1904]生长过盛的磨石[1905]里程碑|弥尔顿丢到她的身上，好为了他们的非自然茶点[1906]自然选择而砸倒她的越橘和她的黄油土豆饼[1907]苹果，手绘的野丫头采摘他的丈夫，知更鸟更确切地说[1908]多得多为他从他的槲寄生[1909]日本天皇伊格德拉西尔[1910]蛋|毛毛雨里孵出最多，太阳和月亮钉住忍冬花和白石南，大山雀[1911]在那里敲着树脂，老鹰[1912]战斧在其他地方看着焦油，荒原的生物正走近他，冬青树与常春藤[1913]常春藤中的空洞，好去爪抓和摩擦，沙漠中的隐士在她的三词根上吠叫着他们的地狱腿胫，他的橡实和松果在他周围四面八方射得离他很远，两万两[1914]大量千的两万两[1915]丰富千[1916]发送，在上千[1917]逃学者次极大恐惧[1918]气氛之后，她用那你说挪威话吗[1919]蛇|你|顽皮的的沮丧废话[1920]向下滑之物呜咽着[1921]啜泣女人的魂灵身体[1922]名流，如此一件出自那个精美[1923]好奇的制作的时髦[1924]迷人的缎子[1925]撒旦衣服，她的叶子，我

1885 tipmast 解 topmast“～”；也解 tip“～”＋mast“～”。

1886 fuglewards 解 fugle［丹］“鸟类”＋-wards“朝向”。

1887 Sweenyswinging 解 Sweeny“斯维尼”，爱尔兰神话中发疯后居于树上的中世纪国王＋swinging “摆动”。

1888 Orania 解 orange“～”；也解 Urania“～”，古希腊神话中主管天文的缪斯女神；也解 Oriana“～”，诗人们对英国女王伊丽莎白一世的称呼。

1889 epples 解 apples“～”。

1890 hopptociel 解 hop to“跳到”＋ciel［法］“天空”。

1891 bommptaterre 解 bump to terre“～”；也解 pomme de terre［法］“～”；也解 terre［法］“～”＋boom［荷］“～”。

1892 Tyburn“～”，伦敦的行刑场。

1893 Erasmus Smith“～”(1611—1691)，英国商人，在爱尔兰设立语法学校。

1894 burstall boys 解 Borstal boys“～”；也解 burst all boys“～”。

1895 culprines 解 culprits“～”。

1896 spices“～”，此处解 species“～”；也解 space“～”。

1897 Charlotte darlings 解 Charley Is My Darling“～”，英国歌曲；也解 Charles Darwin“～”(1809—1882)，英国生物学家，进化论的奠基人；也解 charlotte“～”＋darlings“～”。

1898 guelfing and ghiberring 解 Guelphs and Ghibellines“～”，但丁所在时期意大利佛罗伦萨党争中的两党。其中 gibbonses 也解“～”；也解 gibbering“～”。

1899 proferring 解 preferring“～”。

1900 praydews 解 prie-Dieu［法］“～”；也解 pray dew“～”。

1901 anatolies 解 anatomy“～”；也解 anatolios［希］“～”。

1902 catastripes 解 catastrophes“～”；也解 katastrephô［希］“～”。

1903 killmaimthem 解 Kilmainham“～”，监狱名，位于都柏林西南部；也解 kill maim them“～”。

1904 overthrown“～”；也解 overgrown“～”。

1905 milestones“～”，此处解 millstones“～”；也解 Milton“～”(1608—1674)，英国诗人。

1906 unnatural refection“～”；也解 natural selection“～”。

1907 pommes annettes 解 pommes Anna［法］“～”；也解 pommes［法］“～”。

1908 muchmore 解 vielmehr［德］“～”；也解 much more“～”。

1909 missado 解 mistletoe“～”；也解 mikado“～”。

1910 eggdrazzles 解 Yggdrassil“～”，北欧神话中的宇宙树；也解 egg“～”＋drizzle“～”。

1911 timtits 解 tomtits“～”。

1912 tomahawks“～”，此处解 hawks“～”。

1913 hollow mid ivy“～”，此处解 holly mit(［德］“与”)ivy“～”。

1914 plenty to“～”，此处解 twenty-two“～”。

1915 Plantitude 解 twenty-two“～”；也解 plentitude“～”。

1916 outsends“～”，此处解 thousands“～”。

1917 Truants“～”；也解 thousands“～”。

1918 utmostfear 解 utmost fear“～”；也解 atmosphere“～”。

1919 snakedst-tu-naughsy 解 snakke du norsk［丹］“～”；也解 snake“～”＋tu［法］“～”＋naughty“～”。

1920 downslyder 解 down“情绪低落的”＋sludder［丹］“废话”；也解 down slider“～”。

1921 Whimmering 解 wimmern［德］“～”；也解 whimpering“～”。

1922 seeleib 解 Seele［德］“魂灵”＋Leib［德］“身体”；也解 celeb“～”。

1923 exquisitive 解 exquisite“～”；也解 inquisitive“～”。

1924 fashionaping 解 fashionable“～”；也解 fascinating“～”。

1925 sathinous 解 satin“～”；也解 Satan“～”。

最亲爱的爱人，自时间之夜起唱唱唱歌[1926]罪恶，他们的每根和所有树枝在它们的新世界里，通过它双生的双生，从邪恶[1927]蚂蚁之始到邪恶之终[1928]零星物品，再一次相遇并摇着弯曲的[1929]特里斯丹手。一圈又一圈环绕着他[1930]曾经。欢呼[1931]！

——是这么尊贵[1932]高尚的、卓越[1933]优秀、非凡[1934]特别老旧和轻快|橡树和精益求精[1935]胜过|上升吗？

——行走在像人的树木中间[1936]人群|忧虑，或者像天使的树木[1937]眼泪哭泣着没人见过能与之匹敌的东西[1938]没有鸟曾经飞起任何翅膀来飞得像老鹰一样|属于鸟的！但是数载[1939]疟疾石化，永远[1940]为了眼睛化崖[1941]劈开！

——告诉那棵橡树[1942]充分利用真相[1943]树木吗？

——很多[1944]真的|我，大同小异[1945]粪堆。

——确实，浪子的灌木丛[1946]自由之树！但是那块法律之石[1947]长石是否确实[1948]是裁定了它名字[1949]树木|拿的？

——死亡[1950]，死亡，太难分开了！

——现在我明白了，中间人[1951]马内塞古抄本|黑肤的博士。有限[1952]白发的思想[1953]与无限[1954]中间的真实。格为阳。性为阴。我明白了。现在，是否你自己以任何方式从中生出[1955]树木？真的树，我是说？让我们听听科学不得不说什么，爱尔兰佬下一件最好的事情[1956]印度学者次好的国王。扑通[1957]解释|马克斯·普朗克！

——苹果树[1958]上面掉下。

——这让人想起女儿们的哭泣吗？

1926 sinsinsinning 解 sin-sin-singing“～”；也解 sin“～”。
1927 Ond 解 onde［丹］“～”；也解 ant“～”。
1928 Odd's end 解 onde［丹］“邪恶”＋end“结束”；也解 odds and ends“～”。
1929 twisty“～”；也解 Tristan“～”。
1930 encircle him circuly 解 encircle him circularly“～”；也解 in saeculum saeculi［拉］“～”。
1931 Evovae 解 evoe［拉］“～”。
1932 exaltated 解 exaltatus［拉］“～”；也解 exalted“～”。
1933 eximious“～”；也解 eximius［拉］“～”。
1934 extraoldandairy 解 extraordinary“～”；也解 extra old and airy“～”；也解 dair［爱］“～”。
1935 excelssiorising 解 excelsior［拉］“～”；也解 excel“～”＋rising“～”。
1936 Amengst 解 amongst“～”；也解 Menge［德］“～”；也解 Angst［德］“～”。
1937 trees“～”；也解 tear“～”。
1938 nobirdy aviar soar anywing to eagle it 解 nobody ever saw anything to equal it“～”；也解 no bird ever soar any wing to eagle it“～”。其中 aviar 也解 aviaries［拉］“～”。
1939 agues“～”，此处解 ages“～”。
1940 for aye 解 for ever“～”；也解 for eye“～”。
1941 cliffed 解 cliff-ed“～”；也解 cleft“～”。此处化自歌曲“Rock of Ages, Cleft for Me”（《万古磐石为我开》）。
1942 eke“～”，此处解 oak“～”。
1943 treeth 解 truth“～”；也解 trees“～”。
1944 Mushe 解 much“～”；也解 muise［爱］“～”，表惊讶；也解 mishe［爱］“～”，指爱尔兰的圣女圣布利吉特在受洗时用当地的盖尔语说“我是”。
1945 mushe of a mixness 解 much of a muchness“～”；其中 mixness 也解 mixen“～”。
1946 shrub of libertine“～”；也解 tree of liberty“～”。
1947 steyne 解 stone“～”；也解 Steyne“～”，维京人在都柏林立的柱子。
1948 indead 解 indeed“～”。
1949 neming 解 name“～”；也解 nemus［拉］“～”；也解 nehmen［德］“～”。
1950 Tod［德］“～”。
1951 Melamanessy 解 mellemmand［丹］“～”；也解 Codex Manesse“～”，中世纪德语诗歌手抄本，也被称作《大海德堡诗歌手抄本》，收录了中古高地德语的民谣与歌曲；也解 melam-［希］“～”。
1952 Finight 解 finite“～”；也解 fionn［爱］“～”。
1953 mens［拉］“～”。
1954 midinfinite 解 mit［德］“与”＋infinite“无限的”；也解 mid-“～”。
1955 derevatov 解 derivative“～”；也解 dereva［俄］“～”。
1956 pundit-the-next-best-king“～”，此处解 Paddy-the-Next-Best-Thing“～”，1920 年的百老汇喜剧，1933 年拍成电影。
1957 Splanck“～”，果子掉到水里的声音；也解 explain“～”；也解 Max Planck“～”。
1958 Upfellbowm 解 Apfelbaum［德］“～”；也解 up fell down“～”。

——都到了[1959]重新登上感官停止的地步。

——傻瓜[1960]老智慧|世界、妇女[1961]醉意|青蛙和魔鬼[1962]挖洞器！这根火柴[1963]散漫的事|路西弗|风流韵事散发[1964]硫黄着多大的磷[1965]为我们大惊小怪味儿啊！这个树人天使是否坐在他酸痛的屁股上[1966]看见船身横向倾倒|弄伤的|有梁的，因为淘汰赛，这个小玩意儿[1967]绰号|三K党，在奴役[1968]中弄得他筋疲力尽[1969]折断？

——嗯，他一直自己负责防止[1970]展示虐待[1971]粗糙动物，因为他已经把他自己的绰号[1972]镍写在了每只蟾蜍、鸭子和鲱鱼身上，在攀登者爬到高处，做着公园的中山[1973]在山中间|中间，用她的谜题[1974]避孕套奉承他那更好的另一半[1975]痛苦的|请求之前。他会让我们有三只滚筒。这样对家[1976]主[1977]图案|大建筑师来说有点儿[1978]请求太过分了[1979]，以至他把宏大预兆招下来，后者称[1980]盘绕他为最坏类型[1981]最深沉的死亡爬行者，把雷打向他，把勃起打倒榨干[1982]弄平，对他生活[1983]里夫·艾里克森的平衡[1984]战争自己感到羞愧[1985]。

——啊，幸运的过错[1986]芬利|罪犯|芬·麦克尔！

——上，卫兵们，向他们冲[1987]哈得斯|亚当祈求！

——你在那里吗，啊，先生[1988]崇高的|较早？他们把他用力拖[1989]蹒跚过山谷[1990]峡谷|库姆街的时候，你在那里吗？

——哪里[1991]我|嗬，哪里！谁，谁！有时[1992]赞美诗|时代让我恐惧[1993]使越来越感兴趣|爱情到发抖[1994]漫步，发抖，发抖。

——痛苦！痛苦！因此他就是那样变成我们三个家伙[1995]伐木工|不务正业的人|三叶草|伐木工的森林[1996]王侯|第一|首先的？

1959 remounts to“～”,此处解 amounts to“～”。
1960 wittold 解 wittol“～”,知道妻子不贞而容忍的丈夫;也解 wit old“～”;也解 world“～”。
1961 frausch 解 Frau［德］“～”;也解 Rausch［德］“～”;也解 Frosch［德］“～”。
1962 dibble“～”,此处解 devil“～”。
1963 looseaffair“～”,此处解 lucifer“～”;也解 Lucifer“～”,堕落前的撒旦;也解 love affair“～”。
1964 brimsts 解 stinks“散发臭味”;也解 brimstone“～”。
1965 fussforus 解 phosphorus“～”;也解 fuss for us“～”。
1966 soredbohmend 解 sore bottom“～”;也解 saw beam end“～”;也解 sored“～”+beamed“～”。
1967 knickknaver 解 knickknack“～”;也解 nicknamer“～”;也解 KKK“～”。
1968 Knechtschaft［德］“～”。
1969 knacked 解 knackered“～”;也解 knackt［德］“～”。
1970 presention 解 prevention“～”;也解 presentation“～”。
1971 crudities“～”,此处解 cruelties“～”。
1972 nickelname 解 nickname“～”;也解 nickel“～”。此处化自《创世记》(2:20)“那人便给一切牲畜和空中飞鸟、野地走兽都起了名”。
1973 midhill 解 mid hill“～”,此处直译为“～”;也解 middle“～”。
1974 conconundrums 解 conundrum“～”;也解 condom“～”。
1975 bitter hoolft 解 better half“～”,指配偶。其中 bitter 也解“～”;也解 Bitte［德］“～”。
1976 hoose 解 house“～”。
1977 Muster［德］“～”,此处解 master“～”;也解 Masterbuilder“～”,也是易卜生的剧作标题。
1978 bitte 解 bit“～”;也解 Bitte［德］“～”。
1979 thikke 解 thick“～”。
1980 coiled“～”,此处解 called“～”。
1981 of the dupest dye 解 of the deepest due“～”;也解 of the deepest death“～”。
1982 flatch 与后面合解 fetch off“榨取”;也解 flachen［德］“～”。
1983 hissch leif 解 his life“～”;也解 Leif Ericson“～”(约 970—约 1020),古挪威探险家,第一个发现北美洲的“葡萄地”的欧洲人。
1984 bellance 解 balance “～”;也解 bella［拉］“～”。
1985 aslimed 解 ashamed“～”。
1986 Finlay's coldpalled 解 felix culpa［拉］“～”;也解 Clare L. Finlay“～”,设计早期加色摄影术的英国人+culprit“～”;也解 Finn MacCool“～”。
1987 Ahday's begatem 解 Up, guards and at them“～”,惠灵顿在滑铁卢战役最后阶段下的命令;也解 Haides“～”,希腊神话中的冥王+beg Adam“～”。
1988 Hehr［德］“～”,此处解 Herr［德］“～”;也解 eher［德］“～”。
1989 lagged“～”,此处解 lugged“～”。
1990 coombe“～”;也解 cúm［爱］“～”;也解 Coombe“～”,都柏林的街道名。
1991 Wo［德］“～”;也解 wo［中］“～”;也解 ho“～”。
1992 Psalmtimes 解 sometimes“～”;也解 Psalm“～”+times“～”。
1993 grauws on 解 grauen［德］“～”;也解 grow on“～”;也解 grádh［爱］“～”。
1994 ramble“～”,此处解 tremble“～”。
1995 treefellers 解 three fellows“～”;也解 tree fellers“～”;也解 triflers“～”;也解 trifolium［拉］“～”;也解 Holzfäller［德］“～”。
1996 foerst 解 Forst［德］“～”;也解 Fürst［德］“～”;也解 first“～”;也解 vorerst［德］“～”。

——是的[1997]白蜡树，在没有任何绰号[1998]清醒安静的的时候，我们三个家伙[1999]真的阴茎|是非|用途中最优秀的[2000]最美的。父之父[2001]树蛇[2002]炸弹！

——你觉得与这个岬岬[2003]海角有多近，先生？

——当他正如一座千里之遥的[2004]远远离题的住宿公寓[2005]时，我们之间确有干冷之日，当他正在用各种方式给我做洋葱汤[2006]大叫|哭泣的时候，确实有风声笛鸣的潮湿夜晚。

——现在你更靠近[2007]剩余路标[2008]阴沉|马克国王了，兰斯顿路[2009]兰斯顿呢绒。她在附近[2010]在何处乱丢她的苹果点心，他们带着仇恨[2011]匆忙把牙齿一边[2012]一天从地面突然露出来[2013]卡德摩斯，以离开[2014]使发酵|天堂这座圣[2015]如此哭喊岛。现在，从荆棘中出生[2016]桑尼克罗夫特，跟着聚光灯，拜托！涉及一个男孩。你是否熟悉一个异教徒[2017]异教徒的世界，他也被称为触摸者"蒂姆"[2018]汤姆·索亚。我提议芬格拉斯[2019]芬尼根作为他的居住地。现在在证人席上想想你自己，小心你的言论，听从我的劝告。让你的格言成为：在狂风暴雨的阴霾中[2020]。

——你永远不要介意你的妈妈或者她的嗜好[2021]栖息地。我认为如果我做了，我会觉得对被赞美的恶习[2022]建议备感羞愧。

——他是一个大约五十岁的男人，突然想起安妮·林奇[2023]汉娜·丽维娅的白毫配牛奶和威士忌，他做了采购[2024]做家宅，身上有比有虱子的老狗还多的泥垢，踢着石头，把雪从墙上敲下来。你是否曾经听过这个像鱼一样盯着的老男孩"汤姆"或

1997 Yesche 解 yes"～";也解 Esche［德］"～"。
1998 soberiquiet 解 sobriquet"～";也解 sober quiet"～"。
1999 truefalluses 解 three fellows"～";也解 true phalluses"～";也解 true-false"～"＋uses"～"。
2000 fanest 解 finest"～";也解 fairest"～"。
2001 Bapsbaps 解 bap(［印度斯坦］"父亲")＋'s＋baps"父亲的父亲们"。
2002 Bomslinger 解 bomslanger［南非荷］"～";也解 bomb"～"。
2003 capocapo［意］"海角",指霍斯角。
2004 far far astray"～",此处解 far far away"～"。
2005 lidging house 解 lodging house"～"。
2006 woup 解 soup"～";也解 whoop"～";也解 weep"～"。
2007 mehrer 解 nearer"～";也解 Mehr［德］"～"。
2008 murk"～",此处解 mark"～";也解 King Mark"～",中世纪英国康沃尔国王,特里斯丹的叔叔。
2009 Lansdowne"～",都柏林的路名;也解 lansdowne"～"。
2010 thereabouts"～";也解 whereabouts"～"。
2011 hates"～";也解 haste"～"。
2012 oneydge 解 one edge"～";也解 one day"～"。
2013 cropped up"～";也解 Cadmus"～",古希腊神话中的腓尼基王子。
2014 leaven"～",此处解 leave"～";也解 heaven"～"。
2015 socried 解 sacred"～";也解 so cried"～"。
2016 thornyborn 解 thorny"多刺的"＋born"出生";也解 William Hamo Thornycroft"～"(1850—1925),英国雕塑家。
2017 pagany 解 pagan"～";也解 pagandom"～"。
2018 Thom 解 Tim"蒂姆·芬尼根",爱尔兰民谣《芬尼根的守灵夜》中的主人公;也解 Tom Sawyer"～",美国作家马克·吐温的小说《汤姆·索亚历险记》的主人公。
2019 Finoglam 解 Finglas"～",地名,位于都柏林西北部;也解 Finnegan"～"。
2020 Inter nubila numbum 解 inter nubila nimbus［拉］"～"。
2021 hopitout 解 appetite"～";也解 habitat"～"。
2022 admired vice"～";也解 advice"～"。
2023 Anna Lynsha 解 Anne Lynch"～",都柏林的一种茶叶名;也解 Anna Livia"～",本书的女主人公。
2024 does messuages［爱］"～",此处解 does message"～"。

"蒂姆",他属于基马吉[2025],一个圈起来的地区,神智不太正常,自从他不是这样,就更像他自己,在他一生中大多数时间都在绿人情绪低落,在那里他偷窃、典当、打嗝,成了诅咒,在关门后欢乐地喝上两个小时,身上穿着外套,里面翻到外面[2026]剥羊皮来驱鬼[2027]赔偿|劫匪,他的袜子在他弹性那面的外面[2028]缝在外面,虚弱无力地拍着手,系统地与采买日常用品的民众混在一起,用他的肠线[2029]腰带猛烈地拍打着大的和小的白痴[2030]大考|小考,拍打着裸露的体侧,总是在圣殿[2031]桶匠|指关节|帐篷|泉水前[2032]用……字体的|泉源穿着奇装异服[2033]到处跳华尔兹舞般摇摇摆摆[2034],就像长臂的鲁格[2035],当他喝完了他的茶的时候?

——是那个家伙吗?疯狂得就像他是树莓[2036]律师|闲聊。碰碰他。树莓丛戳向他的裤子[2037]和他贝雷帽后面[2038]巴斯克衫|巴斯克人的勿忘我花[2039]某事|不可名状的东西。他亲了我不只一次,我很遗憾地说,如果我通奸[2040]高兴的|滑稽可笑的行为,愿主[2041]宽恕!啊,等着,直到我告诉你!

——然而我们不会。

——看看这儿!这儿是,我亲爱的,他做的,就像我说的那样肯定[2042]用大拇指按鼻端表示轻蔑!

——出去,你这个泥巴!我们土话[2043]原始语言|你的进步里最难使用的[2044]最热烈地处理的词语的醒目得稀奇的词性。你不是!一百零一[2045]不受阻碍的和古怪的次?只不过是哑剧[2046]拇指秀?不久前?

——我怎么知道?搜搜[2047]如此我的临时营地[2048]票。买张营

2025 Kimmage“～”，都柏林区名。

2026 skinside out 解 inside out“～”；也解 Skin-the-Goat“～”，《尤利西斯》中的人物。

2027 rapparitions 解 apparitions“～”；也解 reparation“～”；也解 rapaire［爱］“～”。

2028 outsewed 解 outside“～”；也解 out sewed“～”。

2029 cattegut 解 catgut“～”。

2030 greats and littlegets 解 great and little“大的和小的”＋gets［俚］“白痴”；也解 greats“～”，牛津大学人文学科本科生的毕业考＋Little Go“～”，剑桥大学之前本科生的入学考试。

2031 tubbernuckles 解 tabernacle“～”；也解 tubber“～”＋knuckles“～”；也解 tabernacula［拉］“～”；也解 tobar［爱］“～”。

2032 in font of“～”，此处解 in front of“～”；也解 fons［拉］“～”。

2033 accountrements 解 accoutrement“～”。

2034 waltzywembling 解 waltz-y“华尔兹舞的”＋wambling“摇摇晃晃”。

2035 lugh 解 Lugh mac Ethlenn“鲁格·麦克·埃索伦”，凯尔特神话中的光与太阳之神，达努神族的主神之一。

2036 brambles“～”；也解［俚］“～”；也解 rambles“～”。

2037 trewsershins 解 trousers“～”。

2038 basque“～”，此处解 back“～”；也解 Basque“～”。

2039 swatmenotting 解 forget-me-nots“～”；也解 something“～”；也解 whatnot“～”。

2040 gladrolleries 解 adultery“～”；也解 glad“～”＋drôleries［法］“～”。

2041 loone 解 Lord“～”。

2042 snooks“～”，此处解 sure“～”。

2043 ur sprogue 解 our brogue“～”；也解 Ursprache“～”；也解 your progress“～”。

2044 hottest worked“～”，此处解 hardest work“～”。

2045 Unhindered and odd“～”，此处解 a hundred and one“～”。

2046 thumbshow 解 dumbshow“～”；也解 thumb show“～”。

2047 Such“～”，此处解 search“～”。

2048 billet“～”；也解 Billett［德］“～”。

房通行证。问问警察[2049]警察与土匪。告诉盗贼。

——你指的是[2050]诓骗|淫荡的在奥康内尔下街扒窃？

——我指的是扒窃，但我避开了劳拉·康纳的款待。

——现在，只要稍微梳洗和擦亮你的记忆[2051]回忆。因此我发现，说到现在人的父亲[2052]嗒嗒作响，一个被深切哀悼的[2053]早期发狂的扔砖头的人，我在心里自己纳闷，凭借我们的约柜[2054]弧形物，是触摸者，一个循道宗信徒，他的名字，就像其他人说的，不是真正的“汤姆”，是这个来自布特镇[2055]的世纪海子，哆嗦的威廉，这个曾经叫卖木箱[2056]的最傻的[2057]老造假者[2058]餐叉|傻瓜，在他的牙齿被错[2059]争论狗摇出了它们的牙槽[2060]蜜饯|苏凯特之后，他总是在大榆树和拱门那里跟他在一起，因为他在海平面上[2061]在船尾接缝层有5.73品脱的非雅利安[2062]爱尔兰的血液，流氓，戴着他那信号牛角[2063]和啤酒糟图案的假衣服，后背纽扣[2064]返回键上有他的格言，你会记得[2065]圣诞季节，表面上只用于第十二日和平与量子论[2066]若干婚礼的那个场合，我猜。

——我打赌你就这样。嗯，他在神游，肯定如此，不管他的事情是什么，也在他的脑海里，给他公平，因为我很抱歉不得不告诉你，哈罗又哦嚯[2067]《冬青与常春藤》|万圣节，它们正从他身上下来。

——多么奇怪的[2068]肛门|HCE灵显！

——今天[2069]他们的内裤[2070]内部的|屁股掉了下来[2071]HCE。

——看起来很像。

2049 horneys［俚］“～”；也与后面合解 Horneys and Robbers“～”，儿童游戏。
2050 illuding to“～”，此处解 alluding to“～”；也解 lewd“～”。
2051 memoirias 解 memories“～”；也解 memoria［拉］“～”。
2052 pater［拉］“～”，此处解 patter“～”。
2053 erely demented“～”，此处解 dearly lamented“～”。
2054 arc of the covenant 解 Ark of the Covenant“～”，藏于古犹太圣殿至圣所内的木柜，内装刻有十诫的两块石板；其中 arc“～”，指彩虹。
2055 Boaterstown 解 Booterstown“～”，都柏林东南部的地区。
2056 Crannock 解 crannóg［爱］“～”。
2057 sealiest 解 silliest“～”。
2058 forker“～”，此处解 forger“～”；也解 fucker“～”。
2059 wrang 解 wrong“～”；也解 wrangle“～”。
2060 sucket“～”，此处解 sockets“～”；也解 Sucat“～”，圣帕特里克洗礼的名字。
2061 abaft the seam level“～”，此处解 above the sea level“～”。
2062 none Eryen 解 nonaryan“～”；也解 Éircann［爱］“～”。
2063 cowbeamer 解 cow“牛”＋beam“无线信号”＋-er，指牛角。
2064 back buckons 解 back buttons“～”，此处直译为“～”。
2065 Yule“～”，此处解 You'll“～”，此处化自歌曲“Then You'll Remember Me”（《然后你会记得我》）。
2066 Pax and Quantum 解 Pax［拉］“和平”＋and“与”＋Quantum“量子论”；也解 Quantum［拉］“～”。
2067 hullo and evoe 解 hullo“哈罗”＋and“与”＋evoe“哦嚯”；也解“The Holly and the Ivy”“～”；也解 All Hallow's Eve“～”。
2068 culious 解 curious“～”；也解 culus［拉］“～”。此处包含本书主人公名字的缩写 HCE。
2069 Hodie［拉］“～”。
2070 esobhrakonton 解 esôbrakôn tôn［希］“～”；也解 eso［希］“～”＋kont［荷］“～”。
2071 casus［拉］“～”。此处包含本书主人公名字的缩写 HCE。

——需要的人[2072]自然知道必需的[2073]内萨斯和下衣[2074]既非。男人在意的是我的女孩[2075]米格尔，什么？羊毛衣？瓦尔蒂[2076]船易侧倾的？

——唉，又一颗扣子弄错了。

——瞎子抓人[2077]乓|吠叫|软皮！就像船[2078]小艇潜入港口[2079]漏了过梁凉亭，装[2080]受罪的|指导着……？

——帕梅拉们[2081]、佩姬李们[2082]酒桶塞子|残渣、波莉乌利们[2083]、寻找蚂蚁们[2084]、古怪品质们[2085]、快速愉快们[2086]。

——现在相反地[2087]中凸地凹向亚准半球[2088]，从女性的视角，音乐助兴[2089]求爱|矿藏|搅动的，是纯净的[2090]束缚在下面姐妹，P与Q，克娄巴特拉[2091]圣帕特里克|克里欧|帕特里克石的成熟樱桃[2092]亲爱的|害虫|愉快的苹果，必然之变化[2093]，在几乎一样的泡菜里，所有馅饼[2094]王国的桃子，所有生者所求？

——就咱们自己说说[2095]小便|女王，我曾偷看[2096]藏猫游戏过的无双[2097]不宜说出口的内裤[2098]变种|哑巴姑姑|赌注|在前|妓女中最美丽的腌菜，自从小镇去去了正去[2099]毛德·冈妮|古宁姐妹恶作剧女王[2100]处，看看了将去看[2101]欧希夫人。

——性吸引力[2102]丝绸和阴沉的性欲[2103]六鸣节|撒路斯提乌斯？

——男孩和女孩[2104]腰带，打哈欠和烦扰。

——我听说这两位女神很可能起诉他？

——嗯，我希望这两个女孩[2105]姑娘|柯林斯不会逃走[2106]去射他。两人都是黑里透白的[2107]白纸黑字|黑白琴键竖琴师[2108]艺术家|妖术，

2072 Needer“～”；也解 nature“～”。

2073 necess 解 necessity“～”，此处化自习语 necessity knows no law (需求面前无法律)；也解 Nessus“～”，希腊神话中的半人马怪物。

2074 neither garments 解 nether garments“～”；也解 neither“～”。

2075 Meagher“～”，人名，此处解 mea [拉]“我的”＋girl“女孩”。

2076 Walty“～”，此处解人名，有研究者说曾有叫瓦尔蒂・米格尔的人继承了一条已破旧的裤子。

2077 Blondman's blaff 解 blind man's bluff“～”，一种捉迷藏儿童游戏；也解 Blaff! [德]“～”；也解 blaffen [荷]“～”；也解 buff“～”。

2078 skib [丹]“～”；也解 scib [爱]“～”。

2079 leaked lintel the arbour“～”，此处解 sneaked into the harbour“～”。

2080 leidend 解 laden“～”；也解 leidend [德]“～”；也解 leidend [荷]“～”。

2081 Pamelas 解 Pamela“～”，英国作家塞缪尔・理查逊的作品。

2082 peggylees 解 Peggy Lee“～”(1920—2002)，美国著名爵士乐和流行乐歌手；也解 peg“酒桶塞子”＋-gy＋lees“残渣”。

2083 pollywollies 解 Polly Wolly Doodle“《波莉乌利都朵》”，1880 年开始流行的一首美国儿歌。

2084 questuants 解 quest ants“～”。

2085 quaintaquilties 解 quaint“古怪的”＋qualities“品质”。

2086 quickamerries 解 quick“快速的”＋merry“愉快的”。这里包含 P 和 Q 的对立。

2087 Convexly“～”，此处解 conversely“～”。

2088 semidemihemi spheres 解 hemi“半”＋semi“半”＋demi“半”＋spheres“球体”。

2089 minnestirring 解 minister“～”；也解 Minne [德]“～”；也解 mine“～”＋stirring“～”。

2090 subligate 解 sublimate“～”；也解 subligatus [拉]“～”。

2091 Clopatrick 解 Cleopatra“～”，凯撒时代的埃及女王；也解 St. Patrick“～”；也解 Clio“～”，希腊神话中掌管历史的缪斯；也解 Croagh Patrick“～”，山名，位于爱尔兰梅奥郡。

2092 cherierapest 解 Cherry Ripe“～”，也是歌曲名；也解 chérie [法]“～”＋pest“～”；也解 cheery apple“～”。

2093 mutatis mutandis [拉]“～”。

2094 piedom 解 pie“～”；也解 kingdom“～”。

2095 Peequeen ourselves 解 between ourselves“～”；也解 pee“～”＋queen“～”。

2096 bopeeped 解 peeped“～”；也解 bopeep“～”。

2097 unmatchemable 解 unmatchable“～”；也解 unmentionables“～”，指内衣。

2098 mute antes 解 mutanda [意]“～”；也解 mutant“～”；也解 mute aunts“～”；也解 ante“～”；也解 ante [拉]“～”；也解 aunt [俚]“～”。

2099 gonning 解 going“～”；也解 Maud Gonne“～”(1866—1953)，爱尔兰女演员，与叶芝一起倡导爱尔兰民族文艺复兴运动；也解 Elizabeth and Maria Gunning“～”，18 世纪美女，征服了伦敦，都嫁给贵族。

2100 Pranksome Quaine 解 Prankquean“～”，即伊丽莎白时期的爱尔兰海盗格蕾丝・奥玛丽。在爱尔兰传说中，她航行到霍斯堡时要求进去，但是遭到霍斯伯爵的拒绝，因为他正在吃饭。于是她绑架了霍斯伯爵的继承人，霍斯伯爵最后不得不承诺以后吃饭的时候，自己的大门将一直对来客开放。

2101 shallshee 解 shall see“～”；也解 O'Shea“～”，巴涅尔的情人，后成为他的妻子。

2102 Silks apeel 解 sex appeal“～”；也解 silks“～”。

2103 sulks alusty 解 sulk lust“～”；也解 Sechseläuten“～”，瑞士苏黎世传统的迎春欢庆节日，一般在四月的第三个星期天和星期一；也解 Sallust“～”(前 86—前 34)，古罗马政治家和历史学家。

2104 giddle 解 girl“～”；也解 girdle“～”。

2105 Collinses 解 cailin [爱]“～”；也解 colleens“～”；也解 Michael Collins“～”，爱尔兰内战中爱尔兰共和军的领袖，也是爱尔兰独立战争中的主要领导人之一。

2106 leg a bail 解 take leg bail“～”。

2107 white in black“～”；也 black and white“～”；也解 white and black piano keys“～”。

2108 arpists 解 arpista [意]“～”；也解 artists“～”；也解 Black Arts“～”。

长于钢琴演奏[2109]钢琴表演|聪明的拼写|保罗·克利，不是吗[2110]起褶？

——女孩的后背[2111]是吧|蚊子|溪流|巴赫，我，萎靡不振[2112]，漏水倾斜[2113]李斯特。用于右手的练习曲[2114]学习|昏头昏脑的。

——他们现在是吗？他们也在作为哨兵观看吗？

——你在哪里得到那个垃圾的？这种表述并不符合我的经验。他们在看着观看的被观看者。全是观众[2115]笨蛋。

——很好。拿着那张律师委任状，留着这个魔法更长一些[2116]躺椅。现在，给朋友托木斯克[2117]触摸者托姆|时间润润色，敌人[2118]，你有没有从他丢下的东西里收集了很多？我们正为此坐在这里。

——我疯到极点[2119]俄国的|飞奔，没有谎言。关于他那不成形的帽子。

——我怀疑你肯定是这样。

——你在犯下雷霆般的错误。但我也对他感到他妈的抱歉。

——啊，可耻[2120]泡沫！算不上？你那时是不是对你生他的气感到抱歉？

——我告诉你的时候，我因为对他感到抱歉而完全生我自己的气[2121]俄罗斯，我的祖国|人民，我就这样。

——这样？

——完全正确。

——你会在每个阶段都责备他吗？

2109 cloever spilling 解 Klavierspiel［德］“～”；也解 klaverspil［丹］“～”；也解 clever spelling“～”；也解 Paul Klee“～”（1879—1940），德国画家，出生于瑞士。

2110 knickt 解 nicht［德］“～”；也解 knickt［德］“～”。

2111 Gels bach 解 Girl's Back“～”，西班牙超现实主义画家达利的画作。其中 Gels 也解 gell［德］“～”；也解 Gelse［德］“～”。其中 bach 也解 Bach［德］“～”；也解 Johann Sebastian Bach“～”（1685—1750），德国作曲家、键盘演奏家。

2112 languised 解 languished“～”。

2113 lizsted 解 listed“船因漏水而倾斜”；也解 Ferencz Liszt“～”（1811—1886），匈牙利钢琴家和作曲家。

2114 Etoudies 解 etudes“～”；也解 études［法］“～”；也解 étourdi［法］“～”。

2115 Vechers 解 watchers“～”；也解 fucker“～”。

2116 longuer 解 longer“～”；也解 longue“～”。

2117 Tomsky 解 Tomsk“～”，俄罗斯中南部城市；也解 Toucher Thom“～”；也解 time“～”。

2118 此处化自习语 how goes the enemy?（几点了?）。

2119 Rooshian 解 raving“～”；也解 Russian“～”；也解 rushing“～”。

2120 Schaum［德］“～”，此处解 shame“～”。

2121 rooshiamarodnimad 解 mad“～”；也解 rossiya moya rodnaya mat［俄］“～”；也解 narod［俄］“～”。

——我相信许许多多老手。但是对希腊人来说是南方的似乎[2122]总计对异教徒[2123]巨人来说是北方[2124]。他在开罗杀了猫，在高卢[2125]公鸡|老马哄骗公鸡。

——我要告诉你这只不过[2126]太阳处于他的向日葵状态[2127]葵花州，他的淡紫色帽子[2128]是少女们全都对他叹息、冒险追求他的原因。呣？

——在普图马约[2129]、堪萨斯州、利布尔尼亚[2130]金链花|利布努斯和新阿姆斯特丹[2131]之后，这一丁点儿也不会让我奇怪。

——那滴泪[2132]皮重和这抹笑[2133]鼹鼠|穆尔，你们的泪和我们的笑。如果女人的眼睛一直是我们的古老的毁灭，生活就存在于此。一声接着一声[2134]眼睑接着眼睑。在心眼[2135]矿藏尺寸里改良他的毁谤[2136]变形。我鼻孔上的扑粉[2137]口角|拓夫，你能否把耳虫[2138]蚯蚓吹出我的耳朵。

——他能对他婊子[2139]公爵大人的爆发[2140]诞生闭上[2141]关闭|倾盆大雨|克劳迪乌斯他的双[2142]矿石内的脉石眼，他能在她表演到一半时把他的份额都放到一起，但他就是[2143]俏皮话不能在她的闹剧中从头笑到尾，因为[2144]是尸体他不是那种人[2145]战争账单。因此他拿出又拿出他的别摸我[2146]爱我，做了闪电般的咨询，他褪下又褪下他的马裤[2147]哑剧|准备说某事，做了一首第一人称的[2148]诗歌[2149]陶器|发臭|《瞧这孩子》，这依然[2150]一直不新鲜有待被。弄干净。

——炸弹的隆隆声，沉重的雷声？

——你也一样[2151]这个的目标是你！

2122 summed“～”,此处解 seemed“～”。
2123 giantle 解 gentile“～”;也解 giant“～”。
2124 sooth...nooth 解 south...north“～”。此处化自习语 what is sauce for the goose is sauce for the gander (萝卜青菜各有所爱)。
2125 Gaul“～”;也解 galli [拉]“～”;也解 Gaul [德]“～”。
2126 solely“～”;也解 sol [拉]“～”。
2127 sunflower state“～”,美国堪萨斯州的别名,此处直译为“～”。
2128 haliodraping het 解 heliotrope hat“～”。
2129 Putawayo 解 Putumayo“～”,南美洲河流和哥伦比亚、秘鲁等地地名。
2130 Liburnum 解 Liburnia“～”,亚得里亚海东北岸地区;也解 laburnum“～”;也解 Liburnus“～”,罗马神话中的娱乐之神。
2131 New Aimstirdames 解 New Amsterdam“～”,纽约市 1625—1664 年间的旧称,当时纽约为荷兰殖民地。
2132 tare“～”,此处解 tear“～”。
2133 mole“～”,此处解 smile“～”;也解 Thomas Moore“～”,爱尔兰诗人,著有歌曲“Erin! The Tear and the Smile in Thine Eyes”(《爱尔兰！你眼中的泪和笑》)。
2134 Lid efter lid“～”,此处解 lyd efter lyd [丹]“～”。
2135 mine size“～”,此处解 mind's eyes“～”。
2136 deformation“～”,此处解 defamation“～”。
2137 Tiffpuff 解 puff“～”;也解 tiff“～”;也解 Taff“～”,本书主人公的儿子之一。
2138 earthworm 解 Ohrwurm [德]“～”;也解 earth worm“～”。
2139 his garce 解 his“他的”+garce [法]“婊子”;也解 his Grace“～”。
2140 birth“～”,此处解 burst“～”。
2141 claud 解 close“～”;也解 claudere [拉]“～”;也解 cloudburst“～”;也解 Claudius“～”(前 10－公元 54),罗马帝国的皇帝,他在拉丁字母表中增加了三个新字母。
2142 boose“～”,此处解 both“～”。
2143 jest“～”,此处解 just“～”。
2144 becorpse 解 because“～”;也解 be corpse“～”。
2145 warn't billed that way 解 was not built that way“～”;也解 war bill“～”。此处化自爱尔兰俗语 A man may laugh through the whole of a farce, A man may laugh through the whole of a play, But a man can't laugh through the hole of his arse, 'Cause he just isn't built that way(一个人可以笑完一场闹剧,一个人可以笑完一场戏,但一个人不能笑穿他的屁股,因为他天生不是那样的)。
2146 volimetangere 解 noli me tangere [拉]“～”;也解 voli me [塞维]“～”。
2147 pantoloogions 解 pantaloons“～”;也解 pantomimes“～”;也解 pantologos [希]“～”。
2148 perpersonal 解 personal“～”。
2149 puetry 解 poetry“～”;也解 pottery“～”;也解 puer [法]“～”;也解“Ecce Puer” [拉]“～”,乔伊斯的诗歌之一。
2150 staystale 解 still“～”;也解 stay stale“～”。
2151 This aim to you“～”,此处解 the same to you“～”。

——结尾，如此庞大如象[2152]，你讲的时候，几乎让你自己都喘[2153]猛犸象|妈妈不过气来。因为他的骑兵[2154]裤子有困难，你的部队[2155]大礼帽|骑兵|方向完全未得到缓解。依然让酒醉[2156]徒劳地中做下的蠢事宽恕美德[2157]真理造就的胡言乱语[2158]，多少人在所有性交[2159]高大健壮的之晨的那个最好时光结了婚，在半夜的赶火鸡[2160]之后，我的好观众？

——或许[2161]木偶。这下要露马脚了。带着来自他的[2162]给他|欢乐的嗬[2163]高的和来自她的嗨[2164]威严的。但是，至于多刺平纹呢的手艺[2165]威廉·哈莫·桑尼克罗夫特，找出[2166]我蔑视|我定义|偶像市长大人[2167]草坪|母马|割草机和市长夫人[2168]小巷割草机，以及所有威尔士亲王[2169]学徒|奥斯卡·王尔德|荒野来给他按摩[2170]报信。

——现在从苏格兰的[2171]枪手[2172]迈克尔·冈恩|毛德·冈妮到配景图法的健力士。来裁缝大厅的芭蕾舞团[2173]。我们打算在信差广场大打出手[2174]愉悦的。吃喝玩乐[2175]跳高、溜冰和做蠢事直至爱尔兰人[2176]公鸡的召唤[2177]外国人。醒来！来，醒来[2178]一次守灵！地下世界[2179]皮革|书信|后者的里的每张老皮，传染了[2180]事实上漏桶[2181]老屋的整个保留剧目剧团[2182]股份公司，神秘地[2183]圣托马斯·阿奎那的喝醉了，两个两个地，劳伦斯·奥图尔[2184]我打击|唠唠叨叨的人与托马斯·贝克特[2185]用绷圈刺绣|乞丐，沼泽与草皮[2186]爱尔兰王室警吏团，白兰地酒[2187]白兰地银行劫匪[2188]，真正的诺曼[2189]诺曼洞时尚，人们告诉我一直下至精瘦的银行职员[2190]打扫时钟？一些恶心的现金[2191]钝的俱乐部[2192]纳斯特、科尔布和舒马赫银行是按照卫斯理宗[2193]韦尔斯利侯爵|亚瑟·韦尔斯利取

2152 mastrodantic 解 mastodontic“乳齿象的”，一种已绝迹的巨型大象。
2153 mummouth 解 mouth“嘴”；也解 mammoth“～”；也解 mum“～”。
2154 troopers“～”；也解 trousers“～”。
2155 troppers［丹］“～”；也解 topper“～”；也解 trooper“～”；也解 tropos［希］“～”。
2156 in veino 解 in vino［拉］“～”；也解 in vain“～”。
2157 veritues 解 virtue“～”；也解 veritas［拉］“～”。
2158 ineptias［拉］“～”。
2159 strapping“～”，此处解［俚］“～”。此处化自习语 top of the morning（早晨好），问候语。
2160 turkay drive 解 turkey drive“～”，美国在感恩节的活动之一。
2161 Puppaps 解 perhaps“～”；也解 puppa［拉］“～”。
2162 frohim 解 fra［丹］“从”＋him“他”；也解 for him“～”；也解 froh［德］“～”。
2163 hoh 解 ho“～”；也解 hohe［德］“～”。
2164 heh“～”；也解 hehr［德］“～”。
2165 Tammy Thornycraft 解 thorny tammy“多刺的精纺平纹呢”＋craft“手艺”；也解 William Hamo Thornycroft“～”。
2166 Idefyne 解 identify“～”；也解 I defy“～”；也解 I define“～”；也解 icon“～”。
2167 lawn mare 解 lord mayor“～”；也解 lawn“～”＋mare“～”；也解 lawn mower“～”。
2168 laney moweress“～”，此处解 lady mayoress“～”。
2169 prentisses of wildes 解 Prince of Wales“～”；也解 prentice“～”＋of＋Oscar Wilde“～”；也解 wild“～”。
2170 massage“～”；也解 message“～”。
2171 Shotland 解 Schottland［德］“～”。
2172 Gunner“～”；也解 Michael Gunn“～”，都柏林娱乐剧院的经理；也解 Maud Gonne“～”。
2173 ballay 解 ballet“～”。
2174 mellay on the Mailers' mall“～”；其中 mellay 也解 melay［俄］“～”。
2175 leap, rink and make follay 解 eat, drink and be merry“～”；也解 leap, rink and make folly “～”。
2176 Gaelers 解 Gaedheal［爱］“～”；也解 gallus［拉］“～”。
2177 Gall［爱］“～”，此处解 call“～”。
2178 a wake“～”，此处解 awake“～”。
2179 leather“～”，此处解 nether“～”；也解 letter“～”；也解 latter“～”。
2180 infect“～”；也解 in fact“～”。
2181 Leaking Barrel“～”。此处出自习语 lock, stock and barrel（一股脑儿）。
2182 stock company“～”，都柏林的皇家剧院有一家股份公司，此处解 stock“保留剧目”＋company“演出团”。
2183 thomistically 解 mystically“～”；也解 Thomistic“～”＋ally。
2184 lairking o' tootlers 解 Laurence O'Toole“～”（1128—1180），都柏林的守护圣人，曾任都柏林大主教；也解 laircim［爱］“～”＋tootler“～”。
2185 tombours a'beggars 解 Thomas à Beckett“～”（约 1118—1170），英格兰国王亨利二世的大法官兼上议院议长，坎特伯雷大主教；也解 tambour“～”＋beggars“～”。
2186 the blog and turfs 解 the bog and turfs“～”；也解 The Black and Tans“～”。
2187 brandywine“～”；也解 brandewijn［荷］“～”。
2188 bankrompers 解 bank robbers“～”。
2189 trou Normend 解 true Norman“～”；也解 trou Normand［法］“～”，法国两道正餐之间的一小道菜，用意是帮助消化，让胃可以像个无底洞般继续塞下食物。
2190 bank lean clorks 解 lean bank clerks“～”；也解 clean clock“～”。
2191 blunt“～”，此处解［俚］“～”。
2192 nasty...clubs“～”；也解 Nast, Kolb & Schumacher“～”，乔伊斯 1906 年在罗马任职的银行。
2193 wellesleyan 解 Wesleyan“～”；也解 Richard Wellesley“～”（1760—1842），英国元帅惠灵顿的哥哥，曾任爱尔兰总督；也解 Arthur Wellesley“～”（1769—1852），惠灵顿公爵，英国军事家、政治领导人物。

缔瓶子闹事法[2194]的传统操作的，一些盘子被四处乱丢，鲜黑啤留下的铰式支座痕迹转着圈，不受约束，为了芬[2195]菲英岛岛屿[2196]岛的荣誉[2197]爱尔兰|穗，然后继之以那顿在天堂和圣约[2198] HCE的婚宴[2199]巨大的早餐，伴随着收音机低声回响着[2200]罗德里克·奥康纳|他在那儿|挖空他关于水[2201]选民的广播节目[2202]面包成本|食品如何成为一个永回爱尔兰[2203]永远恢复，一个在离开海岸[2204]不同寻常的套装总是摇晃的[2205]有用的单桅帆船里面和上面的人，就像斯堪的纳维亚[2206]的抢掠，嗯？那会不会也是一个荒诞的故事[2207]搬弄是非者？这是一位祖先作者[2208]他者|亚瑟·韦尔斯利|亚瑟王。这是他的酒馆白马。马尿[2209]小费？

——嗯，他自然是，女士们、先生们[2210]笨蛋也性别|称赞|果实。被钉在十字架上[2211]圣诞季节|柯西。他们为了爱尔兰[2212]的儿子们[2213]歌曲从所有海浪那边的土地而来。威士忌与水[2214]掸扫|道路|尸体！也不要小猪[2215]半部|爱德华·普西，处处是勉强的[2216]不情愿的快乐[2217]船长|墓地。但是在右的尊敬[2218]大师牧师，官人[2219]希望罪恶结合先生，在左的[2220]蒙上帝挑选的|自由的虔诚新娘，弗里兹[2221]卷曲的夫人[2222]衣服的沙沙声|《巴黎人生》，足够严肃。我觉得他们很严肃。

——我觉得你在那里与正确的尊严逆向而行[2223]公羊|重逢。给挪威[2224]《北方辉格党》船长[2225]杯子团队的吾爱[2226]马格拉斯是婚礼男傧相[2227]兽性的人，我们前面的文件被接受。你看到他仓促地，或者你是否，那似乎[2228]符号|种子不是没有关系的？或许用石板瓦工[2229]奥斯卡·斯雷特的锤子？或者他穿着哔叽[2230]搜索|病的？

2194 bottle riot act 解 bottle riot“瓶子暴动”，1822 年都柏林皇家剧院发生的动乱，反对韦尔斯利侯爵＋Riot Act“取缔闹事法”。

2195 Fyn“～”，丹麦岛屿，此处解 Finn MacCool“芬·麦克尔”。

2196 Insul 解 Insel［德］“～”；也解 insula［拉］“～”。

2197 ehren 解 Ehren［德］“～”；也解 Erin“～”；也解 Ähren［德］“～”。

2198 此处包含本书主人公名字的缩写 HCE。

2199 wapping 解 wedding“～”；也解 whopping“”。

2200 Rodey O' echolowing 解 radio“收音机”＋echo“回声”＋lowing“低声叫”；也解 Roderick O'Connor“～”(1116—1198)，爱尔兰最后一位共主。其中 O' echolowing 也解 eccolo［意］“～”；也解 hollowing“～”。

2201 voters“～”，此处解 waters“～”。此处化自《传道书》(11:1)“当将你的粮食撒在水面”。

2202 breadcost 解 broadcast“～”；也解 bread cost“～”；也解 Kost［德］“～”。

2203 comeback for e'er“～”，此处解 Come Back to Erin“～”，也是歌曲名。

2204 cloasts 解 coasts“～”；也与前面合解 unusual suits of clothes“～”。

2205 usedtowobble 解 used to wobble“～”；也解 useful“～”。

2206 Scandalknivery 解 Scandinavia“～”。

2207 talltale 解 tall tale“～”；也解 telltale“～”。

2208 Orther 解 author“～”；也解 Other“～”；也解 Arthur Wellesley“～”；也解 Arthur“～”。

2209 Sip 解 piss“～”；也解 tip“～”，也是睡梦中听到的树枝敲击窗子的声音。

2210 louties also genderymen 解 ladies and gentlemen“～”；也解 louts also genders“～”；也解 laudes［拉］“～”＋genimen［拉］“～”。

2211 Kerssfesstiydt 解 crucified“～”；也解 Kerstfeesttijd［荷］“～”；也解 J. H. Kersse“～”，挪威船长与裁缝的故事里一位住在都柏林的裁缝。

2212 Inishfeel 解 Inis Fail［爱］“～”。

2213 songs“～”，此处解 sons“～”。

2214 Whiskway and mortem 解 whiskey and water“～”；也解 whisk“～”＋way“～”＋and＋mortis［拉］“～”。

2215 puseyporcious 解 pusiporcus［拉］“～”；也解 pusė porcijos［立］“～”；也解 Edward Pusey“～”(1800—1882)，19 世纪中期牛津运动的领袖。

2216 invitem［拉］“～”；也解 invitus［拉］“～”。

2217 kappines 解 happiness“～”；也解 captains“～”；也解 kapinės［立］“～”。

2218 right reverend“～”，加在主教姓名前的尊称，此处直译 right“右边”＋reverend“尊敬的教士”。

2219 Hopsinbond 解 husband“～”；也解 hope sin bond“～”。

2220 eleft 解 at left“～”；也解 elect“～”；也解 eleftheros［希］“～”。

2221 Frizzy“～”，此处解 Fritzi Schaff“～”，梅哈克与哈乐维的歌剧《巴黎人生》(*Frou Frou*)中的歌唱和舞蹈演员。

2222 FrauFrau 解 Frau［德］“～”；也解 froufrou［法］“～”；也解 *Frou Frou*“～”，梅哈克与哈乐维的歌剧。

2223 widdershins“～”；也解 Widder［德］“～”；也解 Wiedersehen［德］“～”。

2224 Northwhiggern 解 Norwegian“～”；也解 *Northern Whig*“～”，贝尔法斯特的报纸。

2225 cupteam 解 captain“～”；也解 cup team“～”。

2226 Magraw 解 mo ghradh［爱］“～”；也解 Cornelius Magrath“～”，爱尔兰巨人，贝克莱主教的朋友。

2227 beastman 解 bestman“～”；也解 beastman“～”。

2228 thatseme's 解 that seems“～”；也解 sêma［希］“～”；也解 semen［拉］“～”。

2229 Slater“～”；也解 Oscar Slater“～”(1872—1948)，苏格兰人，被误判用锤子杀了一个老太太。

2230 serge“～”；也解 search“～”；也解 sergas［立］“～”。

——我几乎无法[2231]可怕地。敲了一打时。我肯定我错了，但是我听过这个不可尊敬的吾爱先生，搜寻着结巴，把魔鬼[2232]寝具踶踶踢[2233]杜鹃|三K党|厨师厨师|瞧出了老教堂司事，绕着圣器收藏室的红狐狸好男人，直到他们黑如公牛教区执事[2234]，紫如皇家仪仗卫士[2235]蓝色和浅黄色|博福特|动物|焦油，那时我与弗拉德[2236]洪水还有其他人，就如[2237]爵士乐一样的兄弟姐妹[2238]兄弟|姐妹|伞，正在胳肢[2239]他的太太好在大厅里咯咯咯地笑[2240]，小魔鬼[2241]《伊芙琳》，(她是她喉咙里的鲠[2242]她诺言中的灯)用她那天鹅的[2243]唱唱|辛格笑容[2244]舔和她的十二镑笑声[2245]。

——一位爱尔兰皇家[2246]忠实的妻子式的女性天主教[2247]患上|笑声百日咳[2248]！而此时棍棒之法[2249]她实施法律是他们的全部愤怒。但你确实建立了私交？在附加说明里或者关于议事程序的问题[2250]黑啤酒的问题？

——那个金钱[2251]香水|霹雳|奇点池远在我的金钱[2252]羽毛丰满的要求[2253]提前剪发之外。我栖息在一块奶酪[2254]猪脸之上，但我强烈示意这里涉及的是一品脱黑啤酒。

——你是个萨克森[2255]吮吸的！但这所有，就像绵羊空气对山羊[2256]奥斯卡说的，就只不过像那个生儿育女者当然[2257]坏天气可能捧腹大笑[2258]？在那里夫人们[2259]轻快地|莴苣|信|格林夫人继承了一副黑色的模样[2260]中庸，黑魆魆毛绒绒？

——只不过。这是女人对[2261]太女人，男人扔男人。

——第一流的喧闹然而很难说骚乱[2262]滑稽讽刺表演|英语|爱尔兰

2231 horridly“～”，此处解 hardly“～”。

2232 bedding“～”，此处解 devil“～”。

2233 kuckkuck kicking 解 kicking“～”；也解 Kuckuck［德］“～”；也解 KKK“～”；也解 cook cook“～”；也解 kuck［德］“～”。

2234 bullbeadle 解 bull“公牛似的”＋beadle“教区执事”。

2235 bufeteer 解 beefeater“～”；也与后面合解 blue and buff“～”，辉格党的颜色；也解 Beaufort“～”，英国贵族家族；也解 Tier［德］“～”；也解 Teer［德］“～”。

2236 Flood“～”，此处解 Henry Flood“～”（1732—1791），爱尔兰政治家。

2237 Jazzlike“～”，此处解 just like“～”。

2238 brollies and sesuos 解 brothers and sisters“～”；也解 brolis［立］“～”＋sesuo［立］“～”。其中 brollies 也解“～”。

2239 gickling 解 tickling“～”。

2240 gackles 解 cackles“～”。

2241 divileen 解 devil“～”＋-een；也解“Eveline”“～”，乔伊斯的短篇小说集《都柏林人》中的作品。

2242 lamp in her throth 解 a lump in her throat“～”；也解 lamp in her troth“～”。

2243 cygncygn 解 cygnus［拉］“～”；也解 sing sing“～”；也解 J. M. Synge“～”（1871—1909），爱尔兰剧作家。

2244 leckle 解 Lächeln［德］“～”；也解 lecken［德］“～”。

2245 lach［荷］“～”。

2246 loyal wifish“～”，此处解 Royal Irish“～”。

2247 cacchinic 解 Catholic“～”；也解 catch“～”；也解 cachinno［拉］“～”。

2248 wheepingcaugh 解 whooping cough“～”。

2249 she laylylaw 解 shillelagh law“～”，出自民谣《芬尼根的守灵夜》；也解 she lay law“～”。

2250 a point of order“～”；也解 a point of porter“～”。

2251 perkumiary 解 pecuniary“～”；也解 perfumery“～”；也解 perkunas［立］“～”；也与后面合解 peculiar point“～”。

2252 pinnigay 解 pinigai［立］“～”；也解 pinniger［拉］“～”。

2253 pretonsions 解 pretension“～”；也解 praetonsio［拉］“～”。

2254 a pigs of cheesus 解 a piece of cheese“～”；也解 pig's cheeks“～”。

2255 suckersome 解 Sackerson“～”，莎士比亚时代环球剧院附近养的一头熊；也解 sucker-some“～”。

2256 airs...oska 解 avis...oska［立］“～”；也解 air...Oscar Wilde“～”。

2257 blogaswell 解 bloody well“～”；也解 blogas ora［立］“～”。

2258 sidesplit 解 split her sides“～”。

2259 letties 解 ladies“～”；也解 laete［拉］“～”；也解 lettuce“～”；也解 letter“～”；也解 Lettice Greene“～”，托马斯·格林的妻子，与莎士比亚同时代。

2260 mien“～”；也解 mean“～”。

2261 too“～”，此处解 to“～”。此处化自民谣《芬尼根的守灵夜》中的词句。

2262 burley...hurley 解 hurly-burly“～”；也解 burlesque“～”；也解 Béarla［爱］“～”＋hurley“～”。

式曲棍球。沙龙隔板，你是不是说，或者甲板间？

——饮酒之际，我非常痛苦懊悔[2263]重复。

——她是否戴着船妇[2264]抽屉|推力的冕饰[2265]抽屉取悦[2266]在幽默中|嗜好的她丈夫的嗜好[2267]，马萨[2268]大师的星星星群[2269]星光点缀的|史黛拉？

——谈-抬乐[2270]逗弄的人夫人？只是一个浮动面板，书桌的滑动抽屉[2271]秘密的|裁缝，一枚钥匙[2272]苜蓿徽章[2273]羔羊皮|串在她的肩膀[2274]售票窗口|肩头上，一枚银[2275]支持者|黄铜婚戒[2276]看到|以至于在她的无名指[2277]戒指|找到戒指上，四十只十字唇[2278]马蹄草|藏红花|西南风|克罗齐在她的烫发钳[2279]卷曲的皮带|卷曲的舌头里。

——因此这是个笨蛋[2280]狗，笨蛋骗[2281]追求|担心|羊毛的无赖[2282]猫，无赖踢[2283]扭结的众人，众人吵到老鼠[2284]强奸，老鼠考验蛇[2285]树汁，蛇环抱死亡信号[2286]荡妇？

——屋子[2287]哄骗里那个有腿的建起[2288]欺骗那个笑话。

——废物喉咙[2289]《雅克·如格勒》的笑话？

——在开膛手杰克里停下[2290]被顶起。

——主啊[2291]高乐的追随者！你别这样说[2292]！全在她的整个创造里上上下下[2293]颠倒地？因此你们之间没有什么正经[2294]中国人的|丝绸事儿？干货商[2295]三|年龄，伊索德的父亲，他现在怎么样？

——气色不错[2296]，人，就像穿着他衬衫和衬领的年鉴[2297]滋养之夜，胸部整个[2298]少年犯感化院|布里斯托尔|爆炸到了大熊星座，我们深酒红色水道[2299]的巨大麦哲伦星云[2300]麦哲伦，从利菲河里挤压出

2263 repeat"～",此处解 regret"～"。
2264 shubladey 解 ship lady"～";也解 Schublade [德]"～";也解 Schub [德]"～"。
2265 tiroirs [法]"～",此处解 tiara"～"。
2266 in humour of"～",此处解 in honor of"向……表示敬意";也解 in hobby of"～"。
2267 hubbishobbis 解 husband's hobbies"～"。
2268 Massa"～",意大利西部一城市;也解 master"～"。
2269 stellar"～";也解 stellaris [拉]"～";也解 Stella"～",即以斯帖·琼苏,斯威夫特的两个年轻恋人之一。
2270 Tan-Taylour"～",人名;也解 tantalizer"～"。
2271 secretairslidingdraws 解 secretaire"书桌"+sliding"滑动的"+drawers"抽屉";也解 secret"～";也解 tailor"～"。
2272 klees 解 keys"～";也解 Klee [德]"～"。
2273 budge"～",此处解 badge"～";也解 bunch"～"。
2274 schalter 解 Schalter [德]"～",此处解 Schulter [德]"～";也解 shoulder"～"。
2275 siderbrass 解 sidabras [立]"～";也解 sider"～"+brass"～"。
2276 sehdass 解 ziedhas [立]"～";也解 seh' dass [德]"～";也解 so dass [德]"～"。
2277 anulas findring 解 anular [葡]"无名指"+finger"手指";也解 anulus [拉]"～"+find ring"～"。
2278 crocelips 解 croce [意]"十字架"+lips"嘴唇";也解 cowslip"～";也解 krokos [希]"～"+lips [希]"～";也解 Benedetto Croce"～"(1866—1952),意大利美学家.
2279 curlingthongues 解 curling tongs"～";也解 curling thongs"～";也解 curling tongue"～"。
2280 dope"～";也解 dog"～"。
2281 woolied 解 lied"～";也解 woo"～";也解 worry"～";也解 wooly"～"。
2282 cad"～";也解 cat"～"。
2283 kinked"～",此处解 kicked"～"。
2284 rape"～",此处解 rat"～"。
2285 sap"～",此处解 sap [吉]"～"。
2286 mort"～";也解 mort [康]"～"。
2287 hoax"～",此处解 house"～"。
2288 bilked"～",此处解 built"～"。
2289 jungular 解 jugular"咽喉的";也解 *Jacke Jugeler*"～",16 世纪中期的英国幕间闹剧。
2290 Jacked up"～",此处解 jacked in"～"。
2291 Lollgoll 解 Lord God"～";也解 followers of Goll"～",高乐为凯尔特神话中的弗莫尔族巨人,芬·麦克尔的敌人。
2292 soye 解 say"～"。
2293 upsydown 解 up and down"～";也解 upsidedown"～"。
2294 serical 解 serious"～";也解 Seric"～";也解 serica [拉]"～"。
2295 Drysalter"～";也解 drei [德]"～"+Alter [德]"～"。
2296 To the pink 解 in the pink"～"。
2297 allmanox 解 almanac"～";也解 alma nox [拉]"～"。
2298 brustall 解 Brust [德]"胸"+all"全";也解 Borstal"～";也解 Bristol"～",英国城市;也解 burst"～"。
2299 winevatswaterway 解 winedark waterway"～"。
2300 Megalomagellan 解 megalo-"巨大"+Magellanic Clouds"麦哲伦星云";也解 Fernão de Magalhães"～"(1480—1521),葡萄牙探险家、航海家。

生活。

——克里斯托弗·哥伦布[2301]天啊！真是词语飨宴[2302]黄道带|小集团。你扎[2303]废物|性交我！他来，他吻[2304]戳|基什，他征服。秃鹫乌鸦[2305]！他满眼[2306]辉煌的|一杯的容量的薄雾[2307]霉菌|尘粒哄诱着她眼中的梁？这个假面舞会的发出麝香的美女[2308]钟声！汉娜美女，丽维娅美女，妇鲁拉贝尔[2309]，对吗？

——是的！圣撒比纳圣殿[2310]萨宾妇女里的提托诺斯[2311]·托勒之音[2312]鸣钟人|发疯的。原来如此，她轻盈[2313]立陶宛人|ALP可爱。汝可为庇护？汝可为他？汝可为家庭主妇[2314]针线盒？

——鹿越快[2315]生者与死者|功绩|聋的，铁头手杖[2316]树汁之物越安全[2317]更柔软|浆液，但是海洋[2318]男人越有力，海峡[2319]街道越狭窄[2320]更加严格的|麻绳|编结者。猎物[2321]达·伽马去了西方[2322]广阔|迅速地！那是立陶宛异教徒[2323]在前|石头|帕加内拉山|ALP在胡格诺派的[2324]强大的破坏力鬼上身者克伦威尔[2325]废物旁的绕圈旋转[2326]改变信仰，或者是一个没有字母[2327]的巴塔哥尼亚人[2328]向探险家[2329]爆炸者|暴露者卡伯特[2330]巡回演员的英雄行为[2331]铁匠|安东尼奥·德·赫雷拉·托德西拉斯|HCE的盲目投降[2332]恶鬼|瞎的|投降？

——我相信你。真是[2333]珀西·奥莱利绝佳[2334]如此|豪饮，啊，真的！

——水手们[2335]淘气的，水手们，我们无处无汝等！现在在咖啡[2336]洞穴的蒸汽中，茶[2337]信天翁确实在我们的壁炉上方忙忙碌碌[2338]悬挂。煤炭[2339]天使向我们的火炉喝彩的时候，木柴[2340]噼啪作

2301 Crestofer Carambas 解 Christopher Columbus“～”(1451—1506)，意大利探险家、航海家；也解 caramba［西］“～”。

2302 zodisfaction 解 zodis［立］“词语”＋satisfaction“满意”；也解 zodiac“～”＋faction“～”。

2303 punk“～”，此处解 pink“～”；也解 fuck“～”。

2304 kished 解 kissed“～”；也解 kišu［立］“～”；也解 Kish“～”，位于都柏林湾南口的一道沙洲，乔伊斯曾在《尤利西斯》第三章中提到有基什导航灯船。此处化自凯撒的话。

2305 Vulturuvarnar 解 vulture“秃鹫”＋varna［立］“乌鸦”。

2306 glancefull 解 glance“瞥见”＋full“满的”；也解 glanzvoll［希］“～”；也解 glassful“～”。

2307 must“～”，此处解 mist“～”；也解 mote“～”。此处化自《马太福音》(7:3)：“为什么看见你弟兄眼中有刺，却不想自己眼中有梁木呢?”

2308 bell“～”，此处解 belle“～”。

2309 Annabella, Lovabella, Pullabella 解 Anna Livia Plurabelle“汉娜·丽维娅·妇鲁拉贝尔”，本书女主人公＋bella［意］“美女”。

2310 S. Sabina 解 Santa Sabina“～”，位于罗马亚汶丁山；也解 Sabina“～”，很多画作的题材。

2311 Titentung 解 Tithonus“～”，希腊神话中的特洛伊王子，获得永生却老得无法行动。

2312 Tollertone 解 John Toller“托勒”，一个身高 7 英尺的巨人＋tone“语调”；也解 toller“～”；也解 toll［德］“～”。

2313 lithe“～”；也解 Lithuanian“～”。此处包含本书女主人公名字的缩写 ALP。

2314 hussif“～”，此处解 housewife“～”。

2315 The quicker the deef 解 the quicker the deer“～”；也解 the quick and the dead“～”。其中 deef 也解 deed“～”；也解 deaf“～”。

2316 sapstaff 解 tipstaff“～”；也解 sap stuff“～”。

2317 safter 解 safer“～”；也解 softer“～”；也解 Saft［德］“～”。

2318 main“～”；也解 man“～”。此处化自习语 the more the merrier(人越多越热闹)。

2319 strait“～”；也解 street“～”。

2320 stricker 解 constricted“～”；也解 stricter“～”；也解 Strick［德］“～”；也解 Stricker［德］“～”。

2321 game“～”；也解 Vasco da Gama“～”(1469—1524)，葡萄牙航海家。

2322 vast“～”，此处解 west“～”；也解 fast“～”。

2323 antelithual paganelles 解 Lithuanian pagans“～”；也解 ante-［拉］“～”＋lithos［希］“～”＋Paganella“～”，意大利山名。此处包含本书女主人公名字的缩写 ALP。

2324 huggerknut 解 Huguenot“～”；也解 juggernaut“～”。

2325 cramwell 解 Cromwell“～”；也解 Kram［德］“～”。

2326 circumconversioning 解 circumconversio［拉］“～”；也解 conversion“～”。

2327 absquelitteris 解 absque litteris［拉］“～”。

2328 puttagonnianne 解 Patagonian“～”，南美印第安人，传说是已知的最高的民族，因此被视为巨人。

2329 exploser 解 explorer“～”；也解 exploder“～”；也解 exposer“～”。

2330 cabotinesque 解 Cabot“～”(约 1476—1557)，意大利航海家；也解 cabotin［法］“～”。

2331 herreraism 解 heroism“～”；也解 herrero［西］“～”；也解 Antonio de Herrera y Tordesillas(1549—1626)“～”，西班牙历史学家，著有《印第安通史》。此处包含本书主人公名字的缩写 HCE。

2332 caecodedition 解 caecodeditio［拉］“～”；也解 cacodaemon“～”；也解 caeco［拉］“～”＋deditio［拉］“～”。

2333 reelly 解 really“～”；也解 Persse O'Reilly“～”，主人公 HCE 的化身之一。

2334 Taiptope 解 tiptop“～”；也解 taip［立］“～”＋tope“～”。

2335 Nautaey 解 nautae［拉］“～”；也解 naughty“～”。

2336 kavos 解 kava［立］“～”；也解 caves“～”。

2337 arbatos 解 arbata［立］“～”；也解 albatross“～”。此处化自柯勒律治的诗歌《古舟子咏》中的“不是十字架，而是信天翁挂在我的脖子上”(Instead of a cross, the Albatross about my neck was hung)。

2338 hum“～”；也解 hung“～”。

2339 Anglys［立］“～”；也解 angels“～”。

2340 Malkos［立］“～”。

响乐趣多多[2341]有趣的原木。因此她倾耳听他来深探他的男子气概（或者显得[2342]珀西·奥莱利如此）和借用他的房屋[2343]名字？深情的[2344]眼睛眼睛，悲伤的[2345]黄华柳杂草般头发[2346]丝状绿藻，发自她姜黄色嘴巴的难闻叹息，就像早晨[2347]呻吟|哀悼的都柏林酒吧。

——你第一个刺穿我的耳朵[2348]。

——这部分[2349]公园比全书[2350]洞|告诉更伟大[2351]更优雅|格蕾丝·奥玛丽，她说，但是白骨[2352]沙克尔顿是我的命运？

——曾经想过[2353]曾经寻求接受圣职[2354]吗？你发出了一声轻柔的叹息[2355]说，谄媚·给予[2356]福特|《奥弗林神父》，那个，宝贝，我几乎不[2357]跨栏认得[2358]咀嚼你。

——那是答案吗？

——这真奇怪[2359]疑问！

——那所桥边的房屋是聚而痛饮酒吧[2360]图坦卡蒙，叫作倾杯[2361]桥，但你是否只是[2362]太阳年庄重[2363]礼拜堂|完美肯定，摆脱了天狼星年[2364]三伏天的阴影[2365]碎片之上？新世纪的秩序开始了[2366]是否发生。

——我庄严[2367]天狼星郑重地[2368]月亮肯定，在百叶窗[2369]阴影后面。他有把握地根据阴影指出地面[2370]地球的平静裁断。

——比如日期？你的没入之时？我们依然在怀疑[2371]干旱……？

——公元纪年[2372]夫人的水流，科克侯爵[2373]沼泽|考里格。一千一百三十二[2374]一个带笑的猎人和可爱的苏珊娜|党派控诉。

2341 logs of fun"～",此处解 lots of fun"～",此处出自民谣《芬尼根的守灵夜》。
2342 appierce 解 appears"～";也解 Persse O'Reilly"～"。
2343 namas [立]"～";也解 names"～"。
2344 Suilful 解 soulful"～";也解 súil [爱]"～"。
2345 sallowfoul 解 sorrowful"～";也解 sallow"～"。
2346 hairweed"～",此处解 hair"头发"+weed"杂草"。
2347 moarning 解 morning"～";也解 moaning"～";也解 mourn"～"。
2348 primus auriforasti me [拉]"～"。
2349 park"～",此处解 part"～"。
2350 hole"～",此处解 whole"～";也解 tell"～"。
2351 gracer"～",此处解 greater"～";也解 Grace O'Malley"～",伊丽莎白时期的爱尔兰海盗,书中的"恶作剧女王"。
2352 shekleton 解 skeleton"～";也解 Sir Ernest Henry Shackleton"～"(1874—1922),英国南极探险家。
2353 Eversought 解 ever thought"～";也解 ever sought"～"。
2354 artained 解 ordained"～"。
2355 say"～",此处解 sigh"～"。
2356 O'Ford 解 afford"提供";也解 Ford Madox Ford"～"(1873—1939),英国小说家、诗人;也解"Father O'Flynn""～",爱尔兰民歌,其中有"啊,奥弗林神父,你的做法多奇妙"。
2357 hurdley 解 hardly"～";也解 hurdle"～"。
2358 chew"～",此处解 know"～"。
2359 queery 解 queer"～";也解 query"～"。
2360 Toot and Come-Inn"～";也解 Tutankhamen"～",古埃及国王,据说掘其坟墓者受到了诅咒。
2361 Tiltass 解 tilt"倾斜"+Tasse [德]"杯子";也解 Tiltas [立]"～"。
2362 solarly 解 solely"～";也解 solar year"～"。
2363 salemly 解 solemnly"～";也解 Salem"～";也解 salem [希伯来]"～"。
2364 canicular year"～",古埃及纪年法;也解 canicular day"～"。
2365 shatter"～",此处解 shadow"～"。
2366 Nascitur ordo seculi numfit 解 nascitur ordo saeculi novi [拉]"～";其中 numfit 也解 num fit [拉]"～"。
2367 Siriusly 解 seriously"～";也解 Sirius"～"。
2368 selenely 解 serenely"～";也解 selene [希]"～"。
2369 shutter"～";也解 shadow"～"。
2370 Securius indicat umbris tellurem [拉]"～";也解 securus iudicat orbis terrarium [拉]"～"。
2371 drought"～",此处解 doubt"～"。
2372 Amnis Dominae 解 Anno Domini"～";也解 amnis Dominae [拉]"～"。
2373 Marcus of Corrig 解 marquis of Cork"～";也解 corrach [爱]"～";也解 Corrig"～",爱尔兰邓莱里市的街道名。
2374 A laughin hunter and Purty Sue 解 eleven hundred and thirty two"～";也解 a laughing hunter and Pretty Susanna"～",苏珊娜为书中女儿伊茜的化身之一;也解 party sue"～"。

——疯子约翰，天生马铃薯[2375]痛苦？

——像他的器官[2376]飓风|嗓音|鄂尔浑河一样多产[2377]长笛|洪水。根据爪子画狮子[2378]乌格里诺|拉皮条的|迈克尔·列农。

——詹姆斯[2379]侧柱|闪姆，海豚谷仓[2380]费城的，或者（就如其他人说的[2381]就像年长者们打赌的）灼热地狱[2382]大礼帽的？

——主教一般[2383]乡村助理主教的|合舞的跳着[2384]膝盖逆天舞[2385]尼金斯基|膝盖|公爵，就像绕着滤锅[2386]日历|轮舞的复活节太阳，声音[2387]恶习！塔朗泰拉舞曲，今日之惠[2388]雷电|《特拉拉布姆得哎》！你该看看[2389]尝试他跳[2390]昂首阔步波尔卡舞[2391]臭鼬，你会嗅到他在四周跳华尔兹舞[2392]痛打|单足跳，你应该听到他的衬裙[2393]血统|岩底圣母大喊[2394]，就像他不足的跳跃，一个……

——远处坠毁的伦巴舞[2395]克里斯托弗·哥伦布！一个真正的恰尔达什舞者[2396]！也高兴得像魔鬼似的[2397]苦修士。维科规律[2398]古罗马统治下的不列颠人|奥陶纪的，如果我记得[2399]。老傻瓜的[2400]塔里奥尼|五角形|五角星形激情流过他的血液，就像叶子[2401]跳跃里黏合点[2402]沸点的严重流感？

——出自快活的[2403]上古|美丽的巴巴吉娜[2404]爸爸|膝，瘫痪的老普里阿摩斯[2405]灵长类动物，埃德温·汉密尔顿[2406]EHC的圣诞老傻瓜[2407]的家，娱乐剧院的《俄狄浦斯王[2408]奥罗普斯|罗克西剧院和万物流淌[2409]瑞亚》，围着咏叹调[2410]地区手舞足蹈[2411]三脚架，他有五十二岁[2412]成年的继承人了！他们可能抱怨[2413]卷在轴上他的好恶[2414]生活，但这是挪亚·善行[2415]的吵闹[2416]印度教教徒。

2375 bulweh 解 bulvė［立］“～”；也解 Weh［德］“～”。
2376 orkan 解 Orkan［德］“～”，此处解 organ“～”；也解 Organ［德］“～”；也解 Orkhon“～”，蒙古国最长的河流。
2377 Fluteful 解 fruitful“～”；也解 flute“～”；也解 Flut［德］“～”。
2378 Ex ugola lenonem 解 ex ungue leonem［拉］“～”；也解 Ugolino“～”（1220—1289），意大利的贵族，但丁的《神曲》中写到他和孩子们被关入高塔活活饿死；也解 leno［拉］“～”；也解 Michael Lennon“～”，与乔伊斯同时代的都柏林人，曾在《天主教世界》上撰文攻击乔伊斯。
2379 Jambs“～”，此处解 James“～”；也解 Shem“～”，本书主人公的儿子。
2380 Delphin's Bourne 解 Dolphin's Barn“～”，都柏林地区名；也解 Philadelphia“～”，美国城市名。
2381 as olders lay“～”，此处解 as others say“～”。
2382 Tophat“～”，此处解 Tophet，《圣经》中的“～”，位于耶路撒冷西南方的山谷中，人类在此处被作为祭品焚烧。
2383 choreopiscopally 解 episcopally“～”；也解 chorepiscopal“～”；也解 choreios［希］“～”。
2384 Dawncing 解 dancing“～”。
2385 Kniejinksky 解 Knie［德］“膝盖”＋jink“闪避”＋sky“天空”；也解 Vaslav Nijinsky“～”（1889—1950），波兰血统的俄国芭蕾演员和编导；也解 knie［荷］“～”；也解 knez［塞维］“～”。
2386 colander“～”；也解 calendar“～”；也解 kolo［捷］“～”。
2387 vice“～”，此处解 voice“～”。
2388 Taranta boontoday 解 tarantella“塔朗泰拉舞曲”，一种快速旋转的舞蹈＋boon today“今日之惠”；也解 Taran［康］“～”；也解“Ta Ra Ra Boom De Ay”“～”，歌曲名。
2389 pree“～”，此处解 see“～”。
2390 prance“～”，此处解 dance“～”。
2391 polcat 解 polka“～”；也解 polecat“～”。
2392 wops 解 waltz“～”；也解 whop“～”；也解 hops“～”。
2393 piedigrotts 解 petticoat“～”；也解 pedigree“～”；也解 Madonna di Piedigrotta“～”。
2394 schraying 解 Schrei［德］“～”。
2395 Crashedafar Corumbas 解 crashed afar rumba“～”；也解 Christopher Columbus“～”。
2396 Czardanser 解 Czardas“恰尔达什舞”，匈牙利舞蹈＋dancer“舞蹈家”。
2397 Dervilish 解 devilish“～”；也解 whirling dervishes“～”。
2398 Ortovito 解 Vico order“～”，指意大利哲学家维科在《新科学》中描绘的人类的循环发展规律；也解 Ordovices［拉］“～”；也解 Ordovician“～”。
2399 semi ricordo 解 se mi ricordo［意］“～”。
2400 pantaglionic 解 Pantaglione“～”，化自 pantaloon，此为旧意大利喜剧中戴眼镜穿窄裤的老角，现代哑剧中则指被丑角取笑的傻老头；也解 Taglioni“～”（1804—1884），意大利芭蕾舞蹈家；也解 pentagon“～”；也解 pentacle“～”。
2401 leap“～”，此处解 leaf“～”。
2402 boundingpoint“～”；也解 boiling point“～”。
2403 Prisky 解 frisky“～”；也解 priscus［拉］“～”；也解 pretty“～”。
2404 Poppagenua 解 Papageno＋Papagena“巴巴吉诺＋芭芭吉娜”，莫扎特的歌剧《魔笛》中的两个人物，后结为夫妇；也解 poppa“爸爸”＋genua［拉］“膝”。
2405 priamite 解 Priam“～”，古希腊特洛伊的最后一位国王；也解 primate“～”。
2406 Edwin Hamilton“～”，爱尔兰剧作家，为娱乐剧院写作，以圣诞哑剧著名。此处包含本书主人公名字缩写的变体 EHC。
2407 pantaloonade 解 pantaloon“～”。
2408 Oropos Roxy 解 Oedipus Rex“～”，索福克勒斯的悲剧；也解 Oropus“～”，古希腊城市，附近有一座剧院＋Roxy Theater“～”，纽约城 20 世纪二三十年代最大的电影院。
2409 Pantharhea 解 panta rea［西］“～”；也解 Rhea“～”，古希腊神话中的众神之母。
2410 aria“～”；也解 area“～”。
2411 trippudiating 解 tripudio［拉］“～”；也解 tripod“～”。
2412 heirs of age“～”，此处解 years of age“～”。
2413 reel“～”，此处解 rail“～”。
2414 likes“～”；也解 life“～”，此处化自爱尔兰诗人托马斯·穆尔的歌曲“They May Rail at This Life”（《他们会抱怨这种生活》）。
2415 Noeh Bonum 解 Noah“挪亚”，《圣经》人物＋Bonum［拉］“善行”。
2416 shin do 解 shindy“～”；也解 Hindu“～”。

——一点点小摇篮曲伊莎贝尔是用什么做的少女夏娃，用的什么[2417]发火？

——特里斯丹[2418]悲伤和挽歌[2419]和三位一体[2420]和受训者[2421]。

——回到白纸一张，该死[2422]缝补它|德莫特|肠子！

——唉，多谢[2423]格拉尼娅|给你们。

——任何[2424]四重奏也在那里，如果我没弄错，作为局外人的观点，但是，我不同意参议院的轻视，完全引人注目，在一次特赦[2425]舒适|健忘症会议中，变了形[2426]遇见了更大惊小怪|脚部来决定何处再次何时遇见他们自己，漂流物和丢弃物[2427]摆动和急拉，水手[2428]恋人和弃船[2429]精神错乱的，摇摇摆摆地饮过凯里郡[2430]四对舞舞曲和利斯托尔[2431]枪骑兵方块舞，总是用他们的那个连续五度来大师般唱歌，啊？就像四头聪明的大象在十二脚[2432]桌下面进进出出？

——他们是头脑简单的散布丑闻的人，那个常客，还有所有人！北芒斯特、南芒斯特、东芒斯特[2433]和康诺特[2434]。在表演的从头到尾都制造着音乐的[2435]医学的|魔术的历史！

——总而言之，结尾[2436]某种嗡嗡声？其他的婚宴[2437]功勋？

——当大亚瑟在汉娜的求偶[2438]恩尼斯科西中开始作战[2439]吹长笛|鞭打|飞行，它们是我们的所有赌注，聚集[2440]在石板路[2441]怒号周围蹒跚而行[2442]。

——突然[2443]当然某块烧得好的[2444]地狱之火俱乐部黏土[2445]三人组被通过他[2446]大平底船的屋子的筷子[2447]插头扔了出去？

2417 what was LillabilIssabil maideve, maid at 解 what is little Isabel made of, made of"～",伊莎贝尔为本书主人公的女儿伊茜的化身之一。其中 Lillabil 也解 lullaby"～";maideve 也解 maid Eve"～";maid at 也解 mad at"～"。

2418 Trists 解 Tristan"～",中世纪骑士;也解 trist"～"。

2419 thranes 解 threne"～"。

2420 trinies 解 trine"～"。

2421 traines 解 trainees"～"。

2422 darm it 解 damn it"～";也解 darn it"～";也解 Dermot"～",芬·麦克尔的侄子;也解 Darm[德]"～"。

2423 graunt ye 解 gramercy"～";也解 Grania"～",芬·麦克尔的未婚妻,与德莫特私奔;也解 grant ye"～"。

2424 quobus 解 quibus[拉]"～"。

2425 amenessy 解 amnesty"～";也解 amenity"～";也解 amnesia"～"。

2426 metandmorefussed 解 metamorphosed"～";也解 met and more fussed"～";也解 Fuß[德]"～"。

2427 flopsome and jerksome 解 flotsam and jetsam"～";也解 flop and jerk"～"。

2428 lubber"没有经验的水手";也解 lover"～"。

2429 deliric 解 derelict"～";也解 dilirious"～"。

2430 Kerry"～",爱尔兰郡名。

2431 Listowel"～",爱尔兰凯里郡的一个城镇,位于菲尔河岸。

2432 twelvepodestalled 解 twelve"十二"+pedestal"柱脚"+-ed。此处化自"十二铜表法"。

2433 Normand, Desmond, Osmund 解 Tuath-Mumhan, Deas-Mumhan, Thoir-Mumhan[爱]"～"。

2434 Kenneth 解 Connacht"～"。

2435 mejical 解 musical"～";也解 medical"～";也解 magical"～"。

2436 some hum"～",此处解 summum[拉]"～"。

2437 marrage feats 解 marriage feasts"～";也解 feats"～"。

2438 Annie's courting 解 Anne's courting"～";也解 Enniscorthy"～",爱尔兰城市名,位于韦克斯福德郡。

2439 flugged 解 took the field"～";也解 fluted"～";也解 flogged"～";也解 Flug[德]"～"。

2440 assumbling 解 assembling"～"。

2441 ranky roars 解 rocky road"～";也解 roars"～"。此处化自 19 世纪的爱尔兰歌曲"The Rocky Road to Dublin"(《通向都柏林的石板路》)。

2442 astumbling 解 stumbling"～"。

2443 Suddenly"～";也解 certainly"～"。

2444 wellfired 解 well"好"+fired"烧火的";也解 Hellfire Clubs"～",18 世纪初期的文人俱乐部。

2445 clay"～";也解 Klee[德]"～"。

2446 hoy's"～",此处解 his"～"。

2447 schappsteckers 解 chopsticks"～";也解 Stecker[德]"～"。

——突然[2448]苏格兰人|射击|舱壁|彩色大方格衣料有一个地狱之火俱乐部通过彼处何处的气窗[2449]这是什么踢了出去。

——就像赫菲斯托斯[2450]最沉重的|碰撞的铁砧[2451]罪恶灾难般向下滚[2452] HEC。三天三次滚入真空[2453]伏尔甘？

——潘趣！

——或者挪亚[2454]与《传道书》[2455]埃克尔斯|埃克尔斯街，不是吗[2456]无人|修女？

——傻子[2457]是的，埃克尔斯的招待所里没有干草。

——然而如果我看到一丝他的痕迹，如果你能擦去他的相识[2458]托马斯·阿奎那|五？名字或者矫正[2459]地址他，我们今晚到此为止！

——芬旅馆[2460]。

——你肯定这不是学校[2461]旅人|学生的调正，或者约定者的翻腕，或者你是在使眼色者的守灵夜，等等的等等[2462]以及其他|永永远远？

——正是如此。

——或许。为我们祷告[2463]霍拉舞|山|小时|为了|多云的，雷鸣之日[2464]星期四，在霍斯有一点天堂[2465]，惧神者[2466]狄米特律斯（来自溪流[2467]）的妻子，亚当·亚当子伯爵，鞑靼人[2468]女儿|塔拉|拓儿的（出生[2469]伯莎·德利玛塔），或者下萨克维尔街[2470]和威斯特摩兰街[2471]，在邓尼布鲁克区[2472]活人收容所[2473]吉兆，在河边和一座卡莱尔桥[2474] ABC，酒吧女侍[2475]女傧相|鸟|少女的守护人，新郎的代表[2476]。罗马教

2448 Schottenly 解 suddenly“～”；也解 Schotte［德］“～”；也解 shoot“～”；也解 Schott［德］“～”；也解 Schotten［德］“～”。

2449 wasistas 解 vasistas［法］“～”；也解 was ist das［德］“～”。

2450 Heavystost 解 Hephaestus“～”，希腊神话中的火神；也解 heaviest“～”；也解 stößt［德］“～”。

2451 envil 解 anvil“～”；也解 evil“～”。

2452 catacalamitumbling 解 kata［希］“朝下”＋calamitas［拉］“灾难”＋tumbling“打滚”。此处包含本书主人公名字的缩写的改写 HEC。

2453 Vulcuum 解 vacuum“～”；也解 Vulcan“～”，罗马神话中的火神，曾被愤怒的主神朱庇特扔下奥林匹斯山。

2454 Noe 解 Noah“～”。

2455 Ecclesiastes“～”，《圣经》经卷；也解 Eccles“～”，地名，位于英国西北部；也解 Eccles Street“～”，都柏林街道名，乔伊斯小说《尤利西斯》中的人物布卢姆就住在这条街上。

2456 nonne［拉］“不是”；也解 noman“～”，《奥德赛》中奥德修斯告诉独眼巨人他叫“无人”；也解 Nonne［德］“～”。

2457 Ninny“～”；也解 niin［芬］“～”。

2458 acquinntence 解 acquaintance“～”；也解 Aquinas“～”（1225—1274），中世纪意大利经院哲学家；也解 quinque［拉］“～”。

2459 redress“～”；也解 address“～”。

2460 .i..'..o..l. 解 Finn's Hotel“～”，乔伊斯与妻子诺拉相遇时诺拉工作的地方。

2461 shuler 解 school“～”；也解 siubhlóir［爱］“～”；也解 Schüler［德］“～”。

2462 etcaetera etcaeterorum“～”；也解 et caetera et caeterorum［拉］“～”；也解 in saecula saeculorum［拉］“～”。

2463 Hora pro Nubis 解 ora pro nobis［拉］“～”；也解 hora“～”，传统式圆舞；也解 hora［捷］“～”；也解 hora［拉］“～”＋pro［拉］“～”＋nubis［拉］“～”。

2464 Thundersday 解 thunder's day“～”；也解 Donnerstag［德］“～”。

2465 A Little Bit Of Heaven“～”，歌曲名。

2466 Deimetuus［拉］“～”；也解 Demetrius“～”，莎士比亚《仲夏夜之梦》中的人物。

2467 D'amn 解 De amnis［拉］“～”。

2468 Tartar“～”；也解 daughter“～”；也解 Tarra“～”，爱尔兰东部城镇，古代凯尔特王国的都城；也解 Tarr“～”，英国作家温德汉姆·刘易斯 1918 年出版的小说的标题和女主人公的名字。

2469 Birtha 解 birth“～”；也解 Bertha Delimita“～”，乔伊斯的侄女。

2470 Sackville-Lawry 解 Lower Sackville“～”，都柏林街道名。

2471 Morland-West 解 Westmoreland Street“～”，都柏林街道名。

2472 Bonnybrook 解 Donnybrook“～”，都柏林郊区。

2473 Auspice“～”，此处解 hospice“～”。

2474 A. Briggs Carlisle 解 a Carlisle Bridge“～”，都柏林桥名；也解 ABC。

2475 birdsmaids 解 barmaids“～”；也解 bridesmaid“～”；也解 birds“～”＋maids“～”。

2476 deputiliser 解 deputise“～”＋-er。

宗弥撒[2477]弄乱。或者(忽然[2478]当然)苏格兰人[2479]射击|舱壁,通过暴乱来加强防御[2480]鬼鬼祟祟的|开火的|四十五。没有鲜花[2481]无可挑剔。同意吗?

——或许[2482]骚乱。也通过邮政借贷。有抵押或无抵押。每个地方。任何数目。它的大部分[2483],赌金[2484]卍字饰|沼泽|赌徒,纯属幸运。

——洪水的。粉红色的人,挤压,有凹陷的品脱瓶。盖尔人体育协会[2485]去。然后潘趣酒来把它盖尔化。狐狸[2486]盖伊·福克斯。拿着灯的夫人。穿着大麦袋的男孩。坐在屁股[2487]艺术|耳朵上的老男人。天哪[2488]伟大的碎片!是我们和你和你们和我和他和她[2489]赞美诗和痛痒和他和她[2490]脚踝和盾牌。最早的[2491]爱尔兰种族,最古老的[2492]爱尔兰民族,爱尔兰配置的[2493]曾经最通风的[2494]爱尔兰|不定过去时地方。你在敲响他的钟[2495]美女的时候,他正犯罪[2496]以求赎罪。被踢的人,好人红[2497]后悔的|粗鲁的狐狸,是否说了什么重要的事情?隐蔽地[2498]或公开地[2499]填满|垃圾,干净利落地[2500]美籍西班牙人|填满|晚期的?

——不过是富人的满脸青春痘[2501]玉黍螺。

——什么也别说[2502]?

——该死的东西[2503]。

——讲述闪姆和肖恩的故事[2504]被嘲笑诡计惹怒的盖尔人?不是吗[2505]尼克|敲击|什么也没有?

——什么都没表达[2506]血液。模仿的[2507]米克!

2477 mess“～”,此处解 Mass“～”。
2478 soddenly 解 suddenly“～”;也解 certainly“～”。
2479 Schott 解 Schotte [德]“～”;也解 shoot“～”;也解 Schott [德]“～”。
2480 furtivfired 解 fortified“～”;也解 furtive“～”+fired“～”;也解 fortyfive“～”。
2481 No flies 解 no flowers“～”,指葬礼公告;也解 there are no flies on“～”。
2482 mayhem“～”,此处解 maybe“～”。
2483 Mofsovitz 解 most of it“～”。
2484 swampstakers 解 sweepstakes“～”;也解 swastikas“～”;也解 swamp“～”+stakers“～”。
2485 Gaa 解 Gaelic Athletic Association“～”;也解 gaa [丹]“～”。
2486 Fox“～”;也解 Guy Fawkes“～”,因试图炸毁国会大厦被捕并被绞死,在英国,每年 11 月 5 日其模拟像被游街焚毁。
2487 ars [拉]“～”,此处解 arse“～”;也解 ear“～”,化自习语 on one's ear(震惊)。
2488 Great Scrapp 解 Great Scott!“～”;也解 Great Scrap“～”。
2489 hymns and hurts“～”,此处解 him and her“～”。
2490 heels and shields“～”,此处解 he and she“～”。
2491 eirest 解 earliest“～”;也解 Éire“～”。
2492 ourest 解 oldest“～”;也解 Éire“～”。
2493 erestationed 解 Éire“～”+stationed“～”;也解 ever“～”。
2494 airest 解 air“～”+-est;也解 Éire“～”;也解 aorist“～”。
2495 belle“～”,此处解 bell“～”。
2496 culping 解 culpa [拉]“～”。
2497 rued“～”,此处解 red“～”;也解 rude“～”。
2498 Clam [拉]“～”。
2499 cram“～”,此处解 coram [拉]“在面前”;也解 Kram [德]“～”。
2500 spick or spat 解 spick and span“一尘不染地”;也解 spick“～”;也解 spicken [德]“～”;也解 spät [德]“～”。
2501 periwhelker 解 peri-“周围”+whelk“青春痘”;也解 periwinkle“～”。
2502 Nnn ttt wrd 解 not a word“～”。
2503 Dmn ttt thg 解 damn the thing“～”。
2504 A gael galled by scheme of scorn 解 a tale told of Shem or Shaun“～”;也解 a Gael galled by scheme of scorn“～”。
2505 Nock 解 not“～”;也解 Nick“～”,本书主人公的儿子肖恩的化身之一;也解 knock“～”;也解 nicht [德]“～”。
2506 Sangnifying 解 signifying“～”;也解 sang [法]“～”。
2507 Mock“～”;也解 Mick“～”,本书主人公的儿子闪姆的化身之一。

——他坚定地守卫罗得岛[2508]罗讷河？

——五个残废！或者某个非常相似的东西。

——我应该让那动听[2509]强调|委婉地说。它听起来时代上有错[2510]等时性。秘密演讲汉密尔顿[2511]，显然取出了内容[2512]没有元音的。但这也是一个美好的夜晚[2513]世俗的|法律。我们可以自由地理所当然地接纳那些善意的脚踢，尽管超越权限[2514]紫外线的，却空洞，事实上并无必要如此。很高兴你在言语流程[2515]会议记录上不是那么成功，借此你能让你那抽筋似的[2516]眼睑痉挛压抑得以升华，看来如此？

——那是什么？我第一次听说。

——你是还是不是？答案问你自己，我不是给你一个短的问题。现在，别弄混，用眼睛四处看看凯佩尔厅[2517]凯佩尔街。我想要你，这个史诗性斗争的见证者，既然是你的因此是我的，为我们而改造，尽你所能地简短，与心眼所见并不准确地一模一样，这些葬礼游戏如何，它们通过回家的信鸽[2518]荷马|啊，主啊|凯里郡仔细观察[2519]浇灌我们，当圣名[2520]集会在各处发生的时候被屠杀[2521]化装|弥撒|教义|死亡。

——哪个？的确我从前[2522]冲突的|之后告诉过你这个。我昨夜[2523]失去的生命一直都醉着。

——嗯。在这之前[2524]公正的把它告诉我，整个战役计划，用你那种欺骗的[2525]吟游诗人[2526]矫揉造作地说|激动的声音。让我们拥有，克里斯蒂[2527]！双倍地知道[2528]都柏林自我，三倍地熟悉。

2508 Fortitudo eius rhodammum tenuit 解 Fortitudo ejus Rhodum tenuit [拉]"～",给 13 世纪萨瓦古国(位于法国东南部)创建者阿梅迪奥五世的颂词;其中 rhodammum 也解 Rhodanum [拉]"～"。

2509 euphonise 解 euphonize"～";也解 emphasize"～";也解 euphemize"～"。

2510 isochronism"～",此处解 anachronism"～"。

2511 Hazelton 解 William Gerard Hamilton"～"(1729—1796),爱尔兰籍下院议员,在英国国会做了精彩的处女演讲,此后再未发言。

2512 disemvowelled 解 disembowelled"取出内脏的";也解 disvowelled"～"。

2513 laylaw 解 laylah [希伯来]"～";也解 lay"～"＋law"～"。

2514 ultra vires [拉]"～";也解 ultraviolet"～"。

2515 process verbal"～";也解 procés verbal [法]"～"。

2516 blepharospasmockical 解 spasmodical"～";也解 blepharospasm"～"。

2517 Capel Court"～",伦敦股票交易所所在地;也解 Capel Street"～",都柏林街道名。

2518 homer's kerryer pidgeons 解 homing pigeon"信鸽"＋carrier pigeon"信鸽";也解 Homer"～",古希腊诗人＋kyrie [希]"～";也解 County Kerry"～",爱尔兰郡名。

2519 poring over"～";也解 pouring over"～"。

2520 holiname 解 Holy Name"～",指基督耶稣的名字。

2521 massacreedoed 解 massacred"～";也解 masquerade"～";也解 Mass"～"＋credo"～";也解 dood [荷]"～"。

2522 afoul"～",此处解 afore"～";也解 after"～"。

2523 lost life"～",此处解 last night"～"。

2524 befair 解 before"～";也解 be fair"～"。

2525 bamboozelem 解 bamboozle"～"。

2526 mincethrill 解 minstrel"～";也解 mince"～"＋thrill"～"。

2527 christie 解 Christy Minstrels"～",美国 19 世纪中期出现的由白人化装成的黑人乐队,曾于 1857 年在伦敦演出。

2528 Dublin own"～",此处解 doubly known"～"。

——啊，当然[2529]蔚蓝的，我愚蠢地[2530]目击者忘记了[2531]真菌|靠近，这环绕着我的巴特斯比[2532]帽子。

——啊，现在继续，伯恩斯先生[2533]手淫，玩闹对笑话，用你的口吃[2534]和你的学舌骗局[2535]政治|鹦鹉|棒子！穿蓝西装没戴帽子的黑家伙的空白记忆。你曾经是位文雅的诗人，来自哈瓦登[2536]家畜围篱管理员|干草|看守人的鸽子。水罐杯子，补丁帽子，俊俏的[2537]土豆男人？对这好点，小伯恩斯[2538]不太好！看起来开心[2539]满椅子的|开心！来，精妙！懒惰人哪，你去察看蚂蚁的动作[2540]！曾经是一根草，一根跳得高高的草[2541]蚱蜢。

——那么，信念，主席先生[2542]主人|陪审员，他第一个走近，一个作为玩闹的笑话，从西面[2543]走向城镇的警备长官的光棍小路[2544]獾|耙子，战斧[2545]牛|轴心|凯迪拉克|短剑麦克全碎·摇摆[2546]斯莫尔绍尔·斯威尼，不顾一切地起身，还有一个翘起在他塔特萨尔花格呢[2547]的右手侧[2548]基尔代尔郡，在他响尾蛇[2549]谜语|偷偷地做的褴褛衣衫[2550]拉格|围巾里，正如在上面见到的可怕发明物，忍耐地优美地吹[2551]低语|威士忌酒入骨中，《身穿蓝衣》，用他常用的[2552]熟读轻松随便[2553]跳蚤和虱子|虱子|消遣|污秽的的方式摘下他那塞满臭虫[2554]的高皮帽[2555]臭虫，向每个人[2556]棉铃象甲问好[2557]蚂蚁，在往常的道路上慢吞吞地走，永远是这样好[2558]湿的|纳斯得不得了，真的，告诉他弄干净他的指甲[2559]老鹰|纳格尔，把自己拾掇好[2560]，大兵[2561]英里，如此等等[2562]立即|离开，把梳子[2563]鸽子咕咕声|可可粉|库姆街拿向他的斑斑白发[2564]灰色的|灰熊，他在他的熊毛[2565]白发上做出那种狐褐色的斑

2529 Ah, sure“～”；也解 azure“～”。
2530 eyewitless 解 witless“～”；也解 eyewitness“～”。
2531 foggus 解 forget“～”；也解 fungus“～”；也解 fogas ［爱］“～”。
2532 bebattersbid 解 Battersby Bros“巴特斯比·布罗斯”，都柏林拍卖商。
2533 Masta Bones 解 Mister Bones“～”，江湖巡演剧目中的人物；也解 masturbate“～”。
2534 impendements 解 impediment“～”。
2535 perroqtriques 解 parrot“学舌的人”＋trick“骗局”；也解 politics“～”；也解 perroquet ［法］“～”；也解 trique ［法］“～”。
2536 Haywarden 解 Hawarden“～”，英国首相格拉斯顿的乡间住处；也解 hayward“～”；也解 hay“～”＋warden“～”。
2537 pratey 解 pretty“～”；也解 preatai ［爱］“～”。此处化自“Pat-a-cake, pat-a-cake, baker man”（拍蛋糕），一种按儿歌拍手的儿童游戏。
2538 Bones Minor“～”；也解 bonum minus ［拉］“～”。
2539 chairful“～”，此处解 cheerful“～”；也解 chairo ［希］“～”。
2540 Go to the end, thou slackerd 解 Go to the ant, thou sluggard“～”，此处出自《箴言》（6：6）。
2541 hopping...grass“跳跃的……草”；也解 grasshopper“～”，指《伊索寓言》中蚂蚁和蚱蜢的故事。此处化自乔伊斯的《一个青年艺术家的画像》的开篇句“很久以前，那是一段非常美妙的时光”。
2542 Meesta Cheeryman 解 Mister Chairman“～”；也解 Meester ［荷］“～”＋juryman“～”。
2543 wesz 解 west“～”。
2544 badgeler's rake 解 Bachelor's Walk“～”，都柏林街道名；也解 badger“～”＋rake“～”。
2545 Cattelaxes 解 battleaxe“～”；也解 cattle“～”＋axes“～”；也解 Cadillac“～”，1902 年诞生于美国底特律的汽车公司；也解 cutlass“～”。
2546 MacSmashallSwingy 解 Mac-“之子”＋Smash all“粉碎一切”＋Swingy“摇摆的”；也解 Smashall Sweeney“～”，人名。
2547 Tattersull 解 Tattersall“～”，浅底深色方格图案。
2548 Kildare side ［爱］“～”；也解 Kildare“～”，爱尔兰郡名。
2549 riddlesneek 解 rattlesnake“～”；也解 riddle“～”＋sneak“～”。
2550 ragamufflers 解 raggamuffin“～”；也解 raga“～”，印度教的一种传统曲调＋mufflers“～”。
2551 whisklyng 解 whistling“～”；也解 whispering“～”；也解 whiskey“～”。
2552 perusual 解 usual“～”；也解 perusal“～”。
2553 flea and loisy 解 free and easy“～”；也解 flea and louse“～”。其中 loisy 也解 Läuse ［德］“～”；也解 loisir ［法］“～”；也解 lousy“～”。
2554 plushkwadded 解 plyuska ［俄］“臭虫”＋wadded“填塞的”。
2555 bugsby 解 busby“～”；也解 bugs“～”。
2556 weevilybolly 解 everybody“～”；也解 boll weevil“～”。
2557 good mrowkas 解 good morrow“早安”；也解 mrowka ［波兰］“～”。
2558 naas 解 nice“～”；也解 nass ［德］“～”；也解 Naas“～”，爱尔兰基尔代尔郡的城镇。
2559 nagles 解 Nägel ［德］“～”；也解 eagles“～”；也解 Nagle“～”，爱尔兰的告密者。
2560 fex...up 解 fix up“～”。
2561 Miles“～”，此处解［拉］“～”。
2562 so on andso fort 解 so on and so forth“～”。其中 so fort 也解 sofort ［德］“～”；也解 fort ［德］“～”。
2563 coocoomb 解 comb“～”；也解 coo coo“～”；也解 cocoa“～”；也解 Coombe“～”，都柏林的街道名。
2564 grizzlies 解 grizzle“～”；也解 grizzly“～”；也解 grizzly bear“～”。
2565 bear's hairs“～”，在俚语中指“～”。

点[2566]怪人，就像火从帝国[2567]裁判火葬柴堆中爆出，如果他不希望在他不得不结束他的生命，或者如此拯救他的生命之前，得回他的棉布[2568]肉体，先生[2569]瑟尔少校，就吊我个半死。那么，天哪[2570]，数着多到十一到三十二秒，带着他小型勃朗宁手枪，就像我说的，一[2571]何时|万的一的[2572]斯旺少校一，这是我的权威[2573]，他一直诅咒[2574]预言|聚焦哈斯卡尔夫[2575]有杯子邪恶的魔鬼[2576]发现，科根[2577]，为了钥钥钥匙[2578]可可粉|呱呱约翰·多恩[2579]之地的钥匙，在已经太晚了[2580]派人来拿之前，蒙塔古[2581]被抢劫的方式，想要[2582]像狼一样行为|唠叨知道所有离去的和所有烧掉干草的人，或许汝[2583]会说，在他杀掉所有该隐[2584]手杖前，派奇·珀塞尔[2585]啪嚓的假图腾[2586]家务总管的代价，这个人，他的对手[2587]主角|金雀花王朝|金雀花，从深处的沼泽[2588]《亡灵书》上来，他带着对神圣海绵的饥渴勃然大怒，他，事实上[2589]普什图语的大师，至于他在关心，只站在那里朝着塔尔博特街[2590]大菱鲆街的街角困惑不已[2591]困难|非长毛绒的，在当铺[2592]小便周围目瞪口呆，打算[2593]玩偶吐口痰，想知道搞啥鬼[2594]小狗母鸡大会是心智健全的[2595]孟斐斯，他想和他一起什么都不知道[2596]新的。

——一个萨拉森十字军战士[2597]撒克逊粉碎机|砂岩残块|十字架形，就像纳珀·奥法雷尔·帕特·坦迪[2598]与穆尔和伯吉斯黑人乐队[2599]沼泽和自由民混合物[2600]旋律？换言之，那是不是事物的通常进程[2601]不寻常的咒骂|年度运行|汉娜·丽维娅·妇鲁拉贝尔，作为对恭维的补充，即便，在那种我必须而且会说看起来不同寻常的男人方式之后，他们的天上[2602]循环的|细胞的|似杯的|腹部的更精妙天使的战争

2566 freak"～",此处解 fleck"～"。
2567 Ump［俚］"～",此处解 Empire"～"。
2568 calicub 解 calico"～"。
2569 Sirr 解 Sir"～";也解 Major Sirr"～",18 世纪英国军官,与斯旺少校一起抓住了爱尔兰人联合会的领袖之一爱德华·菲茨杰拉德勋爵。
2570 begor 解 begorra"～"。
2571 wann［德］"～";此处解 one"～";也解 wan［中］"～"。
2572 swanns 解 's one's"～";也解 Major Swann"～",见上文注 2569。
2573 awethorrorty 解 authority"～"。
2574 forecursing 解 cursing"～";也解 forecasting"～";也解 focusing"～"。
2575 hascupth 解 Hasculf"～",丹麦人在都柏林的最后一个统治者;也解 has cups"～"。
2576 Fanden［丹］"～";也解 fanden［德］"～"。
2577 Cogan 解 Miles de Cogan"～",都柏林 12 世纪的长官。
2578 coaccoackey 解 key"～";也解 cocoa"～";也解 koax koax［希］"～",青蛙叫声。
2579 John Dunn 解 John Donne"～"(1572—1631),英国玄学派代表诗人。
2580 for sent［［丹］"～";也解 sent for"～"。
2581 Montague 解 Montague Summers"蒙塔古·萨默斯"(1880—1948),英国作家,著有《吸血鬼传奇》。
2582 wolfling 解 wanting"～";也解 wolf"～";也解 waffling"～"。
2583 thoult 解 thou"～"。
2584 kanes 解 Cain"～",《圣经》中杀弟的人物;也解 canes"～"。
2585 Patsch Purcell 解 Patch Purcell"～",19 世纪爱尔兰邮政马车的主要拥有者;也解 Patsch［德］"～",拟声。
2586 faketotem 解 fake"假的"+totem"图腾";也解 factotum"～"。
2587 plantagonist 解 antagonist"～";也解 protagonist"～";也解 Plantagenet"～"(1154—1458),英国王朝;也解 planta genista［拉］"～",英国王朝的标志。
2588 bog of the depths"～";也解 *The Book of the Dead*"～",古埃及葬礼文献的统称。
2589 as a mashter of pasht 解 as a matter of fact"～";也解 as a master of Pashto"～"。
2590 Turbot Street"～",此处解 Talbot Street"～",都柏林街道名。
2591 nonplush 解 nonplussed"～";也解 amplush［爱］"～";也解 non plush"～"。
2592 paumpshop 解 pawnshop"～";也解 pump ship"～"。
2593 pupparing 解 preparing"～";也解 puppa［拉］"～"。
2594 whelp"～",此处解 what the hell"究竟"。
2595 compuss memphis 解 compos mentis"～";也解 Memphis"～",古埃及城市,废墟在今开罗之南。
2596 new"～",此处解 knew"～"。
2597 sarsencruxer 解 Saracen crusader"～";也解 Saxon crusher"～";也解 sarsen"～"+crux［拉］"～"。
2598 Nap O' Farrell Patter Tandy,人名,混用两首歌曲"The Rising of the Moon"(《月亮升起》)中的"O tell me Shaun O'Farrell"和"The Wearing of the Green"(《穿着绿衣》)中的"I met with Napper Tandy"。
2599 moor and burgess"～",此处解 Moore and Burgess"～",1862 年访问伦敦。
2600 medley"～";也解 melody"～"。
2601 annusual curse 解 usual course"～";也解 unusual curse"～";也解 annuus cursus［拉］"～";也解 Anne"～",本书女主人公。
2602 celicolar 解 caelicola［拉］"～";也解 circular"～";也解 cellular"～";也解 calicular"～";也解 celiac"～"。

或者照片定胜负[2603]电影故事|结尾|昏黑的，如何开始的？

——真的。我也许永远不会！

——那时微风之梦[2604]光晕|戏剧里是否有浮沫，这个聋子[2605]，在某个聪明的哑巴[2606]泥|不出声的戏之后，向其他不受欢迎的人提及，一个哑巴[2607]亚当|愚蠢的，在各式各样故意的瞬间，在天使[2608]年代|愤怒后面的概要的基础上，如何就他来说他是一个方头的瑞典人，将自己走向医生[2609]医师|美第奇家族？

——他诚然[2610]是痛如此，胡格诺教徒[2611]世界主宰！只是这是个菜头[2612]傻瓜，请原谅，他只不过[2613]笑话在用他草地保龄球场[2614]的黑色火枪[2615]黑市来删洁[2616]圆石头|吹|托马斯·包德勒旁观者[2617]。

——崇高是警告！

——作者[2618]亚瑟王，事实上，被谋杀了[2619]莫德雷德|玛德勒斯。

——他，这第一个发言人[2620]斯派克岛，是否对他，最后一个发言人，做了什么，那时，在他们之间扔更多一点黑穗和糠皮[2621]哑巴和聋子，他们一起[2622]排水沟滚一起进入水沟？黑猪的堤坝[2623]眼睛？

——不，他把牙咬进他的头后面。

——保克斯[2624]那时是否在设法擦亮他的猫咪[2625]邮差肖恩？

——不，但是考克斯确实爬上双关语的人[2626]笔者闪姆。

——如果他永远不再观看利弗休姆子爵[2627]勒弗|霍尔马之物时最坏的[2628]精纺的哭喊，最好的[2629]骗子喊叫[2630]大声抗议说他可能曾拯救阳光[2631]生命阳光？

——他真正真正一如既往地好[2632]石棉。如此我从未如此。

2603 photoplay finister 解 photo finish"～";也解 photoplay"～"＋finis［拉］"～";也解 finster［德］"～"。
2604 auradrama 解 aura［拉］"微风"＋dream"梦";也解 aura"～"＋drama"～"。
2605 deff 解 deaf"～"。
2606 mud"～",此处解 mute"～";也解 dumb"～"。
2607 a dumm 解 a dumb"～";也解 Adam"～";也解 dumm［德］"～"。
2608 angerus 解 angelus［拉］"～";也解 ages"～";也解 anger"～"。
2609 medicis 解 medicus［拉］"～";也解 medic"～";也解 Medici"～",13 至 17 世纪佛罗伦萨的一个在欧洲拥有强大势力的名门望族。
2610 To be sore"～",此处解 to be sure"～"。
2611 huggornut 解 Huguenot"～";也解 Juggernaut"～"。
2612 turniphudded 解 turnip-head"小萝卜头"。
2613 jokes"～",此处解 just"～"。
2614 bawling green 解 bowling green"～"。
2615 blackmasket 解 black musket"～";也解 black market"～"。
2616 bowlderblow 解 bowlderize"～";也解 bowlder"～"＋blow"～";也解 Thomas Bowdler"～"(1754—1825),英国编辑和医生。
2617 betholder 解 beholder"～"。
2618 author"～";也解 Arthur"～",中世纪骑士传奇中的人物。
2619 mardred 解 murdered"～";也解 Mordred or Modred"～",亚瑟王的侄子,杀死了亚瑟王;也解 J. C. Mardrus"～"(1868—1949),法国翻译家,翻译过《一千零一夜》。
2620 spikesman 解 spokesman"～";也解 Spike Island"～",位于爱尔兰科克港。
2621 smutt and chaff 解 smut and chaff"～";也解 Mutt and Jeff"～",20 世纪初美国报纸连环漫画中一高一矮一对喜剧性人物,其故事在 1913 年拍成无声电影,因此"Mutt and Jeff"成为哑巴和聋子的代名词。
2622 togutter 解 together"～";也解 gutter"～"。
2623 Dyke"～";也解 eyes"～"。
2624 Box...Cox"约翰·保克斯和詹姆斯·考克斯",出自英国作家莫顿(J. M. Morton)1847 年写的同名小说《保克斯和考克斯》,书中的两个人物分别白天和黑夜租住同一个公寓,现在这个表达解"轮流做某事"。
2625 shine his puss"～";也解 Shaun the post"～"。
2626 shin the punman"～";也解 Shem the penman"～"。
2627 Leaverholma 解 Viscount Leverhulme"～",即 William Hesketh Lever"勒弗"(1851—1925),英国人,肥皂和洗涤剂企业家,国际利华兄弟公司创建人＋Holma"～",人名。
2628 worsted"～",此处解 worst"～"。
2629 bester［俚］"～",此处解 best"～"。
2630 huing 解 hue"～";也与前面的 cry 合解 hue and cry"～"。
2631 sunlife"～",此处解 sunlight"～"。
2632 Asbestos"～",此处解 as best as"以最好的方式"。

——那个压垮骆驼背[2633]钢琴的强大的卡莱尔[2634]卡莱尔要塞|卡姆登要塞一触。

——重击[2635]掺水!

——你是否同意我[2636]那会在大约半午的时候继续下去,六点[2637]嘀嗒声,下午,格林威治时间[2638],用你的橡树[2639]横向地象限仪?

——你会一直问我的,我向苍天[2640]狄更斯|希金斯许愿你不会。会吗?

——让它在夏日[2641]翻筋斗午后[2642]晚了之后十二点三十分!

——也是如此这般地十一点三十二[2643]也分之前[2644]是四个,相信[2645]转发它!

——按时嘀嗒而过。你好吗[2646]如何之日|你遭厄运?那个上升之日在一个昙花一现的[2647]九星期奇迹夜晚玫瑰般[2648]露水下沉。

——干杯[2649]休战|友好关系|职务,非常感谢[2650]怜悯|打起精神!十一不均匀的年的十一未发酵的月的十一[2651]未发明的日。在圣马丁节[2652]。

——我们拉里自己之日的前三天[2653]。根据你那高精密钟表[2654]时间|克罗诺斯的时间,我的四个守夜人[2655]手表|临终看护,左舷、右舷、暮更[2656]狗或者颜色[2657]死亡?

——丹辛克[2658]、拉格比[2659]、巴拉斯特[2660]压舱物和球。你可以想象。

——语言,这个追求摩西[2661]火星之爱[2662]厌恶的全员车票[2663]地狱之火|战争,对此相互矛盾[2664]双方暴力的。尽管如此,你是否发誓你

2633 pianoback 解 back“～”；也解 pianoforte“～”。

2634 forte carlysle…campdens 解 forte［意］“强大”＋Thomas Carlyle“托马斯·卡莱尔”(1795—1881)，苏格兰哲学家、评论家、讽刺作家＋camel“骆驼”，此句化自习语 the straw that broke the camel's back（压垮骆驼的最后一根稻草）；也解 Fort Carlisle…Fort Camden“～”，位于爱尔兰科克港的要塞。

2635 Pansh 解 punch“～”；也解 pansch-［德］“～”。

2636 Are you of my meaning 解 Bist du meiner Meinung［德］“～”。

2637 click“～”，此处解 six“～”。

2638 Grinwicker time 解 Greenwich time“～”。

2639 querqcut 解 quercus［拉］“～”；也解 quer［德］“～”。

2640 higgins 解 heaven“～”；也解 Charles Dickens“～”；也解 Francis Higgins“～”，爱尔兰《自由人报》的主编，背叛了 18 世纪爱尔兰起义者爱德华勋爵。

2641 somersautch 解 summer“～”；也解 summersault“～”。

2642 tardest 解 tardes［西］“～”；也解 tard［法］“～”。

2643 too“～”，此处解 two“～”。

2644 befour 解 before“～”；也解 be four“～”

2645 reloy on 解 rely on“～”；也解 relay“～”。

2646 Howday you doom 解 how do you do“～”；也解 how day“～”＋you doom“～”。

2647 nine week's wonder“～”，此处解 nine days' wonder“昙花一现的事物”。

2648 rosing“～”；也解 ros［拉］“～”。

2649 Amties 解 empties“～”；也解 armistice“～”；也解 amity“～”；也解 Amt［德］“～”。

2650 marcy buckup 解 merci beaucoup［法］“～”；也解 mercy“～”＋buck up“～”。

2651 uneven…unleventh…unevented 解 eleven…eleven…eleven“～”；也解 uneven…unleavened…uninvented“～”。

2652 mart in mass 解 Martinmas“～”，每年 11 月 11 日。

2653 此处化自歌曲“The Night before Larry Was Stretched”(《拉里蹬腿前那夜》)。

2654 chronos 解 chronometer“～”；也解 chronos［拉］“～”；也解 Cronus“～”，提坦巨人之一，宙斯的父亲。

2655 watches“～”，此处解 watches of the night“～”；也解 deathwatch“～”。

2656 dog“～”，此处解 dogwatch“～”。

2657 dath［爱］“～”；也解 death“～”。

2658 Dunsink“～”，都柏林天文台。

2659 rugby“～”，英国学校名，创办于 1567 年，位于英格兰西北部沃里克郡的拉格比镇，英式橄榄球就以该校的名字命名。

2660 ballast“～”，此处解 Ballast Office“～办公室”，在都柏林利菲河边威斯特摩兰街上，上面有一只标准报时球。

2661 Marses 解 Moses“～”，《圣经》中古代犹太人领袖；也解 Mars［拉］“～”。

2662 loathe“～”，此处解 love“～”。

2663 allsfare 解 all's fare“～”；也解 hellfire“～”；也解 warfare“～”。

2664 ambiviolent 解 ambivalent“～”；也解 ambi-violent“～”。

后来[2665]梯子看到了他们的影子有一百英尺，恶魔般地为形形色色之物相争，正面是他们的德天使，反面是他的权天使，靠近卓黑达街[2666]废墟，为了爱尔兰的[2667]米勒希乌斯风踢起恶魔自己的灰尘？

——我会。我做了。他们是这样。我发誓。就像天堂的义勇军。愿魔鬼[2668]麦吉利卡迪山脉毁[2669]了我。在一块头朝前的天命[2670]亲吻相遇石[2671]长石上，用我的舌头透过我的鞋头，如果这样，这是谁人·B.邓恩[2672]已经做了的意愿。

——哭泣的[2673]劳伦斯[2674]！他们肯定提交了某个绝妙的作品，天哪[2675]，私下里，就像，在这场武器谈判中，肉食者[2676]陨石|动物对[2677]兵力素食者[2678]织女星。汝不这样想吗？

——嗯呢。

——看起来非法的煤气灶或暖炉炉围，又称草皮铁，霍斯蒂[2679]人质|HCE公司的产品，工程师，数次换脚，就像石南在兵器交易中旋转[2680]？噼？

——噗！你怎么回事。这是仿制的浇水壶[2681]阿尔萨斯-洛林|代替者。

——他们不知道战争结束了，他们只是或偶然或必然地用香槟酒瓶[2682]模拟战相互反抗[2683]喝水|打铃|浆果|犬吠|葡萄藤或抵制[2684]去皮，啤酒和葡萄酒[2685]《战争与和平》|仅仅|纯粹|葡萄酒，就如在皮克特人和苏格兰人[2686]图画衬衫|矮牵牛花之间，就像他们在爱尔兰传奇[2687]罗马尼亚人|罗马人中的漫画像[2688]角色|卡拉塔库斯，来庆祝[2689]驱逐[2690]丹

2665 later"～";也解 ladder"～"。
2666 Drogheda Street"～",18 世纪的都柏林街道,即今天的奥康内尔上街。
2667 Milesian"～";也解 Milesius"～",爱尔兰传说中的祖先,从西班牙来,成为土著爱尔兰人中的一支。
2668 Ghyllygully 解 an giolla goillin [爱]"～";也解 Macgillicuddy's Reeks"～",爱尔兰凯里郡的山脉。
2669 Wreek 解 wreck"～"。此处化自正式宣誓时的套语 so help me God(愿上帝保佑我)。
2670 Kismet"～";也解 kiss met"～"。
2671 headlong stone"头朝前的石头";也解 long stone "～",也称 Steyne,北欧海盗在都柏林立的石柱。
2672 Whose B. Dunn,人名;也解 has been done"～"。
2673 Weepin 解 weeping"～"。
2674 Lorcans 解 Saint Lorcan (Laurence) O'Toole"～",都柏林的守护圣人。
2675 ecad 解 egad"～"。
2676 meatierities 解 meat-eater"～";也解 meteorite"～";也解 Tier [德]"～"。
2677 forces"～",此处解 versus"～"。
2678 vegateareans 解 vegetarians"～";也解 Vega"～"。
2679 Hostages"～",此处解 Hosty"～",书中一个重要人物。此处包含本书主人公名字的缩写 HCE。
2680 revalvered 解 revolved"～"。
2681 ersatz lottheringcan 解 ersatz wateringcan"～";也解 Elsass-Lothringen [德]"～",法国东部大区,包括今法国上莱茵、下莱茵和孚日、摩泽尔等省;也解 Ersatz [德]"～"。
2682 sham bottles 解 champagne bottles"～";也解 sham battles"～"。
2683 berebelling 解 rebelling"～";也解 bere [意]"～"+belling"～";也解 Beere [德]"～";也解 bellen [德]"～";也解 Rebe [德]"～"。
2684 bereppelling 解 repelling"～";也解 pellen [德]"～"。
2685 mere and woiney 解 beer and wine"～";也解 Voina i Mir [俄]"～",托尔斯泰的作品;也解 mere and only"～";也解 mere [拉]"～"+woinos [希]"～"。
2686 Picturshirts and Scutticules 解 Picts and Scots"～";也解 picture shirts"～"+scoticula [拉]"～"。
2687 Ruman"～",此处解 romance"～";也解 Roman"～"。
2688 caractacurs 解 caricatures"～";也解 characters"～";也解 Caratacus"～",英格兰部落领袖,在公元 48 至 51 年率兵抵抗罗马人的入侵。
2689 sorowbrate 解 celebrate"～"。
2690 expeltsion 解 expulsion"～",指 1014 年爱尔兰国王布利安·布鲁击败丹麦侵略军的克伦塔夫战役。

麦人[2691]希腊人？请问[2692]须弥山，你说什么？

——说完了。因为他很大程度上是一个正直的男人，说着托斯卡纳嘴里的罗马语[2693]拉丁语方言|巴克利的无尾礼服|林巴人。塞满[2694]面对胡言乱语[2695]排水沟|维钦托利。

——我说的是摩根家族和多兰家族[2696]，在凤凰公园里[2697]说芬兰语|最终？

——我知道你不是，在结尾[2698]。

——未来的音乐[2699]农民|脚跟稳的奏着过去的野蛮人[2700]被痛击的？奥康内尔[2701]可可粉？

——丹·唐纳利[2702]是的|爸爸|那儿。

——然而这场战争带来了[2703]报酬|蜂蜜酒和平？酒后吐真言[2704]《战争与和平》|每个人|阳刚之气。源自混乱的法律[2705]，不是吗[2706]不是真的|武器？

——啊，美好[2707]战争！啊，虔敬[2708]！啊，纯洁[2709]虔诚纯洁的战争！阿门[2710]。住[2711]手工挑选的在我们中间[2712]。感谢[2713]感谢啤酒巴尔布斯[2714]！

——你听起来完全一样，它将[2715]如向基督徒敞开的地狱[2716]船体|希望|圣诞节一样发出地狱般的[2717]嚎叫声音？

——但是它将如向欧洲人[2718]新的敞开的天使[2719]英语一样发出地狱般的声音[2720]坚持，如果你犯了罪[2721]感觉到，全都一样[2722]全体之和。因此警惕啊[2723]守夜！

——这一类型的[2724]专利权|守护圣人骚乱[2725]，正面和反面[2726]公共

2691 Danos［希］“～”；也解 Danaos［拉］“～”。
2692 scusascmerul 解 scusa［意］“～”；也解 Sumeru“～”。
2693 Limba romena Bucclis tucsada 解 lingua Romana in bocca Tuscana［意］“～”，指优美的意大利语；也解 lingua Romana“～”＋Buckley's tuxedo“～”；也解 Limba“～”，塞拉利昂的一个民族。
2694 Farcing 解 farcing“～”；也解 facing“～”。
2695 gutterish 解 gibberish“～”；也解 gutter“～”；也解 Vercingetorix“～”（约前 80—前 46），高卢阿维尔尼人部落的首领，率众起义反抗罗马统治，后被凯撒镇压。
2696 Dorans 解 Biddy Doran“比蒂·多兰”，书中人物，与母鸡联系在一起。
2697 in finnish“～”，此处解 in Phoenix Park“～”；也解 in fine［拉］“～”。
2698 Feeney 解 finis［拉］“～”。
2699 mujic of thefooture 解 music of the future“～”；也解 muzhik［俄］“～”＋footsure“～”。
2700 barbarihams of the bashed 解 barbarians of the past“～”；也解 bashed“～”。
2701 Co Canniley 解 Daniel O'Connell“～”（1775—1847），1829 年领导爱尔兰天主教徒赢得了参加议会的权利；也解 cocoa“～”。
2702 Da Donnuley 解 Dan Donnelly“～”，19 世纪职业拳击手；也解 da［俄］“～”；也解 dada“～”；也解 da［德］“～”。
2703 meed“～”，此处解 made“～”；也解 mead“～”。
2704 In voina viritas 解 in vino veritas［拉］“～”；也解 Voina i Mir［俄］“～”；也解 viritim［拉］“～”；也解 virilitas［拉］“～”。
2705 Ab chaos lex 解 ab chaos lex［拉］“～”。
2706 neat wehr 解 nicht wahr［德］“～”；也解 niet waar［荷］“～”；也解 Wehr［德］“～”。
2707 bella［拉］“～”，也解［拉］“～”。
2708 pia［拉］“～”。
2709 pura［拉］“～”，也与前面合解 bella pia et pura［拉］“～”。
2710 Amem 解 amen“～”。
2711 Handwalled 解 dwelt“～”；也解 handwaled“～”。
2712 amokst 解 amongst“～”。
2713 Thanksbeer to 解 Thanks be to“～”；也解 Thanks beer to“～”。
2714 Balbus“～”，罗马富豪，凯撒的亲信和秘书，有口吃的毛病。
2715 twould 解 would“～”。
2716 Hull hopen for christmians 解 Hell Opened to Christians“～”，17 世纪耶稣会神父皮纳蒙蒂的著作；也解 hull“～”＋hope for“～”＋Christmas“～”。
2717 houlish 解 hellish“～”；也解 howl“～”。
2718 neuropeans 解 Europeans“～”；也解 neu［德］“～”。
2719 engels［荷］“～”，此处解 Engel［德］“～”。
2720 cling“～”，此处解 klingen［德］“～”。
2721 sensed“～”，此处解 sinned“～”。
2722 whole the sum“～”，此处解 all the same“～”。
2723 vigil“～”，此处解 vigilant“～”。
2724 pattern“～”；也解 patent“～”；也解 patron saint“～”。
2725 pootsch 解 putsch“～”。
2726 concoon and proprey 解 communis et propria［拉］“～”；也解 pro and con“～”。

的和私人的的双关语宝库[2727]喜欢说双关语的人|我的|哑剧|钢笔持续着，猪与爱[2728]，整个儿守灵夜[2729]星期|鲸鱼，拉里[2730]的夜晚继以你的夜晚，吐痰[2731]恶意到多拉·奥哈金斯身上，奥蒙德抓住巴特勒[2732]恶意，天堂[2733]的大炮回应着云之子[2734]的装甲兵，四十[2735]强的和更多的四十，一千零一次，根据你的公鸡和小鸡的故事[2736]？长期游戏[2737]勒德王，或许一年又一年？

——你说得没错[2738]国王。这是他的漫长生活[2739]逼真的，这是我四方陀螺[2740]，这是她两个小[2741]矮小的家伙。从第四个男人的第二只脚的最后的手指，到第一个的最后一只上面的第一个。你说得对。

——有趣[2742]多鱼的|芬·麦克尔。非常[2743]变化非常有趣！

——可能看起来有趣，但是给你看看[2744]它是伴侣|害怕它是|不公平的|游乐场。

——这不够好[2745]，黄铜片[2746]黄铜|罐|拉丁文先生。抛掷[2747]捕捉、钳夹、展翅[2748]在剧院侧厢等候入场和乒乓作响！你的所有振作精神、咄咄逼人和夸夸其谈[2749]！你是否[2750]确实得到觉得我心不在焉？你是否打算发誓[2751]你的誓言告诉[2752]高的北极的雅典的[2753]大陪审员，我的小伙子，要求我们相信你，就算有你那可爱的[2754]持久的年轻魅力[2755]长期，你的[2756]最后一脚最重要[2757]踢向嘴的最后一脚，你的月亮照在大门[2758]石山上，照在山顶[2759]和窗户[2760]刮风上，一夜又一夜，或许一年又一年，在你不久之前在你的科克考察家[2761]《科克考察家报》面前对此发誓之后，小便者[2762]做记号，一直[2763]所有倾盆大雨有

2727 punnermine 解 mine of puns“～”；也解 punner“～”＋mine“～”；也解 pantomime“～”；也解 pen“～”。
2728 Minne［德］“～”。
2729 whake 解 wake“～”；也解 week“～”；也解 whale“～”。
2730 larry 解 Larry“～”。此句化自歌曲“The Night before Larry Was Stretched”（《拉里蹬腿前的夜晚》）。
2731 Spittinspite 解 spitting“～”；也解 spite“～”。
2732 butler“～”，此处解 Butler“～”，爱尔兰历史上的著名家族，1328 年成为爱尔兰奥蒙德伯爵。
2733 O'Hefferns 解 heavens“～”。
2734 MacClouds 解 Mac-“之子”＋Clouds“云彩”。
2735 fortey 解 forty“～”；也解 forte［意］“～”。
2736 cock and a biddy story“～”，此处化自习语 a cock and bull story（无稽之谈）。
2737 Lludillongi 解 ludi longi［拉］“～”；也解 King Lludd “～”，凯尔特神话中伦敦城的保护神。
2738 That's ri 解 that's right“～”；也解 rí［爱］“～”。
2739 largos life 解 largo［西］“长的”＋life“生活”；也解 large as life“～”。
2740 timtomtum 解 teetotum“～”。
2741 peekweeny 解 pequeño［西］“～”；也解 peewee“～”。
2742 Finny“～”，此处解 funny“～”；也解 Finn MacCool“～”。
2743 Vary“～”，此处解 very“～”。
2744 fere it is“～”，此处解 here it is“～”；也解 fear it is“～”；也解 unfair“～”；也解 funfair“～”。
2745 guid 解 good“～”。
2746 Brasslattin 解 brasslatten“～”；也解 brass“～”＋lattina［意］“～”；也解 Latin“～”。
2747 Finging 解 flinging“～”；也解 fing［德］“～”。
2748 winging“～”；也解 winging a part“～”。
2749 rally and ramp and rant“～”，也指剧院里活跃气氛、搭斜坡到舞台、大声喧哗。
2750 Didget 解 did you“～”；也解 did get“～”。
2751 on your oath“～”，此处解 on oath“～”。
2752 tall“～”，此处解 tell“～”。
2753 thathens of tharctic 解 the Athens of the Arctic“～”。
2754 enduring“～”，此处解 endearing“～”。
2755 long terms 解 young charm“～”；也解 long term“～”。
2756 yur 解 your“～”。
2757 last foot foremouthst 解 last foot foremost“～”；也解 last foot for mouth“～”。此句也化自习语：“You never open your mouth but you put your foot in it.”（你一开口就说错话。）
2758 tors“～”，此处解 Tor［德］“～”。
2759 cresties 解 crests“～”。
2760 winblowing 解 window“～”；也解 wind blowing“～”。
2761 Corth examiner 解 Cork examiner“～”，也是报纸“～”。
2762 Markwalther 解 make water“～”；也解 mark“～”。
2763 all the teem 解 all the time“～”；也解 all the teeming“～”。

大[2764]在生长发育中雨[2765]沟？

——或许如此，就像大陪审团阁下[2766]你适当地伟大断言的，罗马天主教徒[2767]加尔文教徒。我从来没有仔细考虑过，信任。我对此非常肯定地这样想。我希望。除非是可以提起诉讼的。对我来说，考虑某件我在任何社会团体中都绝对不可忽略的事情，会是一种慈悲，如果你问我的话。这作为一个被我自己的朋友启发的声明告诉我，作为对致敬的回答，泰培[2768]，在三点的弥撒之后，伴随四十天[2769]鸭子的放纵，一些雨水被许诺给里昂[2770]夫人，南极别墅[2771]姑姑俗艳的别墅的残疾者，拿着很多杯子碟子[2772]大口吞咽和腌货，同样地他告诉我，不服从权威者，在做了弥撒，做了两百次跪拜之后，在午[2773]劈开的夜[2774]枯萎病时分，那时星星在哭泣[2775]酒吧在维持，那么狡猾，接下来就是这样。他在散步，她说，在凤凰[2776]觉得|爱尔兰人公园，他说，就像一个可怕的[2777]塔拉|地球|拓儿|公牛土耳其人，她说，在他的温室里随心所欲，天哪[2778]沥青|外国人，他跟星期二的迈克尔·奥克勒利[2779]先生满足自己，他说麦克杜格[2780]马太·格雷格里神父非常想去在驴叫[2781]周围的坏地方，四处喷射上所有楼梯地毯棍[2782]希律王，猫爪[2783]恐吓他的蠼螋[2784]汉弗利·卿普顿·壹耳微蚵|动摇，稀薄的厕所[2785]被锁了几个月，因为被几个流浪汉[2786]陌生人保护[2787]起来，滥用器具，好让泰培[2788]让自己穿上晚礼服[2789]，戴上他的博尔萨利诺帽[2790]借一个债权人，就像涂油的闪电[2791]衬里一样去教堂[2792]寺院|摔倒|小水塘看麦克格雷格[2793]马太·格雷格里神父，天啊[2794]做个无赖|天哪，先生，他要开始说话，像那个教

2764 in planty 解 in plenty“～”；也解 in plant“～”。

2765 reen“～”，此处解 rain“～”。

2766 you grand duly“～”，此处解 your Grand Jury“～”。

2767 Robman Calvinic 解 Roman Catholic“～”；也解 Calvinist“～”。

2768 Tarpey 解 Luke Tarpey“路加·泰培”，书中写为 MMLJ 的四人之一，名字来自《圣经》四福音书的作者。

2769 ducks“～”，此处解 days“～”。

2770 Lyons 解 Mark Lyons“马可·里昂”，书中写为 MMLJ 的四人之一，名字来自《圣经》四福音书的作者。

2771 Aunt Tarty Villa“～”，此处解 Antarctic Villa“～”。

2772 gulp and sousers 解 cup and saucer“～”；也解 gulp and souse“～”。

2773 Split“～”，此处解 mid“中间的”。

2774 blight“～”，此处解 night“～”。

2775 bars are keeping“～”，此处解 stars are weeping“～”。此处化自爱尔兰诗人托马斯·穆尔的歌曲《午夜时分》中的歌词“At the mid hour of night, when stars are weeping, I fly”(午夜时分，星星在哭泣，我飞起)。

2776 feelmick's 解 Phoenix“～”；也解 feel“～”＋mick“～”。

2777 tarrable 解 terrible“～”；也解 Tara“～”，爱尔兰东部城镇，古代凯尔特王国的都城；也解 terra“～”；也解 Tarr“～”，英国作家温德汉姆·刘易斯 1918 年出版的小说的标题和女主人公的名字，乔伊斯在书中将刘易斯与拓儿等同；也解 tarbh［爱］“～”。

2778 begalla 解 begorra“～”；也解 asphalt“～”；也解 gall［爱］“～”。

2779 Michael Clery 解 Michael“迈克尔”＋Peregrine O Clery“奥克勒利”，《四大师编年史》作者之一。

2780 MacGregor 解 Johnny MacDougal“约翰尼·麦克杜格”，书中四长者之一，名字来自《圣经》四福音书的作者；也解 Matthew Gregory“～”，书中四长者之一，名字来自《圣经》四福音书的作者。

2781 thassbawls 解 the ass bawls“～”，此处化自习语 within the bawl of an ass(太近了)。

2782 stairrods“～”；也解 Herod“～”(约前 73—前 4)，曾想杀害幼年的耶稣。

2783 cats pew 解 cat's paw“～”。

2784 earwanker 解 earwig“～”；也解 Humphrey Chimpden Earwicker“～”，本书主人公；也解 wank［德］“～”。

2785 thinconvenience 解 thin“稀薄的”＋convenience“厕所”。

2786 stragglers“～”；也解 strangers“～”。

2787 putrenised 解 patronised“～”。

2788 Tarpey 解 Luke Tarpey“路加·泰培”。

2789 soup and fish“男士无尾半正式晚礼服”。

2790 borrowsaloaner 解 Borsalino“～”，意大利帽子品牌，乔伊斯有一顶该品牌的帽子；也解 borrows a loaner“～”。

2791 lining“～”，此处解 lightning“～”。

2792 tumple 解 teampall［爱］“～”；也解 temple“～”；也解 tumble“～”；也解 Tümpel［德］“～”。

2793 MacGregor，人名；也解 Matthew Gregory“～”。

2794 be Cad“～”，此处解 by God“～”；也解 egad“～”。

士敬礼[2795]，告诉圣座关于忏悔室[2796]精神混乱的|孔子里三先令的整个上帝的真理[2797]山羊的喉咙，来说里昂[2798]夫人如何，掷杯子的人，成为异教徒，他承诺从她嫁妆[2799]女儿那里寄出[2800]预言去摆姿势三先令[2801]羊圈|斜视彼得便士[2802]彼得的钱财，为了马太神父，在院子旁从天堂[2803]巴拉圭|雨伞和圣职衣[2804]小精灵到马丁·奥克勒利[2805]先生，好在纪念非洲人的星期四[2806]鹅口疮之日范围内戴上一张午夜圣人面具[2807]弥撒，好让布朗来自做，好随他去[2808]，以及所有士兵[2809]以某价格出售和无信仰者[2810]非|行为者和错爱的[2811]错信的人为船闸圣母[2812]拿农|未注明日期的而干的所有麻烦事，来发出更多的驴叫，又是地狱的洪水[2813]长笛，我的兄弟[2814]做戳刺动作的人！我从来没有拿来我的小猫小狗毯子[2815]穿衣服毯子的无赖|吵吵闹闹的|下倾盆大雨！呸[2816]胡说！

——像往常一样愤怒[2817]英国的|如箭|天使，但你是对的[2818]你有权利，你这个徘徊的凯尔特人[2819]！不是吗[2820]，芒斯特[2821]和康诺特[2822]。那么兄弟们是否应该赞成敬畏？

——我来买[2823]石油自行车单[2824]圣树|汽车，你们都冷静冷静[2825]，我们会一直走[2826]车轮|鞭打|去|前进直到都柏林[2827]摇晃毁谤你，但是池塘和泥潭真的[2828]我和我的真爱|妓女们|安东尼·特罗洛普永远不[2829]会再相遇[2830]配对一个游戏，在美而又美[2831]特等舱|警察的河岸，那是。

——胡说八道[2832]南瓜！你见鬼[2833]山在说[2834]侥幸做成什么，你们看上去变[2835]瘸了[2836]罗蒙湖！我来训练尔等！现在[2837]你会不会用你的洞察力发誓或确认这一天，撤回你[2838]断言第一眼预言[2839]声称的的一切，因为他的南方口音全都是爱尔兰谄媚[2840]明亮的统治

2795 saluate 解 salute“～”。
2796 confusional“～”，此处解 confessional“～”；也解 Confucius“～”。
2797 goat's throat“～”，此处解 God's truth“～”。
2798 Lyons 解 Mark Lyons“马可·里昂”。
2799 tocher“～”；也解 Tochter［德］“～”。
2800 prophessised to pose 解 promised to post“～”；也解 prophecized to pose“～”。
2801 shielings“～”，此处解 shillings“～”；也解 schiel-［德］“～”。
2802 Peter's pelf“～”，此处解 Peter's pence“～”，英国宗教改革前每户每年缴纳给教廷的一便士税金。
2803 paraguais 解 Paradise“～”；也解 Paraguay“～”，南美洲国名；也解 paraguas［西］“～”。
2804 albs“白麻布圣职衣”；也解 Alb［德］“～”。
2805 Clery 解 Peregrine O Clery“～”。
2806 Thrushday 解 Thursday“～”；也解 thrush day“～”。
2807 mask“～”；也解 Mass“～”。
2808 leave he Anlone 解 leave him alone“～”。
2809 Soldats［法］“～”；也解 sold at“～”。
2810 nonbehavers 解 nonbeliever“～”；也解 non-“～”＋behavers“～”。
2811 missbelovers 解 miss-“错过”＋beloved“心爱的”；也解 misbeliever“～”，指异教徒。
2812 N. D. de l'Ecluse 解 Notre Dame de l'écluse［法］“～”；也解 Ninon de Lenclos“～”(1620—1705)，法国作家，妓女；也解 no date“～”。
2813 flutes“～”，此处解 Flut［德］“～”，指大雨。
2814 prodder“～”，此处解 brother“～”。
2815 cads in togs blanket“～”，此处解 cats and dogs blanket“～”；也解 cat-and-dog“～”；也解 to rain cats and dogs“～”。
2816 Foueh 解 foei［荷］“～”；也解 phooey“～”。
2817 Angly as arrows 解 angry as always“～”；也解 anglaise［法］“～”＋as arrows“～”；也解 angel“～”。
2818 you have right“～”，此处解 du hast Recht［德］“～”。
2819 celtslinger 解 Celts“凯尔特人”＋linger“徘徊”。
2820 Nils 解 níl［爱］“～”。
2821 Mugn 解 Mumhan［爱］“～”。
2822 Cannut 解 Connachta［爱］“～”。
2823 oil bike“～”，此处解 I'll take“～”。
2824 bil 解 bill“～”；也解 bile［爱］“～”；也解 bil［丹］“～”。
2825 let use off be octo 解 let yous all be octo“～”。
2826 wheel whang 解 we'll walk“～”；也解 wheel“～”＋whang“～”。其中 whang 也解 gang［俚］“～”；也解 wend“～”。
2827 wabblin 解 Dublin“～”；也解 wobble“～”。
2828 mere and mire trullopes 此处解 mere and mire truly“～”；也解 me and my true love“～”。其中 trullopes 也解 trollops“～”；也解 Anthony Trollope“～”(1815—1882)，英国作家。
2829 knaver 解 never“～”。
2830 mate a game“～”，此处解 meet again“～”。
2831 bibby bobby 解 bonny bonny“～”；也解 bibby“～”＋bobby“～”。
2832 Quatsch［德］“～”；也解 squash“～”。
2833 hill“～”，此处解 the hell，骂人的话。
2834 fluking“～”，此处解 talking“～”。
2835 fyats 解 fiat［拉］“～”。
2836 lamelookond 解 lame looked“～”；也解 Loch Lomond“～”，苏格兰的第二长湖。
2837 noo 解 now“～”。
2838 yu 解 you“～”。
2839 profetised 解 prophecize“～”；也解 professed“～”。
2840 paddyflaherty 解 Paddy“爱尔兰人”＋flattery“谄媚”；也解 flaithbheartaigh［爱］“～”。

者？你是否，是还是否？

——我[2841]呜呼|Y说是。我肯定地对此发誓，千真万确[2842]规则和苦力大肆宣扬[2843]巴利胡利是用我神圣而神圣的[2844]油腻的唇一次次放在圣乌尔斯特[2845]油润的[2846]以红色标题印刷的手[2847]年度报告上。

——你真是太好[2848]了，罗马天主教会！或许你不会介意告诉[2849]我们，我厚唇[2850]的小伙子，你会怎样为了你的所有发誓[2851]爱尔兰，拿很多鲜艳的钞票或薄荷糖果[2852]？大钱[2853]用闪光金属片装饰的人，小家伙？

——马铃薯根[2854]根|残酷的。你抓住我了！完完全全[2855]空气的一无所有，啊，土豆[2856]酒徒，我呼叫它，因为我不妨告诉阁下[2857]你们|埃塞克斯伯爵，我醉着[2858]吞咽空气，金桥[2859]的真相。用英镑或便士看等于零[2860]。没有一块镜子[2861]一杯卢坎，也不够高地人裤子[2862]树的成本价，或者旗帜[2863]滴洞周围的三克朗（是不是他妈的[2864]微量恶心?），给整个该死可恶的[2865]哑的单调乏味的东西！

——现在来，约翰尼[2866]！我们不是昨天出生的。滴水之恩当涌泉相报[2867]？我要求你梳着短猪尾辫[2868]如画的苏格兰|苏格兰人与皮克特人说，你已被数[2869]罚款次许诺某种烈酒[2870]或者预付工资，没有掺水[2871]或者鲸吞牛饮，在乌鸦塔糖店[2872]，不是约翰巷[2873]琼斯的跛足就是詹姆斯门[2874]詹姆斯的步态，不管怎样？

——以真主的名义起誓[2875]布什米尔威士忌！你有没有想一想？是的，顺便说一下。多么千真万确是真的！对我公平点儿。什么时候？

2841 Ay"～",此处解 I"～";也解 Y。
2842 rooly and cooly 解 really and truly"～";也解 rule and cooly"～"。
2843 boolyhooly 解 ballyhoo"～";也解"～",镇名,位于爱尔兰科克郡。
2844 holyhagionous 解 holy"神圣的"＋hagios [希]"神圣的";也解 oleaginous"～"。
2845 ulstar 解 Ulster"～",爱尔兰的四个省之一,此处化自 *The Annals of Ulster*"《乌尔斯特编年史》",15世纪爱尔兰的编年史集。
2846 rubricated"～",此处解 lubricated"～"。
2847 annuals"～",此处解 manual"手的"。
2848 guid 解 good"～"。
2849 talling 解 telling"～"。
2850 labrose 解 labrosus [拉]"～"。
2851 swearin 解 swearing"～";也解 Erin"～"。
2852 paperming comfirts 解 peppermint comfit"～"。
2853 spanglers"～",此处解 spangle [俚]"～"。
2854 Rootha prootha 解 ruta prata [爱]"～";也解 ruta [爱]"～";也解 prutach [爱]"～"。
2855 Vurry 解 very"～";也解 airy"～"。
2856 potators [拉]"～",此处解 potatoes"～"。
2857 yous Essexelcy 解 your excellency"～";也解 yous"～"＋Earls of Essex"～"。
2858 swallowing my air"～",此处解 swallowing a hair [俚]"～"。
2859 Golden Bridge"～",都柏林街道名。
2860 nada [西]"～"。
2861 a glass of Lucan"～",卢坎为都柏林城郊,位于利菲河边,此处解 a looking-glass"～"。
2862 trousertree 解 trouser"～";也解 tree"～"。
2863 draphole 解 drapeau [法]"～";也解 drop hole"～"。
2864 dram"～",此处解 damn"～"。
2865 dumb plodding"～",此处解 damn bloody"～"。
2866 Johnny 解 Johnny MacDougal"约翰尼·麦克杜格"。
2867 Pro tanto quid retribuamus [拉]"～",北爱尔兰城市贝尔法斯特的名言。
2868 scotty pictail 解 scut pigtail"～";也解 Scotia Picta [拉]"～";也解 Scots & Picts"～"。
2869 fines"～",此处解 several"～"。
2870 staggerjuice [俚]"～"。
2871 strip 解 stripped [俚]"～"。
2872 Raven and Sugarloaf 解 Raven and Sugar Loaf"～",都柏林埃塞克斯街的杂货店。
2873 Jones's lame"～",此处解 John's lane"～",鲍尔斯威士忌酒厂(Powers Distillery)位于都柏林的约翰巷。
2874 Jamesy's gait"～",此处解 James's Gate"～",健力士酒厂(Guinness Brewery)位于都柏林的詹姆斯门。
2875 Bushmillah 解 Bismillah [阿]"～";也解 Bushmill's whiskey"～",爱尔兰威士忌,产于北爱。

——在鸽子和乌鸦酒馆，不，啊[2876]挪亚|没有回答？来润润喉咙[2877]也就是说，你在开玩笑|才智|气管？

——水，水，脏水[2878]瓦特里之水！唱起来，获救的欢歌[2879]大赦年草地|切坡里若德！打败我们，我们撤退[2880]！

——想要什么样的伤害就要！大力勇士，我的克里斯蒂吟游诗人[2881]可信任的歌手|特里斯丹，如果你不怕[2882]狂妄的坦率的批评的话，现在你打算怎么样听到你确切的称呼？

——别害怕坦率·人人[2883]汉娜·丽维娅·妇鲁拉贝尔的瓦斯气体，也别怕糟透了的溃疡[2884]乌尔斯特。

——你的脚脖子[2885]叔叔！

——你的喉咙！

——你到外面再向我说一遍，兰康芒[2886]？

——在你叫了这么多之后？等合适的时候我会的，骗子[2887]乌尔斯特省|冬青|马夫。

——很好[2888]！我们打一架！三对一！准备好了[2889]？

——实际上还没有[2890]但是没，比如，艾马尼亚[2891]·暴民[2892]调解人|抢掠！怎么了[2893]你有什么？你想说什么，吓人的家伙[2894]奥古斯丁|盖约·屋大维·奥古斯都？对芬尼亚人公平些！我有我的幽默。当然，你不会像懦夫那样做事，赞美[2895]情妇|莫莉|圣梅尔如恩我的宝贝[2896]？告诉女王路我要启航[2897]出售|绳索了。再见，但是随时随地！再见[2898]买！

——如果[2899]我选择[2900]像你一样把一颗子弹穿过烤架[2901]，好

2876 no, ah"～";也解 Noah"～",《圣经》中大洪水后,挪亚从方舟放出乌鸦和鸽子侦察洪水是否消退;也解 no answer"～"。

2877 to wit your wizzend 解 to wet your whistle"～";也解 to wit, you are witzelnd([德]"开玩笑")"～";也解 Witz [德]"～";也解 weasand"～"。

2878 darty water 解 dirty water"～";也解 Vartry water"～",威克洛郡的瓦特里河供应都柏林的用水。

2879 Jubilee sod"～",此处解 jubilee song"～",黑人歌谣,通常乐观欢快,具有宗教含意;也解 Chapelizod"～",地名,位于都柏林西郊。

2880 Beet peat wheat treat 解 beat we retreat"打败我们+我们撤退"。

2881 tristy minstrel 解 Christy Minstrels"～",美国 19 世纪出现的由白人化装成的黑人乐队,该乐队曾于 1857 年在伦敦演出;也解 trusty minstrel"～";也解 Tristan"～"。

2882 freckened 解 frightened"～";也解 frech [德]"～"。

2883 Frank Annybody 解 Frank"坦率的"+Anybody"任何人";也解 Anna Livia Plurabelle"～"。

2884 ulcers"～",乔伊斯死于胃溃疡;也解 Ulster"～",即北爱尔兰。

2885 uncles"～",此处解 ankles"～"。

2886 leinconnmuns 解 Leinster"兰斯特省"+Connacht"康诺特省"+Munster"芒斯特省",爱尔兰的三个省。

2887 hulstler 解 hustler"～";也解 Ulster"～";也解 hulst [荷]"～";也解 hostler"～"。

2888 Guid 解 good"～",此为乌尔斯特省的"good"的发音。

2889 Raddy 解 ready"～"。

2890 But no, from exemple 解 mais non, par exemple [法]"～";也解 but no, for exemple"～"。

2891 Emania"～",古代乌尔斯特的首都。

2892 Raffaroo 解 raffa [意]"～";也解 referee"～";也解 rapparee [爱]"～"。

2893 What do you have"～",此处解 Was hast du [德]"～"。

2894 august one"～";也解 Augustine"～"(354—430),古罗马时期的基督教思想家;也解 Gaius Octavius Augustus"～"(前 63—公元 14),罗马帝国的第一位皇帝。

2895 moll"～",此处解 mol [爱]"～";也解 Molly Bloom"～",《尤利西斯》中主人公布卢姆的妻子;也解 St. Maelruan"～",爱尔兰塔拉理的主保圣人。

2896 me roon 解 mo run [爱]"～"。

2897 seilling 解 sailling"～";也解 selling"～";也解 Seil [德]"～"。

2898 Buy"～",此处解 bye"～"。

2899 Ef 解 if"～"。

2900 chuse 解 choose"～"。

2901 此处化自习语 put on the grill(严刑拷打)。

诘问[2902] HCE|本·赫克特关你什么事，你这头阉牛？

——我不知道，先生。别问我，法官大人！

——轻声，轻声北爱尔兰[2903]愤怒！我爱那只红手！再给我一次机会。当然[2904]污秽地故事里有故事[2905]，你无疑理解的？现在我说点其他的。你可知道，无论用黑手指法[2906]单声道的|扬抑抑格|数字还是纯粹的奠酒[2907]法，那两个带防护板的克里米亚人中的一个，个子更高的[2908]鸣钟人那个，被指控某种犯罪或两项严重指控中的一项，就像裙子在这个问题上分为[2909]裙裤两半，如果你更喜欢那样的话？你知道，你这个流氓，你？

——你听到了。此外（现在很严重[2910]连续地）隔墙有耳，别忘了。哈！

——你会从两者中选择哪个道德败坏之行，凭个人喜好，如果你有自己的办法？在母熊[2911]示巴女王|买空卖空前玩公牛，或者玩晒衣架的后腿？有没有什么橘子皮[2912]剥皮机或绿山羊[2913]菜贩|绿外套周期地出现在你森林的[2914]森林|西凡纳斯家族树上？

——如果我知道就真该死[2915]鸡奸！这全都取决于你希望为一头驴子和一对[2916]双驾马车|预兆|湿了花多少家族银子。哈！

——你是什么意思，先生，藏在你的哈的后面！你知道，你不是必须那样做[2917]，快照图片[2918]。

——没有什么，先生。只不过是一根骨头入位。泄露秘密[2919]。哈哈！

——什么[2920]？

2902 heckling“～”；也解 HCE，本书主人公；也解 Ben Hecht“～”(1894—1964)，美国编剧，著有电影剧本《地下世界》。

2903 Ire“～”，此处解 Ireland“～”。

2904 sordidly“～”，此处解 certainly“～”。

2905 此处化自习语 wheels within wheels(错综复杂的情况)。

2906 melanodactylism 解 melano-“黑的”＋dactyl-“手指”＋-ism“主义”；也解 mono“～”＋dactyl“～”；也解 digits“～”。

2907 libationally 解 libation“～”。

2908 taller“～”；也解 toller“～”。

2909 skirts were divided“裙子被分裂”；也解 divided skirts“～”。

2910 serially“～”，此处解 seriously“～”。

2911 shebears 解 she bears“～”；也解 Sheba“～”，传说中的埃塞俄比亚女王，在《圣经》中曾拜访以色列国王所罗门；也解 Bulls and Bears“～”。

2912 orangepeelers 解 orange peels“～”；也解 peelers“～”。

2913 greengoaters 解 green goats“～”；也解 greengrocers“～”；也解 green coat“～”。

2914 sylvan“～”；也解 silva［拉］“～”；也解 Silvanus“～”，古罗马神话中的森林田野之神。

2915 Buggered 解 bugger“～”；也解 buggery“～”。

2916 nass-and-pair 解 an ass and pair“～”；也解 coach and pair“～”；也解 nas［爱］“～”＋nass［德］“～”。

2917 hah to do thah 解 have to do that“～”。

2918 snapograph 解 snapshot “快照”＋graph“图形”。

2919 Blotogaff 解 blow the gaff“～”。

2920 Whahat 解 What“～”。

——你要享受挖苦我的所有快乐吗？我没大声说出来，先生。在我身体里面有什么东西对我自己说话。

——你是一个不错的逼供证人，信任！但这不是可笑的事。再者你是否觉得我们在鼻子里五音不全[2921]完全耳聋的？你无法把感觉，疼痛[2922]大脑|祈祷，与声音，祈祷[2923]驴叫声，区分开来？你有介乎专家的自我陶醉和大屁股性倒错[2924]颠倒的事物之间的同性恋的精神发泄[2925]一个接一个|放下|热的|HCE。给你自己做精神分析[2926]！

——啊，天哪[2927]同性恋者，我不想要来自你这棕肤的[2928]布朗与诺兰四分之一混血儿的专业护士的[2929]同情[2930]旗语|联合，我能在我想的任何时候给我自己做精神分析[2931]（雾气跟随着你们所有人！），没有你的干涉或任何其他偷鸽子的人[2932]洋泾浜语。

——样本！样本！

——报告的人[2933]记者，你是否曾经仔细想过[2934]，罪恶，即使是有意的，尽管如此却[2935]可能以某种方式朝着普遍性[2936]选择迈进[2937]对病房好？

——关于[2938]在哪里|屁股东方与西方相遇[2939]加速者遇到浪费者|欲速则不达，谈到通过举手来公民表决[2940]，不管宣告的还是实效的，然而在严肃庄重中你开始[2941]变得渐渐明白了[2942]，宣誓证人[2943]被告，来自圣艾夫斯[2944]圣常春藤的人，可能已经（人们不愿意使用被动式[2945]）可能已经也同样被犯罪伤害，就像犯罪一样，因为如果我们用言辞来审视它，或许在活跃的自然中没有真正的名

2921 tonedeafs"～";也解 stone-deaf"～"。

2922 prain 解 pain"～";也解 brain"～";也解 pray"～"。

2923 bray"～",此处解 pray"～"。

2924 invertedness 解 sexual inversion"～";也解 invert"～"。

2925 catheis 解 cathexis"～",精神分析学中的概念;也解 katheis [希]"～";也解 kathiêmi [希]"～";也解 heiß [德]"～"。此处包含本书主人公名字的缩写 HCE。

2926 psychoanolised 解 psychoanalysed"～"。

2927 begor 解 begorra"～";也解 bugger"～"。

2928 broons 解 brun [法]"褐色的";也解 Browne and Nolan"～",都柏林著名书籍和文具商店的店名。

2929 nursis 解 nurse's"～"。

2930 symaphy 解 sympathy"～";也解 semaphore"～";也解 synapheia [希]"～"。

2931 psoakoonaloose 解 psychoanalyze"～"。

2932 pigeonstealer 解 pigeon"鸽子"+stealer"偷窃者";也解 pidgin"～"。

2933 wepowtew 解 reporter"～",此处直译。

2934 Weflected 解 reflected"～"。

2935 nevewtheless 解 nevertheless"～"。

2936 genewality 解 generality"～";也解 Wahl [德]"～"。

2937 good towawd 解 go toward"～";也解 good to ward"～"。

2938 A pwopwo 解 apropos"～";也解 wo [德]"～"+Popo [德]"～"。

2939 haster meets waster"～",此处解 east meets west"～";也解 haste makes waste"～"。

2940 plebiscites 解 plebiscite"～"。

2941 become"～",此处解 begin"～"。

2942 dawn in you 解 dawn on you"～"。

2943 deponent"～";也解 defendant"～"。

2944 Saint Yves 解 Saint Ives"～",英格兰康沃尔郡的小镇;也解 Saint ivy"～"。

2945 passive voiced 解 passive voice"～"。

词，那里每个讨厌的东西——请读这个穆夫提[2946]——在它自己的两只[2947]自己的城镇眼球里都是合适的。现在一个长长的外形，一个强壮的外形，一起重新塑形[2948]！

——霍奇基斯[2949]文化[2950] HCE的常备者，一个去了永不抵达之地的兄弟，远远超过数不清的手，众多赢家与输家的男性祖先[2951]先生，由参孙父子公司[2952]詹姆逊和约翰父子公司打扮，大利拉养育，将陷入困境（都柏林），从正午[2953]修女|九|嫩到黎明[2954]十|现在直到那时，反之亦然[2955]请检查|葡萄藤，在小姐或太太的僧侣之子[2956]的院子里。

——或许你能解释一下，萨比教徒[2957]说|是否|他？高地盖尔语聚会需要一个字谜[2958]在所有事情上要适度。

——为普遍之延续，尤其为了对你唯一的讯问解释我们之声明[2959]。女士们先生们[2960]，除了鄙人与活泼矮个[2961]，伙伴们[2962] ALP皆会发笑，我的亲密[2963]同住者朋友，因为突然想起俗体诗[2964]，还有在废纸篓[2965]西边乞丐小树丛|丛林|博斯凯周围的若干公民投票[2966]跳蚤|况且，很高兴再次穿皮套裤归来，正在多德[2967]佐泽卡尼索斯群岛小吃店[2968]舒适展开友好之争吵，与我们的霍斯蒂[2969]主人|陌生人|霍斯提乌斯在其舒适的单位[2970] HCE，在老米德尔塞克斯[2971]中间性别派对上开展小小闲谈，彼道德败坏[2972]松节油，意指流感、痘疱、疹子和麻疹[2973]细雨|误导、痉挛、肠痛、淋病和腹泻、龋齿、狂犬病、腮腺炎[2974]和抑郁。鄙人与活泼矮个达成共识，所有替身拼图[2975]轻便快艇选手|鱼叉|螺丝钉里的订阅者[2976]，遑论酒店老板[2977]邻居，成功

2946 mufto 解 mufti“～”,伊斯兰教教法权威。
2947 owntown 解 own two“～”;也解 own town“～”。
2948 此处化自习语 a long pull, a strong pull, and a pull all together(通力合作)。
2949 Hotchkiss“～”(1826—1885),美国发明家,一种机关枪以他的名字命名。
2950 Culthur 解 culture“～”。此处包含本书主人公名字的缩写 HCE。
2951 Sieur［法］“～”,此处解 sire“～”。
2952 Samson and son...dilalahs 解 Samson and Delilah“参孙与大利拉”,《士师记》中的人物＋and son“和儿子”;也解 Jameson, John and Sons“～”,都柏林威士忌酒厂的名字。
2953 nun“～”,此处解 noon“～”;也解 nine“～”;也解 Nunn“～”,《旧约》中约书亚的父亲。
2954 dan 解 dawn“～”;也解 ten“～”;也与前面合解 nun bis dann［德］“～”。
2955 and vites inversion 解 and vice versa“～”;也解 invites inspection“～”;也解 vites［拉］“～”。
2956 MacMannigan 解 Mac-“之子”＋Manachan［爱］“僧侣”。
2957 sagobean 解 Sabean“～”;也解 sag［德］“～”＋ob［德］“～”＋ihn［德］“～”。
2958 The Mod needs a rebus“～”;也解 est modus in rebus［拉］“～”。
2959 asseveralation 解 asseveration“～”。
2960 Ladiegent 解 ladies and gentlemen“～”。
2961 Frisky Shorty“～”,书中人物。
2962 pals“～”;也解本书女主人公名字的缩写 ALP。
2963 Inmate“～”,此处解 intimate“～”。
2964 poplar poetry 解 popular poetry“～”。
2965 West Pauper Bosquet“～”,此处解 waste paper basket“～”。其中 Bosquet 也解 bosquet“～”;也解 Bosquet“～”(1810—1861),法国将军。
2966 fleabesides 解 plebiscite“～”;也解 flea“～”＋besides“～”。
2967 Doddercan 解 Dodder River“～河”,位于都柏林;也解 Dodecanese Islands“～”,位于希腊。
2968 Easehouse 解 eat-house“～”;也解 ease“～”。
2969 Hosty“～”,书中人物;也解 host“～”;也解 hostis［拉］“～”;也解 Hostius“～”,2 世纪罗马的史诗诗人。
2970 estably 解 establishment“～”。此处包含本书主人公名字的缩写 HCE。
2971 middlesex 解 Middlesex“～”,英格兰东南部旧郡;也解 middle sex“～”。
2972 turps“～”,此处解 turpitude“～”。
2973 mizzles“～”,此处解 measles“～”;也解 mislead“～”。
2974 numps 解 mumps“～”。
2975 gigscrew 解 jigsaw“～”;也解 gigsman“～”;也解 gig“～”＋screw“～”。
2976 suscribers 解 subscribers“～”。
2977 burman 解 barman“～”;也解 buurman［荷］“～”。

地对我们的《圣经》之旅[2978]巴别塔做出结论，欲知这是否在这儿[2979]。假设，对一伦理事实[2980]小说而言，他，调查结果显示，在东北方[2981]的辖区警察前获得其淫秽[2982]阴阳人|混杂的许可证，分涉彼等男兵，或随之皆普遍或中性地涉及她们诸公众的东方[2983]超额|埃塞克斯女性，然而虽有[2984]全部着实甜美之小母马，恰似被大主教极恰当地抓紧，与此可悲之麻烦事相连，动人的专制行为，在森林和工厂委员会里完全违反时间表，此表乃我们可爱的天然公园[2985]的娱乐场所里管理纨绔和羊牯们[2986]的法规，依照该规定，鄙人与矮个接触了一位称为卡宾格[2987]先生的可敬绅士，事关一件烧火设备，最为乐于助人，我敢发誓，就他向鄙人和矮个所做的解释而言，肯定的、否定的和限定的，触及善之书对菊花[2988]太老的日子|男人之所论，关涉到早期雌雄同体[2989]一分两半的优点，此外他从一本已被证明的[2990]得到正式认可的《圣经》文选中引用例子，该书由一位称为治安法官科克肖特[2991]掷棒打靶游戏先生的珍贵朋友所给，英格兰的居民[2992]沉默的，拥有一套相当不错的小公寓，似神者[2993]，面向萨塞克斯[2994]断崖，他正无条件地[2995]告诉我们，科克肖特先生如何，由于他有他的约会，分割契据和誓约纽带式契约的当前持有者，他假设性地告诉他，尊敬的卡宾格先生，他自已用他那向风的[2996]向风群岛眼睛两者择一地估算，多达十二英里的楔状[2997]阴户鲱鱼群，从十二点开始神秘梦幻般[2998]浮层游经熏鲱鱼海岬[2999]内兹|鼻子，它们抢劫他[3000]午夜|上午直到静寂时分。撞击[3001]巴特、冲锋、紧抱、后退、弹起、缩回、摇摆、投

2978 tour of bibel 解 tour of Bible"～";也解 Tower of Babel"～"。
2979 is thisahere 解 is this here"～"。
2980 fict 解 fact"～";也解 fiction"～"。
2981 norsect 解 nor'-east"～"。
2982 epscene 解 obscene"～";也解 epicene"～";也解 epikoinos [希]"～"。
2983 exess 解 east"～";也解 excess"～";也解 Essex"～",英格兰东南部的郡。
2984 allbeit 解 albeit"～";也解 all"～"。
2985 naturpark 解 Naturpark [德]"～"。
2986 succers 解 suckers"～"。
2987 Coppinger"～",位于爱尔兰科克郡的一座 17 世纪建筑,已倒塌。
2988 toooldaisymen 解 daisy"～",在俚语中指同性恋;也解 too old days"～"+men"～"。
2989 bisectualism 解 bisexualism"～";也解 bisectilis [拉]"～"。
2990 approved"～",此处解 a proved"～"。
2991 J. P. Cockshott 解 Justice of the Peace"治安法官"+Cockshott,人名;也解 cockshot"～"。
2992 reticent"～",此处解 resident"～"。
2993 Quis ut Deus [拉]"～",天使长米迦勒的称号。
2994 Soussex 解 Sussex"～",英国东南部的郡,也曾是撒克逊人建立的萨塞克斯王国。
2995 categoric 解 categorical"～",此处与后面的 hypothetic(假设的)...disjunctively(选言的)...problematical(或然性的)...assertitoff(assertoric"断定的")...apodictic(结论的)指几种逻辑模式。
2996 windwarrd 解 windward"～",此处化自习语 keep one's weather eye open(密切注视);也解 Windward Islands"～",位于加勒比海东部。
2997 cunifarm 解 cuneiform"～";也解 cunt"～"。
2998 supernatently 解 supernaturally"超自然地";也解 supernatant"～"。
2999 Bloater Naze"～"。其中 Naze 也解"～",英国埃塞克斯的地名,有著名的沃尔顿海滩;也解 nose"～"。
3000 mayridinghim 解 maraud him"～";也解 midnight"～";也解 ante-meridian"～"。
3001 Butting"～",此处模仿十二星座的运动方式;也解 Butt"～",本书主人公的儿子之一。

掷、射击、跳跃、喷洒它们时髦的[3002]虐待狂木楔[3003]打击|黄道带|短袜，同时扭动它们的尾巴[3004]。此外，尊敬的先生，他说，多少[3005]某件事情有些疑问，在彼处的社会主义太阳旁，取出我的内脏[3006]抓住我|好的，但是它们这些鲱鱼[3007]错误的|耳环|爱尔兰满心快乐[3008]滑的，韦塞克斯[3009]西方|知道腌鱼能够想到多快乐，它们就有多快乐，翻动着它们的小手指[3010]抓住|卡宾格，暂时地[3011]把它们装在罐子里，新鲜的小小调情，肮脏的小小鱼鳃增亮剂[3012]可爱的|水沟，腌制它们的小鲱鱼[3013]，那小小的鲑鱼[3014]猥亵的星系[3015]凯蒂·加拉赫山|月亮|外国人，还有，尊敬的先生，他说，更加断定[3016]，因此帮帮我[3017] 12，宙斯，他说，设 α 为表面范围[3018]嗅闻|鲤鱼|鱼晚餐，λ[3019]羔羊是它们梯阶[3020]斯卡利杰的曲线，P[3021]鱼|害虫|沙子|鱼|皮肤是它们胸鳍[3022]胸的的平均速度[3023]曾经力劝|丝绵，它们是小咸居民[3024]，他说，无可置疑的[3025]结论句|有食欲的，跟我的布利安鸡蛋在棍棒上鼻子下[3026]套索下|你我之间一样肯定[3027]，所有他们上下颠倒的小疯子，他们是所有的性欲[3028]野餐会[3029] ALP，突袭一个小白脸[3030]好笑的|蠕动|有规律的芬[3031]天空|过分讲究的傻瓜[3032]激动，证明他们早期的雌雄同体[3033]二分。如此，他说，正是尊敬的卡宾格的情形，他使关于三 K 党[3034]信条、十字形、伦理|HCE 的死板布道[3035]家常的变得可见。每个早晨[3036]昏暗在你那被废料弄脏的[3037]盥洗室[3038]黄昏|两封|信里精致地[3039]菩提树梳洗[3040]看|耳光你自己。用冷水，为拉第[3041]发情的医生作证[3042]证明，可以大力提倡用于克制[3043]建议天生的欲望[3044]外阴|释放的|舔阴。再见吧，鱼群！

——去地狱[3045]高高的地狱和巴巴多斯吧，还有汝等和你们的

3002 dossies 解 dossy“～”。
3003 sodouscheock 解 sadistic“虐待狂的”＋chock“木楔”；也解 shock“～”；也解 zodiac“～”；也解 sock“～”。
3004 twinx of their taylz 解 twist of their tails“～”，此处化自习语 twist the tail of someone（触怒某人）。
3005 summat“～”，英国方言，此处解 somewhat“～”。
3006 gut me“～”；也解 got me“～”；其中 gut 也解［德］“～”。
3007 errings 解 herrings“～”；也解 erring“～”；也解 earring“～”；也解 Erin“～”。
3008 gladful 解 glad“～”＋ful；也解 glad［荷］“～”。
3009 Wissixy 解 Wessex“～”，英国历史上一个王国的名称；也解 west“～”；也解 wiss-［德］“～”。
3010 coppingers 解 fingers“～”；也解 copping“～”＋ers；也解 Coppinger“～”。
3011 pot em“～”，此处解 pro tem“～”。
3012 gillybrighteners 解 gill“鱼鳃”＋brighteners“增亮剂”；也解 gile［爱］“～”；也解 gully“～”。
3013 spratties 解 sprats“鲱属小海鱼”。
3014 smolty 解 smolt“初次由河入海的小鲑鱼”；也解 smutty“～”。
3015 gallockers 解 galaxy“～”；也解 Katty Gallagher“～”，位于爱尔兰的都柏林郡，正式名称是卡里克格洛甘山（Carrickgollogan）；也解 gealach［爱］“～”；也解 gall［爱］“～”。
3016 assertitoff 解 assertoric“～”。
3017 zwelf 解 so help“～”；也解 zwölf［德］“～”。
3018 lettin olfac be the extench of the supperfishies 解 let alpha be the extent of the superficies“～”；其中 olfac 也解 olfactus［拉］“～”；其中 extench 也解 tench“～”；其中 supperfishies 也解 fish suppers“～”。
3019 lamme 解 lambda“～”，希腊语第 11 个字母；也解 lamb“～”。
3020 scaligerance 解 scala［拉］“～”；也解 Joseph Justus Scaliger“～”（1540—1609），法国宗教领袖和学者。
3021 pesk 解 pi“～”；也解 pesci［意］“～”；也解 pest“～”；也解 pesak［塞维］“～”；也解 piscis［拉］“～”；也解 peskos［希］“～”。
3022 pectoralium 解 pectoral“～”，指 pectoral fins of fish“鱼的胸鳍”，故译为“～”。
3023 everurge flossity 解 average velocity“～”；也解 ever urge“～”＋floss“～”。
3024 populator 解 populate“～”＋-or。
3025 apodictic“～”；也解 apodosis“～”；也解 appetitive“～”。
3026 under noose“～”，此处解 under nose“～”；也解 entre nous［法］“～”。
3027 as sure as my briam eggs 解 as sure as my eggs“跟我的鸡蛋一样确定”，化自习语 as sure as eggs are eggs（毫无疑问）＋Brian Boru“布利安·布鲁”，爱尔兰传说中的著名国王。
3028 libidous 解 libidinous“～”。
3029 pickpuckparty 解 picnic party“～”。此处包含本书女主人公名字的缩写 ALP。
3030 wriggolo 解 gigolo“～”；也解 rigolo［法］“～”；也解 wriggling“～”；也解 regular“～”。
3031 finsky 解 Finn MacCool“芬·麦克尔”；也解 sky“～”；也解 finicky“～”。
3032 doodah“～”，此处解 doodah［爱］“～”。
3033 bisectualism 解 bisexualism“～”；也解 bisect“～”＋-ualism。
3034 creed crux ethics“～”，此处解 Ku Klux Klan“～”。此处包含本书主人公名字的缩写 HCE。
3035 homelies 解 homilies“～”；也解 homely“～”。
3036 morkning 解 morning“～”；也解 mørkning［丹］“～”。
3037 bracksullied 解 Brack［德］“废料”＋sullied“弄脏的”。
3038 twilette 解 toilet“～”；也解 twilight“～”；也解 twi-“～”＋letter“～”。
3039 tillicately 解 delicately“～”；也解 tilia［拉］“～”。
3040 Watsch 解 wash“～”；也解 watch“～”；也解 Watsche［德］“～”。
3041 Rutty“～”，此处解 John Rutty“～”，18 世纪都柏林的医生，曾用矿泉水做精神治疗。
3042 testificates 解 testificor［拉］“～”；也解 certificate“～”。
3043 sugjugation 解 subjugation“～”；也解 suggestion“～”。
3044 cungunitals 解 congenital lust“～”；也解 cunnus［拉］“～”＋loosed“～”；也解 cunnilingus“～”。
3045 Tallhell 解 go to hell“～”；也解 tall hell“～”。

爱尔兰[3046]雅利安人人[3047]交配！剽窃犯[3048]海|皮毛|贝拉基主义者！蒙哥马利派[3049]蒙哥马利街异议者！让你的家人都早早见鬼！你鬼迷心窍[3050]离开|性感的|脓疮了，你就是，用你的巨舌[3051]得福的和小头[3052]小的|快速的|头|叶子的。

——现在等一下，鲑鱼跳[3053]莱克斯利普|法律！我闻到自我至上论[3054]自我主义|唯我论的味道。我会[3055]带你走向你的职责。你那些否则就精确的话，我没太明白。是黑狗鱼[3056]甘美的还是大湖鳟[3057]富饶的？你在把我们带[3058]征税入被驱动的未来，你是否没有，跟这个现成的[3059]多车辙的|女仆渔场在一起？

——百合花[3060]唠叨的|蕾丽亚，千合花，万合花，亿合花，活泼可爱的萝拉·蒙蒂斯[3061]。

——舵手[3062]统治者！他们说那是一个街上的芬尼亚。名叫珀西·奥莱利[3063]阳伞。产出鱼卵和鱼苗，就像快活国王[3064]嫁娶|狡猾的|僧人|在之后|月份全都在他的七座教区教堂四处不断走动[3065]旋转木马！并且用丹尼尔·奥康内尔们[3066]水坝|年轻的|运河住满下流的男爵领地！

——现在提起来，霍斯蒂！把你的标记弓起来！为了兰尼米德[3067]现成的着陆！雷鱼[3068]鲱鱼，渔，鱼，《大宪章》[3069]，不是吗[3070]？

——有一条啜泣着圣歌的[3071]唱圣歌的人粗心老鲑鱼高贵的[3072]老顽固|天生的|贵族先生灯笼裤[3073]掠夺的房子|兰德宫先生[3074]鲱鱼|爱尔兰。

他挣扎着跟他满船的精子[3075]精液四处游玩。

3046 Errian 解 Erin“～”;也解 Aryan“～”。

3047 coprulation 解 population“～”;也解 copulation“～”。

3048 Pelagiarist 解 plagiarist“～”;也解 pelag[希]“～”;也解 pelage[拉]“～”;也解 Pelagian“～”,信奉英国教士贝拉基所宣传的教义的人。

3049 Montgomeryite 解 Henry Montgomery“～”,19 世纪神学家,乌尔斯特抗议大会(Remonstrant Synod of Ulster)的组织者,属于加尔文教派;也解 Montgomery Street“～”,都柏林街道名。

3050 absexed 解 obsessed“～”;也解 ab-“～”+sexed“～”;也解 abscess“～”。

3051 mackerglosia 解 macroglossia“巨舌症”;也解 makar[希]“～”。

3052 mickroocyphyllicks 解 microcephalic“畸形小头的”;也解 mikros[希]“～”;也解 ôkys[希]“～”;也解 kephalos[希]“～”;也解 phyllikos[希]“～”。

3053 leixlep 解 Lachs[德]“鲑鱼”+leap“跳跃”;也解 Leixlip“～”,爱尔兰基尔代尔郡东北部的乡镇,位于利菲河与莱伊河交汇处;也解 lex[拉]“～”。

3054 Eggoarchicism 解 egoarch“～”+-ism;也解 egoism“～”;也解 egoarchikismos[希]“～”。

3055 vill 解 will“～”。

3056 esox lucius[拉]“～”;也解 luscious“～”。

3057 salmo ferax 解 Salmo ferox“～”;也解 ferax[拉]“～”。

3058 taxing“～”,此处解 taking“～”。

3059 ruttymaid 解 readymade“～”;也解 rutty“～”+maid“～”。

3060 lalia[希]“～”,此处解 lilia[拉]“～”;也解 Laelia“～”,罗马共和国末期罗马首富马库斯·李锡尼·克拉苏的母亲。

3061 Lola Montez“～”(1818—1861),19 世纪欧洲贵族的宠妓,出生于爱尔兰,在马戏团里兜售自己的艳史。

3062 Gubbernathor 解 gubernator[拉]“～”;也解 gubernator“～”。

3063 Parasol Irelly 解 Persse O'Reilly“～”,主人公 HCE 的化身之一;也解 parasol“～”。

3064 marrye monach 解 Merry Monarch“～”,指英国国王查理二世;也解 marry“～”+monach[爱]“～”。其中 monach 也解 manach[爱]“～”;也解 nach[德]“～”;也解 Monat[德]“～”。

3065 amanygoround 解 many“许多”+go around“四处走动”;也解 merry-go-round“～”。

3066 dans, oges and conals 解 Daniel O Connell“～”(1775—1847),1829 年领导爱尔兰天主教徒赢得了参加议会的权利;也解 dams“～”+óg[爱]“～”;也解 canals“～”。

3067 runnymede 解 Runnymede“～”,英国泰晤士河边的地名,1215 年的《大宪章》于此签署;也解 readymade“～”。

3068 dondhering 解 donder[荷]“雷声”+visch[荷]“鱼”;也解 herring“～”。

3069 Magnam Carpam 解 Magna Charta“～”,英国国王 1215 年签署。

3070 es hit neat zoo 解 is het niet zoo[荷]“～”。

3071 psalmsobbing 解 psalm“圣歌”+sobbing“啜泣”;也解 psalm singer“～”。

3072 fogeyboren 解 wohlgeboren[德]“～”;也解 fogey“～”+born“～”;也与后面合解 hooggeboren heer[荷]“～”。

3073 Plundehowse 解 Pluderhose[德]“～”;也解 plunder house“～”;也解 Landhaus“～”,1557 年建造的南部德语区最精美完整的文艺复兴式建筑,位于奥地利克拉根福。

3074 Herrin 解 Herr[德]“～”;也解 herring“～”;也解 Erin“～”。

3075 spermin 解 sperm“～”。

无耻地[3076]新鲜的在每条领针鱼[3077]长射程大炮后跳跃，在霍斯和亨伯河口之间弄湿伊茜[3078]。

我们的人形海鳗[3079] HCE！

——嗨！我能在渔网[3080]现在的鱼|毗湿奴里看到他！跟你那辫子一样的东西起来！抓住那个家伙！玩他，摩根德耶[3081]《摩根德耶的故事》！大头鱼！

——拉住你，先生！橄榄油羽茎做的。马林[3082]的多尼戈尔[3083]，他被剥皮前会哭泣。他的泪称为新爱尔兰[3084]新岛。起来了吗？道路，肺鱼[3085]长期捕鱼的！伟大的芬·麦克尔[3086]鱼鳍能|积累|卡姆霍尔！荒野上方的三个三次！战斗的男人[3087]花招|手工制品|马南南！

——他怀念她的嘴，进入第河[3088] D中，罗慕勒斯侏儒·瑞摩斯[3089]，弯折绳索[3090]东施效颦|强奸，以便现在所有船首斜桅[3091]都必然装扮她，如果他拉她的腿[3092]愚弄她|池塘，睡在她的屁股上。不，他像鳐鱼一样滑动，停泊在她的小溪[3093]锁子甲处，从不害怕，但是他们却会让他上岸，利菲河岸上溜滑的鳞，一次又一次，一半时间[3094]有一段时间用沙枕来给他做垫子[3095]给座位加软垫。

——你说他们会？

——我跟你打赌他们会。

——在这些颤抖的莎草中间这样做？杂草的涌动。

——或者下面灯芯草的郁金香苗圃。

——天黑后你把你的杯子拿到哪里洗？

3076 freck 解 frech［德］“～”；也解 fresh“～”。
3077 Long Tom“～”，此处解［澳俚］“～”。
3078 lissy 解 Issy“～”，本书主人公的女儿。
3079 此处包含本书主人公名字的缩写 HCE。
3080 fishnoo 解 fishnet“～”；也解 fish now“～”；也解 Vishnu“～”，印度教主神之一，守护神。
3081 Markandeyn 解 Markandeya purana“《摩根德耶往世书》”，古印度文献；也解“The Story of Markandeya”“～”。
3082 Malin“～”，爱尔兰多尼戈尔郡的山角，位于爱尔兰最北端。
3083 Longeal 解 Donegal“～”，爱尔兰郡名，位于爱尔兰岛最北部。
3084 newisland“～”，此处解 New Ireland“～”，巴布新几内亚的岛屿名。
3085 lungfush 解 lungfish“～”；也解 long fished“～”。
3086 fin may cumule 解 Finn MacCool“～”；也解 fin may“～”＋cumulus［拉］“～”；也解 Cumhal“～”，芬·麦克尔的父亲。
3087 Manu ware 解 man of war“～”；也解 manoeuvre“～”；也解 manual ware“～”；也解 Mananaan“～”，爱尔兰传说中的海洋之神。
3088 Dee“～”，河名，位于爱尔兰的中北部的卡文郡，圣帕特里克曾在第河河口登陆；也解 dee“～”，字母。
3089 Romunculus Remus 解 Romulus＋Remus“罗慕勒斯＋瑞摩斯”，公元前 753 年建立罗马的双胞胎兄弟；其中 Romunculus 也解 homunculus“～”。
3090 plying the rape 解 plying the rape“～”；也解 playing the ape“～”；也解 rape“～”。
3091 bompriss 解 bowsprit“～”。
3092 pool her leg 解 pull her leg“～”，此处直译为“～”；也解 pool“～”。
3093 byrnie“～”，此处解 burnie“～”。
3094 halve a time 解 half the time“～”；也解 have a time“～”。
3095 polster 解 Polster［德］“～”；也解 bolster“～”。

——去我的小伙[3096]导线|床那里，大兵[3097]笨蛋，大兵小伙。

——此外，起泡水[3098]香槟来自，起泡的起泡的水来自？

——夜晚[3099]右边。

——掷弹兵。现在告诉我。这些是盎格鲁人[3100]钓鱼者还是天使[3101]，跟他们这些第三者共存并同时在场，或者没有他们这些第三者？

——三位一体，一和三。

闪姆和肖恩，还有那拆散他们的耻辱。

智慧的儿子，愚蠢的兄弟。

——上帝保佑你的精力，摇摇摆摆！那是三个插槽[3102]城堡|荡妇，没有火炉。你忘记了给仙童[3103]的精灵们[3104]空气传播的种子|快乐。什么，尊敬的[3105]所指对象行者约翰？给我们表演你的极限[3106]帕特摩斯岛！天启[3107]启示录|揭开你的面罩！

——圣人[3108]天真的人克鲁亚川[3109]！灾难叠灾难，典狱官[3110]达利[3111]。女人将漫步[3112]给浇水于荒野世界。山谷[3113]愚蠢少女将去荣耀之地。当然我想它在跟两位魁梧的[3114]脱衣酒吧女侍[3115]嬉耍[3116]潜伏于浓密谷[3117]毛绒绒的龟头|河岸的三叶草[3118]中，史黛拉[3119]星星|点滴·灌丛[3120]内衣和飞蛾·麦克加利，他是，手对匕首，那一次和她们母亲，一位夫人女佣[3121]擦伤膝盖|丰满的|不整洁的，我听说，长着多余的[3122]超流动|河流的|过多的毛发[3123]继承人，伊斯兰女王。那里是那一个，那个总是离开的[3124]毛德·冈妮着迷于他的，她的第一位俱乐部[3125]丁香|克洛维国王，罗斯康芒郡[3126]香农河畔卡里克[3127]沙伦

3096 lead“～”,此处解 lad“～”;也解 bed“～”。
3097 Toomey 解 Tommy“～”。
3098 bubblye 解 bubbly“～”;也解 bubbly water“～”。
3099 Right“～”,此处解 night“～”。
3100 anglers“～”,此处解 Angles“～”。
3101 angelers 解 angels“～”。
3102 slots“～”;也解 slots［丹］“～”,都柏林的徽章上是三座城堡;也解 sluts“～”。
3103 fayboys 解 fairy boys“～”。
3104 jinnyjos 解 jinnies“～”,指书中拿破仑军中的两名随军女子,也是壹耳微蚵在凤凰公园遇到的那两位少女;也解 jinnyjos［爱］“～”;也解 joy“～”。
3105 Referent“～”,此处解 reverend“～”。
3106 patmost 解 utmost“～”;也解 Patmos“～”,位于爱琴海东南部。
3107 unpackyoulloups 解 apocalypse“～”;也解 apokalypsis［希］“～”;也解 unpack your loups“～”。
3108 Naif“～”,此处解 Naomh［爱］“～”。
3109 Cruachan“～”,古代爱尔兰康诺特王国的都城所在地。
3110 Wardeb 解 warden“～”。
3111 Daly 解 Daly's“达利俱乐部”,位于都柏林,成立于 1750 年,1823 年关闭。
3112 water“～”,此处解 wander“～”。
3113 folley 解 valley“～”;也解 folly“～”。
3114 stripping“～”,此处解 strapping“～”。
3115 baremaids 解 barmaids“～”。
3116 larking“～”;也解 lurking“～”。
3117 furry glans“～”,此处解 The Furry Glen“～”,都柏林凤凰公园里的林地,著名散步处;也解 glan［威］“～”。
3118 trefoll 解 trefoil“～”。
3119 Stilla 解 Stella“～”,斯威夫特的两个年轻恋人之一;也解 stella［拉］“～”;也解 stilla［拉］“～”。
3120 Underwood“林下灌木丛”;也解 underwear“～”。
3121 rawkneepudsfrowse 解 rawnie［吉］“女士”＋Putzfrau［德］“女清洁工”;也解 raw-kneed“～”＋pudsy“～”＋frowzy“～”。
3122 superflowvius 解 superfluous“～”;也解 super flow“～”;也解 fluvial“～”;也解 superfluus［拉］“～”。
3123 heirs“～”,此处解 hair“～”。
3124 gone“～”;也解 Maud Gonne“～”(1866—1953),爱尔兰女演员,与叶芝一起倡导爱尔兰民族文艺复兴运动。
3125 cloves“～”,此处 clubs“～”;也解 Clovis“～”(466—511),法兰克王国创立者,妻子为克洛蒂尔达。
3126 Rosecarmon 解 Roscommon“～”,爱尔兰中部郡,位于香农河上。
3127 Corrack-on-Sharon 解 Carrick on Shannon“～”,爱尔兰利特里姆郡的市镇;也解 Sharon“～”,传说中巴勒斯坦地区的一块湿地。

里被广播[3128]最多的人。当然她几乎被淹死在自我崇拜的旁氏冷霜[3129]池塘的寒冷水流里，坏得就像我的塔尔皮亚岩的[3130]塔尔皮亚堂兄弟，维斯塔·蒂利[3131]维斯塔贞女，之后朝她那小溪里溢出小溪的[3132]向后拼写的|榜样|演奏肖像做鬼脸，在自然环境中让自己凉快下来，她取悦[3133]编辫子|褶它，她赞美它，用柳树[3134]爱丽丝·利代尔|塞莉娅和寡妇的丧服[3135]柳树|寡妇|疼痛|哀号|面纱，全都摇摇摆摆，因为她是，戏剧女演员[3136]，舍林湖[3137]先令|谢林的爱！

——啊，我在小新娘[3138]爱丽丝·利代尔|利代尔·马瑟斯旁边[3139]奇怪的！她自己的一切！需要[3140]水仙|姐妹是发明[3141]倒转的女儿[3142]。穿过他们的镜子[3143]笑着的阶级的爱丽丝[3144]塞莉娅在晚年[3145]湖鱼生命变成客厅女侍[3146]池塘、湖泊|更可怜的伙伴。

——看上去跟切坡里若德[3147]礼拜堂|水一样？是吗[3148]伊苏镇？去告诉我们[3149]卡图卢斯|上帝|地球！告诉我你的想法[3150]系牢|教|提多·奥茨给你三便士[3151]！

——听着，最亲爱的人[3152]就是！他们很可怕[3153]耙|哈罗德商厦|希律王，那些芒柄花！来，在此胸怀间休息！因此很抱歉你失去了他，可怜的羔羊！当然我知道你是个非常[3154]邪恶的[3155]女孩，进入梦中[3156]，在那个做梦[3157]时分，这是一件很大的错事，甚至在夜晚的暗流下面，亲爱的[3158]挑战老[3159]所有的爷爷[3160]伟大的热情！他着迷于他的权贵[3161]炸弹秀|在岸上。通过在楼梯上恼人的狭长地带唱着歌[3162]鹅|乔治·吉辛|哎呀，兴高采烈。男孩们也在拐角处说着话。你那悲伤的[3163]苦难首先降临到你身上。仍然要原谅它，

3128 broadcussed 解 broadcasted“～”。

3129 pondest coldstreams 解 Pond's coldcream“～”；也解 pond's cold streams“～”。

3130 Tarpeyan 解 Tarpeian“～”，罗马卡皮托利诺山的一处岩壁，叛国者被从这里扔下去；也解 Tarpeia“～”，古罗马神话中侍奉灶神维斯塔的处女。

3131 Vesta Tully 解 Vesta Tilley“～”（1864—1952），英国女演员，在音乐厅扮演男性；也解 Vestales“～”。

3132 bachspilled 解 Bach［德］“溪流”＋spilled“溢出”；也解 back spelled“～”；也解 Beispiel［德］“～”；也解 spielen［德］“～”。

3133 pleasing“～”；也解 plaiting“～”；也解 pleat“～”。

3134 salices［拉］“～”；也解 Alice P. Liddell“～”，《爱丽丝漫游奇境记》的女主人公爱丽丝的原型；也解 Celia“～”，莎士比亚的戏剧《皆大欢喜》中的人物。

3135 weidowwehls 解 widow's weeds“～”；也解 Weide［德］“～”；也解 weido［苏］“～”；也解 Weh［德］“～”；也解 wail“～”；也解 veils“～”。

3136 playactrix 解 playactress“～”。

3137 Lough Shieling 解 Lough Sheelin“～”，位于爱尔兰韦斯特米斯郡、米斯郡和卡文郡。其中 Shieling 也解 shilling“～”；也解 Schelling“～”（1775—1854），德国哲学家。

3138 bridelittle“～”；也解 Alice P. Liddell“～”；也解 Liddell Mathers“～”（1854—1918），神秘主义者，曾施法为叶芝招来幻象。

3139 add shielsome 解 ad sum［拉］“我在旁边”；也解 sælsom［丹］“～”。

3140 Nircississies 解 necessity“～”；也解 narcissus“～”；也解 sister“～”。

3141 inversion“～”，此处解 invention“～”。

3142 doaters 解 daughters“～”。此处化自习语 necessity is the mother of invention（需要是发明之母）。

3143 laughing classes“～”，此处解 looking-glass“～”。

3144 Secilas 解 Alice P. Liddell“爱丽丝·利代尔”；也解 Celia“～”。

3145 laker life“～”，此处解 later life“～”。

3146 poolermates 解 parlourmaids“～”；也解 pools lakes“～”；也解 poorer mates“～”。

3147 Iscappellas 解 Chapelizod“～”，都柏林西郊一个风景优美的村镇，毗邻利菲河和凤凰公园；也解 cappella［意］“～”；也解 uisce［爱］“～”。

3148 Ys［威］“～”；也解 Ys“～”，布列塔尼海边 5 世纪被洪水淹没的城市。

3149 Gotellus 解 go tell us“～”；也解 Catullus“～”（约前 87—约前 54），古罗马诗人；也解 Gott［德］“～”＋tellus［拉］“～”。

3150 tie taughts 解 your thoughts“～”；也解 tie“～”＋taught“～”；也解 Titus Oates“～”（1649—1705），英国反叛者，曾谋划暗杀英国国王查理二世。

3151 tickey“～”，此处化自习语 a penny for your thoughts（告诉我你在想什么）。

3152 meme mearest 解 my dearest“～”；也解 même［法］“～”。

3153 harrowd 解 horrid“～”；也解 harrow“～”；也解 Harrods“～”，伦敦百货店的名字；也解 Herod“～”。

3154 viry 解 very“～”。

3155 vikid 解 wicked“～”。

3156 dreemplace 解 dream place“～”。

3157 draym 解 dream“～”。

3158 dare“～”，此处解 dear“～”。

3159 all“～”，此处解 old“～”。

3160 grandpassia 解 grandpa“～”；也解 grand passion“～”。

3161 bombashaw 解 bashaw“～”；也解 bomb show“～”；也解 ashore“～”。

3162 geesing 解 sing“～”；也解 geese“～”；也解 George Gisssing“～”（1857—1903）英国作家；也解 gee“～”。

3163 soreful 解 sorrowful“～”。

我神圣的小[3164]舔妻子[3165]，所有人都知道你穿着你那看不见的[3166]看上去非常可爱，赞颂文，出自波瓦洛和博伊德店[3167]的冷霜的完美同位语[3168]反对，告解[3169]绝对的，那是我经常在烧焦了一只富含脂肪的鸡蛋，取得了最大的好处之后在病房里使用的，十字[3170]事业符号。我的，你在吗！简直值得崇敬！我能不能仅仅把我的某些手[3171]英俊的，我的手穿过，你的头发！如此非常、非常[3172]邪恶的、非常小的[3173]！啊，皱纹[3174]，说着你好吗[3175]，傻子！握手[3176]优雅时髦的手。他们那里在迷人的[3177]查米恩新[3178]裸体的袖口下弯曲的样子！当我事事成双直达防男灯笼裤[3179]裂点|屈膝礼，那样我就更神圣了。有点儿迷人，只不过我的胳膊更白，亲爱的。白手[3180]，懒汉。金发，脆弱的人。听着，我的[3181]甚至|相同甜心！啊，开心[3182]快乐皱褶！镜子待人公平，象牙之塔[3183]细长蜡烛，盟约[3184]女修道院|努力方舟[3185]心，黄金之屋[3186]箍|希望！我的面纱会把它从他的苍天[3187]不朽的|天空的大火中救出来，不死不灭[3188]未染色的|温蒂妮！只不过[3189]主要地是我们两个，我的[3190]甚至|相同偶像[3191]伊瑟|发狂的。当然，他彻头彻尾邪恶[3192]灯芯|阴茎|红色的透了[3193]，确实[3194]卷轴遇到伪装了的我，巴尔多禄茂[3195]巴托罗医生，绝对[3196]细看吸引人[3197]可怕的，天意[3198]，跟我的爱情鸟一起，我的天鸽[3199]。他们的敏感性[3200]减弱了。甚至妮塔[3201]干净的|适合的和琳达，我们追求的[3202]再见沼泽革木，她们看到了什么[3203]有时有罪，谢谢[3204]！我的小溪[3205]杏爱着河谷草地[3206]熏香|水，我那气味之后[3207]口音的余烬[3208]琥珀|阴沉的。我只是多么地爱慕彼此[3209]吃其他的（我的伊萨布[3210]他是情郎吗|伊萨·鲍曼！

3164 lickle 解 little“～”；也解 lick“～”。

3165 wiffey 解 wife“～”。

3166 invinsibles 解 invisibles“～”。

3167 Boileau 解 Boileau and Boyd“～”，都柏林药品和化妆品店。

3168 apposition“～”；也解 opposition“～”。

3169 Assoluta［意］“～”，此处解 absolution“～”。

3170 cause“～”，此处解 cross“～”。

3171 hands some“～”；也解 handsome“～”。

3172 vickyvicky 解 very very“～”；也解 wicked“～”。

3173 veritiny 解 very tiny“～”。

3174 Fronces 解 froncer［法］“～”。

3175 howdyedo 解 how-d'ye-do“～”。

3176 Chic hands“～”，此处解 shake hands“～”。

3177 charmeen 解 charming“～”；也解 Charmian“～”，莎士比亚的《安东尼与克莉奥佩特拉》中克莉奥佩特拉的侍女。

3178 nue［法］“～”，此处解 new“～”。

3179 knicks“～”，此处解 knickers“～”；也解 Knicks［德］“～”。

3180 Blanchemain 解 Isolde Blanchemains“白手的伊瑟”，特里斯丹的妻子。

3181 meme 解 my“～”；也解 même［法］“～”；也解 idem［拉］“～”。

3182 joyfold 解 joyful“～”；也解 joy fold“～”。

3183 taper“～”，此处解 tower“～”。

3184 conavent 解 covenant“～”；也解 convent“～”；也解 conamen［拉］“～”。

3185 heart“～”，此处解 ark“～”。

3186 hoops“～”，此处解 house“～”；也解 hope“～”。

3187 ethernal 解 aether［拉］“～”；也解 eternal“～”；也解 ethereal“～”。

3188 undyeing 解 undying“～”；也解 un-dye-ing“～”；也解 Undine“～”，又称水女神，欧洲古代传说中掌管四大元素的“四精灵”之一。

3189 meemly 解 merely“～”；也解 mainly“～”。

3190 meme 解 my“～”；也解 même［法］“～”；也解 idem［拉］“～”。

3191 idoll 解 idol“～”；也解 Isolde“～”，本书主人公的女儿；也解 toll［德］“～”。

3192 wickred 解 wicked“～”；也解 wick“～”；也解 wick［俚］“～”＋red“～”。

3193 verry 解 very“～”。

3194 reely 解 realy“～”；也解 reel“～”。

3195 Bortolo mio 解 Bartholomew“～”，耶稣十二门徒之一；也解 Bartolo“～”，法国作家博马舍的歌剧《塞维利亚的理发师》中的医生，女主人公的监护人。

3196 Peerfectly 解 perfectly“～”；也解 peer“～”。

3197 appealling 解 appealing“～”；也解 appalling“～”。

3198 D. V. 解 Deo volente［拉］“～”。

3199 colombinas 解 columba［拉］“～”。

3200 sinsitives 解 sensitive“～”。

3201 Netta“～”，人名；也解 netta［意］“～”；也解 nett［德］“～”。

3202 seeyu 解 suit“求婚”；也解 see you“～”。

3203 sin sumtim 解 seen something“～”；也解 sin sometime“～”。

3204 tankus 解 thanks“～”。

3205 My rillies 解 my rills“～”；也解 Marille［德］“～”。

3206 liebeneaus 解 lieben［德］“爱”＋Aue［德］“河谷草地”；也解 libanus［希］“～”＋eau［法］“～”。

3207 aftscents 解 after“之后”＋scents“气味”；也解 accents“～”。

3208 embre 解 ember“～”；也解 amber“～”；也解 sombre“～”。

3209 eatsother 解 each other“～”；也解 eats other“～”。

3210 ishebeau 解 Isabeau“～”，即 Isabeau Vincent，17 世纪末的法国牧羊女，她的预言带来 18 世纪初反对法王路易十四的新教徒运动；也解 is he beau“～”；也解 Isa Bowman“～”（1874—1958），刘易斯·卡罗尔的朋友，曾扮演爱丽丝。

我的[3211]彩虹[3212]皇后|美人|纯洁|雾!),穿着他的高领,就如我昨晚从他长胡子的[3213]麝香的|轻吻的嘴[3214]实验室里得知[3215]依靠,当我转过他那同一个男性半身像上他的头,再次亲吻他的时候,甚至我的小狗[3216]拖把也兴奋起来。只是他可能对一个人说话,极其珍贵的[3217]可疑的主,指责我说的[3218]值得都是[3219]生病的错的!可否允许我介绍一下!这是我的未来[3220]愚蠢的,最可爱的[3221]理查德·洛夫莱斯嘴唇和相貌。我依然跟着你,你这个可怜的孩子[3222]感觉冷的!将跟怀孕的[3223]康塞普西翁妈妈和解,置于我们之间的荣光,亲爱的人,以便不是所有女修道院洛雷托[3224]中的一个无名之辈[3225]连续九天的祷告|初学者,不是所有人中我那最小的一个,为了永远需要知道的仁慈,那从我们的嘴里传出的,或者。是的,先生,我们会愿意!克洛索[3226]之风!呸,嘿,哼[3227]!传达[3228]一窝我们的美意!驱除[3229]预告死亡的女妖精恐惧!阿丽塔[3230]小的在看。可爱地[3231]爱[3232]牛叫他!让我在此期间[3233]在正午时分觉得很好。一切都会像在圣奥多恩[3234]稳定地|倾听者|听力|我侍候罗马天主教礼拜堂[3235]玫瑰经巧克力念珠|灌木中那样安排[3236]橙花鸡尾酒的发生[3237]裸露的|品味,之后跟我的钻石[3238]早餐[3239]黑色斋戒|目光一起,在我自己的房子[3240]爱情拥有的屋子|矿藏|嘶哑的里,好让所有的猫咪俱乐部发疯[3241],门德尔松[3242]被监护人|思想-巴托尔迪将爱[3243]被爱|在意的手。求主垂怜[3244]一连串!基督垂怜[3245]水晶的得意洋洋!求主垂怜!无尽[3246]喜悦!对我们歌唱,对我们歌唱,对我们歌唱!阿门[3247]!因此我最亲爱的[3248]即使|最近的,憔悴的[3249]安桂许|销声匿迹妹妹[3250]歇斯底里|伊茜,对我随意!(我在消

3211 Mon...Ma [法]“我的……我的”。
3212 reinebelle 解 rainbow“～”;也解 reine [法]“～”+belle [法]“～”;也解 rein [德]“～”;也解 Nebel [德]“～”。
3213 muskished 解 moustached“～”;也解 muskish“～”;也解 kissed“～”。
3214 labs“～”,此处解 labia [拉]“～”。
3215 leaned“～”,此处解 learned“～”。
3216 pom“波美拉尼亚种小狗”;也解 mop“～”。
3217 so picious 解 so precious“～”;也解 suspicious“～”。
3218 worths“～”,此处解 words“～”。
3219 ill“～”,此处解 all“～”。
3220 futuous 解 future“～”;也解 fatuous“～”。
3221 lovelast 解 loveliest“～”;也解 Richard Lovelace“～”(1618—1658),英国诗人和士兵。
3222 chilled“～”,此处解 child“～”。
3223 Concepcion“～”,智利一座城市名,此处解 conception“～”。
3224 Loretos“～”,圣母之家,1822 年成立于都柏林的女性宗教团体。
3225 novene 解 no one“～”;也解 novena“～”;也解 novice“～”。
3226 Clothea 解 Clotho“～”,命运三女神之一,命运之线的纺织者。
3227 Fee o fie 解 Fie, foh, and fum“～”,语气词,出自《李尔王》第三幕第四场。
3228 Covey“～”,此处解 convey“～”。
3229 Bansh 解 banish“～”;也解 banshee(爱尔兰和苏格兰传说中)“～”。
3230 Alitten 解 Alitta“～”,巴比伦神话中的母神;也解 little“～”。
3231 lovly 解 lovely“～”。
3232 Low“～”,此处解 love“～”。
3233 in the moontime 解 in the meantime“～”;也解 in the noontime“～”。
3234 St Audiens 解 St. Audoen“～”,位于都柏林中部的教堂;也解 steadily“～”;也解 audient“～”;也解 audiens [拉]“～”;也解 ich dien [德]“～”。
3235 rosan chocolate chapelry 解 Roman Catholic chapel“～”;也解 rosary chocolate chaplet“～”;也解 rosán [爱]“～”。
3236 oranged 解 arranged“～”;也解 orange blossom“～”,用于婚礼。
3237 take bloss 解 take place“～”;也解 bloß [德]“～”;也解 blas [爱]“～”。
3238 diamants 解 Diamant [德]“～”。
3239 blickfeast 解 breakfast“～”;也解 black fast“～”,天主教会一种古老的斋戒传统,特别是在四旬斋或其他特殊的庆祝活动中;也解 Blick [德]“～”。
3240 minne ownedhos 解 my own house“～”;也解 Minne([德]“爱情”) owned house“～”。其中 minne 也解 mine“～”;其中 hos 也解 hoarse“～”。
3241 cryzy 解 crazy“～”。
3242 Blesius Mindelsinn 解 Mendelssohn-Bartholdy“～”(1809—1847),德国犹太裔作曲家;也解 Mündel [德]“～”;也解 Sinn [德]“～”。
3243 beminding 解 beminnen [荷]“～”;也解 bemind [荷]“～”;也解 be minding“～”。
3244 Kyrielle elation 解 Kyriê eleêsôn [希]“～”;也解 kyrielle [法]“～”。
3245 Crystal elation“～”,此处解 Christê eleêsôn [希]“～”。
3246 immanse 解 immense“～”。
3247 Amam 解 Amen“～”。
3248 meme nearest 解 my dearest“～”;也解 même [法]“～”;也解 nearest“～”。
3249 languished“～”;也解 Anguish“～”,一些中世纪传奇认为是爱尔兰的伊瑟的父亲;也解 vanished“～”。
3250 hister 解 sister“～”;也解 hysteria“～”;也解 Issy“～”,本书主人公的女儿。

散[3251]美丽的!）听着，你，你这个美女，妹妹[3252]以斯帖，我会忠实于[3253]……线索那知道你的人，马太[3254]马格达|抹大拉的玛利亚|女仆、马可[3255]玛莎与路加和约翰[3256]恳求道，而此时我饱含温暖的唇[3257]口齿不清地说躺在托卡河[3258]上。（我在消散[3259]小仙女！）

——我知道[3260]惧神的|尤西比乌斯的|优萨匹亚·帕拉蒂诺！做吧[3261]，万籁俱寂！含情脉脉的妹妹[3262]歇斯底里？历史[3263]歇斯底里的线索[3264]最精彩部分？这到底是怎么回事？这[3265]爹爹|乳头|the是物自体[3266]，还是针尖对麦芒[3267]？我们在这儿听到她关于修女对修女[3268]的第一首散文诗[3269]？爱丽丝的[3270]美味的、孪生姐妹[3271]双溪流、双重张力[3272]，穿过镜子[3273]迷人的玻璃或者奇境[3274]混乱的爱丽丝[3275]唉？叮咚[3276]乒乓球！六鸣节[3277]丝绸光泽时你的伙伴[3278] ALP在哪里？想想一个少女，显现[3279]。让她成双，天使传报[3280]婚礼。把你一开始的念头从她那里拿开，无罪成胎[3281]无瑕|祭物。敲敲，它会在你身上显现[3282]使胆寒|幽灵|呼吁！它闪闪发光，然而微光[3283]闪姆……肖恩|孙逸仙将永远闪烁[3284]幽灵|光线。给她穿衣[3285]横谷|沃克吕兹，给她戴上面纱[3286]给戴面纱，体贴地[3287]抓住[3288]她。在山谷[3289]墙壁|威尔士|水道里抒情动听的[3290]圣希里尔和圣美多迪乌斯温柔光耀的[3291]圣奥尔加彩虹之后。这个年轻的酒吧女[3292]由我们的圣母玛利亚，什么，和谐悦耳[3293]赞美|尤菲米娅？她是不是有着双重[3294]行为，在幽灵中的她自己与作为可能给索尼娅们[3295]的宽慰[3296]康素爱萝的她自己？

——该死[3297]铛！四位叙述者[3298]四组|系链，啊！

——这个和那个[3299]，这些和那些[3300]！你不按你的顺序噼啪

3251 fading"～";也解 fair"～"。
3252 esster 解 sister"～";也解 Esthers"～",斯威夫特的两个年轻恋人都叫以斯帖。
3253 be clue to"～",此处解 be true to"～"。
3254 Magda"～",可能是书中主人公的女儿玛奇的化身之一,此处解 Matthew"～",四福音书的作者之一;也解 St. Mary Magdalene"～",《圣经》中一个悔罪的妓女;也解 Magd［德］"～"。
3255 Marthe 解 Mark"～",四福音书的作者之一;也解 Martha"～",在《圣经》中,玛莎和玛利亚姐妹分别代表行动者和思考者。
3256 Luz and Joan 解 Luke and John"～",均为四福音书的作者。
3257 lisp"～",此处解 lip"～"。
3258 Tolka"～",河流名,位于都柏林北部。
3259 fay"～",此处解 fading"～"。
3260 Eusapia 解 eu sabia［葡］"～";也解 Eusebia［希］"～";也解 Eusebian"～",与基督教史学奠基人尤西比乌斯有关的;也解 Eusapia Palladino"～"(1854—1918),意大利人,声称自己是肉体灵媒,可以使用通灵物让三维实体现身。
3261 Fais-le［法］"～"。
3262 hysteria"～",此处解 sister"～"。
3263 historique 解 historical"～";也解 hystérique［法］"～"。
3264 clou［法］"～",此处解 clue"～"。
3265 dads 解 this"～";也解 dad"～";也解 dad［希伯来］"～";也解"～",定冠词,《芬尼根的守灵夜》的最后一个词。
3266 thing in such 解 Ding an sich［德］"～",康德提出的哲学概念。
3267 tits the that 解 tit for tat"～"。
3268 suora［意］"～"。
3269 poseproem 解 prose poem"～"。
3270 Alicious 解 Alice"～",《爱丽丝漫游奇境记》的女主人公+-ous;也解 delicious"～"。
3271 twinstreams 解 twin sisters"～";也解 twin streams"～"。
3272 twinestraines 解 twin-strain-es"～"。
3273 alluring glass"～",此处解 looking-glass"～"。
3274 jumboland 解 wonderland"～";也解 jumble"～"。
3275 alas"～",此处解 Alice"～",《爱丽丝漫游奇境记》的女主人公。
3276 Ding dong"～";也解 pingpong"～"。
3277 silks alustre 解 Sechseläuten"～",瑞士苏黎世传统的迎春欢庆节日,象征冬天的雪人博格在庆典上被燃烧;也解 silks lustre"～"。
3278 pal"～";也解 ALP,本书女主人公名字的缩写。
3279 Presentacion［西］"～"。
3280 Annupciacion 解 annunciation"～";也解 nuptials"～"。
3281 Immacolacion 解 Immaculate Conception"～";也解 immaculacy"～";也解 immolation"～"。
3282 appall"～",此处解 appear"～";也解 apparition"～";也解 appeal"～"。此处化自《马太福音》(7:7)"叩门,就给你们开门。"
3283 shimmers"～";也与前面合解 Shem"～",本书主人公的儿子;也与前面合解 Sun Yat-sen"～",即孙中山。
3284 e'er scheining 解 e'er shining"～";也解 Erscheinung［德］"～";也解 Schein［德］"～"。
3285 Cluse"～",此处解 clothe"～";也解 Vaucluse"～",法国东南部省份,彼特拉克曾生活于此。
3286 voil 解 veil"～";也解 voiler［法］"～"。
3287 hindly 解 kindly"～"。
3288 hild 解 hold"～"。
3289 vals 解 valley"～";也解 wall"～";也解 Wales"～";也解 valles［拉］"～"。
3290 liryc and themodius 解 lyric and melodious"～";也解 St. Cyril & St. Methodius"～",9 世纪的一对希腊兄弟,后在斯拉夫地区传教,成为东正教会的主要圣人。
3291 aglo 解 aglow"～";也解 St. Olga"～",10 世纪基辅罗斯王子伊戈尔一世的妻子,在他去世后统治了 18 年。
3292 barlady 解 bar lady"～";也解 by our Lady"～"。
3293 euphemiasly 解 euphemiously"～";也解 euphêmia［希］"～";也解 Euphemia"～",17 世纪基督教修女杰奎琳·帕斯卡(Jacqueline Pascal)的教名。
3294 ambidual 解 ambi-［拉］"双的"+dualis［拉］"双者"。
3295 Sonias"～",索尼娅为俄国作家陀思妥耶夫斯基的《罪与罚》的女主人公。
3296 Consuelas 解 consuelo［西］"～";也解 Consuela"～",法国作家乔治桑的同名小说的女主人公。
3297 Dang"～",钟声,此处解 damn"～"。
3298 tether, a loguy 解 hoi tettara logioi［希］"～";也解 tetralogia［希］"～";也解 tether"～"。
3299 Dis and dat 解 this and that"～"。
3300 dese and dose 解 these and those"～"。

乱响，我的先生[3301]怪物|芒斯特省|小便萤火虫，一如往常。爱尔兰第 2 频道[3302]，长号角的康诺特省[3303]夜晚，远离我的天空！自从 1542 年你就攫取了首都，拥有了最大的份额[3304]狮子的郡，但是在爱尔兰，你的烦恼[3305]，我那饶舌的山凹，与我之间天差地别。限于绝境[3306]参战的歌手[3307]兰斯特省男孩离开了，给芒斯特省和康诺特省[3308]贮存更多[3309]波纹织物|我的小宝贝。跟着乡巴佬那有名字的驴子。一[3310]胜利号[3311]决不文件[3312]发掘物！我们输掉[3313]最后的的时候，最后的[3314]你领导最前者，但是我们会首先用一个耐久的胜过你最后的。跳过轨道座椅或者拿走它们，随你高兴，但是，先生，我的问题[3315]回答我的问题优先，狡猾的男人！你现在脸上有许多假骨[3316]斯卡拉博格屋，就像煮沸一锅蔬菜麦片汤一样。市场传教士[3317]政府特派员艾达·伍姆韦尔[3318]，如果被嘲笑，是否在这个原材料的纯净、敏捷和完美的面粉里找到[3319]澄清超过百分之十六[3320]沙子，石头的白垩，在他的英里[3321]膳食中找到不足七分之一的原初英里[3322]侧面轮廓|《为米洛辩》？我们全新专家顾问团的聪明年轻的小伙子们在这里收到简报，带着母亲的鼓励在四分之一庭审中在六次被罚下场后为了年轻人的统一[3323]通奸，被强迫[3324]可比较地列入陪审员名单（点头的中立者），数目不到十五的委员[3325]托付|人颁布的移除法以便知道，将军的贵族夫人们，她们曾经便宜地得到鼻子钱[3326]，用她们的腿搅动对私人舞会[3327]私人条例法案的公众舆论，玛莎和玛利亚[3328]欢笑和愉悦小姐们，这两位布商[3329]德雷比尔的助手[3330]助理|姐妹们，是否被送离她们最后的岗位时，把她

3301 Moonster 解 mister“～”；也解 monster“～”；也解 Munster“～”；也解 mún［爱］“～”。
3302 2 R. N. 解 2＋Radio Ereann“爱尔兰频道”，爱尔兰共和国成立后的第一个公共广播频道。
3303 Connacht“～”，爱尔兰共和国省名；也解 Nacht［德］“～”。
3304 lion's shire“～”，此处解 lion's share“～”。
3305 borderation 解 botheration“～”。
3306 to the wall“～”；也解 to the war“～”。
3307 leinstrel 解 minstrel“吟游诗人”；也解 Leinster“～”，爱尔兰的四省之一。
3308 Monn and Conn 解 Munster and Connacht“～”。
3309 moreen astoreen 解 more in store“～”；也解 moreen“～”＋a stórín［爱］“～”。
3310 win“～”，此处解 one“～”。
3311 nimmer［德］“～”，此处解 number“～”。
3312 Doggymens 解 document“～”；也解 diggings“～”。
3313 last“～”，此处解 lost“～”。
3314 此处化自《马太福音》(19:30)“在后的将要在前”。
3315 sir, my queskins 解 sir, my questions“～”；也解 answer my questions“～”。
3316 skullabogue 解 skull“头盖骨”＋bogus“伪造的”；也解 Scullabogue House“～”，位于爱尔兰韦克斯福德郡，1798 年起义的 35 人被杀后，他们被关在这里的百名妻子和孩子被烧死。
3317 missioners“～”；也解 commissioners“～”。
3318 Hayden Wombwell 解 Ida Wombwell“～”，17 世纪传教士，宗教复兴主义者。
3319 fine“～”，此处解 find“～”。
3320 sandsteen 解 sixteen“～”；也解 sand stone“～”。
3321 meal“～”，此处解 mile“～”。
3322 pro mile 解 pro“在之前的”＋mile“英里”；也解 profile“～”；也解 *Pro Milone*“～”，古罗马作家西塞罗的作品。
3323 uniformication 解 unification“～”；也解 fornication“～”。
3324 compellably“可强迫地”；也解 comparably“～”。
3325 Committalman 解 committeeman“～”；也解 committal“～”＋man“～”。
3326 维京海盗曾经在爱尔兰收取鼻子钱。
3327 private balls“～”；也解 private bills“～”。
3328 Mirtha and Merry 解 Martha and Mary“～”，在《圣经》中，玛莎和玛利亚姐妹分别代表行动者和思考者；也解 mirth and merriness“～”。
3329 dreeper 解 draper“～”；也解 Drapier“～”，斯威夫特的笔名，1724 年反对英国人伍德发行劣质铜币时所用。
3330 assistents 解 Assistent［德］“～”；也解 assistants“～”；也解 sisters“～”。

们的祈祷书整理好，并如期签上诺斯公司[3331]的名字？汝可否在中场[3332]安特里姆郡上前[3333]打呵欠告诉董事会，以杜里街[3334]三位裁缝的名义，奥比昂松[3335]或麦克-马洪[3336]，酒柜者和酒桶者[3337]巴特|婚礼|蹲坐的前任，如何违反蒲式耳标准，得以合法[3338]可怕的拥有[3339]位置饮料桶？为什么，问一下有什么害处，这个库姆街[3340]峡谷|山谷的役使之人，是一个卖纸的人[3341]，头上一缕白发[3342]路加·怀特，虚假的恶棍[3343]狐狸|盖伊·福克斯，向马恩岛[3344]募款，拿着他的约柜，蛋形的机身，在腓特烈港[3345]制造成蒸汽机车[3346]交易|比利时，横跨他的后背，当他可能在里面一直像图少尔溪[3347]玻璃|门出租车夫一样坐在他那约拿的屁股上[3348]？步兵在哪里，名字[3349]数目有三，灵魂[3350]目的地为一[3351]赢得，洞山[3352]出口[3353] CHE 或钢铁之心，赫能、墨菲和德怀尔[3354]，上帝的代理人[3355]志愿军军官勋章|性病，面对他们生命般巨大的[3356]原尺寸的障碍的时候，用他们的苏格兰便帽[3357]格拉纳格里按照皇家警察部队[3358]联络处的旨意指引他们的脚步，他们的乌尔斯特大衣[3359]敞开，手放在口袋里，与军规相悖？他何时靠抢劫[3360]欺骗|烟|秃鼻乌鸦穷人[3361]为生，如何开始在他的帕特森公司[3362]父亲吞云吐雾[3363]牧师？这是不是一个真实的事实，最大程度地[3364]痂|招牌证明了这个剃了毛的羊羔身上的北欧服装，孩子的苏格兰裙，婴儿睡衣[3365]和惠灵顿雨鞋，还有棍棒、金丝项圈和饰头巾，托勒密[3366]托勒密一世酒吧的前拥有者，北丹麦大街亨乐马戏团[3367]牡马|种马的共同持有人[3368]牛（顺带说一下，这是省里正进行的有趣[3369]表演，等半价儿童夜场的时候，我先在星期六

3331 J. H. North and Company“～”，都柏林的拍卖商，在乔伊斯生活的时代位于格拉夫顿大街10号。

3332 anterim 解 interim“～”；也解 Antrim“～”，英国地名。

3333 gup 解 go up“～”；也解 gape“～”。

3334 伦敦街道名。

3335 Bejorumsen 解 Bjørnson“～”(1832—1910)，挪威戏剧家、诗人、小说家。

3336 Mockmacmahonitch 解 Maurice de MacMahon“～”(1808—1893)，法国元帅，法兰西第三共和国总统。

3337 Butt and Hocksett 解 butt and hogsheads“～”，其中 butt 指一种旧式的葡萄酒大酒桶，里面放两个被称为 hogshead 的小酒桶；也解 Butt“～”，本书主人公的儿子之一＋Hochzeit［德］“～”；也解 hock［德］“～”。

3338 awful“～”，此处解 lawful“～”。

3339 position“～”，此处解 possession“～”。

3340 coombe“～”，此处解 Coombe“～”，都柏林街道名；也解 cúm［爱］“～”。

3341 papersalor 解 paper-seller“～”。

3342 whiteluke 解 white lock“～”；也解 Luke White“～”，18世纪都柏林书商和拍卖商。

3343 Fauxfitzhuorson 解 faux［法］“假的”＋whoreson“无赖恶棍”；也解 fox“～”；也解 Guy Fawkes“～”，因试图炸毁国会大厦被捕并被绞死，英国每年11月5日将其模拟像游街示众，然后焚毁。

3344 Manofisle 解 Isle of Man“～”，爱尔兰海上的自治岛。

3345 Fredborg 解 Friedrichshafen“～”，德国巴登-符腾堡州南部博登湖畔、邻近德国与瑞士和奥地利边境的一座城市。

3346 Bullgine“～”；也解 bargain“～”；也解 Belchum，即 Belgium“～”。

3347 Glassthure 解 Glas Tuathail［爱］“～”，爱尔兰邓莱里市附近的溪谷和乡镇；也解 glass“～＋Tür［德］“～”。

3348 setting on his jonass 解 sitting on his Jonah arse“～”。

3349 nombres 解 nombre［西］“～”；也解 numbers“～”。

3350 ziel［荷］“～”；也解 Ziel［德］“～”。

3351 won“～”，此处解 one“～”。

3352 Cavehill 解 Cave Hill“～”，位于贝尔法斯特。

3353 exers 解 exits“～”；也与前面合解 CHE，本书主人公名字的缩写的改写。

3354 Hansen, Morfydd and O'Dyar 解 Hernon, Murphy and Dwyer“～”，1924至1930年间都柏林的地方长官。

3355 V. D. 解 Vicarius Dei［拉］“～”；也解 Volunteer Decoration“～”，英国本土防卫义勇军或皇家海军自愿后备役以前的勋章；也解 venereal disease“～”。

3356 lifesize“～”，此处直译“～”。

3357 glenagearries 解 glengarry“～”；也解 Glenageary“～”，位于爱尔兰的邓莱里郡。

3358 R. U. C 解 Royal Ulster Constabulary“～”。

3359 ulcers 解 ulster“～”，一种宽松的长外套。

3360 rooking“～”，此处解 robbing“～”；也解 rook［荷］“～”；也解 rook“～”。

3361 pooro 解 poor“～”。

3362 Paterson and Hellicott's 解 Paterson and Co.“～”，贝尔法斯特的火柴制造商，在都柏林的哈蒙德巷有分部；也解 pater［拉］“～”。

3363 pfuffpfaffing 解 puffing“～”；也解 Pfaffe［德］“～”。

3364 up to scabsteethshilt 解 up to the hilt“～”；也解 scab“～”；也解 Schild［德］“～”。

3365 bibby buntings 解 baby bunting“～”。

3366 Ptolomei 解 Claudius Ptolemaeus“～”(约90—168)，古希腊天文学家和地理学家；也解 Ptolemy“～”(约前367—约前283)，建立了埃及历史上的托勒密王朝。

3367 hengster 解 Hengler's Circus“～”，位于都柏林拉特兰广场东部；也解 Hengst［德］“～”；也解 hengst［荷］“～”。

3368 coowner 解 co-owner“～”；也解 cow“～”。

3369 unjoyable 解 enjoyable“～”。

带年轻人去那儿，看癫痫病人[3370]模仿巴克利驼背[3371]，还有看不见两个世界[3372]烂醉如泥的瞎子仿效聋哑人[3373]水仙|向下|仿制品），假闪姆戏子[3374]一直向警察局抱怨着，申请下达复审令，大喊某个卑劣的东西纠缠着他，在他有了三胞胎之后，通过本城女性提供的空缺，在这个男人和他出众的吸引力后面嘶叫，自从她们看了他那安息日报纸上呈现为健康红色的X光照片？是不是他唆使他那个聋哑[3375]又聋又哑儿子，一个圣帕特里克盥洗室里分发信件的人[3376]垃圾分销商|彩票，来变成一个罗马人，离开椅子[3377]教堂|手|嘿，穿着他那光秃秃的巴尔布里根呢出去[3378]痛风，搜寻，在停尸房[3379]贵贱通婚的与酒壶[3380]克罗伊斯王商店买上通常一坛黑啤酒，把它放在老婆前面，她戴着消防员的头盔[3381]，让她看家[3382]矿|肺线虫病|裤子，那个娼妓，在他和他的情人们[3383]全副武装[3384]解除武装在路上，在赫利奥波利斯的[3385]希利警察队的鼻子下横冲直撞的时候？你能打赢吗？清出路！那个辅[3386]援兵警，航空[3387]爱尔兰工兵[3388]大炮|农夫，在哪儿，那个依靠他的挪爱[3389]摩尔斯码|挪威语字典[3390]文字的书|词汇表|词典和尾巴上的警棍[3391]死神，汇报了全部流氓行径的人？叫一下[3392]屋顶萨克森[3393]·范·德·狄根[3394]从盖子上|流浪的荷兰人，从他那里拿到她的故事！再叫一下萨克森[3395]回想起更病重的儿子，那个懒蛋[3396]！萨克森，爱尔兰的宝贝[3397]香农河畔卡里克|伟大的。萨克森！联机！

——白日逃兵，四只浮厢，他青翠的市场。

高度的烈酒让性欲钝于[3398]金钱猎取她的兰花[3399]睾丸。

3370 fallensickners 解 falling sickness“～”＋-er。
3371 buckleybackers 解 Buckley“巴克利”＋back“后背”＋-ers，指“驼背”。
3372 blind to two worlds“～”；也解 blind to the world“～”。
3373 deffydowndummies 解 deaf-and-dumb“～”；也解 daffydowndilly“～”；也解 down“～”＋dummies“～”。
3374 shamshemshowman 解 sham“假冒的”＋Shem“闪姆”，本书主人公的儿子＋showman“玩杂耍的人”。
3375 surdumutual 解 sourd-muet［法］“～”；也解 surdomutitas［拉］“～”。
3376 litterydistributer 解 letter distributer“～”，指邮递员；也解 littery distributer“～”；也解 lottery“～”。
3377 chayr 解 chair“～”；也解 church“～”；也解 cheir［希］“～”；也解 chaire［希］“～”。
3378 gout“～”，此处解 go out“～”。
3379 Morgue“～”；也解 morganatic“～”。
3380 Cruses 解 cruse“～”；也解 Croesus of Lydia“～”（？—前 546），吕底亚国最后一位国王，以富有著称。
3381 halmet 解 helmet“～”。
3382 mine the hoose 解 mind the house“～”；也解 mine“～”＋the hoose“～”；也解 Hose［德］“～”。
3383 lagenloves 解 ladyloves“～”。
3384 paroply 解 panoply“～”；也解 paroplizô［希］“～”。
3385 Heliopolitan“～”，也称“太阳城”，尼罗河三角洲的古埃及城市，据说凤凰在此处浴火；也解 Ó hÉilidhe［爱］“～”（Healy），指蒂姆·希利成为爱尔兰共和国的总理的时候，都柏林人把凤凰公园里的总督府称为 Healiopolis。
3386 auxiliar“～”；也解 auxiliarius［拉］“～”。
3387 arianautic 解 aeronautic“～”；也解 Éireann“～”。
3388 sappertillery 解 sapper“～”；也解 artillery“～”；也解 tiller“～”。
3389 morse-erse 解 Norse-Erse“～”；也解 Morse“～”＋Norse“～”。
3390 wordybook“～”，此处解 woordenboek［荷］“～”；也解 wordbook“～”；也解 Wörterbuch［德］“～”。
3391 trunchein 解 truncheon“～”；也解 Freund Hein［德］“～”。
3392 Roof“～”，此处解 ruf［德］“呼唤”。
3393 Seckesign 解 Sackerson“～”，莎士比亚时代环球剧院附近养的一头熊。
3394 van der Deckel 解 Van der Decken“～”，传说中“漂泊的荷兰人”号的船长；也解 von dem Deckel［德］“～”；也解 wandering Dutch“～”。
3395 Recall Sickerson“～”，此处解 Re-call Sackerson“～”。
3396 lizzyboy 解 lazy boy“～”。
3397 magnon of Errick 解 mignon［法］“宝贝”＋of＋Erin“爱尔兰”；也解 Carrick on Shannon“～”，爱尔兰利特里姆郡的市镇。其中 magnon 也解 magnus［拉］“～”。
3398 dough“～”，此处解 to“～”。此句化自易卜生的诗《致我的革命演说家朋友》的尾句“I sørger for vandflom til verdensmarken, Jeg laegger med lyst torpédo under Arken”（你用洪水淹没大地，我会乐于在方舟下面放上鱼雷）。
3399 orchid“～”；也解 orchis［希］“～”。

——猎取她的兰花！天哪，他果然在她身上找到了！她的鞋子在他的肩上，他毫无征兆地[3400]用我们的警告举起它们打褶的刷子网[3401]费城的的时候，作为一个旁观者真是最具考验性。神圣[3402]家常的新教的耻辱！他妈的比亚当还早的老家伙带着他那双柄的雨伞[3403]！相信我能监查我自己的呕吐！

——瓦尔普吉斯[3404]！这是不是你们奉若神明的城市？挪威儿子[3405]？是不是我们要祈求大师[3406]大的|弄得一团糟的人改变信仰？叫一下串珠基蒂[3407]，提克诺克[3408]堡的男夫人[3409]夫人|我任命！让女妖[3410]赫卡柏死掉，他的财富让不可能[3411]可改善的变成可能！他是在楼梯顶上把她的祷告说[3412]烤架|声音|烧烤|栖息|生锈给他的那个烧饭老太婆[3413]哥本哈根|夏甲听的。她很深，那一个。

——一个给他的土耳其[3414]阴险的|塔克修士亚美尼亚人[3415]舒适的祈祷文[3416]放屁的人|制造噪声的人。天父[3417]啊，从前的人，他在天上[3418]拥有犯了错[3419]，直到今日赐给我们每日的面包[3420]驼背的|天。然后是换取教皇的赎罪券[3421]女人乳房的智慧的忏悔经[3422]糖果商。就如因为他的赞美诗书[3423]三文鱼而被特利腾大公会议[3424]大约制裁[3425]。他那青铜门[3426]绑腿上的小心恶犬[3427]教皇|面包|铺路！第五十[3428]惧怕|百号[3429]山谷[3430]鸭子湖。主人走了[3431]枪|迈克尔·冈恩，他是[3432]作战最好的[3433]床|最佳。我在餐[3434]基督教的|亲下巴|小枕头桌上按摩[3435]报信他那三角肌[3436]三角形的悬吊[3437]长柄锅|炖锅肌[3438]淡菜。用我熨衣服的鸭子[3439]铁公爵从他的鹅油[3440]擀面杖[3441]卷状|平底锅的一头到另一头，逗渡渡鸟斗胜者豆面团[3442]，直到他的脸[3443]烤面包通[3444]炖|用铜焊接红，眼球

3400 with our warning“～”，此处解 without warning“～”。
3401 frullatullepleats 解 frulla［意］“刷子”＋tulle［法］“卷网”＋pleats“褶裥”；也解 Philadelphian“～”，美国城市。
3402 homely“～”，此处解 holy“～”。
3403 umberella 解 umbrella“～”。
3404 Wallpurgies 解 Walpurgisnacht［德］“～之夜”，流行于欧洲中部和北部的一个传统节日，为每年的 4 月 30 日或 5 月 1 日，庆祝活动通常是篝火晚会以及舞蹈演出。歌德在《浮士德》中将其描写为巫魔之夜。
3405 Norganson 解 Norwegian son“～”。
3406 Bigmesser 解 Bygmester Solness“《大建筑师》”，挪威戏剧家易卜生的戏剧；也解 big“～”＋messer“～”。
3407 乔伊斯时代的爱尔兰行商，住在都柏林郡提克诺克市北边。
3408 Tipknock 解 Ticknock“～”，爱尔兰都柏林郡的市镇。
3409 Mandame 解 man“男人”＋dame“夫人”；也解 Madame“～”；也解 mandamus［拉］“～”。
3410 succuba“～”；也解 Hecuba“～”，特洛伊国王普里阿摩斯之妻。
3411 improvable“～”，此处解 improbable“～”。
3412 rost 解 Rost［德］“～”，此处解 raised“～”；也解 röst［瑞］“～”；也解 roast“～”；也解 roost“～”；也解 rust“～”。
3413 cookinghagar 解 cooking hag“～”；也解 Copenhagen“～”，惠灵顿的著名坐骑；也解 Hagar“～”，《创世记》中亚伯兰的妾，以实玛利的母亲。
3414 tuckish 解 Turkish“～”；也解 tückisch［德］“～”；也解 Friar Tuck“～”，侠盗罗宾汉的随从。
3415 armenities 解 Armenian“～”；也解 amenity“～”。
3416 farternoiser 解 paternoster“～”；也解 fart-er“～”＋noiser“～”。
3417 Ouhr Former 解 Our Father“～”；也解 Oh Former“～”。
3418 having“～”，此处解 heaven“～”。
3419 erred“～”。此处化自《主祷文》中的“Our Father, Which art in Heaven”（我们天上的父）。
3420 gibbous disdag our darling breed 解 Give us this day our daily bread“～”，出自《主祷文》；其中 gibbous 也解“～”；其中 disdag 也解 dag［丹］“～”。
3421 boob's indulligence 解 Pope's indulgence“～”；也解 boob's intelligence“～”。
3422 confisieur 解 Confiteor“～”，尤指天主教弥撒开始时的悔罪经；也解 confiseur［法］“～”。
3423 salmenbog 解 salmebog［丹］“～”；也解 salmon“～”。
3424 Councillors-om-Trent 解 Council-on-Trent“～”，天主教教会第十九届大公会议，从 1545 年 12 月 13 日至 1563 年 12 月 4 日，主要进行教会内部的全盘改革；也解 omtrent［丹］“～”。
3425 sunctioned 解 sanctioned“～”。
3426 Gaiter“～”，此处解 gate“～”。
3427 Pave Pannem 解 Cave Canem［拉］“～”；也解 pave［丹］“～”＋panem［拉］“～”。其中 pave 也解“～”。
3428 half dreads 解 halvtreds［丹］“～”。其中 dreads 也解“～”；也解 hundred“～”。
3429 Nummer［德］“～”。
3430 Log Laughty 解 log an Lagha［爱］“～”，位于爱尔兰的威克洛郡；也解 Loch Lachan［爱］“～”，位于北爱尔兰的安特里姆郡。
3431 gunne 解 gone“～”；也解 gun“～”；也解 Michael Gunn“～”（1840—1901），都柏林娱乐剧院的经理。
3432 warrs 解 was“～”；也解 wars“～”。
3433 bedst［丹］“～”；也解 bed“～”；也解 best“～”。
3434 kisschen 解 kitchen“厨房”；也解 Christian“～”；也解 kiss chin“～”；也解 Kisschen［德］“～”。
3435 messaged“～”，此处解 massaged“～”。
3436 dilltoyds 解 deltoid“～”；也解 deltôtos［希］“～”。
3437 sausepander［丹］“～”，此处解 suspender“～”；也解 saucepan“～”。
3438 mussels“～”，此处解 muscles“～”。
3439 ironing duck“～”；也解 Iron Duke“～”，惠灵顿的绰号。
3440 gansyfett 解 Gänsefett［德］“～”。
3441 rollpins 解 rolling pin“～”；也解 roll“～”＋pans“～”。
3442 do dodo doughdy dough 解 do“做”＋dodo“渡渡鸟”＋doughty“勇猛的”＋dough“生面团”，此处押头韵，故译。
3443 toastface 解 face“～”；也解 toast“～”。
3444 braising“～”，此处解 blazing“炽热的”；也解 brazing“～”。

因爱而柔软[3445]，他的定音鼓[3446]鱼龡像我摩卡咖啡机[3447]里的烤肉[3448]一样蒸煮[3449]、咯咯作响。我满怀敬畏地为他烧焦[3450]鞭打|搔痒他的葡萄干面包[3451]褐色后背|亚伯拉罕|同情|装病逃离的|果子面包。为了奥巴代亚[3452]的长条面包[3453]爱，把你的族长[3454]油酥点心|星星鼻子[3455]挪亚|智慧从我的面粉筐[3456]花束里拿开！如果陌生人看到[3457]奇怪场面的你紧压我的煮锅怎么办！作为我心中的女皇[3458]炉边的奶油，汝独领风骚[3459]在家休息|皇后。当他坐在[3460]发出嘶嘶声那里观赏我那韦克斯福德画室[3461]出品的罗特列克[3462]卑鄙的手段|高声的|纯洁的图画[3463]投手，作为卡蒂・兰纳[3464]猫咪和兰纳隼，精致的轻浮女人[3465]搭救，胸上全是胸针[3466]用铁扦烤，小圆面包[3467]便盆|衬垫在我的炖鱼下面，露出我的羊腿袖[3468]上帝和所有我新的太长[3469]土伦太松[3470]图卢兹|亨利・德・图卢兹・罗特列克的，他那用来舔东西的和嘴唇[3471]妇女解放论者|肝脏如胶水般粘住[3472]贪食者|马。扫！那里是咱胫骨闪|垫片，这里是咱臀腿含，这是咱屁股[3473]雅弗|衬裙|超短裙，以米计量的薄纱[3474]上帝决定一切|鹅妈妈|凝视|心喜|厚毛巾！扫！这是什么？扫！还有那个？在出自水槽筛子或翘尾马[3475]或蚱蜢[3476]的罗密欧[3477]・扫帚[3478]长笛的跳蚤哑剧[3479]模仿一切中，他从未享受到[3480]更好的，相信[3481]芭蕾舞|打扫我，穿靴子的猫[3482]，那时我开始如此淑女般[3483]执手共饮[3484]滚刀|拖把，轻佻妩媚，把时间从咯咯钟幸运锁踢开，尽管康康舞[3485]盆啊盆罐啊罐[3486]许多|从何处踢啊踢啊踢[3487]三K党。微薄苦薄荷[3488]，刺激看门人[3489]。追求满杯的酗酒之乐[3490]芬尼根的守灵夜快乐多多！

——都停下！赞助项目，然后结束。够了，所有人[3491]，别

3445 lovensoft 解 love“爱”＋soft“柔软”。
3446 kiddledrum 解 kettledrum“～”；也解 kiddle“～”。
3447 mockamill 解 mocha“摩卡咖啡”＋mill“碾磨机”。
3448 roasties 解 roast“～”。
3449 steeming 解 steaming“～”。
3450 scourched 解 scorched“～”；也解 scourged“～”；也解 scratched“～”。
3451 Abarm brack 解 barmbrack“～”；也解 auburn back“～”；也解 Abraham“～”，《旧约》中的义人，老年得子＋erbarmen［德］“～”；也解 abram［俚］“～”＋brack“～”。
3452 Obadiah“～”，英国作家斯特恩的《项狄传》中的仆人。
3453 loaf“～”；也解 love“～”。
3454 pastryart 解 patriarch“～”；也解 pastry“～”；也解 star“～”。
3455 noas 解 nose“～”；也解 Noah“～”，《创世记》中大洪水时期的义人；也解 noas［希］“～”。
3456 flouer bouckuet 解 flour bucket“～”；也解 flower bouquet“～”。
3457 Of the strainger scene 解 If the stranger seen“～”；也解 Of the strang scene“～”。
3458 cream of the hearth“～”，此处解 queen of my heart“～”。
3459 reinethst alhome 解 reignest alone“独自统治”；也解 rest at home“～”；也解 reine［法］“～”。
3460 sizzled“～”，此处解 sat“～”。
3461 Atelier［法］“～”。
3462 lautterick 解 Toulouse-Lautrec“～”(1864—1901)，法国后印象派画家，绘有一系列关于红磨坊的作品，其中包括《走进红磨坊的贪食者》；也解 low trick“～”；也解 laut［德］“～”；也解 lauter［德］“～”。
3463 pitcher“～”，此处解 picture“～”。
3464 Katty and Lanner 解 Katti Lanner“～”，19 世纪著名的奥地利-英国芭蕾舞蹈家；也解 kitty and lanner “～”，后者为狩猎用的一种雌鹰。
3465 souprette 解 soubrette“～”；也解 retten［德］“～”。
3466 alla brooche 解 all brooches“～”；也解 à la broche［法］“～”。
3467 padbun 解 bun“～”；也解 bedpan“～”；也解 pad“～”。
3468 jigotty sleeves 解 gigot sleeve“～”；也解 Gott［德］“～”。
3469 toulong 解 too long“～”；也解 Toulon“～”，法国瓦尔省省会。
3470 touloosies 解 too loose“～”；也解 Toulouse“～”，法国南部城市；也解 Toulouse-Lautrec“～”。
3471 libbers“～”，此处解 lips“～”；也解 Leber［德］“～”。
3472 goulewed 解 glued“～”；也解 La Goulue［法］“～”，罗特列克一幅画作中的红磨坊明星的绰号；也解 Gaul［德］“～”。
3473 shims...hams...juppettes 解 shins...hams...dupeta“胫骨……臀腿……［塞维］臀部”；也解 Shem, Ham and Japhet“～”，《圣经》中挪亚的三个儿子。其中 shims 也解“～”。其中 juppettes 也解 jupon［法］“～”；也解 jupette［法］“～”。
3474 gause be the meter 解 gauze by the meter“～”；也解 God be the matter“～”；也解 Goose the Mother“～”，即 Mother Goose，一无名乡村妇女，被认为是鹅妈妈故事的原作者。其中 gause 也解 gaze“～”；也解 gaudeo［拉］“～”；也解 gausapa［拉］“～”。
3475 Shusies-with-her-Soles-Up 解 horses-with-her-tails-up“翘尾巴的马”。
3476 La Sauzerelly 解 la sauterelle［法］“～”。
3477 Romiolo 解 Romeo“～”，莎士比亚戏剧《罗密欧与朱丽叶》中的人物。
3478 Frullini［意］“～”；也解 frula［塞维］“～”。
3479 pantamine 解 pantomime“～”；也解 pantamimos［希］“～”。
3480 cotched 解 caught“～”。
3481 Balay 解 believe“～”；也解 ballet“～”；也解 balayer［法］“～”。
3482 Pucieboots 解 Puss-in-Boots“～”。
3483 ladlelike 解 ladylike“～”。
3484 hobmop 解 hobnob“交好”；也解 hob“～”＋mop“～”。
3485 camcam 解 cancan“～”，一种高踢腿的法国式舞蹈。
3486 potapot 解 pot a pot“罐子一只罐子”；也解 quotquot［拉］“～”；也解 potapos［希］“～”。
3487 kickakickkack 解 kick a kick kick“～”；也解 KKK“～”。
3488 Hairhorehounds 解 hair“些微”＋horehounds“苦薄荷”。
3489 pfortner 解 Pförtner［德］“～”。
3490 Fuddling fun for Fullacan's sake“～”；也解 Lots of fun at Finnegan's Wake“～”，出自民谣《芬尼根的守灵夜》。
3491 genral 解 general“一般的”。

再对芬尼根吹毛求疵，对他的玩笑拨来弄去。最后一轮投票，老板，消除所有疑虑。凭借风精灵、火蜥蜴，以及所有轮唱和法螺，我是说最终[3492]地图集压上她的欲望，倾空欲望的顶点。他的思想将为词语，他的生存已成功绩[3493]死的。也会，凭借神圣的麦克尔[3494]之子，大主教所见[3495]之元祖[3496]第一的|圣帕特里克|族长，如果我首先必须放下特兰西瓦尼亚[3497]从塔耳塔洛斯[3498]陆地的洞口到口吃者的角落的每张面具，来找到他的信那位雅各[3499]卸掉轭，他的日期[3500]饮食这位约翰[3501]套上轭。根据[3502]传递国王的正义[3503]竞技|马塞尔·茹斯|宫廷小丑，总督[3504]科夫罗夫以及正是行政长官[3505]治安官|爱尔兰中世纪教区长官|教堂管事|ECH 的监护人自己，玛奇[3506]中的玛奇，带着卫戍部队[3507]卡森爵士那帮老家伙！带着你的波斯人离开！去找女人吧[3508]搜搜汝等芬勇士！忏悔赎罪的薄纸下的罪人[3509]灰烬|罪徒|罪犯|寄件人。呀呀呸嘿哼[3510] AE，我欠你的！荡妇，嘎嘎叫，作恶的人！起来，我们鬼先生！只要你活着，就不会有其他人。脱帽致意[3511]黑色的！

——我是亚当[3512]阿姆斯特丹|职位，先生，献给你！不朽之城[3513]永恒之城，万岁[3514]嗨|幸福|ECH！我们又在这里了！我是在一个很早就绝版了的老[3515]骆驼王朝法案下养养养大的，第一个银须希崔克[3516]（或者是否是奥拉夫[3517]汉弗利·麦克奥斯卡尔夫三世[3518]界外?），但是，在最大的事实上[3519]大主教|弥撒，我必须，无论我所有优秀的英语[3520]盎格鲁-撒克逊[3521]鲑鱼|笑|轴线应被也愿被[3522]将要|萨利和威尔从神圣之所[3523]奥古斯都的|奥古斯丁到奴隶监狱[3524]的何处说着，

3492 at last“～”；也解 atlas“～”。

3493 deeds“～”；也解 dead“～”。

3494 Coole 解 Finn MacCool“芬·麦克尔”。

3495 archsee 解 archbishop's see“～”。

3496 primapatriock 解 primipatriarches［拉］“～”；也解 prima“～”＋Patrick“～”，爱尔兰的主保圣人；也解 patriarch“～”。

3497 Trancenania 解 Transylvania“～”，罗马尼亚中西部地区，中世纪时特兰西瓦尼亚山区坐落着一个公国。

3498 Terreterry 解 Tartarus“～”，希腊神话中地狱底下暗无天日的深渊；也解 terre［法］“～”。

3499 Yokeoff 解 Jacobb“～”，《创世记》中以撒的儿子，以色列人的祖先；也解 yoke off“～”。

3500 dahet 解 date“～”；也解 diet“～”。

3501 Yokan 解 Johannes［德］“～”，四福音书的作者；也解 yoke on“～”。

3502 Pass“～”，此处解 par［法］“～”。

3503 jousters“～”，此处解 justice“～”；也解 Marcel Jousse“～”（1886—1961），法国人类学家；也解 jesters“～”。

3504 Kovnor-Journal 解 governor-general“～”；也解 Kovrov“～”，俄罗斯弗拉基米尔州的一个城市。

3505 eirenarch 解 ethnarch“～”；也解 eirênarchos［希］“～”；也解 erenagh［爱］“～”；也解 airchinneach［爱］“～”。此处包含本书主人公名字缩写的倒写 ECH。

3506 megs 解 Maggies“～”，本书主人公的女儿。

3507 Carrison 解 garrison“～”；也解 Sir Edward Carson“～”（1854—1935），爱尔兰统一党政治家。

3508 Search ye the Finn“～”，此处解 cherchez la femme［法］“～”。

3509 sinder 解 sinner“～”；也解 cinder“～”；也解 Sünder［德］“～”；也解 synder［丹］“～”；也解 sender's“～”。

3510 Fa Fe Fi Fo Fum 解 fe fi fo fum“呀呀呸”，英国童话《杰克与魔豆》中的一句类似童谣的台词＋fie, foh, and fum“呸，嘿，哼”，出自《李尔王》；也解 AEIOU，即 AE, I owe you“～”，AE 指爱尔兰诗人拉塞尔，曾帮助过乔伊斯。

3511 Doff“～”；也解 dubh［爱］“～”。

3512 Amtsadam 解 I am Adam“～”；也解 Amsterdam“～”，荷兰首都；也解 Amt［德］“～”。

3513 Eternest cittas 解 civitas aeterna［拉］“～”，罗马的别称；也解 eternal city“～”。

3514 heil“～”，此处解 hail“～”；也解 Heil［德］“～”。此处包含本书主人公名字的缩写的倒写 ECH。

3515 camel“～”，此处解 gammel［丹］“～”。

3516 Shitric Shilkanbeard 解 Sitric Silkenbeard“～”，挪威海盗，领导了 1014 年的克伦塔夫会议。

3517 Owllaugh 解 Olaf“～”，北欧海盗的首领，852 年成为都柏林的第一位挪威王；也解 Amhlaoibh［爱］“～”，本书主人公之名。

3518 MacAuscullpth the Thord 解 Ausculph Mac Torcall“奥斯卡尔夫·麦克·托考尔”，都柏林国王，在他统治时期都柏林从属于英格兰＋the third“三世”；也解 Aus［德］“～”。

3519 in pontofacts massimust 解 in point of fact“事实上”＋massimo［意］“最高”；也解 Pontifex Maximus［拉］“～”。其中 massimust 也解 Mass, I must“～”。

3520 Allenglisches 解 all“所有”＋englisches［德］“英语的”。

3521 Angleslachsen 解 Anglo-Saxon“～”；也解 Lachs［德］“～”；也解 lachen［德］“～”；也解 Achsen［德］“～”。

3522 Sall and Will 解 soll und will［德］“～”；也解 shall and will“～”；也解 Sally and Will“～”，前者为美国心理学家莫顿·普林斯的《分裂的人格》一书中克里斯汀·比切普潜意识中的第二个自我，后者为英国作家莎士比亚的昵称。

3523 Augustanus 解 augustus［拉］“神圣的”；也解 Augustan“～”，古罗马帝国皇帝；也解 Saint Augustine“～”（354—430），古罗马时期的基督教思想家。

3524 Ergastulus 解 ergastulum“～”，古罗马囚禁奴隶的私人监狱。

我就闻名于世界各地，不管是罗斯法汉姆的小屋[3525]，还是康德拉的山脊，或者道金的草地，或者僧侣的小镇[3526]，由圣人和罪人一样作为生活严谨的人诺诺[3527]眼睛拥戴，事实上[3528]作为虚构，一辈子[3529]由我的半妻，我想着我们的大多数公众如何最欣赏着它，最大的欣赏来自我，我尽可能地生活严谨，因为我永远让我的通灵板通灵板不会出局。对于我的真正妻子[3530]，我从未也未能承担得起犯下私私通之罪[3531]克里米亚战争，犯下违法行为违背牧师，与一个人，一个年轻女女孩朋朋朋朋友，叽叽喳喳的苹果们，错误[3532]黛什小姐|胡须行事，与我基西莱夫[3533]亲吻|爱宫中花园[3534]国王公园或吉格劳特山[3535]荡妇里表姐妹[3536]堂兄弟姐妹中的汉娜[3537]任何人，那时我会摸着她的嫁妆[3538]圆点，无比贪婪地[3539]吃着[3540]感受她那些未熟之物，就如它会证明是最可厌之事[3541]烦恼|一个侄女，更不用说[3542]很好去说|侄女，对衣着轻薄的媳妇们[3543]交易中的女儿们来说，这对我在巴比伦市场[3544]巴别塔的名声影响实在太坏了[3545]。然而，作为我的熟人，惠请屈尊告知我，我应该化装[3546]薄暮伪装成鞭打者经过古墓[3547]峡谷和都柏林市警察局[3548]把她抓住[3549]，执法者[3550]犯罪，只要她在想着[3551]叮叮声这类事[3552]叮当声。而且纯粹因为事实上，我告诉我自己我如何拥拥拥有[3553]便便最成熟的小妇人[3554]，小地球地球四周的性交之妻[3555]，她在那上面在世界[3556]星期一之花[3557]丝绵|木排上嬉戏着跑开，首先在我一系列美女[3558]梦里带着她的安慰奖离开绕着皮商马戏巷[3559]的闺房[3560]伤害之路，侏儒山口[3561]服装模特|阴户|撒尿小童|过时的，带着身形和微笑部分的奖品，

3525 Farnum's rath 也解 Rathfarnham“罗斯法汉姆”，古时都柏林南边小镇＋rath“小屋”。
3526 tunshep 解 township“～”。
3527 eyeeye 解 aye“～”；也解 eye“～”。
3528 as a matter of fict 解 as a matter of fact“～”；也解 as a matter of fiction“～”。
3529 by my halfwife“～”，此处解 by my life“～”。
3530 verawife 解 vera［意］“真正的”＋wife“妻子”。
3531 crim crig con 解 criminal conversation“～”，此处模仿口吃；也解 Krimkrieg［德］“～”，1853 至 1856 年俄国与英国、法国、土耳其、撒丁王国之间的战争。
3532 Miss Dashe“～”，此处解 mistake“～”；也解 moustache“～”。
3533 Kissilov 解 Kisilev Park“～公园”，位于布加勒斯特；也解 kiss“～”＋love“～”。
3534 Slutsgartern 解 Schlossgarten［德］“～”；也解 Stottsparken“～”，挪威首都奥斯陆的公园。
3535 Gigglotte 解 Giglottes-Hill“～”，位于都柏林，现名圣米迦勒山；也解 giglot“～”。
3536 cousins［法］“～”；也解 cousins“～”。
3537 Any“～”，此处解 Anne“～”，本书女主人公。
3538 dot“～”，此处解 dot［法］“～”。
3539 greenily 解 greedily“～”。
3540 feel“～”，此处解 feed“～”。
3541 anniece 解 annoying“～”；也解 annoyance“～”；也解 a niece“～”。
3542 nieceless to say 解 needless to say“～”；也解 nice to say“～”；也解 niece“～”。
3543 daughters-in-trade“～”，此处解 daughters-in-law“～”。
3544 Babbyl Malket 解 Babylon market“～”；也解 Babel“～”；也解 Bab el Ma'la，麦加的一扇门。
3545 bahad 解 bad“～”。
3546 duskguise 解 disguise“～”；也解 dusk guise“～”。
3547 toombs 解 tombs“～”；也解 coombe“～”。
3548 deempeys 解 D. M. P. 即 Dublin Metropolitan Police“～”。
3549 awristed 解 arrested“～”。
3550 lagmen 解 lagmen“～”，北欧海盗在都柏林的议会辛摩特的审判者的称号；也解 lag［俚］“～”。
3551 tinkling“～”，此处解 thinking“～”。
3552 tink“～”，此处解 thing“～”。
3553 popo 解 possess“～”；也解 popò［意］“～”。
3554 littlums 解 little woman“～”。
3555 wifukie 解 fuck wife“～”。
3556 Mundai 解 mundi［拉］“～”；也解 Monday“～”。
3557 Floss“～”，此处解 flos［拉］“～”；也解 Floß［德］“～”。
3558 faire women 解 fair women“～”。
3559 Skinner's circusalley 解 Skinner's Alley“皮商巷”，都柏林地名，詹姆士二世统治时期信仰清教的老人们在此地避难＋circus“马戏团”。
3560 haram 解 Haram“～”，穆斯林女眷居住的内室；也解 harm“～”。
3561 Mannequins Passe 解 manikin“侏儒”＋pass“山口”；也解 mannequin“～”＋passe［法俚］“～”；也解 Manneken-Pis“～”，布鲁塞尔的著名雕像；也解 passe“～”。

被两只顶级歌剧里的动物[3562]乳房弄得残废，一件非凡的小小天资外衣。在各处系紧。什么样的运动[3563]喷射！我踢啊踢，强烈地爱着这一点，特别是品味他们最完美时刻的香味的时候，那时配以淡紫色郁金香[3564]孔眼，正如这样[3565]作为论点，那里我把我欢乐的灵魂完全浸润在她过去的纯而纯[3566]法国兵的美之中。

她是我保存最好的整个妻子，现在及此后[3567]如此好|她如同她之后|不但……而且，在天国[3568]伊文思的眼中，穿着无人能比的[3569]矛盾地唐人街[3570]瓷罐外最小号的鞋子。他们欢乐考究，说实话[3571]北京。我们可以不推荐他们吗？这是我做学徒[3572]学徒服务的证明文件。唉，我们兰贝岛[3573]赞比西河|兰贝斯宫和达尔凯[3574]失业救济金|钥匙的私人牧师，地方主教，一个总是满面忧愁的人，穿着他光亮绸的丝衣[3575]，扎着塔夫绸衣带，他拜访了我们不同的铁石心肠，并通过强加五五五只[3576]手指手指头来统治[3577]驾驭，还有[3578]奥斯陆黑线鳕的拇指[3579]，在那间上行阁中可以大声对你说一些关于我的干净品格的高度赞美的话，甚至在黑暗中被发现的时候，尽管这种吟诵向我证明了，却苦恼万分，正如这样，那时我把她介绍(法兰克福香肠，一[3580]铃鼓、二、三、四[3581]为什么驱动恐惧?)给我们的四脚床架[3582]四张海报，在卡斯特拉西[3583]·长者[3584]和德·麦罗斯[3585]下优美地诵唱[3586]附属于礼拜堂的小教堂，那些瓦平旧阶梯[3587]巨大的|上年纪的人的人，用任何一个记谱法中的梧桐[3588]小低音号，在绿鹅街上[3589]婚礼小镇我们整体上笼屋样的[3590]屋子|居住玩偶之家[3591]鸭子|家，那个丁点大小屋[3592]卡宾提利在感情的心痛[3593]霍华德·佩恩|丈

3562 breasts“～”，此处解 beasts“～”。

3563 spurt“～”，此处解 sport“～”。

3564 heliotropeayelips 解 heliotrope tulips“～”；也解 eyelets“～”。

3565 as this is“～”；也解 as thesis“～”。

3566 pu pure 解 pure pure“～”；也解 pioupiou［法］“～”。

3567 Sowell her as herafter 解 saavel her som hereafter［丹］“～”；也解 so well“～”＋her as her after“～”；也解 sowohl...als［德］“～”。

3568 Evans 解 heaven“～”；也解 Caradoc Evans“～”(1878—1945)，英国作家。

3569 incompatibly“～”，此处解 incomparably“～”。

3570 chinatins 解 Chinatown“～”，指中国古代女子的三寸金莲；也解 china tins“～”。

3571 spekin tluly 解 speaking truly“～”；也解 Peking“～”。

3572 prenticeserving 解 apprentice“～”；也解 prentice serving“～”。

3573 Lambeyth 解 Lambay Island“～”，位于都柏林东北部；也解 Zambezi“～”，位于非洲南部；也解 Lambeth Palace“～”，坎特伯雷大主教的住处。

3574 Dolekey 解 Dalkey“～”，爱尔兰东部的海港城市；也解 dole“～”＋key“～”。

3575 pewcape 解 ducape“～”，一种 18 世纪流行的密针丝绸服装。

3576 fufuf 解 five“～”；也解 fingers“～”。

3577 reins“～”，此处解 reigns“～”。

3578 olso 解 also“～”；也解 Oslo“～”，挪威首都。

3579 fumb 解 thumb“～”。

3580 numborines 解 numbers“数字”＋eins［德］“一”；也解 tambourines “～”。

3581 why drive fear“～”，此处解 zwei drei vier［德］“～”。

3582 fourposter“～”，此处解 four-posted“四柱的”，指床架。

3583 Castrucci“～”，18 世纪小提琴家，曾到都柏林表演。

3584 Sinior 解 senior“～”。

3585 De Mellos“～”，18 世纪的指挥家，在都柏林建立歌剧院。

3586 Chantreying 解 chanting“～”；也解 chantry“～”。

3587 whapping oldsteirs 解 Wapping Old Stairs“～”，伦敦东端，曾以夜间犯罪著称；也解 whopping“～”＋oldsters“～”。

3588 sycamode 解 sycamore“～”。

3589 Goosna Greene 解 Goose Green Avenue“～”，都柏林街道；也解 Gretna Green“～”，苏格兰南部小镇，以私奔著称。

3590 cagehaused 解 cagehoused“～”；也解 Haus［德］“～”；也解 gehaust［德］“～”。

3591 duckyheim 解 Et Dukkehjem“～”，挪威戏剧家易卜生的剧作；也解 duck“～”＋Heim［德］“～”。

3592 cabinteeny 解 cabin“小屋”＋teeny“极小的”；也解 Cabinteely“～”，镇名，位于爱尔兰都柏林郡。

3593 hoardpayns 解 heart pains“～”；也解 Howard Payne“～”(1791—1852)，美国诗人，歌曲《家，甜蜜的家》(“Home Sweet Home”)的词作者；也解 husband“～”。

夫中提供家的甜蜜(第一个世袭贵族[3594]市场|更多的吻|圣马可,或者他们这样说[3595]数论派|穆迪和桑奇|桑基。渡渡鸟!啊,明白无疑!格雷格里[3596]格列高利圣咏|格里高利夫人在前,还有约翰[3597]葡币|巴赫远远在后。噢,噢!),欢愉忧郁[3598],没有什么甜蜜的地方[3599]有小妖精|打扫场地就像有甜蜜的乌有乡[3600]挪威。由他,就如我的芬德雷特[3601]教堂[3602]监狱,角落小教堂[3603],三K党[3604]教义问答|嘲笑加入[3605]命令到对,就像你们全都知道的,一个小孩子的信仰中,亲爱的人类啊,我青年时代[3606]年轻的终结的生活理想之一,从早期溺尿时期,依然去树篱学校[3607]汉志的时候开始,目标是广教派,我,充分认识到这一点,在教区中[3608]邻里相近的在哈里发[3609]的床上因我们的姐姐妹妹[3610]心爱的助理牧师-作者而得到坚信。天使[3611]米迦勒是你的名字。让米迦勒在萨顿[3612]撒旦转播,告诉你这里习惯用他的顺风耳[3613]千里眼造假的[3614]电话人民(着实非凡[3615]市场),正如这样,就像求助[3616]富饶的特大功率电台的时候,只有我们自己的米迦勒才能把狂喜[3617]疝气带进我们的耳朵[3618]怒吼,我是如何被放放放啊放大的。故乡的召唤[3619]霍尔门科伦|家|天空|冬天|丘陵。皮条客[3620]的坏脾气的[3621]名誉上的|奥勒里四先令九枚半便士[3622]为了九个半。肖恩、闪姆[3623]詹姆逊和约翰父子公司够了说一声[3624]七说一声。斯德哥尔摩[3625]摇摆不定[3626]十一。利物浦[3627]活得悲惨|摩尔庄园大[3628]劳合·乔治猪[3629]一至两岁未剪过毛的小羊一镑四先令两便士[3630],讨厌啊[3631]。好,更好,最好[3632]黄油大宣传|大黄油巷!抱歉!谢谢!谢谢你[3633]!今天就到这里[3634]。取消了吧[3635]。诸位[3636]拉伯雷,晚安[3637]夜晚。以及[3638]结

3594 Murkiss 解 marquis“～”；也解 markets“～”；也解 more kiss“～”；也解 Mark“～”，四福音书作者之一。
3595 sankeyed 解 sayed“～”；也解 Sankhya“～”，一译“僧法派”，古代印度哲学的一个派别；也解 Moody and Sankey“～”，美国宗教复兴运动者；也解 Edward Sankey“～”，1766 至 1767 年任都柏林市长。
3596 Gregorio 解 Matthew Gregory“～”，书中四位长者之一；也解 Gregorian chant“～”；也解 Lady Gregory“～”（1852—1932），爱尔兰剧作家，爱尔兰文艺复兴运动领导人之一。
3597 Johannes 解 Johannes［爱］“～”；也解 Johannes“～”，18 和 19 世纪葡萄牙的金币；也解 Johannes Bach“～”（1685—1750），德国作曲家。
3598 gleeglom 解 glee“欢乐”＋gloom“忧郁”。
3599 there's gnome sweepplaces 解 there's no sweet places“～”；也解 there's gnome“～”＋sweep places“～”。
3600 theresweep Nowhergs 解 there's sweet nowhere“～”；也解 Norway“～”。
3601 Findlater 解 Adam Findlater“～”，19 世纪的都柏林人，修复了巴涅尔广场的都柏林长老会教堂。
3602 Kerk［荷］“～”；也解 Kerker［德］“～”。
3603 ye litel chuch rond ye coner 解 the Little Church around the Corner“～”，1849 年建于纽约的教堂。
3604 K. K. Katakasm 解 Ku Klux Klan“～”；也解 catechism“～”；也解 katachêsis［希］“～”。
3605 enjoineth 解 joins“～”；也解 enjoins“～”。
3606 youngend 解 Jugend［德］“～”；也解 young end“～”。
3607 hedjeskool 解 hedge school“～”，爱尔兰早期开设的露天学校；也解 Hejaz“～”，沙特阿拉伯西部红海沿岸地区的统称。
3608 parruchially 解 parochially“～”；也解 paroikos［希］“～”。
3609 Caulofat 解 caliphate“～”。
3610 bujibuji 解 baji［波］“～”。
3611 Engels 解 Engel［德］“～”。
3612 Sutton 解 Isthmus of Sutton“萨顿地峡”，霍斯与大陆之间的区域；也解 Satan“～”。
3613 clairaudience“神听”；也解 clairvoyance“～”。
3614 phoney“～”；也解 telephone“～”。
3615 remarketable 解 remarkable“～”；也解 market“～”。
3616 reicherout 解 reach out“～”；也解 reich［德］“～”。
3617 ruptures“～”，此处解 raptures“～”。
3618 roars“～”，此处解 ears“～”。
3619 Hiemlancollin 解 homeland calling“～”；也解 Holmenkollen“～”，挪威首都奥斯陆北部的山区；也解 hjem［丹］“～”；也解 Himmel［德］“～”；也解 hiems［拉］“～”＋collis［拉］“～”。
3620 Pimpim 解 Pimp“～”。
3621 ornery“～”；也解 honorary“～”；也解 Orrery“～”（1621—1679），英国政治家，太阳系仪即以他的名字命名。
3622 forninehalf 解 four shillings and nine halfpennies“～”；也解 for nine half“～”。
3623 Shaun Shemsen 解 Shaun Shem“～”；也解 John Jameson Whiskey“～”，都柏林威士忌酒厂的名字。
3624 saywhen 解 say when“～”；也解 seven“～”。
3625 Holmstock 解 Stockholm“～”，瑞典首都。
3626 unsteaden 解 unsteady“～”，指股票市场；也解 eleven“～”。
3627 Livpoomark 解 Liverpool“～”，英国城市；也解 live poor“～”；也解 Moor Park“～”，斯威夫特于此遇到史黛拉。
3628 lloyrge 解 large“～”；也解 David Lloyd George“～”（1863—1945），英国首相。
3629 hoggs“～”，此处解 hogs“～”。
3630 tupps 解 twopence“～”。
3631 noying 解 annoying“～”。
3632 Big Butter Boost“～”，此处解 good, better, best“～”；也解 Big-butter-lane“～”，中世纪都柏林的小巷。
3633 Thnkyou 解 Thank you“～”。
3634 Thatll beall for tody 解 That will be all for today“～”。
3635 Cal it off 解 Call it off“～”。
3636 vryboily 解 everybody“～”；也解 Rabelais“～”（1494—1553），法国作家，著有《巨人传》。
3637 Godnotch 解 goodnight“～”；也解 noch［俄］“～”。
3638 End“～”，此处解 And“～”。

尾圣诞快乐[3639]泥泞的|压垮|弄脏！欣赏[3640]一种纽约风俗[3641]重新|你的习惯|新年。谢你[3642]东京|住宅！谢谢你[3643]是的。

——滴答[3644]秘密信号|战术。滴答。

——阵风嗡嗡嗡，滴水答答落。

——他重听[3645]他这个犹太人抚慰可怜的牛。

——天气潮湿，潮湿，潮湿[3646]《前进、前进、前进，男孩们在行军》。

——平静已经降临[3647] CHE。巨大巨大的平静[3648] BBC，播音员。这真[3649]是最认真的[3650]庄重的|欧内斯特有趣的[3651]更多一些消遣[3652]。千真万确[3653]柯尔特的牙齿！我会给出答案[3654]给彩金|不值钱的小玩意儿|跳跳蹦蹦地走。我抗议，骨子里[3655]博顿利绝对[3656]卢特里尔没有一茶匙的[3657]溅出证据来证明我坏[3658]屁股|祖母|洗澡，正如你会看到的，正如这样所是。第一笔不义之财的祁门红茶、正山小种[3659] ALP。我声明我[3660]期货溢价|我摸能飞起我的三三三十九[3661]衣服|肮脏的篇文章，在此在凤凰公园[3662]普尼克斯在那些天堂之人面前引用[3663]穿衣，来证明[3664]教士长|普罗沃斯特我自己，凭借正义之仁[3665]多谢，我是说每个男人[3666]《每人》|非常和女人[3667]摩门教徒|更多的，永远坚硬而坚定，在来自埃及[3668]各位先生北、南、东、西[3669]诺里斯|叶芝股份公司[3670]墨水的劝告[3671]下进来，走向他们心爱的客户，进入我抗辩前的警告[3672]让他知道，反对出出出出版任何蒂布和汤姆[3673]微醉的笨蛋或基瑟巷[3674]的博顿利[3675]所写的毁谤书[一个蓝眼睛的[3676]吹气|眼见的天使[3677]小巷结合处|莱恩爵士|朱庇特，穿着[3678]战争|战争街低腰带的套装[3679]毁谤诉讼，膝外翻马裤[3680]诺克布莱肯水库，斗牛场套圈[3681]鼻环|拳头|大大胜

3639 muddy crushmess 解 merry Christmas“～”；也解 muddy“～”＋crush“～”＋mess“～”。
3640 Abbreciades 解 appreciates“～”。
3641 anew York gustoms 解 a New York customs“～”；也解 anew“～”＋your custom“～”；也解 New Year“～”。
3642 Kyow 解 thank you“谢谢你”，此处有省略；也解 Tokyo“～”，日本首都；也解 kyotaku［日］“～”。
3643 Tak［丹］“～”；也解 tak［波兰］“～”。
3644 Tiktak［荷］“～”；也解 tick-tack“～”，英国赛马经纪人之间用手表示的秘密信号；也解 tactics“～”。
3645 Poor a cowe his jew placator 解 his“他的”＋paracusis duplicata“重听”；也解 his Jew placate a poor cow“～”。
3646 damp damp damp“～”；也解“Tramp, Tramp, Tramp, the Boys are Marching”“～”，歌曲。
3647 此处包含本书主人公名字缩写的变体 CHE。
3648 此处包含缩写 BBC。
3649 terooly 解 truly“～”。
3650 ernst 解 earnest“～”；也解 ernst［德］“～”；也解 Ernest“～”，王尔德的喜剧《认真的重要性》中的人物。
3651 moresome 解 morsom［丹］“～”；也解 more some“～”。
3652 intartenment 解 entertainment“～”。
3653 Colt's tooth“～”，此处解 God's truth“～”。
3654 give tandsel 解 give answer“～”；也解 give handsel“～”；也解 Tand［德］“～”；也解 tänzeln［德］“～”。
3655 bottomlie 解 bottom line“底线”；也解 Horatio Bottomley“～”(1860—1933)，英国记者，因敲诈勒索英国政治家而下狱。
3656 luttrelly 解 literally“～”；也解 Henry Luttrell“～”(1655—1717)，爱尔兰政客，曾出卖爱尔兰的利莫里克市。
3657 teaspoonspill 解 teaspoonful“～”；也解 spill“～”。
3658 babad 解 bad“～”；也解 baba［法俚］“～”；也解 baba［塞维］“～”；也解 Bad［德］“～”。
3659 Keemun Lapsang 解 Keemun & Lapsang Souchong“～”，中国茶叶；也解 ALP，本书女人公名字缩写的变体。
3660 contango“～”，此处解 I contend I“～”；也解 tango［拉］“～”。
3661 dudud dirtynine 解 thirtynine“～”，口吃的结果；也解 duds［俚］“～”；也解 dirty“～”。
3662 Pynix Park 解 Phoenix Park“～”；也解 Pnyx“～”，希腊雅典的山。
3663 quoting“～”；也解 clothing“～”。
3664 provost“～”，此处解 prove“～”；也解 The Provost“～”，都柏林监狱名。
3665 gramercy“～”，此处解 mercy“～”。
3666 veryman 解 everyman“～”；也是中世纪一部戏剧的名字，译为“～”；也解 very“～”。
3667 moremon 解 woman“～”；也解 Mormon“～”；也解 more“～”。
3668 Misrs 解 Misr［阿］“～”；也解 Messrs“～”。
3669 Norris, Southby, Yates and Weston 解 North, South, East and West“～”；也解 Sir John Norreys“～”，英国士兵，因 1594 年参加英国人占领爱尔兰蒂龙郡的战役而闻名；也解 Yeats“～”(1865—1939)，爱尔兰诗人。
3670 Inc“～”；也解 ink“～”。
3671 advicies 解 advice“～”。
3672 caveat“中止诉讼手续的申请”；也解 caveat［拉］“～”。
3673 tixtim 解 Tib and Tom“～”，以前都柏林霍根绿地上的两座建筑。
3674 Keisserse Lean 解 Keyser's Lane“～”，中世纪都柏林的小巷。
3675 tobtomtowley 解 Horatio Bottomley“～”。
3676 bloweyed 解 blueeyed“～”；也解 blow“～”＋eyed“～”。
3677 lanejoymt 解 angel“～”；也解 lane joint“～”；也解 Hugh Lane“～”(1875—1915)，格雷戈里夫人的侄子，曾把一些画送给都柏林，又转送伦敦，又在遗嘱中给都柏林，引发了具有争议的事件＋Jove“～”，罗马神话中的主神。
3678 waring“～”，此处解 wearing“～”；也解 Waring St.“～”，贝尔法斯特街道名。
3679 lowbelt suit“～”；也解 libel suit“～”。
3680 knockbrecky kenees 解 knock-kneed“膝外翻”＋breeches“马裤”；也解 Knockbreckan Reservoir“～”，贝尔法斯特的水库。
3681 bullfist rings 解 bullring“斗牛场”＋rings“环状物”；也解 bull ring“～”＋fist“～”；也解 run rings round“～”；也解 Beal Feirste［爱］“～”，位于贝尔法斯特。

过|沙洲河口绕着他，还有一只伪造的[3682]掉落|瀑布路圆形斧头手[3683]粗俗的X剪刀手|乌尔斯特志愿者（他是专职[3684]小便推销[3685]《桑德斯通讯》[3686]寄件人|新闻|更后的|夜间电报|婚礼信件和《邮局[3687]爱伦·坡|太妃糖|拓夫目录》的），贝尔格莱维亚区[3688]里遭人嫉妒的最好的人，他并不相信[3689]我们的救世主[3690]铺路工|托马斯·帕维尔|恐惧]给我那无双之人，那时时刻刻握有王权的至高名流。打个比方说优雅地追花中的美丽童子军[3691]美人痣，搜寻临时帐篷和电影胶片艺术的人！您有过这样的经历吗[3692]眼见为实|悦目之物|体验？吃屎的无赖[3693]克尔凯郭尔|排泄！他沿海滨北路[3694]而行，手里拿着他的蒂姆[3695]《托姆的都柏林指南》|法院毛巾。蛇眼[3696]（掷骰子的）两点！掐死被闷死的[3697]智慧|索菲亚绿鹦鹉的人！我抗议他是，凭我的半妻[3698]擦拭起誓。他在彻底推倒[3699]烈酒|傻瓜我唯一的X[3700]出口|伊希斯时，漏去了我的两个N[3701]两个酒馆|都柏林。为他最近的[3702]下流的行为感到羞愧[3703]克山。夏洛克[3704]洛坎·夏洛克在找[3705]潜伏他。全都是用腰带丈量的人[3706]。把你的头发剪剪[3707]空气|简短的！真无耻！列兵M真无耻！他的谄媚真可羞！他那英国大兵[3708]阿特金森的说说说谎的灵魂[3709]阴沉的真可鄙，就为了一只他妈的野狗般[3710]勇气|亨利·卡尔被丢弃[3711]信的丧家獒犬！去[3712]直到绞刑塔[3713]ECH的贵族[3714]争论者|可争论的！把一根标枪插[3715]桩|手杖入他那通奸[3716]直率的的心脏！立刻[3717]迫切地|斯汤顿|吃惊的|声音！振翅，我的瓢虫[3718]拉里！摇晃，我的飞鸟！蹦蹦又跳跳我的花花公子[3719]蒲公英！让我永远不要再看到他的小白脸[3720]菲斯河|白色土耳其毡帽|相貌！那是我的，巴塞洛缪·凡霍米

3682 fallse 解 false“～”；也解 falls“～”；也解 Falls Road“～”，位于贝尔法斯特。

3683 roude axe hand 解 round“圆形的”＋axe“斧头”＋hand“手”；也解 rude ex-hand“～”；也解 Red Hand of Ulster“～”。

3684 pisness 解 business“事务”；也解 piss“～”。

3685 cunvesser 解 canvasser“兜揽生意的人”。

3686 Saunter's Nocelettres 解 *Saunders' Newsletter*“～”，1754 至 1879 年间都柏林的报纸，1777 年成为日报；也解 Senders“～”＋News“～”＋later“～”；也解 night（noche［西］“夜晚”） letter “～”；也解 noce lettres［法］“～”。

3687 Poe's Toffee 解 post office“～”；也解 Poe“～”（1809—1849），美国作家＋Toffee“～”；也解 Taff“～”，本书主人公的儿子。

3688 Belgradia 解 Belgravia“～”，伦敦的上流住宅区。

3689 belease 解 believe“～”。

3690 paviour“～”，此处解 saviour“～”；也解 Thomas Pavier“～”，英国文艺复兴时期印刷商；也解 pavor［拉］“～”。

3691 beauty scouts“～”；也解 beautyspot“～”。

3692 Happen seen sore eynes belived 解 Haben Sie so eines erlebt［德］“～”；也解 must be seen to be believed“～”；也解 sight for sore eyes“～”；也解 beleven［荷］“～”。

3693 caca cad 解 caco［拉］“大便”＋cad“无赖”；也解 Kierkegaard“～”（1813—1855），丹麦哲学家；也解 cac［爱］“～”。

3694 North Strand 解 North Strand Road“～”，都柏林的街道名。

3695 Thom's 解 Tim's“～”，指民谣《芬尼根的守灵夜》的主人公蒂姆·芬尼根；也解 *Thom's Dublin Directory*“～”，在《尤利西斯》中布卢姆曾查看该书；也与后面合解 domstol［丹］“～”。

3696 Snakeeye“～”；也解 snake eyes“～”，代指厄运。

3697 soffiacated 解 suffocated“～”；也解 sophia［希］“～”；也解 Sofia“～”，保加利亚首都。

3698 wipehalf 解 half wife“～”；也解 wipe“～”。

3699 teppling 解 toppling“～”；也解 tipple“～”；也解 Tepp［德俚］“～”。

3700 ixits 解 ix［德］字母“～”；也解 exit“～”；也解 Isis“～”，埃及神话中司生育的女神。

3701 double inns“～”，此处解 double n's“～”；也解 Dublin“～”。

3702 recent“～”；也解 indecent“～”。

3703 keshaned 解 be shamed“～”；也解 Keshan“～”，1846 年的都柏林市长。

3704 Sherlook 解 Sherlock Holmes“夏洛克·福尔摩斯”，19 世纪末的英国侦探小说家阿瑟·柯南·道尔所塑造的一位才华横溢的侦探；也解 Lorcan Sherlock“～”，1912 至 1915 年任都柏林市长。

3705 lorking for 解 looking for“～”；也解 lurk“～”。

3706 beltspanners 解 belt“腰带”＋span“测量”＋-ners。

3707 air curt 解 hair cut“～”；也解 air“～”＋curt“～”。

3708 atkinscum 解 Tommy Atkins“～”；也解 Atkinson“～”，1857 和 1861 年的都柏林市长。

3709 suulen 解 soul“～”；也解 sullen“～”。

3710 currish“～”；也解 courage“～”；也解 Henry Carr“～”，曾在乔伊斯入股的剧团中演戏，因戏服的价格问题与乔伊斯发生争执。

3711 littered“～”；也解 letter“～”。

3712 till“～”，此处解 to“～”。

3713 Hanging Tower“～”，位于都柏林墙后巷边。此处包含本书主人公名字缩写的倒写 ECH。

3714 Eristocras 解 aristocrats“～”；也解 eristês［希］“～”；也解 eristos［希］“～”。

3715 Steck 解 stecken［德］“～”；也解 stake“～”；也解 stick“～”。

3716 advowtried 解 avoutry［古英］“～”；也解 outright“～”。

3717 Instaunton 解 instanter“～”；也解 instanter［拉］“～”；也解 Staunton“～”，1847 年的都柏林市长；也解 staun-［德］“～”＋Ton［德］“～”。

3718 Larrybird 解 ladybird“～”；也解 Larry“～”，出自歌曲“The Night before Larry Was Stretched”（《拉里蹬腿前的夜晚》）。

3719 jackadandyline 解 Jack a dandy“～”；也解 dandelion“～”。

3720 waddphez 解 white face“～”；也解 Fez River“～”，位于非洲摩洛哥；也解 white fez“～”；也解 phiz“～”。

利[3721]匈牙利|母鸡|戴绿帽子的人，悲痛之子[3722]犁沟里播种的灵魂（原本是[3723]他的手势[3724]尧斯，模仿[3725]严酷的|开始我的哭喊[3726]基督|呼喊|需要|黄金！就如我们所知[3727]熊，那时你们也如此！），轮到我们的命运的时候，它落到我的白杨性欲性欲上，我的六百周年纪念[3728]性世纪|半人马怪，当在地狱[3729]瓦尔哈拉宫|哈莱门门边时[3730]凭借，在他的木头人[3731]奥丁旅社前，我急忙[3732]马自由地把它举向[3733]一直到他的妈妈他的母亲[3734]玛门，专指的[3735]大块头|王权，伟大的国王[3736]，这个新塔拉[3737]新地方的第一城出租钥匙[3738]无论如何，我们最高贵的人，当跳上他无价[3739]价目表袭击者的马背[3740]骏马，费迪南[3741]马|命名的·雪花石膏[3742]全部庞然大物（你不会[3743]江户需要轻桨直至无路[3744]一点也不|挪威，因为你会在每个门口发现[3745]扇扇子|扇形窗一个）带着我所有屁股[3746]相册的问候[3747]向他致意经过我的这整个上述各项[3748]诺言，握手祝贺[3749]坎格兰德|而你喜欢它们，阁下[3750]艾克尔斯街|艾克尔斯爵士|HCE。

谁看到了[3751]不管是谁这个杰克[3752]扎克雷起义竟敢用手撕开这个胸膛？那些[3753]制造者[3754]米克|同伴在那边[3755]姜黄色的|引向死亡的骏马。某个人我们一共四人[3756]我们与我们所有四人在一起。对手[3757]杂录|撒旦！说话的[3758]以大钉钉牢|吐痰|斯派腾戴维尔魔鬼[3759]都柏林！兰兹角[3760]陆地尽头|伦敦的第一个撒谎的人！狼[3761]野狼！看看你那只山羊的眉毛[3762]斯凯普斯布伦上的伤痕淤血[3763]斯德哥尔摩群岛！那些女孩[3764]山雀！绫罗绸缎的妓女[3765]这样的蛋糕|馅饼|心脏！他们说我越来越保守了[3766]更加厌烦我的人|在之前|保守的吹牛皮的人？废物！这类精神病院[3767]市议会厅的事情[3768]《大建筑师》，因此我哪怕想想都不可能！历史[3769]子

3721 Barktholed von Hunarig 解 Bartholomew Vanhomrigh“～”,斯威夫特的恋人瓦内萨的父亲,1697 年任都柏林市长;也解 Hungary“～”;也解 Huhn［德］“～”;也解 Hahnrei［德］“～”。

3722 Soesown of Furrows 解 Man of Sorrows“～”,指耶稣;也解 Soul sown in Furrows“～”。

3723 hourspringlike 解 ursprünglich［德］“原初的”。

3724 Joussture 解 gesture“～”;也解 Abbe Jousse“～”,乔伊斯时代的语言学者,主张语言是对手势的模仿。

3725 immitiate 解 imitate“～”;也解 immitis［拉］“～”;也解 initiate“～”。

3726 chry 解 cry“～”;也解 Christ“～”,此处化自肯皮斯(Thomas à Kempis)的著作 *The Imitation of Christ*(《效法基督》);也解 Schrei［德］“～”;也解 chreia［希］“～”;也解 chrysos［希］“～”。

3727 as urs now 解 as us know“～”;也解 ursus［拉］“～”。

3728 Sexencentaurnary 解 sexcentenary“～”;也解 sex century“～”;也解 centaur“～”。

3729 Hal 解 Hell“～”;也解 Valhalla“～”,北欧神话中的主神奥丁款待阵亡将士英灵的殿堂;也解 Porte de Hal“～”,中世纪布鲁塞尔用于设防的第二城墙城门。

3730 whenby 解 when by“～”;也解 whereby“～”。

3731 Wodin Man 解 Wooden Man“～”;也解 Odin“～”。

3732 hestened 解 hasten“～”;也解 hest［丹］“～”。

3733 op to 解 op(［荷］“on”)+to,即“～”;也解 up to“～”。

3734 Maman［法］“～”;也解 Mammon“～”,原为财神,后为贪欲的象征,地狱魔鬼之一。

3735 Majuscules“大写字母的”;也解 majusculus［拉］“～”;也解 majesty“～”。

3736 His Magnus Maggerstick 解 His“他的”+Magnus［拉］“伟大的”+Majesty“伟大的国王”。

3737 Nova Tara 解 nova［拉］“新的”+Tara“塔拉”,古代凯尔特王国的都城;也解 nova terra［拉］“～”。

3738 leasekuays 解 lease keys“～”;也解 leastways“～”。

3739 pricelist“～”,此处解 priceless“～”。

3740 hrossbucked 解 horsebacked“～”;也解 Ross［德］“～”。

3741 Pferdinamd 解 Ferdinand Stanley“费迪南·斯坦利”(1559—1594),英国文艺复兴时期的怪人剧团的赞助人,莎士比亚可能为这个剧团服务过;也解 Pferd［德］“～”+named“～”。

3742 Allibuster 解 alabaster“～”;也解 all buster“～”。

3743 yeddonot 解 you would not“～”;也解 Yeddo“～”,日本首都东京的旧称。

3744 Noreway 解 no way“～”,此处直译“～”;也解 Norway“～”。

3745 fanned“～”,此处解 found“～”;也解 fanlight“～”。

3746 allbum 解 all bum“～”;也解 album“～”。

3747 greethims 解 greetings“～”;也解 greet him“～”。

3748 promises“～”,此处解 premises“～”。

3749 congrandyoulikethems 解 congratulations“～”;也解 Cangrande“～”(1291—1329),意大利贵族,但丁的赞助人,曾与但丁通信谈论《神曲》;也解 and you like them“～”。

3750 Ecclesency 解 excellency“～”;也解 Eccles Street“～”,《尤利西斯》中布卢姆的住处;也解 Sir John Eccles“～”,1710 至 1711 年的都柏林市长。此处包含本书主人公名字的缩写 HCE。

3751 Whosaw“～”;也解 whoso“～”。

3752 jackery 解 Jack the Ripper“开膛手杰克”,英国伦敦系列凶杀案的凶手;也解 Jacquerie［法］“～”,1358 年法国北部农民暴动。

3753 Dose 解 those“～”。

3754 makkers 解 makers“～”;也解 Mick“～”,本书主人公的儿子之一;也解 makkers［荷］“～”。

3755 ginger“～”,此处解 yonder“～”;也与前面合解 dødmager ganger［丹］“～”。

3756 we was with us all fours“～”,此处解 wij zijn met ons vieren［荷］“～”。

3757 Adversarian 解 adversarial“～”;也解 adversaria“～”;也解 Satan“～”。

3758 spiking“～”,此处解 speaking“～”;也解 spitting“～”;也解 Spuyten Duyvil“～”,纽约市水道。

3759 Duyvil 解 Duivel［荷］“～”;也解 Dublin“～”。

3760 Londsend 解 Land's End“～”,位于英国西南角的康沃尔半岛的海角,直译为“～”;也解 London“～”。

3761 Wulv 解 wolf“～”;也解 ulv［荷］“～”。

3762 skeeps brow 解 sheep's brow“～”;也解 Skeppsbron“～”,斯德哥尔摩老城的码头。

3763 scargore 解 scar“伤痕”+gore“淤血”;也解 skärgård“～”,波罗的海上的一个大型群岛。

3764 meisies 解 meisjes［荷］“～”;也解 Meise［德］“～”。

3765 Sulken taarts 解 silken tarts“～”;也解 zulk een tart［荷］“～”。其中 taarts 也解 tart“～”;也解 heart“～”。

3766 Man sicker at I ere bluffet konservative 解 siger, jeg er bleven “konservativ”［挪］“～”,此句出自挪威剧作家易卜生的《致我的朋友革命演说家》;也解 man sicker at I“～”+ere“～”+bluffer conservative“～”。

3767 ratshause 解 rathouse“～”;也解 Rathaus［德］“～”。

3768 bugsmess 解 business“～”;也解 *Bygmester Solness*“～”,易卜生的戏剧。

3769 hystry 解 history“～”;也解 hystera［希］“～”;也解 hysterêsis［希］“～”。

宫|缺陷上的最低地窖[3770]卑鄙的|意味！最淫秽的[3771]易卜生的崇拜者废话[3772]弗里乔夫·南森！够了[3773]长崎！遵照彼得和保罗[3774]彼得·保罗·麦克斯维尼。心碎的[3775]经纪人|振奋的蚂蚁[3776]日本幕府将军！整个[3777]洞事情像猪猪[3778]与女子性交的残羹[3779]猪垃圾一样[3780]垃圾在腐烂。够了[3781]以诺！

——是你[3782]鱼吗，白头翁？

——你现在听到响动[3783]热的了吗？

——给我们你那拼写错误的[3784]我|溢出的|梅斯皮尔路招待，你会吗？

——看在耶稣的分上把鱼递给我！

——他又在说老白头翁[3785]白色的霍斯角|白衣会了。张开耳咽管[3786]尤斯塔斯！怜悯一下可怜的白头翁[3787]白色的誓言|白色的霍斯角|白衣会！亲爱的消失记忆[3788]哑剧，再见[3789]经过！告诉世界[3790]王尔德我已经经受过[3791]上千真正的地狱。请怜悯，夫人，我抓住的这个在深深处[3792]《自深深处》|深刻的|追求乐趣的灰尘里哭泣[3793]冷落的的可怜的奥斯卡·王尔德[3794]啊，天哪。我高龄九百三十[3795]肮脏的岁，两鬓斑白，记忆[3796]哑剧衰退[3797]失败末端，堆雪及肘[3798]苹果，聋[3799]如蝰蛇。我请求[3800]树枝你，亲爱的夫人，在我的树上用我们的果子来评判。我给你这棵树。我给两倍气味、三倍美食。我的朋友们[3801]咸味小点心|自行决定权，我的知名伴侣[3802]名人；我的快乐之花[3803]，我树[3804]繁荣|子宫上所有掉落的果子。怜悯一下可怜的子孙遍地[3805]查尔德斯|HCE和妈妈[3806]善在泥地奔跑的马吧！

3770 basemeant 解 basement“～”；也解 base“～”＋meant“～”。

3771 Ibscenest 解 obscenest“～”；也解 Ibsenist“～”。

3772 nansence 解 nonsense“～”；也解 Fridtjof Nansen“～”（1861—1930），挪威科学家和外交家，北极圈探险家。

3773 Noksagt［丹］“～”；也解 Nagasaki“～”，日本城市。

3774 Peeler and Pawr 解 Peter and Paul“～”，耶稣的门徒；也解 Peter Paul McSwiney“～”，1875 年的都柏林市长。

3775 brokerheartened 解 broken-hearted“～”；也解 broker“～”＋heartened“～”。

3776 shugon 解 siogan［爱］“～”；也解 shogun“～”。

3777 Hole“～”，此处解 whole“～”。

3778 porcupig 解 porcus［拉］“猪”＋pig“猪”；也解 pork“～”。

3779 draff“～”，此处化自威尔士习语 draff is sufficient for pigs(残渣足以喂猪)。

3780 muckswinish 解 muc［爱］“猪”＋swinish“猪一般的”；也解 muck“～”。

3781 Enouch 解 enough“～”；也解 Enoch“～”，《圣经》中该隐的儿子。

3782 yu 解 you“～”；也解 yü［中］“～”。

3783 headnoise 解 heard noise“～”；也解 hed［丹］“～”。

3784 mespilt 解 misspelt“～”；也解 me“～”＋spilt“～”；也解 Mespil Road“～”，位于都柏林。

3785 Whitehowth 解 whitehead“～”；也解 White Howth“～”；也解 White-boys“～”，18 世纪一个爱尔兰宗教狂热组织，成员在夜间行动中常穿白罩衫。

3786 Eustace tube 解 Eustachian tube“～”；也解 Robert Eustace“～”，1608 至 1609 年都柏林的治安官。

3787 whiteoath 解 whitehead“～”；也解 white oath“～”；也解 White Howth“～”；也解 White-boys“～”。

3788 mummeries“～”，此处解 memories“～”。

3789 goby 解 goodbye“～”；也解 go by“～”。

3790 woyld 解 world“～”；也解 Wilde“～”。

3791 thousand“～”，此处解 through“～”。

3792 profundust 解 De Profundis［拉］“～”，指王尔德狱中所写长信“～”；也解 profound“～”；也解 pro-fun dust“～”。

3793 snobbing 解 sobbing“～”；也解 snubbing“～”。

3794 O. W. 解 Oscar Wilde“～”；也解 Oh Weh［德］“～”。

3795 dirty“～”，此处解 thirty“～”。

3796 mummery“～”，此处解 memories“～”。

3797 failend 解 failing“～”；也解 fail end“～”。

3798 ellpow 解 elbow“～”；也解 apple“～”。

3799 deff 解 deaf“～”。此处出自习语 deaf as an adder(充耳不闻)。

3800 askt 解 asked“～”；也解 Ast［德］“～”。

3801 freeandies 解 friends“～”；也解 friandise［法］“～”；也解 free hands“～”。

3802 celeberrimates 解 celebrity“名人”＋mates“伴侣”；也解 celebrrimus［拉］“～”。

3803 bossoms 解 blossoms“～”。

3804 boom“～”，此处解 boom［荷］“～”；也解 womb“～”。

3805 Haveth Childers Everywhere“～”；也解 Erskine Childers“～”(1870—1922)，英国下议院的神父，1922 年被新独立的爱尔兰自由邦政府处决。此处包含本书主人公名字的缩写 HCE。

3806 mudder“～”，此处解 mother“～”。

那是通讯员，以前的上校。一个非成肉身的灵魂，叫作奥古斯都[3807]塞巴斯蒂安·梅尔莫斯，来自里约热内卢[3808]里维埃拉|一月，（他不太正常[3809]没有全听到）可能用来自我故人[3810]放逐的|死的|传输的的信息[3811]宅院简短地枝蔓而言[3812]电话机。让我们帮他稍稍振作，为未来之期做个约定[3813]。喂，通话[3814]！孤峰[3815]小丘|巴特如何？始终是怀疑论者[3816] HCE！他不相信我们的圣体实在[3817]现实缺席心理学[3818]灵魂，既非奇迹小麦[3819]，也非菲尼亚斯·帕克赫斯特·昆比[3820]。他有些消化不良[3821]，可怜的家伙，有相当长一段时间了，因他含糊不清的舌头[3822]巴别塔|小玩意而更加困惑。跟他一起离开[3823]一条道路！可怜的幸运之错[3824]张开的屁股！敲醒他的头脑，汝等尖塔[3825]订书钉，（当当[3826]和尚|青铜！）在我那老臭东西[3827]老烟城的血腥心[3828]城镇中，在我的克里姆林宫[3829]克拉姆林，在法国区[3830]和爱尔兰村[3831]中！六鸣节[3832]同情|自由！六鸣节！砰！我真的[3833]真实地|懊恼|街道对他深感遗憾。我心悲伤[3834]孟克莱夫！哎呀[3835]啊，牢骚|霍恩！与贵族们[3836]诺贝尔奖一起度过昨日[3837]招待客人的人，在阴间[3838]疼痛的人|屋子|阿克什胡斯死于支气管炎[3839]布朗克斯！因此享受旧日的厚重时刻，戴着时髦的[3840]高的|高度白色高礼帽[3841]花花公子|野丫头|怀特|大声|今日|霍斯角，那是我们成形的[3842]从前的思绪，拿着铁[3843]手杖[3844]血统|铁桩，他的全部支撑，如此搭扣的[3845]巴克利紧身裤[3846]制袜商，出自王室袜店[3847]，还有他的长雪茄[3848]大门|大的港口|港口，他会吹出一嘴的[3849]德国黑啤酒|雄兽|冲洗器烟[3850]该死的。还有他将如何那样极其小心地[3851]维里克做她的丈夫，他的神圣雪茄[3852]雪茄店|烟草|美妙！（他

3807 Sebastion 解 Sebastos [希]“～”；也解 Sebastian Melmoth“～”，王尔德出狱后在巴黎使用的笔名。
3808 Rivera in Januero 解 Rio de Janeiro“～”；也解 Riviera“～”，南欧沿地中海一地区＋in January“～”。
3809 not all hear“～”，此处解 not all there“～”。
3810 deadported 解 departed“～”；也解 deported“～”；也解 dead“～”＋ported“～”。
3811 messuages“～”，此处解 messages“～”。
3812 fernspreak 解 fern“蕨类植物”＋speak“说”；也解 Fernsprecher [德]“～”。
3813 appunkment 解 appointment“～”。
3814 Commudicate 解 communicate“～”。
3815 buttes“～”；也解 butte [法]“～”；也解 Butt“～”，本书主人公儿子之一的别称。
3816 Everscepistic 解 ever sceptic“～”；也与前面合解 HCE，本书主人公名字的缩写。
3817 Real Absence“～”，此处解 Real Presence“～”。
3818 psychous 解 psychics“～”；也解 psychê [希]“～”。
3819 Miracle Wheat“～”，弗吉尼亚人 K. B. 斯通纳在 1904 年发现的小麦品种，据称其产量可达普通品种的五倍。
3820 P. P. Quemby 解 Phineas Parkhurst Quimby“～”(1808—1886)，利用催眠术进行治疗的美国人。
3821 indiejestings 解 indigestion“～”。
3822 tonguer of baubble 解 tongue of babble“～”；也解 Tower of Babel“～”，《圣经》中上帝造此塔变乱人类的语言；也解 baubles“～”。
3823 A way“～”，此处解 away“～”。
3824 Felix Culapert 解 felix culpa [拉]“～”；也解 culo aperto [意]“～”。
3825 staples“～”，此处解 steeples“～”。
3826 bonze“～”，此处解 bong“～”；也解 bronze“～”。
3827 reekeries 解 reek-ers“～”；也与前面合解 Auld Reekie“～”，爱丁堡的绰号。
3828 ballyheart 解 bally“血腥的”＋heart“心”；也解 baile [爱]“～”。
3829 krumlin 解 Kremlin“～”；也解 Crumlin“～”，地名，位于都柏林郊区。
3830 aroundisements 解 arrondissements“法国的行政区”，尤指法国大城市如巴黎的区。
3831 stremmis“～”，古代爱尔兰的隶属城市的行政区划。
3832 Sacks eleathury 解 Sechseläuten“～”，瑞士苏黎世传统的迎春欢庆节日；也解 eleaô [希]“～”；也解 eleutheria [希]“～”。
3833 ruely 解 really“～”；也解 truly“～”；也解 rue“～”；也解 rue [法]“～”。
3834 Mongrieff 解 mon [法]“我的”＋grief“悲痛”；也解 Richard Moncrieffe“～”，1794 至 1795 年的都柏林市长。
3835 O Hone“～”，此处解 ochone“～”；也解 Nathaniel Hone“～”，1810 至 1811 年的都柏林市长。
3836 nobelities 解 nobilities“～”；也解 Nobel Prize“～”。
3837 Guestermed 解 gestern [德]“～”；也解 guester“～”。
3838 achershous 解 Acheron“～”；也解 ache-rs“～”＋house“～”；也解 Akershus“～”，挪威地名。
3839 bronxitic 解 bronchitis“～”；也解 The Bronx“～”，纽约的五个行政区之一。
3840 haute“～”；也解 haute [法]“～”；也解 height“～”。
3841 toff's hoyt 解 top hat“～”；也解 toff“～”＋hoyden“～”；也解 George Hoyte“～”，1838 至 1839 年的都柏林市长；也解 højt [丹]“～”；也解 heute [德]“～”；也解 Howth“～”。
3842 formed“～”；也解 former“～”。
3843 eisen 解 Eisen [德]“～”。
3844 stock“～”，此处解 Stock [德]“～”；也与后面合解 Stock im Eisen“～”，奥地利首都维也纳的一根树桩，上面钉着众多祈福的钉子。
3845 Buckely 解 buckle“～”；也解 Buckley“～”，书中巴克利与俄国将军的故事中的爱尔兰士兵。
3846 hosiered 解 hose“～”；也解 hosier“～”。
3847 Royal Leg“～”，18 世纪都柏林的一家袜店。
3848 puertos mugnum 解 puros magnos [西]“～”；也解 porta magna [拉]“～”；也解 portus magnus [拉]“～”。其中 puertos 也解 puerto [西]“～”。
3849 bock“～”，此处解 boccada [西]“～”；也解 Bock [德]“～”；也解 bock [法]“～”。
3850 dhymful 解 dim [塞维]“～”；也解 damn“～”。
3851 Verikerfully 解 very carefully“～”；也解 Vereker“～”，1863 年的都柏林市长。
3852 cigare divane 解 cigare [法]“雪茄”＋divine“神圣的”；也解 cigar divan“～”；也解 duvan [塞维]“～”；也解 divan [塞维]“～”。

会用他的火柴[3853]维斯塔把她弄红，但没有[3854]淘气的。）他的云[3855]侄子|邻居和雾[3856]侄女|多雾的|在旁边与我们一起，在里面被他和他的烟雾弄得火烧火燎和满头雾水得无以复加[3857]肥料。但是他将在夏宫[3858]冠军|奥斯卡·王尔德的酒馆里开怀畅饮他那一杯[3859]格莱斯顿|石头我们最好的清醒[3860]干净的啤酒。丽池公园[3861]好的退隐处！男孩的声音[3862]白衣会|博伊斯|威廉·博伊斯依然软弱无力[3863]风平浪静|稍平的|长笛|嘲笑，他的嘴巴[3864]月依然带着那抹士兵的猩红色，尽管淡黄色的面粉[3865]锁上胡椒般撒满了腌沙丁鱼[3866]椒盐色布。因为[3867]由……引起那件他由此[3868]被送[3869]上升进他的监狱[3870]存在之事。我很清楚[3871]我知道得很|些微|惠特韦尔。是以有了他那堕落[3872]沮丧的|不赞扬的|《自深深处》之言。某日我可能讲讲他的第二个故事[3873]第二层|从楼上窗子爬进去的盗贼。情绪[3874]勇气！情绪！看起来像其他某人在承担我的重任[3875]伯顿。我不能任由这样。没有什么是我做不到的[3876]不能|蛇|该隐|凯恩|康诺特省|乌有。

嗯，自耕农[3877]，我已经袒露了我的全部过去，我两边都自卖自夸。甚至依律[3878]法律|松懈的在中度监禁中给我两个月，我的第一绒面呢是要务将是向万事之事[3879]万王之王|国民大会的记录员抗议，或者斯基维尼法庭[3880]，与白发商人[3881]商人码头一起，古老[3882]安第恩音乐厅而可靠[3883]，男中音[3884]巴灵顿爵士所罗巴伯[3885]、鲸鱼[3886]惠利约拿、坚定的科德或正直的黄瓜，我的陪审员[3887]地方法官，如果不会再次发生的话。让我们祈祷[3888]啊，把我们写成诗！我们的[3889]哈雾|毛发|头发天父[3890]偏袒，祖国的狂野之心[3891]在天堂之人，圣人[3892]哈罗德商

3853 vestas“～”;也解 Vesta“～”,罗马神话中的女灶神。
3854 naught 解 nought“～”;也解 naughty“～”。
3855 nephos 解 nephos [希]“～”;也解 nepos [拉]“～”;也解 neighbours“～”。
3856 neberls 解 Nebel [德]“～”;也解 nephew“～”;也解 nebula [拉]“～”;也解 neben [德]“～”。
3857 mest [荷]“～”,此处解 most“～”。
3858 Oscarshal 解 Oscarshall“～”,位于挪威首都奥斯陆的著名城堡;也解 Oscar [爱]“～”;也解 Oscar Wilde“～”,出生在都柏林。
3859 glad stein 解 glad“高兴的”+stein“一品脱啤酒杯”;也解 Gladstone“～”(1809—1898),英国首相,自由党领袖;也解 Stein [德]“～”。
3860 zober 解 sober“～”;也解 sauber [德]“～”。
3861 Buen retiro [西]“～”,此处解 Buen Retiro“～”,西班牙马德里的公园。
3862 boyce voyce 解 boy's voice“～”;也解 White-boys“～”;也解 Joseph Boyce“～”,1855 年的都柏林市长;也解 William Boyce“～”(1711—1779),英国作曲家、音乐学家。
3863 flautish 解 flau [德]“～”;也解 Flaute [德]“～”;也解 flattish“～”;也解 flute“～”;也解 flout“～”。
3864 mounth 解 mouth“～”;也解 month“～”。
3865 flaxafloyeds 解 flaxen“淡黄色的”+flours“面粉”;也解 locks“～”。
3866 salsedine 解 salt sardine“～”;也与前面合解 pepper and salt cloth“～”。
3867 bycause 解 because“～”;也解 by cause“～”。
3868 on account off 解 on account of“～”。
3869 ascend“～”,此处解 sent“～”。
3870 prisonce 解 prison“～”;也解 presence“～”。
3871 I whit it wel 解 ik miet et well [荷]“～”;也解 I wit it well“～”。其中 whit 也解“～”;也与后面合解 Whitwell“～”,曾任都柏林市长。
3872 deepraised 解 depraved“～”;也解 depressed“～”;也解 de-praised“～”;也解 *De Profundis*“～”,王尔德的作品。
3873 second storey“～”,此处解 second story“～”;也解 second-story man“～”。
3874 Mood“～”;也解 moed [荷]“～”。
3875 burdens“～”;也解 Burton“～”,曾任都柏林市长。
3876 Kanes nought 解 Ich kann es nicht [德]“～”;也解 cannot“～”。其中 Kanes 也解 snake“～”;也解 Cain“～”;也解 Joseph Kane“～”,1725 至 1726 年的都柏林市长;也解 Connacht“～”,爱尔兰四省之一。其中 nought 也解“～”。
3877 yeamen 解 yeomen“～”。
3878 laxlaw 解 law“～”;也解 lex [拉]“～”;也解 lax“～”。
3879 Thing of all Things“～”;也解 king of all kings“～”,指耶稣基督;也解 Allthing [丹]“～”。
3880 court of Skivinis 解 Court of Skivini“～”,1191 年伦敦成为自治市时,市长和 12 位斯基维尼(助理法官)组成的管理机构。
3881 marchants 解 merchants“～”;也解 Merchant's Quay“～”,都柏林的码头名。
3882 antient 解 ancient“～”;也解 Antient Concert Rooms“～”,都柏林地名。
3883 credibel 解 credible“～”。
3884 Barrentone 解 baritone“～”;也解 Sir Jonah Barrington“～”(1760—1834),爱尔兰律师和历史学家。
3885 Zerobubble 解 Zerubbabel“～”,犹大王国倒数第二位国王耶哥尼雅的孙子,带领第一批犹太人从巴比伦之囚中返回耶路撒冷。
3886 Whalley 解 Whale“～”;也解 Dr John Whalley“～”(1653—1724),都柏林占星家。
3887 jurats“～”,此处解 juror“～”。
3888 O rhyme us“～”,此处解 oremus [拉]“～”。
3889 Haar“～”,北海上的一种湿冷海雾,此处解 our“～”;也解 Haar [德]“～”;也解 haar [荷]“～”。
3890 Faagher 解 Father“～”;也解 faghar [爱]“～”。
3891 wild heart in Homelan 解 wild heart in Homeland“～”;也解 which art in Heaven“～”。
3892 Harrods“～”,伦敦的百货商店,此处解 hallow“～”;也解 Harald Fairhair“～”(850—933),第一位挪威国王。

厦|金发的哈拉德为其名[3893]名字。我的王国[3894]我的孩子们到来，我的意愿[3895]我的幸福将胜。什么也比不上书信[3896]笑声|娱乐|马丁·路德|皮革。啊，看[3897]啊，她|欧希夫人|仙女！玻璃房[3898]小型客栈|格莱斯顿里的下流[3899]霍斯蒂男人们[3900]他们不投射[3901]鲱鱼皮戈特[3902]乞丐|比格石头。大象的屋子[3903]象堡|艾尔弗雷象屋|EHC是他的城堡。我到这儿来告诉你，坦率地说[3904]的确，尽管如此[3905]，我因所有劝说[3906]而感到羞愧，在抛弃[3907]拒绝承认|里努奇尼迄今为止的浮华时，手里也拿着一块蜡，我思忖[3908]着用她的印刷错误[3909]混合|我|小姐|王子来为我施洗[3910]麻醉，凭借[3911]鲁道夫·魏尔肖那些污染了的[3912]过滤的|第五大道欧沃卡河[3913]阿沃卡|唤醒者，目前就如布朗[3914]B拥抱[3915]阴影基督徒[3916]克里斯蒂安尼亚|C妈妈[3917]汉娜|A，在爱尔兰人之后，来把我变成一个凯尔特人[3918]淤泥(但是首先我必须用替身来为我的老祖先[3919]姑姑|在……之前|淘气的洗礼[3920])，那时，就像西吉斯蒙德·口吃者[3921]骄傲，跟着作为我的占卜者[3922]的拉比壮汉[3923]红胸知更鸟、作为我的私人医生[3924]生命之星的色鬼拉蒂[3925]吸血鬼|发情的，以及洛伦兹·模式[3926](爱尔兰[3927]尊敬必胜[3928]胜利！)，那时我会用西方的眼睛注视[3929]那些可怜的日落流浪汉[3930]日出，并照亮[3931]扩大|浆糊|布莱顿他们的天涯海角[3932]兰兹角|英格兰|土地的|狭窄的。是男人就该清账[3933]，我会为我的葡葡葡萄糖[3934]胶水付我那小小的得体的批发价，砾石[3935]皮布尔斯|民族，如果是平的，正如这样，为不合适的行为[3936]导管支付的合法赔偿金[3937](随信附上[3938]请在衣服这里找到我送达的支票[3939]口袋|手帕，请查收)，以及事实上，我保证彻底[3940]停止一切业务，我横扫一

3893 naun 解 name“～”;也解 navn [丹]“～”。
3894 Mine kinder 解 my kingdom“～”;也解 meine Kinder [德]“～”。
3895 mine wohl 解 my will“～”;也解 mein Wohl [德]“～”。
3896 leuther 解 letter“～”;也解 laughter“～”;也解 leut [荷]“～”;也解 Martin Luther“～”(1483—1546),德国宗教改革家;也解 leather“～”,此处化自习语 there is nothing like leather(王婆卖瓜,自卖自夸)。
3897 O Shee 解 O see“～”;也解 O she“～”;也解 O'Shea“～”,巴涅尔的情人,后成为他的妻子;也解 shee [爱]“～”。
3898 gladshouses 解 glasshouse“～”,此处化自习语 people who live in glass houses shouldn't throw stones(住在玻璃房子里的人不应该扔石头);也解 guest house“～”;也解 Gladstone“～”(1809—1898),英国首相。
3899 nosty 解 nasty“～”;也解 Hosty“～”,书中一个重要人物。
3900 mens 解 men“～”。
3901 shad“～”,此处解 shot“～”。
3902 peggot 解 Richard Pigott“～”(1835—1889),爱尔兰新闻记者,曾伪造巴涅尔的信,被发现后逃到欧洲,遭到伦敦警察厅的追捕后自杀;也解 beggar“～”;也解 Joseph Biggar“～”,巴涅尔在国会中的助手,驼背。
3903 elephant's house“～”,此处化自习语 the Englishman's house is his castle(英国人的家就是他的城堡);也解 Elephant and Castle“～”,伦敦穷人区;也解 Elvery's Elephant House“～”,都柏林的雨衣店。此处包含本书主人公名字的缩写的变体 EHC。
3904 indeed to goodness 解 honest-to-goodness“～”;也解 indeed“～”。
3905 allbe 解 although it be that“～”。
3906 beallpersuasions 解 by all persuasion“～”。
3907 rinunciniation 解 rinunciare [意]“～”;也解 renunciation“～”;也解 Rinuccini“～”(1592—1653),罗马教廷大使,曾在17世纪40年代爱尔兰天主教邦联与英国圆颅党的斗争中支持前者。
3908 thorgtfulldt 解 thoughtful“～”。
3909 miscisprinks 解 misprint“～”;也解 misceo [拉]“～”;也解 mishe [爱]“～”,指爱尔兰的圣女圣布利吉特在受洗时用当地的盖尔语说“我是”;也解 Miss“～”+prince“～”。
3910 dope“～”,此处解 døpe [挪]“～”。
3911 by virchow of 解 by virtue of“～”;也解 Rudolph Virchow“～”(1821—1902),德国病理学家、政治家。
3912 filthered 解 filthed“～”;也解 filtered“～”;也解 Fifth Avenue“～”,美国纽约街道名。
3913 Ovocnas 解 Ovoca“～”,位于爱尔兰;也解 Avoca“～”,河名,位于澳大利亚;也解 awakener“～”。
3914 Browne 解 Browne and Nolan“布朗与诺兰”,都柏林著名书籍和文具商店的店名;也解字母“～”,即字母 B 拥抱字母 C(Christina)和字母 A(Anya)。
3915 umbracing 解 embracing“～”;也解 umbra [拉]“～”。
3916 Christina 解 Christianity“～”;也解 Christiania“～”,挪威首都奥斯陆的旧称;也解字母“～”。
3917 Anya [匈]“～”;也解 Anne“～”,本书女主人公;也解字母“～”。
3918 selt 解 Celt“～”;也解 silt“～”。
3919 antenaughties 解 antenati [意]“～”;也解 aunts“～”;也解 ante-“～”+naughty“～”。
3920 babetise 解 baptize“～”。
3921 Stolterforth 解 stutter forth“结结巴巴地说出来”;也解 Stolt [丹]“～”。
3922 auspicer 解 auspices“预兆”。
3923 Rabbin Robroost 解 rabbi robust“～”;也解 robin redbreast“～”。
3924 lifearst 解 lijfarts [荷]“～”;也解 life star“～”。
3925 Leecher Rutty 解 lecher“好色之徒”+Dr Rutty“拉蒂博士”,18世纪都柏林的怪人医生;也解 leecher“～”+rutty“～”。
3926 Pattorn 解 pattern“～”。
3927 Ehren 解 Erin“～”;也解 ehren [德]“～”。
3928 til viktrae 解 to victory“～”;也解 victoriae [拉]“～”。
3929 westerneyes 解 Western Eyes“～”,化自英国作家康拉德的小说《在西方的目光下》(*Under Western Eyes*)。
3930 sunuppers 解 sundowner“日落后来车站过夜的流浪汉”;也解 sunup“～”。
3931 outbreighten 解 brighten out“～”;也解 ausbreiten [德]“～”;也解 Brei [德]“～”;也解 Brighton“～”,英国南部城市。
3932 land's eng 解 land's end“～”;也解“～”,位于苏格兰西南角的康沃尔半岛的海角;也解 England“～”;也解 land's“～”+eng [德]“～”。
3933 stump up“～”。
3934 gluecose 解 glucose“～”;也解 glue“～”。
3935 peebles 解 Peebles“～”,英国苏格兰中部古国,此处解 pebbles“～”;也解 peoples“～”。
3936 conduict 解 conduct“～”;也解 conduit“～”。
3937 eric“～”,根据爱尔兰以前的法律,为被谋杀者要求偿付的赔偿金。
3938 here incloths placefined 解 here enclosed please find“～”;也解 here in cloths please find“～”。
3939 Pocketanchoredcheck 解 anchored“落锚的”+cheque“支票”;也解 pocket“～”+handkerchief“～”。
3940 entyrely 解 entirely“～”。

切百折不挠[3941]故事|斯托尔特彻底[3942]否认应我自己之请曾经在战前[3943]好战的时代授予[3944]发酵、结盟[3945]盟友和同意，当此处有服务火车乘客[3946]市民|雷恩斯福德的服务员[3947]涉水者|蠼螋的时候，就像现在如金块般[3948]纽金特落在我身上，与我这里的一个朋友一起，毕付清[3949]先生，禽肉商人，我的四分之一血缘的兄弟，他有时他在葛拉布街[3950]资金做我的代理，我曾经将他命名为委托人[3951]，因为我感觉到了，关于凭购买权[3952]廉价购买便宜的[3953]买|可可粉一个没有嘴的女黑鬼[3954]抹大拉的玛利亚，从切尔纳·贾姆贾[3955]搅拌果酱罐来的布兰切特[3956]·酿酒人，经由布里斯托尔的黑土地[3957]，或者不利地出售[3958]她里面我的第四部分[3959]伙伴，这尽管在《申命记》[3960]再婚里被允许，就像在《圣经》（版权）和被排除之书（它们被禁[3961]被驱逐|《流亡者》完全正确）的若干地方，对于把两品脱[3962]平底船|点|磅苏格兰威士忌[3963]刻痕、一便士[3964]角被割下的动物和两便士[3965]或三颗卵石[3966]奶头|面疱用在这条母狗[3967]海滩身上，却似乎会让我感到[3968]极极[3969]蛋蛋极度痛心[3970]万圣节前夕。汝，钞票[3971]亨利·弗里克|弗丽嘉的火焰，没有[3972]沃登硫黄[3973]银子，它们只在火柴盒[3974]婚嫁之书|盒子上擦火，如果这样，我确实科菲多亚般娶[3975]太太的女仆的话，就加快我！看着[3976]尽管她的海狸皮衣，她充满女人味，神圣高贵[3977]秘密的。这是[3978]穿一种给我的连环漫画的调情[3979]褶边，芒斯蒙哥[3980]月刊，每个[3981] H再迷周[3982]《芬尼根的守灵夜》|威廉·法纳根|唤起发行，在邓尼布鲁克市集[3983]布鲁克斯由小丑傻瓜[3984]克隆西拉村上演[3985]嘶叫|祈祷|布雷。它会笑着[3986]缺乏加入[3987]霍德[3988]和科克尔[3989]的数

3941 stoytness 解 stoutness“～”；也解 story“～”；也解 John Stoyte“～”，1715 至 1716 年的都柏林市长。
3942 in toto [拉]“～”。
3943 prebellic 解 praebellicus [拉]“～”；也解 bellic [拉]“～”。
3944 confermentated 解 conferment“～”(学位等)；也解 fermented“～”。
3945 confoederated 解 confederated“～”；也解 confoederatus [拉]“～”。
3946 trainsfolk 解 trains“火车”＋folk“人们”；也解 townsfolk“～”；也解 Mark Rainsford“～”，1700 至 1701 年曾任都柏林市长。
3947 waders“～”，此处解 waiters“～”；也解 earwig“～”。
3948 nuggently 解 nugget“～”；也解 Sir Edward Nugent“～”，1827 至 1828 年的都柏林市长。
3949 Billups，人名＋bills“票据”，故译。
3950 grubstake“～”，此处解 Grub Street“～”，伦敦的一条旧街，过去为穷苦潦倒文人的聚居地。
3951 constoutuent 解 constituent“～”。
3952 byusucapiture 解 by usucaption“依据时效取得财产权”。
3953 cootcoops 解 goedkoop [荷]“～”；也解 coup [中英]“～”；也解 cocoa“～”。
3954 niggeress 解 nigger-ess“～”；也解 Mary Magdelene“～”，《新约》中的妓女，悔罪后基督耶稣将七个魔鬼从她体内驱逐。
3955 Cherna Djamja 解 Tcherna Djamia“～”，位于保加利亚的索菲亚的清真寺，也叫“黑清真寺”，曾被用作监狱，现为保加利亚正教会教堂；也解 churn jam jar“～”。
3956 Blanchette“～”，法国作家拉伯雷作品中的巴黎。
3957 Blawlawnd-via-Brigstow 解 Blueland“黑土地”，非洲在北欧的古称＋via“经由”＋Bristol“布里斯托尔”，英国在 16 和 17 世纪重要的黑奴贸易港口城市。
3958 illsell 解 ill“坏的”＋sell“出售”。
3959 part“～”；也解 partner“～”。
3960 Deuterogamy“～”，此处解 Deutoronomy“～”，《旧约》中的一卷。
3961 verbanned 解 banned“～”；也解 verbannt [德]“～”；也解 *Verbannte*“～”，乔伊斯的戏剧的德译本标题。
3962 punt“～”，此处解 pint“～”；也解 punt [荷]“～”；也解 pound“～”。
3963 scotch“～”，此处解 Scotch whisky“～”。
3964 pollard“～”，此词在 13 世纪的英格兰被用于源于国外的通币，相当于一便士，故译为“～”。
3965 crockard 解 crocard“～”，13 世纪英格兰使用的相当于两便士的硬币。
3966 pipples 解 pebbles“～”，此处化自习语 the only pebble on the beach(海滩上唯一的一颗卵石)，即“唯一人选”；也解 nipples“～”；也解 pimple“～”。
3967 bitch“～”；也解 beach“～”。
3968 feelimbs 解 feelings“情感”。
3969 eggseggs“～”，此处解 exce(ssively)“极度”的口吃表述。
3970 haroween 解 harrowing“～”；也解 Halloween“～”。
3971 Frick [法俚]“～”；也解 Henry Frick“～”(1849—1919)，美国钢铁业富翁；也解 Frigg“～”，北欧神话里的女神，主神奥丁的妻子。
3972 Uden [丹]“～”；也解 Woden“～”，日耳曼神话中的主神，相当于北欧神话中的奥丁。
3973 Sulfer 解 sulphur“～”；也解 silver“～”。
3974 marryd bokks 解 matchbox“～”；也解 marry books“～”；也解 bokse [丹]“～”。
3975 cophetuise 解 King Cophetua“～”，传说中一位非洲国王，不喜欢女人却爱上一位乞女，娶其作王后。
3976 In spect of 解 inspect of“～”；也解 in spite of“～”。
3977 sacret 解 sacred“～”；也解 secret“～”。
3978 wear“～”，此处解 were“～”。
3979 frillick 解 frolic“～”；也解 frill“～”。
3980 Mons Meg“～大炮”，爱丁堡城堡上的巨型大炮。
3981 aich 解 each“～”；也解 aitch“～”，字母。
3982 Fanagan's Weck 解 fan“粉丝”＋again“再次”＋week“星期”；也解“Finnegan's Wake”“～”；也解 William Fanagan“～”，都柏林的葬礼公司；也解 wecken [德]“～”。
3983 Donkeybrook Fair 解 Donnybrook Fair“～”，爱尔兰民谣；也解 Maurice Brooks“～”(约 1823—1905)，1874 至 1875 年曾任都柏林市长。
3984 Clownsillies 解 clown“小丑”＋sillies“傻瓜”；也解 Clonsilla“～”，都柏林西北部的村庄，现为郊区大型住宅区。
3985 bray“～”，此处解 play“～”；也解 pray“～”；也解 Bray“～”，威克洛郡的市镇。
3986 lackin 解 laughing“～”；也解 lacking“～”。
3987 mackin 解 make in“～”。
3988 Hodder 解 James Hodder“～”，17 世纪英国数学家，著有《算数》(*Arithmetick*)和《作家的消遣》(*The Penman's Recreation*)。
3989 Cocker 解 Edward Cocker“～”(1631—1675)，英国数学家，据说为《算数》(*Arithmetick*)的作者。

学[3990]。不可原谅地[3991]抢先占有[3992]恩普森你那个[3993]她的一切，以警示者朱诺[3994]钱为誓！如果她，在爱尔兰化身为玛丽娅·特蕾莎[3995]，为了供她考虑被处理掉，我，莱德维奇[3996]·救助者[3997]，完全[3998]商业上|诚实地不感兴趣[3999]。如果她依然进一步用爽身粉[4000]滑过她那可可色的轮廓[4001]反击，在跟我有关的问题上[4002]，对于我什么不应该如此有着强烈的看法。不可能[4003]即兴曲|谴责！我不会相信如此这般的特拉沃斯小姐[4004]史密斯|错误地反驳|情妇说的每一个字。不过是幻想[4005]羽毛！不存在[4006]纳内蒂！或者制定货物入市税[4007]赭色的|特洛伊以通过交换同样的特大号牛奶车[4008]牛奶|车来重售[4009]分解|伊瑟或借用[4010]区，我自己[4011]目的是帮助；最好的布里克斯顿[4012]布里斯托尔混血儿，不可郊游；拍卖桥[4013]格拉坦桥上百分之百[4014]100%之物。这是可怕的[4015]唾弃|汉尼拔残忍[4016]简陋，配得上[4017]值得的用于他们夜生活[4018]裸体的|夜间活动|赤裸的的这种房屋[4019]相当于，以及我们在古代[4020]围墙迦太基[4021]货车运输的中世纪[4022]强大的邪恶房屋[4023]声誉|罗马里吞咽着粪便[4024]圣甲虫形宝石放荡[4025]秘密崇拜|波吉亚。绝对不得体[4026]不可能！就连老克罗伊斯[4027]鲁滨逊·克鲁索|黄金或黄金的白色灵魂也不行！鸡巴[4028]面包上的一个疙瘩[4029]卵石，长枪[4030]布道坛上的两个花柳[4031]，在后门上麻点麻点[4032]梅毒打碎[4033]堤道|卡索诺科敲三下！就连一个六便士[4034]睾丸|证人|美味的三便士[4035]屁股鸡巴[4036]罪犯的钢镚[4037]阴户，或者[4038]矿石|也不康泽屋[4039]的所有埃居[4040]队列|针也不行！愿钱啊，救救[4041]大麻我！我是认真的[4042]阿门。

先生们[4043]我的鲱鱼们|我的爱尔兰！真是荒谬[4044]聋|无理数！我是

3990 erithmatic 解 arithmetic“～”。
3991 unpurdonable 解 unpardonable“～”。
3992 preempson 解 preemption“～”；也解 William Empson“～”，1726 至 1727 年的都柏林市长。
3993 yourn 解 yours“～”。
3994 Juno Moneta“～”，罗马主神朱庇特的妻子，因罗马铸币厂在其神殿边上，所以 Moneta 也解［拉］“～”。
3995 Maria Theresa“～”(1717—1780)，奥地利国母、女大公，匈牙利和波希米亚女王。
3996 Ledwidge 解 William Ledwidge“～”(1847—1923)，爱尔兰男低音歌唱家。
3997 Salvatorious［拉］“～的”。
3998 tradefully“～”，此处解 dreadfully“～”；也解 truthfully“～”。
3999 unintiristid 解 uninterested“～”。
4000 talc 解 talcum powder“～”。
4001 contours“～”；也解 counters“～”。
4002 I hwat mick angars 解 i hvad mig angaar［丹］“～”。
4003 Inprobable 解 improbable“～”；也解 Improperia“～”，耶稣受难日仪式的一个内容；也解 improperium［拉］“～”。
4004 mistraversers 解 Miss“小姐”＋Mary Travers“玛丽・特拉沃斯”，1864 年起诉奥斯卡・王尔德的父亲犯有诱奸罪，获胜；也解 Hester Travers Smith“～”，著有《奥斯卡・王尔德的精神信息》；也解 mis-traverse“～”；也解 mistress“～”。
4005 feathers“～”，此处解 fancy“～”。
4006 Nanenities 解 nonentity“～”；也解 Joseph Nannetti“～”(1851—1915)，1912 至 1915 年的都柏林市长。
4007 ochtroyed 解 octroi“～”，法国根据法律征收的一种货物税，从中世纪一直沿用到 20 世纪；也解 ochroid“～”；也解 Troy“～”，小亚细亚西北部的古城，荷马史诗中特洛伊战争的地点。
4008 melkkaart 解 milk cart“～”；也解 melk［丹］“～”＋kaart［丹］“～”。
4009 resolde 解 re-sold“～”；也解 resolve“～”；也解 Isolde“～”，本书主人公的女儿。
4010 borrough 解 borrow“～”；也解 borough“～”
4011 means help“～”，此处解 myself“～”。
4012 Brixton“～”，伦敦郊区；也解 Bristol“～”，英国西部的港口城市。
4013 Auction's Bridge“～”；也解 Grattan Bridge“～”，都柏林的桥梁之一。
4014 cent for cent 解 cent per cent“～”；也解 cent pour cent［法］“～”。
4015 honnibel 解 horrible“～”；也解 honni［法］“～”；也解 Hannibal“～”(前 247—前 183 年)，北非古国迦太基统帅。
4016 crudelty 解 crudeltà［意］“～”；也解 crudity“～”。
4017 wert［德］“～”，此处与后面合解 worthy of“～”。
4018 naktlives 解 nightlife“～”；也解 naakt lijf［荷］“～”；也解 nachtleven［荷］“～”；也解 nackt［德］“～”。
4019 tentement 解 tenement“～”；也解 tantamount“～”。
4020 encient 解 ancient“～”；也解 enceinte［法］“～”。
4021 cartage“～”，此处解 Carthage“～”。
4022 mightyevil“～”，此处解 mediaeval“～”。
4023 roohms 解 rooms“～”；也解 Ruhm［德］“～”；也解 Rome“～”。
4024 scatab 解 skatos［希］“～”；也解 scarab“～”。
4025 orgias 解 orgies“～”；也解 orgia［希］“～”；也解 Borgia“～”，意大利 15、16 世纪权门家族。
4026 improperable 解 improper“～”；也解 improbable“～”。
4027 Crusos 解 Croesus“～”(595—546)，吕底亚王国最后一位君主，被认为是世界上最富有的国王；也解 Robinson Crusoe“～”，英国作家笛福的《鲁滨逊漂流记》中的主人公；也解 chrusos［希］“～”。
4028 panis［拉］“～”，此处解 penis“～”。
4029 pipple 解 pimple“～”；也解 pebble“～”。
4030 cansill 解 pencil［俚］“阴茎”；也解 Kanzel［德］“～”。
4031 claps［俚］“淋病”。
4032 pocks“～”；也解 pox“～”。
4033 Cassey“～”，此处解 cassé［法］“～”；也与后面合解 Castleknock“～”，都柏林地名，位于凤凰公园以西。
4034 testey 解 tester［俚］“～”；也解 testicle“～”；也解 teste“～”；也解 tasty“～”。
4035 tickey［俚］“～”。
4036 culprik 解 cul［法］“屁股”＋prick［俚］“阴茎”；也解 culprit“～”。
4037 coynds 解 coins“～”；也解 cunt“～”。
4038 ore“～”，此处解 or“～”；也解 nor“～”。
4039 cunziehowffse 解 Cunzie House“康泽屋”，爱丁堡的一家造币厂＋howff“住宅”。
4040 ecus“～”，法国古代钱币名；也解 queue“～”；也解 acus［拉］“～”。
4041 hemp“～”，此处解 help“～”。此处化自习语 help me God(愿上帝保佑我)。
4042 I meanit 解 I mean it“～”；也解 amen“～”。
4043 My herrings“～”，此处解 Meine Herren［德］“～”；也解 My Erin“～”。
4044 surdity“～”，此处解 absurdity“～”；也解 surd“～”。

要[4045]阿门说。她那赤裸裸的想法[4046]屁股，真是太太[4047]呜呜|宝贝儿让人发笑了。应该称作，呣，荒谬的交易。一致的一个！一致的，一个一个！一定会每天吃掉三文鱼[4048]布道|鲑鱼|母猪|镶边|种子，就像一条活的博因河三文鱼，啊。两个[4049]图摘樱桃的人[4050]，带着他们的凯瑟琳修女[4051]凯瑟琳追随者|圣凯瑟琳|凯瑟琳，来自肉宰场街的莉齐和莉西·吾公鸡，如果她们是与黄昏星[4052]精子|尿一起的黎明[4053]白麻布圣衣之月，而我是她们的共谋监护人[4054]平凡的|原料，我并不知道如何用我传自亚当[4055]或任何姐妹[4056]追求者看|须德海|妹妹或爱尔兰[4057]他们的女继承人的方式来与这类可怜的[4058]抱怨年轻人[4059]停留打交道，由他们、通过他们或者在他们的影响之下。才出[4060]出自煎锅又入烈火[4061]平底锅|我的|门厅。她的那个极[4062]异常像[4063]集中|物种我的[4064]。那个在卡洛郡[4065]伯爵让银行破产[4066]跳舞|尚克斯的人。他有双睾丸[4067]丢卡利翁。我听说了[4068]每个人都听到了|每个头|在前的，假设[4069]摄取你是无辜的[4070]，但我们看到[4071]感觉到你遇到[4072]跟那些[4073]酷似别人的人婴儿[4074]童年。双睾丸！气味[4075]或者。夜晚时分[4076]《新闻晚报》|邪恶的编钟是某事[4077]淫秽的回声泛起[4078]庸俗黄色小报|报纸|仅仅之时，但是汝已[4079]你|硬的把这些[4080]那里|驴子猪石[4081]猪舍投到苏格兰院子[4082]齐奥腾霍夫里国王[4083]共家的警察[4084]射击的人身上[4085]一只盘子，不是这样吗[4086]补充|说|我在燃烧？又一个[4087]自己的双睾丸！我喜欢他那张该死的脸[4088]愚人村！结巴桶！玩的什么卑劣的[4089]灌木丛把戏啊！我要为了牛肉赎金把我宣誓的头[4090]霍斯黑德放在我的白帽子[4091]白罐子下[4092]，并且我将站在我站过的地方，在罗德里克[4093]的

4045 Amean 解 I mean"～";也解 amen"～"。
4046 idears 解 idea"～";也解 arse"～"。
4047 choochoo"～",火车汽笛声,此处解 too too"～";也解 chouchou [法]"～"。
4048 saumone 解 salmon"～";也解 sermon"～";也解 saumon [法]"～";也解 Sau [德]"～";也解 Saum [德]"～";也解 Samen [德]"～"。
4049 tew 解 two"～";也解 Tew"～",曾有两位都柏林市长以此为姓。
4050 Cherripickers 解 cherrypicker"～",11 世纪匈牙利轻骑兵的绰号。
4051 Catheringnettes 解 Catherinettes"～",巴黎圣凯瑟琳修道院医院的修女,负责清洗和运送尸体;也解 Catherinettes"～",指在每年的 11 月 25 日圣凯瑟琳日准备圣凯瑟琳帽的未满 25 岁的女孩;也解 Saint Catherine"～",生活于 3 世纪末 4 世纪初的基督教圣人和殉道者;也解 Catherine"～",指本书中的女仆凯特。
4052 hespermun 解 Hesperus"～",即金星;也解 sperm"～";也解 mún [爱]"～"。
4053 aube [法]"～";也解 alb"～"。
4054 covin guardient 解 covin"共谋"+guardian"监护人";也解 common or garden"～";也解 ingredient"～"。
4055 Haddem 解 Adam"～",此处化自习语 not know a person from Adam(素不相识)。
4056 suistersees 解 sisters"～";也解 suiter sees"～";也解 Zuider Zee"～",荷兰艾瑟尔湖;也解 zuster [荷]"～"。
4057 theirn 解 Erin"～";也解 their"～"。
4058 gretched 解 wretched"～";也解 grutch"～"。
4059 youngsteys 解 youngsters"～";也解 stays"～"。
4060 Ous of 解 aus [德]"～";也解 out of"～"。
4061 freiung pfann...myne foyer 解 frying-pan"～"...my fire"～",此处化自习语 out of the frying-pan into the fire(刚出虎穴又入狼窝);也解 Pfanne [德]"～"+mine"～"+foyer"～"。
4062 enormally 解 enormously"～";也解 anomaly"～"。
4063 rassembled 解 resemble"～";也解 assembler [法]"～";也解 Rasse [德]"～"。
4064 mein [德]"～"。
4065 contey 解 County Carlow"～",爱尔兰东南部的郡;也解 Conte [意]"～",此处化自 19 世纪英国流行歌曲《那个在蒙特卡洛让庄家破产的人》("The Man That Broke the Bank at Monte Carlo")。
4066 shocked his shanks 解 break the bank"～";也解 shook a leg"～";也解 James Shanks"～",1893 至 1894 年任都柏林市长。
4067 Deucollion 解 deux [法]"两"+cullions [古英]"睾丸";也解 Deucalion"～",希腊神话中普罗米修斯和克吕墨涅之子,皮拉的丈夫,宙斯发洪水毁灭人类时只留下他们夫妇两人。
4068 Each habe goheerd 解 ich habe gehört [德]"～";也解 each had heard"～";也解 each head"～"+ahead"～"。
4069 uptaking"～",此处字面直解 annehmend [德]"～"。
4070 innersence 解 innocence"～"。
4071 sen 解 seen"～";也解 sense"～"。
4072 meet"～";也解 mit [德]"～"。
4073 sose 解 those"～";也解 sosie [法]"～"。
4074 infance"～",此处解 infants"～"。
4075 Odor"～";也解 oder [德]"～"。
4076 Evilling chimbes 解 evening time"～";也解 *Evening Times*"～";也解 evil chimes"～"。
4077 smutsick 解 something"～";也解 schmutzig [德]"～"。
4078 rivulverblott 解 reverberant"～";也解 Revolverblatt [德](用造谣等手段制造耸人听闻报道的)"～";也解 Blatt [德]"～";也解 blotte [丹]"～"。
4079 thee hard 解 thou hast"～";也解 thee"～"+hard"～"。
4080 thereass 解 these"～";也解 there"～"+ass"～"。
4081 pigstenes 解 pig"猪"+sten [丹]"石头";也解 pigsty"～"。
4082 Schottenhof 解 Schotten [德]"苏格兰人"+Hof [德]"院子";也解 Sehottenhof"～",维也纳旧城里的街区。
4083 Congan 解 kongens [丹]"～";也解 Conga"～",亦称康镇,传说中爱尔兰最后一个共主隐退的地方。
4084 shoots men 解 Schutzmann [德]"～";也解 shoot men"～"。
4085 upann 解 upon"～";也解 a pan"～"。
4086 ekeascent 解 ikke sandt? [丹]"～";也解 eke"～"+said"～";也解 ekêa [希]"～"。
4087 Igen [丹]"～";也解 eigen [德]"～"。
4088 Gothamm chic 解 goddamn cheek"～";也解 Gotham(英国传说中的)"～",也是纽约的绰号。
4089 Shrubbery"～",此处解 shabby"～"。
4090 oathhead 解 oath"宣誓"+head"头";也解 Howth Head"～",都柏林郊区的一个半岛,霍斯堡的所在地。
4091 whitepot 解 white hat"～",指芬・麦克尔;也解 white pot"～"。
4092 unner 解 under"～"。
4093 Roderick 解 Roderick O'Connor"～"(1116—1198),爱尔兰最后一位共主,之后凯尔特人的统治让位于盎格鲁-诺曼人。

我们至巨石边大海[4094]白拉奇乌斯与小基督[4095]纯洁的之间所有我的自由[4096]自由热量之地，在我的咧嘴而笑与短裤汉《圣经》[4097]买《圣经》之后，我戴着帽子[4098]曼哈顿岛，凭借我们全第一的竖石纪念碑[4099]这里的人|先生那直立[4100]厄瑞克透斯的长石，来证明我那褪去遮蔽的美德。我应该坦白地告诉你一切，凭借我蠼螋[4101]几乎邪恶的的名誉，我总会用配得上那位最[4102]待发的受喜爱的大陆诗人的词[4103]华兹华斯想，但丁[4104]使气馁、歌德[4105]痛风的和莎士比亚[4106]店主，股份公司[4107]，在将到来的彼为此和此为彼中普遍性所崇敬[4108]莫耶斯之人。正如我那朝圣者的[4109]虔诚的|变戏法的人过去[4110]最好的方略，我学习了我最佳大师的课程，就像他所知的公众一样，而且你知道吗，居家之人，我真心觉得，如果我不幸因偶然之利失败了，尽管胫骨坏死[4111]日本神道教|有脚趾的、脾气火爆[4112]火、遭了瘟疫[4113]半身不遂|杂草|困惑的、克里米亚战争[4114]废物|克伦威尔，我在竭尽全力[4115]最好的|做|少量|父亲，了解了我的谨慎[4116]证书之善。我曾被告知我拥有金矿[4117]煤矿|坑道，或者位于西班牙[4118]南方[4119]真相的那个南方[4120]的某物。嘀嘀嘀嘀！我是不是也[4121]说了我如何极其痛恨我自己(实话实说)，向我的下方之心忏悔星期天关门[4122]杂货|服装|桑特里？可笑之处是，我要说，旅馆经理，自从我，在深水溺毙者[4123]亲爱肮脏的围栏浅滩[4124]之上再次寻找爱尔兰[4125]迷乱，满心羞愧，伴以我的舵尾[4126]落三下，然而一个拿子游戏瓶[4127]拿|水中仙女|布鲁南堡之战也没有，用武器法[4128]右方的武器推进[4129]万斯英国标准，安置[4130]场所|爆炸|主教宫广场我的住所[4131]，取得星光迷雾[4132]老城下的全

4094 Pelagios 解 pelagos［希］“～”；也解 Pelagius“～”(360—420)，异端神学家，可能为爱尔兰人。
4095 Chistayas 解 Christ“～”；也解 chistay［俄］“～”。
4096 free heat“～”，此处解 Freiheit［德］“～”。
4097 brebreechesbuybibles 解 Breeches Bible“～”，指 1560 年的日内瓦《圣经》；也解 buy Bibles“～”。
4098 minhatton 解 my hat on“～”，犹太人戴着帽子发誓；也解 Manhattan“～”。
4099 man-here 解 menhir“～”；也解 man here“～”；也解 mijnheer［荷］“～”。
4100 erectheion 解 erection“～”；也解 Erechtheus“～”，希腊神话中的雅典国王。
4101 Nearwicked 解 earwig“～”；也解 near wicked“～”。
4102 primed“～”，此处解 prime“～”。
4103 wordworth's of 解 word worth of“配得上……的词”；也解 William Wordsworth“～”(1770—1850)，英国湖畔诗人。
4104 Daunty 解 Dante“～”；也解 daunt“～”。
4105 Gouty“～”，此处解 Goethe“～”。
4106 Shopkeeper“～”，此处解 William Shakespeare“～”。
4107 A. G. 解 Aktiengesellschaft［德］“～”。
4108 admoyers 解 admires“～”；也解 George Moyers“～”(1836—1916)，1881 年的都柏林市长。
4109 palmer's“～”；也解 pious“～”；也解 card-palmer“～”。
4110 past“～”；也解 best“～”。
4111 shintoed 解 shin“胫骨”＋Tod［德］“死亡”；也解 Shinto“～”，1945 年前为日本国教；也解 toed“～”。
4112 spitefired 解 spitfire“～”；也解 Fire“～”，与前后的死亡、瘟疫和战争一起，合为《圣经》中的天启四骑士。
4113 perplagued 解 plagued“～”；也解 paraplegia“～”；也解 perplagatus［拉］“～”；也解 perplexed“～”。
4114 cramkrieged 解 Krimkrieg［德］“～”；也解 Kram［德］“～”；也解 Oliver Cromwell“～”。
4115 dids bits 解 did best“～”；也解 dead best“～”；也解 did“～”＋bit“～”；也解 dads“～”。
4116 prudentials 解 prudential“～”；也解 credentials“～”。
4117 stolemines 解 goldmines“～”；也解 coalmines“～”；也解 Stollen［德］“～”。
4118 Spainien 解 Spanien［德］“～”。
4119 sooth“～”，此处解 south“～”。
4120 sorth 解 south“～”。
4121 ogso 解 ogsaa［丹］“～”。
4122 suntry clothing 解 Sunday closing“～”，英国有禁止星期天营业的法律，20 世纪末才有所改变；也解 sundry“～”＋clothing“～”；也解 Santry“～”，都柏林地名。
4123 deep drowner“～”；也解 dear dirty“～”。
4124 Athacleeath 解 Átha Cliath“～”，都柏林的爱尔兰名字。
4125 Irrlanding 解 Irland［德］“～”；也解 irre［德］“～”。
4126 ruddertail 解 rudder“船舵”＋tail“尾巴”，化自习语 in three shakes of a sheep's tail(立刻)。
4127 bottlenim 解 bottle“瓶子”＋nim“拿子游戏”；也解 nimm［德］“～”；也解 nymph“～”；也解 The Battle of Brunanburgh“～”，公元 937 年英格兰王埃特尔斯坦与其弟爱德蒙在此击败都柏林王奥拉夫·古特夫里特松。
4128 weaponright 解 weapon“武器”＋Recht［德］“法”；也解 weapon right“～”。
4129 vanced 解 advanced“～”；也解 James Vance“～”，1805 至 1806 年的都柏林市长。
4130 platzed 解 placed“～”；也解 Platz［德］“～”；也解 platzt［德］“～”；也解 Residenz-Platz“～”，大型广场，位于奥地利萨尔茨堡老城的中心。
4131 mine residenze 解 meine Residenz［德］“～”。
4132 starrymisty 解 starry“满天星光的”＋misty“有雾的”；也解 Staré Mesto“～”，指奥地利萨尔茨堡的老城。

部财物[4133]董事会和土地使用权|膳宿|玩耍，在这里在税摊[4134]都柏林的商业行会厅处运行操作我的布里斯托尔[4135]选择，为了贩夫走卒[4136]麦奈海峡|吝啬的|正直的，男性与庸常[4137]埃武拉桥女性[4138]狂热，外地人和陌生人[4139]敌人之中的普通农役租佃，在这些出租土地[4140]之中，在府绸镇[4141]都柏林的城镇里，在都柏林要塞[4142]邓禄普堡前[4143]知识，然后在海上，整个[4144]洞塞波尼斯沼泽[4145]绝境，现在是有着宏大距离的城市，四周城墙坚固[4146]沃勒包特湾，配有斜面[4147]脚踝|塔罗斯、反向内斜坡和一对儿[4148]栅栏|佩尔栅栏，在军事[4149]围攻获胜[4150]胜利|他们|胜之际，伴以院长[4151]屠宰场·战争[4152]陶器的祝福[4153]受伤的，在彼处的克伦塔夫[4154]整洁的关税表|礁石屠宰日[4155]甚至|葱，在我称之为奇迹[4156]万|《奇迹之年》|健神露的那一年，夸大[4157]这些标记[4158]软炭质页岩|做记号（多少可以说[4159]剑的由此他的律法是我的，我的是大熊阿尔伯特[4160]全部|打碎的普鲁士[4161]血统），在我们的好轮值国王[4162]国王律师学院区|肯辛顿|思想|考虑的庇护[4163]锋利的|羊下，乌尔班[4164]城市一世殿下[4165]、香槟查理[4166]卓别林|查理曼大帝|战役|平原、爱者[4167]有长棍面包的匈牙利[4168]饥饿的、恨者匈牙利[4169]亨利八世，这里正是我的行政任期[4170]保持|特雷纳和我的驯化操劳最初开始的地方，带着女人的重负，我的税负和垃圾[4171]步枪|斯卡特牌，但是乌鸦弗洛基[4172]作为我的海岸[4173]肯定领航者，伴随着英国[4174]英格兰人的汗水和流行病[4175]城里人|镇而饥寒交迫，这两齿的龙虫带着所有类型的巨蛇，彻底[4176]从许多国家的这一土地同盟[4177]中退出，敞开的和臭名昭著的下流肝脏不会在我们的卷轴中找到。我们城市的这个所在地它四面八方都

4133 bourd and burgage 解 bag and baggage“～”；也解 board and burgage“～”；也解 board and lodging“～”；也解 bourd“～”。
4134 thollstall 解 toll“征税”＋stall“货摊”；也解 Tholsel“～”。
4135 brixtol 解 Bristol“～”，英国西部的港口城市。
4136 mean straits 解 man in the street“普通人”；也解 Menai Strait“～”，位于英国威尔士西北与安格尔西岛之间；也解 mean“～”＋straight“～”。
4137 evorage 解 average“～”；也解 Bridge of Evora“～”，都柏林霍斯角的桥。
4138 fimmel 解 female“～”；也解 Fimmel［德］“～”。
4139 enemy“～”，在这里根据乔伊斯的笔记指“陌生人”。
4140 plotlets 解 plot“土地”＋let“出租”＋-s。
4141 Poplinstown 解 Poplin's“府绸的”＋town“城镇”；也解 Dublin's town“～”。
4142 Fort Dunlip 解 Fort“要塞”＋Dublin“都柏林”；也解 Fort Dunlop“～”，邓禄普汽车轮胎工厂的名字，位于英国伯明翰。
4143 alore 解 afore“～”；也解 lore“～”。
4144 hole“～”，此处解 whole“～”。
4145 Serbonian bog“～”，原指下埃及的塞波尼斯湖，一大片流沙覆盖的沼泽地，因此现指绝境，此处直译。
4146 goodwalldabout 解 good and walled“城墙坚固的”＋about“四周”；也解 Wallabout Bay“～”，纽约布鲁克林最古老的一个地区。
4147 talus“～”；也解 talus［拉］“～”；也解 Talos“～”，希腊神话中的青铜巨人，守卫克里特岛。
4148 pale“～”，此处解 pair“～”；也解 Pale“～”，地名，中世纪时期英国在爱尔兰的占领地。
4149 martiell 解 martial“～”。
4150 siegewin 解 siege“围攻”＋win“取胜”；也解 siege［德］“～”；也解 sie［德］“～”；也解 gewinne［德］“～”。
4151 abbot“男修道院院长”；也解 abbatoir“～”。
4152 Warre 解 War“～”；也解 Ware“～”。
4153 blesse 解 bless“～”；也解 blessé［法］“～”。
4154 cleantarriffs 解 Clontarf“～”，都柏林地名，爱尔兰国王布利安·布鲁 1014 年在此击败丹麦侵略军；也解 clean tariffs“～”；也解 Riff［德］“～”。
4155 slauchterday 解 slaughter day“～”；也解 auch［德］“～”；也解 Lauch［德］“～”。
4156 myriabellous 解 marvelous“～”；也解 myria“～”；也解“Annus Mirabilis”［拉］“～”，1667 年德莱顿创作的诗歌；也解 mirabilis“～”。
4157 overdrave 解 overdreven［丹］“～”。
4158 marken“～”，此处解 Marke［德］“～”；也解 marken［德］“～”。
4159 soord on 解 sort of“～”；也解 sword of“～”。
4160 Allbrecht the Bearn 解 Albert the Bear“～”（约 1100—1170），德国军事领袖，勃兰登堡第一位侯爵；也解 all“～”＋brecht［德］“～”。
4161 prusshing 解 Prussian“～”。
4162 kingsinnturns 解 kings in turns“～”；也解 King's Inns Ward“～”，都柏林的街区名；也解 Kensington“～”，伦敦地区名；也解 Sinn［德］“～”；也解 sinnt［德］“～”。
4163 patroonshaap 解 patronship“～”；也解 sharp“～”；也解 schaap［荷］“～”。
4164 Urban“～”，此处解 Urban“～”，史上有八位教皇名乌尔班，其中乌尔班一世于 222 至 230 年在位。
4165 T. R. H. 解 Their Royal Highnesses“～”。
4166 Champaign Chollyman 解 Champagne Charlie“～”，19 世纪建筑师查尔斯·哈德威克的绰号，此人为英国国王爱德华七世的朋友；也解 Charlie Chaplin“～”（1889—1977），英国喜剧演员；也解 Charlemagne“～”（约 742—814），法兰克王国国王和查理曼帝国皇帝；也解 campaign“～”；也解 champaign“～”。
4167 Loaved“～”，此处解 loved“～”。
4168 Hungry“～”，此处解 Hungary“～”。
4169 Hangry the Hathed 解 Hungary the hated“～”；也解 Henry the Eighth“～”。
4170 tenenure 解 tenure“～”；也解 tenens［拉］“～”；也解 Terenure“～”，都柏林地名。
4171 skat and skuld 解 skat og skuld［丹］“～”；也解 musket“～”；也解 Skat［德］“～”，德国一种三人玩的牌戏。
4172 Flukie of the Ravens 解 Floki of the ravens“～”，北欧神话中一名叫弗洛基·维尔格森的维京人于公元 864 年先后放出三只乌鸦发现了冰岛。
4173 sure“～”，此处解 shore“～”。
4174 Englisch 解 englisch［德］“～”；也解 English“～”。
4175 oppedemics 解 epidemics“～”；也解 oppidans“～”；也解 oppidum［拉］“～”。
4176 compolitely 解 completely“～”。
4177 landleague 解 Land League“～”，巴涅尔于 1879 年成立的爱尔兰佃农组织。

宜人、舒适和健康卫生。如果你穿过山丘，它们并不很远。如果穿过平原[4178]拥护|香槟酒大地，它的所有部分静静躺卧。如果你因淡水而高兴[4179]涂改的，那条有名的河，被托勒密称作都柏林[4180]女唇，快速奔流而过。如果你能看到大海，它近在眼前。留心！

——德罗姆科利赫[4181]，做任何你该做的！

——拜访[4182]美女德罗姆科利赫！

——先去看她[4183]先来看一眼|确定并看到如此删除德罗姆科利赫！

——看到[4184]看德罗姆科利赫然后死去！

——事情并不是像它们所是的样子。让我简要地审视一下。公告[4185]隐蔽地请回避[4186]！噼噼！偷睨！乖孩子[4187]音高|吸管！哪里可见[4188]鹦鹉，松鸡鸣叫，那里偷见[4189]使充满活力，口哨[4190]黄鼠狼吹响。这里泰伯恩刑场[4191]绞杀，汇集的低语声[4192]持续；汽车停下之处我在那里购物；此处汝之所见[4193]蜜蜂，即汝[4194]是的安息[4195]余数之所。看我的吧，你这个沉睡的巨人。你将如是你将如是[4196]！你们将如是[4197]他们将如是[4198]！从海拔高度上我的整个[4199]拥有头[4200]戴帽子的|队长，直到作为我命运的坏疽[4201]防御工事。最古老的[4202]摩西[4203]是[4204]一切混乱[4205]这个秩序的开始，因此他们商业行会法警[4206]丈夫|城堡外庭中的最后一个将会是我们治安官[4207]中的第一个。给所有人的新高度！拉杜·奈格卢[4208]黑的可能是爱尔兰王室警吏团[4209]回到城里的，但是我的男警察[4210]淫荡的男人|蜜月|霍尼曼与[4211]遇到他的每个处女先生[4212]待在菩提树大道[4213]在他们下面|门楣|

4178 champain 解 champaign“～”；也解 champion“～”；也解 champagne“～”。
4179 be delited with 解 be delighted with“～”；也解 delitus［拉］“～”。
4180 Libnia 解 Eblana“～”，古希腊天文学家托勒密所绘的世界地图上都柏林的名字。
4181 Drumcollogher 解 Dromcolliher“～”，根据哈里斯的《爱尔兰史》，Drom-Chohl-Coil 是都柏林最初的爱尔兰名字。
4182 visitez［法］“～”。
4183 Be suke ad sie so ersed 解 Besuchen Sie zuerst［德］“～”；也解 Besuche und sieh zuerst［德］“～”；也解 be sure and see so erased“～”。
4184 Vedi［意］“见”，此处化自意大利习语 Vedi Napoli e poi muori（看到那不勒斯，然后死去）；也解 vide［拉］“～”。
4185 Pro clam 解 proclaim“～”；也解 clam［拉］“”。
4186 shun“～”。
4187 Pipitch 解 Ppt“～”，斯威夫特在给恋人以斯帖·琼苏的信中常这样称呼她；也解 pitch“～”；也解 pipette“～”。
4188 Ubipop 解 ubi［拉］“无论在哪里”＋pop“瞪大眼睛”；也与后面合解 popinjay“～”。
4189 ibipep 解 ibi［拉］“那里”＋peep“偷看”；也解 pep“～”。
4190 whistle“～”；也解 weasel“～”。
4191 Tyeburn 解 Tyburn“～”，伦敦的行刑场，一直到 1783 年结束使用。
4192 murmars 解 murmurs“～”。
4193 see“～”；也解 bee“～”。此处化自莎士比亚的传奇剧《暴风雨》中的“Where the bee sucks, there suck I”（在蜂儿吸蜜的地方，我吮露）。
4194 yea“～”，此处解 you“～”。
4195 reste“～”，此处解 rests“～”。
4196 Estoesto 解 esto［拉］“～”。
4197 Estote 解 esto te［拉］“～”。
4198 sunto［拉］“～”。
4199 hold“～”，此处解 whole“～”。
4200 capt 解 caput［拉］“～”；也解 capped“～”；也解 captain“～”。
4201 mortification“～”；也解 fortification“～”。
4202 aldest 解 oldest“～”。
4203 mosest 解 Moses“～”，《圣经》故事中的犹太人古代领袖。
4204 ist［德］“～”。
4205 thisorder 解 disorder“～”；也解 this order“～”。
4206 hansbailis 解 Hanse“中世纪商业行会”＋bailiffs“法警”；也解 husbands“～”；也解 bailey“～”。
4207 sheriffsby 解 sheriffs“～”。此处化自《马太福音》（20:16）中的“那在后的将要在前；在前的将要在后了”。
4208 Redu Negru 解 Radu Negru“～”，也叫 Radu Vodă，罗马尼亚的瓦拉吉亚传说中的领袖；也解 negru［罗］“～”。
4209 black in tawn 解 Black and Tans“～”；也解 back in town“～”。
4210 horneymen 解 horney［俚］“警察”＋men“男人”；也解 horny men“～”；也解 honeymoon“～”；也解 Annie Horniman“～”（1860—1937），都柏林的阿比剧院的女赞助人。
4211 meet“～”，此处解 mit［德］“～”。
4212 mansiemagd 解 monsieur［法］“先生”＋Magd［德］“处女”。
4213 under them lintels 解 Unter den Linden“～”，柏林的主要街道；也解 under them“～”＋lintels“～”；也解 lentils“～”。

小扁豆。为了同侪和绅士[4214]《培尔·金特》、先生和骗子[4215]《皇帝与加利利人》|码头|先生|单层甲板的大帆船|躺着的人|钥匙|凯蒂·加拉赫山、来自大海[4216]说的新鲜生菜[4217]避孕套、陈腐的性急唠叨者[4218]《海达·高布乐》、为利润奔走的人[4219]一群以铁链锁住做苦工的囚犯|工头|《群鬼》、更差劲的车夫[4220]《当我们死者醒来的时候》|瓦格纳、社会栋梁[4221]赢得|社会和推动罗瑟米尔之家[4222]《罗斯默庄》的人。市民的服从预示[4223]溢出着来自城市[4224]按吨算的幸运。我们的交易所和政治经济学[4225]在仁善的杰克·谢泼德[4226]苏格兰高原地方的士兵|牧羊人那里安全无虞，我们的人生无法肯定[4227]与野蛮而伟大的江奈生[4228]一致。如此自由[4229]请允许我！谢谢你，最好的人[4230]多谢！霍屯都人[4231]暗杀是谋杀[4232]减少。蓝色火焰[4233]树叶魔鬼鲍勃落伍了[4234]发自时尚，火爆脾气的尼克[4235]一触即发的裂纹现在非常不合时宜。谋财害命现在如恋人[4236]手套贩卖商|领导相遇[4237]晨祷|连指手套|马丁一样少见[4238]，跳跃者[4239]麻风病患者稀缺，无知[4240]在怀疑之下像医神艾斯库累普[4241]的配偶[4242]痛苦的一半一样显现。让我的夫人[4243]在正午的商场风景[4244]午饭|祝你胃口好中发现她自己[4245]。我的主人[4246]我|勒德|邀请过在她的海德公园[4247]兽皮|捉迷藏寻找城市女郎[4248]午夜|一种细窄花边。一切都非常好[4249]尘世的|红利|树林。我们把布宜诺斯艾利斯[4250]清教徒|空气|擤鼻涕留[4251]天空给你！萤火虫[4252]佛伯格人|博格，善的火焰[4253]上帝保佑我们！爱人们[4254]不习惯航海的人，你们做好准备[4255]你们保持火药干燥！水手，我们赞美[4256]你的女仆[4257]一镑金币和妻子！我几乎很难像中心点[4258]一样拥有[4259]七座山[4260]七种疾病|天堂之山，你的山景[4261]景山始于[4262]开端的|蓬乱的

4214 peers and gints 解 peers and gents“～”；也解 *Peer Gynt*“～”，挪威剧作家易卜生的话剧。
4215 quaysirs and galleyliers 解 sirs and liars“～”；也解 *Caesar and Galilean*“～”，易卜生的话剧；也解 quay“～”＋sirs“～”＋and＋galley“～”＋liers“～”；也解 key“～”；也解 Katty Gallagher“～”。
4216 say“～”，此处解 sea“～”。
4217 fresk letties 解 fresh lettuce“～”；也解 French letter［俚］“～”，此处化自 *The Lady from the Sea*（《海上夫人》），易卜生的话剧。
4218 headygabblers 解 heady“性急的”＋gabbler“喋喋不休的人”；也解 *Hedda Gabler*“～”，易卜生的话剧。
4219 gaingangers 解 gain“利润”＋-gänger［德］“行走的人”；也解 chain gangs“～”；也解 ganger“～”；也解 *Gengangere*“～”易卜生的话剧。
4220 dudder wagoners“～”；也解 *Naar vi døde vaagner*“～”，易卜生的话剧；也解 Richard Wagner“～”（1813—1883），德国作曲家。
4221 pullars off societies 解 *Pillars of Society*“～”，易卜生的话剧；也解 pulls off“赢得”＋societies“社会”。
4222 rothmere's homes 解 Rothermere“罗瑟米尔勋爵”，英国报业大亨＋homes“家庭”；也解 *Rosmersholm*“～”，易卜生的话剧。
4223 spills“～”，此处解 spells“～”。此句化自都柏林市纹章上的格言“Obedientia Civium Urbis Felicitas”（［拉］市民的服从是城市的幸运）。
4224 toun 解 town“～”；也与前面合解 by the ton“～”。
4225 politicoecomedy 解 political economy“～”。
4226 Jock Shepherd 解 Jack Sheppard“～”（1702—1724），伦敦强盗，以越狱闻名；也解 Jock“～”＋Shepherd“～”。
4227 on sure 解 unsure“～”。
4228 Jonathans, wild and great“～”，此处化自英国作家菲尔丁的 *The Life of Jonathan Wild the Great*（《大伟人江奈生·魏尔德传》）
4229 Been so free“～”；也解 bin so frei［德］“～”。
4230 besters 解 best-ers“～”；也与前面合解 Danke bestens［德］“～”。
4231 Hattentats 解 Hottentot“～”，南部非洲的民族；也解 Attentat［德］“～”。
4232 mindered 解 murdered“～”；也解 mindern［德］“～”。
4233 Blaublaze 解 Blau［德］“蓝色”＋blaze“火焰”；也解 Laub［德］“～”。
4234 have gone from the mode“～”，此处按字面解为 aus der Mode gegangen［德］“～”。
4235 hairtrigger nicks“～”，此处解 Hair-Trigger Nick“～”，18 世纪的都柏林决斗者，真名叫理查德·马丁。
4236 glovars 解 lovers“～”；也解 glover“～”；也解 glovar［俄］“～”。
4237 metins 解 meeting“～”；也解 matins“～”；也解 mittens“～”；也解 Martin“～”，斯威夫特的《桶的故事》中的三兄弟之一。
4238 reere 解 rare“～”。
4239 lepers“～”，此处解 leapers“～”。
4240 ignerants 解 ignorance“～”。
4241 esculapuloids 解 Æsculapius“～”。
4242 bitterhalves 解 better half“～”；也解 bitter halves“～”。
4243 Miledd 解 my lady“～”。
4244 midday's mallsight“～”；也解 Mittagsmahlzeit［德］“～”；也解 Mahlzeit!［德］“～”。
4245 discurverself 解 discover herself“～”。
4246 Me ludd 解 my lord“～”；也解 me“～”＋Ludd“～”，凯尔特神话中伦敦城的保护神；也与后面合解 lud ein［德］“～”。
4247 hide“～”，此处解 Hyde Park“～”，位于伦敦；也与后面合解 hide and seek“～”。
4248 Minuinette 解 midinette［法］“单纯而轻佻的城市少女”；也解 minuit［法］“～”；也解 mignonette［法］“～”。
4249 waldy bonums 解 valde bonum［拉］“～”；也解 worldly“～”＋bonum［拉］“～”；也解 Wald［德］“～”。
4250 Blownose aerios 解 Buenos Aires“～”，阿根廷首都；也解 bluenose“～”＋air“～”；也解 blow nose“～”。
4251 luft 解 Luft［德］“～”，此处解 left“～”。
4252 Firebugs“～”；也解 Firbolgs“～”，爱尔兰神话中的爱尔兰早期定居者；也解 Bögg“～”，苏黎世传说中类似雪人的人物。
4253 good blazes“～”；也解 God bless us“～”。
4254 Lubbers 解 lovers“～”；也解 landlubbers“～”。
4255 kepp your poudies drier 解 keep your powder dry“～”；也可直译为“～”。
4256 segn 解 segnen［德］“～”。
4257 skivs“～”，此处解 skivvy“～”。
4258 centripunts 解 centri-“中心-”＋punt［荷］“点”。
4259 habt［德］“～”。
4260 Seven ills“～”，此处解 seven hills“～”；也解 heaven hills“～”。
4261 hill prospect“～”；也解 Prospect Hill“～”，北京和戈尔韦都有这个名字的山。
4262 inkeptive 解 inceptus［拉］“～”；也解 inceptive“～”；也解 unkempt“～”。

作为圆周的七片海[4263] 77。穗带黑岩山[4264]黑色的|浅滩|岩石、卡尔顿山、利伯顿山、克雷格和洛克哈特山、A.科斯托菲诺山、亚瑟王座山[4265]陋俗|社会风气。圣尼古拉斯教堂[4266]的图表[4267]魔鬼|地方|察特是我的向导,我在米尚[4268]的所在[4269]建起了一座圆顶屋;我那伍尔沃斯大楼[4270]很值得在埃菲尔铁塔[4271]令人敬畏的塔|大门旁高耸入云,尖顶刺穿天空,乌云遮顶的[4272]圆顶的塔|圆亭咖啡馆钟楼;不止如此。我借财政[4273]金衡制和关税而获得和成长,在巨型野家伙[4274]总共的|顾虑|托上帝鸿福旁,我长到够不着[4275]蛮横地|背叛地;城墙修筑捐和市场税是我交我主[4276]大君主的什一税的主要渠道,我交纳和夺取[4277]失业救济金和税贡的渠道;我几乎[4278]只不过被颅盖骨上的所有叩诊锤[4279]谋杀者|先驱|火帽弄得发了疯[4280]出自我的铸币厂,直到我为我自己敲击,并用代金券更多地增加[4281]愈加|约翰·莫莱;给赌场[4282]的绅士先生[4283]现金[4284]红润的钱,给当铺[4285]夫人我爱你们。赔付的[4286]荷兰|洗澡弗罗林[4287]外国人违反我们的心意流入胡格诺教徒[4288]大蝴蝶结手中,我遇到[4289]使无光泽|虚弱的|马太他们,胸对胸[4290]罗马教皇,巴尔多禄茂[4291];巴西米尔里斯币[4292]磨坊水槽(注意[4293]马可!)进攻[4294]突袭|引人注目,(看[4295]路加|光!)我让狮穴中的但以理[4296]在伦敦的丹尼尔站了起来。贝尔法斯特[4297]布达佩斯|公牛盛宴妒忌[4298]我,科克城[4299]加尔各答发牢骚[4300]。好样的[4301]父辈|先生|一个男孩!我勇敢面对布利安·布鲁[4302]著名的,来借[4303]贡物他对抗湖国[4304]奥罗兰,所有她的洪水[4305]有声电影在晃动[4306];让开道路[4307]无用的人|腹部|佛伯格人|逃跑!直到尽头[4308]威士忌|拉斯克!如果他们眼球的后面有愤怒[4309]爱尔兰,

4263 seaventy seavens 解 seven seas“～”；也解 seventy-seven“～”。
4264 Blackfordrock 解 Blackrock“～”，都柏林市中心以南 5 英里的滨海区；也解 black“～”＋ford“～”＋rock“～”。
4265 R. Thursitt 解 Arthur's Seat“～”，英国爱丁堡的山，此处包含英国爱丁堡的七座山；也解 Unsitte［德］“～”；也解 Sitte［德］“～”。
4266 Nicholas Within 解 St. Nicholas Within“～”，都柏林教堂名。
4267 chort 解 chart“～”；也解 chert［俄］“～”；也解 Ort［德］“～”；也解 D. A. Chart“～”，《都柏林故事》的作者。
4268 Michan“～”，指都柏林的圣米尚教堂，那里有一个地下室，很多尸骸保持在深坑里供游客参观。
4269 wherewithouts 解 whereabouts“～”。
4270 wellworth building 解 Woolworth Building“～”，位于纽约市，建于 1913 年，时为世界最高楼；也解 well worth“～”。
4271 awful tors 解 Eiffel Tower“～”；也解 awful towers“～”；也解 Tor［德］“～”。
4272 cupoled 解 capp'd“～”；也解 cupola“～”；也解 La Coupole“～”，巴黎最负盛名的咖啡馆之一，自 1927 年营业至今。
4273 fineounce 解 finance“～”；也解 fine ounce“～”。
4274 grossscruple 解 groß［德］“大的”＋Rüpel［德］“粗野的家伙”；也解 gross“～”＋scruple“～”；也与前后合解 by the grace of God“～”。
4275 outreachesly 解 out of reach“～”；也解 outrageously“～”；也解 treacherously“～”。
4276 Ouerlord 解 Our Lord“～”，指耶稣基督；也解 overlord“～”。
4277 prender［意］“～”。
4278 merely“～”，此处解 nearly“～”。
4279 percussors“～”；也解 percussor［拉］“～”；也解 precursor“～”；也解 percussion cap“～”。
4280 out of my mint“～”，此处解 out of my mind“～”。
4281 morely by token“～”；也解 more by token“～”；也解 John Morley“～”(1838—1923)，英国政治家。
4282 Gambleden 解 gambling den“～”。
4283 Sirrherr 解 Sir“先生”＋Herr［德］“绅士”。
4284 ruddy money“～”，此处解 ready money“～”。
4285 Pitymount 解 Mont-de-Piété［法］“～”。
4286 Paybads 解 payback“～”；也解 Pays-Bas［法］“～”；也解 Bad［德］“～”。
4287 floriners 解 florin“～”，一种英国硬币；也解 foreigners“～”。
4288 hugheknots 解 Huguenots“～”；也解 huge knots“～”。
4289 matt“～”，此处解 met“～”；也解 matt［德］“～”；也解 Matthew“～”，四福音书的作者之一。
4290 pepst to papst 解 chest to chest“～”；也解 Papst［德］“～”。
4291 barthelemew 解 Bartholomew“～”，耶稣的十二使徒之一，斋日为 8 月 24 日或 6 月 11 日。
4292 milreys 解 milreis“～”，巴西的旧硬币；也解 millrace“～”。
4293 mark“～”；也解 Mark“～”，四福音书的作者之一。
4294 onfell 解 onfall“～”；也解 Anfall［德］“～”；也解 auffallen［德］“～”。
4295 Luc 解 look“～”；也解 Luke“～”，四福音书的作者之一；也解 lux［拉］“～”。
4296 Daniel in Leonden 解 Daniel in lion den“～”，《圣经》记载但以理被人扔入狮穴却安然无恙；也解 Daniel O'Connell in London“～”，丹尼尔·奥康内尔 1829 年领导爱尔兰天主教徒赢得了参加议会的权利。
4297 Bulafests 解 Belfast“～”，北爱尔兰首府；也解 Budapest“～”，匈牙利首都；也解 bull feast“～”。
4298 onvied 解 envied“～”。
4299 Corkcuttas 解 Cork City“～”，爱尔兰科克郡的城市；也解 Calcutta“～”，印度城市。
4300 graatched 解 grouched“～”。
4301 Atabey 解 attaboy“～”，表示对男性的鼓励；也解 ata［土］“～”＋bey［土］“～”；也解 a boy“～”。
4302 BrienBerueme 解 Brian Boru“～”，爱尔兰国王，1014 年在克伦塔夫击败丹麦侵略军；也解 berühmt［德］“～”。
4303 berow 解 borrow“～”；也解 boramha［爱］“～”。
4304 Loughlins 解 Lochlainn［爱］“～”，古盖尔语中指斯堪的纳维亚半岛，尤指挪威；也解 Muirchearlach O'Lochlainn“～”，爱尔兰共主。
4305 tolkies 解 Tolca［爱］“～”；也解 talkies“～”，早期电影形式。
4306 shraking 解 shaking“～”。
4307 Fugabollags 解 Fag an bealach!［爱］“～”；也解 fag-an-bealach［爱］“～”；也解 bolg［爱］“～”；也解 Firbolgs“～，也称袋人，传说中的爱尔兰殖民者；也解 fuga［意］“～”。
4308 Lusqu'au bout 解 jusqu'au bout［法］“～”；也解 usquebaugh［爱］“～”；也解 Lusk“～”，爱尔兰都柏林郡的一个村庄。
4309 ire“～”；也解 Ireland“～”。

他们的门牙受到伤害[4310]丹麦人；在歌舞晚会[4311]上尽情狂欢，这是防御堡垒里的对抗；我打发[4312]通道|派人去请惠灵顿公爵[4313]农家庭院去再次给国王[4314]沙克尔顿[4315]戴上镣铐[4316]：瓦尔哈拉[4317]滑铁卢、瓦尔哈拉、瓦尔哈拉，在平原[4318]丰盛的上服丧！我确实在军事[4319]统帅和华沙[4320]警告|烟囱|马萨科斯卡法下忍气吞声，直到导线的铅弹[4321]铅酸盐|罗马教皇的使节，乒啊乓，解脱了[4322]相信我。我在卫城[4323]身体上祈祷[4324]布拉格|宴会，几乎在尼德多夫[4325]需要的人|低的|村庄崩溃[4326]早餐。我让美好的景色[4327]费尔维区自由[4328]郊区|泥泞地|泥地|地面地进来，但是把拉斯格[4329]警察排在威斯敏斯特[4330]拉斯敏斯|愤怒|看管者前后；我在讨饭[4331]慈善院中沐浴和洗澡[4332]巴登-巴登，我治治愈了[4333]独眼[4334]嫁接的。谁能讲讲他们的故事？我将他们随意[4335]立顿布满索尔兹伯里平原[4336]埋葬灵魂的平原。跟着三百[4337]盘坐名偷窥者[4338]吹笛者和两个和两个！为了睡美人[4339]磨光的美人，我纺织着他们戴着面纱的夜[4340]夜莺，朝着沉睡的[4341]野兽，我充耳不闻[4342]敲响了小偷的空气。一声嘟哝[4343]嘟囔的环绕着清真寺[4344]麝香的，但是幽思[4345]马厩在空气中哀诉[4346]，野兽[4347]嗡嗡作响；甜蜜的[4348]坦杜奇曲调如水离开西印度群岛[4349]，淹没一切[4350]长笛|洪水，此时从东方的峡谷[4351]东方圣乔治教堂爆发了猩猩们[4352]舌头|仰光|橙带党的冲突。我的这个城镇[4353]撒克维尔誓言广场[4354]熔炉[4355]经常是大道[4356]彻底的恐惧，但是在创建我的自治市[4357]梅克伦堡的时候，贝尔瓦罗斯[4358]野兽|玫瑰是被禁止[4359]改善之地[4360]景象；肺结核[4361]硬化症|土豆块茎|结核|块茎|分配，我迅速地[4362]一铁锹地|充满土豆|充满恶意地从土豆植物[4363]植物|地方霍金斯[4364]中站起来[4365]夷

4310 danage 解 damage“～”；也解 Dane“～”。
4311 ridottos“～”，1722 年引进英国的一种音乐和舞蹈集会，后来成为 18 世纪伦敦社交生活的标志之一。
4312 wegschicked 解 wegschicken［德］“～”；也解 Weg［德］“～”＋schicken［德］“～”。
4313 Duke Wellinghof 解 Duke of Wellington“～”(1769—1852)，英国军事家、政治家；也解 Hof［德］“～”。
4314 Roy 解 roi［法］“～”。
4315 Shackleton 解 Sir Ernest Henry Shackleton“～”(1874—1922)，英国南极探险家。
4316 reshockle 解 re-shackle“～”。
4317 Walhalloo 解 Valhalla“～”，北欧神话中的主神奥丁款待阵亡将士英灵的殿堂；也解 Waterloo“～”。
4318 plein［法］“～”，此处解 plain“～”。
4319 marshall“～”，此处解 martial“～”。
4320 warschouw 解 Warschau［德］“～”；也解 waarschuwen［荷］“～”；也解 schouw［荷］“～”；也与前面合解 Marszalkowska“～”，华沙的主要街道。
4321 plumbate“～”，此处解 plumbum［拉］“～”；也解 legate“～”。
4322 reliefed 解 relieved“～”；也解 believed“～”。
4323 acorpolous 解 Acropolis(古希腊都城的)“～”；也解 corpus［拉］“～”。
4324 praharfeast 解 prayer“～”；也解 Praha［捷］“～”＋feast“～”。
4325 Neederthorpe 解 Niederdorf“～”，苏黎世的老城；也解 needer“～”；也解 nieder［德］“～”＋thorpe“～”。
4326 fastbroke down 解 fast［德］“几乎”＋broke down“折断”；也解 breakfast“～”。
4327 faireviews 解 fair views“～”；也解 Fairview“～”，都柏林区名。
4328 slobodens 解 sloboda［塞维］“～”；也解 sloboda［俄］“～”；也解 slob lands“～”；也解 slab［爱］“～”；也解 Boden［德］“～”。
4329 rothgardes 解 Rathgar“～”，都柏林南部区名，原为镇，乔伊斯出生地；也解 gárdai［爱］“～”。
4330 wrathmindsers 解 Westminster“～”，伦敦的一个区；也解 Rathmines“～”，都柏林的一个区；也解 wrath“～”＋minders“～”。
4331 mendicity“～”；也解 Mendicity Institution“～”，都柏林最古老的慈善机构之一。
4332 bathandbaddend 解 bath“沐浴”＋and“和”＋baden［德］“洗澡”；也解 Baden-Baden“～”，德国著名的温泉城。
4333 corocured off 解 cured of“～”。
4334 unoculated 解 unoculus［拉］“～”；也解 inoculated“～”。
4335 ad liptum 解 ad libitum［拉］“～”；也解 Thomas Lipton“～”(1848—1931)，英国著名茶叶商，帆船爱好者。。
4336 plain of Soulsbury 解 Salisbury Plain“～”，位于英格兰威尔特郡中部，被用作军事训练场地；也解 plain of soul's bury“～”。
4337 hunkered“～”，此处解 hundred“～”。
4338 peepers“～”；也解 pipers“～”。
4339 sleeking beauties“～”，此处解 sleeping beauties“～”。
4340 nightinveils 解 night in veils“～”；也解 nightingales“～”。
4341 slumbred 解 slumbered“～”。
4342 tummed the thief air“～”，此处解 turned a deaf ear“～”。
4343 murmel 解 Murmeln［德］“～”；也解 murmuring“～”。
4344 musky“～”，此处解 mosque“～”。
4345 mewses“～”，此处解 muse“～”。
4346 whinninaird 解 whine“怨诉”＋in air“在空中”。
4347 belluas［拉］“～”。
4348 tendulcis 解 dulcis［拉］“～”；也解 Tenducci“～”，18 世纪的阉人歌手，1766 年在科克迎娶了一位爱尔兰女孩。
4349 westinders 解 West Indies“～”，位于北美洲。
4350 fluted up 解 flooded up“～”；也解 flute“～”；也解 Flut［德］“～”。
4351 gorges in the east“～”；也解 St. George's-in-the-East“～”，位于伦敦。
4352 ourangoontangues 解 orangutans“～”；也解 tongues“～”；也解 Rangoon“～”，现写作 Yangon，缅甸首都；也解 Orange“～”，爱尔兰新教政治集团。
4353 thicville 解 this“这个”＋ville［法］“城镇”；也解 Sackville“～”，1750 年至 1754 年的爱尔兰总督，今天都柏林的奥康内尔街原先就叫撒克维尔街。
4354 Escuterre 解 Eskü-Tér“～”，布达佩斯的城市广场之一。
4355 ofen 解 Ofen［德］“～”；也解 often“～”。
4356 thorough fear“～”，此处解 thoroughfare“～”。
4357 meckling of my burgh 解 making of my borough“～；也解 Mecklenburg“～”，德国一州名。
4358 Belvaros“～”，布达佩斯的一个区域，内有誓言广场；也解 belva［意］“～”；也解 rose“～”。
4359 forbed 解 forbid“～”；也解 forbedre［丹］“～”。
4360 site“～”；也解 sight“～”。
4361 tuberclerosies 解 tuberculosis“～”；也解 sclerosis“～”；也解 potato tubers“～”；也解 tuberculum［拉］“～”；也解 tuber［拉］“～”；也解 klêros［希］“～”。
4362 spudfully 解 speedfully“～”；也解 spadefulls“～”；也解 spud-fully“～”；也解 spitefully“～”。
4363 murphyplantz 解 murphy“土豆”＋plants“植物”；也解 Pflanze［德］“～”；也解 Platz［德］“～”。
4364 Hawkinsonia 解 John Hawkins“约翰・霍金斯”(1532—1595)，英国奴隶贩子，把土豆引进爱尔兰。
4365 reized 解 raised“～”；也解 razed“～”。

为平地，出自大量[4366]多血症|比勒陀利乌斯爱尔兰泥土[4367]首|灵魂|甘蓝|爱尔兰炖菜的浆浆果[4368]脚气病。我听说我的自由之土[4369]自由小子穿过他们的沼泽峡谷[4370]地下墓穴|马梳|《基尔代尔沼泽林》|库姆街争取自由，我的忠实自由派[4371]在哭墙[4372]惠灵顿前额手称贺[4373]耶路撒冷；我用沃土盖住[4374]里奇蒙水库|里奇蒙大街我的圆材澡盆里的雨水潟湖[4375]拉内勒|躺着，用欢呼和电缆[4376]椅子和桌子来传送，强力喷涌[4377]呼喊的吼叫，通过我的榆木长管[4378]经度；出自对臭氧[4379]汽车|地带的喜爱[4380]，我用我的勃生堂[4381]放下它们|灰泥汽车把它们运到并[4382]加上咖喱到我的九文台[4383]过来吃饭|旅行|来旅馆；我在为中午醉汉的带链[4384]大口酒杯里造出来自清醒腓力[4385]马其顿的腓力二世的喷泉般的[4386]自发地|与泉水有关的喷涌[4387]豆芽菜；那时他们断了奶，厌倦了酗酒，我让泡茶[4388]混乱泡得更久；葡萄园[4389]葡萄藤庭院|醋的酸葡萄[4390]播种者|慢行者，遵命[4391]是否|戒酒于我！当你在我的咖啡杯[4392]醉倒的中想我的时候，小心，留意[4393]在仓库里|韦尔你是否嘲笑我[4394]麦加|摩卡咖啡|儿子，当你在出租马车[4395]克尔白棚[4396]雪尔塔语付钱时，一丝不苟就如你在循规蹈矩[4397]全部|诅咒茶。因此好好看看你！因为，当我向上看到[4398]詹姆斯街[4399]雅努斯直线|一月的第一个，我就向下看到了圣诞台阶的最后一个；市政官基座[4400]波德斯塔和领公共救济金，我为了穷人和市长[4401]；我在福斯特[4402]法庭证明了[4403]德摩斯梯尼我的群体友谊[4404]魔鬼性，而我的学生们[4405]敌人|人民|男孩觉得我的吠叫傻瓜|伯克并不比他们的啃咬约翰·布莱特糟[4406]；妇女参政论者[4407]萨福和良心拒服兵役者[4408]共识犹豫不决地爱慕着我，但是我心中的母亲[4409]

4366 pletoras 解 pletora [意]"～";也解 plethora"～";也解 Andries Pretorius"～"(1798—1853),南非布尔人大迁徙时代的领袖,德兰士瓦共和国缔造者之一。

4367 shou [中]"～",此处解 soil"～";也解 soul"～";也解 chou [法]"～";也与前面合解 Irish stew"～"。

4368 berriberries 解 berry berry"～";也解 beriberi"～"。

4369 libertilands 解 liberty lands"～";也解 Liberty Lads"～",指都柏林新教织工学徒。

4370 curraghcoombs 解 curragh"沼泽"+comb"峡谷";也解 catacombs"～";也解 currycomb"～";也解"Curragh of Kildare""～",爱尔兰民歌;也解 The Coombe"～",都柏林的街道名。

4371 trueblues 解 true blues"～",指英国的辉格党。

4372 Wailingtone's Wall 解 Wailing Wall"～",又称西墙,耶路撒冷旧城犹太教古圣殿的残存部分;也解 Wellington"～",英国陆军元帅,第 21 位英国首相,在滑铁卢战役中打败拿破仑。

4373 hurusalaming 解 hooray!"万岁"+salaam"额手礼";也解 Jerusalem"～"。

4374 richmounded 解 rich"肥沃的"+mounded"用土堆覆盖";也解 Richmond Basin"～",都柏林南部水库;也解 Richmond"～",都柏林的街道。

4375 rainelag 解 rain"雨水"+lagoon "潟湖";也解 Ranelagh"～",都柏林南部的一个村庄;也解 lag [德]"～"。

4376 cheers and cables"～";也解 chairs and tables"～"。

4377 shouts"～",此处解 spouts"～"。

4378 longertubes 解 longer"更长的"+tubes"管子",1763 年人们曾用榆木管从里奇蒙水库向大运河运水;也解 longitudes"～"。

4379 outozone 解 ozone"～";也解 Auto [德]"～"+zone"～"。

4380 fundness 解 fondness"～"。

4381 Putzemdown 解 Pazundaung"～",缅甸仰光的镇名;也解 puts them down"～";也解 Putze [德]"～"。

4382 amd 解 and"～"。

4383 Kommeandine 解 Kemmendine"～",缅甸仰光的镇名;也解 come and dine"～";也解 commeandi [拉]"～";也解 komme [德]"～"。

4384 cheyned 解 chained"～"。

4385 Philuppe Sobriety 解 Philip Sober"～",即 Philip II of Macedon"～",马其顿国王,前 359 到前 336 年间在位,亚历山大大帝的父亲。此处化自习语 appeal from Philip Drunk to Philip Sober(请求复审)。

4386 fontaneously 解 fontane [意]"～";也解 spontaneously"～";也解 fontaneus [拉]"～"。

4387 sprouts"～",此处解 spouts"～"。

4388 infusion"～";也解 confusion"～"。

4389 vinegarth 解 vineyard"～";也解 vine garth"～";也解 vinegar"～"。

4390 sowerpacers 解 sour grapes"～";也解 sower"～"+pacers"～"。

4391 obtemperate [拉]"～";也解 ob [德]"～"+temperance"～"。

4392 coppeecuffs 解 coffeecup"～";也解 in one's cups"～"。

4393 in ware"～",此处解 beware"～";也解 Sir James Ware"～"(1594—1666),爱尔兰历史学家,编有《爱尔兰史》。

4394 meckamockame 解 make a mock of me"～";也解 Mecca"～";也解 mocha coffee"～";也解 mac [爱]"～"。

4395 caabman 解 cabman"～赶车人";也解 Ka'aba"～",沙特阿拉伯麦加城的天房,是穆斯林的朝觐之地。

4396 sheltar 解 shelter"～";也解 Shelta"～",以爱尔兰语为基础的隐语,在英爱等地补锅匠、游民间使用。

4397 tot the ites...corss the tees 解 dot i's and cross t's"一丝不苟,循规蹈矩";也解 totius [拉]"～"+curse the tea"～"。

4398 oplooked 解 uplooked"～"。

4399 Janus's straight"～",雅努斯为罗马神话中的双面门神,此处解 James Street"～",都柏林街道名;也解 January"～"。

4400 podestril 解 pedestal"～";也解 podestà"～",意大利中世纪的市政官。

4401 intendente [西]"～"。

4402 Foster 解 Foster Place"～",都柏林地名。

4403 demosthrenated 解 demonstrated"～";也解 Demosthenes"～"(前 384—前 322),古希腊的雄辩家。

4404 folksfiendship 解 folks"人们"+friendship"友谊";也解 fiend-ship"～"。

4405 enmy pupuls 解 and my pupils"～";也解 enemy"～"+pobal [爱]"～";也解 pupulus [拉]"～"。

4406 myburk was no worse than their brite 解 my bark is no worse than their bite"～",此处化自习语 his bark is worse than his bite(言语比行动吓人的人)。其中 burk 也解"～";也解 William Burke"～"(1792—1829),爱尔兰杀人犯,把新鲜的尸体卖给爱丁堡解剖学校。其中 brite 也解 John Bright"～"(1811—1889),英国政治家,反对民族自治。

4407 Sapphrageta 解 suffragettes"～";也解 Sappho"～"(约前 630—约前 592),古希腊著名的女抒情诗人。

4408 Consciencia 解 conscientious objectors"～";也解 conscientia [拉]"～"。

4409 maugher machrees 解 mathair mo chroidhe [爱]"～";也解 *Mother Machree*"～",1928 年的一部无声电影,内容是一个穷困的爱尔兰移民在美国的生活;也解 Thomas Meagher"～"(1823—1867),爱尔兰民族主义者,青年爱尔兰运动的领袖。

《慈母颂》|马尔和反对巴涅尔的人[4410]帕耳忒诺珀|海妖星，我的滔滔[4411]燕子话语与小小[4412]着色的海绵一起设下它们的把戏[4413] OK|逃命吧|红鲑，棒棒糖[4414]一团糟冒着烟气[4415]；弗莱彻[4416]-弗莱明们[4417]，伊丽莎白[4418]两人都，她们如何相互嘎嘎地[4419]质问[4420]问我，她们中黄金般的一个，我毫不犹豫地做出反驳；夫人们[4421]对她们的先生[4422]；那个在山坡[4423]山说|谁究竟说过上的人，你不想让火飞起[4424]萤火虫，直到你看到他们鸡奸者[4425]沙坑|邦克山眼里的眼白！答案先生；杨百翰[4426]带来年轻、杨百翰、杨百翰！；在我的所罗门[4427]所罗门博士|苏莱曼咖啡屋礼拜堂里我接生了他们那圆滚滚的东西[4428]圆度，我完全立刻[4429]侮辱的|坚持地在受辱的[4430]过熟的|《秀发遭劫记》卢泰西亚[4431]《鲁克丽丝受辱记》上面转动锁里的钥匙[4432]狱吏|土耳其的苏丹；我把饼干盒[4433]平安与你同在给了雅各饼干厂[4434]詹姆士二世党人，把肉汤烘焙[4435]农家蛋糕给了以扫[4436]筋疲力尽的；我通过我内裤里分期付款般地[4437]不断下滴洒脱地[4438]蜜饯生下了[4439]德里他们，那时我用我杂货商[4440]钱德勒的粉笔[4441]稍埠在我的斯拉泰伯[4442]写字板上为他们针锋相对地大谈[4443]他们的淀粉之日[4444]迈克尔·法拉第；我扎着围巾和腰带[4445]悲苦|织物和灰烬在我包好的[4446]全神贯注地姜饼[4447]黄色|厚板上远足，我像碗中比利[4448]一样沿溪流灌木[4449]公共汽车|伏击|乞丐灌木丛乞讨[4450]同性恋。在我心中的仁慈处，我派出公路响马[4451]嘿|乳清|女人来让一切疲倦的人[4452]焕然一新，然后，把特大城市警察加倍[4453]都柏林警察局|优雅，我这些慈善机构中伟大、伟大、最最伟大的，为了缩减他们这个更卑劣的男人而将基础货币[4454]卑鄙的家伙|害羞的|学士贬值[4455]瓦勒拉；用板

4410 auntieparthenopes 解 anti-Parnellite“～”，巴涅尔为爱尔兰自治领袖；也解 Parthenope“～”，希腊神话中的塞壬之一；也指“～”。

4411 schwalby 解 Schwall [德]“～”；也解 Schwalbe [德]“～”。

4412 litted“～”，此处解 little“～”。

4413 soakye pokeys 解 hokey pokey“～”；也解“～”；也解 sauve-qui-peut [法]“～”；也解 sockeye“～”。

4414 botchbons 解 bonbon [法]“～”；也解 botch“～”。

4415 afume 解 fume“～”。

4416 Fletcher 解 Elizabeth Fletcher“伊丽莎白·弗莱彻”，17 世纪都柏林的贵格会传教士。

4417 Flemmings 解 Fleming“～”，史上有两位都柏林市长以此为姓。

4418 elisaboth 解 Elizabeth“～”，指伊丽莎白·弗莱彻和伊丽莎白·史密斯，两人都是 17 世纪都柏林的贵格会传教士，并因发布她们的信仰被关入伦敦的纽盖特监狱；也解 both“～”。

4419 interquackeringly 解 inter-“在……之间”＋quacker“发出嘎嘎声的人”＋-ingly。

4420 rogated 解 interrogated“～”；也解 rogare [拉]“～”。

4421 Mesdememdes 解 mesdames“～”。

4422 leursieuresponsor 解 leur [法]“她们的”＋monsieur [法]“先生”。

4423 hillsaide 解 hillside“～”；也解 hill said“～”；也与前面合解 who in hell said“～”。

4424 flyfire 解 firefly“～”，此处直译“～”。

4425 bunkers“～”，此处解 buggers“～”；也解 Bunker Hill“～”，位于美国波士顿，以 1775 年的邦克山战役闻名。

4426 Brimgem young 解 Brigham Young“～”(1801—1877)，美国摩门教领袖，建立了盐湖城；也解 bring young“～”。

4427 Solyman 解 Solomon“～”，《圣经》中的以色列国王；也解 Dr. Bethel Solomons“～”，都柏林罗汤达妇产科医院的院长；也解 Solyman's Coffee House“～”，都柏林的咖啡屋。

4428 Rotundaties 解 rotundity“～”；也解 rotunditas [拉]“～”。

4429 insultantly 解 instantly“～”；也解 insultant“～”；也解 insistently“～”。

4430 raped“～”；也与前面合解 overripe“～”；也与后面合解 *Rape of the Lock*“～”，英国诗人蒲柏的长诗。

4431 lutetias 解 Lutetia“～”，前罗马时代与罗马高卢时代的城镇，现代巴黎的前身；也与前面合解 *The Rape of Lucrece*“～”，莎士比亚的长诗。

4432 turnkeyed 解 turn key-ed“～”；也解 turnkey“～”；也与后面合解 Sultan of Turkey“～”。

4433 bax of biscums 解 box of biscuits“～”；也解 pax vobiscum [拉]“～”。

4434 jacobeaters 解 Jacob's Biscuits“～”，位于都柏林；也解 Jacobite“～”。

4435 pottage bakes“～”；也解 cottage cake“～”。

4436 esausted 解 Esau“～”，《创世记》中以撒之子，被弟弟雅各骗取了父亲的祝福；也解 exhausted“～”。

4437 instalmonths 解 instalment“～”。

4438 with freakandesias 解 with free and easy“～”；也解 friandises [法]“～”。

4439 dehlivered 解 delivered“～”；也解 Delhi“～”，印度城市。

4440 chandner 解 chandler“～”；也解 Thomas Malone Chandler“～”，乔伊斯的短篇小说《一小片云》中的窝囊的丈夫。

4441 chauk“～”，缅甸中西部城市，此处解 chalk“～”。

4442 slataper 解 Scipio Slataper“～”(1888—1915)，出生于意大利的里雅斯特的作家和爱国者。

4443 titfortotalled up 解 tit for tat“以牙还牙”＋talked up“大声讨论”。

4444 farinadays 解 farina“淀粉”＋days“日子”；也解 Michael Faraday“～”(1791—1867)，英国物理学家、化学家。

4445 neckloth and sashes 解 neckcloth and sash“～”；也解 sackcloth and ashes“～”；也解 cloth and ash“～”。

4446 rapt“～”，此处解 wrapped“～”。

4447 jingelbrett 解 gingerbread“～”；也解 gelb [德]“～”＋Brett [德]“～”。

4448 belly in a bowle 解 Billy in the Bowl“～”，18 世纪都柏林的一个无腿乞丐，谋杀路人。

4449 amnibushes 解 amnis [拉]“溪流”＋bushes“灌木”；也解 omnibus“～”；也解 ambushes“～”；也解 Beggar's Bush“～”，都柏林的一个地区，曾有大量乞丐在夜晚伏击路人。

4450 beggered 解 begged“～”；也解 bugger“～”。

4451 heyweywomen 解 highwaymen“～”；也解 hey“～”＋whey“～”＋women“～”。

4452 ballwearied 解 all“所有”＋weary“疲倦的”。

4453 doubling megalopolitan poleetness 解 doubling megalopolitan police“～”；也解 Doublin Metropolitan Police“～”；也解 politeness“～”。

4454 base fellows“～”，此处解 base money“～”。其中 base 也解 bashful“～”；也解 bachelor“～”。

4455 devaleurised 解 devalued“～”；也解 Éamon de Valera“～”(1882—1975)，爱尔兰政治家，绰号“高个子”。

球内场员的一记猛击[4456]吞咽，我把我的边界[4457]无赖送到了植物湾[4458]，我匆忙建造了二十加四个我[4459]，而此时美国佬在诘问[4460]哈克贝利·费恩裁判员[4461]帝国；我一直在收[4462]处方|接收者|背诵匿匿名[4463]精神信，并广泛签署写满一首首纪念我的不朽的诗歌[4464]陶器的请愿书作为一种象征[4465]地点，我一直在重复着[4466]迷人的跟最活泼漂亮的[4467]仆役[4468]唱诗班少年|费斯音乐节交谈[4469]随笔，因此他们全都为了婊子养的[4470]桦树之歌请求我；我[4471]是|两个越秘密地建造，越公开地涂上灰泥[4472]壁柱|宫殿|恶习|摔跤。小心！躺下[4473]蹲伏听！我在太阳的午夜[4474]《仲夏夜之梦》修建[4475]烘烤|招手我那奇迹建造[4476]极好的|科尼利尔斯·范德比尔特|从|相片的小屋，在黎明升起之时由蘑菇[4477]软块|屋顶环绕[4478]由……组成|指南针。休息并满怀感激[4479]充满思虑的，持有许可证，多谢。我思考着田野[4480]南非草原上的百合花，朝着巴尔基斯[4481]我展示[4482]脱掉衣服我的荣光。这。这位小姐，我的女儿[4483]，这些男人，我的儿子，从我的东方人的[4484]公牛人镇|奥斯特曼人|奥斯曼帝国别墅封地到托尔石[4485]屋，真正的托马斯街[4486]，从哈金广场[4487]请到威廉·金格尔[4488]英国的之屋，德·隆德雷斯[4489]那人，在他们的所有索尔特男爵领地[4490]骤然的中断|森林，农民[4491]连接器与敌对市民[4492]市郊、奴隶与宗教狂、高视阔步的年轻人[4493]后代与大摇大摆的老兄们、达西家的[4494]约翰·达西詹姆斯[4495]、德鲁里·琼斯[4496]、红女仆与蓝制服[4497]，所有受尊敬的人和重罪犯[4498]忠诚，所有收到入场券的人，住满人的美丽家宅[4499]，整齐但家具很少，体面可敬，全家参加每日弥撒，极其讨厌面包和黄油，某天参加自卫队，因阅读

4456 slog“(板球中的)～”;也解 slog [爱]“”。
4457 boundary“～”;也解 bounder“～”。
4458 Botany Bay“～”,都柏林三一学院里的方院。
4459 mes 解 me-s“我”的复数,科斯格雷夫(Dillon Cosgrave)在他的《都柏林北部,城市与周边》(*North Dublin, City and Environs*)中说美国有 24 处地方叫都柏林。
4460 huckling 解 heckling“～”;也解 Huckleberry Finn“～”,马克·吐温的同名小说的主人公。
4461 Empire“～”,此处解 umpire“～”。
4462 reciping 解 receiving“～”;也解 recipe“～”;也解 recipiens [拉]“～”;也解 recite“～”。
4463 om omominous 解 an(onymous) anonymous“～”,模仿结巴;也解 nous [希]“～”。
4464 pottery“～”,此处解 poetry“～”。
4465 thingabolls 解 symbols“～”;也解 ball [爱]“～”。
4466 inchanting 解 chanting“念咒”;也解 enchanting“～”。
4467 feshest 解 am feschesten [德]“～”。
4468 cheoilboys 解 callboys“～”;也解 choirboys“～”;也与前面合解 Feis Ceoil“～”,爱尔兰的一种包括音乐比赛在内的传统音乐节,1904 年乔伊斯曾于此节在安第恩音乐厅唱歌。
4469 causeries“～”,此处解[法]“～”。
4470 song of a birtch 解 son of a bitch“～”;也解 song of a birch“～”。
4471 bi 解 I“～”;也解 bí [爱]“～”;也解 bi- [拉]“～”。
4472 palastered 解 plastered“～”;也解 pilaster“～”;也解 Palast [德]“～”;也解 Laster [德]“～”;也解 palaestra [拉]“～”。
4473 Couch“～”,此处解 coucher [法]“～”。
4474 sunsmidnought 解 sun's midnight“～”;也解 *A Midsummer Night's Dream*“～”。
4475 becket 解 bygget [丹]“～”;也解 baked“～”;也解 becked“～”。
4476 vonderbilt 解 wonder“奇迹”+built“建造的”;也解 wonderful“～”;也解 Cornelius Vanderbilt“～”(1794—1877),绰号为“船长”,美国 19 世纪亿万富翁的代表之一;也解 von der [德]“”;也解 Bild [德]“～”。
4477 mushroofs 解 mushroom“～”;也解 mush“～”+roofs“～”。
4478 was encampassed of 解 was encompassed of“～”;也解 was composed of“～”;也解 compass“～”。
4479 bethinkful 解 be thankful“～”;也解 be thinkful“～”。
4480 veldt“～”,此处解 field“～”。
4481 Balkis“～”,即示巴女王。
4482 disclothe“～”,此处解 disclose“～”。
4483 taughters 解 daughters“～”。
4484 Ostmanorum 解 Ostmann [德]“东方人”+-orum;也解 Oxmantown“～”,历史上都柏林北部市郊;也解 Ostman“～”,入侵爱尔兰的北欧海盗;也解 Ottoman“～”。
4485 Thorstan 解 Thor Stein“～”,都柏林维京人的祭神中心,位于现格林学院附近。
4486 Thomars Sraid 解 Sraid Thomais [爱]“～”,都柏林最古老的街道之一。
4487 Pleaze 解 place“～”;也解 please“～”。
4488 Inglis 解 Alfred Jingle“～”,狄更斯的《匹克威克外传》中的人物,刘易斯曾把他的说话方式与《尤利西斯》中布卢姆的内心独白相比;也解 English“～”。
4489 de Loundres 解 Henry de Londres“～”(? —1228),都柏林的主教,1220 年重修了都柏林城堡。
4490 barony of Saltus 解 barony of Salt“～”,都柏林郊区地名。其中 Saltus 也解“～”;也解 saltus [拉]“～”。
4491 bonders“～”,此处解 bonder [丹]“～”。
4492 foeburghers 解 foe“敌人”+burghers“市民”;也解 faubourg“～”,尤指法国城市。
4493 oges 解 og [爱]“～”;也解 o [爱]“～”。
4494 darsy 解 D'Arcys“～”,14 世纪爱尔兰戈尔韦的家族之一;也解 John D'Arcy“～”,1852 年的都柏林市长。
4495 jeamses 解 James“～”。
4496 drury joneses 解 Drury Jones“～”,1824 至 1825 年的都柏林市长。
4497 bleucotts 解 blue coat“～”。
4498 felony“～”;也解 fealty“～”。
4499 下面对住宅的描写多出自朗特里 1902 年出版的著作《贫穷:城市生活研究》(*Poverty : A Study of Town Life*)。

德国物理学著作而精神紧张，与其他八处的民居共用厕所，无比体面，获得满意的教区救济，刚刚在监狱里刮过脸的工薪者，极为体面，规划着在蒙哥马利街[4500]蒙哥马利修自行车作为新起点，长子不会伺候，但是精读天空中大人物剪贴簿[4501]摩天大楼，一间楼上和一间楼下[4502]上上下下没有后路，看着体面，为褪色的窗帘支付骨头给收破烂者，楼梯有客时持续照明，尤为可敬，房子被灰尘遮蔽，被垃圾堵塞，进去就像着了火的[4503]罗斯酒厂[4504]，忙于酒壶的邋遢老婆，为他自己做生意，生出了第十个私生子，有些体面，从事函授课程，在争吵中放弃了工作，在码头上两颊都被已故的设得兰[4505]字母Z侯爵亲过，与其他十一位捐款人共用被大量写满了的壁橱，曾经体面，开放式门厅散发着波罗的海菜肴的辛辣气味，女人头撞在墙上的砰砰声从而骚扰着邻居，私人小教堂占据着抵埠码头，每两个季度结算日搬迁一次，尤其无望的案例之一，最为体面，粪便必须经过打鼾的一家人排掉，古怪的海军军官每周一边读着门前大块树桩上的外国画报，号称是陷阱，一边不太稳定地享受着陶烟斗和大笑，患风湿病的寡妇和清洁女工，被纠缠，被谴责，被诅咒[4506]HCE，有着可疑的尊严，工具抵押昂贵或未曾保险，新教慈善家只要有可行之机，就会利用靠着失修的火炉灰坑的不幸者，严肃的学生吃着他最后的晚餐，对无人陪伴的老牧师来说危险的地板，绝对体面，许多显而易见敬神的毛边书籍，最近的水龙头在两百码跑程之外，家禽和瓶装醋栗经常放在桌子

4500 Mountgomery 解 Montgomery"～",都柏林的街道名;也解 Alex Montgomery"～",1828 至 1829 年的都柏林市长。

4501 scraps 解 scrap book"～";也与前面合解 skyscraper"～"。

4502 Anoopanadoon 解 an oop-an'-a-doon"一～",乔伊斯曾这样描绘两个房间;也解 up and down"～"。

4503 getting on"～",此处化自习语 get on like a house on fire(一见如故)。

4504 Roe's Distillery"～",都柏林的酒厂,位于詹姆斯街。

4505 Zetland 解 Shetlan"～",位于苏格兰北部的群岛,设得兰侯爵在 1889 到 1892 年任爱尔兰总督;也解 zet [德]"～"。

4506 此处包含本书主人公名字的缩写 HCE。

上，男人已经有十二个月没有脱掉靴子了，婴儿被教会捶打平的钢琴，外观体面，间或收到有头衔者的来信，在栏杆和裂缝的墙之间有一英尺的灰，老婆打扫凳子，特别体面，失了业[4507]渥太华并经常游手好闲，如果她同意就该做手术，房顶上有道可怕的大裂缝，紫红色的酒窖自从利奥[4508]狮子教皇时代就布满蛛网，穿着训练用裤，收藏着稀有的仙佛，未成年如糖似蜜，害虫类必须被分开，为了一或三便士守夜照料发烧病人，有两个露台（背靠背的微风），处处皆体面，无害的低能儿据说[4509]假定弱智，每星期天一根香肠，有一位雇员管理八位仆人，景色因游手好闲者用着巷子而被破坏了，睡懒觉的儿子们在天黑后立刻与姐妹们约会，从来看不到大海，旅行总是带着她的十一箱衣服，因厌倦而被抛弃的猫饥饿难耐，顶顶体面，完成殖民服务后休息一下，在工厂劳作，对他的众多女施主感到失望，卡路里仅仅来自花椒树[4510]朗特里和饺子，一条阳光肥皂[4511]他们用了整个一月和一半二月，维京族的维京人[4512]（动物饲料）住在五层楼的半独立房间但是很少付钱给商人，为避债朋友们作保，与十四幢相似村舍和一幢恶名昭彰的宿舍共用同一个厕所，相较而言更可敬，茶叶寡妇津贴但是坚持购买，从岳父那里继承来的丝帽，从未提及的家政总管，询问[4513]奇怪的他们如何生存，号称取而得，最后的四位居住者实施，只与好朋友精神相伴，未能成功锁定的体面，喷射[4514]承认老鼠的多产洞穴，锁住的象牙箱子里乌干达酋长的装饰品，祖母患有酗酒引起的晚

4507 ottawark 解 out of work“～”；也解 Ottawa“～”，加拿大首都。

4508 Leo“～”，史上很多教皇的名字；也解 leo［拉］“～”。

4509 supposingly 解 supposedly“～”；也解 supposing“～”＋-ly。

4510 Rowntrees 解 rown-trees“～”；也解 Benjamin Seebohm Rowntree“～”，《贫穷：城市生活研究》的作者。

4511 sunlight 解 Sunlight Soap“阳光牌肥皂”，利华兄弟公司出品。

4512 V. 解 Viking“～”。

4513 queery 解 query“～”；也解 queer“～”。

4514 emitting“～”；也解 admitting“～”。

期弱视，家长地[4515]古德曼广场的恐怖之物，受到尊敬并值得尊敬，能多体面地体面就多体面，尽管他们那让人害怕的承认[4516]口头的|缺乏是我能期望的害怕[4517] HCE，所有人，让他们都来吧，他们是我的佃农[4518]恶棍，我曾用特许状登记簿[4519]察特向他们征税[4520]耕种|高的|有刃的。因此[4521]我愿意并坚定地命令，就如我已经愿意并坚定地命令，凭着我的皇家之语和事业，现在加盖国玺，从他们父亲的更远祖辈的最远祖辈到他们孩子的孩子的孩子们，他们为了我居于此，拥有它，无抵押债务，还有我的继承者，坚定而平静，充分而诚实，拥有所有的自由和免关税，那是布里斯托尔[4522]之人，布里斯托尔之城，在布里斯托尔，在他们城市所属的郡中，贯穿我的全部土地，所拥有的。这是我的凭证、刀和鼻烟盒[4523]书|盒。呸，嘿，哼[4524]给农场的酬金。不要拿我们的残骸复仇[4525]国王亨利。

奋斗的弗隆[4526]长久，我已经释放了[4527]，成千[4528]英里又上万的奴隶[4529]伙食委员。瞧，我在他们的厕所[4530]本质里看着我的高鬈发[4531]蓬巴杜夫人|小便，我的鼓手在大地上闲谈着关于我的荒诞故事；我有点[4532]光|床希望贵贱通婚[4533]上午|明天，我把敲诈者[4534]荒凉的|食客锁[4535]租房|湖|暧昧在夜晚的酒窖[4536]谷物里；在我那大能之座[4537]围攻上，我吝惜[4538]吝啬的|帕西法|容以待下，戒除骄气|珀西·奥莱利我的臣民，但是在最幽暗的街道游荡[4539]中，我戒除了骄气[4540]魔鬼|高级的|犬吠；穿着衬裙[4541]小规模的|法院我评判邋遢女人[4542]毒品|尾巴，穿着家居服[4543]靠近的|房子|长筒袜我宣判了[4544]满是灰尘的脚；在盖伊家他

4515 Goodmen's Field“～”；也解 Goodman's Field“～”，伦敦地区名。

4516 orable amission 解 horrible admission“～”；也解 oral“～”＋amission“～”。

4517 herrors 解 horrors“～”。此处包含本书主人公名字的缩写 HCE。

4518 villeins“～”；也解 villain“～”。

4519 chartularies“～”；也解 D. A. Chart“～”(1878—1960)，都柏林历史学家，著有《都柏林的故事》。

4520 talledged 解 tallaged“～”；也解 tillaged“～”；也解 tall“～”＋edged“～”。

4521 Wherfor 解 wherefore“～”。

4522 Tolbris 解 Bristol“～”，英国西部的港口城市。

4523 snuffbuchs 解 snuffbox“～”；也解 Buch［德］“～”；也解 Büchse［德］“～”。

4524 Fee for farm“～”，此处解 Fie, foh, and fum“～”，出自《李尔王》第三幕第四场。

4525 Enwreak 解 un“不”＋wreaked“报复”；也解 Henricus Rex［拉］“～”，英国国王亨利二世于 1171 至 1772 年间签署宪章，宣布布里斯托尔人有权在都柏林居住，该宪章是英国与爱尔兰之间最早订立的准许在对方地方居住的法律文件。

4526 forlongs 解 furlongs“～”，英国长度单位，合 1/8 英里；也解 for long“～”。

4527 livramentoed 解 livramento［葡］“～”。

4528 milles 解 mille［法］“～”；也解 miles“～”。

4529 mancipelles 解 mancipio［意］“～”；也解 manciple“～”。

4530 easancies 解 lieu d'aisances［法］“～”；也解 essences“～”。

4531 pumpadears 解 pompadour(女子的)“～”；也解 Madame de Pompadour“～”(1721—1764)，法国国王路易十五的著名情妇；也解 pumpship［俚］“～”。

4532 litt［挪］“～”；也解 light“～”；也解 lit［法］“～”。

4533 morgenattics 解 morganatic“贵不传贱的贵贱通婚”，婚姻中社会地位较低的一方及子女不能继承对方的财产或头衔；也解 Morgen［德］“～”；也解 morgen［荷］“～”。

4534 bleakmealers 解 blackmailer“～”；也解 bleak“～”＋mealers“～”。

4535 louched 解 locked“～”；也解 lodged“～”；也解 loch“～”；也解 louche［法］“～”。

4536 seralcellars 解 serale［意］“晚上”＋cellars“酒窖”；也解 cereal“～”。

4537 siege“～”，此处解 siège［法］“～”。

4538 was parciful of 解 parsimonious“～”，即 be sparing of“～”；也解 Percival“～”，亚瑟王传奇中的圣杯骑士；也解 parcere subiectis, et debellare superbos［拉］“～”；也解 Persse O'Reilly“～”主人公 HCE 的化身之一。

4539 street wauks 解 stree“街道”＋walks“行走”。

4540 debelledem superb 解 debellare superbos［拉］“～”；也解 devil“～”＋superb“～”；也解 belle［德］“～”。

4541 pettycourts 解 petticoats“～”；也解 petty“～”＋courts“～”。

4542 drugtails 解 draggletail“～”；也解 drug“～”＋tails“～”。

4543 husinclose 解 house clothes“～”；也解 close“～”＋house“～”；也解 hose“～”。

4544 domstered 解 doomster［古英］“～”＋ed。

们被绑，在福克斯家[4545]盖伊医院猛砍；游戏给游麦斯[4546]戈麦斯，法律[4547]给法林奇[4548]私刑处死；如果我作为国家[4549]立法者[4550]宽宏大量[4551]青春国，我用我的喷发[4552]打嗝|勃起来彻底改变[4553]火山|硫化|高飞的；公路和小径[4554]路旁|干草籽|厕所我撒落此等草籽，在我的沟渠[4555]地堑田野我收集此等污污水[4556]母猪；在谢里登圆环[4557]我的智慧安卧，在皮埃尔·朗方[4558]被烦扰的|孩子的布莱克匹兹[4559]他劫数难逃[4560]。（橡树之心，愿汝等安息[4561]生根|变成碎片！禁酒会员回避[4562]水果！化为黏土的板材，覆以松树，不要醒来，不要行走[4563]！无声地[4564]缓慢地|曲折|慢板叹息，停尸房[4565]腐败！）凭借什么[4566]公爵大人[4567]他的伟人我的君主[4568]沙利文和大能的主，维京国王[4569]维京人|谨致问候顾及我，他曾经给我我之绰号[4570]米克（悄悄说[4571]使心烦意乱|狡诈！），那是给族名[4572]无人唱配角。这些是我的家族[4573]徽章。在顶端，两条幼鱼[4574]新鲜的|朋友，缀以星星[4575]星状物，轻浮无礼[4576]，没有[4577]揭去面纱衣服，黑色[4578]貂皮着装，银色内裤[4579]弃权者。作为中心浮雕，一只独角虫，强壮有力[4580]下垂的|重量，党派中带处[4581]臀部，左侧图绘，在蜕皮处，本色。低带[4582]前缘区处三分之一[4583]天主教的第三祈祷时段枪骑兵[4584]，摇晃着出鞘的枪杆，他们的武器以十字形交叉，伏击[4585]浮雕效果|以……为食，绿色。箴言，用预言文字书写[4586]专利特许证：昨天[4587]多毛的、明天[4588]愚钝的、今天[4589]好哇！HCE。无聊的是，再次经过其他地域[4590]阿尔瑟格伦德|埃尔斯特而成老年心性，来询问我是否，被拖成碎片，作为第一[4591]被迫的代群婚者，绝对的隐花植物[4592]密码|难解的|太阳脸欧格玛，属于我的爱色

4545 Guy's...Foulke's 解 Guy Fawkes"～";也解 Guy's Hospital"～",都柏林医院名。
4546 Gomez 解 Fernando Gomez"～",西班牙斗牛士,此处模仿习语 eye for an eye(以眼还眼)为名,故译,下同。
4547 loy 解 loi [法]"～"。
4548 lynch"～",此处解 James Fitzstephens Lynch"林奇",16 世纪初爱尔兰戈尔韦市市长,处死了自己的儿子。
4549 staidy 解 state"～"。
4550 lavgiver 解 lawgiver"～"。
4551 magmonimoss 解 magnanimous"～";也解 Mag-Mon 即 Tír na nÓg"～",爱尔兰传说中大西洋上的永远年轻之地。
4552 eructions"～",此处解 volcano eruptions"火山喷发";也解 erections"～"。
4553 revolucanized 解 revolutionise"～";也解 volcano"～";也解 vulcanize"～";也解 volucer [拉]"～"。
4554 hye and bye wayseeds 解 highways and byways"～";也解 waysides"～";也解 hayseed"～";也解 W. C. s"～"。
4555 graben"～",此处解 Graben [德]"～"。
4556 sowage 解 sewage"～";也解 sow"～"。
4557 Sheridan's Circle"～",美国华盛顿哥伦比亚特区的一个交通环岛。
4558 pestered Lenfant 解 Pierre L'Enfant"～"(1755—1825),法国建筑师,因规划美国首都华盛顿而扬名天下;也解 pestered"～"+l'enfant [法]"～"。
4559 black pitts 解 Blackpitts"～",都柏林市旧自由区帝霖(Teeling)酒厂后面的老城区。
4560 dummed 解 doomed"～"。
4561 root to piece 解 rest in peace"～";也解 root"～"+to piece"～"。
4562 obstain 解 abstain"～";也解 Obst [德]"～"。
4563 此处化自习语 waste not, want not(俭以防匮)。
4564 lento"～"(演唱),此处解 silent"～",此句出自爱尔兰诗人托马斯·穆尔的歌曲《菲奥诺拉的歌》中的歌词"Silent, oh Moyle"(安静,啊,莫伊尔);也解 lento [拉]"～";也解 lento [意]"～"。
4565 Morgh 解 Morgue"～",指都柏林市停尸房;也解 morgadh [爱]"～"。
4566 quo warranto [中拉]"～",责问某人根据什么行使职权的令状。
4567 his greats"～",此处解 his grace"～"。
4568 my soliven 解 my sovereign"～";也解 T. D. Sullivan"～",1886 至 1887 年的都柏林市长。
4569 V. king 解 Viking king"～";也解 Viking"～";也与后面合解 kind regards"～"。
4570 necknamesh 解 nickname"～";也解 Mick"～",本书主人公的儿子之一。
4571 flister 解 flüstern [德]"～";也解 fluster"～";也解 List [德]"～"。
4572 nomen"～",古罗马表示族系的名字,此处化自习语 play second fiddle(居次位)和 second to none(首屈一指);也解 noman"～",《奥德赛》中奥德修斯告诉独眼巨人他叫"无人"。
4573 genteelician 解 gentilicius [拉]"～"。
4574 frish 解 fish"～";也解 frisch [德]"～";也解 friend"～"。
4575 etoiled 解 etoile"～";也解 étoile [法]"～"。
4576 flappant 解 flippant"～"。
4577 devoiled of 解 devoid of"～";也解 devoiler [法]"～"。
4578 sable"～",此处解 sable"黑色的",纹章学术语。下含众多纹章学术语。
4579 withdrewers 解 with drawers"～";也解 withdrawer"～"。
4580 pondant 解 potent"～";也解 pendant"～";也解 ponderans [拉]"～"。
4581 partifesswise 解 parti [法]"党派"+fesse-wise"中带位置",指横过盾形纹章中央的三分之一部分;也解 fesse [法]"～"。
4582 lower field"～",指纹章的下部;也指昆虫的"～"。
4583 terce"～",此处解纹章学术语中的"将纹章面分为三个部分"。
4584 lanciers [法]"～"。
4585 embusked 解 ambushed"～";也解 emboss"～";也解 emboskomai [希]"～"。
4586 letters portent"～";也解 letters patent"～"。
4587 Hery 解 heri [拉]"～";也解 hairy"～"。
4588 Crass"～",此处解 cras [拉]"～"。
4589 Evohodie 解 hodie [拉]"～";也解 Evoe! [拉]"～"。此处包含本书主人公名字的缩写 HCE。
4590 elserground 解 else ground"～";也解 Alsergrund"～",奥地利维也纳的第九区,位于维也纳的中部;也解 Elster"～",河名,位于德国。
4591 forced"～",此处解 first"～"。
4592 holocryptogam 解 holo-"全"+cryptogam"隐花植物";也解 cryptogram"～";也解 holocryptic"～";也解 Ogma Sun-face"～",爱尔兰神话中的神,欧甘文字的创造者。

尼派[4593]本质|HCE，或者从蚱蜢之土携带着云彩，在乌鸫帆船[4594]上出生，我，缩成一团，一起[4595]直到某人作为团队合作的大规模产品，三件大鳖[4596]种类包裹[4597]在彼此[4598]痒家中，两件成对儿的衬裙[4599]早熟|美人哄骗活得如同一人，三个成三倍[4600]三个一组受到困扰或者两个翻一倍[4601]也是都柏林|图片|你，在赤裸者面前[4602]赤褐色我是赤裸的，或者与芬尼亚人[4603]游手好闲的一起做罗布·罗伊[4604]，嫁接在鱼身上的斐济[4605]猿猴，四周晦暗，凭着我的创造专长[4606]艺术品，凭借承诺的福音，凭借我天生的自由人的短工权利和我母教堂[4607]其他教堂的内心[4608]在她里面之光，用我这样的方式着实合适[4609]，我无比坚定地假装并再次宣布[4610]广告|不赞成选择同时性。直到破晓弓[4611]和显现之阴影消散。因此见鬼[4612]。实实在在！实实在在！时间，地点[4613]请！

——你的号码[4614]麻木的|名字？一[4615]小圆面包！

——谁给你那个号码？二[4616]拉屎！

——你有没有把你所有多余的便士投进去？我在听。三[4617]打喷嚏！

——别碰前面的便士！四[4618]前部的！

——远声[4619]电话先生、聋哑[4620]鸽子|畜生|声音夫人，以及看不见的朋友们！我或许或许想说。恼人的地方[4621]是，如果有忠诚的丽维娅河[4622]，沿着这个世界的蜿蜒[4623]像脉络般分布于|维也纳|使断奶路线，她背弃了她的道路向山上前行[4624]去寻找爱人[4625]百叶窗|母狼|花，爱尔兰[4626]爱尔兰|倾听的深肤男人，深渊边的北方爪子酋长、

4593 essenes“～”，亦称艾赛尼派，古犹太教派之一；也解 essence“～”。此处包含本书主人公名字的缩写 HCE。

4594 ouzel galley“～”，都柏林商船，1695 年出海后曾经失踪，1700 年重新带着货物出现。

4595 til summone 解 tilsammen［丹］“～”；也解 till someone“～”。

4596 surtouts“～”；也解 sorts“～”。

4597 wripped up 解 wrapped up“～”。

4598 itchother 解 each other“～”；也解 itch“～”。

4599 pritticoaxes 解 petticoat“～”；也解 praecox［拉］“～”；也解 pretty coaxes“～”。

4600 in trine 解 trebled in three“～”；也解 troubled in trine“～”。

4601 dubildin too 解 doubled in two“～”；也解 Dublin too“～”；也解 Bild［德］“～”；也解 du［德］“～”。

4602 for abram 解 before“在之前”＋abram［俚］“赤裸的”，此处出自《约翰福音》(8:58)“还没有亚伯拉罕就有了我”；也解 auburn“～”。

4603 faineans 解 Fenians“～”；也解 fainéant“～”。

4604 roberoyed 解 Rob Roy“～”，18 世纪一个传说中的苏格兰侠盗的绰号。

4605 Feejeean...merfish 解 Fejee Mermaid“斐济美人鱼”，19 世纪一个日本人把猿头加在鱼身上的造假之物。

4606 virtus“～”，此处解［拉］“～”。

4607 otherchurch 解 Mother Church“～”；也解 other church“～”。

4608 inher 解 inner“～”；也解 in her“～”。

4609 besitteth 解 besits“～”。

4610 reclam 解 re-claim“～”；也解 Reklame［德］“～”；也解 reclamo［拉］“～”。

4611 daybowbreak 解 daybreak“破晓”＋bow“弓”。此处化自《雅歌》(2:17)“我的良人哪，求你等到天起凉风、日影飞去的时候，你要转回”。

4612 be hek 解 by heck“～”。

4613 place“～”；也解 please“～”。

4614 Numb“～”，此处解 number“～”；也解 name“～”。

4615 Bun“～”，此处解 one“～”。

4616 Poo“～”；也解 two“～”。

4617 Sree 解 three“～”；也解 sraoth［爱］“～”。

4618 Fore“～”，此处解 four“～”。

4619 Televox 解 tele-“远方的”＋vox［拉］“声音”；也解 telephone“～”。

4620 Taubiestimm 解 taubstumm［德］“～”；也解 Taube［德］“～”；也解 Biest［德］“～”；也解 Stimme［德］“～”。

4621 Annoyin part 解 annoying part“～”。

4622 Fulvia［拉］“河”＋Livia“丽维娅”，本书女主人公。

4623 wiening 解 winding“～”；也解 vein“～”；也解 Wien［德］“～”；也解 wean“～”。

4624 gon on 解 go on“～”。

4625 louvers“～”，此处解 lovers“～”；也解 louve［法］“～”；也解 flowers“～”。

4626 Earalend 解 Ireland“～”；也解 Éire“～”；也解 lend ear“～”。

走入黑水[4627]黑水河酋长、棕色水塘酋长和夜晚之云酋长，或者丽维娅河再次，她是琥珀色女巫[4628]《琥珀女巫》，仅凭莫阿比特[4629]摩押人来的某些本可以奸污[4630]滥用她的、在四处搜寻的[4631]巡逻公路响马[4632]偏僻小路的建议，就离开了她那细香葱般[4633]公民的弯曲弯曲的番红花河床，这个狐狸无赖[4634]福克斯洛克，问问骗她的人到底在哪儿[4635]混乱地|蓓尔美尔街犯罪[4636]是，这可能获益。然而知道情况完全不同，这是我从我的[4637]木乃伊好妻子[4638]货物码头|流浪者那里听到的，当我，首先而且最[4639]位于最末端的衷心地[4640]几乎不|哈蒂爵士|CEH断言[4641]夏娃，因为黄色河流[4642]，那个多余出生之人[4643]的小妇人[4644]贵妇|懒惰的|膝盖，相反[4645]直到|对……有利|与其他人永远跟随那些属于公平之物而来，我喜欢[4646]被奉承|建立在……之上这位女眷[4647]娼妓|为什么|在那上面，那个失去的[4648]虚假的。即便如此，因为我对她生出爱意[4649]法律；并纵溺她这位女水神[4650]内衣|水。她哭泣道：啊，我的主[4651]法律啊！

——直到我们相遇！

——在我们分开以前！

——吐啰啦！[4652]过得去的|所有人|疯的

——这一次一百年！

——但是我对她要求很严。我确实得到我最大的[4653]到达快乐、妒忌，戴着面纱[4654]戴面具的、戴着双重面纱[4655]戴面具的、耳朵覆盖、口鼻束网，值得尊敬地沿着水道[4656]火焰|河载着她，在陆地上沿左侧引导她，脚步，从莱克斯利普[4657]缺少跳跃直到利菲环线

4627 Black Water“～”,“都柏林”的意思就是黑水潭;也解 Blackwater“～”,河名,位于爱尔兰卡文郡。

4628 whitch 解 witch“～”;也与前面合解 *The Amber Witch*“～”,德国作家威廉·迈恩霍尔德 1839 年出版的哥特小说。

4629 Moabit“～”,德国柏林地区名,其中有莫阿比特监狱;也解 Moabite“～”,生活在死海东面的古代民族。

4630 abused of“～”,此处解 abuser de[法]“～”。

4631 prolling 解 prowling“～”;也解 patrol“～”。

4632 bywaymen 解 highwaymen“～”;也解 byway“～”。

4633 chivily 解 chives“～”;也解 civil“～”。

4634 foxrogues 解 fox“狐狸”+rogues“无赖”;也解 Foxrock“～”,都柏林郡的市镇。

4635 wher in pellmell 解 where in hell“～”;也解 pellmell“～”;也解 Pall Mall“～”,伦敦街名,以俱乐部著称。

4636 sinned“～”;也解 sind[德]“～”。

4637 mmummy 解 my“～”;也解 mummy“～”。

4638 goods waif 解 good wife“～”;也解 goods wharf“～”;也解 waif“～”。

4639 endmost 解 and most“～”;也解 endmost“～”。

4640 hartyly 解 heartily“～”;也解 hardly“～”;也解 Sir R. W. Harty“～”,1830 至 1831 年的都柏林市长。此处包含本书主人公名字缩写的变体 CEH。

4641 aver“～”;也解 Eve“～”。

4642 Fulvia Fulvia[拉]“～”。

4643 plusneeborn 解 plus“附加额”+née[法]“天生的”+born“出生”。

4644 iddle woman[古英]“～”,此处解 little woman“～”;也解 idle“～”;也解 knee“～”。

4645 tillstead 解 instead“～”;也解 till“～”+stead“～”;也解 tilstede[挪]“～”。

4646 am fawned on“～”,此处解 am fond of“～”;也解 am found on“～”。

4647 wharom 解 harem“～”,穆斯林家中单独居住的女眷;也解 whore“～”;也解 waarom[荷]“～”;也解 whereon“～”。

4648 loost 解 lost“～”;也解 loos[荷]“～”。

4649 love“～”;也解 laws“～”,此处化自 wage one's law(遵守法律)。

4650 Undines“～”;也解 undies“～”;也解 unda[拉]“～”。

4651 lors 解 lords“～”;也解 laws“～”。

4652 Tollollall,拟声;也解 tol-lol“～”+all“～”;也解 toll[德]“～”。

4653 reached“～”,此处解 richest“～”。

4654 ymashkt 解 yashmak“～”;也解 masked“～”。

4655 Beyashmakt 解 bi-yashmak“～”;也解 be masked“～”。

4656 flumingworthily 解 fluming“用引水槽输送”+worthily“值得尊敬地”;也解 flame“～”;也解 flumen[拉]“～”。

4657 lacksleap 解 Leixlip“～”,爱尔兰基尔代尔郡地名,字面含义是“鲑鱼跳”;也解 lacks leap“～”。

桥[4658]环线，潮水落下，就像市政治安官[4659]诗歌所应是的，在凯文[4660]凯文码头的小溪和围栏浅滩[4661]和园丁街[4662]边幽咽，长长的河畔[4663]河|四快车道，路堤，大大的，直到林山德[4664]的浮游水草[4665]漂浮的|船队和渡口，在那儿她开始有些颠簸，我掷出的飞镖；那里，在浪边旁，在南方海滨[4666]，权杖高如桅杆，高如如库丘林[4667]牛咆哮，无畏的[4668]这样埃阿斯[4669]高高的厕所|狂欢作乐，如果我举起[4670]撕开|评价我那魔术师的撑篙[4671]，三叉戟[4672]尖端分三叉的生出特里同[4673]棍棒[4674]血统，远方统治者[4675]金属箍，我命令那些泡沫纷飞众声喧响的[4676]咆哮的|普伊-富赛大海自己[4677]从我们[4678]嘴那里退去（向后[4679]朝后|烟，汝这大海大海结巴[4680]咆哮|延迟|斯塔默！），我缩短了该死的优秀骑术[4681]神圣的维京人的船|大教堂|恐惧，直到我做完了减少[4682]多纳贝特她的首秀赛[4683]马坦公园，我的暴徒[4684]赤裸的|衬衣|棺材新娘，并在我用我的全身[4685]下流的崇拜[4686]娼妓|马鞭她时了解她的肉体，我的结发妻子[4687]眼镜|妻子|我的|挥击；天堂，他引起回响[4688]大厅雷声阵阵；阴间[4689]全盛期|哈得斯，为她欣喜若狂[4690]博斯普鲁斯海峡。我把我十个跨度[4691]锡锅的快乐投在她的身上，跌个正着[4692]原型|高过|屁股|交媾，从电话银行到回声银行，凭借着强弓[4693]理查德·德·克莱尔（迦拉太人[4694]伽拉苔娅|海！！迦拉太人！）我们如此强力地[4695]严厉的合为一体，她这墨西哥湾流[4696]母狼里的男性溪流[4697]主流|大旋涡；朝着环形大道[4698]环形应力带我用爱尔兰的烙铁[4699]爱尔兰|和平女神拨弄她，为了所有人[4700]全部商人般把她终身[4701]利菲河|谎言抛掷标记为[4702]商标我的，昨天[4703]今天|今日、今天[4704]昨天、明天[4705]明日|翌日以及永永远远[4706]；把你的峰顶做基

4658 liffsloup 解 Liffey“利菲河”＋Loopline Bridge“环线桥”，利菲河下游接近入海口的铁路桥；也解 loop“～”。
4659 portreeve“～”；也解 poetry“～”。
4660 Kevin“～”，肖恩的化身之一；也解 Kevin's Port“～”，都柏林码头名。
4661 Hurdlesford 解 Town of the Ford of the Hurdles“～之城”，指都柏林。
4662 Gardener's Mall“～”，都柏林街道名，今为都柏林的奥康纳大街。
4663 rivierside 解 riverside“～”；也解 rivier［荷］“～”；也解 vier［德］“～”。
4664 Ringsend“～”，都柏林南部的郊区。
4665 Flott［德］“～”；也解 flott［德］“～”；也解 flotta［意］“～”。
4666 strond 解 strand“～”。
4667 Cowhowling 解 Cú Chulainn“～”，凯尔特神话中太阳神的儿子，《夺牛长征记》的主人公；也解 cow howling“～”。
4668 taillas...quailless 解 tall as...quail-less“高如……毫无恐惧”；也解 talis...quails［拉］“如……这样”。
4669 Highjakes 解 Ajax“～”，荷马史诗特洛伊战争中有勇无谋的希腊将领；也解 high jakes“～”；也解 high jinks“～”。
4670 upreized 解 uprise“～”；也解 aufreißen［德］“～”；也解 appraise“～”。
4671 puntpole“～”，此处化自本书主题 flowerpot on a pole（柱上花形盆）。
4672 tridont 解 trident“～”；也解 triodontos［希］“～”。
4673 tritan 解 Triton“～”，希腊神话中海神的儿子。
4674 stock“～”，此处解 Stock［德］“～”。
4675 farruler 解 far“远的”＋ruler“统治者”；也解 ferrule“～”。
4676 polyfizzyboisterous 解 poly-“多个的”＋fizzy“起泡沫的”＋boisterous“喧闹的”；也解 polyphloisbos［希］“～”；也解 Pouilly-Fuissé“～”，法国葡萄酒产区，位于马贡（Maconnais）产区。
4677 hemselves 解 themselves“～”。
4678 os“～”，此处解 os［丹］“～”。
4679 rookwards 解 backwards“～”；也解 rückwärts［德］“～”；也解 rook［荷］“～”。
4680 stamoror 解 stammerer“～”；也解 roar“～”；也解 moror［拉］“～”；也解 William Stamer“～”，曾任都柏林市长。
4681 domfine norsemanship 解 damn fine horsemanship“～”；也解 divine Norseman ship“～”；也解 Dom［德］“～”；也解 Dampf［德］“～”。
4682 abate“～”；也与前面合解 Donabate“～”，都柏林郡的市镇。
4683 maidan race 解 maiden race“～”；也解 Maidan“～”，加尔各答最大的城市公园，有皇家加尔各答赛马俱乐部。
4684 baresark 解 berserker“～”；也解 bare“～”＋sark“～”；也解 Sarg［德］“～”。
4685 bawdy“～”，此处解 body“～”。
4686 whorship 解 worship“～”；也解 whore“～”；也解 horsewhip“～”。
4687 min bryllupswibe 解 min bryllupsviv［丹］“～”；也解 Brille［德］“～”＋Weib［德］“～”；也解 mine“～”＋swipe“～”。
4688 hallthundered 解 hallen［德］“～”；也解 hall thundered“～”。
4689 Heydays“～”，此处解 Hades“～”；也解 Hades“～”，希腊神话中的冥王。
4690 blissforhers 解 bliss for her“～”；也解 Bosphoros“～”。
4691 tenspan 解 ten span“～”；也解 tin pan“～”。
4692 arsched overtupped 解 arse over tip“～”；也解 archetype“～”＋overtop“～”；也解 Arsch［德］“～”＋tup“～”。
4693 strongbow“～”，也是英格兰第二代彭布罗克伯爵“～”的绰号，他于 1170 年在英王亨利二世授意下率军入侵爱尔兰，1171 年亨利二世巡视爱尔兰时宣誓效忠。
4694 Galata 解 Galatian“～”，小亚细亚的凯尔特人；也解 Galatea“～”，古希腊神话中的海洋女神；也解 Thalatta!“～”，古希腊历史学家色诺芬的惊呼。
4695 streng［德］“～”，此处解 strong“～”。
4696 shegulf 解 she“她”＋Gulf Stream“墨西哥湾流”；也解 shewolf“～”。
4697 malestream 解 male“男性”＋stream“溪流”；也解 mainstream“～”；也解 maelstrom“～”。
4698 ringstresse 解 Ringstraße［德］“～”；也解 ring stress“～”。
4699 iern 解 iron“～”；也解 Ierne［爱］“～”；也解 Irene“～”，希腊神话中的女神。
4700 all and singular“～”，此处解 all and sundry“～”。
4701 lieflang 解 lifelong“～”；也解 Liffey“～”；也解 lie fling“～”。
4702 tradesmanmarked 解 tradesman“商人”＋marked“做记号”；也解 trademark“～”。
4703 iday 解 inde［爱］“～”；也解 idag［丹］“～”；也解 hodie［拉］“～”。
4704 igone 解 indiu［爱］“～”；也解 igaar［丹］“～”。
4705 imorgans 解 imbarach［爱］“～”；也解 morgen［德］“～”；也解 imorgen［丹］“～”。
4706 for ervigheds 解 for evigheden［丹］“～”。

底，你！你，放下你的旗子吧！；（船舶是怎样地呼啸啊！蒸汽牛[4707]斯坦布尔是怎样地哞哞叫啊！）；从利菲之土[4708]利夫兰|丽维娅|生活的土地，健康[4709]，万岁[4710]钩子|抵押|这，从拉脱维亚[4711]列托人，干杯[4712]，长存[4713]居住|妻子！伴随着亚细亚的皇后[4714]印象|女主神和哥伦比亚女王给她的新郎亲友[4715]一对水中仙女，鸣沙给她的新娘[4716]赫布里底群岛的音乐；鹅脂[4717]给我们[4718]吾等|盎司涂油[4719]恼怒的，暴民[4720]运河|翅膀合唱[4721]为军人分配营房，给她的我，她那害羞的花朵[4722]羽毛举起；我写下[4723]一个名字，婚姻之锁环绕她扣上[4724]博尔顿，将被带入坟墓，我深爱的肮脏的都柏林[4725]德丁，汉娜·丽维娅·妇鲁拉贝尔[4726]雨|雨生草，因为[4727]其间我她的[4728]绅士爱人[4729]赋予生命的人平静[4730]改变成|开动并存在[4731]是；我拴住她这贞洁的配偶[4732]门式窗|阴户，好紧紧抓住[4733]流感愤怒的[4734]河|阜姆港依偎之人[4735]走私犯，她的小房间[4736]木板我弄得很臭[4737]，以便惩罚[4738]西班牙人暴徒；我是她的霍斯堡[4739]高的|有……大小的|万岁|婚礼|葛饰北斋、她的连合者[4740]、她的珠穆朗玛峰[4741]永远休息|HCE，她是我的天选之人[4742]安妮·劳里、我的桂冠郎[4743]劳拉|少年|安妮·劳里|罗蕾莱、我的得证人[4744]保存|蚂蚁|蒲公英|ALP；如果[4745]当……时候没有我的英勇[4746]眉毛，谁来为她剪彩？如果不是我，谁把那一神圣[4747]港口向单身隐士[4748]锚|船锚|抛锚停泊敞开[4749]嫁娶，记者[4750]自由港|自由的|小门？；在三位一体的小屋[4751]领港公会|帽子中，他们遇到了我的夫人，为我拾起他们的袋子[4752]未经仔细查看就购买的东西；如果我忘记她[4753]偶然遇到，那是我的罪[4754]日光浴|洗澡|辛巴达，如果我抛弃她，那是我的损失[4755]我试试我的伎俩|我向你保证；如果我没有

4707 dampfbulls 解 Dampf［德］"蒸汽"＋bulls"公牛"；也解 Stamboul"～"，土耳其城市伊斯坦布尔的部分地区。
4708 Livland"～"，欧洲北部波罗的海边的历史地区，此处解 Life［爱］"利菲河"＋land"土地"；也解 Livia"～"，即汉娜・丽维娅・妇鲁拉贝尔，本书女主人公；也解 live land"～"。
4709 zivios 解 zhivio［塞维］"～"。
4710 hoks 解 Hoch［德］"～"；也解 hooks"～"；也解 hock"～"；也解 hoc［拉］"～"。
4711 Lettland［德］"～"；也解 Lett"～"，居住在拉脱维亚、立陶宛等地的一个民族。
4712 skall 解 skol"～"。
4713 vives［拉］"～"，此处解 vive［法］"～"；也解 viv［挪］"～"。
4714 Impress"～"，此处解 empress"～"；也解 Imperatrix［拉］"～"。
4715 pairanymphs 解 paranymph"～"，在古希腊，新郎的亲友伴随他用战车接回新娘；也解 a pair of nymphs"～"。
4716 herbrides 解 her brides"～"；也解 Hebrides"～"，位于英国苏格兰西部。
4717 goosegaze 解 goose grease"～"。
4718 uns［德］"～"；也解 us"～"；也解 ounce"～"。
4719 annoynted 解 anointed"～"；也解 annoyed"～"。
4720 canailles"～"；也解 canals"～"；也解 ailes［法］"～"。
4721 canzoned 解 canzone"～"；也解 canton"～"。
4722 shyblumes 解 shy"害羞的"＋Blume［德］"花朵"；也解 plumes"～"。
4723 pudd 解 put"～"。
4724 boltoned 解 buttoned"～"；也解 Thomas Bolton"～"，1716 年至 1717 年曾任都柏林市长。
4725 durdin 解 Dirty Dublin"～"，化自本书主题"亲爱肮脏的都柏林"；也解 Robert Garde Durdin"～"，1872 年曾任都柏林市长。
4726 Appia Lippia Pluviabilla 解 Anna Livia Plurabelle"～"，本书女主人公；也解 pluvia［拉］"～"；也解 pluviabilis［拉］"～"。
4727 whiles"～"，此处解 weil［德］"～"。
4728 herr 解 Herr［德］"～"，此处解 her"～"。
4729 lifer 解 lover"～"；也解 life-er"～"。
4730 amstell 解 am still"～"；也解 umstellen［德］"～"；也解 anstellen［德］"～"。
4731 been"～"，此处解 bin［德］"～"。
4732 chastemate 解 chaste mate"～"；也解 casement"～"；也解 casement［法俚］"～"。
4733 grippe［法］"～"，此处解 grip"～"。
4734 fiuming 解 fuming"～"；也解 fiume［意］"～"；也解 Fiume"～"，克罗地亚港市里耶卡的旧称。
4735 snugglers"～"；也解 smuggler"～"。
4736 chambrett 解 chambrette［法］"～"；也解 Brett［德］"～"。
4737 bestank 解 be-stink"～"。
4738 spunish 解 punish"～"；也解 Spanish"～"。
4739 hochsized 解 Howth"～"；也解 hoch［德］"～"＋sized"～"；也解 hoch［德］"～"；也解 Hochzeit［德］"～"；也解 Hokusai"～"(1760—1849)，日本艺术家。
4740 cleavunto 解 cleave to"黏着"。此处化自《创世记》(2:24)"人要离开父母与妻子连合"。
4741 everest 解 Everest"～"；也解 ever rest"～"。此处包含本书主人公名字的缩写 HCE。
4742 annie 解 anointed"～"；也解 Annie Laurie"～"，一首写于 1705 年的著名苏格兰民谣的名字和女主人公的名字。
4743 lauralad 解 laurelled"～"；也解 Laura"～"，14 世纪意大利诗人彼特拉克的恋人＋lad"～"；也解 Annie Laurie"～"，见上；也解 Lorelei"～"，德国传说中莱茵河上的女妖。
4744 pisoved 解 proved"～"；也解 preserve"～"；也解 pisoved［俄］"～"；也解 pissabed"～"。此处包含本书女主人公名字的缩写 ALP。
4745 when"～"，此处解 wenn［德］"～"。
4746 prowes 解 prowess"～"；也解 brows"～"。
4747 havenliness 解 heavenliness"～"；也解 haven"～"。
4748 beachalured ankerrides 解 bachelor anchorites"～"；也解 Anker［德］"～"；也解 anker［荷］"～"；也解 ride at anchor"～"。
4749 exposued 解 exposed"～"；也解 espouse"～"。
4750 freipforter 解 reporter"～"；也解 free ports"～"；也解 frei［德］"～"＋Pforte［德］"～"。
4751 trinity huts"～"；也解 Trinity House"～"；也解 Hut［德］"～"。此句化自 19 世纪末的歌曲《在三一教堂我在劫难逃》("At Trinity Church I Met My Doom")。
4752 pick of their poke"～"；也解 pig in a poke"～"。
4753 foregather"～"，此处解 forget her"～"。
4754 sumbad 解 sinned"～"；也解 sunbath"～"；也解 Bad［德］"～"；也解 Sinbad"～"，《一千零一夜》中的航海冒险家。
4755 farseeker itch my list 解 forsake her, it's my loss"～"；也解 versuche ich meine List［德］"～"；也解 versichere ich［德］"～"。

在我的卡特加特海峡[4756]肠线去做，有达克斯犬[4757]狗|畜生的狗屎[4758]要清理[4759]，如果我没有给出我的常礼服[4760]脱了外套，治安官[4761]君士坦丁堡|君士坦丁的目标；得到我作为首都[4762]美国国会大厦之人的权利的加固[4763]，我确实给她绕上腰带[4764]环绕|螺旋形，我的意大利醋粉条[4765]意式细面|蠕虫|乡村居民，用所有的恩爱仁慈，直至它贮藏了人类的强大力量，授予她手指[4766]条纹的自由特权；我向我的百合花信徒[4767]小年轻人火鸡大腿给予纺织品和五金器具（目录，随处）、不会抽丝的针织品线（见织袜工[4768]停滞的衣服），风骚女子[4769]海关通行证头巾（见阿格尼丝的帽子）、少量[4770]阴茎|配得上|芬尼最有品味的黑玉瘤块、银色的水玫瑰，以及我可爱新奇的小玩意，雷德芬[4771]的浅薄空洞无聊的[4772]纤细的|黄蜂般的连衣裙，应得桂冠[4773]桂冠木，透明[4774]，比如女人畜生服[4775]赤裸的，成堆的[4776]派尔生皮，皮姆之家[4777]、斯莱恩公司[4778]和斯派洛公司[4779]的最高点，织机结束[4780]光日照亮了[4781]发光的供观赏的奢侈品[4782]卢克索|光，春季[4783]妈妈、比拉[4784]抑抑格|皮洛士的胜利·小麦[4785]红色头发的人，彩虹[4786]皇后|美丽的的金色[4787]或者、冬天[4788]的微笑[4789]，一件衬裙，一个宽广的郡，给她纤足[4790]三唇音的木套鞋知道她可能，靴子的折磨[4791]冗长费解的，用作玩具的[4792]今天贝壳念珠[4793]的珠子[4794]床，用于镜子[4795]明天的鞘翅的水银[4796]仁慈|绸布业|墨丘利釉，为了我做的所有美味和茶歇时刻[4797]你，杯杯盏盏[4798]哥本哈根时刻；我把一串贻贝[4799]莫约拉|海运业|皇家海运学院壳绕在我的天鹅[4800]颈项[4801]项链，在寂静中摇荡它们的海之歌[4802]大海；在国王的法庭[4803]国王的数数|国王郡举起[4804]天鹅喙标记赛会她，她那怪异

4756 cattagut 解 Kattegat“～”,位于瑞典和丹麦之间;也解 catgut“～”。
4757 dogshunds 解 dachshund“～”,一种短腿长身的德国种猎犬;也解 dogs“～”+Hund [德]“～”。
4758 crotts 解 crotte [法]“～”。
4759 clene 解 clean“～”。
4760 coataways 解 cutaway“～”;也解 coat away“～”。
4761 constantonoble 解 constable“～”;也解 Constantinople“”,土耳其港市,现称伊斯坦布尔;也解 Constantine “～”(约 280—337),罗马皇帝,皈依基督教。
4762 capitol“～”,此处解 capital“～”。
4763 fortiffed 解 fortified“～”。
4764 umgyrdle 解 umgürte [德]“～”;也解 engirdle“～”;也解 gyres“～”。
4765 vermincelly vinagerette 解 vermicelli à la vinaigrette [法]“～”;也解 vermicelli“～”;也解 vermiculi [拉]“～”+villager “～”。
4766 fringes“～”,此处解 fingers“～”。
4767 lilienyounger 解 Lilie [德]“百合花”+Jünger [德]“信徒”;也解 little younger“～”。
4768 stockinger“～”;也解 stocken [德]“～”。
4769 cocquette 解 coquette“～”;也解 cocket“～”。
4770 peningsworths of 解 pennyworth of“～”;也解 penis“～”+worthy of“～”;也解 Pfennig [德]“～”,德国货币单位。
4771 redferns 解 Redfern“～”,伦敦的服饰公司,在巴黎有分号,以做工精细的女士服装闻名。
4772 wispywaspy 解 wishy-washy“～”;也解 wispy“～”+waspy“～”。
4773 lauralworths 解 laurel“桂冠”+worths“值……的”;也解 laurelwood“～”。
4774 trancepearances 解 transparency“～”。
4775 bare“～”,此处解 wear“衣物”。
4776 piled“～”;也解 Thomas Devereux Pile“～”,1900 年的都柏林市长。
4777 Pim's“～”,都柏林布商。
4778 Slyne's 解 Slyne, W, and Co. “～”,都柏林布商,位于格拉夫顿街 71 号。
4779 Sparrow's 解 Sparrow and Co“～”,都柏林的男女运动用品商店,位于南大乔治街 16 号。
4780 loomends 解 loom ends“～”;也解 lumen [拉]“～”。
4781 lumineused 解 lumine“～”;也解 lumineuse [法]“～”。
4782 luxories 解 luxuries“～”;也解 Luxor“～”,埃及南部城市,位于尼罗河畔;也解 lux [拉]“～”。
4783 Primamère 解 primavera [意]“～”;也解 mère [法]“～”。
4784 Pyrrha“～”,与丢卡利翁一起为希腊神话中在大洪水之后创造人类的夫妇;也解 pyrrhic“～”;也解 Pyrrhic victory“～”,付出极大代价而获得的胜利。
4785 Pyrrhine 解 pyrinos [希]“～”;也解 pyrrias [希]“～”。
4786 Reinebeau 解 rainbow“～”;也解 reine [法]“皇后”+beau [法]“美丽的”。
4787 Or“～”,此处解 or [法]“～”。
4788 d'Hiver [法]“～”。
4789 Sourire [法]“～”。
4790 trilibies 解 trilby“～”;也解 tri-labial“～”。
4791 tortuours 解 tortures“～”;也解 tortuous“～”。
4792 to toy“～”;也解 today“～”。
4793 wampun 解 wampum“～”。
4794 bedes 解 beads“～”;也解 beds“～”。
4795 to mirrow 解 to“给”+mirror“镜子”;也解 tomorrow“～”。
4796 murcery 解 mercury“～”;也解 mercy“～”;也解 mercery“～”;也解 Mercury“～”,希腊神话中的商旅之神。
4797 theetime 解 teatime“～”;也解 thee“～”。
4798 cupandnaggin 解 cup and noggin“～”;也解 Copenhagen“～”,惠灵顿的著名坐骑。
4799 moyles marine 解 moules marinières [法]“～”;也解 Moyle“～”,爱尔兰与苏格兰之间的北部海峡+marine“～”;也解 Royal Marine School“～”,位于都柏林。
4800 swanchen 解 Schwänchen [德]“～”。
4801 neckplace 解 neck“脖颈”+place“地方”;也解 necklace“～”。
4802 saysangs 解 sea song“～”;也解 say [爱]“～”。
4803 king's count“～”,此处解 king's court“～”;也解 King's County“～”,爱尔兰奥法利郡的旧称。
4804 upping 解 up“～”;也解 swan-upping“～”。

的[4805]奥德里奇|从不喊叫天鹅[4806]唉|除非无人留意[4807]不|朝某个方向前进，即使极度苦涩又何妨，我用丹麦国旗[4808]的命令刺穿她的喙（国王很[4809]外阴|国王伟大[4810]坟墓！万岁[4811]升起|太阳！万岁！）；在伦纳德店[4812]和邓菲店[4813]用母马[4814]熊油脂[4815]硅油|鹅|鹅妈妈点亮号灯，以及第五间小屋[4816]前的圣母玛利亚提灯，脂烛[4817]塔隆烛头烧焦了[4818]唱歌|辛格灯笼裤[4819]荷兰裔纽约人|布克，羊肉灯燃烧[4820]哈顿|莱特博恩降降落[4821]滴下到黑洞[4822]加尔各答黑洞|布莱克霍尔里，酒徒们的小蜡烛和他那举起的彩旗棺罩；好多天都没有夜晚，好多夜晚都是白天，我们族人从布莱克希思[4823]抽身休息，从和平[4824]王子那里来的异教徒们；咋回事发抖的草皮不再颤抖，咋回事僵冷的腰部被搅动并有了生命；去吧七重奏，黑色的死亡的阴沉的忧郁的荒凉的可怕的绝望的，不再有十二人[4825]十二个月亮，血腥的沮丧的可憎的可怕的狂怒的惊恐的讨厌的悲哀的悲伤的惊人的骇人的；和平，完美的和平；我在圣诞季高挂我那缩小的[4826]在膝上上下轻摇的|人月亮，凯特尔·弗莱特奈博[4827]水壶|塌鼻子|凯特尔·劳伦斯的帮助帮助了的，为了我那冷淡之人的晚餐时间[4828]，我的鸽子，我的美女[4829]白霜，在西二十三大道[4830]荒芜多风铺了沥青的街道|西风和埃尔金石雕[4831]大厅[4832]巴黎大堂从后面到后面[4833]黑块点亮了灯[4834]柔软的，贯穿所有丽维娅[4835]的拱形帝国[4836]伏特和安培|吹嘘，从阳极到阴极，从莫恩山[4837]的黄榴石[4838]光，威克洛闪光[4839]，沿着阿克洛[4840]的蓝宝石海员[4841]西门子|精液|船员诱惑[4842]牛叫和沃特福德[4843]韦克斯福德的钩状镰状的[4844]灯光，到海金塞拉[4845]的围垦地；你是否看到[4846]林荫

4805 aldritch 解 eldritch“～”；也解 William Aldrich“～”，1741 至 1742 年的都柏林市长；也解 aldrig［丹］“～”。
4806 olos 解 olor［拉］“～”；也解 alas“～”；也解 unless“～”。
4807 unheading 解 unheeding“～”；也解 un-“～”＋heading“～”。
4808 Danabrog［丹］“～”。
4809 Cunnig's 解 king's“～”；也解 cunnus［拉］“～”；也解 König［德］“～”。
4810 great“～”；也解 grave“～”。
4811 Soll leve 解 Soll leben!［德］“～”；也解 se lever［法］“～”；也解 sol［拉］“～”。
4812 Leonard's“～”，都柏林的杂货店。
4813 Dunphy's“～”，都柏林的酒吧。
4814 mare“～”；也解 bear“～”。
4815 greese“～”，此处解 grease“～”；也解 goose“～”；也解 Mother Goose“～”，一个无名的乡村妇女，被认为是鹅妈妈故事跟童谣的原作者。
4816 quintacasas 解 quinta casa［拉］“～”。
4817 tallonkindles 解 tallow candle“用动物油脂做的蜡烛”；也解 Daniel Tallon“～”，1898 至 1899 年的都柏林市长。
4818 syngeing 解 singe“～”；也解 singing“～”；也解 J. M. Synge“～”(1871—1909)，爱尔兰剧作家。
4819 nickendbookers 解 knickerbocker“～”，也有“～”之意，指最初到美国纽约的荷兰移民的后代；也解 Francis Booker“～”，1771 至 1772 年的都柏林市长。
4820 mhutton lightburnes 解 mutton light“羊肉灯”＋burn“燃烧”；也解 Henry Hutton“～”，1803 至 1804 年的都柏林市长；也解 William Lightburne“～”，1773 至 1774 年的都柏林市长。
4821 dipdippingdownes 解 dipping down“～”；也解 dripping down“～”。
4822 blackholes“～”；也解 Black Hole of Calcutta“～”，用来监禁英国俘虏的场所；也解 Thomas Blackhall“～”，1769 至 1770 年的都柏林市长。
4823 Blackheathen 解 Blackheath“～”，伦敦郊区，1381 至 1450 年肯特起义的司令部。
4824 pacis［拉］“～”。
4825 tolvmaans 解 twelve men“～”；也解 tolv måner［丹］“～”。
4826 duindleeng 解 dwindling“～”；也解 dandling“～”；也解 duine［爱］“～”。
4827 Kettil Flashnose 解 Ketil Flatneb“～”，英国苏格兰西部赫布里底群岛的维京国王；也解 kettle“～”＋flat nose“～”；也解 Kettle Lawrence“～”，20 世纪 20 年代都柏林供电机构和灯塔的管理者。
4828 souperhore 解 supper hour“～”。
4829 coloumba mea, frimosa mea 解 columba mea, formosa mea［拉］“～”；其中 frimosa 也解 frimas［法］“～”。
4830 Wastewindy tarred strate 解 West 23rd Street“～”，纽约街道名；也解 waste windy tarred street“～”；也解 west wind“～”。
4831 Elgin's marble 解 Elgin Marbles“～”，藏于大英博物馆的古雅典帕特农神庙雕刻品残件。
4832 halles“市政厅”；也解 Les Halles“～”，巴黎的一个区域，位于第一区。
4833 black to block 解 back to back“～”；也解 black block“～”。
4834 limp“～”，此处解 lamp“～”。
4835 Livania 解 Anna Livia Plurabelle“汉娜・丽维娅・妇鲁拉贝尔”，本书女主人公。
4836 volted ampire 解 vaulted empire“～”；也解 volts and amperes“～”；也解 vaunt“～”。
4837 Mourne“～”，爱尔兰山脉。
4838 topazolites“～”；也解 light“～”。
4839 Wykinloeflare 解 Wicklow“威克洛”，爱尔兰东部的港市，也是郡名＋flare“闪光”。
4840 Arklow“～”，位于爱尔兰东海岸威克洛郡的港市。
4841 siomen 解 sjömen［瑞］“～”；也解 Siemens“～”，德国公司，创立于 1847 年；也解 semen“～”；也解 seaman“～”。
4842 lure“～”；也解 low“～”。
4843 Wexterford 解 Waterford“～”，爱尔兰东南部港市；也解 Wexford“～”，爱尔兰城市名、郡名。
4844 hook and crook“～”，此处化自习语 by hook or by crook(不择手段)。
4845 Hy Kinsella“～”，爱尔兰韦克斯福德郡的部落领地。
4846 avenyue ceen 解 have you seen“～”；也解 avenue“～”。

大道我的珍珠[4847]低吟，给我的河口浩大[4848]戴上冠冕?；我用气流[4849]生啤酒|流网横扫四分之三[4850]大海，我在波特贝罗[4851]港口上的钟把它们喝干，都空了[4852]敌人|更多；当我让杰克水手和马丁[4853]马图林潜水[4854]棍棒时，我是坏男孩的妖怪，但是正是当我前行进入圣彼得堡[4855]圣|小船时他们给了我的魔鬼他应得的[4856]；凯撒[4857]占有者能在旧世界[4858]荒原里砍的，一个锯木匠[4859]彼得·索亚或许在绿地里砍倒；在巴西[4860]岛上我的财富[4861]宽度|野蛮|奥斯卡·王尔德消失，我悲伤地尽情享乐[4862]犁头，对伤痛的我心生怜悯；那里大胆的奥康尼河[4863]奥康内尔与高高的海洋[4864]母校|奥尔塔马霍河|母亲结合，黄褐者在那银色烧伤边蔓延，我心满意足，与我炉边的小动物[4865]颤抖|蟋蟀做了了断；我迷恋的她的才智我称之为[4866]街道有用之思，我为了亚眠的和平繁荣[4867]大量豌豆用痛饮[4868]将她的龟皮[4869]变得圆润；我的酒鬼执事[4870]比德尔《圣经》展示了她的工艺公会[4871]灵巧的|镀金游行行列的凯旋，最崇高的亚当[4872]亚当·洛夫特斯，改饰了我们的女裁缝布商[4873]，考恩康湖|该隐和欧文[4874]奥尔湖|亚伯拿着马铃薯[4875]篮[4876]，挪亚[4877]·健力士[4878]健力士酿酒厂大人，他的驳船[4879]生意的陈列[4880]指数，乔·星星[4881]勋爵隆起骆驼[4882]HCE的身子；我为了他的徒子徒孙用九便士的[4883]九柱戏盖尔语和六便士半便士[4884]拴住君王[4885]；我的价值得到从约书亚到戈弗雷的[4886]双倍祝福[4887]咬伤和三倍祝福[4888]伤心，但是我的先知行列[4889]他们将交口称赞使其不朽。寓意：书，诚然[4890]一定要预订，看出版社[4891]柏树。

——他不是整个臀部和腹部[4892]。

4847 peurls 解 pearls“～”。
4848 munipicence 解 munificence“～”。
4849 draughtness 解 draught“～”；也解 draught beer“～”；也解 drift nets“～”。
4850 three firths 解 three fourths“～”。
4851 bellomport 解 Portobello“～”，都柏林的一个区；也解 bell on port“～”。
4852 ennempties 解 empties“～”；也解 ennemi［法］“～”；也解 enempi［芬］“～”。
4853 jack and maturin 解 Peter, Jack, Martin“彼得、杰克、马丁”，斯威夫特的《桶的故事》中的三兄弟，分别代表着天主教、英国国家和路德教教会；也解 Jack［俚］“～”＋Charles Maturin“～”（1780—1824），爱尔兰小说家。
4854 stabmarooned 解 submarine“潜水艇”；也解 Stab［德］“～”。
4855 sankt piotersbarq 解 Saint Petersburg“～”，俄罗斯城市；也解 Sankt［德］“～”；也解 barque［法］“～”。
4856 dues“～”，此处化自习语 give the devil his due（不管人好人坏，都公平对待）。
4857 seizer“～”，此处解 Julius Caesar“～”（前 100—前 44），古罗马共和国末期的军事统帅。
4858 wold“～”，此处解 world“～”。
4859 sawyer“～”；也解 Peter Sawyer“～”，乔伊斯称他是奥康尼河边都柏林市的创建者，但当地历史中没有关于这个人的记载，而是记载了一个叫乔纳森·索亚（Jonathan Sawyer）的人命名该市为都柏林。
4860 Breasil 解 Brazil“～”。
4861 wildth 解 wealth“～”；也解 width“～”；也解 wildness“～”；也解 Oscar Wilde“～”。
4862 plowshure 解 pleasure“～”；也解 plowshare“～”。此处化自习语 The English amuse themselves sadly（英国人悲伤地自娱自乐）。
4863 O'Connee 解 Oconee“～”，位于美国佐治亚州，该河在劳伦斯县内的河畔有一座都柏林市；也解 Daniel O'Connell“～”（1775—1847），1829 年领导爱尔兰天主教徒赢得了参加议会的权利。
4864 Alta Mahar 解 alta［意］“高”＋mare［意］“海洋”；也解 Alma Mater“～”；也解 Altamaha“～”，美国佐治亚州河流；也解 mathair［爱］“～”。
4865 crither 解 creature“～”；也解 crith“～”；也解 Cricket“～”，此处出自英国作家狄更斯的作品《炉边蟋蟀》（*The Cricket on the Hearth*）。
4866 calle［西］“～”，此处解 called“～”。
4867 pease in plenty“～”，此处解 peace and plenty“～”。
4868 potatums 解 potatum［拉］“～”。
4869 turlyhyde 解 turlehyde“～”，1331 年一种搁浅在都柏林海滩的鲸鱼，缓解了都柏林的饥馑。
4870 biblous beadells 解 bibulous beadles“～”；也解 Bedell's Bible“～”，17 世纪比德尔主教主持翻译成爱尔兰语的《圣经》。
4871 craftygild 解 Dublin Craft Guilds“都柏林工艺公会”，16 世纪组织的圣诞盛会；也解 crafty“～”＋gild“～”。
4872 loftust Adam 解 loftiest Adam“～”；也解 Adam Loftus“～”（1533—1605），都柏林大主教，爱尔兰的大法官。
4873 cousterclother 解 couturier［法］“女裁缝”＋clother“布商”。
4874 Conn and Owel 解 Conn of the Hundred Battles“百战考恩”，爱尔兰传说中的 2 世纪共主，与莫分据爱尔兰北方和南方＋Owen the Great“欧文大王”，3 世纪爱尔兰芒斯特的国王，爱尔兰南方的统治者；也解 Lough Conn“～”，位于爱尔兰康诺特省＋Lough Owel“～”，位于爱尔兰韦斯特米斯郡；也解 Cain and Abel“～”，亚当的两个儿子。
4875 cortoppled 解 Kartoffel［德］“～”。
4876 baskib 解 basket“～”。
4877 Noeh 解 Noah“～”，《圣经》中人物。
4878 Guinnass 解 Arthur Guinness“亚瑟·健力士”；也解 Arthur Guinness, Son & Co., Ltd“～”。
4879 bargeness 解 barges“～”；也解 business“～”。
4880 exposant［法］“～”，此处解 exposing“～”。
4881 Starr 解 Star“～”。
4882 camell 解 camel“～”。此处包含本书主人公名字的缩写 HCE。
4883 ninepins“～”，此处解 ninepence“～”。
4884 hapennies 解 halfpenny“～”。
4885 Emperor“～”，16 世纪都柏林的圣乔治日盛会上有一位君主的角色。
4886 Godfrey 解 Godfrey of Bouillon“布永的戈弗雷”（1060—1100），1096 年第一次十字军东征的法国领袖。
4887 bissed 解 bis［拉］“两个”＋blessed“祝福”；也解 Biss［德］“～”。
4888 trissed 解 tri［拉］“三个”＋blessed“祝福”；也解 tristis［拉］“～”。
4889 processus prophetarum［拉］“～”。
4890 book to be sure 解 book“书”＋to be sure“～”；也解 be sure to book“～”。
4891 see press“～”；也解 cypress“～”。
4892 buum and bully 解 bum and belly“～”。

——但是他的人几乎不[4893]给他吃的[4894]适合他。

——给伟大[4895]致意集会[4896]社团|采集的斯蒂芬绿地[4897]饥饿的粮食。

——圣圣帕特里克[4898]考勒姆在港口。

——这些事后，我喂给她香料，我的老太婆[4899]，我说英语的[4900]柏林兰斯特省[4901]，以求她那垃圾般的气息，倾斜的大蒜[4902]多疙瘩的|葱|笑，一口又一口的髓骨[4903]马里波恩，成串[4904]的大蒜[4905]韭菜，猪的胡椒，哥达卷心菜[4906]，小[4907]皮卡迪利大街红藻[4908]莳萝，我的小葱[4909]中的精品，水晶软糖的精美，来圣潘克拉斯[4910]胰腺的筵席，用来做复活节[4911]和五旬节[4912]五旬斋|豌豆布丁布丁的奶油酥饼营养物，大食堂[4913]蒸汽厨房仓库供应的面包[4914]布雷迪爵士、面条[4915]纳托尔和牛肉罐头[4916]煮肉锅，还有毒品咖啡[4917]卡瓦酒与出自阿斯卡隆[4918]的泻药[4919]哈拉帕和青葱，为她给她吃方便餐，把它们排泄到土里；给我那呼吸藏红花的蒙古人，皮肤有病的[4920]妒忌的，我拿出博里克[4921]比约维克的发酵粉[4922]粉末|药粉和橄榄[4923]诗人|生活油，科蒂库瑞[4924]软膏，用于她那张黝黑的寻找一切的脸，还有洗手壶、腹股沟阴毛[4925]和马梳[4926]来逗弄她的花环[4927]阴户|屄，虽褐色却秀美[4928]，一只打扫[4929]粗野的人她座位[4930]使心满意足的拖把[4931]预言者扫帚，给她更潮湿的病房的石松[4932]和伸筋草（效用惊人！）；还有，我在店里陈列已久的小鸽子[4933]妓女，当数周的仁慈仁慈地[4934]有亲属关系的停下[4935]市民化|教化，在我们的埃斯库里阿尔宫[4936]松鼠|绅士的大厅里，配有细玻璃[4937]芬格拉斯弓形飘窗[4938]，布帘覆盖的炮眼和镶金边的书箱，我确实设计了我的讲故事[4939]搬弄是非者消遣在晚餐[4940]黄昏|面

4893 Handly 解 hardly“～”。
4894 food him“～”；也解 fit him“～”。
4895 greet“～”，此处解 great“～”。
4896 collegtium 解 collectio［拉］“～”；也解 collegium［拉］“～”；也解 collection“～”。
4897 Steving's grain 解 Stephen's Green“～”，都柏林的公园；也解 starving grain“～”。
4898 S. S. Paudraic 解 St. Patrick“～”，爱尔兰的主保圣人；也解 Padraic Colum“～”(1881—1972)，爱尔兰作家。
4899 carlen 解 carline“～”。
4900 barelean 解 Bearla［爱］“英语”；也解 Berlin“～”，德国首都。
4901 linsteer 解 Leinster“～”，爱尔兰的四省之一。
4902 knobby lauch 解 Knoblauch［德］“～”；也解 knobby“～”＋Lauch［德］“～”；也解 laugh“～”。
4903 marrolebone 解 marrowbone“～”；也解 Marylebone“～”，伦敦最繁华的心脏地带。
4904 shains 解 chains“～”。
4905 garleeks 解 garlics“～”；也解 leeks“～”。
4906 gothakrauts 解 Gotha“哥达”，德国城市＋Kraut［德］“卷心菜”。
4907 pinkee 解 pinkie“小手指”；也解 Piccadilly“～”，伦敦的繁华街道。
4908 dillisks 解 dislisks［英爱］“～”；也解 dill“～”。
4909 meshallehs 解 my shallots“～”。
4910 Pancreas“～”，此处解 St. Pancras“～火车站”，位于伦敦圣潘克拉斯地区的一座大型火车站，1868 年启用。
4911 Paas［荷］“～”。
4912 Pingster 解 Pinkster［荷］“～”；也解 Pingst［瑞］“～”；也与后面合解 pease pudding“～”。
4913 dampkookin 解 Dampkjökken“～”，1858 年在挪威奥斯陆设立的为穷人提供食物的公共食堂；也解 Dampfküche［德］“～”。
4914 bready 解 bread“～”；也解 Sir R. W. Brady“～”，1830 至 1840 年的都柏林市长。
4915 nutalled 解 noodle“～”；也解 Joseph Nuttal“～”，1731 至 1732 年的都柏林市长。
4916 potted flesh“装在罐子里的肉”；也解 fleshpot“～”。
4917 Kafa 解 coffee“～”；也解 Kava“～”，麻醉性镇静饮料。
4918 Ascalon“～”，古巴勒斯坦城市。
4919 Jelupa 解 jalap“～”；也解 Jalapa“～”，墨西哥城市名。
4920 skinsyg 解 skin“皮肤”＋syg［丹］“生病的”；也解 skinsyg［丹］“～”。
4921 Biorwik 解 Borwick“～”，英国著名的发酵粉品牌；也解 Björvik“～”，挪威首都奥斯陆的港口的主要部分。
4922 powlver 解 powder“～”；也解 pulver［拉］“～”；也解 Pulver［德］“～”。
4923 Uliv 解 olive“～”；也解 ollamh［爱］“～”；也解 ulivs［挪］“～”。
4924 cuticure 解 Cuticura“～”，1853 年就有的英国护肤品品牌。
4925 groinscrubbers 解 groin“腹股沟”＋scrubbers［俚］“阴毛”。
4926 carrycam 解 currycomb“～”。
4927 tussy 解 tuzzy-muzzy“～”；也解 tuzzi-muzzi［俚］“～”；也解 pussy“～”。
4928 combly 解 comely“～”，此处化自《雅歌》(1:5)“我虽然黑，却是秀美”。
4929 duist 解 dust“～”；也解 dúist［爱］“～”。
4930 sate“～”，此处解 seat“～”。
4931 mopsa 解 mop“～”；也解 Mopsos［希］“～”。
4932 wolvesfoot 解 wolf's foot“～”。
4933 shopsoiled doveling 解 shopsoiled“陈列久了的”＋doveling“小鸽子”；也解 soiled dove［俚］“～”。
4934 kinly 解 kindly“～”；也解 kin“～”＋-ly。
4935 civicised 解 ceased“～”；也解 civicize“～”；也解 civilized“～”。
4936 esquirial 解 Escurial Palace“～”，西班牙马德里的主要宫殿；也解 squirrel“～”；也解 esquire“～”。
4937 fineglas 解 fine glass“～”；也解 Finglas“～”，都柏林西北部地区，英王威廉三世在 1690 年博因战役后曾暂住于此。
4938 bowbays 解 bow window“弓形窗”＋bay windows“飘窗”。
4939 telltale“～”，此处解 tell tale“～”。
4940 evenbread 解 Abendbrot［德］“～”；也解 even“～”＋bread“～”。

包时用灵活手法令她心碎，麦，小饭馆，垂皮尔-删节-主持牧师[4941]，嘶叫，纳普牌，斯皮纳牌，旋转牌[4942]旋转木马；我们有我们的市长大人[4943]淫荡的和我们的市长夫人[4944]领主磕着头[4945]京都，从加框的画像[4946]著名的|迟里朝着我们满面笑容[4947]骡子，油布覆盖以便同存共栖，手绘油画[4948]全都由屁股瞄准；哥萨克人[4949]库塞克帖木儿[4950]蒂姆·芬尼根、惠灵顿公爵[4951]迪克·惠廷顿|匕首|弄湿|石头、彼得·斯图韦森[4952]、亡命之徒[4953]奥利弗·邦德奥尼尔[4954]、葡萄干[4955]夫人、葡萄干-无花果[4956]约翰·雷森夫人、枣[4957]夫人、李子-洋李[4958]榅桲|李子|压碎夫人；我们相信他[4959]赞美诗，洗脚和性[4960]教派|六法则，适用于监工，阿摩司[4961]五六；她有双倍工资[4962]都柏林时间|嬉水时间来展示她阿尔罕布拉宫[4963]腿|裙子的恩慈，在她的沃克斯豪尔公园[4964]里跳着[4965]邓辛克蓝色多瑙河[4966]，而此时我，被我们相互绕成圈[4967]闯入的憨蛋呆蛋[4968]弄得头晕又眼花，必然[4969]钟表肯定的从我的压舱物上跌落；它在我们的冬宫[4970]温莎宫|宫殿|大门吸着穷人[4971]的血[4972]闪光|安培，我们为了绵羊[4973]睡眠和山羊[4974]鬼而爱[4975]誓言|称赞神君[4976]非常好；她用我的威根[4977]摇晃宝石加热[4978]擦痛她的脚[4979]火花|与人脚碰脚调情，同时她在我的斯诺里[4980]的萨迦[4981]西米椰子中吟唱[4982]加热她的记忆[4983]低语|大理石；她在孔雀[4984]《朱诺与孔雀》的王座[4985]上称霸天下，把冰雪物从天窗格上舔[4986]漏水掉，所有人都崇拜穿着长袖衬衫[4987]宽松连衣裙的她；住在狄安娜[4988]少女的保姆土堆[4989]帘幕，你好好留意[4990]倾听|你会注意到的你看到的；请留心[4991]，如果我是我们的全能主[4992]，他们的则会是供神的紧身裤[4993]风景；戴着小红骑马帽[4994]《小红帽》、煤渣黄

4941 drapier-cut-dean 解 The Drapier's Letters“《垂皮尔书信》”，即斯威夫特在 1724 年为了抵抗威廉·伍德的造币权，化身布料商所写的四封信＋cut“删节”＋dean“主持牧师”。

4942 ranter-go-round“～”，此处为三种旧式纸牌游戏；也解 merry-go-round“～”。

4943 lewd mayers 解 lord mayor“～”；也解 lewd“～”。

4944 lairdie meiresses 解 lady mayoresses“～”；也解 laird“～”。

4945 kiotowing 解 kowtow“～”；也解 Kyoto［日］“～”，日本 1868 年前的首都。

4946 framouslatenesses 解 framed likenesses“～”；也解 famous“著名的”＋latenesses“迟”。

4947 smuling 解 smiling“～”；也解 mule“～”。

4948 allpointed by Hind 解 oil painted by hand“～”；也解 all pointed by hind“～”。

4949 Cussacke 解 Cossack“～”；也解 Michael Cusack“～”(1847—1907)，1884 年创建盖尔运动协会，《尤利西斯》中市民的原型。

4950 Tamlane 解 Tamerlane 或 Timur“～”(1336—1405)，中亚地区的国王，自称成吉思汗的后代；也解 Tim“～”。

4951 Dirk Wettingstone 解 Duke of Wellington“～”；也解 Dick Whittington“～”，17 世纪童话《迪克·惠廷顿和他的猫》中的主人公；也解 dirk“～”＋wetting“～”＋stone“～”。

4952 Pieter Stuyvesant 解 Peter Stuyvesant “～”(1612—1672)，新阿姆斯特丹(纽约)的总理事。。

4953 Outlawrie 解 outlawed“～”；也解 Oliver Bond“～”，联合爱尔兰人会社的成员，1798 年被判处死刑，但死于中风。

4954 O'Niell 解 Hugh O'Neill“～”(约 1550—1616)，蒂龙伯爵，抵御英国人的爱尔兰领袖，1613 年流亡海外。

4955 Currens 解 currants“无籽葡萄干”。

4956 Reyson-Figgis 解 raisin“葡萄干”＋figs“无花果”；也解 John Reyson“～”，1724 至 1725 年的都柏林市长。

4957 Dattery 解 datteri［意］“～”。

4958 Pruny-Quetch 解 prune［法］“李子干”＋quetsche［法］“洋李”；也解 quince“～”；也解 Zwetsche［德］“～”；也解 quetsch-［德］“～”。

4959 hym 解 him“～”；也解 hymn“～”。

4960 sects“～”，此处解 sex“～”；也解 six“～”。

4961 Amos 解 Amos Love“阿摩司·爱”，书中 12 位陪审员之一。

4962 dabblingtime 解 double time(周末、假日工作的)“～”；也解 Dublin time“～”；也解 dabbling time“～”。

4963 aljambras 解 Alhambra“～”，西班牙格拉纳达的摩尔人王宫；也解 jambes［法］“～”；也解 alj［匈］“～”。

4964 vauxhalls 解 Vauxhall Gardens“～”，伦敦南部肯宁顿的一个公园，建于 17 世纪。

4965 duncingk 解 dancing“～”；也解 Dunsink“～”，位于都柏林的天文台。

4966 bloodanoobs 解 Blue Danube“～”，奥地利音乐家小约翰·施特劳斯的音乐作品，创作于 1866 年。

4967 interloopings 解 inter“相互间”＋loopings“绕成圈”；也解 interlopeing“～”。

4968 lumpty thumpty 解 Humpty Dumpty“～”，英语儿歌《国王的人马》中一只从墙头坠落后摔成碎片的蛋。

4969 clocksure 解 cocksure“～”；也解 clock sure“～”。

4970 windtor palast 解 Winter Palace“～”，俄罗斯帝国沙皇的皇宫；也解 Windsor Palace“～”，指英国的温莎城堡；也解 Palast［德］“～”；也解 Tor［德］“～”。

4971 elenders 解 elend［德］“～”。

4972 vampared 解 vampire“吸血鬼”；也解 vampa［意］“～”；也解 ampere“～”，计算电流强度的标准单位。

4973 sleep“～”，此处解 sheep“～”。

4974 ghoasts 解 goats“～”；也解 ghosts“～”。

4975 lubded 解 loved“～”；也解 Gelübde［德］“～”；也解 loben［德］“～”。

4976 Sur Gudd 解 Sir“先生”＋Gud［丹］“神”；也解 sehr gut［德］“～”。

4977 Wigan“～”，英国产煤城市，都柏林的煤多从威根运来，因此威根的宝石指煤；也解 wiegen［德］“～”。

4978 chauffed 解 chauffer［法］“～”；也解 chafe“～”。

4979 fuesies 解 Fuß［德］“～”；也解 feu［法］“～”；也解 footsies“～”。

4980 Snorryson 解 Snorri Sturluson“斯诺里·斯图鲁松”(1178—1241)，冰岛诗人，著有《新埃达》。

4981 Sagos 解 saga“～”；也解 sago “～”。

4982 skalded 解 skald“古代斯堪的那维亚的吟唱诗人”；也解 scald“～”。

4983 mermeries 解 memories“～”；也解 murmurs“～”；也解 mermer［塞维］“～”。

4984 paycook 解 peacock“～”；也解 *Juno and the Paycock*“～”，爱尔兰剧作家奥凯西的剧本。

4985 thronsaale 解 Thronsaal［德］“～”。

4986 lecking“～”，此处解 lecken［德］“～”。

4987 camises“～”；也解 chemise“～”。

4988 Duanna 解 Diana“～”，罗马神话中的月亮和狩猎女神；也解 duenna“～”。

4989 Rideau“～”；也解 rideau［法］“～”。

4990 merk 解 mark“～”；也解 merk［德］“～”；也解 je merkt wel［荷］“～”。

4991 let wellth 解 let wel!［荷］“～”

4992 pantocreator 解 Pantocrator“～”。

4993 tights“～”；也解 sights“～”。

4994 littleritt reddinghats 解 little“小”＋ritt［德］“骑马”＋redding“发红的”＋hats“帽子”；也解 *Little Red Riding Hood*“～”。

色[4995]《灰姑娘》、金属箔和闪光片[4996]《汉赛尔与格丽泰尔》、兜帽下的围嘴[4997]《林中婴儿》；利用[4998]米德|讨厌的人众多充分挤压的爱的田野[4999]战神广场，在矮树丛中随意撒尿[5000]叫卖兜售；我为你沉入梦中[5001]梦幻般的，不只全身赤裸[5002]叱责|充分的|授权书|完美的；我在栖居地为你先行[5003]抢先，给强健的商人[5004]敲响虚弱婊子[5005]的喜钟；我们是灰尘和阴影[5006]我们是人们的盆；我对偷懒的妓女说；让我做你的父亲[5007]饲料；对流浪汉[5008]巡回乐队管理员和空谈[5009]普拉特兄弟；再见[5010]茶，同志[5011]伙伴|CEH！；好消息的福音，如治愈者之言一样无所不能[5012]征兆|不分等级的赛马，为了逝去者、可憎者和无论是谁；他，通过自由捐赠，在协调组织他们的就职和加薪方面严格控制，加上某些附赠和扩增，没有朝原来曾是他们彻底贫困的层级分化[5013]乳酸生成的极点坠落，能力、快乐、有用和报酬，将，在他们的第二个亚当[5014]里，一切都得生；我的拖船沿着大运河驶下，我的驳船沿着王权海域[5015]弗吉尼亚湖|赛船会边缘[5016]做多头停靠。我在乡村小镇[5017]田野里的城市，为了我的爱人[5018]爱情|爱，我光滑的眉毛，在我天文台[5019]的星盘[5020]称赞下，建了一间厕所[5021]地球，带肖恩喷射器[5022]，以便出自她的安息日需要，最方便[5023]地蹲坐拉[5024]在里面，那时敞开的噪声应该静下来；我没有戴着学位帽看到[5025]固定的|维修我的大学[5026]周年纪念日吗，样样合理，神圣庄严[5027]神一般的|痛风，诡辩学生[5028]对[5029]再次酸痛拳生[5030]姐妹，全都是生活公费生[5031]原尺寸的？我没有如莲座般坐[5032]罗塞塔石碑在小埃及的两块石碑[5033]柱子|星星上吗？我没有岩石开凿的读者吗，神圣者[5034]，希腊人[5035]聚合和平

4995 cindery yellows“～”；也解 *Cinderella*“～”。

4996 tinsel and glitter“～”；也解 *Hansel und Gretel*“～”，德国作曲家洪佩尔丁克的三幕童话歌剧。

4997 bibs under hoods“～”；也解 *Babes in the Wood*“～”，欧洲著名童话歌剧。

4998 made nusance of 解 made use of“～”；也解 Thomas Meade“～”，1757 至 1758 年的都柏林市长；也解 nuisance“～”。

4999 champdamors 解 champ［法］“田野”＋d'amour［法］“爱的”；也解 Champ de Mars“～”，法国巴黎七区的带状公园。

5000 peddled“～”，此处解 piddled“～”。

5001 foredreamed 解 fore-“之前”＋dreamed“做梦”；也解 verträumt［德］“～”。

5002 fullmaked 解 full naked“～”；也解 fulminate“～”；也解 full-make“～”；也解 Vollmacht［德］“～”；也解 volmaakt［荷］“～”。

5003 prevened“～”；也解 praevenio［拉］“～”。

5004 traemen 解 tradesman“～”。

5005 light-a-leaves 解 light o'love“～”。

5006 pelves ad hombres sumus 解 pulvis et umbra sumus［拉］“～”；也解 pelvis ad hombres sumus［拉］“～”。

5007 fodder“～”，此处解 father“～”。

5008 rodies 解 rover“～”；也解 roadies“～”。

5009 prater［荷］“～”；也解 Prater“～”，维也纳游乐园，1873 年举办过世界博览会。

5010 Chau 解 ciao［意］“～”；也解 cha［中］“～”。

5011 Camerade 解 comrade“～”；也解 Kamerad［德］“～”。此处包含本书主人公名字缩写的改写 CEH。

5012 omnient 解 omnipotent“～”；也解 Omen［德］“～”；也解 Omnien［德］“～”。

5013 latification 解 latificatio［拉］“～”；也解 lactification“～”。

5014 指耶稣基督。此处化自《哥林多前书》(15:22)：“在亚当里众人都死了；照样，在基督里众人也都要复活。”

5015 Regalia Water“～”；也解 Virginia Water“～”，伦敦西南郊的著名居住点和旅游区；也解 regatta“～”。

5016 longside 解 alongside“～”；也解 long side“～”。

5017 Urbs in Rure［拉］“～”，此处解 rus in urbe［拉］“～”。

5018 minne elskede 解 min elskede［丹］“～”；也解 Minne［德］“～”；也解 minne［荷］“～”。

5019 upservatory 解 observatory“～”。

5020 astrolobe 解 astrolabe“～”；也解 lobe［德］“～”。

5021 erdcloset 解 earth closet(用干土覆盖粪便的)“～”；也解 Erde［德］“～”。

5022 showne ejector 解 Shone's ejectors“～”，一种压气污水抽送机，由伊萨克·肖恩在 1887 年设计制造。

5023 covenience 解 convenience“～”。

5024 squatquit 解 squat“蹲坐”＋quit“放弃”。

5025 festfix 解 feststellen［德］“～”；也解 fest［德］“～”＋fix“～”。

5026 unniversiries 解 universities“～”；也解 anniversary“～”。

5027 gottalike 解 godlike“～”；也解 göttlich［德］“～”；也解 gotta［意］“～”。

5028 sophister 解 sophist“诡辩学者”＋sophomore“大学二年级学生”。

5029 agen“～”，此处解 against“～”。

5030 sorefister 解 sore fist“～”＋-er，此处为文字游戏，故译；也解 sister“～”。

5031 life sizars“～”；也解 lifesize“～”。

5032 rosetted 解 rosette“～”；也解 Rosetta Stone“～”，公元前 196 年的石碑，刻有古埃及国王托勒密五世登基的诏书。

5033 stellas 解 stele“～”；也解 stelle［希］“～”；也解 stella［拉］［意］“～”。

5034 hieros［希］“～”。

5035 gregos 解 gregos［葡］“～”；也解 grego［拉］“～”。

民[5036]德谟克利特？；三座城堡[5037]、两枚勋章[5038]金银二本位制|复本位制论者；根据我七次拨号[5039]七盘商业区不断变化的图纸[5040]察特爱尔兰街[5041]被建造，我没有穿过十二根线针[5042]、新门[5043]纽盖特监狱|街和维纳斯街[5044]爱巷|维科路|村镇来偶遇[5045]咕咕声|洞察吗？我的骆驼道，大啊[5046]大海，大啊！没有更加庄严的门[5047]高门在我的门[5048]憎恨附近[5049]贝拿勒斯；我投了你很多票[5050]大多数人，但是我只有很少获选[5051]（选民[5052]父亲|水，选民，早期选民，他从未过于经常地支持老塞勒姆[5053]撒拉）；终点站四个在我的城里，大北方[5054]，大南方和西部[5055]，都柏林、威克洛和韦克斯福德[5056]唤醒|道路，中部大西部[5057]。我设立了[5058]氏族一对儿部长[5059]，正与反[5060]，我的古木教堂[5061]如此漂亮地[5062]斯堪的纳维亚人编织起剥了皮的嫩枝和查特胡奇河[5063]贴上|易生气的洪水泥，现在所有松松的砖块和结实的[5064]石头，自由地砌以砖瓦[5065]共济会会员，约柜[5066]为盟约者提供方舟和罪人避难所[5067]发光体|避难所|新芬党；从上面降临我们，澳大利亚[5068]星光|星星|树枝的圣索菲亚教堂[5069]，我们的祈祷你的教堂中殿和后殿[5070]ABCDs|缺席|教堂的半圆形后殿，你那坚固的[5071]拱顶永永远远[5072]我们的|十亿年|语气；含[5073]腿臀肉|有执照的业余无线电操作员，绕一圈[5074]！闪米特人[5075]闪，追根溯源！；喇叭，安静！小狗勿叫[5076]巴基|伯克！这里到处[5077]皆不神圣[5078]冬青树！；一切闲散娼妓[5079]妓女让我来拉[5080]强迫，一切尼伯龙根[5081]碎石侏儒我推，去、去[5082]充满活力的|叩头|锻造；卡斯尔斯[5083]、雷德蒙[5084]、冈东[5085]、迪恩[5086]、谢泼德[5087]、史密斯[5088]、内维尔[5089]、希顿[5090]、斯托尼[5091]、福利[5092]、法雷尔[5093]、冯·诺斯特[5094]东方，还跟着桑尼克

5036 democriticos 解 democratic“～”；也解 Democritus“～”(前 460—前 370)，古希腊哲学家。
5037 triscastellated 解 tris-“三”＋castellate“城堡的辖区”，都柏林的城徽为三座城堡。
5038 bimedallised 解 bi-“二”＋medallized“戴上勋章的”；也解 bimetallism“～”；也解 bimetallist“～”。
5039 sevendialled 解 seven dialled“～”；也解 Seven Dials“～”，曾是伦敦最臭名昭著的贫民窟之一。
5040 charties 解 charts“～”；也解 D. A. Chart“～”，都柏林历史学家，著有《都柏林的故事》。
5041 Hibernska Ulitzas 解 Hibernskâ Ulice［匈］“～”。
5042 Threadneedles 解 thread“线”＋needles“针”，此处化自《马太福音》(19：24)“骆驼穿过针的眼，比财主进神的国还容易呢”。
5043 Newgade 解 Newgate“～”，在伦敦西门的著名监狱，此处直译“～”；也解 gade［丹］“～”。
5044 Vicus Veneris［拉］“～”，指都柏林的“～”；也解 Vico“～”，都柏林以南达尔克镇的道路名；也解 vicus［拉］“～”。
5045 cooinsight 解 coincide“～”；也解 coo“～”＋insight“～”。
5046 kolossa 解 colossal“～”；也解 Thalatta［希］“～”。
5047 porte sublimer 解 porte［法］“门”＋sublimer“更庄严的”；也解 Sublime Porte“～”，1923 年前的奥斯曼帝国政府的正式名称，因此也指土耳其帝国。
5048 ghates 解 gates“～”；也解 hates“～”。
5049 benared 解 be near“～”；也解 Benares“～”，印度东北部城市瓦腊纳西(Varanasi)的旧称。
5050 Oi polled 解 I polled“～”；也解 hoi polloi［希］“～”。此处化自《马太福音》(20：16)“因为被召的人多，选上的人少”。
5051 chousen 解 chosen“～”。
5052 Voter“～”；也解 Vater［德］“～”；也解 water“～”。
5053 Sarum“～”，英国索尔兹伯里教区的古罗马名；也解 Sarah“～”，《创世记》中亚伯拉罕之妻，老年得子。
5054 Geenar 解 Great Northern Railway Company“～铁路公司”。
5055 Greasouwea 解 Great Southern and Western Railway Company “～铁路公司”。
5056 Debwickweck 解 Dublin, Wicklow and Wexford Railway Company“～铁路公司”；也解 weck［德］“～”；也解 Weg［德］“～”。
5057 Mifgreawis 解 Midland Great Western Railway Company“～铁路公司”。这里的四家爱尔兰铁路公司现都已关闭。
5058 sept up 解 set up“～”；也解 sept“～”。
5059 twinminsters 解 twin ministers“～”。
5060 the pro and the con 解 pros and cons“～”。
5061 stavekirks 解 stavekirke“～”，11 至 13 世纪挪威的一种教堂模式。
5062 norcely 解 nicely“～”；也解 Norse“～”。
5063 attachatouchy 解 Chattahoochee“～”，位于美国佐治亚州；也解 attach“贴上”＋touchy“易生气的”。
5064 stonefest 解 stone“石头”＋fest［德］“结实的”。
5065 freely masoned“～”；也解 freemason“～”。
5066 arked for covennanters 解 ark of covenant“～”；也解 arked for covenanters“～”。
5067 shinners' rifuge 解 sinner's refuge“～”；也解 shinner“～”＋rifugio［意］“～”；也解 Sinn Féin［爱］“～”。
5068 Astralia 解 Australia“～”；也解 Astralia［拉］“～”；也解 astra［拉］“～”；也解 Ast［德］“～”。
5069 Hagiasofia 解 Hagia Sophia“～”，位于土耳其的伊斯坦布尔。
5070 absedes 解 absida［拉］“～”；也解 ABCDs，英文头四个字母；也解 absence“～”；也解 apse“～”。
5071 studvaast 解 steadfast“～”。
5072 our aeonetone aeones 解 eis tous aionas ton aionon［希］“～”；也解 our“～”＋aeon［拉］“～”＋tone“～”。
5073 Hams“～”，此处解 Ham“～”，挪亚的儿子，有人认为是闪族的祖先，书中儿子闪姆的化身；也解 radio hams“～”。
5074 circuitise 解 circuitize“～”。
5075 Shemites“～”；也解 Shem“～”，挪亚的儿子，闪族的祖先，也是书中主人公的儿子闪姆。
5076 barkeys 解 barkey “～”；也解 Anthony Barkey“～”，1717 至 1718 年的都柏林市长；也解 William Burke“～”(1792—1829)，爱尔兰杀人犯，把新鲜的尸体卖给爱丁堡解剖学校。
5077 hereround 解 here“这里”＋round“到处”。
5078 holied 解 holy“～”；也解 holly“～”。
5079 truanttrulls 解 truant trull“～”；也解 truande［法俚］“～”。
5080 comepull 解 come“来”＋pull“拉”；也解 compel“～”。
5081 rubbeling 解 Nibelung“～”，德国传奇中矮人种的一员，王子西格夫里特的拥护者；也解 rubble“～”。
5082 gowgow 解 go go“～”；也解 go-go“～”；也解 kowtow“～”；也解 gabha［爱］“～”。
5083 Cassels 解 Richard Cassels“～”(1690—1751)，德国建筑师，1727 年在都柏林建造了蒂隆大楼等著名建筑。
5084 Redmond 解 Mary Redmond“～”(1863—1930)，爱尔兰雕塑家，都柏林奥康纳大街的马修神父像由她建造，该雕像于 1893 年落成。
5085 Gandon 解 James Gandon“～”(1743—1823)，英国建筑师，建造了都柏林海关大楼等著名建筑。
5086 Deane 解 Sir Thomas Deane“～”(1792—1871)，爱尔兰建筑师，建造了爱尔兰国立图书馆等著名建筑。
5087 Shepperd 解 Oliver Sheppard“～”，(1865—1941)，爱尔兰雕塑家，制作了都柏林邮政总局中的库丘林像。
5088 Smyth 解 Edward Smyth“～”(1749—1812)，制作了都柏林国会大厦里的若干雕像。
5089 Neville 解 Parke Neville“～”(1812—1886)，爱尔兰建筑师，设计了瓦特里水库。
5090 Heaton 解 Thomas Heaton“～”，爱尔兰建筑师，设计了都柏林的芬德拉特教堂。
5091 Stoney 解 B. B. Stoney“～”，爱尔兰建筑师，设计了都柏林的埃塞克斯桥。
5092 Foley 解 John Henry Foley“～” (1818—1874)，爱尔兰建筑师，设计了都柏林的奥康内尔纪念碑。
5093 Farrell 解 Sir Thomas Farrell“～”(约 1827—1900)，爱尔兰建筑师，设计了都柏林斯蒂芬绿地的阿迪劳恩爵士像。
5094 Vnost 解 John Van Nost“～”(1713—1780)，英国雕塑家，设计了都柏林斯蒂芬绿地的乔治二世像；也解 Ost［德］“～”。

罗夫特[5095]和霍根[5096]；烈酒[5097]对我有用！哥布林们[5098]壁饰挂毯|戈博兰区护卫！；保护[5099]屋顶我的砖窑（啊，部落！啊，氏族[5100]！），维系我的要塞，我的四条伟大道路[5101]波涛的安宁；通向布斯[5102]货摊|宣扬|两者救赎的无用[5103]地狱，通向史威登堡的[5104]地狱[5105]瓦尔哈拉宫的神秘天神[5106]《天界的奥秘》！我的七条狭巷[5107]风，我试着[5108]拖着去给她设置迷宫[5109]使吃惊，任何一条小巷都有救命的死巷[5110]保留条款，所有这些死巷都随着狂风旌旗招展，给她的环，给他的脱帽致意，吹皱邻家花园[5111]尼布罗花园大剧院|雾|尼伯龙根|雾之国；这是为什么巴尔布斯[5112]在加高[5113]夷为平地他的墙，改变了[5114]长老|进入|父母|揉他邻居的苏撒拿[5115]；第三，为了蠼螋[5116]不朽的，我确实为了我那美丽的[5117]猥亵的小猪膝盖革新和修复，我那甜美鸽声锁护的[5118]库罗克，我那畏惧[5119]奎尔荒村[5120]的人，她那在十字小山上的爱尔兰宫殿[5121]小皇宫博物馆|圣帕特里克大教堂，配有莫斯科[5122]群体去钟，六个[5123]塞克斯顿合唱钟[5124]听到，大教堂[5125]两个|宗主和宣礼师[5126]来命令[5127]一起|理智信徒[5128]断断续续的|惩罚|忠诚者的领袖；厄运亚当当厄当亚当亚当[5129]；主的使者[5130]管风琴|赞美的|颂歌的神谕|暴风雨|我赞美来说出[5131]特尔福德店|托马斯·特尔福德荣耀；向那处添加浅浅的一层膜[5132]洗涤盆|肝脏来熄灭[5133]粗纺线她的地狱之火[5134]地狱之火俱乐部，为她的凸窗[5135]奥里尔屋布置[5136]圆花窗窗户；请主怜悯，基督怜悯[5137]合乎福音的|教堂内靠背长凳为背景的|基督的；阿佐古城门[5138]震惊的的长号[5139]，塔拉[5140]滚动的的风琴[5141]油|枪；她坐在她的后部[5142]英国人|无礼的话|石头|石块|以后，冷屁股[5143]《我爱我的辣椒宝宝》和四十顶帽子[5144]阿里巴巴和四十大盗，在祭坛石[5145]奥拓

5095 Thorneycroft 解 William Hamo Thorneycroft"～"(1850—1925)，英国艺术家，设计了都柏林的普伦基特雕像。
5096 Hogan 解 John Hogan"～"(1770—1835)，爱尔兰雕塑家，设计了都柏林市政厅的奥康内尔雕像。
5097 sprids 解 spirits"～"。
5098 gobelin"～"，此处解 goblin"～"，小妖精；也解 Gobelins"～"，法国巴黎的地名。
5099 tect 解 protect"～"；也解 tectum [拉]"～"。
5100 gentes [拉]"～"。
5101 ways"～"；也解 waves"～"。
5102 Booth"～"，此处解 William Booth"～"(1829—1912)，英国传教士，基督教新教社会活动组织救世军的创建者；也解 boost "～"；也解 both"～"。
5103 oathiose 解 otiose"～"。
5104 Sweatenburgs 解 Emannel Swedenborg"～"(1688—1772)，瑞典科学家和宗教作家，著有《神的仁爱与智慧》等。
5105 Welhell 解 hell"～"；也解 Valhalla"～"，北欧神话中主神奥丁款待阵亡将士英灵的殿堂。
5106 arcane celestials"～"；也解 *Arcana Coelestia*"～"，瑞典作家艾曼纽・史威登堡的作品。
5107 wynds"～"；也解 winds"～"。
5108 trailed to"～"，此处解 tried to"～"。
5109 maze"～"；也解 amaze"～"。
5110 saving closes"～"；也解 saving clause"～"。此处化自童谣《在去圣艾维斯的路上》("As I Was Going to Saint Ives")中的"I met a man with seven wives, and every wife had seven sacks"(我遇见一个男人，他有七个太太，/每个太太有七个布袋)。
5111 Neeblow's garding 解 neighbour garden"～"；也解 Niblo's Garden"～"，19 世纪纽约歌剧院；也解 Nebel [德]"～"；也解 Nibelung"～"，在北欧神话中意指"～"。
5112 Blabus 解 Balbus"～"，罗马富豪，有口吃的毛病。在《一个青年艺术家的画像》中，斯蒂芬的拉丁文课本里有"巴尔布斯在砌墙"这句话。
5113 razing"～"，此处解 raise"～"。
5114 eltering 解 altering"～"；也解 Elders"～"，《苏撒拿传》据说是由两位长老提出的；也解 entering"～"；也解 Eltern [德]"～"；也解 elte [挪]"～"。
5115 Suzannes 解 Story of Susanna"～"，天主教《次经》中的章节。
5116 ewigs 解 ewig [德]"～"，此处解 earwig"～"。
5117 smuggy 解 smukke [丹]"～"；也解 smutty"～"。
5118 coolocked 解 coo"咕咕声"＋locked"锁住的"；也解 Coolock"～"，都柏林郊区。
5119 coyquailing 解 quail"～"；也解 William Quaill"～"，1718 至 1719 年的都柏林市长。
5120 auburn"～"，英国诗人哥尔德斯密斯的长诗《荒村》中的地名。
5121 paddypalace 解 paddy"爱尔兰人"＋palace"宫殿"；也解 Petit Palais"～"，位于巴黎温斯顿・丘吉尔大道和香榭丽大道交叉处，与大皇宫博物馆隔街相望；也解 Saint Patrick's Cathedral"～"，位于都柏林。
5122 massgo 解 Moscow"～"；也解 mass go"～"。
5123 sixton 解 six"～"；也解 T. Sexton"～"，1888 至 1889 年的都柏林市长。
5124 clashcloshant 解 clais [爱]"合唱队"＋cloche [法]"钟"；也解 cloisint [爱]"～"。
5125 duominous 解 duomo [意]"～"；也解 duo [拉]"～"；也解 dominus [拉]"～"。
5126 muezzatinties 解 muezzin"～"，在清真寺召集信徒祈祷的人。
5127 commind 解 command"～"；也解 com-"～"＋mind"～"。
5128 fitful"～"，此处解 faithful"～"；也解 comminare [意]"～"；也解 Commander of the Faithful"～"。
5129 doom adimdim adoom adimadim 解 doom"厄运"＋Adam"亚当"。
5130 oragel of the lauds 解 Angel of the Lord"～"，出自《马太福音》(1:20)；也解 Orgel [德]"～"＋of the lauds"～"；也解 oracle of the laudes"～"；也解 orage [法]"～"＋laudo [拉]"～"。
5131 tellforth's 解 tell forth"～"；也解 Telford and Telford"～"，都柏林的管风琴制造者；也解 Thomas Telford"～"(1757—1834)，都柏林的桥梁工程师。
5132 laver"～"，此处解 layer"～"；也解 liver"～"。
5133 slub"～"，此处解 stub out"～"。
5134 hellfire 解 the fire of hell"～"；也解 Hellfire Club"～"。
5135 oriel"～"；也解 Oriel"～"，爱尔兰东北部的中世纪王国。
5136 posied 解 posted"～"；也与后面合解 rose window"～"。
5137 gospellypewmillieu, christous pewmillieu 解 Gospodi pomilui, Khriste pomilui [斯]"～"；也解 gospelly"～"＋pew millieu"～"＋Hristos [俄]"～"。
5138 babazounded 解 The Bab Azoun"～"，意为"悲痛之门"，阿尔及利亚首都阿尔及尔的城门；也解 baba [法俚]"～"。
5139 zackbutts 解 sackbut"～"中的一种。
5140 Tararulled 解 Tara"～"，爱尔兰东部城镇，古代凯尔特王国的都城；也解 rolled"～"。
5141 ollguns 解 organs"～"；也解 oil"油"＋guns"枪"。
5142 sass her nach 解 saß [德]"坐"＋her"她的"＋nach [德]"在……之后"；也解 Sasanach [爱]"～"；也解 sass"～"；也解 sasso [意]"～"；也解 sass [列]"～"；也解 hernach [德]"～"。
5143 chillybombom 解 chilly bum"～"；也解"I Love My Chili Bom Bom""～"，20 世纪 20 年代的流行音乐。
5144 Forty Bonnets"～"，戈尔韦的希利夫人的绰号；也解 Ali Baba and the Forty Thieves"～"。
5145 altarstane 解 altar stone"～"；也解 Ota"～"，832 年侵略爱尔兰的北欧海盗特格西乌斯(Turgesius)的妻子。

上。愿主怜悯我们[5146]愿所有人都有长满苔藓的荣誉|莫斯！

——万岁[5147]过火的表演|这！

——万岁！

——万岁！

——万岁！

——赐福的漫天冰雹[5148]一切安好、大雪飘落[5149]斯纳费尔山|毛皮、阴雨霏霏或者雨雪阵阵[5150]，那里它或者冻住酒杯[5151]杯子，或者[5152]游于法衣室，拿着美丽的羊皮纸[5153]白皙的皮肤|包皮书和统治之棒，我那处女[5154]维吉尔|细棒|阴茎纸页的纹理，她的永远的惩戒者[5155]HCE，我确实在ABC字母表[5156]ALP|击打手|骆驼脾气里了解了我那小汉娜[5157]乡下老鼠，从AB[5158]桤木|桦树|榆木|桦木到TU[5159]冷杉|紫杉|荆豆|石南|阴茎，还有她的邓德拉姆[5160]那里[5161]毒液的厄运[5162]我那未加工的|紫杉藤杖；喔[5163]，听[5164]、听、听；我确实在我的利菲河[5165]前铺展，那里天主街懒卧，夫人们流连，甘菊[5166]甘菊冲洗道与樱草[5167]樱草街丘相交，兔子[5168]科尼岛湾邻接桑树[5169]桑树弯公园岛，但是自从很久以前[5170]刺伤当整片该死的[5171]英国本土土地的确[5172]被忽略[5173]逾越节，从未有血刃[5174]刀锋|血溅血[5175]或染血[5176]发芽的|布拉杜德，我那莱奇沃思花园城[5177]肉欲起作用的草坪的镶边[5178]野蛮的|布边|海上救助垫子，我的花园[5179]奖赏城的地毯花园，配有胡夫金字塔[5180]商店|火葬用柴堆、陵墓[5181]真丝薄绸|平纹细布|穆斯林|贝尼托·墨索里尼、灯塔灯塔[5182]法洛斯岛|火、密室[5183]太阳神雕像和悬空的[5184]筑巢穴的梯田[5185]木楼|门|裂缝，为了塞米勒米斯[5186]苏美尔的忏悔誓言[5187]亲吻|编织、游憩场[5188]、雕像[5189]奥林匹

5146 May all have mossyhonours 解 May the Lord have mercy on us “～”；也解 May all have mossy honours “～”；也解 Bartholomew Mosse“～”，18 世纪的都柏林医生，建立罗汤达（Rotunda）医院。
5147 Hoke“～”，此处解 Hoch［德］“～”，表祝颂；也解 hoc［拉］“～”。
5148 wholehail 解 whole hail“～”；也解 all hail!“～”，问候语。
5149 snaeffell 解 snowfall“～”；也解 Mountain Snaefell“～”，马恩岛上的山；也解 Fell［德］“～”。
5150 sleetshowers 解 sleet“雨夹雪”＋showers“阵雨”。
5151 chalix 解 chalice“～”；也解 calix［拉］“～”。
5152 eller［丹］“～”。
5153 fairskin 解 Fagrskinna“～”，冰岛的萨迦之一；也解 fair skin“～”；也解 foreskin“～”。
5154 vergin 解 virgin“～”；也解 Publius Vergilius Maro“～”（前 70—前 19），古罗马诗人；也解 verge［法］“～”，在法国俚语中指“～”。
5155 此处包含本书主人公名字的缩写 HCE。
5156 alphabeatercameltemper 解 alphabet“字母表”＋alpha, beta, gama, delta，希腊字母表头四个字母的读音；也解 ALP，本书女主人公名字的缩写＋beater“～”＋camel temper“～”。
5157 ana 解 Anna Livia Plurabelle“汉娜·丽维娅·妇鲁拉贝尔”，本书女主人公。
5158 alderbirk 解 A，B，字母；也解 alder“～”＋Birke［德］“～”；也解 ailm［爱］“～”＋beith［爱］“～”。
5159 tannenyou 解 T，U，现代爱尔兰语 18 字母表的最后两个字母；也解 Tannen［德］“～”＋yew“～”；也解 teithne［爱］“～”＋ur［爱］“～”；也解 Tannen［德俚］“～”。
5160 dundrum 解 Dundrum“～”，都柏林地名。
5161 atter“～”，此处解 at her“～”。
5162 myraw 解 mi-rath［爱］“～”；也解 my raw“～”；也解 yew“～”。
5163 ooah 解 ooh“～”。
5164 oyir 解 oyez［古法］“～!”。
5165 Livvy 解 Life［爱］“～”。
5166 Cammomile 解 Camomile Street“～”，伦敦街道名；也解 camomile rinse“～”，旧时欧洲一种洗发方式。
5167 Primrose“～”；也解 Primrose Street“～”，伦敦街道名。
5168 Coney“～”；也解 Coney Island“～”，位于纽约的小岛。
5169 Mulbreys 解 Mulberry“～”；也解 Mulberry Bend Park“～”，1897 年修建的纽约公园。
5170 long agore 解 long ago“～”；也解 gore“～”。
5171 blighty“～”，此处解 bloody“～”。
5172 bladey well 解 bloody well“～”。
5173 pessovered 解 passed over“～”；也解 Passover“～”。
5174 blid 解 blade“～”，此处与后面压头韵，故译“～”；也解 blood“～”。
5175 bledded 解 bled“～”。
5176 bludded 解 blood“～”；也解 budded“～”；也解 Bladud“～”，传说中公元 1 世纪英格兰国王，李尔王的父亲。
5177 lecheworked 解 Letchworth Garden City“～”，英格兰赫特福德郡的城镇；也解 lech worked“～”。
5178 selvage“～”；也解 selvagem［葡］“～”；也解 selvedge“～”；也解 salvage“～”。
5179 Guerdon“～”，此处解 garden“～”。
5180 chopes pyramidous 解 Cheops Pyramid“～”，埃及公元前 25 世纪基奥普斯（胡夫）法老建造的大金字塔；也解 shops“～”＋pyre“～”。
5181 mousselimes 解 mausoleum“～”；也解 mousseline“～”；也解 muslin“～”；也解 Muslim“～”；也解 Benito Mussolini“～”（1883—1945），意大利法西斯独裁者，第二次世界大战的元凶之一。
5182 beaconphires 解 beacon“灯塔”＋pharos［希］“灯塔”；也解 Pharos“～”，埃及亚历山大港附近的小岛；也解 fires“～”。
5183 colossets 解 closets“～”；也解 kolossos“～”，又叫 Colossus of Rhodes（罗得岛巨像），世界七大奇观之一。
5184 pensilled 解 pensilis［拉］“～”；也解 pensile“～”。指世界七大奇观之一的巴比伦空中花园。
5185 turisses 解 terraces“～”；也解 turris［拉］“～”；也解 Tür［德］“～”；也解 Risse［德］“～”。
5186 summiramies 解 Semiramis“～”，古代传说中的亚述女王；也解 Sumer“～”，西亚古地区名。
5187 busspleaches 解 Buße［德］“忏悔”＋pledges“誓言”；也解 buss［古英］“亲吻”＋pleaches“编织”。
5188 esplanadas 解 esplanades“～”。
5189 statuesques 解 statuesque“～”；也解 Statue of Zeus at Olympia“～”，世界七大奇观之一。

亚宙斯巨像和神殿[5190]阿尔忒弥斯神庙，梅努斯的宽恕[5191]巴涅尔纪念碑|帕特农神庙、希奥博德神父[5192]、纳尔逊[5193]，海军少将[5194]稀有和令人敬佩的、约翰·德·提水[5195]、大鳖[5196]厚大衣奥康内尔[5197]、白菜威廉[5198]、极其[5199]急忙的|升起可笑的[5200]小教堂能过就过[5201]空缺的（荣耀归于至高之处的上帝[5202]《荣归主颂》|精益求精！）；为了工作日[5203]使烦恼，为了节假日[5204]，直到日历[5205]历书上的诞辰之[5206]完整的|夫妇|平坦的|晚祷年[5207]，格列高利历[5208]和吉卜赛儒略历[5209]就其本身而言喜欢按照他们的而行；我为了我自己那口齿不清的[5210]里斯本火热小姑娘种植一片栽种树篱的葡萄园，我用巨大的栗子地[5211]查斯特菲尔德伯爵四世|HCE 榆树作为它的围墙，肯特的啤酒花和一块块地的大麦[5212]《马娄的斜坡》|巴洛刀|巴罗爵士，有亭子的[5213]鲍厄里隐蔽处，渴望绿意的[5214]漂绿的别墅，草原[5215]心灵[5216]有生命的，还有（必修英语）英语[5217]教堂的必要性[5218]内塞西达迪什宫|必要之屋，用于导水渠[5219]水的浮舟[5220]桥|池塘；山楂谷[5221]霍桑登城堡|山楂谷、仙女幽谷[5222]弗里谷|山谷、圣徒山谷[5223]空心墙|瓦尔哈拉宫、逐鹿处[5224]、芬马克[5225]的豪丘[5226]头|洼地|霍斯，与小蓓蕾月[5227]舔和拾穗人月相悖，有一堵军火墙[5228]（边上边上！边上边上！）为了一座她的凤凰的皇后花园；（安静！安静！）我为我的阿尔卑斯山的[5229] ALP 妇鲁拉贝尔[5230]泡茶，棚屋[5231]蠼螋|假发|变暖少妇，（地下酒吧！）我那志向远大的[5232]格兰维尔老牌都柏林黑啤酒[5233]都柏林|柔和的，自由、快乐[5234]、多泡的爽肤水，猫咪[5235]嘴唇，猫咪，猫步潜行，撕裂她胃部的脾脏；我在快马前铺设去我的都柏林[5236]的我那磨损的石质车道，我的南北[5237]环路[5238]南北环路，我

5190 templeogues 解 Temple“～”；也解 Temple of Artemis at Ephesus“～”，世界七大奇观之一。

5191 Pardonell of Maynooth 解 Pardon of Maynooth“～”，指 1535 年爱尔兰托马斯起义中，基尔代尔郡梅努斯市的梅努斯城堡向英军有条件投降，英军同意后却将他们全部杀死；也解 Parnell Monument“～”，位于都柏林奥康内尔大街北端；也解 Parthenon“～”，希腊用以祭祀雅典娜女神的神庙。

5192 Fra Teobaldo［意］即 Father Theobald “～”(1790—1856)，在爱尔兰推行戒酒，他的雕像在都柏林奥康内尔大街。

5193 Nielsen 解 Nelson“～”(1758—1805)，英国海军将领，都柏林奥康内尔大街上的纳尔逊纪念柱 1966 年被炸毁。

5194 rare admirable“～”，此处解 rear admiral“～”。

5195 Jean de Porteleau 解 Sir John Gray“约翰·格雷爵士”，19 世纪后期都柏林供水系统的主管，他的雕像位于都柏林奥康内尔大街＋porte l'eau［法］“提水”。

5196 Gretecloke 解 great cloak“～”；也解 greatcoat“～”。

5197 Conall 解 Daniel O'Connell“～”(1775—1847)，1829 年领导爱尔兰天主教徒赢得参加议会的权利，他的雕像位于都柏林奥康内尔大街南端。

5198 Guglielmus Caulis 解 Gulielmus［拉］“威廉”＋Caulis［拉］“小白菜”，指都柏林奥康内尔大街上的威廉·史密斯·奥布赖恩(William Smith O'Brien)的雕像，他是 1848 年“白菜地叛乱”(Cabbage Patch Rebellion)的领袖。

5199 eiligh 解 highly“～”；也解 eilig［德］“～”；也解 eirigh［爱］“～”。

5200 ediculous 解 ridiculous“～”；也解 aedicula［拉］“～”。

5201 Passivucant 解 Pass-if-you-can“～”；也解 vacant“～”。

5202 glorietta's inexcellsiored 解 gloria in excelsis Deo［拉］“～”；也解“Gloria in excelsis”“～”，以荣耀归于上帝开始的赞美诗；也解 excelsior“～”。

5203 irkdays 解 workdays“～”；也解 irk“～”。

5204 folliedays 解 holidays“～”。

5205 calendarias 解 calendario［意］“～”；也解 Kalendaria［拉］“～”。

5206 comple 解 compleaños［西］“～”；也解 complete“～”；也解 couple“～”；也解 complanate“～”；也解 compline“～”。

5207 anniums 解 annus［拉］“～”。

5208 gregoromaios Gregorian Calendar“～”，教宗格列高利十三世在 1582 年改革历法，形成今日的公历。

5209 gypsyjuliennes 解 gypsy“吉卜赛人的”＋Julian Calendar“罗马儒略历”。

5210 lisbing 解 lisping“～”；也解 Lisbon“～”，葡萄牙首都。

5211 Chesterfield 解 chestnut field“～”；也解 4th earl of Chesterfield“～”(1694—1773)，原名菲利普·多尔默·斯坦霍普(Philip Dormer Stanhope)，英国著名政治家、外交家及文学家。此处包含本书主人公名字的缩写 HCE。

5212 rigs of barlow 解 rigs of barley“～”；也解“The Rakes of Mallow”“～”，爱尔兰民歌。其中 barlow 也解“～”，一种廉价的单面小刀；也解 Sir James Barlow“～”，1714 至 1715 年的都柏林市长。

5213 bowery“～”；也解 The Bowery“～”，纽约一个酒徒充斥的街区。

5214 greenwished 解 green wished“～”；也解 greenwashed“～”，公司为树立环保的虚假形象而做的公关活动和捐赠等。

5215 pampos 解 pampas“南美无树大草原”。

5216 animos 解 animus［拉］“～”；也解 animo［葡］“～”。

5217 iglesias 解 ingles［葡］“～”；也解 iglesia［西］“～”。

5218 necessitades 解 necessidade［葡］“～”；也解 Paço das Necessidades“～”，葡萄牙里斯本的皇宫之一；也解 necessary Castle“～”，指厕所。

5219 aguaducks 解 aqueduct“～”；也解 água［葡］“～”。

5220 pons［拉］“～”，此处解 pontoon“～”；也解 ponds“～”。

5221 hawthorndene 解 hawthorn“山楂树”＋dene“溪谷”；也解 Hawthornden Castle“～”，爱丁堡的建筑；也解 Hawthorn Glen“～”，凤凰公园的地名。

5222 feyrieglenn 解 fairy glen“～”；也解 Furry Glen“～”，凤凰公园的地名；也解 gleann［爱］“～”。

5223 hallaw vall 解 hallow valley“～”；也解 hollow wall“～”；也解 Valhalla“～”。

5224 dyrchace 解 deer“鹿”＋chase“追逐”。

5225 Finmark“～”，古代在挪威北部北极圈内的一个国家。

5226 Howe“～”，北欧海盗占领爱尔兰期间在都柏林的议会所在地；也解 hoved［丹］“～”；也解 howe“～”；也解 Howth“～”。

5227 lickybudmonth 解 little bud month“～”；也解 lick“～”。

5228 magicscene wall 解 magazine wall“～”，指都柏林凤凰公园内圣托马斯山上的军火要塞(Magazine Fort)。

5229 此处包含本书女主人公名字的缩写 ALP。

5230 plurabelle 解 Anna Livia Plurabelle“汉娜·丽维娅·妇鲁拉贝尔”，本书女主人公。

5231 wigwarming 解 wigwams“～”；也解 earwig“～”；也解 wig“～”＋warming“～”。

5232 granvilled 解 grand willed“～”；也解 Granville“～”，爱尔兰总督。

5233 lindub 解 lionn dubh［爱］“～”；也解 Dublin“～”；也解 lind［德］“～”。

5234 froh［德］“～”。

5235 puss“～”；也解 pus［爱］“～”。

5236 eblanite 解 Eblana“～”，古希腊天文学家托勒密所绘的世界地图上都柏林的名字。

5237 nordsoud 解 nord［法］“北”＋sud［法］“南”。

5238 circulums 解 circulum［拉］“环”；也解 North and South Circular Roads“～”，都柏林道路。

的东方更多土地[5239]东莫兰区和西方土地更多[5240]西莫兰街|韦斯特兰道，跑上林荫大道[5241]公牛|朝向，突然[5242]当然|悉尼阅兵场|南列队行进，（骑马的人[5243]听|精子，慢慢上前[5244]奥斯陆！参加婚礼的人[5245]，准备开始[5246]挪威议会！）；在那上面，在像耶胡人[5247]那样的真正的人的电车[5248]咒语里（指望着直到都柏林联合电车公司[5249]荷兰人售票员[5250]阴户|医生召唤他来支付所有行程[5251]票价|放屁|部分，在这个何西阿[5252] HCE的马车[5253]里欢迎[5254]恭迎|车辆所有吊客乘客[5255]！），克莱兹代尔马[5256]瘸的与阿拉伯战马[5257]阿拉宾，罗马帝国[5258]的黄包车[5259]与西班牙[5260]林薮国王的小号手[5261]，疯狂缠身的[5262]马德里野马，弓背跃起的[5263]布加勒斯特野马，驿递马车[5264]海报|二轮轻便马车与图恩和塔克西斯[5265]，高又高的马车和笨又笨的燕鸥，其他人高兴地坐着马车，一些人在厢式马车里安安静静；我那刺痛的[5266]竖起|布拉格大道绅士，罗杰[5267]性交，罗杰，我的少女们[5268]坐在柔软一侧的马鞍上，悄悄地[5269]迅速地，悄悄地，装模做样[5270]，一根栖木在后面；驴子、骡子、小马、姜黄赛马、杂色设得兰马[5271]、花斑奥克尼马[5272]为了让她高兴[5273]活泼地踩着（抬起你的左脚，舞动[5274]溜冰你的右脚！）；她在她的小小的[5275]面具下对鞭子的击打笑笑了。打倒他们！踢！加油！

马太羞耻！马可羞耻！路加羞耻！约翰羞耻啊羞耻！[5276]衰弱的|踢|附近的

5239 eastmoreland 解 east more land"～";也解 Eastmoreland Place"～",都柏林地名。
5240 westlandmore 解 west land more"～";也解 Westmoreland Street"～",都柏林地名;也解 Westland Row"～",都柏林地名。
5241 boullowards 解 boulevard"～";也解 bull"～"+towards"～"。
5242 syddenly 解 suddenly"～";也解 certainly"～";也解 Sydney Parade"～",都柏林地名和街道名;也解 syd [丹]"～"。
5243 hearsemen 解 horseman"～";也解 hear"～"+semen"～"。
5244 opslo 解 up slow"～";也解 Oslo"～",挪威首都。
5245 nuptiallers 解 nuptial-lers"～"。
5246 get storting 解 get starting"～";也解 Storting"～"。
5247 yahoomen 解 yahoo"耶胡",斯威夫特的《格列佛游记》中的人形动物+men"人"。
5248 mantram 解 tram"～";也解 mantra"～",尤指四吠陀经典内作为咒文或祷告唱念的咒语。
5249 dutc 解 Dublin United Tramways Company"～";也解 Dutch"～"。
5250 cundoctor 解 conductor"～";也解 cunt"～"+doctor"～"。
5251 fahrts 解 Fahrt [德]"～";也解 fares"～";也解 fart"～";也解 part"～"。
5252 Hoseyeh 解 Hosea"～",希伯来的先知,也是《圣经》中《何西阿书》的作者;也解 HCE ,本书主人公名字的缩写。
5253 vongn 解 vogn [丹] [挪]"～"。
5254 velkommen 解 willkommen [德]"～";也解 velkommen [丹]"～";也解 Wagen [德]"～"。
5255 hankinhunkn 解 hanging"抓着车顶吊带的乘客"。
5256 claudesdales 解 Clydesdale"～",原产于苏格兰克莱德河畔的一种重型挽马;也解 claudus [拉]"～"。
5257 arabinstreeds 解 Arabian steeds"～";也解 John L. Arabin"～",1845 年的都柏林市长。
5258 Roamer Reich 解 Römerreich [德]"～"。
5259 rickyshaws 解 rickshaws"～"。
5260 Hispain 解 Hispanian"～";也解 shaw"～"。
5261 trompateers 解 trumpeters"～"。
5262 madridden 解 mad"疯的"+ridden"被……困扰";也解 Madrid"～",西班牙首都。
5263 buckarestive 解 bucking"～";也解 Bucharest"～",罗马尼亚首都。
5264 poster shays 解 post chaise"～";也解 poster"～"+shays"～"。
5265 turnintaxis 解 Thurn and Taxis"～",出自意大利贝尔乔莫地区的一个家族,垄断了 16 至 19 世纪的德国邮政系统。
5266 priccoping 解 pricking"～";也解 prick up"～";也解 Přikopy"～",匈牙利布拉格的大道。
5267 aroger 解 Sir Roger de Coverley"柯夫雷的罗杰爵士",一种英国乡村舞蹈;也解 roger"～"。
5268 damsells 解 damsels"～"。
5269 covertly"～";也解 quickly"～"。
5270 Lawdy Dawe 解 la-di-da"～"。
5271 shjelties 解 Shelty"～"。
5272 awknees 解 Orkney horses"～",指苏格兰东北奥克尼群岛产的一种较大的矮种马。
5273 pleashadure 解 pleasure"～"。
5274 Rink"～",此处解 rinnce [爱]"～"。
5275 diddydid 解 diddy"小的"+diddy"小的"。
5276 Mattahah! Marahah! Luahah! Joahanahan!解 Matthew, Mark, Luke, John"马太、马可、路加、约翰",福音书的四位作者+hana [捷]"耻辱";也解 matt [德]"～";也解 lua [爱]"～";也解 nah [德]"～"。

第四章

那[1]是什么？雾是什么[2]雾？太多的[3]骚乱睡眠。让我们睡吧。

但是如今实际上大致什么时候了？那么详细说说我们活了多长时间。是吧？

因此，一夜[4]复一晚再一宵[5]零又一暮[6]赤裸的，在那些逝去的美好古老多虱的日子里，那些日子，我们是否要说？我们要说谁？此时孩子们的看护[7]照料着他们的一对儿床，他们现在站在那里，悬铃木们，他们所有四人，发着三日疟[8]，马略卡、梅诺卡、伊维萨、福门特拉[9]带着他们的巴利奥拉[10]大吹大擂|《巴利胡利特等军》蓝丝带[11]吹|收割机，三夜[12]夜晚|无复四晚[13]阴暗，在他们的猫咪角落[14]抢位置游戏里，那个旧时的草荐[15]古生物学家|遮住你来猜|帕里奥洛加斯王朝，扮作可怕的马贩子，与格斯·行者[16]煤气厂，驴子一起，他那可怜的垂死的老猫咪咳[17]鲍西考尔特，埃斯科[18]冰河沙堆、纽卡斯尔[19]、萨格德、克拉姆林，告诉[20]小溪谷我，驴子[21]因此，去都柏林[22]的路。跟我走直线，你是都柏林[23]、埃斯科、纽卡斯尔、萨格德、克拉姆

1 thaas 解 that“～”。
2 whaas 解 was［德］“～”；也解 was［荷］“～”。
3 mult 解 multiple“多样的”；也与前面合解 tumult“～”。
4 nat［丹］“～”。
5 naught“～”，此处解 night“～”。
6 naket 解 night“～”；也解 nackt［德］“～”。
7 kinderwardens 解 Kinder［德］“子女”＋warden“看守人”。
8 quartan“每四天的”。此处化自习语 quartan agues kill old men and cure young（三日疟，青年能治好，老人见阎王）。
9 majorchy, the minorchy, the everso and the fermentarian 解 Majorca, Minorca, Iviza, Formentera“～”，西班牙巴利阿里群岛的四座主要岛屿。
10 ballyhooric 解 Ballyhoura mountains“～山脉”，位于爱尔兰科克郡；也解 ballyhoo“～”；也与后面合解“The Ballyhooly Blue Ribbon Army”“～”，19 世纪的一首民谣。
11 blowreaper 解 blue ribbon“～”；也解 blow“～”＋reaper“～”。
12 titranicht 解 tri-“三”＋nicht“夜晚”；也解 Nacht［德］“～”；也解 nicht［德］“～”。
13 tetranoxst 解 tetra［希］“四”＋nox［拉］“夜晚”；也解 tetricus［拉］“阴暗”。
14 pussycorners 解 pussy“猫咪，阴户”＋corners“角落”；也解 Puss in the corner“～”。
15 pallyollogass 解 palliasse“～”；也解 palaeologers［瑞］“～”；也解 pall you'll guess“～”；也解 Palaiologoi“～”（1261—1453），拜占庭帝国的最后一个王朝。
16 Gus Walker 解 Gus“格斯”＋Walker“行人”，人名；也解 gasworks“～”。
17 boosy cough 解 pussy“猫咪”＋cough“咳嗽”；也解“～”，爱尔兰裔美国剧作家。
18 esker“～”，此处解 Esker“～”，与后面三地皆为亨利二世在过去的维京人领地上建立的皇家采邑。
19 newcsle 解 Newcastle“～”，英国港市。
20 dell“～”，此处解 tell“～”。
21 donk 解 donkey“～”；也解 donc［法］“～”。
22 wumblin 解 Dublin“～”。
23 bumblin 解 Dublin“～”。

林。一直听着。因此当好孩子凯文·巴里[24](一旦他在所有赞助下长大成人,他就会成为唱诗班少年大队的总司令[25]霸占)在他那由奶油滴[26]、橘子蛋奶沙司[27]中亚野驴|私生子和凉拌卷心菜[28]组成的牛奶路上笑起来[29]爱尔兰英里的时候,高兴起来[30],当坏野种[31]哥哥杰瑞[32]德国佬·戈多尔芬[33]费城(一旦[34]如……一样秃顶|与……一样大胆他在所有医院期间[35]未犯错身体好得差不多了,他就会急着成为夜间避难所里的红衣主教厨仆[36]库伦)低头朝着他那由甲基化酒精,呕,和忧郁的[37]甜瓜|黑色胆汁酒糟,呕,和成为齑粉的大黄[38]黄根,呕吐的,组成的起皱残渣蹙起眉头[39]外国的,满心恐惧。

一夜接着静静航行的一夜,此时小孩似的[40]伊莎贝尔[41]浅灰黄色(当她某个星期天长大,她会一整天红着脸,成为圣至善和圣象牙[42]《冬青与常春藤》,当她戴上修女面纱,美丽的举荐修女,勉强算得二十岁,戴着她纯洁的头巾,修女伊莎贝尔,下个星期天,米迦勒节[43]槲寄生,当她看着一只桃子,美丽的撒玛利亚人,宁静美丽,那种十几岁的宁静,保姆小圣人伊莎贝尔,有着呆板僵硬的袖口,但是在节假日、圣诞节和复活节早晨,当她戴着花冠,十八个春天的绝妙寡妇,美女[44]美女伊瑟|美女伊萨布寡妇[45]伊萨[46]夫人,非常悲伤,但是在她的淡蓝色[47]黑长袍里乳房丰满[48]柔软的,戴着香橙花哭泣面纱),因为她是他们爱慕的唯一女孩,正如她是你珍视的女王珍珠,因为她注定会是我们初次相遇那晚的样子,我觉得,并非徒劳,我心中的宝贝,睡在她的杏树[49]苹果小床里,在她的卧室[50]唱歌|房间里,拿着她那青梅香味的糖

24 Kevin Mary 解 Kevin"凯文"，本书主人公儿子肖恩的另一个名字+Kevin Barry"凯文·巴里"(1902—1920)，参与爱尔兰共和军的突袭行动而被英国政府处以绞刑。

25 commandeering chief 解 Commander in Chief"～"；也解 commandeer"～"。

26 dwibble 解 dribble"～"。

27 onage tustard 解 orange custard"～"；也解 onager"～"+bastard"～"。

28 dessed tabbage 解 dressed cabbage"～"。

29 irishsmiled 解 smiled"～"；也解 Irish mile"～"，等于 2240 码。

30 gladdied up 解 glad up"～"。

31 badbrat 解 bad brat"～"；也解 brat [塞维]"～"。

32 Jerry"～"，本书主人公儿子闪姆的另一个名字；也解 jerry"～"。

33 Godolphing 解 Earl of Godolphin"～伯爵"(1645—1712)，相继在四位英国国王手下供事；也解 Philadelphia"～"，美国城市。

34 as bald as"～"，此处解 as bald([德]soon) as"～"；也解 as bold as"～"。

35 unerr 解 under"～"；也解 un-err"～"。

36 scullion"～"；也解 Paul Cullen"～"(1803—1878)，都柏林大主教。

37 lemoncholy 解 melancholy"～"；也解 melon"～"；也解 melainecholê [希]"～"。

38 rhubarbarorum 解 rhubarb"～"；也解 rhus barbarorum [拉]"～"。

39 furrinfrowned 解 frowned"～"；也解 foreign"～"。

40 infantina 解 infantine"～"。

41 Isobel 解 Isabel"～"，本书主人公女儿的一个名字；也解 Isabella"～"。

42 Saint Holy and Saint Ivory"～"；也解"The Holly and the Ivy""～"，18 世纪起英国流行的圣诞歌。

43 Mistlemas 解 Michaelmas"～"；也解 mistletoe"～"。

44 La Belle [法]"美女"；也与前面合解 Iseult la Belle"美女伊瑟"，中世纪骑士传奇特里斯丹和伊瑟的故事中的女主人公；也解 La belle Isabeau"美女伊萨布"，17 世纪末的法国牧羊女，她的预言带来 18 世纪初反对法王路易十四的新教徒运动。

45 Veuve [法]"～"。

46 Isa 解 Isa Bowman"伊萨·鲍曼"，刘易斯·卡罗尔的小朋友，在《爱丽丝漫游奇境记》中扮演爱丽丝。

47 boyblue 解 baby blue"～"。

48 lucksome 解 buxom"～"；也解 lissom"～"。

49 april cot 解 apricot"～"；也解 apple cot"～"。

50 singachamer 解 sengekammer [丹]"～"；也解 sing"～"+chamber"～"。

果哨子朝着百纳被褥演二重奏，伊莎贝尔，她那么美，说实话，野丛林之眼，报春花[51]之发，静静地，丛林全都那么野[52]，有着苔藓和水仙花[53]达芙妮的淡紫色，她是怎样全身静静地躺着，山楂的下面，树[54]三个的孩子，就像某片失去了快乐的树叶，如同吹奏的花朵平静下来，很快她将欣然，因为很快又会，赢得我，追求我，嫁给我，啊厌倦我！深深地，现在甚至平静地躺下睡觉；

一夜[55]霍斯|乌有加上一夜[56]深夜|乌有，此时在他的双轮货车里，守夜人[57]守卫|巡夜人哈伍洛克[58]遮阳布看着奇怪的场景[59]受托人|萨克森，从波涛汹涌的彼方[60]，根据他的行车时刻表[61]诅咒沼泽|同性恋者准点[62]时间的正点，一路走过大草原[63]颠簸的街道[64]班霍夫大街，其阻碍了[65]发生人们[66]垃圾箱|乌合之众|酒吧通过，把他的瓶子贮藏在洞里，以便[67]喝酒润喉[68]来让窃贼[69]服刑，为了情人们的失物招领所[70]有财产的而骗取[71]瓦尔普吉斯之夜[72]所有清洗者的夜晚的残渣[73]扔下东西，以及[74]无论好坏[75]片麻岩|和，望远镜[76]三K党、眼镜[77]、按钮[78]碎石锤、缎带[79]乐队，手套[80]护手|丈夫和袜子[81]丝袜，化妆品[82]化妆和标签瓶[83]醋瓶|礼仪；灰白的美好夜晚，又一个灰白的美好夜晚，最后去发现夜晚，而此时污水凯瑟琳[84]凯特|你坐下|使清洁|烂泥在她本国的卧室[85]轻松又容易赚钱的|房间里，做着炖煮我的小牛我的宝贝[86]我的上千珍宝|大量的的梦，问[87]晒太阳|巴斯克人她的枕套[88]柱子|睡觉她怎么想[89]教那个钟点[90]楼下门[91]旁响起敲门声[92]国王。刺破[93]珀西·奥莱利天空[94]敏捷的，然后她走下来[95]，森林之神[96]的脚步[97]，来看看是否是怡泉[98]矿泉水[99]，或者是邮差肖恩[100]鞋拔|时髦者拿着给闪姆[101]他自己公

51 primarose 解 primrose“～”。
52 此处出自英国文艺复兴时期的作曲家威廉·伯德的歌曲《丛林狂野》(The Woods So Wild)。
53 daphnedews 解 daffodils“～”;也解 daphne“～”,希腊神话中化为桂树的女仙。
54 tree“～”;也解 three“～”。
55 nowth 解 night“～”;也解 Howth“～”,都柏林郊区,位于霍斯黑德半岛;也解 nought“～”。
56 nacht [德]“～”;也解 night“夜晚”;也解 nought“～”。
57 Wachtman 解 watchman“～”;也解 wacht [德]“～”;也解 De Nachtwacht [荷]“～”。
58 Havelook 解 Havelok the Dane“～”,14 世纪传奇诗中的丹麦人,与哈姆雷特有类似的经历;也解 havelock“～”。
59 seequeerscenes 解 see queer scenes“～”;也解 sequester [拉]“～”;也解 Sackerson“～”,莎士比亚时代环球剧院附近养的一头熊。
60 yonsides 解 yonder“那边的”+sides“方面”。
61 curserbog 解 Kursbuch [德]“～”;也解 curser bog“～”;也解 bugger“～”。
62 punkt [德]“～”,此处解 punctual“～”。
63 grassgross 解 grass“草地”+gross [德]“大的”。
64 bumpinstrass 解 bumping“颠簸地行驶”+Strasse [德]“街道”;也解 Bahnhofstrasse“～”,位于瑞士苏黎世主火车站前,是瑞士最长的购物大道。
65 henders 解 hinders“～”;也解 hende [挪]“～”。
66 pubbel 解 pobal [爱]“～”;也解 poubelle [法]“～”;也解 Pöbel [德]“～”;也解 pub“～”。
67 for at [丹]“～”。
68 whet his whuskle 解 wet his whistle“～”。
69 ecrooksman 解 cracksman“～”。
70 lost propertied offices 解 lost property office“～”;也解 propertied“～”。
71 sequestering 解 escroquer [法]“～”。
72 allpurgers' night 解 Walpurgis night“～”,流行于欧洲中部和北部地区的一个传统的春节庆祝活动,举办于每年的 4 月 30 日或 5 月 1 日;也解 all purgers' night“～”。
73 leavethings 解 leavings“～”;也解 leave things“～”。
74 og [丹]“～“。
75 gneiss ogas gnasty 解 nice or nasty“～”;也解 gneiss“～”+agus [爱]“～”。
76 kikkers 解 kikkert [丹]“～”;也解 KKK“～”。
77 brillers [丹]“～”。
78 knappers“～”,此处解 knapper [丹]“～”。
79 bands“～”,此处解 baand [丹]“～”。
80 handsboon 解 handsker [丹]“～”;也解 Handschuhe [德]“～”;也解 husband“～”。
81 strumpers 解 strømper [丹]“～”;也解 Strumpf [德]“～”。
82 sminkysticks 解 Schminke [德]“～”;也解 sminke [丹]“～”。
83 eddiketsflaskers 解 Etikett [德]“标签”+Flasche [德]“瓶子”;也解 eddikeflasker [丹]“～”;也解 etiquette“～”。
84 Kothereen 解 Cathleen ni Houlihan [爱]“胡立痕的～”,爱尔兰剧作家叶芝的同名戏剧的女主人公,后被作为爱尔兰的象征;也解 Kathe“～”,惠灵顿纪念馆的看门人,也是本书主人公一家的女仆;也解 kathê [希]“～”;也解 kathairô [希]“～”;也解 Kot [德]“烂泥”。
85 chambercushy 解 chambre à coucher [法]“～”;也解 cushy“～”+chamber“～”。
86 my veal astore 解 my veal“我的小牛”+asthore“我的宝贝”;也解 mo mhile stor [爱]“～”;也解 a store of“～”。
87 basquing 解 asking“～”;也解 basking“～”;也解 Basque“～”,居住在西班牙北部和法国南部。
88 pillasleep 解 pillowslip“～”;也解 pillar“～”+sleep“～”。
89 thawght 解 thought“～”;也解 taught“～”。
90 howr 解 hour“～”。
91 dowanstairs dour 解 downstairs door“～”。
92 knogg 解 knock“～”;也解 king“～”,此处出自《尤利西斯》第 14 章。
93 peirce 解 pierce“～”;也解 Persse O'Reilly“～”,主人公 HCE 的化身之一。
94 yare“～”,此处解 air“～”。
95 dowandshe went 解 and she went down“～”。
96 schratt 解 Schrat [德]“～”。
97 schritt [德]“～”。
98 Schweeps 解 Schweppes“怡泉苏打水”,创立于 1783 年,该公司最早将汽水制造商业化。
99 mingerals 解 minerals“～”。
100 Shuhorn the posth 解 Shaun the Post“～”,本书主人公的儿子之一;也解 shoehorn“～”+the posh“～”。
101 Hemself 解 Shem“～”,本书主人公儿子之一;也解 himself“～”。

司的巴斯克语[102]绅士|HCE电报[103]额外的|痉挛，或者他们四位天启的[104]揭示骑马者[105]嗓子嘶哑的人，北诺里斯、南真相、东叶芝、西[106]苍穹"|干枯的，愿荣耀归于天堂的圣徒们[107]充足的|心智健全的|虚无，楼梯[108]搅动|亲吻|粪便上有条裂缝[109]痉挛当她举起蜡烛[110]粗壮的脚踝查看，荣耀[111]，她走下来，跪下来为自己祝祷[112]，膝盖像牛奶壶[113]牛奶戏法一样相撞[114]，仿佛那是哈布斯堡王朝[115]金星|清洁无暇的，或老王[116]山区雄鹅奥图尔[117]，或她看到[118]的他的幽幽幽灵[119]雌鹅的毁灭[120]《金星号遇难》，从撒满木屑的会客室上面的后房滑落[121]旷工，一、二[122]，那是每人[123]轮流[124]遭难，在蜜月的好气色中，举起他的手指肚[125]盐，拳头[126]里握着钟钥匙[127]厕所|钥匙，大卫塔[128]戴维家的嫁妆|女儿|触摸者，象牙塔[129]艾弗勋爵的嫁妆|常春藤，好让她安静下来，你这块腌猪肉，他虔诚的眼球的眼白示意[130]发誓她在法庭上肃静[131]；

每一个法院开庭之夜，每当十二位陪审员[132]在狐狸与鹅区[133]狐入鹅群|狐狸与鹅酒吧|狐狸好人，在他们编号的住处，在他们的陪审员房间[134]陪审团成员|你记得|理应全力以赴地[135]落水审理老无线电，然而根据公民投票[136]可尊敬者，他们发现他犯下了他们的那些罪行，即与他的两个小腿白白的[137]相关之人通奸[138]交配|幸运的罪过|穹窿|掌击|耕种，据说在教她们爱[139]全力地的时候，他在他们身上预先享受到快乐，在草丛中，她坐着，当男人，坦白得惊人，在为了他们的第一次结合，他的颜色在从上面站起来的时候有一种好看的康乃馨色[140]肉色，但是，如果实际上并不如此，露出一些屁股[141]亲爱的|保持|网来挑逗，由他后退所致，在适合于这个民族

102 Esquara 解 Eskuara 即 Euskerra“巴斯克语”；也解 esquire“绅士”。此处包含本书主人公名字的缩写 HCE。
103 tilly cramp 解 telegram“～”；也解 tuile［爱］“～”＋cramp“～”。
104 apolkaloops 解 Apocalypse“～”，此处化自《启示录》第 7 章中的四位天使；也解 apokalypsos［希］“～”。
105 hoarsemen 解 horsemen“～”；也解 hoarse men“～”。
106 Norreys, Soothbys, Yates and Welks 解 North, South, East and West“～”；也解 Sir John Norreys“～”，英国士兵，以 1594 年参加英国人占领爱尔兰蒂龙郡德战役而闻名＋Sooth“～”＋Yeats “叶芝”(1865—1939)，爱尔兰诗人＋welkin“～”；也解 welk［德］“～”。
107 galorybit of the sanes in hevel 解 glory be to the saints in Heaven“～”；也解 galore［爱］“～”；也解 sane“～”；也解 hevel［希伯来］“～”。
108 stirkiss 解 staircase“～”；也解 stir“～”＋kiss“～”；也解 stercus［拉］“～”。
109 crick“～”，此处解 crack“～”。
110 ruz the cankle 解 rose the candle“～”；也解 cankle“～”。
111 galohery 解 glory“～”。
112 blessersef 解 bless“祝福”＋herself“她自己”。
113 milkjuggles 解 milk jugs“～”；也解 milk juggles“～”。
114 knogging together 解 knocking together“～”。
115 hapspurus 解 Habsburg“～”；也解 Hesperus“～”；也解 purus［拉］“～”。
116 Kong［丹］“～”。
117 O'Toole 解 Laurence O'Toole“劳伦斯・奥图尔”，都柏林的守护圣人。
118 seein 解 seen“～”。
119 goosth 解 ghost“～”；也解 goose“～”。
120 wrake 解 wreck“～”；也与后面合解“The Wreck of the Hesperus”“～”，美国诗人朗费罗的诗歌。
121 Sliving off 解 sliding off“～”；也解 skiving off“～”。
122 wan ter 解 one two“～”。
123 everywans 解 everyone“～”。
124 in turruns 解 in turns“～”；也解 turainn［爱］“～”。
125 fingerhals 解 finger“手指”＋Hals［德］“颈”；也解 hals［希］“～”。
126 fisstball 解 fist ball“～”。
127 clookey 解 clock key“～”；也解 Klo［德］“～”＋key“～”。
128 tocher of davy's“～”，此处解 Tower of David“～”，以色列耶路撒冷旧城的最高处；也解 Tochter［德］“～”；也解 toucher“～”。
129 tocher of ivileagh 解 Tower of Ivory“～”；也解 tocher of Lord Iveagh“～”，健力士酒厂的创始人亚瑟・健力士的儿子；也解 ivy“～”。
130 swering 解 showing“～”；也解 swearing“～”。
131 silence and coort 解 silence in court“～”。
132 goodmen twelve and true 解 twelve good men and true“～”。
133 fox and geese“～”，一种游戏名，此处解 Fox and Geese“～”，都柏林地区名；也解 The Fox and Geese“～”，英国酒吧的常见名字；也解 Fox Goodman“～”。
134 juremembers 解 juré［法］“陪审员”＋chambers“小房间”；也解 jury members“～”；也解 you remember“～”；也解 jurē［拉］“～”。
135 over boord 解 overboard“～”；也解 overboord［荷］“～”。
136 reverendum［拉］“～”，指牧师，此处解 referendum“～”。
137 albowcrural 解 albo-crural［拉］“～”。
138 fornicolopulation 解 fornication“～”；也解 copulation“～”；也解 felix culpa［拉］“～”；也解 fornix［拉］“～”；也解 colaphus［拉］“～”；也解 colo［拉］“～”。
139 amown 解 amant［拉］“～”；也解 amain“～”。
140 carnation“～”；也解 carnatio［拉］“～”。
141 deretane 解 deretano［意］“～”；也解 dear“～”；也解 retain“～”；也解 rete［拉］“～”。

的火器装备中间，但是除了种种在火热压力下的引逗，他说，以及大大的缓解，没有的话无论如何他坚持值得不断给他补充营养，显示出了，他说，如此巨大的忍受力，堕落得如此惹眼，而且一切，他事实上，穿着他那可洗皮质小山羊皮[142]粗花呢|糖果|瑞典人，拿着他的香烟屁股，为了拒绝承认圣餐变体论，尽管说起来他位高权重，关于这点尤其更有可能的是，他与此同时遭受着最好的医学鉴证的文雅拷问，就像他经常做的，只有足够的力量，通过仓促而行[143]，来乞求（或者我相信你可能已经说得更好了）来哀叹[144]，伴随着彻底的祈求[145]祷告，向与他相连的任何人，受到凝固诅咒，因为，他在国王街萨蒙杂货店[146]萨蒙马库外告诉我，在两三个小时的亲密交谈后，在这一锡制酒杯的杰彼斯[147]山羊乳[148]门边，这是他最主要的安慰，尽管涉及到同样不确定数量的食道[149]反刍，达到跳蚤之胃的程度，至于打嗝喷出，他本人并未关注，如果对二十又四只张大的鼻孔来说他依然极其讨厌的话，他依然同样如此，在他的另一边，给某个笔者的[150]企业家眼福，就像他没有一丝闪避断言的，因此请[151]祈祷你消除他的所有错误[152]，但是为了我们监狱中的朋友，尽管与亚当·芬勒特[153]后来发现相似，一个值得尊重的人，总结一下他要做的事，那些将让他兴奋过度的，我们与萨利[154]玷污|萨拉一起依然认为对于违反普通立法和法律法规，不会有正当的减刑[155]终止，对此的合适补救存在于，对萨利先生来说，肉体切除中；因此判处盖博斯·耶罗波安[156]大酒瓶三个月，公园里留着胡须口吐白沫的害

142 sweeds 解“suede～”；也解 tweeds“～”；也解 sweets“～”；也解 Swede“～”。

143 festination 解 festinatio ［拉］“～”。

144 complore 解 comploro ［拉］“～”。

145 obsecration“～”；也解 obsecratio ［拉］“～”。

146 Sammon's 解 James Sammon“詹姆斯·萨蒙杂货店”，位于都柏林北国王街 167 号；也解 Sammon's Horse Repository“～”，位于都柏林北国王街 35 号。

147 Gilbey's“～”，都柏林杜松子酒商，也是一种杜松子酒的品牌。

148 goatswhey 解 goats“山羊”＋whey“乳浆”；也解 gateway“～”。

149 esophagous 解 esophagus“食管”。

150 nepmen“～”，20 世纪 20 年代苏联实行新经济政策阶段的短期经营私企者，此处解 penman“～”，本书主人公的儿子之一闪姆的称号。

151 prays“～”，此处解 please“～”。

152 faullt 解 all“全部”＋fault“错误”。

153 Adam Findlater“～”，19 世纪都柏林杂货商，致力于市政建设；也解 Find later“～”。

154 Sully“～”，此处解人名“～”，为 12 位陪审员的领袖；也解 Lucius Cornelius Sulla“～”（前 138—前 78），罗马将军和政治家。

155 extinuation 解 extenuation“～”；也解 extinuatio ［拉］“～”。

156 Jeroboam 解 Jeroboam“～”，《旧约》中有两位耶罗波安，耶罗波安一世为以色列王国的第一代王，耶罗波安二世为以色列王国的第十三代王；也解 jeroboam“～”。

虫，依据贾克[157]造假者国王五世的第一判决书第二款第三表第四条，判决于明日六点整[158]诈骗由愿意·不愿[159]布朗和诺兰|飞行执行，愿东风[160]酵母和跳跃的冰雹将仁慈融化[161]麦芽酒给他的七片蜂蜜草地和大麦生长[162]喧嚣，阿门，克拉克[163]说；

一夜[164]侄女复一晚[165]美好的再一宵[166]整洁的又一暮[167]敏捷的|赤裸的，此时在幻想曲的快乐花园中间，九又二十位闰年[168]一岁的|鲑鱼|莱克斯利普|心爱的人女孩，所有女儿[169]镖鲈，度过了妙不可言的时光，发出快乐的喊叫，美好的最棒肖恩是什么做的[170]是为什么而做的，并且抽泣不止[171]哭得像笑，他要走了，因为她们从未更快乐，嚯嚯，相比他们痛苦的时候，哈哈；

在她们的审判之床中，困苦之枕上，记忆之光边，怯懦之被下，阿尔伯特湖与维多利亚湖[172]信天翁|回答|被征服|不难，他的权杖有着受辱的权能，她的美皮[173]挂在钉子上，他，我们的父亲先生，她，我们的红色红色红色的狐狸[174]小妈妈|悲伤的|悲伤|现代的，她们，唉，在火盆[175]燃烧体和神圣拨火棍边[176]一定|廉价冰淇淋|戏法，她们在，与掉进沟里的狗[177]喧闹的|人|便士一样确切无疑……

一声哭喊结束。

我们究竟在哪儿？看在空间的份上大概几点了？

我不明白。我看[178]说不见。我敢说[179]亲爱的|看你也看不见。

蜜酒流转之屋[180]草地的雪松香脂之屋。葡萄庭园[181]伊甸园|芬尼亚的上帝。场景和道具表。舞台监督的提词。城市郊区寓所的内部。卡槽二号。室内场景。盒式布景。普通卧室布置。墙上

157 Jark“～”，人名；也解 jarkman“～”，制造假护照和证件的人。

158 shark“～”，此处解 sharp“～”。

159 Nolans Volans 解 nolens volen“不管是否愿意”；也解 Browne and Nolan“～”，都柏林著名书籍和文具商店＋volans［拉］“～”。

160 yeastwind 解 East wind“～”；也解 yeast“～”。

161 malt“～”，此处解 melt“～”。

162 hurlyburlygrowth 解 barley“大麦”＋growth“生长”；也解 hurly-burly“～”。

163 Clarke 解 Sir Edward Clarke“～爵士”(1841—1931)，英国律师，曾为王尔德辩护。

164 niece“～”，此处解 night“～”。

165 nice“～”，此处解 night“～”。

166 neat“～”，此处解 night“～”。

167 natty“～”，此处解 night“～”；也解 nackt［德］“～”。

168 Leixlip yearlings 解 leap year“～”；也解 yearlings“～”＋Lachs［德］“～”；也解 Leixlip“莱克斯利普”，都柏林郊区，位于利菲河与莱伊河交汇处＋darlings“心爱的人”。

169 darters“～”，此处解 daughters“～”。

170 此处化自儿歌 What Are Little Girls Made Of(《小女孩是什么做的》)。

171 此处也可以直译为“～”。

172 Albatrus Nyanzer with Victa Nyanza 解 Albert Nyanza with Victoria Nyanza“～”，尼罗河北方两个发源湖；也解 albatross“～”＋answer“～”＋victa［拉］“～”＋ní h-annsa［爱］“～”。

173 beautifell 解 beautiful fell“～”。

174 moddereen ru arue rue 解 an maidrin ruadh ruadh ruadh［爱］“～”，小红狗指狐狸，儿歌中的重复；也解 mathairin［爱］“～”＋a-rue“～”＋rue“～”；其中 moddereen 也解 modern“～”。

175 blazier 解 brazier“～”；也解 blazer“～”。

176 by the hodypoker 解 by the“在……边”＋holy poker“神圣的拨火棍”；也解 by the holy poker“～”；其中 hodypoker 也解 Hokey Pokey“～”，也可指“～”，多指把阴茎掏出来。

177 dinny“～”，此处解 duine［爱］“～”，此处为文字游戏，故与“沟”谐音译为“～”；也解 penny“～”，此处化自习语 the penny has dropped(茅塞顿开)。

178 say“～”，此处解 see“～”。

179 dearsee 解 dearsay“～”；也解 dear“亲爱的”＋see“看”。

180 House of the cederbalm of mead“～”，此处解 house of the circulation of mead“～”，指爱尔兰古代凯尔特王国的都城塔拉的宴会厅 Teach Miodhchuarta，字面意为蜜酒流转之屋。

181 Garth of Fyon 解 Garth of“……的庭院”＋Fíonghort［爱］“葡萄园”；也解 Garden of Eden“～”；也解 God of Fianna“～”，爱尔兰神话中的勇士，也是 19 世纪后期的爱尔兰民族主义团体。

贴着鲑鱼墙纸。后部，空的爱尔兰壁炉，亚当式壁炉架，配有凋零的私奔扇，烟灰和金属片，已判无用。北边，墙，上面的窗户可开。电镀的窗框。贴面门。上面是门帘盒[182]。没有门帘。画的百叶窗。南方，共有的隔墙。双人床，配有草莓色床罩，柳条编的安乐椅[183]和甘蔗座的挤奶凳[184]棍棒|有背长椅。书龛在外，面巾在上。单人椅。女人的衬衫在椅子上，男人的裤子配着交叉吊带，假领在床把手上。男人的灯芯绒外衣配有垂绦和甲片，玳瑁珍珠扣在钉子上。女人的睡袍同上。壁炉台上方是米迦勒的画像，长矛，屠宰撒旦，冒烟的龙。小桌子在床附近，正面。床上配有寝具。配件。旗子修补的杯子。羽绒[185]款。石灰光灯[186]。点亮的灯，没有地球仪、围巾、公报、大酒杯、定量的水、珠宝罐[187]圣诞季节、闹钟、附属道具[188]废边料、扇子[189]最终的、男人的橡胶物，粉色。

一段时间。

一幕剧：哑剧。

特写镜头。主角。

男人戴着睡帽，在床上，在前。女人，拿着卷发针，在后。被发现。侧面的视角。和谐的起点。哈！否？噫！[190]说！啊？哈！将，走啊。将[191]无光泽的|配偶|马太。男性，部分遮掩了女性。男人向四周看，野兽般的表情，死鱼般的眼睛，有着同形的[192]相同|广场|肩胛骨|扁平的平行双唇[193]平行六面体|普鲁塔克，煤气罐[194]阿拉伯勇士|米之重[195]，显出愤怒。生意。红润的金发，亚美尼亚红泥色，黑斑

182 Pelmit 解 pelmet“～”。

183 clubsessel 解 Klubsessel［德］“～”；也解 club“～”＋settle“～”。

184 millikinstool 解 milking stool“～”，一种矮三脚凳；也解 Richard Alfred Millikin“～”（1767—1815），爱尔兰作家，写有歌曲《布拉尼的格罗夫》。

185 Yverdown 解 eiderdown“～”。

186 Limes 解 limelight“～”。

187 julepot 解 jewel pot“～”；也解 yule“～”。

188 side props“～”；也解 side crops“～”。

189 eventuals 解 éventail［法］“～”；也解 eventual“～”。

190 Say! Eh? Ha! “～”，此处模仿本书主人公名字缩写的变体 CEH 的德语发音，故模仿“汉弗利”音译。

191 Matt“～”，此处解 Matt［德］“～”；也解 mate“～”；也解 Matthew“～”，四福音的四位作者之一。

192 homoplatts 解 homoplastic“～”；也解 homo“～”＋Platz［德］“～”；也解 omoplate“～”；也解 platt［德］“～”。

193 paralleliped 解 parallel“平行的”＋lipped“有嘴唇的”；也解 parallelepiped“～”；也解 Plutarch“～”（46—120），罗马帝国时代的希腊历史学家。

194 ghazometron 解 gasometer“～”；也解 ghazi“～”＋metron［希］“～”，原为希腊古典诗歌韵律中的最小单位，由一组长短音节组成。

195 pondus［拉］“重量”。

点，长卷假发[196]蠼螋|啤酒|假发，体型粗野，圣公会教徒，任何年龄。女人，坐着，看着天花板，女巫似的表情[197] CHE，苍白的鼻子，三角形[198]嘴巴，轻如鸿毛[199]生有羽毛的生物，显出恐惧。染色的[200]威尔士干酪吐司[201]，努比亚光泽，鼻中小洞[202]酒窝，簇簇泥煤[203]火鸡，小于常人，苏格兰自由教会[204]，没有年龄。特写镜头。开演！

男孩喊叫[205]仆役。叫声结束。围裙[206]棋盘|舞台造型。该她走了。

连续镜头。

凭着母马波卡宏塔斯[207]肌肉发达的前半身，凭着芬努阿拉[208]的雪白肩膀，你应该已经看到那个聪明的黄肤小姑娘[209]武装随从如何起床[210]跳起母山羊开局棋法，就像老妈妈美索不达米亚[211]波托马克河，她跑出八八六十四，门，拿着夜灯[212]骑士|夜间照明灯，比利羊[213]的四肢大腿跟在女王的引领后面搜寻[214]。解放了的普罗米修斯[215]杂乱的|回家的对火焰[216]女性的|情人女神[217]歌剧中的首席女主角。吹气！该他走了。灯火熄灭。

向后转[218]马戏团。走廊。

场景转换。墙壁放平；下沉又飞起。射灯照射在墙布上。溢出之光[219]玩|演奏照在斜坡和吊桥[220]车和象上。房间沉下；楼梯沉在房间后面。两段。在队列后面割干草[221]国王在王后后面。重演。

老骗子[222]汉堡包看着一个东西，非常不完整。它就这样。触到地面。但完成时它会造出[223]当掉一颗精美的波特之头。在短

196 beer wig 解 bar wig“～”；也解 earwig“～”；也解 beer“～”＋wig“～”。
197 此处包含本书主人公名字缩写的变体 CHE。
198 trekant［丹］“～”。
199 fithery wight 解 featherweight“轻如鸿毛”；也解 feathery wight“～”。
200 teint［法］“～”。
201 Welshrabbit 解 Welsh rarebit“～”。
202 fossette“～”；也解 fossette［法］“～”。
203 turfy tuft“～”；也解 turkey“～”。
204 free kirk“～”，与圣公会相反。
205 Callboy“～”，此处解 boy call“～”。
206 tabler 解 tablier“～”；也解 tablier［法］“～”；也解 tableau“～”。
207 Pocahontas“～”，19 世纪初的喜剧《印度公主：野美人》中的公主，也是母马的名字。
208 Finnuala“～”，凯尔特神话中李尔王的女儿，后化为天鹅。
209 sallowlass 解 sallow lass“～”；也解 gallowglass“～”。
210 out of bunk 解 out of bed“～”。
211 Mesopotomac 解 Mesopotamia“～”，古希腊对两河流域的称谓；也解 Potomac“～”，美国河名。
212 knightlamp 解 nightlamp“～”；也解 knight“～”；也解 nightlight“～”。
213 billy 解 billygoat“公山羊”。
214 prodgering 解 foraging“～”。
215 Promiscuous Omebound 解 Prometheus Unbound“～”，希腊戏剧家埃斯库罗斯的戏剧和雪莱的诗剧；也解 promiscuous“～”＋homebound“～”。
216 Fiammelle 解 fiammella［意］“～”；也解 female“～”；也解 frammetta［意］“～”。
217 Diva“～”，此处解 diva［意］“～”。
218 Circus“～”，此处解 circus a scene“～”。
219 Spill“～”；也解 spille［丹］“～”；也解 spiel［德］“～”。
220 rake and bridges“～”；也解 rooks and bishops“～”，国际象棋中的棋子。
221 Haying after queue“～”；也解 king after queen“～”。
222 humburgh 解 humbug“～”；也解 hamburger“～”。
223 pawn up“～”，此处解 put up“～”。

时间内[224]生石灰|生者。城堡拱门制作者[225]方舟当然放入一架有方格的[226]西洋棋楼梯。它只有一个方形的台阶,可以稳定[227]诚然,然而即便如此[228]没有带着羁绊他们通过朝顶端双角[229]跳跃搭桥[230]跳,在双陆棋[231]楼上[232]僵住。此时安静[233]惠斯特牌,比赛吧。

什么布景画家!这是星星[234]重新改变|祭坛|真正的焦油的理想居所。在他/们边上敲响[235]入口|开场白捶打一只校准钟,发出叮当声,那位门槛[236]阈限|软泥|柠檬先生,那位沼泽[237]博格神[238],被唤醒[239]空气唤醒|蠼螋。铃铃,铃铃。做他们所有人的军火墙[240]魔术|商店。笨蛋,尽你的努力[241]五监察官|地方。停下来[242]商店!请停下来!务必[243]麻烦请停下来!啊一定请停下来!他的房子多么不祥[244]人,鬼影幢幢?是的,它确实[245]如此!一小杯[246]任何人,根据英制单位,被埋葬[247]在她下面[248]楼下|霍斯|本·艾达。这是他倒好的一小杯[249],他的阿拉丁神灯[250]。在蓝胡子[251]布卢姆的周围,美女与野兽[252]最好的战利品。我为了他们杀死[253]浪费的人让我们重新满怀感激!

跟我说点什么吧。波特们,可以说,在他们报纸上的窃影人,是非常好的人,他们不是吗?非常好,四个相似的人[254]调和|严重的都说[255]发言。同样,波特先生(巴尔多禄茂[256]凡霍米利,主要反派,向后,鲭鱼衫,我的头发[257]家乡|棋的将局假发)是一位优秀的祖先,而波特夫人(女主角,罂粟顶花[258]傻子|头,加夫尼藏红花睡袍,淤泥[259]泥泞的|伊茜长发[260]切坡里若德)是心底最善良的脏乱母亲。一个如此和睦的家庭父母[261]不再存在于纸[262]上,或者离开了

224 quicktime 解～；也解 quicklime“～”；也解 the quick“～”。
225 arkwright 解 arch“拱门”＋wright“制作者”；也解 ark“～”。
226 chequered“～”，如同棋盘；也解 checkers“～”。
227 to be steady“～”；也解 to be sure“～”。
228 notwithstumbling 解 notwithstanding“～”；也解 not with stumbling“～”。
229 tiltop double corner 解 til［丹］“向”＋top double corner“顶端双角”。
230 skips and trestles“蹦跳和栈桥”，西洋棋中指“～”。
231 backgammoner 解 backgammon“～”。
232 supstairs 解 upstairs“～”。
233 Whist“～”；也解 Whist“～”。
234 realtar 解 realta［爱］“～”；也解 realter“～”；也解 altar“～”；也解 teal tar“～”。
235 ingang［丹］“～”，此处解 ringing“～”；也解 Eingang［德］“～”。
236 Limen“～”，此处解 Limen［拉］“～”；也解 limon［法］“～”；也解 lemon“～”。
237 Boggey 解 Bog“～”；也解 Böögg［瑞德］“～”，类似于雪人的人物，苏黎世送冬节上会把博格放在柱子上烧掉。
238 Godde 解 God“～”。
239 airwaked 解 awaked“～”；也解 air waked“～”；也解 earwig“～”。
240 maggies in all 解 Magazine Wall“～”，指位于都柏林凤凰公园内圣托马斯山上的军火要塞；也解 magie［法］“～”；也解 magasin［法］“～”。
241 ephort 解 effort“～”；也解 Ephor“～”，古斯巴达五长官团长官；也解 Ort［德］“～”。
242 Shop“～”，此处解 stop“～”。
243 ado“～”，此处解 do“～”。
244 hominous 解 ominous“～”；也解 homme［法］“～”。
245 indead 解 indeed“～”。
246 nogen［丹］“～”，此处解 noggin“～”。
247 begraved 解 begraben［德］“～”。
248 beneadher 解 beneath her“～”；也解 beneden［荷］“～”；也解 Binn Éadair［爱］“～”；也解 Ben Edar“～”，霍斯的古名，据说为纪念埋葬于此的一个部族领袖。
249 naggins 解 noggin“～”。
250 alladim lamps 解 Aladdin's lamp“～”。
251 bloombiered 解 Bluebeard“～”，法国童话作家佩罗作品中一个杀妻的人物；也解 Leopold Bloom“～”，《尤利西斯》的主人公之一。
252 booty with the bedst 解 Beauty and the Beast“～”；也解 booty with the best“～”。
253 fordone“～”；也解 vertan［德］“～”。
254 fourlike 解 four like“～”；也解 forlike［挪］“～”；也解 alvorlig［丹］“～”。
255 tellt 解 tell“～”；也解 talt［丹］“～”。
256 Bartholomew“～”，耶稣的十二使徒之一，斋日为 8 月 24 日或 6 月 11 日；也解 Bartholomew Vanhomrigh“～”，斯威夫特的恋人瓦内萨的父亲，1697 年任都柏林市长。
257 hayamatt 解 hajamat［匈］“～”；也解 Heimat［德］“～”；也解 matt［德］“～”。
258 poopahead 解 poppyhead“～”；也解 poop“～”＋head“～”。
259 iszoppy 解 iszap［匈］“～”；也解 sloppy“～”；也解 Issy“～”，本书主人公的女儿。
260 chepelure 解 chevelure［法］“～”；也解 Chapelizod“～”，地名，位于都柏林西郊。
261 pateramater 解 pater et mater［拉］“～”。
262 papel［西］“～”。

它。就如万能钥匙[263]钥匙管理员|阴茎与它婚配的锁[264]婚姻|阴户相配，这个城镇[265]血腥的建筑师与他的溪流路线秘密也是这样。除了每个完全属于波特的[266]奥尔波特，他们什么都不在乎。布罗佐的港口[267]天啊！他们是不是好得不得了？根据他们的风俗[268]，你能知道[269]该隐他们来自一个真正[270]罕有地古老的家庭，必须承认[271]去给予人们用从敬畏到热情[272]从A到Z的所有音调[273]语气艺术呷着它。我觉得我开始预言太多了。只有说话[274]蛇|点心我的嫁妆[275]真正的|……倾向的！只要我能[276]我朝我们扔石头我有能力|说话。

务必去拿[277]一只勺子[278]贫民区|笔直的|问|使惊吓！向右[279]再高些|史黛拉"，向左[280]！这里是楼梯上的两间房，在叉子那面和刀那角[281]。他们在树林里找谁？为什么，为了小波特宝宝，当然[282]将被救！男女同校者[283]树林，打人的假小子[284]臀部和戏弄的[285]汤姆·博尔·格拉萨丝假小子。这是你应该知道[286]两个挪亚的一件事。这个从前曾是另一个，但是现在[287]夜与日这是另外一个。啊，原来如此[288]啊，所以|屁眼儿？科西嘉兄弟[289]？它们有很多。猜猜。大的坏[290]床，小的是蜂窝[291]。伊丽莎白[292]卧室|地狱，救救我们[293]睡！现在谁睡在一号里，比如？比如[294]简单明了|猫咪的呜呜声，一只猫咪。库尼娜、斯图林娜和艾杜丽卡[295]，不过她多甜美啊！你的猫咪有没有昵称[296]狗？有，确实，你会在所有这些短小说里随处听到它，她得名毛茛[297]黄油杯。她的名字本身就说明了，一位女班长[298]月亮。她多么甜蜜啊，要放弃多么可爱迷人得不得了的小姐名字啊，既然我现在开始畅饮[299]想起过滤后的它，一杯装满苦

263 keymaster“～”,此处解 masterkey“～”;也解 key［俚］“～”。
264 lock it weds“～”;也解 wedlock“～”;也解 lock［俚］“～”。
265 bally“～”,此处解 baile［爱］“～”。
266 allporterous 解 all Porter-ous“～”;也解 Floyd Henry Allport“～”(1890—1978),美国心理学家、实验社会心理学的创始人之一。
267 Porto da Brozzo 解 porto［意］“港口”＋da［意］“来自”＋Brozzo“布罗佐”,意大利布雷西亚省的城镇;也解 corpo di Bacco!［意］“～”。
268 costumance 解 custom“～”。
269 ken“～”;也解 Cain“～”,《圣经》中亚当的儿子,受到上帝的诅咒。
270 rarely“～”,此处解 really“～”。
271 togive 解 toegeven［荷］“～”;也解 to give“～”。
272 from awe to zest“～”;也解 from A to Z“～”。
273 tonearts 解 Tonart［德］“～”;也解 tone arts“～”。
274 snakkest 解 snakke［丹］“～”;也解 snake“～”;也解 snack“～”。
275 truesome 解 trousseau“～”;也解 true“～”＋-some“～”。
276 I stone us I'm hable“～”,此处解 as soon as I'm able“～”;其中 hable 也解 hablo［西］“～”。
277 reachy 解 reach“～”。
278 skeer［丹］“～”;也解 skid row“～”;也解 derecho［西］“～”;也解 ask“～”;也解 scare“～”。
279 Still hoyhra 解 till højre［丹］“直到右面”;也解 still higher“～”;也解 Stella“～”,即以斯帖·琼苏,斯威夫特的两个年轻恋人之一。
280 till venstra 解 till venstre［丹］“直到左面”。
281 knifekanter 解 knife“刀”＋Kante［德］“～”。
282 to be saved“～”,此处解 to be sure“～”。
283 coeds 解 coed“～”;也解 coed［威］“～”。
284 boytom 解 tomboy“～”;也解 bottom“～”。
285 teaser“～”;也解 Tom Bowe Glassarse“～”,书中人名。
286 owed two noe 解 ought to know“～”;也解 two Noah“～”。
287 nighadays 解 nowadays“～”;也解 night day“～”。
288 Ah so“～”,此处解 Ach so［德］“～”;也解 arsehole“～”。
289 Corsicos 解 Corsican Brothers“～”,法国作家大仲马的同名小说中两位一模一样的主人公。
290 bed“～”,此处解 bad“～”。
291 bickhive 解 beehive“～”。
292 Halosobuth 解 Elizabeth“～”,指钱币上的伊丽莎白女王像;也解 haloszabat［匈］“～”;也解 hell“～”。
293 sov us 解 save us“～”;也解 sov［丹］“～”。
294 purr esimple 解 par exemple［法］“～”;也解 pur et simple［法］“～”;也解 purr“～”。
295 Cunina, Statulina and Edulia 解 Cunina, Statulina and Edulica“～”,罗马神话中负责看护孩子的三位女神,库尼娜看护摇篮,斯图林娜是孩子能站立时供奉的女神,艾杜丽卡照料断奶儿童的饮食。
296 pessname 解 pet name“～”;也解 pes［捷］“～”。
297 Buttercup“～”;也解 Butter cup“～”。
298 monitress“～”;也解 moon“～”。
299 drink of“喝”;也解 think of“～”。

涩的告别酒[300]致命一击。她是老老爸最可爱的[301]罗德掌上明珠和兄弟[302]沉思的人|兄长的姐妹[303]伊茜姑姑新娘[304]高傲|奥布赖恩小姐。她的玳瑁顶针盒镜子之只能显示她最可爱的小朋友[305]女朋友。好好说说她的恩慈，它要求用希腊语，说说她的善，那个黄金传说。圣[306]伯伊娜！配有百合花[307]丁香花雪片薄片[308]的桂冠[309]薄酒出现[310]玫瑰花|喷洒！这是新年祈祷[311]，银莲花[312]逾越节的花，冬天出生的[313]靛蓝色向日葵；那里美洲石竹[314]米里亚姆|甜蜜的、苋菜和金盏花[315]玛利亚来加冕。用最轻的发髻增加[316]引导诱惑[317]。啊，卡里斯[318]！啊，卡里斯马[319]亲爱的！人们不可能从薄伽丘的《十日谈》[320]迷恋里想起[321]涂颜色更有趣的[322]洋娃娃[323]婴孩了。如果除了小小的[324]有点儿她的小键琴[325]，人们只能去做，并且因此，去呼吸，因此，在那之间，注视，她花了片刻[326]与她的手工制品[327]侍女一起，以便抓住[328]《狐狸与葡萄》|抱怨者与嘲弄者空中的飞蛾[329]神话。飞蛾之母！我要展示她的肉中之道[330]。看在灵魂的分上不要靠近！在睡觉[331]诅咒|憎恶！她会以为，即使她难以明白又何妨，在清晨精神饱满[332]的时候，她会这样，你知道吗，当他们做[333]也|两个两人不敢说出之事的时候。请[334]，如果，她做出一副被训斥的脸。小猫咪[335]衬裙在睡觉，但是在她思想的最温柔处[336]温柔的小巢，傻瓜[337]，是一枚护理别针[338]丈夫。即将上演[339]《圣母奉献日》，给陆军少校[340]的乳房[341]爸爸？当然[342]法院的，跟诱惑者一起。上，女孩们，向他冲[343]！独自？独自什么？我的意思是，我们的煽动不和者，如果她自己小睡[344]，猫咪从不一个人，就像她的小房间记载的，因为她总能

300 gracecup 解 grace cup“～”，宴会结束时最后举杯祝颂的那杯酒；也解 coup de grace［法］“～”。

301 lottiest 解 loveliest“～”；也解 Lot“～”，《圣经》中所多玛城唯一的义人，她的女儿将父亲灌醉后与他生下了孩子。

302 brooder“沉思的人”，此处解 Bruder［德］“兄长”；也解 brother“兄弟”。

303 cissiest 解 sister“～”；也解 Issy“～”。

304 auntybride 解 aunty bride“～”，伊瑟是特里斯丹的叔母；也与前面合解 lofty pride“～”；也解 Biddy O'Brien“～”，歌谣《芬尼根的守灵夜》中的守灵者之一。

305 friendeen 解 friend“朋友”+-een［爱］“小的”；也解 Freundin［德］“～”。

306 Saindua 解 saint“～”。

307 lillias 解 lilia［拉］“～”；也解 lilla［意］“～”。

308 flocaflake 解 Flocke［德］“雪片”+flake“碎片”。

309 Loreas 解 laurels“～”；也解 lora［拉］“～”。

310 arrosas 解 arose“～”；也解 roses“～”；也解 arroser［法］“～”。

311 newyearspray 解 New Year's Day pray“～”。

312 posquiflor 解 pasqueflower“～”；也解 paschal flower“～”。

313 windaborne 解 winter born“～”；也解 indigo“～”。

314 miriamsweet 解 Sweet William“～”；也解 Miriam“～”，希伯来女先知，摩西和亚伦的姐姐+sweet“～”。

315 marygold 解 marigold“～”；也解 Mary“～”。

316 Add“～”；也解 lead“～”。

317 tiptition 解 temptation“～”。

318 Charis“～”，美惠三女神之一。

319 Charissima 解 charisma“～”，个人魅力；也解 carissima［拉］“～”。

320 Boccuccia's Enameron 解 Boccaccio's *Decameron*“～”，文艺复兴时期重要的意大利作品；也解 enamour“～”。

321 colour up“～”，此处解 conjure up“～”。

322 intriguant 解 intriguing“～”。

323 bambolina 解 bambola［意］“～”；也解 bambino“～”。

324 a lilybit 解 lillebitte［丹］“～”；也解 a little bit“～”。

325 virginelles 解 virginals“～”，十六七世纪的小型有键乐器。

326 instantt 解 instant“～”。

327 handmade“～”；也解 handmaid“～”。

328 graps 解 grasp“～”；也与后面的 myth 合解 the Fox and the Grapes“～”，伊索寓言；也解 the Gripes and the Mocks“～”。

329 myth“～”，此处解 moth“蛾子”。

330 此处化自《约翰福音》(1:14)“道成了肉身”。

331 dormition“～”；也解 damnation“～”；也解 abomination“～”。

332 fresheth 解 freshness“～”。

333 too“～”，此处解 do“～”；也解 two“～”。

334 Silvoo plush 解 s'il vous plaît［法］“～”。

335 Petticoat“～”，此处解 pussy cat“～”。

336 gentlenest 解 gentlest“～”；也解 gentle nest“～”。

337 apoo 解 ape“～”。

338 nursepin 解 nurse pin“～”；也解 husband“～”。

339 Presented“～”；也解 Presentation of Blessed Virgin Mary“～”，基督教伪经之一。

340 Bimbushi 解 bimbashi(土耳其)“～”。

341 Babs“～”；也解 boobs“～”。

342 Of courts“～”，此处解 Of course“～”。

343 此处化自惠灵顿在滑铁卢战役最后阶段下的命令“上，卫兵们，向他们冲”。

344 fleurty winkies 解 forty winks“～”。

一边坐在长毛绒垫子[345]上，一边看着小娃娃们[346]甲虫|尿，跟她的玩伴[347]们说着宠物的名字。啊，她闲聊，是不是？哎呀[348]玛利亚，如何？小玫瑰花瓣的[349]迷迭香声音。呀，小娃娃们，是我的[350]游戏[351]。呀，跟[352]结婚我的小娃娃们游戏。她要嫁给[353]赠送|嫁妆一个美好的荡妇[354]耶洗别小男爵夫人[355]巴顿，但我更倾心于她戴着处女般的、黄金般的、小姑娘似的、高兴的、少妇的、花一般的、少女的美丽帽子[356]毛茛属植物|黄油杯时的误称[357]。我也如此，非常。甜美[358]精妙[359]！洋娃娃是不是哭了，她赶紧行动。威尔·玩弄[360]肿起来[361]，洗浴时间到了。亲爱的[362]最亲爱的，那怜悯每[363]非常颗卵石的她，我们是否不敢把我们的三次欲望[364]强加到她身上？可爱的恐惧！她七次踮脚走[365]向她的洗礼[366]圣诞节|涂油，她把蓝色纺成猩红色[367]直到她的殿里的幔子[368]，悲痛[369]谁是峰将其打开来庇护她！她将吹奏得满怀希望得多，相信[370]没有我，超过所有在布利吉特学校[371]附近玩耍的绕着普通金盏花[372]结婚|狂风，迷人的卡里·汉博斯，或者快乐·汉娜·火柴盒[373]的粗鲁的苏茜[374]苏珊娜·炖锅[375]，或者愚蠢的摩尔·弗兰德丝[376]。泼拉[377]泼洒！一个游戏。

既然我们在漫无目的地[378]溪流|健忘症谈着碎梦的[379]酣眠幼年[380]，谁在二[381]重复号卧室打着瞌睡[382]在？两只小鸟。神圣的警察，啊，我看到了！你的小鸟多大了？一旦他们在生活在肉体[383]椅子|楼梯之下时能生来就进行长老教导，就像那些年长者一样，他们就会达到[384]源自孪生之龄。他们是而且他们看起来是

345 ploshmat 解 plush“长毛绒”＋mat“垫子”。
346 Biddles 解 Tiddlers“～”；也解 beetles“～”；也解 piddle“～”。
347 playfilly 解 playfellow“玩伴”。
348 Marry“～”；也解 Mary“～”，圣母。
349 Rosepetalletted 解 Rose petalled“有玫瑰花瓣的”＋-ette“小的”；也解 rosemary“～”。
350 es ma 解 ist mein［德］“～”。
351 plikplak 解 play“～”。
352 wed“～”，此处解 with“～”。
353 gift“～”，此处解 gifte［丹］“～”；也解 Gift［德］“～”。
354 jezebel“～”；也解 Jezebel“～”，《圣经》中以色列王之妻，因崇拜巴力神而受到以利亚的指责。
355 barytinette 解 baroness“男爵夫人”＋-ette“小”；也解 Elizabeth Barton“～”，17 世纪反对英国宗教改革，曾预言如果亨利八世与安妮·博林结婚，就会在一年内死去。
356 beautycapes 解 beauty caps“～”；也解 Buttercups“～”；也解 Butter cup“～”。
357 missnomer 解 misnomer“～”。
358 Dulce［拉］“～”。
359 delicatissima［拉］“～”。
360 Will Dally 解 Will“威尔”，莎士比亚的昵称，在他的诗中也指性器官＋Dally“玩弄”。
361 bumpsetty 解 bumps“肿块”＋-ette“小的”＋-ty
362 Allaliefest 解 allerliefste［荷］“亲爱的”；也解 allerliefst［德］“～”。
363 very“～”，此处解 every“～”。
364 onsk 解 ønske［丹］“～”
365 seventip toe 解 seven“七次”＋tiptoe“踮着脚走”。
366 chrysming 解 christening“～”；也解 Christmas“～”；也解 chrisma［希］“～”。
367 scarlad 解 scarlet“～”。
368 此处化自《马太福音》(27:51)“殿里的幔子从上到下裂为两半”。
369 Whoam 解 woe“～”；也解 Who am“～”。
370 blee［希伯来］“～”，此处解 believe“～”。
371 brigidschool 解 St. Brigid“圣布利吉特”，爱尔兰的守护神之一＋school“学校”。
372 marygales 解 marigolds“～”；也解 marry“～”＋gales“～”。
373 Merry Anna Patchbox 解 Merry“快乐”＋Anna“汉娜”＋Matchbox“火柴盒”。
374 Susy，人名；也解 Susanna“～”，书中女儿伊茜的化身之一。
375 Maucepan 解 saucepan“～”。
376 Polly Flinders 解 Moll Flanders“～”，英国作家笛福的同名小说的主人公。
377 Platsch［德］“～”，发出噼噼啪啪的溅泼声；也解 splash“～”。
378 amnessly 解 aimlessly“～”；也解 amnis［拉］“～”；也解 amnesia“～”。
379 brukasloop 解 broken sleep“时睡时醒的睡眠”；也解 beauty sleep“～”，午夜前之睡眠。
380 crazedledaze 解 cradle days“～”。
381 twobis 解 two“～”；也解 bis［法］“～”。
382 doez 解 doze“～”；也解 is“～”。
383 chairs“～”，此处解 chair［法］“～”；也解 stairs“～”。
384 come of“～”，此处解 come to“～”。

相互依恋[385]，就如两只蛆虫触摸对方，我觉得我注意到了，我没有吗？你注意到了。我们明朗的公牛宝贝弗兰克·凯文[386]圣凯文在心脏那侧[387]心直口快。你别叫醒他！我们的金发[388]远远听到男孩[389]信差。他快乐地睡去，主的羔羊[390]肢，他举起的手在祝福，他这个男孩[391]面颊的|书基督[392]爱欧叟，他看起来就像受祝福的[393]极乐天使，他的嘴[394]半张着[395]，仿佛他在吹着一只喇叭[396]骑自行车。无论何时我在眼里看到那些笑容，又会是芬尼根[397]奎恩。当他有一个要去征服的世界[398]听到一个预言而去断奶，很快他会甜蜜地笑起来[399]闻。的确[400]灿烂的，当他发下他的丹麦人誓言，放弃我们的英格兰[401]天使之泪，不顾不想见到的父母，他去美国[402]阿莫里凯去找一份轻松的[403]现金的工作，那个孩子会在某个夜晚[404]骑士大叫[405]他会的。那个热心的丹麦人说着他徒劳的废话[406]傲慢|胡说|漠不关心！啊，我喜爱世俗[407]音乐！万能的神啊[408]万能的钱财！他实在太可爱了[409]听得见的|我听到，无与伦比[410]太监！我猜想曾经在故事书里看到过某个像他的小孩，猜想我在某处遇到了某人[411]某个羔羊，他会变得与这个人更像。但是嘘！我多么不可宽恕！我请你原谅[412]轻罪，我衷心请求。

嘘！另一个，在肝那侧[413]鱼肝成为一对儿，在他梦里哭着，把他的门齿[414]剪刀在某个出自淤泥的首选糖果上弄尖[415]井然有序的。我们中间[416]淤泥的蛇[417]棍子|牛排。真是个长牙的[418]戏弄可怜虫！他的懦夫之书画着怎么样的像啊！这里是他密友[419]她身上的死后之[420]波塞摩斯·里奥那托斯泪。他从他的自来水笔[421]发起的|笔里

385 tattached 解 attached"依恋的"。
386 Kevin"～",爱尔兰的隐士和圣人,曾在格兰达洛隐居 7 年,夜晚睡在洞中,白天待在树洞里,此处解 Kevin"～",与后面的 Jerry(杰瑞)在书中组成一组二元对立的人物,即肖恩和闪姆。
387 heartsleeveside 解 heartside"～",指左侧;也解 wear one's heart upon one's sleeve"～"。
388 farheard"～",此处解 fairheaded"～"。
389 bode [荷]"～",此处解 boy"～"。
390 limb"～",此处解 lamb"～"。
391 buchel 解 buachaill [爱]"～";也解 buccal"～";也解 Buch [德]"～"。
392 Iosa [爱]"～";也解 Iosal"～",苏格兰诗人麦克弗森假冒莪相创作的诗歌《菲奥娜》中的人物,重得需要 100 个人才能抬起来。
393 blissed 解 blessed"～";也解 bliss"～"。
394 mou 解 mouth"～"。
395 semiope 解 semiopen"～"。
396 blowdelling on a bugigle 解 blowing on a bugle"～";也解 pedalling on a bicycle"～"。
397 Father Quinn 解 Finnegan"～";也解 John Quinn"～"(1870—1924),爱尔兰照片和手稿收藏家。
398 hear a weird to wean"～",此处解 have a world to win"～"。
399 smell"～",此处解 smile"～"。
400 By gorgeous 解 by george"～";也解 gorgeous"～"。
401 ingletears 解 Angleterre [法]"～";也解 angel tears"～"。
402 Amorica 解 America"～";也解 Armorica"～",古高卢地名,主要指布列塔尼半岛,该地居民的祖先为凯尔特人。
403 cashy"～",此处解 cushy"～"。
404 knight"～",此处解 night"～"。
405 blare"～";也解 han blir [丹]"～"。
406 veen nonsolance 解 vain nonsense"～";也解 insolence"～";也解 nonsense"～";也解 nonchalance"～"。
407 profeen 解 profane"～"。
408 Dollarmighty 解 God almighty"～";也解 the almighty dollar"～"。
409 audorable 解 adorable"～";也解 audible"～";也解 audio [拉]"～"。
410 eunique 解 unique"～";也解 eunuch"～"。
411 somelam 解 someone"～";也解 some lamb"～"。
412 venials 解 venia [拉]"～";也解 venial sin"～"。
413 codliverside 解 liver side"～",在人的右侧;也解 cod liver"～"。
414 inscissors 解 incisors"～";也解 scissors"～"。
415 sharpshape 解 sharp shape"～";也解 shipshape"～"。
416 muck"～",此处解 midst"～"。
417 stake"～",此处解 snake"～";也解 steak"～"。
418 teething"～",此处解 teasing"～"。
419 intimelle 解 intimate"～";也解 elle [法]"～"。
420 posthumious 解 posthumous"～";也解 Posthumus Leonatus"～",莎士比亚的戏剧《辛白林》中伊摩琴的丈夫。
421 foundingpen 解 fountainpen"～";也解 founding"～"+pen"～"。

移液管般[422]易怒地|乖孩子溢出液体，就像乱用墨水瓶[423]里的墨。他是詹姆斯[424]工作快乐乖孩子[425]坏脾气狗屎拍拍（为一个家伙[426]记下它们！）夜壶[427]杰瑞·耶户[428]快速的马车夫。你会根据纸[429]酸豆|山羊上的名字知道他，但是你无法看到他右[430]加工的手里绵羊般握着[431]羊圈谁的脚后跟，因为我没有把它告诉你。啊，胎儿似的睡眠[432]致命的失足！一个爱了，另一个离开了，骄傲的新娘失[433]出租的给了陌生人！当他用桂冠[434]拜伦勋爵之眉发誓他如此疯狂地[435]属于黑[436]布莱克|威廉·布莱克爵士部落时，他主要在佩尔[437]在……界限内之内，此时尽管[438]经过生活是不幸的，他仍会举着[439]属于旗帜横幅[440]艺术骑马回来。你不是多少在元音[441]内脏上发音粗俗[442]保加利亚人|同性恋者|膨胀？你说黑[443]阴冷的到底指什么？我用苍白的黑色[444]墨水写墨水瓶[445]染色的|脸。啊，你写了？我用钢白色和黑邮件[446]勒索给我的甜心寄出[447]风信子|加速匿名[448]银莲花的信，我一缕金色的最亮[449]新娘头发系[450]发生在上面。多纳图斯[451]多纳图他的标志，地址如下。因此你寄了？来自猫笼[452]。啊，我看了、明白了！然而他将在他汗水的墨水里发现它。吉卜赛人德弗罗[453]向莉利安发了什么誓，为什么是榆树，石头怎么样。你或许永远不会在过去时中知道一切，知道你不会相信你甚至曾经看到即将去。或许。但是在他们的繁殖并列争球[454]面包屑之后，他们是两个非常凌厉的[455]闪电|关闭|亲密的|孪生的小小波特，雅各和以扫[456]自慰和耗尽|汤，事实上作为我的部分观点。他们将生来如此，联袂主演[457]蛋奶沙司，妖精[458]和狂人，邓尼布鲁克市集[459]上的快乐

422 pipettishly 解 pipette“～”；也解 pettishly“～”；也解 Ppt“～”，斯威夫特在给恋人以斯帖·琼苏的信中常这样称呼她。
423 inkinghorn 解 inkhorn“～”。
424 jem 解 James Joyce“詹姆斯·乔伊斯”。
425 pip“～”，此处解 Ppt“～”。
426 sobrat［俄］“家伙”。
427 Jerry“～”；也解 Jerry“～”，与 Kevin(凯文)在书中组成一组二元对立的人物，即闪姆和肖恩。
428 Jehu“～”，以色列国王，大约在公元前 842—815 年间统治以色列，以驾快车著名，因此也指“～”。
429 capers“～”，此处解 papers“～”；也解 caper［拉］“～”。
430 wrought“～”，此处解 right“～”。
431 sheepfolds 解 sheep“绵羊”＋folds“折叠”；也解 sheepfold“～”。
432 foetal sleep“～”；也解 fatal slip“～”。
433 leased“～”，此处解 lost“～”。
434 lordbeeron 解 Lorbeeren［德］“～”；也解 Lord Byron“～”。
435 tosset［丹］“～”。
436 Blake“～”，高尔威的一个部落，此处解 black“～”；也解 William Blake“～”(1757—1827)，英国诗人。
437 the Pale“～”，12 世纪后并入英国的爱尔兰东部地区；也解 within the pale“～”。
438 through“～”，此处解 though“～”。此处化自 when thro' life unblest we rove(当我们在不被祝福的生活中游荡)。
439 of“～”，此处解 with“～”。
440 bannars 解 banners“～”；也解 ars［拉］“～”。
441 bowels“～”，此处解 vowels“～”。
442 Bulgar“～”，此处解 vulgar“～”；也解 bugger“～”；也解 bulge“～”。
443 bleak“～”，此处解 black“～””。
444 blake“～”；也解 blæk［丹］“～”。
445 tintingface 解 Tintenfass［德］“～”；也解 tinting“～”＋face“～”。
446 blackmail“～”，此处解 black mail“～”。
447 ha'scint 解 have sent“～”；也解 hyacinth“～”；也解 hasten“～”。
448 anemone's“～”，此处解 anonymous“～”。
449 bridest 解 brightest“～”；也解 bride“～”。
450 betied 解 be-tie-d“～”；也解 betide“～”。
451 Donatus 解 Aelius Donatus“～”，公元 4 世纪前后的修辞家和文法学家；也解 Donatus Magnus“～”，公元 311 年在非洲迦太基活动的教会分裂派。
452 Cat and Cage“～”，都柏林酒吧名。
453 Gipsy Devereux“～”，爱尔兰作家勒法努的《墓地房屋》中的一位拜伦式英雄。
454 bredscrums 解 bred“繁殖”＋scrum“并列争球”；也解 breadcrumbs“～”。
455 blizky 解 blitz“～”；也解 Blitz［德］“～”；也解 blízky［捷］“～”；也解 blizko［俄］“～”；也解 bliznets［俄］“～”。
456 Jerkoff and Eatsup“～”，此处解 Jacob and Esau“～”，《圣经》中以撒的两个儿子，雅各骗取了父亲对哥哥以扫的祝福；也解 soup“～”。
457 costarred“～”；也解 custard“～”。
458 Puck“～”，中世纪民间故事中的恶精灵，也是莎士比亚的《仲夏夜之梦》中的精灵。
459 Donnybrook Fair“～”，爱尔兰民谣。

男孩[460]婚嫁，高等法院[461]霍伊法院里的费城小子[462]去|海豚|小伙子。一个人可以多么激动[463]饰有褶边的啊，就像在罗密欧和朱丽叶[464]蚂蚁|蝉的讲的故事[465]中一样！多么愚蠢的[466]神圣的无辜之人！他们的小狗般的甜蜜[467]刺激物|汗水活力！两块葡萄干面包[468]酵母|心|怜悯的将在他们早餐[469]时变成酵母蛋糕。我将在他们这一对儿间留下[470]用杠杆撬我铜一样的祝福，给罗森格兰兹，给吉尔登斯吞[471]给玫瑰乔治，给绿色尖牙。薄板和锡[472]爱尔兰王室警吏团|铁板钱[473]士兵，在鼻烟盒里旋转[474]鞭痕。某些人[475]出售完整[476]世界|洞，所有人[477]分离的分离。男人坠落时你不该哭泣，但是那个预言心计永远让人崇拜。因此你或者是人或者是鼠[478]，你既非鱼也非玉[479]非驴非马。谢谢[480]拿着|诸如此类。谢谢。不要[481]壁龛恶作剧[482]肌挛缩|毁谤！成为一人，就如我们现在为了给与[483]原谅|白费力气原谅流逝的时间，用消除来聚起[484]看起来好像活着的人。再见，轻轻地再见，为了这些美好的现在礼物|在场[485]，杰文凯瑞[486]。直到明天[487]依然懊悔！

双子星座[488]，那个现在占据冲突的第二个位置的景象是什么，请说说？马可！你在后道[489]注意了，因为男性遗赠一定程度上遮蔽了已婚女子。之所以这样说是因为它的不和，壹汉卿[490] EHC。你是否曾经听过太阳[491]希利·克罗伊斯[492] HCE 的故事，我们动物公园里那个金白色的大象？你用这吓着我了。是不是我们在从后卫指挥，女人允许的话，这个公园后面[493]美丽的尽收眼底的鸟瞰之美景？凤凰公园[494]芬恩，他的公园一直享受着所有陌生人的崇敬，希腊人和罗马人[495]，那些抵达此处的。笔

460 maryboy 解 merry boy“～”;也解 marry“～”。
461 Hoy's Court 解 High Court“～”;也解 Hoey's Court“～”,都柏林法院名,斯威夫特出生于此。
462 godolphinglad 解 Philadolphian lad“～”;也解 go“～”＋dolphin“～”＋lad“～”。
463 frilled“～”,此处解 thrilled“～”。
464 Formio and Cigalette 解 Romeo and Juliet“～”,莎士比亚的同名戏剧中的男女主人公;也解 fouringo [普]“～”＋cigalo [普]“～”。
465 taledold 解 tale told“～”。
466 folly“～”;也解 holy“～”。
467 whet“～”,此处解 sweet“～”;也解 sweat“～”。
468 barmhearts 解 barmbrack [爱]“～”;也解 barm“～”＋hearts“～”;也解 barmherzig [德]“～”。
469 brackfest 解 breakfast“～”。
470 leave“～”;也解 lever“～”。
471 for rosengorge, for greenafang 解 for Rosencrantz, for Guildenstern“～”,此二人为莎士比亚的悲剧《哈姆雷特》中的小角色;也解 for Rosengorge, for Greenafang“～”,指肖恩和闪姆、英国和爱尔兰、红和绿。
472 Blech and tin“～”;也解 Black and Tans“～”;也解 Blech [德]“～”。
473 soldies 解 soldi [意]“～”;也解 soldiers“～”。
474 Weals“～”,此处解 wheels“～”。
475 Som [丹]“～”,此处解 some“～”。
476 wholed 解 whole“～”;也解 world“～”;也解 hole“～”。
477 all's“～”;也解 als [丹]“～”。
478 此处化自习语 neither man nor mouse(一个人也没有)。
479 neither fish nor flesh“～”,此处因文字游戏故译为“～”。
480 Take“～”,此处解 tak [丹]“～”;也解 tako [塞维]“～”。
481 nyche 解 nicht [德]“～”;也解 niche“～”。
482 Vellicate“～”,此处解 vellicatio [拉]“～”;也解 vellico [拉]“～”。
483 for gives“～”;也解 forgives“～”;也解 vergeefs [荷]“～”。
484 sembles“～”,此处解 assembles“～”。
485 presents“～”,此处解 the present“～”;也解 presence“～”。
486 kerryjevin 解 Jerry＋Kevin“杰瑞＋凯文”,本书主人公的两个儿子的变体,此处为两个人的交融。
487 Still tosorrow 解 till tomorrow“～”;也解 Still to sorrow“～”。
488 Jeminy 解 Gemini [德]“～”。
489 rereway 解 rere [古体]“后部”＋way“道路”。
490 Meseedo:在阶名唱法中,mi＝E＋see＝B(＝[德]H)＋do＝C,即 EHC,本书主人公名字缩写的变体。
491 Helius Croesus 解 helios [希]“～”;也解 Timothy Michael Healy“～”(1855—1931),爱尔兰民族自治运动成员,在巴涅尔与欧希夫人的私情被揭露出来后背弃了巴涅尔。
492 Croesus“～”(595—546),吕底亚王国最后一位君主,被认为是世界上最富有的国王。此处包含本书主人公名字的缩写 HCE。
493 beauhind 解 behind“～”;也解 beau [法]“～”。
494 Finn his park“～”,此处解 Phoenix Park“～”,位于都柏林。
495 grekish and romanos 解 Greekish and Roman“～”。

直的大路直指中心(见立体地图)将公园一分为二[496]双性，据说公园是这个世界上同类中最大的。右边卓然而立迎接你的是美丽的总督府[497]，同时，转向面颊上另一个出众之所，正对面，你会遇到[498]困惑的|EHC同样美丽的秘书长[499]教堂看守人住所。四周是怡人的一簇簇，当人[500]每一个漫步走[501]想知道|欣赏过灌木丛，他会迎来喝彩，所有壁画[502]在户外中的大自然都因绅士的座椅而生机焕发。这里有大餐——这是给老爹住处的，供我们上[503]极好的万[504]人的百夫长[505]。太太[506]用口香糖，但是你说得对[507]你有松香|你有理！给润滑油[508]非犹太人的汁液[509]犹太人|乔伊斯和给异教徒的印第安婴儿[510]教区之人从这些长长的草[511]长长的词|忠诚拥护者|数字|数词里分泌而出。听着！这是一棵树[512]真正的|悲伤的的故事。橄榄树[513]智者，那个男人[514]阴茎|男性|冷杉，如何被种[515]在她的利菲河边[516]生活那边。冷杉[517]树如何举起成吨的花[518]。北国[519]多么红[520]十字架|粗鲁的啊。黑色和蓝色标志横跨世界[521]旷野|森林，现在勉强被剥掉[522]条纹，显示出存在着严重的[523]银色的|森林的|森林打击[524]皮带|存在。此外长满树荫的行程将自己贡献给乡下骑兵。远方的溪谷，也，待着山精。任何可爱的小鹿[525]可爱的人都会在里面捉到，但这是一座糟糕的平原城市[526]怜悯。现在一株腥红色的繁笺花[527]查尔斯·斯图尔特·巴涅尔统治着[528]拖鞋坟堆，往昔的首次谋杀需要[529]习惯于在此处扎根。是封地的弑兄者[530]芬格尔干的。说话之树和歌唱之石[531]犯罪的在两边。历史的[532]歇斯底里的落叶[533]偷听也可以与谢默斯·斯威夫特帕特里克[534]先生一起储藏起来，那位圣卢坎的

496 bisexes 解 bisects“～”；也解 bi-sexes“～”。
497 vinesregent's lodge 解 Viceregal Lodge“～”。
498 confounded“～”，此处解 confronted“～”。此处包含本书主人公名字缩写的变体 EHC。
499 chief sacristary 解 chief secretary“～”；也解 sacristan“～”。
500 man“～”；也解 man［德］“～”。
501 bewonder 解 wanders“～”；也解 wonder“～”；也解 bewonderen［荷］“～”。
502 frisko 解 fresco“～”；也解 alfresco“～”。
503 super“～”，此处解 super［拉］“～”。
504 thin thousand 解 ten thousand“～”。
505 hundredaires 解 hundreders“～”。
506 By gum“～”，此处解 begum“～”，穆斯林的贵妇。
507 you have resin“～”，此处解 tu as raison［法］“～”；也解 you have reason“～”。
508 jointoils“～”；也解 Gentiles“～”。
509 juices“～”；也解 Jews“～”；也解 Joyce“～”。
510 pappasses 解 papoose“～”；也解 papisher“～”，对罗马天主教徒的蔑称。
511 tallworts 解 tall“长的”＋wort“草”；也解 tall Wort（［德］“词”）“～”；也解 stalwarts“～”；也解 talord［丹］“～”；也解 Zahlwort［德］“～”。
512 tree“～”；也解 true“～”；也解 triste［法］“～”。
513 olave 解 olive“～”；也解 ollamh［爱］“～”。
514 firile 解 fir［爱］“～”；也解 membrum virile“～”；也解 virile“～”；也解 firtree“～”。
515 aplantad 解 planted“～”。
516 liveside 解 Liffey side“～”；也解 life side“～”。
517 tannoboom 解 Tannenbaum［德］“～”；也解 boom［荷］“～”。
518 tonobloom 解 ton of bloom“～”。
519 norlandes 解 norland“～”。
520 rood（基督受难的）“～”，此处解 rood［荷］“～”；也解 rude“～”。
521 weald“～”，此处解 world“～”；也解 Wald［德］“～”。
522 stripped“～”；也解 stripe“～”。
523 sylvious 解 serious“～”；也解 silver“～”；也解 sylvan“～”；也解 silva［拉］“～”。
524 beltings“～”，此处解 beating“～”；也解 beings“～”。
525 dears 解 deers“鹿”；也解 dear“～”。
526 pities“～”，此处解 cities“～”。
527 scarlet pimparnell 解 scarlet pimpernel“～”，温带和热带地区草本植物，也是奥希兹的作品，1935 年改编为喜剧电影；也解 Charles Stewart Parnell“～”（1846—1891），爱尔兰自治运动领袖。
528 mules“～”，此处解 rules“～”。
529 wanted“～”；也解 wont“～”。此处谋杀指的是 1882 年在凤凰公园发生的谋杀案。
530 fionghalian 解 Fionghal［爱］“～”；也解 Fingal“～”，芬・麦克尔是苏格兰诗人麦克弗森的莪相诗歌中的人物名，爱尔兰人也称一些北欧入侵者为“芬格尔”，意思是“金发异族”。
531 sinningstone 解 singing“唱歌的”＋stone“石头”；也解 sinning“～”。
532 Hystorical 解 historical“～”；也解 hysterical“～”。
533 leavesdroppings“叶子掉落”；也解 eavesdropping“～”。
534 Swiftpatrick 解“斯威夫特”，英国作家＋Saint Patrick's Cathedral“圣帕特里克大教堂”，都柏林的教堂，斯威夫特曾任该教堂的主持牧师。

主田野牧师。用一个人的裸[535]厄运眼来看所有这些有趣的事件[536]发生之事是多么熟悉啊！是不是都在？然而不是。听着[537]听一个人的！在这个皇家花园的屁股[538]土壤|阴茎底部[539]，这，与双刃[540]石[541]害羞的亚洲人花园[542]监护人|帷幕|栀子花一起，向公众开放，直到晚上晚了，骑马[543]瘢痕|跨骑这么好，因此行人[544]鸡奸者也会这样，不要失于向你自己指出一个叫作空空地[545]瓦尔哈拉宫|地狱的洼地。

我们的决斗[546]双的|悲痛的|两通常很像众神的黄昏[547]，把各种各样的[548]好奇的|瓦尔基里|手淫|主人思绪加于头脑，但是都市[549]五城地区的警察机关[550]乐队[551]打包机在大风的星期三[552]沃登的日子|木制的用低音管把它吹进他们那相当洪亮的狼音[553]乌尔夫·托恩|弦外之音。狼[554]沃尔弗顿路！狼！

因此[555]狼人|狼|人民当我将把我真正朋友形状的手放在你的膝盖上来强调我所说的，汝[556]此刻是否[557]敢于开始因我们的电影而颤抖？汝[558]穿过说[559]谁？在阿姆斯特丹[560]亚当那里住着一个……但是如何？你在发抖[561]，你这个卑鄙的[562]家伙，十足像一只夜壶[563]果冻|杰瑞！不[564]否？你想要一个医生吗[565]杜松子酒|健力士酒|起源|享乐主义者？一[566]艳丽的|你们瓶[567]袋子|战利品黑啤[568]泥土？太多了，是吗[569]来感受一下，你|过多了？是的，它抖得多厉害啊，胆小鬼！伏提庚王[570]，啊，古同根语[571]！麦西亚的霸主[572]请主垂怜！或者脑膜[573]是不是又惧又悲[574]？情绪[575]阻止！害怕什么[576]事务|孩子气！只不过是皮影戏。这只是[577]玩笑炸脖龙[578]无意义的话|蠼螋|后退的马|星期的玩笑。肯定剽窃了的。啊，安静[579]标致的|凯文，你们两个！为

535 snaked's 解 naked eyes“～”；也解 snake eyes“～”，掷骰子的两点。
536 advenements“～”，此处解 événements［法］“～”。
537 Hear one's“～”，此处解 hoor eens！［荷］“～”。
538 bodom 解 bottom“～”；也解 bodem［荷］“～”；也解 bod［爱］“～”。
539 fundus［拉］“～”。
540 tvigate 解 tveægget［丹］“～”。
541 shyasian 解 saxum［拉］“～”；也解 shy Asian“～”。
542 gardeenen 解 gairdin［爱］“～”；也解 guardian“～”；也解 Gardinen［德］“～”；也解 gardenia“～”。
543 sissastrides 解 sit-astrides“～”；也解 cicatrices“～”；也解 astride“～”。
544 pederestians 解 pedestrian“～”；也解 pederasts“～”。
545 Holl Hollow 解 hol［荷］“空洞”＋The Hollow“空地”，都柏林凤凰公园里的露天圆形剧场，有一个室外音乐台；也解 Valhalla“～”，北欧神话中主神奥丁款待阵亡将士英灵的殿堂；也解 hell“～”。
546 duol 解 duel“～”；也解 dual“～”；也解 duolo［意］“～”；也解 duo［拉］“～”。
547 guttergloomering 解 Gotterdammerung［德］“～”，德国音乐家瓦格纳的音乐剧。
548 wankyrious 解 various“～”；也解 curious“～”；也解 valkyrie“～”，北欧神话中奥丁神的婢女之一；也解 wank“～”；也解 kyrios［希］“～”。
549 pentapolitan 解 metropolitan“～”；也解 pentapolitan“～”，死海的一个地区。
550 poleetsfurcers 解 policeforces“～”。
551 banders“～”，此处解 bands“～”。凤凰公园的空地，曾经被都柏林警察乐队使用。
552 woodensdays 解 Wednesday“～”；也解 Woden's days“～”，沃登是日耳曼神话中的主神，相当于北欧神话中的奥丁；也解 wooden“～”。
553 Wolvertones 解 ulve［丹］“狼”＋tones“声调”；也解 Wolfe Tone“～”，1798 年爱尔兰起义中的英雄；也解 overtones“～”。
554 Ulvos 解 Ulve［丹］“～”；也解 Ulverton Road“～”，位于爱尔兰东部的海港城市达尔凯。
555 Whervolk 解 wherefore“～”；也解 Werewolf“～”；也解 volk［俄］“～”；也解 Volk［德］“～”。
556 ttou 解 thou“～”。
557 dorst［荷］“～”，此处解 dost，动词 do 的老式第二人称单数形式。
558 Throu“～”，此处解 Thou“～”。
559 shayest 解 sayest“～”。
560 Amsterdam“～”，荷兰首都；也解 Adam“～”。
561 tremblotting 解 trembloter［法］“～”。
562 retchad 解 wretched“～”。
563 jerry“～”；也解 jelly“～”；也解 Jerry“～”，本书主人公的儿子闪姆的一个名字。
564 Niet［荷］“～”；也解 Niet［俄］“～”。
565 Will you a guineeser 解 Wil je een geneeser［荷］“～”；其中 guineeser 也解 genièvre［法］“杜松子酒”；也解 jenever［法］“～”；也解 Guinness“～”；也解 Genese［德］“～”；也解 Genießer［德］“～”。
566 Gaij 解 a“～”；也解 gay“～”；也解 gij［荷］“～”。
567 beutel 解 bottle“～”；也解 Beutel［德］“～”；也解 Beute［德］“～”。
568 staub［德］“～”，此处解 stout“～”。
569 To feel, you“～”，此处解 Zu viel, ja?［德］“～”；也解 te veel［荷］“～”。
570 Vortigern“～”，曾为罗马边境辅军，公元 409 年罗马自不列颠撤兵后崛起的凯尔特人国王。
571 Gortighern 解 Gortighern“～”，据说为巴别塔建造前亚当的子孙们共同使用的语言，故译。
572 Overlord of Mercia“～”，麦西亚为英国中世纪早期七国时代的七国之一；也解 our lord have mercy“～”。
573 brainskin 解 Gehirnhaut［德］“～”。
574 flinchgreef 解 flinch“畏惧”＋grief“悲痛”
575 Stemming“～”，此处解 stemming［荷］“～”。
576 Boyazhness 解 bojazn［俄］“～”；也解 business“～”；也解 boyishness“～”。
577 jest“～”，此处解 just“～”。
578 jibberweek 解 jabberwock“～”，卡罗尔的《爱丽丝漫游奇境记》中的龙形怪物，因文中该处语言混乱，因此现在也指“～”；也解 earwig“～”；也解 jibber“～”＋week“～”。
579 keve silence 解 keep silence“～”；也解 caomh［爱］“～”；也解 Kevin“～”，本书儿子肖恩的化身。

什么[580]普图马约！我曾在别处某个地方听到过她的声音，就在我前面，依然在这些现在属于[581]为了我的耳朵里。

注意[582]点火。音乐放慢[583]杀害。空气[584]爱尔兰中有雷电[585]。

你在做梦[586]在梦的尽头|该死的，亲爱的。帕特里克[587]雾|爪子|拉？父亲[588]帕特里克|巨人？当然[589]鞋子！屋子这里[590]听根本没有幽灵[591]黑豹|笨手笨脚的人|空想，我的小儿子[592]一个维京人。没有大胆的坏父亲[593]羽毛，亲爱的。哎呦[594]，哎呦，马[595]驹，我的小男孩[596]我忧伤的|坏的|小鸡|非常！天父哥特镇[597]明天[598]成熟在远处[599]追随沿着石板路[600]幸运的负载走[601]堆栈向都柏林[602]卢布林市去[603]为了做她那通奏低音的杂货店[604]大的|人生意[605]重大。吃两记大巴掌，扇大胆无耻的[606]屁股，啪，啪，啪啪。

——你没睡吗[607]？

——嘘！睡得不好[608]不好|善良地。

——他晚上哭什么[609]点点头？

——孩子气的话[610]。嘘！

一切都只[611]如子嗣般的在你的想象中，看不清[612]烟。可怜的小小的脆弱的想象[613]魔法民族，头脑的烟！现在给我看[614]鞋子|确信的，亲爱的！我的耻辱[615]闪肖恩！此时每[616]河|幼鳗|银色的|鳗鱼股风都一路航行[617]灵魂|出售好让这桶奖金一直滚动，远方来自早晨的夜晚邮件走近了。

当你坐着马车穿过切坡里若德[618]卢坎|地方化的，去洗硫黄泉，偶遇比错过[619]漫不经心的更安全，在他的旅店小驻！锤子讲着鹅

580 Putshameyu 解 pochemu [俄]“～”;也解 Putamayo“～”,南美洲河流和巴西地名。
581 for“～”,此处解 of“～”。
582 Let op [荷]“～”;也解 light up“～”。
583 Slew musies 解 Slow music“～”;也解 Slew“～”。
584 eire“～”,此处解 air“～”。
585 Thunner 解 thunder“～”。
586 dreamend 解 dreaming“～”;也解 dream's end“～”;也解 damned“～”。
587 pawdrag 解 Padraig [爱]“～”;也解 fog“～”;也解 paw“～”+drag“～”。
588 fawthrig 解 father“～”;也解 Padraig [爱]“～”;也解 fathach [爱]“～”。
589 Shoe“～”,此处解 sure“～”。
590 Hear“～”,此处解 here“～”。
591 phanthares 解 phantom“～”;也解 panther“～”,在《尤利西斯》中主人公布卢姆的象征之一是黑豹;也解 phantar [爱]“～”;也解 phantasms“～”。
592 avikkeen 解 a mhicin [爱]“～”;也解 a viking“～”。
593 faathern 解 father“～”;也解 feather“～”。
594 Opop 解 oops“～”。
595 capallo 解 capall [爱]“～”;也解 cavallo [意]“～”。
596 muy malinchily malchick 解 moi malen'kii maljchik [俄]“～”;也解 my melancholy“～”+mal [法]“～”+chick“～”;也解 muy [西]“～”。
597 Gothgorod 解 Goth“哥特人”+gorod [俄]“市镇”。
598 tomollow 解 tomorrow“～”;也解 to mellow“～”。
599 followay 解 far away“～”;也解 follow“～”。
600 lucky load“～”,此处解 rocky road“～”。
601 Godown“～”,此处解 go down“～”。
602 Lublin 解 Dublin“～”,此句化自 19 世纪的爱尔兰歌曲“The Rocky Road to Dublin”(《通向都柏林的石板路》);也解 Lublin“～”,位于波兰东部。
603 for“～”,此处解 to“～”。
604 grossman 解 grocer“～”;也解 gross [德]“～”+man“～”。
605 bigness“～”,此处解 business“～”。
606 honty 解 honte [法]“耻辱”。
607 Li ne dormis [世]“～”。
608 S! Malbone dormas [世]“～”;其中 Malbone 也解 male [拉]“～”+bene [拉]“～”。
609 Kia li krias nikte 解 Kion li krias nokte [世]“～”;其中 nikte 也解 nickte [德]“～”。
610 Parolas infanetes [世]“～”。
611 Sonly“～”,此处解 It's only“～”。
612 dim“～”;也解 dim [塞维]“～”。
613 magic nation“～”,此处解 imagination“～”。
614 Shoe“～”,此处解 show“～”;也解 sure“～”。
615 Shoom 解 shame“～”;也解 Shem+Shaun“～”,主人公的两个儿子。
616 elvery 解 every“～”;也解 elv [挪]“～”;也解 elver“～”;也解 silvery“～”;也解 eel“～”。
617 seling on 解 sailing on“～”;也解 Seele [德]“～”;也解 selling“～”。
618 Lucalised 解 Chapelizod“～”,地名,位于都柏林西郊;也解 Lucan“～”,都柏林城郊,位于利菲河边;也解 localized“～”。
619 hit than miss“～”;也解 hit or miss“～”。

卵石[620]，皮克特人[621]警戒哨砍着撒克逊人[622]石头，钻到床里比大路[623]宽路|百老汇跳舞更舒服[624]舒适区。缩到你的毯子[625]空白里！因为老板[626]圣体|赛马|霍斯蒂面对面地[627]一个赛事接一个赛事立起所有通向毁灭之路[628]，数生的层层积淀放下了产自穷人的财富。需要切片的油炸洋葱[629]哭喊的工会|联盟、用来撒缀的盐瓶[630]硝酸钾、用于畅饮的罐装五倍子[631]外国人、需要切开的石头般面包，不过大口咽下美味的蓝莓布丁真是太妙了。暖暖地打着瞌睡！此时月光下[632]槲寄生的精灵，觉得如何，会让我的百合宝石一直发出柔和的微光。

在寝室里。清晨过半[633]半哀悼的法院将进入。现在四位管家带着他们的驯马将到那里，全都在马鞍上[634]行着额手礼[635]巴兰预言，磨尖他们的铅笔[636]阴茎|屌。举着[637]交通阻塞火柴[638]帐篷|张贴物|意图的撒克逊[639]很快烂醉如泥仆役[640]斗牛士|食牛者|滑稽的。感伤女子[641]药棉签凯特[642]寡妇|净化来说着幽暗的话[643]登多克，并把她的内裤[644]卓黑达|亲爱的摇晃着[645]放下。那十二个首席贵族双臂[646]海芋交叉十二人一起[647]小数的|凄凉的|第十二站在边上，压下所有离题和假警报，这之后现在回他们的拉尼米德农庄[648]，并用他们与所有伤害[649]闺房|这些|正直者阿隆之间的宽阔道路，重新编订他们的大宪章[650]大图表。所有少女新娘[651]《马拉海德的婚礼》，在快乐的宠爱中，把雨珠雪霰撒满她们垂下的长发，好让将到来的喜钟悲哀地鸣响未戴戒指的手。夫人贵妇一直跪着她怎么样了，就像拿着绳圈的第一杀人犯[652]第一母亲。皇家塔[653]的两位王子，法国皇太子[654]

620 此处化自歌曲“The Heavens Are Telling the Glories”(《天堂荣耀》)。
621 pickts 解 Picts“～”,皮克特为苏格兰东部和北部部落联盟的名字;也解 picket“～”。
622 saxums [拉]“～”,此处解 Saxon“～”。
623 broadway 解 broad way“～”,即 high way“～”;也解 Broadway“～”。
624 snugger“～”;也解 Snugborough“～”,爱尔兰地名,位于都柏林的卡斯特诺山。
625 blank“～”,此处解 blanket“～”。
626 hosties [法]“～”,此处解 host“～”;也解 horses“～”;也解 Hosty“～”,书中一个重要人物。
627 race pound race 解 face to face“～”;也解 race upon race“～”。
628 此处化自习语 all roads lead to Rome(条条大路通罗马)。
629 Cried unions“～”,此处解 fried onions“～”;也解 unio [拉]“～”。
630 saltpetre“～”,此处解 salt shaker“～”。
631 gallpitch 解 gall“五倍子”+pitcher“水罐”;也解 gall [爱]“～”。
632 moonbeams“～”;也解 mistletoe“～”。
633 half morning“～”;也解 half mourning“～”。
634 sellaboutes 解 selle [法]“马鞍”+about“在……附近”。
635 balaaming 解 salaam“～”;也解 Balaam“巴兰”,《民数记》中的外族预言家,受摩押国王巴勒的聘请来诅咒以色列人。
636 penisills 解 pencils“～”;也解 penises“～”;也解 penisills [拉]“～”。
637 holdup“～”,此处解 holding up“～”。
638 tent sticker 解 tændstikker [丹]“～”;也解 tent“～”+sticker“～”;也解 intent“～”。
639 Soakersoon 解 Saxon“～”;也解 Soaked soon“～”。
640 boufeither 解 boots“～”;也解 bullfighter“～”;也解 beefeater“～”,也指英国皇家禁卫军仪仗卫士;也解 bouffe [法]“～”。
641 swabsister 解 sob sister“演伤感角色的女演员”;也解 swab“～”。
642 Katya [梵]“～”,此处解 Kathe“～”,惠灵顿纪念馆的看门人,也是本书主人公一家的女仆;也解 Kathairô [希]“～”。
643 duntalking 解 dun“黑暗的”+talking“讲话”;也解 Dundalk“～”,爱尔兰北部的港口城市。
644 droghedars 解 drawers“～”;也解 Drogheda“～”,都柏林北部的工业和港口城市;也解 drogi [波]“～”。
645 shakenin 解 shakening“～”。
646 arums“～”,此处解 arms“～”。
647 duedesmally 解 duodecimal“～”+-ly;也解 decimal“～”;也解 dismal“～”;也解 duodecimus [拉]“～”。
648 runameat farums 解 Runnymede“拉尼米德”,位于英国温莎城堡附近,1215 年《自由大宪章》的签署地+farms“农庄”。
649 harrums 解 harms“～”;也解 harem“～”;也解 harum [拉]“～”;也解 Haroun-al-Raschild“～”(763—809),伊斯兰国家阿拔斯王朝的哈里发,布卢姆在《尤利西斯》第 15 章中曾幻想自己变成了他。
650 magnum chartarums 解 Magna Charta Magna Charta(英王 1215 年签署的)“～”;也解 magnum chartarium [拉]“～”。
651 maidbrides 解 maid“少女”+brides“新娘”;也解“The Bridal of Malahide”“～”,英国歌曲,描写新郎在新婚当天被杀,马拉海德为都柏林市附近的一个海边小镇。
652 first mutherer 解 First Murderer“～”,指弑兄的该隐;也解 first mother“～”。
653 tower royal“～”,位于伦敦。
654 daulphin 解 dauphin“～”,1349 年至 1830 年的称呼。

和都柏林[655]德芙林塔，躺着他们如何，没有看。夫人贵妇的黑主子[656]达芙琳|携带拿出武器[657]阴茎|徽章，刀锋完全拉开，突然转身，没有被他们看见。婴儿伊莎贝拉从她的一隅朝黑主子，作为带着苍白烙印的第一父亲[658]杀人犯|更远地，致以敬意。然后法院进入清晨尽现[659]彻底的哀悼。于此见汝等不败[660]坠落！

——看，大猪！他们在看着你。回去，大猪。这么粗俗[661]！

天堂的神[662]出自天堂的薄雾！美景。那么。啊，给我你的手[663]突然拔掉|很多，迷人的景象！天堂[664]无角牧鹿|大王蜂|EHC！那片峭壁！那些小山[665]！啊，先人[666]奥西里斯|伊希斯|伊茜！因此愿偶然事件不会开始！你怕什么呢[667]诸如此类|因此？害怕你这黑暗[668]驴子？害怕流浪[669]强盗？我害怕唯恐我们会失去我们的[670]小时（上帝保佑[671]不|努恩|嫩！）尊重这些野生部分[672]狂欢派对|奥斯卡·王尔德。它如何结束[673]撞击|菲尼斯特雷|凶兆的|昏黑的！所有野兽[674]多么毛发杂乱[675]！你们盯着[676]显示什么？我看[677]显示因为我必须在我的灾难之前看着这样一个硬硬伸出的阴茎竿子[678]阴茎。楼梯之主[679]，长管子[680]阴茎|长度有何用！你能否在这里读一下这第一[681]最远的|俄里传奇？我是薄雾[682]错过者之父[683]欧石楠|哈索尔|怀恨者。一根芦苇[684]我读|同意的！通过岩石路到邓莱里[685]方塔[686]阴茎八英里[687]零[688]结|约翰·诺克斯弗隆；到邮政总局[689]将军的邮局数千[690]如何|沙子步[691]耐心；到惠灵顿纪念碑前行[692]错误之词半里格；到萨拉桥[693]撒拉足足一百[694]猎人九十米[695]九去与她见面；到这个顶点，一个自耕农的院子[696]码|阴茎。他，他，他！你是不是斜眼看着那个，一次装配？用这样一

655 deevlin 解 Duibh“～”；也解 Develin Tower“～”，伦敦塔的塔楼之一。

656 duffgerent 解 duff［英爱］“黑色的”＋gerent“统治者”；也解 Dufferin“～”（1807—1867），英国剧作家谢立丹的孙女；也解 gerens［拉］“～”。

657 wappon 解 weapon“～”，在俚语中指“～”；也解 Wappen［德］“～”。

658 futherer 解 father“～”；也解 murderer“～”；也解 furtherer“～”。

659 full morning“～”；也解 full mourning“～”。

660 fail“～”；也解 fall“～”。

661 此处为世界语。

662 Gauze off heaven“～”，此处解 God of Heaven“～”。

663 pluxty suddly 解 Planxty Sudley［爱］“～”，爱尔兰民歌；也解 pluck suddenly“～”；也解 plenty“～”。

664 Hummels“～”，此处解 Himmel［德］“～”；也解 Hummel［德］“～”。此处包含本书主人公名字缩写的变体 EHC。

665 hullocks 解 hillocks“～”。

666 O Sire“～”；也解 Osiris“～”，古埃及的冥神，太阳神的父亲；也解 Isis“～”埃及司生育的女神；也解 Issy“～”，本书主人公的女儿。

667 What have you therefore 解 What are you afraid of“～”；也解 What have you“～”＋therefore“～”。

668 donkers 解 donker［荷］“～”；也解 donkey“～”。

669 roovers［荷］“～”，此处解 rove“～”。

670 ours“～”；也解 hours“～”。

671 non grant it 解 God grant it“～”；其中 non 也解“～”；也解 Nun“～”（也写作 Nu），古埃及神话中的原始之水、混沌之神；也解 Nunn“～”，《旧约》中约书亚的父亲。

672 wildy parts 解 wild parts“～”；也解 wild party“～”；也解 Oscar Wilde“～”，出生在都柏林。

673 How is hitfinister 解 How does it finish“～”；也解 hit“～”＋Finisterre“～”，西班牙一岬角；其中 finister 也解 sinister“～”；也解 finster［德］“～”。

674 all and beastful 解 all the beast“～”＋-ful。

675 shagsome 解 shaggy“～”。

676 show on“～”，此处解 anschauen［德］“～”。

677 show“～”，此处解 see“～”。

678 pointing pole“～”；其中 pointing 也解 pointer［俚］“阴茎”；其中 pole 也解［俚］“阴茎”。

679 埃及《亡灵书》中曾称上帝为梯子之主。

680 lungitube 解 long tube“～”，其中 tube 也解［俚］“～”；也解 penis longitude“～”。

681 verst［荷］“～”，此处解 first“～”；也解 verst“～”。

682 the missed“～”，此处解 the mist“～”。

683 hather 解 father“～”；也解 heather“～”；也解 Hathor“～”，埃及神话中的爱神；也解 hater“～”。

684 Areed 解 a reed“～”；也解 I read“～”；也解 agreed“～”。

685 dunleary 解 Dun Laoghaire“～”，都柏林郊区，原名 Dunleary。邓莱里方塔记录了乔治四世的到访。

686 obelisk“～”；也解 obelisque［法俚］“～”。

687 vhat myles 解 eight miles“～”。

688 knox 解 nix“～”；也解 knots“～”；也解 John Knox“～”（1514—1572），基督教改革领袖，创办了苏格兰长老会。

689 general's postoffice“～”，此处解 general post office“～”。

690 howsands 解 thousands“～”；也解 how“如何”＋sands“沙子”。

691 patience“～”，此处解 paces“～”。

692 wrongwards 解 onwards“～”，出自英国诗人丁尼生的诗歌《轻骑旅的冲锋》中的“前进半里格”；也解 wrong words“～”。

693 Sara's bridge 解 Sarah Bridge“～”，都柏林桥名；也解 Sarah“～”，《圣经》中亚伯拉罕的妻子。

694 hunter“～”，此处解 hundred“～”。

695 nine to meet her“～”，此处解 ninety metres“～”。

696 yard“～”；也解 yard“～”；也解 yard［古体］“～”。

个不受限制的肚子？两条瀑布？我斜眼看（啊，我那大的，啊，我的脊背[697]啊我的沼泽|我的天哪，啊，我的大脊柱[698]一大袋骨头！），因为必须看到一黄油杯[699]粗纺帽|毛茛的此等粉红物[700]在这个顶点。这是为了真爱者[701]真的手套商|爱人的相遇[702]问候，在我们旁边的许多自由民，十二罗[703]伟人和总数|牛津大学学士学位考试|伟大的，过去常常在面对面交谈[704]时用这种方法把它戳成粉色。很长以来它都是符合皇室标准的模拟像，当棒顶[705]破了后，对开枪[706]国王|古宁姐妹来说，这会从军事法庭要塞[707]十万个祝福抛出欢迎，憨蛋呆蛋[708]矮胖子。你当心[709]你注意到没这些残渣[710]汉诺威王朝，那些溪流发源地，他的汇流。你难道没有听到，女王在海外因狂风大作而卧床不起[711]垂死的，（绰号[712]温顺的给她的纳纳纳内特[713]奶奶|女侏儒|丹麦的安妮加上假名字[714]素甲鱼），她的十八世纪[715]大三角帆船臣民将于明天上路[716]海湾过来，米迦勒节[717]，在钟表的第三和第四区之间[718]，那里对所有国王的马[719]澳大利亚人和所有他们的人，圣殿骑士[720]奴仆|仆役|践踏和骑兵队[721]，领导着灰袍的哈罗德[722]传令官|外套，金盾奥拉夫[723]？狗[724]可是|然而！狗！她的鸽棚将为她而打开，它们这些翻跟头的[725]弹子锁广告天下[726]面包柜。进展将在步行中做出，不是吗？我完全知道[727]相信，一周复一周[728]时代|巨大的。他会来，教会执事搭讪[729]纹章上的并排放置到，在雅利安人[730]爱尔兰五十周年庆之前，在准将诺兰[731]布朗和诺兰|诺拉的布鲁诺身上，或者还有海盗-海军上将布朗尼，带着——谁能怀疑呢？——他的金色米格鲁猎犬[732]喇叭|金雕和他的白狐狸[733]公鸡|卢克·埃尔考克来猎取我们的小小

697 O my bog“～”，此处解 O my back“～”；也解 O moi bog“～”。
698 bigbagbone 解 big“大的”＋backbone“脊柱”；也解 a big bag of bone“～”。
699 buntingcap“～”，此处解 butter cup“～”；也解 buttercup“～”。
700 pinky 解 pink“～”，指避孕套。
701 true glover“～”，此处解 true lover“～”；也解 truelove“～”。
702 greetings“～”，此处解 meetings“～”。
703 greats and grosses“～”，此处解 great gross“～”，计量单位；也解 greats“～”，一般指人文类学生的最后一次考试＋grosses［德］“～”。
704 tet-at-tet 解 tete a tete“～”。
705 roofstaff 解 roof“顶部”＋staff“棒”。
706 gunnings“～”；也解 König［德］“～”；也解 Elizabeth and Maria Gunning“～”，18 世纪美女姐妹，征服了伦敦，都嫁给贵族。
707 Courtmilits' Fortress“～”；也解 céad míle fáilte［爱］“～”。
708 umptydum dumptydum 解 Humpty Dumpty“～”，一只从墙头坠落后摔成碎片的蛋，憨蛋呆蛋也是本书主人公壹耳微蚵的化身之一，每夜跌成历史的碎片，由他的妻子在清晨捡起和复原；也解 dumpty“～”。
709 Bemark you 解 mark you“～”；也解 bemerk je“～”。
710 hangovers“～”；也解 Hanover“～”。
711 lying“～”；也解 dying“～”。
712 meekname 解 nickname“～”；也解 meek“～”。
713 Nan Nan Nanetta 解 No, No, Nanette“～”，1925 年百老汇音乐剧，也有同名歌曲；也解 nan“～”＋nanetta［意］“～”；也解 Anne of Denmark“～”（1574—1619），苏格兰、英格兰及爱尔兰王后。
714 mocktitles 解 mock“仿制的”＋titles“加标题于”；也解 Mock Turtle“～”，《爱丽丝漫游奇境记》中的人物。
715 lateenth dignisties 解 eighteenth dynasties“～”；也解 lateen“～”。
716 bay“～”，此处解 way“～”。
717 Michalsmas 解 Michaelmas“～，宗教节日，每年的 9 月 29 日。
718 mellems［丹］“～”。
719 aussies“～”，此处解 horses“～”。
720 knechts tramplers 解 Knight of the Temple“～”；也解 Knecht［德］“～”；也解 knecht［荷］“～”；也解 trample“～”。
721 cavalcaders 解 cavalcades“～”。
722 herald graycloak 解 Harald Gray Cloak“～”，公元 10 年挪威的统治者；也解 herald“～＋greatcoat“～”。
723 Ulaf Goldarskield 解 Olaf“奥拉夫”，852 年成为都柏林的第一位挪威王＋Gold shield“金盾牌”。
724 Dog“～”；也解 doch［德］“～”；也解 doch［丹］“～”。
725 tumblers“～”；也解 tumbler lock“～”。
726 broodcast 解 broadcast“～”；也解 brood kast［荷］“～”。
727 trow“～”，此处解 know“～”。
728 uge［丹］“～”；也解 age“～”；也解 huge“～”。
729 accostant 解 accost“～”；也解 accosted“～”。
730 aryan 解 Aryan“～”；也解 Éireann［爱］“～”。
731 brigadier-general Nolan 解 Brigadier-General Dennis E. Nolan“～”，1917 至 1918 年美国情报局的领导人；也与后面的 Browne 组成 Browne and Nolan“～”，都柏林著名书籍和文具商店；也解 Bruno of Nola“～”，意大利 16 世纪哲学家焦尔达诺·布鲁诺。
732 beagles“～”；也解 bugles“～”；也与前面合解 golden eagles“～”。
733 elkox 解 fox“～”；也解 cock“～”；也解 Luke Elcock“～”，1916 年爱尔兰德罗赫达市的市长。

去很少来[734]收入的狐狸[735]脸|税|瞎闹。狩猎将会打着博福特[736]博福特公爵的狩猎的蓝色和黄色[737]。这是贵人应有的品德[738]平民|暴民|泡泡。当每个人骑着[739]骑手别人的驴屁股时，人们[740]眼睛将透过衣领咧嘴而笑。的的确确[741]埃克尔斯街！小猫无处不在[742]全部猫的杀戮！什么从框格窗[743]上断头台的寡妇里弹出来！急行军！小心等着！斯昆蒂娜[744]斜视从她脆弱的灯芯草里向我们施以善行，佐兹默斯[745]佐西默斯，加冕者[746]小提琴手，穿着他的外套，用西南风[747]水手防水帽|狂饮|柔软的起诉我们。除我们之外！这里是防护手套。我相信，以大祭司长[748]为誓！然而如果我敢[749]口渴的说出希望，我也许能存在。所有这些人[750]偷窥者在自行车[751]女孩们和三轮车[752]三驾马车上上上[753]陷入罗网下下[754]被扣留的，还有那些独轮自行车[755]小小的放屁|行驶小小的单人游戏[756]实心轮胎！上佳之地[757]，上佳之地！北极[758]马球|北方将适合西伯利亚人[759]爱尔兰人，泥土[760]回力球平原[761]既不会看着[762]嚎叫|木球约克家族和兰开斯特家族[763]在草地城堡痉挛|草地网球，也不会[764]纽约看着吉伯林派和归尔甫派[765]在高尔夫球场赌博。瘴气[766]妈妈[767]毛瑟枪|妈妈|老鼠|捕鼠动物应该停止舒展自己，走出来求取那终究应该被看到的东西[768]。一个红色的[769]强盗，一个橙色的[770]大农场工人，一个黄色的[771]热心的|全白色|空的，一个绿色的[772]，在后面像他之前在黑紫色[773]亚当|该死的黑刺李卧榻[774]慢性子后面一样黄[775]轻信的。圣母玛利亚[776]！生机勃勃的每个人[777]汉娜|夏娃，她生动活泼[778]丽维娅|可爱的笑声，比如生生不息的[779] ALP|妇鲁拉贝尔|纯净铃音！耐心[780]和平些，求求你！请就这样[781]给夫人们的地方！甚至维多

734 illcome 解 ill"几乎不"+come"来";也解 income"～"。
735 faxes 解 foxes"～";也解 face"～";也解 taxes"～";也解 Faxen［德］"～"。
736 Beaufort"～",英国贵族家族,指 Duke of Beaufort's Hunt"～",是英格兰最大最古老的猎狐活动,由博福特公爵一世 1682 年开始并得到该家族赞助。
737 英国辉格党的颜色。
738 poblesse noblige 解 noblesse oblige"贵人应有的品德";也解 pobel［爱］"～";也解 Poebel［德］"～";也解 pobble"～",出自民谣"The pobble who has no toes"(《没有脚趾的泡泡》)。
739 riders"～",此处解 rides"～"。
740 Ommes 解 hommes［法］"～";也解 omma［希］"～"。
741 Me Eccls 解 Mehercule［拉］"～";也解 Eccles Street"～",都柏林街道名,乔伊斯小说《尤利西斯》中的人物布卢姆就住在这条街上。
742 cats' killings overall"～",此处解 kattekillinger overalt［丹］"～"。
743 guillotened widows 解 guillotine windows"～",上下拉动的窗;也解 guillotined widows"～"。
744 Squintina,人名;也解 Squint"～"。
745 Zosimus"～",希腊炼金术士,约 250 年生于埃及,此处解 Zozimus"～",都柏林的行乞诗人,被一些人称为最后一位行吟诗人。
746 crowder 解 crowner"～";也解 crwth［威］"～"+-er。
747 souftwister 解 Southwester"～",也指"～";也解 sauft［德］"～";也解 soft"～"。
748 Plentifolks Mixymost 解 Pontifex Maximus"(古罗马宗教的)～"。
749 durst"～";也解 durst"～"。
750 peeplers 解 people"～";也解 peeper"～"。
751 bikeygels 解 bicycles"～";也解 girls"～"。
752 troykakyls 解 tricycles"～";也解 troika［俄］"～"。
753 entrammed 解 en-tram-ed"上有轨电车";也解 entrapped"～"。
754 detrained 解 de-trained"下火车";也解 detained""。
755 puny farting"～",此处解 penny farthings"前轮大后轮小的自行车";也解 Fahrt［德］"～"。
756 solitires 解 solitaire"单人纸牌游戏";也解 solid tires"～"。
757 Tollacre 解 Toll［德］"极好的"+acre"一大块地"。
758 Polo north 解 North Pole"～";也解 Polo"～"+north"～"。
759 Sibernian 解 Siberian"～";也解 Hibernian"～"。
760 Pelouta 解 pêlos［希］"～";也解 pelota"～"。
761 Plein 解 Plain"～"。
762 behowl 解 behold"～";也解 howl"～";也解 bowl"～"。
763 yerking at lawncastrum 解 York and Lancaster "～",英国红白玫瑰战争的两大家族;也解 jerk at lawn castrum(［拉］"城堡")"～";也解 lawn tennis"～"。
764 ne…ne［拉］"既不……也不";也与后面的 yerking 合解 New York"～"。
765 ghimbelling on guelflinks 解 Ghibellines and Guelphs"～",但丁所在时期意大利佛罗伦萨党争中的两党;也解 gambling on golf links"～"。
766 Misma 解 miasma"～"。
767 Mauser"～",1916 年复活节起义时使用的是毛瑟枪,此处解 mother"～";也解 Maus［德］"～";也解 mouser "～"。
768 what the blinkins 解 what the dickens"～"。
769 ruber［拉］"～";也解 robber"～"。
770 rancher"～",此处解 orange"～"。
771 fullvide 解 fulvus［拉］"～";也解 fervid"～";也解 full white"～";也解 vide［法］"～"。
772 veridust 解 viridis［拉］"～"。
773 damson"～";也解 Adam"～";也解 damn"～"。
774 sloe cooch 解 sloe"～"+couch"～";也解 slow coach"～"。
775 crerdulous 解 caerulus［拉］"～";也解 credulous"～"。
776 Mbv 解 BVM,即 Blessed Virgin Mary"～"。
777 annamation of evabusies 解 animation of everybody"～";也解 Anna"～"+Eve"～"。
778 livlianess 解 liveliness"～";也解 Livia"～";也解 loveliness"～"。
779 plurity 解 plurality"～",此处包含本书女主人公名字的缩写 ALP;也解 Plurabelle"～";也解 purity"～"。
780 peacience 解 patience"～";也解 peace"～"。
781 Place to dames"～",此处解 please remain"～"。

利亚·地主[782]四轮马车|伦敦人夫人也将离去懒懒地躺着，打着遮阳伞，全都头晕眼花得大口喘气，还有她脚步不稳地站着。布鲁图和卡西乌斯[783]英国人和哥特人将不再争夺[784]那个有阳光的地方[785]某处，但是做出赎罪[786]表明自治权|安东尼，当，伴随如此无声的叹息[787]海洋，克劳迪亚水渠[788]云|甜的|克劳蒂娅|悲痛|说是|二，宜人并满是露珠[789]，要让，是的，不是，然而，现在，雨落下。万分感谢[790]狐狸莫克斯和葡萄！她是多么可爱啊[791]她流下的汗，思念者[792]，他们很快会被看见兄弟互换[793]，如此一只如鼠的[794]蚂蚁|山雀|女孩蚱蜢[795]。不是此时落下的眼泪[796]是|僭主|移动的|铁锹|速度。是六便士[797]！便士[798]！谁终将撞响丧钟[799]投票|公牛？我，种牛说[800]傻瓜买单。因为我可以撞[801]是杯子|慢慢一罐。钟鸣，撞响丧钟！依然是同样的[802]说我|符号仪式，多得多！满是快乐[803]求求你！在《不可压制报》[804]忍不住的|最新消息中事情是，市长先生[805]，我们的市长[806]知府|玉米，那个[807]屁股|托尔坚定的索尔人，（我们的南希幻想，我们自己保姆的大公羊[808]比利|圣树），他那抬起的头[809]灰浆桶，穿着最好的整套衣服，硬布拖鞋[810]婆婆头巾|婴儿般的外穿着惠灵顿高筒靴[811]长筒靴，拿着他的云纹手杖，戴着金[812]光环项链[813]颈圈|和，被他的全体法人团体[814]协同跟着固定的从男爵[815]刺刀环绕，并在我们民众[816]普韦布洛人中间[817]人群，被手上的链条拴着而去不了吝啬鬼巷[818]吝啬鬼、母猪山、黑暗巷、绞架草地[819]，以及情郎路[820]情郎们、小伙儿巷[821]夫人、法警巷[822]，如何将会在宽石站[823]古坟拿着[824]遇到早安钥匙[825]亲吻接待驴子[826]穹窿|家国王，引到他的庞培[827]垫子。臣[828]我缓行|谦卑的我对陛

782 Landauner 解 landowner"～"；也解 landau"～"；也解 Londoner"～"。
783 Britus and Gothius 解 Brutus and Cassius"～"，刺杀了凯撒的罗马人；也解 British and Goths"～"。
784 joustle 解 jostle"～"。
785 sonneplace 解 sonne［德］"阳光"＋place"地方"，化自习语 place in the sun（好的境遇）；也解 someplace"～"。
786 mark one autonement 解 make one atonement"～"；也解 mark the autonomy"～"；也解 Mark Antony"～"（前 83—前 30），罗马三巨头之一。
787 si 解 sigh"～"；也解 sea"～"。
788 Cloudia Aiduolcis 解 Aqua Claudia"～"，罗马水渠之一；也解 clouds"～"，指书中作为女儿化身的一小片云＋dulcis［拉］"～"；Clodia"～"，罗马共和国末期政客克洛狄乌斯·普尔喀的妹妹，以淫荡著称＋duolo［意］"～"；也解 aio［拉］"～"＋duo［拉］"～"。
789 dewed up 解 dewdrop"～"。
790 Muchsias grapcias 解 muchas gracias［西］"～"；也解 Mookse & Gripes"～"，本书中狐狸和葡萄的故事，化自伊索寓言《狐狸与葡萄》。
791 sweet from her 解 suess von ihr［德］"～"；也解 sweat from her"～"。
792 wispful 解 wistful"～"。
793 swopsib 解 swop"交换"＋siblings"兄弟姐妹"。
794 as ameise 解 as a mouse"～"，出自中国习语"胆小如鼠"；其中 meise 也解 Ameise［德］"～"；也解 Meise［德］"～"；也解 meisje［荷］"～"。
795 sautril 解 sauterelle［法］"～"。
796 Its ist not the tear on this movent sped 解 It Is Not the Tear at This Moment Shed"～"，也是爱尔兰诗人托马斯·穆尔的歌曲名；其中 ist 也解［德］"～"；tear on 也解 Tyrann［德］"～"；movent 也解"～"；sped 也解 spade"～"；也解 speed"～"。
797 Tix sixponce 解 It is sixpence"～"。
798 Poum 解 penny"～"。
799 Hool poll thebull 解 who'll pull the bell"～"；其中 poll 也解"～"；bull 也解"～"。
800 Fool pay the bill"～"，此处解 I, said the bull"～"，此处出自英国 1770 年版童谣《谁杀死知更鸟》。此处谐音，故译。
801 Becups a can full 解 Because I can pull"～"；也解 Be cups"～"＋a full can"～"。
802 sayeme 解 same"～"；也解 say me"～"；也解 sema［希］"～"。
803 please-your 解 pleasure"～"；也解 please, you"～"。
804 Instopressible 解 *Insuppressible*"～"，都柏林反巴涅尔派的报纸；也解 insuppressible"～"；也解 stop press"～"。
805 Meynhir Mayour 解 mijnheer［荷］"先生"＋mayor"市长"。
806 boorgomaister 解 burgomaster"～"；也解 Buergermeister［德］"～"；也解 Mais［德］"～"。
807 thon 解 yon"～"；也解 tón［爱］"～"；也解 Thonar 或 Thon，英国所崇拜的神祇之一，来自 Thor"～"，北欧神话中的雷神和战神。
808 Billy"～"，书中常指都柏林，此处解 billygoat"～"；也解 bile［爱］"～"。
809 hod"～"，此处解 head"～"。
810 babbishkis 解 his baboosh"他的拖鞋"；也解 babushka"～"，俄罗斯女士头巾；也解 babish"～"。
811 Woolington bottes 解 Wellington boot"～"；也解 bottes［法］"～"。
812 aureal 解 aureolus［拉］"～"；也解 aureole"～"。
813 necknoose 解 necklace"～"；也解 neck noose"～"；也解 necnon［拉］"～"。
814 cooperation"～"，此处解 corporation"～"。
815 fixed baronets"～"；也解 fixed bayonets"～"。
816 pueblos"～"，此处解 people"～"。
817 meng 解 among"～"；也解 Menge［德］"～"。
818 pinchgut"～"，此处解 Pinchgut Lane"～"，都柏林北部街道名。
819 gibbetmeade 解 Gibbet Meadow"～"，位于都柏林北部。
820 beaux"～"，此处解 Beaux Walk"～"，位于都柏林中部。
821 laddes 解 Lad Lane"～"，位于都柏林；也解 lady"～"。
822 bumbellye 解 Bumbailiff's lane"～"，位于都柏林。
823 broadstone"～"，都柏林火车站名，现已废弃，乔治四世 1821 年访问都柏林时该火车站尚未存在。
824 meet"～"，此处解 mit［德］"用"。
825 keys"～"；也解 kiss"～"。乔治四世 1821 年访问都柏林时，都柏林市长亚伯拉罕·布兰得利·金将都柏林的钥匙献给国王，当场被封爵。
826 Dom［德］"～"，此处解 donkey"～"；也解 dom［塞维］"～"。
827 pompey 解 Pompcius"～"（前 106—前 48）古罗马共和国的统帅，三次享受古罗马凯旋仪式。
828 Me amble"～"，此处解 humble me"～"，故译为"～"。

下[829]的卑微职责[830]粪便|驴子！起来，憨钥匙·呆钥匙[831]庞培爵士！听[832]耳朵！听！弱听[833]蠼螋！每边[834]永远都有病[835]全部！我们不过是想念那匹老马[836]问荆，但是寻找一下[837]教堂|HEC卷心菜花园[838]嘉布遣会墓地|书里聪明的坟墓尸体[839]大蒜|葱韭。愿他的不可胜数，老哥本哈根[840]卷心菜|旧帽子|女帽！会成为整天的谈资[841]热带的。凭着灵魂[842]鞋底|太阳|所罗门|太阳的光辉的光辉！完美的天气[843]占据主导。这之后，大能的权杖[844]噩梦迅速[845]斯威夫特的放下，他将用唇读法从他涂有红色的牛皮纸文书向最安详的陛下[846]他在桥上致函[847]，子、丑、寅、卯、辰、巳、午、未、申、酉、戌、亥、甲[848]等等，于此同时[849]也是那位发光者[850]，丕平统治时期[851]的莎草纸[852]国王，我的陛下，伟大的大王，(他的绞架由英格拉姆国王[853]雷克斯·英格拉姆，露天表演大师，立在那里，为了教育)，将用他的针头[854]插管戳进挂毯[855]吻者诺拉，那灿烂的马裤布料[856]，并用他的舌尖[857]烟嘴|尖端朝着克里米亚半岛[858]脸通红的巴尔干半岛夫人[859]阳台|楼厅开玩笑[860]噎住|把火拨旺，这[861]健康对她们带裙饰[862]的端庄紧身褡有益，愿能觉得有趣。该死[863]，愿它如此！乐师[864]将奏响他们的钟琴[865]赌博|幸运儿。敲[866]，敲！敲，敲！北方的圣长老会教堂[867]、环线下面的圣马可教堂[868]偷看、圣劳伦斯·奥图尔教堂[869]、圣尼各老教堂[870]泥潭。你不久[871]将听取[872]不得不圣园丁[873]、希腊人圣乔治[874]、殉道者圣巴克利[875]受烦扰的|谋杀、圣费伯[876]小谎、田野中的爱奥那[877]与使徒保罗[878]。听听别的人[879]另一方面|我听见：门口的圣犹大[880]、托钵僧布鲁诺[881]天使圣玛利亚教堂、路上的圣卫斯理[882]桨、不在的老莫利

829 your grace's majers 解 Your gracious majesty"～"。
830 dooty"～",此处解 duty"～";也解 donkey"～"。
831 Pompkey Dompkey 解 Humpty Dumpty"憨蛋呆蛋"＋key"钥匙",故译;也解 Pompcius"庞培"。
832 Ear"～",此处解 Hear"～"。
833 Weakear 解 Weak hear"～";也解 earwig"～"。
834 eversides 解 every sides"～";也解 ever"～"。
835 allness"～",此处解 illness"～"。
836 horse elder"～";也解 horsetail"～",木贼科问荆属中小型蕨类植物。
837 cherchant 解 cherchant [法]"～";也解 church"～",指 *The House by the Churchyard*(《墓地房屋》),爱尔兰作家勒法努的作品。此处包含本书主人公名字缩写的变体 HEC。
838 cabbuchingarden 解 Cabbage Garden"～";也解 Capuchin cemetery"～",位于都柏林;也解 Buch [德]"～"。
839 graveleek 解 grave"墓地"＋lik [挪]"尸体";也解 garlic"～";也解 leek"～"。
840 Caubeenhauben 解 Copenhagen"哥本哈根",惠灵顿的著名坐骑;也解 cabbage"～";也解 cáibín [爱]"～";也解 Haube [德]"～"。
841 tropic"～",此处解 topic"～"。
842 Sole"～",此处解 soul"～";也解 sol [丹]"～";也解 Solomon"～",《圣经》中的以色列国王;也解 Splendor Solis"～",最初用中部德语写就,成书于约 1532 年到 1535 年,以国王的死亡和重生象征炼金术的过程。
843 weatherest 解 weather"～"。
844 mightmace 解 mighty mace"～";也解 nightmare"～"。
845 swift's 解 is swift"～";也解 Swift's"～",指 18 世纪英国小说家斯威夫特。
846 His Serenemost 解 His Serene-most"～";也解 sere na most [塞维]"～"。
847 aidress to 解 address to"～"。
848 alfi byrni gamman dealter etcera zezera eacla treacla youghta kaptor lomdom noo 解 alpha, beta, gamma, delta, epsilon, zeta, eta, theta, iota, kappa, lambda, mu, nu,希腊文前 13 个字母;其中 etcera zezera 也解 et cetera [拉]"～"。
849 meaningwhile 解 meanwhile"～"。
850 illuminatured 解 illuminated"～"。
851 Pepinregn 解 Pepin the Short"～"(714? —768),法兰克王国国王＋reign"统治时期"。
852 Papyroy 解 papyrus"～";也解 roy [古法]"～"。
853 Rex Ingram 解 rex [拉]"国王"＋Ingram"英格拉姆";也解 Rex Ingram"～"(1895—1969),美国演员。
854 canule [法]"～";也解 cannula [拉]"～"。
855 arras"～";也解 Arrah-na-Pogue"～",爱尔兰裔美国剧作家鲍西考尔特的同名剧本的女主人公。
856 bridgecloths 解 breeches"马裤"＋cloths"布"。
857 tonguespitz 解 tungespids [丹]"～";也解 Spitz [德]"～";也解 Spitze [德]"～"。
858 crimosing 解 Crimea"～";也解 crimson"～"。
859 balkonladies 解 Balkans"巴尔干半岛"＋ladies"夫人";也解 Balkon [德]"～";也解 balcon [法]"～"。
860 joking up"～";也解 choking up"～";也解 poking up"～"。
861 here's"～";也解 health"～"。此处化自英国歌曲"Here's a Health unto His Majesty"(《国王陛下万岁》)。
862 fullbelow 解 furbelow"～"。
863 Oddsbones 解 od's bones"～",诅咒词。
864 Carilloners 解 carillonneur"～"。
865 gluckspeels 解 Glockenspiels"～";也解 Glucksspiel [德]"～";也解 Gluckspilz [德]"～"。
866 Rng 解 ring"～"。
867 S. Presbutt-in-the-North 解 Saint Presbyterian on the North"～",位于都柏林的东北部。
868 S. Mark Underloop 解 St. Mark's church"圣马可教堂",位于都柏林南部地铁环线下面＋under the Loop"环线下面";也解 underlook"～"。
869 S. Lorenz-by-the-Toolechest 解 St. Lawrence's church"圣劳伦斯教堂",位于地柏林东部＋St. Lawrence O'Toole"圣劳伦斯·奥图尔",都柏林的守护圣人,曾任都柏林大主教。
870 S. Nicholas Myre 解 St. Nicholas of Myra's church"～",位于都柏林西部弗朗西斯街,圣尼各老为米拉主教,海员和儿童的主保圣人,囚犯和俘虏的主保圣人;其中 Myre 也解 mire"～"。
871 anune 解 anon"～"。
872 hark to"～";也解 have to"～"。
873 S. Gardener"～",指都柏林加德纳上街的圣弗朗西斯·泽维尔教堂。
874 S. George-le-Greek"～",指位于都柏林圣哈德维克广场的圣乔治教堂。
875 S. Barclay Moitered 解 St. Barclay"圣巴克利"＋martyr"殉道者",指位于都柏林巴克利街的圣约瑟教堂;也解 moidered [英爱]"～";也解 murder"～"。
876 S. Phibb"～",指位于都柏林斐比斯区路的诸圣教堂;也解 fib"～"。
877 Iona-in-the-Fields 解 Iona"爱奥那岛",苏格兰一小岛＋in-the-Fields"在田地里",此处指位于都柏林格拉斯内文区爱奥那路的圣科伦巴教堂。
878 Paull-the-Aposteln 解 Saint Paul's church"圣保罗教堂",位于都柏林的阿兰码头＋Aposteln"使徒"。
879 audialterand 解 alteraudiens [拉]"～";也解 on the other hand"～";也解 audio [拉]"～"。
880 S. Jude-at-Gate 解 St. Jude's church"圣犹大教堂",位于都柏林皇家医院大门附近＋at the gate"在门口"。
881 Bruno Friars"～";也解 St. Mary of the Angels church"～",位于都柏林教堂街的方济各嘉布遣会教堂,被称作"Brown Friars"。
882 S. Weslen-on-the-Row 解 St. John Wesley"圣卫斯理",指基督教卫理会创建者约翰·卫斯理(1703—1791)＋-on-the-Row"街道上",此处指都柏林韦斯特兰道上的圣安德鲁教堂;也解 veslo [塞维]"～"。

纽[883]、圣玛利亚·海中星辰[884]与沃伯格后面的布莱德和奥多恩[885]。实际上多迷人[886] HCE 啊！汉娜·丽维娅·妇鲁拉贝尔[887]全都叮叮当|豌豆|铃铛！如此多的教堂，人们无法做完自己的祷告。这是圣年的日子！六月、七月[888]，我们可以[889]五月！圣阿加莎教堂[890]摇动和天主教静心修道院[891]心神稳定|宁静的将端庄地露出[892]隐士住处，但是马尔堡次教堂[893]、伟大基督[894]都柏林基督大教堂和神圣保护者[895]圣帕特里克大教堂将公开警戒[896]守夜|维吉尔|处女。有福的[897]基督方堂！但不会是主教训话吗？的确[898]，的确，一场游戏！大主教层面。在水边。当，通过晚祷[899]毒蛇|蒸汽，为了居于市镇和旅行[900]辛勤努力，他的金白色统治之棒[901]万字符高高举起[902]，雨伞-阳伞[903]最高的|灵魂，坎特伯雷[904]堪培拉和更新的约克[905]纽约会祈求[906]反对|支持|恳求，都柏林[907]的阁下[908]将传授给所有人。愿上帝保佑[909]迎主曲！致委员会！多多加餐[910]！为他给这只麻鸦涂油[911]拆开连结处，替我把这只鸡切片，摆好你的鹤，给她她的鸽子腿，解开所有[912]兔减轻子和野鸡！唱：老芬·麦克尔[913]，当他跟他的醉汉们[914]小提琴手自由痛饮的时候，他是一个快乐的[915]圆润的老鬼[916]灵魂|醉了！好啊，好啊，万岁[917]爸爸，爸爸，排队！因为我们全都是快乐游戏的家伙[918]他沦落了|和气的，无人[919]没有瓶子可否认！这是给汝的切碎的[920]阉鸡鳟鱼、斩骨的三文鱼、挖了沟的[921]鲟鱼、酱油腌[922]红鲱、雕切的龙虾。朝东停下[923]希尔顿·爱德华兹|出错暂停|吃|词语|CHE！给我更多的[924]演剧演员演哑剧[925]法国玛姆香槟！什么，没有塔利亚[926]意大利人|直的？如何，不是一个墨尔波墨涅[927]妓女|帕梅拉|摩尔·

883 S. MolyneuxWithout 解 Old Molyneux church“老莫利纽教堂”，位于都柏林布莱德街，该街现已不存在＋Without“没有”。
884 S. Mary Stillamaries 解 St. Mary“圣母玛利亚”＋Stella Maris church“海中星辰教堂”，位于都柏林的山迪蒙区。
885 Bride-and-Audeons-behind-Wardborg 解 St. Bride's church“圣布莱德教堂”，最初在都柏林布莱德街＋and＋St. Audoen's“圣奥多恩教堂”＋behind＋St. Werburgh's“圣沃伯格教堂”。
886 chimant 解 charming“～”；此处包含本书主人公名字的缩写 HCE。
887 Alla tingaling pealabells 解 Anna Livia Plurabelle“～”，本书女主人公；也解 all tingling“～”＋pea“～”＋la bells“～”。
888 Juin jully 解 June July“～”。
889 may“～”；也解 May“～”。
890 Agithetta 解 Saint Agatha's church“～”，位于都柏林威廉街北部；也解 agitata［拉］“～”。
891 Tranquilla 解 Tranquilla Convent (RC)“～”，在都柏林的拉斯敏思路；也解 tranquillity“～”；也解 tranquilla［拉］“～”。
892 umclaused 解 unclosed“～”；也解 Klause［德］“～”。
893 Marlborough-the-Less“～”，指位于都柏林马尔堡街上的圣托马斯教堂。
894 Greatchrist 解 Great christ“～”，指 Christ Church Cathedral“～”，位于都柏林基督教堂广场。
895 Holy Protector“～”，指 Saint Patrick's Cathedral“～”，位于都柏林帕特里克街。
896 virgilances 解 vigilance“～”；也解 vigil“～”；也解 Virgil“～”(前 70—前 19)，古罗马诗人；也解 virgin“～”。
897 Beata［拉］“～”。
898 Dock 解 doch［德］“～”。
899 vepers 解 vespers“～”；也解 viper“～”；也解 vapour“～”。
900 travalled 解 travelled“～”；也解 travailed“～”。
901 swaystick 解 sway“统治”＋stick“棍棒”；也解 swastika“～”。
902 ylifted 解 lifted“～”。
903 umbrilla-parasoul 解 umbrella“雨伞”＋parasol“阳伞”；也解 para［梵］“～”＋soul“～”。
904 Cantaberra 解 Canterbury“～”，曾为英国的大主教辖区；也解 Canberra“～”，澳大利亚首都。
905 Neweryork 解 Newer“更新的”＋York“约克郡”，曾为英国的大主教辖区；也解 New York“～”。
906 Supprecate 解 supplicate“～”；也解 deprecate“～”；也解 supprecor［拉］“～”；也解 precare［拉］“～”。
907 Deublan 解 Dublin“～”。
908 Monsigneur 解 Monseigneur“～”。
909 Benedictus benedicat 解 benedictus benedicat［拉］“～”；也解 Benedictus“～”，天主教弥撒中所用的简短赞美诗或乐曲。
910 mealsight 解 Mahlzeit［德］“～”。
911 Unjoint“～”，此处解 anoint“～”。
912 allay“～”，此处解 all“～”。
913 Finncoole 解 Finn MacCool“～”，爱尔兰传说中芬尼亚英雄的领袖。
914 fuddlers“～”；也解 fiddlers“～”。
915 mellow“～”，此处解 merry“～”。
916 saoul 解 samhail［爱］“～”；也解 soul“～”；也解 saoul［法］“～”。
917 Poppop array 解 hip hip hurray“～”，英国儿歌；也解 Pop pop array“～”。
918 fellhellows 解 fellows“～”；也解 he fell low“～”；也解 hail fellow well met“～”。
919 nobottle 解 nobody“～”；也解 no bottle“～”。
920 culponed 解 cut up“～”；也解 capon“～”。
921 tranched 解 trenched“～”。
922 sanced 解 sauced“～”。
923 halton eatwords 解 halt eastward“～”；也解 Hilton Edwards“～”，20 世纪都柏林演员，曾扮演奥瑟罗；也解 halt on“～”＋eat“～”＋words“～”。此处包含本书主人公名字缩写的变体 CHE。
924 moe 解 more“～”。
925 Mumm“～剧”；也解 Mumm Champagne“～”。
926 Ithalians 解 Thalia“～”，希腊神话中司喜剧的缪斯；也解 Italians“～”；也解 ithys［希］“～”。
927 Moll Pamelas 解 Melpomenê“～”，希腊神话中司悲剧的缪斯；也解 moll“～”＋Pamela“～”，英国小说家理查逊的同名小说中的女主人公；也解 Moll Flanders“～”，英国作家笛福的同名小说的主人公。

弗兰德丝？与之相应！由我们扮演演员，曾经擅自入场[928]冲向他们的大门|该特剧院|混入场者。莫索珀[929]先生和巴里[930]先生将自发地演出，既然他们是维洛那二绅士[931]，大诺兰和大布朗[932]布鲁诺（终曲[933]最终！终曲！），全都为了对一位美丽的忏悔者[934]《美丽的忏悔者》的爱，一个被带上舞台[935]罗达·布劳顿的她，她是一朵红色的玫瑰[936]。他们的两幕大场景[937]皮肤！他们如何奋力[938]得到[939]做爱她！如此的花花公子[940]配角戏|男孩游戏！他们的嘴巴文化[941]迪翁·鲍西考尔特！什么样的蒂龙之力[942]蒂龙·鲍尔！我保证[943]买我们的小妖精|费伊！我名叫小说[944]诺弗尔，在格兰扁群山[945]山中的格兰比上。好极了[946]！你这个卖国的奴隶！我的名字是奇说[947]诺弗尔，在超宏伟[948]格兰比|格兰扁山脉"群山。棒极了[949]！他们的演出将用歌曲幻灯片在大自然庄严的静寂面前关闭皇家音乐[950]。痛彻心肺的痛心事[951]亲爱肮脏的都柏林！愿温柔的竖琴[952]心脏辞别[953]甜酒|挽歌！它将给游戏场[954]郁金香|战场添上图画，还有祈雨舞[955]外国舞蹈|集市的、跨栏[956]哈罗德十字路、布偶演习[957]疯狂的和维苏威的[958]烟火制造术[959]象形文字|火，雪花飘飘的[960]黎明|麦片大雪，在黑暗降临时，为了陛下[961]格蕾丝·奥玛丽、我们的情妇、所有集会者[962]使黯淡|睡眠。今夜在热辣镇的某个全部时间！你没有听到过？书里都写着呢[963]它留在书中，那是。我昨天[964]听到某个人说（快递[965]制革匠大师戴着臂章不是）如何应该明天来这里，但是今天永远不会来这里。很好，但是记得想想，你，那里昨天[966]是的今天现在是如同|伊茜[967]明天[968]摩根娜公主过去是[969]过去都是，明天总是在透特[970]阴户的另一个[971]

928 crash to their gate“～”，此处解 crash the gate“～”；也解 Gate Theatre“～”，都柏林剧院的名字；也解 gatecrashers“～”。
929 Messop 解 Henry Mossop“～”(1729—1773)，都柏林出生的演员。
930 Borry 解 Spranger Barry“～”(1719—1777)，都柏林出生的演员，常与莫索珀同台演出。
931 two genitalmen of Veruno 解 Two Gentlemen of Verona “～”，莎士比亚的戏剧。
932 Nowno...Brolano 解 Browne and Nolan“布朗和诺兰”，都柏林著名书籍和文具商店的店名；也解 Bruno of Nola“～”(1548—1600)，意大利哲学家。
933 finaly“～”，此处解 finale“～”。
934 a fair penitent“～”；也解 The Fair Penitent“～”，英国剧作家尼古拉斯・罗 1703 年的戏剧。
935 be broughton 解 be brought on“～”；也解 Rhoda Broughton“～”(1840—1920)，英国小说家，著有《她红如玫瑰》(*Red as a Rose is She*)。
936 rhoda's 解 rhoda [希]“玫瑰”＋is“是”。
937 skins“～”，此处解 scenes“～”。
938 strave 解 strive“～”。
939 gat 解 get“～”；也解 gatten [德俚]“～”。
940 boyplay 解 playboy“～”；也解 byplay“～”；也解 boy play“～”。
941 bouchicaulture 解 bouche [法]“嘴巴”＋culture“文化”；也解 Dion Boucicault“～”，出生于爱尔兰的美国剧作家。
942 tyronte power 解 Tyrone“蒂龙”，北爱地区的一个郡＋power“力量”；也解 William Grattan Tyrone Power“～”(1797—1841)，那个时代爱尔兰最好的演员。
943 Buy our fays“～”，此处解 by my faith“～”；也解 W. and F. Fay“～”，早期阿贝剧院的演员。
944 novel“～”；也解 Norval“～”，人名，模仿苏格兰作家约翰・霍姆 1756 年的悲剧《道格拉斯》(*Douglas*)中的诗句，他常被乔伊斯用作蹩脚作家的代表。
945 Granby in hills“～”，格兰比为都柏林演员，此处解 Grampian hills“～”，苏格兰东部的山区。
946 Bravose 解 Bravo“～”，表喝彩。
947 Apnorval 解 abnormal“反常的”＋novel“小说”；也解 Norval“诺弗尔”，人名。
948 Grandbeyond 解 Grand“宏伟的”＋beyond“超过”；也解 Granby“～”，都柏林演员；也解 Grampian hills“～”，英国苏格兰东部的山区。
949 Bravossimost 解 bravissimo“～”，尤其指对对方表演的肯定。
950 nusick 解 music“～”。
951 Deep Dalchi Dolando 解 Deep“深的”＋dailce [爱]“阴郁的”＋dolenda [拉]“痛心事”；也解 dear dirty Dublin“～”。
952 harp“～”；也解 heart“～”。
953 addurge 解 adieu [法]“～”；也解 dulce“～”；也解 dirge“～”。
954 tummlipplads 解 tumleplads [丹]“游戏场”；也解 tulip“郁金香”；也解 tummelplats [瑞]“战场”。
955 forain dances 解 rain dances(印第安人的)“～”；也解 foreign dances“～”；其中 forain 也解“～”。
956 crosshurdles 解 cross hurdles“～”；也解 Harold Cross“～”，位于都柏林。
957 dollmanovers 解 doll“洋娃娃”＋Manover [德]“演习”；也解 doll [德]“～”。
958 viceuvious 解 Vesuvius mountain“～”，位于意大利西南部。
959 pyrolyphics 解 pyrotechnics“～”；也解 hieroglyphics“～”；也解 pyro- [希]“～”。
960 dawnflakes 解 snowflake“～”；也解 dawn“～”＋flakes“～”。
961 Grace's Mamnesty 解 gracious majesty“～”；也解 Grace O'Malley“～”，伊丽莎白时期的爱尔兰海盗。
962 assombred 解 assembled“～”；也解 assombrir [法]“～”；也解 slumber“～”。
963 It stays in book“～”，此处解 es stehi im Buch [德]“～”。
964 jesterday 解 yesterday“～”。
965 currier“～”，此处解 courier“～”。
966 yestoday 解 yesterday“～”；也解 yes today“～”。
967 ys [威]“～”；也解 as“～；也解 Issy“～”，本书主人公的女儿。
968 Morganas 解 morgen [德]“～”；也解 Morgana le Fay“～”，亚瑟王的妹妹，女巫。
969 war [德]“～”；也解 were“～”。
970 toth 解 Thoth“～”，埃及神话中的月神；也解 toth-ball [爱]“～”。
971 tother 解 the other“～”。

地方。阿门。

确实！确实！赐予我更多的有声图片[972]圣彼得！这让人疯狂地思考[973]它给……去想。有钱的波特[974]先生，一位乡绅[975]，是否常常身体不太强壮？我为这最好的感谢你，他相反[976]在被接受的交易中孔武有力[977]赫库兰尼姆的|ECH得超常。人们看到他如何比原先还粗壮得多[978]罗德。人们会告诉他[979]说他把整整一窝小孩[980]描写小小孩的文学都拢在他的围裙[981]亚伯拉罕|野猪下。英俊的波特[982]爵士一直结婚得这么久吗？啊，是的，族长[983]波特家族勋爵自从在围栏浅滩[984]向前猛掷很长时间起就是在结婚之人，那里他作为我们油滑的活跃者出现[985]一个同龄人，而且，确实如此，他有他的小[986]儿子的儿子和他的两个优秀的大[987]儿子儿子，他们希望在他们之间[988]我|在之间造就[989]儿子一个超级优秀的爱尔兰人[990]米克|儿子的。她，她，她！但是你又在色迷迷地看着什么？我没在看，请原谅[991]。我完全是认，认，认真的[992]她|欧希夫人。

你目前不想必须去什么地方吗？是的，啊，可怜可怜吧！在第一时间！那种刺痛的热热[993]热痱子的感觉！别责怪[994]因为认为我的心[995]我溢出，它总是这么快乐[996]男人。这里我们应该做次远足(啊，可怜可怜吧)任何量尺[997]习惯|影子|钥匙都行，直到萨拉广场[998]抱歉|撒拉一号。伊茜[999]是|伊希斯，伊茜。我希望你能赞赏她那展示[1000]我国第一公路[1001]溃败|发情的风景，一零[1002]应该零一。我们也应该朝下看看那个浅滩[1003]围栏浅滩，神圣的西尔瓦诺斯[1004]洗过那里，但几乎没[1005]洗过他那些涂过油的指尖。永远不要给他[1006]

972 soundpicture 解 sound“声音”+picture“图片”；也解 St. Peter“～”。
973 It gives...to think“～”，此处解 Es gibt...zu denken［德］“～”。
974 Pornter 解 Porter“～”，书中人物，主人公的化身之一，既是看门人，又代表着黑啤酒。
975 squire 解 esquire“～”。
976 in taken deal“～”，此处解 integendeel［荷］“～”。
977 herculeneous 解 Herculanean［拉］“～”；也解 Herculaneus“～”，因维苏威火山大喷发而埋没的古城。此处包含本书主人公名字缩写的变体 ECH。
978 lot“～”；也解 Lot“～”，《圣经》中所多玛城唯一的义人。
979 say him“～”，此处解 sag ihm［德］“～”。
980 a litteringture of kidlings 解 litter of kids“～”；也解 a literature of kidlings“～”。
981 aproham 解 apron“～”；也解 Abraham“～”，《旧约》中的义人，老年得子；也解 aper［拉］“～”。
982 Pournter 解 Porter“～”，书中人物，主人公的化身之一。
983 Pournterfamilias 解 paterfamilias“～”；也解 Porter families“～”。
984 Hurtleforth“～”，此处解 hurdle ford“～”，即都柏林。
985 appeers 解 appears“～”；也解 a peer“～”。
986 mic［爱］“～”，此处解 mic-“～”。
987 Mac［爱］“～”，此处解 mac-“～”。
988 metween 解 between“～”；也解 me“～”+tween“～”。
989 mack 解 make“～”；也解 mac［爱］“～”。
990 mick“～”，此处解 Mick“～”，本书主人公的儿子之一；也解 mic［爱］“～”。
991 I pink you pardons 解 I beg your pardon“～”。
992 sherious 解 serious“～”；也解 she“～”；也解 O'Shea“～”，巴涅尔的情人，后成为他的妻子。
993 prickly heat“～”，此处直译为“～”。
994 Forthink 解 verdenk［德］“～”；也解 For think“～”。
995 me spill“～”，此处解 my spirit“～”。
996 guey 解 gay“～”；也解 guy“～”。此处化自爱尔兰诗人托马斯·穆尔的歌曲“Oh! Think Not My Spirits Are Always as Light”（《啊，别以为我的心态总是这么轻松》）。
997 khaibits 解 cubits“～”；也解 habits“～”；也解 khaibit［埃］“～”；也解 keys“～”。
998 sairey's place 解 Sarah Place“～”，位于都柏林；其中 sairy 也解 sorry“～”；也解 Sarah“～”，《圣经》中亚伯拉罕的妻子。
999 Is“～”，此处解 Issy“～”，本书主人公的女儿；也解 Isis“～”，埃及司生育的女神。
1000 illustrationing 解 illustration“～”+-ing。
1001 rout“～”，此处解 route“～”；也解 rut“～”。
1002 ought“～”，此处解 nought“～”，此处指《一千零一夜》。
1003 ford“～”；也与后面合解 hurdle ford“～”，即都柏林。
1004 Sylvanus Sanctus 解 Silvanus“西尔瓦诺斯”，古罗马神话中的森林田野之神+Sanctus［拉］“神圣的”。
1005 hurdley 解 hardly“～”。
1006 retrorsehim 解 retrorsum［拉］“向后”+him“他”；也解 horse“～”。

马看，鳄鱼[1007]碎瓦片，直到你的脸变得相当红[1008]硫黄！当心！防火[1009]宵禁|看！这是偷心者！我很着急因为你应该推倒[1010]你的盐柱[1011]盐碟|卖盐。我会这样做的[1012]对|随，又聋又哑[1013]苏和泰夫姆特！这些闪烁的荡漾波光[1014]令人兴奋的！请告诉他[1015]说我你如何吟唱他们。灵气[1016]寻找他、灵气！它们从靠近我们公园的清澈的泉水井中升起，让聋子[1017]愚笨的听到所有瞎子[1018]混合|出色的|使目眩。这个钟爱之所！多清楚啊！它们怎么把它们的符咒投到，浮在上面的叶子，字母[1019]书本之物树枝上！厚厚覆盖的树干，插在树上的叶子！你是否知道[1020]能够他们的密教经典[1021]特里斯丹拼写？我能读[1022]，有女老师[1023]技巧帮助。A[1024]榆树、B[1025]月桂树，这边，C[1026]榛子|采摘 D[1027]橡树|挑战，捎个口信，T[1028]茶色 R[1029]如尼文 I[1030]冬青树 S[1031]黄华柳，在松树[1032] A 处等我。是的，他们应该已经把我们带到水边约会了，在铁线蕨[1033]处女公司|几乎树篱[1034]边，然后这里在另一处有他们的小教堂[1035]厕所|切坡里若德，为歌曲而出售，其中你们想我的赞赏想得太多，我的价格[1036]。啊，妈，妈[1037]乳房！是的，锡安山[1038]伊索德的悲伤之人？告诉我[1039]卖给我，我亲爱的灵魂[1040]士兵|伊瑟！啊，我的悲痛之人，他的修道院回廊垂下[1041]滴下|梦想他的附子花[1042]僧侣，死亡[1043]一丛常春藤是多么悲哀啊，所有他幽暗的常春藤丛[1044]死亡！那里饥寒交迫。然而看，我那白手的伊瑟[1045]漂白的|亲吻美女，穿着内衣[1046]在下面|在近处她也[1047]全都如此快乐轻浮，她的长袍绿色，她的屈膝礼白色，她的牡丹成双[1048]梨，她的槲寄生[1049]依偎的|黑刺李！我，小乖乖，我必须也颤抖着[1050]迅速地把自己温柔地

1007 crockodeyled 解 crocodile“～”;也解 crock“～”。

1008 crimstone 解 crimson“～”;也解 brimstone“～”。

1009 guardafew 解 garde à feu [法]“～”;也解 curfew“～”;也解 guarda [意]“～”。

1010 everthrown 解 overthrown“推翻”。

1011 sillarsalt 解 pillar of salt“～”,此处化自《创世记》(19:26)“罗得的妻子在后边回头一看,就变成了一根盐柱”;也解 salt cellar“～”;也解 sell salt“～”。

1012 dui sui 解 do so“～”;也解 dui [中]“～”+sui [中]“～”。

1013 tefnute 解 deafmute“～”;也解 Shu and Tefnut“～”,埃及神话中的风气之神和雨云女神,既是兄妹也是夫妻。

1014 brilling 解 brille“～”;也解 thrilling“～”。

1015 say me“～”,此处解 sag ihm [德]“～”。

1016 Seekhem 解 Sekhem(古埃及的)“～”;也解 Seek him“～”。

1017 daft“～”,此处解 deaf“～”。

1018 blend“～”,此处解 blind“～”;也解 blendend [德]“～”;也解 blendenden [德]“～”。

1019 bookstaff 解 Buchstabe [德]“～”;也解 book staff“～”。

1020 can“～”,此处解 kenn“～”。

1021 tantrist“～”;也解“～”,既是霍斯堡第一位伯爵的名字,也是中世纪骑士传奇特里斯丹与伊瑟故事中男主人公的名字,还是 18 世纪英国小说家斯特恩的小说《项狄传》的主人公的名字。

1022 lese [德]“～”。

1023 skillmistress 解 schoolmistress“～”;也解 skill“～”。

1024 Elm“～”,此处解 ailm [爱]“～”,字母。

1025 bay“～”,此处解 beith [爱]“B”,字母。

1026 cull 解 coll [爱]“～”,字母;也解 coill [爱]“～”;也解 cull“～”。

1027 dare 解 dair [爱]“～”,字母;也解 dair [爱]“～”;也解 dare“～”。

1028 tawny“～”,此处解 teithne [爱]“～”,字母。

1029 runes“～”,此处解“～”,字母。

1030 ilex“～”,此处解“～”,字母。

1031 sallow“～”,此处解 sail [爱]“～”,字母。

1032 pine“～”;也解 ailm [爱]“～”,字母。

1033 maiden ferm 解 maidenhair fern“～”;也解 maiden firm“～”;也解 ferme [拉]“～”。

1034 hedjes 解 hedges“～”。

1035 chapelofeases 解 chapel of ease(偏远地区的)“～”;也解 chapel of ease [俚]“～”;也解 Chapelizod“～”,地名,位于都柏林西郊。

1036 此处化自爱尔兰民族自治运动领袖巴涅尔的话“When you sell get my price”(你们卖的话,就按我的价格卖)。

1037 O ma ma“～”;也解 mamma“～”。

1038 Ziod 解 Zion“～”;也解 Izod“～”,本书主人公的女儿的名字之一。

1039 Sell me“～”,此处解 Tell me“～”。

1040 soul dear 解 dear soul“～”;也解 solider“～”;也解 Isolde“～”,本书主人公的女儿的名字之一。

1041 dreeping 解 drooping“～”;也解 dripping“～”;也解 dreaming“～”。

1042 monkshood“～”;也解 monkhood“～”。

1043 triste“悲哀的”;也解 Tristan“特里斯丹”。

1044 ivytod 解 ivy-tod“～”;也解 Tod [德]“～”。

1045 blanching kissabelle 解 Isolde Blanchemains“～”,特里斯丹的妻子;也解 blanching“～”+kiss a belle“～”。

1046 under close 解 underclothes“～”;也解 under“～”+close“～”。

1047 allso 解 also“～”;也解 all so“～”。

1048 pears“～”,此处解 pairs“～”。

1049 nistlingsloes 解 mistletoe“～”;也解 nestling“～”+sloes“～”。

1050 quicklingly 解 quiveringly“～”;也解 quickly“～”。

投身[1051]幽会|信赖于这个拘留室[1052]小小的东方礼拜堂|切坡里若德。我宁愿而不是爱尔兰！但我祈求，开始！做你自己的事[1053]舒适！啊，平静，这是天堂！啊，波特[1054]朝她倾泻王子先生，请问[1055]豌豆我到底该怎么办呢？为什么你发出如此生命的叹息[1056]原尺寸的，我的宝贝，就像我在你这里听到的，伴随着湖水[1057]界限|柠檬的悲叹[1058]，在那个肿胀者之后？我没在叹息，我保证，但是我对我萨拉广场[1059]撒拉|沙罗周期|自由的的一切感到非常非常遗憾。听，听！我正在做。多听听那些声音！我总是听到它们。霍斯海姆[1060]驴头|骑马者|HCE 咳嗽得够多了。猜女[1061]汉娜|欧希夫人|仙女暗中[1062]厕所含糊地说。

——他现在更安静些了。

——获得合法资格[1063]权利证书。靠近搭档[1064]。不是野兽[1065]牛羚|野兽|奥斯卡·王尔德。凭船长授权[1066]誓言|拱点。一双成为一体[1067]火车。永远持有[1068]。

——睡[1069]姐妹|看！我们走吧。弄出声音。睡觉……

——谁[1070]安静|快点儿……女[1071]……

——缤纷展开的清晨色彩[1072]。醒来起身和证明。提供牺牲。

——等等！嘘！我们听一下！

因为我们地下世界的心中敌人[1073]在竭尽全力加班加点地工作；在地球脉络、死亡空腔[1074]蟾蜍、奶酪神经节[1075]国际象棋、食盐修道院[1076]群簇，在脚下[1077]营养不良的；唠叨的火爆性子[1078]火|轻咬把黑

1051 tryst“～”,此处解 thrust“～”;也解 trust“～”。

1052 littleeasechapel 解 chapel of little ease“～”;也解 little east chapel“～”;也解 Chapelizod“～”,地名,位于都柏林西郊。

1053 easiness“～”,此处解 business“～”。

1054 Pouringtoher 解 Porter“～”;也解 Pouring to her“～”。

1055 pppease 解 please“～”;也解 pease“～”。此处化自英国歌曲“O Mister Porter, Whatever Shall I Do?”(《啊,波特先生,我到底该怎么办呢?》)

1056 lifesighs 解 life sighs“～”;也解 lifesize“～”。

1057 limmenings 解 limnos[希]“～”;也解 limen[拉]“～”;也解 lemon“～”。

1058 lemantitions 解 lamentation“悲叹”。

1059 saarasplace 解 Sarah Place“～”,位于都柏林;也解 Sarah“～”,《圣经》中亚伯拉罕的妻子;也解 saros“～”,计 18 年又 11.5 天,为日蚀和月蚀关系的反复周期;也解 saor[爱]“～”。

1060 Horsehem,人名;也解 horsehead“～”;也解 horseman“～”。此处包含本书主人公名字的缩写 HCE。

1061 Annshee 解 banshee“～”,爱尔兰传说中预报死讯的女妖;也解 Anne“～”,本书女主人公;也解 O'Shea“～”,巴涅尔的情人,后成为他的妻子;也解 sidhe[爱]“～”。

1062 privily“～”;也解 privy“～”.

1063 Legalentitled 解 Legal entitled“～”;也解 legal title“～”。

1064 Accesstopartnuzz 解 Access to partners“～”。

1065 Notwildebeestsch 解 Not wild beasts“～”;也解 wildebeest“～”;也解 wilde beesten[荷]“～”;也解 Oscar Wilde“～”。

1066 Byrightofoaptz 解 by right of captain“～”,指在海上结婚;也解 oath“～”;也解 apse“～”。

1067 Twainbeonerflsh 解 Twain be one flesh“～”,此处化自《创世记》(2:24)“二人成为一体”;也解 train“～”。

1068 Haveandholdpp 解 to have and to hold“～”。

1069 S 解 sleep“～”;也解 Sis“～”;也解 see“～”。

1070 Qui[拉]“～”;也解 Quiet“～”;也解 Quick“～”。

1071 gir 解 girl“～”。

1072 Huesofrichunfoldingmorn 解 Hues of the rich unfolding morn“～”。此句化自牛津大学教授和诗人约翰·基布尔 1827 年出版的诗集《基督周年》中的“缤纷展开的清晨色彩……新的每一个早晨都是爱,我们的醒来和起身证明了……上帝会提供牺牲”。

1073 bosomfoes 解 bosom“内心”+foes“敌人”。

1074 toadcavites 解 Tod[德]“死亡”+cavities“腔”;也解 toad“～”。

1075 chessganglions 解 cheese“奶酪”+ganglions“神经节”;也解 chess“～”。

1076 saltklesters 解 salt“盐”+kloster[德]“修道院”;也解 cluster“～”。

1077 underfed“～”,此处解 underfoot“～”。

1078 firenibblers 解 fireeater“～”;也解 fire“～”+nibble“～”+-er。

人[1079]从他的埋伏[1080]后面的|控制中敲醒出来[1081]用指关节敲。放下[1082]坟墓他们的工具！当年轻女人[1083]青年|王后很快会用心敲响[1084]红桃牌|麻点她们长辈的门环[1085]；年轻小姐们[1086]炸薯条|五将如少女般[1087]王牌用钻石割掉[1088]方块牌她们的产期衬垫，为她们的四驾马车祖先一尘不染地[1089]黑桃牌|和|黑桃牌|煎|迟的抹平坟沟。投你的俱乐部[1090]梅花牌的票！

——等等！

——什么！

——她的门！

——开？

——看看！

——什么？

——小心些。

——谁？

幸福安乐！幸福安乐[1091]个人！托恩[1092]语气！

听不见[1093]伪善之词|耳朵！她的门[1094]寝室开了[1095]？谁开？她的爱斯基摩[1096]居住区女儿们希望？谁望？告诉我，告诉我[1097]榆树|我，问问我，石头[1098]爱|我|很快|爱斯基摩人！很快！

让我们考虑一下。

检察官问询[1099]他我[1100]另一个我给[1101]提前送来我们这个提议。

奥努菲利斯[1102]背着驴的人|圣安飞是一个好色的前军士长[1103]退役的陆军少校|退役军人|HCE，他给所有人不诚实的提议。他被认为犯

1079 aterman 解 ater［拉］“黝黑”＋man“人”。
1080 hinterclutch 解 Hinterhalt［德］“～”；也解 hinter［德］“～”＋clutch“～”。
1081 knockling...up out of 解 knocking up“敲醒”＋knocking out of“敲出来”；也解 knuckle“～”。
1082 Tomb“～”，此处解 down“～”。
1083 youngdammers 解 young dames“～”；也解 ungdommer［挪］“～”；也解 dame［法］“～”。
1084 heartpocking 解 heart“心”＋pochen［德］“敲”＋-ing；也解 heart“红桃牌”＋pocking“麻点”。
1085 doornoggers 解 door knockers“～”。此处化自挪威剧作家易卜生的戏剧《大建筑师》中的“我告诉你，年轻一代总有一天会来震响我的门”。
1086 youngfries 解 young“年轻的”＋Jungfer［德］“小姐”；也解 fries“～”；也解 five“～”。
1087 backfrisking 解 Backfisch［德］(十四到十七岁的)“～”；也解 king(牌中的)“～”。
1088 diamondcuts over 解 diamond“钻石”＋cuts out“剪掉”；也解 diamond“～”。
1089 spick and spat 解 spick and span“～”；也解 pique［法］“～”＋and“～”＋spades“～”；也解 spicken［德］“～”＋spät［德］“～”。
1090 club“～”；也解“～”。
1091 Iniivdluaritzas 解 inûvdluaritse“～”，爱斯基摩人告别时说的祝词；也解 individual“～”。
1092 Tone“～”，此处解 Wolfe Tone“乌尔夫·托恩”，1798 年爱尔兰起义中的英雄。
1093 Cant ear 解 Cannot hear“～”；也解 Cant“～”＋ear“～”。
1094 dorters“～”，此处解 doors“～”。
1095 ofe 解 open“～”。
1096 eskmeno 解 Eskimo“～”；也解 ecumene“～”。
1097 Ellme, elmme 解 tell me, tell me“～”；也解 elm“～”＋me“～”。
1098 elskmestoon 解 ask me stone“～”；也解 elsk［丹］“～”＋me“～”＋soon“～”；也解 Eskimo“～”。
1099 Interrogarius［拉］“～”。
1100 Mealterum 解 me alterum［拉］“～”，指“～”。
1101 presends 解 presents“～”；也解 pre-sends“～”。
1102 Honuphrius，人名，意为“～”；也解 St. Onuphrius“～”，基督时代的沙漠神父之一。
1103 exservicemajor 解 ex-sergeant major“～”；也解 ex-service major“～”；也解 ex-serviceman“～”。此处包含本书主人公名字的缩写 HCE。

下了，援引枕头法[1104]，与费利西亚[1105]多产之人|幸福的简单通奸，一位处女，并且与尤金尼厄斯[1106]出生好的和耶利米[1107]，两三个费城人[1108]爱兄者，做了反常的交媾。奥努菲利斯、费利西亚、尤金尼厄斯和耶利米在血缘上联系最弱。安妮塔[1109]汉娜，奥努菲利斯的妻子，被她的侍女福蒂莎[1110]强壮的女人|结实的|牢固告知，奥努菲利斯亵渎神灵，在自愿惩治下坦白说，他曾指示他的奴隶，莫里斯[1111]毛里求斯人|摩尔人|摩洛哥人，怂恿马格拉维乌斯[1112]很重的人|马格拉斯，一个做生意的，奥努菲利斯的竞争者，来求取安妮塔的贞洁。福蒂莎与莫里斯的某个私生子（人们猜测是韦尔[1113]的）告诉安妮塔说，吉莉娅[1114]百合花|黄色，马格拉维乌斯的分裂派妻子，得到巴拿巴[1115]的秘密拜访，他是奥努菲利斯的辩护者，一个邪恶的人，曾经被耶利米腐蚀。吉莉娅，（一个色盲[1116]更凉的|混合，达尔顿[1117]先天性红绿色盲坚持）为了公平对待[1118]出自马匹罂粟[1119]波派娅、橙汁[1120]蜘蛛、氯气[1121]明亮的、海军[1122]海洋的、因陀罗[1123]靛蓝和碘酒[1124]，被温柔地引向堕落（在韩礼德[1125]看来），由奥努菲利斯，马格拉维乌斯从密探那里知道，安妮塔之前与米海尔，俗称凯路拉里奥斯[1126]犯下了双重不敬之罪，后者是一位终身助理牧师，希望能引诱尤金尼厄斯。马格拉维乌斯威胁要让安妮塔被苏拉[1127]玷污（名声）骚扰，苏拉是一个正统的暴徒（而且是一队十二人雇佣兵的首领，那些苏拉党人[1128]亚瑟·沙利文爵士|沙利文），如果费利西亚不肯屈服于他，还用应要求完成婚姻责任来欺骗奥努菲利斯，那么就希望替格列高利[1129]、里奥[1130]狮子、维特里乌

1104 droit d'oreiller [法]"～"。

1105 Felicia,人名,意为"～";也解 felicitas [拉]"～"。

1106 Eugenius,人名,意为"～",与英文名字 Kevin 具有相同的含义。

1107 Jeremias 解 Jeremiah"～",《圣经》中的先知。

1108 philadelphians 解 Philadelphians"～";也解 philadelphoi [希]"～"。

1109 Anita,人名;也解 Anna"～",本书的女主人公。

1110 Fortissa,人名,意为"～";也解 fortise [拉]"～";也解 fortezza [意]"～"。

1111 Mauritius 解 Maurice"～",第一版《尤利西斯》的印刷商;也解 Mauritian"～";也解 Moor"～";也解 Moroccan"～"。

1112 Magravius,人名,意为"～";也解 Cornelius Magrath"～"(1736—1760),爱尔兰巨人,贝克莱主教的朋友。

1113 Ware 解 Sir James Ware"～"(1594—1666),著有《爱尔兰古代史》。

1114 Gillia,人名;也解 giglio [意]"～";也解 gialla [意]"～"。

1115 Barnabas 解 St. Barnabas"圣～",《新约》中与圣保罗一起传道的圣徒。

1116 cooler blend 解 colour blind"～";也解 cooler"～"+blend"～"。

1117 D'Alton 解 John D'Alton"～",著有《都柏林郡史》;也解 Daltonism"～"。

1118 ex equo [拉]"～",此处为中古拉丁语"出自公平"。

1119 Poppea 解 poppy red"～",红色;也解 Poppaea"～",古罗马皇帝尼禄的情妇和第二任妻子。

1120 Arancita 解 aranciata [意]"～";也解 aranea [拉]"～"。

1121 Clara 解 chlôris [拉] "～",黄绿色;也解 clara [拉]"～"。

1122 Marinuzza 解 marine"～",海蓝色;也解 marinus [拉]"～"。

1123 Indra"～",古印度神话中印度教的主神;也解 indigo"～"。

1124 Iodina 解 iodine"～",紫色。

1125 Halliday 解 Charles Haliday"～"(1789—1866),著有《都柏林的北欧王国》。

1126 Michael...Cerularius 解 Michael I Cerularius"～"(1000—1059),君士坦丁堡普世牧首,建立了希腊语教会。

1127 Sulla 解 Lucius Cornelius Sulla"～"(前 138—前 79),古罗马独裁者,喜杀戮;也解 sully"～。

1128 Sullivani 解 Sullani"～";也解 Sir Arthur Sullivan"～"(1842—1900),英国作曲家,创作了诸多诙谐俏皮的著名轻歌剧,如《陪审团开庭》;也解 John Sullivan"～",爱尔兰籍法国男高音歌唱家,乔伊斯对他的声音倍加推崇。

1129 Gregorius"～",有 16 位教皇名格列高利。

1130 Leo"～",很多教皇名里奥;也解 leo [拉]"～"。

斯[1131]牛犊，还有丹麦人之子[1132]约翰尼·麦克杜格这四位挖掘者与她牵线。安妮塔自称在耶利米和尤金尼厄斯那里发现了乱伦的诱惑，将屈服于奥努菲利斯的淫威，来缓和苏拉和雇佣的十二位苏拉党人的野蛮，（就像吉尔伯特[1133]威廉·吉尔伯特|斯图亚特·吉尔伯特最初建议的），以便在吉莉娅死后被米海尔改变信仰时，替马格拉维乌斯挽救费利西亚的贞洁，但是她害怕，通过承认他的婚姻权利，她可能在尤金尼厄斯和耶利米之间引起应受谴责的行为。米海勒原先将安妮塔引入邪途，让她不要屈服于奥努菲利斯，后者在大家面前假装拥有三十九几种方式来结合（可耻啊[1134]！吉拉德斯·康布拉恩西斯[1135]坎布龙尼将军|老人|长者们在椅子里[1136]从宝座上断言），为了肉体卫生，无论何时他狡猾地[1137]痛苦地让自己无力达到高潮。安妮塔感到不安，米海尔威胁说[1138]诅咒明天他会把她的案子留给有直接司法权的威廉[1139]，即便她应该在塞擦期间做出善意的欺骗，这，根据经验，她知道（根据沃丁[1140]填料的说法），将以无效告终。然而，福蒂莎在格利高里、里奥、维特里乌斯和丹麦人之子的鼓励下，再次联手[1141]，向安妮塔描绘了奥努菲利斯的严厉惩罚，以及卡妮库拉[1142]小母狗|天狼星，莫里斯的亡妻，与苏拉（他放弃[1143]否定并忏悔），买卖圣职者，他们两人的堕落（最无耻的[1144]！），以此来警告她。他是否主宰一切，她是否应该服从？

翻译一下 lax[1145]鲑鱼|法律，你培育了一只鲑鱼[1146]。在已故的凯普和查特顿[1147]的动产里。

1131 Vitellius“～”，公元 69 年相继出现的四位罗马皇帝之一；也解 vitellus［拉］“～”。

1132 Macdugalius 解 Mac“之子”＋Dubhghall［爱］“丹麦人”；也解 Johnny MacDougal“～”，在本书中指《圣经》四福音书的作者约翰。

1133 Gilbert 解 J. T. Gilbert“～”(1829—1898)，著有《都柏林史》；也解 William Schwenck Gilbert“～”(1836—1911)，英国剧作家，与作曲家沙利文合作推出多部著名轻歌剧；也解 Stuart Gilbert“～”，乔伊斯的朋友，帮助将《尤利西斯》翻译成法语。

1134 turpiter［拉］“可耻的”。

1135 Gerontes Cambronses 解 Giraldus Cambrensis“～”(1146—1223)，威尔士编年史家和修士，撰写过爱尔兰历史；也解 General Cambronne“～”(1770—1842)，拿破仑的将军，在滑铁卢战役中公开骂“屎”；其中 Gerontes 也解 geront［希］“～”；也解 gerontes［拉］“～”。

1136 ex cathedris［拉］“～”；也解 ex cathedra［拉］“～”。

1137 subdolence 解 subdolus［拉］“～”；也解 sub-dolens［拉］“～”。

1138 comminates“～”，此处解 comminatio［拉］“～”。

1139 Guglielmus［拉］“～”。

1140 Wadding“～”，此处解 Luke Wadding“～”(1588—1657)，爱尔兰方济各历史学家，著有《小年鉴》。

1141 reunitedly 解 reunited“～”。

1142 Canicula，人名，意为“～”；也解“～”。

1143 abnegand 解 abnegate“～”；也解 abnegans［拉］“～”。

1144 turpissimas［拉］“～”。

1145 lax 解 Lachs［德］“～”；也解 lex［拉］“～”。

1146 bradaun 解 bradán［爱］“～”。

1147 Chattertone 解 Thomas Chatterton“～”(1752—1770)，英国诗人。

这，女士们[1148]俗人司仪、先生[1149]们，或许是我们诉讼法庭上所有由与木材加工业有关的雨伞史引起的案子中最寻常的一个。多伊利[1150]多伊利卡特剧团|黑肤外国人·欧文坚持（尽管芬·麦克尔[1151]伟大的|儿子自己也坚持），只要有一个两人联名的存款账户，相互债券责任就已经设置。欧文传唤狐兄兔弟[1152]狐兄和养兔场，一家外国公司，自从被侵占[1153]已故的，注册为探戈[1154]触摸有限公司，为了出售某些专卖品。这个诉讼，应异教徒教会托管人的要求是应急基金[1155] HCE，由它的托管人提出诉讼，一个辞职的公务员，为了支付应付的十一税，由法官多伊利，也由普通陪审团听审。至于抵用券在其中一言九鼎的债务，没有任何问题提出。辩方宣称付款已生效。基金托管人，那个惬心[1156]·多产[1157]·干燥[1158]·富裕[1159]·卡宾格[1160]廉价铜币，反驳说付款在划线支票的掩盖下被交付给债权人，在正常贸易过程中签署，以威廉[1161]的名义，哈罗德十字路[1162]，是无效的，提供了代金券复印件，由资深合伙人绘制，正是通过他储蓄资金[1163]空间得以生效，但是用的是他们的联名。银行个别处理，国家的守财人[1164]痛苦（现在几乎完全在探戈公司产值的四位主要债券持有者的手中），拒绝支付汇票，尽管有充足储备金来承担责任，因此受托人[1165]可信任的卡宾格为了并代表事情给其客户带来的乐趣[1166]基金而加以协商，一个公证人，从其处，经过考虑，他作为交换万分感激地接受了介乎托管人[1167]和被信任者[1168]插入之间的法律救济。从那以后这张支票，一张上好的耐洗粉色纸，上有浮雕图

1148 lay readers“～”，指派领读经文的信徒，此处解 ladies“～”。

1149 gentilemen 解 gentlemen“～”。

1150 D'Oyly，人名；也解 D'Oyly Carte“～”，20 世纪初英国最著名的剧团之一；也解 Dubhghall［爱］“～”，指丹麦人。

1151 Finn Magnusson 解 Finn MacCool“～”，爱尔兰传说中芬尼亚英雄的领袖；也解 magnus［拉］“～”＋son“～”。

1152 Brerfuchs and Warren 解 Brer Fox and warren“～”，此处指“狐兄和兔弟”，美国黑人作家约尔·钱德勒·哈里斯 1878 年开始发表的“瑞摩斯大叔讲故事”系列中的人物。

1153 disseized“不正当侵占(财产)”；也解 deceased“～”。

1154 Tangos“～”；也解 Tango［拉］“～”。

1155 此处包含本书主人公名字的缩写 HCE。

1156 Jucundus［拉］“～”。

1157 Fecundus［拉］“～”。

1158 Xero 解 xêros［希］“～”。

1159 Pecundus 解 pecuniosus［拉］“～”。

1160 Coppercheap 解 Coppinger“～法庭”，位于爱尔兰科克郡，建筑已倒塌；也解 cheap Copper“～”。

1161 Wieldhelm 解 Wilhelm［德］“～”。

1162 Hurls Cross 解 Harold's Cross“～”，位于都柏林。

1163 species“～”；也解 space“～”。

1164 misery“～”，此处解 miser“～”。

1165 trusty“～”，此处解 trustee“～”。

1166 fund“～”，此处解 fun“～”。

1167 trusthee 解 trustee“～”。

1168 bethrust 解 be-trusted“～”；也解 thrust“～”。

案废[1169]互易|你是否做 1132 号，数字和正面有效，在国内探戈公司[1170]写作股票持有者中流通了超过三十九年，一种竞争性公司，尽管没有一枚废止流通的法新币[1171]曾经像硬币或流动现金那样旋转或弹跳过柜台。陪审团(一打发酸的[1172]爱尔兰自由邦黑啤酒家伙，他们全都奇怪地以道尔们[1173]爱尔兰国会的下议院命名)天生共同且分别地互不一致，而好斗的法官，不同意结成联盟的陪审员们的互不一致，完全超越了他的司法权[1174]，命令给中立公司一份扣押凭证。当这个所剩无几的前狐兄[1175]盖伊·福克斯进入延期偿付[1176]殉道者时，没有什么命令书能找到他，这回溯到早期以物易物[1177]殉道者时代，只能找到初级合伙人巴伦[1178]不育的，他进入一种外表并出现，根据动议通知书，在由中间禁令送达动议之后，在男性陪审员中去成为一位绝对的[1179]废弃的|开释泥炭女人[1180]，原本出自无产阶级，依然有效地拥有她的性名汉娜·道尔[1181]爱尔兰立法议会，卡宾格村 2 号，道尔的家乡。道尔(汉娜)，剩下的一个[1182]添加女人进，遗憾地离开了陪审席[1183]义和团成员，高兴地在证人席上用长吁短叹[1184]就划线支票[1185]紧身褡|支票之事抗议道，玩偶似的[1186]提出，她过去经常，为了满足几乎升到沸[1187]纯金|安妮王后点的无礼[1188]活泼的要求，首先作为交换从起始日期起九个月里将狐兄[1189]早餐|喷发先生的打折，没有收益，绝对按照字面意义，在证明[1190]避孕套中倒出了一股话流[1191]活期存款账户，描述了她如何因为服务而得到见票即付[1192]一见就的报酬，提供给收款人-付款人不可洗的不记名转让[1193]空白的分配，有时是粉威廉(笑声)，

1169 D you D 解 dud“～”；也解 do ut des“～”；也解 do you do“～”。
1170 Pango［拉］“～”，此处解 Tango“～”。
1171 farthing“～”，1961 年以前的英国铜币，等于 1/4 便士。
1172 a sour dozen“～”；也解 Saorstát Éireann［爱］“～”。
1173 doyles 解 Doyle“～”＋-s；也解 Dail“～”。
1174 jurisfiction 解 jurisdiction“～”。
1175 Breyfawkes 解 Brer Fox“～”，“瑞摩斯大叔讲故事”中的角色；也解 Guy Fawkes“～”，因试图炸毁国会大厦被捕并被绞死，英国每年 11 月 5 日其模拟像被游街示众后焚毁。
1176 moratorium“～”，此处解 martyr“～”。
1177 barters“～”；也解 martyr“～”。
1178 Barren，人名，意为“～”。
1179 absolete 解 absolute“～”；也解 obsolete“～”；也解 absolutus［拉］“～”。
1180 turfwoman 解 turf“泥炭”＋woman“女人”。
1181 Ann Doyle 解 Anna“汉娜”＋Doyle“道尔”；也解 an Dáil Éireann［爱］“～”。
1182 add woman in“～”，此处解 odd man out“～”。
1183 jury boxers 解 jurybox“～”；也解 boxers“～”。
1184 jurymiad 解 jeremiad“伤心的故事”。
1185 corset checks 解 crossed cheque“～”；也解 corset“～”＋checks“～”。
1186 doylish 解 dollish“～”。
1187 bollion 解 boiling“～”；也解 bullion“～”；也解 Anne Boleyn“～”，英国女王伊丽莎白一世的生母，与亨利八世有私情，后被立为王后。
1188 brusk 解 brusque“～”；也解 brisk“～”。
1189 Brakeforth 解 Brer Fox“～”；也解 breakfast“～”；也解 break forth“～”。
1190 corrubberation 解 corroboration“～”；也解 rubber“～”。
1191 current account“～”，此处解 current“水流”＋account“陈述”。
1192 at sight for 解 at sight“～”；也解 at sight of“～”。
1193 blank assignations“～”，此处解 assign in blank“～”。

但更经常的是柠檬奶油[1194]、五颜六色的[1195]珐琅[1196]煎饼[1197]孔雀蛋壳，或者药蜀葵系列，这些她作为持票人，过去常常黏附着给她的各类付款人-出票人背书，那些人在大多数情况下由木浆纸文件认证是城市和教区的著名触摸者[1198]。目击者，根据她本人的要求，询问她是否要在她为这个场合而带在身边的乐谱纸之间做出什么，这被举起来，好让法官席能够不公开地看看，卡宾格的玩偶，就如她被称呼的，（又名[1199]汉娜，米克·凯尔特[1200]柯西之子的爱人[1201]礼物，养子），然后在那个小绿色法院[1202]温室|会计室|蔬菜集市|格林街法院里为了她满意，向陪审团之王[1203]杰瑞和凯文、小陪审团[1204]和每个汤姆、迪克和哈里[1205]提议，作为整个儿交割行为[1206]《定居法案》来将自己，明日不可避免地，通过与永远控诉的基金[1207]托管人合作[1208]卖赦罪符者，与百皮吉[1209]写作阁下[1210]重新合并[1211]调制汞合金，在威尔·狐兄和兔弟[1212]早餐|晶石的新风格下，就如，当他的所有保证金被提取[1213]，他似乎向她提供了最稳定的利息，但是这个由法官耶利米·多伊利提出的上诉提议[1214]屁股被排除在外，后者，在法院[1215]当然之事上保留判断，完全改变低等劳教所[1216]的裁决，创立，毫无疑问[1217]叛国罪|忠诚的，搁置[1218]挡开全体陪审员[1219]肩驮|挑选|包装的决议[1220]不同意，十二位正直的法官[1221]犹大依旧拇指[1222]向下，而且占据末端的疥癣[1223]被传递给利菲河的陪审团，事实上[1224]在老练的问题上，当妈咪[1225]的奴隶[1226]法如何并不适用于那里的时候，他们免费给出的这个女人天生就契约无能，（小马恩岛[1227]人的哈里发对女奴[1228]白兰地酒|食用海藻公司），因此

1194 crème-de-citron [法]“～”。
1195 vair [中法]“～”。
1196 émail [法]“～”。
1197 paoncoque [法]“～”，此处解 pancake“～”。
1198 tetigists 解 tetigi [拉]“触摸”+-ists。
1199 annias 解 alias“～”；也解 Anna“～”，本书女主人公。
1200 Mack Erse 解 Mick“米克”，本书主人公儿子闪姆的一个名字+Erse“苏格兰凯尔特语”；也解 MacKersse“～”，柯西为乔伊斯的父亲听到的挪威船长与都柏林裁缝的故事中的裁缝。
1201 Dar [斯]“～”，此处解 dear“～”。
1202 green courtinghousie 解 green courthouse“～”；也解 greenhouse“～”；也解 countinghouse“～”；也解 Little Green Market“～”，都柏林集市；也解 Green Street Courthouse“～”，位于都柏林。
1203 jerrykin 解 jury“陪审团”+king“国王”；也解 Jerry & Kevin“～”，本书两个儿子的化身之一。
1204 jureens 解 jury“陪审团”+-ín [爱]“小的”。
1205 jim, jock and jarry 解 Tom, Dick and Harry“～”，泛指很多人时的说法，也是书中的三人组。
1206 act of settlement“～”；也解 Act of Settlement“～”，克伦威尔 1652 年颁布的法案，将英格兰在爱尔兰占据的土地合法化。
1207 fond [丹]“～”。
1208 pardonership 解 partnership“～”；也解 pardoner“～”。
1209 Pepigi，人名，意思是“～”，是 Pango 的完成时态。
1210 Monsignore 解 Monsignor“～”。
1211 reamalgamate“～”；也解 amalgamate“～”。
1212 Breakfast and Sparrem 解 Brerfuchs and Warren“～”；也解 Breakfast“～”，在《尤利西斯》中布卢姆经过一天漫游后前所未有地提出要在床上用早餐+sparrer“～”。
1213 cognisances had been estreated 解 estreat a recognisance “～”。
1214 prepoposal 解 proposal“～”；也解 Popo [德]“～”。
1215 courts“～”；也与前面合解 of course“～”。
1216 correctional 解 correctional institution“～”。
1217 beyond doubt of treuson 解 beyond doubt of reason“～”；也解 treason“～”；也解 treu [德]“～”。
1218 fending“～”，此处解 pending“～”。
1219 pickpackpanel 解 panel“～”；也解 piggyback“～”；也解 pick“～”+pack“～”。
1220 dissassents 解 decision“～”；也解 dis-assent“～”。
1221 judaces 解 judices [拉]“～”；也解 Judas“～”。
1222 thoms 解 thumbs“～”。
1223 occupante extremum scabie [拉]“～”。
1224 as a matter of tact“～”，此处解 as a matter of fact“～”。
1225 mamy 解 mammy“～”。
1226 mancipium [拉]“～”。
1227 Calif of Man“～”，此处解 Calf of Man“～”，英格兰和爱尔兰之间的小岛，位于马恩岛西南方。
1228 Eaudelusk 解 odalisk“～”；也解 eau de vie [法]“～”；也解 duileasc [爱]“～”。

最有权利持有，因为法律上的财产不能存在于尸体内，（亨利·杀新娘[1229]全部|基尔布赖德对安妮·博林[1230]一|巴利纳|一个美丽的故事|柏洛娜|兽性），百皮吉的契约纯粹是废话，（高声大笑），兔弟[1231]将吹哨召唤现金。你是否会，你是否不会，与百皮吉跳探戈舞[1232]写作？并不是为了南茜，你怎么敢这么做！噢，噢噢，噢。

——他在梦中叹气。

——让我们回去。

——免得他醒着[1233]撒尿小童。

——我们藏好。

当梦的翅膀悬在空中，弯曲折叠，将为我极小极小的侏儒[1234]遮蔽恐惧，让我的大人物一直是高大强壮的人中人[1235]侏儒|我的美人，守护我的孩子，我的美人。

——上床吧。

勘探者、保护者[1236]设计者和任何地方[1237]无论怎样|痛苦|任何一种所有堤道的建筑师[1238]巨浪|市长|怪物|样本|《大建筑师》巨人[1239]巨人堤道建筑者，径直直线切割[1240]很快和螺旋拔塞器[1241]尸骸遍野的巡视[1242]摇篮车的起点[1243]跳走|离题和真正的终点，从何处之目标[1244]热情到去何之目标，奇境[1245]漫游癖|奇迹，按照顺序，积少必定成多[1246]每个多量必定成为它的大量，其不同就如约克市不同于利兹市，作为一只猪[1247]污物的世界里的唯一道路[1248]明智的去从后面[1249]事先观看它自己；心思众多的[1250]镜子|思维的好奇心[1251]戏弄和把群山带向穆罕默德[1252]猎鼹鼠的人的整个世界[1253]，经由第一任丈夫的家、猪后面的珍珠[1254]风险、

1229 Hal Kilbride 解 Henry VIII“亨利八世”(1491—1547),英国国王,杀死了自己的两位妻子+kill brides“杀死新娘”;也解 all“~”+Kilbride“~”,爱尔兰和北爱尔兰有几个地方都叫这个名字。

1230 Una Bellina 解 Anne Boleyn“~”(1507? —1536),英国国王亨利八世的妻子,被他处以绞刑;也解 Una [拉]“~”+Ballina“~”,爱尔兰梅奥郡的城镇;也解 una bellina [意]“~”;也解 Bellona“~”,希腊神话中的司战女神;也解 belluina [拉]“~”。

1231 Wharrem 解 Warren“兔弟”。

1232 Pango [拉]“~”,此处解 Tango“~”。

1233 forewaken 解 verwachen [德]“”。

1234 wee mee mannikin 解 wee wee mannikin“~”;也解 Manneken-Pis“~”,布鲁塞尔的著名雕像。

1235 manomen 解 man of men“~”;也解 manikin“~”;也解 mon beau [法]“~”。

1236 projector“~”,此处解 protector“~”。

1237 woesoever 解 wheresoever“~”;也解 whatsoever“~”;也解 woe“~”+soever“~”。

1238 boomooster 解 Baumeister [德]“~”;也解 boomer“~”;也解 burgomaster“~”;也解 monster“~”;也解 Muster [德]“~”;也与后面合解“The Master Builder”“~”,挪威剧作家易卜生的戏剧。

1239 giant“~”;也与后面合解 Giant's Causeway“~”,北爱尔兰的著名地貌。

1240 straxstraightcuts 解 stracks [德]“径直地”+straight cuts“直线切割”;也解 strax [瑞]“~”。

1241 corkscrewn 解 cork screw“~”;也解 corpsestrewn“~”。

1242 perambulaups 解 perambulate“~”;也解 perambulator“~”。

1243 hoppingoffpoint 解 jumping-off point“~”;也解 hopping off“~”+off point“~”。

1244 zeal“~”,此处 Ziel [德]“~”。

1245 wonderlust 解 wonderland“~”;也解 wanderlust“~”;也解 wonder“~”。

1246 every muckle must make its mickle“~”,此处解习语 every little make a mickle“~”。

1247 muck“~”,此处解 muc [爱]“~”。

1248 wise“~”,此处解 ways“~”。

1249 beforehand“~”,此处解 behind“~”。

1250 mirrorminded 解 myriad-minded“~”;也解 mirror“~”+minded“~”,此处可能指《爱丽丝镜中奇遇记》。

1251 curiositease 解 curiosity“~”;也解 tease“~”。

1252 molehunter 解 Mohammed“~”,此处化自习语“如果山不来就穆罕默德,穆罕默德就去就山”;也解 mole hunter~”,此处化自习语 making a mountain out of a molehill(小题大做)。

1253 would-to-the-large 解 world to the large“~”。

1254 perils“~”,此处解 pearls“~”。化自《马太福音》(7:6)“不要把你们的珍珠丢在猪前”。

下至围栏浅滩[1255]亨格福德的马力，刺痛这个男人，挖苦[1256]雀跃|阴门这个女人，我们的第一父母[1257]被迫支付的租金，妖怪巴布[1258]爸爸|鲍巷和鲍桥街|阴茎与他最狡猾的[1259]外阴马车母马[1260]噩梦|沙发，大师[1261]大先生芬尼根[1262]与凤凰公园[1263]腓尼基，他耳朵的残疾和她大腿的裂口，修改得最大的，我们恳求[1264]你，走下他们守夜服务的梯箱，在太阳之日[1265]某个时刻带着他们，因他们继子们最下面的坏疽[1266]走|楼梯的最下端而满面红光，引导他们走过他们半相似[1267]的迷宫和他们假自我的第二自我[1268]，从双向将他们与所有名叫群[1269]联合|服从的|古罗马军团的漫游者[1270]罗马人用篱笆隔开，将他们从迷失方向中解救出来：这样他们坚守他们的权利，提防免税之物、新石器时代的[1271]利菲河铁匠和马格德林文化的[1272]从良的妓女风媒种子[1273]詹妮·琼斯、大大的[1274]粗腐殖质人龙[1275]曼德拉草和小小的[1276]虚弱的爱妻[1277]鸭子、男性曼德拉草[1278]和女性曼德拉草[1279]、辉煌的蜥蜴怪[1280]国王的和他的小小女王[1281]、裸体老虎[1282]主人|《第吉纳赫编年史》与优雅天鹅[1283]，他跟他的动脉[1284]一样健壮，她跟她的静脉一样生机勃勃[1285]马鞭草；这个最好的砒霜与氧化铋[1286]铋|咬伤熔合，弥天大罪[1287]战争罪恶与小过失[1288]皮卡迪利大街，拥有第一抵押权的自由租赁，阴沉的卜水者与甜美的河乌鸟，停止那场战争与摸摸这根羽毛，振作用马血[1289]北欧人与可洗羊羔毛[1290]平原的腐殖土|新挪威语，巨大的乐趣[1291]与角落里的乐趣，大满贯与被欺骗[1292]，所罗门[1293]庄严的一个与示巴[1294]，鳕鱼与雪兔[1295]兔子|傻瓜，现购并自运[1296]结婚的，在所有我们的梦中我们惧怕着这一部分，海盗与他的夫人双宿

1255 hungerford 解 Hurdle Ford"～",即都柏林;也解 Hungerford"～",有 3 个英国市镇叫这个名字。
1256 tittup"～",此处解 twit"～";也解 twat"～"。
1257 forced payrents 解 first parents"～",指亚当和夏娃;也解 forced pay rents"～"。
1258 Bobow 解 Babau"～",法国朗格多克地区用来吓孩子的妖怪;也解 babbo [意]"～";也解 Bow Lane and Bow Bridge"～",都柏林的两条街道;也解 bow [俚]"～"。
1259 cunnyngnest 解 cunningest"最狡猾的";也解 cunnus [拉]"～"。
1260 couchmare 解 coach"四轮马车"+mare"母马";也解 cauchemar [法]"～";也解 couch"～"。
1261 Big Maester 解 Bygmester [挪]"～";也解 big mister"～"。
1262 Finnykin 解 Finnegan"～"。
1263 Phenicia Parkes 解 Phoenix Park"～",都柏林绿地公园;也解 Phoenicia"～",叙利亚古国。
1264 beseach 解 beseech"～"。
1265 suntime 解 sun time"～";也解 sometime"～"。
1266 gangrung 解 gangrene"～";也解 gang [俚]"走"+bottom rung"楼梯的最下端"。
1267 samilikes 解 semi-likeness"～"。
1268 alteregoases 解 alter-egoes"～"。
1269 ligious 解 Legion"～",此处出自《马可福音》(5:9)"我名叫群,因为我们多的缘故";也解 lig [拉]"～";也解 ligio [意]"～";也解 legion"～"。
1270 roamers"～";也解 Roemer [德]"～"。
1271 neoliffic 解 neolithic"～";也解 Liffey"～"。
1272 magdalenian 解 Magdalenian"～",欧洲旧时代晚期的文化;也解 magdalen"～"。
1273 jinnyjones 解 jinnyjos [爱]"～";也解 Jenny Jones"～",英国作家菲尔丁的小说《汤姆·琼斯》中的人物。
1274 mor"～",此处解 môr [爱]"～"。
1275 mandragon 解 man"人"+dragon"龙";也解 mandrake"～"。
1276 weak"～",此处解 wee"～"。
1277 wiffeyducky 解 wife"妻子"+ducky"亲爱的";也解 duck"～"。
1278 Morionmale 解 Morion"曼德拉草"+male"男性"。传说中无辜死者的精液滴落地面时,灵魂可以附着于曼德拉草的根部通过曼德拉重生,曼德拉草则在生长的过程中逐渐长成人形,且分雌雄,女巫可以背诵咒语和祝词来使之听从差遣。
1279 Thrydacianmad 解 thrydakias [希]"～"。
1280 basilisk"～";也解 basiliskos [希]"～"。
1281 weeniequeenie 解 weeny"微小的"+queen"女王"。
1282 tigernack 解 tiger"老虎"+naked"裸体的";也解 tigerna [爱]"～";也解 *Annals of Tigernach*"～",凯尔特编年史。
1283 swansgrace 解 swans"天鹅"+grace"优雅"。
1284 ardouries 解 arteries"～",化自习语 a man is as old as his arteries(人与动脉同寿)。
1285 verve"活力";也解 vervain"～",曾被认为有催情作用。
1286 bissemate 解 bismite"～";也解 bismuth"～";也解 bisse [德]"～"。
1287 martial sin"～",此处解 mortal sin"～"。
1288 peccadilly 解 peccadillo"～";也解 Piccadilly"～",伦敦的繁华街道。
1289 norsebloodheartened 解 horse blood heartened"～";也解 Norse"～"。
1290 landsmoolwashable 解 lambs wool washable"～";也解 land's mool"～";也解 Landsmaal"～"。
1291 great gas [英爱]"～"。
1292 fallof the trick 解 fall for a trick"～"。
1293 solomn one 解 Solomon"～",《圣经》中的以色列国王;也解 solemn one"～"。
1294 shebby 解 Sheba"～",《圣经》中提到的一位阿拉伯半岛的女王,倾慕所罗门。
1295 coney"～",此处与 cod 头韵,故译为"～",且两者在俚语中均指"～"。
1296 cash and carry"～",在俚语中也指"～"。

双飞，忠诚的[1297]皇家的海狸[1298]饮用者但可靠的宁芙[1299]淋巴液|清水，姣好的面孔[1300]小餐馆老板|博尼法斯与漂亮的容貌[1301]波纳文图拉，淡褐色的鼻子[1302]鼻的|裤子与河水般的嘴巴[1303]河口，改变者隆隆与支撑者砰砰，大雾都[1304]和小[1305]玫瑰[1306]烘烤，人类的农夫[1307]渡船夫由社会领袖引领，马车夫[1308]运输|瓦格纳和手推车[1309]娼妓|真地，一百[1310]驼背的和十一[1311]小精灵，塔拉莫尔[1312]与马里伯勒[1313]，莱克斯郡[1314]渗漏与奥法利郡[1315]可怕地，卑贱的[1316]基部的诅咒然而丰盛的[1317]《罪人受恩记》恩典，钦定讲座教授[1318]专卖局|生产商与银屏玩偶明星[1319]骑哨，他的要求的烈酒[1320]《我心中的佩吉》与她心中的骄傲，峻崖呱呱[1321]峭壁|伤痕但岩鸽咕咕，弗丽嘉日[1322]星期五|打赌|释放|祈祷上的奥丁日[1323]星期三|睾丸|牡鹿，夫与妻[1324]男爵|与|私设的刑庭；他可能发现[1325]菜罩她，她可能分开他，人们可能过来将让他们弄皱，他们可能很快自我恢复；时而，一次又一次，依照周期；从天堂[1326]拳到威尔斯[1327]，从布什米尔[1328]到埃诺斯[1329]艾诺的小苏打；去高尔兹[1330]从哈勒姆[1331]，去橡树之心友好协会[1332]橡木壁炉从苏格兰寡妇人生保险基金会[1333]；经由上颌[1334]维亚玛拉峡谷|麻布袋，开伯尔山口[1335]屁股，经过高山小道[1336]ALP|阿尔卑斯山开辟他的道路[1337]HCE；穿过不明确的和无用的土地[1338]乡间车行道，在许多人迟到[1339]《通往曼德勒之路》之后；在他们的第一个案子里，去下一个地方，直到他们表兄的凯里郡[1340]；通衢大道与羊肠小道[1341]，既封闭又开放；穿过流星花，黄色[1342]柳树、黄色、黄色，经过胖[1343]南瓜，微微发紫；愿他们疲惫不堪[1344]壹耳微蚵，或者[1345]另外一个局限于竞选讲台[1346]房子树，亚瑟王座山[1347]下漫长的

1297 royal"～",此处解 loyal"～"。
1298 biber［德］"～";也解 imbiber"～"。
1299 lymph"～",此处解 Nymph"～",山林水泽女仙,此处化自 The Constant Nymph(《不变的女神》),玛格丽特·肯尼迪(Margaret Kennedy)1928 年编写的电影;也解 lympha［拉］"～"。
1300 boniface"～"的常用称谓,也指书中人物"～",此处直译 boni-［拉］"好的"＋face"脸"。
1301 bonnyfeatures 解 bonny"漂亮的"＋features"容貌";也解 Bonaventura"～"(1221—1274),意大利经院哲学家,著有《穷人的圣经》。
1302 nazil hose 解 hazel nose"～";也解 nasal"～"＋hose［德］"～"。
1303 river mouth"～",此处按字面翻译。
1304 big smoke"～",指伦敦。
1305 lickley 解 little"～"。
1306 roesthy 解 rose"～";也解 rösten［德］"～"。
1307 fahrman 解 farmer"～";也解 Faehrmann［德］"～"。
1308 voguener 解 wagoner"～";也解 vogn［挪］"～";也解 Wagner"～"(1813—1883),德国作曲家,乔伊斯曾深受他的影响。
1309 trulley 解 trolley"～";也解 trull［俚］"～";也解 trully"～"。
1310 humpered 解 hundert［德］"～";也解 humped"～"。
1311 elf［德］"～";也解 elf"～"。
1312 Urloughmoor 解 Tullamore"～",爱尔兰奥法利郡的城市。
1313 Miryburrow 解 Maryborough"～",爱尔兰莱克斯郡的城市。
1314 leaks"～",此处解 Leix"～",位于爱尔兰东中部。
1315 awfully"～",此处解 Offaly"～",位于爱尔兰中部。
1316 basal"～",此处解 rascal"～"。
1317 abunda［拉］"～";也解 *Grace Abounding to the Chief of Sinners*"～",英国 17 世纪作家约翰·班扬的作品。
1318 Regies Producer 解 Regius Professor(尤指牛津、剑桥大学的)"～";也解 régie"～"＋Producer"～"。
1319 Vedette"～",此处解 Vedette［法］"～"。
1320 peg"～";也与后面合解"Peg O'My Heart""～",编剧曼纳斯 1922 年创作的喜剧,其中的《我心中的佩吉》成为流行歌曲。
1321 cliffscaur 解 cliffs"悬崖"＋caw"～";也解 cliff"～＋scaur"～"。
1322 fryggabet 解 Frygga"弗丽嘉",北欧神话里的天后,众神之王奥丁的正妻＋day"日子",指"～";也解 bet"打赌";也解 Freigaben［德］"～";也解 Gebet［德］"～"。
1323 hodinstag 解 Odin"奥丁",北欧神话中的主神＋Tag［德］"日子",指"～",16 世纪都柏林在星期三和星期五有集市;也解 Hoden［德］"～"＋stag"～"。
1324 baron and feme"～";也解 baron"～"＋and"～"＋Feme［德］"～"。
1325 dishcover 解 discover"～";也解 dish cover"～"。
1326 Neaves 解 Neamh［爱］"～";也解 nieve"～"。
1327 Willses 解 William Gorman Wills"～"(1828—1891),爱尔兰作家,著有《皇室离婚》一书,嘲讽拿破仑与约瑟芬的离婚。
1328 Bushmills 解 Bushmills"～庄园",爱尔兰安特里姆郡的小村庄,有最古老的威士忌蒸馏厂之一。
1329 Enos"～",《圣经》中亚当和夏娃的孙子,人类在他那个时代开始信奉上帝;也解 Eno's Fruit Salts"～",欧洲过去用来治疗感冒的药,可解酒。
1330 Goerz"～",意大利城镇。
1331 Harleem 解 Haarlem"～,荷兰西部城市。
1332 Hearths of Oak"～",此处解 Heats of Oak Life Assurance Co. "～",位于都柏林西摩兰街。
1333 Skittish Widdas 解 Scottish Widows' Fund and Life Assurance Society"～",位于都柏林西摩兰街,与橡树之心人寿保险公司在一起。
1334 via mala 解 via［拉］"经由"＋mala［拉］"上颌";也解 Via Mala"～",位于瑞士北部迈恩费尔德地区;其中 mala 也解 mála［爱］"～"。
1335 hyber pass 解 Khyber Pass"～",中亚地区与南亚次大陆之间最大且最重要的山隘,在俚语中指"～"。
1336 alptrack 解 Alp track"～";也解 ALP,本书女主人公的名字的缩写;也解 Alps"～"。
1337 heckhisway 解 hack his way"～";也解 HCE,本书男主人公名字的缩写。
1338 landsvague and vain 解 lands vague and vain"～";也解 Landweg［德］"～"。
1339 mandelays 解 man delays"～";也解"The Road to Mandalay""～",英国作家吉卜林的诗歌。
1340 cozenkerries 解 cousins'"堂表兄妹的"＋Kerry"凯里郡",位于爱尔兰的芒斯特省。
1341 the high and the by 解 highways and byeways"～"。
1342 yillow 解 yellow"～";也解 willow"～"。
1343 pinguind 解 pinguid"～"。
1344 whacked to the wide"～";也解 Earwicker"～",本书男主人公。
1345 other"～",此处解 oder［德］"～"。
1346 hustings"～";也解 house tree"～"。
1347 arthruseat 解 Arthur's Seat"～",位于英国苏格兰首府爱丁堡。

支路[1348]嘶嘶声|西塞罗|罗得岛，他去德比[1349]，她去小镇[1350]白头偕老的恩爱夫妻，直到睡觉时间[1351]烧焦|潮流去睡觉[1352]我睡觉；在地上或者在床单下[1353]菩提树下大街；后悔失去[1354]图卢兹街与拖沓怠工[1355]；在码头[1356]齐普赛街，在修道院花园[1357]考文特花园旁；修道士和女裁缝，穿着丝绸般的粗布衣；好奇的梦想家，好奇的戏剧，好奇的魔鬼[1358]灵魂，海滨的[1359]魔鬼[1360]日工，最亲爱的开玩笑[1361]，最严峻的折磨者[1362]；因为斯特兰福德湖[1363]奇怪的要塞|绳索|堡垒种植者们是新教徒[1364]抗议，科克凯里[1365]卡塞尔恶棍们让地板干燥[1366]使不弄湿脚|干燥间，自由区[1367]自由的小伙儿们[1368]给道路装上栏杆，踉跄走[1369]肿块向慢慢去[1370]斯莱戈睡觉[1371]道路！

停！有人动吗？不，快点儿。上床！他就这样。只不过是外面路上的风，好叫醒所有颤抖的小腿不再打鼾[1372]史诺里·史特卢森。

但是。看在上帝的分上[1373]伯父得到他的别墅，他会是谁，这个戴主教法冠的人[1374]，某个东方[1375]酵母国王，在他那圣油[1376]深红色的|涂油大布伦瑞克街[1377]发灰的青铜制品，嘴里含雪，患有里海哮喘，体格如此健硕？埃及法老[1378]神父和利未人[1379]的遗骸！迪克[1380]汤姆、迪克和哈里·鳃[1381]外国人、汤姆[1382]蒂姆·芬尼根·肺，或者芬·麦克尔[1383]冷熏鳕鱼·鲱鱼[1384]？他只戴着他的茶壶套帽[1385]小箱，穿着他那羊毛[1386]沃尔斯利白法衣[1387]褶裥|使光滑配阴囊袋[1388]豌豆荚紧身上衣，此外他的脚上穿着两倍宽的袜子，因为他一直必须确保暖暖地睡在一对儿全羊毛毯子[1389]银行家之间，就像胎膜[1390]里的白鳟

1348 sizzleroads 解 Sideroad"～";也解 sizzle"～";也解 Cicero"～"(前 106—前 43),古罗马演说家;也解 Rhodes"～",希腊岛屿,岛上曾有石像。
1349 derby 解 Derby"～",位于英国英格兰中部,以赛马著称。
1350 toun 解 town"～";也与前面合解 Darby and Joan"～"。
1351 til sengentide [丹]"～";也解 sengen [德]"～"+tide"～"。
1352 coddlam 解 codladh [爱]"～";也解 codlaim [爱]"～"。
1353 unterlinnen 解 unter [德]"在下面"+Linnen [德]"床单";也解 Unter der Linden [德]"～",德国柏林街道名。
1354 rue to lose"～";也解 rue de Toulouse [法]"～",法国西南部大城市的街道。
1355 ca canny 解 ca'canny"～"。
1356 shipside"～";也与后面合解 Cheapside"～",伦敦街道名。
1357 convent garden 解 convent"修道院"+garden"花园";也解 Covent Garden"～",位于伦敦西区,曾是英国最大的蔬果花卉批发市场。
1358 deman 解 demon"～";也解 daimôn [希]"～"。
1359 plagiast 解 plage-ous"～"。
1360 dayman 解 demon"～";也解 day man"～"。
1361 playajest 解 play a jest"～"。
1362 plaguiest 解 plague"～"+-ist。
1363 strangfort 解 Strangford"～",位于北爱尔兰;也解 strange fort"～";也解 Strang [德]"～"+Fort [德]"～"。
1364 prodesting 解 Protestant"～";也解 protesting"～"。
1365 karkery 解 Cork"科克"+Kerry"凯里",爱尔兰南部的两个郡;也解 Carcer"～",罗马东北部的一个小监狱。
1366 dryflooring"干的地板";也解 dryfooting"～";也解 Trockenboden [德]"～"。
1367 leperties 解 Liberties"～",都柏林西南区;也解 liberty"～"。
1368 laddos 解 lads"～"。
1369 blump 解 bump"～";也解 lump"～"。
1370 slogo 解 slowly go"～";也解 Sligo"～",都柏林西北部的城市。
1371 slee 解 sleep"～";也解 slighe [爱]"～"。
1372 snorring 解 snoring"～";也解 Snorri Sturlason"～"(1178—1241),冰岛诗人,著有《埃达》。
1373 Oom Godd his villen 解 um Gottes Willen [德]"～";也解 oom got this Villen([德]"别墅")"～"。
1374 mitryman 解 mitre"主教法官"+man"男人"。
1375 yeast"～",此处解 East"～"。
1376 chrismy 解 chrism"～";也解 crimson"～";也解 chrisma [希]"～"。
1377 greyed brunzewig 解 Great Brunswick Street"～",都柏林街道名;也解 greyed bronze"～"。
1378 pharrer 解 Pharaoh"～";也解 Pfarrer [德]"～"。
1379 livite 解 Levite"～",以色列十二支派之一,以色列人中独立的祭司阶层。
1380 Dik 解 Dick"～",与后面合解 Tom, Dick and Harry"",泛指众人,也是书中的三人组。
1381 Gill"～";也解 gall [爱]"～"。
1382 Tum 解 Tom"～";也解 Tim Finnegan"～",民谣《芬尼根的守灵夜》的主人公。
1383 Macfinnan's cool 解 Fionn Mac Cumhail [爱]"～",爱尔兰传说中芬尼亚英雄的领袖;也与后面合解 cool Finnan haddie"～"。
1384 Harryng 解 herring"～"。
1385 hedcosycasket 解 tea cosy"茶壶套"+casquette [法]"遮阳的盔式无边帽";也解 casket"～"。
1386 wollsey 解 woolly"～";也解 Garnet Joseph Wolseley"～"(1833—1913),英国陆军元帅。
1387 shirtplisse 解 surplice"～";也解 plisse"～";也解 lisser [法]"～"。
1388 peascod"～",此处解 codpiece"～",中世纪欧洲男子裤子前面遮盖阴茎的褶。
1389 bankers"～",此处解 blanket"～"。
1390 cauwl 解 caul"～"。

鱼[1391]棺材|芬·麦克尔|美丽的少女。这样能是经营我们旅馆的密特拉[1392]先生·北欧人[1393]？天哪[1394]，欧索格[1395]后代|梭格|忧虑|人|约翰·盖勃吕尔·博克曼先生，你看起来气色很好！赫克拉[1396]的一流种族学家[1397]伦理学家。作为一只狐狸[1398]表现[1399]荷兰式游艇|展出|烟囱得多么灵巧啊，灵巧得跟鱼一样！他是魔鬼[1400]挖洞自己给都柏林[1401]成双所存万物的总督[1402]闪躲|工作！只不过是某种快乐美好得体[1403]白日送去的词。他正在集拢他的家人。

他身边的那个同类体[1404]锥子|波德金|阴茎是谁，先生？的确是乌立兹河沃尔什河[1405]华尔兹舞|圆舞曲？跟着伊布斯河和大扎卜河[1406] Y和Z|点点滴滴？她那恶作剧般的足迹[1407]牛蒡|三折叠绊住了她，起来[1408]沃利河！无论如何[1409]为了烟的收益看看[1410]幸运她将油灯绕成圈的样子！哎呀，那是老夫人[1411]年轻女子将它们擦干！好啦，好啦，好啦太好啦！多瑙河之水[1412]雷雨|棉花！天哪[1413]阿尔代什河！还有她的丈夫[1414]半弯曲骄傲如孔雀，真主香油[1415]阿拉巴马河，她那鳟鱼嘴[1416]鳟鱼河区颤抖唇[1417]，摇篮曲[1418]汉娜。她七旬斋[1419]的日历拼图[1420]滤锅|肛门|瓶子|喧闹。我深感荣幸，尊贵的夫人[1421]快乐的茶区，淘气快乐的家庭主妇！把阳光肥皂[1422]卖给洗旧了[1423]的乡下姑娘们[1424]绞盘，把莱茵河金色[1425]冷雨|莱茵金啤生啤[1426]国际跳棋卖给他酒吧的顶梁柱。她厌倦了在岛桥区[1427]岛桥|达蓬特舔劣酒[1428]用嘴唇碰触肿胀部分，直到她在伯恩茅斯[1429]结婚。现在她把他的头埋[1430]借|可怕的在海茨伯里街[1431]埋藏仇恨的水闸[1432]哈奇街下，并把他的脚[1433]命运|脸借[1434]用壤土填给旧爱巷。她只是都柏林[1435]烤肉上滴的汁液的同一个

1391 finnoc"～";也解 coffin"～";也与后面合解 Fionn Mac Cumhail [爱]"～",爱尔兰传说中芬尼亚英雄的领袖;也解 fionnóg [爱]"～"。
1392 Misthra 解 Mithra"～",波斯的太阳神,在罗马帝国受到与基督相似的崇拜;也解 mister"～"。
1393 Norkmann 解 Northman"～"。
1394 Begor 解 begorra"～"。
1395 O'Sorgmann,人名;也解 ó [爱]"～"+Sorge"～",一些中世纪骑士传奇认为梭格是特里斯丹和伊瑟的儿子;也解 sorge [德]"～"+Mann [德]"～";也解 John Gabriel Borkman"～",挪威剧作家易卜生 1896 年同名戏剧中的主人公。
1396 Hecklar 解 Hekla"～火山",冰岛南部火山。
1397 ethnicist 解 ethnic"种族的"-ist;也解 ethicist"～"。
1398 fuchser 解 Fuchs [德]"～"。
1399 schouws"～",此处解 shows"～";也解 schau [德]"～";也解 schouw [荷]"～"。
1400 dibble"～",此处解 devil"～"。
1401 doublin 解 Dublin"～";也解 doubling"～"。
1402 doges(古时威尼斯和热那亚的)"～";也解 dodge"～";也解 job"～"。
1403 daysent 解 decent"～";也解 day sent"～"。
1404 bodikin 解 body"身体"+kin"有亲属关系的";也解 bodkin"～";也解 Michael Bodkin"～",乔伊斯的妻子诺拉年轻时在戈尔韦的情人;也解 bod [爱]"～"。
1405 voulzievalsshie 解 Voulzie"乌立兹河",法国河流+Valsch"沃尔什河",南非河流;也解 waltz"～"+valse"～"。
1406 ybbs and zabs 解 Ybbs"伊布斯河",奥地利河流+Great Zab"大扎卜河",西亚底格里斯河的左岸支流;也解 Ys and Zs"～";也解 dribs and drabs"～"。
1407 trixiestrail 解 tricksy"恶作剧的"+trail"足迹";也解 trixago [拉]"～";也解 trixos [希]"～"。
1408 Vop"～",俄罗斯河流,此处解 up"～"。
1409 for the lucre of smoke"～",此处解 for the love of Mike"～"。
1410 Luck"～",此处解 look"～"。
1411 missness 解 missus"～";也解 miss"～"。
1412 Donau watter 解 Donau [德]"多瑙河"+water"水";也解 Donnerwetter [德]"～";也解 Watte [德]"～"。
1413 Ardechious me 解 dear me"～";也解 Ardèche"～",法国南部河流。
1414 halfbend 解 husband"～";也解 half bend"～"。
1415 allabalmy 解 alla"真主阿拉"+balm"香油";也解 Alabama"～",美国河流。
1416 troutbeck 解 trout"鳟鱼"+bek [荷]"喙";也解 Trout Beck"～",英格兰西北部的湖区。
1417 quiverlipe 解 quiver"颤抖"+lip"嘴唇"。
1418 ninyananya 解 ninna nanna [意]"～";也解 Anne"～",本书女主人公。
1419 steptojazyma 解 Septuagesima"～"。
1420 culunder buzztle 解 calendar puzzle"～";其中 culunder 也解 colander"～";也解 culus [拉]"～"+bottle"～"+bustle"～"。
1421 Happy tea area, naughtygay frew 解 Habe die Ehre, gnadige Frau [德]"～";也解 Happy tea area, naughtygay frow"～"。
1422 sunlit sopes 解 Sunlight soap"～",19 世纪末英国生产的一种肥皂品牌。
1423 washtout 解 washed out"～"。
1424 winches"～",此处解 wenches"～"。
1425 rhaincold 解 Rhine"莱茵河"+gold"金色";也解 rain-cold"～";也解 Rheingold"～",纽约的一个啤酒品牌。
1426 draughts"～",此处解 draught beer"～"。
1427 Pont Delisle 解 Islandbridge"～",都柏林街区名;也解 pont de l'isle [法]"～";也解 Lorenzo da Ponte"～"(1749—1838),意大利诗人,莫扎特的歌剧剧本作者。
1428 lipping the swells"～",此处解 lapping the swills"～"。
1429 Brounemouth"～",英国地名。
1430 borrid 解 buried"～";也解 borrowed"～";也解 horrid"～"。
1431 Hatesbury 解 Heytesbury Street"～",都柏林街道名;也解 bury Hates"～"。
1432 Hatch"～",此处化自习语 bury the hatchet(和解)和 down the hatch(干杯!);也解 Hatch Street"～",都柏林街道名。
1433 fate"～",此处解 feet"～";也解 face"～"。
1434 loamed"～",此处解 loaned"～"。
1435 dripping"～",此处解 Dublin"～"。

老港口[1436]无价值之物。她甚至烫了[1437]烧她的头发。

他们走了哪条道？为什么？天使保姆或阿门角，北方树林[1438]诺伍德的南方步道，或者尤斯顿[1439]东方荒地[1440]西方？穿着他上身软甲的男仆[1441]有偿付能力的没有一丝呼吸[1442]违抗他和擦洗的小小女主人[1443]。他们正走过[1444]回来他们的钻石婚旅途，巨人那尺寸高的[1445]一步一步地小精灵的[1446]长度[1447]厄尔，给他们这些角色披上雌狐魔性[1448]发展，非此即彼[1449]另一个|最|阿勒尔河，不是就是[1450]阿托斯圣山|厄尔山|是，我们的第一日男人和你的化妆师还有我的，那个卢森堡人[1451]与他的这条[1452] ECH 阿尔吉特河[1453]，国王的[1454]君王的郡与他女王般的伯爵夫人，斯特普尼[1455]备用轮胎的船孩与他内心[1456]水手长的妻子[1457]流浪儿，邓莫[1458]的腌熏猪肉[1459]与冰块酒鸭[1460]婚姻破裂，走下楼梯[1461]天平，他们上去的方式，在长长的[1462]用线串起来的肉叉下，在星星陷阱下[1463]总督，在滑道里溜走，冒险进入河道，懊悔显露[1464]狂欢了，从接骨木树[1465]凉亭到泥地[1466]妖精|ALP，逃开[1467]配备时光逆转，碳中晶体，满心甜蜜。热的、冷的和电力[1468] HCE 与出席 ALP、闲逛 ALP 和自由散步 ALP。尽管如此，科学能推动[1469]靴子|店铺|小艇，或者艺术能增补。闩上花园门[1470]。小心狗[1471]洞穴和罐头。给弱者唯一的国王[1472]残骸，给穿铠甲的人双刃斧，给发光[1473]者呱呱、嘎嘎、噶噶[1474]快的|嘎嘎叫|谁。更新[1475]拿开那部《圣经》[1476]小玩意|书。你的口袋里永远不会有邮件，除非你的碟子里有铜钱[1477]。门外的乞丐[1478]。懒惰人哪，你去察看蚂蚁的动作[1479]山羊去尽头，你这慢腾腾的守卫！小心修道士和他们的控制[1480]嘲弄者与抱怨者。刮刮

1436 haporth 解 harbor“～”；也解 halfpennyworth“～”。
1437 brennt 解 burn“～”；也解 brennt［德］“～”。
1438 Norwood“～”，伦敦郊区，此处解 North wood“～”。
1439 Euston“～”，伦敦地名；也解 east“～”。
1440 Waste“～”；也解 west“～”。
1441 solvent“～”，此处解 servant“～”。
1442 breth 解 breath“～”。
1443 womanahoussy 解 woman of the house“～”。
1444 coming terug 解 coming through“～”；也解 coming terug（［荷］“回来”）“～”。
1445 inchly 解 inch-ly“～”；也解 inch by“～”。
1446 elfkin 解 elfin“～”。
1447 ell“～”，旧时量布的长度，故译为“～”。
1448 vixen devolment 解 vixen“雌狐”＋devilment“魔鬼行为”；也解 development“～”。
1449 andens aller 解 Enten-Eller“～”，丹麦哲学家克尔凯郭尔 1843 年的作品；也解 anden［丹］“～”＋aller［德］“～”；也解 Aller“～”，德国河流。
1450 athors err 解 either or“～”；也解 Athos“～”，位于希腊＋Err“～”，位于瑞典；也解 er［丹］“～”。
1451 Luxuumburgher 解 Luxembourger“～”。
1452 evec cettehis 解 avec cette［法］“与这个”＋his“他的”。此处包含本书主人公名字缩写的倒写 ECH。
1453 Alzette“～”，位于法国和卢森堡境内。
1454 konyglik 解 kingly“～”；也解 koniglich［德］“～”。
1455 Stepney“～”，此处解 Stepney“～”，伦敦东区和码头。
1456 bosun“～”，此处解 bosom“～”。
1457 waif“～”，此处解 wife“～”。
1458 Dunmow“～”，英国埃塞克斯郡的市镇，该地每年都会赠与当年关系和睦夫妇邓莫腌熏猪肋肉。
1459 flitcher 解 flitch“～”。
1460 duck-on-the-rock 解 duck“鸭子”＋on-the-rock“杯里先放冰块，然后将酒淋在冰块上”；也解 marriage on the rocks“～”。
1461 scales“～”，此处解 scala［拉］“～”。
1462 talls 解 tall“～”。
1463 startraps 解 star trap“～”；也解 satraps“～”。
1464 reveals“～”；也解 revel“～”。
1465 Arbor［拉］“～”；也解 arbour“～”。
1466 La Puirée 解 La Purée［法］“～”；也解 peri“～”。此处包含本书女主人公名字的缩写 ALP。
1467 eskipping 解 escaping“～”；也解 equipping“～”。
1468 electrickery 解 electricity“～”。此处包含本书主人公名字的缩写 HCE，后面三项包含本书女主人公名字的缩写 ALP。
1469 boot“～”，此处解 boost“～”；也解 boutique［法］“～”；也解 Boot［德］“～”。
1470 grinden［丹］“～”。
1471 Cave and can em 解 cave canem［拉］“～”；也解 Cave and can“～”。
1472 wrecks“～”，此处解 rex［拉］“～”。
1473 radiose 解 radio［拉］“～”。
1474 quick queck quack 解 quarks“～”，青蛙的叫声，指第二卷第四章起首的“三声蛙叫”；也解 quick“～”＋queck“～”，鸭子叫声；也解 qui，quae，quod［拉］“～”的阳性、阴性和中性。
1475 Renove［葡］“～”；也解 remove“～”。
1476 bible“～”；也解 bauble“～”；也解 biblion［希］“～”。
1477 brasse 解 brass“～”。
1478 Beggards 解 Beggars“～”。
1479 Goat to the Endth，thou slowguard“～”，此处解 Go to the ant，thou sluggard“～”，出自《箴言》(6：6)。
1480 the Monks and their Grasps“～”；也解 The Mocks and The Gripes“～”，在书中为《伊索寓言》中的狐狸与葡萄。

你的鞋底[1481]灵魂。不要制造奇迹[1482]禁止小便。不要迟付账单[1483]禁止张贴。尊重穿制服的人[1484]。为了国王[1485]狡猾他的快乐[1486]过多|普莱斯龙，抓住长袍[1487]强盗|乌鸦。让人把鸽子[1488]绑到女王她的朝廷[1489]鸽子咕咕叫|硬币。没恨就什么都没有[1490]。分享财富，糟蹋福利[1491]。稳住英镑来羞辱魔鬼[1492]魔鬼汤姆。我的时间可以随时从桶里汲出。把你自己的装到瓶子里。爱我的商标就像爱我自己[1493]。先赚钱后吃饭。先饮酒后做工。相信明天。照着样子做[1494]跟着我的买卖。卖我的价格。不要从富人那里买。不要卖给朋友[1495]弗罗因德|弗洛伊德。此时此地放弃英语[1496] HCE，学会清楚地[1497] ALP祈祷。依赖你的中餐。在进餐[1498]我之前不可有鳕鱼[1499]众神|欺骗。练习布道[1500]。用你的胃思考。从鼻子里进。单凭信仰。季节的天气。明天[1501]早安|蛾摩拉。再见[1502]沙龙|所多玛。命运[1503]罗德从时间表[1504]潮汐表处得到滋养。我们大地上的油井[1505]。让蠼螋[1506]壹耳微蚵|爱尔兰|醒来|辉格党的妻子[1507]教你跳舞！

现在他们的法律在帮助他们，缓解了他们的堕落！

因为他们相遇、相配、上床、扣扣、得到、给予、培养、抚育，把解冻之土[1508]泰国带进哈当厄尔[1509]屠宰|危险|山，他们转过身，朝向大海逗留，种植、抢夺和典当我们的灵魂，劫掠郊外的拘畜所，争斗、假装，伴以紧张的关系，把他们的疾病遗赠给我们，再次支撑起克里波门[1510]瘸子门|跛子|步态，在下面挖掘长亩街[1511]语言，操纵[1512]男人|种植七姐妹[1513]昴星团|七姐妹路，此时一个[1514]苍白的热情求欢的女人用力擦洗[1515]虫木林监狱，掏空外衣[1516]变节者，移除了他

1481 souls“～”，此处解 soles“～”。
1482 Commit no miracles“～”；也解 commit no nuisance“～”。
1483 Postpone no bills“～”；也解 Post no bills“～”。
1484 Respectthe uniform“～”，此处化自习语 respect the uniform, not the man(以貌取人)。
1485 kunning 解 König［希］“～”；也解 cunning“～”。
1486 plethoron 解 plea 解 sure“～”；也解 plethora“～”；也解 plethron“～”，古希腊的长度单位，大小等于100希腊尺。
1487 raabers 解 robes“～”；也解 robbers“～”；也解 ravens“～”。
1488 dooves 解 doves“～”。
1489 cooin her coynth 解 queen her court“～”；其中 cooin 也解 cooing“～”；也解 coin“～”。
1490 Hatenot havenots 解 Hate not have not“～”；此处化自习语 waste not, want not(俭以防匮)。
1491 此处化自习语 spare the rod and spoil the child(不打不成器)。
1492 tom the devil 解 shame the devil“～”；也解 Tom the Devil“～”，1798年爱尔兰人联合会起义时的英国中士。此处化自习语 tell the truth and shame the devil(说出实话，使坏人羞愧。)。
1493 此处化自习语 love thy neighbour as thyself(爱邻如己)。
1494 Follow my dealing“～”，此处解 follow my leader“～”。
1495 freund［德］“～”；也解 Wilhelm Freund“～”(1806—1894)，德国字典学家，于1834—1845年出版《拉丁语—德语词典》；也解 Sigmund Freud“～”(1856—1939)，精神分析的创始人。
1496 english 解 English“～”。此处包含本书主人公名字的缩写 HCE。
1497 plain“～”；也解 ALP，本书女主人公名字的缩写。
1498 Me“～”，此处解 meal“～”。
1499 cods“～”；也解 gods“～”；也解 cod“～”。
1500 此处化自习语 practise what you preach(言行一致)。
1501 Gomorrha 解 tomorrow“～”；也解 good morrow“～”；也解 Gomorrah“～”，《圣经》中的罪恶之城。
1502 Salong 解 So long“～”；也解 Salon“～”；也解 Sodom“～”，《圣经》中因堕落被上帝毁灭的城市。
1503 Lots“～”；也解 Lot“～”，《圣经》中的人物，所多玛城中唯一的义人。
1504 tidetable 解 timetable“～”；也解 tide table“～”。
1505 Oil's wells 解 oil wells“～”。此处化自习语 all's well that ends well(结果好，一切都好)。
1506 earwigger 解 earwig“～”；也解 Earwicker“～”，本书主人公；也解 Éire［爱］“～”＋wake“～”；也解 Whig“～”。
1507 wivable 解 wife“～”。
1508 Thawland 解 thaw“解冻”＋land“土地”；也解 Thailand“～”。
1509 Hardanger 解 Hardanger“～”，挪威地名；也解 har［康］“～”＋danger“～”；也解 har［希伯来］“～”。
1510 cripples gait 解 Cripplegate“～”，伦敦的古城门之一，也译“～”；也解 cripples“～”＋gait“～”。
1511 lungachers 解 Long Acre“～”，伦敦中国城附近的一条古老商业街，地铁皮卡迪利线在此处地下通过；也解 language“～”。
1512 manplanting 解 manipulating“～”；也解 man“～”＋planting“～”。
1513 Seven Sisters“～”，即 Pleiades“～”；也解 Seven Sisters Road“～”，位于都柏林。
1514 wan“～”，此处解 one“～”。
1515 warmwooed...scrubbs 解 warm“温暖”＋wooed“求爱”＋scrubs“用力擦洗”；也解 Wormwood Scrubs“～”，位于伦敦西部的监狱。
1516 turned out coats“～”，此处化自习语 turn one's coat(改变立场)；也解 turncoats“～”。

们的起源，从未学会第一日的教训，试着混合，设法救助，填满幼崽的巢榻[1517]中饱敌人的私囊，弄脏他们自己的巢[1518]，伏击[1519]通行权阿诺特百货商店[1520]，为了灵魂出生而[1521]进口税|税|负荷的架桥的[1522]仔细考虑|平底渡船|达蓬特瀑布[1523]杂耍|水，借助他们死亡的继承者[1524]头发逃脱了清算，并负责拥塞区域，将老[1525]原木滚入彼得的锯木厂[1526]彼得·索亚|汤姆·索亚，将新木刻抛[1527]船厂|船坞|油漆到保罗[1528]巴斯夸·帕欧里码头上，使用[1529]母羊拉结[1530]的草地[1531]利亚，塞进多明我会的缝隙，满面憔悴地照料[1532]怒目而视拉撒路桌席[1533]，骑过八十多个冬天，撞上大运，强迫警察[1534]警察机关，在托比阿斯[1535]过于偏见的和扎迦利[1536]他们面前崩溃[1537]一起笑，被终止去终止，被继续去继续，被叫醒喝酒，把香油倒下，被他们的客户戴上手铐，当他在马拉法利[1538]战役后，在她的动物园[1539]鹿苑|亲爱的上帝里抛弃了他的鬼魂[1540]山羊时，在杆子[1541]投票所脚下嘴啃泥。法老[1542]携带与仙女，两人躺下，让他们！然而他们回去了，正如[1543]全|折磨他的生命[1544]里夫·艾里克森，他的不朽[1545]天空|一直，魔王[1546]与夺人身心的[1547]河流|垃圾般的魔鬼[1548]，手里掌灯，舵在高处，去穿过[1549]黑暗的睡眠[1550]在某处丛林躲猫猫，直到他们的时刻与他们的景色永远被邂逅，直到《亡灵书》[1551]日期之书合上[1552]结束，他紧紧抱住，她，她示意[1553]看|攻取|胜利她的告别之旅[1554]杜理度，长春花[1555]喊叫，独奏疤[1556]塞尔斯加·冈恩聆听。（啊，闪可耻！啊，肖恩[1557]可耻！），柔和的伊索德·伊索特[1558]紫杉说着笑话，嘟嘟囔囔着[1559]夜晚叶子的恭维，枝叶落下[1560]阴险地，又好了[1561]芬尼根，又犯罪，让阴郁的外婆嘟嘟囔囔，又

1517 feathered foes' nests"～",此处解 feathered foals' nests 并直译为"～"。
1518 此处化自习语 it is a foul bird that fouls its own nest(再坏的鸟也不会弄脏把自己的巢),即"家丑不可外扬"。
1519 wayleft 解 waylaid"～";也解 way leave"～"。
1520 arenotts 解 Arnott's"～",都柏林商店名。
1521 zollgebordened 解 soul"灵魂"＋geboren［德］"出生的";也解 Zollgebühr［德］"～";也解 Zoll［德］"～"＋burdened"～"。
1522 ponted 解 pont［法］"桥"＋-ed;也解 ponder"～";也解 pont"～";也解 Lorenzo da Ponte"～"。
1523 vodavalls 解 waterfalls"～";也解 vaudeville"～";也解 voda［塞维］"～"。
1524 heirs"～";也解 hair"～"。
1525 olled 解 old"～"。
1526 Peter's sawyer 解 St. Peter's Church"圣彼得教堂",伦敦教堂＋Sawyer"锯木匠"＋-y;也解 Peter Sawyer"～",乔伊斯称他是奥康尼河边都柏林市的创建者,但当地没有关于这个人的记载;也解 Tom Sawyer"～",美国作家马克·吐温的小说《汤姆·索亚历险记》的主人公。
1527 werfed 解 werfen［德］"～";也解 werf［荷］"～";也解 Werft［德］"～";也解 verf［荷］"～"。
1528 Paoli 解 Paul"圣保罗";也解 Pasquale Paoli"～"(1725—1807),科西嘉总督。
1529 ewesed 解 used"～";也解 ewe"～"。
1530 Rachel"～",《圣经》中雅各的妻子。
1531 lea"～";也解 Leah"～",《圣经》中雅各的第一位妻子,拉结的姐姐。
1532 looked haggards after 解 looked after"照料"＋haggard "憔悴的";looked daggers at"～"。
1533 lazatables 解 Lazarus"拉撒路",《圣经》中的麻风乞丐,死而复生＋tables"桌子"。
1534 forced a policeman"～";也解 police force"～"。
1535 Toobiassed 解 Tobias"～",《圣经》中的次经《托比特书》的作者托比特的儿子;也解 Too biased"～"。
1536 Zachary"～",施洗者约翰的父亲。
1537 collaughsed 解 collapsed"～";也解 col-laughed"～"。
1538 Multaferry 解 Mullafarry"～",爱尔兰梅奥郡镇名,1798 年爱尔兰起义军队在此与英军交战。
1539 deergarth 解 diergaarde［荷］"～";也解 deer garth"～";也解 dear God"～"。
1540 goat"～",此处解 ghost"～"。
1541 poll"～",此处解 pole"～"。
1542 Pharoah"～";也解 fero［拉］"～"。
1543 qual［意］"～";也解 all"～";也解 Qual［德］"～"。
1544 leif 解 life"～";也解 Leif Ericson"～" (970—1020),古挪威探险家,第一个发现北美洲的"葡萄地"。
1545 himmertality 解 his immortality"～";也解 Himmel［德］"～";也解 immer［德］"～"。
1546 bullseaboob 解 Beelzebub"～"。
1547 rivishy 解 ravishing"～";也解 river"～";也解 rubbishy"～"。
1548 divil 解 devil"～"。
1549 durk 解 durch［德］"～";也解 dark"～"。
1550 slumbwhere 解 slumber"～";也解 somewhere"～"。
1551 the book of the dates"～",此处解 *The Book of the Dead*"～",埃及的葬礼书籍。
1552 he close"～";也解 is closed"～"。
1553 seegn 解 sign"～";也解 seen"～";也解 siege"～";也解 siegen［德］"～"。
1554 tour d'adieu［法］"～";也解 Turridu"～",意大利独幕歌剧《乡村骑士》(1890)的主人公。
1555 Pervinca［拉］"～"。
1556 Soloscar 解 Solo"独奏"＋scar"伤疤";也解 Selskar Gunn"～",都柏林娱乐剧院的经理迈克尔·冈恩的儿子。
1557 Sheem...Shaam 解 Shem"闪姆"……Shaun"肖恩",本书主人公的两个儿子;也解 shame"～"。
1558 Isad Ysut 解 Izod"伊索德",本书主人公的女儿;也解 yews"～"。
1559 flispering 解 lisping"～"。
1560 dinsiduously 解 deciduously"～";也解 insidiously"～"。
1561 Finnegan"～",此处解 fine"好的"＋again"再次"。

咧嘴而笑，而此时第一道灰色条纹镀上银色悄悄走过，好模仿他们在都柏林[1562]摔倒多利芒特[1563]的争吵。

他们走近刺骨的楼梯底部，那个巨大法人有许可证的葡萄酒商，就像他这样，从过去时代，他以一当九[1564]他自己就是九位主人|九人质的尼奥尔，在他的流水喜剧系统[1565]卢坎矿泉水疗旅馆|HCE和他那缓缓水流之偷窥伴侣[1566]里，戒指的奴隶，戒指困扰着手，手摇晃着灯，灯遮蔽着步道，步道弯向他的毁灭，那个登场的商人[1567]下一个忙碌的人，那个恶棍[1568]警察带着芬尼亚的树皮[1569]凤凰公园，树皮腌醉了他的寡妇，寡妇填饱了教皇，教皇用志愿者的碟子将其传送，直到它割下了珀西·奥莱利[1570]的耳朵，珀西·奥莱利用膝盖把奥康内尔桥[1571]奥康内尔顶飞出了他的床[1572]瞌睡，他用肩顶住了伯克[1573]欧哈拉·伯克|托马斯·伯克|埃德蒙·伯克，伯克用头撞[1574]巴特桥|巴特欧哈拉[1575]黑尔|凯恩·欧哈拉，欧哈拉唤醒了街头艺人，艺人振奋了[1576]格拉顿他的民众，民众激励吉格舞者让雨水[1577]诗篇充满韵律，雨水淹没了[1578]佛拉德爱尔兰[1579]群岛的道路，从马林角[1580]到克里尔角[1581]，从康索尔角[1582]到斯莱恩角[1583]，洗净了口袋，赎救了所有聆听者的肋骨，近臣[1584]淫荡的|大声的|狮子与俗人，他们买了霍斯蒂[1585]陌生人创作的民谣。

不管怎样（事情动荡不安、危机四伏[1586]身无分文|阴茎|刷子），他们不是在许多他们模拟的抗议大会中叫他，女人[1587]猛烈的|菲默法庭的复仇谩骂[1588]载运者|贝克蒂夫社齐发，侵略者[1589]向内地和外国人[1590]外乡人，社会名流，在他们的《斯莱特里的骑马步兵》[1591]沙利文的骑马

1562 tumbling"～",此处解 Dublin"～"。

1563 dollymount 解 Dollymount"～",爱尔兰都柏林的地区。

1564 nine hosts in himself"～",此处化自习语 be a host in oneself(能以一当十),故译为"～";也解 Niall of the Nine Hostages"～",爱尔兰的共主,李尔王的父亲。

1565 hydrocomic establishment 解 hydro-"水"+comic"喜剧的"+establishment"机构";也解 Hydropathic Spa Hotel Lucan"～",位于都柏林郡。此处包含本书主人公名字的缩写 HCE。

1566 ambling limfy peepingpartner 解 ambling"缓行"+lympha[拉]"清水"+peeping partner"偷窥的伴侣"。

1567 busynext man"～",此处解 business man"～"。

1568 cop"～",此处解 cod"～"。

1569 fenian's bark"～";也解 Phoenix Park"～",位于都柏林。

1570 Purses Relle 解 Persse O'Reilly"～",书中人物,主人公 HCE 的化身之一。

1571 O'Connell 解 O'Connell Bridge"～",都柏林的桥梁之一;也解 Daniel O'Connell"～"(1775—1847),1829 年领导爱尔兰天主教徒赢得了参加议会的权利。

1572 doss"～",此处解[俚]"～"。

1573 Burke 解 William Burke"～"(1792—1829),爱尔兰杀人犯,把新鲜的尸体卖给爱丁堡解剖学校;也解 Robert O'Hara Burke"～"(1820—1861),出生在爱尔兰戈尔韦市的奥匈帝国军队的士兵;也解 Thomas Henry Burke"～",1882 年在都柏林凤凰公园被常胜军暗杀的爱尔兰事务次官;也解 Edmund Burke"～"(1729—1797),爱尔兰政治家、作家。

1574 butted"～";也解 Butt Bridge"～",位于都柏林;也解 Butt"～",本书主人公儿子的化身之一。

1575 O'Hara 解 Robert O'Hara Burke"～";也解 Hare"～",爱尔兰杀人犯,与伯克一起把新鲜的尸体卖给爱丁堡解剖学校;也解 Kane O'Hara"～",18 世纪爱尔兰作家。

1576 grattaned 解 great-en"～";也解 Henry Grattan"～"(1746—1820),爱尔兰政治家。

1577 rann[爱]"～",此处解 rain"～"。

1578 flooded"～";也解 Henry Flood"～"(1732—1791),爱尔兰政治家。

1579 Eryan 解 Éireann[爱]"～"。

1580 Malin"～",爱尔兰最北的地点。

1581 Clear"～",爱尔兰最南的地点。

1582 Carnsore Point"～",爱尔兰东南端。

1583 Slynagollow 解 Slyne Head"～",爱尔兰西端。

1584 leud 解 leude[法](效忠王室的)"～";也解 lewd"～";也解 loud"～";也解 Leu[德]"～"。

1585 Hosty"～",书中一个重要人物;也解 hostis[拉]"～"。

1586 peniloose 解 perilous"～";也解 penniless"～";也解 penis"～";也解 peniculus[拉]"～"。

1587 vehmen 解 women"～";也解 vehement[德]"～";也解 vehmgericht"～",中世纪晚期德国的威斯特法伦特殊法庭的名称,一个被称为自由审判的兄弟会体系的组织。

1588 vective 解 invective"～";也解 vectus[拉]"～";也解 Bectives"～",爱尔兰橄榄球协会。

1589 inwader 解 invader"～";也解 inward"～"。

1590 uitlander"～";也解 outlander"～"。

1591 sullivan's mounted beards"～",此处解 Slattery's Mounted Foot"～",爱尔兰音乐家珀西·弗兰奇 1889 年写的歌词,描写一群在山上结营扎寨的爱尔兰农民渴望成为英雄,却胆小如鼠,只会说大话。

胡须里横冲直撞地诽谤着他，他们那可以放弃的[1592]会有名望的合适族长？亨氏[1593] HCE 罐头无处不在，与斯旺尼河[1594]滑笛|天鹅她自己[1595]，与壹耳微蚵[1596]巡回法院|唤醒的人|蠼螋的家用零钱[1597]家庭袜子，那是他们为了他们之间[1598]的生活而走私的，咆哮道（大莱利[1599]最坏）：给方舟[1600]讨厌的人|康沃尔的马克那里来的人免费脉石，的确，他从来连墙角[1601]康沃尔的一声屁[1602]性交都不值，而且他的报丧女妖[1603]流放的夜壶，她有点是古怪的老[1604]土耳其人[1605]；正当他们从他的芬·麦克尔[1606]发现我清凉的潮湿[1607]最丰裕的葡萄园[1608]纵欲出来，走着他们任性的[1609]朝向妻子们的歌唱路[1610]奥利弗·温德尔·霍姆斯|之字形路|吉卜赛人板球俱乐部；当他们拖着他们的大木桶回家，经过小瓶颈[1611]并驾齐驱山口抢劫，告诫[1612]，要求冰冷的[1613]戴头巾的安慰[1614]领事|斋日点心|灵巧|摇动，举起你的心[1615]，从长柄勺的恐惧之火[1616]火花和火星的冰霜？

他们过去不是常常，我们凄凉的术语交易商，憎恶着他，这个依然未再生的[1617]霹雳[1618]雷电|猛击|星期四|肿胀，他的爱尔兰口音[1619]语言|拥抱|鞋子对主所制造的差异[1620]理解|下面一无所知[1621]阴户，如何介乎妻子的规则与男人的头脑治理[1622]头脑知道正确之事之间，由此女性[1623]男人全都在每一个女人[1624]那里放松下来[1625]拥抱，但是现在她丢掉他的套索[1626]她不发他的字首 H 音，就像与藏身洞[1627]里骑手[1628]相对的[1629]上面的|位置所有溪谷少女[1630]梅达谷？啊，亲爱的呀！亲爱的呀，亲爱的！还有她的髂骨[1631]伊利亚！他的威廉[1632]你是否！当他们现在都在那里，为了观看[1633]路加、约翰而打下清晨记

1592 renownsable 解 renounceable"～";也解 renown-able"～"。

1593 Heinz"～",世界著名食品供应商,产品主要为调味品和餐食。此处包含本书主人公名字的缩写 HCE。

1594 swanee 解 Swanee River "～",美国 19 世纪词曲作家史蒂芬·福斯特的重要作品;也与后面合解 Swanee whistle"～";也解 swan"～"。

1595 her ainsell 解 her ainsel [苏]"～"。

1596 Eyrewaker 解 Earwicker"～",本书男主人公;也解 Eyre"～"+waker"～";也解 earwig"～"。

1597 family sock"～",此处解[俚]"～"。

1598 betune [英爱]"～"。

1599 Reilly 解 Persse O'Reilly"珀西·奥莱利",书中人物。

1600 nark"～",此处解 ark"～";也解 Mark of Cornwall"～",特里斯丹与伊瑟的故事中特里斯丹的叔叔。

1601 cornerwall 解 corner of wall"～";也解 Cornwall"～"。

1602 fark 解 fart"～";也解 fuck"～"。

1603 banishee 解 banshee"～",爱尔兰和苏格兰传说中预告死亡的报丧女妖;也解 banished"～"。

1604 a quareold bite of 解 a queer old bit of"～"。

1605 tark 解 Turk"～"。

1606 find me cool"～",此处解 Finn MacCool"～",爱尔兰传说中芬尼亚英雄的领袖。

1607 moist"～";也解 most"～"。

1608 vinery"～";也解 venery"～"。

1609 Wivewards 解 wayward"～";也解 wives -ward"～"。

1610 wendelled their zingaway 解 wended their way"走他们的路"+sing"唱歌";也解 Oliver Wendell Holmes"～"(1809—1894),美国诗人,著有《早餐桌上的独裁者》;其中 zingaway 也解 zigzag way "～";也解 Zingari Cricket Club"～",1845 年成立的伦敦最古老的板球俱乐部之一。

1611 nagginneck 解 noggin"小杯"+neck"脖子";也解 neck and neck"～"。

1612 axpoxtelating 解 expostulating"～"。

1613 cowled"～",此处解 cold"～"。

1614 consollation 解 consolation"～";也解 consul"～";也解 collations"～";也解 sollers [拉]"～";也解 sollicito [拉]"～"。

1615 sursumcordial 解 Sursum corda [拉]"～"。

1616 bluefunkfires 解 blue funk"极其恐惧"+fires"火";也解 Funke [德]"～"。

1617 unregendered 解 un-regenerated"～"。

1618 thunderslog 解 donderslag [荷]"～";也解 thunder"～"+slog"～";也解 Thursday"～";也解 slog [爱]"～"。

1619 sbrogue 解 brogue"～",指爱尔兰口音的英语;也解 sprog [丹]"～";也解 barróg [爱]"～";也解 bróg [爱]"～"。

1620 undersiding 解 Unterscheidung [德]"～";也解 understanding"～";也解 underside"～"。

1621 cunneth 解 kenneth"～";也解 cunt"～"。

1622 mens conscia recti 解 men's"男人的"+conscientia [拉]"意识"+rectio [拉]"治理政务";也解 mens [sibi] conscia recti [拉]"～"。

1623 hemale 解 female"～"。

1624 omniwomen 解 omnis [拉]"每一个"+women"女人"。

1625 unbracing"～";也解 embracing"～"。

1626 shedropping his hitches"～",指离婚;也解 she dropping his aitches"～"。

1627 idinhole 解 hiding hole"～"。

1628 orseriders 解 horse riders"～"。

1629 oppersite 解 opposite"～";也解 upper"～"+site"～"。

1630 maidavale 解 maid ā vale"～";也解 Maida Vale"～",伦敦的一个住宅区,也是英国广播公司工作室所在地之一。

1631 illian 解 ilium"～";也解 Ilia"～",即荷马史诗中的特洛伊。

1632 willyum 解 William"～";也解 will you"～"。

1633 lookin on 解 looking on"～";也解 Luke+John"～",四福音书的两位作者。

号[1634]马太、马可。在十字路口[1635]载有四个带着所有[1636]快乐[1637]奥鲁斯·普拉提乌斯，他们的快乐驴子克劳狄乌斯[1638]多云的！一、二、三人[1639]那么，还有琐碎之事！还有他们的露营地！还有他的单一神话[1640]独块巨石|一个单词！哦嚯！不要再说了！很抱歉！我看到了。很抱歉！很抱歉我说我看到了！

所有事情之后，我们中间是否[1641]给予也没有（或者领班周祭[1642]《周报》咕哝着如是说[1643]同意|格兰特）某个依然但你所知一切的一起喷发，正如到目前为止，整个共同造物[1644]凝结物上上下下全都说，第一动力[1645]每次最终到达那里，就如纯粹形式的复杂物质，为了那些无节制，为了对他们老父[1646]的误[1647]沥青听[1648]，在希腊和罗马[1649]流行性感冒|肠绞痛，历经清新的腐败[1650]颜料和古老的叛国[1651]理性，另一个就如那个别人[1652]老年人，但不完全是这样的另一个[1653]互相|无男子气概的，但依然是一个，不全是同一个自我，但依然是一个，正是同样的人[1654]使残废，再一次至少[1655]他能够总是，有点儿不同，直到最新的最近的如此一大早，全都尽管如此[1656]经得住检验？

然而他生育了他们[1657]。

让我们因此，该死的[1658]撕裂的年代，现在提议对这个诱骗的最强壮实验者[1659] HCE 鼓掌致以深深谢意[1660]荒谬的，他永远尽他最大可能插手机会冒险[1661]大法官法庭，希望他和他的家人[1662]无尽的慢性毒药，以及在魔鬼的潘趣钵和深深的天使海滨[1663]之间，给他们自己的强大辽阔的犯罪之地[1664]林荫大道，他们可能满心感激

1634 matinmarked 解 matin [法]“早晨”+marked“做记号”;也解 Matthew+Mark“～”,四福音书的两位作者。

1635 carryfour 解 carrefour [法]“～”;也解 carry four“～”。

1636 awlus 解 alles [德]“～”。

1637 plawshus 解 pleasure“～”;也解 Aulus Plautius“～”,罗马将军,公元 43 年在罗马皇帝克劳狄一世命令下率领四个罗马军团征服不列颠。

1638 cloudious 解 Appius Claudius Pulcher“～”(? —前 48),罗马执政官;也解 cloudy“～”。

1639 then and too the trivials“～”,此处解 one and two, the three“～”。

1640 monomyth 解 monomyth“～”;也解 monolith“～”;也解 monomythos [希]“～”。

1641 Gives“～”,此处解 Is“～”。

1642 hebdromadary 解 hebdomadary“负责每周弥撒唱经的人”;也解 La Revue Hebdomadaire“～”,法国报纸。

1643 grunts“～”;也解 grant“～”;也解 Ulysses S. Grant“～”(1822—1885),美国南北战争中联邦军总司令,第 18 届美国总统。

1644 concreation“～”;也解 concrete“～”。

1645 efficient“～”,此处出自亚里士多德的四因说中的“动力因”。

1646 eldfar 解 eld [古体]“老的”+far [丹]“爸爸”。

1647 pasphault 解 fault“～”;也解 asphalt“～”。

1648 hardhearingness 解 hard of hearing“听力不好”+-ness。

1649 grippes and rumblions 解 Greeks and Romans“～”;其中 grippes 也解 grippe [法]“～”;也解 gripes“～”。

1650 taint“腐败”;也解 paint“～”。

1651 treason“叛国”;也解 reason“～”。

1652 alter [拉]“别人”;也解 Alter [德]“～”。

1653 anander 解 another“～”;也解 einander [德]“～”;也解 anandros [希]“～”。

1654 maim“～”,此处解 même [法]“～”。

1655 emmerhim 解 immerhin [德]“～”;也解 him“～”。

1656 evertheless 解 nevertheless“～”。

1657 begottom 解 begot em“～”。

1658 tearing ages“～”,此处解 tare and ages [英爱]“～”。

1659 huskiest coaxing experimenter“～”;也解 HCE,本书主人公的名字的缩写。

1660 preposterose a snatchvote of thanksalot 解 propose a vote of thanks“提议鼓掌致谢”+snatch“抓住”+thanks a lot“多谢”;也解 preposterous“～”。

1661 chancerisk 解 chance risk“～”;也解 chancery“～”。

1662 famblings 解 fambly [方]“～”。

1663 angleseaboard 解 angle“天使”+seaboard“海滨”。此处化自习语 between the devil and the deep sea(进退维谷)。

1664 venue“～”;也解 avenue“～”。

地堵住[1665]耳朵耳朵对威利笨蛋[1666]乱糟糟地这个暴徒[1667]世界语|不顾一切的充耳不闻，他们这些从塔弗[1668]小偷|拓夫|Tav 到奥拉夫[1669] α 的股民，他会诅咒他们贬值，与他们的子孙一起堕落，羞耻、哄骗和获利[1670]含、闪和雅弗，在黄疸上的霉菌上长绿霉，只要一直有鹡鸰附加[1671]征收附加税在每个男人[1672]妒忌男人|反面|任何|河口的案例[1673]睾丸上。

不管我们是否喜欢，我们必须有他们在。他们必须有我们，那么我们来这儿在他们的现场。很难指望他们的或我们的，来通过供应豌豆餐[1674]零碎的加上蔬菜[1675]变量，躲开生命的永远相同的[1676]残酷杀戮[1677] EHC。在发臭的死亡实际上[1678]让我们吃惊[1679]在之上|占据之前，我们他妈的肯定必须得留心，沿着时代的沟渠而下，我们可以发现我们自己盼望着什么东西会很快在那个镜子众多的永恒[1680]回来|纽带大厅里，盯着你这个恶棍[1681]拉金的后脸[1682]刊后语，无始无终的世界[1683]旋转的。因此有一位愉快的……他确实在都柏林城堡[1684]……带着他的烙铁[1685]、铁锹铲除、锤子腿和……那里有一位英俊的少年……他在玩着她的游戏……她说你乖乖睡[1686]《宝宝在树顶摇啊摇》……你会不会在我的沼泽里撒尿[1687]兜售|划桨|踏板……他在爱尔兰[1688]西方给她铺上草皮，为她铺平了从米曾角[1689]处女膜到约尔[1690]圣诞季的路。那是汉弗利，最好的埃米尔[1691] HCE，如何坚持住。害羞的甜心，她睡下了。

或者现在展示一下[1692]他，好不好！深肤[1693]红色的|德格湖红[1694]

1665 clooshed upon 解 closed upon“～”；也解 cluas［爱］“～”。
1666 willynully 解 willy nully“～”；也解 willy-nilly“～”。
1667 desperanto 解 desperado“～”；也解 Esperanto“～”；也解 desperate“～”。
1668 Taaffe“～”，13 世纪后兴盛的爱尔兰家族，其中不少人流亡海外；也解 thief“～”；也解 Taff“～”，本书主人公儿子之一的变名；也解 Tav，希伯来语字母表中的第 23 个字母。
1669 Auliffe 解 Olaph Olaf“～”，852 年成为都柏林的第一位挪威王，希崔克的兄弟；也解 aleph“～”，希伯来语字母表中的第一个字母。
1670 shame, humbug and profit“～”；也解 Shem, Ham and Japhet“～”，《圣经》中挪亚的 3 个儿子。
1671 surtaxed“～”，此处解 attached“～”。
1672 enver a man 解 everyman“～”；也解 envy a man“～”；也解 envers［法］“～”；也解 enhver［丹］“～”；也解 inbhear［爱］“～”。
1673 testcase 解 test case“～”；也解 testicle“～”。
1674 peasemeal 解 pease meal“～”；也解 piecemeal“～”。
1675 variables“～”，此处解 vegetables“～”。
1676 semperidentity 解 semper［拉］“永远”＋identical“完全相同的”。
1677 此处包含本书主人公名字缩写的变体 EHC。
1678 on this concrete 解 in this concrete“～”。
1679 surprends 解 surprises“～”；也解 super-“～”＋prendo［拉］“～”。
1680 returningties 解 eternity“～”；也解 returning“～”＋ties“～”。
1681 larrikins“恶棍”；也解 James Larkin“～”(1874—1947)，爱尔兰工党领袖。
1682 postface“～”，此处解 post-“在之后”＋face“脸”。
1683 whirled“～”，此处解 world“～”。
1684 Dyfflinsborg 解 Dublin“都柏林”＋borg［丹］“城堡”。
1685 soddering iron 解 soldering iron“～”。
1686 rockaby“～”；也解歌曲 Rock-a-bye Baby on the Tree Top“～”。
1687 peddle“～”，此处解 piddle“～”；也解 paddle“～”；也解 pedal“～”。
1688 Iarland 解 Ireland“～”；也解 iar［爱］“～”。
1689 Maizenhead 解 Mizen Head“～”，爱尔兰科克郡西部克鲁克黑文半岛岬角；也解 maidenhead“～”。
1690 Youghal“～”，科克郡东南部的海滨。从米曾角到约尔指的是整个科克郡南海岸；也解 Yule“～”。
1691 Humpfrey, champion emir 解 Humphrey“汉弗利”＋champion“第一流的”＋emir“埃米尔”，穆斯林酋长等的称号。此处包含本书主人公名字的缩写 HCE。
1692 show pon 解 show up“～”。
1693 Derg 解 dark“～”；也解 dearg［爱］“～”；也解 Lough Derg“～”，位于爱尔兰多尼戈尔郡。
1694 rudd“～”，此处解 red“～”。

赤睛鱼脸应该吃下帕特里克的泻药[1695]圣帕特里克的炼狱。欺骗之路[1696]，他处于高高度的狂暴[1697]熊|衬衣之中！第三个协作位置！极好的正面视野。汉卿壹[1698] HCE|鸡奸。女性不完全地遮蔽男性。敬重[1699]红斑他的额带[1700]。女人是牺牲品！那[1701]托尔|屁股是达尔基—国王镇—黑石线[1702]迟钝的|一把钥匙（私人法官们，在这里换到布特镇[1703]马丁·路德！只罗马人[1704]神圣罗马人，待在座位上！），它吸引所有女士们请[1705]到我们伟大的大都市[1706]遇到|安东尼·特罗洛普。邓莱里[1707]警惕的，邓莱里，几乎二十加十[1708]拉里·屯泰曼，他计划把国王镇[1709]国王下去作为他别墅的拓展！现在立刻[1710]在动力中盯住他！当他的马裤[1711]桥被吹成破襤褸布[1712]，由他躯体的背风处垂直到她的球体[1713]轨道上，他的桧木[1714]朱庇特方舟[1715]堡垒|斧子|屁股起起伏伏在运转，我明白了他是肚脐[1716]海军的中心点。可怜的小达达尼尔[1717]小舟，她的牙齿[1718]乳头在喋喋不休，她在海峡里面，她支撑着小公牛[1719]牛市和熊市！她的傻笑向后伸手拿[1720]发出浓烟|笑她的高跟鞋[1721]山。凭借她那女睡帽的奇怪快速的旋转，她内裙的随意提起，她的步[1722]大门速飞快前行，一次做两件事[1723]想，我对她的国家感到骄傲。土地降了价，种族属于他们自己。快活的[1724]朱庇特西班牙帆船夫在他那雄鹿般的棕色噩梦中。布罗卜丁奈格[1725]大的|抢劫|挖掘|唠叨他的利立浦特[1726]百合花|婊子。一对一显示[1727]除外|性交一！女儿[1728]，噢，噢[1729]伊俄，宁静地睡去，宁静地。双胞胎儿子[1730]斜纹布，伽倪墨得斯[1731]、伽尔得墨尔[1732]大花园，上床睡觉慢跑又慢跑。但是老父亲和母亲[1733]情人|生物半侧体飞奔、飞

1695 patrick's purge“～”;也解 Patrick's Purgatory“～”,爱尔兰德格湖中一个岛上洞穴,据说基督曾在那里向圣帕特里克显现,后成为朝拜的圣地,但在 1497 年被关闭。

1696 Hokoway 解 Hocus“欺骗”+way“道路”。

1697 bearserk 解 berserk“～”;也解 bear“～”+sark“～”。

1698 Sidome 解 si=B(在德国=H)+do=C+mi=E,即 HCE,本书主人公名字汉弗利·卿普顿·壹耳微蚵的缩写,故译“汉卿壹”;也解 sodomy“～”。

1699 Redspot“～”,此处解 respect“～”。

1700 browbrand 解 browband“～”。

1701 Thon [乌尔斯特]“～”;也解 Thonar,即 Thon 或 Thor“～”,北欧神话中的雷神和战神;也解 tón [爱]“～”。

1702 dullakeykongsbyogblagroggerswagginline 解 Dalkey“达尔基”,爱尔兰的村庄,位于东部的邓莱里郡+Kongeby [丹]“国王镇”+og [丹]“和”+Blackro ck“黑石市”,位于都柏林和邓莱里郡之间的城市,濒临都柏林湾+'s+wagonline“马车线”,即“～”,1879 年开设的一条爱尔兰铁路线;也解 dull“～”+a key“～”。

1703 Lootherstown 解 Booterstown“～”,位于爱尔兰都柏林郡,在达尔基—国王镇—黑石线上;也解 Martin Luther“～”(1483—1546),德国宗教改革家。

1704 Onlyromans 解 Only romans“～”;也解 Holy Romans“～”,指爱尔兰的罗马天主教徒。

1705 此处包含本书女主人公名字的缩写 ALP。

1706 mettrollops 解 metropolis“～”;也解 met“～”+Trollope“～”(1815—1882),英国作家,代表作品《巴彻斯特养老院》和《巴彻斯特大教堂》等.

1707 Leary 解 Dun Laoghaire“～”,都柏林郊区,原名 Dun leary;也解 leery“～”。

1708 twentytun nearly 解 twenty ten nearly“～”,即 29;也解 Larry Twentyman“～”,英国小说家安东尼·特罗洛普 1875 年创作的小说《美国参议员》中的人物。

1709 kings down“～”,此处解 Kingstown“～”,爱尔兰城市,爱尔兰共和国成立后改名为邓莱里。

1710 in momentum“～”,此处解 in a moment“～”。

1711 bridges“～”,此处解 breeches“～”,此处化自习语 burn one's bridges(破釜沉舟)。

1712 babbyrags 解 baby“婴儿”+rags“破布”。

1713 orbits“～”,此处解 orb“～”。

1714 juniper“～”;也解 Jupiter“～”,罗马神话中的主神。

1715 arx [拉]“～”,此处解 arks“～”;也解 axe“～”;也解 arse“～”。

1716 naval“～”,此处解 navel“～”。

1717 tartanelle“～”,此处解 Dardanelles“～海峡”。

1718 dinties 解 dentes [拉]“～”;也解 titty“～”。

1719 bulloge 解 bollog [爱]“～”,宙斯化为公牛带走了欧罗巴;也与后面合解 Bulls and Bears“～”。

1720 smeeching“～”,此处解 reaching“～”;也解 smeh [塞维]“～”。

1721 hills“～”,此处解 heels“～”。

1722 gate“～”,此处解 gait“～”。

1723 two thinks at a time 解 two things at a time“～”;其中 thinks 也解“～”。

1724 jovial“～”;也解 Jove 为罗马神话中主神“～”在诗歌中的称谓。

1725 Bigrob dignagging 解 brobdingnag“～”,《格列佛游记》中的大人国;也解 Big“～”+rob“～”+dig“～”+nagging“～”。

1726 lylyputtana 解 Lilliput“～”,《格列佛游记》中的小人国;也解 lily“～”+puttana [意]“～”。

1727 bore“～”;也解 bar“～”;也解 bore [俚]“～”。

1728 datter [丹]“～”。

1729 io, io [拉]“～”;也解 Io“～”,古希腊神话中宙斯的情人。

1730 twillingsons 解 Zwilling [德]“双胞胎”+sons“儿子们”;也解 twill“～”。

1731 ganymede 解 Ganymede“～”,被宙斯掠上奥林匹斯山为众神酌酒的美少年。

1732 garrymore 解 Garrdha Mor [爱]“～”,人名,意为“～”。

1733 pairamere 解 père et mère [法]“～”;也解 paramour“～”;也解 paramere“～”。

奔而行。博斯普鲁斯海峡[1734]老板|浅滩和普鲁塞庇娜[1735]磷光体。一对一一[1736]在上。

啊,啊,她美丽的卫星[1737]使燃烧|鬃毛!把如此的阴影投向百叶窗[1738]!街上的人能够看到将要发生的事情。闪光灯把它照到四面八方[1739]实在太宽了。很快它就会传遍整个天王星[1740]乌拉尼亚。就像妒忌的快乐绷紧了[1741]提坦巨人恐惧;就像谣言用电话传遍了[1742]瑞亚|轻易地|雷亚·西尔维亚各个行星;就像中国的龙猛咬[1743]金鱼草日本[1744]土卫八;就像东方上面的灰白玫瑰[1745]。土星[1746]最好的星期六|萨提尔|时期|宣传围绕着福柏[1747]的最近的[1748]最亲爱的。这里是洪水,那将来到无助的爱尔兰[1749]发疯的|土地的亚麻色洪水。是否没有人隐藏[1750]上颌|马拉海德生命[1751]汉娜·丽维娅和她的美丽[1752]小船?或者谁会买她的玫瑰花蕾,墨黑的[1753]《我的小黑玫瑰》玫瑰花蕾,多雪的[1754]非黑刺李[1755],汉娜[1756]汉娜乳山的非奶头?从无花果的掉落到厄运最后发布的每个短暂的周年纪念日,此时公园的警察在边上盯着费力看[1757]脱掉衣服,以便增加都柏林[1758]郡道德[1759]的负担。那个驯马师的都柏林[1760]滚动!快,全部付清[1761]游戏!

看啊看[1762]踢啊踢。她没法不看笑了。在她的老大块棍子[1763]阴茎|在里面|性交|板球柱|板球击球区那儿。他用他的肚子[1764]潘趣四处猛击,触身出局[1765]性交|都柏林|使痛苦,左外野[1766]时常相遇右外野[1767]在交配,就像板球拍[1768]柳树王猛拉[1769]招呼,盗贼[1770]。该隐制造者[1771]唤雨巫师的权杖,从头到脚[1772]全副武装地上了蜡[1773]蜡头。但是暴君的手[1774]塔兰特放在他那又热又潮的[1775]奥托卫眉头。在早晨六[1776]快速的点

1734 Bossford 解 Bosporus“～”;也解 Boss“～”+ford“～”。
1735 phospherine 解 Proserpina“～”,希腊神话中的冥后;也解 Phosphor“～”。
1736 on“～”,此处解 one“～”。
1737 setalite 解 satellite“～”;也解 set alight“～”;也解 saeta [拉]“～”。
1738 Persia's blind 解 Persian blinds“～”。
1739 far too wide“～”,此处解 far and wide“～”。
1740 Urania“～”,司天文的女神,此处解 Uranus“～”。
1741 titaning 解 tightening“～”;也解 Titan“～”。
1742 rhean round 解 ring round“～”;也解 Rhea“～”,希腊神话中老一代主神克洛诺斯的妻子,神王宙斯的母亲;也解 rhea [希]“～”;也解 Rhea Silvia“～”,古罗马神话中的女祭司,建立罗马城的双胞胎兄弟罗慕勒斯和瑞摩斯的母亲。
1743 dragon snapping“～”;也解 snapdragon“～”。
1744 japets 解 Japan“～”;也解 Japetus“～”,土星的第三大卫星,拥有一个环绕球体半圈的赤道脊。
1745 rhodagrey 解 rhoda [希]“玫瑰”+grey“灰白的”。
1746 Satyrdaysboost 解 Saturn“～”;也解 Saturday best“～”;也解 Satyr“～”,希腊及罗马神话中半人半兽的森林之神,好色之徒+days“～”+boost“～”。
1747 Phoebe“～”,希腊神话中的月亮女神。
1748 nearest“～”;也解 dearest“～”。
1749 Irryland 解 Irland [德]“～”;也解 irre [德]“～”+land“～”。
1750 malahide 解 hide“～”;也解 mâla [拉]“～”;也解 Malahide“～”,都柏林北部的村庄。
1751 Liv [丹]“～”;也解 Anna Livia“～”,本书女主人公。
1752 betty ship 解 beautyship“～”;也解 petit ship“～”。
1753 jettyblack 解 jet-black“～”;也解“My Little Black Rose”“～”,爱尔兰歌曲。
1754 nivia 解 nivea [拉]“～”。
1755 ninsloes 解 non-sloes“～”。
1756 nan 解 Anna“～”,本书女主人公;也解 Paps of Ana“～”,位于爱尔兰凯里郡。
1757 peels“～”,此处解 peers“～”。
1758 bubblin 解 Dublin“～”。
1759 morrals 解 morals“～”。
1760 trundling“～”,此处解 Dublin“～”。
1761 pay up“～”;也解 play“～”。
1762 Kickakick“～”,此处解 kikke [丹]“～”。
1763 stick-in-the-block“～”,此处化自习语 stick in the mud(陷入泥坑);也解 stick [俚]“～”+in the“～”+block [俚]“～”;也解 stick“～”+block“～”。
1764 paunch“～”;也解 Punch“～”,英国木偶戏潘趣和朱迪的主人公,驼背。
1765 elbiduubled 解 L. B. W. 即 leg before wicket“～”;也解 doubler [法俚]“～”;也解 Dublin“～”;也解 bedevil“～”。
1766 meet oft“～”,此处解 mid off“～”,板球中左外野手位置。
1767 mate on“～”,此处解 mid on“～”,板球中右外野手位置。
1768 King Willow“～”,此处解[古体]“～”。
1769 hale“～”;也解 hail“～”。
1770 robberer 解 robber“～”。
1771 Cainmaker 解 Cain“该隐”+maker“制造者”;也解 rainmaker“～”。
1772 capapee 解 capapie“～”;也解 Cap-à-pie“～”。
1773 waxen ed 解 waxen+-ed“～”;也解 wax-end“～”。
1774 tarrant's brand 解 tyrant's hand“～”;也解 G. Tarrant“～”(1838—1870),著名板球手。
1775 hottoweyt 解 hot and wet“～”;也解 C. J. Ottoway“～”(1850—1878),著名板球手。
1776 quick“～”,此处解 six“～”。

半。她的灯彻底倾斜，一个颤抖的[1777]特朗布尔她体内灯芯[1778]阴茎|壹耳微蚵，铃啊铃唱啊唱[1779]兰吉斯辛吉。她必须吐出[1780]斯波福斯，她必须踢出，她那小鬼的灯[1781]淋巴的灯芯太粗[1782]厌恶的|想了，此时[1783]歪球正向上[1784]杰瑟普舔着冒烟的[1785]烟囱[1786]烟筒|阴户。她那三柱门[1787]阴户击球手的黑色[1788]无价值的|达夫后卫[1789]性交，无论何时她在新兴暴发户的贴板球[1790]之后，为了微醉的眨眼[1791]挑小圆片游戏|蒂尔兹利在她的柱子[1792]假肢后面驶[1793]过他那坑道裂开的[1794]滕尼克利夫袋装宽松裤[1795]，那时他站着[1796]斯塔兹，结结巴巴[1797]斯托达德、小跑[1798]特洛特、大声宣告[1799]特兰佩，来看哈里主子[1800]哈里斯勋爵的黑色火腿[1801]布莱克汉姆的红色小[1802]警察苹果[1803]亚伯，它胳肢着她的内部[1804]回合好在早晨[1805]六点[1806]踢于是锁住达到最佳状态[1807]板球场。用她的洋泾浜英语[1808]鸽子的语言|语给他一种运舌法[1809]，在球[1810]保释金|板球中三柱门上的横木上轻弹一下来润滑，来烧焦她，更快些，更快些。你们这个[1811]，你们猪[1812]这个，你们幸运的[1813]至此|哈齐五金商[1814]爱尔蒙格|雇佣！我的爱[1815]马格拉斯他是我的勤快人[1816]节庆猪|尸体|板球中用力低地地扔球，他是，来用砖堵住我的所有旧肯特路。他会赢了你的掷币[1817]，鞭打你那老汤姆的投球[1818]摸彩，而且我谅[1819]德尔你们，兵营里发情的母牛[1820]布勒，不敢让他大逆转[1821]！他真时髦！我爱[1822]板球中速度慢的低手球他。我们在把所有星星般的眼睛[1823]鸡蛋|复活节|收获|八月配对[1824]帕尔|标准的，直到枯干的大海[1825]马里波恩板球俱乐部跑着变向曲线[1826]。向灰烬[1827]灰烬杯宣言[1828]宣布本局结束，测试[1829]证人他的火柴[1830]对抗赛！三人对两人[1831]买二赠一|三次跑适合我，他给汝，她给

1777 trumbly 解 trembly“～”；也解 Trumble“～”，澳大利亚板球手。
1778 wick-in-her“～”；也解 wick［俚］“～”，此处化自习语 to dip (one's) wick(［粗俚］“男子性交”)；也解 Earwicker“～”，本书主人公。
1779 ringeysingey 解 ring“发出铃铃声”＋sing“唱歌”＋-ey；也解 Ranjitsinhji“～”，英国板球手。
1780 spofforth 解 spat forth“吐出”；也解 F. R. Spofforth“～”(1853—1926)，澳大利亚板球手。
1781 loomph 解 lamp“～”；也解 lymph“～”。
1782 thick“～”；也解 sick“～”；也解 think“～”。
1783 wide“～”，板球中被判远离击球员而送掉一分，此处解 while“～”。
1784 jessup 解 just up“正向上”；也解 G. L. Jessup“～”(1874—1955)，英国板球手。
1785 smooky 解 smoky“～”。
1786 shiminey 解 simne［爱］“～”；也解 chimney“～”；也解 chimney［俚］“～”。
1787 wickedy 解 wicket“～”；也解 wicket［俚］“”。
1788 duffed 解 dubh［爱］“～”；也解 duff“～”；也解 R. A. Duff“～”(1878—1911)，澳大利亚板球手。
1789 coverpoint“～”；也解 cover［俚］“～”。
1790 yorkers“～”，板球中投出后落在击球员前的板前球。
1791 tyddlesly wink 解 tiddly winks“～”；也解 tiddly winks“～”；也解 Tyldesley“～”(1873—1930)，英国板球手。
1792 stumps“～”，板球中三柱门的柱；也解“～”。
1793 druv 解 drove“～”。
1794 tunnilclefft 解 tunnel“坑道”＋cleft“裂成两半的”；也解 Tunnicliffe“～”，英国板球手。
1795 bagslops 解 bag“袋子”＋slops［俚］“宽松裤”。
1796 studd 解 stand“～”；也解 Studds“～”，19 世纪板球手。
1797 stoddard 解 stuttered“～”；也解 A. E. Stoddard“～”(1863—1915)，英国板球手。
1798 trutted 解 troted“～”；也解 Trott“～”，澳大利亚板球手。
1799 trumpered 解 trumpet“～”；也解 Trumper“～”，英国板球手。
1800 lordherry 解 Lord Harry“～”，魔鬼的昵称；也解 Lord Harris“～”(1851—1932)，著名的英国板球手。
1801 blackham 解 black“黑色”＋ham“火腿”；也解 J. McCarthy Blackham“～”(1854—1932)，澳大利亚板球手。
1802 bobby“～”，此处解 baby“～”。
1803 abbels 解 apples“～”；也解 Abel“～”，亚当的儿子，被哥哥该隐杀死。
1804 innings“～”，此处解 inner“～”。
1805 morm 解 morn“～”。
1806 kicksolock 解 six o'clock“～”；也解 kick so lock“～”。
1807 consortpitch“～”；其中 pitch 也解“～”。
1808 pigeony linguish 解 Pidgin English“～”；也解 pigeon-y language“～”；其中 linguish 也解 lingua［拉］“～”。
1809 Tipatonguing 解 Tip a tonguing“～”。
1810 bails“～”，此处解 balls“～”；也解 bail“～”。
1811 hek 解 haec［拉］“～”。
1812 hok 解 hog“～”；也解 hoc［拉］“～”。
1813 hucky 解 lucky“～”；也解 huc［拉］“～”；也解 Huckey“～”，板球手。
1814 hiremonger 解 ironmonger“～”；也解 Iremonger“～”，英国板球手；也解 hire“～”。
1815 Magrath“～”(1736—1760)，爱尔兰巨人，贝克莱主教的朋友，此处解 mo ghradh［爱］“～”。
1816 pegger“～”；也解 Pegger Festy 解 Pig“猪”＋Festy(King)“节庆(国王)”，故译“节庆猪”；也解 pegger［希伯来］“～”；也解 peg“～”。
1817 指板球比赛时双方队长通过掷币来决定哪一方有选择先击球或先投球的权力。
1818 tom's bowling“～”；也解 tombola“～”。
1819 darr 解 dare“～”；也解 A. G. Daer“～”，板球手。
1820 barrackybuller 解 Barrack“营房”＋bull“长期发情母牛”；也解 C. F. Buller“～”(1846—?)，板球手。
1821 break his duck“～”，此处化自习语 break one's duck(历经艰难后最终得分)。
1822 lob“～”，此处解 love“～”。
1823 Oogster 解 oog［荷］“眼睛”＋ster［荷］“恒星”；也解 egg“～”；也解 Easter“～”；也解 oogst［荷］“～”；也解 Oogst［佛］“～”。
1824 parring 解 pairing“～”；也解 George Parr“～”，英国板球手；也解 par“～”。
1825 empsyseas 解 empty seas“～”，此处化自苏格兰诗人彭斯的诗歌《我的爱人是朵红红的玫瑰》中的“Till a' the seas gang dry”(直到海枯石烂)；也解 MCC，即 Marylebone Cricket Club“～”。
1826 googlie 解 googly“板球中的变向曲线球”。
1827 ashes“～”；也解 The Ashes“～”，一个在英国和澳大利亚之间举办的板球对抗赛系列，得名于板球比赛后板球柱焚烧时留下的灰烬。
1828 Declare“～”，也指板球运动中的“～”。
1829 teste“～”，此处解 test“～”。
1830 metch 解 match“～”；也与前面合解 testmatch“～”，最传统的板球赛形式，每场赛事一般四到五天，无限制投球轮数，参与对抗赛的国家有资格上的限制。
1831 Three for two“～”，此处直译为“～”；也指板球运动中同时击球的一对球员“～”。

你。从容安闲[1832]，为了球场[1833]格雷西·菲尔德斯|格雷斯的恩慈，或者喧哗躁动[1834]变戏法|普雷，满满一杯[1835]艾伦，不久以后[1836]失误点我们俩都会陷入失足的困境[1837]在防守区接住了球，唯恐他累了[1838]他瘪胎了，戳破他的邓禄普胎[1839] C. E. 邓禄普，通过制造他的傻瓜宝宝来唤醒她的孙子[1840]《巴纳比·芬尼根》。老小丑[1841]阴茎|伟大的老人|梅里曼的游戏，与腿成直角[1842]左外场，戴着他的纯白[1843]利利怀特毛巾帽，穿着嗜好[1844]霍布斯之袜，还有他的智慧[1845]威斯登驼背[1846]，扎着他的托儿所[1847]围裙，拿着他的绅士手提包，他的花花公子[1848]低领口[1849]，他的法兰绒感的玩笑，与她交尾，举起又放下[1850]汉布尔登就像一位牢牢抓住的[1851]成功接住少女，一次又一次[1852]椭圆形的|阴户|椭圆体育场，伴以她的折痕[1853]区域线，那里根据适合女子的权利应该有她遭罪的衬垫[1854]，偷看[1855]踢，黎明[1856]比蒂·多兰的老屋[1857]棚屋|奇怪的|公鸡里的母鸡开始用公鸡的啼叫[1858]三 K 党|踢|钥匙笑着来摆脱，喔，喔，咯，咯，她被她那该绞死的鸟唤醒[1859]来喔喔啼[1860]的方式（怎么会？犯规投球[1861]诺布尔，他拿着他的球板！）九百三十二[1862]也肮脏未出局，从始至终早已过了早晨[1863]明天得胜的公鸡。

如何责备我们？

公鸡喔喔[1864]可可粉！

全能永生的主[1865]替武士持甲胄的人|一直禁食|一大群|大决战|统治者。喔喔[1866]复归！所以账单给脏腑[1867]碗中比利|伦敦。美色归美人。我们因此很乐于为了那些和他们的偏爱，在安全地享受[1868]被吩咐后回报听众的谢意。公鸡喔喔[1869]可可粉！有这样的男人，就有

1832 Goeasyosey 解 go easy“从容不迫的”＋easy-osey“安闲的”。

1833 fields“～”；也解 Gracie Fields“～”，英国 20 世纪歌唱家；也解 W. G. Grace“～”，英国板球手。

1834 hooley pooley 解 húille búille [爱]“～”；也解 hokey pokey“～”；也解 Edward Pooley“～”，英国板球手。

1835 cuppy“～”；也解 Gubby Allen“～”，英国板球手。

1836 bye and by 解 by and by“～”；其中 bye 也解“～”，指板球中球没有被击球员击中而直接落到防守球员无法立即处理的地方。

1837 caught in the slips“～”；也指板球中“～”。

1838 he'd tyre 解 he's tired“～”；也解 he'd flat tyre“～”，男人无精打采。

1839 dunlops 解 John Boyd Dunlop“～”(1840—1921)，英国轮胎和橡胶商；也解 C. E. Dunlop“～”，英国板球手。

1840 bornybarnies 解 barnebarn [丹]“～”；也解 Barnaby Finnegan“～”，歌曲名。

1841 merrimynn 解 merryman“～”，也解[俚]“～”；也与前面合解 Grand Old Man“～”，人们对英国首相格莱斯顿(1809—1898)的称呼；也解 W. R. Merriman“～”，英国板球手。

1842 square to leg“～”；也解 square leg“～”，板球术语。

1843 lolleywide 解 lily white“～”；也解 W. Lillywhite“～” (1792—1854)，著名板球投球手。

1844 hobbsy 解 hobby“～”；也解 Jack Hobbs“～”，20 世纪板球手。

1845 wisden 解 wisdom“～”；也解 J. Wisden“～”(1836—1884)，英国板球手。

1846 bosse [法]“驼背”。

1847 norsery 解 nursery“～”。

1848 playaboy 解 playboy“～”。板球球手分为“绅士”(业余选手)和运动员(职业选手)。

1849 plunge 解 plunging neckline“～”。

1850 hambledown 解 haul down“～”；也解 Hambledon“～”，英国汉普郡的城镇。

1851 wellheld 解 well held“～”；也解 well held“～”，板球中难球被接住时的说法。

1852 ovalled over 解 over and over“～”；也解 oval“～”；也解 ovale [法俚]“～”；也解 the Oval“～”，伦敦南部兰贝斯区的国际板球场。

1853 Crease“～”；也解“～”，板球场上画的边界线，通常用来裁定击球手出局或决定投球是否合理。

1854 pads“～”；也指板球的护具。

1855 keek“～”；也解 kick“～”。

1856 doran 解 dawn“黎明”；也解 Biddy Doran“～”，书中人物，与母鸡联系在一起。

1857 shantyqueer 解 sean-tigh [爱]“～”；也解 shanty“～”＋queer“～”；也解 chanticleer“～”。

1858 kikkery key 解 kikeriki [德]“～”；也解 KKK“～”；也解 kick“～”＋key“～”。

1859 wuck 解 woke“～”。

1860 doodledoo 解 cockadoodledoo“～”。

1861 Noball 解 No ball 板球中的“～”；也解 Noble“～”，英国板球手。

1862 dirty too“～”，此处解 thirty two“～”。

1863 morgans 解 morgens [德]“～”；也解 morgen [德]“～”。

1864 Cocorico [法]“～”；也解 Cocoa“～”。

1865 Armigerend everfasting horde 解 almighty and everlasting Lord“～”；也解 armiger“～”＋ever fasting“～”＋horde“～”；也解 Armageddon“～”，世界末日善恶交战的战场；也解 gerent“～”。

1866 Rico 解 Cocorico [法]“～”；也解 ricorso [意]“～”，意大利哲学家维科用此指人类历史发展中的回归阶段。

1867 bill to the bowe 解 bill to the bowel“～”，此处头韵，故译；也解 Billy-in-the-Bowl“～”，都柏林的一个无腿乞丐，抢劫并勒死行人；也解 Bow Bells“～”。

1868 enjoined“～”，此处解 enjoyed“～”。

1869 Cocoree 解 Cocorico [法]“～”；也解 Cocoa“～”。

这样的情人[1870]忒拉蒙|告诉男人直至女友。提珀雷里郡[1871]里的临时住所[1872]奶水井，儿子们，成群结队的旅行者，他们那适婚的[1873]可通马车的女儿们[1874]女儿|嫁妆，感谢[1875]贮水池|紧紧的汉娜你的汉娜[1876]，为了她签约[1877]收缩要成为[1878]拔河比赛他的工作人员[1879]个人的。回声[1880] ECH，合唱[1881]家庭杂务合唱回声[1882]！啊，我，你，啊，你，我！嗯，我们全都体贴地联合起来表达谢意[1883]，嗯，在再次经过的[1884]再次经过爱情之间，请阁下原谅，对于，嗯，冯·提珀雷里先生[1885]这里听到|温柔的|轻敲|夫人他的娱乐[1886]星期|创造的独有图像[1887]权，出现在尼普顿[1888]哨兵和特里同城[1889]特里同维勒路灯塔[1890]下一个永世的期刊里，带着，嗯，绕着整个宇宙的最宽广的循环。他在那儿[1891]回声，合唱[1892]家庭杂务，粗糙的合唱[1893]，合唱，公鸡合唱[1894]复归！我如何啊我的天耶胡[1895]我的我耶胡[1896]还有你对我啊？此外感谢谦逊的矮蜡烛[1897]小姐和整洁的床垫[1898]性交大师，他如此亲切地榨取[1899]递上|提供她们作为荣誉少女[1900]伴娘|我的销售术的服务[1901]希望，嗯，作为一个个的牵纱者[1902]承受压力的人。一个最友好的简短[1903]信件点头，向，嗯，作为预防[1904]预防疗法的耐心的奉送环[1905]林山德(承蒙允许)，向所有这类场合，可拆卸可替换(同样感谢！两个原封未动！)，用为健康干杯来表达由衷的谢意[1906]小胫骨。与他的马尔萨斯[1907]之耳一样，普罗米修斯的雷雨[1908]避雷针第一个(请[1909]祈祷|去！请！)教会爱的闪电如何(请吧[1910]怜悯|显示)，嗯，传导自己(谢谢[1911]怜悯，好枪法！只是还望不要提它！)。汝等所有教父和祖母[1912]山羊父亲们和呻吟母亲们都过来，汝等所有盖戳机和打桩机都过

1870 TellamanTillamie 解 tel［法］“有这样的”＋a man“男人”＋tel［法］“有这样的”＋a amie［法］“情人”；也解 Telamon“～”，希腊神话中勇猛的英雄埃阿斯的父亲；也解 tell a man till amie“～”。
1871 tipherairy 解 Tipperary“～”，爱尔兰的一个郡，阿达圣杯在此处被发现。
1872 Tubbernacul 解 tabernacle“～”；也解 Tobar Bainne［爱］“～”，爱尔兰都柏林郡的村镇名。
1873 carriageable“～”，此处解 marriageable“～”。
1874 tochters 解 daughters“～”；也解 Tochter［德］“～”；也解 tocher“～”。
1875 tanks tight 解 thanks“～”；也解 tanks“～”＋tight“～”。
1876 anne thynne 解 Anna“汉娜”，本书女主人公＋thy“你的”＋Anna“汉娜”。
1877 contractations 解 contract“～”；也解 contractio［拉］“～”。
1878 tugowards 解 towards“～”；也解 tug-o'-war“～”。
1879 personeel［荷］“～”；也解 personal“～”。
1880 Echo“～”；也解 ECH，本书主人公名字缩写的倒写。
1881 choree 解 Chor［德］“～”；也解 chore“～”。
1882 chorecho 解 Chor［德］“合唱”＋echo“回声”。
1883 gratias［拉］“～”。
1884 repassed“～”，此处解 repast“～”。
1885 herehear fond tiplady 解 Herr von Tipperary“～”；也解 here hear“～”＋fond“～”＋tip“～”＋lady“～”。
1886 weekreations 解 recreation“～”；也解 week“～”＋creation“～”。
1887 pigtorial 解 pictorial“～”。
1888 Neptune“～”，罗马神话中的海神。
1889 Tritonville 解 Triton“特里同”，罗马神话中海神的儿子＋ville“城市”；也解 Tritonville Road“～”，位于都柏林。
1890 Lightowler 解 Light tower“～”。
1891 Echolo 解 eccolo［意］“～”；也解 Echo“～”。
1892 choree 解 Chor［德］“～”；也解 chore“～”。
1893 choroh 解 Chor［德］“合唱”＋roh［德］“生的”。
1894 chorico 解 Cocorico［法］“公鸡喔喔”；也解 ricorso［意］“～”，意大利哲学家维科的术语。
1895 youhou 解 yahoo“～”。
1896 youtou 解 yahoo“～”；也解 you too“～”。
1897 Glimglow 解 glim［俚］“蜡烛”＋low“低的”。
1898 Mettresson 解 mattress“～”；也解 le mettre［法俚］“～”。
1899 profiteered“～”；也解 proffer“～”；也解 offer“～”。
1900 demysell 解 damsel“～”；也解 damosel“～”；也解 my sell“～”。
1901 serwishes 解 service“～”；也解 wishes“～”。
1902 strainbearer“～”，此处解 trainbearer(婚礼中的)“～”。
1903 brief“～”；也解 Brief［德］“～”。
1904 prevenient“～”；也解 preventive“～”。
1905 ringasend 解 ring à(［法］“去”) send“奉送之环”，指避孕套；也解 Ringsend“～”，都柏林南部的郊区。
1906 dankyshin 解 dankeschon［德］“～”；也解 dinky shin“～”。
1907 Malthus 解 T. R. Malthus“～”(1766—1834)，英国人口学家和政治经济学家。
1908 paratonnerwetter 解 Donnerwetter［德］“～”；也解 paratonerre［法］“～”。
1909 pray go 解 prego［意］“～”；也解 pray“～”＋go“～”。
1910 pity shown 解 bitteschon［德］“～”；也解 pity“～”＋show“～”。
1911 mercy“～”，此处解 merci［法］“～”。
1912 goatfathers and groanmothers 解 godfather and grandmother“～”；也解 goat fathers and groan mothers“～”。

来,汝等所有省力设计者和载电[1913]莱顿瓶装置[1914]红利都过来,防火挡板[1915]火灾巡视器、供水系统,对他深表同情[1916]!所有一切依然是生命天然与死亡同在[1917]昨天,一切智慧之词[1918]依然势必是,去做和去经受,每个生物,每个地方,如果你愿意,仁慈地同情她!此时灰花斑的[1919]黎明慢慢走近靠近接近好来唤醒所有在都柏林昏昏欲睡的懒汉。

汉弗利之地[1920]驼背人和汉娜天空[1921],现在永远根据胎盘[1922]地点|猎人平面图在吻合术[1923]出口中结合,留须的情郎和美丽的情妇[1924]颠茄。所有男人[1925]死去的和爱斯基摩人[1926]平面图,他们因此将在新的欲望前解开[1927]谁会分开枷锁,废除《联合法案》[1928]来在分裂的纽带中团结。肃静[1929]啊,是的|笨蛋!肃静!收回你的成员!结束。这个内室忍受了被中断[1930]被公开放弃|断开。这类先例很大程度上是导致作为公平兄弟运动场[1931]的终身背阴面的唐纳利果园[1932]中缺乏集体禁欲的原因。大家伙[1933],把你的壶[1934]阴户|咯咯叫|三K党锁起来!汉娜[1935],把你的灯芯[1936]阴茎|壹耳微蚵|口哨吹灭!拿走[1937]大吃大喝桌单!你从未泡茶!你可以直接回到[1938]你的大洪水前[1939]大洪水前的|汉娜·丽维娅,汉弗利[1940],在那之后!

在首先没有打扰[1941]手淫你的邻居[1942]接近的|粗野的人的情况下回去休息了,令人困惑的描述下的人类。其他人像你那样厌倦了自己。让每个人学会忍受自己。严格禁止在那些应专心睡眠的时间里抽玉米烟斗、吐痰、酒馆闲聊、循环摔跤、粗俗的求欢、污言秽语,等等。在你脱下衣服前前后后看看。在隐居

1913 chargeleyden 解 charge laden“～”；也解 Leyden jar“～”，一种用以储存静电的装置。
1914 dividends“～”，此处解 device“～”。
1915 firefinders“～”，此处解 fire fenders“～”。
1916 condeal 解 condole“～”。
1917 inyeborn 解 eingeboren［德］“～”；也解 indé［爱］“～”。
1918 verbumsaps 解 verbum sap［拉］“～”。
1919 dapplegray 解 dapple-grey“～”。
1920 Humperfeldt 解 Humphrey“汉弗利”＋Feld［德］“场地”；也解 Hump-er“～”。
1921 Anunska 解 Anna“汉娜”＋sky“天空”。
1922 placehunter 解 placenta“～”；也解 place“～”＋hunter“～”。
1923 annastomoses 解 anastomosis“～”；也解 anastomosis［希］“～”。
1924 donahbella 解 donah［俚］“情妇”＋bella［法］“美好的”；也解 belladonna“～”。
1925 Totumvir 解 totum［拉］“全部”＋vir［拉］“男人”；也解 Tot［德］“～”。
1926 esquimeena 解 Eskimo“～”；也解 esquema［西］“～”。
1927 separate“～”；也解 Quis separabit［拉］“～”，圣帕特里克的铭言“谁会分开”。
1928 act of union 解“Act of Union”“～”，1801 年 1 月 1 日联合爱尔兰王国和大不列颠王国成立了大不列颠和爱尔兰联合王国。
1929 O yes“～”，此处解 oyez“～”；也解 oie［法］“～”。
1930 abjourned 解 adjourned“～”；也解 abjured“～”；也解 ab-(［德］“离开”)＋join，即“～”。
1931 Fairbrother's field 解 Fairbrother's Fields“～”，位于都柏林的自由区。
1932 Donnelly's orchard 解 Donnelly's Orchard“～”，位于都柏林的库洛克街。
1933 Humbo 解 jumbo“～”。
1934 kekkle 解 kettle“～”，在俚语中指“～”；也解 cackle“～”；也解 KKK“～”。
1935 Anny 解 Anna“～”，本书女主人公。
1936 wickle 解 wick“～”，在俚语中指“～”；也解 Earwicker“～”，本书男主人公；也解 whistle“～”，此处化自习语 blow the whistle on(告发)。
1937 Tuck away“～”，此处解 Take away“～”。
1938 go rightoway back to 解 go right way back to“～”。
1939 Aunty Dilluvia 解 antediluvium［拉］“～”；也解 antediluvian“～”；也解 Anna Livia“～”，本书女主人公。
1940 Humprey 解 Humphrey“～”，本书男主人公。
1941 misturbing 解 disturbing“～”；也解 masturbating“～”。
1942 nighboor 解 neighbour“～”；也解 nigh“～”＋boor“～”。

之处能提供的最严格保密性下脱衣服[1943]穿衣服的。不要在壁炉栅栏前或朝窗户外排水。永远不要在床上离婚，手套会暴露你。女仆毛德[1944]灰格子呢旅行毯傻瓜说不，但是对祖母[1945]唠唠叨叨（为了你的生命，要不要！）她对她那个负责所有家务的知心朋友（而且你觉得我的玛奇[1946]玛德莱娜蛋糕看到了什么？）：这个蠢家伙把大部分都一扫而空，与所有相当老的合伙人一起（你听说过一个低入尘埃的谦卑[1947]汉布尔登|憨蛋呆蛋绅士[1948]丛林的人他如何遇到[1949]打赌伯恩与布希[1950]燃烧的荆棘扮成爸爸和妈妈[1951]挂钩和雄猫？）；抹大拉的[1952]易感伤的|马格德林文化|莫德林学院河流那时得到了它该得的（在喧闹声上加上一两声丁当[1953]要做的一件事）；因此有那些洗衣妇（啊，让我对玛奇们更糊涂一些！我是说白皙的[1954]白色的|劳动服马奇·埃利斯[1955]和棕肤的[1956]布朗尼蛋糕抹大拉[1957]易感伤的）。注意一切！都柏林[1958]每个狗娘养的[1959]挖沟机的懦夫会让我们知道一切，如果你已经通过无论你的租金愿意接受丧失抵押品赎回权，还是对你的应付欠款感到吃惊，从而支付了罚金[1960]送奶工人。这是认真说的。这里的是一个待租房[1961]哈姆雷特，而非一家旅馆[1962]奥赛罗|火热地狱|霍斯。

没错，老的老家伙们[1963]！

事实上，一切很快就如所有古老的权利，就如曾在非常古老的地方的随便什么[1964]任何事是。他是否要，当[1965]被[1966]的那只孵卵公鸡[1967]晚钟|宵禁呼唤[1968]烫伤，去在这里在这样的时间点划定界限[1969]划定教区范围，因为这是[1970]论文收集[1971]聚起|萨麦尔所有伍德的半

1943 clothed“～”,此处解 clothes“～”。

1944 Maud“～”,此处解 Maud Gonne“～”(1866—1953),爱尔兰女演员,叶芝的恋人。

1945 Omama [德]“～”。

1946 Madeleine“～”,法国作家普鲁斯特的《追忆似水年华》中著名的引起回忆的事物,此处解 Maggies“～”,本书主人公的女儿。

1947 humbledown 解 Humble & Down-to-earth“～”;也解 Hambledon“～”,英国城市,18 世纪时以板球运动著名;也解 Humpty Dumpty“～”。

1948 jungleman 解 gentleman“～”;也解 jungle man“～”。

1949 bet“～”,此处解 met“～”。

1950 byrn-and-bushe 解 Feagh MacHugh O'Byrne“费格·马赫·奥伯恩”(1543—1597),爱尔兰起义者的领袖,1598 年在都柏林被杀+and“和”+Charles Kendal Bushe“布希”(1767—1843),爱尔兰律师,曾任爱尔兰副检察长;也解 Burning Bush“～”,指耶和华神向摩西在燃烧的荆棘火焰中显现。

1951 peg and pom 解 pap and mom“～”;也解 peg and tom“～”。

1952 maudlin“～”,此处解 St. Mary Magdalene“抹大拉的玛利亚”,她曾是妓女,悔罪后基督耶稣将 7 个魔鬼从她体内驱逐出去;也解 Magdalenian“～”,欧洲旧时代晚期的文化;也解 Magdalen College“～”,牛津大学的学院之一。

1953 a ding or do 解 a ding or two“～”;也解 a Ding([德] [荷]“事情”) to do“～”。

1954 bawnee 解 bawn [英爱]“～”;也解 bán [爱]“～”;也解 bawneen“～”。

1955 Madge Ellis“～”,都柏林音乐厅演员,1903 年左右一队学生把女子紧身褡扔到他身上。

1956 brownie“～”,此处解 browny“～”。

1957 Mag Dillon 解 St. Mary Magdalene“抹大拉的玛利亚”;也解 maudlin“～”。

1958 Dupling 解 Dublin“～”。

1959 ditcher's dastard 解 bitch's bastard“～”;也解 ditcher's dastard“～”。

1960 mulctman 解 mulct“～”;也解 milkman“～”。

1961 homelet 解 home to let“～”;也解 Hamlet“～”,莎士比亚的《哈姆雷特》中的丹麦王子。

1962 hothel 解 hotel“～”;也解 Othello“～”,莎士比亚的悲剧《奥赛罗》的主人公;也解 hot hell“～”;也解 Howth“～”。

1963 oldun 解 old ones“～”。

1964 anywas 解 irgendwas [德]“～”;也解 any was“～”。

1965 hwen 解 when“～”。

1966 of“～”,此处解 by“～”。

1967 couverfowl 解 couver [法]“孵卵”+fowl“家禽”;也解 curfew“～”;也解 couvre-feu [法]“～”。

1968 scalded“～”,此处解 called“～”。

1969 beat the bounds“～”,围绕教区四周行走并用杆插入地面以划定界限,此处直译。

1970 this is“～”;也解 thesis“～”。

1971 for at sammel up 解 for at samle op [丹]“～”;也解 sammel [德]“～”;也解 Sammael“～”,犹太教的先知,《塔木德》中称萨麦尔是以扫的守护天使,是七大天使之一。

便士[1972]树林的干草便士和河[1973]四币[1974](三声响后面的一半[1975]五十|帮派|行走罚金加上[1976]乘|多得多二十份[1977],全都加给一张五镑钞票,以及两点[1978],或者罗马人[1979]流浪者的数字LVⅡ[1980] 57|十一|和做小事情|女精灵),同时他的头[1981]乘务员车厢为了槲鸫[1982]投射物举起[1983],但是唱出[1984]厄乌得琴|老的了他那作为康沃尔郡标志的准歌曲[1985]帕勒桑;我的父亲来自阿彭策勒[1986],老男孩儿他特拉拉[1987]他高洞;警察[1988]政客|叹气巡警[1989]寻找者|高山牧场牧民|萨克森完全确信,城里人[1990]好像,克拉姆林[1991]从他的饥饿[1992]挂钩|饥馑|嘲笑中安静下来,他将让大家相信保证绝对没有[1993]确定的|该死的|上帝|预定的命运|商品|在被埋葬之前幽灵[1994]般的光透过[1995]捕海龟|土耳其任何一扇[1996]汉娜叔叔的窗户[1997]黑暗的风之眼。再多些,除非我们从来没有被这样错待,如果他让他的靴子安静地停下,这个在另一个旁边,就在路上,他不会抓住任何来自隐藏处或洞穴的声音,在另一边,流动的水[1998]魔杖|什么|墙是吉卜赛人般的[1999]水,现在告诉他,告诉他一切,关于汉[2000]火腿和丽维娅[2001]号衣的一切,停下,在利菲河里为汉干杯,脱脂乳[2002]黄油|更多与橘子酱[2003]低语|满载的,桂格燕麦[2004]唤醒的人给利菲河上的他。曙光[2005]四个|矿石!四点[2006]害怕时刻!它最终过去了!面包配鳕鱼然后鲱鱼[2007]赞美主|面包|女主人,或者他们树木[2008]木制家用器皿中间[2009]杂种狗的轻风。

嘘!我们只能用我们的薄雾之光来看,当然[2010]必然结果,在我们看来,我和我的帮助[2011]爱尔兰皇家警察辅助队,吉米·达西[2012],我们不是吗,吉米?——谁去一起看?亲亲!不是开玩笑[2013]基德

1972 wood's haypence"～",此处解 Wood's halfpence"～",英国铸币商威廉·伍德 1724 年通过买得爱尔兰铸币权在爱尔兰发行劣质铜币,因遭到斯威夫特领导的爱尔兰人的坚决抵制而失败。

1973 riviers [荷]"～";也解 vier [德]"～"。

1974 argent [法]"～"。

1975 half back from three gangs 解 half back from three bangs"～",指凌晨 3 点半;也解 halvtredsindstyve [丹]"～";其中 gangs 也解"～";也解 Gang [德]"～"。

1976 multaplussed 解 multa [拉]"罚金"+plused"加";也解 multiplied"～";也解 multo plus [拉]"～"。

1977 twentylot 解 twenty"二十"+lot"份"。

1978 指凌晨 3:57。

1979 roamer"～",此处解 Römer [德]"～"。

1980 ell a fee and do little ones 解 L a V and two little ones"～",即罗马数字中的"～";也解 elf [德]"～"+and do little ones"～";也解 elfe [德]"～"。

1981 caboosh 解 caboche [法]"～";也解 caboose"～",火车上乘务员专用的车厢。

1982 thrushes' mistiles 解 mistle thrush"～";也解 missiles"～",指粪便。

1983 opheld 解 upheld"～"。

1984 oud"～",此处解 out"～";也解 oud [荷]"～"。

1985 parasangs"～",古代波斯的距离单位,此处解 para-"相似的"+songs"歌曲"。

1986 mean fawthery eastend appullcelery 解 Min Vatter ischt en Appenzeller [德](阿彭策勒方言)"～",瑞士地名,位于阿彭策尔州。

1987 he high hole"～",此处为拟声词,故译。

1988 pollysigh 解 Polizei [德]"～";也解 polly"～"+sigh"～"。

1989 Seekersenn 解 sicher sein [德]"～";也解 Seeker"～"+Senn [德]"～";也解 Sackerson"～",莎士比亚时代环球剧院附近养的一头熊。

1990 towney 解 towny"～"。

1991 crumlin 解 Crumlin"～",都柏林的地区名。

1992 hoonger 解 hunger"～";也解 hanger"～";也解 honger [荷]"～";也解 hoon [荷]"～"。

1993 mac siccar of inket goodsforetombed 解 mach' sicher [德]"使相信"+sikker af intet gudsfordømt [丹]"确保绝对没有";其中 siccar 也解"～";其中 goodsforetombed 也解 Gottverdammte [德]"～";也解 God"～"+foredoom"～";也解 goods"～"+fore-tombed"～"。

1994 ereshiningem 解 Erscheinungen [德]"～"。

1995 turkling 解 through"～";也解 turtling"～";也解 Turkey"～"。

1996 eitheranny 解 either one(两者中的)"～";也解 Anna"～",本书女主人公。

1997 thuncle's windopes 解 uncle's windows"～";也解 Dunkel([德]"黑暗")'s wind ôps([希]"眼睛")"～"。

1998 wand"～",此处解 vand [丹]"～";也解 what"～";也解 Wand [德]"～"。

1999 gypsing 解 Gypsies"～"+ing。

2000 ham"～",此处解 Humphrey"汉弗利",本书男主人公。

2001 livery"～",此处解 Livia"～",本书女主人公。

2002 buttermore 解 buttermilk"～";也解 butter"～"+more"～"。

2003 murmurladen 解 marmalade"～";也解 murmur"～"+laden"～"。

2004 waker oats 解 Quaker Oats"～";也解 waker"～"。

2005 Faurore 解 aurore [法]"～";也解 four"～"+ore"～"。

2006 Fearhoure 解 vier Uhr [德]"～";也解 Fear hour"～"。

2007 Loab at cod then herrin 解 loaf at cod then herring"～";也解 Lobet Gott den Herrn [德]"～";其中 Loab 也解 hleb [塞维]"～";herrin 也解 Herrin [德]"～"。

2008 treen"～",此处解 tree"～"。

2009 mong"～",此处解 among"～"。

2010 cert"～",此处解 certo [拉]"～"。

2011 auxy 解 auxilium [拉]"～";也解 Auxies"～",由英国人于 1920 年建立。

2012 d'Arcy 解 Darcy"～",英国女作家奥斯丁的小说《傲慢与偏见》的男主人公。

2013 Nokidd 解 no kidding"～";也解 Captain Kidd"～"(1645—1701),即威廉·基德,苏格兰海盗。

船长，船长[2014]，他请我们的客，三位欢乐的邮差，首先是一对儿蒙特乔[2015]乔伊斯，坚果味的忍冬[2016]伍德拜恩香烟与他的吉百利巧克力[2017]滑稽的无赖比利，从我们的皇家剧院[2018]上帝的诙谐哑剧[2019]获得活力[2020]突然出现，在泰迪·麦芽酒的剑桥臂膀酒吧[2021]的雅室里，那时我们正在放，王冠到花生上，如果他是后妈[2022]，老头重脚轻的家伙，或者一个寡妇[2023]伐木工，他说，小伙子们，把他的白帽子[2024]好人|白发的头放低，抹掉泡沫，喝着威士忌[2025]刷刷地移动|吹口哨|希望，怀着对老国的所有敬意，明日的同志们，我们，愿他终生强大，满满一杯[2026]奇怪的屏幕|皮革献给我们万圣的[2027]国王，他转过去面向[2028]焊接墙壁的画像[2029]大水罐，（上帝使其绵长！）他的立场是，在所有[2030]洞该死的[2031]恳求教堂麦芽酒[2032]丘吉尔和远处的海底酒吧前给他扎上皮带、穿上半筒靴[2033]，但是他根本没有在港口制造阶层，在我们的休战者之间建立浇筑的伙伴关系，作为一个流亡者，他不是吗，吉米？谁忠实于我？尿[2034]嘘|姐妹！吮蜜者[2035]金银花|蜜雀，那是我的年轻夫人在这里所是，弗雷德·阿特金斯[2036]，吹号手弗雷德，从纳塔尔省[2037]梅尔莫斯[2038]塞巴斯蒂安·梅尔莫斯的一路，她叫着他，降下军旗[2039]，宝宝，当他提出关于[2040]秘密蛇国的某些问题，这正是我们坐[2041]撒旦|萨顿地峡下来的时候，怎么样，吉米？——谁有香烟[2042]要申报？尿[2043]嘶嘶声！在水流[2044]女服务员交汇之处谈及我们的凤凰公园流浪者[2045]康诺特游骑兵，蒲公英[2046]讲究的路线，来自切尔西的埃尔希[2047]，两个穿蓝衣服的[2048]盛开|穿着灯笼裤小姑娘[2049]，那些公园害虫[2050]寒冷的，红顶草、蓟草和野荠

2014 captn 解 Captain“～”。
2015 Mountjoys“～”,都柏林监狱名,也是啤酒厂名;也解 Joyce“～”。
2016 woodbines“～”;也解 Woodbine cigarettes“～”,英国香烟品牌。
2017 cadbully's choculars 解 Cadbury's chocolate“～”,英国巧克力品牌;也解 jocular cad Billy“～”。
2018 Theoatre Regal 解 Theatre Royal“～”;也解 theos [希]“～”。
2019 puntomine 解 pantomime“～”。
2020 pepped“～”;也解 popped“～”。
2021 Cambridge Arms“～”,都柏林酒吧。
2022 stepmarm 解 stepmother“～”。
2023 wouldower 解 widower“～”;也解 Waldhauer [德]“～”。
2024 Whitby hat 解 white hat“～”,也指“～”,美国西部片中好人戴白帽子,坏人戴黑帽子;也解 White Head“～”,指芬·麦克尔,因为 Finn MacCool 的意思是“白发的头”或“白色的帽子”。
2025 whishing“～”,此处解 whiskey“～”+-ing;也解 whistling“～”;也解 wishing“～”。
2026 cuirscrween 解 crúiscín lán [爱]“～”;也解 queer screen“～”;也解 cuir [法]“～”。
2027 allhallowed 解 All Hallows“～”+-ed。
2028 weld“～”,此处解 towards“～”。
2029 pitchur 解 picture“～”;也解 pitcher“～”。
2030 hole“～”,此处解 whole“～”。
2031 pleading“～”,此处解 bleeding“～”。
2032 churchal 解 church ale“～”;也解 Winston Churchill“～”(1874—1965),英国首相。
2033 blucher 解 bluchers“布吕歇尔靴”,一种以滑铁卢战役中普鲁士元帅布吕歇尔的名字命名的半筒靴。
2034 Sish 解 piss“～”;也解 hush“～”;也解 sister“姐妹”。
2035 Honeysuckler 解 Honey“蜂蜜”+suckle“吮吸”+-er;也解 Honeysuckle“～”;也解 honeysucker“～”。
2036 Fred Watkins 解 Fred Atkins“弗雷德·阿特金斯”,敲诈者,在王尔德的第二次审判时做伪证。
2037 Natal“～”,南非联邦和 1994 年以前南非共和国四个省之一。
2038 Melmoth“～”,南非共和国地名;也解 Sebastian Melmoth“～”,英国作家奥斯卡·王尔德出狱后在巴黎使用的笔名。
2039 一种海军致礼的仪式。
2040 vivaviz 解 vis-à-vis“～”。
2041 sutton 解 sitting“～”;也解 Satan“～”;也解 Sutton“～”,霍斯与大陆之间的地区。
2042 sinnerettes 解 cigarettes“～”。
2043 Phiss 解 piss“～”;也解 hiss“～”。
2044 waitresses“～”,此处解 waters“～”,此处出自莫尔的歌曲《水流交汇》(The Meeting of the Waters)。
2045 Rangers“～”;也解 Connaught Rangers“～”,英国第 88 步兵团。
2046 daintylines 解 dandelions“～”;也解 dainty lines“～”。
2047 Elsies from Chelsies 解 Elsie from Chelsea“～”,英国伦敦电车上日常播放的流行歌曲。
2048 in blooms 解 in blue“～”,此处化自歌曲 Two Little Girls in Blue(《两个穿蓝衣服的小姑娘》);也解 in bloom“～”;也解 in bloomers“～”。
2049 legglegels 解 little girls“～”。
2050 pest of parkies 解 park-pest“～”,指在公园里勾引女孩的人;也解 parky“～”。

子，如果他们要奉我们召集[2051]聚集的命令放弃[2052]饶恕他们的性[2053]蒙上水汽犯罪，他必须对该隐式甜言蜜语[2054]甘蔗一无所知，党派，不，吉米·天主教徒之子[2055]帕特里克|乌鸦叫声|锁？谁侵犯了我？尿[2056]割礼！那是他戴着[2057]他的假发，嚼着他的枫树口香糖，那是我们的爷爷[2058]谷物，比亚兹莱[2059]先生，一位有修养的[2060]共犯市长，真正最伟大者中的伟大者，那是从他自己的神圣[2061]有香味的嘴里他悄悄地[2062]阴部告诉我们，他过去曾经是，我的小伙子们，在这个圣诞节[2063]红酒|行为到来之前，说什么，我们的非国教徒吉米？谁怕四位大师[2064]所有大师！嗨，黑猩猩·布朗诺兰[2065]诺拉镇的布鲁诺|现在长，我自己甜蜜的小子[2066]生气情人，他在乞丐林[2067]乞丐的矮树林后面把他的触角伸向我，弗雷德[2068]和平|和睦做了，你不要成为一个傻瓜[2069]！带上一个[2070]加里欧文|《加里欧文》，他说，尽管我们可以游[2071]被放逐的遍这个世界[2072]王尔德。我们必须窥视吮蜜者的半个后部，现在他那老脸的阿迪劳恩勋爵[2073]很难独自，伴以他的防御工事在他休战[2074]武器静静地呆着|徽章|楼梯期间放下，我的弗雷德说，还有这里的詹姆逊威士忌[2075]，这，乖孩子[2076]投票反对，她只不过必须，她说，我们的乖乖，她会从她的视角撩起[2077]向上翘的|迷迭香裙子（你飞走[2078]道路了！就像一只画眉[2079]马蹄叉|青蛙|新鲜的！）好在音乐中[2080]音乐厅拜访勿忘我[2081]不要娶我的时候，让荷叶边[2082]不碰到草，以及在无赖回来之后，只用一个卷曲步就在他面前露出[2083]配对她的大腿[2084]，这我们觉得他是[2085]战争一个枪手[2086]已死之人|贡纳|迈克尔·冈恩，他喜不自禁地摆上两瓶欢乐酒[2087]欢乐|麦芽酒，配

2051 foregathered“～”，此处解 versammelt［德］“～”。
2052 for giving up“～”；也解 forgiving“～”。
2053 fogging“～”，此处解 fucking“～”。
2054 canesugar 解 Cain“该隐”＋sugar“甜言蜜语”；也解 sugarcane“～”。
2055 MacCawthelock 解 Mac Catholic“～”；也解 Patrick“～”；也解 Caw“～”＋the lock“～”。
2056 Briss［德］“～”，此处解 piss“～”。
2057 wiv 解 with“～”。
2058 grainpopaw 解 grandpapa“～”；也解 grain“～”。
2059 Beardall 解 Aubrey Beardsley“～”(1872—1898)，英国插画艺术家，为王尔德的《莎乐美》作图。
2060 accompliced 解 accomplished“～”；也解 accomplice“～”。
2061 scented“～”，此处解 sainted“～”。
2062 privates“～”，此处解 privately“～”。
2063 wineact 解 Weihnachten［德］“～”；也解 wine“～”＋act“～”。
2064 all masters“～”，此处解 four masters“～”。
2065 Nowlong 解 Brownw and Nolan“布朗和诺兰”，都柏林著名书籍和文具商店的店名；也解 Bruno of Nola“～”，意大利 16 世纪哲学家；也解 Now long“～”。
2066 boosy 解 Bosie“～”，英国作家王尔德对自己的同性情人道格拉斯勋爵的称呼；也解 boos［荷］“～”。
2067 beggar's bush“～”，此处解 Beggarsbush“～”，原为都柏林乞丐聚集并伏击路人的树林，在现在的鲍尔斯桥附近。
2068 Freda 解 Fred“～”，人名；也解 Friede［德］“～”；也解 frid［瑞］“～”。
2069 emugee 解 M-U-G［英俚］“～”。
2070 Carryone 解 Carry one“～”；也解 Garryowen“～”，爱尔兰作家格里芬的小说《学院学生》中的地名，寓指爱尔兰；也解 Garryowen“～”，爱尔兰进行曲，也是托马斯·穆尔的歌曲《我们将漫游这个世界》的曲调。
2071 marooned“～”，此处解 May Roam“～”。
2072 woylde 解 world“～”；也解 Oscar Wilde“～”，爱尔兰作家。
2073 Hardalone 解 Lord Ardilaun“～”，健力士酒厂创始人亚瑟·健力士之子；也解 hard alone“～”。
2074 wappin stillstand 解 Waffenstillstand［德］“～”；也解 weapon stand still“～”；也解 Wappen［德］“～”＋stair“～”。
2075 Jemassin 解 Jameson, John and Sons“～”，都柏林威士忌酒厂的名字。
2076 pip it“～”，此处解 poppet“～”，斯威夫特在给恋人以斯帖·琼苏的信中对她的称呼。
2077 retroussy 解 retroussé［法］“～”；也解 retrousse“～”；也解 rosemary“～”。
2078 Way“～”，此处解 Away“～”。
2079 Frush“～”，此处解 thrush“～”；也解 Frosch［德］“～”；也解 fresh“～”。
2080 musichall“～”，此处解 musical“～”。
2081 wetmenots 解 forget-me-nots“～”；也解 wed me not“～”。
2082 flouncies 解 flounce(衣裙的)“～”。
2083 pair“～”，此处解 bare“～”。
2084 fiefighs 解 thighs“～”。
2085 wars 解 was“～”；也解 war“～”。
2086 gunner“～”；也解 goner“～”；也解 Gunnar“～”，北欧神话中的布伦希尔德的丈夫；也解 Michael Gunn“～”(1840—1901)，都柏林娱乐剧院的经理。
2087 joy“～”，在都柏林俚语中指都柏林蒙特乔啤酒厂的“～”，故译为“～”。

以一瓶弗雷德拥有的香迪酒，和一瓶干甜雪莉酒，那是他开始喜欢的，我对吗，吉米，我的老棕肤兄弟[2088]自由的人|修士？——谁的悲哀[2089]西班牙甜雪莉酒|痛心的，啊，非常好[2090]因此，我的|淡色干雪莉酒！

懒懒散散地追随到海角[2091]看见|要点，在国王山的阴影下面，我们每个人[2092]充分利用的同类，他的赞美诗[2093]诅咒|拿单被取缔，他的头[2094]希望|农家院落戴着兜帽，接风[2095]苍穹|哪一个|枯萎宴[2096]战争航行|预兆，你好吗[2097]？圣母玛利亚[2098]《冬青与常春藤》，悲伤的常青藤，女巫与妓女[2099]婊子，黑肤的阿特金斯[2100]，你们两个一抓一大把的[2101]骑兵[2102]，你在那里吗？是白雪休战吗，覆盖月亮的大雪？或者悬挂在地球上面琥珀色[2103]红棕色的的雷雨云[2104]苍穹|伏尔甘他的雷霆弹[2105]？二号来了！内里满满！很小的一部分云被瞥见？或者雨水点点滴滴地噼啪[2106]去核机落下？如果水在流动时能说话该有多好！糖浆汤姆[2107]刺痛感|蒂姆·芬尼根，停下[2108]棺罩|拉钟声！伊茜忙于走下溪谷！米斯巴[2109]瞭望哨牛叫，你你，一号[2110]，好重的湿度[2111]谦卑！听，被误导的贵妇[2112]无与伦比的，请！你当然是。你这样错过了他，听着[2113]槲寄生|太少了！当然，我在我们之间的誓言，没有一个圣诞季像他一样咧着嘴[2114]在这里去听。尘归尘，土归土[2115]火|白蜡树|甜的！既然艾伦·流氓[2116]爱吻者诺拉[2117]，这是所有白皙的黑肤外国人[2118]巴尔多伊尔镇|杀|生面团|大厅。尿[2119]特里斯丹|三！只有这样的树才是那样的，在那里摇曳，伯克树[2120]、奥布莱恩树[2121]奥布赖恩小姐、罗恩树[2122]花椒树、奥康内尔树[2123]山茱萸树，多风凉亭[2124]风亭附近的含笑花[2125]灌木丛，大[2126]更多大树[2127]杜鹃花。颤抖[2128]大

2088 freer“～”，此处解 frère［法］“～”；也解 Friar“～”。
2089 dolour“～”；也解 oloroso“～”；也解 doloroso［西］“～”。
2090 so mine“～”，此处解 so fine“～”；也解 fino［西］“～”。
2091 seepoint 解 Seapoint“～”；也解 see“～”＋point“～”。
2092 eke“～”，此处解 each“～”。
2093 nathem 解 anthem“～”；也解 anathema“～”；也解 Nathan“～”，《撒姆耳记下》第 12 章中的预言者。
2094 hofd 解 hoofd［荷］“～”；也解 hofft［德］“～”；也解 Hof［德］“～”。
2095 welkim 解 welcome“～”；也解 welkin“～”；也解 welchem［德］“～”；也解 welken［德］“～”。
2096 warsail 解 wassail“～”；也解 war sail“～”；也解 varsel［丹］“～”。
2097 how di' you dew 解 how do you do“～”。
2098 Hollymerry 解 Holy Mary“～”；也解“The Holly and the Ivy”“～”，18 世纪起英国流行的圣诞歌曲。
2099 whicher and whoer 解 witch and whore“～”；其中 whoer 也解 hoer［荷］“～”。
2100 Atkins 解 Tommy Atkins“汤米·阿特金斯”，英国士兵的俗称。
2101 tanapanny 解 ten a penny“多到很不值钱”。
2102 troopertwos 解 two troopers“～”。
2103 umber“～”，此处解 amber“～”。
2104 wolken 解 Wolke［德］“～”；也解 welkin“～”；也解 Vulcan“～”，罗马火神。
2105 fulmenbomb 解 fulmen［拉］“雷霆”＋bomb“炸弹”。
2106 pitter“～”，此处解 pit a pat“～”。
2107 Timgle Tom 解 Treacle Tom“～”；也解 tingle“～”；也解 Tim“～”，民谣《芬尼根的守灵夜》的主人公。
2108 pall“～”，此处解［俚］“～”；也解 pull“～”。
2109 Mizpah“～”，立约的标志，出自《创世记》(31：49)“米斯巴，意思说，我们彼此离别以后，愿耶和华在你我中间鉴察”；也解 mitspeh［希伯来］“～”。
2110 在俚语中也解“小便”。
2111 humidity“～”；也解 humility“～”。
2112 peerless“～”，此处解 peeress“～”。
2113 to listleto 解 to listen“～”；也解 mistletoe“～”；也解 too little“～”。
2114 here to hear“”，此处解 ear to ear“～”。
2115 Esch so eschess，douls a doulse 解 Ashes to ashes，dust to dust“～”；其中 Esch 也解 esh［希伯来］“～”；也解 Esche［德］“～”；其中 douls 也解 dulce［拉］“～”。
2116 Allan Rogue 解 Allan“艾伦”＋Rogue“流氓”。
2117 Arrah Pogue 解 Arrah-na-Pogue“～”，爱尔兰裔美国剧作家鲍西考尔特剧本的名字和同名女主人公。
2118 Killdoughall 解 Baile Dubhghaill［爱］“～”，指丹麦人；现在也是“～”，都柏林东北部的市镇；也解 Kill“～”＋dough“～”＋hall“～”。
2119 Triss 解 piss“～”；也解 Tristan“～”，既是霍斯堡第一位伯爵的名字，也是中世纪骑士传奇特里斯丹与伊瑟中男主人公的名字；也解 tris［拉］“～”。
2120 barketree 解 Edmund Burke“埃德蒙·伯克”(1729—1797)，英国政治家、作家＋tree“树”。
2121 o'briertree 解 William Smith O'Brien“奥布莱恩”，爱尔兰 1848 年起义的领袖，致力于推广爱尔兰语＋tree“树”；也解 Biddy O'Brien“～”，歌谣《芬尼根的守灵夜》中的守灵者之一。
2122 rowantree“”，此处解 Archibald Hamilton Rowan“罗恩”(1751—1834)，爱尔兰人联合会的成员＋tree“树”。
2123 o'corneltree 解 Daniel O'Connell“丹尼尔·奥康内尔”(1775—1847)，1829 年领导爱尔兰天主教徒赢得了参加议会的权利＋tree“树”；也解 the Cornelian cherry tree“～”。
2124 windy arbour“～”；也解 Windy Arbour“”，都柏林东南区。
2125 behanshrub 解 banana shrub“～”；也解 shrub“～”。
2126 more“～”，此处解 mór［爱］“～”。
2127 magill o'dendron 解 megalodendron［希］“～”；也解 rhododendron“～”。
2128 Trem 解 tremble“～”。

胆的！树林里的所有树它们颤抖[2129]大胆的，谦卑的[2130]卑下地|汉姆巴|图片，当他们听到来自世界末日[2131]有一天原始森林[2132]《星期日先驱报》的最新消息。

尿！两株美丽的槲寄生[2133]缎带般缠到一棵树上，像解放者一样升起，真想不到，他们是自由的[2134]三个！四个机智的小姐妻子们，在帽兜下眨着眼，让小姑娘们像小伙子们一样爱上骑五朔柱，用诡计多端的一对儿点缀我们的绿地，五十五十[2135]对半分，他们孩子们的一百。因此孩子的便士照顾父母的英镑[2136]，许多人用世界上的方式[2137]赚钱，那里通向财富的奔闯之路跨过满是虱子的贫民区，造成它的一切的原因，他让自己奋发进取，就像一道炽热的火焰降福于城市和世界[2138]，酿造三倍浓度黑啤[2139]三倍|麻烦来淹死悲伤，给予和接受我的梅奥和你的[2140]蒂厄姆，用他的三只金球[2141]玩台球[2142]十亿，从地产利益[2143]私利中得到党派资金，对女佣轻，对钱包[2144]交易所重，我们最大的商业帝国主义者[2145]商业中心|商人|HCE，他的儿子们则从远处嘘他[2146]家，他的女儿们在他身边火冒三丈。长须鲸[2147]有趣的|芬·麦克尔|我们！

他是怎么攒起钱，夸起富，平底船里的捕鲸人，一基尼伴一格罗特[2148]《剥皮者和山羊》，他在收支平衡上的指数，大量财富用来讨价还价[2149]再者，还有他从前面行李车里一把抓起的妖怪[2150]买？潜行向前，杰柯尔[2151]大师，趁着黑夜匍匐回来，藏起[2152]海德吠犬，在早晨[2153]后天|狂喜。谦卑地坠落，廉价地升起，暴露了[2154]HCE失败。通过达菲[2155]愚蠢的的错误和麦肯纳[2156]对上十流社会

2129 trembold 解 tremble“～”;也解 bold“”。

2130 humbild 解 humble“～”;也解 humbly“～”;也解 Humber“～”,传说中的匈奴王,公元 11 世纪左右入侵英国;也解 Bild [德]“～”。

2131 domday 解 doomsday“～～”;也解 Someday“～”。

2132 erewold 解 Urwald [德]“～”;也解 *Illustrated Sunday Herald*“～”,伦敦报刊。

2133 mistletots 解 mistletoes“～”。

2134 free“～”;也解 three“～”。

2135 Fiftyfifty“～”,此处直译。

2136 此处化自习语 take care of the pence, and the pounds will take care of themselves(小事注意,大事自成)。

2137 the way in the world“～”,此处化自英国剧作家威廉・康格里夫 1700 年的戏剧《如此世道》(The Way of the World)。

2138 urbanorb 解 urban orb“～”;也解 urbi et orbi eccl [拉]“(降福于)城市(指罗马)和世界”,教皇祝福用语。

2139 treble“～”,此处解 treble stout“～”;也解 trouble“～”。

2140 mayom...tuam 解“～”;也解 Mayo“～”,爱尔兰西北部一郡…… Tuam“～”,爱尔兰地名。

2141 当铺的标志。

2142 Milliards“～”,此处解 billiards“～”。

2143 landed interest“～”;也解 self-interest“～”。

2144 bourse“～”,此处解 bourse [法]“～”。

2145 emporialist 解 imperialist“～”;也解 emporia“～”;也解 emporos [希]“～”。此处包含本书主人公名字的缩写 HCE。

2146 home“～”,此处解 him“～”。

2147 Finner“～”;也解 funny“～”;也解 Finn MacCool“～”,爱尔兰传说中芬尼亚英雄的领袖;也解 sinn-ne [爱]“～”。

2148 groat“～”,昔日英国的四便士银币;也解 goat“山羊”;也与前面合解“The Peeler and the Goat”“～”,19 世纪出现的爱尔兰小调,至今仍在酒吧和酒馆中传唱。

2149 into the bargain“～”;也解 in the bargain“～”。

2150 boguey 解 bogey“～”;也解 buy“～”。

2151 jackill 解“～”,出自 *The Strange Case of Dr. Jekyll and Mr. Hyde*(《化身博士》),英国作家史蒂文森的作品,Jekyll 与 Hyde(海德)现已成为双重人格的代称。

2152 hide“～”;也解 Hyde“～”。

2153 over morning“～”;也解 overmorgen [荷]“～”;也解 over the moon“～”。

2154 此处包含本书主人公名字的缩写 HCE。

2155 Duffy 解 General O'Duffy“～”,20 世纪 30 年代爱尔兰法西斯党派蓝衫党的领导人;也解 daffy“～”。

2156 MacKenna 解 MacKenna's Dream“《麦肯纳的梦》”,歌曲名。

和下五流社会的保险，乐队继续演奏[2157]照常营业。正如一代人告诉另一代人的那样。常常[2158]坠落。首先，为了换七日执照，他踱出他的农[2159]父亲|前任的房[2160]健康，从而失去了他的早期教区生活[2161]人间天堂。然后（是在沼泽地[2162]芬兰）突然在西方[2163]意外地，六张看起来年轻的[2164]六月火焰脸疯狂地[2165]奥斯卡·王尔德穿过他那人格化的[2166]牧师|点火的三柱门，蔓出了他们的天性，在无眠之夜[2167]紧身裤展示了各种体型的小伙。立即在未标明的时间里[2168]淹没的在他之后，非常可能[2169]恰当地他们自己之前一打世代，最有利的机会[2170]一个公海偶然去|突然偶然来戳破和误淹他的命运，写了[2171]愤怒的|用花环装饰四部关于他妻子的宫廷[2172]墙手球球场|四法庭的戏，他那精美的家禽场，那里只有多出恰好两根羽毛的立足之地[2173]休息室|涉水|房间。其次，在恰当反思[2174]重新筹款之后，上面四道飓风[2175]狂风开始把他的玻璃板屋墙分成碎片，而他的监护人在为了账目伪造石板。然后来了三个夜贼[2176]吹喇叭的人|入室盗窃男孩，他们反向挪用[2177]和交叉吹响他。稍后在同一个夜晚两个胡斯信徒[2178]贱妇在他的规章下通过一个缺口避债，离开了他，这个无信仰的人，来在仁慈的回忆中付清自己的债。直到，最后[2179]最后通牒，戴着王冠的大麦杆[2180]玉米|大麦粒|《大麦秆》倒下，当他的酿酒厂爆炸[2181]让他的所有谷物对他最喜爱的罪笛[2182]大洪水不闻不问[2183]，放弃了他，七王[2184]所生下来的，视力模糊[2185]抛着媚眼、脾气暴躁[2186]，因他的破产[2187]断绝而哭泣欲绝[2188]忧心忡忡。

乖孩子[2189]。付款迟票人，对的，对不起，在啊诚诚诚实的

2157 The Band Played On“～”;也解[俚]“～”。
2158 Ofter [德]“～”。
2159 farmer“～”;也解 father“～”;也解 former“～”。
2160 health“～”,此处解 house“～”。
2161 early parishlife“～”;也解 earthly paradise“～”。
2162 fenland“～”;也解 Finland“～”。
2163 occidentally“～”;也解 accidentally“～”。
2164 junelooking 解 jeune [法]“年轻的”+looking“看起来”;也解 June“～”。
2165 wild“～”;也解 Oscar Wilde“～”。
2166 parsonfired 解 personified“～”;也解 parson“～”+fired“～”。
2167 tights“～”,此处解 nights“～”。
2168 in undated“～”;也解 inundated“～”。
2169 properly“～”,此处解 probably“～”。
2170 a main chanced“～”,此处解 a main chance“～”;也解 amain chanced“～”。
2171 wrothing 解 writing“～”;也解 wroth“～”;也解 wreathing“～”。
2172 fives' court“～”,此处解 wives'court“～”;也与前面合解 Four Courts“～”,位于都柏林的爱尔兰最高法院大楼。
2173 wading room 解 standing room“～”;也解 waiting room“～”;也解 wading“～”+room“～”。
2174 reflotation“～”,此处解 reflection“～”。
2175 hurrigan 解 hurricane“～”。此处化自习语 people who live in glass houses shouldn't throw stones(五十步别笑一百步)。
2176 buglehorners 解 burglars“～”;也解 bugle horners“～”;也解 burglary“～”。
2177 counterbezzled 解 counter-“相反的”+embezzle“侵吞”。
2178 hussites“～”,胡斯为捷克爱国者和宗教改革家;也解 hussies“～”。
2179 ultimatehim 解 ultimately“～”;也解 ultimatum“～”。
2180 crowning barleystraw“～”;也解 corn“～”+barleycorn“～”。此处化自习语 last straw that breaks the camel's back(压死骆驼的最后一根稻草);也解“The Barley Straw”“～”,英国歌曲。
2181 explosium 解 explosion“～”。
2182 sinflute 解 sin“～”+flute“～”;也解 Sintflut [德]“～”。
2183 deafadumped 解 deaf-dumbed“～”。
2184 heptark 解 heptarch“～”,尤其指盎格鲁-撒克逊人建立的 7 个王国。
2185 leareyed 解 blear-eyed“～”;也解 leer-eyed“～”。
2186 letterish 解 liverish“～”。
2187 bankrump 解 bankrupt“～”;也解 ruptus [拉]“～”。
2188 worrybound“～”,此处解 moribund“～”。
2189 Pepep 解 poppet“乖孩子”,斯威夫特在信中对恋人以斯帖·琼莎的称呼。

保险单持有者[2190]警察。永远不要再，凭凤凰[2191]凤凰火灾保险公司起誓，凭他劳合社[2192]发誓，不要禁[2193]为了被打败了的麦，不要在约瑟夫·米德[2194]爵士的父亲之后，谢谢！他们知道他，立约人[2195]约柜，至少通过死记硬背[2196]通过旋转，至终为了变色龙[2197]骆驼|狮子，有着他真正虚假的天堂颜色，从紫外光[2198]极端暴力的到红外线[2199]次红色纸片[2200]。那是他快步走过宏伟的凯旋门[2201]胜利的最后尝试[2202]三个一组。他的彩虹[2203]统治|雷电投射[2204]竭尽全力，再也不会了！你是怎么做到的，时钟[2205]打钟报时|请先生[2206]？你得到了美好年轻的[2207]美味的侄女们[2208]奖金|满的。由我的保险单[2209]天意|思想预付[2210]支付的祈祷！

同意，吴骗子，他在地球[2211]赚得上就像在天堂[2212]蜜蜂人箱里一样塞满[2213]到了背部[2214]后座|蘑菇|蜜蜂，有着老狐狸的狡黠[2215]兔子，但是他，喂，宝贝儿，为了他的字母[2216]梯子的全部价值，完整的最完整的[2217]整数，是公司的领班[2218]前桅|最重要的|树枝？在群众大会[2219]群众集会得到欢呼，在党派[2220]部分集会上与人辞别[2221]远远地恸哭|《问候与告别》，积累起来的一致[2222]积云|一朵云|环绕|秘密会议，挪亚-挪亚[2223]银臂努阿达|新的，拿非利人[2224]堕落者|尼尔夫海姆的富佬[2225]邻居！到底什么为了外观[2226]学徒而紧随于后？既然现在者向近处靠近，就如昨天[2227]今天|仙人掌往那边[2228]在里面疾行而去。盖布[2229]性交|雅比斯、赫赫[2230]啊、库克[2231]粪便、卜塔[2232]，那是一个坏人！生气的犹太人[2233]下颌骨|脉石，菩萨神[2234]，这确实[2235]真的是一个有点可爱的男人[2236]瑞典的少女|情人！但是用火耕来虚张声势的人[2237]，天哪[2238]巴格达|比高德，

2190 policist 解 policies“～”＋-ist；也解 Polizist［德］“～”。此处化自习语 honesty is the best policy(诚实乃是上策)。
2191 Phoenis 解 phoenix“～”，指 Phoenix Fire Insurance Company“～”，位于都柏林。
2192 Lloyd's“～”，1688 年在英国伦敦成立的一个保险社团组织。
2193 for beaten“～”，此处解 forbidden“～”。
2194 Joe Meade 解 Joseph Meade“～”，都柏林市长。
2195 Covenanter“～”，上帝曾在大洪水后用彩虹与挪亚立约；也解 Ark of the Covenant“～”，藏于古犹太圣殿至圣所内、刻有十诫的两块石板。
2196 by rote“～”；也解 by rotate“～”。
2197 chameleon“～”；也解 camel“～”＋lion“～”。
2198 ultraviolent“～”，此处解 ultraviolet“～”。
2199 subred 解 infrared“～”；也解 sub-red“～”。
2200 tissues“～”，化自习语 tissues of lies(连篇谎言)。
2201 tryomphal arch 解 triumphal arch“～”，此处指彩虹；也解 triumphalis［拉］“～”。
2202 tryon 解 try-on“～”；也解 triune“～”。
2203 reignbolt 解 Regenbogen［德］“～”；也解 reign“～”＋bolt“～”。
2204 shot“～”；也与前面合解 shoot one's bolt“～”。
2205 Chimepiece 解 timepiece“～”；也解 Chime“～”＋please“～”。
2206 Mista 解 Mister“～”。
2207 yum 解 young“～”；也解 yum-yum“～”。
2208 plemyums 解 plemyannitsy［俄］“～”；也解 premium“～”；也解 plenum［拉］“～”。
2209 promishles 解 policies“～”；也解 promysl［俄］“～”；也解 promisao［塞维］“～”。
2210 Praypaid 解 prepaid“～”；也解 Pray paid“～”。
2211 earn“～”，此处解 earth“～”。
2212 hiving“～”，此处解 heaven“～”。
2213 chogfulled 解 chockfull“～”。
2214 beacsate 解 backside“～”；也解 back seat“～”；也解 beac［爱］“～”；也解 beach［爱］“～”。
2215 conningnesses 解 cunning-ness-es“～”；也解 coinín［爱］“～”。
2216 latters“后者”，此处解 letters“～”；也解 ladders“～”。
2217 integerrimost 解 integerrimus［拉］“～”；也解 integer“～”。
2218 formast 解 foreman“～”；也解 foremast“～”；也解 foremost“～”；也解 Ast［德］“～”。
2219 folkmoot(旧时市郡等的)“～”；也解 forkemøde［丹］“～”。
2220 part“～”，此处解 party“～”。
2221 farwailed 解 farewelled“～”；也解 far wailed“～”；也解“Hail and Farewell”“～”，英国作家和画家乔治・莫尔的作品。
2222 accwmwladed concloud 解 accumulated“积累的”＋concord“和谐”；也解 cumulus cloud“～”；也解 cwmwl［威］“～”＋conclaudo［拉］“～”；也解 conclave(红衣主教选举教皇的)“～”。
2223 Nuah-Nuah 解 Noah“～”，《圣经》人物；也解 Nuadha“～”，古代凯尔特人崇拜的达奴神族之王；也解 nua［爱］“～”。
2224 Nephilim“拿非利人”，《圣经》中神的儿子们与人的女儿们的后代，字面意义是“～”；也解 Niflheim“～”，北欧神话中的九大世界之一，意为“雾之国”，终年被云雾冰雪覆盖。
2225 Nebob 解 Nabob“～”，在印度英语中指在东方尤其是印度发财的欧洲人；也解 neighbour“～”。
2226 apprentice“～”，此处解 appearance“～”。
2227 yetst 解 yesterday“～”；也解 jetzt［德］“～”；也解 cactus“～”。
2228 hin［德］“～”；也解 in“～”。
2229 Jeebies 解 Geb“～”，埃及神话中的大地之神，主宰着植物的生长繁茂；也解 jeb［塞维］“～”；也解 Jabez“～”，出自《历代志・上》(4:9)：“他母亲给他起名叫雅比斯，意思是：‘我生他甚是痛苦。’”
2230 ugh(表示厌恶或恐怖)“～”，此处解 Huh“～”，古埃及神话中的八元神之一，代表着无限。
2231 kek 也写作 Kuk“～”，古埃及神话中的八元神之一，代表着白天；也解 cac［爱］“～”。
2232 ptah“～”，古埃及孟斐斯地区信仰的造物神，而后演变成工匠与艺术家的保护者。
2233 Jawboose 解 Jew“犹太人”＋boos［荷］“生气”；也解 jawbone“～”；也解 boose(矿石内的)“～”。
2234 puddigood 解 Buddha“菩萨”＋god“神”。
2235 for true“～”，此处解 fürwahr［德］“～”。
2236 sweetish mand 解 sweetish mand(［丹］“男人”)“～”；也解 Swedish maid“～”；也解 sweetman(女人的)“～”。
2237 Jumbluffer 解 Jum“火耕”，印度种植术语＋bluff“虚张声势吓唬人”＋-er。
2238 bagdad 解 begad“～”；也解 Bagdad“～”，伊拉克城市；也解 Bigod“～”，英国诺福克伯爵。

先生，彼处会有一次在我们所有光荣的圣诞季[2239]复活节[2240]东方人|HCE之上。第四个解决位置。多么开心[2241]约翰尼·麦克杜格！地平线上最美的风景。最后的画面。我看到两个[2242]CEH。男性和女性我们揭开他们的真相[2243]。过去的[2244]天啊|迈克尔·冈恩女王！现在谁对老鲍恩[2245]念念不忘[2246]呼吸。黎明！他的名字保护者的头皮的颈背。救命[2247]ALP！在梦到了[2248]敲鼓|邓德拉姆他的所有讨债人之后。匈奴人！弄清楚他的核心一寸[2249]印奇科。更多！闭幕铃响。此时他用鹿角刺伤的[2250]蹒跚|鹿角虫蜂王赞美着她的至福，以便感受她那滑稽男人的功能[2251]。白昼[2252]牡鹿|标签。隆隆声[2253]都柏林。

欢呼[2254]一排排|动物，欢呼，再欢呼。一次又一次。

2239 christmastyde 解 Christmastide“～”。
2240 easteredman 解 Easterday“～”;也解 Eastman“～”,指维京人;此处包含本书主人公名字的缩写 HCE。
2241 johnny 解 jolly“～”;也解 Johnny MacDougal“～”,书中的四位老者之一。
2242 Two me see“～”;也解 do=C, mi=E si=B(德国为 H),即 CEH,本书主人公名字缩写的变体。
2243 此句出自《创世记》(1:27)“神就照着自己的形像造人,乃是照着他的形像造男造女”。
2244 by gunne 解 bygone“～”;也解 by gum“～”;也解 Michael Gunn“～”(1840—1901),都柏林娱乐剧院的经理,HCE 的化身之一。
2245 oldbrawn 解 Oldbawn“～”,都柏林郊区多德河边的市镇。
2246 broothes 解 broods“～”;也解 breathes“～”。
2247 Halp 解 help“～”;也解 ALP,本书女主人公名字的缩写。
2248 drummed“～”,此处解 drømt [丹]“～”;也与后面合解 Dundrum“～”,都柏林郊区地名。
2249 an inch of his core“～”;也解 Inchicore“～”,都柏林郊区地名。
2250 staggerhorned 解 stag-horn“雄鹿角”+horned“用角刺伤”;也解 stagger“～”;也解 stag beetle“～”。
2251 原文此处无句号,但用首字母大写分开。
2252 Tag [德]“～”;也解 stag“～”;也解 tag“～”。
2253 Rumbling“～”;也解 Dublin“～”。
2254 Tiers“～”,指剧院的一排排座位,此处解 cheer“～”;也解 Tier [德]“～”。

第四部

圣哉[1]接合|星期日|派遣！圣哉！圣哉！

召集所有黎明[2]祈求一切。今天[3]召集所有黎明。万岁[4]排列！复活[5]升起！爱尔兰在整个[6]词语|世界|幸福该死的[7]蓝色染料|都柏林世界面前醒来[8]壹耳微蚵。啊，真的[9]召集|祈祷|珀西·奥莱利，啊，真的，真的！凤凰[10]珀西·奥莱利|竖琴乐舞。啊，真的！向如鸟音[11]百里香|你的东西的生活会是什么。你找到这么多事。面朝[12]阴霾|HCE大海，东邻大洋[13]莪相|大洋洲。听[14]这里！听！塔斯社[15]瓷杯、波兰电信局[16]困境、斯特凡尼社[17]巴特和拓夫|职员、沃尔夫社[18]、哈瓦斯社[19]、蓝色[20]黄油面包和路透社[21]。烟雾升起[22]向高处击|天花板。贴身男仆[23]老太婆的老太婆|总督早已[24]其他的时候起床[25]为美好爱情[26]善终|博纳摩尔的天主教联谊会连祷[27]。我们自己[28]新芬党|太阳|精致，那些[29]睡眠焚风[30]滚开！早晨好[31]金|成熟，你们看到[32]使用珀西[33]珀西·奥莱利|皮尔斯的黎明[34]球体了吗？十年前[35]领主|竞赛我们把你耗尽[36]用了你的肥皂，从那时起我们就使用[37]熔接现在的亚瑟[38]现在其他的|非其他。召集所有白昼[39]丹麦人。召集所有白昼到黎明。召集整个[40]老的被毁坏的[41]私生子

1 Sandhyas 解 sanctus [拉]"～",指以"圣哉,圣哉,圣哉"起首的赞美诗或曲;也解 samdhya [梵]"～",指日月交接之处;也解 Sunday"～",即梦发生在上帝完成创造的周六夜晚;也解 send"～"。

2 Calling all downs 解 Calling all dawns"～",此处化自美国警匪片中的常用语 calling all cars"调集所有汽车";也解 Calling all down"～"。

3 to dayne 解 today"～"。

4 Array"～",此处解 hurray,欢呼声。

5 Surrection 解 resurrection"～";也解 surrectio [拉]"～"。

6 wohld 解 whole"～";也解 word"～";也解 world"～";也解 wohl [德]"～"。

7 bludyn 解 bloody"～";也解 blue dye"～";也解 Dublin"～"。

8 Eireweeker 解 Eire wakes"～";也解 Earwicker"～",本书男主人公。

9 rally"～",此处解 really"～";也解 orate [拉]"～";也解 Persse O'Reilly"～",书中人物,HCE 的化身之一。

10 Phlenxty 解 phoenix"～";也解 Persse O'Reilly"～";也解 planxty"～",凯尔特舞蹈。

11 thyne 解 tune"～";也解 thyme"～",也解 thine"～"。此处化自爱尔兰诗人托马斯·穆尔的歌曲 What Life Like That of the Bard Can Be?(《诗人的生活会是什么样子?》)。

12 Haze"～",此处解 face"～";此处包含本书主人公名字的缩写 HCE。

13 Osseania 解 Ocean"～";也解 Ossian"～",传说中 3 世纪爱尔兰及苏格兰高地的诗人;也解 Oceania"～"。

14 Here"～",此处解 hear"～"。

15 Tass"～",俄国官方通讯社;也解 Tasse [德]"～"。

16 Patt 解 Polska Agencja Telegraficzna [波兰]"～",波兰 1918 年成立的国家新闻机构;也解 Patt [德]"～"。

17 Staff 解 Stefani [意]"～",意大利 1853 年成立的新闻机构,19 世纪中叶到第二次世界大战前意大利最主要的新闻机构;也与前面合解 Butt,Taff"～",书中的播音员,也是两个儿子的化身;也解 staff"～"。

18 Woff 解 Wolff [德]"～",德国 1849 年成立的通讯机构。

19 Havv 解 Havas [法]"～",全球六大广告和传媒集团之一,总部位于法国巴黎。

20 Bluvv 解 blue"～";也与后面合解 bread and butter"～"。

21 Rutter 解 Reuters"～",英国新闻机构,成立于 1851 年。

22 lofting"～",此处解 lifting"～";也解 lofte [丹]"～"。

23 olduman's olduman 解 gentleman's gentleman"～";也解 oldwoman's oldwoman"～",指女仆;也解 alderman"～"。

24 on othertimes 解 of other times"过去",苏格兰诗人麦克弗森声称在他发现的《莪相集》中常用这个词组指过去;也解 other times"～"。

25 godden up 解 gotten up"～"。

26 bonnamours 解 bon amour [法]"～";也解 Bona Mors"～",即 Catholic sodality of the Bona Mors"～",17 世纪成立的天主教协会,为成员提供临终的关怀。

27 litanate 解 litany"～"+-ate。

28 Sonne feine 解 Sinn Féin [爱]"～",字面意为"～",故译;也解 Sonne [德]"～"+feine [德]"～"。

29 Somme [法]"～",此处解 some"～"。

30 feehn 解 Föhn [德]"～",(高山等形成的)燥热风。

31 Guld modning 解 good morning"～";也解 Guld [丹]"～"+modning [丹]"～"。

32 viewsed 解 viewed"～";也解 used"～"。

33 Piers"～",此处解 Persse O'Reilly"～",书中人物,HCE 的化身之一;也解 Padraic Pearse"～",爱尔兰复活节起义的领袖之一。

34 aube [法]"～";也解 orb"～"。

35 Thane yaars agon 解 Ten years ago"～";其中 thane 也解"～";其中 agon 也解"～"。

36 used yoors up 解 used you up"～";也解 used your soap"～"。

37 fused"～",此处解 used"～"。

38 now orther"～",此处解 now Arthur"～";也解 no other"～"。此处化自卡通潘趣剧中的句子"三年前我用了你的肥皂,自那时起我就没有用过其他肥皂"。

39 daynes 解 days"～";也解 Danes"～"。

40 The old"～",此处解 whole"～"。

41 bradsted 解 blasted"～";也解 bastard"～"。

流血的[42]繁殖的|该死的联邦[43]自然的高潮到芬·麦克尔[44]这里。领导[45]字母|歌曲，领导！地球上的裁决无忧无惧[46]欢呼的|破晓|白色|恐惧。科尔根[47]小钟|明智的标语。醒过来[48]颤抖|向前走，暗淡昏暗，给强壮者让地方[49]！让比耶·费金成为出自他的耻辱[50]腐殖土|土壤的民谣[51]铁铲|篝火。教会的[52]女真人秘密[53]。我们对宣布贵族的[54]土豆用户[55]的群体耻辱[56]未来的出版|公用井|公众感到无比喜悦，健力士[57]成吉思汗对你有好处[58]。

一只手从云里露出[59] HCE，拿着一张展开的图表[60] HCE。

在那承载着肖恩[61]挪亚|努|新闻的话语的夜晚之后，让闪姆[62]依偎[63]睡觉|娇养着咖啡壶[64]拥抱的夜晚，向处于泰夫姆特[65]聋子和哑巴|又聋又哑的诅咒[66]宿舍|吉尔的圣多纳特中寒冷的老灵魂[67]永远播种光之种子者[68]监督，日出[69]现在|看，都柏林[70]的地下世界[71]那边的世界|冥界里的日升之主，得意扬扬的布塔[72]光|善，说[73]。

哇[74]流淌|瓦赫河！君主先生[75]好身材的神！向天空的重建者[76]螺旋形楼梯中柱散布火苗[77]精神不集中的人，汝乃点火者[78]阿耆尼|认识的！那儿[79]长画|点燃！亚瑟[80]大角星|守卫者正走来！到场！开始穿过过渡性空间[81]及物动词|出神说出词语[82]一开始是这个词|无原则的动词！朋友和亲友将[83]壳再次[84]被凯尔特人杀死[85]凯尔特人做的短裙。我们选举你，廷塔杰尔[86]色彩|天使|土地|纠缠。自己前行者[87]自治拯救我们[88]缓和|再见！我们弱小者[89]都柏林人，汝起誓。一条道路，道[90]明天，从我们的日落之后[91]树枝开始，经过了王国[92]蒂姆的完成[93]，直到光线，发亮的光线引导我们希望[94]，但是为我取得[95]追捕白昼[96]吉里昂，路

42 breeding“～”,此处解 bleeding“～”;也解 bloody“～”。
43 culminwillth of natures 解 commonwealth of nations“～”;也解 culmination of nature“～”。
44 Foyn MacHooligan 解 Fionn Mac Cumhail [爱]“～”,爱尔兰传说中芬尼亚英雄的领袖。
45 leader“～”;也解 letter“～”;也解 Lieder [德]“～”。
46 Securest jubilends albas Temoram 解 securus judicat orbis terrarium [拉]“～”;其中 jubilends 也解 jubilans [拉]“～”;其中 albas 也解[葡]“～”;也解 albus [拉]“～”;其中 Temoram 也解 timorem [拉]“～”。
47 Clogan 解 Colgan“～”,苏格兰诗人麦克弗森的诗集《特莫拉》中的诗人;也解 clogán [爱]“～”;也解 klog [丹]“～”。
48 Quake up“～”,此处解 wake up“～”;也解 Move up“～”。
49 wook doom 解 make room“～”。
50 humuluation 解 humiliation“～”;也解 humus“～”;也解 humo [拉]“～”。
51 baallad 解 ballad“～”;也解 baal [康]“～”;也解 baal [丹]“～”。
52 churchen 解 church“～”;也解 Jurchen“～”。
53 Confindention 解 confidential“～”。
54 pratician 解 patrician“～”。
55 pratyusers 解 praty [爱]“土豆”+users“使用者”。
56 pewtewr publikumst 解 pudor publicus [拉]“～”;也解 future publication“～”;也解 puteus publicus [拉]“～”;也解 Publikum [德]“～”。
57 genghis 解 Guinness“～”;也解 Genghis Khan“～”。
58 ghoon 解 good“～”。
59 此处包含本书主人公名字的缩写 HCE。
60 此处包含本书主人公名字的缩写 HCE。
61 Nuahs 解 Shaun“～”,本书主人公的儿子之一;也解 Noah“～”;也解 Nu“～”,古埃及神话中的天空之神;也解 uadhacht [爱]“～”。
62 Mehs 解 Shem“～”,本书主人公的儿子之一。
63 cuddle“～”;也解 codul [爱]“～”;也解 coddle“～”。
64 coddlepot 解 coffee pot“～”;也解 cuddle“～”。
65 Defmut 解 Tefnut“～”,古埃及神话中的雨云女神;也解 Jeff and Mutt“～”,书中两个儿子的变体;也解 deaf-mute“～”。
66 domnatory 解 damnation“～”;也解 dormitory“～”;也解 St. Domnat of Gheel“～”,爱尔兰圣徒,精神失常者的守护神。
67 cowld owld sowls 解 cold old souls“～”。
68 eversower 解 ever sower“～”;也解 overseer“～”。
69 Pu Nuseht 解 the sunup“～”;其中 Nuseht 也解 Nu [荷]“～”+seht [德]“～”。
70 Ntamplin 解 Dublin“～”。
71 Yonderworld 解 underworld“～”;也解 yonder world“～”;也解 otherworld“～”。
72 tohp 解 Ptah“～”,古埃及神话中的创造之神;也解 phot- [希]“～”;也解 tobh [希伯来]“～”。
73 speaketh 解 speaks“～”。
74 Vah“～”;也解 vah [梵]“～”;也解 Vah“～”,斯洛伐克境内多瑙河支流。
75 Suvarn Sur [梵]“～”,此处解 sovereign sir“～”。
76 reneweller 解 re-newer“～”;也解 newel“～”。
77 Scatter brand 解 Scatter“散播”+brand [丹]“火灾”;也解 scatterbrain“～”。
78 agnitest 解 ignite“～”+-est;也解 Agni“～”,印度教的火神;也解 agnitest [拉]“～”。
79 Dah(摩斯码中的)“～”,此处解 da [德]“～”;也解 dah [梵]“～”。
80 Arcthuris 解 Arthur“～”,中世纪传说中的亚瑟王、英国军事家惠灵顿、都柏林健力士啤酒厂创始人等都叫这个名字,爱尔兰传说中亚瑟王会回来解救爱尔兰;也解 Arcturus“～”;也解 arcturos [希]“～”。
81 trancitivespaces 解 transitive spaces“～”;也解 transitive verb“～”;也解 trance“～”。
82 Verb umprincipiant 解 verbum principians [拉]“～”;也解 In principio erat verbum [拉]“～”;也解 verb unprincipled“～”。
83 shell“～”,此处解 shall“～”。
84 kithagain with kinagain 解 kith and kin“朋友和亲属”+again“再次”。
85 Kilt by kelt“～”,此处解 killed by Celt“～”。
86 Tirtangel 解 Tintagel“～”,英国康沃尔郡北部海岸的村庄和城堡,被认为是亚瑟王的出生地;也解 tint“～”+angel“～”;也解 Tir [爱]“～”+tangle“～”。
87 Svadesia [梵]“～”;也解 svadesia [印度斯坦]“～”。
88 salve“～”,此处解 save“～”;也解 salve [拉]“～”。
89 Durbalanars 解 durbala [梵]“～”;也解 Dubliners“～”。
90 Margan 解 márga [梵]“～”;也解 morgen [德]“～”。
91 astamite [梵]“～”;也解 Ast [德]“～”。
92 dimdom 解 kingdom“～”;也解 Tim/Tom“～”,《芬尼根的守灵夜》的主人公蒂姆·芬尼根。
93 done“～”,此处化自主祷词“愿你的王国降临”。
94 hopas 解 hoppas [瑞]“～”。
95 hunt“～”,此处解 hämta [瑞]“～”。
96 journeyon 解 journée [法]“～”;也解 Geryon“～”,希腊神话中的三体有翼怪物。

线[97]通路|巡回的，他的道路光秃秃[98]叫，四周是梦[99]的小路[100]墓地|神学院。甚至直至太阳城[101]赫利奥波利斯|HCE，状如城堡，引人入胜。现在如果有人[102]取来[103]窃取一块毛巾[104]两个，其他人[105]热好水[106]温水，我们就能，在你说着圣玛加利大·玛丽[107]黑暗|圣母玛利亚，或者史密斯、布朗和罗宾逊[108]肮脏的|棕色时，在[109]唵悲哀的丹麦人尽头[110]好战的|沙丘制造阳光肥皂[111]太阳般的。然而仁慈[112]澄清始于。地点去哪里？时间到何处？只是看看[113]看但是|就看一下|牛羊脂！杠杆、舵柄[114]利弗休姆子爵！吸收。非法侵入[115]旅行通行证严惩不贷[116]被迫害的|供以服装。那个忍受着痛苦[117]阴茎的人他是[118]我的[119]较少的同道[120]量子。就如很久以前[121]你的|经年。我们再一次[122]还|再|年。我们混合的阴影混合着[123]混杂他们，好耶，好耶，太好啦[124]帮助，帮助，地平线。一道闪光[125]瓶子，迅捷[126]皮疹，这一定会发生[127]掷出的骰子点数相同|复活节|帕斯卡，如同炉边在炉边生命[128]生存跳跃。因为最柔嫩的[129]精致的|牙签|小玩意原汤与艾伦山[130]锥子的东方葡萄干[131]，夜总会酒吧客[132]，在杂货店，而且。然后直至[133]中庭，防波堤[134]壹耳微蚵|判决|勇敢的鲁格[135]将成为那被听从之人，他从他的小不点儿[136]火那儿鞭打出火星。晨火的矛尖[137]吐痰在里面[138]自己触抚着[139]在[140]浅滩芬格尔海湾[141]梵格拉瓦湾|金发陌生人边这个我们准平原上的布什人[142]矮树丛里的太阳城[143]赫利奥波利斯|见鬼|野兽巨石[144]粗大石器|石头的大圆环中央的石桌[145]，长角的石冢[146]凯恩斯在此处出现[147]工作，立石[148]停|搁浅的，朝着欢乐的[149]神圣的植物群[150]繁茂，地峡居民[151]地峡运动会的偶像。每个地方[152]在那里。荒凉灰白幽灵般的流言蜚语

97 iteritinerant 解 itineris [拉]"～";也解 iter"～";也解 itinerant"～"。
98 kal 解 kahl [德]"～";也解 call"～"。
99 Somnionia 解 somnium [拉]"～"。
100 semitary 解 semita [拉]"～";也解 cemetery"～";也解 seminary"～"。
101 Heliotropolis 解 Heliopolis"～",意为"～",故译,尼罗河三角洲的古埃及城市,据说凤凰在此处浴火重生。此处包含本书主人公名字的缩写 HCE。
102 soomone 解 someone"～"。
103 felched 解 fetched"～";也解 filched"～"。
104 twoel 解 towel"～";也解 tvål [瑞]two"～"
105 soomonelses 解 someone else"～"。
106 warmet watter 解 warmed water"～";也解 varmet vatten [瑞]"～"。
107 Morkret Miry 解 Saint Margaret Mary Alacoque"～"(1647—1690),法国修女,推广了圣心运动,据说她只喝洗衣水;也解 mörkret [瑞]"～"+Mary"～"。
108 Smud, Brunt and Rubbinsen 解 Smith, Brown and Robinson"～",泛指;也解 smudsig [丹]"～"+brunt [瑞]"～"。
109 om(印度教)"～",此处解 on"～"。
110 warful dune's battam 解 Woefuldane Bottom"～",英格兰格洛斯特郡的小村庄,据说曾有丹麦军队在此战败;也解 warful"～"+dune"～"。
111 sunlike sylp 解 Sunlight Soap"～",19 世纪末英国生产的一种肥皂品牌;也解 sunlike"～"。
112 clarify"～",此处解 charity"～",此处化自习语 charity begins at home(仁爱始于家)。
113 See but"～",此处解 sieh' nur [德]"～";也解 zie maar [丹]"～";也解 sebum"～"。
114 Lever hulme 解 Lever"杠杆"+helm"舵柄";也解 Leverhulme"～",即"勒弗"(1851—1925)),英国人,肥皂和洗涤剂企业家、国际利华兄弟公司创建人,包括阳光肥皂。
115 Respassers 解 Trespassers"～";也解 respass [瑞]"～"。
116 pursaccoutred 解 prosecuted"被起诉的";也解 persecuteed"～";也解 accoutred"～"。
117 Peins [德]"～";也解 penis [拉]"～"。
118 Qui stabat [拉]"谁站在"。
119 Meins 解 Mein [德]"～";也解 minus [拉]"～"。
120 quantum"～",此处解 quantum [拉]"相等"。
121 of yours"～",此处解 of yore"～";也解 of years"～"。
122 annew 解 anew"～";也解 ännu [瑞]"～";也解 ånyo [瑞]"～";也解 annus [拉]"～"。
123 mengle 解 mingle"～";也解 mengen [德]"～"。
124 help help horizons"～",此处解 hip hip hurrah"～",集体欢呼声。
125 flasch 解 flash"～";也解 Flasche [德]"～"。
126 rasch [德]"～";也解 rash"～"。
127 pasch 解 pass"～";也解 Pasch [德]"～";也解 pascha [拉]"～";也解 Blaise Pascal"～"(1623—1662),法国作家,著有为基督教辩护的著作,在书中是肖恩的化身之一。
128 live"～",此处解 life"～"。
129 tanderest 解 tenderest"～";也解 tander [挪]"～";也解 tandenstoker [荷]"～";也解 tand [德]"～"。
130 Ahlen Hill 解 Hill of Allen"～",位于爱尔兰基尔代尔郡,传说中为芬尼亚勇士们的驻地;也解 Ahle [德]"～"。
131 rosinost 解 Rosine [德]"葡萄干"+Ost [德]"东方"。
132 clubpubber 解 clubber"俱乐部常客"+pubber"酒吧常客"。
133 Atriathroughwards 解 afterwards"然后"+through"直至";也解 atrium"～"。
134 Brathwacker 解 breakwater"～";也解 Earwicker"～",本书女主人公;也解 bráth [爱]"～"+wacker [德]"～"。
135 Lugh"～",凯尔特神话中的光与太阳之神,达努神族的主神之一。
136 teiney 解 tiny"～";也解 teine [爱]"～"。
137 spearspid 解 spear"矛"+spids [丹]"尖";也解 spit"～"。
138 Ain [英口]"～",此处解 in"～"。
139 totouches 解 touches"～"。
140 ath 解 at"～";也解 áth [爱]"～"。
141 Fangaluvu Bight 解 Fingal"芬格尔",芬·麦克尔在苏格兰诗人麦克弗森的莪相诗歌中的名字+Bight"海湾";也解 Fangelava Bay"～",新西兰的海湾;也解 Fionn-Gall [爱]"～",爱尔兰人对一些斯堪的纳维亚入侵者的称呼。
142 boshiman 解 bushman"～",非洲南部的一个原住民族。
143 Helusbelus 解 Heliopolis"～",意为"～",故译,尼罗河三角洲的古埃及城市;也解 hell's bells!"～";也解 belus [拉]"～"。
144 macroliths"～",此处解 monolith"～";也解 lithos [希]"～"。
145 tablestoane 解 table stone"～",也指爱尔兰的史前巨石墓。
146 cairns 解 cairn"石冢",一般称"宫廷石冢",爱尔兰和苏格兰发现的巨石型墓室的变体,最早建于前 4000 到前 3500 年左右;也解 John Elliot Cairnes"～"(1823—1875),爱尔兰政治经济学家。
147 erge 解 emerge"～";也解 ergon [希]"～"。
148 stanserstanded 解 standing stones"～";也解 stanse [挪]"～"+stranded"～"。
149 frohn 解 froh [德]"～";也解 fron- [德]"～"。
150 floran 解 Flora [拉]"～";也解 florens [拉]"～"。
151 isthmians"～";也解 isthmian games"～",每两年一次在科林斯地峡举办仅次于奥林匹克的地峡运动会。
152 Overwhere 解 überall [德]"～";也解 over there"～"。

在光芒[153]墓地|昏暗中变得粗鲁[154]挖掘者|肮脏的|坟墓。禁止张贴[155]过去现在拉扯。恶狗[156]为何一只畜生，甚至伟大的丹麦人[157]主持牧师|托马斯·迪恩爵士，可能带着嗅探器他的鼻子[158]如果他不是非法侵入[159]踏上道路不遵守[160]无能的规则[161]再见|腿|法律。艾达[162]霍斯|伊甸园|你幽默的[163]滑稽的|地面|土壤偷笑[164] ECH。但是为什么前后颠倒[165]夜晚？让他们的黎明[166]诗歌合唱[167]公鸡|高卢居民|迦鲁斯尖声喊叫，公鸡[168]他，还有她，她[169]谁母鸡苏珊娜[170]萨斯奎哈纳河，让鸭子在弯道[171]板球上跑[172]零分|局。一次为了内室女仆[173]男性吟唱者|商特克勒，两次[174]为了看门人[175]喧扰|打扰，一次两次三次[176]三为了侍者[177]天气。因此一块不能吃的黄色的肉结果是看不见的[178]黑色[179]。什么[180]有助于与德国[181]滋养品|多合一争吵[182]抢劫，海员[183]售货员，一只慢跑到海角[184]锡波恩的火鸡[185]狱吏，小皮埃罗们[186]，意思是圣诞节酒吧和圣诞节潘趣酒[187]圣诞季，天啊[188]乔治，如果你的脑子里有塔伯蒂特[189]给小费的人|踢踏舞或者开始诅咒[190]柯西，裁缝[191]我们的尾巴，你在埃克斯茅斯[192]的巨石阵[193]悬挂学院[194]音乐|HCE被噤声，奶酪[195]芝士|邮差|东方|城市|东村|东部城市|东部|东区|奥斯曼给我们[196]，男孩们，每一个？死亡之骨[197]祸害和活人之音[198]说|哆嗦。但是生活前行，哑者[199]陵墓开言！醒了[200]？霍斯山[201]哈非兹，山连着山[202]敲啊敲|渐渐地，撒克逊人[203]之后|事情，当他把他的四肢[204]拉木松伸[205]踉跄|灌木到瞪羚水渠上时减轻了风景[206]长的|花茎的压力，布赖恩[207]奥布赖恩小姐的新娘，蒋介石[208]高高的胫骨抖动，对于一个与她父亲结婚的少女[209]跟她的父亲跳舞|亚当|更远的来说，比以往[210]夏娃更是女儿[211]踉跄。朗贝尔山[212]在上升！我们

153 glow“～”；也解 grave“～”；也解 gloom“～”。
154 grubber“～”，此处解 grob［德］“～”；也解 grubby“～”；也解 grob［塞维］“～”。
155 Past now pulls“～”，此处解 post no bills“～”。
156 Cur“～”；也解 cur［拉］“～”。
157 Dane“～”；也解 Dean“主持牧师”，英国作家斯威夫特曾任都柏林圣帕特里克教堂的主持牧师；也解 Sir Thomas Deane“～”（1792—1871），爱尔兰建筑师，建造了爱尔兰国立图书馆等著名建筑。
158 sniffer he snout 解 sniffer his snout“～”；也解 if he's not“～”。
159 treadspath 解 trespass“～”；也解 tread the path“～”。
160 impursuant 解 im-“非”＋pursuant“追赶的”；也解 impuissant“～”。
161 byelegs 解 byelaws“～”；也解 bye“～”＋legs“～”；也解 lex［拉］“～”。
162 Edar 解 Ben Edar“～”，爱尔兰郊区“霍斯”的古名，据说为纪念埋葬于此的一个部族领袖；也解 Eden“～”；也解 eder［丹］“～”。
163 humuristic 解 humoristisk［瑞］“～”；也解 humouristic“～”；也解 humus［拉］“～”；也解 humo［拉］“～”。
164 chuckal 解 chuckle“～”。此处包含本书主人公名字缩写的倒写 ECH。
165 pit the cur afore the noxe 解 put the cart before the horse“～”；也解 nox［拉］“～”。
166 duan［爱］“～”，此处解 dawn“～”。
167 Gallus［拉］“～”，此处解 chorus“～”；也解 Gallus“～”；也解 Gallus“～”（前 69—前 26），罗马诗人和政治家。
168 han［瑞］“～”，此处解 Hahn［德］“～”。
169 hou 解 hon［瑞］“～”；也解 who“～”。
170 Sassqueehenna 解 Susanna“苏珊娜”，书中女儿伊茜的化身之一＋Henne［德］“母鸡”；也解 Susquehanna“～”，美国东海岸的一条主要河流。
171 crooked“～”；也解 cricket“～”。
172 ducksruns 解 ducks“鸭子”＋runs“跑”；也解 a duck“零分”，板球中击球手在一场比赛上场打击一分未得就出局＋runs“局”。
173 chantermale 解 chambermaid“～”；也解 male chanter“～”；也解 Chantacler“～”，《列那狐传奇》中的公鸡。
174 twoce 解 twice“两次”。
175 pother“～”，此处解 porter“～”；也解 bother“～”。
176 threece 解 thrice“～”；也解 three“～”。
177 waither 解 waiter“～”；也解 weather“～”。
178 invasable 解 invisible“～”。
179 blackth 解 blackness“～”。
180 Kwhat 解 what“～”。
181 Alliman 解 Allemagne［法］“～”；也解 aliment“～”；也解 all in one“～”。
182 rob with 解 row with“～”；也解 rob“～”。
183 saelior 解 sailor“～”；也解 säljare［瑞］“～”。
184 Seapoint“～”，都柏林南部郊区，此处解 Sea“海”＋point“尖端”。
185 turnkeyed trot 解 turkey trot“火鸡跑”，感恩节的活动；也解 turnkey“～”。
186 pierrotette 解 pierrot“皮埃罗”，法国哑剧中的粉白脸丑角＋-ette［法］“小的”
187 Julepunsch 解 Jul［丹］“圣诞节”＋Punsch“潘趣酒”；也解 Yule“～”。
188 by Joge 解 by Jove“～”；也解 George“～”。
189 tippertaps 解 Simon Tappertit“～”，英国作家狄更斯 1841 年的小说《巴纳比・拉奇》中的无政府主义者；也解 tipper“～”＋taps“～”。
190 kursses 解 curses“～”；也解 J. H. Kersse“～”，挪威船长与裁缝的故事里一位住在都柏林的裁缝。
191 tailour 解 tailor“～”；也解 our tail“～”。
192 Exmooth 解 Exmouth“～”，英格兰德文郡的城镇。
193 Henge（史前英格兰人的）圆形石结构，此处解 Stonehenge“～”；也解 henge［挪］“～”。
194 Ceolleges 解 Colleges“～”；也解 Ceol［爱］“～”。此处包含本书主人公名字的缩写 HCE。
195 Ostbys 解 ost［瑞］“～”；也解 ost［丹］“～”；也解 postboys“～”；也解 Ost［德］“～”＋by［丹］“～”；也解 östby［瑞］“～”；也解 østbys［丹］“～”；也解 öst［瑞］“～”；也解 øst［丹］“～”；也解 Ostman“～”，入侵爱尔兰的北欧海盗。
196 for ost 解 for us“～”。
197 banes“～”，此处解 bones“骨头”。
198 quoke 解 quack“鸭子嘎嘎叫”；也解 quoth“～”；也解 quake“～”。
199 dombs 解 dumb“～”；也解 tombs“～”。
200 Whake 解 Wake“～”。
201 Hafid 解 Howth“～”；也解 Hafiz“～”，能背诵全部可兰经的伊斯兰教徒。
202 knock and knock“～”，此处解 cnoc［爱］“山”，即“～”；也解 nach und nach［德］“～”。
203 Nachasach 解 Sassenach“～”；也解 nach［德］“～”＋Sache［德］“～”。
204 lamusong 解 limbs“～”；也解 Lamusong“～”，新西兰城镇名。
205 strauches 解 stretches“～”；也解 straucheln［德］“～”；也解 Strauch［德］“～”。
206 langscape 解 landscape“～”；也解 lang［德］“～”＋scape“～”。
207 Bryne 解 William Smith O'Brien“～”，爱尔兰 1848 年起义的领袖，致力于推广爱尔兰语；也解 Biddy O'Brien“～”，歌谣《芬尼根的守灵夜》中的守灵者之一。
208 shin high shake“～”，此处解 Chiang Kai-shek“～”。
209 damse wed her farther 解 damsel wed her farther“～”；也解 dance with her father“～”；其中 damse 也解 Adam“～”；其中 farther 也解“～”。
210 evar 解 ever“～”；也解 Eve“～”。
211 dotter 解 dotter［瑞］“～”；也解 totter“～”。
212 Lambel 解 Mount Lambel“～”，位于新西兰。

可能快乐地[213]目前听到[214]治愈地理学[215]象形文字|利菲河用二十九种方式说再见，希望不久之后再见[216]好的|床，丽维娅[217]生命|利菲河。伴随着四十次眨眼[218]白天小睡眨着眼让我开心，陛下[219]你的|很|至于。跟她的公羊一起。到新爱尔兰[220]爱尔兰|我们的首郡[221]路[222]光线漫漫。为了香肠[223]科克郡|糖果|军团|尸体|身体、为了清蒸鱼[224]鲱鱼、为了糖果、为了浓汤[225]小公牛|金银快、为了黄油酱[226]口袋|三明治|肠、为了土豆[227]、为了猪排[228]杀猪|炒、为了梅奥郡[229]人们、为了利莫里克郡[230]五行打油诗、为了沃特福德郡[231]水禽、为了韦克斯福德郡[232]逃学者傻瓜、为了劳斯郡[233]笨蛋、为了基尔代尔郡[234]冷空气、为了利屈姆郡[235]迟的电车、为了凯里郡[236]咖喱、为了卡尔洛郡[237]麻鹬、为了莱克斯郡[238]韭菜、为了奥法莱郡[239]小婴儿、为了多尼戈尔郡[240]金枪鱼、海鸥、为了克莱尔郡[241]金枪鱼、海鸥、戈尔韦郡[242]金色道路|克莱尔戈尔韦、为了朗福德郡[243]肺部|堡垒|强的、为了莫纳汉郡[244]月亮似的栖息地、为了费马纳郡[245]公平的钱、为了卡文郡[246]棺材、为了安特里姆郡[247]发脾气、为了阿马郡[248]盔甲|墙、为了威克洛郡[249]逃学者|耳状柄、为了罗斯康芒郡[250]流氓的到来、为了斯莱戈郡[251]狡猾的离去、为了云雀的米斯郡[252]数学、为了汗衫的米斯郡[253]、为了晚饭[254]鹌鹑肉、基尔肯尼郡[255]。嗒[256]小费！来领导吧，巨石环[257]弯曲的|石头！嗒。老不列颠[258]理查德·弗朗西斯·伯顿爵士明智地为我们撤回他的理论。你绝对[259] ALP|肿块|流氓正确[260]错误的！收容所所所[261]。但是这或许让你感到无无无聊[262]转移|询？纳曼塔奈[263]鞠躬。肯定这不会让你的悲伤[264]我会回来|胡言乱语|辱骂|卡维恩？绝对[265]时间！那么[266]全都这么好！我们似乎站在惠灵顿纪

213 plesently 解 pleasantly“～”；也解 presently“～”。
214 heal“～”，此处解 hear“～”。
215 Geoglyphy 解 geography“～”；也解 geroglifico［意］“～”；也解 Liffey river“～”。
216 goodbett an wassing seoosoon 解 goodbye and wishing to see you soon“～”；其中 goodbett 也解 good“～”＋Bett［德］“～”。
217 liv［丹］“～”，此处解 Livia“～”，本书女主人公；也解 Liffey“～”。
218 forty wonks 解 forty winks“～”，此处直译。
219 your much as to 解 your majesty“～”；也解 your“～”＋much“～”＋as to“～”。
220 Newirgland 解 New Ireland“～”；也解 Irland［德］“～”；也解 wir［德］“～”。
221 premier“第一的”，提珀雷里郡据说是爱尔兰的第一个郡，建于 13 世纪。
222 ray“～”，此处解 way“～”。
223 korps 解 korv［瑞］“～”；也解 Cork“～”；也解 konfekt［瑞］“～”；也解 Korps［德］“～”；也解 corpse“～”；也解 Koerper［德］“～”。
224 streamfish 解 steamed fish“～”；也解 strömming［瑞］“～”。
225 bullyoungs 解 buljong［瑞］“～”；也解 young bulls“～”；也解 bullion“～”。
226 smearsassage 解 smörsås［瑞］“～”；也解 smeerworst［荷］“～”；也解 smörgås［瑞］“～”；也解 sausage“～”。
227 patates［意］“～”。
228 steaked pig 解 steak pig“～”；也解 stuck pig“～”；也解 steke［瑞］“～”。
229 men“～”，此处解 Mayo“～”，位于爱尔兰西部。
230 limericks“～”，此处解 Limerick“～”，郡名，位于爱尔兰芒斯特地区北部。
231 waterfowls“～”，此处解 Waterford“～”，爱尔兰东南部芒斯特省的一个市郡。
232 wagsfools“～”，此处解 Wexford“～”，郡名，位于爱尔兰东南部。
233 louts“～”，此处解 Louth“～”，位于爱尔兰东北部。
234 cold airs“～”，此处解 Kildare“～”，爱尔兰郡名。
235 late trams“～”，此处解 Leitrim“～”，爱尔兰郡名。
236 curries“～”，此处解 Kerry“～”，位于爱尔兰西南部。
237 curlews“～”，此处解 Carlow“～”，爱尔兰东南部的郡。
238 leekses 解 Leix“～”，累伊斯(Laois)郡旧称位于爱尔兰东中部；也解 leeks“～”。
239 orphalines 解 Offaly“～”，位于爱尔兰中部；也解 orphelin“～”。
240 tunnygulls“～”，此处解 Donegal“多尼戈尔”，爱尔兰郡名，位于爱尔兰岛最北部。
241 clear“干～”，此处解 Clare“～”，位于爱尔兰西部。
242 goldways“～”，此处解 Galway“～”，爱尔兰西部的郡；也与前面合解 Claregalway“～”，爱尔兰戈尔韦郡的城镇。
243 lungfortes 解 Longford“～”，爱尔兰郡名；也解 lung“～”＋forts“～”；也解 fortis［拉］“～”。
244 moonyhaunts“～”，此处解 Monaghan“～”，爱尔兰的一个郡。
245 fairmoneys“～”，此处解 Fermanagh“～”，北爱尔兰郡名。
246 coffins“～”，此处解 Cavan“～”，郡名，位于爱尔兰北部。
247 tantrums“～”，此处解 Antrim“～”，北爱尔兰郡名。
248 armaurs 解 Armagh“～”，北爱尔兰郡名；也解 armour“～”；也解 Mauer［德］“～”。
249 waglugs 解 Wicklow“～”，爱尔兰兰斯特省的一个郡；也解 wag“～”＋lugs“～”。
250 rogues comings“～”，此处解 Roscommon“～”，爱尔兰中部的一个郡。
251 sly goings“～”，此处解 Sligo“～”，都柏林西北部的郡。
252 larksmathes 解 lark's“云雀的”＋Meath “米斯郡”，位于爱尔兰东部伦斯特省；也解 maths“～”。
253 homdsmeethes 解 Hemd［德］“汗衫”＋'s＋Meath “米斯郡”，指位于爱尔兰北部的“西米斯郡”(Westmeath)。
254 quailsmeathes 解 kvällsmat［瑞］“～”；也解 quail's meat“～”。
255 kilalooly 解 Kilkenny“～”，爱尔兰东南部的郡。
256 Tep 解睡梦中听到的树枝敲击窗子的声音；也解 Tip“～”。
257 crom lech 解 cromlech(史前)“～”；也解 crom［威尔士］“～”＋lech［威尔士］“～”。
258 Bruton 解 Briton“～”；也解 Sir Richard Burton“～”(1821—1890)，英国军官，著名探险家、语言学家。
259 alpsulumply 解 absolutely“～”；也解 ALP，本书女主人公名字的缩写；也解 Lump“～”，主人公壹耳微蚵是个驼背，书中常将他的驼背称为肿块；也解 Lump［德］“～”。
260 wroght 解 right“～”；也解 wrong“～”。
261 Amsulummmm 解 asylum“～”。
262 perporteroguing youpoorapps 解 boring you perhaps“～”；也解 perporto［拉］“～”；也解 rogo［拉］“～”。
263 Namantanai“～”，位于巴布亚新几内亚新爱尔兰岛上的城镇；也解 Namana［梵］“～”。
264 revieng 解 grieving“～”；也解 je reviens［法］“～”；也解 rave“～”；也解 revile“～”；也解 Kavieng“～”，巴布亚新几内亚的新爱尔兰省首府。
265 Amslu 解 absolute“～”；也解 am［爱］“～”。
266 all so“～”，此处解 also［德］“～”。

念碑[267]契据|保垒|档案室附近[268]灾难|向上|在四处下面[269]理解，阿伦[270]黄金公爵[271]，在马蹄铁[272]马展|裤子|鞋子、马车夫[273]和种类各异的[274]混杂的|等等|HCE讨价还价手推车[275]中间，上上下下[276]上面和下面，在双重介词中就如在三个连词中，在名为猴岛[277]马恩岛|曼凯|马南南的老鼠窝[278]乌托邦|托帕亚里调查垃圾箱[279]现代的|泥，这个调查如何从出现在痛苦[280]硬的|围巾|马拉马拉|马拉火山污水里的阴户岩浆[281]巴拉克拉瓦盔式帽|匹卡拉巴去证明了，当一代接着一代在更深时代[282]提珀雷里的深深深深深处。被埋葬的心。在此处安息。

公鸡喔喔叫[283]鼻子|大鼻子|他会做。去睡觉[284]。

因此让他睡觉[285]掌击，傻瓜！直到他们从他的店[286]里放下他的遮板[287]碎片。他可以放心了[288]哈巴狗|HCE。句号[289]填补堵塞|福斯塔夫。

因此采蜜鸟[290]火鸟在远处叽叽喳喳。听着。悉尼[291]南方！

孩子，一个亲生的孩子，然后被称[292]名为，(走[293]！走！)，或许在最近的时代将会已被绑架，可能更遥远；或者他用花招[294]在手边把自己变出视野[295]诡计|怠慢|旁边；因为这个答案[296]剧院|女神是一只柠檬柑橘[297]柠檬水|傻的|野驴；在牛奶山羊集市弥撒[298]露天赈济游艺会|公平；充分产奶[299]达格达；坐在墙上[300]秋天的草皮；轻拍[301]圣帕特里克；有着抢劫割断的[302]打雷男子气概的一百个[303]如雷鸣的|曼胡德邑粗笨的造雷人[304]；看，他回来了；复活了[305]上升的；化为人[306]芬·麦克尔|白皙的；依然在炉边周围被预言[307]告诉；事实上[308]晨祷上一个事实；厄斯金·蔡尔德斯[309]打钟人的|爱尔兰凯尔特语|孩子|小孩|HCE欢呼；永远

267 vellumtomes muniment 解 Wellington's Monument"～",位于都柏林的凤凰公园;也解 muniment"～";也解 munimentum [拉]"～";也解 Muniment Room"～",都柏林市政厅的房间。
268 apad 解 apud [拉]"在附近";也解 apad [梵]"灾难";也解 opad [丹]"向上";也解 about"在四处"。
269 understand"～",此处解 stand under"～"。
270 Arans 解 Aran Islands"～",位于爱尔兰共和国西海岸外的岛群;也解 aran [匈]"～"
271 Duhkha 解 Duke"～"。
272 hoseshoes 解 horseshoes"～";也解 Horse Shows"～";也解 Hose [德]"～"+shoes"～"。
273 cheriotiers 解 charioteers"～"。
274 etceterogenious 解 heterogeneous"～";也解 heterogenes [希]"～";也解 et cetera [拉]"～"。此处包含本书主人公名字的缩写 HCE。
275 bargainboutbarrows 解 bargain"交易"+bout"回合"+barrows"手推车"。
276 ofver and umnder 解 over and under"～";也解 över och under [瑞]"～"。
277 Mankaylands 解 Monkey island"～";也解 Isle of Man"～",爱尔兰海上的自治岛;也解 Mankai"～",巴布新几内亚的新爱尔兰岛的城市;也解 Mananaan"～",爱尔兰传说中的海洋之神。
278 topaia [意]"～";也解 Utopia"～";也解 Topaia"～",新爱尔兰岛的地区。
279 mudden 解 midden"～";也解 modern"～";也解 mud"～"。
280 maramara 解 amara [意]"～";也解 marama [塞维-克罗]"～";也解 marama [塞维]"～";也解 Maramara"～",新爱尔兰岛居民分为两个阶层,马拉马拉和匹卡拉巴(Pikalaba);也解 Mara"～",印度神话中的邪恶之神。
281 picalava 解 pica [塞维]"阴户"+lava"火山岩浆";也解 Balaclava"～";也解 Pikalaba"～",新爱尔兰岛居民的两个阶层之一。
282 Deepereras 解 Deeper eras"～";也解 Tipperary"～",爱尔兰的一个郡,阿达圣杯在此处被发现。
283 Conk a dookhe'll doo 解 cock a doodle doo"～";也解 conk [俚]"～"+dook [俚]"～"+he'll do"～"。
284 Svap [梵]"～"。
285 slap"～",此处解 sleep"～"。
286 shap 解 shop"～"。
287 shatter"～",此处解 shutter"～"。
288 He canease 解 he can (rest at) ease"～";也解 Pekinese"～";也解 HCE,本书主人公名字的缩写。
289 Fill stap"～",此处解 full stop"～";也解 Falstaff"～",莎士比亚《亨利四世》和《温莎的风流娘们儿》中的喜剧性人物。
290 friarbird"～",澳大利亚的一种小鸟;也解 firebird"～",美洲产的色彩鲜艳的小鸟。
291 Syd [丹]"～",此处解 Sidney"～",澳大利亚城市。
292 thnenow by 解 then known by"～"。
293 aya [梵]"去"。
294 slide at hand 解 sleight of hand"～";也解 at hand"～"。
295 seight 解 sight"～";也解 sleight"～";也解 slight"～";也解 side"～"。
296 thetheatron 解 the the answer"～";也解 to theatron [希]"～";也解 thea [希]"～"。
297 lemoronage 解 lemon and orange"～";也解 lemonade"～";也解 môros [希]"～";也解 onager [拉]"～"。
298 milchgoat fairmesse 解 Milch [德]"牛奶"+Goat Fair"山羊集市",爱尔兰凯里郡基洛格林市每年 8 月举行爱尔兰最古老的山羊集市,其间会选出基洛格林的山羊国王+Mass"弥撒";也解 kermesse"～";也解 fairness"～"。
299 dogdhis 解 dogdhrī [梵]"～";也解 Dagda"～",凯尔特神话中的重要神,部落的保护人。
300 sod on a fall"～",此处解 sat on a wall"～",出自英国儿歌《国王的人马》"憨蛋呆蛋坐在墙上"。
301 Pat"～";也解 St. Patrick"～"。
302 plundersundered 解 plunder"抢劫"+sunder"割断"+-ed;也解 thunder"～"。
303 hundering 解 hundred"～";也解 thundering"～";也解 Hundred of Manhood"～",位于英国萨塞克斯西部,现在称为曼胡德半岛。
304 dunderfunder 解 donder [荷]"雷声"+founder"创立者"。
305 renascecent 解 renascent"～";也解 ascendent"～"。
306 fincarnate 解 incarnate"～";也解 Finn"～",爱尔兰传说中芬尼亚英雄的领袖;也解 fionn [爱]"～"。
307 foretold"～";也解 fortælle [丹]"～"。
308 at matin a fact"～",此处解 as a matter of fact"～"。
309 chimers' ersekind 解 Erskine Childers"～"(1870—1922),爱尔兰作家、在复活节起义中帮助把武器运到霍斯角;也解 chimers' "～"+erse"～"+kind [荷]"～";也解 Kind [德]"～"。此处包含本书主人公名字的缩写 HCE。

的[310]敌人，拇指含在嘴里[311]他草堆里的烟；在浪涛中醒来[312]一个维京人，复活[313]再次醒来|升起|催促为基督[314]波峰|有用的；昨日之罚已被克服[315]昨天的迦太基人被征服了；光[316]抚慰人的的第一个父亲[317]养父|光；从配以女人[318]战争男人和歌曲[319]儿子|梦想|教区的精选红酒[320]诡计|奥斯卡·王尔德到班巴[321]，安排[322]葬礼；根据宪法[323]重建的第三十九条款；根据主的封圣者[324]教规令；我们以为他是失掉的地球；祈祷文[325]烦扰|最，无名英雄[326]无人知道的烦人事；来自唐巴兰姆巴[327]山；在整个大地城堡[328]兰斯洛面前[329]；在所有俄罗斯人[330]被抛弃的情人|掠夺前[331]过去；李尔的[332]狡猾的|邓莱里都柏林臣民[333]都柏林郊区的先祖；发掘场，巨木阵[334]，至于逗留于；带着给[335]充满的他天使[336]英语|牛奶|麻木|月亮|笑的西班牙[337]油[338]啤酒|麦芽酒；英格兰人[339]；地精风精火蜥蜴人鱼[340]箴言；高大的彪形大汉[341]罗勃特·布鲁斯，在堡垒里他坚定地守卫着罗兹[342]红颜是祸水|放屁；贡纳[343]迈克尔·冈恩|毛德·冈妮，属于古宁们[344]射击，冈德；两人中的一个，或者三个直率的[345]四分之五家伙，一个家伙会在假日邂逅一伙人[346] HCE；愿酒桶得到祝福；小酒桶，盖子打开；一只蟑螂[347]、一位牛大师、一种炼焦堆、一位邦斐留斯[348]、一个雪[349]中的葡萄园[350]澄清、一个编辑所谓的保健[351]发明；你大腿的最厚处；你知道[352]诺克斯医生|约翰·诺克斯；相当；责备教区牧师的快乐和怜悯；绿白蓝者[353]峡谷、空处和胶水被五月柱[354]树干神[355]守卫打碎[356]经纪业；他；当在爱尔兰[357] CEH 听不到一声鹤鸣；来[358]说说这个性伴侣；没有连接，没有障碍，有大回环[359]回转，有微瑕的自由之形[360]呸，嘿，哼；他自己的标志[361]；亚当和夏娃[362]正是自己|灵魂；他们

310 purmanant 解 permanent“～”。
311 fum in his mow 解 thumb in his mouth“～”;也解 fume in his mow“～”。
312 awike 解 awake“～”;也解 a Viking“～”。
313 risurging 解 resurging“～”;也解 risurgere［意］“～”;也解 rising“～”＋urging“～”。
314 chrest 解 Christ“～”;也解 crest“～”;也解 chrêstos［希］“～”。
315 victis poenis hesternis 解 victis poenis hesternis［拉］“～”;也解 victis Poenis hesternis［拉］“～”。
316 solas［爱］“～”;也解 solatus［拉］“～”。
317 fostfath 解 first father“～”;也解 foster father“～”;也解 phôs［希］“～”。
318 warmen 解 woman“”;也解 war men“～”。
319 sogns 解 songs“～”;也解 sons“～”;也解 sogno［意］“～”;也解 sogn［丹］“～”。
320 wiles“～”,此处解 wine“～”;也解 Oscar Wilde“～”。
321 Banba“～”,爱尔兰传说中的女王,爱尔兰的保护女神,因此也常被用来指代爱尔兰。
322 aranging 解 arranging“～”。
323 reconstitution“～”,此处解 Constitution“～”。
324 consecrandable 解 consecratus［拉］“已祝圣奉献者”。
325 pesternost 解 Paternoster“～”;也解 pester“～”＋most“～”。
326 noneknown worrier“～”,此处解 Unknown Warrior“～”,尤其指在第一次世界大战中阵亡却又无法辨认的士兵。
327 Tumbarumba“～”,澳大利亚新南威尔士州的葡萄酒产区。
328 landslots 解 land“土地”＋slot［丹］“城堡”;也解 Lancelot“～”,亚瑟王圆桌武士中的第一位勇士。
329 in persence of 解 in presence of“～”。
330 rassias 解 Russians“～”;也解 rasaidh［爱］“～”;也解 razzia［意］“～”。
331 forebe 解 before“～”;也解 forbi［丹］“～”。
332 leery“～”,此处解 Leary 即 Lear“～”,爱尔兰神话中的共主;也解 Dún Laoghaire［爱］“～”,都柏林郊区。
333 subs of dub 解 subjects of Dublin“～”;也解 suburb of Dublin“～”。
334 Woodenhenge 解 Woodhenge“～”,英国威尔特郡埃姆斯伯里镇的北部地区,位于著名的巨石阵东北 3.2 公里处。
335 full“～”,此处解 for“～”。
336 angalach 解 angelus［拉］“～”;也解 English“～”;也解 gala［希］“～”;也解 aingealach［爱］“～”;也解 an gealach［爱］“～”;也解 lach［德］“～”。
337 spawnish 解 Spanish“～”。
338 oel 解 Öl［德］“～”;也解 øl［丹］“～”;也解 ale“～”。
339 sousenugh 解 Sassenach“～”。
340 gnomeosulphidosalamermauderman 解 gnome“地精”,指土元素＋sylph“风精灵”,指气元素＋salamander“火蜥蜴”,指火元素＋merman“人鱼”,指水元素;也解 gnome［希］“～”。
341 brucer 解 bruiser“～”;也解 Robert Bruce“～”(1274—1329),苏格兰国王,曾打败英格兰人,取得民族独立。
342 fert 解 Fortitudo ejus Rhodum tenuit［拉］“～”,给 13 世纪萨瓦古国(位于法国东南部)创建者的颂词,罗兹为古希腊时期爱琴海上的一个岛屿;也解 Femina erit ruina tua［拉］“～”;也解 fart“～”。
343 Gunnar“～”,北欧神话中的布伦希尔德的丈夫;也解 Michael Gunn“～”(1840—1901),都柏林娱乐剧院的经理;也解 Maud Gonne“～”(1866—1953),爱尔兰女演员,与叶芝一起倡导爱尔兰民族文艺复兴运动。
344 Gunnings“～”,此处时解 Elizabeth and Maria Gunning“～”,18 世纪美女姐妹,征服了伦敦,都嫁给贵族。
345 forefivest 解 forthright“～”;也解 four-fifths“～”。
346 此处包含本书主人公名字的缩写 HCE。
347 roache 解 roaches“～”。
348 Pamphilius“～”(? —309),凯撒利亚的长老,当时最著名的《圣经》学者。
349 niviceny 解 nivis［拉］“～”。
350 vintivat 解 vinea［拉］“～”;也解 vindicate“～”。
351 hygiennic 解 hygienic“保健的”。
352 knox 解 know“～”;也解 Dr Robert Knox“～”(1791—1862),英国医生,从爱尔兰杀人犯伯克那里购买尸体;也解 John Knox“～”(1514—1572),基督教改革领袖,创办了苏格兰长老会。
353 gren, woid and glue 解 green, white and blue“～”;也解 glen, void and glue“～”。
354 maybole 解 maypole“五朔节花柱”;也解 bole“～”。
355 gards 解 gods“～”;也解 guards“～”。
356 broking“～”,此处解 broken“～”。
357 Elga 解 Inis Elga“～”的古名。此处包含本书主人公名字缩写的变体 CEH。
358 upout to 解 about to“～”。
359 gygantogyres 解 gigantoguroi［希］“～”;也解 gyre“～”。
360 freeflawforms 解 free“自由”＋flaw“瑕疵”＋form“形状”;也解 Fie, foh and fum“～”,出自《李尔王》。
361 parasama 解 parasema［希］“～”。
362 atman as evars 解 Adam and Eve“～”;也解 atma eva［梵］“～”;也解 atman“～”。

否则因为;没有呜咽的老人[363]男孩,就像却有年轻的圣骑士[364];不缺少白色的锁,也未习惯于次数[365];尽管他显示出可笑的颜色;一些结巴[366];但这是大丽花后面一只相当大的虫子;警督在搜查[367]地方|巡查员|军士;还有大屠杀[368]圣灵|中空的膀胱|圣器室挖掘[369] HCE;在天文学领域用寓言来想象[370];就如詹巴蒂斯塔·维科[371]施洗者约翰|聪明的|阎浮提预见到他;最后半个短句重新买回他典当的词语;索伦劈开[372]和帕特里克补缀[373]爱尔兰人;为了结束我们的双关语[374]乐趣,锅称壶乃乳白色[375]平底锅|扇子|寒冷的;的确、达直、单薄、敦实、淡定、叠构、嚁激。

在耶稣[376]美丽的祭坛[377]边!诡计让他正当地实现了继承的希望。那个斗篷上的雨滴从来不在芬格尔[378]四周雨落。好[379]材料|点滴|品尝!北欧人[380]的盐,意志,让每个人[381]任何用旧的都成为新人。所以?白天[382]太阳!长臂神[383]的手臂一起同时发生[384]。你想要看我们睡了[385]哈丁一夜好觉?你可能会说[386]如此。它只是,它只是要,它只是要翻个全身[387]真的完全结束。睡觉去睡觉[388]。所有甚至不曾在《一千零一夜》最好的上百[389]狗|圆滚滚的页[390]未被派送的坏异教徒和最坏的美好中或者在《埃达》[391]和汤姆、迪克和哈里奇书[392]《亡灵书》|奥迪|零星物品|坟墓、岩堤和山谷中的更奇怪之事将要发生!全部[393]不疲劳的的生命生活方式[394]是变成梦的[395]变成流一个实体[396]仅次于神情恍惚。所讲故事中的一切[397]和闲聊中讲的故事[398]。为什么?因为,上帝的恩典[399]格蕾丝·奥玛丽和所有眼花缭乱的小玩意,他的词中有初始[400],可求助于两个天兆,西方[401]昨天|是和

363 puler“～”；也解 puer［拉］“～”。
364 palatin 解 paladin“～”，又或叫圣战士、圣武士、圣堂武士，指跟随查理大帝的十二位战士。
365 temperasoleon 解 soleo tempora［拉］“～”。
366 stoatters 解 stutters“～”。
367 place inspectorum sarchent 解 police inspector searching“～”；也解 place“～”＋inspectorum［拉］“～”＋sergeant“～”。
368 hullow chyst 解 holocaust“～”；也解 Holy Ghost“～”；也解 hollow cyst“～”；也解 cist“～”。
369 excavement 解 excavate“挖掘”＋-ment。此处包含本书主人公名字的缩写 HCE。
370 fabulafigured 解 fabula［拉］“寓言”＋figuratus［拉］“想象”。
371 Jambudvispa Vipra 解 Giambattista Vico“～”（1668—1744），意大利哲学家，著有《新科学》；也解 John the Baptist“～”＋Vipra［梵］“～”；也解 Jambu Dvipa［梵］“～”，须弥山四大洲之南洲，故又称南赡部洲。
372 sorensplit 解 Søren Aabye Kierkegaard“索伦·克尔凯郭尔”（1813—1855），丹麦宗教哲学家＋split“劈开”，指克尔凯郭尔的《非此即彼》。
373 paddypatched 解 St. Patrick“圣帕特里克”＋patched“打补丁”；也解 paddy“～”。
374 pfor to pfinish our pfun 解 for to finish our pun“～”；其中 pfun 也解 fun“～”。
375 a pfan coalding the keddle mickwhite 解 a pan calling the kettle milkwhite“～”，此处化自习语“pot calling the kettle black”（五十步笑一百步）；其中 pfan 解 Pfanne［德］“～”；也解 fan“～”；coalding 也解 cold“～”。
376 Yasas 解 Jesus“～”；也解 yasas［梵］“～”。
377 antar 解 altar“～”。
378 Fingal“～”，芬·麦克尔。
379 Goute 解 good“～”；也解 gut［德］“～”；也解 goutte［法］“～”；也解 goûte［法］“～”。
380 Loughlin 解 Lochlann［英爱］“～”。
381 if anyworn 解 of anyone“～”；也解 any worn“～”。
382 Soe? La!解 So? “所以”＋Lá［爱］“白天”；也解 Sol［拉］“～”。
383 Lamfadar 解 Lamhfhada［爱］“～”，凯尔特神话中的光与太阳之神鲁格的称呼。此处化自习语 the long arm of coincidence（意外的巧合）。
384 cocoincidences 解 co-coincidence“～”。
385 hadding 解 having“～”；也解 Hadding“～”，神话中的丹麦国王，曾与女巫一起到过其他世界。
386 so“～”，此处解 say“～”。
387 rolywholyover 解 roll over“翻滚”＋wholly“完全地”；也解 really wholly over“～”。
388 Svapnasvap 解 svapna［梵］“睡觉”＋svap［梵］“去睡觉”。
389 hundrund 解 hundred“一百”；也解 Hund［德］“～”＋rund［德］“～”。
390 badst pageans of unthowsent and wonst nice 解 best pages of *One Thousand and One Nights*“～”；也解 bad pagans of unsent and worst nice“～”。
391 eddas 解 *Edda*“～”，古冰岛史诗。
392 oddes bokes of tomb, dyke and hollow 解 odd books of tomb, dyke and hollow“～”，汤姆、迪克和哈里为书中的三人组，也泛指很多人；其中 bokes of tomb 也指埃及的“～”；oddes 也解 Oddi“～”，冰岛南部的城市，《新埃达》的编撰者斯诺里·斯图鲁松的主要成长地；也与前面合解 odds and ends“～”；tomb, dyke and hollow 也解“～”。
393 untireties 解 entirety“～”；也解 untired“～”。
394 livesliving 解 life's living“～”
395 streamsbecoming 解 dreams becoming“～”；也解 streams becoming“～”。
396 substrance 解 substance“实质”；也解 sub-trance“～”。
397 Totalled in toldteld 解 Total in tale told“～”。
398 teldtold in tittletell tattle 解 tale told in tittle tattle“～”。
399 graced be Gad 解 grace of God“～”；也解 Grace O'Malley“～”，恶作剧女王的原型。
400 此处化自《约翰福音》（1:1）“太初有道”。
401 yest 解 west“～”；也解 yesterday“～”；也解 yes“～”。

东方[402]是，正确的[403]制作者一方和错误的[404]被冤枉的一方，入睡[405]碰起来像嘴唇和醒来[406]，等等，等等[407]。为什么？在南边[408]我们有莫斯科[409]清真寺|凉亭豪华酒店[410]镇尼神怪|宫殿|ALP 以及它的一双相邻体，澡堂[411]突降法和集市[412]佛瑞德·巴雷特集市，啊啦，啦啦，啦[413]真主|瓦尔哈拉宫，在另一边[414]河边的是神龛[415]《古兰经》和玫瑰花园，晚安[416]无价值的，所有纯诗[417]非常可爱的。为什么？很久以前[418]一个人的一个目的|从前一声猫咪的呜呜叫一个关于早餐旅馆[419]面包和|打破、父母打架[420]平等决斗和上床睡觉[421]的故事，但其他是忍耐[422]洞和用旧的[423]赤褐色购买物的故事，在仇恨中[424]热热地交易[425]失业救济金|悲伤的和讲价，争辩和憎恨。为什么？每个谣言都有他驻足其中[426]，见证[427]看|瞧死尸复活[428]，还有最终或许[429]在白天[430]莱克斯利浦|鲑鱼|循环的所有一梦[431]好高骛远不切实际的人已结束[432]是真的。为什么？这是一种[433]醉鬼醉后摇摇晃晃[434]，心脏收缩[435]舒张[436]双吸盘虫，那里你在任何地方知道[437]永远的每个人[438]根本在打瞌睡。为什么？我可不知道[439]比如我。

起来没事啦[440]说起来真难过|单足跳|雏菊。

看[441]锁！现场有一束颤抖的，湮灭[442]肛门|戳|揪心|裂碎。天经地义[443]寒冷的侦察！看看[444]风|伐多|移动的|徒劳的|我们！那[445]来自何处？是极轻的发热、懒散的发热、危险的发热[446]旅行前的激动心情，一阵气流[447]咏叹调的库朗特舞，睡眠的人在醒来，根据一个人的腰背部预感，疼痛[448]，再一次，龇牙咧嘴[449]，来自未来的一道闪光，可能是摩诃摩耶的大能[450]幻影|印度王公穿过一个世界[451]适合的里的奇迹

402 ist［德］"～"，此处解 east"～"。
403 wright"～"，此处解 right"～"。
404 wronged"～"，此处解 wrong"～"。
405 feeling as lip"～"，此处解 falling asleep"～"。
406 wauking up 解 waking up"～"。
407 so an, so farth 解 so on, so forth"～"。
408 sourdsite 解 south side"～"。
409 Moskiosk 解 Moscow"～"，俄罗斯首都；也解 mosque"～"；也解 kiosk"～"。
410 Djinpalast 解 gin palace"～"；也解 Djinns"～"，穆斯林神话中的精灵，地位仅低于天使＋Palast［德］"～"。此处包含本书女主人公名字的缩写 ALP。
411 bathouse 解 bath house"～"；也解 bathos"～"。
412 bazaar"～"；也解 Fred Barrett's Bazaar"～"，位于都柏林土耳其浴室边上。
413 allahallahallah，象声词；也解 Allah"～"；也解 Valhalla"～"，北欧神话中阵亡武士们居住的地方。
414 sponthesite 解 other side"～"；也解 sponda［意］"～"。
415 alcovan 解 alcove"～"；也解 Alcoran(伊斯兰教的)"～"。
416 boony noughty 解 buona note［意］"～"；也解 noughty"～"。
417 puraputhry 解 pure poetry"～"；也解 very pretty"～"。
418 One's apurr apuss 解 once upon a time"～"；也解 One's a purpose"～"；也解 Once a purr of puss"～"。
419 brid and breakfedes 解 bed and breakfast"～"；也解 bread and"～"＋break"～"。
420 parricombating 解 parri-［拉］"父母"＋combating"战斗"；也解 combarrere ad armi pan［意］"～"。
421 coushcouch 解 se coucher［法］"～"。
422 tholes"～"；也解 holes"～"。
423 oubworn 解 outworn"～"；也解 auburn"～"。
424 in heat"～"，此处解 in hate"～"。
425 dolings 解 dealings"～"；也解 dole"～"；也解 doling［古体］"～"。
426 此处化自习语 every dog has his day(时来运转)。
427 vidnis 解 witness"～"；也解 videre［拉］"～"；也解 vidis［塞维］"～"。
428 Shavarsanjivana 解 shava sam-jivana［梵］"～"。
429 perhapsing 解 perhaps"～"。
430 under lucksloop 解 under dagens lopp［瑞］"～"；也解 Leixlip"～"，地名，位于爱尔兰中东部；也解 Lachs［德］"～"＋loop［荷］"～"。
431 all-a-dreams"～"；也解 John-a-dreams"～"，出自莎士比亚戏剧《哈姆雷特》。
432 are through"结束"；也解 are true"～"。
433 sot"～"，此处解 sort"～"。
434 swigswag 解 swig"痛饮"＋swag"摇晃"。
435 systomy 解 systole"～"。
436 dystomy 解 diastole"～"；也解 distoma"～"。
437 ever"～"，此处解 know"～"。
438 everabody 解 everybody"～"。
439 Such me 解 search me"～"；也解 such as me"～"。
440 howpsadrowsay 解 upsadaisy"～"，扶起跌倒的小孩或将儿童高举时的用语；也解 how sad to say"～"；也解 hop"～"＋daisy"～"。
441 Lok［古冰］"～"，此处解 look"～"。
442 anilancinant 解 annihilate"～"；也解 ani［拉］"～"＋lancinate"～"；也解 lancinante［意］"～"；也解 lancinans［拉］"～"。
443 Cold's sleuth"～"，此处解 God's truth"～"。
444 Vayuns 解 voyons［法］"～"；也解 Vayu"～"，也称"～"，印度阿育吠陀中的五大元素之一；也解 vayuna［梵］"～"；也解 vain"～"；也解 uns［德］"～"。
445 thots 解 that"～"。
446 risy fever 解 risky fever"～"；也解 Reisefieber［德口］"～"。
447 a coranto of aria"～"，此处解 une corrente d'aria［意］"～"。
448 gip 解 gyp"～"。
449 geip［挪］"～"。
450 mahamayability 解 Maha Maya"摩诃摩耶"，佛祖的母亲，在印度教中代表着神祇天生具有的显形力量＋ability"能力"；也解 mārā［梵］"～"；也解 maharaja"～"。
451 wildr 解 world"～"；也解 vildr［古冰］"～"。

的窗户[452]，是一个有如颤音之歌[453]的漩涡[454]的世界[455]风|天气|翻滚，是一个世界。

蒂姆[456]！

这是完美的摄氏温度[457]高学历。寒鸦[458]水中仙女依然静默[459]偷。浓云铺展不过是鱼鳞天[460]。风[461]银莲花的活跃气味[462]活泼的，气温[463]麻木回归正常[464]微热的|早晨|明天。人性[465]潮湿的自然正自由而自在地感觉良好，带着所有新鲜空气[466]湿壁画|在户外。马鞭草预示着野草管理者地到来。他们说，他们实际上说，他们真的说。你们吃了[467]伊甸园果子。说什么[468]那又怎样。你在一条鱼之中吃点心[469]蛇|交谈。告诉谁[470]电视|希望。那些个人地点物品中的每一个，如果那里任何一种[471]没有什么不同的话[472]，他们只是在今日之梦[473]驰驱|所有的|德洛米奥中做了还在做着正在做着，没有[474]配以户外活动人群来[475]注定成为相信你[476]裤子。消失了[477]消散|诈骗。他就在[478]握住你的舌尖[479]铛的一声轻敲上。自此之后没有一个单[480]有益的音节[481]可售的之音。以战马[482]反而还阉牛[483]，以漂流[484]伴气流[485]。尼罗河在晚上前行[486]夜间步行的|积雨云漫游[487]。维多利亚湖你不知[488]。阿尔伯特湖[489]没有答案[490]虚无|新开的。是一个漫长，非常漫长，一个幽暗，非常幽暗，一个几乎无尽的[491]阿尔伯特湖|全部|出生，很难持久的，我们多半很可以添加各种并有点儿[492]蹒跚跌撞的夜晚。他结束了[493]昨天神的快乐[494]收件人。露水[495]上帝|白天|天|今天|神|再见！此一直在走向离去，此正在即将到来。欢迎[496]恩宠昨日[497]，问候[498]急走明朝[499]黎明。明天[500]睡觉，昨天[501]醒来|天命。命

452 the windr of a wondr 解 the window of a wonder“～”。
453 warbl 解 warble“～”。
454 wirbl 解 Wirbel［德］“～”。
455 weltr 解 Welt［德］“～”；也解 vetar［塞维］“～”；也解 Wetter［德］“～”；也解 welter“～”。
456 Tom 解 Tim“蒂姆·芬尼根”。
457 degrees excelsius 解 degrees Celsius“～”；也解 degrees excelsus(［拉］“高的”)“～”。
458 jaladaew 解 jackdaw“～”；也解 jaladevata［梵］“～”。
459 stilleth 解 still“～”＋-eth；也解 steal“～”。
460 mackrel 解 mackerel sky“～”。
461 Anemone“～”，此处解 anemos［希］“～”。
462 activescent 解 active scent“～”；也解 activus［拉］“～”。
463 torporature 解 temperature“～”；也解 torpor［拉］“～”。
464 mornal 解 normal“～”；也解 morna［葡］“～”；也解 morn“～”；也与前面合解 tomorrow“～”。
465 Humid nature“～”，此处解 human nature“～”。
466 fresco“～”，此处解 fresh air“～”；也解 alfresco“～”。
467 eaden 解 eaten“～”；也解 Eden“～”。
468 Say whuit 解 say what“～”；也解 so what“～”。
469 snakked 解 snacked“～”；也解 snake“～”；也与后面合解 snakket med［丹］“～”。
470 Telle whish 解 tell which“～”；也解 television“～”；也解 wish“～”。
471 soevers 解 soever“～”。
472 if nonthings 解 if anything“如果有什么不同的话”＋nothing“没有什么”。
473 a dromo of todos 解 a dream of today“～”；也解 dromos［拉］“～”＋todos［西］“～”；也解 Dromios“～”，莎士比亚《错误的喜剧》中的双胞胎。
474 withouten 解 without“～”；也解 with out and about“～”。
475 a bound to be“～”，此处解 a band to be“～”。
476 trowers“～”；也解 trousers“～”。
477 Forswundled 解 verschwunden［德］“～”；也解 forsvundet［丹］“～”；也解 swindle“～”。
478 hald 解 had“～”；也解 held“～”。
479 the tap of the tang“～”，此处解 the tip of the tongue“～”。
480 salutary“～”；此处解 solitary“～”。
481 sellable“～”，此处解 syllable“～”。
482 In steed 解 un［拉］“一种”＋steed“战马”；也解 instead“～”。
483 asteer 解 a steer“～”。
484 adrift 解 a drift“～”。
485 adraft 解 a draft“～”。
486 Nuctumbulumbumus 解 noctu ambulabamus［拉］“～”；也解 noctambulous“～”；也解 cumulonimbus“～”。
487 wanderwards 解 wander“漫游”＋-ward“向……”。
488 neanzas 解 victoria“维多利亚”＋ne znas［塞维］“你不知道”；也解 ni h-annsa［爱］“不难”，用于回答谜语时的套话。
489 Victorias...Alberths 解 Victoria...Albert Nyanza“维多利亚湖……阿尔伯特湖”，尼罗河北方两个发源湖。
490 Neantas 解 no answer“～”；也解 néant［法］“～”；也解 neanthes［希］“～”。
491 allburt unend 解 all but unending“～”；也解 Albert“～”；其中 allburt 也解 all“～”＋geburt［德］“～”。
492 somenwhat 解 somewhat“～”。
493 Endee 解 ended“～”；也解 indé［爱］“～”。
494 sendee“～”，此处解 Sean De［爱］“～”。
495 Diu 解 dew“～”；也解 Dio［意］“～”；也解 diu［拉］“～”；也解 diu［爱］“～”；也解 indiu［爱］“～”；也解 Dieu［法］“～”；也解 adieu［法］“～”。
496 Greets“～”；也解 grace“～”。
497 ghastern 解 gestern［德］“～”。
498 hie“～”，此处解 hi“嗨！”，表示问候。
499 morgning 解 morgen［德］“～”；也解 morning“～”。
500 Dormidy 解 tomorrow“～”；也 domitio［拉］“～”。
501 destady 解 yesterday“～”；也解 destati［意］“～”；也解 destiny“～”。

中[502]宴席注定毁灭。干得好[503]好好下去，好爸爸[504]好的其他！新的[505]现在一天，缓慢的一天，从精致到神圣，白昼[506]设计|花瓶。莲花[507]爸爸和妈妈，更明亮更甜美[508]兄弟和姐妹，这朵钟鸣之花[509]风铃草，这是我们的时候或者起床[510]祈祷。挠挠，挠挠。莲花舒展[511]让我们祈祷。直到下一个[512]直到此处下次。今天[513]再见|告别|白日。

谢谢[514]接受，谢谢，谢谢蒂姆[515]，黑暗[516]塔穆斯月。在那个里面，欧洲[517]欧洲人尽头与印度[518]昨天|今天|首尾相接相接。

无论你称呼他它什么，总有什么超验的[519]超过夜间的东西。平底锅平底锅和葡萄酒葡萄酒[520]直言不讳|全部不仅仅[521]是你那没有泪水[522]的泰米尔语[523]达玛尔|时期里的葡底酒葡底酒和平萄锅平萄锅，而不过就是[524]他们是他们。这另一个[525]这个|无条件的跟随着[526]家伙那另一个[527]更奇怪的家伙。他蒂姆[528]、蒂姆他。旧的昨日面包[529]叶芝可能陈腐得像烟屁股[530]《桶的故事》|支柱，水罐在井边走得太多[531]图画必须面朝墙|原子。马太、马可、路加和约翰[532]霉病、阴沉、渗漏和奇谈现在想要他们躺卧的床[533]坏的。你今天[534]迄今为止在比较声学[535]钟鸣术|宿营上最后的话将讲讲通过快乐的力量[536]朝向快乐的力量|乔伊斯的力量伸展幻想，今日之端[537]助手|动摇，他起身之处。以眼[538]缓和还眼，以牙[539]威胁还牙[540]喉咙。

时间[541]蒂姆！

对伊茜宇宙[542]洛基|卢坎里的他们。听着[543]爱尔兰。城市和世界[544]绕天体轨道而行。在紧张的连续音中那时是现在伴以现在是那时。听到。有耳之人[545]正过了最佳时期，他将听到[546]过了最佳时期。

502 faste 解 fate“～”；也解 feast“～”。
503 Well down“～”，此处解 well done“～”。
504 good other“～”，此处解 good father“～”。
505 Now“～”，此处解 New“～”。
506 divases 解 divas［梵］“～”；也解 devises“～”；也解 vases“～”。
507 Padma［梵］“～”；也解 pa and ma“～”。
508 brighter and sweetster 解 brighter and sweeter“～”；也解 brothers and sisters“～”。
509 this flower that bells“～”；也解 bellflower“～”。
510 or risings“～”；也解 orison“～”。
511 Lotus spray“～”；也解 Let us pray“～”。
512 Till herenext“～”，此处解 til härnäst［瑞］“～”。
513 Adya 解 adya［梵］“～”；也解 addio［意］“～”；也解 Adieu“～”；也解 dies［拉］“～”。
514 Take“～”，此处解 tack［瑞］“～”。
515 thankstum 解 thanks“谢谢”＋Tim“蒂姆”，英国民谣《芬尼根的守灵夜》的主人公。
516 thamas［梵］“～”；也解 Tammuz“～”，犹太教历 4 月，在犹太年历中是果实成熟的月份。
517 earopean 解 Europe“～”，也解 European“～”。
518 Ind 解 India“～”；也解 indé［爱］“～”；也解 indiu［爱］“～”；此处也与前面合解 end meets end“～”。
519 supernoctural 解 Supernatural“～”；也解 super-nocturnal“～”。
520 Panpan and vinvin 解 pan“平底锅”＋and“和”＋vin［法］“葡萄酒”；也解 dire pane al pane e vino al vino［意］“～”；也解 pan［希］“～”。
521 alonety 解 alone“～”
522 without tares 解 without tears“没有泪水”，此处化自 *French Without Tears*（《法文课》），英国剧作家泰伦斯·拉提根 1936 年的喜剧。
523 Tamal“～”，墨西哥粽子，此处解 Tamil“泰米尔语”；也解 tamall［爱］“～”。
524 simplysoley 解 simply and solely“～”。
525 Thisutter 解 this other“～”；也解 This“～”＋utter“～”。
526 followis 解 follows“～”；也解 fellow“～”。
527 odder“～”，此处解 other“～”。
528 Himkim 解 Him“他”＋Tim“蒂姆”，英国民谣《芬尼根的守灵夜》的主人公。
529 yeasterloaves 解 yeasterday“昨天”＋loaves“棍状面包”；也解 Yeats“～”，爱尔兰诗人。
530 a stale as a stub 解 as stale as a stub“～”；也解 *A Tale of a Tub*“～”，斯威夫特的小说；也解 stub［塞维］“～”。
531 the pitcher go to aftoms on the wall 解 the pitcher goes too often on the well“～”，此处化自习语 the pitcher goes often to the well, but it is broken at last（常在水边走，哪能不湿鞋）；也解 the picture's got to turn to the wall“～”；其中 aftoms 也解 atoms“～”。
532 Mildew, murk, leak and yarn“～”，此处解 Matthew, Mark, Luke and John“～”，四福音书的作者。
533 bad“～”，此处解 bed“～”，化自日常祈祷文“马太，马可，路加和约翰，祝福我所躺的床”，也化自习语 to have made one's bed and have to lie on it（自作自受）。
534 todate 解 today“～”；也解 to date“～”。
535 camparative accoustomology 解 comparative acousticology“～”；也解 campanology“～”；也解 campare［意］“～”。
536 strength towards joyance“～”，此处解 strength through joy“～”，即 KdF（Kraft durch Freude），曾是德国纳粹的宣传口号；也解 strength of Joyce“～”。
537 adyatants 解 adya［梵］“今天”＋anta［梵］“边界”；也解 adjutant“～”；也解 agitans［拉］“～”。
538 Allay“～”，此处解 an eye“～”。
539 threat“～”，此处解 tooth“～”。
540 throat“～”，此处解 tooth“～”。
541 Tim 解 Time“～”；也解 Tim“～”，英国民谣《芬尼根的守灵夜》的主人公。
542 Ysat Loka 解 Issy“伊茜”，本书主人公的女儿＋Loka［梵］“宇宙”，或宇宙的一部分；也解 Loki“～”，北欧神话中的火神和破坏之神；也解 Lucan“～”，都柏林城郊，位于利菲河边。
543 Hearing“～”；也解 Erin“～”。
544 urb it orbs 解 Urbi et Orbi［拉］“（降福于）城市（指罗马）和世界”，教皇祝福用语；也解 orbit orb“～”。
545 having has 解 having ears“～”；也解 having had it“”。
546 have had 解 have heard“～”；也解 have had it“～”。

听！第三声敲响[547]砰的一声卡车撞击一响，钟声[548]，正将有这么少的时刻伴以这么多的分钟属于大男人和小女人[549]的摩诃曼梵达拉期[550]里的代里的年[551]里的月[552]里的周里的一日者[553]门的开始[554]，我们的永不绝的[555]庞大的公共汽车永不绝者，我们那小又小的[556]撒尿妈妈，丈夫[557]与妻子[558]房子|对……也一样，还有他们的孩子们、他们的邻居[559]、他们邻居的孩子邻居、他们的动产、他们的仆人们[560]、他们的亲族[561]、他们的同族和他们的残羹[562]他们的里里外外|地点|上升|牛、他们的每件是为将曾属于他们的事。

不胜感激。当日时间[563]茶歇时间|他们的时间！但是几，点[564]但是哪里，啊，牧师|值得？

几点[565]叮当声在哪里|到哪里|……点钟？道[566]看护者|男人！看你没有看到[567]他们发现的[568]镑道路[569]小路？我们在天堂的父亲[570]瓦塔|神的化身|犯错|喜马拉雅山，可怕的[571]红色|耙|圣徒道[572]之名[573]，母牛[574]山羊、阉牛[575]、老虎[576]香烟、狮子[577]象|讲话者，在甚至渴望[578]星期四|插入吃食[579]火|父亲|处女|吠陀经|生死攸关的的时候，在三叶草装饰的狂暴的黑貂中间，蹄子[580]靴子、蹄子、蹄子、蹄子，脚足蹄上的软垫衬垫护垫爪垫[581]脚|足|脚步|性交|放屁|衬垫”。我们来了[582]在……以前！表明，如果舌头[583]事情|桐树|舌能说话[584]洪水|解释|图尔加的是，原初的环境渐渐消退，然而在很大程度上固体和液体的放置历经时断时续的庄严的[585]鲑鱼|所罗门雷霆[586]似电光闪耀、庄重的婚礼[587]、庄肃的坟墓和神圣的天意[588]幸运的占卜而持续不衰，成为可能且平衡；无可避免，在他的之后，时间有了时态，有也没有犹郁[589]犹豫，在考虑

547 the thuds trokes truck 解 the third stroke strike"～"；也解 the thud stroke truck"～"。
548 chim 解 chime"～"。
549 Grossguy and Littleylady 解 Gross([德]"大的") guy and Little lady"～"。
550 madamanvantora 解 maha"摩诃"，意为大＋manvantara"曼梵达拉期"，印度教和佛教宇宙观中的时间周期单位，包含四个地纪。
551 yere 解 year"～"。
552 maaned [丹]"～"。
553 diurn 解 diurnus [拉]"～"；也解 door"～"。
554 ope 解 opening"～"。
555 hugibus 解 jugis [拉]"～"；也解 huge bus"～"。
556 weewee"～"，此处解 wee"～"。
557 actaman 解 äkta man [瑞]"～"。
558 housetruewith 解 with"与"＋hustru [瑞]"妻子"；也解 house"～"＋be true with"～"。
559 napirs 解 neighbours"～"。
560 servance 解 servants"～"。
561 cognance 解 cognatio [拉]"～"。
562 their ilks and their orts"～"；也解 their ins and outs"～"；其中 orts 也解 Ort [德]"～"；也解 ortus [拉]"～"；也解 ox"～"。
563 Time-o'-Thay 解 time of day"～"；也解 Time-o'-Tea"～"；也解 time of them"～"。
564 But wherth, O clerk 解 But where, O clerk where"～"；此处解 But what o'clock"～"；也解 worth"～"。
565 Whithr a clonk 解 what o'clock"～"；也解 where a clonk"～"；也解 whither"～"＋a clog [爱]"～"。
566 Vartman [梵]"～"；也解 warter [德]"～"＋man"～"。
567 Soo 解 saw"～"。
568 pfunded 解 found"～"；也解 Pfund [德]"～"。
569 pfath 解 path"～"；也解 Pfad [德]"～"。
570 ouravatars that arred in Himmal 解 our＋Vaters [德]"父亲"＋that are in Himmel [德]"天堂"即"～"；其中 vatars 也解 Vata"～"，阿育吠陀的三大能量之一；也解 avatar"～"；其中 arred 也解 erred"～"；其中 Himmal 也解 Himalaya Mts"～"。
571 harruad 解 horrid"～"；也解 ruadh [爱]"～"；也解 harrow"～"；也解 hallow"～"。
572 bathar 解 bothar [爱]"～"。
573 namas 解 names"～"。
574 gow 解 cow"～"；也解 gabhar [爱]"～"。
575 stiar 解 steer"～"。
576 tigara 解 tiger"～"；也解 tigara [罗]"～"。
577 liofant 解 lion"～"；也解 elephant"～"；也解 fans [拉]"～"。
578 thurst 解 thirst"～"；也解 Thursday"～"；也解 thrust"～"。
579 athar vetals 解 their vittles"～"；其中 athar 也解 Athar [梵]"～"；也解 athair [爱]"～"；其中 vetals 也解 vestal"～"；也解 Veda"～"；也解 vital"～"。
580 hoof"～"；也解 boot"～"。
581 padapodopudupedding on fattafottafutt 解 padding on foot"～"；也解 podos [希]"～"；也解 pes, pedis [拉]"～"；也解 pada [梵]"～"也解 fuck"～"；也解 fart"～"；也解 Futter [德]"～"。
582 Ere"～"，此处解 here"～"。
583 tungsy 解 tongues"～"；也解 things"～"；也解 tungs"～"；也解 tunge [丹]"～"。
584 tolkan 解 talk"～"；也解 tolca [爱]"～"；也解 tolka [瑞]"～"；也解 Tolka"～"，河名，位于爱尔兰。
585 sullemn 解 solemn"～"；也解 salmon"～"；也解 Solomon"～"，古以色列国国王，以智慧著称。
586 fulminance 解 fulmen [拉]"～"；也解 fulminate"～"。
587 nuptialism 解 nuptial"～"。
588 providential divining"～"，此处解 divine providence"～"，也是意大利哲学家维科在《新科学》中提出的人类历史四阶段中的一个。
589 hesitency 解 hesitancy"～"，指爱尔兰新闻记者皮戈特伪造巴涅尔的信时把 hesitancy 写成 hesitency，因此露陷。

中的地点和时期，一个战争的婚姻的[590]有功绩的货币的形态的千年环绕构造的社会层面有机体，处于一种多多少少爱生态[591]屋子|溜滑的爱马[592]爱马的[593]经济[594]马平衡[595]平静|平稳的稳定状态。胡说八道[596]游戏开始|快点，乔治[597]！给我墨菲斯[598]词素|法律表述！我们别不像一个禁卫军[599]不谨慎的人|非常征用权！你刚刚[600]来了点儿[601]污点|兜肚子[602]轮船里行军。致停锚[603]碇|船锚|锚具的汽船[604]锚。凹版腐蚀法[605]同样染色|将何之|平等的。适于航海[606]看|值得的|值得一看。不尽[607]飞行员感激[608]谢谢你，文雅之人[609]要点|罪！镇[610]山中小湖|当年|伪装上有个酒馆[611]。

提示。拿上今天[612]塔米诺|时间|我怕的话题。提示。布朗与诺兰[613]诺拉镇的布鲁诺。提示。广告。

哪里。积云卷云雨云多云的[614] CHE 天空选取，欲望的飞镖将秘密之水的心脏刺出血，整个区域最受欢迎的[615]杨树树林现在正长大，特别适合于惊恐万分的[616]野餐人类的需求，在所有向上和全部下行之间，在我们于其中苦干的云的雾和我们于其下劳作的雾的云之间，炸毁相关的该完成[617]该死之事，以便，在另一边显示着位置，人们觉得无法有效地用那些随后发生的把一大堆加到上述之上，像现在将成这样，然而只提及大海老人和空中老妇，如果他们对此不置一词，他们不会对我们说谎，哑剧的俏皮话[618]主旨，从吃人的国王[619]到所属之马，一直，仅仅[620]，来提醒我们如何，在我们这个沉闷的[621]特鲁里巷|特鲁里街剧院世界里，时间之父和空间[622]物种之母用他们的支柱煮他们的水

590 maritory 解 marital“～”;也解 meritorious“～”。

591 ecolube 解 eco-“生态的”＋love“爱”;也解 oikos［希］“～”＋lubricus［拉］“～”。

592 equalobe 解 equa-“马的”＋love“爱”。

593 equilab 解 equi-“马的”＋love“爱”。

594 equonomic 解 economic“～”;也解 equus［拉］“～”。

595 equilibbrium 解 equilibrium“～”;也解 equanimity“～”;也解 aequilibrium［拉］“～”。

596 Gam on 解 gammon“～”;也解 game on“～”;也解 come on“～”。

597 Gearge 解 George Moore“乔治·摩尔”(1852—1933),爱尔兰作家、批评家。

598 Nomomorphemy 解 Morpheus“～”,希腊神话里的梦神,又称夜魔;也解 morphème“～”;也解 nomomorphopheme［希］“～”。

599 Lessnatbe angardsmanlake 解 let's not be un-guardsman-like“～”;也解 unguarded-man-like“～”;也解 angary“～”。

600 jast 解 just“～”。

601 gat a tache of 解 get a touch of“～”;也解 tache［法］“～”;也解 Tasche［德］“～”。

602 stumuk 解 stomach“～”;也解 steamer“～”,此处化自习语 an army marches on its stomach(兵马未动,粮草先行),此处指喝酒。

603 at Anker 解 at anchor“～”;其中 Anker［德］“～”;也解 anker［荷］“～”;也解 ankare［瑞］“～”。

604 Angar 解 ångare［瑞］“～”;也解 anchor“～”。

605 Aecquotincts 解 aquatints“～”;也解 aequitinctus［拉］“～”;也解 ecquo［拉］“～”;也解 aequus［拉］“～”。

606 Seeworthy 解 Seaworthy“～”;也解 See“～”＋worthy“～”;也解 sevärd［瑞］“～”。

607 Lots“大量”;也解 Lots［瑞］“～”。

608 thankyouful 解 thankful“～”;也解 thank you“～”。

609 pointsins 解 persons“～”;也解 point“～”＋sins“～”。

610 tarn“～”,此处解 Town“～”;也解 taarn［丹］“～”;也解 tarn［德］“～”。此处化自民谣 There Is a Tavern in the Town(《镇上有个酒馆》)。

611 tavarn 解 tavern“～”。

612 Tamotimo 解 tamon［希］“～”;也解 Tamino“～”,莫扎特歌剧《魔笛》中的男主人公;也解 time“～”;也解 timeo［拉］“～”。

613 Browne yet Noland 解 Browne and Nolan“～”,都柏林著名书籍和文具商店的店名;也解 Bruno of Nola“～”,16 世纪的意大利哲学家。

614 Cumulonubulocirrhonimbant 解 cumulo“积云”＋nubilous“多云的”＋cirrus“卷云”＋nimbus“雨云”。此句包含本书主人公名字缩写的变体 CHE。

615 poplarest 解 popularest“～”;也解 polar tree“～”。

616 pacnincstricken 解 panicstricken“～”;也解 picnic“～”。

617 domb 解 done“～”;也解 damn“～”。

618 gist“～”,此处解 jest“～”。

619 此处化自歌曲“The King of the Cannibal Islands”(《食人族群岛的国王》)。

620 slumply and slopely 解 simply and solely“～”。

621 drury 解 dreary“～”;也解 Drury Lane“～”,都柏林街道名;也解 Drury Lane Theatre“～”,位于伦敦。

622 Spacies 解 Spaces“～”;也解 species“～”。

壶。每个小巷里的姑娘小伙都知道这个。因此。

坡旅甲[623]池塘，汉娜·丽维娅[624]池塘的池塘，池塘[625]沙罗周期是[626]如同柔软的[627]汁液，位于草地[628]边缘，在双鱼座和射手座[629]小星星三角洲之间，在那里[630]客栈|爱尔兰我们曾离开[631]冲洗|洗涤这个河床[632]肚腹|你好和溪谷，在这里来自海华沙[633]高潮|西方的河水欢笑[634]急流|米尼奥河，撒尿草[635]蒲公英里的撒尿桥[636]漫步，生命之河，外国人[637]殡葬祭祖的王国[638]国土|共家|领域，围栏浅滩城[639]里的芬和安[640]的幽灵[641]明显的的显现的道成肉身的重生，一个被诅咒的[642]《海盗》种族，都柏林[643]海的寄生者，莫约拉海[644]，随它去吧！那里阿尔伯特湖答案|不难|尼安德特人的追踪着维多利亚湖[645]装饰图案|出生的|在海里|不|从未|巨浪，高兴地看到[646]格莱斯顿她的芬尼亚水道[647]尼罗河|共和党|清水瀑布，团队挖掘耙[648]汤姆、迪克和哈里把第一块草皮翻过来。水闸[649]终止！瀑布[650]被抓住的|勃起！喷水好快[651]上帝保佑！（顺便说，人们相信他[652]他的在结志街的旗帜[653]盖奇的神庙前弹奏竖琴[654]发生，因为它必须覆盖这个风景区[655]女阴，尽管距离西边几个小时，相信前上校屋[656]科洛内尔·豪斯的之前之后的[657]美丽的女继承人将回到迈克尔·德怀尔[658]亲爱的腰部弹起的短枪式[659]较钝的|爆裂的矛尖[660]阴茎，他的在她的里面砍，长笑者的词语[661]长时间之后）。那里杏树[662]榆树开始变绿，从爱情双人椅看到的景色[663]屏幕|索伦·克尔凯郭尔，就像我们知道她会的，因为根据法律判决[664]本质|耶稣升天，因此它造就了一切[665]麦克尔。它被封圣[666]发出气味为白色生命[667]老男人的胡子|白色。而她的小小白色灯笼裤[668]花|皮肤|莫莉·布卢姆，镶边的

623 Polycarp“～”(69—156)，每拿(今土耳其境内伊兹密尔)主教，教会史上首先详细记录的殉道者。
624 Innalavia 解 Anna Livia“～”，本书女主人公；也解 linn［爱］“～”。
625 Saras 解 saras［梵］“池塘”；也解 saros“沙罗周期”，18 年又 11 天，其间如有五个闰年，便是 18 年 10 天，为日月食发生的一种周期。
626 as“～”，此处解 is“～”。
627 saft［德］“～”，此处解 soft“～”。
628 meadewy 解 meadowy“～”。
629 Sagittariastrion 解 Sagittarius“～”；也解 astrion［希］“～”。
630 whereinn 解 wherein“～”；也解 inn“～”；也解 Erin“～”。
631 lave“～”，此处解 leave“～”；也解 laver［法］“～”。
632 alve 解 alveus［拉］“～”；也解 alvus［拉］“～”；也解 ave［拉］“～”，问候语。
633 hiarwather 解 Hiawatha“～”，美国诗人朗费罗 1855 年的长诗《海华沙之歌》中的印第安主人公；也解 high water“～”；也解 iar［爱］“～”。
634 minnyhahing 解 Minnehaha，美国诗人朗费罗的史诗《海华沙之歌》中的土著女孩，在当地话中意为“～”，但常被误认为意为“～”，此处按此意解；也解 Minho“～”，河名，位于牙买加。
635 passabed 解 pissabed“～”，也称“～”，故译。
636 poddlebridges 解 piddle“撒尿”＋bridges“桥梁”；也解 poddle“～”。
637 Alieni［拉］“～”；也解 parents［拉］“～”。
638 Kongdomain 解 kingdom“～”；也解 kongdømme［丹］“～”；也解 Conga［爱］“～”，传说中最后一个共主隐退的地方＋domain“～”。
639 Cleethabala 解 Baile Atha Cliath［爱］“～”，指都柏林。
640 Funn and Nin 解 Finn and Ann“～”，指本书的男女主人公。
641 apparentations 解 apparitions“～”；也解 apparent“～”。
642 accorsaired 解 accursed“～”；也解“The Corsair”“～”，英国诗人拜伦的诗歌。
643 Libnud 解 Dublin“～”。
644 Moylamore 解 Moyle“莫约拉”，爱尔兰与苏格兰之间的北部海峡＋more［塞维］“海”。
645 Allbroggt Neandser...Viggynette Neeinsee 解 Albert Nyanza...Victoria Nyanza“～”，尼罗河北方两个发源湖；其中 Neandser 也解 answer“～”；也解 ní h-annsa［爱］“～”；也解 Neanderthal“～”；其中 Viggynette 解 vignette“～”；其中 Neeinsee 也解 née［法］“～”＋in sea“～”；也解 nee［德］“～”；也解 nie［德］“～”；也解 See［德］“～”。
646 gladsighted 解 glad“高兴的”＋sighted“观测”；也解 Gladstone“～”(1809—1898)，英国首相，自由党领袖。
647 Linfian 解 Linn-fian 解 Fianna“芬尼亚”，芬尼亚为爱尔兰神话中的勇士＋linn［爱］“水道”；也解 Nil［法］“～”；也与后面合解 Fianna Fáil“～”，1926 年埃蒙·德·瓦莱拉创立的爱尔兰中间派自由主义政党；也解 lympha［拉］“～”。
648 teamdiggingharrow 解 team digging harrow“～”；也解 Tom，Dick and Harry“～”，泛指很多人。
649 Sluce 解 sluice“～”；也解 Schluss［德］“～”。
650 Caughterect 解 cataract“大瀑布”；也解 Caught“～”＋erect“～”；也解 Cothraige，圣帕特里克早年的名字。
651 Goodspeed the blow“～”；也解 God speed the plough“～”，15 世纪农夫们在耕地前的祷告。
652 his“～”，此处解 he's“～”。
653 Gage's Fane“～”，爱尔兰民谣《人们相信这只竖琴》的配乐，此处解 Gage(Street)“结志街”，旧时为香港妓院聚集地＋Fahne［德］“旗帜”。
654 harpened 解 harp“～”＋-en＋-ed；也解 happened“～”。
655 booty spotch 解 beauty spot“～”，在俚语中指“～”。
656 Colonel House“～”；也解“～”，美国威尔逊总统的顾问。
657 preterpost 解 praeter［拉］“之前”＋post［拉］“之后”；也解 pretty“～”。
658 Dweyr O'Michael 解 Michael Dwyer“～” (1771—1826)，爱尔兰的反抗者；也解 dear“～”。
659 blunterbusted 解 blunderbuss“～”；也解 blunter“～”＋busted“～的”。
660 pikehead“～”，其中 pike 也解［俚］“～”。
661 prolonged laughter words“～”；也解 long afterwards“～”。
662 alomdree 解 almond tree“～”；也解 elm tree“～”。
663 Soreen 解 scene“～”；也解 screen“～”；也解 Søren Aabye Kierkegaard“～”(1813—1855)，丹麦哲学家、诗人。
664 essentience his law 解 sentence of law“～”；其中 essentience 也解 essence“～”；也解 Ascension“～”。
665 make all 解 makes all“～”；也解 MacCool“～”，爱尔兰的巨人英雄。
666 scainted 解 sainted“～”；也解 scent“～”。
667 Vitalba 解 vita alba［拉］“～”；也解 vitalba［意］“～”；也解 vit［拉］“～”。
668 bloomkins 解 bloomers“～”；也解 bloom“～”＋skin“～”；也解 Molly Bloom“～”，《尤利西斯》中的女主人公。

傻笑天空[669]洗衣妇，是妖怪[670]驽马|都柏林的把戏[671]手帕|长裤。撒克逊人就像[672]剪刀|石头我们的祖先[673]剪刀|怠惰满怀珍爱[674]想的那样，现在他们无论如何正走向盎格鲁人[675]天使|安格尔西岛，摆脱了朱特人[676]免税，脏[677]昂贵|便宜得很家伙[678]刀鞘的包铜。那里也有一块石板[679]泥沉睡[680]笨蛋|停下，远古的[681]永远|记忆的|一直，所有沼泽中的唯一一个。但是那么光秃秃，那么一块大圆石[682]大胆的，牛皮大王[683]大话垂着这样一只噗噜噜噗拉拉屁股[684]嘣显示，巴林多斯[685]，白色的阿尔弗烈德[686]，应该[687]归因于至少[688]出租的有某个屠夫[689]主教的围裙[690]。斯堪的纳维亚人[691]洞穴周围[692]之人[693] HCE！他在兰贝岛[694]威廉的名胜地。老吉卜赛绅士[695]有女人味的|黑麦|威河|莱河名。口哨声[696]！但是，当闪光与昏暗在这里那里游来游去[697]天鹅，这块耻辱的岩石[698]三叶草和那株脆弱的[699]威士忌酒植物[700]种植者讲着吻者帕特里克·钢铁[701]偷窃|吻者诺拉和他美丽的[702]莫莉·瓦登[703]，在美好的爱尔兰金雀花[704]善良的爱尔兰人布卢姆中，哎呀，这个地点很合适，他的筵席[705]肥胖的|庆典是给红衣主教[706]库伦主教的仙女[707]，因此他会庆祝[708]禁欲者|共祝|独身上面那神圣的秘密，或者被打败的[709]天涯海角来自大陆[710]的朝圣者[711]游隼，那饰以棕榈树叶[712]关在小屋里的在那片湖[713]样子边，它的一瞥[714]阴郁的|攫取确定他打算赋予生意女孩[715]以权力[716]帝国。一个赤裸的瑜伽神父[717]沼泽神父，穿着光中尘埃，他的橡树眼睛装点着[718]好吧最深情的爱[719]多叶的叶子，给她炉灶的紫杉[720]河流|自己的祭品[721]边缘。在水中进行最后的仪式[722]坏蛋！神父[723]口哨声！

669 twittersky 解 twitter“傻笑”＋sky“天空”；也解 tvätterska［瑞］“～”。
670 hobdoblins 解 hobgoblin“～”；也解 dobbin“～”；也解 Dublin“～”。
671 hankypanks 解 hanky panky“～”；也解 handkerchiefs“～”；也解 pants“～”。
672 Saxenslyke 解 Saxons“撒克逊人”＋like“如同”；也解 saxen［瑞］“～”；也解 saxum［拉］“～”。
673 anscessers 解 ancestors“～”；也解 scissors“～”；也解 cessator［拉］“～”。
674 darely 解 dearly“～”。
675 Anglesen 解 Angles“～”；也解 Angel“～”；也解 Anglesey“～”，英国威尔士西北部一岛。
676 juties 解 Jutes“～”；也解 duty free“～”。
677 dyrt［瑞］“～”，此处解 dirty“～”；也与后面解 dirt cheap“～”。
678 chapes“～”，此处解 chaps“～”。
679 slab“～”；也解 slab［爱］“～”。
680 slobs“～”，此处解 sleeps“～”；也解 stops“～”。
681 immermemorial 解 immemorial“古老到无法记忆的”；也解 immer［荷］“～”＋memorial“～”；也解 immer［德］“～”。
682 boulder“～”；也解 bold“～”。
683 brag“～”，此处解 braggart“～”。
684 Bmm“～”，拟声，此处解 bum“～”。
685 Barindens 解 Barindeus“～”，爱尔兰早期圣人。
686 alfred 解 Alfred the Great“～”(849—899)，英格兰威塞克斯国王。
687 owed to“～”，此处解 ought to“～”。
688 at leased“～”，此处解 at least“～”。
689 butchup 解 butcher“～”；也解 bishop“～”。
690 upperon 解 apron“～”。
691 Elochlannensis 解 Lochlannensis［英爱］“～”；也解 Loch［德］“～”。
692 Circas［拉］“～”。
693 Homos［拉］“～”。此处包含本书主人公名字的缩写 HCE。
694 Leeambye 解 Lambay Island“～”，位于都柏林东北部；也解 Liam［爱］“～”。
695 Wommany Wyes 解 Romany Rye“～”，乔治·亨利·博罗 1857 年发表的小说；也解 womanly“～”＋rye“～”；也解 Wye“～”，河名，位于英国；也解 Rye“～”，河名，位于爱尔兰。
696 Pfif 解 Pfiff［德］“～”。
697 swan“～”，此处解 swim“～”。
698 shame rock“～”；也解 shamrock“～”。
699 whispy“～”；也解 whiskey“～”。
700 planter“～”，此处解 plant“～”。
701 PaudheenSteel-the-Poghue 解 Padraig［爱］“帕特里克”＋Steel“钢铁”＋the＋pogue［英爱］“亲吻”；其中 Steel-the-Poghue 也解 steal“偷窃”＋Arrah-na-Pogue“～”，鲍西考尔特剧本和同名女主人公。
702 perty 解 pretty“～”。
703 Molly Vardant 解 Molly“莫莉”，《尤利西斯》中布卢姆的妻子＋Dolly Varden“多莉·瓦登”，英国作家狄更斯的小说《巴纳比·拉奇》中的人物。
704 goodbroomirish 解 good“好的”＋broom“金雀花”＋Irish“爱尔兰的”；也解 good Irish Bloom“～”。
705 feist［德］“～”，此处解 feast“～”；也解 feis［爱］“～”。
706 curdnal communial 解 cardinal communal“～”；也解 Cardinal Cullen“～”(1803—1878)，都柏林主教。
707 ferial“平日的”，此处解 fairy“～”。
708 celibrate 解 celebrate“～”；也解 celibate“～”；也解 celebro［拉］“～”；也解 caelibatus［拉］“～”。
709 beatend 解 beaten“～”；也与前面合解 Land's End“～”，位于康沃尔郡的最南端，也是英格兰的最南端。
710 Mainylands 解 mainland“～”；也解 Ui Maine，爱尔兰香农河边的部落土地。
711 pirigrim 解 pilgrim“～”；也解 peregrine“～”。
712 calmleaved 解 palm leaved“～”。
713 look“～”，此处解 lake“～”，化自爱尔兰诗人托马斯·穆尔的诗歌 By That Lake, Whose Gloomy Shore(《在那湖边，它阴郁的湖岸》)。
714 glaum“～”；也解 gloomy“～”；也解 glám［爱］“～”。
715 Bisnisgels 解 business girls“～”，指妓女。
716 empalmover 解 empower“～”；也解 Empire“～”。
717 yogpriest 解 yogi priest“～”；也解 bog priest“～”。
718 oakey doaked 解 oak eye decked“～”；也解 okey-doke“～”。
719 frondest leoves 解 fondest love“～”；也解 frondose leaves“～”。
720 ewon of her owen 解 yew of her oven“～”；其中 owen 也解［爱］“～”；也解 own“～”。
721 offrand 解 offering“～”；也解 Rand［德］“～”。
722 Tasyam kuru salilakriyamu 解 tasyam kuru salilakriyam［梵］“～”，出自印度史诗《罗摩衍那》；其中 kuru 也解 cur“～”。
723 Pfaf 解 Pfaffe［德］“～”；也解 Pfiff［德］“～”。

开启那将被开启的，它将是，看[724]死胡同，我们追悼之人[725]日内瓦湖|爱人之湖|柠檬，那伟大的黑人[726]缺少灰色，伊希斯城[727]正露出(终于[728]阿特拉斯|亚特兰蒂斯!)，城市与世界[729]城市的与地球的，从爱尔兰[730]伊利湖|猛禽巢水[731]底棕土经由渗漏之处。

看[732]湖!

哪里[733]如何！他们[734]公路，亲爱的少女[735]橡树|德莫特？我的宝贝[736]我亲爱的|阿施塔特|树枝，我说[737]试验！地球朝着叹气的是天堂[738]。

地狱里的天使[739]问候|天使，悬崖的女儿们，回应。漫长的[740]缓慢的蓝宝石[741]圣彼得草|桑菲尔岛海岸。从你[742]茶到你，你也是它[743]梵在各别事物中的呈现|《鸳鸯茶》|那些|你，你在[744]那里。相似者为靠近者，越相似越靠近。啊，酷似之人[745]如此说|苏珊娜！一个家族、一只乐队、一所学校、爱尔兰人的孩子们[746]一个部落的女孩。十五[747]与但是十四得九[748]九天连祷与或者二十[749]得小八[750] 8 是的与[751]说十一十[752] 21|十个一组得一个月亮月加最后唯一的[753]独自的。他的每个都有不同于相似者[754]明喻的她及她的位置。就像带着小铃铛的花瓣[755]风铃草，她们围着植物湾[756]一起欢乐地合唱[757]合唱的|一起滚动|花冠|刘易斯·卡罗尔。那些[758]剂量天真的心爱[759]心爱的人|肮脏的|像少女的女孩们[760]颤抖。天堂[761]凯文！天堂！她们全都开始[762]黄昏说话[763]声音唱啊唱，音乐响起[764]！他。只有他。小小的[765]他。啊！整个挽歌[766]爱尔兰人的孩子们|声音|曲调。哦!

威廉北街[767]、加德纳上街[768]、斐比斯区[769]、韦斯特兰道[770]桨、克拉兰登街[771]、圣母无玷之心堂[772]完美的、海豚的悲哀[773]、港地

724 loke“～”，此处解 look“～”。

725 the lake lemanted 解 the late lamented“～”，指死者；也解 Lacus Lemanus［拉］“～”；也解 lake leman（［古英］“爱人”）“～”；也解 lemon“～”。

726 greyt lack 解 great black“～”；也解 grey lack“～”。

727 citye of Is 解 city of Isis“～”，伊希斯为埃及司生育的女神。

728 atlanst 解 at last“～”；也解 Atlas“～”，希腊神话中受罚以双肩掮天的巨人；也解 Atlantis“～”，传说沉没于大西洋的岛屿。

729 urban and orbal 解 urbi et orbi eccl［拉］“（降福于）城市（指罗马）和世界”，教皇祝福用语；也解 urban and orbal“～”。

730 Erie“～”，北美五大湖之一，此处解 Eire“～”；也解 aerie“～”。

731 wasseres 解 Wasser［德］“～”。

732 Lough［爱］“～”，此处解 look“～”。

733 Hwo 解 Wo［德］“～”；也解 How“～”。

734 Hwy“～”，此处解［威］“～”。

735 dairmaidens 解 dear maidens“～”；也解 dair［爱］“～”；也解 Dermot“～”，芬·麦克尔的侄子，与芬·麦克尔的未婚妻格拉尼娅私奔，后被芬·麦克尔杀死。

736 Asthoreths 解 asthore［英爱］“～”；也解 a stór［爱］“～”；也解 Astarte“～”，巴比伦神话中司爱情与生育的女神；也解 Ast［德］“～”。

737 assay“～”，此处解 I say“～”。

738 heavened 解 heaven“～”。此处化自主祷文中的 on earth as it is in heaven（在地上如同在天上）。

739 Hillsengals 解 Hell's angels“～”；也解 hilsen［丹］“～”；也解 Engel［德］“～”。

740 Longsome“～”；也解 langsam［德］“～”。

741 samphire“～”，一种植物，此处解 sapphire“～”；也解 Samphire Island“～”，位于澳大利亚东南部。

742 thee“你”；也解 tea“～”。

743 thoo art it thoo 解 thou are it too“～”；也解 tat-tuam-asi［梵］“～”；也解 Tea for Two“～”，歌曲；其中 thoo 也解 those“～”；也解 tu［爱］“～”。

744 thouest 解 thou“你”＋est［拉］“是”。

745 sosay 解 sosie［法］“～”；也解 so say“～”；也解 Susanna“～”，书中女儿伊茜的化身之一。

746 a clanagirls 解 Clann na nGaedheal［爱］“～”；也解 a clan of girls“～”。

747 Fiftines 解 fifteen“～”。

748 novanas 解 novem［拉］“～”；也解 novena“～”，基督教仪式。

749 vantads 解 vingt［法］“～”。

750 octettes 解 octo［拉］“八”＋-ette“小的”；也解 eight“～”。

751 ayand 解 aye“是的”＋and“与”；也解 aiens［拉］“～”。

752 decadendecads 解 decad un（［法］“一”） decad“～”，即“～”；也解 dekados［希］“～”。

753 a lone“～”；也解 alone“～”。

754 similies“～”，此处解 similars“～”。

755 Sicut campanulae petalliferentes 解 sicut campanulae petaliferentes［拉］“～”；其中 campanulae 也解 campanula“～”。

756 Botany Bay“～”，都柏林三一学院里的方院。

757 coroll 解 carol“～”；也解 choral“～”；也解 co-roll“～”；也解 corolla“～”；也解 Lewis Carroll“～”。

758 dose“～”，此处解 those“～”。

759 dirly 解 dearly“～”；也解 darling“～”；也解 dirty“～”；也解 girly“～”。

760 dirls 解 girls“～”；也解 dirl“～”。此处化自爱尔兰诗人托马斯·穆尔的诗歌 The Dream of Those Days（《当年的梦想》）。

761 Keavn 解 heaven“～”；也解 Kevin“～”，与“杰瑞”在书中组成一组二元对立的人物，即肖恩和闪。

762 setton 解 set on“～”；也解 suton［塞维］“～”。

763 voicies 解 voicing“～”；也解 voices“～”。

764 Keavn 解 given“～”，此处出自爱尔兰诗人托马斯·穆尔的歌曲 Sing, Sing, Music Was Given（《唱啊唱，音乐响起》）。

765 Ittle 解 little“～”。

766 clangalied 解 Klagelied［德］“挽歌”；也解 Clann na nGaedheal［爱］“爱尔兰人的孩子们”；也解 Klang［德］“声音”＋Lied［德］“曲调”。

767 S. Wilhelmina's 解 William St N.“～”，都柏林的圣阿加莎教堂的所在地。这一段为都柏林的 26 个教堂的名字的变体。

768 S. Gardenia's 解 Upper Gardiner St“～”，都柏林的圣弗朗西斯泽维尔教堂的所在地。

769 S. Phibia's 解“～”，都柏林的圣彼得教堂的所在地。

770 S. Veslandrua's 解 Westland Row“～”，都柏林的圣安德鲁教堂的所在地；也解 vesla［塞维］“～”。

771 S. Clarinda's 解 Clarendon St“～”，都柏林的赤足加尔默罗修会教堂的所在地。

772 S. Immecula's 解 Immaculate Heart of Mary Church“～”，位于都柏林的城市码头；也解 immaculate“～”

773 S. Dolores Delphin's 解 Our Lady of Dolours“悲哀夫人教堂”＋Dolphin's Barn“海豚仓”，该教堂所在地。

街[774]珍珠|喉咙、阿伦码头[775]使命|钥匙|快乐的|码头、亚当和夏娃教堂[776]、拉斯敏斯[777]、拉斯格区[778]粗鲁的|红色、杜拉姆康德拉[779]、大学礼拜堂[780]一|衣服、阿尔戈斯山[781]、圣米迦勒教堂[782]我|华尔兹舞、教堂街[783]、克隆奇街[784]、美景[785]费尔维区|战争、山迪蒙特[786]沙子、林山德区[787]周围|海峡、哈丁顿路[788]、格拉斯奈文[789]冰|下雪的、白衣修士教堂[790]菘蓝|冻结、托马斯修道院[791]，以及(梦[792]震动|创伤！鼓掌[793]大声地|变元音！！乖孩子！！！)圣劳伦斯·奥图尔教堂[794]！

为我们祷告[795]！为我们祷告！

呜呼[796]很好|尤！就是这样人们会如此命名它[797]拿起！

年轻少女们[798]女店员|处女|回避一起[799]开口[800]。从你的床上起来，一根树干的凹洞[801]圣凯文，圣祠[802]闪光！凯瑟琳[803]是个小孩[804]厨房|抓|圣凯文之厨教堂。命签[805]姐姐掷出，我的哀伤[806]！你必须从大地[807]额外地用水[808]水|精确的来冲洗[809]我引水|审问所有列岛[810]拱。占星家[811]澳大利亚的惠利[812]小袋鼠在托兰[813]旁，他们抛弃[814]远远地摇动我们在新爱尔兰[815]新西兰|更新的一片土地的海岸[816]阵雨，签下了这个你和这个现在我们的托管。美拉尼西亚人[817]米勒希乌斯|千|岛等着。俾斯麦群岛[818]聪明点。

等一等[819]一人寻找。不是那柔软苗条的，不是那靠近这柔软苗条者的宽宽圆圆的，不是那朝着这宽宽圆圆者的背风处[820]背风岛的尺寸较大特色全面者，但是，实际上危急中，卷发者，比例完美[821]，有鲜花斑[822]有雀斑的|污点|抛掷，体型好，色调亮，精美的容貌转向尺寸较大特色全面者的迎风方向[823]迎风岛。

774 S. Perlanthroa's 解 Portland Row"～",都柏林的圣约瑟夫教堂的所在地;也解 pearl"～"＋throat"～"。

775 S. Errands Gay's 解 Arran Quay"～",都柏林的圣保罗教堂的所在地。也解 Errand"～"＋key"～";其中 Gay 也解"～";也解 quai"～"。

776 S. Eddaminiva's 解 Adam and Eve's"～",位于都柏林的利菲河畔,也叫阿西西的圣方济各教堂。

777 S. Rhodamena's 解 Rathmines"～",都柏林的圣母玛利亚教堂所在地。

778 S. Ruadagara's 解 Rathgar"～",都柏林的三主保教堂的所在地;也解 rude"～";也解 ruadh [爱]"～"。

779 S. Drimicumtra's 解 Drumcondra"～",都柏林的基督圣体堂的所在地。

780 S. Una Vestity's 解 University Chapel"大学礼拜堂",位于都柏林的斯蒂芬绿地;也解 una [拉]"～"＋vestitus [拉]"～"。

781 S. Mintargisia's 解 Mt Argus"～",都柏林的圣保罗学院的所在地。

782 S. Misha-La-Valse's 解 St. Michael's "圣米迦勒教堂",位于都柏林的基尔曼汉姆地区;也解 mise [爱]"～"＋waltz"～"。

783 S. Churstry's 解 Church St"～",都柏林的天使圣玛利亚教堂的所在地。

784 S. Clouonaskieym's 解 Clonskeagh"～",都柏林南部郊区的磨坊城公园教堂所在地。

785 S. Bellavistura's 解 bella vista [意]"美景",即 Fairview"～",都柏林的天降教会所在地;也解 bella [拉]"～"。

786 S. Santamonta's 解 Sandymount"～",都柏林的海洋之星教堂的所在地;也解 sand"～"。

787 S. Ringsingsund's 解 Ringsend"～",都柏林的圣帕特里克教堂的所在地;也解 rings [德]"～";也解 Sund [德]"～"。

788 S. Heddadin Drade's 解 Haddington Rd"～",都柏林的圣母玛利亚教堂的所在地。

789 S. Glacianivia's 解 Glasnevin"～",都柏林的悲哀夫人教堂的所在地;也解 glacies [拉]"～"＋nivea [拉]"～"。

790 S. Waidafrira's 解 White Friars"～",位于都柏林的安吉尔街;也解 Waid [德]"～"＋friere [德]"～"。

791 S. Thomassabbess's 解 Abbey of St. Thomas à Becket "圣托马斯・贝克特修道院"＋Thomas St"托马斯街",该修道院所在的都柏林街道。

792 trema [意]"～",此处解 dream"～";也解 trauma"～"。

793 unloud 解 applaud"～";也解 aloud"～";也解 Umlaut [德]"～"。

794 S. Loellisotoelles 解 St. Laurence O'Toole's"～",位于都柏林的塞维利亚广场。

795 Prayfulness 解 pray for us"～"。

796 Euh 解 heu [拉]"～";也解 eu [希]"～";也解 Eu"～",诺曼底地区的镇名,圣劳伦斯・奥图尔葬于此。

797 Thaet is seu whaet shaell one naeme it 解 That is so what shall one name it"～";其中 naeme 也解 nehme [德]"～"。

798 meidinogues 解 maighdin [爱]"处女"＋óg [爱]"年轻的";也解 midinettes [法](巴黎时装店里的)"～";也解 maiden"～";也解 meiden [德]"～"。

799 togethering 解 together"～"。

800 tingued 解 tongued"～说"。

801 cavern"～";也解 St. Kevin"～",爱尔兰的隐士和圣人,曾在格兰达洛隐居 7 年,夜晚睡在洞中,白天待在树洞里。

802 shrine"～";也解 shine"～"。

803 Kathlins 解 Cathleen"～",被圣凯文拒绝的女子

804 kitchin 解 kinchin"～";也解 kitchen"～";也解 catching"～";也解 St Kevin's Kitchen"～",位于爱尔兰威克洛郡的山谷格兰达劳。

805 Soros 解 sors [拉]"占卜";也解 soror [拉]"～"。

806 ma brone 解 mo bhron [爱]"～"。

807 exterra 解 ex terra [拉]"～";也解 extra"～"。

808 acquarate 解 aquate [拉]"～";也解 aqua [拉]"～";也解 accurate"～"。

809 interirigate 解 irrigate"～";也解 interirrigo [拉]"～";也解 interrogate"～"。

810 arkypelicans 解 archipelago"～";也解 arcus [拉]"～"。

811 austrologer 解 astrologer"～";也解 Australian"～"。

812 Wallaby"～",此处解 Dr John Whalley"惠利"(1653—1724),都柏林占星家。

813 Tolan 解 John Toland"～"(1670—1722),都柏林自然神论者,翻译了布鲁诺的若干作品。

814 farshook 解 forsook"～";也解 far shook"～"。

815 Newer Aland 解 New Ireland"～";也解 New Zealand"～";也解 Newer A land"～"。

816 showrs 解 shores"～";也解 shower"～"。

817 Milenesia 解 Melanesian"～";也解 Milesius"～",爱尔兰传说中的祖先,从西班牙来,成为土著爱尔兰人中的一支;也解 mille [拉]"～"＋nêsoi [希]"～"。

818 Be smark 解 Bismark"～",西南太平洋的岛群,居民主要为美拉尼西亚人和巴布亚人;也解 be smart"～"。

819 One seekings 解 one second"～";也解 one seeking"～"。

820 leeward"～";也解 Leeward Islands"～",加勒比海域的群岛。

821 perfectportioned 解 perfect portioned"～"。

822 flowerfleckled 解 flower"花"＋fleckled"有斑点的";也解 freckled"～";也解 Fleck [德]"～";也解 werfen [德]"～"。

823 to the windward"～";也解 Windward Islands"～",加勒比海域的群岛。

是不是当有什么要说的时候那就在空中流传，或者是不是某个特殊的人[824]不管怎样会对整件事加以总结[825]某处？

优雅出生者[826]在做什么？清楚地讲出他的隐蔽处！一个帮倒忙的人[827]太好的树林|威廉·伍德|上帝。他的道德破烂儿[828]道德|狂野仍然是他最好的武器？再多一点儿射门黄金？滚石他不生苔[829]罗尔斯顿|大酒桶|游荡者|不是必须|《从桶里滚出去》|托马斯·罗兰森。是祈祷[830]执念|火葬堆的声音。他的脸是一个儿子的脸。你的是沉默的大山[831]大厅，啊，雅拉马河[832]不死的！一个处子，那个人，将悼念你。祈祷之流是沉默[833]安慰。但是古洛纳[834]喃喃低语|幽暗在远处[835]因此你来吧|参加。灰谷的奥德怀尔[836]德怀尔·格雷的驴子正在他的波特墓地[837]四角[838]十字路口|四位验尸官的土地[839]上害怕得要叫了[840]在野外吃草，大麦灶台[841]英语周围的烟雾。当一个独立的[842]宣誓证人|《爱尔兰独立报》记者到访，"麦克"波特兰[843]，明天早晨[844]来燃烧挖洞|借讨论中的[845]警察局信差[846]后者的餐馆[847]因此被称为守财奴[848]，他为了《都柏林公报》[849]《德班公报》做着[850]米克如下之事[851]，即将刊出的[852]最早来的一期。出自一位通讯记者[853]丘陵。任何地方[854]。最后审判日[855]星期二。上下百高地和下百高地[856]百高特拉斯|建造|道路的驼背[857]老板，壹耳微蚵[858]蠼螋，愿他万寿无疆[859]为河流生活！河谷神庙的葬礼游戏。周六夜晚盛况[860]《周六晚报》|萨提尔|萨顿|魔鬼撒旦，展出[861]禁止|栖息那个马的漫画[862]屁股的制造者，由照相暗盒[863]奥斯卡·王尔德|同伴|奥斯卡披露。最后的荷兰人头骨[864]达基·舒尔兹|罪|债务。或许[865]。白日梦[866]梦中笛子结束[867]线索。揭开酒吧历史。愤慨，终于。受影响的

824 imparticular 解 in particular“～”。

825 somewherise 解 summarise“～”；也解 somewhere“～”。

826 Coemghen 解 Caoimhghin［旧爱］“～”，这是圣凯文的称呼。

827 woodtoogooder 解 do-gooder“～”；也解 wood too good“～”；也解 William Wood“～”(1671—1730)，英国铸币商；也解 God“～”。

828 moraltack 解 moral tack“～”；也解 moraltacht［爱］“～”；也解 Móralltach［爱］“～”，德莫特的剑的名字。

829 Rowlin's tun he gadder no must 解 rolling stone (he) gathers no moss“～”；也解 T. W. Rolleston“～”(1857—1920)，都柏林大学校刊的编辑＋tun“～”＋gadder“～”＋no must“～”；也解 Roll Out the Barrel“～”，歌曲名；也解 Thomas Rowlandson“～”(1756—1827)，英国艺术家和漫画家。

830 Roga 解 rogo［拉］“～”；也解 rāga［梵］“～”；也解 roga［拉］“～”。

831 hall“～”，此处解 hill“～”。

832 Jarama“～”，西班牙河流；也解 amar［梵］“～”。

833 solence 解 silence“～”；也解 solace“～”。

834 Croona 解 Crona“～”，苏格兰诗人麦克弗森在莪相诗歌中描写的河流；也解 Crónán［爱］“～”；也解 Cróna［爱］“～”。

835 in adestance 解 in distance“～”；其中 adestance 也解 adesdum［拉］“～”；也解 adeste［拉］“～”。

836 O'Dwyer 解 John O Dwyer of the Glen“幽谷的约翰·奥德怀尔”，17 世纪英国歌曲中的英雄；也解 Dwyer Gray“～”(1845—1888)，爱尔兰民族主义者，《自由人报》的编辑，曾任都柏林市长。

837 Potterton 解 Potter's Field“～”，常用来指公共墓地。

838 forecoroners 解 four corners“～”，也指“～”；也解 four coroners“～”。

839 terroirs［法］“～”。

840 abrowtobayse afeald 解 about to bray afeared“～”；也解 browse afield“～”。

841 burleyhearthed 解 barley“大麦”＋hearth“灶台”；也解 Béarla［爱］“～”。

842 independant 解 independent“～”；也解 deponent“～”；也解 *Irish Independent*“～”。

843 Portlund 解 Portland“～”，都柏林的街道。

844 to burrow burning“～”，此处解 tomorrow morning“～”；也解 borrow“～”。

845 in questure 解 in question“～”；也解 questura［意］“～”。

846 latterman 解 letter man“～”；也解 latter“～”。

847 Resterant 解 restaurant“～”。

848 gortan 解 gortán［爱］“～”。

849 *Durban Gazette*“～”，南非报纸，此处解 *Dublin Gazette*“～”，1705 年到 1922 年间的驻爱英国政府的官方公报。

850 mikes 解 makes“～”；也解 Mick“～”，本书主人公儿子之一的一个名字。

851 the fallowing 解 the following“～”。

852 firstcoming 解 forthcoming“～”；也解 first coming“～”。

853 collispendent 解 correspondent“～”；也解 collis［拉］“～”。

854 Any were 解 anywhere“～”。

855 Deemsday 解 doomsday“～”；也解 Dienstag［德］“～”。

856 Byggotstrade 解 Baggot street“～”，都柏林街名；也解 Baggotrath“～”，都柏林边上的旧街区，盎格鲁-诺曼血统的百高特家族曾在此处建造城堡；也解 bygge［丹］“～”＋strade［意］“～”。

857 Bosse［法］“～”；也解 boss“～”。

858 Ciwareke 解 Earwicker“～”，本书主人公；也解 earwig“～”。

859 live for river“～”，此处解 live for ever“～”。

860 Saturnights pomps 解 Saturday nights pomps“～”；也解 *Saturday Evening Post*“～”；也解 satyr“～”，希腊及罗马神话中半人半兽的森林之神，好色之徒；也解 Saturn“～”，罗马神话中的农神；也解 Satan“～”。

861 exhabiting 解 exhibiting“～”；也解 inhibiting“～”；也解 inhabiting“～”。

862 corricatore of a harss 解 caricature of a horse“～”，指驴子；也解 Creator of an arse“～”。

863 Oscur Camerad 解 camera obscura“～”；也解 Oscar Wilde“～”；也解 Kamerad［德］“～”＋Oscar“～”，爱尔兰英雄芬·麦克尔的孙子，莪相的儿子。

864 Dutch Schulds 解 Dutch skulls“～”；也解 Dutch Schultz“～”，美国暴徒，1935 年被击毙；也解 Schuld［德］“～”；也解 schuld［荷］“～”。

865 perhumps 解 perhaps“～”。

866 Pipe in Dream“～”，此处解 pipedream“～”。

867 Cluse 解 close“～”；也解 clues“～”。

暴民正作为苏拉的宗教党徒[868]服务|沉默紧随其后。再次留下他们拖曳[869]服麻醉药身体[870]佛陀|阴茎的痕迹。舞台截面[871]圆锥曲线里面上的电影人物。根据百代电影公司的新闻[872]热情的。那里，从离开朦胧处[873]城市|详细审查|激动|黑暗，多雾的伦敦[874]画眉，沿着旅行队的[875]线路，那是随着岁月流逝的，他的北极星托起的[876]北极熊海浪的柔和光线，群星中的群星[877]星星|舵手，相信海浪之火[878]牙齿|雅典娜，你踏上真正的草皮，分信机[879]到来，肖恩[880]聪明汉斯绅士[881]先生，在他自己心里始终[882]总是说着他希望跌入快乐的少女群[883]，从舞会跳回家[884]，他的钥匙[885]指关节早已[886]一切就绪在他的器具钥匙[887]袋里，一个凑合的同胞[888]，正该[889]属于格里姆斯塔[890]大帆船，几套旧的[891]老伯威威士忌起绒饰带[892]冻结，受够了[893]夜晚[894]以及他们木盘上的公鹅、豌豆[895]小便|和平和燕麦[896]从前|邮政总局，他遗失[897]性欲在女人[898]那里的时间[899]，但是他那很快太阳闪耀的[900]私酿酒蛋唇[901]日食上有那种像培根[902]诱人的|培根鸡蛋油脂[903]优雅的|格蕾丝·奥玛丽的气味[904]笑|油|烟熏。这里是戴着毒气面具[905]猜测|假面具的你的声音[906]，信差[907]较后的人！如此的改进[908]！像邮件一样安好[909]正确，像小提琴[910]酗酒一样健康！鞋子[911]好的！鞋子！邮差肖恩[912]擦皮鞋|干净|听|鞋|擦亮！一便士买你想到的！尔[913]茶、你[914]、你的[915]火|汉娜、您的[916]、美味的、烧烤的[917]茶[918]你。一炉给面包师傅，他烘烤着[919]黄油我们的面包。啊，天堂般的[920]炉灶香气！黄油[921]敲，黄油！今天给我们拿来我们的邮袋[922]！但是解救[923]接纳我，我的友情[924]法国人，离开这个绿宝石色的黑暗的漫漫寒冬！因为这[925]指责是给羽

868 Sullivence 解 Sullani“～”；也解 service“～”；也解 silence“～”。
869 drugged“～”，此处解 dragged“～”。
870 buddhy 解 body“～”；也解 Buddha“～”；也解 bod［爱］“～”。
871 scenic section“～”；也解 conic section“～”。
872 Patathicus 解 Pathé“百代电影公司”，法国人夏尔·百代及哥哥爱米尔·百代 1896 年成立的法国电影公司＋news“新闻”；也解 patheticus［拉］“～”。
873 scuity 解 obscurity“～”；也解 city“～”；也解 scrutiny“～”；也解 scuit［爱］“～”；也解 skotia［希］“～”。
874 Londan 解 London“～”；也解 lon［爱］“～”。
875 canavan 解 caravan(穿越沙漠的)“～”。
876 polar bearing 解 pole star bearing“～”；也解 polar bear“～”。
877 steerner 解 Sterne［德］“～”；也解 stjärnar［瑞］“～”；也解 steerer“～”。
878 touthena 解 Ton-thena“～”，麦克弗森以莪相之名创作的诗歌《特莫拉》中的星星，引导书中人物来到爱尔兰；也解 tooth“～”；也解 Athena“～”，希腊神话中的智慧女神。
879 sorter 解 letter-sorter“～”。
880 Hansen 解 Hans de Koerier［荷］“邮者肖恩”；也解 Hans the Clever“～”，20 世纪初一匹可以做马戏表演的马。
881 Hurr 解 Herr［德］“～”。
882 alltheways 解 all the ways“～”；也解 always“～”。
883 merryfoule 解 merry“愉快的”＋foule［法］“人群”。
884 happynghome 解 hopping home“～”。
885 knyckle 解 nyckel［瑞］“～”；也解 knuckle“～”。
886 allaready 解 already“～”；也解 all ready“～”。
887 knackskey 解 knack［中英］“灵巧的器件”＋'s＋key“钥匙”。
888 compatriate 解 compatriot“～”。
889 proparly 解 properly“～”。
890 Grimstad“～”，挪威的一座城市，位于东阿格德尔郡，易卜生曾在此处做药剂师助理。
891 old pairs“～”；也解 Old Parr“～”，英国苏格兰出产的一种混合威士忌。
892 frieze“～”；也解 freeze“～”。
893 feed up to 解 fed up to“～”。
894 noxer 解 nox［拉］“～”。
895 peeas 解 peas“～”；也解 pees“～”；也解 peace“～”。
896 oats upon a trencher“木盘上的燕麦”；也解 once upon a time“～”；其中 oats 也与前面合解 GPO，即 General Post Office“～”。此处也化自儿歌 Oats, Peas, Beans and Barley Grow(《燕麦、豌豆、黄豆和大麦快快长》)。
897 lust“～”，此处解 lost“～”。
898 Wooming 解 women“～”。
899 toyms 解 time“～”。
900 sunsoonshine 解 sun soon shine“太阳很快闪耀”；也解 moonshine“～”。
901 egglips 解 egg lips“～”；也解 eclipse“～”。
902 backoning 解 bacon“～”；也解 beckoning“～”；也与后面合解 bacon and eggs“～”。
903 grace“～”，此处解 grease“～”；也解 Grace O'Malley“～”，伊丽莎白时期的爱尔兰海盗。
904 smeoil 解 smell“～”；也解 smile“～”；也解 oil“～”；也解 smól［爱］“～”。
905 guessmasque 解 gas mask“～”；也解 guess“～”＋masque“～”。
906 heering 解 hearing“～”。
907 latterman 解 letter man“～”；也解 latter man“～”。
908 improofment 解 improvement“～”。
909 royt 解 right“～”，此处化自习语 right as the mail(像邮件一样安好无恙)。
910 fuddle“～”，此处解 fiddle“～”，此处化自习语 fit as a fiddle(非常健康)。
911 Schoen［荷］“～”；也解 schön［德］“～”。
912 Shoon the Puzt 解 Shaun the Post“～”；也解 Schuhe geputzt［德］“～”；也解 schoon［荷］“～”；也解 shoon［吉］“～”；也解 shoon“～”＋putzen［德］“～”。
913 Tay 解 te［拉］“～”；也解 té［爱］“～”。
914 tibby 解 tibi［拉］“～”。
915 tanny 解 thy“～”；也解 teine［爱］“～”；也解 Anne“～”，本书女主人公。。
916 tummy 解 tuum［拉］“～”。
917 tosty 解 toasty“～”。
918 tay 解 té［爱］“～”；也解 te［拉］“～”。
919 baxters 解 bakes“～”；也解 butters“～”。
920 ovenly 解 heavenly“～”；也解 oven“～”。
921 Butter“～”；也解 bulta［瑞］“～”。
922 maily bag“～”。此处化自主祷文“赐给我们每日的面包”。
923 receive“～”，此处解 relieve“～”。
924 frensheets 解 friendship“～”；也解 frenchy“～”。
925 diss“～”，此处解 this“～”。

绒被[926]长者|开阔的高地的睡眠，事情就是这样[927]那|是不是|灰尘，就像歌手们[928]歌唱家|床唱的[929]，不辞辛劳的、径直前行、坚定踏步、安全封缄的官员，他们努力[930]相信组成我们邮政总局局长[931]按我的价格卖|格特鲁德·斯坦因|亨利·马蒂斯|毕加索的邮政总局局长[932]普遍通过检阅，当他们的头[933]他加碰到[934]冲撞|阴茎|巴特枕头，好与他们为了纪念品[935]赌金的独得留宿[936]尽情地出的另一个[937]更改|老年人|祭台助手女孩一起共享夜晚的裸体轮换[938]夜班|权宜之计时，为她说话[939]两人茶|他|为了|她|给欧希夫人的二轮马车，为睡觉[940]道路|杀死|黑刺李|狡猾的笑[941]蜕皮。对他的三月十五日[942]来说宜人的天气[943]忠实的步行者。你有时间。肖恩[944]，我的男孩[945]？你听说了罪行，阳光男孩[946]小男孩？这个男人对着陪审团[947]日志日志[948]露水上面的字母[949]夫人们|生菜|床|梯子头晕目眩[950]有罪的|基甸，被说服[951]追踪，与我们保密、半灰色、外国佬、茶歇时间、阴影、小夜曲或萨摩亚人一起憔悴[952]是否，如果丰满迷人、凹凸有致的[953]时髦火辣的女士[954]加上|发烧|夫人与愚蠢的蠢货[955]，这，那，其他的足球[956]猪皮或拳击手套[957]裹住指关节[958]，选一门容易的课，或者修英语课[959]痛苦|安桂许，在他跌落[960]犯规后照料[961]他的流入[962]羊毛|流淌，此时伟人查尔斯街[963]致敬|查尔斯·斯图尔特·巴涅尔的察特[964]博士，他一口气[965]换了他的脊柱。他没有偏离[966]，无论是在脚步[967]脚部方面，还是在信仰[968]小仙女|脸方面[969]磨快|弄湿，但是只要在诉讼[970]在前的中亲吻[971]，在然后法律[972]执法者允许的地方，可能是天黑后的任何东西。他们只看到鹿[973]亲爱者，黑人正嗅着风起[974]使害怕。都柏林[975]。天哪[976]重大事件！风信子[977]与

926 Eilder Downes 解 eiderdown“～”；也解 Elder“～”＋Down“～”。
927 dass is it duss 解 dat is het dus ［德］“～”；也解 daß ［德］“～”＋is it“～”＋dust“～”。
928 sengers 解 Sänger ［德］“～”；也解 sänger ［瑞］“～”；也解 sångare ［瑞］“～”。
929 singen ［德］“～”。
930 trow“～”，此处解 try“～”。
931 G. M. P. 解 Post Master General“～”；也解 Get My Price“～”，爱尔兰民族自治运动领袖巴涅尔的话“你们卖的话，就按我的价格卖”；也解 Gertrude Stein“～”(1874—1946)，美国小说家＋Henri Matisse“～”(1869—1954)，法国画家＋Picasso“～”(1881—1973)，西班牙画家。
932 pass muster generally“～”，此处解 Post Master General“～”。
933 headd 解 head“～”；也解 he adds“～”。
934 butting“～”，此处解 putting“～”；也解 bod ［爱］“～”；也解 Butt“～”，本书主人公的儿子闪姆的变体。
935 sweepsake 解 keepsake“～”；也解 sweepstake“～”。
936 tuck in“～”，此处解 took in“～”。
937 alter“～”，此处解 alter ［拉］“～”；也解 alter ［德］“～”；也解 altarboy“～”。
938 nakeshift 解 nackt ［德］“裸体的”＋shift“移位”；也解 nightshift“～”；也解 makeshift“～”。
939 shay for shee 解 say for sí(［爱］“她”)“～”；也解 Tea for Two“～”，也是歌曲名；也解 sé ［爱］“～”＋for“～”＋sí ［爱］“～”；也解 shay for O'Shea“～”。
940 slee 解 sleep“～”；也解 slighe ［爱］“～”；也解 slay“～”；也解 sloe“～”；也解 sly“～”。
941 sloo 解 slay“～”；也解 slough“～”。
942 hydes of march 解 Ides of March“～”，古罗马历。
943 Dutiful wealker 解 beautiful weather“～”；也解 Dutiful walker“～”。
944 Hans 解 Hans de Koerier ［荷］“邮者肖恩”。
945 ahike 解 a mhic ［爱］“～”。
946 senny boy 解 sunny boy“～”，乔伊斯年轻时曾被如此称呼；也解 sonny boy“～”。
947 duary 解 jury“～”；也解 diary“～”。
948 dewry 解 diary“～”；也解 dew“～”。
949 Letties 解 letters“～”；也解 ladies“～”；也解 lettuce“～”；也解 letti ［意］“～”；也解 ladders“～”。
950 giddy“～”；也解 guilty“～”；也解 Gideon“～”，《士师记》中以色列的改革者和解放者。
951 pursueded“～”，此处解 persuaded“～”。
952 whethered 解 withered“～”；也解 whether“～”。
953 well-stacked filler-outer ［美校园俚语］“～”，形容有吸引力的美女。
954 plushfeverfraus 解 plush ［美校园俚语］“时髦的＋fever frau ［美校园俚语］“火辣的女士”；也解 plus“～”＋fever“～”＋Frau ［德］“～”。
955 chonks 解 clonks ［美校园俚语］“～”。
956 pigskin“～”，此处解［美校园俚语］“～”。
957 muffle“～”，此处解［美校园俚语］“～”。
958 kinkles 解 knuckles“～”。
959 anguish“～”，此处解［美校园俚语］“～”；也解 Anguish“～”，一些中世纪传奇认为是爱尔兰的伊瑟的父亲。
960 foull 解 fall“～”；也解 foul“～”。
961 seen to 解 see to“～”。
962 fleece“～”，此处解 flow“～”；也解 fliessen ［德］“～”。
963 Greet Chorsles street 解 Great Charles Street“～”，都柏林街道名；也解 Greet“～”＋Charles Stewart Parnell “～”(1846—1891)，爱尔兰自治运动的领袖。
964 Chart 解 D. A. Chart“～”(1878—1960)，都柏林历史学家，著有《都柏林的故事》。
965 at a citting 解 at a sitting“～”。
966 declaination 解 declination“～”。
967 foos 解 foot“～”；也解 Fuss ［德］“～”。
968 fays“～”，此处解 faith“～”；也解 face“～”。
969 whet“～”，此处解 what“～”；也解 wet“～”。巴涅尔死于脚湿后染病。
970 precedings“～”，此处解 proceeding“～”。
971 hanging a goobes 解 hang a goober ［美校园俚语］“～”。
972 lag ［瑞］“～”；也解 lagmen“～”，北欧海盗在都柏林的议会辛摩特的审判者的称号。
973 deers“～”；也解 dears“～”。
974 the wind up“～”，此处化自习语(have) the wind up(惊慌)；也解(put)the wind up“～”。
975 Debbling 解 Dublin“～”。
976 Greanteavvents 解 Great Heavens!“～”；也解 great events“～”。
977 Hyacinssies 解 hyacinth“～”。

天芥菜[978]妓女！一次成熟的年轻女士[979]也不要，而是要都柏林诱饵[980]笨小伙儿|双！是天主教[981]会方面[982]在土耳其宫廷上|在门上的毁谤诉讼[983]，必须[984]最有人[985]极点|《神学大全》为此赎罪[986]。那个混蛋[987]在哪里，那个条子[988]的声音[989]猎犬|何处，王八蛋[990]健康的|女阴|他们是|畜生想要[991]什么狐狸好人[992]！哪里，或者他，许多人中我们的所爱？

但是优雅出生者[993]做着什么，私生子[994]抚育？新手[995]《初学者》|招募一个花托[996]边界。他那蓝灰色的[997]发蓝的粮食彩绘玻璃[998]硫酸的连祷[999]圣幛[1000]只不过开始用微光[1001]在伪装照亮他的传说。让持火把者[1002]宣告！极好[1003]，极好。说看到他的人看到了那个！男人会突然跑来抓住他。别再问了，我的杰瑞，祈祷的声音！没有和气的[1004]印度铜币狗杂种[1005]猪崽子。那抓住[1006]缩拢花束的沼泽。塔菲亚[1007]躺卧的布利奇亚平原[1008]上赫勒蒙和赫伯[1009]虹吸管|举起者的葡萄藤枝叶子倒悬，硕果累累[1010]，但是酒吧[1011]还没[1012]没有结束|CHE 向早起者的[1013]每小时冲洗的群体[1014]食堂|弥撒开放。读读希金斯[1015]、凯尔恩斯[1016]和恩格斯[1017] HCE。麦芽酒屋[1018]马尔萨斯依然锁上[1019]关闭|被看关着。在里面[1020]。在那里[1021]他们的酒吧|爱尔兰|鷓鴣|流淌神龛让那里的回答多甜蜜[1022]包扎的啊！稍后[1023]徘徊在|信|家属|自由的有访客[1024]游客|是酒量大的人|是如此|回声。最早祭酒用的[1025]自由|保持平衡的柠檬苏打水的硅酸盐[1026]硅砂、石灰、苏打|软泥容易被吸收。甚至还不是主[1027]负载的天使[1028]引擎，伴以万福玛利亚[1029]拖曳的卡车，恩及众生[1030]满箱，你晨祷喃喃[1031]晨经|早晨，因为墓地之钟无声[1032]哑铃？当然，不是那时[1033]它们。伟大的[1034]希腊的西伯利亚[1035]恒星的|铁做的|星

978 heliotrollops解 heliotrope“～”；也解 trollops“～”。
979 fullvixen freakings解 fullvuxen frökener［瑞］“～”。
980 dubbledecoys解 Dublin“都柏林”＋decoys“诱饵”；也解 hobbledehoys“～”；也解 dubbel［瑞］“～”。
981 cuthulic解 Catholic“～”。
982 on the porte of“～”，此处解 on the part of“～”；也解 on the porte(［法］“门”)of“～”。
983 lable iction解 libel action“～”。
984 most“～”，此处解 must“～”。
985 summum［拉］“～”，此处解 someone“～”；也解 *Summa Theologica*“～”，中世纪神学家托马斯·阿奎那的代表作。
986 atole解 atone“～”。
987 blinketey blanketer解 blankety blank“～”。
988 pealer解 peeler“～”。
989 quound解 sound“～”；也解 hound“～”；也解 quo［拉］“～”。
990 sunt of a hunt解 son of a gun“～”；其中 sunt也解［挪］“～”；也解 cunt“～”；也解 sunt［拉］“～”；其中 hunt也解 Hund［德］“～”。
991 whant解 want“～”；也解 what“～”。
992 foxes good men解 Fox Goodman“～”。
993 Coemghem解 Caoimhghin［旧爱］“～”，这是圣凯文的称呼。
994 fostard解 bastard“～”；也解 foster“～”。
995 Tyro“～”；也解 *The Tyro*“～”，英国作家温德汉姆·刘易斯编的刊物；也解 tiro［拉］“～”。
996 tora解 torus［拉］“～”；也解 teora［爱］“～”。
997 blueygreyned解 blue-grey-ed“～”；也解 bluey grain“～”。
998 vitroils解 vitrail［法］“～”；也解 vitriol“～”。
999 novened解 novena“～”。
1000 iconostase解 iconostas“～”，东正教用来分隔教堂内殿用的屏帏。
1001 in feint“～”，此处解 in faint light“～”。
1002 Phosphoron解 Phôsphoron［希］“～”，古希腊神话中月亮女神阿尔忒弥斯的绰号。
1003 Peechy解 Peachy“～”。
1004 pice“～”，此处解 nice“～”。
1005 soorkabatcha解 son of a bitch“～”；也解 soor ka batcha［爱］“～”。
1006 puckerooed解 puckaroo［俚］“～”；也解 pucker“～”。
1007 Teffia“～”，布利奇亚平原西部的一块部落土地。
1008 Bregia's plan解 Plain of Bregia“～”，爱尔兰利菲河与博茵河之间的平原，原属赫伯部落，后被赫勒蒙部落占领。
1009 Heremonheber解 Heremon and Heber“～”，前者为北爱尔兰的第一个土著领袖，后者为南爱尔兰的第一个土著领袖，他们率领后来被称为凯尔特的民族进入爱尔兰岛；也解 Heber［德］“～”；也解 Anheber［德］“～”。
1010 fructed解 fructuous“～”。
1011 cublic hatches解 public houses“～”。
1012 endnot解 are not“～”；也解 end not“～”。此处包含本书主人公名字缩写的变体 CHE。
1013 hourly rincers“～”，此处解 early risers“～”。
1014 mess“～”，此处解 mass“～”；也解 Mass“～”。
1015 Higgins解 Francis Higgins“～”(1750—1802)，爱尔兰《自由人报》的主编，背叛了18世纪爱尔兰起义者爱德华勋爵。
1016 Cairns解 John Elliot Cairnes“～”(1823—1875)，爱尔兰政治经济学家。
1017 Egen解 Engels“～”。此处包含本书主人公名字的缩写 HCE。
1018 Malthus解 Malt“麦芽酒”＋hus［丹］“房子”；也解 Thomas Malthus“～”(1766—1834)，英国人口学家。
1019 lukked解 locked“～”；也解 lukket［丹］“～”；也解 looked“～”。
1020 Withun解 within“～”。
1021 theirinn解 therein“～”；也解 their inn“～”；也解 Erin“～”；也解 Wren“～”，此句化自爱尔兰童谣 The Wren Song(《鹪鹩之歌》)；也解 rinn［德］“～”。
1022 swathed“～”，此处解 sweet“～”。
1023 loiter on“～”，此处解 later on“～”；也解 letter“～”；也解 Leute［德］“～”；也解 eleutheron［希］“～”。
1024 Besoakers解 Besucher［德］“～”；也解 besökare［瑞］“～”；也解 be soakers“～”；也解 be so“～”＋echo“～”。
1025 primilibatory解 primi-“原初的”＋libation“洒酒祭奠”；也解 liberty“～”；也解 libratory“～”。
1026 solicates of limon sodias解 silicates of lemon soda“～”；也解 silica, lime, soda“～”，用来制作玻璃的三种材料；也解 limon［法］“～”。
1027 load“～”，此处解 lord“～”。
1028 engine“～”，此处解 angel“～”。
1029 haled morries解 Hail Mary“～”；也解 haled lorries“～”。
1030 full of crates“～”，此处解 full of grace“～”。
1031 mattinmummur解 matins“晨祷”＋murmur“低声说”；也解 matines［法］“～”；也解 mattino［意］“～”。
1032 dombell dumbs解 tomb bell dumbs“～”，此处化自主祷词中的“Thy Kingdom come”(愿你的天国降临)；也解 dumbbell“～”。
1033 then“～”；也解 them“～”。
1034 greek解 great“～”；也解 Greek“～”。
1035 Sideral解 Siberian“～”；也解 Sidereal“～”；也解 sidêrios［希］“～”；也解 sidereus［拉］“～”。

星铁路[1036]星星|银做的六便士，恰好[1037]正如遵守的|避难所，很快会开始一段坦途，带着它第一次单程马力[1038]加速|工艺。达尼尔[1039]马达车[1040]蜂鸣器|公共汽车，而不是紫罗兰[1041]高架桥|银河色的慢车按照付费车票[1042]船|车票|行车时刻表规则奔跑，带着它数不尽的吱嘎作响的土豆[1043]旋转的堆[1044]星系|银河|伊克西翁，小火车[1045]野生草莓|污点我们的父母[1046]长辈|司炉把它们记成[1047]礼拜仪式上的尖叫，草莓圃[1048]浆果。此外摇摇晃晃的马车[1049]依然却耽搁了[1050]，在夜晚的燃烧之后落下。等等[1051]方面，三叶草[1052]闪|火葬柴堆，不过[1053]或者！肃静[1054]！教会如圣徒般吟唱[1055] HCE|圣徒传记的|集会。哪个黎明[1056]奥布里我们的第一道将显示。出席的谁是谁是将上演那是什么是那个到什么是那个，什么。

哦是的[1057]肃静！哦是的是！哦是的是是的是！外国人[1058]的首领[1059]首席主教，总书记官[1060]天主教教庭最高书记，我是自有永有的[1061]，在广播中在爱尔兰自由邦[1062]里戴着主教帽出生[1063]游离氮|微小的，现在将要[1064]沸腾的吹响盖尔人[1065]狂风警告。爱尔兰之眼岛[1066]小岛运转不息。澳洲。居民和一个但又上千座岛屿[1067]，西部的和东部的[1068]东方|耶斯复活节路线。

属于凯文[1069]，属于尚未创造的仆人上帝，属于造物主，一个敬上帝者[1070]孝顺的人，他，被交给生长的野草，藏匿潜逃[1071]，弹跳轻盈的[1072]汤姆、迪克和哈里隆头鱼[1073]狡猾的阴茎，正如我们已经看到的，因此我们听到，我们已经接收的那些，我们已经传播的那些，因此我们会希望，这个我们将祈祷，直至，借助麻木在利他

1036 Reulthway 解 Railway“～”；也解 réal［爱］“～”；也解 reul［爱］“～”。

1037 as it havvents 解 as it happens“～”；也解 as it avvente(［挪］“遵守”)“～”；也解 haven“～”。

1038 hastencraft 解 hästkraft［瑞］“～”；也解 hasten“～”＋craft“～”。

1039 Danny 解 Daniel O'Connell“丹尼尔·奥康内尔”(1775—1847)，1829 年领导爱尔兰天主教徒赢得了参加议会的权利。

1040 buzzer“～”，此处解［俚］“～”；也解 buses“～”。

1041 vialact 解 violet“～”；也解 viaduct“～”；也解 Via Lactea［拉］“～”。

1042 fartykket 解 fare ticket“～”；也解 fartyget［瑞］“～”；也解 Fahrkarte［德］“～”；也与后面合解 Fahrplan［德］“～”。

1043 rotatorattlers 解 potato“土豆”＋rattler“吱嘎作响的东西”；也解 rotatory“～”。

1044 gallaxion 解 collection“～”；也解 galaxy“～”；也解 ho galaxias［希］“～”；也解 Ixion“～”，希腊神话中特萨利的国王，被宙斯罚下地狱，缚在一个永远燃烧和转动的轮子上。

1045 smooltroon 解 small train“～”；也解 smultron［瑞］“～”；也解 smual［爱］“～”。

1046 elderens 解 Eltern［德］“～”；也解 elder“～”；也解 eldaren［瑞］“～”。

1047 rememberem 解 remembered“～”。

1048 Strubry Bess 解 Strawberry Beds“～”，地名，位于爱尔兰利菲河北岸的丁格勒市；也解 bes［荷］“～”。

1049 waggonwobblers 解 waggon“四轮马车”，大熊星座也被称作马车＋wobblers“摇摇晃晃者”。

1050 everdue 也解 overdue“～”。

1051 aspect“～”，此处解 aspetta［意］“～”。

1052 Shamus Rogua 解 shamrock“～”；也解 Séamus［爱］“～”＋rogum［拉］“～”。

1053 or“～”，此处解 or［法］“～”。

1054 Taceate 解 Tacete［拉］“～”。

1055 Hagiographice canat Ecclesia 解 hagiographice canat Ecclesia［拉］“～”，此处包含本书主人公名字的缩写 HCE；也解 hagiographic“～”＋ekklesia［希］“～”。

1056 aubrey 解 aube［法］“～”；也解 John Aubrey“～”(1626—1697)，英国作家，著有写莎士比亚等人的《人物小传》。

1057 Oyes 解 O yes“～”；也解 Oyez“～”。

1058 Gaulls 解 Galls［爱］“～”。

1059 primace 解 primate“～”；也解 primus(苏格兰圣公会选出的)“～”。

1060 protonotorious 解 protonotarius［拉］“～”；也解 protonotary“～”。

1061 I yam as I yam 解 I am that I am“～”，出自《出埃及记》(3:14)“神对摩西说：‘我是自有永有的。’”

1062 free state 解 Irish Free State“～”，1922—1937 年的爱尔兰政体。

1063 mitrogenerand 解 mitre“主教冠”＋generant“生殖的”；也解 free nitrogen“～”；也解 micro“～”。

1064 aboil“～”，此处解 about“～”。

1065 Gael“～”；也解 gale“～”。

1066 Eyrlands Eyot 解 Ireland's Eye“～”，爱尔兰都柏林郡海边小岛；也解 eyot“～”。

1067 insels［德］“～”。

1068 Osthern 解 eastern“～”；也解 Ost［德］“～”；也解 Ostern［德］“～”。

1069 Kevin“～”，爱尔兰隐士和圣人，在格兰达洛隐居 7 年，本书中凯文也与杰瑞组成一组二元对立的人物，即闪姆和肖恩。

1070 filial fearer 解 filial fear“子女之畏”，指对上帝的既敬且畏＋-er，即“～”；也解 filial bearer“～”。

1071 took to the tall timber［澳俚］“～”。

1072 springy heeler 解 springy“有弹力的”＋heel“脚踵”；其中 heeler 也与前面合解 Tom，Dick，Harry“～”，泛指很多人时的说法，在书中构成三人组。

1073 slippery dick“～”，直译为“～”。

主义中通过对整体的理解寻找对知识的爱，可能再一次，将怎样可能再一次啊，铲平将四只阉羊[1074]气候的毛修剪到一边，经过精美的每日乳品店[1075]亲爱肮脏的都柏林，顺路丢下满裙兜燃烧着的炭，铲平爱尔兰[1076]英格兰荨麻和她充满勇气的小伙，满身是刺，喜欢石头，俗丽[1077]骨头的朋友，离开所有的乱七八糟，去照料我们的施洗[1078]灵魂|淋浴施洗，奇迹，这些是死亡和生命。

天白[1079]手|苦难。在最后的爱尔兰岛[1080]伊茜在教皇通谕的爱尔兰[1081]群岛上繁衍，他们那先创造的神圣白衣天使的盛宴到来了，那些在他的施洗者中间的，自愿穷苦的凯文，被授予了[1082]咕哝着说教士特权[1083]规则，后创造的便携式带浴室祭坛[1084]，在献身一只真正的十字架的时候，被创造并得到提升，在禁欲的婚姻生活中在晨祷钟声中起身，从西方去，在天使长的领导下，穿着金缕衣的圣职白袍来到我们自己正中央的绿地格兰达劳[1085]，那里，在她[1086]伊茜河与他[1087]河的汇流中间，在这个两者之一中的一个可通航的孤独湖上，凯文虔诚地，赞美[1088]晨祷三位一体的三圣天神歌[1089]三位一体，在他那有益于[1090]圣坛超级浴的船里，乘筏向心而行，爱尔兰圣职中的助祭随从[1091]骑士为女士服务，穿越隶属湖的湖面去其至高无上的[1092]震中[1093]湖伊茜[1094]岛的途中，它那里的湖泊是远离中心的[1095]离心力封邑，在那上面在晨祷之前，知识上强劲有力，凯文来到其中心位于激流[1096]酒水和清流[1097]的循环水道之中的地方，一个置于岛上的[1098]岛小湖正让一个湖泊小岛[1099]成为岛屿[1100]，随之用搁浅的副执事竹筏在圣坛旁[1101]沐

1074 wethers“～”；也解 weathers“～”。
1075 dainty daily dairy“～”；也解 Dear Dirty Dublin“～”。
1076 Nelly“爱尔兰的昵称”；也解 Nelij［沃］“～”。
1077 gnewgnawns 解 gewgaw“～”。
1078 douche“～”；也解 dusha［俄］“～”；也解 douche［法］“～”。
1079 yad［俚］“～”，day 的从右向左写；也解 yad［希伯来］“～”；也解 jad［塞维］“～”。此段暗含大量宗教用语。
1080 ysland of Yreland 解 Island of Ireland“爱尔兰岛”；也解 Issy“～”，本书主人公的女儿。
1081 yrish 解 Irish“～”。
1082 graunted 解 granted“～”；也解 grunted“～”。
1083 praviloge 解 privilege“～”；也解 pravilo［俄］“～”。
1084 altare cum balneo［拉］“～”。
1085 Glendalough“～”，爱尔兰威克洛郡的一个山谷，其中著名的格兰达劳修道院由圣凯文在公元 6 世纪创建。
1086 Yssia 解 ise［爱］“～”；也解 Issy“～”，本书主人公的女儿。
1087 Essia 解 eisin［爱］“～”。
1088 lawding 解 lauding“～”；也解 lauds“～”。
1089 trishagion“～”，东正教三唱圣哉上帝的赞美诗；也解 trishagion［希］“～”。
1090 conducible 解 conducibilis［拉］“～”。
1091 servent 解 servant“～”；也解 serventism“～”。
1092 supreem 解 supreme“～”。
1093 epicentric 解 epicentre“～”＋ic。
1094 Ysle 解 Issy“～”，本书主人公的女儿；也解 isle“～”，化自爱尔兰诗人叶芝的诗歌 The Lake Isle of Innisfree(《茵尼斯弗里岛》)。
1095 ventrifugal 解 centrifugal“～”；也解 ventrifugalis［拉］“～”。
1096 Yshgafiena 解 uisce fian［爱］“～”；也解 uisce fion［爱］“～”。
1097 Yshgafiuna 解 uisce fionn［爱］“～”。
1098 enysled 解 enisled“～”；也解 isle“～”
1099 yslet 解 islet“～”。
1100 yslanding 解 islanding“～”。
1101 Propter［拉］“～”。

浴,用油涂了一遍又一遍[1102]给临终者涂油礼,伴之以祈祷,神圣的凯文等候着,直到第三个早晨时段[1103],但是在它的围场里修建一座红色的忏悔用蜜蜂蜂巢小屋[1104],好坚韧地活下去,有基本美德的侍僧,那里有沙质的[1105]沙场地板,最神圣的凯文,挖得深及整整一英寻的七分之一处深,他挖着,值得尊敬的凯文,隐士,征求意见,朝着小岛海滨[1106]的湖畔行进,在那里数个七次,他向东跪拜,完全服从[1107]服侍|在此中在中午午时经[1108]时七倍地收集格里高利[1109]水,带着心中的神食圣餐之乐,多次后退,拿着那个享有恩典的圣坛随时共同[1110]沐浴,数个七次进入被挖出的洞穴,一个水平层面的读经师,最受尊敬的凯文,那是在那附近流出,让那里有水,那因此[1111]是旱地之处,就这样由他一起创造出来,他现在,坚信是一个坚强完美的基督徒,得上帝保佑得凯文,驱走他神圣姐妹的水,永远纯洁,所以,完全理解,她应该填满他的浴盆圣坛的一半高,那是手浴盆[1112]汉人,最受神佑的凯文,第九位登基者,在迁移[1113]翻译的之水的同心圆正中,此处四周,当紫色的薄暮降临,圣凯文,亲水者[1114],将他的黑貂教士大氅围得高及他的智天使腰部,在隆重的晚祷中在对智慧的心满意足中坐下,那个手用浴盆,随后无论何处[1115],再次创造了普世教会的岛国博士[1116],冥思之门的守护者,记忆即席之作提议,智力在形式上考虑,隐士,他始终怀着炽天使的热情考虑着最初的洗礼圣礼,或者通过洗水礼达成所有人的重生。哎呀[1117]。

1102 extremely anointed“～”；也解 Extreme Unction“～”。
1103 这里指 Terce“～”，每日七次祈祷中的第三段。
1104 honeybeehivehut 解 honeybee“蜜蜂”＋beehive“蜂巢”＋hut“小屋”。
1105 arenary 解 arenarious“沙的”；也解 arenaria［拉］“～”，指跑马场、比武场的沙地。
1106 ysletshore 解 islet“小岛”＋shore“海滨”。
1107 ubidience 解 obedience“～”；也解 dien［德］“～”；也解 ubi［拉］“～”。
1108 sextnoon 解 sext“午时经”，天主教七段祈祷时间中的第四段＋noon“中午”。
1109 gregorian 解 Pope Gregory I“格列高利一世”（约 540—604），第 64 任罗马天主教教皇，曾当过隐修士＋-ian。
1110 unacumque［拉］una［拉］“一起”＋cumque［拉］“任何情况”
1111 theretofore 解 therefore“～”。此处化自《创世记》（1：9）：“神说：‘天下的水要聚在一处，使旱地露出来。’”
1112 hanbathtub 解 hand“手”＋bathtub“浴盆”；也解 Han“～”。
1113 translated“～”，此处解 translatus［拉］“～”。
1114 Hydrophilos 解 hydrophilous“～”。
1115 whereverafter 解 wherever“无论在哪里”＋whereafter“随后”。
1116 doctor insularis［拉］“～”。
1117 Yee 解 jee“～”。

两艘船[1118]主教|咬伤，向岩石右侧[1119]岩石的仪式|右侧车倾斜！救星浮标[1120]祭礼男孩，消失！留心[1121]他游泳很好。光秃秃的苍穹下三海岬[1122]霍斯本的罕见[1123]后面景色在另一端，请求你对雾和风[1124]该死的祝福[1125]雷|闪电|雷电|乳房丰满的|看，写信回家[1126]大卫·休谟要讲的事。它们在前[1127]一个世纪竖立起来，作为精美的鸡棚[1128]地狱之火俱乐部|ECH，如果你知道你的布里斯托尔[1129]，并在那座铺着鹅卵石的[1130]地精老城的三十条[1131]有轨电车|巨人道路和十一个转弯[1132]精灵族上跋涉，你将多少正式地[1133]人为地写下一种精神上的佩里·诺克斯·戈里[1134]便士|敲打|淤血。他们是否也名叫富兰克林[1135]乡绅尚未得到充分研究。他们设计的是一个家用[1136]谁卖词，黑暗中的光的迷人细节从滋生轻蔑[1137]呼出内容的熟悉[1138]中获得新鲜。啊，幸运的罪过[1139]果实累累的|一对！啊，仙界一对！让在这些公园[1140]部分实施净身礼[1141]消融|祭品的第一个探索者[1142]爆炸物事实上是那个幸运的人类，即这个怪物审判在开始的第一天展出的那个人。什么是纸张[1143]，之前[1144]优柔寡断地染上了钢笔墨迹[1145]彭马克|彭马克悬崖，不会，根据证据样品[1146]简单证明，坚持要求的，信封[1147]偷偷摸摸地折起[1148]，当款式[1149]（唱机的）唱针、墨水[1150]恶臭和污迹[1151]有纹身图案之物属于同一个人的一个集合的时候？毕竟他很好地从土里出来，恰恰在拖鞋英雄[1152]拖鞋|趿拉板将曳步而来的地方，此外[1153]在旁边恶作剧女王[1154]恐慌的|汉娜|小盘开始炫耀她特殊的[1155]才华[1156]爪子。一个走错路的[1157]流浪汉[1158]为了[1159]他朴素的大衣[1160]衬裙|水獭|外套追寻着[1161]潜伏|生病的一条正确罕见的道路[1162]杆子，被她的奇装异

1118 Bisships 解 Bis［拉］“两次”＋ships“船”；也解 bishops“～”；也解 Biss［德］“～”。
1119 rock's rit“～”，此处解 rook's right“～”，也指国际象棋里的“～”。
1120 Sarver buoy 解 saviour“救世主”＋buoy“浮标”；也解 server boy“～”，弥撒中辅助弥撒仪式的男孩。
1121 Nuotabene 解 Nota bene［拉］“～”；也解 Nuota bene［意］“～”。
1122 Benns 解 beinn［爱］“～”；也解 Ben of Howth“～”，霍斯角的一个丘陵区。
1123 rare“～”；也解 rear“～”。
1124 dimmen and blastun 解 dimman［瑞］“～”＋and＋blåsten［瑞］“～”；也解 damn and blast“～”，表愤怒。
1125 askan your blixom 解 asking your blessing“～”；也解 åskan［瑞］“～”＋blixten［瑞］“～”；其中 blixom 也解 bliksem［荷］“～”；也解 buxom“～”；也解 blickst［德］“～”。
1126 right hume 解 write home“～”，此处化自习语 nothing to write home about(不值得大书特书的事)；也解 David Hume“～”(1711—1776)，苏格兰哲学家。
1127 purvious 解 previous“～”。
1128 hen fine coops 解 fine hen-coop“～'；也解 Hellfire Club“～”，位于都柏林；也包含本书主人公名字的缩写。
1129 Bristol“～”，英国西部的港口城市，英国国王亨利二世于 1171 至 1772 年间宣布布里斯托尔人有权在都柏林居住。
1130 cobbold 解 cobbled“～”；也解 Kobold［德］“～”。
1131 trolly“～”，此处解 thirty“～”；也解 trolls“～”。
1132 elventurns 解 eleven turns“～”；也解 elven“～”。
1133 sortofficially 解 sort officially“～”；也解 artificially“～”。
1134 Peny-Knox-Gore 解 Perry Knox Gore“～”，爱尔兰西北梅奥郡中部福克斯福德的一个富裕家族；也解 penny“～”＋knock“～”＋Gore“～”。
1135 franklings 解 Benjamin Franklin“～”(1706—1790)，美国政治家、物理学家；也解 franklin“～”。
1136 whosold 解 household“～”；也解 who sold“～”。
1137 breathes content“～”，此处解 breeds contempt“～”，化自习语 familiarity breeds contempt(亲不尊，熟生蔑)。
1138 feminiairity 解 familiarity“～”。
1139 ferax cupla 解 felix culpa［拉］“～”；也解 ferax［拉］“～”＋cúpla［爱］“～”。
1140 parks“～”；也解 parts“～”。
1141 ablations“～”，此处解 ablution“～”；也解 oblation“～”。
1142 exploder“～”，此处解 explorer“～”。
1143 arky paper 解 ark papper［瑞］“～”。
1144 anticidingly 解 antecedently“～”；也解 undecidedly“～”。
1145 penmark 解 pen mark“～”；也解 Penmark“～”，英国南威尔士地村镇；也解 Cliff of Penmarks“～”，位于布列塔尼，中世纪骑士特里斯丹死于此处。
1146 per sample prof 解 per sample“根据样品”＋proof“证据”；也解 simple proof“～”。
1147 kuvertly 解 Kuvert［德］“～”；也解 covertly“～”。
1148 falted 解 gefaltet 德］“～”。
1149 style“～”；也解 stylus“～”。
1150 stink“～”，此处解 ink“～”。
1151 stigmataphoron 解 stigma“～”；也解 stigmatophoron［希］“～”。
1152 Toffler 解 tøffelhelt［丹］“～”，指怕老婆的丈夫；也解 tofflor［瑞］“～”；也解 tøffler［丹］“～”。
1153 alongsoons 解 also“～”；也解 alongside“～”。
1154 Panniquanne 解 Prankquean“～”，即伊丽莎白时期的爱尔兰海盗格蕾丝·奥玛丽；也解 panic“～”＋Anne“～”，本书女主人公；也解 pannikin“～”。
1155 peequuliar 解 peculiar“～”。
1156 talonts 解 talents“～”；也解 talon“～”。
1157 Awaywrong 解 A way-wrong“～”。
1158 wandler 解 wanderer“～”。
1159 sukes 解 sake“～”。
1160 utterrock 解 överrock［瑞］“～”；也解 Unterrock［德］“～”；也解 utter［瑞］“～”＋rock［瑞］“～”。
1161 surking 解 seeking“～”；也解 lurking“～”；也解 sjuk［瑞］“～”。
1162 rute［德］“～”，此处解 route“～”。

服[1163]衣服|克拉达赫吸引[1164]呼唤。你玩那副纸牌[1165]使用|波尔卡舞|男孩，游戏[1166]猎物多的，和我一样[1167]肿胀|如同|赞成|做，当有女孩[1168]男孩在近处[1169]地板|植物志的时候。他或许驼背[1170]，不，他或许矮胖憨单呆蛋，但是说起，比如，一位马背上的水手，总有什么有伤风化之处[1171]。一旦我们看见他走去[1172]出卖他，哎呀|去，我们吃了一惊[1173]你好|得到一个价格！他提出施洗施洗[1174]拓夫|草皮，这是我们如何开始是我[1175]全部地|在弥撒中里的是我。老水手的故事[1176]马里诺|海洋的|尾巴。我们真相的真相[1177]真理|真实通告[1178]少数注解那该死的[1179]法律文书[1180]光泽，那是之前[1181]小修道院治安推事在虚弱[1182]值得称赞|嬉戏|1155年由教皇阿德里安四世颁发的教皇训令中最轻松地[1183]马克西米利安一世|润滑剂学到的。事实[1184]法西斯分子|火炬。摘掉[1185]那顶白帽子[1186]聪明的脑袋！伟大的罪人，善良的儿子[1187]太阳，事实上是麦克尔[1188]家族的箴言。戴着手套的拳头（斯克里姆手套[1189]贝雕作品|开小差的人）在十二世纪第四段[1190]前被介绍[1191]进他们那僧侣[1192]岳父树，所有四个钟表匠[1193]计时器依然在向西而行[1194]鸣锣|重新上演，这甚至有点儿奇怪，雅各·冯·德·伯特利[1195]雅各烟斗|埃德沙的雅各，在他的烟斗后面[1196]生闷气[1197]陷入沉默|抽着烟，与美索不达米亚[1198]消息|死后的|肉汁|遗腹子|波塞摩斯·里奥那托斯的以扫一起，借出[1199]红豆他那借来的暖锅，在每个转变时刻[1200] EHC用符号表示[1201]《辛白林》使徒之前。第一和最后一个宇宙[1202]汉娜|纪念日之谜[1203]喋喋不休：当一个男人[1204]名字|缺点|不是|灵魂|时代不是一个男人，而是作为一个。巡夜人！英雄们的大路，那里我们的屠夫们离开他们的骨头[1205]剔骨|住处和

1163 claddaghs 解 clothes“～”；也解 kläder［瑞］“～”；也解 Claddagh“～”，爱尔兰高尔威市的河岸。
1164 appelled to 解 appealed to“～”；也解 appeler［法］“～”。
1165 plied that pokar 解 played that poker“～”；plied 也解“～”；pokar 也解 polka“～”；也解 pojkar［瑞］“～”。
1166 gamesy 解 games“～”；也解 gamy“～”。
1167 swell as aye did 解 as well as I did“～”；也解 swell“～”＋as“～”＋aye“～”＋did“～”。
1168 flickars 解 flickor［瑞］“～”；也解 pojkar［瑞］“～”。
1169 to theflores 解 to the fore“～”；其中 flores 也解 floors“～”；也解 flores［法］“～”。
1170 Humpy...dumpy“驼背的……矮胖的”；也解 Humpty Dumpty“～”。
1171 racey 解 racy“～”。
1172 sale him geen 解 saw him going“～”；也解 sell him, gee“～”；其中 geen 也解 gehen［德］“～”。
1173 we gates a sprise 解 we get a surprise“～”；也解 wie geht's［德］“～”；也解 get a price“～”，爱尔兰民族自治运动领袖巴涅尔的话“你们卖的话，就按我的价格卖”。
1174 tofatufa 解 taufen［德］“～”；也解 Taff“～”，与巴特组成书中一组二元对立的人物，是主人公两个儿子的化身之一；也解 turf“～”。
1175 in Massas 解 in“在里面”＋mishi［爱］“我”，指爱尔兰修女圣布利吉特在受洗时用爱尔兰语说“是我”，她是爱尔兰的主保圣人之一，在书中象征着爱尔兰；也解 en masse［法］“全部地”；也解 in Mass“在弥撒中”。
1176 oldMarino tale 解 old mariner Tale“～”，此处化自英国 19 世纪诗人柯尔律治的名诗《古舟子咏》(The Rime of the Ancient Mariner)，也化自习语 tell that to the marines(谁信你那一套)。其中 Marino 也解“～”，都柏林地区；也解 marino［意］“～”；tale 也解 tail“～”。
1177 veritersverity 解 veritas veritatis［拉］“～”；也解 verite［法］“～”＋verity“～”。
1178 notefew 解 notify“～”；也解 few note“～”。
1179 demmed 解 damn“～”。
1180 lustres“～”，此处解 letters“～”。
1181 priorly 解 prior“”＋-ly“～”；也解 priory“～”。
1182 ludubility 解 debility“～”；也解 laudability“～”；也解 ludibilitas［拉］“～”；也解 Laudibiliter“～”，承认英格兰国王亨利二世有权控制爱尔兰。
1183 maximollient 解 maximolliens［拉］“变得最软的”；也解 Maximilian“～”；也解 emolient“～”。
1184 Facst 解 facts“～”；也解 fascist“～”；也解 fax［拉］“～”。
1185 Teak off 解 take off“～”
1186 wise head“～”，此处解 white hat“～”。
1187 sonner 解 sønner［丹］“～”；也解 Sonne［德］“～”。
1188 MacCowell 解 MacCool“芬·麦克尔”，爱尔兰传说中芬尼亚英雄的领袖。
1189 skrimmhandsker 解 Skrimm“斯克里姆”，北欧神话中的巨人，雷神托尔曾把他的手套当山洞睡了一夜＋handsker［丹］“手套”；也解 skimshander“～”，海员在旅途中打发时间用贝壳等制作的作品；也解 scrimshanker［俚］“～”。
1190 指 1175 年前。
1191 intraduced 解 introduced“～”。
1192 socerdatal 解 sacerdotal“～”；也解 socer［拉］“～”。
1193 horolodgeries 解 horologer“～”；也解 horologe“～”。
1194 gonging restage 解 going west“～”；也解 gonging“～”＋restage“～”。
1195 Jakob van der Bethel 解 Jacob...Esau“雅各……以扫”，《圣经》中以撒的两个儿子，其中雅各骗取了父亲对哥哥以扫的祝福＋van＋de＋Bethel“伯特利”，巴勒斯坦古城，在希伯来语中的意思是“神的家(基督的身体)”；也解 Jacob's pipe“～”，有瓷器头的烟斗；也解 Jacob of Edessa“～”(640—708)，著名的古叙利亚语作者。
1196 behing 解 behind“～”。
1197 smolking 解 sulking“～”；也解 smolkat［俄］“～”；也解 smoking“～”。
1198 Messagepostumia 解 Mesopotamia“～”；也解 Message“～”＋Posthumous“～”；也解 pottage“～”；也解 posthumous child“～”，芬·麦克尔是他父亲的遗腹子；也解 Posthumus Leonatus“～”，莎士比亚的戏剧《辛白林》中伊摩琴的丈夫。
1199 lentling 解 lending“～”；也解 lentils“～”，指雅各给以扫的红豆汤。
1200 此处包含本书主人公名字缩写的变体 EHC。
1201 cymbaloosing 解 symbolizing“～”；也解 *Cymbeline*“～”，莎士比亚的剧作。
1202 anniverse 解 universe“～”；也解 Anne“～”，本书女主人公；也解 anniversarie［拉］“～”。
1203 rittlerattle 解 riddle“～”；也解 rattle“～”。
1204 nam 解 man“～”；也解 name“～”；也解 nam［威尔士］“～”；也解 nam［古体］“～”；也解 anam［爱］“～”；也解 an an［爱］“～”。
1205 bonings“～”，此处解 bones“～”；也解 boning［瑞］“～”。

每个鲍勃和琼[1206]来斟满美好的葡萄酒杯。那是他们给年老的切坡里若德[1207]香榭丽大道去寻找他退隐的阴凉处的信号[1208]赐福于，以及给年轻的切坡里若德[1209]小姑娘去东奔西跑[1210]并在芬尼根的守灵夜挑逗他们的伴侣爱的乐趣[1211]快乐多多。

是该行动的时候[1212]高高的屋子|海提德利海提岛的时候了。狄得利哈茶茶[1213]标题|时间。该把我的鸡鸡[1214]挖压入你自身[1215]粪污块毛|看|白日|方面|恳求你。受够了[1216]摩擦老尼克[1217]。你[1218]不，好好摩擦我[1219]很好我的争吵！请你原谅[1220]我把你的负担装入袋中。我的是你的膝。这[1221]是米克[1222]我。我们已经捉住了我们自己[1223]，我的瑞典人[1224]，在他在她上面的[1225]婚姻[1226]海市蜃楼里的某些[1227]自卑情结[1228]不协调的一对儿中，我必定[1229]最从它的自卑情结中得到升华[1230]腰下|臀部。抱歉[1231]，我的天使[1232]英语|安琪儿！请原谅[1233]从皮肤。我[1234]唵还是非常抱歉[1235]睡。在我还非常疲惫的时候[1236]大约十|几点了|从前。

哈！

黎明[1237]太阳|太阳的火光增进了罪恶[1238]黄昏。一个夏季、冬季[1239]风、春季、秋季，减轻。欢呼[1240]冰雹，黑暗[1241]灰暗的|湿透的的统治[1242]雨|霖，慢慢[1243]雪衰退[1244]再评价，雷声[1245]，闪电般的[1246]发光雷，进入星光下暗淡的[1247]逝者阿曼提[1248]部门里里外外[1249]，很快打击嘘，很快错过[1250]薄雾，从空地[1251]到霍斯山[1252]旅馆|热的山|奥瑟，太阳王[1253]阳光一世[1254]期限|诱惑（由值得敬佩的海军上校[1255]俘虏邦廷[1256]和陆军中校[1257]提起|兽角布莱尔照料[1258]企图）将因起诉在圣殿酒吧[1259]都柏林酒吧上方露面，因此[1260]甲板他被市长[1261]知府|驳船的主人|大建筑师|布尔人"迪

1206 bob and joan 解 Bob and Joan“～”，爱尔兰诗人托马斯·穆尔的诗歌《斟满美好的葡萄酒杯》的配曲。
1207 Champelysied 解 Chapelizod“～”，都柏林西郊的村镇；也解 Champs Elysées“～”，位于法国巴黎。
1208 segnall 解 signal“～”；也解 segnen［德］“～”。
1209 Chappielassies 解 Chapelizod“～”；也解 lass“～”。
1210 tear a round 解 tear around“～”。
1211 lovesoftfun 解 loves of fun“～”；也解 lots of fun“～”，出自民谣《芬尼根的守灵夜》。
1212 high tigh 解 high time“～”，出自《罗马书》(13:11)“你们晓得现今就是该趁早睡醒的时候”；也解 high tig(［爱］“屋子”)“～”；也解 Hi-tiddley-hi-ti“～”，英国同名民谣中一座食人族居住的岛屿。
1213 Titley hi ti ti 解 Tetley's tea“～”，创立于 1837 年的英国大众茶品牌；也解 title“～”；也解 time“～”。
1214 dig“～”，此处解 dick“～”。
1215 dag si 解 per se“～”；也解 dag“～”，绵羊臀部处粘着屎的一团毛＋see“～”；也解 dag［瑞］“～”＋side“～”；也解 beg thee“～”。
1216 Gnug 解 genug［德］“～”；也解 gnugga［瑞］“～”。
1217 Gnig 解 Nick“～”，本书主人公的儿子之一。
1218 Ni［瑞］“～”；也解 ní［爱］“～”。
1219 gnid migbrawly 解 gnid mig bra［瑞］“～”；也解 good my brawl“～”。
1220 I bag your burden“～”，此处解 I beg your pardon“～”。
1221 Thi 解 This“～”。
1222 Mi 解 Mick“～”，本书主人公的儿子之一；也解 me“～”。
1223 oneselves 解 ourselves“～”。
1224 Sveasmeas 解 Svea［瑞］“瑞典人的＋meas［拉］“我的”。
1225 heoponhurrish 解 he upon her＋-ish“～”。
1226 marrage 解 marriage“～”；也解 mirage“～”。
1227 somes 解 some“～”。
1228 incontigruity coumplegs 解 inferiority complex“～”；也解 incongruity couples“～”。
1229 most“～”，此处解 must“～”。
1230 sublumbunate 解 sublimate“～”；也解 sublumbo［拉］“～”；也解 nates“～”。
1231 A polog 解 apology“～”。
1232 engl 解 angel“～”；也解 English“～”；也解 Engel［德］“～”。
1233 Excutes 解 excuse“～”；也解 ex cute［拉］“～”。
1234 Om“～”，印度教、藏传佛教中一个神秘的音节，被看作最神秘的符咒，此处解 I am“～”。
1235 sovvy 解 sorry“～”；也解 sove［丹］“～”。
1236 Whyle om till ti ti 解 While I'm still so tired“～”；也解 om til ti［丹］“～”；也解 What is the time“～”；也解 whilom“～”。
1237 Dayagreening 解 daggryning［瑞］“～”；也解 grian［爱］“～”；也解 deo-greine［爱］“～”。
1238 schlimninging 解 schlimm［德］“～”；也解 skymningen［瑞］“～”。
1239 summerwint 解 summer“夏季”＋winter“冬季”；也解 Wind［德］“～”。
1240 Hail“～”；也解“～”。
1241 durknass 解 darkness“～”；也解 dorcha［爱］“～”；也解 durchnässt［德］“～”。
1242 regn 解 reign“～”；也解 rain“～”；也解 Regen［德］“～”。
1243 snowly 解 slowly“～”；也解 snow“～”。
1244 receassing 解 recessing“～”；也解 reassessing“～”。
1245 thund 解 thunder“～”。
1246 lightening“～”，此处解 lightning“～”。
1247 dimbelowstard 解 dim below stars“～”。
1248 departamenty 解 depart“逝世的”＋Amenti“阿曼提”，埃及的地下世界；也解 department“～”。
1249 whitherout 解 within without“～”。
1250 hist...mist“～”，此处解 hit...miss“～”。
1251 the hollow 解 The Hollow“～”，都柏林凤凰公园里的露天圆形剧场。
1252 hothehill 解 Hill of Howth“～”；也解 hotel“～”；也解 hot hill“～”；也解 Othello“奥瑟罗”，莎士比亚同名悲剧的主人公。
1253 Solsking 解 The Sun King“～”，法国国王路易十四（1638—1715）；也解 solskin［丹］“～”。
1254 Frist 解 first“～”；也解 Frist［德］“～”；也解 friste［丹］“～”。
1255 Captive“～”，此处解 captain“～”。
1256 Bunting 解 Edward Bunting“～”，1796 年出版著作《爱尔兰古代音乐》。
1257 Loftonant-Cornel 解 lieutenant-colonel“～”；也解 løfte［丹］“～”＋corne［法］“～”。
1258 attempted“～”，此处解 attended“～”。
1259 Tumplen Bar 解 Temple Bar“～”，都柏林和伦敦都有这个名字的酒吧；也解 Dublin Bar“～”。
1260 whereupont 解 whereupon“～”；也解 pont［法］“～”。
1261 Boergemester 解 burgomaster“～”；也解 Büergermeister［德］“～”；也解 bargemaster“～”；也解 Masterbuilder“～”；也解 Boer“～”。

克"岛之雾[1262]伊瑟，现在的陈冰[1263]，高声欢呼，看起来最满意[1264]困窘的(39号证据)一顶高耸入云的[1265]破布|加盖的太阳帽[1266]太阳|气泡，没有来自他的大白马[1267]马的躯干|闪闪的的陪伴[1268]有罩盖的|矮种马。起来。

布兰察斯镇[1269]报纸[1270]马厩|胡椒请[1271]辩护抄送[1272]马|夫妇|凯佩尔。我的天啊[1273]优雅|善，请怜悯我等[1274]举起|桌子|理智！伟大的老人巴特[1275]纽扣，让你的投球手[1276]球休息一下！只不过是这个可见度模糊之事[1277]溪谷|波浪所用的伎俩[1278]，听着，就像簿理翁[1279]科学促进会[1280]的气象学者[1281]所给予的，因为，我亲爱的，在呼吸下提及它，就像在纯粹(一派胡言！)本质[1282]闪姆和肖恩|存在|艾赛尼派上，在你公正者布商[1283]内裤|垂皮尔面前，两个布商助手[1284]辅助者和三个布商评估者共同兄弟会成员[1285]，正在消散[1286]弄乱。他是，当然，亚瑟[1287]熊|关节叔叔，你的尼斯[1288]侄女来的两个堂兄和(现在再猜一猜[1289])我们自己的密友，巴利胡利[1290]大吹大擂|《巴利胡利特等军》、比利胡利、伯利胡利，在不得体的位置上被致力于血压[1291]普鲁士人的齐格鲁德[1292]·西格森[1293]血压计协会吓一大跳。

噩梦[1294]没有什么了|更多骑士，我没做吗[1295]？

哈，哈！

这个爱尔兰先生？一个活人[1296]汉娜·丽维娅？

唉，唉，唉呀，唉呀，老板[1297]死亡|英国科学促进会。

石头[1298]岩石|命运之石"的哭喊让僵睡[1299]的生机打着冷颤离开嘟嘟囔囔[1300]妈妈|事件|蛀虫已经被交给了老律师[1301]猥亵着手处理[1302]

1262 ffogg of Isoles 解 fog of isole([意]"岛屿")"～";也解 Isolde"～",本书主人公的女儿的化身,也是中世纪骑士传奇特里斯丹和伊瑟的故事中的女主人公。
1263 Eisold 解 Eis [德]"冰"+old"陈旧的"。
1264 plussed 解 pleased"～";也解 nonplussed"～"。
1265 clout capped 解 cloud-capp'd"～";也解 clout"～"+capped"～"。
1266 sunbubble 解 sunbonnet"～";也解 sun"～"+bubble"～"。
1267 bequined torse 解 big white horse"～";也解 equine torso"～";也解 sequined"～"。
1268 anaccanponied 解 unaccompanied"无伴随的";也解 canopied"～";也解 pony"～"。
1269 Blanchardstown"～",都柏林西北部的一个村镇,从来没有过报纸。
1270 mewspeppers 解 newspaper"～";也解 mews"～"+pepper"～"。
1271 pleads"～",此处解 please"～"。
1272 coppyl 解 copy"～";也解 capall [爱]"～";也解 couple"～";也解 Capel"～",都柏林街名,字面意为"马"。
1273 Gracest goodness 解 goodness gracious"～";也解 Grace"～"+goodness"～"。
1274 heave mensy upponnus 解 have mercy upon us"～";也解 heave"～"+mensa [拉]"";也解 mens [拉]"～"。
1275 Grand old Manbutton 解 Grand old Man"伟大的老人",人们对英国首相格莱斯顿的称呼+Butt"巴特",本书主人公的儿子之一;也解 button"～"。
1276 Bowlers"～";也解 balls"～"。
1277 vague"～";也解 vale"～";也解 vague [法]"～"。
1278 mienerism 解 mannerism"～"。
1279 Brehons"～",古时爱尔兰法官。
1280 Assorceration for the advauncement of scayence 解 British Association for the Advancement of Sciences"～",1831 年成立的 19 世纪英国科学团体中最重要的一个。
1281 moisturologist 解 meteorologist"～"。
1282 Essenesse 解 essence"～";也解 S & S,即 Shem and Shaun"～";也解 esse [拉]"～";也解 Essenes"～",公元前 2 至 3 世纪,及公元 1 世纪在巴勒斯坦的死海,以及埃及的马雷奥蒂斯湖地区生活的隐秘的神圣集体。
1283 draeper...drawpers...droopers 解 draper"～";也解 drawers"～";也解 Drapler"～",英国作家斯威夫特的笔名,1724 年,在反对英国人伍德通过买得在爱尔兰的铸币权在爱尔兰发行劣质铜币时所用。
1284 assisters"～",此处解 assistants"～"。
1285 confraternitisers 解 con-"共同"+fraternities"兄弟会"+-ers。
1286 disselving 解 dissolving"～";也解 disheveling"～"。
1287 Arth 解 Arthur"～";也解 arth [威]"～";也解 arthron [希]"～"。
1288 Niece"～",此处解 Nice"～",法国东南部城市。
1289 kunject 解 conject"～"。
1290 Billyhealy 解 Ballyhooly"～",镇名,位于爱尔兰科克郡;也解 ballyhoo"～";也解"Ballyhooly Blue Ribbon Army""～",19 世纪的一首民谣。
1291 bledprusshers 解 blood pressures"～";也解 Prussians"～"。
1292 Sigurd"～",北欧神话传说中的大英雄,《沃尔松格萨迦》的主人公,也是英雄史诗《尼伯龙根之歌》的原型。
1293 Sigerson 解 Dr. George Sigerson"～"(1838—1925),都柏林译者。
1294 Knightsmore 解 nightmare"～";也解 nichts mehr [德]"～";也解 Knights more""。
1295 Haventyne 解 haven't I"～"。
1296 a live 解 alive"～";也解 Anna Livia"～",本书的女主人公。
1297 baas"老板";也解 bás [爱]"～";也解 B. A. A. S,即 British Association for the Advancement of Science"～"。
1298 Stena 解 stena [塞维]"～";也解 sten [丹]"～",指爱尔兰塔拉山的"～"(Lía Fáil),爱尔兰共主的加冕石。
1299 slumbring 解 slumbering"～"。
1300 motther 解 Mutter [德]"～";也解 mother"～"+matter"～";也解 Motte [德]"～"。
1301 salaciters 解 solicitors"～";也解 salacity"～"。
1302 pleased into the harms"～",此处解 place into the hands"～"。

幸灾乐祸，各位先生[1303]测量员某某某[1304]很快很快|儿子和儿子，但是爱丽娜[1305]榆树|小翅膀的声音让人心花怒放[1306]，梦想着那个神奇的清晨[1307]《魔山》，同时用它的支那[1308]炒杂碎[1309]家伙|糖|下巴磕头[1310]牛奶咖啡|犒劳|牛法很多牛奶[1311]拿来面包师早餐[1312]贝克兄弟公司|面包屑|麦片汤，内有福州[1313]未来茶叶的煮茶。看到了[1314]良心|意识|彼得·索亚？没有[1315]？没有[1316]，我好像记得一些这样的事[1317]种类|喝|拇指。一种像物体的所有三条腿的[1318]托盘|被砍伐的，那时可能[1319]阴部|青春期像[1320]符号一个盆骨或者某个女人[1321]，那时支撑着[1322]或许|加上一个背部成锐角的[1323]四边形，带着一种[1324]啊那时[1325]公鸡|第十八|一百你怎么称呼她[1326]，穿着她的皇家爱尔兰绑带鞋躺在茶叶子[1327]景天树|茶中。一个愈发如此的[1328]迹象在[1329]因此出现，愿望依然将在正在这上面，那里曾经有的一个世界。随着茶的叶子[1330]每日的叶子舒展开。紧随着[1331]在失事残骸里黑船[1332]黑色形状，“黑暗来临[1333]种类”；当在，围栏浅滩[1334]福斯河|向前跳过和浅滩围栏，守灵周[1335]一年一度的假日结束了；如同一个弱弱的烛芯从余火灰烬[1336]数不清的亚洲变为力量猛烈的冒烟[1337]呸，嘿，哼，泰姆泰姆[1338]蒂姆·芬尼根|手鼓，蒂姆蒂姆，凤凰[1339]芬尼根醒了。

走过。一个。我们正走过。两个。我们正从睡眠中走过。三个。我们正从睡眠走过进入这个完全清醒的[1340]世界[1341]。四个。到来，时间，是我们的！

但依然。啊上帝[1342]哎呀，亲爱的|一天|日记，啊上帝！留下。

在我们的无离合器[1343]歌手|毫不在意|闲职无齿轮车里全都那

1303 meassurers 解 messieurs [法]"～";也解 measurers"～"。
1304 soon and soon"～",此处解 so and so"～";也解 son and son"～"。
1305 Alina 解 Aline"～",挪威剧作家易卜生的《大建筑师》中主人公的妻子;也解 alm [挪]"～";也解 alina [意]"～"。
1306 gladdens the cocklyhearted 解 gladdens the cockles of one's heart"～"。
1307 magic moning 解 magic morning"～";也解 *The Magic Mountain*"～",德国作家托马斯·曼的小说。
1308 ching chong 解 Chin Chon"～",对中国人的蔑称,化自《尤利西斯》中的"O, the chinless Chinaman! Chin Chon Eg Lin Ton"(啊,没下巴的中国佬! 支那,如,林顿)。
1309 chap sugay 解 chop suey"～",一道美式中国菜;也解 chap"～"+suger"～";也解 chop"～"。
1310 kaow laow 解 kowtow [中]"～";也解 café au lait [法]"～";也解 kao lao [中]"～";也解 cow law "～"。
1311 milkee muchee 解 milk much"～"。
1312 beckerbrose 解 Bäcker [德]"面包师"+breakfast"早餐";也解 Becker Brothers"～",都柏林的茶叶商;也解 Broesel [德]"～";也解 brose"～"。
1313 foochoor 解 Foochow"～",中国港口,当时为重要的茶叶运输港;也解 future"～"。
1314 Sawyest 解 sawest"～";也解 savest [塞维]"～";也解 svest [塞维]"～";也解 Peter Sawyer"～",乔伊斯在 1926 年 11 月 5 日致韦弗女士的信中称他是奥康尼河边都柏林市的创建者。
1315 Nodt 解 not"～"。
1316 Nyets 解 nyet [俄]"～"。
1317 I dhink I sawn toremumb or sumbsuch 解 I think I seem to remember some such"～";其中 dhink 也解 kind"～";也解 drink"～";sumbsuch 也解 thumb"～"。
1318 traylogged 解 threelegged"～";也解 tray"～"+logged"～"。
1319 pubably 解 probably"～";也解 pubic"～";也解 pubens [拉]"～"。
1320 resymbles 解 resembles"～";也解 symbols"～"。
1321 kvind 解 kvinde [丹]"～"。
1322 props"～";也解 perhaps"～";也解 plus"～"。
1323 acutebacked 解 acute angle"锐角"+backed"有背的"。
1324 aslant off 解 a sort of a"～"。
1325 ohahnthenth 解 oh, and then the"～";也解 Hahn [德]"～";也解 eighteenth"～";也解 hundred"～"。
1326 wenchyoumaycuddler 解 what you may call her"～"。
1327 theeckleaves 解 tea tealeaf"～";也解 thickleaf"～";也解 thee [荷]"～"。
1328 mere by token 解 more by token"～"。
1329 Signs are on"～";也解 signs are on [爱]"～"。
1330 dayeleyves 解 tealeaf"～";也解 daily leaf"～"。
1331 In the wake of"～";也解 In the wreck of"～"。
1332 blackshape"～",此处解 black ship"～"。
1333 Nattenden Sorte [挪]"～";其中 Sorte 也解[德]"～"。
1334 hindled firth...hundled furth 解 Hurdle Ford"～",指都柏林;也解 Firth of Forth"～",爱丁堡城北河流,上面 1890 年建成的铁路桥是英国人引以为豪的工程杰作;也解 hurdle forth"～"。
1335 the week of wakes"～";也解 Wakes week"～"。
1336 ennemberable Ashias 解 embers ashes"～";也解 unnumberable Asias"～"。
1337 fierce force fuming"～";也解 fie, foh, and fum"～",出自《李尔王》第 3 幕第 4 场。
1338 temtem 解 Tem"～",埃及《亡灵书》的作者;也解 Tim Finnegan"～",民谣《芬尼根的守灵夜》的主人公;也解 tomtom"～"。
1339 Phoenican 解 phoenix"～";也解 Finnegan"～"。
1340 wikeawades 解 wide awake"～"。
1341 warld 解 world"～"。
1342 Ah diar 解 a Dhia [爱]"～";也解 Oh dear"～";也解 a day"～";也解 diarium [拉]"～"。
1343 sinegear 解 sine [拉]"没有"+gear"齿轮";也解 singer"～";也解 sine cura [拉]"～";也解 sinecure "～"。

么[1344]令人愉快[1345]，巡视不像任何地任何时的绝对[1346]不在场的|废弃的，将波莉·沃恩[1347]佩蒂爵士|沃恩神父|小气的|埃文·沃恩|小的|白色民众[1348]人们与至伟的[1349]贵族们[1350]，头发灰白的[1351]主|劳合社传教士[1352]雇佣兵|马林·梅森家伙[1353]掮客|布吕歇与黄皮肤的[1354]鸟猪尾辫[1355]皮戈特，还有嘴唇红润的[1356]白色悲哀[1357]与黑色眼珠的[1358]眼神柔和的白色悲哀；就像这么多追求[1359]破衣服着不可能之物[1360]敏感的的不大可能之人[1361]。跟马太[1362]一起，之后请跟马太马可[1363]一起，之后请停下跟马太马可路加[1364]一起，停下之后一定请跟马太马可路加约翰[1365]尤尼一起。

还有另一个[1366]。啊，驴子[1367]是的|S，一对儿[1368]斑纹驴子！他将渴望着[1369]很久以后灰发之人[1370]格罗格兰姆呢|灰色。而且，微星彻桃李[1371]，如果是闲散的漫步，他将与行吟诗人的声音并驾齐驱[1372]如果是运输部长，他将平整土地|电车|快乐|先生。她之花罗西娜[1373]葡萄干，更年轻的她之花果牧羊女[1374]孤挺花，最年轻的花果的复叶萨莉柳树[1375]窗台|愚蠢的或萨柳莉树。有着苍穹[1376]七重屋顶的房屋租赁人[1377]，他们不断[1378]穿过[1379]它的众多[1380]粟|千|龟的窗户，让他们自己回归[1381]洛可可式|横越，就像花窗玻璃[1382]石头光泽上的花窗玻璃，用浅显的英语说[1383]威恩旅馆[1384]。分支[1385]在：巴尔贝克、埃尔伯夫、西颂步、泽西岛、厄迪库尔、芒德隆德、阿布维尔、布拉克蒂、奥兰。治维尔、福塞维尔[1386]、山之意愿[1387]以及瓦尔哈拉[1388]。那个名字叫什么的[1389]此类|争论|好家伙管理着[1390]辛摩特[1391]北欧海盗。即将运营[1392]是否。那时升起的太阳的报信者[1393]歌手，（看看其他凸

1344 allso 解 all so“～”；也解 also“～”。

1345 agreenable 解 agreeable“～”。

1346 absolent 解 absolute“～”；也解 absent“～”；也解 obsolete“～”，化自习语“there's no time like the present”（现在不做，也不可能有下一次）；也化自歌曲名 There's No Place Like Home《没有地方比家好》）。

1347 pettyvaughan 解 Polly Vaughan“～”，爱尔兰同名歌谣中被情人误杀的女主人公；也解 Sir William Petty“～”（1623—1687），英国讽刺作家，著有《爱尔兰向下调查》＋Father Bernard, S. J. Vaughan“～”（1847—1922），英国传教士；也解 petty“～”＋Evan Vaughan“～”，17 世纪都柏林第一位邮政局长；也解 petit［法］“～”＋bhán［爱］“～”。

1348 populose 解 populace“～”；也解 populus［拉］“～”。

1349 magnumoore 解 magnus［拉］“伟大的”＋mór［爱］“伟大的”。

1350 genstries 解 gentries“～”。

1351 lloydhaired 解 lloyd［威］“灰色”＋haired“有毛发的”；也解 lord“～”；也解 Lloyd's of London“～”，英国的一家保险人组织。

1352 mersscenary 解 missionary“～”；也解 mercenary“～”；也解 Marin Mersenne“～”（1588—1648），法国修道士。

1353 blookers 解 blokes“～”；也解 broker“～”；也解 Blücher“～”（1742—1819），滑铁卢战役中的普鲁士统帅。

1354 boydskinned 解 buidhe［爱］“黄色的”＋skinned“有某种皮肤的”；也解 bird“～”。

1355 pigttetails 解 pigtails“～”，历史上西方人对中国人的歧视性代称；也解 Richard Pigott“～”（1835—1889），爱尔兰新闻记者，曾伪造巴涅尔的信，被发现后逃到欧洲，遭到伦敦警察厅的追捕，后自杀。

1356 goochlipped 解 gooch［威］“红色”＋lip“嘴唇”＋-ped。

1357 gwendolenes 解 gwyn［威］“白色的”＋dolors“悲哀”。

1358 Duffyeyed 解 dubh［爱］“黑色的”＋eyed“有眼睛的”；也解 dove-eyed“～”。

1359 poor suit“～”，此处解 pursuit“～”。

1360 impressable 解 impossible“～”；也解 impressible“～”。

1361 unprobables 解 improbables“～”。

1362 Mata“枯叶龟”；也解 Mathew“～”，四福音书的作者之一。

1363 Matamaru 解 Mathew“马太”，四福音书的作者之一＋Mark“马可”，四福音书的作者之一。

1364 Matamaruluka 解 Mathew“马太”＋Mark“马可”＋Luke“路加”，四福音书的作者之一。

1365 Matamarulukajoni 解 Mathew“马太”＋Mark“马可”＋Luke“路加”＋John“约翰”，四福音书的作者；也解 yoni“～”，女阴的象征。

1366 anotherum 解 another one“～”。

1367 ess 解 ass“～”；也解 yes“～”；也解 S，字母 S。

1368 dapple“～”，此处解 double“～”。

1369 longing after 解 longing for“～”；也解 long after“～”。

1370 Grogram Grays 解 gruagan gre［爱］“～”；也解 Grogram“～”＋Greys“～”。

1371 Weisingchetaoli 解 Wei sing che tao li［中］“～”。

1372 he will levellaut ministel Trampleasure be 解 he will level the Laut（［德］“声音”） of minstrel, leisure tramp be“～”；也解 he will level out, Minister of Transport be“～”；其中 Trampleasure 也解 Tram“～”＋pleasure“～”；ministel 也解 mister“～”。

1373 Rosina“～”，法国作家博马舍的喜剧《塞维利亚的理发师》的女主人公；也解 Rosine［德］“～”。

1374 Amaryllis（田园诗套语中的）“～”；也解 Amaryllis（一种热带产的）“～”。

1375 Sallysill...Sillysall 解 Sally“萨莉”，美国心理学家莫顿・普林斯的《分裂的人格》中克里斯汀・比切普潜意识中的第二个自我＋sail［爱］“柳树”；也解 sill“～”；也解 Silly“～”。

1376 heaven“苍穹”；也解 seven“～”。

1377 occupanters 解 occupants“租～”。

1378 continuatingly 解 continuously“～”。

1379 attraverse 解 attraverso［意］“～”。

1380 milletestudinous 解 multitudinous“～”；也解 millet“～”；也解 mille［拉］“～”；也解 testudineus［拉］“～”。

1381 ricocoursing 解 ricorso［意］“～”；也解 rococo“～”，18 世纪欧洲的一种建筑装饰艺术风格；也解 crossing“～”。

1382 stonegloss 解 stained glass“～”，镶嵌在教堂的窗户；也解 stone gloss“”。

1383 inplayn unglish 解 in plain English“～”。

1384 Wynn's Hotel“～”，19 世纪开始的都柏林旅馆，位于下阿贝街 35 至 37 号。

1385 Brancherds 解 branches“～”。

1386 以下地址为法国作家普鲁斯特的《追忆似水年华》中的法国地名：Balbec, Elbeuf, Sissonne, Jersey, Heudicourt, Braquetuit, Orgeville, Forcheville，除了其中的 Mundelonde, Abbeytotte，前者为虚构名称；后者解 Abbeville。

1387 Hillewille 解 Hill“山”＋Wille“意愿”。

1388 Wallhall 解 Valhalla“～”，北欧神话中主神奥丁为了迎接世界末日之战而挑选出来的阵亡武士们居住的地方。

1389 Hoojahoo 解 hoojah［澳俚］“～”；也解 hujus［拉］“～”；也解 huja［斯瓦］“～”；也解 hao jia huo［中］“～”。

1390 managers 解 manages“～”。

1391 thingaviking 解 Thingmote“～”，北欧海盗在都柏林的议会；也解 viking“～”。

1392 Obning shotly 解 open shortly“～”；也解 Ob［德］“～”。

1393 messanger 解 messenger“～”；也解 sanger［丹］“～”。

窗)将给每个看得见的一种色调[1394] ECH,每个听得见的一声喊叫[1395] EH,每个场景他的地点,每个事件她的时间[1396]。与此同时,我们,我们在等待,我们在等候。颂歌[1397]他。

改变者[1398]木塔|沉默的:现在从主那里倾泻而下的烟是什么[1399]家?

帮助者[1400]年轻人:那是老水壶的头[1401]霍斯角|老金塞尔角吹掉了早晨的锅[1402]早晨一切安好。

改变者:他应该[1403]《埃达》对在高贵的主人面前抽烟彻彻底底[1404]托尔感到羞愧。

帮助者:上帝是我们的主[1405]我们的主是白天|主人,我在白天睡觉|死亡|这,他指挥黑暗[1406]。

改变者:我们的主[1407]减少|削减|星状体|星星|翠菊!我能否在集会之中[1408]修道士认出[1409]他们谁曾经走在游行队伍中[1410]在制品|云|在进行中的|云朵?

帮助者:借光[1411]!是基督圣歌引入者[1412]菊花与他的和尚[1413]搬运工们,砰砰[1414]大型机关炮噗通噗通[1415],马车夫[1416]加拉赫,在杀人的[1417]斯莱恩战场[1418]卡布拉公园上前行[1419]操控。

改变者:潘扎来的黑猩猩[1420]我从肚子里放出来!我是否会在可怕的[1421]德鲁伊分散中查明[1422]不确定的一整片高个的家伙,他站在一整片同样的地方?

帮助者:贝克莱[1423]庞大笨重地|巴克利:他在整个游行队伍[1424]更糟糕的诉讼|马赛中根本上[1425]基础|疯狂让人讨厌[1426]神智学|食道。

1394 此处包含本书主人公名字缩写的变体 ECH。

1395 此处包含本书主人公名字缩写的变体 EHC。

1396 houram 解 horam [拉]"～"。

1397 Hymn"～";也解 him"～"。

1398 Muta"～",罗马神话中的无声女神,有时与水仙 Larunda 等同,此处解 muta! [拉]"～";也解 mutus [拉]"～"。

1399 Quodestnunc fumusiste volhvuns exDomoyno 解 Quod est nunc fumus iste volvens ex Domino [拉]"～";其中 Domoyno 也解 domoi [俄]"～"。

1400 Juva [拉]"～";也解 iuvenis [拉]"～"。

1401 Old Head of Kettle"～",指"～";也解 Old Head of Kinsale"～",爱尔兰科克郡的海角。

1402 the top of the mornin 解 the pot of the morning"～";也解爱尔兰习语 the top of the morning to you"～"。

1403 odda 解 ought to"～";也解 *Edda*"～",古冰岛史诗。

1404 thorly 解 thoroughly"～";也解 Thor"～",北欧神话中的雷神和战神。

1405 Dies is Dorminus master 解 Deus est Dominus noster [拉]"～";也解 Dies est Dominus noste [拉]"～";也解 dies([拉]"白天") is dormio([拉]"我睡觉"),master"～";其中 Dies 也解"～";也解 dies [德]"～"。

1406 commandant illy tonobrass 解 commandat ille tenebras [拉]"～"。

1407 Diminussed aster 解 Dominus noster [拉]"～";其中 Diminussed 也解 diminish"～";也解 diminitus [拉]"～";其中 aster [拉]"～";也解 astêr [希]"～";也解 aster"～"。

1408 amonkst 解 amongst"～";也解 monks"～"。

1409 peecieve 解 perceive"～"。

1410 wolk in process 解 walk in procession"～";也解 Work in Progress"～",乔伊斯在正式出版《芬尼根的守灵夜》前使用的名字;也解 Wolke [德]"～"+in process"～";也解 wolk [荷]"～"。

1411 Khubadah"借光",澳大利亚军队在美索不达米亚时的俚语。

1412 Chrystanthemlander 解 Christ"基督"+anthem"圣歌"+land"登陆"+-er,指将基督教引入爱尔兰的圣帕特里克;也解 chrysanthemum"～"。

1413 bonzos 解 bonzes"～",欧洲人对日本僧人的称呼。

1414 pompommy 解 pompom"～";也解 pom-pom"～"。

1415 plonkyplonk 解 plonkplonk"～"。

1416 ghariwallahs 解 gharry"印度马车"+wallah"经办业务人";也解 Gallagher"～",乔伊斯的短篇小说《一小朵云》中的人物。

1417 slaine 解 slain"～";也解 Slane"～",爱尔兰米斯郡的城镇,圣帕特里克在此处点燃复活节火。

1418 cabrattlefield 解 battlefield"～";也解 Cabra Park"～",位于都柏林乔伊斯住处附近。

1419 moveyovering 解 moving over"～";也解 maneuvering"～"。

1420 Pongo da Banza 解 pongo"黑猩猩"+de"来自"+Panza"潘扎",意大利伊斯基亚岛上的村镇;也解 pongo da panza [意]"～"。

1421 druidful 解 dreadful"～";也解 Druid"～",凯尔特人接受基督教前的巫师+-ful。

1422 uscertain 解 ascertain"～";也解 uncertain"～"。

1423 Bulkily"～",此处解 Berkeley"贝克莱"(1685—1752),英国主观唯心主义哲学家,在本书中作为大德鲁伊,站在相对论和多元论的立场上与圣帕特里克辩论;也解 Buckley"巴克利",书中巴克利与俄国将军故事中的爱尔兰士兵。

1424 whorse proceedings 解 whole procession"～";也解 worse proceedings"～";也解 horse race"～"。

1425 fundementially 解 fundamentally"～";也解 fundamentum [拉]"～";也解 dementia [拉]"～"。

1426 theosophagusted 解 disgusted"～";也解 theosophy"～";也解 oesophagus"～"。

改变者：石化[1427]石化的|汽车！啊，金发的哈拉德[1428]可怕的战争|火灾！他的魔鬼[1429]匈奴人|狄更斯现在从纪念馆[1430]纪念碑的下面[1431]复活[1432]重新升起|国王？

帮助者：坚定地[1433]相信[1434]遗弃，相信！捉住了[1435]，捉住了！国王，国王！

改变者：奥利弗[1436]为了任何人，诚然|任何真相|他们全身|以牙还牙的报复？他坚定地守卫罗兹[1437]！

帮助者：罗兰[1438]残酷无情地！直到他的胡子尖儿[1439]他员工的小费。公民的服从是我们市民的幸运[1440]在哪里|然后|吻|萨伏依王朝|蠼螋的|赫里克|凤凰|火凤凰|腓尼基人|菲力克斯。

改变者：为什么至高者太阳[1441]单独地带着他起皱的[1442]有规律的唇上这样[1443]一抹奸笑[1444]笑着？

帮助者：孤注一[1445]！每一次[1446]！他已经用他的克朗[1447]帮助了巴克利[1448]男孩[1449]买，但是他用了他的半[1450]帮助克朗给了俄国[1451]欧亚的|HCE大元帅。

改变者：多少[1452]！那么因此蒙着面纱的[1453]易伤感的|悲伤|誓约|拔除暮色[1454]真正地有如天堂[1455]愤世嫉俗的？

帮助者：就如书将生，则天堂灭[1456]！

改变者：甚至[1457]避难所投在马厩赛马[1458]上面的钱？

帮助者：冷门赌注十比一[1459]诱惑去赢！

改变者：苏凯特[1460]吮吸？他大口畅饮[1461]。什么[1462]？

帮助者：苏凯特[1463]干涸的|如上所言！水[1464]瞭望台，水！打赌[1465]。

1427 Petrificationibus 解 petrification“～”；也解 petrifactionibus ［拉］“～”；也解 bus“～”。
1428 horild haraflare 解 Harald Fairhair“～”(850—933)，第一位挪威国王；也解 horrid warfare“～”；也解 ild ［丹］“～”。
1429 dickhuns 解 dickens“～”；也解 Huns“～”；也解 Dickens“～”(1812—1870)，英国小说家。
1430 memorialorum 解 memorial“～”；也解 monumental“～”。
1431 undernearth 解 underneath“～”。
1432 rearrexes 解 resurrects“～”；也解 rearise“～”；也解 rex ［拉］“～”。
1433 filmly 解 firmly“～”。
1434 Beleave 解 believe“～”；也解 Beleave“～”。
1435 Fing ［德］“～”。
1436 Ulloverum 解 Oliver“～”，中世纪传奇《罗兰之歌》中罗兰的朋友，在与撒拉逊人的战役中战亡；也解 ullo verum ［拉］“～”；也解 ullum verum ［拉］“～”；也解 all over 'em“～”；也与后面合解 a Roland for an Oliver“～”。
1437 Fulgitudo ejus Rhedonum teneat 解 Fortitudo ejus Rhodum tenuit ［拉］“～”，给 13 世纪萨瓦古国(位于法国东南部)创建者阿梅迪奥五世的颂词。
1438 Rolantlossly 解 Roland“～”，《罗兰之歌》的主人公，在与撒拉逊人的战役中战亡，亡前吹响号角统治查理曼大帝；也解 relentlessly“～”。
1439 tipp of his ziff 解 tip of his ziff“～”；也解 tip of his staff“～”。
1440 ubideintia of the savium is our ervics fenicitas 解 Obedientia(［拉］“服从”)of the civium(［拉］“公民”) is our civic felicity“～”，此处化自都柏林市纹章上的格言“市民的服从是城市的幸运”；其中 ubideintia 也解 ubi ［拉］“～”＋deinde ［拉］“～”；savium 也解 suavium ［拉］“～”；也解 House of Savoy“～”，欧洲历史上著名的王朝；其中 ervics 也解 earwig's“～”；也解 Herrick“～”，斯威夫特的母亲出嫁前的名字；其中 fenicitas 也解 phoenix“～”；也解 fenice ［意］“～”；也解 Fenicio ［意］“～”；也解 Felix“～”，苏黎世的主保圣人。
1441 soly...the supremest 解 Sol supremus ［拉］“～”；也解 solely“～”。
1442 rugular 解 ruga ［拉］“～”；也解 regular“～”。
1443 such for 解 such of“～”。
1444 leary 解 leer“～”。
1445 Bitchorbotchum 解 bet your bottom(dollar)“孤注一掷”，此处未说完，故译。
1446 Eebrydime 解 every time“～”。
1447 crewn 解 crown“～”，英国钱币。
1448 burkeley 解 Buckley“～”，书中巴克利与俄国将军故事中的爱尔兰士兵。
1449 buy“～”，此处解 boy“～”。
1450 holf 解 half“～”；也解 geholfen ［德］“～”。
1451 Eurasian“～”，此处解 Russian“～”。此处包含本书主人公名字的缩写 HCE。
1452 Skulkasloot 解 skulka slot ［方］“～”。
1453 velleid 解 veiled“～”；也解 Wehleidig ［德］“～”；也解 Leid ［德］“～”；也解 Eid ［德］“～”；也解 vello ［拉］“～”。
1454 twyly 解 twilight“～”；也解 truly“～”。
1455 paridicynical 解 paradisiacal“～”；也解 cynical“～”。
1456 Ut vivat volumen sic pereat pouradosus 解 Ut vivat volumen sic pereat paradisus ［拉］“～”。
1457 Haven“～”，此处解 even“～”。
1458 stablecert 解 stable“马厩”＋cert“预测能赢的赛马”。
1459 Tempt to wom 解 ten to one“～”；也解 tempt to win“～”。
1460 Suc 解 Sucat“～”，圣帕特里克的洗礼名字；也解 suck“～”。
1461 quoffs 解 quaffs“～”。
1462 Wutt 解 what“～”。
1463 Sec ［法］“～”，此处解 Sucat“～”；也解 sic ［拉］“～”。
1464 Wartar 解 water“～”；也解 warte ［德］“～”。
1465 Wutt 解 Wette ［德］“～”。

改变者：朝向虔诚而纯洁的战争[1466]汉娜·丽维娅·妇鲁拉贝尔？

帮助者：因为美酒[1467]中奖、美人[1468]痛苦和[1469]歌声[1470]床。

改变者：所以当我们取得统一的时候，我们将走向多元，当我们走向多元的时候，我们将取得战斗的本能，当我们取得战斗的本能的时候，我们将回到和缓之心。

帮助者：藉着那白日从高处送[1471]下降给我们的明亮的理性之光。

改变者：我可否向你借用那只热水瓶[1472]词，老橡胶皮？

帮助者：给你，但愿它是你的汤焐子[1473]蠕动前行|笔，爱尔兰修士[1474]五金商！

射。

公园聚会[1475]摩尔公园|民会上的韵律和颜色。全国越野障碍赛马[1476]宏伟的自然的里最后的天堂[1477]《失乐园》|吃光。电视胜利者[1478]我来，我见，我征服。鼓声，新舞台，旧时光，跑马场争斗[1479]，回忆起我来，我见，我征服[1480]有酒味的|小鸡鸡|小锄子|卫吉。两条内裤[1481]图画。来自后宫的向日葵特写。三条领带。开膛手杰克[1482]赛马的骑师猛拉强奸犯杰克。帕特里克[1483]衬垫|岩石与贝克莱[1484]书本|草地聊天。

这里是细节。

当时[1485]当时页。不久以后[1486]将，贝克莱[1487]阉牛的|布洛基|布洛克|巴克利编造[1488]两便士[1489]先令[1490]顶级[1491]最高层佛[1492]洋泾浜语的小伙子巴克莱[1493]，爱尔兰的[1494]伊茜大德鲁伊披着他那七彩柒颜庚色的

1466 Piabelle et Purabelle 解 pia et pura bella［拉］"～"，维科的《新科学》里英雄年代里的宗教战争；其中 Purebelle 也解 Anna Livia Plurabelle"～"。

1467 Winne 解 wine"～"；也解 gewinne［德］"～"。

1468 Woermann 解 woman"～"；也解 woe"～"。

1469 og［丹］"～"。

1470 Sengs［丹］"～"，此处解 songs"歌曲"。

1471 daysends 解 day"白天"＋sends"送"；也解 descends"～"。

1472 hordwanderbaffle 解 hot-water bottle"～"；也解 ord［丹］"～"。

1473 wormingpen 解 warmingpan"～"；也解 worming"～"＋pen"～"。

1474 Erinmonker 解 Erin"爱尔兰"＋monk"修道士"＋-er；也解 ironmonger"～"。

1475 Park Mooting 解 Park Meeting"～"；也解 Moor Park"～"，位于英国萨里郡，斯威夫特于此处第一次遇到史黛拉；也解 moot"～"。

1476 Grand Natural"～"，此处解 Grand National"～"，英国每年举办的马赛。

1477 Peredos Last 解 last Paradise"～"；也解 Paradise Lost"～"，英国诗人弥尔顿的长诗；也解 peredo［拉］"～"。

1478 Velivision victor 解 television"电视"＋victor"胜利者"；也解 veni vidi vici"～"，尤利乌斯·凯撒在泽拉战役中打败本都国王法尔纳克二世之后写给罗马元老院的著名捷报。

1479 turftussle 解 turf"跑马场"＋tussle"争斗"。

1480 Winny Willy Widger 解 veni vidi vici"～"；也解 Winey"～"＋Willy"～"＋Widger"～"；也解 J. W. Widger"～"，1895 年全国越野障碍赛马的冠军。

1481 draws"～"，此处解 drawers"～"。

1482 Jockey the Ropper 解 Jack the Ripper"～"，1888 年伦敦出现的杀害女性的凶手；其中 Jockey 也解"～"。

1483 Paddrock 解 Patrick"帕特里克"，爱尔兰的主保圣人之一；也解 Pad"～"＋rock"岩石"。

1484 bookley 解 Berkeley"贝克莱"(1685—1752)，爱尔兰哲学家，开创了主观唯心主义；也解 book"～"＋ley"～"。

1485 Tunc［拉］"～"，指《凯尔斯书》的"～"，第 11 幅插图。

1486 Bymeby 解 by and by"～"；也解 bymby［美］"～"，表示未来的时态。

1487 Bullocky"阉牛的"，此处解 Berkeley"贝克莱"(1685—1752)，出生在爱尔兰的哲学家，开创了主观唯心主义；也解 Bullocky"布洛基"，1868 年访问英国的一个巨人身材的板球运动员；也解 Shane Bullock"布洛克"(1865—1935)，爱尔兰小说家，曾称乔伊斯是怪物；也解 Buckley"巴克利"，书中巴克利与俄国将军故事中的爱尔兰士兵。

1488 vampas 解 vamps"～"。

1489 tappany 解 two penny"～"。

1490 bobs［俚］"～"。

1491 topside"～"，此处解［俚］"～"。

1492 Joss(中国的)"～"，也被用作泛指所有神。

1493 Balkelly 解 Berkeley"贝克莱"(1685—1752)＋Buckley"巴克利"，此处为中国洋泾浜英语说出的似是而非的名字。

1494 islish 解 Irish"～"；也解 Issy"～"，本书主人公的女儿。

赤橙黄绿青蓝[1495]斗篷敬敬神[1496]亲亲|凝缩结束，他向他那穿着属于他的[1497]白麻圣衣的客人先生天主教徒[1498]受难的显示，后者的喉咙与此同时与所有他那灰衣修士家族[1499]的教士服呻吟者小伙子一起发出嗡嗡声，他所有时间什么时间他的[1500]他所有修士小伙子们[1501]与同一个天主教徒一起斋戒[1502]几乎，因为[1503]因为页，说着[1504]讲话，是的没有说，没有[1505]挪亚|无人|能剧人是自由的，他喝干了词语，换句话说，到明天也不会恢复，穿过佛主的色彩全灵显[1506]完全可见的世界光谱[1507]奇观的光棱镜[1508]紧紧抓住光|光棱镜罩[1509]膜的所有太多众多错觉[1510]幻觉，佛主的兽花石[1511]活物装置含此[1512]，从矿物经过植物到动物，并不向一起全满的堕落之人显现，除了在阳光的若干彩虹阶梯[1513]的第二个光反射下，那一个其部分（色彩全灵显世界[1514]好的|全|在之上|唉|干草的装置[1515]）已经显示自己（部分色灵世的装置）无法吸收[1516]，然而对有着存在-存在的[1517]牛顿|现实|爱因斯坦第七度智慧的自相矛盾的[1518]天堂|纯的|指导一号[1519]先知来说，他深入理解现实的真正内在本质，事物[1520]叮当作响|物自体那是[1521]什么[1522]在它自身[1523]之内，（全灵显的世界[1524]的）所有客体在真正色彩中[1525]全面展现它们自己，这些色彩闪耀着实际保存的光的六重荣耀[1526]，存在[1527]一个色彩|何处|之内，在它们内部（灵显世界的客体[1528]相反|水果|是否|在哪里）。罗马天主教徒[1529]沉思默想的|圣帕特里克|剩余的，成见[1530]光学|凝视|光学的，不要抓着那本说教的书，无论如何，明天恢复，事物甚至不是，不久以后[1531]将编造的先令的[1532]两便士贝克莱[1533]轻敲|汉娜的|睾丸|阉牛的|布洛基|布洛克|

1495 roranyellgreenlindigan 解 red, orange, yellow, green, blue, indigo"～",指彩虹的颜色。

1496 chinchinjoss 解 chin-chin"干杯"+joss"佛像",中文的 chin-chin 和 joss 在欧洲语言中通过不断移用表示任何宗教崇拜,故译为"敬敬神";也解 qinqin [中]"亲亲";也解 Tzimtzum [希伯来]"凝缩",在犹太教神秘哲学中这个词用来指上帝创造世界时把他无限的光凝缩,从而制造一个有限世界可以在其中存在的概念空间,本书中类似的词组如 Tintin tintin, Tsin tsin, Chin chin 等都有可能都呼应这一思想。

1497 belongahim 解 belonging him"～"。

1498 Patholic 解 catholic"～",指圣帕特里克;也解 patho- [希]"～"。

1499 greysfriaryfamily 解 Grey Friars"灰衣修士",指方济各会修士+family"家族"。

1500 him"～",此处解 his"～"。

1501 monkafellas 解 monk"修士"+a"一个"+fellas"小伙子们"。

1502 fast"～";也解 fast [德]"～"。

1503 quoniam [拉]"～",指《凯尔斯书》的"～",即第 14 幅插图。

1504 speeching 解 speeking"～";也解 speech"～"。

1505 noh 解 no"～";也解 Noah"～",《圣经》中大洪水时期的义人,制造方舟使全家和物种幸免于难;也解 noman"～",《奥德赛》中奥德修斯告诉独眼巨人他叫"无人";也解 Nōh"～",日本戏剧,影响了叶芝。

1506 panepiphanal 解 pan-"全"+epiphany"灵显";也解 panepiphanes [希]"～"。

1507 spectacurum 解 spectrum"～";也解 spectaculum [拉]"～"。

1508 photoprismic 解 phôto- [拉]"光"+prismatic"棱镜的";也解 photoprismos [希]"～";也解 photoprismatikos [希]"～"。

1509 velamina [拉]"～";也解 velamen"～"。

1510 illusiones 解 illusione [意]"～";也解 illusion"～"。

1511 zoantholitic 解 zôon [希]"动物"+anthos [希]"花"+lithos [希]"石头";也解 zoas"～",即英国诗人威廉·布莱克的预言诗《瓦拉或四活物》(Vala or The Four Zoas)。

1512 the,英语中的定冠词,在书中也被用作终极存在。

1513 gradationes [拉]"～"。

1514 heupanepi 解 hueful panepiphanal"～";也解 eu [希]"～"+pan [希]"～"+epi [希]"～";也解 heu [拉]"～";也解 Heu [德]"～"。

1515 furnit 解 furniture"～"。

1516 absorbere [拉]"～"。

1517 Entis-Onton 解 entis [拉]"存在的"+ontôn [希]"存在的";也解 Sir Isaac Newton"～"(1642—1727),英国科学家+ontos [希]"～";也解 Albert Einstein"～"(1879—1955),美国和瑞士科学家。

1518 puraduxed 解 paradoxed"～";也解 Paradise"～";也解 pura [拉]"～"+dux [拉]"～"。

1519 numpa 解 number"～"。

1520 Ding"～",此处解 Ding [德]"～";也解 Ding an sich [德]"～"。

1521 id est [拉]"～"。

1522 hvad [丹]"～"。

1523 idself 解 itself"～"。

1524 panepiwor 解 panepiphanal world"～"。

1525 in trues coloribus 解 true"真正的"+in coloribus [拉]"在颜色中"。

1526 gloria [拉]"～"。

1527 untisintus 解 Entis-Onton"～";也解 one tint"～";也解 unde [拉]"～"+intus [拉]"～"。

1528 obs ofepiwo 解 objects of epiphanal world"～";其中 obs 也解 opposite"～";也解 Obst [德]"～";也解 ob [德]"～";其中 epiwo 也解 wo [德]"～"。

1529 Rumnant Patholic 解 Roman Catholic"～";也解 ruminant"～"+Patrick"～";也解 remnant"～"。

1530 stareotypopticus 解 stereotype"～";也解 opticus [拉]"～";也解 stare"～"+optical"～"。

1531 bymeby 解 by and by"～";也解 bymby [美]"～",表示未来的时态。

1532 vampsybobsy 解 vamps"编造"+bobs [俚]"先令"。

1533 tappanasbullocks 解 two penny"两便士"+Berkeley"贝克莱";也解 tap"～"+Anna's"～",本书女主人公+ballocks"～;也解 Bullocky"～";也解 Bullocky"～";也解 Shane Bullock"～";也解 Buckley"～"。

巴克利顶级佛洋泾浜语的小伙子贝克莱-巴克利[1534]跟帕特小伙儿[1535]说，之前一次[1536]，两次他停止康复[1537]赫尔曼·冯·亥姆霍兹，伴随着其他词语从缓慢嘟囔[1538]有粘性的中重复唠叨[1539]言语重复症|例如，直到在黄河钟的[1540]橙带党单调歌唱[1541]钟中快速尖叫[1542]喘鸣的，此时他的领悟力[1543]，带着越来越弱的灿烂光线[1544]清楚|光化作用，在加热[1545]炎热中扩大[1546]他自己为如此透明的[1547]贯穿的|视力幻景，你焦虑的[1548]在之上忧郁症患者，高高的那是被称为王上王[1549]的李尔[1550]，他那燎原的头上的草[1551]邓莱里市全都显示出酢浆草[1552]的草绿色，再一次，此他的是六色[1553]埃塞克斯家产毛料[1554]霍姆格伦|圣栎|小岛服装的，黑色白色[1555]灯笼裤，此他同伴的小藏红花短裙[1556]衬裙看起来有着与熟菠菜[1557]纺纱|驴|斯宾诺莎相同的颜色，其他物，自愿喃喃自语的哑巴[1558]缄默症，他没有理解[1559]手边的此，他的金质双胸金丝项圈看起来正与花椰菜[1560]卷曲的|卷心菜|包菜一模一样，后来更如此，对于和平[1561]否定论者[1562]，翠绿的现成雨具[1563]属于他充盈[1564]洋溢崇高王上王[1565]侍者李尔，他希望说的是，非常像[1566]超级丰盈繁茂的[1567]大量月桂叶[1568]罗蕾莱，在那个指挥官之后，最崇高的共主沙皇[1569]国王睁开的牛眼[1570]是与欧芹上波浪起伏的百里香一样的东西，与此同时，如果愿意，先生，不可[1571]我们取走纹身[1572]，婊子的私生子的灵魂[1573]主教牧师的灵魂，崇高崇高的陛下苏丹皇帝[1574] HCE 的男性指令[1575]食指[1576]手指|爱抚者上靛蓝色的[1577]印度的珐琅宝石全都与一只同伴橄榄扁豆一模一样，从长远来看，由波涛送给我们[1578]由此，喔喔[1579]三 K 党|青蛙，高高在上的大怪公

1534 Bilkilly-Belkelly 解 Berkeley“贝克莱”＋Buckley“巴克利”。
1535 patfella 解 Patrick“圣帕特里克”＋fella“小伙子”。
1536 ontesantes 解 once ante(［拉］“从前”)，即 once before“～”。
1537 hemhaltshealing 解 he halts healing“～”；也解 Helmholtz“～”(1821—1894)，德国物理学家、生理学家。
1538 murmurulentous 解 murmur“低语”＋lento［意］“缓慢”；也解 lentous“”。
1539 verbigratiagrading 解 verbigerating“～”；也解 verbigeration“～”；也解 verbi gratia［拉］“～”。
1540 hunghoranghoangoly 解 Hwang-Ho“黄河”＋harang［匈］“钟”；也解 Orange“～”，爱尔兰新教政治集团。
1541 tsinglontseng 解 singsong“～”；也解 csengo［匈］“～”。
1542 stridulocelerious 解 stridulus［拉］“吹啸”＋celeris［拉］“快速”；也解 stridulous“～”。
1543 comprehendurient 解 comprehenduriens［拉］“～”。
1544 claractinism 解 clarus［拉］“灿烂者”＋aktis［希］“光线”；也解 clarity“～”；也解 actinism“～”。
1545 caloripeia 解 caloripoiia［拉＋希］“～”；也解 calor［拉］“～”。
1546 augumentationed 解 augmentationed“～”。
1547 throughsighty 解 durchsichtig［德］“～”；也解 through“～”＋sight“～”。
1548 anxioust 解 anxious“～”。
1549 Uberking 解 overking“～”；也解 uber［德］“～”。
1550 Leary 解 Lear“～”，爱尔兰神话中的共主。
1551 grassbelonghead 解 grass“草”＋belong“属于”＋head“头”，指头发；也解 Dún Laoghaire“～”，爱尔兰东部的海边市镇。
1552 sorrelwood 解 wood sorrel“～”。
1553 essixcoloured 解 is six coloured“～”；也解 ssex“～”，英格兰东南部的郡。
1554 holmgrewnworsteds 解 homegrown“自家种植的”＋worsted“精纺毛料”；也解 A. F. Holmgren“～”(1831—1897)，瑞典生理学家，设计了测试色盲的工具；也解 holm“～”；也解 Holm［德］“～”。
1555 niggerblonker 解 niger［拉］“黑色的”＋blanc［法］“白色的”；也解 knickerbocker“～”。
1556 saffron pettikilt 解 petit［法］“小”＋saffron kilt“藏红花短裙”，爱尔兰的传统服饰；也解 petticoat“～”。
1557 spinasses 解 spinach“～”；也解 spin“～”＋asses“～”；也解 Spinoza“～”(1632—1677)，荷兰唯物主义哲学家。
1558 mutismuser 解 mutis［拉］“你在喃喃自语”＋mutus［拉］“哑的”；也解 mutism“～”。
1559 compyhandy 解 comprehend“～”；也解 handy“～”。
1560 curlicabbis 解 cauliflower“～”；也解 curly“～”＋cabbage“～”；也解 Kabis［瑞德］“～”。
1561 pace［拉］“～”。
1562 negativisticists 解 negativistic“～”＋-ist。
1563 readyrainroof 解 ready“现成的”＋rainproof“雨具”。
1564 Exuber 解 exubero［拉］“～”；也解 exuberans［拉］“～”。
1565 Ober King 解 ueber［德］“在之上”＋king“国王”；也解 Ober［德］“～”。
1566 dead...spit of 解 the dead...spit of“～”。
1567 superexuberabundancy 解 super“特级的”＋exuberance“丰盛”＋abundance“充裕”。
1568 laurel leaves“～”；也解 Lorelei“～”，德国传说中莱茵河上的女妖。
1569 Ardreetsar 解 Ard Ri［爱］“共主”＋Tsar“沙皇”。
1570 bulopent eyes 解 opent“开的”＋bull's eyes“牛眼睛”，指事物的关键。
1571 nos［拉］“～”，此处解 no“～”。
1572 tauttung 解 tattoo“～”。
1573 sowlofabishospastored 解 soul of a bitch's bastard“～”；也解 soul of bishop pastor“～”。
1574 此处包含本书主人公名字的缩写 HCE。
1575 maledictive 解 male“男性”＋directive“指令”。
1576 fingerfondler 解 forefinger“～”；也解 finger“～”＋fondler“～”。
1577 Indian“～”，此处解 indigo“～”。
1578 undesendas 解 unda［拉］“波涛”＋send us“送给我们”；也解 unde［拉］“～”。
1579 kirikirikiring 解 kikeriki［德］“～”，模拟公鸡啼鸣声；也解 KKK“～”；也解 kiri［日］“～”。

鸡[1580]最崇高[1581]崇高独裁者的脸[1582]屁股上紫罗兰色的战伤[1583]战争胜利青肿[1584]瘀伤，因为带着纯色过多[1585]烧红的炭火高度饱和的肿块，着色均匀，四面八方、上上下下，非常像你一如[1586]看到切割|苏凯特众多桂皮番泻叶[1587]辛那赫里布|塞涅加|牧民做的什锦菜此至人人[1588]HCE|城镇！苏凯特[1589]住棚节|粪便|吮吸？

句号[1590]。大先知，小神父反思着[1591]使折射，将它抖落[1592]紊乱出来，恍然大悟[1593]，三思[1594]三|阴茎来召唤，召唤如果言说足够好的话，此时，你仔细打量[1595]可怜的明暗对比的[1596]白色|黑色白中有黑的废纸堆[1597]，通过这种[1598]这是|这曾是归纳式的[1599]滞后的|棱镜的顿呼法[1600]萎缩的|转向|萎缩症和逻辑倒错地[1601]悖论周身瘫痪[1602]，从过去最关键的颜色[1603]艾丽丝的爱尔兰人[1604]彩虹[1605]毁坏|福利罐里出来的神仙，（目前[1606]，在智者[1607]先知|言说者的可能美德[1608]绿色与圣人的可信潮红[1609]红色的|在之上|脸红之间，眨眼修道士[1610]完全[1611]互补色的按时眨着眼[1612]，在他们的中性电解[1613]中脑子一片空白[1614]黑暗|更空的），就如我靠近[1615]接近我妻子和我自己[1616]擦除灵知之门[1617]知识|花束，一手帕[1618]手抓住的一捆的人造三叶草[1619]麂皮|假怒给他群她群，看起来这样的四三二[1620]协议，让心变得强大[1621]强大力量，除了对彩虹[1622]头鲸|巴洛|为首的|方舟（他跪下[1623]），对伟大的彩虹（他跪下去），对最最伟大的彩虹（他一次又一次[1624]跪下去），投下光环[1625]圣灵的太阳父亲[1626]那里的火的浩大宽广的世界[1627]野草为路的词语里的声感象征[1628]药草|许多在一起。阿门[1629]一个人们。

那是物[1630]北欧海盗在都柏林的议会，被造[1631]天啊|开创者|百高地|天哪，

1580 Cockywocky 解 Cock“公鸡”＋wacky“乖僻的”。
1581 Sublissimime 解 sublimissime ［拉］“～”；也解 sublime“～”。
1582 facebuts 解 face“～”；也解 butt“～”。
1583 warwon 解 war wound“～”；也解 war won“～”。
1584 contusiones 解 contusions“～”；也解 contusiones ［拉］“～”。
1585 hueglut 解 hue“色彩”＋glut“供过于求”；也解 Glut ［德］“～”。
1586 seecut 解 sicut ［拉］“～”；也解 see cut“看～”；也解 Sucat“～”，圣帕特里克洗礼的名字。
1587 sennacassia 解 Senna leaves of Cassia species“～”；也解 Sennacherib“～”（？—前 681），新亚述帝国第四任皇帝；也解 Lucius Annaeus Seneca“～”（约前 4—65），古罗马政治家、雄辩家；也解 Senn ［德］“～”。
1588 Hump cumps Ebblybally 解 Here Comes Everybody“～”；此处包含本书主人公名字的缩写 HCE；也解 baile ［爱］“～”。
1589 Sukkot 解 Sucat“～”，圣帕特里克洗礼的名字；也解 Succoth“～”，《圣经》中规定的犹太教三大节期之一，用于纪念古以色列人出埃及后在旷野中漂流时所住的棚屋；也解 Kot ［德］“～”；也解 suck“～”。
1590 Punc 解 Punkt ［德］“～”。
1591 refrects 解 reflects“～”；也解 refracts“～”。
1592 whackling 解 wacklig ［德］“～”；也解 out of whack“～”。
1593 a tumble to take 解 take a tumble“恍然大悟”。
1594 tripeness 解 tri-pensee“～”；也解 tri“～”＋penes“～”。
1595 pore“～”；也解 poor“～”。
1596 shiroskuro 解 chiaroscuro“～”，最早指黑白色的绘画风格；也解 shiroi ［日］“～”＋kuroi ［日］“～”。
1597 blackinwhitepaddynger 解 black in white“白中加黑”＋pad“便笺簿”＋dynger ［丹］“废料堆”。
1598 thiswis 解 thiswise“～”；也解 this is“～”；也解 this was“～”。
1599 aposterioprismically 解 aposteriori“～”；也解 a posteriori ［拉］“～”；也解 prismatic“～”。
1600 apatstrophied 解 apostrophe“～”；也解 atrophied“～”；也解 apostrophos ［希］“～”；也解 atrophia ［希］“～”。
1601 paralogically“～”；也解 paralogism“～”。
1602 periparolysed 解 peri-“周围”＋paralysed“瘫痪地”。
1603 Iro ［日］“～”；也解 Iris“”，希腊神话中的彩虹女神。
1604 Irismans 解 Irishman“～”。
1605 ruinboon 解 rainbow“～”；也解 ruin“～”＋boon“～”。
1606 for beingtime 解 for the time being“～”。
1607 sager 解 sage“～”；也解 seer“～”；也解 Sager ［德］“～”。
1608 viriditude 解 virtud ［西］“～”；也解 viridity“～”。
1609 eruberuption 解 erub- ［拉］“脸红”＋eruption“爆发”；也解 ruber ［拉］“～”；也解 ueber ［德］“～”；也解 erubesco ［拉］“～”。
1610 monkblinkers 解 monk“修道士”＋blinkers“眨眼的人”。
1611 completamentarily 解 completamente ［意］“～”；也解 complementary“～”＋-ly。
1612 timeblinged 解 time“时间”＋blinked“眨眼”。
1613 neutrolysis 解 neutro-“中性”＋electrolysis“电解”。
1614 murkblankered 解 blankminded“～”；也解 murk“～”＋blanker“～”。
1615 tappropinquish 解 t'appropinqui ［意］“～”；也解 appropinquo ［拉］“～”。
1616 wipenmeselps 解 wife and myself“～”；也解 wipe“～”。
1617 gnosegates 解 gnoses“灵知”＋gates“大门”；也解 gnōsis ［希］“～”；也解 nosegay“～”。
1618 handcaughtscheaf 解 handkerchief“～”；也解 hand-caught sheaf“～”。
1619 shammyrag 解 shamrock“～”；也解 chamois“～”；也解 sham rage“～”。
1620 圣帕特里克在公元 432 年登陆爱尔兰。
1621 might“～”，此处解 mighty“～”。
1622 Balenoarch 解 arcobaleno ［意］“～”，指《创世记》(9:13—16)；也解 balaenarchos ［拉＋希］“～”；也解 Balór“～”，爱尔兰神话中巨人族“弗莫尔族”的国王＋arch-“～”；也解 ark“～”。
1623 kneeleths 解 kneels“～”。
1624 quitesomely 解 quite some“～”＋-ly。
1625 halo cast“～”；也解 holy ghost“～”。
1626 firethere 解 father“～”；也解 fire there“～”。
1627 weedwayedwold 解 wide wide world“～”；也解 weed-wayed word“～”。
1628 sympol 解 symbol“～”；也解 simple“～”；也解 sympolloi ［希］“～”。
1629 Onmen 解 amen“～”；也解 one men“～”。
1630 thing“～”；也解 Thingmote“～”。
1631 bygotter 解 begotten“～”；也解 by Gotter(［德］“上帝”)“～”；也解 begetter“～”；也解 Baggot Street“～”，都柏林街道名；也解 begorrah“～”。

此物，被生[1632]沼泽|棉花，此物本身，造生[1633]天哪！甚至对无用的[1634]贝克莱-巴克利-布洛基[1635]。他是来合[1636]喊叫|射击上耶稣[1637]羔羊|爱灯[1638]上的遮板[1639]影子|阴影。等着[1640]被彻底打败[1641]并死去[1642]扔出他的七。当他把他的拇指[1643]捶击四指[1644]前面的容貌|食指刺[1645]剥去向[1646]恰当的大德鲁伊殿下[1647]屁眼|嘀|单足跳|他的|阿尔德男爵们。

砰。

上帝拯救爱尔兰[1648]美好安全的火焰灯！英雄们[1649]古斯巴达的奴隶|太阳欢呼。上帝拯救爱尔兰[1650]黄金自我|矿石块！他们欢呼[1651]发出响声。满心敬畏。在那上面天空高高折起[1652]绞架，咚咚一声咚咚一声咚咚[1653]。从那天起[1654]告辞|今天。通过我们主的喜悦[1655]避孕套|叔叔|电流。基督耶稣[1656]是的，神父。汝之子[1657]对他完全发出嗡嗡声|孝顺的。

去哪里[1658]焦油水|塔拉？

圣人和智者[1659]僧人、拉车马和短腿马、国王和农夫[1660]、姑姑[1661]和姨母[1662]嘲弄话。

它一去不复返[1663]。因此目前[1664]在现在之前，每日新闻[1665]。为了[1666]今天[1667]爸爸。变形[1668]。住棚节[1669]脂肪|节庆|帐篷，收藏节[1670]，来吧！三叶草[1671]赝品作品，愿在我们的闪光[1672]外表中！让每对时髦的夫妇充分交叉互补，小鸡蛋[1673]自我|我们，你和我[1674]蛋黄和牛奶|牛奶，在大得多的[1675]全宇宙。到处都有一只慧驷[1676]热水瓶。绝对真理[1677]神|结构体！

然而没有人出现在这里，它以前不在那里。只有秩序是

1632 bogcotton 解 begotten“～”；也解 bog“～”＋cotton“～”。

1633 begad“～”，此处解 begotten“～”。

1634 uptoputty 解 up to putty［澳俚］“无用的”。

1635 Bilkilly-Belkelly-Balkally 解 Berkeley“贝克莱”（1685—1752），爱尔兰出生的哲学家，开创了主观唯心主义＋Buckley“巴克利”，书中巴克利与俄国将军故事中的爱尔兰士兵＋Bullocky“布洛基”，1868 年访问英国的一个巨人身材的板球运动员。

1636 shouting“～”，此处解 shutting“～”；也解 shooting“～”。

1637 Jeeshees 解 Jesus“～”。

1638 lamp“～”；也解 lamb“～”；也解 love“～”。

1639 shatton 解 shutter“～”；也解 Schatten［德］“～”；也解 shade“～”。

1640 Sweating on［澳俚］“～”。

1641 stonker［澳俚］“～”。

1642 throw his seven“～”，此处解［澳俚］“～”。

1643 thumping“～”，此处解 thumb“～”。

1644 fore features“～”，此处解 four fingers“～”；也解 forefinger“～”。

1645 shuck“～”，此处解 stuck“～”。

1646 apt“～”，此处解 up“～”。

1647 hoyhop of His Ards 解 Højhed［丹］“殿下”＋of his archdruid“他这个大德鲁伊”；也解 hole of his arse“～”；也解 hoy“～”＋hop“～”＋of his“～”＋The Ards“～”。

1648 Good safe firelamp“～”，此处解 God save Ireland“～”。

1649 heliots 解 heroes“～”；也解 helot“～”；也解 helios［希］“～”。

1650 Goldselforelump 解 God save Ireland“～”；也解 Gold self“～”＋ore lump“～”。

1651 Halled 解 hailed“～”；也解 hallte［德］“～”。

1652 skyfold 解 sky“天空”＋fold“折叠”；也解 scaffold“～”。

1653 trampatrampatramp 解 tramp“～”，沉重的脚步声。

1654 Adie 解 a die［拉］“～”；也解 adieu“～”；也解 hodie［拉］“～”。

1655 Per ye comdoom doominoom noonstroom 解 per jucundum Dominum nostrum［拉］“～”；其中 comdoom 也解 condoom［荷］“～”；也解 oom［荷］“～”；其中 noonstroom 也解 stroom［荷］“～”。

1656 Yeasome priestomes 解 Jesum Christum［拉］“～”；也解 Yea priest“～”。

1657 Fullyhum toowhoom 解 Filium tuum［拉］“～”；也解 Fully hum to whom“～”；也解 filial“～”。

1658 Taawhaar 解 to where“～”；也解 tar water“～”；也解 Tara“～”，古代凯尔特王国的都城。

1659 Sants and sogs 解 saints and sages“～”；也解 sagart［爱］“～”。

1660 karls 解 carls“～”。

1661 tentes 解 tante［丹］“～姑”。

1662 taunts“～”，此处解 aunts“～”。

1663 'Tis gone infarover 解 Tis Gone And For Ever“～”，也是爱尔兰诗人托马斯·穆尔的同名歌曲。

1664 fore now“～”，此处解 for now“～”。

1665 dayleash 解 dayly release“～”。

1666 Pour［法］“～”。

1667 deday 解 today“～”；也解 daddy“～”。

1668 Trancefixureashone 解 transfiguration“～”。

1669 Feist ofTaborneccles 解 Feast of Tabernacles“～”，犹太民族和犹太教的节日，也叫收藏节；其中 Feist 也解［德］“～”；也解 feis［爱］“～”；其中 Tabornecles 也解 tabernaculum［拉］“～”。

1670 scenopegia［拉］“～”，住棚节。

1671 Shamwork 解 shamrock“～”；也解 Sham work“～”。

1672 scheining 解 shining“～”；也解 Erscheinung［德］“～”。

1673 eggons 解 eggs“～”；也解 egos“～”；也解 ons［荷］“～”。

1674 youlk and meelk 解 you and me“～”；也解 yolk and milk“～”；也解 melk［荷］“～”。

1675 farbiger 解 far bigger“～”。

1676 hottyhammyum 解 Houyhnhnms“～”，英国作家斯威夫特《格列佛游记》中有理性的马；也解 hotty“～”。

1677 Gudstruce 解 God's truth“绝对真理”；也解 Guds［丹］“神”＋struct“结构体”。

其他的[1678]。零即空。让它去吧[1679]！

瞧，当圣人和智者说了他们的话，对劳伦斯[1680]的赞美[1681]主|称赞现在就在祝福中发生[1682]。

一连串[1683]佛焰苞蕨帽[1684]卡吕普索薄皮[1685]颖片成为花被的[1686]开花阿门地[1687]柔荑花序的包膜[1688]；菌目藻目[1689]藓目蕨目[1690]禾本科棕榈科[1691]植物[1692]车前草|万神殿；日益增加、生动活泼[1693]、有饱腹感的[1694]某人某物[1695]想|链接；在空空的头盖骨[1696]和我们犯罪的野草荒地世界[1697]棉籽象鼻虫的藏尸所包囊[1698]中间的所有地方无论怎样[1699]凋谢|任何一种茂盛繁衍[1700]淫逸，那时挽救者拉尔夫漫步去快乐地骑着[1701]兜风|下颔他的花花公子[1702]结头关节和她的女神[1703]大腿；在早餐[1704]狗叫|放屁前[1705]前面的一口吞[1706]下那令人作呕的反刍物[1707]回旋镖|在四周繁盛|布鲁姆，你像一道彩虹一样整洁[1708]描画的|好的干净崭新[1709]；将碗饰以花环来摆脱肠胃；不要敌意[1710]，不要热度排名[1711]敌意，先生；淀粉[1712]一百万|垃圾里的蚂蚁[1713]一团糟糕；葡萄酒[1714]氯化物|绚丽的杯。

健康、圣餐杯[1715]青铜雕塑、无限必然性[1716] HCE！在袋子里，小猪[1717]同性恋者，到来！可怕的[1718]忠实的|惊吓|傻瓜平民[1719]追随者|闪电是奥林匹克运动会上最好的[1720]；注定会有给露天婚礼[1721]海市蜃楼|镜子的可爱[1722]法律一天；早晨和晚上[1723]摩尔和埃夫琳|心爱者|快乐的|可爱的|我的秘密|《伊芙琳》正在[1724]在符号下埋葬那条马裤[1725]化干戈为玉帛|埋葬果园|地点；如果那样。你开始修复那条马裤[1726]沙滩服|违背，裁缝[1727]水手。你正走向家港口家[1728]豆秸|舵|里舵，裁缝大师[1729]劳动者|母亲。然而

1678 othered 解 other“～”。
1679 Fuitfiat 解 Fuit fiat [拉]“～”。
1680 laurens 解 St. Lawrence O'Toole“圣劳伦斯·奥图尔”，都柏林的守护圣人，曾任都柏林大主教，访问坎特伯雷时遇刺，但他倒地不久就爬了起来。
1681 laud“～”；也解 lord“～”；也解 laus [拉]“～”。
1682 orielising 解 orior [拉]“～”。
1683 spathe [植]“～”，此处解 spate“～”(不愉快的事物)。
1684 calyptrous 解 calyptra“～”；也解 Calypso“～”，《奥德赛》中的海上女神，也指《尤利西斯》的第四章。
1685 glume“～”，此处解 gluma [拉]“～”。
1686 perinanthean 解 perianth“～”；也解 periantheo [希]“～”。
1687 Amenta“～”，此处解 Amenti“～”，埃及宗教中死者所处之地。
1688 involucrumines 解 involucrum“～”。
1689 fungoalgaceous 解 fungi“菌类”＋algae“藻类”＋-ous。
1690 muscafilicial 解 musci“藓类”＋filical“蕨类目”；也解 phylli“叶”。
1691 graminopalmular 解 gramineae“禾本科”＋palmae“棕榈科”。
1692 planteon 解 plant“植物”；也解 plantain“～”；也解 pantheon“～”。
1693 livivorous 解 vivivorus [拉]“～”。
1694 feelful 解 feel full“～”。
1695 thinkamalinks 解 thingumajigs“～”；也解 think“～”＋links“～”。
1696 skullhullows 解 skulls“头骨”＋hollow“空的”。
1697 weedwastewoldwevild 解 weed“野草”＋waste“荒地”＋world“世界”＋we evil-ed“我们犯罪”；也解 boll weevil“～”。
1698 charnelcysts 解 charnel“藏尸所”＋cyst“包囊”。
1699 everywhencewithersoever 解 every“每个”＋whence“何处”＋whatsoever“无论怎样”；也解 wither“～”＋soever“～”。
1700 luxuriotiating 解 luxuriate“～”；也解 luxurio [拉]“～”。
1701 jawrode 解 joy“快乐”＋rode“骑”；也解 joyride“～”；也解 jaw“～”。
1702 knuts“～”；也解 knots“～”。
1703 theas [希]“～”。
1704 brarkfarsts 解 breakfast“～”；也解 bark“～”＋farts“～”。
1705 forere 解 ere“～”；也解 fore“～”。
1706 gugulp 解 gulp“～”。
1707 oboboomaround 解 boomerang“～”，此处指“～”；也解 boom around“～”；也解 Bloom“～”，《尤利西斯》的主人公。
1708 paint 解 painted“～”，此处解习语 neat as paint“～”；也解 pænt [丹]“～”。
1709 spickspan 解 spick and span“～”。
1710 runcure 解 rancour“～”。
1711 rank heat 解 rank“排列”＋heat“热度”；也解 rancour“～”。
1712 amullium 解 amulium [拉]“～”；也解 a million“～”；也解 Muell [德]“～”。
1713 amess 解 Ameisen [德]“～”；也解 a mess“～”。
1714 chlorid“～”，此处解 claret“～”；也解 florid“～”。
1715 chalce 解 chalice“～”；也解 chalkê [希]“～”。
1716 endnessnessessity 解 endlessness necessity“～”。此处包含本书主人公名字的缩写 HCE。
1717 likkypuggers 解 little pigs“～”，此处化自习语 buy a pig in a poke(未见实物而瞎买东西)；也解 bugger“～”。
1718 frightfools 解 frightful“～”；也解 faithful“～”；也解 fright“～”＋fools“～”。
1719 folgor 解 vulgar“～”；也解 Folger [德]“～”；也解 fulgur [拉]“～”。
1720 optimominous 解 optimominosus [拉]“～”。
1721 mirrages 解 marriage“～”；也解 mirage“～”；也解 mirror“～”。
1722 lovleg 解 lovely“～”；也解 lovlig [丹]“～”。
1723 Murnane and Aveling 解 morning and evening“～”；也解 Moore and Aveling“～”，马克思的《资本论》的第一个英译者；其中 Murnane 也解 muirnin [爱]“～”；Aveling 也解 aoibhinn [爱]“～”；也解 aluinn [爱]“～”；也解 a rún [爱]“～”；也解“Eveline”“～”，乔伊斯短篇小说集《都柏林人》中的一篇。
1724 are undertoken 解 are undertaken“～”；也解 are under token“～”。
1725 berry thatortchert 解 bury that breeches“～”；也解 bury that hatchet“～”；也解 bury that orchard“～”；其中 ortchert 也解 Ort [德]“～”。
1726 breachsuit 解 breeches“～”；也解 beach suit“～”；也解 breach“～”。
1727 seamer“～”；也解 sailor“～”。
1728 haulm...houlm 解 home“～”，此处化自歌曲 Home Sweet Home(《家，甜蜜的家》)，歌曲名；也解 haulm“～”；也解 helm“～”；也与前面合解 port helm“～”。
1729 toilermaster 解 tailor“裁缝”＋master“大师”；也解 toiler“～”＋mater“～”。

你必须穿得摄人心魄(没有特殊)。你安静地袖手旁观,奉命而为[1730]像打击那样做|拉屎(私营)。而对于你,我的秘密[1731]黄昏嘉丝米娜和所有你的相似者,如果他的唯一女人[1732],或者她的男人[1733]双蕊鼠尾粟|戴安娜,是小管[1734]、边缘叶[1735]柔软的和蜜腺[1736]花蜜的,它无疑[1737]必须由你选出。蚂蚁[1738]拥有的或蚱蜢[1739]希求天恩者|吃草的小母牛,贵族[1740]卓越的或农民[1741]黏合。狐狸或葡萄[1742]拖把或优雅|穆卜苏斯|格拉古兄弟,所有你的遗传性[1743]古怪|希罗多德将不断[1744]从"无一希望洗衣房"[1745]、"榆树石头[1746]安培|欧姆小屋"、"梦的厄运[1747]邓德拉姆"回来,大量[1748]优美地漂白[1749]白种女人并优美[1750]夜晚送来塑造,每一项涂上肥皂去除过水数次,这样每次冲洗都与不同的[1751]衣冠楚楚的滚筒[1752]角色发生,袖口给我[1753]温顺的|轧布机,宽领带给你[1754]酋长|纸张|耶和华的神姿,裤子上的一脚[1755]非难给性格软弱者[1756]为了啤酒。忍耐[1757]、忍耐!那现在是已经是[1758]祸害徒然。在东方[1759]早晨之土|哀悼|心情。大量的生命期[1760]主题中有生命期~他,快乐回归[1761]习性再燃。在你体内焚烧。激情活力生出[1762]促进|要求秩序。既然古代的曾经是我们的生存现在是可能之中的[1763]不可能的|ALP将是。袖口[1764]穷人|非洲高粱和衣领[1765]傻瓜|挑选以及再一次,工装裤,最合适的幸存者[1766]那血[1767]变蓝中生存,铁[1768]爱尔兰|一卷和淀粉[1769]麦片粥|存储能造成这些。这点我们全都坚持。清扫。睡觉的时候[1770]。关闭[1771]衣服。马诺尔磨坊[1772]谣言[1773]大剪刀|响板。次日[1774]夜晚。打瞌睡。

我们自己,只有,我们自己[1775]!拿起[1776]拿起那些白衬衫[1777]宽

1730 do as hit"～",此处解 do as bid"～";也解 do a shit"～"。
1731 Aruna 解 a rún［爱］"～";也解 aruna［梵］"～"。
1732 Monogynes 解 Mono-"单一的"＋gynê［希］"女人"＋-s。
1733 Diander"～",多年生植物,此处解 andrôn［希］"～";也解 Diana"～",罗马神话中的处女守护神和月亮女神。
1734 tubous 解 tubule(植物的)"～"。
1735 limbersome 解 limbus"～";也解 limber"～"。
1736 nectarial"～",此处解 nectarium"～"。
1737 affinitatively 解 definitively"～"。
1738 Owned"～",此处解 Ondt"～",书中的蚂蚁和蚱蜢的故事。
1739 grazeheifer 解 Gracehoper"～",此处解 grasshopper"～",书中"蚂蚁和蚱蜢"故事;也解 grazing heifer"～"。
1740 ethel 解 ædel［丹］"～";也解 excellent"～"。
1741 bonding"～",此处解 bonde［丹］"～"。
1742 Mopsus or Gracchus 解 Mookse and Gripes"～",本书中狐狸和葡萄的故事;也解 Mop or Grace"～";也解 Mopss "～",神话中的古希腊占卜者＋Gracchi brothers"格拉古兄弟",前 2 世纪罗马共和国的平民派领袖,都在任上被杀。
1743 horodities 解 heredity"～";也解 oddity"～";也解 Herodotus"～"(约前 484—前 425),希腊历史学家。
1744 incessantlament 解 incessantly"～"。
1745 Wishwashwhose 解 Wish"希望"＋wash house"～"。
1746 Ormepierre 解 Orme［法］"榆树"＋pierre［法］"石头";也解 Ampère"～",法国科学家;也解 ohm "～",电阻单位。
1747 Doone of the Drumes 解 Doom of the Dream"～";也解 Dundrum"～",都柏林地名。
1748 bountifully"～";也解 beautifully"～"。
1749 blanches"～";也解 bleache［法］"～"。
1750 Nightsend 解 nicely"～";也解 night sends"～"
1751 dapperent 解 different"～";也解 dapper"～"。
1752 Rolle［德］"～";也解 role"～"。
1753 meek"温顺的",此处解 me"我";也解 mangle"轧布机"。
1754 sheek 解 thee"～";也解 sheik"～";也解 sheet"～";也解 shekinah"",在犹太教中指神的显现,神显现时可见的光芒四射的云。
1755 a kink in the pacts 解 a kick in the pants"～",此处直译为"～"。
1756 namby 解 namby pamby"～"。
1757 Forbeer 解 forbear"～";也解 For beer"～"。
1758 has bane 解 has been"～";也解 bane"～"。
1759 mournenslaund 解 Morgenland［德］"～";也解 morning land"～";也解 mourn"～"＋Laune［德］"～"。
1760 Themes have thimes 解 Teems of times"～";也解 Themes have times"～";也解 hims"～"的复数。
1761 habit Reburns"～",此处解 happy returns"～"。
1762 forders 解 fathers"～";也解 fördern［德］"～";也解 fordert［德］"～"。
1763 in possible"～";也解 impossible"～"。此处包含本书女主人公的名字的缩写 ALP。
1764 Caffirs 解 kaffir"～",在俚语中指"～";也解 cuff"～"。
1765 culls"～",在俚语中指"～";也解 collar"～"。
1766 surviva 解 survival"～",此处化为"survival of the fittest"(适者生存)。
1767 blued"～",此处解 blood"～"。
1768 iorn 解 iron"～";也解 Ierne［拉］"～";也解 íorna［爱］"～"。
1769 storridge 解 starch"～";也解 porridge"～";也解 storage"～"。
1770 Whenastcleeps 解 When at sleeps"～"。
1771 Close"～";也解 clothes"～"。
1772 mannormillor 解 Manor Mill Steam Laundry"马诺尔磨坊蒸汽洗衣房",位于都柏林的邓德拉姆地区。
1773 clipperclappers 解 clipeclash［英爱］"～";也解 clipper"～"＋clappers"～"。
1774 Noxt 解 next day"～";也解 nox［拉］"～"。
1775 Fennsense, finnsonse, aworn 解 Sinn fein, sinn fein amhain［爱］"～"。
1776 Tuck upp 解 tuck up"～";也解 take up"～"。
1777 wide shorts"～",此处解 white shirts"～"。

的短的。粉色的花束[1778]精华|树木丛生的给绝对弹性。偷看[1779]塞缪尔·佩皮斯。经得住五金器具[1780]坚硬的陶器并进入风格。如果你要卖[1781]土地，乖孩子[1782]凤头麦鸡|宠物，按我的价格卖[1783]警戒。因为没有人能为一个民族的前进设定界限[1784]。一个国家再次崛起[1785]点火赢了比赛。

发生了什么？如何结束？

开始忘记。它将从方方面面记住自己，用所有的手势，在我们的每个词语之中。今天的真理，明天的走向。

忘记，记住！

我们是否珍视期望[1786] HCE？我们是否支持自由地仔细阅读[1787]说服力|ALP？为什么要之后，什么永永远远[1788]在哪里前面？一个清楚规划的[1789]利菲河平原利菲河系统[1790] APL 汇聚起[1791]都柏林[1792] ECH 聚集的游牧部落。在亲爱肮脏的都柏林[1793]黯淡的三角洲|提婆|女孩|德·瓦勒鲁旁。

忘记！

我们的全小麦[1794]鼹鼠磨坊水轮旋转的维科循环[1795]记转器，四维的[1796]教派的|房子|征服者凝视选择[1797]露台（每个男学生造谣者[1798]都知道的"圣马马路约[1799]"，愿他是马太、马可、路加、约翰和一只驴子[1800]），自动[1801]预先配备了一个双钟锤[1802]冶炼厂的先进流程，（为了父[1803]农夫、他的儿子和他们的圣灵[1804]家庭密码|HCE，被称为蛋破裂、蛋混合、蛋埋葬和想方设法[1805]能抓到什么就抓到什么|EHC）通过一个门静脉接收被透析法[1806]辩证法地分开的元素，那正是为了随

1778 pink of the busket 解 pink of the bouquet"～";也解 pick of the basket"～";其中 busket 也解 bosky"～"。

1779 Peeps"偷看";也解 Samuel Pepys"～"(1633—1703),英国海军大臣家,以散文和流传后世的日记而闻名。

1780 hard ware"～",此处解 hardware"～"。

1781 soil"～",此处解 sell"～"。此处化自爱尔兰民族自治运动领袖巴涅尔的话"when you sell get my price"(你们卖的话,就按我的价格卖)。

1782 puett 解 Ppt"～",英国作家斯威夫特在《史黛拉日记》中对史黛拉的称呼;也解 pewit"～";也解 pet"～"。

1783 guett me prives 解 get my price"～";其中 guett 也解 guetter[法]"～"。

1784 newmanmaun set a marge to the merge of unnotions 解 no man may set a marge to the march of a nation"～",此处化自巴涅尔 1885 年在科克的演讲"No man has a right to put a stop to the march of a nation"(没有人有权利为一个民族的前进划上句号)。

1785 Innition wons agame 解 A Nation Once Again(《一个国家再次崛起》),爱尔兰歌曲;也解 ignition wins a game"～"。

1786 此处包含本书主人公名字的缩写 HCE。

1787 perusiveness 解 peruse"～";也解 persuasiveness"～"。此处包含本书女主人公名字的缩写 ALP。

1788 forewhere 解 forever"～";也解 fore where"～"。

1789 plainplanned"～";也与后面合解 plain of the Liffey"～"。

1790 liffeyism 解 liffey"利菲河"+-ism。此处包含本书女主人公名字缩写的变体 APL。

1791 assemblements 解 assembles"～"。

1792 Eblania 解 Eblana,古希腊天文学家托勒密所绘世界地图上都柏林的名字。此处包含本书主人公名字缩写的变体 ECH。

1793 dimdelty Deva 解 Dear Dirty Dublin"～";也解 dim delta"～"+deva[梵]"～",天神;其中 deva 也解[斯]"～";也解 Eamon De Valeru"～"(1882—),爱尔兰政治家。

1794 wholemole 解 wholemeal"～";也解 mole"～"。

1795 vicociclometer 解 Vico's cycles"～",意大利哲学家维科的《新科学》中的人类循环;也解 cyclometer"～"。

1796 tetradomational 解 tetra-"四"+dimensional"维度的";也解 denominational"～";也解 dôma[希]"～";也解 domator[拉]"～"。

1797 gazebocroticon 解 gaze"凝视"+kritikon[希]"选择";也解 gazebo"～"。

1798 scandaller 解 scandal-er"～"。此处化自英国剧作家谢里丹的剧作《造谣学校》(*School for Scandal*)。

1799 Mamma Lujah 解 Mamalujo"～",即 Matthew, Mark, Luke, John"马太、马可、路加、约翰",《四福音书》的作者。

1800 Matty, Marky, Lukey or John-a-Donk 解 Matthew, Mark, Luke, John and a donkey"～"。

1801 autokinatonetically 解 autokinetically"～"。

1802 clappercoupling 解 clapper"钟锤"+coupling"成对的"。

1803 farmer"～",此处解 father"～"。

1804 homely codes"～",此处解 holy ghost"～"。此处包含本书主人公名字的缩写 HCE。

1805 hatch-as-hatch can 解 catch-as-catch-can"～",直译为"～"。此处包含本书主人公名字缩写的的变体 EHC。

1806 dialytically"～";也解 dialectically"～"。

后重组的目的[1807]宠物属于以前分解的，因此色情[1808]英雄、灾难和怪癖被属于过去的古代遗产传播；地域[1809]圆顶塔类的图案[1810]误植、垃圾里的信件、病房处的词语，伴随着支配性[1811]的句子[1812]，自从普利尼[1813]、考利麦拉[1814]圣哥伦巴|《凯尔斯书》和风信子[1815]的那一天，长春花[1816]和木春菊[1817]在我们祖国[1818]的高卢[1819]实在太恐怖|高卢人、伊利里亚[1820]非抒情风格的和努曼提亚[1821]数不清的|无人性的上摇摆，一切，用吻合术[1822]同化并在私人层面[1823]泛白痴地超越一体化[1824]除外，事实上，我们的老头子芬[1825]的同样古老大胆游戏的原子[1826]亚当结构，就像偶然事件[1827]能起作用一样高度通电[1828] HCE，愿在那里等你，公鸡喔喔啼[1829]骄傲的小公鸡|灵魂，当杯子、盘子和罐子变得滚烫，就像她自己落笔纸上[1830]一样千真万确，蛋上有潦草写下的涂鸦。

当然[1831]原因的，是这样！事实上，就如？

亲爱的。我们继续，致肮脏的垃圾堆[1832]都柏林。神父大人。我们能加上陛下吗？嗯，我们老实说无比喜欢这些大自然的秘密作品（永远谢谢你，我们谦卑地祈祷），嗯，事实上如此喜欢[1833]消除黑夜的这最后的[1834]灯光|好的时光。那些谈论壹耳微蚵[1835]钟表|闹钟的扒粪者[1836]探听丑闻的人|马格拉斯，他们会变得知道善。远处的云很快会消失，期待着美好的一天。值得尊敬的鲑鱼[1837]布道|所罗门大师，他们应该是第一个出生的，正如他拿着双柄[1838]兵器[1839]战争，那是威廉斯镇[1840]威廉三世和梅林·艾尔斯伯里路[1841]玛丽二世之间在长车顶上，我们快乐地滚向前[1842]，然而我们想起他看

1807 verypetpurpose 解 very“正是的”＋purpose“目的”；也解 pet“～”。
1808 heroticisms 解 eroticism“～”；也解 hero“～”。
1809 tope“～”，此处解 topos［希］“～”。
1810 type“～”；也解 typos［希］“～”，也叫印刷错误或打字错误。
1811 sundance 解 ascendancy“～”。
1812 sendence 解 sentence“～”。
1813 Plooney 解 Pliny the Elder“劳～”(61—113)，古罗马作家，著有《自然史》。
1814 Colum-cellas 解 Columella“～”(4—70)，古罗马作家，作品主要集中于罗马农业；也解 Colmcille［爱］“～”，6 世纪爱尔兰圣人；也解 *Book of Colum Cille*“～”，爱尔兰的著名《圣经》抄本的别称。
1815 Giacinta 解 giacinto［意］“～”。
1816 Pervenche 解 periwinkle“～”。
1817 Margaret 解 marguerite daisy“～”，又名茼蒿菊。
1818 mutter nation 解 Mutter“母亲”＋nation“国家”。
1819 all-too-ghoulish“实在太恐怖”，此处解 Gallia［拉］“高卢”；也解 les Gaules［法］“高卢人”。
1820 illyrical 解 Illyria“～”，古代南欧一国家；也解 il-lyrical“～”。
1821 innumantic 解 Numantia“～”，西班牙北部古城市；也解 innumerable“～”；也解 inhuman“～”。
1822 anastomosically 解 anastomosis“～”。
1823 paraidiotically 解 paraidiôtikos［希］“几乎私人地”；也解 para-idiotically“～”。
1824 preteridentified 解 preter-“超”＋identified“融为一体”；也解 praeter［拉］“～”。
1825 Finnius 解 Finn MacCool“芬·麦克尔”，爱尔兰传说中芬尼亚英雄的领袖。
1826 adomic 解 atomic“～”；也解 Adam“～”。
1827 hophazards 解 haphazards“～”。
1828 electrons“电子”，此处解 electrocity“～”。此处包含本书主人公名字的缩写 HCE。
1829 Cockalooralooraloomenos 解 cockadoodledoo“～”；也解 cockalorum“～”＋menos［希］“～”。
1830 pits hen to paper 解 puts pen to paper“～”。
1831 Of cause“～”，此处解 of course“～”。
1832 Dirtdump 解 dirty dump“～”；也解 Dublin“～”。
1833 denighted 解 delighted“～”；也解 de-nighted“～”。
1834 lights“～”，此处解 last“～”；也解 nice“～”。
1835 uhrweckers 解 Earwicker“～”；也解 Uhr［德］“～”＋Wecker［德］“～”。
1836 Mucksrats 解 muckrakers“～”，此处译为“～”；也解 Magrath“～”(1736—1760)，爱尔兰巨人，贝克莱主教的朋友。
1837 Sarmon 解 salmon“～”；也解 sermon“～”；也解 Solomon“～”，《圣经》中的以色列国王。
1838 twohangled 解 two handled“～”，霍斯堡中一个据说是特里斯丹骑士使用的双柄剑。
1839 warpon 解 weapon“～”；也解 war“～”。
1840 Williamstown 解 Williamstown“～”，都柏林以前的地区名，位于梅林广场和艾尔斯伯里路的交界处南边；也解 William III“～”(1650—1702)，荷兰政治家，奥兰治亲王、尼德兰执政(1672—1702)、英格兰国王(1689—1702)。
1841 Mairrion Ailesbury 解 errion Square“梅林广场”，都柏林地名＋Ailesbury Roads“艾尔斯伯里路”，都柏林的富人聚居区；也解 Mary II“～”(1662—1694)，荷兰执政兼英国国王威廉三世的妻子和共治者(在英国)。
1842 此处化自英国童谣 Merrily We Roll Along(《我们快乐地前行》)。

着我们，好像要在云中死去[1843]蜂拥着穿过。当他在汗水中醒来，就会在我们边上[1844]宽恕他，好运[1845]金黄色的发缕|《金发姑娘与三只熊》，我的人间天堂[1846]，但是他每天梦着我们有一张给哑剧[1847]拉向我的|敲的可爱的[1848]脸。借着豆茎[1849]强烈的光线|光秃秃的的抽动[1850]《杰克和魔豆》我们回来，回到失去的乐园[1851]《失乐园》|很久以前最后的日子|普雷阿德斯|帕拉迪乌斯，在沃巴什岸边[1852]在……的边缘，那个除了国产奶牛[1853]事业的奶从未把梦[1854]该死放入流浪背囊的人。那是给我的纺锤刺针[1855]，那给了我梦境的钥匙。草里的蛇[1856]鬼鬼祟祟做事的人，让开！如果我要标出那整个无耻家伙[1857]的头，为了他的住所[1858]嘟嘟囔囔，我的爱[1859]我的嗉囊|优雅之子|折磨，也就是说，他们那有损黄油的培根！是人造油[1860]军火墙。叮叮[1861]，叮叮。被荣耀的第十戒[1862]严格[1863]珠串禁止，不可作伪证[1864]露出全部的甜美反对邻人之妻[1865]夜晚粗人的诡计。那些给你周围的酒馆[1866]洞穴门涂上泥的，哭丧[1867]，（谎言可怕地[1868]雀斑从其中出现）什么能有足够的羞耻来提议我们究竟能否？永远不能！因此愿主[1869]卑贱的宽恕[1870]忘记他他们对绅士[1871]莫莉奥莱利[1872]犯下的罪过，那位哈克贝利·费恩[1873]最软弱的，现在即将起身，库洛克[1874]曾有的最热忱者[1875]最坚强的|HCE！一个不折不扣的[1876]一个乌有中的乌有爱尔兰人[1877]爱尔兰|岛屿|伊尼什曼岛|一个，被他的第一个配偶[1878]海军大副叫做壹耳微蚵[1879]永恒。愿我们老家[1880]奥尔德姆故事的所有相似女儿们[1881]怀疑都有那个幻想出来的献词[1882]婚礼|情妇！因为我们可以出租一只卷烟斗或一块爱尔兰金属，而且，哎呀，有人会满怀最大的快乐用私

1843 pass away in a cloud“～”；也解 pass in a crowd“～”。

1844 besidus 解 beside us“～”。

1845 goldylocks 解 good luck“～”；也解 goldy locks“～”；也解“Goldilocks and the Three Bears”“～”，19 世纪英国童话故事。

1846 me having an airth 解 My Heaven on Earth“～”，1938 年的电影《群星闹学》(*Start Cheering*)中的插曲。

1847 pulltomine 解 pantomime“～”；也解 pull to mine“～”；也解 pulto［拉］“～”。

1848 lovelyt 解 lovely“～”。

1849 beamstark 解 beanstalk“～”；也解 beam stark(［德］“强的”)“～”；也解 stark“～”。

1850 jerk“～”；也解“Jack and the Beanstalk”“～”，英国童话故事。

1851 paladays last 解 *Paradise Lost*“～”，英国诗人弥尔顿的长诗，此处直译为“～”；也解 palai(［希］“很久以前”)days last“～”；也解 Pleiades“～”，希腊神话中阿特拉斯的 7 个女儿，为逃避奥里恩的追逐变为昂宿星；也解 Palladius“～”(408? —457/461)，爱尔兰的第一位基督教主教，他离开后圣帕特里克到来，在一些版本中两人重合。

1852 on the brinks of the wobblish 解 On the Banks of the Wabash“～”，1923 年詹姆斯・斯图尔特・布莱克顿执导的电影；也解 on the brinks of the wobblish “～”。

1853 cowse 解 cows“～”；也解 cause“～”。

1854 dramn 解 dream“～梦”；也解 damn“～”。

1855《睡美人》中公主在纺锤针上刺破手指而坠入沉睡。

1856 Sneakers“～”，此处解 snakes“～”。

1857 cafflers［英爱］“～”。

1858 accomodation 解 accommodation(住宿的)“～”。

1859 me craws“～”，此处解 mo ghradh［爱］“～”；也解 Mag Raith［爱］“～”；也解 cradh［爱］“～”。

1860 margarseen oil 解 margarine oil“～”；也解 Magazine Wall“～”，都柏林凤凰公园内圣托马斯山上的军火要塞。

1861 Thinthin 解 zinzin“～”，铃声。书中“By the Magazine Wall, zinzin, zinzin”这一主题的变体。

1862 tenth commendmant 解 Tenth Commandment“～”，上帝颁布的“十诫”中的第十条，即“不可贪恋人的房屋；也不可贪恋人的妻子、仆婢、牛驴，并他一切所有的。”(《出埃及记》20：17)。

1863 Stringstly 解 strengstens［德］“～”；也解 Strings“～”。

1864 bare full sweetness“～”，此处解 bear false witness“～”。

1865 nighboor's wiles 解 neighbour's wives“～”；也解 night boor's wiles“～”。此处包含“十诫”中的第九戒和第十戒。

1866 cavern“～”，此处解 tavern“～”。

1867 keenin 解 keening(为死者)“～”。

1868 frecklefully 解 frightfully“可怕地”；也解 freckle“～”。

1869 low“～”，此处解 lord“～”。

1870 forget“～”，此处解 forgive“～”。

1871 Molloyd 解 Milord“英～”；也解 Molly“～”，《尤利西斯》中布卢姆的妻子。。

1872 O'Reilly 解 Persse O'Reilly“珀西・奥莱利”，书中人物，主人公 HCE 的化身之一。

1873 hugglebeddy fann 解 Huckleberry Finn“～”，美国作家马克・吐温创作的长篇小说《哈克贝利・费恩历险记》(1885)的主人公；也解 fann［爱］“～”。

1874 Coolock“～”，曾为都柏林的男爵领地，霍斯的所在地。

1875 hartiest 解 heartiest“～”；也解 hardiest“～”。此处包含本书主人公名字的缩写 HCE。

1876 A nought in nought“～”，此处解 an out and out“～”。

1877 Eirinishmhan 解 Irishman“～”；也解 Eire［爱］“～”＋inis［爱］“～”；也解 Inishmaan“～”，爱尔兰地名；也解 mhan［爱］“～”。

1878 first mate“～”，此处解 first“第一个”＋mate“配偶”。

1879 Ervigsen 解 Earwicker“～”，本书主人公；也解 evig［丹］“～”。

1880 oldhame 解 old home“～”；也解 Oldham“～”，英国兰开夏郡的城市，乔伊斯的赞助人韦弗女士来自此处。

1881 douters 解 daughters“～”；也解 douter［法］“～”。

1882 widming 解 Widmung［德］“～”；也解 wedding“～”；也与前面合解 fancy woman“～”。

人射击做出某人的尸体[1883]腕骨|身体|拔出。与化学制品的恒定性相悖，所有他留给画家彼得[1884]采摘者彼得|挑选者彼得的信件[1885]废物都不足以做出他们的三个[1886] 3 七十[1887]若干五等男人[1888]。天知道[1889]上好小麦！对这三个土耳其[1890]达尔基的苏丹[1891]眼睛来说多么美味可口[1892]隐藏，这两个莫纳亨[1893]修道院制度|小修女|中国|一个的仙女[1894]多么出人意料啊[1895]卖的价格是！乙酸铅[1896]给苛性钾[1897]浅绿|灰罐|氯化钾|钾盐|氯酸盐！和平！他从作为最高化合价的小孩起就拥有曾经完全被毛发覆盖的[1898] ECH 胸部、大麻[1899]和眼袋[1900]眼球|眉毛|CHE，好在追求女售货员的深情陪伴时得到我们的特许注视。他的皇室离婚[1901]真正的献身。蠕动的爬虫，当心！然而我们品尝了[1902]所有这类喷水的蛇[1903]小鳗鱼。它们自始至终都在卖淫[1904]害虫|妓女，尽管[1905]从未伴随着站立我们只不过在禁止小便[1906]娱乐委员会上达成一致。或者能在同一个布告下带到上面，使它能够被看到。

关于那个原罪[1907]性感的母鸡|她|CHE 和他知道蛋杯的尺寸。首先他一度是售货员[1908]丝织品制造商|潜伏，然后克鲁恩[1909]一片沃土透过缺口[1910]废话|无礼|乔·卡夫|高夫爵士|卧乌古朝他开火。成为香肠方面的智者！统计学[1911]用他茶桌的茶杯[1912]打嗝显示老公司的吐脂肪肠是城里人[1913]猪肉香肠最喜欢吃的。而我们应该喜欢把注意力放在[1914]拖拉我们的《《工人赔偿法案》[1915]云|人|共同感觉|行动上。我们中间的巨头[1916]磁铁是被过多的[1917]荷鲁斯寄生虫[1918]降落伞强加的。如果空间[1919]香料允许在军队前树立坏榜样，缓解国王之罪[1920]瘰疬对我们最好的信仰来说是心里最早的愿望。之后他如

1883 carpus“～”，此处解 corpse“～”；也解 corpus［拉］“～”；也解 carpo［拉］“～”。

1884 Peeter the Picker“～”，此处解 Peter the Painter“～”，爱尔兰复活节起义中起义者使用的 C96 手枪的绰号；也解 Peter the Packer“～”，即彼得·奥布莱恩爵士，爱尔兰大法官，他组织了反对土地同盟的陪审团。

1885 slatters［俚］“～”，此处解 letters“～”。

1886 threi 解 three“～”；也解 drei［德］“～”。

1887 sevelty 解 Seventy“～”；也解 several“～”。

1888 filfths of a man 解 fifths of a man“～”，书中称裁缝是九等品之人。

1889 Good wheat“～”，此处解 God knows“～”。

1890 Dulkey 解 Turkey“～”；也解 Dalkey“～”，爱尔兰东部的城市。

1891 Sulvans 解 Sultans“～”；也解 súil［爱］“～”。

1892 delitious 解 delicious“～”；也解 delitisco［拉］“～”。

1893 Monacheena 解 Monaghan“～”，爱尔兰的一个郡；也解 Monachism“～”；也解 monachina［意］“～”；也解 China“～”；也解 een［荷］“～”。

1894 Peris 解 Peri“～”。

1895 sellpriceget 解 surprise“～”；也解 sell price get“～”，即爱尔兰民族自治运动领袖巴涅尔的话“When you sell get my price”(你们卖的话，就按我的价格卖)。

1896 Sugars of lead 解 Sugar of lead“～”，也叫醋酸铅，一种有机化合物。

1897 chloras ashpots 解 caustic potash“～”；也解 chlôra［希］“～”＋＋ash pots“～”＋potassium chloride“～”＋Potash salts“～”；也解 chloras“～”。

1898 此处包含本书主人公名字缩写的变体 ECH。

1899 hamps 解 hemps“～”。

1900 eyebags“～”；也解 eyeballs“～”；也解 eyebrows“～”。此处包含本书主人公名字缩写的变体 CHE。

1901 real devotes“～”，此处解 royal divorce“～”，W. G. Wills 著有《皇室离婚》一书，嘲讽拿破仑与约瑟芬的离婚。

1902 exgust 解 exgusto［拉］“～”。

1903 snigs“～”，此处解 snakes“～”。

1904 pestituting 解 prostituting“～”；也解 pest“～”；也解 prostitute“～”。

1905 never with standing“～”，此处解 notwithstanding“～”。

1906 committee of amusance 解 Commit no Nuisance“～”；也解 committee of amusement“～”。

1907 coerogenal hun 解 original sin“～”；也解 erogenous hen“～”；也解 hun［丹］“～”。此处包含本书主人公名字缩写的变体 CHE。

1908 skulksman 解 salesman“～”；也解 silkman“～”；也解 skulk“～”。

1909 Cloon“～”，爱尔兰威克洛郡的镇；也解 cloon［爱］“～”。

1910 guff“～”，此处解 gaps“～”；也解 guff［俚］“～”；也解 Joe Cuffe“～”，《尤利西斯》中参与了“市民”朝布鲁姆扔饼干桶；也解 Sir Hugh Gough“～”(1779—1869)，即“～”，英国陆军元帅，1841 年曾参加侵略厦门的战争。

1911 Stuttutistics 解 statistics“～”。

1912 heacups 解 teacups“～”；也解 hiccups“～”。

1913 metropolonians 解 metropolitan“～”；也解 polony“～”。

1914 drag“～”，此处解 draw“～”。

1915 WolkmansCumsensation Act 解“Workman's Compensation Act”“～”，爱尔兰 1897 年颁布的法案；也解 wolk［荷］“～”＋man“～”＋Cum-sensation“～”＋Act“～”。

1916 Magnets“～”，此处解 magnates“～”。

1917 Plethorace 解 plethora“～”；也解 Horus“～”，埃及的神，奥西里斯和塞特的儿子。

1918 parachutes“～”，此处解 parasites“～”。

1919 speece 解 space“～”；也解 spice“～”。

1920 king's evils“～”，此处直译为“～”。

何拾阶而上[1921]向上盯着，那是上帝[1922]步态|门的力量。他那不为人知的[1923]马南南·麦格里尔巨人看台。不要面包[1924]曲头钉|偷窃|，也不想要寡淡无味的水[1925]！一旦你刀枪不入[1926]歌谣，你就不会被冰雹[1927]冬青树、冻雪[1928]常春藤和导弹之痛[1929]槲鸫|槲寄生刺穿[1930]珀西·奥莱利|珀西。现在在我们走到乞丐林[1931]橄榄球的急冲前下命令！因为我们现在必须结束，祝圣劳伦斯[1932]劳伦斯县万事如意。道德。商店·汉弗利太太；因此你在等着来自成问题的家政服务的麻烦，重量[1933]？商店·汉弗利先生：正像天堂[1934]傍晚|罪恶里有上帝[1935]善行，丽维娅[1936]，我的脸一片[1937]空白[1938]。大拇指[1939]恰恰。意思是：一二四。手指[1940]。上到他屁股[1941]轻骑兵|嘶嘶声|危险后部的紧身裤[1942]裤子。因此[1943]我们最好的再次到一百十一加[1944]一千零一个其他祝福现在将结束[1945]宽松的那些[1946]宽松的信件[1947]宽松的，感谢您的无比仁慈，嗯，将不辞辛劳担负的一切。我们在旧芬托纳[1948]芬·麦克尔全都像在家一样，谢谢戴尼斯[1949]丹麦人的，为了我们自己[1950]，那最亲爱的[1951]丈夫们[1952]家的羁绊，愿羊毛纺轮[1953]真的直到生命的尽头[1954]爱送来的，只要我们钱包鼓鼓[1955]。在不大可能忘记所在之处中不可能记起人。那人将从枕头[1956]牛吼叫|足球上抬起头，想起一个，恩，特别卑贱的臭鬼，像芬·麦克尔、芬·麦克尔[1957]玩笑|制造|被称为|敌人爬行兄弟们，殉道猪[1958]猪肉的神秘男人？不知所云中的力量[1959]维钦托利！托马斯[1960]和劳伦斯[1961]，这个贝克特·奥图尔[1962]装在桶里的工具，现在两人都是蒂姆的儿子们[1963]，他们在他们暂时的意识丧失中改变了他们的角色[1964]卡拉克塔库斯|屁

1921 staired up"～";也解 stare up"～"。
1922 gait"～",此处解 God"～";也解 gate"～"。
1923 manunknown 解 man-unknown"～";也解 Manannan MacLir"～",爱尔兰神话中的海神。
1924 brad"～",此处解 bread"～";也解 brad[爱]"～"。
1925 wathy 解 water"～"。
1926 balladproof 解 bulletproof"～";也解 ballad"～"。
1927 haily"～";也解 holly"～"。
1928 icy"～";也解 ivy"～"。
1929 missilethroes 解 missile"导弹"+throes"痛苦";也解 missel thrush"～";也解 mistletoe"～"。
1930 unperceable 解 unpierceable"～";也解 Persse O'Reilly"～",主人公 HCE 的化身之一;也解 Thomas Percy"～"(1729—1811),爱尔兰邓郡的德罗莫尔主教。
1931 Ruggers' Rush"～",此处解 Beggar's Bush"～",现在的鲍尔斯桥附近,原为乞丐聚集并伏击路人的树林。
1932 Laurans 解 Laurence O'Toole"～",都柏林守护圣人;也解 Laurens Co."～",位于美国的佐治亚州,首府为都柏林。
1933 Pondups 解 pondus[拉]"～"。
1934 even"～",此处解 heaven"～";也解 evil"～"。
1935 good"～",此处解 God"～"。
1936 Levia 解 Livia"～",本书女主人公。
1937 compleet 解 complete"～"。
1938 bleenk 解 blank"～"。
1939 plumb"～",此处解 thumb"～"。
1940 Finckers 解 fingers"～"。
1941 hizzars 解 his arse"～";也解 hussars"～";也解 hissing"～";也解 hazard"～"。
1942 hose"～";也解 Hose[德]"～"。
1943 Whereapon 解 Whereupon"～"。
1944 ploose 解 plus"～"。
1945 concloose 解 conclude"～";也解 loose"～"。
1946 thoose 解 those"～";也解 loose"～"。
1947 epoostles 解 epistle"～";也解 loose"～"。
1948 Fintona"～",北爱蒂龙郡的一个镇;也解 Finn MacCool"～",爱尔兰传说中芬尼亚英雄的领袖。
1949 Danis[拉]"～",此处解 St. Denis"～",法国的守护圣人。
1950 for ourselfsake 解 for ourselves sake"～",此处化自新芬党的口号。
1951 direst 解 dearest"～"。
1952 housebonds 解 husbands"～";也解 house bonds"～"。
1953 whool wheel 解 wool wheel"～",指命运女神的纺轮。
1954 lovesend 解 life's end"～";也解 love send"～"。
1955 pockle full of brass 解 pocket full of brass"～",习语,指有钱。
1956 pellow 解 pillow"～";也解 bellow"～";也解 peil[爱]"～"。
1957 funn make called Foon MacCrawl 解 Finn MacCool"～",爱尔兰传说中芬尼亚英雄的领袖;也解 fun"～"+make"～"+called"～"+foe crawl"～",指蛇。
1958 pork"～",此处解 porcus[拉]"～"。
1959 Force in giddersh 解 force in gibberish"～";也解 Vercingetorix"～"(?—前 46),阿维尔尼地区高卢部落的首领,率众起义反抗罗马统治,后被凯撒大帝镇压。
1960 Tomothy 解 St. Thomas à Becket"圣托马斯·贝克特"(1118—1170),坎特伯雷大主教,因与英格兰国王亨利二世在教会权限上发生争执被刺杀,死后封为圣人。
1961 Lorcan 解 St. Laurence O'Toole"劳伦斯·奥图尔",曾任都柏林大主教,访问坎特伯雷时遇刺,但他倒地不久就爬了起来。
1962 bucket Toolers 解 St. Thomas à Becket"圣托马斯·贝克特"+St. Laurence O'Toole"劳伦斯·奥图尔";也解 bucketed Tools"～"。
1963 Timsons 解 Tim Finnegan"蒂姆·芬尼根",民谣《芬尼根的守灵夜》的主人公+sons"儿子们"。
1964 characticuls 解 characters"～";也解 Caractacus"～",不列颠西鲁瑞斯人的部落首领,公元 48 至 51 年间抵抗罗马统治;也解 cul[法]"～"。

股。柯南·道尔[1965]加农炮弹|布莱泽斯·博伊兰将把他吓[1966]矮胖的人得不辨日色[1967]，如果他们得到的消息正确的话。音乐，我的音乐大师[1968]老|散播，请！我们会有乐队[1969]品牌|宏伟的|火排演。歌唱[1970]性交|手指|抓住|开始！一个人必须单纯地笑。唱他的衰老[1971]与他再次做爱|芬尼根|走！好运[1972]舔得好！嗯，这应该能唤醒[1973]他梳妆打扮。他会想要他的所有仙女教母[1974]暴怒|肠子|杀人犯|好的来给他再次穿衣[1975]纠正。吉尔裂口[1976]缺口里的男仆。这个又老又坏伸开四肢[1977]说出一切的大傻瓜[1978]芬·麦克尔！现在已经填满了最后的布丁[1979]结荚。他的葬礼[1980]将在今天[1981]星期二六[1982]佝偻病点举行[1983]蛇，请|偷偷地做。王者将至[1984]王国降临|衷心欢迎。阿尔索普[1985]也|全都如此酿造啤酒[1986]蓝胡子。府邸[1987]马园的铅笔画在作为来自波士顿晚报[1988]的晨报上呈现。女人们[1989]将自十一点三十二分起占据主导[1990]亚当之前的。去听那个可爱的[1991]人[1992]牧师|包裹，当然[1993]情况下|蛋糕的，一个天生的绅士[1994]叫卖温柔的男性，可怜的[1995]为了米歇尔神父[1996]进一步的奇迹|延迟。别忘记！盛大的葬礼[1997]找到现在很快就会发生。记住。剩下来的东西必须在八个[1998]小时整[1999]商店前撤掉。带着热切生出的希望[2000]ECH。因此帮助我们至今即将在睡梦中作证。来自你最尽职的[2001]陛下[2002]幻觉|眩晕|我的上帝|求救信号|摩诃摩耶。

嗯，随信附上你匿名[2003]错误地写的关于其他声称的[2004]君王神职朋友[2005]魔鬼|基金|找到的信。我希望[2006]嘘我在那幽暗的湖畔[2007]是那个哑的乡巴佬，他会希望是我在那边的山上[2008]其他脚后跟。它怎么样？这个世界上最甜美的歌！我们年轻人的形体配以天然铜

1965 Conan Boyles 解 Arthur Conan Doyle“～”，(1859—1930)英国小说家，成功塑造了侦探人物夏洛克·福尔摩斯；也解 cannonballs“～”；也解 Blazes Boylan“～”，《尤利西斯》中女主人公莫莉的情人。
1966 pudge“～”，此处解 punch“～”。
1967 daylives 解 daylight“～”，此处化自习语 beat/scare the daylight(s) out of (a person)(把某人吓得失去知觉)。
1968 ouldstrow 解 Maestro“～”，此处化自爱尔兰民歌 Music, Maestro, Please(《大师，播放音乐》)；也解 ould［爱］“～”＋strow“～”。
1969 brand“～”，此处解 band“～”；也解 grand“～”；也解 Brand［德］“～”。
1970 Fing 解 sing“～”；也解 fuck“～”；也解 finger“～”；也解 fing［德］“～”；也解 fing an［德］“～”。
1971 Fing him aging 解 Sing his aging“～”；也解 fuck him again“～”；也解 Finnegan“～”；也解 ging［德］“～”。
1972 Good licks“～”，此处解 good luck“～”。
1973 weke 解 wake“～”。
1974 fury gutmurdherers 解 fairy godmother“～”，童话《灰姑娘》中灰姑娘的仙女教母；也解 fury“～”＋gut“～”＋murderers“～”；也解 gut［德］“～”。
1975 redress“～”，此处解 re-dress“～”。
1976 Gilly in the gap“～”，化自习语 man in the gap(一夫当关，万夫莫开)，此处解 Gaping Ghyl“～”，位于英国约克郡的陡峭峡谷。
1977 sprowly 解 sprawly“～”。
1978 foon 解 fool“～”；也解 Finn“～”，爱尔兰传说中芬尼亚英雄的领袖。
1979 podding“～”，此处解 pudding“～”。
1980 fooneral 解 funeral“～”。
1981 toosday 解 today“～”；也解 Tuesday“～”。
1982 creeps“～”，此处解 six“～”。
1983 sneak pleace 解 take place“～”；也解 Snake, please“～”；也解 sneak“～”。
1984 Kingen will commen 解 king will come“～”；也解 kingdom come“～”，主祷文中的话；也解 willkommen［德］“～”。
1985 Allso 解 Alsop and Sons“阿尔索普啤酒公司”，英国的啤酒品牌；也解 Also“～”；也解 All so“～”。
1986 brewbeer 解 brew beer“～”；也解 Bluebeard“～”，法国童话作家佩罗作品中一个杀妻的人物。
1987 Manchem House 解 mansion house“～”，也是都柏林市长的住所。
1988 Boston transcripped 解 Boston Evening Transcript“～”。
1989 Femelles［法］“～”。
1990 preadaminant 解 predominant“～”；也解 pre-Adam“～”。
1991 lovelade 解 lovely“～”。
1992 parson“～”，此处解 person“～”；也解 parcel“～”。
1993 of case“～”，此处解 of course“～”；也解 of cake“～”。
1994 bawl gentlemale“～”，此处解 born gentleman“～”。
1995 pour［法］“～”，此处解 poor“～”。
1996 forther moracles 解 Father Michael“～”，书中一个在女主人公汉娜年轻时引诱她的人物；也解 further miracles“～”；其中 moracles 也解 mora［拉］“～”。
1997 fooneral 解 funeral“～”；也解 fand［德］“～”。
1998 eaght 解 eight“～”。
1999 shorp 解 sharp“～”；也解 shop“～”。
2000 此处包含本书主人公名字缩写的变体 ECH。
2001 duteoused 解 duteous“～”。
2002 Mayasdaysed 解 Majesty“～”；也解 māyā［梵］“～”＋daze“～”；也解 Meus Deus［拉］“～”；也解 may-day“～”；也解 Maya“～”，佛祖的母亲。
2003 erronymously 解 anonymously“～”；也解 erroneously“～”。
2004 allieged 解 alleged“～”；也解 liege“～”。
2005 fands 解 friends“～”；也解 fanden［丹］“～”；也解 fund“～”；也解 fand［德］“～”。
2006 wisht 解 wish“～”；也解 whist“～”。
2007 be that dumb tyke“～”，此处解 by that dim lake“～”，此处出自托马斯·穆尔的歌谣“I Wish I Was by That Dim Lake”(《我希望我在那幽暗的湖畔》)，其曲调为“I Wish I Was on Yonder Hill”(《我希望我在远处的山上》)。
2008 yonther heel 解 yonder hill“～”；也解 other heel“～”。

色的卷发，从一开始就深受仰慕。一个通信者提到《已婚女子不得体[2009]财产法案》，指出[2010]用油漆涂去瑞士的秋季[2011]甜蜜的奥伯恩时尚直[2012]河谷泥沼垂下来，与她那天真[2013]大腿的双目正相配。啊，幸运的罪过[2014]幸福的冰凉造型！如果所有麦克爬虫[2015]马格拉斯只像哈姆斯沃斯[2016]武器|作品有限公司那样对待处女[2017]维吉尔该有多好！那是给女孩们的彩礼[2018]《汉赛尔与格莱特》|英俊的|对待|束腰带！不要担心情人米克[2019]牛奶商|米迦勒节！我们还是聊聊天！无赖与教皇[2020]烟斗的妻子，百合[2021]莉莉丝·金塞拉[2022]，她为了她的好名声在亲吻的律师手里成了蛇[2023]潜行者先生的妻子，现在将吸引注意力。只是今晚的王子[2024]捏！变白的肚肉，我们淡味腌制，外脊肉和五花肉九便士[2025]九步。布利寸土[2026]的暴徒[2027]密集处由萨利[2028]玷污精心打扮。靴子巷[2029]蜡样的旅队。她有一种药是在一只执证卖酒的客栈老板的瓶子里拿给她的。可耻啊！三倍可耻！有人劝告我们说这个补鞋匠[2030]目前在清扫[2031]爱尔兰医院彩票医院，而且他可能永远出不来！只需某天拿着大约 4.23 或者 4 点 32 分[2032] 8 加 22.5 的零用现金簿[2033]，与季审法庭[2034]四个分裂区|一夸脱|剪刀|剪断大师、办事员和修复者玛利亚[2035]的一片噪杂声[2036]万福玛利亚一起，仔细查看你的信箱[2037]皮箱，以便好好从各个方面看看圣帕特里克的涤罪[2038]粉末|泻药，全景，将吃惊地看到在三角钢琴下面百合在沙发上(一位小姐!)拉着一个下流胚，然后他将开始跳起来[2039]撞击一点儿，以找出当爱走进来时，除了借助亲吻和照镜子这一热切期望的[2040]律师的事务[2041]亲吻外还发生了什么。

2009 Improperty 解 impropriety"～";也解 Property"～",此处指英国 1883 年颁布的《已婚女子财产法》(Married Womens' Property Act)。

2010 paints out"～",此处解 points out"～"。

2011 Swees Aubumn 解 Swiss Autumn"～";也解 sweet Auburn"～",爱尔兰诗人哥尔德斯密斯的长诗《荒村》中的乡村。

2012 straith 解 straight"～";也解 sraith [爱]"～"。

2013 innocenth 解 innocent"～";也解 thighs"～"。

2014 feliciouscoolpose 解 felicious cool pose"～",此处解 felix culpa [拉]"～"。

2015 MacCrawls 解 MacCool"芬·麦克尔"+crawl"爬行",指蛇;也解 Magrath"马格拉斯"(1736—1760),爱尔兰巨人,贝克莱主教的朋友。

2016 Armsworks 解 Viscount Harmsworth"～"(1865—1922),英国新闻和发行业巨头;也解 Arms"～"+works"～",此处化自罗马诗人维吉尔的《埃涅阿斯记》的开篇语"I sing of arms and the man"(我要说的是战争和一个人的故事)。

2017 virgils 解 virgins"～";也解 Virgil"～"(前 70—前 19),罗马诗人。

2018 handsel for gertles 解 handsel for girls"～";也解 Hansel und Gretel [德]"～",《格林童话》中的童话;其中 handsel 也解 handsome"～",也解 handle"～";其中 gertles 也解 girdles"～"。

2019 Micklemans 解 Mick"米克",本书主人公的儿子闪姆的变体+leman"情夫";也解 milkman"～";也解 Michaelmas"～"。

2020 pope"～";也解 pipe"～"。

2021 Lily"百合花";也解 Lilith"～",亚当的第一个妻子,也被记载为撒旦的情人、夜之魔女。

2022 Kinsella 解 Cinnsealach"～",爱尔兰兰斯特国王,邀请盎格鲁-诺曼人入侵爱尔兰。

2023 Sneakers 解 snakes"～";也解 Sneaks-er"～"。

2024 princhе 解 prince"～";也解 pinch"～"。

2025 ninepace 解 ninepence"～";也解 nine pace"～"。

2026 Bully's Acre"～",都柏林西南部基尔曼汉姆监狱的旧墓地,1832 年关闭。

2027 thicks"～",此处解 thugs"～"。

2028 Sully"～",此处解 Lucius Cornelius Sulla"～"(前 138—前 78),罗马政治家,也是书中 12 位陪审员的领袖。

2029 都柏林的旧街道。

2030 waxy"～",此处解[古体]"～"。

2031 Sweeps"～";也与后面合解 Irish Hospital Sweepstakes"～",爱尔兰政府 1930 年起颁发的为医院筹资的彩票。

2032 8 and 22. 5"～",此处解 8 and 20 to 5,即"～"。

2033 P. C. Q. 解 petty cash book"～"。

2034 quart of scissions 解 court of quarter sessions"～";也解 four scissions"～";也解 quart"～"+scissors"～";也解 scissio [拉]"～"。

2035 Marie Reparatrices 解 Maria Reparatrix [拉]"～"。

2036 bevyhum 解 bevy hum"～";也解 Blessed Virgin Mary"～"。

2037 leatherbox"～",此处解 letterbox"～"。

2038 sympowdhericks purge 解 Saint Patrick's Purgatory"～";也解 powder"～"+purge"～"。

2039 jump"～";也解 bump"～"。

2040 solicitous"～";也解 solicitor's"～"。

2041 bussness 解 business"～";也解 buss [俚]-ness"～"。

当我们在滑铁卢道[2042]奇境|《爱丽丝漫游奇境记》上伴着我的古巴滑行[2043]从四面八方走出来时，警察和每个人都向我们鞠躬，我们受到了不太高贵的招待？就个人来说，他们能向我的屁股[2044]幺点|爱丽丝|麋鹿鞠躬[2045]情郎|牛，就像希拉里·艾伦[2046]艾伦山向首演之夜的人[2047]歌唱。同样，我们从未被拴到一把椅子上，而且，两次同样[2048]，没有无论哪个[2049]是否|任何一种鳏夫在感恩节[2050]美国佬杀戮拿着一把叉子四处跟着我们。遇到一个伟大的平民百姓（愿他活得骄傲！）他像一只蘑菇一样温和，当他总是为了润嗓子坐在我们对面时是一个耳根很软的人，而对所有相关人士来说，萨利喝得酩酊大醉时是个恶棍，尽管职业上他是一个喋喋不休的好做书人[2051]鞋匠。我们今后[2052]关节将要将会把我们的抱怨发在警官拉勒西[2053]盗窃身上，由此带来的结果是在采取这类步骤时，他的健康将时时[2054]被打碎成坛坛罐罐[2055]彼得便士|肚子|制陶工的碎片，这将是挪威人[2056]对他生命的改变[2057]更年期|一生难得的机会|零钱，挪威人被从基督徒[2058]鞋匠中驱逐[2059]牛|挂铃的出去。

嗯，在他好好喝了几杯白兰地啤酒[2060]憨蛋呆蛋和抽了烟丝之后，我们的交谈就要继之以与百分之百[2061]猎人人类就自然的娱乐事务[2062]最好更客气的交谈，而给任何喜欢原初[2063]泌尿生殖器的|我出生|女人那盘蛋糕[2064]薄烤饼的人一人一块，那是，亲爱的，对亚当的感谢，我们从前第一位芬德雷特[2065]芬·麦克尔和我们最杂货商式之流的[2066]最伟大的参加教堂活动的人，依照格里菲斯[2067]的评估[2068]变种|反对，感谢他美丽的圣诞包裹[2069]纵横字谜游戏|小块用地。

2042 Wanterlond Road 解 Waterloo Road“～”，都柏林的道路；也解 Wonderland“～”，即 *Alice in Wonderland*“～”，英国作家刘易斯·卡洛尔的小说。

2043 cubarola glide 解 The Cubanola Glide“～”，1909 年布赖恩作词、冯·蒂尔泽～作曲的英国歌曲。

2044 alce 解 arse“～”；也解 ace“～”；也解 Alice“～”，《爱丽丝漫游奇境记》的主人公；也解 slces［拉］“～”。

2045 beaux“～”，此处解 bow“～”；也解 bos［拉］“～”。

2046 Hillary Allen 解 Hilary Allen“～”，20 世纪 30 年代的一个音乐剧歌手；也解 Hill of Allen“～”，位于爱尔兰基尔代尔郡。

2047 opennine knighters 解 opening night-ers“～”。

2048 bitem 解 bis［拉］“两次”＋item“同上”。

2049 whother soever 解 whosoever“～”；也解 whether“～”＋soever“～”。

2050 Yankskilling Day 解 Thanksgiving Day“～”；也解 Yanks killing“～”。

2051 bootmaker“～”，此处解 book-maker“～”。

2052 herearther 解 hereafter“～”；也解 arthron［希］“～”。

2053 Laraseny 解 Laracy“～”，《尤利西斯》第 15 章中出现的警司；也解 larceny“～”。

2054 constably 解 constantly“～”。

2055 potter's ce 解 pots and pans“～”；也解 Peter's pence“～”，英国宗教改革前每户每年缴纳给教廷的一便士税金；也解 pance［意］“～”；也解 potter's piece“～”。

2056 Nollwelshian 解 Norwegian“～”。

2057 change of his life 解 change of life“～”，此处直译为“～”；也解 chance of a lifetime“～”；也解 change“～”。

2058 crispianity 解 Christianity“～”；也解 crispin“～”。

2059 oxbelled 解 expelled“～”；也解 ox“牛”＋belled“挂铃的”。

2060 Humbedumb 解 humpty-dumpty“～”，此处解［俚］“～”。

2061 huntered persent 解 hundred percent“～”；也解 hunter“～”。

2062 bestness of pleisure 解 business of pleasure“”；也解 bestness“～”。

2063 urogynal 解 original“～”，指原罪（original sin）；也解 urogenital“～”；也解 uro［拉］“～”；也解 gynê［希］“～”。

2064 pan of cakes“～”；也解 pancake“～”。

2065 Adam...Finnlatter 解 Adam Findlater“～”，19 世纪都柏林百货巨头，修复巴涅尔广场的都柏林长老会教堂；也解 Finn MacCool“～”，爱尔兰传说中芬尼亚英雄的领袖。

2066 grocerest 解 grocer-est“～”；也解 greatest“～”。

2067 Grippiths 解 Arthur Griffith“～”(1872—1922)，《联合的爱尔兰人》报的主编，曾任爱尔兰共和国的总统。

2068 varuations 解 valuation“～”；也解 variations“～”；也解 varus［拉］“～”。

2069 crossmess parzel 解 Christmas parcel“～”；也解 crossword puzzle“～”；也解 Parzelle［德］～”。.

嗯，我们只不过喜欢他们的该死的[2070]哑的脸蛋，拉格人[2071]，在这里在我的水陆两用床[2072]字母表里绕着节奏摇来晃去[2073]壹耳微蚵，他就像他可能[2074]停顿地的那样因憨蛋呆蛋[2075]驼背的|潮气的坠落[2076]肮脏烦恼。执政改革之人，我们可在这个阶段加一句，可能[2077]正在对非常可人的聋子[2078]说话。这就是你的答案[2079]这里有你的答案，皮克特人和苏格兰人[2080]猪和短尾巴！因此我们住在两个世界。他是另一个，他这个待在霍斯[2081]杂木林|健康|山山[2082]驼峰下的人。拥有我们家庭声望[2083]的壹耳微蚵[2084]这里唤醒的人|蠼螋是他真正的同名人[2085]相同的名字，他将自己起床并立起，自信而英勇[2086]ECH，当只不过，年轻与年老一样，为了我每日的忏悔[2087]，一个小姑娘在求爱。

汉娜·丽维娅·妇鲁拉贝尔[2088]多营养的|灵魂|母校|卢维亚|小战争|鸡肉|漂亮的。

附言：灰姑娘[2089]士兵罗洛|步行者罗尔夫的甜心。她现在快受够了[2090]脚镣|油腻的儿歌[2091]废话|白霜。在破布[2092]王室的房间里跟富人[2093]最豪华的|里兹一起梳妆打扮。破布！破旧不堪。但她依然是她的二号文件[2094]甲板|人类|琥珀|也|收什一税者。

柔和的清晨，城市！听[2095]口齿不清|嘴唇！我是利菲河说[2096]听|哄骗|多叶的。听好！四十[2097]植物|长发的又四十所有夜晚落在我的长发上。没有一丝声音，落下。听好了！没有风，没有词。只有一片叶子，只是一片叶子，然后纷飞。树林永远柔情。就好像我们是他们里面的孩子。因此成群的知更鸟[2098]鲁滨逊·克鲁索。

2070 demb 解 damned“～”；也解 dumb“～”。

2071 Rathgarries 解 Rathgar“～”，都柏林南部区名，原为镇，乔伊斯出生地。

2072 amphybed 解 amphibious bed“～”；也解 alphabet“～”。

2073 wagging“～”；也解 Earwicker“～”，本书男主人公。

2074 pausably“～”，此处解 possibly“～”。

2075 hampty damp 解 Humpty Dumpty“～”，童谣中从墙上摔下跌得粉碎的蛋形矮胖子；也解 humped“～”＋damp“～”。

2076 fallth 解 fall“～”；也解 filth“～”。

2077 proptably 解 probably“～”。

2078 deef 解 deaf“～”。

2079 Here gives your answer 解 Here lives your answer“～”；也解 Here is your answer“～”。

2080 pigs and scuts“～”，此处解 Picts and Scots“～”。

2081 holth 解 Howth“～”，都柏林郊区，位于霍斯黑德半岛；也解 holt“～”；也解 health“～”；也解 hill“～”。

2082 himp 解 hill“～”；也解 hump“～”。

2083 hamefame 解 home fame“～”。

2084 herewaker 解 Earwicker“～”；也解 here waker“～”；也解 earwig“～”。

2085 namesame 解 namesake“～”；也解 same name“～”。

2086 此处包含本书主人公名字的缩写 ECH。

2087 comfreshenall 解 confessional“忏悔”。

2088 Alma Luvia, Pollabella 解 Anna Livia Plurabelle“～”，本书女主人公；其中 Alma 也解[拉]“～”；也解 alma [西]“～”；也解 Alma Mater“～”；其中 Luvia 也解“～”；芬兰地名；也解 paula bella [拉]“～”；也解 pollo [意]“～”＋bella [意]“～”。

2089 Soldier Rollo“～”，此处解 Cinderella“～”；也解 Rolf Ganger“～”，也叫罗洛，9 世纪的维京人领袖。

2090 fetted up 解 fed up“～”；也解 fetter“～”；也解 fett [德]“～”。

2091 nonsery reams 解 nursery rhymes“～”；也解 nonsense“～”＋rime“～”。

2092 regal“～”，此处解 rags“～”，与后面一起化自习语 from rags to riches(由穷变富)，指灰姑娘的经历。

2093 ritzies 解 richers“～”；也解 ritziest“～”；也解 Ritz“～”，常见的旅馆名，意思为“豪华旅馆”。

2094 deckhuman amber too 解 document number two“～”；也解 deck“～”＋human“～”＋amber“～”＋too“～”；其中 deckhuman 也解 decumanus [拉]“～”。

2095 Lsp 解 listen“～”；也解 lisp“～”；也解 lip“～”。

2096 leafy speafing 解 Liffey speaking“～”；也解 listen“～”＋spoof“～”；也解 leafy“～”。

2097 Folty 解 forty“～”，此处化自《创世记》(7:17)“水泛滥在地上四十天，水往上长，把方舟从地上漂起”；也解 foliage“～”；也解 foltach [爱]“～”。

2098 robins in crews“～”；也解 Robinson Crusoe“～”，笛福的小说《鲁滨逊漂流记》中的主人公。

这是给我的珍贵[2099]婚礼[2100]前进。除非？走开！起来，宅[2101]霍斯|范·胡特中男人，你睡得太久了！或者是不是只是我以为[2102]睡觉|穆斯林教徒如此？在你那反复思量的手掌中。从头[2103]海角到脚[2104]斜躺着。烟斗在碗里。午前祈祷[2105]给小提琴手，午时经[2106]给行乐的人，九时公祷[2107]九给卷心菜[2108]芬·麦克尔。现在起来，起身[2109]！九连祷[2110]涅槃|九结束了。我是利菲河[2111]多叶的，你的珍宝[2112]，树林[2113]银|毕奇女士我的解答，大兵[2114]言过其实的人|前士兵！你这样说着梦话。我非常害羞[2115]魅力|羞耻|迷人的。但是你心里也藏着一个伟大的诗人。胖斯多克思[2116]斯多克河会带你离开[2117]可怕地接受你|奥法利郡。因此他把我烦得去睡觉[2118]低潮期。但我很[2119]是|该死好，精力充沛。拿给[2120]谢谢你，棕榈酒[2121]今天|托德|斯威尼·托德|死亡，谢谢[2122]棕褐色你们！耶和华[2123]，能帮我的人也帮你[2124]。给你衬衫，白天穿的，回来了。硬领巾，你的衣领。还有你的一双皮鞋。还有一条羊毛围巾。这里是你的工装裤[2125]常春藤|奥利弗和罗兰|伊华，不管怎样都有[2126]珠穆朗玛峰|曾经|唯恐你的伞[2127]谦逊的|阴影。昂首站起[2128]！站直。为了我我想看到你很好。戴着你全新的绿色大腰带等等。在最后一刻[2129]在终审时|莲花|最近的开花，首屈一指[2130]没有，都柏林[2131]佛陀|巴德！你穿着巴克利[2132]生日套装[2133]射击|关闭的时候，俄国将军[2134]玫瑰|沙伦|犹太新年在附近为你做了。五十七加三，现金[2135]短棒，还有肿块。富骄的[2136]淫荡的|苏格兰|背信弃义的英国人苏格兰人与他亲爱的穷[2137]《海伦，我的爱》爱尔兰人[2138]和平女神，他们将。骄傲、贪婪[2139]舒服|轻松的、妒忌[2140]敌人！你让我想起我曾是

2099 goolden 解 golden“～”。
2100 wending“～”,此处解 wedding“～”。
2101 hooths 解 house“～”;也解 Howth“～”;也解 Van Hoother“～”,霍斯堡的主人。
2102 mesleems 解 meseems“～”;也解 sleep“～”;也解 muslim“～”。
2103 cape“～”,此处解 caput [拉]“～”。
2104 Pede 解 Pedes [拉]“～”。
2105 Terce“～”,每日七次祈祷中的第三段,于上午举行。
2106 Sixt 解 sext“～”,天主教七段祈祷时间中的第四段。
2107 none 解 nones“～”,一天七次祈祷中的第五次祈祷;也解 nine“～”。
2108 fiddler...makmerriers...Cole 解 fiddler...merrymakers...cole“小提琴手……行乐者……卷心菜”;也与前后合解 Finn...Mac...Cool“～”爱尔兰传说中芬尼亚英雄的领袖。
2109 aruse 解 arise“～”。
2110 Norvena 解 novena“～”;也解 nirvana“～”;也解 novena [拉]“～”。
2111 leafy“～”,此处解 Liffey“～”。
2112 goolden 解 golden“～”。
2113 silve [拉]“～”;也解 silver“～”;也解 Sylvia Beach“～”(1887—1962),巴黎莎士比亚书店的店主,最早出版《尤利西斯》。
2114 exsogerraider 解 soldier“～”;也解 exaggerator“～”;也解 ex-soger [古体]“～”。
2115 sharm 解 shy“～”;也解 charm“～”;也解也解 shame“～”;也解 charmante [法]“～”。
2116 Stokes 解 Whitley Stokes“～”(1830—1909),爱尔兰律师和盖尔语学者;也解 Stoke“～”,位于英国。
2117 take you offly 解 take you off“～”;也解 take you awfully“～”;也解 County Offaly“～”,爱尔兰的一个郡。
2118 slump“～”,此处解 sleep“～”。此处化自习语 bored me to tears(把我烦得要命)。
2119 am“～”,此处解 I am“～”;也解 damn“～”。
2120 Taks 解 take“～”;也解 Tak [丹]“～”。
2121 toddy“～”;也解 today“～”;也解 Tod“～”,英国羊毛的重量单位;也解 Sweeney Todd“～”,英国维多利亚时代惊悚小说《珍珠串》中的主人公,是一个理发师;也解 Tod [德]“～”。
2122 tan“～”,此处解 dank [德]“～”。
2123 Yawhawaw 解 YHWH“～”。
2124 Helpunto min, helpas vin [世]“～”。
2125 iverol 解 overall“～”;也解 ivy“～”;也与后面合解 Oliver and Roland“～”,查理曼大帝的 12 骑士中的两位;也解 Ivor“～”,丹麦海盗的首领,869 年带领北欧海盗杀死了英王爱德蒙。
2126 everthelest 解 nevertheless“～”;也解 Mount Everest“～”;也解 ever“～”+lest“～”。
2127 umbr 解 umbrella“～”;也解 humble“～”;也解 umbra [拉]“～”。
2128 stand up tall 解 stand up“站起来”+stand tall“昂首站立”。
2129 in the very lotust 解 in the very last“～”;也解 in the last“～”;也解 lotus“～”;也解 latest“～”。
2130 second to nill 解 second to none“～”;其中 nill 也解 nil [拉]“～”。
2131 Budd 解 Dublin(与前面 nill 合解)“～”;也解 Buddha“～”;也解 Budd“～”,美国作家麦尔维尔小说中的年轻人。
2132 buckly 解 Buckley“巴克利”,书中巴克利与俄国将军故事中的爱尔兰士兵;也解 birthday“～”。
2133 shuit 解 suit“～”;也解 shot“～”;也解 shut“～”。
2134 Rosensharonals 解 Russian general“～”;也解 Rosen [德]“～”+Sharon“～”,传说中巴勒斯坦地区的一块湿地;也解 Rosh Ha-Shana [希伯来]“～”。
2135 cosh“～”,此处解 cash“～”。
2136 Proudpurse Alby 解 purseproud“～”,在俚语中也解“～”+Alba [爱]“～”;也解 Perfidious Albion“～”。
2137 pooraroon 解 poor“贫穷的”+a run [爱]“亲爱的”;也与后面合解“Eileen Aroon”“～,爱尔兰歌曲。
2138 Eireen 解 Éireann“～”;也解 Irene“～”,古希腊的女神。
2139 comfytousness 解 covetousness“～”;也解 comfort“～”;也解 comfy“～”。
2140 enevy 解 envy“～”;也解 enemy“～”。

一个范·德·狄根[2141]交配。或者水手辛巴达[2142]某个波罗的海的军人，麦哲伦[2143]其人，长着下垂的耳朵。或者他是一个伯爵，在卢坎[2144]？或者，不，我说的是铁公爵[2145]爱尔兰|阿门|和平的。或者来自黑暗国度的其他某人[2146]阴沉的爱尔兰人|驴子的嘶叫。来吧，让我们！我们经常说我们会。去国外。或许是太阳港[2147]之路。孩子们[2148]她的孩子还在熟睡。今天不上学。他们男孩们截然不同[2149]相反的。霍斯角[2150]头确实在担心他自己。脚跟有病[2151]高跟党和低跟党，治愈旅行。格列佛[2152]和爱女孩的人[2153]。除非他们错误地做了交换。我在眼睛[2154]的闪光[2155]双胞胎中看到了类似的东西。如同[2156]蒂姆·芬尼根。常常[2157]柔软的。蒂姆[2158]。反反复复。相同就如全新[2159]闪、肖恩|观看|裸体的|灵魂|重新。两个兄弟[2160]河岸|哥哥弟弟互不相同[2161]鸽子，就像南辕[2162]里的北辙[2163]噪声。当他的一声叹息或者他的一声哭喊[2164]基督之际，那是圣诞季节结束了[2165]你浑身上下。根本没有和平。或许是那些两个老太婆[2166]密友姑姑将他们举向水滨[2167]水|洗礼盘。奇怪的活足够夫人和古怪的[2168]死卵石复活小姐。当她们两个已经说了不少，就没有更多的家丑[2169]脏衣服要传布[2170]了。从劳德代尔大厦[2171]洗衣房|提及|使命|小便|亚瑟·西蒙斯。一个家伙瞪大眼睛看着[2172]狼吞虎咽神圣男孩的某个东西[2173]，这个小伙儿在润他的喉咙[2174]弄湿他的小便。你心花怒放[2175]潘趣酒，向他们这些打着哈欠的城里人[2176]讲述着[2177]战争功绩和和平[2178]皮尔斯致辞。但是那晚以后，你们全是荡妇[2179]想要！命令我做这，做那，做其他的。向我大声放屁，神圣基督啊[2180]巨大地，为了

2141 wonderdecker 解 Van der Decken“～”,传说中“漂泊的荷兰人”号的船长;也解 decken [德]“～”。
2142 somebalt thet sailder 解 Sinbad the Sailor“～”,《一千零一夜》中的人物;也解 some baltic soldier“～”。
2143 Magallant 解 Fernão de Magalhães“～” (约 1470—1521),葡萄牙探险家,为西班牙政府效力探险。
2144 Lucan“～”,都柏林城郊,位于利菲河边。
2145 Iren duke 解 Iron Duke“～”,惠灵顿的绰号;也解 Ierne [爱]“～”;其中 Iren 也解 amen“～”;也解 eirênê [希]“～”。
2146 somebrey erse 解 somebody else“～”;也解 sombre Erse“～”;也解 ass's bray“～”。
2147 Rathgreany 解 Rath Greine [爱]“～”,爱尔兰传说中芬·麦克尔的侄子和妻子格拉尼娅私奔后定居的地方。
2148 childher 解 children“～”;也解 her child“～”。
2149 contrairy 解 contrary“～”;也解 contraire [法]“～”。
2150 The Head“～”,此处解 Howth head“～”,都柏林东北郊。
2151 Heel trouble“～”;也解 High Heels and Low Heels“～”,《格列佛游记》中小人国的不同政治派别。
2152 Galliver 解 Gulliver“～”,《格列佛游记》中的主人公。
2153 Gellover 解 girl-lover“～”。
2154 aye 解 eye“～”。
2155 twinngling 解 twinkling“～”;也解 twins“～”。
2156 som [丹]“～”;也解 Tom/Tim“～”,民谣《芬尼根的守灵夜》的主人公。
2157 So oft“～”;也解 soft“～”。
2158 Sim 解 Tim“～”,民谣《芬尼根的守灵夜》的主人公。
2159 sehm asnuh 解 same as new“～”;也解 Shem Shaun“～”,本书主人公的两个儿子;也解 sehen [德]“～”+nu [拉]“～”;也解 âme [法]“～”+anew“～”。
2160 bredder 解 brother“～”;也解 bredder [挪]“～”;也解 Bruder [德]“～”。
2161 doffered 解 different“～”;也解 doffer [荷]“～”。
2162 soun 解 south“～”。
2163 nors 解 north“～”;也解 noise“～”。
2164 cries“～”;也与后面合解 Christ“～”。
2165 you all over“～”,此处解 Yule over“～”。
2166 crony“～”,此处解 crone“～”。
2167 water front“～”;也解 water“～”+font“～”。
2168 Quickenough...Doddpebble 也解 the quick and the dead“活着的和死去的”+enough“足够”+pebble“卵石”;也解 quicken“”。
2169 dirty clothes“～”,此处解 dirty linen“～”。
2170 publish,法律术语,向第三方“～”毁谤。
2171 Laundersdale mansions 解 Lauderdale Mansion“～”;也解 laundry“～”+mention“～”;也解 mission“～”;也解 mingo [拉]“～”;也解 Arthur Symons“～”(1840—1892),英国评论家,著有《文学中的浪漫主义运动》。
2172 googling 解 goggle“～”;也解 gobble“～”。
2173 thingabib 解 thingumbob“～”。
2174 wetting his widdle“～”,此处解 wetting his whistle“～”。
2175 pleased as Punch“～”;其中 punch 也解“～”。
2176 jackeen“～”,尤指都柏林人。
2177 recitating 解 reciting“～”。
2178 pearse 解 peace“～”;也解 Padraic Pearse“～”,爱尔兰复活节起义的领袖之一。
2179 wanton“～”;也解 wanting“～”。
2180 hugly Judsys 解 Holy Jesus“～”;也解 hugely“～”。

有个女孩，你什么不会做！你的希望是我的愿望[2181]。而且，看哪，真想不到[2182]！我也这个样子。但是她[2183]布鲁图，你等着。渴望去做的选择是留在她身边[2184]树荫|ECH。如果她多一些火柴的智慧就好了。弃儿们[2185]感觉成为逃跑的人，逃跑的人成为离群的人。她依然快乐得像只蟋蟀[2186]兴高采烈的|希腊人。如果拉丁人[2187]照亮|受苦|铅灰色的感到悲伤，真让人痛心。我会等。我会等。然后如果全都走了。将会是现在是什么。是是[2188]伊希斯。但是让他们去。泔水杂烩[2189]跳房子游戏|酒馆|天主，还有懒惰的[2190]女仆荡妇。她对我来说是什么，他对你来说就是什么。在海湾和港口[2191]鸽子与乌鸦|哥本哈根|科夫镇周围跟着你，教着我词性[2192]说话的粗人。如果你在蜿蜒曲折的[2193]瑞士银行波浪上向他胡诌你的故事，我则在村舍蛋糕上向她胡诌我的故事[2194]拼写我的渴望。我们不会打扰他们睡觉 的责任[2195]睡美人。过去的事就让它过去吧[2196]让扫把做水手长|公事公办。结束了[2197]是凤凰，亲爱的。是热情，听！让我们的感伤旅行[2198]白天|天使长米迦勒造就它。既然路西弗[2199]称赞|火已经失败了，亡灵书[2200]有深度的书。合上了。来！从你的壳里走出来！举起你的自由手指[2201]捕捉！是的。我们有了足够的光。我不会拿我们夫人的灯笼[2202]阿拉丁的神灯|七鳃鳗。给他们四个阵阵空气[2203]的老风箱去吹。你也不会拿你的背包[2204]看起来像。把所有丹麦人[2205]达尼曼带出来在你之后远行。圣安东尼引领[2206]送来亚瑟王引领我们|圣|亚瑟·健力士|大角星！听着[2207]！柔和的[2208]！那是曾经我曾经能记起的最柔和的清晨。但是她肯定[2209]阵雨的不会下

2181 mewill 解 my will“～”。
2182 out of a sky 解 out of a clear sky“～”。
2183 But her“～”;也解 Marcus Junius Brutus“～”(约前 85—前 42)罗马共和国元老院议员,参与了刺杀凯撒的行动。
2184 shade“～”,此处解 side“～”。此处包含本书名字缩写的变体 ECH。
2185 Findlings 解 foundlings“～”;也解 feelings“～”。
2186 as merry as the gricks 解 as merry as a grig“～”,此处直译为“～”;其中 gricks 也解 Greeks“～”。
2187 ledden 解 latinas“～”;也解 lighten“～”;也解 Leiden［希］“～”;也解 leaden“～”。
2188 Is is“～”;也解 Isis“～”,古埃及的丰饶女神。
2189 hospodch 解 hotchpotch“～”;也解 hopscotch“～”;也解 hospoda［捷］“～”;也解 gospod［塞维］“～”。
2190 slusky 解 sluggish“～”;也解 sluškinja［塞维］“～”。
2191 cove and haven“～”;也解 dove and raven“～”;也解 Copenhagen“～”,惠灵顿的著名坐骑;其中 cove 也解 Cobh“～”,位于科克郡。
2192 perts of speech“～”,此处解 parts of speech“～”。
2193 swishbarque 解 switchback“～”;也解 Swiss bank“～”。
2194 spelling my yearns“～”,此处解 spinning my yarn“～”,化自习语 spin a yarn(胡诌)。
2195 sleeping duties“～”;也解 sleeping beauties“～”。
2196 Let besoms be bosuns“～”,此处解 let bygones be bygones“～”;也解 business is business“～”。
2197 It's Phoenix“～”,此处解 It's finished“～”。
2198 joornee saintomichael 解 A Sentimental Journey“～”,也是英国作家斯特恩的作品;也解 journée［法］“～”＋Saint Michael“～”.
2199 lausafire 解 Lucifer“～”,堕落前的撒旦;也解 laus［拉］“～”＋fire“～”。
2200 the book of the depth“～”,此处解 The Book of the Dead“～”,古埃及葬礼文献的统称。
2201 free fing 解 free finger“～”;也解 fing［德］“～”。
2202 laddy's lampern 解 lady's lantern“～”;也解 Aladdin's lamp“～”;其中 lampern 也解“～”。
2203 Gustsofairy 解 gusts of air“～”。
2204 rucksunck 解 rucksack“～”;也解 looks like“～”。
2205 dannymans 解 Danish men“～”;也解 Dannyman“～”,鲍西考尔特的《玻恩姑娘》中的驼背人物。
2206 Send Arctur guiddus 解 St. Anthony Guide“～”,虔诚的天主教徒在信上写这句话的缩写“SAG”;也解 send Arthur guid us“～”;也解 Saint“～”＋Arthur Guinness“～”,爱尔兰健力士啤酒厂的创始人;也解 Arcturus“～”。
2207 Isma［阿］“～”。
2208 Sft 解 soft“～的”。
2209 showerly“～”,此处解 surely“～”。

雨，我们的空气[2210]许多利益|有很多愿望。然而。直到时候到了。我和你制造了我们的。爆雷[2211]爆炸剂的儿子们赢得了比赛。直到我能把我的老[2212]金瓦拉[2213]芬瓦拉|芬努阿拉误认为我的肩膀[2214]。早餐[2215]小溪|鱼的鳟鱼会那么精美。带着之后来自黑水潭[2216]黑血肠的卷布丁[2217]香肠的味道。以彰显茶叶[2218]的强烈味道。你不想要[2219]是你自己一块烤面包[2220]烘面包|烤土司吗？燕麦粥时间[2221]另一个我|公牛人镇，全都从羊毛棺罩[2222]被子|木柴堆里出来！然后所有坏脾气的年轻鹦鹉们[2223]酒坛里的杯子|卡宾格法庭在我们周围吵吵闹闹[2224]塞满，吵着[2225]凝结地奶油要他们的奶油。哭着，我，长大的姐妹！我真的不是吗？听着[2226]列表！不过但是，总会有但是，你也必须给我买一条上好的新腰带，蠢货[2227]不愿意。下一次你试试北墙[2228]康沃尔的马克市场。自从以撒的儿子[2229]以撒·巴特家来的那个将它的路线绕成圈[2230]环线桥，他们都说我需要它。马克[2231]喵噢？我的亚瑟[2232]亚瑟|摩根娜公主|是你！来！给我你伟大的熊掌，彼得，我的儿子[2233]大|父亲|拦路强盗，为了我的小[2234]如矿坑的|4、3、7、1、6。多拉。我的南希·汉德家[2235]，花语[2236]行话|舌头|疲倦。那是约尔根·约根森[2237]行话。但是你理解的，不这样[2238]点头？我总是能从你的亮色和阴影知道。向下够。再多一点儿[2239]。因此。收回你的手套[2240]阔剑|头|剑。你的手，大家伙[2241]胡格诺派教徒，温热多毛！这是包皮[2242]假皮|假的开始的地方。光滑[2243]得像婴儿的[2244]臭名昭著的|婴儿皮肤。一次你说你曾经被雪灼伤。一次在你拍照片[2245]花了一生时间后用化学品处理[2246]。或许那是为什么你高抬你的头[2247]灰浆桶，仿佛。

2210 Ilma [芬]“～”；也解 iolmhaitheasa [爱]“～”；也解 ilmhianach [爱]“～”。

2211 bursters“～”，此处解[俚]“～”。

2212 owld 解 old“～”。

2213 Finvara“～”，爱尔兰老一代的神灵，也是爱尔兰克莱尔郡一个镇的名字，此处解 Kinvara“～”，爱尔兰诗人法兰西斯·费伊的诗歌《一条旧花呢披肩》中的地名；也解 Finnuala“～”，凯尔特神话中李尔王的女儿，后化为天鹅。

2214 shawlders 解 shoulders“～”。

2215 brookfisht 解 breakfast“～”；也解 brook“～”＋fish“～”。

2216 Blugpuddels 解 Black pool“～”，都柏林的别称；也解 black pudding“～”。

2217 roly polony 解 roly poly“～”；也解 polony“～”，一种波兰香肠。

2218 tay 解 té [爱]“～”。

2219 Is't you fain 解 Aren't you fain“～”；也解 Is tu fein [爱]“～”。

2220 roost brood 解 Rostbrot [德]“～”；也解 geroosterd brood [荷]“～”；也解 roast bread“～”。

2221 Oaxmealturn 解 oatmeal“燕麦粥”＋turn“轮次”；也解 me alterum [拉]“～”；也解 Oxmantown“～”，都柏林市郊。

2222 woolpalls 解 wool“羊毛”＋palls“棺罩”，指“～”；也解 woolpile“～”。

2223 cuppinjars 解 popinjays“～”；也解 cup in jars“～”；也解 Coppinger“～”，爱尔兰科克郡的一个建筑，已倒塌。

2224 cluttering“～”，此处解 clattering“～”。

2225 clottering 解 clattering“～”；也与后面合解 clotted cream“～”。

2226 Lst 解 listen“～”；也解 list“～”。

2227 nolly 解 nelly“～”；也解 noli [拉]“～”。

2228 Norwall 解 North Wall“～”，都柏林内北侧以东的地区；也解 Mark of Cornwall“～”，特里斯丹的叔叔。

2229 Isaacsen 解 Isaac“以撒”，《圣经》中以扫和雅各的父亲＋-sen [丹]“的儿子”；也解 Isaac Butt“～”，爱尔兰自治运动的领袖，1877 年被巴涅尔用计策取代。

2230 slooped 解 looped“～”；也合解 Loopline Bridge“～”，利菲河上的铁路桥，与用以撒·巴特命名的巴特桥并列。

2231 Mrknrk 解 Mark of Cornwall“康沃尔的马克”，特里斯丹的叔叔；也解 Mrkgnao“～”，《尤利西斯》中的猫叫声。

2232 Fy arthou 解 fy [威]“我的”＋Arthur“亚瑟王”；也解 Fay Arthur“～”，爱尔兰音乐厅的舞蹈演员，乔伊斯在《尤利西斯》中提到过；也解 Morgana le Fay“～”，亚瑟王的妹妹，女巫；也解 art thou“～”。

2233 padder avilky 解 Peadar a mhic [爱]“～”；也解 veliki [塞维]“～”；也解 pater [拉]“～”；也解 padder [俚]“～”。

2234 fol a miny tiny 解 for my tiny“～”；其中 miny 也解“～”；也与后面合解 fa, mi, ti, do, la“～”，音符。

2235 Mineninecyhandsy 解 Mine“我的”＋Nancy Hand's“南希·汉德家”，都柏林凤凰公园边“墙中洞”酒店的女老板的。

2236 languo of flows 解 language of flowers“～”；也解 lingua“～”；也解 lingua [拉]“～”；也解 languor“～”。

2237 Jorgen Jargonsen 解 Jorgen Jorgenson“～”（1780—1841），丹麦冒险家，1809 年航行到冰岛，宣布该国独立于丹麦，并宣布自己为统治者；也解 jargon“～”。

2238 nodst 解 not so? “～”；也解 nod“～”。

2239 A lil mo 解 A little more“～”。

2240 glave“～”，此处解 glove“～”；也解 glava [斯]“～”；也解 claidheamh [爱]“～”。

2241 hugon 解 huge one“～”；也解 Huguenot“～”。

2242 falskin 解 foreskin“～”；也解 false skin“～”；也解 falsk [丹]“～”。

2243 Smoos 解 Smooth“～”。

2244 infams 解 infant's“～”；也解 infamis [拉]“～”；也解 infans [拉]“～”。

2245 taking a lifeness 解 taking a likness“～”；也解 taking a life time“～”。

2246 chemicalled 解 chemicalized“～”。

2247 hodd 解 head“～”；也解 hod“～”。

人们觉得你错过了绞刑架。生皮造型。我将闭上眼。从而不再去看。或者只看到一个年轻人在他的花[2248]弗洛里扎尔|弗洛里麦尔中，一个男孩天真纯洁，剥着一根树枝，一个小孩在一只小白马边上。一个我们全都想要永远寄托我们的希望的孩子。所有男人都做了什么事。时间到了他们就会来到众生之路[2249]旧箭尾的重量。我们将离开[2250]冲洗|漂洗。因此。我们将在他们敲响寺院里[2251]蒂姆·芬尼根|时间|教堂尘世的钟声[2252]早期的人|ECH 前迈开脚步。在庭院边的教堂里[2253]棺材。狐狸好人[2254]古德曼会。或者鸟儿们开始它们那让树林骚动的喧闹[2255]特里斯舛·商第。看，你的在那儿离开了，越来越高！母鸽们咕咕叫[2256]事情|凹洞，它们在朝你叫着[2257]乌鸦呱呱甜蜜好运，克尔[2258]卡姆霍尔！你看，它们白得就像吹雪[2259]四分五裂的|雪。为了我们。下一次泥煤工投票[2260]彼得和保罗你将当选[2261]，或者我不是你的热心新娘[2262]抽出|贿赂。海金塞拉[2263]女人的男人永远不会勾引[2264]减少我。麦格拉斯[2265]·奥卡拉[2266]胖子之子·奥穆尔克[2267]航海家的后代·麦克菲恩奈德[2268]士兵之子在喇叭的外国人要塞[2269]金发的外国人的小屋周围喔喔叫着[2270]、吱吱着阔步而行[2271]！这就像放上[2272]放入罐子便壶[2273]来羞辱碗柜[2274]，或者驯化[2275]蒂姆叔叔的小屋[2276]《汤姆叔叔的小屋》|旧帽子来羞辱总督的[2277]眉毛。不要这样迈大步，老顽固[2278]圣父！你会压坏我的羚羊皮鞋[2279]，那是我保存了很久的。它们来自半岛[2280]。还有两只最好的鞋鞋[2281]自命不凡的伪君子。几乎不到一只绳结[2282]海里/小时|航海的|阴户的英里，或者七英里，穿靴子的猫[2283] ALP。这非常有利于清晨

2248 Florizel“～”，莎士比亚的喜剧《冬天的故事》中的波西米亚王子，此处解 flower“～”；也解 Florimell“～”，英国诗人斯宾塞的诗歌《仙后》中的女士，代表美德。
2249 the weight of old fletch“～”，此处解 the way of all flesh“～”，也是英国作家塞缪尔·巴特勒的同名小说。
2250 lave“～”，此处解 leave“～”；也解 laver［法］“～”。
2251 timpul 解 temple“～”；也解 Tim“～”；也解 timpul［罗］“～”；也解 teampal［爱］“～”。
2252 earthly bells“～”；也解 early birds“～”。此处包含本书主人公名字缩写的变体 ECH。
2253 In thechurch by the hearseyard 解 In the church by the house yard“～”，此处化自爱尔兰作家勒法努的《墓地房屋》；其中 hearseyard 也解 hearse“～”。
2254 Pax Goodmens 解 Fox Goodman“～”；也解 John Fox Goodman“～”，据 1903 年的《汤姆都柏林电话号码簿》记载，此人为皇室上诉法院的官员。
2255 treestirm shindy 解 tree“树”＋stir“搅动”＋shindy“喧闹”；也解 Tristram Shandy“～”，英国作家斯特恩的《项狄传》的主人公。
2256 cooshes 解 coo“鸽子咕咕”＋she“她”＋-s；也解 cúis［爱］“～”；也解 cuas［爱］“～”。
2257 cawing“～”，大洪水后挪亚放出鸽子和乌鸦，此处解 calling“～”。
2258 Coole 解 Finn MacCool“芬·麦克尔”，爱尔兰传说中芬尼亚英雄的领袖；也解 Cumhal［爱］“～”，芬的父亲。
2259 riven snae 解 driven snow“～”；也解 riven“～”＋snae［苏］“～”。
2260 peaters poll 解 peat“泥煤”＋-ers＋poll“投票”；也解 Peter and Paul“～”，基督的十二信徒中的两个。
2261 elicted 解 elected“～”。
2262 elicitous bribe 解 solicitous bride“～”；也解 elicitus［拉］“～”＋bribe“～”。
2263 Kinsella 解 Hy Kinsella“～”，爱尔兰韦克斯福德郡的部落领地。
2264 reduce“～”，此处解 seduce“～”。
2265 MacGarath 解 Master McGrath(《麦格拉斯大师》)，爱尔兰流行歌曲。
2266 O'Cullagh 解 Ó Cúlach［爱］“～”，意为“～”。
2267 O'Muirk 解 Ó Muirch［爱］“～”，意为“～”。
2268 MacFewney 解 Mac Fiannnaidhe“～”，意为“～”。
2269 Fjorn na Galla 解 Dun na nGall［爱］“～”；也解 Fionn na nGall［爱］“～”。
2270 sookadoodling 解 cockadoodledoo“～”。
2271 sweepacheeping 解 sweep“昂首阔步地走”＋a＋cheeping“吱吱地叫”。
2272 potting“～”，此处解 putting“～”。
2273 po 解 pot de chambre［法］“～”。
2274 shambe 解 shame“～”。
2275 tamming 解 taming“～”。
2276 Uncle Tim's Caubeen 解 Uncle Tim's Cabin“～”，蒂姆·希利成为爱尔兰共和国的总理的时候，都柏林人对凤凰公园里的总督府的另一个称谓；也解 Uncle Tom's Cabin“～”，美国作家哈里耶特的小说，被认为引发了美国南北战争；其中 Caubeen 也解 cáibín［爱］“～”。
2277 Viker Eagle 解 viceregal“～”。
2278 huddy foddy 解 fuddy-duddy“～”；也解 holy father“～”。
2279 antilope 解 antelope shoes“～”。
2280 Penisole［意］“～”。
2281 goodiest shoeshoes 解 best shoeshoes“～”；也解 Goody Two-Shoes“～”。
2282 Knut 解 knot“～”，也解“～”；也解 Nautical“～”；也解 cunt“～”。
2283 possumbotts 解 Puss in Boots“～”，法国作家夏尔·佩罗的童话。

的健康。配以水果[2284]胜利。四处温柔地移动。按照休闲的步调[2285]。随便走走[2286]HCE疗法很容易。似乎自此很久了，自此一代又一代。仿佛你走远很久了。四十个白天，四十个黑夜[2287]今日之后，今夜之后，我就像跟你一起在黑暗中[2288]在那个方舟里。某一天你会告诉我我是否能相信它的一切。你知道我在带你去哪里吗？你记得？那时我在蔷薇果和山楂果[2289]黑果木的浆果与山楂果后面匆忙[2290]采集浆果|越桔树跑过。伴随着你勾画出伟大的目标来用你的投石器从小丘[2291]吊床欺负[2292]榛子我。我们的哭喊。我可以领你去那里，我还在床上在你身边。我们[2293]去邓克利芬[2294]丹麦人|计数AA制[2295]都柏林联合电车公司吧，不行吗[2296]我们|鼻子？除了我们自己一个鬼都没有。时间？命运[2297]负荷在我们的手[2298]悬挂上。直到吉利根[2299]吉利根玫瑰|《吉尔湖的野玫瑰——17世纪爱尔兰战争的故事》和哈利根[2300]英俊的再次向小流氓呼喊。还有其余的枪[2301]毛德·冈妮|迈克尔·冈恩。八个沙利文[2302]，从左到右。阿里巴巴和四十大盗[2303]大声喊叫|你们狐狸似的|蒂格|狼！化妆舞会[2304]想法帮你摆脱困境[2305]大声叫出。或者野性的[2306]森林"，|奥斯卡·王尔德|沃德猎犬联盟独角兽大师，巴克利[2307]军号船长，来自瑙尔[2308]乌有乡，与光荣的鞭子[2309]、可敬的猎犬[2310]看门人和两位夫人的侍从[2311]塔拉特[2312]吠呵声、巴利霍尼斯[2313]大吹大擂走近[2314]拉长声音说门边，他们戴着红赭石色的紧致[2315]谜语|《小红帽》突击帽，好举帽祝他们的雄獐健康[2316]强壮的|机器人|雄鹿，牡鹿，甚至[2317]曾经|ECH卡尔顿[2318]雄赤鹿。你不需要带着你的鸭子和你的责任[2319]饯行酒|鸭犬酒店匆匆[2320]主办|提升出去，从头

2284 Buahbuah 解 buah-buah［马］"～"；也解 buadh［爱］"～"。
2285 此处包含本书女主人公名字的缩写 ALP。
2286 helpyourselftoastrool 解 help yourself to a stroll"～"。此处包含本书男主人公名字的缩写 HCE。
2287 Afartodays, afeartonights 解 forty day, forty nights"～"，此处化自《创世记》(7:17)"洪水泛滥在地上四十天，水往上长，把方舟从地上漂起"；也解 after today, after tonight"～"。
2288 in thadark 解 in the dark"～"；也解 in that ark"～"。
2289 hucks and haws 解 hips and haws"～"；也解 huckleberry and hawthorn berry "～"。
2290 berrying"～"，此处解 hurrying"～"；也解 Huckleberry"～"。
2291 hummock"～"；也解 hammock"～"。
2292 hazel"～"，此处解 haze"～"。
2293 les 解 let's"～"。
2294 Danegreven 解 Duncriffan"～"，霍斯地区的海角；也解 Dane"～"＋greven［丹］"～"。
2295 go dutc 解 go Dutch"～"；也解 DUTC，即 Dublin United Tramways Co. "～"，1865 年成立，19 世纪末拓展到郊区。
2296 nos［拉］"～"，此处解 no"～"；也解 nos［塞维］"～"。
2297 loads"～"，此处解 lots"～"。
2298 hangs"～"，此处解 hands"～"。此处化自习语 time hangs on his hands(时间不等人)。
2299 Gilligan"～"，人名；也解 Rose Gilligan"～"，都柏林凯佩尔街上的一家水果店和花店；也解 *The Wild Rose of Lough Gill*"～"，19 世纪爱尔兰作家帕特里克・格利痕・史密斯的小说。
2300 Halligan"哈利根"，人名；也解 Ailleachan［爱］"～"。
2301 guns"～"；也解 Gunn"～""～"。
2302 Sullygan 解 John Sullivan"～"，爱尔兰籍法国男高音歌唱家，乔伊斯对他的声音倍加推崇。
2303 Olobobo, ye foxy theagues 解 Ali Baba and the Forty Thieves"～"；也解 ololuzô［希］"～"＋ye foxy "～"＋Teague"～"，爱尔兰人常用的名字；也解 lobo［西］"～"。
2304 The moskors...ball 解 The Masked Ball"～"，歌曲名。
2305 ball...out 解 bail out"～"；也解 bawl out"～"。
2306 Wald［德］"～"，此处解 wild"～"；也解 Oscar Wilde"～"；也与后面合解 Ward Union Staghounds "～"，19 世纪末成立于爱尔兰米斯郡的著名狩猎场。
2307 Bugley 解 Buckley"～"，书中巴克利与俄国将军故事中的爱尔兰士兵；也解 bugle"～"。
2308 Naul"～"，爱尔兰村镇，位于都柏林郡；也解 nowhere"～"，化自英国作家威廉・莫里斯的小说《乌有乡消息》。
2309 Whilp 解 Whip"～"。
2310 Poynter 解 pointer"～"；也解 porter"～"。
2311 Pagets 解 Pages"～"。
2312 Tallyhaugh 解 Tallaght"～"，都柏林西南部的教区，据说有死于瘟疫的北欧侵略者的坟地；也解 tally-ho"～"。
2313 Ballyhuntus 解 Ballyhaunis"～"，爱尔兰梅奥郡的城镇；也解 ballyhoo"～"。
2314 drawls up"～"，此处解 draws up"～"。
2315 riddletight 解 reddle"红赭石"＋tight"紧的"；也解 riddle"～"；也合解 *Little Red Riding Hood*"～"。
2316 hereshealth to theirrobost 解 here's health to their roebuck"～"，此处化自歌曲 Here's a Health unto His Majesty(《为陛下祝寿》)；其中 robost 也解 robust"～"；也解 robot"～"；也解 buck"～"。
2317 evers 解 even"～"；也解 ever"～"。此处包含本书主人公名字缩写的变体 ECH。
2318 Carlton 解 William Carleton"～"(1794—1869)，爱尔兰作家，第一位出身于说爱尔兰语的农民阶层的有影响力的作家。
2319 duck and...duty"～"；也解 deoch an dorais［爱］"～"；也解 Duck and Dog Tarven"～"，都柏林酒店名。
2320 host"～"，此处解 haste"～"；也解 hoist"～"。

到脚[2321]全身地，此时他们把他从未开始喝完地酒杯递给他。把这个希望[2322]知道|明智的拍上你的头，把这个戳进你的耳朵，蠼螋[2323]左右扭动的|壹耳微蚵！美女不会回答，夫人从不付钱。如果你变大了，他们会呼猎[2324]哭喊里的色彩你，石南镇、港口镇、雪镇、四敲击、佛兰芒镇[2325]、预言镇，到德尔文溪[2326]都柏林|魔鬼上的芬浅滩[2327]。他们如何在植物园[2328]柏拉图的追随者之后挨家挨户搜寻[2329]你！全都是因为，迷失在她的倒影中[2330]本能反射|条件反射，她似乎她看到壹耳微蚵回家[2331] ECH|爱尔兰|公鸡喔喔啼|英俊的|猎到一些，带着他的三！只斑点狗[2332]偷猎狗|水煮蛋用皮带拴着他。但是你安然无恙。受够那个吹号[2333]淫荡的|荷马的角落了！老鹅妈妈[2334]嘟囔谣言！我们可以拜访老天主，你觉得怎么样？有什么东西告诉喔。他是一个很好的运动。就像二十多个和一多半[2335]强大的都超过了他，还有一个正派的老海角[2336]。他的门总是开着。为了新时代之日[2337]元旦|失真。就像你自己的一样。上个复活节[2338]吃你邀请[2339]开发票他，因此他应该给我们蒙眼猜人[2340] HCE以及其他。记得摘下你的白帽子，壹汉卿[2341]每个人？当我们到来出场。说你好吗[2342]霍斯，陛下[2343]萨顿地峡！他是法律之屋[2344]英国上议院。我也会放下我优雅的屈膝礼[2345]格蕾丝·奥玛丽|裁缝柯西。如果山[2346]不向我鞠躬[2347]驼背"；也解Gobelin"哥布林致敬，我就向山致敬[2348]鞠躬磕头[2349]。要站在最低的地方才是礼仪！格言：要故意[2350]在鼠海豚上点亮一个尖头，你要拿什么去连结[2351]公开，请问[2352]赞扬？他可能将全身铠甲[2353]一套盔甲|阿莫里凯|阿莫利·特里斯特拉姆的你封为骑士，

2321 capapole 解 cap-à-pie“～”；也解 capapie“～”。

2322 wis“～”，此处解 wish“～”；也解 wise“～”。

2323 wiggly“～”，此处解 earwig“～”；也解 Earwicker“～”，本书主人公。

2324 hue in cry“～”，此处解 hue and cry“～”，追捕罪犯时的喊叫声。

2325 Flemingtown 解 Flemingstown“～”，此处皆为爱尔兰都柏林郡的镇名，都在德尔文溪和瑙尔镇附近。

2326 Delvin“～”，都柏林郡的河流；也解 Dublin“～”；也解 Devil“～”。

2327 Ford of Fyne 解 Ford of Finn“～”，位于德尔文溪上瑙尔镇附近。

2328 Platonic garlens 解 botanic garden“～”；也解 Platônikos［希］“～”。

2329 housed to house 解 house to house“～”。

2330 loosed in her reflexes 解 lost in her reflection“～”；其中 reflexes 也解“～”，即 conditioned reflex“～”。

2331 Ericoricori coricomehuntsome 解 Earwicker come home“～”，此处包含本书主人公名字缩写的变体 ECH；其中 Ericoricori 也解 Erin“～”＋cocorico［法］“～”；huntsome 也解 handsome“～”；也解 hunt some“～”。

2332 poach dogs“～”，此处解 coach dog“～”；也解 poached egg“～”。

2333 horner“～”；也解 horny“～”；也解 Homer“～”。

2334 mutthergoosip 解 Mother Goose“～”，被认为是鹅妈妈故事跟童谣的原作者；也解 mutter gossip“～”。

2335 moighty 解 moiety“～”；也解 mighty“～”。

2336 promnentory 解 promentory“～”。

2337 newera's day 解 new era“新时代”＋day“日子”；也解 New Year's day“～”；也解 nevera［塞维］“～”。指伊丽莎白时期霍斯伯爵承诺爱尔兰海盗格蕾丝·奥玛丽，吃饭的时候，自己的大门一直对来客开放。

2338 Eatster 解 Easter“～”；也解 eat“～”。

2339 invoiced“～”，此处解 invited“～”。

2340 hockockles 解 hot cockles“～”。此处包含本书主人公名字的缩写 HCE。

2341 ech，本书主人公名字的缩写的倒写；也解 each“～”。

2342 hoothoothoo 解 how do you do“～”；也解 Howth“～”。

2343 ithmuthisthy 解 his majesty“～”；也解 isthmus of Sutton“～”，霍斯与大陆之间的地区。

2344 house of laws“～”；也解 The House of Lords“～”。

2345 graciast kertssey 解 gracious curtsy“～”；也解 Grace O'Malley“～”，伊丽莎白时期的爱尔兰海盗；也解 Kersse the Tailor“～”，书中挪威船长与裁缝的故事里一位住在都柏林的裁缝。

2346 Ming Tung 解 mountain“～”。此处化自习语“if the mountain will not come to Mohammed, Mohammed will go to the mountain”（如果山不来就穆罕默德，穆罕默德就去就山）。

2347 go bo 解 go to bow“～”；也解 gobbo［意］“～”；也解 Gobelin“～”，法国挂毯制造商家族，也是巴黎附近的地名。

2348 hamage 解 homage“～”。

2349 kow bow tow 解 kow-tow“磕头”＋bow“鞠躬”。

2350 on porpoise“～”，此处解 on purpose“～”。

2351 link“～”；也与后面合解 bring to light“～”。

2352 plaise 解 please“～”；也解 praise“～”。

2353 an Armor“～”，此处解 in armour“全～”；也解 Armorica“～”，法国一城市；也解 Amory Tristram“～”，霍斯堡的第一位伯爵。

否则[2354]第—把你唤作[2355]涂抹第一个低等马扎尔人[2356]最高行政长官|王权臂章。记得巴塞洛缪·凡霍利[2357]渴望|匈牙利|饥饿的|饥馑的。制服,链子和肩章[2358]HCE,打扰连帽斗篷[2359]。我将做你的听觉眼睛[2360]殿下。但是我们自负的[2361]徒劳的。平凡的想象。那是空中阁楼[2362]在霍斯堡的空气中。我的葡萄干面包满是愚蠢的育儿法[2363]电影放映机|摩托艇。受够了[2364]一条面包是一张叶子。我们可以要也可以不要。他在读着他的鲁夫[2365]装饰领|粗糙的。你肯定会知道我们从那里来的路。河道[2366]植物群。一旦我们通向那里,于是许多汽车夫妇自此追随[2367]愚蠢|幸运的罪过。流言蜚语[2368]!给肖恩[2369]的母驴她生命中的嶙峋峰峦[2370]。跟她的史特布尔格[2371]一起!慧骃[2372],慧骃!通向都柏林的[2373]打雷|雷鸣石板路[2374]嬉闹的。我们可以让自己坐在霍斯黑德[2375]石楠丛生的|山,我和[2376]在上面你,在平静的无意识[2377]良心不安中。来环视[2378]爬升起者。从德拉姆莱克[2379]出来。正是在那里埃武拉[2380]告诉我我拥有最好的。如果我有过的话。当哀悼[2381]早晨的月亮落下并离开。在唐区峡谷[2382]黏土|沙丘上空。孤独的[2383]画眉月亮[2384]零。我们自己。只有我们的灵魂[2385]我们自己。在拯救[2386]海洋之处[2387]一看见就|在……旁边。留心你正期待的信可能将正到来。冲到岸上。我用我的梦[2388]我的梦中男人|总排水管祈祷着。抓擦它,用识字课本里的提词修补它。什么知识坚果[2389]纳特|学院的纸条[2390]碎片|手稿我独自[2391]捡起[2392]啄食。每封信都很难,但是你的当然是曾经有过的最难的难题。删掉一个X,钩掉[2393]一个α[2394]公牛,写一个n,犹犹豫[2395]窗户|安妮。但是一旦做完,处理

2354 elsor 解 or else“～”；也解 elsö［匈］“～”。

2355 daub“～”，此处解 dub“～”。

2356 cheap magyerstrape 解 cheap Magyar“～”，一般指匈牙利人；也解 chief magistrate“～”；也解 majesty stripe“～”。

2357 Bomthomanew vim vam vomHungerig 解 Bartholomew Vanhomrigh“～”，斯威夫特的恋人瓦内萨的父亲，1697 年任都柏林市长；其中 Hungerig 也解 hungering“～”；也解 Hungary“～”；也解 hungrig［德］“～”；也解 hongerig［荷］“～”。

2358 Hoteform, chain and epolettes 解 uniform, chain and epaulettes“～”。此处包含本书主人公名字的缩写 HCE。

2359 botherbumbose 解 bother“打扰”＋burnoose“连帽斗篷”。

2360 aural eyeness 解 aural eye“～”；也解 royal highness“～”，英王室成员。

2361 vain“～”，此处解 fain“～”。

2362 in the castles air 解 castle in the air“～”；也解 in the Castle's air“～”。

2363 sillymottocraft 解 silly mothercraft“～”；也解 cinematograph“～”；也解 motorcraft“～”。

2364 Aloof is anoof 解 enough is enough“～”；a loaf is a leaf“～”。

2365 ruffs“～”，此处解 William Ruff“～”，著有关于赛马的《草地指南》；也解 rough“～”。

2366 Flura 解 fluor［拉］“～”；也解 flora“～”。

2367 follied 解 followed“～”；也解 folly“～”；也解 felix culpa［拉］“～”。

2368 Clatchka 解 klatsch［德］“～”。

2369 'Shaughnessy 解 Shaun“～”。

2370 hillymount 解 hilly mount“～”。

2371 strulldeburgghers 解 Struldburg“～”，《格列佛游记》中不会死亡的人类。

2372 Hnmn 解 houyhnhnm“～”，《格列佛游记》中有理性的马。

2373 adondering 解 à［法］“去”＋Dublin“都柏林”；也解 thundering“～”；也解 donderen［荷］“～”。

2374 rollicking“～”，此处解 rocky“～”，化自 19 世纪的爱尔兰歌曲《通向都柏林的石板路》。

2375 heathery benn 解 Binn Éadair“～”的爱尔兰名称；也解 heathery“～”＋Beinn［爱］“～”。

2376 on“～”，此处解 and“～”。

2377 quolm unconsciounce 解 calm unconsciousness“～”；也解 qualms of conscience“～”。

2378 scand 解 scan the horizon“～”；也解 scandere［拉］“～”。

2379 Drumleek 解 Drumleck“～”，霍斯黑德南部的海角。

2380 Evora“～”，霍斯山北边的溪流，据说霍斯堡的第一位伯爵阿莫利・特里斯特拉姆在埃武拉桥上打败了丹麦人。

2381 mourning“～”；也解 morning“～”。

2382 Glinaduna 解 Glen of the Downs“～”，地名，位于爱尔兰的威克洛郡；也解 glina［塞维］“～”＋dunes“～”。

2383 Lonu 解 lone“～”；也解 lon［爱］“～”。

2384 nula 解 luna［拉］“”；也解 nula［塞维］“～”。

2385 oursouls 解 our souls“～”；也解 ourselves“～”，化自爱尔兰新芬党的口号“我们自己，只有我们自己”。

2386 salvocean 解 salvation“～”；也解 ocean“～”。

2387 At the site of“～”；也解 at the sight of“～”；也解 at the side of“～”。

2388 be mains of me draims 解 by means of my dreams“～”；也解 the man of my dreams“～”；也解 main drains“～”。

2389 nutsnolleges 解 nuts of knowledge“～”，在爱尔兰神话中，知识的坚果被智慧的鲑鱼吃掉，又由鲑鱼传给芬・麦克尔；也解 Nut“～”，埃及天空女神，也是复活和再生的象征＋colleges“～”。

2390 scrips“～”；也解 scrap“～”；也解 scripts“～”。

2391 me meself 解 by myself“～”。

2392 pecked up“～”，此处解 picked up“～”。

2393 hook“～”，也是希腊字母表中第六个字母 vau 的意思。

2394 oxe“～”，此处解“～”，希伯来第一个字母 aleph 的意思是“公牛”。

2395 heth hith ences 解 hesitancy“犹豫”，指爱尔兰新闻记者皮戈特伪造巴涅尔的信时把 hesitancy 写成 hesitency，因此露陷；也解 heth，希伯来第五个字母，意思是“窗户”；也解 Anne Hathaway“安妮”，莎士比亚的妻子。

了[2396]盖章的|∂和投递了,哒哒,你很重要。基于[2397]被消除|升起来自马萨诸塞州波士顿[2398]的抄本[2399]转运|梦幻。在绕过他那古代的世界之后。在茶叶罐[2400]恶棍里带着,或者用螺丝拧紧和用塞子塞住。在他的王权[2401]吼叫|最伟大的|他的杯子被扔了|为陛下服务表面。拿着一只摆动、摆动的瓶子[2402]由……装瓶|巴特。一杯酒。当海浪放弃你的时候,土地可能适合我。某时那时,某处那处,当我听到你的声音,有舵的[2403]罗德里克·奥康纳雷声[2404]讨债人,我写下我的希望并埋好纸页,声音那么大,仅有,随它躺着,直到圣诞节[2405]王国|亲吻|思念到来。现在那么让我满足。少一些了[2406]让我们。拆毁并在那里建造我们的平房[2407]向银行贷款小屋,我们将体面地住在一起。裙服[2408]春白菊}狗屎,先生[2409],给夫人[2410],我。用刺耳的巴别塔[2411]含糊不清地说|圆塔,好去破土而出[2412]小狗|乖孩子,去窥探星星们[2413]楼梯|挖掘|史黛拉所在之处。只是去看看我们是否会听到朱庇特[2414]《杰克与豆茎》和同辈人的谈话。在独处之中。直到顶点[2415]极好,大师[2416]市长|大建筑师!登上顶峰!你不再这么头晕眼花了。你的所有伟大谋划[2417]地基图,以及它那么少的结果!驼背憨蛋,当你抬高[2418]我们,垃圾[2419]呆蛋,当你浸湿[2420]该死的我们!但是我没有[2421]撒拉和亚伯拉罕一个对胡言乱语有一丁点儿在乎[2422],豪华族长[2423]看门人!在清澈的[2424]兰佩提埃边缘我走回家[2425]厄运。一个给我的公园和酒吧。千万别再开始你那猴年马月[2426]褐肤的勇士|院子以前[2427]的噱头。我可以根据她的名字猜[2428]流言蜚语到谁教了你那个,泰夫姆特[2429]拓夫|坚韧的!大胆的打赌毁约[2430]未开垦地。为了我

2396 dealt"～";也解 sealed"～",此处化自习语 signed, sealed and delivered(签字,盖章,交付);也解 Delta "～",希腊字解母。

2397 Rased"～",此处解 based"～";也解 raised"～"。

2398 Maston, Boss 解 Boston"波士顿"+Massachusetts"马萨诸塞州"。

2399 traumscrapt 解 transcript"～";也解 tranship"～";也解 Traum[德]"～"。

2400 caddy 解 tea caddy"～";也解 Cad"～",书中闪姆的一个化身。

2401 mugisstosst 解 majesty"～";也解 mugissement[法]"～";也解 megistos[希]"～";也与前面合解 his mug is tossed"～";也解 On His Majesty's Service"～"。

2402 bottledby 解 bottle"～";也解 bottled by"～";也解 Butt"～"。

2403 ruddery 解 rudder-y"～";也解 Roderick O'Connor"～"(1116—1198),爱尔兰最后一位共主,之后凯尔特人的统治完全让位于盎格鲁-诺曼人的统治。

2404 dunner"～",此处解 Donner[德]"～"。

2405 kissmiss 解 Christmas"～";也解 kingdom"～";也解 kiss"～"+miss"～"。

2406 Lss 解 Less"～";也解 Let's"～"。

2407 bankaloan 解 bungalow"～";也解 loan from bank"～"。

2408 Gowans"～",此处解 gown"～";也解 gówno[波]"～"。

2409 ser 解 sir"～"。

2410 Medem 解 madam"～"。

2411 bubel runtoer 解 Tower of Babel"～";也解 babble"～"+round tower"～"。

2412 pippup 解 pip"～";也解 pup"～";也解 Ppt"～",斯威夫特在信中对恋人以斯帖·琼荪的称呼。

2413 sterres 解 ster[荷]"～";也解 stairs"～";也解 sterro[意]"～";也解 Stella"～",即以斯帖·琼荪,斯威夫特的两个年轻恋人之一。

2414 Jove"～";也解"Jack and the Beanstalk""～",英国童话故事。

2415 Tilltop 解 Till top"～";也解 tiptop"～"。

2416 bigmaster 解 big master"～";也解 burgomaster"～";也解 Masterbuilder"～",也是易卜生的同名戏剧。

2417 graundplotting 解 grand plotting"～";也解 ground plot"～"。

2418 hised[俚]"～"。

2419 Humps...dumps"～";也解 Humpty Dumpty"～",本书主人公壹耳微蚵的化身之一。

2420 doused"～";也解 damned"～"。

2421 sarra 解 sorra[爱]"～";也与后面合解 Sara...Abraham"～",《创世记》中老年得子的夫妇。

2422 cares a brambling ram 解(not) care a damn"毫不在乎"+rambling damn"胡言乱语"。

2423 porteryark 解 patriarch"～";也解 porter"～"。

2424 limpidy 解 limpid"～";也解 Lampetie"～",古希腊神话中太阳神的女儿。

2425 hoom 解 home"～";也解 doom"～"。

2426 Donachie's yeards 解 donkeys' years"～";也解 Donnchadh,人名,意思是"～"+yards"～"。

2427 agoad 解 ago"～"。

2428 guessp 解 guess"～";也解 gossip"～"。

2429 tufnut 解 Tefnut"～",埃及神话中的雨云女神;也解 Taff"～",本书主人公儿子的一个名字;也解 tough"～"。

2430 backwords"～";也解 backwoods"～"。

们自己[2431]新芬党|十六|圣芬坦|圣芬坦教堂的爱！在赤裸的宇宙面前。娃娃警察[2432]贝里灯塔洗净[2433]他的眼睛！这些好日子中的一天，女性杀手[2434]淫荡的挑选者|屁股，你必须再次重组[2435]改革。受祝福的圣马丁[2436]谢尔马丁大街！如此温柔。我是那么精致地喜欢我拥有地那条最可爱的[2437]爱离去裙子。你会一直叫我利菲[2438]枝叶最茂盛的，不是吗，亲爱的[2439]？最棒的[2440]用词语充分说出她老朋友[2441]！你不会反对[2442]我的香水[2443]石蜡，用的是古龙水[2444]基拉尼|科卢尼的油，伴以一点儿黑樱桃酒[2445]沼泽的。闻闻[2446]！是来自昨天[2447]以斯帖们不久前的昨天的阿尔卑斯山的微笑[2448]松树的气味。我在每个人的[2449]鼻孔[2450]旱金莲里。甚至在霍斯[2451]保留的鼻子里。以最值得尊敬的上帝之名[2452]谋杀|无赖！无稽之谈[2453]《桶的故事》|城镇|使惊骇|一块石头|阿斯顿码头。伟大的老人[2454]抢劫者！如果我知道你是谁！当那只空中来的百灵鸟[2455]听|竖琴说，是船长芬·麦克尔[2456]祝贺，或许[2457]非常在催要他的衣服，我说你在那儿吗这里没有人这里只有我。但是我几乎从样品堆上掉下来。就像你的手指[2458]老虎进了[2459]飞向|叮我的耳朵[2460]我听。是不是你的奶兄[2461]在布雷[2462]正在告诉当地人的，你是在少年犯感化院[2463]布里斯托尔长大[2464]吹牛|有意旧事重提，因为你的父母总会跌入[2465]进入某种状态他的壁炉[2466]犯规的地方，在发誓戒酒[2467]喝他们的抵押物之后失掉了她的衬裙[2468]五旬节？无论如何[2469]如何有人吞食，你对我很好！人们所知道的唯一一个能吃龙虾壳[2470]的人。我们的本地夜晚，那时你两次把我误认为[2471]误会某个玛丽安娜·雪莉[2472]亲爱的玛丽安，然后你的德国表兄[2473]嫡亲表兄

2431 sinfintins 解 Sinn Féin［爱］"～"，也是"～"；也解 sixteen"～"；也解 Saint Fintan"～"，都柏林霍斯地区的地名；也解 Saint Fintan's Church"～"，位于霍斯黑德，已废弃。

2432 bailby pleasemarm 解 baby policeman"～"，在《尤利西斯》中出现过；也解 Bailey Lighthouse"～"，位于都柏林。

2433 rincing 解 rinsing"～"。

2434 lewdy culler 解 lady killer"～"；也解 lewd culler"～"；也解 cul［法］"～"。

2435 redoform 解 re-deform "～"；也解 reform"～"。

2436 shield Martin 解 saint Martin"～"；也解 Sheilmartin Avenue"～"，位于都柏林东北的霍斯。

2437 loveleavest 解 loveliest"～"；也解 love leaves"～"。

2438 Leafiest"～"，此处解 Liffey"～"。

2439 dowling 解 darling"～"。

2440 Wordherfhull 解 wonderful"极好的"；也解 Word her full"～"。

2441 Ohldhbhoy 解 old boy"～"

2442 urbjunk 解 object"～"。

2443 me parafume 解 my perfume"～"；也解 paraffin"～"。

2444 kolooney 解 eau-de-Cologne"～"；也解 Killarney"～"，出自德国作曲家贝内迪克特的歌剧《基拉尼的百合》；也解 Collooney"～"，爱尔兰斯莱戈郡的村庄。

2445 marashy 解 maraschino"～"；也解 marshy"～"。

2446 Sm 解 smell"～"。

2447 Yhesters 解 yester"～"；也解 Esthers"～"，指斯威夫特的两个年轻恋人。

2448 Alpine Smile"～"；也解 pine smell"～"。

2449 everywince 解 everyone's"～"。

2450 nasturtls 解 nostrils"～"；也解 nasturtium"～"。

2451 Houlth 解 Howth"～"；也解 hold"～"。

2452 Medeurscodeignus 解 medeus condignus［拉］"～"；也解 murder"～"＋Cad"～"。

2453 Astale of astoun 解 *A Tale of a Tub*"～"，斯威夫特的小说，此处译为"～"；其中 astoun 也解 town"～"；也解 astound"～"；也解 a stone"～"；也解 Aston"～"，利菲河上的码头之一。

2454 Grand owldmarauder 解 Grand Old Man"～"，人们对英国首相格莱斯顿的称呼；其中 marauder 也解"～"。

2455 hark"～"，此处解 lark"～"；也解 harp"～"，出自爱尔兰歌曲 'Tis the Harp in the Air"（《那是空中的竖琴》）。

2456 Finsen makes cumhulments 解 Finn MacCool"～"，爱尔兰传说中芬尼亚英雄的领袖；其中 cumhulments 也解 compliments"～"；也解 Cummilium，歌曲《那是空中的竖琴》的配乐。

2457 mayit 解 maybe"～"；也解 meget［丹］"～"。

2458 tinger 解 finger"～"；也解 tiger"～"。

2459 winged ting to 解 went into"～"；也解 winged to"～"＋ting"～"。

2460 me hear"～"，此处解 my ear"～"。

2461 brothermilk 解 milkbrother"～"，指义兄。

2462 Bray"～"，爱尔兰威克洛郡的市镇。

2463 Brostal 解 Borstal"～"；也解 Bristol"～"，英国西部的港口城市。

2464 bragged up"～"，此处解 bragt op［丹］"～"；也解 dragged up"～"。

2465 tumbling into"～"；也解 bringing into"～"。

2466 foulplace 解 fireplace"～"；也解 foul place"～"。

2467 drinking their pledges"～"，此处解 taking the pledges"～"。

2468 pentacosts 解 petticoats"～"；也解 Pentecost"～"。

2469 Howsomendeavour 解 howsoever"～"；也解 How some devour"～"。

2470 crushts 解 crusts"～"。

2471 twicetook...for 解 twice"两次"＋took...for"误认"；也解 mistook"～"。

2472 Marienne Sherry 解 Marienne"玛丽安娜"＋Sherry"雪莉酒"；也解 Marianne chérie［法］"～"，指法兰西共和国及其政府。

2473 Jermyn cousin 解 German cousin"～"；也解 cousin-germain"～"。

妹，他用X[2474]费用|过分签了她的名字，还有我在你的格莱斯顿式旅行提包[2475]威利·克拉克森假发店里发现的胡子假发[2476]蠼螋。或许[2477]法老你会扮演你是飞船[2478]埃及|伊索|黄铜之王。你肯定弄出最皇家的噪音。我会告诉你所有式样的化妆用品，危险的[2479]陌生人的。给你看我们经过的每个简单的故事发生地。万分欢迎[2480]恶棍|磨坊主|荒唐事，欢迎[2481]贝尔维尤，欢迎[2482]克伦威尔|驼背的，谁会分离[2483]，虚空的虚空[2484]微弱的欲望|廉价|健康。为下一道马铃薯换一下盘子！花钱爱[2485]还在那儿，教规变得强大，同样情况的还有克拉菲[2486]保持的[2487] CHE 习惯，我们的教区水泵[2488]盛况水流喷涌[2489]保证。但是你必须得问问那同样的四人，那个赋予了他们名字的一直蜷坐在你的雅座酒吧[2490]博尔萨利诺公司，说着他们是丹尼尔·奥康内尔[2491]最好的未亡人，写着《大洪水以来的芬格拉斯[2492]》。那会是某个正在进行中的王者之作。但他正是通过这条道路在某个翌日到来。我可以给你标出所有打火石，我们走过时羊齿蕨[2493]遥远的在沙沙作响[2494]种族|辣的。你会有点儿烧焦拇指[2495]保持安静，然后在上面写[2496]聪明的你的训诫[2497]鲑鱼|所罗门。这是常有的事，对我来说还是都一样。闻闻[2498]？只是草皮，蠼螋[2499]亲爱的烛芯！干净的草皮[2500]克伦塔夫|拓夫。你从未忘记[2501]为了上帝克伦塔夫战役[2502]巴特和拓夫，是不是，进攻布利安·布鲁[2503]悲伤|借|乌鸦的，什么？我[2504]很多？为什么，他们的蘑菇[2505]很多房间，在夜晚发芽。看，教区里一片片的屋顶[2506]一亩，一杆和5.5码|烤干。堤坝[2507]该死上的穹顶[2508]，烟[2509]里的房屋[2510]烟。让奥林匹克运动员戏要[2511]的首

2474 exes“～”，此处解 X，字母 X；也解 excess“～”。
2475 Clarksome bag 解 Gladstone bag“～”；也解 Willy Clarkson“～”，伦敦戏剧假发制造商。
2476 beardwig 解 beard“胡子”＋wig“假发”；也解 earwig“～”。
2477 Pharaops 解 perhaps“～”；也解 Pharaoh“～”。
2478 Aeships 解 airship“～”；也解 Egypt“～”；也解 Aesop“～”（约前 6 世纪），古希腊作品《伊索寓言》的作者；也解 aes［拉］“～”。
2479 strangerous 解 dangerous“～”；也解 stranger-ous“～”。
2480 Cadmillersfolly 解 céad mile fáilte［爱］“100 乘 1000 次的欢迎”；也解 Cad“～”＋millers“～”＋folly“～”。
2481 Bellevenue 解 bienvenu［法］“～”；也解 Bellevue“～”，都柏林南部环路上的岛桥。
2482 Wellcrom 解 welcome“～”；也解 Cromwell“～”；也解 crom［爱］“～”。
2483 Quid Superabit 解 quis/quid separabit［拉］“～”，圣帕特里克骑士团的格言。
2484 villities valleties 解 vanitas vanitatum［拉］“～”，出自《传道书》（1：2）；也解 velleity“～”；也解 vilitas［拉］“～”；也解 valetudo［拉］“～”。
2485 Spendlove 解 Spend“花钱”＋love“爱”，据记载都柏林有一个妓女叫此名，曾长期悼念英国国王爱德华七世。
2486 Claffey“～”，《尤利西斯》中的当铺老板。
2487 endurtaking 解 undertaking“～”。此处包含主人公名字缩写的变体 CHE。
2488 pomp“～”，此处解 pump“～”。
2489 warrant 解 torrent“～”；也解 warrant“～”。
2490 barsalooner 解 saloon bar“～”；也解 Borsalino“～”，一种意大利帽子的品牌，乔伊斯有一顶这个品牌的帽子。
2491 Conal O'Daniel 解 Daniel O'Connell“～”（1775—1847），1829 年领导爱尔兰天主教徒赢得了参加议会的权利。
2492 Finglas“～”，都柏林的地名。
2493 fern“～”；也解 fern［德］“～”。
2494 rasstling 解 rustling“～”；也解 Rasse［德］“～”；也解 raß［德］“～”。
2495 sing thumb 解 singe thumb“～”，芬·麦克尔在烧智慧鲑鱼时烫伤了大拇指；也解 sing dumb“～”。
2496 wise“～”，此处解 write“～”。
2497 selmon 解 sermon“～”；也解 Salmon“～”；也解 Solomon“～”，《圣经》中的以色列国王。
2498 Snf 解 snuff“～”。
2499 wick dear“～”，此处解 earwig“～”。
2500 Clane turf 解 Clean turf“～”；也解 Clontarf“～”，爱尔兰国王布利安·布鲁 1014 年在此击败丹麦侵略军；也解 Taff“～”，本书主人公的儿子之一。
2501 forgodden 解 forgot“～”；也解 for God“～”。
2502 batt on tarf 解 Battle on Clontarf“～”；也解 Butt and Taff“～”，本书主人公两个儿子的别称。
2503 broin burroow 解 Brian Boru“～”，爱尔兰传说中的著名国王；也解 bron［爱］“～”＋borrow“～”；也解 broin［爱］“～”。
2504 Mch 解 mich［德］“～”；也解 much“～”。
2505 muchrooms 解 mushrooms“～”；也解 many rooms“～”。
2506 agres of roofs in parshes 解 ager（［拉］“场地”）of roofs in parishes“～”，指世界七大奇迹中的巴比伦空中花园；也解 acres，rods and perches“～”，英国丈量土地的单位；其中 parshes 也解 parch“～”。
2507 dam“～”；也解 damn“～”。
2508 Dom［德］“～”，指世界七大奇迹中的阿尔忒弥斯神庙。
2509 dym［鲁］［波］“～”。
2510 dim［鲁］“～”；也解 dim［塞维］“～”，指世界七大奇迹中的亚历山大灯塔。
2511 ply at 解 play at“～”。

都港口[2512]部分|公园。冷静点[2513]体育馆，巨像[2514]体育馆！小心你的脚步，否则你撞上。当我躲开垃圾箱[2515]的时候。看我找到了什么！一粒小[2516]兵豆|ALP豌豆。看这里！这粒亲爱的草种[2517]葛缕子籽|朋友|小种子。漂亮的小东西，我的甜蜜之物，他们可怜的爱是否被整个大千世界[2518]抛弃？给新城的邻居[2519]给牛顿的星云|马嘶|子弹|工作|吃|洛茨街。你模糊所见[2520]的伟大都柏林[2521]正从黑暗[2522]都柏林|雨水|泥泞的中隐隐显现[2523]光。但是这同一个[2524]种子|同样的安静的城市[2525]风俗|阿提斯。我住了[2526]折叠|ALP这么久。就像你说的。它会让你[2527]。如果我有一两分钟喘不过气来，不要说话，记住！一旦发生过，就可能再次发生。为什么在所有这些年复一年中我都在忍耐[2528]藏红花，全都相信[2529]全都有叶。藏起眼泪[2530]亲爱的，离去的人[2531]死者。它正想着一切。勇士给出了他们的。曾经的[2532]穿着美人。所有那些已经离去的[2533]毛德·冈妮"|迈克尔·冈恩他们。我会马上[2534]利菲河再次开始。关键时刻的嚎叫[2535]点头。我叫醒你，你该多高兴！我的！你的感觉会多好！之后永永远远。首先我们在这里忽发奇想[2536]阴道转了个身，然后好多了。因此并排走，绕过一道门[2537]转动玛瑙，惠廷顿[2538]婚礼镇，伦敦[2539]都柏林的市长大人[2540]赞美男人|画眉|黑啤酒|都柏林！我只希望整个天堂都能看到我们。因为我觉得我几乎要昏倒了。进入深渊。汉娜多睡一会儿[2541]大沼泽|安娜摩。让我靠靠，就靠[2542]草地|跳一下，如果你允许[2543]，大胆强壮的[2544]强弓名流[2545]大潮流。所有女孩们都[2546]很脆弱[2547]极小的。偶尔。因此。当你是亚当和夏娃[2548]无时无刻坚强的。

2512 part“～”,此处解 port“～”;也解 park“～”,世界七大奇迹中的奥林匹亚宙斯巨像。
2513 Steadyon 解 steady on“～”;也解 stadium“～”。
2514 Cooloosus 解 Colossus“～”;也解 Finn MaCool“～”,世界七大奇迹中的罗得岛太阳神巨像。
2515 指世界七大奇迹中的埃及胡夫金字塔。
2516 lintil 解 little“～”;也解 lentil“～”。此处包含本书女主人公名字的缩写 ALP。
2517 cara weeseed 解 cara [意]“亲爱的”+weed seed“杂草种子”;也解 caraway seed“～”;也解 cara [爱]“～”+wee seed“～”。
2518 wholawidey world 解 all the wide world“～”。
2519 Neighboulotts for newtown 解 neighbors for new town“～”;也解 nebulae for Newton“～”;也解 Neigh“～”+bullet“～”;也解 boulotte [法]“～”;也解 boulotter [法]“～”;也解 Lotts“～”,街名,位于都柏林。
2520 behazyheld 解 hazily beheld“～”。
2521 Eblanamagna 解 Eblana [希]“都柏林”+Magna [拉]“伟大的”。
2522 dumblynass 解 darkness“～”;也解 Dublin“～”;也解 Naß [德]“～”;也解 dumblinas [立]“～”。
2523 loomening up 解 looming up“～”;也解 lumen [拉]“～”。
2524 sama 解 same“～”;也解 Samen [德]“～”;也解 sama [梵]“～”。
2525 sitta 解 città [意]“～”;也解 Sitte [德]“～”;也解 Attis“～”,弗里吉亚神话、希腊神话中的一位植物神祇。
2526 lapped“～”,此处解 lived“～”。此处包含本书女主人公名字的缩写 ALP。
2527 It fair takes 解 It fair takes your breath away“它会让你大吃一惊”,此处未说完,故译。
2528 soffran 解 sufferance“～”;也解 saffron“～”。
2529 allbeleaved 解 all believed“～”;也解 all be leaved“～”。
2530 tear“～”;也解 dear“～”。
2531 the parted“～”;也解 departed“～”。
2532 wore“～”,此处解 were“～”。
2533 gunne 解 gone“～”;也解 Maud Gonne“～”(1866—1953),爱尔兰女演员;也解 Michael Gunn“～”(1840—1901),都柏林娱乐剧院的经理。
2534 in a jiffey 解 in a jiffy“～”;也解 Liffey“～”。
2535 nik of a nad 解 nick of time“千钧一发”+nâd [威]“嚎叫”;也解 nod“～”。
2536 vagurin 解 vagary“～”;也解 vagina“～”。
2537 turn agate“～”,此处解 turn a gate“～”。
2538 weddingtown 解 Dick Whittington“～”,17 世纪童话《迪克・惠廷顿和他的猫》中的主人公,书中他当了伦敦市长;也解 wedding town“～”。
2539 Londub 解 London“～”;也解 Dublin“～”。
2540 laud men“～”,此处解 lord mayor“～”;也解 lon dubh [爱]“～”;也解 lionn dubh [爱]“～”;也解 Linn dubh [爱]“～”。
2541 Annamores leep 解 Anna“汉娜”,本书女主人公+more sleep“多睡睡”;也解 Eanach Mor [爱]“～”;也解 Annamoe“～”,河水名。
2542 lea“～”,此处解 lean“～”;也解 leap“～”。
2543 le 解 let“～”。
2544 bowldstrong 解 bold“大胆”+strong“强壮”;也解 Strongbow“～”,英格兰第二代彭布罗克伯爵理查・德・克莱尔的绰号。
2545 bigtider 解 bigtimer“～”;也解 big tide“～”。
2546 Allgearls 解 all girls“～”。
2547 wea 解 weak“～”;也解 wee“～”。
2548 adamant evar“～”,此处解 Adam and Eve“～”。

哎呀[2549],那股风好像凭空冒出来[2550]挪威|西北|诺尔河！就像在天启[2551]灵启之夜。像弓和箭[2552]给与亲吻的人|亲吻正好[2553]跳射进跳进我的嘴巴！斯堪的纳维亚人[2554]的主神[2555],他是怎样抽打我的面颊啊！看[2556]大海,看！这里,堤堰,到了,岛,桥。你我相遇的地方。那天。记住！为什么那里那个时刻,只有我们俩？我才十几岁[2557]极小的,裁缝[2558]砖瓦匠的女儿[2559]小圆点|小孩。那个一身时装的家伙总是吹嘘[2560]推进,他当然,他就像我爸爸[2561]满足|父亲。不过是萨克维尔街[2562]满口袋的|炫耀最虚张声势的名流。叉子上叉着肥肉,绕着晚餐[2563]打滑的|马虎的桌追着消瘦小孩的最可怕的变态。但是吹口哨上像国王。咻咻[2564]学校！他把我的缎子衣服[2565]地图集支在熨斗上,并且为了我们的二重唱[2566]胜家缝纫机|罪人在缝纫机上点亮我们的两只蜡烛的时候 。我肯定他把果汁喷到眼睛上,好让眼睛闪光来吓唬[2567]我。尽管如此,他极喜欢[2568]我。现在谁还会在威克洛山[2569]的山顶[2570]多山丘的|下垂|向阳花搜寻《找到我的颜色[2571]芬·麦克尔》？但是我在未完待续的故事里读到,当喇叭[2572]风信子|气泡吹响,依然会有探索的人[2573]恋人|印章|塞尔斯加·冈恩。会有其他人,但是对我来说不[2574]一样了。然而[2575]他从未知道我们以前见过。夜复一夜。所以我渴望去。还是带着所有。会有一次你面朝我站着,开心地笑着,在你的树皮和褐色的[2576]三桅船|爱尔兰王室警吏团树枝巨浪中,好给我扇凉风[2577]芬·麦克尔。我会安静地躺着有如青苔[2578]。会有一次你冲向我,阴郁地咆哮着,就像一片巨大的黑影,瞪着发亮的眼睛,来粗鲁地刺穿[2579]珀西·

2549 Wrhps 解 whoops“～”。
2550 out of norewere 解 out of nowhere“～”;也解 Norway“～”;也解 North-West“～”;也解 Nore“～”,爱尔兰中部河流。
2551 Apophanypes 解 Apocalypse“～”;也解 Epiphany“～”。
2552 bogue and arrohs 解 bow and arrows“～”;也解 ara na bpóg［爱］“～”;也解 pogue［爱］“～”。
2553 Jumpst 解 just“～”;也解 jump“～”。
2554 Lashlanns 解 Lochlainn［英爱］“～”。
2555 Ludegude 解 lord God“～”。
2556 Sea“～”,此处解 see“～”。
2557 teen“～”;也解 tiny“～”。
2558 tiler“～”,此处解 tailor“～”。
2559 dot“～”,此处解 daughter“～”;也解 tot“～”。
2560 boosting“～”,此处解 boasting“～”。
2561 fad 解 dad“～”;也解 feed“～”;也解 father“～”。
2562 Shackvulle Strutt 解 Sackville Street“～”,今天都柏林的奥康纳前街,当时为都柏林的主干道,裁缝柯西就在此处发家;也解 sackfull“～”＋strut“～”。
2563 sluppery 解 supper“～”;也解 slippery“～”;也解 sloppy“～”。
2564 Scieoula,拟声;也解 schola［拉］“～”。
2565 atlas“～”,此处解［古体］“～”。
2566 singers duohs 解 singing duets“～”;也解 Singer“～”,1851 年,美国人列察克・胜家发明了缝纫机,胜家成为缝纫机品牌;也解 sinner“～”。
2567 flightening 解 frightening“～”。
2568 fond to 解 fond of“～”。
2569 Vikloefells 解 Wicklow hills“～”,利菲河的发源地。
2570 hillydroops 解 hilltop“～”;也解 hilly“～”＋droop“～”;也解 heliotrope“～”。
2571 Find Me Colours 解 Find My Colours“～”;也解 Finn MacCool“～”,爱尔兰传说中芬尼亚英雄的领袖。
2572 blubles 解 bugles“～”;也解 bluebells“～”;也解 bubble“～”。
2573 sealskers 解 seekers“～”;也解 elskere［丹］“～”;也解 seal“～”;也解 Selskar Gunn“～”,都柏林娱乐剧院的经理迈克尔・冈恩的儿子。
2574 non［拉］“～”。
2575 Yed 解 yet“～”。
2576 bark and tan“～”;也解 barkentine“～”;也解 Black and Tans“～”,英国兵团。
2577 fan me coolly“～”;也解 Finn MacCool“～”,爱尔兰传说中芬尼亚英雄的领袖。
2578 moss“～”,此处化自习语 as quiet as a mouse(一声不响)。
2579 perce 解 pierce“～”;也解 Persse O'Reilly“～”,主人公 HCE 的化身之一。

奥莱利我。而我会僵住,恳求你[2580]融化|是的。一共三次。那时我时每个人的宠儿。一个童话女主角[2581]与王子相配的女孩。而你是童话剧[2582]女裤|保姆的维京[2583]粗俗的|该死的|伏尔甘海盗[2584]。入侵[2585]看不见爱尔兰[2586]印度|英格兰。以及,以托尔[2587]恐惧|震惊|索瑞尔之名,你看了它!我的嘴唇因恐惧的欢乐而发青[2588]魔鬼。几乎就像现在。如何?你是怎么说的你会怎样给我我心的钥匙。我们僵结婚,直至死亡[2589]魔鬼|三角洲将我们分开[2590]。尽管魔鬼[2591]死亡|都柏林确实分开了我们。啊,我的爱!只是,不,现在是我不得不给与。就像都柏林[2592]鸽子|魔鬼她自己做的[2593]。我们[2594]小旅店这个黑林[2595]溪谷。会不会它现在[2596]离开了[2597]告别?唉[2598]她!我希望[2599]肃静我有副更好的眼镜[2600]瞥见,可以透过这个变强的日光[2601]海湾灯光看[2602]显现着你。但是你在变化,我的心肝[2603],你正从我这里变掉,我能感到。或是不是我在?我给闹糊涂了。亮起来,硬下去。是的,你在变,儿子丈夫,你在转身,我能感到你,再次为了一个女儿妻子离开群山。喜马拉雅山[2604]我是我是唉|摩耶|全部|交换。她正走来。在我的最后面[2605]后部的|潮湿的游泳。魔鬼抓住[2606]压倒我的尾巴。只不过是那里某处[2607]翻筋斗的一个东西的一拂,轻快、淘气、活泼、一转身[2608]粉红色,一巴掌、一冲刺,闲庭信步[2609]蚱蜢。灰姑娘[2610]萨尔塔列洛舞成为她自己。我可怜你的老自我,那是我习惯了的。现在一个更年轻的在那里。尽量不要分开!开心些,亲爱的!但愿我错了!因为对你来说她将像我从妈妈那里出来时一样甜美。我巨大的蓝色卧室,空气如此安静,

2580 thawe 解 thee“～”；也解 thaw“～”；也解 tá［爱］“～”。

2581 princeable girl 解 principal girl“～”；也解 a girl for a prince“～”。

2582 pantymammy 解 pantomime“～”；也解 panty“～”＋mammy“～”。

2583 Vulking 解 viking“～”；也解 vulgar“～”；也解 fucking“～”；也解 Vulcanus“～”，古希腊神话中的火神。

2584 Corsergoth 解 corsair“～”。

2585 invision“～”，此处解 invasion“～”。

2586 Indelond 解 Ireland“～”；也解 India“～”；也解 England“～”。

2587 by Thorror 解 Thor“～”，北欧神话中的雷神和战神；也解 terror“～”；也解 horror“～”；也解 Thorir“～”，832 年跟特格西乌斯一起侵略爱尔兰的北欧海盗。

2588 livid“～”；也解 Devil“～”。

2589 delth 解 death“～”；也解 Devil“～”；也解 delta“～”。

2590 uspart 解 part us“～”。此处化自结婚誓词 till death do us part（直至死亡将我们分开）。

2591 dev 解 devil“～”；也解 death“～”；也解 Dubh“～”。

2592 duv 解 Dubh“～”；也解 dove“～”；也解 devil“～”。

2593 div 解 did“～”。

2594 inn“～”，此处解 inn［爱］“～”。

2595 linn“～”，此处解 Black Linn“～”，霍斯的最高点。

2596 nnow 解 now“～”。

2597 fforvell 解 farewell“～”；也解 farvel［丹］“～”。

2598 Illas 解 alas“～”；也解 ille［拉］“～”。

2599 wisht 解 wish“～”；也解 whist“～”。

2600 glances“～”，此处解 glasses“～”。

2601 baylight 解 daylight“～”；也解 bay light“～”。

2602 peer“～”；也解 appear“～”。

2603 acoolsha 解 acushla［爱］“～”，爱称。

2604 Imlamaya 解 Himalaya Mountains“～”；也解 I am I am ay“～”；也解 māyā“～”，佛祖的母亲；也解 iomlán［爱］“～”；也解 iomlaoid［爱］“～”。

2605 hindmoist 解 hindmost“～”，此处化自习语 devil take the hindmost（落后者遭殃）；也解 hind“～的”＋moist“～”。

2606 Diveltaking 解 Devil taking“～”；也解 overtake“～”。

2607 theresomere 解 there somewhere“～”；也与后面合解 somersault“～”。

2608 spink 解 spin“～”；也解 pink“～”。

2609 saultering 解 saunter“～”；也解 sauterelle［法］“～”。

2610 Saltarella 解 Cinderella“～”；也解 Saltarello“～”，意大利的一种轻快的舞蹈。

几乎没有一丝云彩。在平静和安宁中。那里我只能永远彻夜不眠。这是让我们失望之事。首先我们感觉。然后我们跌落。如果她想，现在就让她统治[2611]下雨吧。无论柔和还是强硬如她所愿。不管怎样让她统治，因为我的时候到了。如蒙惠允，我将尽力而为。总是想如果我走了，全都会走。一百倍的关心，十分之一的苦恼，有没有一个人能理解我？一千年的夜晚里的一个？我终身都生活在他们中间，现在他们不再属于[2612]被憎恨的我。我正失去[2613]厌恶他们小小的友好把戏。失去他们浅薄的亲密举动。种种贪婪从他们的小小灵魂里喷涌而出。种种懒惰在他们粗鲁的躯体上渗漏而下。一切都多么小啊！而我永远想向自己揭开秘密。自始至终欢唱着。我以为你是那与最高贵的马车一起闪闪发光的一切。你只是一个乡巴佬[2614]南瓜。我以为你在所有事情上都是伟大的，无论在罪恶还是荣耀中。你不过是一个小东西[2615]矮种马。家！我们的人民不是他们那种，远在彼处的，只要我能够。他们被指责的一切鲁莽、贱氓、视物如盲，海巫婆们[2616]性交。不！也不会为了所有我们在所有他们的野蛮喧嚣中的野蛮舞蹈。我能在他们中间看到我自己，汉娜·丽维娅·妇鲁拉贝尔[2617]全部|重新|美丽的|漂亮的。她是多么英俊啊，野性的亚马孙河[2618]无乳腺的|亚马逊女战士，等她抓住我的另一只乳房的时候！她可真奇怪啊，高傲的尼罗河[2619]月亮|无，她将抢走我正直的子嗣[2620]最属于自己的头发！这是因为他们是暴躁的人。河黄[2621]！黄河！还有我们喊声的激荡，

2611 rain“～”，此处解 reign“～”。
2612 lothed“～”，此处解 lost“失去的”。
2613 lothing 解 losing“～”；也解 loathing“～”。
2614 bumpkin“～”；也解 pumpkin“～”，灰姑娘的马车在午夜之后变回成南瓜。
2615 puny“～”；也解 pony“～”。
2616 seahags 解 sea hags“～”；也解 shags“～”。
2617 allaniuvia pulchrabelled 解 Anna Livia Plurabelle“～”，本书女主人公；也解 all“～”＋anew“～”＋pulchra［拉］“～”＋bella［拉］“～”。
2618 Amazia“～”，此处解 Amazon“～”；也解 Amazones“～”。
2619 Niluna 解 Nile river“～”；也解 luna［拉］“～”；也解 nil［拉］“～”。
2620 ownest hair“～”，此处解 honest heir“～”。
2621 Hang ho 解 Huuang He“～”，中国的母亲河。

知道我们奔涌而起获得自由。汉娜·丽维娅[2622]清风|你将飞翔|爱，他们说，从未听过[2623]留心你的名字！但是我正失去[2624]厌恶在此处的他们，我失去了一切。在我的孤独[2625]中倍感孤独[2626]发疯的。因为他们的所有过错。我正失去知觉。啊，痛苦的结局！我将在他们起来前悄悄溜走。他们永远不会看见。不会知道。也不会想念我。是老了，老了是悲伤的，老了既悲伤又厌倦，我回到你身边，我冰冷的[2627]老的父亲，我冰冷疯狂的父亲，我冰冷疯狂睡眼惺忪的[2628]童话中的父亲，直到只有对他的身材[2629]眼睛的近视，它的数里[2630]鹤嘴锄|莫约拉又数里，呻吟吟吟着[2631]马南南|单调的，弄得我晕船晕泥晕盐[2632]，我冲进，我的唯一，你的双臂。我看着他们升起！救救我脱离那些可怕的[2633]三重的折磨[2634]尖头叉子！还有两次。一次两次[2635]男美人鱼|更多男人|清澈的海|延迟更多的片刻。因此。再见[2636]下游|河流|虚空的虚空|吞咽。我的叶子从我身上飞落。所有叶子。但仍有一片挂着。我要随身带着它。来提醒我。利菲河[2637]生命|最后一片叶子！今天早晨那么温柔。几个小时[2638]我们的。是的。带着我一起，爸爸[2639]热甜酒|父亲，就像你通过玩具展览会做的！如果我看到他现在在张开的白色翅膀下冲向我，好像他来自天使长[2640]阿尔汉格尔斯克，我觉得[2641]沉我会躺[2642]逐渐消失在他的脚上，谦卑地默默地[2643]憨蛋·呆蛋，只愿敬拜[2644]洗手脸|醒来。是的，爸爸[2645]时间|昨天。有长发[2646]哪里。首先。我们穿过灌木后面[2647]嘘|倏忽而过的草地去。嘘[2648]肃静！一只海鸥。海鸥。爸爸[2649]遥远的叫了。来了，爸爸！到此结束。那么我们[2650]结束。芬，尼

2622 Auravoles 解 Anna Livia“～”；也解 aura［拉］“～”＋voles［拉］“～”；也解 voleti［塞维］“～”。
2623 heed“～”，此处解 heard“～”。
2624 loothing 解 losing“～”；也解 loathing“～”。
2625 loneness 解 loneliness“～”。
2626 Loonely 解 lonely“～”；也解 loony“～”。
2627 cold“～”；也解 old“～”。
2628 feary 解 bleary“～”；也解 fairy“～”。
2629 size“～”；也解 eyes“～”。
2630 moyles“～”，此处解 miles“英里”；也解 Moyle“～”，爱尔兰与苏格兰之间的北部海峡。
2631 moananoaning 解 moaning“～”；也解 Manannan“～”，爱尔兰神话中的海神；也解 monotoning“～”。
2632 seasilt saltsick 解 sea sick“晕船”＋silt“淤泥”＋salt“盐”。
2633 therrble 解 terrible“～”；也解 treble“～”。
2634 prongs“～”，此处解 pangs“～”。
2635 morements 解 moments“片刻”；也解 mermen“～”；也解 more men“～”；也解 Muir Meann［爱］“～”，指爱尔兰海；也解 mora［拉］“～”。
2636 Avelaval 解 ave et vale［拉］“～”；也解 l'aval［拉］“～”；也解 abha［爱］“～”；也解 havel havalim［希伯来］“～”（《传道书》1：2）；也解 avaler［法］“～”。
2637 Lff 解 Liffey“～”；也解 life“～”；也解 last leaf“～”。
2638 ours“～”，此处解 hours“～”。
2639 taddy“～”，此处解 daddy“～”；也解 tad［威］“～”。
2640 Arkangels 解 Archangel“～”；也解 Arkhangelsk“～”，苏联西北部港市。
2641 sink“～”，此处解 think“～”。
2642 die down“～”，此处解 lie down“～”。
2643 humbly dumbly“～”；也解 Humpty Dumpty“～”。
2644 washup“～”，此处解 worship“～”；也解 wake up“～”。此处化自《路加福音》（7：38）中描写的抹大拉的玛利亚给耶稣洗脚。
2645 tid［丹］“～”，此处解 dad“～”；也与前面合解 yesterday“～”。
2646 where“～”，此处解 hair“～”。
2647 behush 解 behind“～”；也解 hush！“～”；也解 huschen［德］“～”。
2648 Whish“～”，此处解 whist“～”。
2649 Far“～”，此处解 Far［丹］“～”。
2650 Us“～”；也解 aus［德］“～”。

根的！守灵夜[2651]芬，再一次！拿着|白皙的。你的吻[2652]轻吻，记住我[2653]记忆|我我更多我！直至千年[2654]你送走你。唇[2655]。钥匙给。给予！一条道路一种孤独一次最后一个所爱一份漫长的这条[2656]孤独地离开呜呼远远地沿着这条|特里斯丹|茶|茗

巴黎

1922—1939

上海

2006—2021

2651 Finn, again! Take. 解 Finnegans Wake“～”；也解 Finn MacCool，again! Take“～”；也解 Fionn［爱］“～”。

2652 Bussoftlhee 解 Buss［俚］“接吻”＋of thee“你的”；也解 buss softly“～”。

2653 mememormee 解 remember me“～”；也解 memoro［拉］“～”；也解 me me more me“～”。

2654 thousendsthee 解 thousand years“～”；也解 thou sendest thee“～”。

2655 Lps 解 lips“～”。

2656 A way a lone a last a loved a long the“～”；也解 away alone alas aloof along the“～”；其中 the 也解 T（Tristan）“～”；也解 thé［法］“～”；也解 thee［荷］“～”，指信尾的茶渍。